目 录

结　拜

　　《忆秦娥》春风谢，阳光花开靓艳月，靓艳月！哎姊妹啦，建立伟业。生死结拜心似铁，筑长城志誓奇越，誓奇越！人生如梦，青春激血。

　　碧波滚滚麦浪层层随风舞动，金黄色的油菜花迎着阳光散发着芳香。歌声："小燕子穿花衣，年年岁岁换新衣，飞到东飞到西，思念盼望亲人的歌曲翱翔在蓝天白云里，飞到南飞到北，恋情浪漫快乐的歌声唱不尽，爱情的温馨，请你给插上自由的翅膀，来传递人间的真诚情义，天使天使您飞到哪里去？带上我的盼望，带上我的梦想，带上我的情爱，带上我的衷心，送给我一生最最最亲的人，我的夫啊，我的天呀，我的上帝，我的主神！我的双喜爱人！好吗？"女子年方二八，黑黑的发丝随着春风摆动飘逸，双手各拿着一束油菜花、玫瑰、蒲公英的花草缚在一起，冲着天上飞翔着的一群小燕子唱着深情恋歌，站在一边的地里向着金光灿烂争艳的大片油菜花间，另一边是一眼望不到边的绿油油的麦苗翻滚着层层绿浪碧波，远近都有农民百姓劳动的身影晃动，歌罢又起一歌："青春在哪里，青春在春天的阳光中，青春在男男女女的相爱中，青春在火辣辣的红玫瑰花里，珍藏在舒心的笑颜里，花季映靓着你浪漫温馨的情怀里，照射在我疯狂无畏豪情缠缠绵绵潇洒酷爱中……"转另一歌声："盼着你，想着你，爱着你，你在哪里？在哪里？在哪里咿呀赛？一千遍地想着你，一万遍地盼着你，千遍万遍地爱着你，你在哪里哎？万遍千遍地唱着你，你在哪里呢！在哪里呀哟？你在我的歌声中，你在我的心里，你在我的梦中，你在我的灵魂里，我年年月月唱着你，我日日夜夜梦着你，时时刻刻地盼着你，分分秒秒地爱着你，等着你，等待着你的爱，你的心，你的情，你的人，你的美啊！静静地期望着你，浪漫的春风疯狂地呼唤着你，呼唤着你，呼唤着你呀，呼唤着你的人，呼唤着你的心，呼唤着你的情，呼唤着你的爱，我的夫，我的天，我的神，你在哪里呀！我孟姜女一定要去找到你……"

　　花白胡须的父亲和年迈的母亲在旁边插话："闺女呀，好女儿，别成天胡思乱想了，还是安安心心、安安稳稳地过好日子，一天三顿要吃，一年到头来，一年四季的庄稼要种好，咱们好好地种好地，年年多打粮食、岁岁大丰收就是在帮助他们在外出劳力的亲人，粮食多、吃饱饭、穿暖衣，个个都有个强壮的身子骨，他们筑造长城就会又好又快地早完工，到那个时候你们就能早日团聚团圆过上美好安静的小日子啦……"老父亲忧心地劝说着。

"爹爹，你叫我等到何日是个头呢？没有指望啊？依我看，这地还是由你们二老和妹妹她们来种，我们多去几个人，就会多一分力量多一分干劲，人多力量大，干劲足，干得快，不是也完工得早吗？老爹、亲老娘娘。"母亲用裙摆擦一下脸笑着说："你们爹说爹有理，女儿说女儿有理，这修筑长城，谁知道有多远有多长呢？千里万里这路上，你一个女孩子，长得又这么靓艳水灵灵，嫩嫩洋洋的，又这么好的身段子，谁见了谁不起眼呢？你知道谁是好人谁是坏人吗？好人坏人脸上又没刻字做记号，一两个月到不了，一路上吃住怎么办呢？辛苦磨难你能受得了吗？女儿呀，走行长路脚上泡不说，走累了怎么办？一连串的问题难处啊？在家千日好，出门一时难，闺女呀，你不怕吗？干什么事情不是靠心血来潮，也不是犟着劲干的什么买卖，女儿呀！这是去找人，能找到吗？""老母亲大人，亲娘呀！只要你同意我去，天塌下来，地陷下去，山崩地裂，不管天涯海角，就是走到天尽头，万里千里我爬着走，只要还有一口气，我也要找到他，找到亲人，找到长城，闺女我孟姜女是吃石头练出铁心了，走上年年月月也要找到他们呀？"孟姜女动情地说到。

"唉，闺女呀！你脾气真犟真倔透了，知儿莫若父呀！我和你娘真拿你没办法，十条老牛也拉不回你的头，听天由命吧，儿大不由爷啊……"老父亲说着话在不停地摇着头表示无奈，还在摆着手呼叫着说："我叫你这几年，心都缠败了，心也叫你孟姜女吵吵嚷嚷碎了，谁叫我这个当父亲的是窝囊废大笨蛋呢！我没有本事管住你呀！啊！上帝老天爷，请你睁开眼来救救我家吧！"父亲双手抱住头蹲在地上不吱声了。

"闺女是娘我的心头肉啊，乖女儿啊！你这一走，我这做娘的心，好闺女你知道娘有多痛多疼吗？叫娘，我怎么活呀，怎么过呀？乖乖呀，我咋摊上你这个犟女儿啊！娃呀，你怎么就这样无情无义啊……老天爷呀，我老婆子命真苦呀！儿子走了，一去就没有音信，闺女也要走呀……"

"你这个死老婆子，女儿还不是你平时惯坏了，说一不二，想干啥就干啥，你再宠着她，护着她呀，惯着她呀！活该，活该遭报应啊！善有善报，恶有恶报呀……"老头子絮絮叨叨地诉说着。

"死老头子，你死不了，这么多年你没惯没宠她吗？天天都是，含到嘴里怕化了，捧在手上怕飞了，这会儿好了，她现在真要飞了，你能怪我的不是，你这个老鬼，老混蛋，没有文化的家伙，良心让狗吃了，你这个老坏蛋……"

"娘，女儿我又不是干什么不光彩的事，去修长城，大秦王朝上上下下，秦王皇帝都会支援我这么去做的，这修长城，一是顾小家，二是为大家为朝廷，三是保护咱们的大好河山，让普天下的老百姓人人都有个安稳的家，个个过太平日子，男女老少都有好日子过，不受野蛮匈奴人、洋人骑马烧杀抢掠，给千秋万代的子孙谋幸福，干大事，又不是去杀人放火，压送刑场杀人砍头，爹娘你们怕什么？真是的，哭天叫地……"

"谁知道当朝皇上要不要女人去修长城，万一有个好歹，我和你娘怎么活吗？嗯，女儿呀……"

孟姜女向着跑来的女孩子叫道："晶晶、莹莹、犇犇、巧巧、小曼，我告诉你们大家一个好消息，大喜事！我爹我娘同意我去修长城去了，去找双喜哥哥了！"

"哇，真是大喜事，姑娘们万岁！"六个女孩兴高采烈地抱在一起蹦着跳着喊道："耶！耶！耶！""我们也是来对你讲，去修长城建长城去的哟，真美真幸福,咱们这些女孩子们也能为千年万年的子子孙孙去造点福、出些力了。"晶晶说道。

"姑娘们，先生们，让我们为干大事来共同欢呼一次好吗？弟兄们、姐妹们！"犇犇说道。

莹莹说："咱们每个人都来编个花头圈戴头上，表示高兴怎么样？"

巧巧说："咱们还要编个大大的大花环舞一阵子，庆祝庆祝怎么样啊"

晶晶说："快快、快快来编呀！这花真多真美真艳丽，连这草也好绿好靓艳哟，早先怎么就没有发现呢？平时连看也看不到一点好，这会也真是美到家了，快来看呀！哇，这里还有朵鲜红的大玫瑰花，真叫够靓够艳够绚够香耶！"

莹莹说："叫我来闻闻，真想亲它一口，好馋人呀，红得够鲜，香得够味，真浪漫……"

"是呀，火辣辣照人哎，够样唉……"

老头子深情地说："孩她娘，老婆子！你看她们年轻人多么有想象力，多富有丰富的感情，多美呀多富有情调，你看你呀，老不叉叉的，没有情没有意，张嘴胡说八道，连一点朝气都没有。哎！老了，老透气了……"

"老头子，你尿泡尿照照你自己，满天的云，满脸的坑坑洼洼、沟沟坎坎的样，不老不老，才十八岁！正在年轻有为、朝气蓬勃、活蹦乱跳的帅小伙，哪能老啊，是不是？"

"老婆子，你不用烧屁我，告诉你老婆子，如果我现在是真正十八岁就好了，也跟着美女们一起去修建长城！出大力、流大汗，出出名，叫你个死老婆子永远看不见，想不着，想死你才好呢？"

"八辈子没有见过男人，你走你看我会不会想你！老没用的，老混球，老老实实地咱们把地种好，多打粮食，多交公粮，快修好长城是不是啦！老头子咱们全家好早早团圆，早高兴，早早抱孙子……"

老头子板着脸手捋着胡子说："千秋大业男女上，丰功伟绩家家创，好事呀好事情，叫人高兴哟！"

老婆子用手指头捣着老头子说："从哪里学来的词句，也充起诗人来了！老不正经的老混球……"

"激情呀，这修长城是多么大的丰功伟业，功在千年万年，利在当代不受强盗洋蛮子的欺负，大秦朝的帝王平稳安康，谁不高兴去大干去出大力气，去创功劳大业呀？人活一世要留名，雁过一趟能留声。"

"大爹，你和大娘看问题就是不一样，想得看得长远，谁在你们家做儿做女都会受益匪浅的，看看孟姜女就与别人的看法做法不一样，看得远想得长，人长得也苗条高个，像牡丹一样的大脸盘丰腴靓艳……"晶晶说。

"你晶晶长得更漂亮，更好看，白白净净的皮肤，黑黑的长发，也比别的女孩高半头，就是眼睛小一点，但眼珠确很明很亮，灵气精明都深深地含在里边，只要关键的时候一放电，多少小伙子都叫你的秋波迷住，能电倒一大片，让英俊小伙子找不到东西南北，找不到自己的家门口，父母叫他回家吃饭，连爹娘都忘了……"

"大娘哟，看您真会说话，哄人开心玩，夸奖人不费本，真得好好跟您老学学呀……"晶晶说。

"哎呀呀！姑娘你确确实实长得很美呀！想跟我老婆子学，不收学费光管饭吃……"

"巧巧你不靓吗？白白嫩嫩，一掐一股水，一点一个泡的，长得跟奶水里泡大的一样，叫人馋眼球……"

巧巧说："犇犇你馋给你吃好了，你瞧瞧你一个女孩子，啥都能说出口来，你今天变了，人也变了心也变……"

"莹莹也吃醋了，犇犇不吱声，你这半天没有夸，不说话了，除非个头矮点，哪点长得不是一流呀？"

"可不是吗？多美的女孩子呀！"

"哎呀呀！一个个美得让人嫉妒，叫人羡慕哟！"老婆子说。

"你当初不是也很美丽俊俏得很吗，不然谁要你哎！"老头子说。

"老不正经，就是知道美呀靓呀的，满嘴没正事，马上就学坏了……"

"这些姑娘美女不都是你自己的闺女一样吗？世界上哪个父母想生个丑

八怪呀！咱们现在一下子这么多美女你不高兴吗？成天净往歪处想,啥人呀？"

孟姜女大声说："我来唱一首歌让大家高兴高兴,也助助兴头:玫瑰花儿香,玫瑰花儿笑,玫瑰花儿好,玫瑰花儿俏,浪漫潇洒啊妹妹把你吻哎,英俊自豪哥哥把你举抱哟,春雨春情乐得妹妹也好骄傲,春光春风逗得啊哥哥真帅情酷靓豪迈,阿妹妹阿哥哥情爱好逍遥噢,阳光春风伴着玫瑰唱哟依!百花为你火辣辣的红玫瑰跳呀跳!"

晶晶说："我也唱一首:爱吧,爱吧,美女,笑呀,笑呀逍遥,春风情狂阳光抱,春暖绚爱润骄。吻吧吻吧,傲俏,跳呀,跳呀舞晓。温馨春日花妖娆,腾沸热血酣笑。"

犇犇说："大家不要笑我啦,我唱得不太好,比炎大姐、晶晶姐是比不过的,但我们需要的是气氛情趣情调和开心是不是,我一首四句歌反复多遍见情调啦! '黑靓黑靓发丝瀑,精美精美性感露。缘分盼爱幽香著,卓越激情滟绚渡。'"

"我小曼也来一首清平乐《曼心》:曼心情蒙,谁入歧途涧?歌像本性私急露,只到孤独无恋。生在大自然中,精满横溢困蛮,纯情怨红尘暗,只因未找侣曼。"

"巧巧我也来唱一歌啊! '春风浪漫阳光好,爱情人疯狂不能少,天作缘分薄酒情,郎才女爱才骄傲。'"

"《如梦令》:盼爱求爱快来,美女心愿志爱,夫恋承家业,继祖门伟情戴。富才!富才!激情靓仔凯旋。"莹莹道。

晶晶说："《爱》十六字令三首:爱!母亲宝贝心头肉,继祖人,阳光希望来。爱!家家先士首位奇,承争女,祖辈在努力。爱!朝事家事欢心事,略君级,年年著强喜!"

"我孟姜女再唱一首:《歌秦娥》阿妹倔,春风呼唤温柔些,温柔些!温馨美人,浪漫奇越!乾坤龙舞腾飞泻,激荡爱心承子月。家族精华,爱心如铁。美女倔,春风歌唱靓艳月,靓艳月!潇洒舞来,音韵卓越。长城千年高山烈,祖祖辈辈虔承铁,虔承铁!保家卫朝,靓爱年月。"

"唱得好听,真好听!你老婆子也唱啊?"老头子笑着拍着手道说。

老婆子双手拍着笑弯腰："我老了,嗓跟破锣、野鸭婆叫唤样,能好听吗?死老头子净出我老太婆的洋相,我一叫,小心把你吓坐那儿,跌坏腿永远起不来,还叫我老婆子天天给你端吃端喝,侍候你怪得劲的,看你想得美呀!"

"大破锣公鸭嗓子,还不把几位美女姑娘闺女给吓跑呀!算了算了,老婆你也别瞎子点灯,还是省省吧?等晚上夜里睡床上说梦话吧!老天爷,看她们七仙女,七仙姑,七朵花笑成大花环吧。"

"老头子，你还识数不识数，用手指头数一数，到底是六个姑娘，还是七个美女？"

"丑老婆子，你真是骑着驴找驴，我不识数，我闭上眼也能摸着你在哪里，哪个姑娘叫什么名字，装糊涂，也想冒充美女呀，羞不羞呀……"老头子用手指刮着脸道笑尽情。

"姑娘们，咱们六个女孩子，就是六朵花，有六个心思、六种想法，六个样的美，我提议，不如咱们六个结拜成六个亲姊妹，六颗心往一处想，六股劲往一处使，等于六辆车在一条大道上往前使劲地奔跑，怎么样？"晶晶提议说。

"好，好我赞成，我坚决同意，决不后悔……"犇犇说，跺着双脚，举着双手抓着花环跳。

"我也同意，坚决支持到底，海枯石烂不变心，走到天涯海角不回头，不后悔！"小曼说着摇着花环。

"都支持同意，决无二心，天打五雷轰不变心，干到底，永远拥护孟姜女队长……"莹莹说。

"巧巧我也百分百同意结拜！一个好汉三个帮，一个篱笆三个桩，我们六个人绝没问题，谁变心就拿木棍敲死她！让她这辈子不得好活着，我一百个赞成一万个支持，决不掉队半步，死也死在众姐妹眼皮子底下，让大家看看英雄好汉美女的硬骨头，肉美心更美更靓，筋更硬，更有不怕难的弹性，炎大姐我是一万个佩服服从你，即使上刀山下油锅也决不皱一皱眉头。"

"好好！众姐妹们，美女们，其实上这半天我就想说这个事，我怕不是自觉自愿的，既然晶晶大妹子提出来了，大家都同意，不怕苦不怕累能上刀山，也情愿下火海，刀山也没有火海更没有，但有的是我们姐妹们的一颗火热的心情和慷慨行为！当然我也和大家一样同生共死决不后悔，如若怕死怕累大家做姐妹共殊之，好吗？"

"你们讲得好，有英雄行为，你们六姊妹都是未来的大英雄大豪杰，大女侠仙女，我和你娘打心眼里喜欢你们，支持和援助你们，你们真是长江后浪推前浪，一浪更比一浪强，我真心佩服你们这些美女姑娘，好孩子呀，长大了，有本事了，能为咱们老百姓以后的生活和太平出大力做大事业了，不得了，不得了啊……我也不太会说话，你们都是我老炎家的亲闺女亲女儿啦！我给你们的英雄行为磕头跪拜！但愿苍天有眼，让你们早早地修好长城归来。"

"爹，亲爹爹你这是咋啦，是疯了还是气迷了！"孟姜女拉着父亲的手叫着说道："快快起来，老爹，你老人家不兴行如此大礼，老爷们膝下有黄金，不能跪，你老人家给我们姑娘们折罪了，大家伙会有罪过的，起来吧！爹爹，你真重。"

"起来，起来说话，老爹爹……"晶晶说。姑娘们都伸过双手架炎老汉。

"死老头子，快起来，你看你丢人丢到家了，真是越老越糊涂，竟给姑娘们磕起头来了，这老脸还往哪里放……"老婆子气急败坏地拽老头子的耳朵，老头子好不容易才站起身来！

"姑娘们，不，闺女们，我老汉丢人吗？一点也不丢人。无论年龄大小，谁有本事，谁就应该让人尊敬，让人崇拜，叫人佩服，让人学习，以她为榜样，我老汉老了，不然我也会为国家、为天下的老百姓大干一番事业来，从今天虽说我不能去修长城，去搬砖和稀泥，我和你娘把地种好，多打粮食多生产，多送粮食叫你们顿顿吃饱饭，好有劲干活，出大力流大汗……"

"看看叫人真感动，大爹大娘的心多实在呀！差点吓坏我了……"

"谁说不是呢？万一有个好歹，太感人，差点我也眼泪都急掉下来了，将心比心啊……"

孟姜女说："现在别的都不说了，看看咱们六个人，谁当姐姐妹妹？咋排法，咋称呼？"

晶晶说："依我看法不如论个子高低，你孟姜女个子最高，大家就叫你炎大姐算了，省得麻烦，这样那样的不合适，我们五个无论年龄大小，姐姐咋了，妹妹咋了，一天三顿饭，夜里呼呼睡大觉吗？孟姜女你是我们的主心骨，大红旗，最后变成了不知名的妹妹怎么办哩，是不是呀？"

犇犇说："我同意我没意见。"

"谁当姐姐妹妹，我都没意见！只要我们在一起就行了，我当妹妹情愿在下面，好有姐姐们的帮助呀！人们不是说'要想好！大让小'吗，我当小妹，谁不让着我呢！"

"对，就这样，孟姜女你是老大姐，齐晶晶是二姐，汪犇犇是三姐，我巧巧排老四，莹莹是五妹妹，小曼是六妹妹，咋样，有意见的举手开口讲话，有话赶快讲，有屁赶紧放，过时不候，有意见上阎王爷那里去提，我这儿一会决定咱们一生的命运，到老死也是姐姐妹妹……"

孟姜女来回看看，最后说："好吧，大家都不吱声，表示都同意了，既然大家推选我孟姜女为老大姐，其实我也不老也不大，但是带领大家的任务决定我是最大的，大家推选我为老大姐，姐姐妹妹的头头，从今往后咱们大家美女姑娘们有事，大家一起商量共同努力来完成，不求同生共死，应该是有难同当，有罪同受，不讲天长地久，只求荣辱共患，只讲修建长城出力出汗保朝为民，为普天下的老百姓太平安康、有吃有住、不受强盗和洋鬼子红胡子的马帮烧杀抢掠做出贡献！大道理要讲，士气也要，咱们这些姐姐妹妹天天讲，时时说，保证长城修好、修牢，早修好早完工，最后咱们再各自找个好人家，成立家庭，建立美好如愿的人家，为人妇做个好媳妇……"

"青青也来了！"晶晶说："你们这是干什么呀？好热闹好快活，玩什么游戏，还有花环和鲜花的！"青青问着说到。

"干啥！你不知道吧？我们准备去远方，北面修长城去！干大事，干大活出大力……"

"能行吗？我这两天倒霉哩很，非逼着去和一个啥人成家结婚，我想着不愿去，谁知道是好人是坏人，把我拉去就和他在一起，想想都害怕，还不知道往哪里躲藏这一关呢？做女人真难，本来和毛蛋玩得好好的，他发誓非我不娶，他也被叫去修长城了，早知道去年和他一路去修长城了，啥人啥规矩，我们活着还不如一只小鸟和蚂蚁自由，你越不想咋着，就越让你咋着，活着就像一头牲口，硬拽着牵着鼻子往火坑里叫你跳！真是活得够够的，啥意思！"

晶晶说："我建议你也来跟我们一路来修长城，人一走他茶就凉，和谁结婚呀？说不定到修长城的地方还能碰见你的那个毛蛋哥哥哩，两个人一起修长城，又快又好，早完工早结婚早幸福早如愿以偿，谁也管不了你了，只要和我们的炎大姐在一起，谁也不敢来管你！我们的人越来越多。看她敢咋样，谁怕谁呀！好汉怕三女，三个女一块吵闹死他，何况我们六个人加你七个人，吃不了也让他掉层皮，剩他半条命和谁结婚呀……"

"你们真能保护我呀！那我就和你们一块干，刚才气得我还想寻死呢！这么大世界没有一个人能帮助我青青，碰上你们，我青青是三生有幸，天地灵验就是有人相救，毛蛋哥放心吧！我一定要找到你，永远和你在一起……"青青姑娘双手合十向北方天边鞠躬行礼默默祷告几句回过神来："各位姐妹，我青青就个小妹妹，你们到哪里我就到哪里，愿跟着大姐们去修长城，决不后悔！决无半句怨言，叫我干啥我干啥，只要给饭吃就行了……"

孟姜女说："青青，你姐我是孟姜女、炎大姐，大家推选的，晶晶是二姐姐，犇犇是三姐，巧巧是四姐，莹莹是五姐，小曼是六姐，你是七妹妹，如今是七个人，说不定明天就一百人的队伍，但今天咱们七个人为亲姐妹结拜！再来人就不结拜了，这样吧，咱们长话短说，现在准备结拜仪式，把土堆起来，就是这地头白果树垒堆土堆，插上麦苗、玫瑰花、太阳花、月亮花，在一块磕头结拜！"

"好耶，好耶。就这样，快弄土堆子……"晶晶说。青青说："堆，大土堆快起来呀，保佑我青青平安无事去修长城，找俺毛蛋哥哥哎……"

七个姑娘七手八脚地一会儿就堆起一个大土包，上面插着绿绿的麦苗，红红的玫瑰花、金黄色的油菜花、太阳花、月亮花，白果树枝叶子，七个大花环，七个花冠戴在头上，美到家了！孟姜女在六个姑娘正中间跪在地上，双手捧着花环大声说道："一跪拜天！二拜地！三拜父母大人养育恩情，四拜祖宗，五拜神灵，六拜诚信，七拜四海为家，八拜互拜有情人如亲生一个父母！今日结拜不为同生，但愿患难与共，真心似铁！有违者共殊之！"跪拜后又唱又跳，又舞欢声一片。

跪拜是姑娘情义，姊妹亲如同胞生，修建长城载功绩，花开靓美香艳盛。

在梦家镇的一个院子里，点亮着一盏香油灯，挂在院子中的一棵大香椿树上，亮光下有一张八仙桌，人们都围在桌子四转，有的坐着，大部分姑娘都站立着，互相依靠着，男男女女老老少少，个个脸上都是喜气洋洋，不时地有说有笑好不热闹："炎老爹，这回你家给咱们镇上大街上增添了不少新闻题目，真是一传十，十传百啊，等明天早上满街道赶集的人都会知道的，好事不出名，奇事满天下，我估计县里，府台大人都要来您家的，我们全街也跟着沾沾光，见见县老爷，县太爷，我也说不好了，嘴笨，啥郡台、府台、道台都能来的。"

"管他谁来谁不来的，谁想来谁就来吧，反正也不是什么丢人的买卖，愿来来，愿走走，来是一碗茶，走是一碗水，咱可没有大鱼大肉给他们吃，小户人家管不起当官的，特别是大当官的，一个个肥头大耳朵，浑身油光闪亮的，自然有人会管他们的吃喝。"

"有些人巴结还巴结不上呢？咱们这些人没有钱，有钱的人呀，那些做大生意大买卖的人，就是喜欢巴接大官大吏，掏多少钱都心甘情愿，看看这梦家镇百十里，方圆哪个集镇也没有咱这个镇子大，大寨墙多厚实，寨门就好几处，南大门、东南门、西南门、西大门、东大门，北面又是大河，光河水也有几里地宽，还有码头好几处，壮观着呢，名不虚传啊！"

"可不是吗？只要从咱们镇寨走出去的，个个都风光了，个个都是官运畅通，出人才啊，这炎老大你家又要出个女英雄女大侠，豪杰呀！给全朝文武会留下很大的知名度的，爷们儿干的活，哪个男人不害怕呀，脱坯搭墙活见阎王呀！可咱们的女英雄女大侠天生不害怕,就敢与爷们儿较着劲干，了不起呀！不得了呀！让人佩服。"此人说着竖起大拇指比画着，"不得了，女豪杰！美女汉子。"

"是呀，炎老大养了个女大侠、女强人、女后羿、女大禹，当年大禹治水是很厉害的，治水非得力大无比，胆量超人，那稀泥巴糊中要开河道，满天遍地都是水，淹不死也饿死，咋办？大禹变成一只大熊攻土攻地攻山，最后老婆都吓死了，她认为大禹是一只大妖魔、鬼怪变的，世界上啥事都有，真是千奇百怪无奇不有啊！"

炎老大招呼邻居黄老大说："来了！来了！老邻居，黄老大来坐板凳上，喝茶，闺女给你黄老爹爹倒碗茶来，咋样啊？又忙什么呢？""黄爹爹喝茶呀！

看爹爹的头上白发又多了，喝茶啊！"孟姜女双手捧着茶，看着黄老爹热情地说到。

黄老大点头示意孟姜女把茶碗放在桌子上，说："闺女真的长大了，个子也高了，也孝顺，儿大不由爷啊！好好干吧，只要对咱们老百姓好，有益处，就大胆地去干吧！人来到世上就是要吃苦的，就怕懒人，没有出息的人，不去干事情的人呀！我喜欢我闺女的脾性说啥就干啥，拼搏是她孟姜女本性，我做爹娘的只求你好好地去干天下大事，我这辈子活得窝囊，开始打仗，你打我，我打你，乱七八糟地乱打一气。这几年好了，不打仗了，我们也老了，头发也白了，再过几年胡子也熬白了，一生就完了，人生一眨眼就过去了，这辈子就对闺女说两句话：只要对，就去大干吧，人生才骄傲一辈子，子子孙孙百年千年都忘不了咱们的好闺女！我支持你，千万别忘了啊！女儿啊，你娘在做晚饭，叫我过来说道说道！我相信你炎老爹会大力地支持你的事哩！干吧，甩开膀子大干一场，一定会有好的收益的，人家做生意的，讲究大本大利，小本小利，我们活生生一个大美女，跟仙女一样靓的女孩子都冲上去大干了，一定会有想不到的收获的，看你炎老爹兴奋的，脸上放光，浑身上下生异彩，高兴啊……"

"老爹讲得对，句句都是真理，儿我孟姜女永远记在心中，你们二老在家也别想念挂念我，我拼着命地好好大干，决不退后半步，爹你喝茶呀，趁热喝，凉了茶就不香了，越热茶越香……"

"好好，我喝，今晚上的茶，特别香甜，清香绕心，好茶，给你炎老爹也端上一碗喝，还是闺女好呀！女儿乖，人长大了，该去干一番大事业了，人生如梦，转眼就老了，不中用了……"

炎老大说："不老、不老，闺女们冲上前干，咱们在后面也要大干，多打粮食，种好庄稼，多送粮食，多垒城墙，要不是路远，我这把老骨头也拼上去了，再干一大场，咋样都是过，都得出力加油大干才好呀！儿走千里，老爹挂心呀！女儿行走，娘担心！咋能哩！儿大不由爷，去就去，反正在哪里，最后也少不得一走了之，所以还往好处想，别牵挂才好啊，是不是……"

"黄老爹，我瘸老三你是知道的，一是一、二是二，从不胡说信口开河的话，炎老爹这一回你们的闺女给你们二位老父亲争了大面子了，也在百里千里的地面上是个风风光光威武气概的人物，大秦的文武百官没有不知道孟姜女的大名的，皇上也得伸出大拇指赞扬你们的好闺女呀！"

"瘸老三，你别的为人处世都好，就是有时爱喷大话，瞎说，你想想皇上会过问这些芝麻蒜皮的小事情吗？咱老百姓生来就是干活的命，一身水一身泥，累死也讨不了好呀！命该的！讨饭的也要吃饱肚子晒太阳，真是做梦娶媳妇净想好事情，你呀你都六十多岁了，还在胡思乱想，看看胡子都白了一大半了，小孩子的事情由她去，古语讲：儿大不由爷啊！管不住管不了啦！"

此时大门外又来几个姑娘，"阳阳、倩倩、楠楠快来呀！满院子的人呢！"田田在往大门里走，边说边介绍叫着名字，"炎大姐、炎大姐哪位是孟姜女呀！好多美女都在此呀！"大伙自觉不自觉给她们才进院子的四个姑娘让道，有几个姑娘伸出手来把她们往桌子跟前让着，孟姜女在写着字低着头："里边请，里边请马上就好，来者都是客，贵客中间来，请请请。"晶晶伸出手来把她们来的四位让着，其他人就此巧巧的往边上往后靠靠站在这边边边地方听着。

"你们好！找我孟姜女有事吗？诉诉说说看，我能帮忙就一定为大伙着想，尽最大努力来满足大家好吗？坐下讲。"炎美女大大方方热情有余地招呼着笑着说。

"是呀！无风不起浪，好事传千里，大家伙全镇的大人小孩都在讲：你孟姜女，是个才女，女侠，现在见面果然出语不凡啊！人长得大方漂亮靓艳大美人，而且态度热情好客好友，将来是个大名鼎鼎的大人物，我们初次见面。就让我田田佩服得难舍难离，是个可以依靠的人物。"

"大美女姑娘，请你有话直说，需要我孟姜女帮什么忙，我一定会尽心尽力地想办法去帮你们。"

"好吧！在大街上听人讲，炎大姐要去千里以外为天下老百姓的太平安康，给大秦朝去修筑长城，我也想去，我们四位商量着来了，咱们都是农村女孩，啥都不会，就会出力、淌汗、勤勤恳恳地干活，炎大姐你看我田田的身手比你大姐还壮实，平时就是闲不住，家里地里……"

"田田大妹子，你是心直口快，愿为大秦江山，老百姓出力，保家卫国为家乡大干一场，这我孟姜女心里明白，咱们又是同年龄同时代的人，愿干大事是好事，这筑长城可是要人命的活，可不像在家里耕地割割庄稼，喂喂牲口，古人讲脱坯搭墙可是活见阎王的脏活累活，累死也剩下不了半条命，你们都是好孩子女娃大，皮肉嫩洋洋的，还不得脱层皮，掉一身的肉呀……"

"炎大姐你不用劝说了，自然你能扛得住，你不一样是好孩子姑娘吗？比我们几个还要靓艳美丽，而且还是激情动人水汪汪的大美女呢！我们是人，是女人，人是能主宰自己的，大家不要笑啊！我说句粗话，世上再伟大再豪杰的男人都是女人生的，女人养的，女人心里想干的事情，就是天塌下来，我们的女人不皱一下眉头，谁也不在乎呀！炎大姐孟姜女你是不是不想带我们几个一块干？"田田抢着说。

"炎大姐，你不带我们，我们也会去干的，往前往北方使劲走，一个月不到就三个月，三个月不到就半年，我们会一直走，肯定会找到地方的，哪里有我们这家乡的人，多着呢，我两个叔叔、二大爷、小爷爷都去了，怕摸迷了路是怕狼吃了啊！"

"姑娘们大美女们不要吵，不要说了，看看大娘我给你们端吃的来了，好吃的甜丝丝的，快尝尝呀！"

"是啊，真好吃，大红胡萝卜，红红长长的好美好漂亮哟！吃吃……"

"来来来，大家吃，还有锅巴，带焦的！" "我天生就爱吃带焦的，越嚼越香，大娘你真好！能活一百岁。"

"巧巧的嘴像抹了蜜，说话真甜真香真好听！活到一百岁就成了老妖精了，还是活一天是一天吧，你们大家吃呀，千万别客气呀！谁客气饿谁的小肚皮……"大娘笑着往灶屋里去忙活了。

阳阳说："姐妹们，千万别客气，该吃吃，不吃白不吃，吃了也不能白吃啊！吃完吃饱，咱们都要听炎大姐孟姜女的话，叫咱往北去修筑长城，咱们决不去南方长江里去逮大鱼，咱们都是乖儿女，就是最听话啦，不让干的绝不干，不叫去的地方也坚决不去，说句老实话，炎大姐还没有我大呢，我今年虚岁十八，但是炎大姐比我有本事有主张，所以我就叫她是大姐姐……"

"你大先给你找婆家，找个七老八十的老相公管着你，看着你还变坏了不成吗？"晶晶笑着说开玩笑。

"我阳阳才不干呢？老相公老掉牙了，我还得侍候他，老东西，快烦死我了，跟个老妖精一样，天天处在屋里藏起来，啥都不干不会干，饭来张嘴衣来伸手，谁侍候谁呀！啥年月了，六国早就统一了，小国变大国，文字都规范了，上街都用称做买卖了，谁不往大处想，往好处想呀……"

"是呀，这修筑长城在周、商、夏几千年，他们怎么就没有想到要修长城呢？"莹莹说道。

"你真笨呀，一个傻瓜提出的问题十个聪明人也难回答……"楠楠说到。

"那谁不知道啊！那个朝廷强大、队伍多，能杀能战的多了……"莹莹说。

"现在部队少吗？将军不会打仗吗？还是大将军不敢打大仗了？"犇犇说。

"现在坏蛋更加坏了，坏点还多还毒，不劳而获，吃饱了就想着抢人家的财产家当，抢美女抢小孩抢牛羊猪鸡，抢金钱宝贝，想抢得多抢得快，跑得远远的，抢的用不完的分给他们的百姓，土匪婆、强盗窝，红毛子和洋鬼子联合起来，组织强大的马队，趁大家不注意不防备，冲过来就死命地抢，咱有队伍，人家号召比你多几倍的人生抢生夺！你不给他就用枪用马鞭子活活打死你，他们都是活老枪，杀人不眨眼的强盗，不怕死的大盗大恶霸，他们比野蛮人野人还野人哩！吃人不吐骨头，野兽、又是一群狼、饿狼，他们是有组织有纪律专门抢人家财物的活野兽……"炎老爹说着比画着。

"大爹，你真会形容，真会打比方……"犇犇说道。

"对呀！我想古人就不会那么笨，就不修长城，或不会修长城……"晶晶说到。

"这些强盗离咱们远得很，他们都在原始野人时期，互相争斗打拼抢杀……如今他们也有马队骑兵，说来就来，说走就走，一天几百里路一阵风。我们的大将军们也不是飞毛腿，光靠两条腿走路是撵不上的，追也是乌龟和兔子赛跑，有天地之别之差啊！等我们修好了长城，他们便过不来啦，那长城比高山还高十来米，修在高山上，跟在云彩里一样。比大道还要大得多哩，累死他们也过不来的，飞也飞不过来了……"

此时晶晶把孟姜女和犇犇拉到一边没人处说："炎大姐应该把她们留下，不然她们非要去修长城，和我们心思一样，你们看看那个叫田田的女孩子多冲、多直率，胆大心直口快、对人好还热情，到时候她一号召，去好多人，我们光七个人不到，势孤力薄干不成大事情……"

"对对是这样，我这马上就要跟她们说，咱们一起来，人多力量大，干劲大，众人拾柴火焰高嘛！自然就干得快，干得好是不是，她们来的目的就是要和我们一块去干去修长城……"

"我赞成，管她四个人，就是叫四十人，四百人也要呀！这样主动权在我们姐妹手中，咱们大家一边好好干活，一边做做小组长，小队长管他什么长，七个姐妹，七朵鲜花，仙女姊妹们就能带领七百人，一千多号人，管他七百七千人更好，出家人不爱财，越多越好，多多益善嘛……"

"好好，有看法，有理想，将来百年千年后代人人都知道，女人也修长城，和男人一样，他们能干的，我们女人们也能干，过去和她们几个人讲讲，大家一块干。"

她们走回人群中，孟姜女大声说："田田、阳阳、楠楠、倩倩，我非常感谢你们参加我们的千年万年给后代的造福行动，修筑长城！从现在起我们就是亲姐妹好朋友好伙伴了，咱们这就去镇里，跟镇长说一声，看他支持不支持，如果他能支持鼓励我们，那以后无论怎么干，走到哪里，大家都会帮助我们，找到修筑长城的地方，当然也可以找到我们家乡的乡亲们，大老爷们的，我们今晚是几个人，说不定明天天一亮，就会有更多的人来参加的！从现在开始大家有什么好主意，好建议都可提出来一起商量商量，如今咱们不能乱哄哄的，干什么都要有分寸，因为咱们不是打狗打狼队，今天我是组长，说不定明天后天大家都是队长什么的，赶快发挥智慧，但决不能乱七八糟一哄而上，明白不？更不能向大家和人们说的一样：三个女人一台戏，坚决杜绝不听话一窝蜂，这会咱们按个头大小，可以自觉排成一行一小队都行，大家随我来！晶晶、犇犇、莹莹、巧巧、青青、田田、阳阳、倩倩、楠楠不要乱，一个挨一个自觉跟上……""孟姜女，炎大姐我李香花也来了，还有韩玉玲、金铃、梦圆、郭文慧……"李香花在大门外喊着叫着跑过来。

"你们几个先不要来，明天也可以多找些人来参加！大家先出去吧！明天一早来报到，登记名字好吗？这会儿我孟姜女谢谢大家的帮助和支持……"

如梦令

人心齐泰山移，姐妹团结一心，热火朝天情，长城坚毅酷馨，美妹！美妹！千古风情靓韵。

请缨

梦家镇大院，红漆大门半掩着，里边有二层院子，前院十间青砖小瓦房子，办公房六间，四间偏房，有一个看大门的老头五十五岁上下，人们都习惯喊他陈老头："院中有人吗？陈老头在吗？陈老头不在院里吗？"孟姜女在大门口叫了几声，慢慢走进院子里。

"谁呀？哪位啊？天黑了，谁在找人，叫人啊？找人有事吗？"陈老头自言自语地从屋里慢慢走出来，一手端着小油灯，一手给灯火挡风，看看是几个女孩子问道："有事？姑娘们，噢都是女孩子呀！没事一边玩去，这是镇政府，镇长大人家，可不是好玩的地方……"

"陈老爹，陈大伯？镇长在家吗？"孟姜女继续追问道。

"镇长大人在家，还没有吃晚饭呢？上面下来公文不知什么事情，镇长大人正在着急哩！"

"帮我们通报一声，就说孟姜女我们几个人想见镇长大人，有事要报告。"孟姜女说。

"通报可以呀！见不见由镇长大人做主！好吧！看你们几个姑娘的运气了，镇长这几天脾气大着哩，动不动就大声冲人，你们等一会儿，我去告诉一声。"陈老头端灯向后院走去。

"报告镇长大人，前面有十来个女孩来求见您！"陈老头小心翼翼地说着。

"叫她们回去，有事明天白天再来报告，这黑灯瞎火的，能有什么大事，你这个陈老头越来越不中用了，连几个女孩子也挡不住！成天能干什么事吗？废物，去去去，叫她们回去，明天明天！"

"镇长大人，都是女孩子，全是黄花大闺女，漂亮得很，见不见？"

"就是仙女下凡，这时候我也不见，怪事情，是你是镇长，还是我是镇长，你眼里还有没有我这个镇长！连我讲话，你也听不懂，到底是咋回事啊！怪了！怪了！几个黄毛丫头凑热闹，不见！不见！她们无非正常是流眼泪，暗地里你家长东家短的婆婆妈妈毛草皮的小事情，就说我正在研究修筑长城的国家大事，去去去，烦死人了，废物。"

"镇长大人，她们可不像有婆婆妈妈的小事，搞不清到底是什么事？"

"你是越来越笨到家了，为什么不问一声，去去去，问清了再说，真是老迷糊、老笨蛋，怎么办事这么不上心，我看你不行，明天卷铺盖走人算了，啥东西吗？"

"是，镇长大人！一定听你的吩咐指挥明天走人！"陈老头转过身急急走到前院说："美女姑娘们，镇长大人正在为修筑长城着急呢？你们趁早回去吧，别自找倒霉挨受气了。"

"他一个人离长城千里万里的在家着急，能急出个什么名堂来……"晶晶说。

"这不是，镇长大人说：你们没事赶快回去睡觉！别在这镇里起讧瞎吵吵……"

"陈老头，我孟姜女可不是三岁小孩，这十来个姐妹们都是为大秦王朝好，为皇上好，为普天下的老百姓来想办法办好事！当然更是为修长城来献计南策求助镇长大人的高见的。"孟姜女说。

"你们也想去修长城！就凭你们这几个女孩子？细皮嫩肉的，花骨朵一样能修长城？哼！我陈老头都不敢去想，也能想到猜准，长城比山高，比长江还宽，看见咱们这淮河没有比它还宽还要长得多得多！我怕你们连爬都很难爬上去？走吧！走吧！孟姜女也不是我泼凉水给你们，你们来两个人去跟镇长大人讲讲，看行不行，我也尽到责任了。"

"好！姐妹们不用急，稍等一会儿，我和晶晶去去就来，你们等着好消息吧！"孟姜女随手拉着晶晶往后院走去，陈老头跟在后面急走几步，她们三步并作两步走，来到后院，陈老头说："东边屋里哩，报告镇长大人，孟姜女到！"

"你真蠢，谁叫你叫她们来的？叫你问问她是啥事，又没叫她们进来，陈老头啊陈老头，猪精是啥样子，笨猪！咋办的事，有什么区别！乱弹琴，连句话都搞不明白，还不如个看门狗哩！气死人……"

"镇长啥事急成这样子，我孟姜女可是为大秦王朝的安宁、老百姓的太平来找你的。"孟姜女说。

"我说，钱老庄昨天死个牛是怎么死的！原来是你孟姜女这会儿吹死的，黄鼠狼给鸡拜年，没按好心肠啊！有事快说，没有赶快走人，哪里清闲哪里凉快去……"镇长装出一副不耐烦的样子左右来回走着，又是吐吐痰，又是摸摸鼻子的。

孟姜女看着镇长的态度和语言后，心里也很不高兴，按着性子说："镇长大人，我们姐妹十来人准备去北方修筑长城。""就你们几个？手无缚鸡之力，细皮嫩肉的能干活？开大秦始皇帝的玩笑吧？找几个人伺候你们还差不多？再过几年生孩子抱老公我相信，去修长城！那都是我们爷们儿、大劳力干的事，干体力的重活，连我这个镇长都是外行不沾边！别说你们这黄毛丫头，弱女人……"

"镇长大人，我家里地里的活，还不照干吗？谁家的女人叫过苦喊过累？我们天生就是干活的命，干不动这样，还干不动那样吗？搬搬运运，抬抬扛扛，做些吃的用的，总有可干的吧？"

"你孟姜女以为是在家做饭，三五人十来口人的饭呀？那做饭的比干活的还累人哩！几百口子人，上千口人，几十万人在修长城，你们女人家能做好吗？真是异想天开，小孩子过家家啊？你看你们两个多漂亮的女孩子，水灵灵的，让男人夜里做梦都想迷瞪，修筑长城是老爷们的国家大事，千年之计策。"

"镇长哎！你看不起我们女人吗？当年不是女娲补天，女娲造人，现在有你我吗？补天比修长城还难一千倍，一万倍，不是我们女人先干的吗？嫦娥上天上月亮不是也是我们女人吗？"

"孟姜女，小姑娘小美女，你真单纯，哪都是神话故事，瞎编来骗人哄人的，你们这些女人就喜欢让人骗着玩，人家说啥，你们就相信啥！两个信子，大傻子，大傻瓜蛋，神话还讲天上有十个太阳哩，现在一个太阳人们夏天热的就都受不了了，十个太阳还不把人给照熟了才怪呢？天方夜谭！"

"精卫填海呢？小鸟比我们女人小百倍，精神之伟大，无论什么事情关键在精神作支柱，人间奇迹不是没有的，都是男人、女人精心慢慢创造出来的，只要是人就行……"晶晶接着说道。

"精神是远远超出能力之外的，这我相信！但这修长城不是一会半会的事，谁知道要修几十年上百年呢？家里的地谁来种，光修长城能饿着肚子修长城搬砖头抬石头？没有吃的粮食还谈什么垒长城呢？岂不都是天方夜谭的大笑话吗？你们家的地都有人种吗？如果没有，对不起，咱们免谈修筑长城的事，都回去好好种地，这才是千真万确的道理！"镇长的语调强硬起来说。

"那是当然了，爹娘在，妹妹弟弟都会种地，种地的活不用学，不用急慢慢学，季节到了也就学会了，人家大家咋着咱咋着，用眼看看人家就行了……"

"你家呢？"镇长大声问晶晶说，生怕她说瞎话。

"小弟小龙十三岁，妹妹、爹娘都是种地一把手，他们都支持我去修筑长城建功立业！"此时前院的也急忙来到后院里。"你们不许说瞎话说假话，我来一个一个地问，谁骗了我我让她去坐大牢、受刑罚。吃穿是第一，吃饱肚子心里不慌，你叫啥名字？""田田。""家还有什么人？""爹爹和俺娘，姐姐妹妹两个，两个小弟弟才八岁六岁！""姐姐出嫁没有？""还没有，现在连个男人也找不到和谁结？""你叫啥名字？""犇犇，三个弟弟，两个妹妹，全家九口人，还有奶奶！""你？""莹莹，上面哥哥、姐姐两个，弟妹七人，爹娘。""哥哥多大，为什么没去修长城？""哥半身不髓，有重病在身。""你叫啥？""青青，三个弟一个妹，爹娘奶八口人。""你？""哥哥、姐姐两个，妹妹、哥哥去修长城了。""你？""巧巧，两个弟弟，三个妹妹，两个哥哥都去修长城了，爹娘在家种地。""你？""楠楠，五个姐姐都出嫁了，没有哥哥弟弟。""你？""倩倩，15岁，三个哥哥，一对半修长城，三个弟弟都小，爹娘在家。""你，最后一个？""小曼，17岁，两个哥哥去修长城，一个弟弟，三个妹妹，爹娘。"

"好！大家都讲完了。该我镇长讲了：大家想去修长城是好事情，也是咱们镇上的大喜事。大家是保大家护小家的想法，非常正确，也非常合理，你们这些年轻人都是都有非常难能可贵的精神，我是嘴上反对，怕你们这些女娃娃受不了，却以我从内心深处是赞同和绝对支持的，只是怕你们这些小女孩子美女们一时冲动，一时犯糊涂，只是一时一会的兴趣。一股子热情过去，会抹鼻擦眼泪后悔的，怕家里没人种地，总之镇长我是一百个支持一百个同意。这不白天上边来快报，又让每个乡镇送一百多人，我正在想办法怎么凑够人数？能走的男子汉从十六岁到五十岁都走了，剩下的老的老，小的小，女的女人。好！孟姜女，你的看法和办法是最正确的，要是每个女孩子都像你们这样自觉自愿，再找万把千把人也不成问题，就是怕上面不让女孩子姑娘们去，如今也只能将计就计了，有力的出力，有人的出人，没人没力的出钱财，谁也不能闲着，鸭子过河鹅过河，都不能白过，不拔毛咱们就吃鸭肉、鹅肉。今天晚了，大家回去好好睡觉，安安稳稳睡一觉，准备以后好出大汗出大力，做大贡献！姑娘们不要以为我镇长同意，赞同你们就在梦中笑醒了啊！我要写官文通报上司，你们还需官文用官文走千里行万里路，路上才安全，走遍天下无人拦路，我还要招募跟你们一样的姑娘美女女孩子，让你们现在的姑娘都当班长、组长、队长，为我们镇里，为你们村里争光……"

如梦令

争光争名争利，村村镇镇力念，老少爷们干，姑娘美女靓汗。城恋！城恋！势与长虹飞贯。

编队

程莹说："哇，这院里好多人哟？先生们，孟姜女在吗？孟姜女！孟姜女，没有孟姜女吗？"

刘芳："本姑娘也是找孟姜女的，你知道孟姜女是那个吗？我都等了好一会了，没有找到人哩……"

严萍芳说："我们都来了好长一阵子时间了，谁知道到哪里问人呢？大家都是在等她孟姜女……"

程莹说："不知道还在这里瞎等着啥劲？这些个人，人不傻吗？真是个个都是怪怪的熊样……"

姜丽聪说："你不傻不来，你还伸长了脖子往这钻，有本事别往这里来啊？不是也和别人一样的傻蛋吗？哼！熊样吗？听着这种人说话就胀气，张口就骂人，好像他多能吊台一样，光棍，好说不好听……"

程莹说："你说谁呀，看你个啥鬼样子，张口还想教训人，也不尿泡尿照照自己是个啥样子？还人模狗样地充起文明小二来，你家的灶房锅底下文明安静回去爬里面蹲着呀，本姑娘是来找孟姜女，炎大姐一起去找俺铁蛋哥的，挨着你什么事，真是狗咬耗子多管闲事……"

姜丽聪说："你看你那一式的，也还去找铁蛋，俺去找尾巴，心爱尾巴也来受你的鬼气，真是人说话鬼打叉，老子点灯疯婆子吹风，谁怕你是个啥玩意呀，别说铁蛋、驴蛋、狗蛋，谁怕谁啊，横竖不是个村痞一个呆熊样，啥熊玩意宝贝是咋……"

刘芳说："啥样啊，你去找谁？铁蛋是俺刘芳的铁蛋，我看谁敢给俺抢呀，我不做她得屁坑坑才见怪了呢？铁蛋是疼俺得，还给俺送的镯子和耳环耳坠子，见过没有……"

君君说："你找铁蛋凭啥吗？我的桃猴子、桃兔子还有俺妹妹桃狗子、桃鸡都是俺铁蛋哥给刻下的纪念品，精制得很哪，看你熊样子，也配找铁蛋呀，马蛋得……"

贾玉说："俺是造铁蛋得，铁蛋就喜欢听俺的话，叫他往西，他不敢往东去，叫他去抓蛐蛐，他不敢逮蝈蝈，他最喜欢俺了，他说他今生今世最喜欢我，爱我一个人了，还爱我的小妞妞，他舔得吧吧响，哼，不管千里万里俺也要和孟姜女一道找到他，我的铁蛋哥哥，叫我好想好想啊……"

顾朝花说："你们看看都是啥味得，啥胎得，就是知道铁蛋马蛋熊蛋得，俺可是石头蛋蛋，他那浑身的骨头，拳头家伙才硬邦邦得硬呢？连他的鼻子顶人都疼得很哩，他才更有劲哎，嘴唇子上都是骨头，亲你一下子，脸上马上火辣辣一个大水泡……石头蛋蛋哥哥，你在哪里哟？想死俺也嘎妹妹……"

任清说："大老虎舌头上都是肉倒刺，要是让它吻上一口才甜才香呢。叫你这辈子没法出门上街买东西……看看你们熊样子，瞪大了鸡蛋眼珠显嘴圈子能……胡想乱想穷地摆啥东西呀，满嘴红口白牙喷吐涂星子的脏话，想男人想疯了……"

顾朝花说："看你的毛蛋哥哥，还是绿毛的啦，找不到活该不活了，找到了，说不定他又喜欢北方的花花草草什么燕燕了，非叫你死也死不成，活也活不好，死你个死妮子！叫你好好地想个够……"

尹莉莉说："你想吧？说不定他现在在外地当老财主大员外的新女婿呢？这家大老员外大财主养了个大傻痴呆的女儿看见男人就发疯，天天想着想嫁人，叫你毛蛋碰上变成绿毛毛的毛蛋……"

顾朝花说："俺最相信他的了，他每次都抱着俺发毒誓，天崩地裂、天塌地陷、海枯石烂不变心，不是同年同月同日生，他愿与俺同年同月同日死……"

周莉说："算了吧，标准的大灰狼的白眼狼，伤妞妞傻二妹，这全是哄人的耍手段得，你想想他与你一块死了！你生下的儿女谁来养活，谁来给他们成家立业啊，叫你去死，给你金山银山你都不会去死……骗子大骗子，女人都是软耳朵垂子，男人两句话就给骗得四平八稳，仰八叉由人家玩个够。"

大妞妞说："哎哎，有人吗？这满院子怎么不见人了啊，刚才还在俺家里说话呢？后来就走了啊……"此人自言自语说道。

齐香香说："瞎吗？这满院子人？咋没人呀！真是瞪着天生的驴蛋眼珠子

不管护……"

　　姐姐说："就你也配叫人啊？天生的一副奴才奴隶样子也是人呀？也不照照镜子尿泡尿看看，老娘是谁，来找谁的？真是人说话狗打叉，闲吃老鼠蛋操心，半路上遇见一只没人要的流浪野狗叫……"

　　齐香香说："哟！原来是镇长家的大小姐呀，啥时候找到野男人的呀？人不大个不高，也没有出家出阁就应老娘了，真是太出息了，老子英雄儿好汉啊……"

　　大姐姐说："姑奶奶就是你老娘，生了你这个不孝顺、胡搅慢缠的野种狐狸精，看我今天不扒了你的皮还了你的熊样模子种，叫你个日娘的好多嘴卖骚，叫你在屁里洗洗你气猛子……奴才屁里僵奴隶，祖传一幅屁女戏像……"

　　齐香香说："你让俺爹爹的肉棒肉棍 k 几回，俺爹爹把你捣得劲了，屄舒坦了！……屁嘴邦邦痒痒了，找个象个擀面棍捣捣去……没有见过你这样的熊胎胎凑的熊娘们，还没有找到男人，就满屁嘴的屁屁吊吊的挂在舌头上，挂在大鼻子上面的屁窟窿上，还是镇长家的大小姐呢。丢人，梦家寨的人叫你丢完了，回去找个大门上的顶门杠子来抽回进去，使劲铲草草，把屁毛除掉，就不瘙痒痒不臭屁了……"

　　大姐姐说："玉兰、小花、丫头，都给我上，打死这个有人生没有人养的野屁媳子呢种！竟敢跟本姑娘本姑奶奶对着干，撕烂她的屁圈子嘴，撕叉她的屁眼子，叫她卖屁的大街上卖个够……屁奴才气死我了，非叫你娘你爹跪下来磕头求饶……"

　　玉兰丫鬟说："各位姐姐去让让啊，冤有头，债有主，今天非让她这个屄妮子裤裆露象？撕烂她的屁嘴圈子，打断她的胳膊腿！也不看看镇长家的大千金姐是谁，是好欺负的？"

　　小花丫头说："逮住她，扒掉她的裤子找木棍子捣捣她的屁洞洞窟窿，叫她知道知道做奴才的也敢和镇长的大千金小姐对着干，瞎了你的驴眼眼屁……"

　　整个院里的女孩子姑娘们："齐香香往哪里跑都让开一条道路，两个丫鬟和镇长小姐乱碰乱撞就是过不去，满嘴胡骂乱绝，满院子叫喊声……"

　　孟姜女突然从外面回来站在大门说："哎哎哎！咋啦！咋啦！姑娘们美女们？吵什么呀？绝啥东西骂谁呀？我孟姜女的院子是打架的场合吗？都给我住手，谁再不听话，姑娘们大家上去都打她一个人，怪了，怪得很！我才走一会儿就打起来了！"

　　玉兰和小花在人群里，被挤挤撞撞的走回来到孟姜女站的大门口！气呼呼地说："一个个都是啥胎胎啥味得？欺负我们人小是不是，叫一帮子家丁来，早晚有你们好瞧的。"

　　大姐姐说："孟姜女可回来了，我想想着找你来玩玩，这才到你家的大门口，你家的这些个鬼奴才就给我过不去，又是骂，又是吵，又是闹的，一个个都显着多光棍，多能台一样子，鸡巴吊嘴都吃了鸡下壳子长大的样！人家说话，她显不完的能台样屁样子，抢着大屁都子卖个够，气死我了，老姑奶奶我这辈子长这么大，也没有受这么大的冤枉气啊！孟姜女咱们都是一块长大的好姊妹呀！你是要替我出这口气呀！打抱不平呀！俺爹爹都说你孟姜女是干大事业的！一百个佩服你，你不能眼睁睁地看着我姐姐受气啊……"镇长大小姐一手抹眼泪，一手拨拉着头发，拉着衣服……

　　孟姜女说："镇长的大小姐，你受屈了，受气了，我孟姜女朋友如妹？"孟姜女又用手拍了拍镇长大小姐的肩膀，理理她的头发说："别生气了啊，咱们可都是好姐妹好朋友，我给你道歉，鞠躬还不行吗？看看多美的脸蛋呀？多靓艳的皮肤都气紫了，千万别生气了，生气多了，人就变丑变坏变难瞧了，不漂亮了啊？回头我再去打哪个跟你干仗的傻瓜奴才怪女孩子，叫她变丑变坏变成癞蛤蟆也想去吃天鹅肉，小美人小天鹅快飞上天成天仙天女了啊！玉兰小花挽着搀着小姐先回去吧！马一会我去镇大院里给你讲故事，赔不是啊，走吧走吧！别生气了……"

　　孟姜女推着大小姐走出大院子几步，又回来，用手理一理头发，搓搓脸说道："姑娘们美女们，咱们都是好姐妹，到我这里来的，都是好姐妹，好朋友好美女，更是我孟姜女的亲姐妹，咱们现在人多了，好姑娘姐妹的阵势也大了，但我们坚决不能欺负别人，不管她是当官家的，还是咱们平民百姓家的，更不能让奴才造罪，因为咱们无论什么人家的人都是人，所以谁也不能欺负谁，为难谁，都是不对的，也是没有道理的，因为我们今天在一起，是为了明天好去北方修筑长城，而不是恶霸、土匪、地头蛇、坏蛋、坏人。修长城就像我们现在家家户户的院墙一样，院墙垒起来挡住小偷小毛贼坏人，不来随意拿别人的东西物件，所以家家户户垒院墙、盖房子、垒房子，把儿女和贵重的物品放在屋里房子里，不太重要的柴草、牛、羊、猪、狗、鸡都养在院中，长城呢？也起到天下各地方的老百姓的利益和朝廷眷养兵吧！普天下的老百姓的地里，如庄稼小麦、高粱、玉米、稻谷和各种菜，菜地和庄稼地懂不懂啊！全围在里边，这边庄稼粮食成熟了。管收割了，刚收割好或者没有割，坏人强盗来了，抢这个抢那的。抢牛羊、猪、鸡粮食，等大部队来了，坏蛋强盗跑了，部队一走，坏人又来了，所以现在我们再把高高长长的万里长成修起来，修在高山上，平地上，修在河沟上，挡住他们这些坏人坏蛋来了，有长城挡住他们，长城上住有少量的队伍，敌人不敢进来抢东西抢这抢那的，天下就太平无事，家家户户就能过上太平乐业的幸福日子，当然大秦王朝社稷也就会平安无事的，这样天下一年年一天天就会富裕富强起来，自觉自愿地去修长城，为的是让我们的父辈兄弟、丈夫少出点力，就能早早修好长城回家早早来过幸福日子，大家都是明白人，多一个姑娘，就多搬一块砖头，多脱一块砖坯子，多烧一块砖头，多运一块大砖头，咱们的父亲、叔叔、丈夫、哥哥、弟弟就少出一分力量！比方说在明年年底结束修长城，我这一万多人的加入，就可以把时间时表提前几个月，父兄哥弟丈夫就可以早早回来团聚，明白不明白，还可以在万人修长城里时节，找最好最能干最有本事的未来老公和丈夫与情人呢？这就是我们的希望理想与现实意义，更远大的意义就是为我们华夏大民族的千秋大业贡献一分力量，为以后的子子孙孙立下汗马功劳，现实中的功德是无量的！是无法用言语言谈来衡量的特殊价值观，所以我孟姜女说来说去，还是让我们在场的姐妹姑娘美女们知道，既然咱们大家组织起来了，就不能无法无天，天老大你老二，脱缰的野马无阻拦，横吃萝卜竖吃姜，脱缰的野马无阻挡，想干什么就干什么？那不行，得有组织性，纪律性，出口还要谦虚，人们不是讲吗？村有村规，庄有庄章程，镇有镇法，县有县制法则，我们这些美女要有或能有点气候，就必须立下规矩，立下制度法则。只有管住人，人才有用，才能不被别人看不起！英雄才有用武之地，大丈夫美女们才能干出辉煌的大事业、显著的大成绩，如果一盘散沙，公说公有理，母说母有理，一会这儿绝天一会绝地，一会儿骂人连篇不绝！不堪入耳！天下老子第一猴子的屁股摸不得，上蹿下跳还要伤人害人，那还能行吗？天下人都知道三个女人一台戏；很吵，很唱，很干很叫吧？还能干事吗？肯定不能？我孟姜女暂时提三条规矩规章，第一，不能恶语伤人，不能讲脏话，骂人，咱们现在的人越来越多，谁知道更不能随便说讲些屁屁吊吊骂人的语言，谁讲打谁大板子。第二，首先要听话！叫干什么就干什么，不听者打十板子。第三，大队管小队，小队管班组，暂时每组十个人，有正副组长，有事找组长，再找小队长，小队长再找我孟姜女，或下边的副大队长，晶晶、巧巧、甜甜、阳阳几个人了，犯了错打板子，也是副大队长亲自打，副大队长犯错互相打，包括我孟姜女也一样不能犯错误，挨打是规矩，大家互相督促，也是为大家好，为咱们这个修长城大队好，大家说要不要？""要！"

"好不好？"

"好！"

"当然好了！"女孩子们齐声叫好。

孟姜女最后唱歌：

亲家住在大河头，奴似船桅郎似篷！

船桅一心在篷里，篷无定向只随风！

东风吹，杏花桃花飘啊飘！姑娘美女们修长城啊！

朝霞舞动时尚民心潮哟，女孩仙女们哪个艳丽俏咳！

太阳公主哎呀哎哟任逍遥啊！小伙子望着嫦娥蹦蹦跳哟！

老太太老大爷撸着胡子笑呀笑也，依尔呀儿哟……

出　征

梦家镇镇大院大门口外，一字排列着四张八仙桌，桌上面罩着大红绸缎布，上面放着一摞摞挨着挨一摞摞的大海碗、酒坛子，大部分酒坛子摆搁在地面上一大片，有几坛子也摆放在桌子面上与大海碗崭放在一起。路上地边到处站满了男女老少的好几千近万人。俗话讲：人上万无边无岸无沿看不透。今天梦家镇也差不了多少，大长条桌子上空飘荡飞舞着大横幅标语："热烈欢送女子修长城大队启程！"下面一行略小点落款字是："梦家镇宣"。此时锣鼓喧天，唢呐拼着命地响着，唱着家乡最流行的曲调《唢呐独奏》。美丽靓艳的姑娘们一字排开从北直至直朝南的两人横队，个个面朝主席台朝东站着。早晨初升的太阳光照在她们粉嫩如画的脸上，放射出喜庆光彩的容颜来，这千把万人的美女仙姑们真乃是个个如花朵美玉般靓艳。人人姑娘身上都斜挎着一条大红绸子丝带，黄色穗子飘带，胸前佩戴着红布扎成的大红花，更显示出靓丽中的壮观绚艳的英姿来，说笑声一片。镇看门的陈老头和其他几位老头正忙着刷碗，给姑娘们递过去，又慌忙去抱酒坛子往姑娘们端的海碗里倒酒。"姑娘们喝美酒吧？真正最好酒，从皇帝那里运来的最好最好的宫廷贡酒！我一辈子也没喝过如此好的酒啊！"此时镇长站在椅子上大声喊叫："吹响乐队！停止吹奏！我是镇长，乡亲们，今天是我们镇几千年上百年来未有的大喜庆日子，大吉祥日！也是最值得我们全镇父老乡亲们欢庆欢欢乐乐、热热闹闹的大喜日子，它将是我们梦家镇永远永远纪念的吉祥日，幸福欢乐日！下面由我们的县太爷县长大人讲话！大家热烈鼓掌欢迎县长大人致辞！"镇长带头来拍着巴掌满脸堆笑："请！请！"

"我是县长，我首先任命孟姜女为修筑长城女子大队的大队长职务！任命晶晶、莘莘、莹莹、田田、阳阳、巧巧为副大队长兼各小队长职务。青青、楠楠、倩倩、小曼四个人为小队长职务。各班长、组长再由小队长提名任职。大队长孟姜女任命！组上有班，班上有小队长！大队长，我希望你们每个女孩子都要听话，为朝廷为咱们普天下的老百姓做大贡献干大事业！咱们丑话讲在前面，如有不听指挥、不服从领导、没有组织纪律的，队长可以有权处理体罚，实在可恨者，也可以有权先斩后奏，杀一儆百。当然了，今天我们怀着无比激动的心情向你们女子修筑长城大队全体姑娘美女们问好，慰问问候！"县长讲到这里时，孟姜女举起拳头大声喊道："县长大人好！县长大人辛苦了！"群众跟着欢呼："县长大人好！县长大人辛苦了！"县长继续讲道："我代表全县的工商界、教育文化界！代表全县父老乡亲们祝愿你们女子修长城大队全体人员，为咱们县争光献彩！争荣誉添大彩！添光彩！更是为你们梦家镇争光！为国家做大事业！为千年大计出大力！今天本县长特意预备了上等贡酒，朝廷文武百官饮的贡酒，拉来为大家践行！送行！等你们大家修好长城凯旋的那天，本县官本县长会用整猪、整牛、整羊、整十斤以上的大鱼大肉来为你们大家接风洗尘！姑娘们端起酒碗高高举起来！让我们共同干一碗！干！"镇长接话说："如果姑娘们不会喝酒，可以让父母亲代替喝干！"县长大人手起抬头仰脖张大嘴将酒碗的酒一饮而尽！右手举着喝完的空酒碗让人们看看，左右晃动挥臂移动让看看，又大声说："等你们胜利归来，本县长我一定和你们碰上八大碗！喝他三天三夜才能尽兴，另外今天本县长还带来了郡台大人的贺词：'姑娘们好好干！愿长城和彩虹彩霞比舞！'贺词帖在你们梦家镇镇长办公室！等待姑娘们回来再庆功！"

镇长接过贺词字联后大声叫着："请县长大人亲自给我们女子修长城大队开拔！前进上路剪彩！唢呐奏乐！锣鼓敲起来！"

孟姜女和晶晶各自拉住，用红绸子做成的大红花编成红彩带，站在队伍最前头等待县长大人剪彩！还有几辆四匹马拉的大马车上面装满了姑娘们的行李和面菜等食物，车上面也有红布横标语："女子修长城大队！"

县长又说道："姑娘们，我当县长这么多年！像今天这样振奋人心，为国家，为姑娘的伟大靓美宏伟气派的剪彩，还是有生以来第一回！"有个歌曲唱道："戴花要戴大红花，骑马要骑千里马，听话要听爹娘话，干事要干千秋大事业。"县长一手拿着红绸子布，一手拿剪刀剪下去剪断大红花两边的红布，将剪下的大红花交给镇长。镇长说："姑娘们好好干！我将剪彩剪下的大红花陈列在镇长办公室的墙上挂起来这就是我们梦家镇的荣光、荣誉辉煌！"唢呐此时喧叫，锣鼓震天，小孩子们跑着喊着叫着，老头老婆挥手告别，擦着泪眼，激动得泪光泪花！马车扬鞭跃马，车轮滚滚！姑娘们往前走着，队伍在行进！挥手摇臂！孟姜女大声唱道："戴花要戴大红花，骑马要骑千里马，唱歌要唱干劲歌！听话要听爹娘话，干事要干千年百年的大事业！"

天上的小鸟在飞翔，小燕子一群群在天空中向北飞鸣着，大路两边的绿草摇摆着向人们招手敬礼，几只小山雀翘着长尾巴上下晃动向队伍走来，看看快到姑娘们眼前三四丈远又呼的一声向前面大路上飞去。"姑娘们跟上，两个一排跟上，美女们千万别掉队，考验我们的时候到了！给我们梦家镇的父老乡亲争光啊……"

晶晶此时大声呼喊着口号："姑娘们，为父老乡亲们争光啊！"众姑娘们也随之高呼着！"为爷爷奶奶争气！"大家还是大喊着！"为亲爹亲娘争光啊！""为梦家镇的祖祖辈辈增光添彩啊！""不怕苦不怕累，坚决把长城修好修美！""向前向前走，和天上的小鸟比赛啊！"羊群在沟边吃草，这时也抬起脑袋看着姑娘们的队伍叫着，几只大狗在沟边的路上追逐着玩耍，老牛被拴在大树上搔着痒痒，翘着尾巴拉屎尿尿，大猪小猪在沟边拱着地，一只大母猪躺在地上任十来只肥嘟嘟的小猪吃着奶，大喜雀翘着尾巴嘎嘎叫着为姑娘们送行。孟姜女往前急走着歪歪头前后看看整齐行进的队伍，内心有说不出的高兴，但她还是沉住气没有表露在脸上，"姑娘美女们，大家好好地往前走，我来给大家唱支歌'想着你，盼着你，盼着你，想着你啊！你在哪里，你在哪里哟？在哪里在哪里呀？在哪里啊哎哟？一千遍地想着你，一万遍地盼着你，千遍万遍地唱着你，万遍千遍地爱着你。你在哪里哎？在哪里呀！你在哪里啊……你在我的歌声中，你在我的心里，你在我的梦中，你在我盼望的灵魂里！我年年月月地想着你，我分分秒秒地盼着你，日日夜夜地你在我的梦中，我在你梦里，时时刻刻我爱着你！年年月月地想着你！分分秒秒！分分秒秒啊我声声地呼呼着你，呼唤着你！呼唤着你哎！呼唤着你呀！呼唤呼唤着啊噢也！你在哪里哟？在哪里呀？我的天，我的地，我的人啊！我的夫呀！我的爱心，我的心爱！浪漫的春风呼唤着你！春意爱恋你的情意！春光无畏疯狂地拥抱着你我的心，春雨无声的滋润着你我的爱！你在哪里，在哪里哎！在哪里啊！我借着阳光请来彩云往北往北往北往北寻觅你的人，我的神，你的心，我的天！你的爱，我的夫！你的情我的美！你的壮美，我的靓帅！你激情奋发的靓丽，你永永远远在我的心中，你永远永远在我的盼望里伟大！你永远永远在我歌声响亮魂曲里！你比大禹还有派头，你比伏羲还要有名，你比后羿还帅酷力大无比！你在我心里比三皇五帝还要有地位显赫！我孟姜女分分秒秒地盼着你！我孟姜女年年月月地爱着你，我的神，我的天，我的人啊！我的美君王！我孟姜女爱着你！我孟姜女唱着你！随着你的脚印我来寻觅你！年年月月的我想念你！分分秒秒我盼着你！时时刻刻我爱着你！日日夜夜我梦恋着你！"孟姜女动情声泪俱下地唱着。

婷婷："炎大姐，炎大队长真会唱啊，这歌声都唱到我们心里去了，这几年我心憋着苦熬着过日子……"

"是呀！我在家里，在俺们村邻村邻庄听也没有听过唱歌的？什么叫唱歌？爷爷的爷爷们也不知道啥子唱歌啊？大队长太伟大了，真是个了不起的女强人，仙女吧……"冯香美说。

顾玉："谁不说呢？从娘肚里爬出来也没听过唱歌噢！今天第一次听，真叫人感动……"

任芳："说得再好听，也没有唱得好听呀！能人真能到家了。我心里的话，都让随着大队长的歌声飞跑了！"

严明明："太伟大了……"

江丽："不伟大能当大队长吗？人是天生的命啊！就应该领导带领我们去找那个年年月月、日日夜夜盼着要爱我的灵魂啊！"

许玉："是呀！我就不能闭眼睛，一结瞪眼，就能望见他，跟飞鸟一样，不走路不吃饭光会飞，双手紧紧抱住你，就是不放开！这两年呀，我的灵魂都快要出窍了，说魂都让他摄走了，实在没办法，啥事都不想干，光想着多睡觉迷迷糊糊一会一阵子，睡着睡不着的冒傻气，天长日久都快成疯子了！有时候想还不如变成疯子，至少不知道瞎想……"

"快跟上，光顾了说去了……"何莹说。

君君："哎哟！差点弄个嘴啃泥，你这是咋回事呀！是疯了还是咋了！看看鞋子都让你踩坏了。"

许玉："对不起！我又不是有意的！"

"对不起顶屁用啊？这路长着呢！赤脚巴走啊？"

许玉："要不你穿我的鞋子，我喜欢打赤脚走路。"

晶晶："咋回事呀？快点呀！你们两个人，掉队了，快跟上跟上……"

"那就好好干，好好听话！向着北方呼唤你的爱人你的心吧！"连妹说。

"你没有北方人的心，南方人的爱呀！说不定你爱的郎君是一条大灰狼，在北方找个洋美女，红头发绿眼睛，浑身的长灰毛、卷毛毛，现在已经变成大野狼大恶狼了，就等着吃你的肉喝你的鲜血，挖出你的心脏快快吃呢！一看是红心善肝，他又舍不得吃下去，又是亲，又是狗爱狗啃头？"

"满嘴胡切它，胡说带八道，学不好你云云……"许晴说。

"好了好了！大家不要吵，不要说了，我晶晶是副大队长，给大家唱一段歌《爱吧爱吧神韵》，'爱吧爱吧神韵，笑呀笑呀逍遥；春风狂情阳光潮，暖春绚爱帅骄；盼吧盼吧迎到，想呀想呀舞跳，腾沸热血搏酣唱，温馨春花妖饶。《唱秦娥》造世界，姑娘爱轰轰烈烈，轰烈烈！铸大秦巍，百姓卓越。万里社稷誓势阅，拼尽英魂战山泻！汗酣如海，历阳溅血。'"晶晶站在大路边上反反复复唱好几遍，深情动人，给姑娘女孩们带来了好的心情意境。

犇犇也接着唱道："《唱秦娥》，胜岁月，千万英灵情热烈，情热烈！修筑长城，辉煌腾略。创造奇迹城豪迈，姑娘奋力酷寒夜，酷寒夜！年年岁岁，歌颂飞越。"来回反复地唱，能让每个姑娘都听到，每唱一遍意境情怀便不一样的深奥无比！让人心都随着热血颤抖触情。

阳阳也唱道："阿妹倔，春风呼唤筑城铁，筑城铁！人生情爱，浪漫卓越！乾坤舞龙腾飞懈，激荡新潮嫦娥月，嫦娥月！幽飘情画！爱心泄铁。"

孟姜女又在唱流行歌："春风吹裁天边云，蓝天阳光爱着万物的魂，绿叶深情灵心动，春雨绵绵潇洒缠郎呀君，哎嗨呀！浪漫激荡呀！哪个呀慰我疯狂的行哟！真心爱你，我的郎啊郎君！你在哪里呀！盼死个人哪，想死个人哪个呀呼咳！阿妹阿妹你别着急，北斗七星告诉你，阿哥阿哥在这里，盼着你，想着你！俏阿妹梦里把你亲，把你吻，魂里吻着你我爱的人，好阿妹，靓艳美阿妹，赶快来！使出浑身动力修长城，修好长城再团聚，天天都在盼着你，时时刻刻忘不掉你，好阿妹，俏阿妹，我变作星星白云眼见你，你还是那么美，那么靓丽，叫郎我的心咋不醉，灵魂也要把你来吸引！来吧，来吧，快快来！我爱的双臂伸展开来欢迎你，热烈疯狂的拥抱你！我的俏阿妹，好阿妹，美阿妹，今生今世走在天边也要爱着你，想着你，梦中的阳光也要看着你灿烂绚艳的醉！彩霞飘飘在天边温馨变作一朵火辣辣的红玫瑰迎接你的美，月宫中的嫦娥也没有俏阿妹美！阿妹真心靓丽舞的山山河河地里的麦苗浪汹心！疯狂腾沸澎湃起伏的长城女是我们共同爱的真诚情缘《赤爱魂》。"姐妹们累不累呀！我们不知不觉的已经走出来十几里路了，美女们肯定是累了，不过不太感觉罢了！咱们人多热情高，干劲大，走路快，休息一会儿，需要喝水的喝水，不喝水的坐下歇歇脚，咱们前面的路还长呢！需要练就成一副铁脚板，一天走上百十里不费劲，下下劲能走一百五六十里，咬咬牙能走二百里还多，那样要不了多久我们就可以干大事业了，能见到我们姐妹们的心上人了！姐妹在家乡有什么好？待上一辈子也见不到这么多的姐妹们，这么多人，这么多人，连个男人毛也看不到，十六岁到五十岁的男人都去修长城了！即使有个男人，不是老掉牙走不动的，就是缺胳膊掉腿的，断手指掉脚的，要不就是毛孩子，我们这一去不瞒姐妹们，那男人多得很！大山高峰上走的蹲的都是，要高有高的，要胖有胖的，满脸胡子的，不长胡子的，胡子少的，要能说会道的就有能说会道，要不爱讲话的有一声不吭的，要什么样子就有什么样子的。姑娘们，有力大无比的，虎背熊腰的，能跳高的，能担能干活的，能说会逗笑话的，姐妹们，尽你们挑你们拣，尽你们来挑选，剩下没人要的让他们回去，去找那些不出门、不离开家的，怕这怕那儿的姑娘女孩再去挑选，说不定那些男子汉也不喜欢那样的女人女孩子们，因为首先她们思想行动不开放不出门，怕这怕那胆小鬼，我敢保证，有本事、干大事的男爷们首先喜欢我们女子大队的姑娘女孩子，不然县长大人给我们祝酒、讲好话、鼓舞人心，叫人朝着他说的去做，这叫有本事，县长比镇长官大，比镇长官高，比镇长有本事，是不是呢？当然比县官大得多得多，在家不出门的女孩子轮不到，摊不着，因为她们怕出门，怕苦怕累，人家有本事的人咋会上她家去找她呢？在座的姑娘美女姐妹们，说不定哪个当官的看上你，找个有本事的好丈夫，将来也会做官太太，修长城的官太太官妇人跟着下辈子享清福。古人不是说吗，不能吃苦就不会享福，有福也不会知道享，为什么呢？因为她们不懂什么叫享福，只有吃过苦的人，才真正会享福呢！

李香花说："炎大姐你真会讲话，说的还真是实，还真对，唱起歌来还好听，入耳又贴心，你跟谁学的？谁交给你的？大队长你真是能人聪明智慧，漂亮靓艳还动人，我李香花真是心服口服、人服还加佩服！"

孟姜女热情地笑着说："不用学，不用人教，都是自己心中天天想，时时刻刻的盼望中得来的真心话，真心词句，歌自然而然地跟着心声心情就冒出来了，不信你自己试一试呀？想啥，放开喉咙，张大嘴巴就唱啥，它自然就流淌出来了，光有心肠，不动脑子想，光瞎说想呀盼呀那感情没有注入进去都是假的，只要真心实意地去想，词意歌声就是这样美，这样动情好听入耳，感人肺腑，动人心弦。"

钱英说："炎大姐大队长，俺们钱老庄有个姑娘叫盼盼，她和她丈夫结婚一个多月，男的修长城去了，她自己在家一想着就哭，别人一说，她还是哭，天天就哭着，现在眼睛都快哭瞎了，看人有时候都看不清楚了，你说她不是真正的用心想吗？"

"对呀，她一想就哭，光知道哭，一哭就揉眼，一会两次，一天哭上几十次上万次，把眼睛揉肿揉坏把眼睛擦来抹去时间长了多了磨坏了，犯病了，眼最后非瞎不行，但不是真正从灵魂里用心去想，是不是，是用手想、眼泪，把眼睛想瞎也想不出道理来，想不出办法来，这就是笨！等将来有一天女人的男人回来了还得伺候她，瞎眼老婆谁还去喜欢她呢？丈夫还能真心实意地去爱她吗？笨不笨蛋哟！大家说说谁对谁不对呢？聪明的姑娘们！"

钱英继续说："是啊，炎大姐大队长讲得真对透了。盼盼天天是用眼睛想，最后最终想成瞎子了。我们都是用行动想，心想，我们今天走到一块来想，想着让男人老公早点回来，一起去修长城，又幸福又伟大还有个浪漫乐趣的快乐，让大家唱呀唱，跳啊跳的，做梦也没有想到今天这么高兴，我们能走在一起唱歌聊得这么开心。"

"看，天上飞的老鹰，它在飞舞盘旋着，一会高一会低一会远一会近的多不费劲！唉……我们大家要都是老鹰、小鸟就好了……"

"叫人起眼，一群鸽子带着哨子叫着飞翔走了……飞吧飞吧……"

"过几天，等我们都练成飞毛腿，老鹰、小鸟还一起眼欠你哩……"

"能练成飞毛腿吗？一千里就不用唱歌想了，啥时候想走就飞毛腿一抬飞走了，还用这样那样吗！"

"功到自然成嘛！等你还没有一个人在家练不成飞毛腿，你还急得乱转吱吱叫呢……"

"要那样就好了，说上哪里一抬腿，再上哪里还是一抬腿，抬抬腿就又回来了……"

"咱们几百个姑娘女孩子眨眼都到你家去吃饭，还不真把你爹娘吓死才怪了呢……"

"千万不能走不能去，我娘最小气，最是守财奴，吝啬鬼是我爹爹，有时亲戚来了，他就成天大耍脾气，骂这个骂那个的，敲山喂说的刺烦人，客人一走他啥事没有，铁公鸡——一毛不拔，也难拔！一个钱掉地上恨不能沾起来一个才过瘾，要多尖有多尖……"

"人脾气是天生的，有句话讲：江山易改，本性难移，十个老牛也拉不回来的犟头丁……"

孟姜女又走过来站着说："你们还不知道俺爹爹俺娘咋说我哩！自从我记事起，她们硬说我孟姜女是天生的葫芦娃娃女孩子，不是亲娘生的，谁相信啊？大家好好想想，人都是父亲母亲所生，我咋就是葫芦娃呢？这不是骗人嘛？是不是呢？"

"炎大姐炎大队长，你就是与别人不太一样，怎么啥事都知道，啥都能提前懂一样，还会唱，还会想，更会干，干什么都行都管都沾，人长得比天仙还漂亮。就是有一点点不像人间凡胎的姑娘女孩！"香香羡慕地说。

"别瞎说了，纯粹是瞎说，我孟姜女从来就不相信了，信不信由大家吧！"

"好好，孟姜女你说说你爹你娘是咋个说法吧？让我们大家也见识见识增长知识……即使将来说笑话讲故事，说古迹也好有材料内容整理是不是一篇好文章，好传说什么的！"

"我才记事，爹娘没先告诉我，是邻居街坊家人讲的：这姑娘这娃娃是天生的美人胚子。因为她不是肉身肉人凡胎，是在黄家的大水缸里孕育的女娃娃孩子……"此时又围过来几群姑娘本来坐在路边的地上休息，一听讲故事讲古迹都悄悄地围拢过来听，没人吭声。"俺家院子大，俺娘俺爹在春天里按葫芦按瓜，就在墙根边挖坑埋进下地种子，没过多长时间就发芽了，托藤蔓了，绿油油的藤蔓子滋楞楞地往上长，秧苗越来越粗越长越壮，整个墙头树枝上托的到处都是，葫芦花这开那开的，大葫芦一个接一个结得满院子到处都是，一个又大又绿又翠又嫩还鲜楞楞的东一个西一个，吃起来爽口还好吃，有一个大大的葫芦在黄家院子里的大水缸里结下来安家了，天天在大水缸里喝水，喝饱了就长大了，跟石滚那么大喵！到了秋天，叶子黄了，我还在那里一动不动的等人来摘下来，这天黄老爹和炎老爹讲话。'我院中有一个你种的大葫芦，在大水缸里呢，摘回家吃吧！'炎老爹说：'既然在你家院你们摘吃了吧！'黄老爹说：'吃葫芦刨根，是你们的你们吃才对！这葫芦摊你们家吃才对！''谁吃还不一样！'黄老爹说：'你家种的，长在你的院子墙根底下，后来爬来我们家的大水缸里喝水，才长这么大的，真喜人啊！天气渐渐地冷了，再说时间长了会冻坏的，坏了多可惜啊？'炎老爹说：'这个大葫芦一家也吃不完，不如用刀把它掰两半吧！一家一半也够吃好几天的……'炎老爹说着转身从灶房里拿过菜刀，把水缸里的大葫芦搬出来，足足也有五十斤重！'乖乖，好重好大的大葫芦呀！天赐给我们两家的大宝贝！'说着才放到地上，正要劈时，突然里面传来娃娃般的笑声，然后它自己转个个滚滚，滚向炎家的大门口去了。'黄老爹，你看奇怪不奇怪，这个大葫芦它自己会滚动，还时不时地有个娃娃的笑声传出来！黄老爹，这该不会是你家院子里的鬼怪钻藏到这个大葫芦里面了吧？''胡说什么呀？哪有什么鬼怪妖精啦？你真会开玩笑，还不是人老眼花耳朵不好使了，幻觉意想罢了！大惊小怪的无中生有，瞎活那么大的年龄疑神疑鬼的瞎炸呼……''都来看呀！快叫那几个老婆子也过来看这怪事，是真是假，谁在开国家玩笑……''还不是你老家伙搞的小把戏！推一把，它想咋转可不就咋转了？''现在我可没碰它吧？它不是照样往前转吗？瞧瞧呀，看看哎！往俺家大门口转去了……''炎老爹，管它呢？用你的切菜刀咔嚓一刀不就一半对一半了嘛！'炎老爹从黄老爹家门口追到自家门口，眼看着大葫芦它自己又转进了自己家的大院里，家里的大黄狗竖着尾巴一蹦一跳地要咬大葫芦，'汪汪，汪汪……'大叫着直往上扑，正在此时炎老爹也已经从大门口追到了院子里，右手举起菜刀，腰一躬，右手顺势带刀砍向大葫芦，只见一道闪电一声震响的闷雷声，大葫芦被劈成两半个，只见一个小姑娘一个跟斗接一个跟斗地跳在炎老爹怀里，笑着大叫：'爹爹，娘。'嘴里唱着儿歌：'大葫芦天天长，天天喝，一个宝贝姑娘女孩子藏在大水缸里，长啊长，喝啊喝，来到家里叫爹娘，我又跳舞来又唱歌，逗得爹娘哈哈笑……'今年正好十六岁，因为是在两家的院里长大，名字决定就按两家的姓取名了，所以当时起名就叫孟姜女……"

"怪不得名字和我们这些姑娘不一样呢，也的确如此哟，军事秘密在这哟……"

"是呀！怪不得看着也是水灵灵精精得很哩！你无论做什么干什么和我们这些姑娘都是不一样，原来是仙女得道的女孩子，连出生下凡都千奇百怪的不一样，将来还会有很多有趣的故事等着……"

"谁说不是呢？世界上啥事都有，说奇不奇，说不奇吧又很奇怪奇迹，有些事情讲不清。阳间什么事都有都会发生哩。炎大姐还不知道你将来会遇到一个什么样的好相公呢？长什么样子的，是将军大将还是文臣宰相丞相什么的？要是咱们这些女孩子姑娘能在很早很早结婚前能知道是谁长啥样子就好了……"

"姑娘美女们闲话少叙，咱们现在该往前走了，看看太阳都快晌午了，再走几里路就该吃晌午饭了，前面大马车早到地方做好饭等着我们了！姑娘们快点走来往前走啦！再加加油啊！走路一过三天就练出来了，今天是第一天，快走！快快走啊！"孟姜女说。

"是啊，刚才走路的时候还没有感觉出来咋累，这一坐下来休息反而感觉更累了骨头有点散架一样难受，人干什么事情都不容易啊？大队长再唱支歌来听听就不累了！"春梅说。

"是啊！唱支歌来刺激刺激神经，提提精神……"田花香说道。孟姜女笑着说："好的好的我来唱呀，'宝葫芦天天长，长大滚到东来滚到西，蹦出个姑娘取名叫孟姜女，又会笑，又会说，蹦蹦跳跳叫爹娘，叫爹娘会唱歌，唱歌跳舞不一样，长得漂亮靓丽带着姑娘般的美，如仙女般，修筑长城好榜样！所有美女仙姑都学孟姜女，长城修好娶新郎，老公帅哥把洞房藏，叫声娘子靓姑娘，亲亲爱爱变成娃娃爹爹娃娃娘，一辈一辈平安太平幸福胜天堂。'"

"唱得好，唱得妙，大队长你这歌唱的编的词句都讲到我们心里来，心眼里了，加油走啊姑娘们，快快跑，前面都是美新郎，帅帅美男大哥哥，我的郎啊郎……"

"郎啊郎，说不定如今现在都变成大灰狼大野狼白眼狼了，大色狼吃人不吐骨头，啃完肉叫你个美女仙姑变成狼外婆……"汪霞逗趣地笑着说。

"变就变，反正再美再靓过完青春时光年华也要变成丑八怪、老妖婆的，不然亲爹亲娘奶奶爷爷都老的不中用了，满脸皱纹满天的坑坑洼洼坎坎都是老松皮了，这都是让爱给折磨得不像人形了，所以趁年轻还是早早地当一回美人吧……"

"天生就这样，怕什么呀！怕尿床，不能一夜不睡觉啊！是不是？反正爱不爱，嫁不嫁都要老的，都得死人的，所以咱们就一不做二不休趁年轻有机会狠劲爱，下劲的找一个狼相公，亲个够，爱个够，不然过期年龄不饶人，到时候想爱没有爱人，没人要，没人爱了怪可惜的……"

"你们一个个都是无聊透顶，爱爱爱，爱个大头鬼呀！三句话不离本行……"

"有些人，有爱不吭声，真正不吱声的人才会爱！才能遇到真正的爱人，真男人，大老公……"这"这女人和男人就是不一样的！也不知道这玉皇大帝是咋安排的？非叫男人来挑女人！不公平，咋不叫、为什么女人就不能挑选挑拣男人大相公呢？也拣拣自己喜爱，自己最最心疼最疼爱的大爷们呢？这辈子我就想不清楚想不明白是咋回事情……"

"你问谁呀？只怪自己没能耐，在家里不扛气，这才是真正的天意，是老天爷非叫我们仙女孩子姑娘女人长大了，不能直接望人家生人，特别是男人，想看看非要偷偷地趁人家不注意时瞄一眼，偷瞧一下，脾气好坏也不知道，太不公平了！...."

"你愿意叫人家挑来挑去的，拣来拣去的，你想叫人家这样做……"

"不叫他挑个够，他到时候不爱你，不喜欢你咋办，又不能重新开始再重来……"

"咋办？办法多得很！最起码的一条是吓唬吓唬他，一闹二哭三上吊，歪着头跟他胡缠胡乱瞎闹腾，男人没耐性，他缠不过咱们女人，男人心更粗，天生的善良心肝，把他缠软了、缠腻歪了，他就没劲了，要坚持持久战，天天哭闹，哭闹不行就上吊，上吊给他看，反正朝廷有政策，一命顶三命，不爱咱们就一块去死，他怕死，就使劲地吓唬他，叫他去死死不得，活也活不好，天天时间长了他就乖乖地听话了，好好地摆布他……"

"你真行，什么都知道，是谁教你的，肯定有人告诉过你，不然你咋啥都知道的？"

"我才不知道呢！都是我娘教的，俺娘点子可多了！所以我爹爹可怕我娘了，叫他往东，他不敢往西，叫他打狗他不敢撵鸡，反正我娘就是我爹的天敌……"

"你们烦不烦呀？天天说话，满嘴就是男人女人，女人男人的，听着就烦透了！我这辈子都不嫁人，看见男人就头痛，管他是谁呢？非得叫他跪着来求我请我，不然我就去哪里当个老处女，去尼姑庵当个老尼姑去。不说了！还是叫炎大姐炎大队长来给我们唱歌听吧？我就最爱听炎大姐她唱歌了！声音还亮还清白，还富含情感情调……"田丽说。

"人家该给你唱歌呀？人家又不欠你该你的歌，想听自己唱呀！唱唱唱唱的，爱听你还不会唱吗？听听听冤不冤呀？光听人家的……"

"等我以后好好学会了，就自己唱歌，唱个够，狠劲地吼叫，就是给人听的，你不想听你不听！你不听用手捂住耳朵，你不喜欢听别人不能就不唱了！就是死命地吼叫喊……"

"你想咋唱唱去！别在我面前叙摆，一边去说去唱去啊……"

"我想说挨着你什么事了？管天管地还轮不到你来管我呢！也不看看自己啥样子，跟老母猪样乱嚎嚎的来教训人……啥东西呀？"

"不准吵架！不准讲难听的话！我们大家是来干事业办大事修筑长城的，又不是叫你们来吵架、干仗的！是不是？大家都要相互克制，不然刑法可不饶人啊！……"

"我说叫你炎大姐炎大队长唱歌，你唱得好听，动听感人！她就这呀那呀的！满嘴就不干净猪呀狗呀地乱说乱怪我……"

"好了，别说了！以后不论谁，哪个姐妹喜欢听歌，直接和我提出来，当面说，不准互相胡说八道的，像什么样子？喜欢听歌是好事，跟我讲我才能知道啊！只有知道了，才能给你们爱听歌的姐妹们唱呀！大家想想是不是呢？好了，姐妹们来听我唱《如梦令》，'人类诚爱绝唱，绚丽姑娘爱郎，长城鉴真爱！华夏强盛荣昌，富强，富强！美女爷们爱靓'。"

"《如梦令》，修筑长城姑娘，大计千年众迎，苦累都不怕，亮艳浪漫馨诚。仙灵！仙灵！美女奉献爱行。再唱一段流行歌曲《好一朵玫瑰花》，好一朵玫瑰花，好一朵玫瑰花！花开玫瑰胜彩霞，大度英雄潇洒哥哥情，温柔靓丽风采姑娘爱。天上舞红云哟，地上龙凤配哎！玫瑰花啊，玫瑰花呀！飞向梦中人的爱，欢呼恋人的歌，玫瑰、玫瑰，靓艳一世的歌，玫瑰、玫瑰，绚爱美满神圣的歌，红玫瑰，金玫瑰，白玫瑰，黑玫瑰呀！千朵万朵玫瑰花哎，万朵千朵玫瑰花呀！让我们青年心血澎湃映朝霞，咋不叫我们年轻人心潮澎湃迎朝霞？"

又唱五言歌："春雨润花甜，春风荡花心，姑娘喜吱吱，小伙帅乐劲；春雨润花甜甜，春风荡醉花心，姑娘喜吱吱，小伙爽帅乐劲，干劲！干劲！璀璨花馨艳丽。"

向前进，向前进！我们女子大队向前进，朝着春光普照原野荒漠前进，朝着祖国江河高山去，朝着呼唤怒吼黄河去，为了百姓的长居久安，安居乐业前进，为了老少、乡亲的平安太平前进，为华夏大民族的康宁富裕前进，为了亲哥哥的爱前进，为了阿哥的情深前进，为了亲人爱恋家乡前进，为了减少亲哥哥多流汗，我们姐妹也能早出力做贡献前进，向前进向前进！仙姑美女姑娘们前进！孟姜女左一遍右一遍，前一遍、后一遍、上一遍、下一遍，直唱到中午到白云镇吃饭。

飞歌步行追月，妹妹姐姐足越，一心往北往前，万众激情似铁。

白云镇

　　白云镇是个有着大寨墙，寨墙是用土堆起二丈八高二丈宽的土寨墙，上面走人过车都可以。有寨门五座，都是用吊桥连着地面，供人们出入镇子集市的，寨墙外面环绕着一圈的大宽水沟，都是为防备土匪强盗的设施举措，一般不经过寨门是插翅难过的，寨墙上有长年累月站岗打更的人来回走动，很是安全平安太平，姑娘们在一个大院中吃着饭，说着笑着，有人吃得快，有人细嚼慢咽，真乃是，男人吃饭狼吞虎咽，女孩子也细嚼慢咽，饭都凉了还在慢慢吃着，"今天的饭真香，锅巴子也蒸得特别特别的好吃好香，这是有生以来吃的最好吃的一顿饭！"官花动情地说着，一边还嚼着锅巴子。

　　"能不香不好吃嘛！"晶晶说，"肉是肉油水还大呀！青菜煮得活稀烂，连牙也挂不住，还能有不香的吗？家里谁家天天吃肉，而且放这么多油呢？再加上走路又累又乏，所以饭也就更香更美更好吃了！人不常说嘛，肚子饥了好下饭……"

　　"当然要让大美女们吃好喝好，吃好喝好不想家吗？好吃吃好不好走路又累又困又乏，今天还第一天，第一天说什么也不能让姑娘姐妹们吃不好扫兴不开心啊！这没到地方得天天走路，到了长城那里就要天天干活，一天天、一天天的吃不好，十天半月人吃不好、喝不好，那还怎么干活呢？大军未动就要粮草先行嘛！古人讲，干活不干活，混个肚子饱嘛！只有吃饱喝好，好走路好休息，好好地做美梦才好呀！"

　　静静接过话说："吃饱喝好混个肚子圆，混个大肚子！回家爹娘不打死也得脱层皮呀！太可怕了，姑娘美女！千万不要乱讲话……"

　　"去你的，你是怎么搞的？大家都在吃饭的时候净讲些什么话呀？姑娘好孩子可不能混个肚子圆哪！除非不想活想找死了……"

　　"乱说一气！瞪着眼睛胡扯乱说话，好好吃饭，把这么香的饭都喷出去了，浪费不浪费呀？真是的！该说的才说，不该接的话禁止乱说一气啊！"

　　"我可没那么想啊！只是想让大家吃饱喝好才对……"

　　"没脑子，吃饭还堵不住嘴！快气死人了，要是有男人在场，还不羞死人了……"

　　"我又不是有意专门那样说的！这不是话赶话嘛！哪想这呀那呀的？"

　　"快快吃，吃完饭大家休息一会，下午还有一大截子路等着我们去走呢！"

　　"姑娘们走的时候叫我一声，我吃完饭就靠在树上睡一觉，千万别忘了啊……"

　　"想的怪美，谁叫谁呀？都到梦舟梦楼上去了！得好好地休息一会，走的时候感觉不累，不累不累还真累，吃饱一点也不想动了，真怪了！啊……睡吧先生美女……"

　　"这碗里净是大肥肉，让人怎么吃呀，真倒霉透顶了……"

　　"姑娘吃吧，别挑肥拣瘦的，说不定哪天，想吃啥也没有不哩，有你受罪的那一天哩！有的吃就不错了，满足点吧！别这样那样的了，这又不是在家里，出门在外将就点来，谁不吃谁是大傻瓜，再说了，不吃那有劲继续走吗？吃吧！吃吧……"

　　"姑娘吃吧，无论现在咋吃也不是一时半会能就胖起来的，这一上午的，能没有一二十里路吗？以后路还长着呢！有咱们用劲使劲的地方呢！现在走路再过一段时间，还得搬砖和泥巴呢！抬石头没劲，不吃东西能行吗？别装迷糊，在家里的时候，一天天的能吃几回肉啊？你爹娘没事光在家里给你煮肉吃呀！那是绝对不可能的事情，省吃俭用还过不好日子呢！吃吧？吃了也不能白吃的，吃完吃饱还得垒长城搬砖抬泥巴、烧砖烧石灰呢！那事情多着哩！没有也不养吃闲饭的，吃白饭的人，给你天天吃、顿顿吃你也胖不了啊！"

　　"好了好了，快快吃完了，再好好休息休息，我孟姜女给大家讲故事听，美女姑娘们仙女女孩子们都往前挪挪，紧紧挨着坐下来，该坐的坐，该靠的靠一靠，不想听的睡大觉，养好精神，咱们还得往前走呢！"

故事

"大队长快快讲呀！快快讲故事，大家更爱听故事。"

"好，好！我今天讲的第一个故事是《姑娘的傻女婿》！"

"炎大队长炎大姐，你为啥要讲傻女婿呀？讲个精女婿嘛！讲个有本事有能耐的当大官的聪明女婿不行叫吗？"

"讲故事是消磨时间，提高兴趣开心的谈话吗？这呀那呀的真是的……"晶晶讲到。

"真是一点幽默感都没有？啥不是在慢慢地来啊？"莹莹说。

"你不讲的啥故事，我都啥也听不懂，更没有听说过没见过……"大香说。

"听完不就知道了吗？预先知道不更没意思，就是知道支着耳朵傻听，听不上心里发急、发闷、发怒，真是个傻大姐，大傻姑娘，不懂不要吭声，听得多了，时间长了就会都懂了。"

"啥东西这呀那呀的，也不知道那么多的问话问号……"

"好了！好了！大家不要讲话了，都听炎大姐一个人讲，快快讲！快讲炎大队长，谁不听靠边坐着去啊！啥东西烦不烦人呀！不够瞎喳喳的……"阳阳说。

孟姜女讲道："傻女婿就傻女婿，这天傻女婿推着一车黑豆上集赶集去卖黑豆，过一条小河，不小心翻了车，一车的黑豆全扣在河里了。他看看没办法，傻女婿急急忙忙回家，喊家里人都帮他去捞黑豆，傻女婿才离开后，河边住的人们纷纷下水，把黑豆都捞走了，傻女婿回去后，没有找着人，自己又返回来，这时黑豆已经没有了，水里只有无数蝌蚪在游来游去，傻女婿不认得蝌蚪，以为是黑豆，就跳下水去捞，蝌蚪一见人，纷纷惊散，傻女婿又气又急说：'哎呀哎，你们这些黑豆，怎么连我也不认识了？别看你们现在一个个长了长尾巴，我还是认得你们的！'"

"讲啊！炎大姐，傻女婿捞着黑豆没有啊？"

　　"捞鬼呀，黑豆都让人家河边旁边的人捞走了啊，哪还有黑豆呀！河里的小蝌蚪是癞哈蟆小的时候在水里还没长腿的时候，懂不懂姑娘。"

　　"还有小青蛙小时候也是小蝌蚪，黑油油黏糊糊可会在水里游泳。"

　　"那她你就是傻老婆，傻女人也去在水里捞蝌蚪摸黑豆了，怪有意思的？"

　　犇犇说："我来给大家讲一个聪明的毛驴，有个国王在街上散步闲走，发现在一个磨坊里，看见一只毛驴正在拉着磨转圈圈，脖子上还挂着一个叮当作响的铃铛，国王好奇地问磨坊主：'你为什么要在毛驴的脖子上挂一个铃铛呀？'磨坊主说：'万一我打瞌睡了，毛驴也不走了，它脖子上的铃铛就不响了，我听不见铃声就知道毛驴在偷懒了，我就大喝一声让它继续干活。''要是毛驴站在原地不动，它摇头，既没干活，又能让你听到铃铛响，那怎么办？'磨坊主从没有想过这个问题。他说：'啊，陛下，上那儿去找像你这样聪明的毛驴呀？'"

　　"是啊，上哪里去找像人像国王一样聪明的毛驴呢？好有意思……"

　　"是呀！是国王自找没趣，真正的现实中，哪个国王也不会问这样的大笨蛋问题……"

　　"真是一个笨蛋提出的问题，一百个聪明人也难解答也，也答对不了呀……"

　　"这国王和拉磨的毛驴也绝不可能在一块呀，在一起呀，这是文人瞎编瞎诌出……"

　　莹莹说："我来讲一个赠送令尊的故事，从前有个农夫，听人说令尊二字，心中不解，便去请教村里的秀才先生，请问相公，这'令尊'二字是什么意思？秀才先生看他一眼，心想，这庄稼佬连'令尊'是对别人父亲的尊称都不懂，于是戏弄他说：'这令尊二字是称呼人家的儿子。'农夫信以为真，就同秀才先生客气起来：'相公家里有几个令尊？'秀才先生气得脸色发白发青，却又不好发作，只好说：'我家中没有令尊。'农夫看他那副样子，以为他当真是因为没有儿子，心里难过，就恳切安慰道：'相公没有令尊，千万不要伤心，我家里有四个儿子，你看中哪个，我就送给你做令尊吧！'胡说八道谁不知道令尊呀，连三岁小孩子也知道的，真是讲故事，儿子变作老子了，真有意思吧！"

　　孟姜女说："我来再讲个'吝啬的父子'，从前有一对父子俩个人都是小气鬼，这一天一起去出门赶集，过河时，他们舍不得出钱乘船渡船，就抱着脱下的衣裳，想蹚水过河，父亲在河中水里一脚踩滑，跌在水中，眼看就要淹死了，儿子急忙向船夫喊道：'船家，快救我父亲，我出三十文钱！'看见船夫仍然不肯过来，这时候已经被淹得半死的父亲拼命挣扎着把嘴露出水面，对儿子说：'这个败家子！你要是出到四十文以上，我就自己沉下去自尽！'看看命都没有了，还想着省钱，别花钱呢？活该叫他沉下去吧！反正早晚得死，死了算了，活着也是吝啬鬼。"

巧巧说："我给大家讲个'打儿子的故事'，从前有个爷爷给孙子两个铜钱和两个碗，叫他去买酱油和醋，孙子刚出门，就跑了回来问爷爷，哪个铜钱买酱油，哪个铜钱买醋，爷爷告诉他，这个铜钱买酱油，这个铜钱打醋，孙子听了，就出去了，不一会儿孙子又跑回来问：'爷爷，哪只碗里装酱油，哪只碗放醋？'爷爷一听，火就出来了，你这么个笨蛋，连这点事还问来问去的。"说完就打他一巴掌，这时孩子他的爹爹回来了，一看这番情况，火冒三丈，他抓住自己的头发，一边打耳光，一边对他父亲说："你打我儿子，我也要打你儿子！"香莲说："巧巧姐姐你应该把这个故事编成是打外甥女，因为我们大家都是女孩子姑娘，女儿更加切和题意，更有说服力，有意思更好玩吧，更有艺术……"

孟姜女说："我来讲个'死心眼的女婿'。有个傻女婿，天生是确确实实的死心眼，他老丈人家的外甥失火了，他老丈人在外面喊他去救火，听见他答应了又老不出来，老丈人急得直拍大腿屁股讲：'你也不看看这是什么时候吗？怎么还不出来呢，这半天了。''我得穿袜子呀！半天才穿上一只，越慌越难穿噢！'老丈人：'嗨哟哟'老丈人急得乱跺脚：'你也不看看这是啥时候？还穿什么袜子呀，别穿了，快出来呀，都火烧眉毛了，还穿袜子，要命了！'这时傻女婿刚好穿上一只，听说不让穿了，不难脱下道。老丈人又在大喊：'到底怎么还不出来救火呀！'啊，干啥哟老天爷哎！傻女婿叫着说：'你不让穿袜子，我不得脱了袜子吗，要命不让穿，能不让脱下来吗？'死心眼不死心眼，穿脱完了，好了，房子也烧完了，要命不要命啊，光穿，还得脱呢，笨蛋熊啊！好了好了！大家别讲了，看看都累透了，看看大家大部分听着听着都睡着了，走路走累了，都休息会吧！马上还得走路呢？大家都静静地睡去了。"

"哎哟也，还在睡呢，太阳都快回家去了？这一大帮子孩子姑娘们，现在给他们拉搬掉，也都不知道了，一个个东倒西歪的睡得真香啊？"一个姑娘在叫喊着说。

"谁呀！有什么事吗？这些姑娘走路累坏了。"孟姜女揉揉眼睛一看太阳："噢，睡着了，太阳看起来没多高了！姑娘们起来了！快快赶快呀！起来了走路！赶紧赶快走路也！马车早早又走了哟，快赶快！起来走人了，大家都跑远了快快！你们好像不是和我们一起的是吧！"孟姜女问道说。

水莲答道："马上不就是一起的吗？你们谁是孟姜女大队长，我们是白云镇的姐妹们，大家也想参加你们大队一块儿，干大事业大事情修长城去？"一个漂亮的姑娘大眼睛水汪汪的、机灵灵的微笑着说道。

　　"我就是孟姜女，咱们认识一下，你们也想去修长城，你们家里父母同意不！家里地有人种没有，走了地不能荒了，不然同年吃什么！俗话讲：'家里有粮心不慌，无论什么事业，大事、小事都首先人有吃的，不然什么事也干不成，干不好啊，大家说说是不是哩？'"

　　"这点炎大姐尽管放心吧，家里没人干活，爹娘也不让走啊？……"

　　"你们来了多少人？都是能干活的青年人吧……"

　　"那当然了，我叫水莲，是发大水那年生的，我们总共三百多个姑娘姐妹们，保证个个都是好样的，我们这前几天头里就听讲：'你孟姜女组织了一个姑娘女孩美女大队去北方修长城！保家卫国干大事情，有人讲：去你们那里一起一块儿大干，想来想去，反正你们要路过我们这白云镇，在也一块来参加队伍也不迟，万一赶不上你们，我们组织起来自己去找，反正长城修在北方，老公男爷们都去了，咱们还能找不到吗？这不天天等呀！今天总算见到你们了，女孩子一听说去修长城，没有一个不愿参加的，再累再苦只要是男爷们能坚持住干，我们姑娘也是人，也能坚持住，怕什么呀？说不定比他们男人们还能干呢、能吃苦呢……"

　　孟姜女说："犇犇你先带着队伍向上午一样两人一排，继续上路吧！晶晶你把她们名字统统记一下，点点有多少人，小曼你留下和水莲负责张罗一下按高矮站队，排排队，你是小队长，水莲是大副队，副队长，有什么不对的，大家有什么意见和见解再向我反映好吗？到晚上休息时再选班组长，要选热情高的热心姑娘，能照顾人的照顾大家的姑娘来当组长，就这样好吧？暂时先这样，我先往前看看去！"

　　小曼大声喊叫："白云镇的姑娘站好了，按高低排队站好！快快，来来你往前站，你个高些，来来大家都站好，不许乱动、乱说话，我们大家认识一下，我是小队长小曼，以后咱们天天在一起的，从现在开始大家有什么都可以讲！对与不对，马上叫副大队长晶晶给统计一下名字，有多少人叫前面做多少人的饭吃，就这样好了！水莲是咱们的副队长，比组长大些，懂吧！从现在开始，大家都要听我指挥，我当然也听孟姜女大队长的指挥安排，无论干什么事情都要听话，不要乱吵、乱闹瞎起讧，我们是修长城大队队员，是队伍，就要听队长、班组长的安排，叫怎么干就怎么干，不愿干的趁早回家，想干就要听话，不能乱打架、乱骂人，县长来的时候给大家都讲过，谁不听话，不服从领导、乱捣蛋，搞什么乱七八糟的，我们孟姜女大队长可以有权先斩后奏，先斩就是先杀头，最后在把事情汇报上去，咋来咋去因为啥这样，我希望大家都要按着自己来时的理想和愿望不要出现不该出现不愉快的事情和事件，愿意来干，就应该愿意接受管理和领导，把自己名字给副大队长晶晶报一下，大队里好统一掌握人员情况，做饭呀！晚上安排房东睡觉等等一系列问题！副大队长和副队长水莲你们还有什么要交代的没有，如果没有大家赶快追上大队人马，姑娘们、美女们千万记住不要掉队，如果掉队了，被坏人逮住或者摸迷了路，晚上让狼呀野狗吃了，哪自己倒霉，说一千道一万千万不能离开队伍，明白不！如果有特殊的情况是可以照顾的，好了大家排好队小跑追上大队伍。"

　　　　白云飘飘故事多，姑娘美女情义俏，
　　　　人人都为爱心乐，歌声腾沸乐逍遥。

歌　声

　　孟姜女一路快步来到队伍的一侧往前走着，不由自主地唱起歌来：《西江月》长城稀宝珍贵，秦王朝始皇帝，修筑千年为第一，长城壮丽独毅。永不倒致经典，神龙姑娘靓议，世间星球英灵仰，人类魂灵寄奇。又唱四字辉煌歌：美酒才醉，真爱才香，绚情才美，靓才辉煌。又唱六言词：春风妹妹靓艳，阳光哥哥酷帅；玫瑰香袭人心，龙舞彩霞酬爱。

　　靓艳美女长城修，大队小队班组多，大红花爱姑娘艳，春光映靓女神罗。

　　浪漫乐，朝前走，春风劲吹曲调高，亲情保国卫民了，一路绚丽靓艳歌。

　　"炎大队长听说咱们在白云镇吃罢饭，又来好多姑娘女孩子是不是啊？"刘花问。

　　"他们白云镇也都相信咱们炎大队长、孟姜女炎大姐的方法呢？"李凤说。

　　"谁不相信呀？你不相信你咋来了，跟着好人学好人，跟着屠毛刮牛皮学吹牛皮，三皇五帝都是为咱百姓好谋大事业干好事，所以我们华夏几千年才都相信他，跟他走崇拜他，老老少少，男男女女都跟着他走，世世代代，祖祖辈辈无论什么年月，啥朝啥代都得对老百姓好才行哩！周朝周文王，对老百姓好，人们都相信他，后来得了姜子牙打天下，大家跟着攻无而不胜战无不克，为他打仗，他为大家打仗谋划，打到哪里胜到哪里，如今要咱们的队伍开到长城，还不成了大队人马，千人万人，炎大队孟姜女的官也越做越大……"

"咱们这些女孩姑娘谁对跟着谁，跟你跟她，她还不沾闲呢？"悦悦说到。

"你们看人家孟姜女真有两下子，说干就干，说走就走，说唱一张嘴就能唱出优美动听的歌曲歌子来，抬腿就能跳上好看柔弱无骨的好舞蹈来，要是你拽着耳朵也不行……"

"天才、人才、将才、艺才，说不定孟姜女还懂画画呢，画出最美最逼真的人和山水什么……"

"只要学，肯学，会学，好学，一看就会，一看就懂，有什么的啊？啥不是人创造，人整出来的，办法点子，说个啥是个啥，看看炎大队长，炎大姐又在唱歌呢……"

七律：天天盼君难见君，星光魂梦夜空吻。云殿相近异无缘，绚靓艳舞牛郎晕。分分秒秒想郎颜，年年月月毅等寻，今日姑娘向长城，曦覆队缘凤龙坤。

七言：织女牛郎瞬息问，爱我我爱是何人？静静等待不畏寂，迟早爱人漫潇魂。

七言：年年月月似闪电，分分秒秒如驿站。时时刻刻在呼唤，意气风发筹平安。

白云镇的水莲姑娘唱道：春风浪漫阳光好，爱情人疯狂不能少。天作缘分潇洒情，郎才女爱最骄傲。

晶晶唱道："月儿圆圆在春风中遥遥照亮情人路，靓妹温馨悄悄融进甜甜蜜蜜祈盼，一首歌子，一段情意玫瑰，一个问候，一片深情爱恋，一个曲调，一份靓美韵律，一支歌曲，一往美缘祝福，一束鲜花，一颗滚烫的心，一个长吻，一腔沸腾百年的情趣，一个媚眼，触倒英雄澎湃难忍的心，春风月光下的长思，阳光中青春的幸福。"

韩玉玲唱：我是女孩，你是女人，你太残酷心太狠，温馨长城都不来，自由自在女神，只顾自己难容人，我能否配上你啊，就怕神精耻后悔。

梦梦唱：实在实在太诱人，牢骚牢骚歌唱尽，千言万语无处道，一个触电能胜过，千语万言美呀——情爱约会都不敢，八百辈子都别想——，别想拥抱恨死你，我依恋此情啊，唯一的愿望哟啊！无缘的爱难强牵，无情更是完蛋完，无义青春上刀山。

孟姜女唱："《宝塔诗》万 里里 长城长，城连连城，靓美爱美靓，华艳香香艳华，夏玫瑰神瑰玫夏，幸福恋人人恋福幸，福到中华龙华中到福。爱长长 城晶城，美晶晶美，腾靓爱靓腾，云霞爱爱霞云，驾云恋情恋云驾，雾祥魅人人魅祥雾，好绚艳长城长艳绚好。"

晶晶唱："《渔歌子》春风河上燕子飞，杨柳花红水正碧，美人飘，青仙女，桃花雪飘长城巍，高山雄鹰旋翼飞。靓悬崖客美女，阳光浴，潭碧深，月映鱼眠未沉醉。

修长城，媚妹行，霜雪肌肤有泥泞。流大汗，干劲诚，管叫塞上龙腾。姐妹们，靓砖映，谁与神龙高山嵘，唱山歌，心智捏，志坚汗流长城。"

李秋曼唱："《天下乐》阿哥哥在前放宽心猛大干，妹妹今天跟上山，歌声唱遍大河两岸，不怕和泥搭墙，不怕流汗尽淌，为了百姓干。"

张曼琪唱："《贺新郎》亲阿哥在哪里？妹妹梦里想你！筑长城俺今天去，为天下老百姓安全为保江山！有天大困难妹不在意，跟着炎姐朝前闯，哥哥也，你莫闲妹妹哎太泼辣，苦干天下理，秦朝修城为防盗，匈奴胡尽贼气，咱们男女试一心，誓叫神龙高山巍毅。

《十六字令》三首

花：万山灿烂美艳香，多绚颜，靓丽人间恋。

花：装美人间处处鲜，人人赞，无限大江山。

花：颤戏袭蜂蝶香甜，舞翼蛮，尽争芬芳唤。"

宫女绣唱："《如梦令》外二首：长城是华夏美，炎黄子孙骄傲，江山多豪迈，千万年魂龙神，美好，美好，男女为你靓笑。美女汗颜城俏，虹彩云霞绚潮，纵横万里美，无限风光靓遥，飘飘！飘飘！如梦令歌声高。姑娘恋长城高，鲜花尽舞飘飘。无限江山娇，美女姑娘靓笑，龙啸！龙啸！澎湃歌女侠豪。"

水莲姑娘唱："《满江红》靓艳美女，不怕见阎王脱坯，汗淌美，搭墙和泥，姑娘仙女。和男子比美更艳，让长城早日腾云，江山焕然一新最绚，朝天屹。美女干，姑娘急，春风赞，嫦娥舞，天仙神仙战，乾坤憋移，百花吻笑香艳递，无限美靓春潮紧，彩霞虹云腾绚长城，威峨齐。"

娥温馨唱："《十六字令三首》人，改造大自然动力，世上神，万灵不能比。人，主宰万物的神仙，星球畏，乘静电环宇。人，分分秒秒在创新，智慧真，日月惧深沉。"

晶晶唱："俊男美女靓长城，春风劲梦翠绿碧，一路歌声情最深，美人花艳袭鸟催。"

炎长霞唱："《西江月》姑娘美女向前，鸟鸣飞翔高山。山峦尽情舞艳歌，春风无限赞叹！脱坯和泥具玩，阎王愁思新添。花艳还逊姑娘帅，西江输秦娥汗。"

杨纯雨唱："《摸鱼儿》春风醉摇百花艳，姑娘长城舞恋。神州江山尽彩练，无限风光璀璨。加劲干！美女绚，谁与神龙更笑颜，姑娘天仙，漫天虹霞腾绘高山峦，看换了人间。长城巍，拒敌挡寇贼匪，天下百姓安。美女姑娘飘香汗，俊男潇洒浪漫，同心赞！脱坯垒城嫦娥惊艳相伴，群星呐喊，助威加油蛮！女神侠仙，歌声震天旋。"

韩玉玲唱："《十六字令三首》春，人间万象更新伦，爱温存，情感致最深。春，春意无限浪漫追，天地美，万灵思情循。春，花烂漫江山壮纯，日月遁，春夏秋冬询。春到自然好，花开自骄傲。人靓正媚瞧，歌美唱飘飘。东风无力百花艳，春到人间情巨变，阿妹阿妹莫叹气，缘分到时靓爱仙。"

大妹歌声飞："《甘草子》三暑，知了叫啊，汗如珍珠雨，洗浴精华盛，凝肤断桥渡。凭栏鹊跃愁无侣。靓女娥，单想飞絮。却在金笼伴鹦言，梦添相思吾。"

任晓玲的歌："《系裙腰》年年月月盼伊天，歌如影，梦里拦，爱恋纵似蛟情月，等了年年最后圆。欲寄歌声题情字，难不到，爱靓前。东院邻有荷叶绿，钱如经线，问剩女哟，几时嫁。银河翔，晚风露。星光闪耀，俊男靓女语，月上寒情微风雨，云水浪漾，浮萍飘飘浴。天河情，爱恋去？居住水上，声在院中欲，可有伴侣相陪否，小妹笑靥勾走魂灵沽。"

炎馨馨唱："《虞美人》俊男靓女知多少？年年月月笑，大红喜字鞭炮哮，结婚休离儿女丧播。江山依旧高楼在，只是男女改，红白喜事几多愁，好似闪电流星环宇宙。"

犇犇唱："《浪淘沙》窗外花烂漫，香光戏艳，莺啼燕吟碧云天，痴情人留恋山川，一游贪欢。山高花岭伴，无限江山，人生能有几多情，东风悠悠乞花妍，暮雾幽涧。"

董钱美唱歌："《一剪梅》雪残梅悠寒酷尽，故魂花蕾，盼望袭人。一剪玫瑰爱人心，尽情熨馨，梦里吻紧。火红玫瑰香袭醉，情爱自尊，爱心恋随。玫瑰火辣辣袭人，巧巧靓闻，东风劲吻。"

胡锦明歌："从天山上腾沸大海边。君不见，山山岭岭神龙舞，逶迤蜿蜒飞露，华夏民族情，勤劳智慧，大爱结晶的歌，君不见男男女女齐向前哎，长城神龙啊，神龙长城哎，靓男美女上哎，神人齐动员噢。"

郭凯莉唱："情一生，爱一生，君妻恩爱恋一生，人生笑傲乘。靓女行，俊夫行，快快活活梦爱憎，儿孙就此行。"

李梅花唱响："《菩萨蛮》男男女女修城好，高山长城尽舞遥。美女靓香汗，姑娘绚春赞。坯铸钢铁砖，女神筑城传。神龙腾虹云，长城昂天韵。"

闫霞云又唱："《唱秦娥》春风谢，百花斗奇姑娘越，姑娘越，天上彩霞，长城腾月。万里神龙赛钢铁，嫦娥馨吻银光泻，银光泻，玫瑰绚色，塞上原野。"

王慧聪唱："《清平乐》东风劲晓，梅花艳残早，美女姑娘绚丽笑，山峦长城骄傲。仙女脱砖坯子，汗水和泥蹦跳。玫瑰喷香最爱，更加帅酷城高。"

临梦歌声高："《长城飞》长城好，高入云霄峭，昼夜为民拒敌骄，子孙安年年月，幸福满堂魅。长城高，逶迤蜿蜒俏，拒贼寇盗匪寒叫，人称快好逍遥。男男女女跳。长城飞，大海天山绘，腾沸虹云艳月潮，群星吻醉梦笑，春渡歌尽兴梦中美人绘。"

何丽唱："邻院一枝花，年年守护她。日日唱歌美，分秒望虹霞。"

杨艳玫唱："《点樱桃》美女姑娘，修城女郎，好靓艳！人人酷汗，虹玫腾天仙。玫瑰花绚，高山心愿，长城赞！仙女歌旋，千载尽笑颜。"

徐阳阳唱："《山花子》玫瑰花红姑娘艳，迷君曲魂女神仙。长城摇歌花烂漫，美人羡！高山醉花姑娘干，谁与美女浴花鲜，神龙歌邀山峦倦，女神顽！"

胡凤莉唱歌："《婀娜曲》满山花艳美人旋，霞舞亮歌愚艳城，花浇城沸向天行，美女女神梦入更。"

许珊珊唱歌听："《玉树花》春风花尽香，艳靓姑娘心。美女修长城，仙女歌曲亲，山城美，春风劲拂，女神舞馨欲。山高长城修，汇花漫山行。姑娘爱君巍，女仙彩霞欣，神龙媚，劲帅猛魂，漫漫靓神女。"

鞠旭丽唱到："《朝天乐》高山、长城、姑娘浇花恋。女神美女劲猛干，梦入彩霞舞腾娜，神龙爱心漫山拒贼寇盗匪，尽力大干！鲜花靓映天。"

韦东萍唱："《喜迁莺》美女女神，姑娘来修长城绚花靓！巨变高山，抗拒顽寇盗贼匪，百姓乐，江山娇艳，山花烂漫。春回大地雁美人，登高山尽恋霞望，挥汗舞歌和泥戏砖坯靓坚，江山笑，百姓平安，千年永坚"

赵君宜的歌："美丽姑娘赛天仙，勇向长城足不闲。只要能帮哥哥忙，早日携手回故园。"

余多美唱："长城锁高山，塞上才平安。百姓安乐日，靓艳姑娘干。"

沈维维唱："贺兰横山神木曲，榆林右玉丰镇口，吼狮将军山海关，大海奔腾天山筑。"

龚莉莹唱："《水调歌头》俊男筑长城，美女来助战。长城乐山崖哎，仙女早大干。无论千里万里，我们绚艳向前，朝朝暮暮走，潇洒浪漫程，咬紧牙关赶。歌声唱，故事讲，卯足爱，长城飞天绘彩，昼夜戏海蛟，舞群峦挡洋贼，居高山拒顽盗，管叫匪寇抖，保华夏民族，卫战百姓健。"

田田行歌："《蝶恋花》美女仙姑靓蜂蝶，长城万里拥吻霞彩泄，春风竞舞桃花香，杏花不甘寂寞越。姑娘美女盼君行，高山修筑长城傲日月，向前向前昂首看，长城美女赛钢铁。"

楠楠歌声唱："《浪淘沙》长城笑高山，靓艳美女，个个争先美人干。千古传奇今在现，玫瑰火焰。歌声似海潮，仙女绚艳，亮开歌喉一遍遍，前赶后追向高山。辉煌情赞。"

杜青青唱的："《如梦令》山兮城兮情兮，妹兮美兮靓兮，玫瑰花情绘，神龙舞美女奇，诗歌，诗歌！靓丽风流玫瑰。"

黎星亮唱："《西江月》美女长城飞旋，代代红粉情缘。春风着力花艳红，绿叶花靓呈现。姑娘汗露香飘，嫦娥妒忌无限，花好月圆神龙赞，岁年月儿靓伴。"

韦睿群言歌："碧云天，黄花醉，春风急，大雁北飞，春露珠晓百花翠，只是恋人盼爱心儿碎。"

魏影影唱："万山碧翠天，川回绚艳泉，壑树春情急，幽草花蕊边。花红渡雁飞，露流润涧湍。爱在清泉欲，拂遥云际端。盼人真情爱，邀梦闺秀间，绿树悠悠摇，明月映清泉。潮岂酒敬君，梦夫星璀璨，鸡鸣东墙畔，爹娘怨起晚。红日依东山，雄鸡唱多遍，碧树绿叶情，姑娘美女艳。"

李敏影唱："黄河浮摇彩云间，村乡镇寨燃烟绚，腾云驾雾龙凤舞，村姑靓女赛天仙。"

宫洪英的歌："一代俊男筑功恋，千朵花艳靓长城，蜂蝶戏花袭调情，玫瑰火红香喷神。"

周慧妹歌："塞上万里山，不见长城岂。唯有华夏女，花香春北飞。攒足浑身劲，千年美名媚，拧战一股劲，玫瑰花束奔。"

林智巧唱到："无力风雨泉毛荒，云腮巨龙纹深藏，秋露难润芙蓉浦，香酒才居细嚼靓。"

黎君美歌："《菩萨蛮》小山重叠绿映红，鬓云花妍香腮雪。早起画娥美，理妆梳洗毕，艳照云丝靓，花艳众香妹。朝霞飞晓渡，双双莱拥抚。"

袁娟妹歌声唱："《沁园春》从天山下，到燕山左，长城舞飘。华夏史千载，岁月春潮，拒盗贼寇，国保平安，江山多娇。英修男士，美女靓仙齐烂漫，自愿干，高山腾神龙，万里峭遥。高山大漠海哮，千古奇迹万万英豪。歌载女神飘，汗水泥摸，坯砖火烧，风吹雨打战，求质量高，要数量快，使出浑身解数笑，创辉煌，力争早竣工，团圆狂跳。"

郭文慧唱：我不懂，我不知道？什么比爱更重要，八岁我等十年，阳光女孩十六岁，我再等二十年来，什么比情更重要，你不会知道郊郊，女神只会自己逍遥。挥歌除请君，留爱祭神，情魂升天际，醉爱追红光。

李秋曼唱："自由自在当女神，从来不顾及别人，'傻瓜'厚脸无法唱，左右邻居耻笑咱，'疯病'上来歌声迷，无应无声无息正，少惹麻烦不得病，精神总有一天问。"

程莹唱："拜拜吧再见，再见吧拜拜，让情一身清，孤独寻情爱。"
温馨好女孩，早晚有义来，我请神仙折，蛮劲无理嗳。

张曼琪唱：我垒长城光阴美，周游情人好安心。今天是梦中情人，明天在玩旧爱神。吹吹牛皮好神气，吻吻驸马真舒馨。天天如梭快如飞，分分秒少度神奇。

李娜唱："今晚游途归，月光歌声飞。情缘无觅处，红艳爱不醉。光棍一头热，自作多情魂，罢罢情有价，神爱两厢伟。"

腾飞飞唱："持义以恒情才香，挫折失败咱不怕。天然纯情邀爱神，月光情爱是大侠。《满江红》歌休闲爱，我邀玫瑰情激荡，来长城，浪漫相约，敞开情怀，真诚恋情知音唱，爱你天神痴情贵，风光歌声灿星飞彩，找爱来。缘分在，温馨唱，真心爱，邀浪漫，千年的情魂，百年真爱。嫦娥月宫独撒花，寂寞沸歌探彩霞，我爱你今生今世缘，敬神才！"

秦香花唱："白云悠悠懂我的心，歌声邀来献给我最爱的神人！春雨解解闷，雷声滚滚是我结拜姊妹们，好酒名菜献上显显暴雨的虎威，和风细雨浪潇洒把红尘迷，阳光老人是我的座上宾，他喜气洋洋红光满面把咱今生的爱情定，从今后我保证美男俊儿不去想，野蛮朋友咱更不用提，阳光女孩咱都不去理，靓艳美女更不看，我保证今生今世只爱天神你一人，白头到老永不悔呀……"

程星唱："雷声滚滚恭贺爱，大雨小雨温馨情，时时盼做天神梦，字字句句唱爱鸣。"

孟姜女大声说："姑娘美女仙姑们都不要再走再唱了，今天咱们就住在这月亮湾镇上了。"

"这时间啊，看太阳还老高在天边挂着呢？怎么说住就住下了呢……"钱美美说。

"这你们就不懂了，咱们今天是第一天上路，平时谁在家里走这么远，这么多的路啊！肯定没事是不会这么走来走去的，几十里路，其实大家也没少走路，只是大家突然聚在一块，主要开始时是新奇好玩，又热闹，唱唱歌，不知不觉地就走这么远了，咱们今天的任务基本上是大获全胜，头几天大家伙先适应适应，一下子更不能走伤了，咱们大家往后路还长着呢！又不是十天半月就能走到长城，所以大家要想长远点，老鼠拉木锨，大头还在后头呢！是不是呀！饭好了就去吃饭，该洗洗脚的洗洗脚，洗脸的洗脸，找房东去休息，大家千万不要和房东发生争执，或者发生什么不愉快的事，大家都在屋里打地铺，因为咱们人多，谁有那么多的床呀，地上有麦草什么的往地上一摊，再把自己的被子往身上一盖不冷就好了……"孟姜女说着，解释着劝说着大家，一边还在吃着馍端着碗："管他呢，今天吃饱喝好不想家，鸭子过河鹅过河，大家咋着咱咋着。"

"是啊，吃饱喝足，一结瞪眼一夜就过去了，又是一天，又什么都是好的！"房东老大娘讲。

"人吗，好也好，咋样都能行，人家孟姜女啥事都是为别人着想，可我们大家都是为自己想想，人活在世上不一样啊，古人说：'人不为己，天诛地灭。'全是胡说也，总有个别人不一样……"

"看你们这些姑娘多漂亮多可人意，从大老远的地方来，又要去很远地方去修长城，为大家为大家过好日子，平安太平，哎，我们这些老太婆想也不敢去想，这辈子也没出过远门，娘家婆家就这么近，哪像你们这些女孩姑娘一个个美女们，南南北北的走啊走，你们现在的年轻姑娘女孩是不一样了，比我们那时的人想的是大不一样，事情干的更伟大呀，我们那时候带着小娃，孩子多，背着抱着，拉着扯着，怀里抱着躲坏蛋。"

"大娘在年轻的时候一定也是个很美很美的美人，看看现在就知道你年轻的时候更干净，利凉，呱呱净净的一个美人儿，现在一点点的也看不出的老相人老啊……"晶晶说。

"哪里哪里的事，老透了，满脸开花，牙齿耳朵都不行了，更谈不上走路了，过日子就这个样子，老有老的事情干，年轻人有年轻人的大事业，不过修长城咱们这里的女孩子还没有去的，一个地方一个地方的人想法不一样，自然政策也不一样了，你们真的都是好女孩子……"

"咱们哪里也没有叫女孩子姑娘们去修长城，我们这里来的女孩子都是自发自愿，自己找着要来的，刚好又有孟姜女领导着起带个头，所以我们大家都想出远门干干看看天下大事业，这不是才有现在的情况，这就由大家美女们组织一起，走到一块儿来了，人在哪里，也不能闲着，男人有男的事情干，我们女人有女人的事情，老有老的事，如今爹娘都领孩子在家种地，满村全庄也找不到一个有本事男人，都去修筑长城去啦。"

房东老大娘笑着说："我们这里也一样，身体好的，壮实能干的，胳膊腿没有毛病的都得去，谁敢不去啊！保长、村长、甲长、镇长、县长三天两头来找人，在不去就拿绳了拴住你拉走，绑着你你也得去干，不然最后爹娘过日子也不得安生，谁敢不去噢，老天爷辈子的。""就是的都一样，好好想想在哪里都是干活吃饭睡大觉，还是大家一起去干得好，干得快，早干完，早早回来，不是什么事情都没有了吗？"

"是啊，想想也就是这个理，人越多干的越快越好，人少肯定慢得很，一百年够干的，等一下子多几千几万几千万人，说不定十年、八年就完工呢！"

"对！对！对！还是你们这些姑娘女孩子看得到，想的对头，想的好呀！去干更光荣，更伟大，我那三个儿子都去修长城了，这样他们都可以提前几年，十年八年回来了……"

"人心齐泰山移吗！人多没有干不了的大事情？"

"现在的人是不一样了，想得远，看得开，干的都是大事业，我要不是还有个老头子和孙子娃娃们，我老婆婆也想跟你们一路也去修长城去。"

"哪你大娘不能去，老了老了用处也大，能带娃娃孩长大，你想想，修长城的男人爷们，哪个不吃不喝能行啊，人是铁饭是钢，一顿不吃心里慌，如果没人种地，地里没有庄稼收，种不出来，没吃得，想干什么？什么也干不了，别说修长城，睡在床上也饿得不想动一动里……"

"都怪哪些洋毛子、红头发、绿眼睛的强盗、坏蛋、恶魔专抢咱这里人家的东西财产，他们那些坏人、坏蛋不种地，不种庄稼，不喂猪呀，羊呀，牛鸡，专门靠抢人家的东西过日子，这咱们才想着修长城，用城墙来堵住他们坏蛋杂种吗？这人心不一样啊，不修长城怎么办，过不好日子，全叫这些坏蛋杂种折腾的，不得安生也过不好日子，这老天爷也不睁开眼睛瞧瞧，非叫哪些坏蛋老是抢人家的，祸害人家，叫咱们这些人家过不上，安宁日子，想想真想把他们一个个逮住活剥了才过瘾，才开心……"

"好吧！大娘叫你费心了，我上其他院子去看看，去照应照应有什么问题没有？"孟姜女说。

"去吧！去吧！俺们这里人家都好着呢，人也热情的很哩，个个都非常客气的很哩……"

"是啊？不然也不麻烦大家乡亲们啊……"孟姜女说着。声音随着人走远了。

"炎大队长你可来了，我正想去找你呢，炎大姐，她们这里也有些女孩子想来咱们大队里参加去修长城哩？不知道你炎大队长可收她们了！"张燕小组长报告说。

"好哇！谁想去想来，我们就给她们带上，不然她们不去也不会死心的？人心都是肉长成的，只要不是咱们硬强求的，她们就一定会干好的，多一个人多一分力量，多多益善……"

"姑娘，我是个老婆子，不会说好听的好话巴结人，我也有三个姑娘想去修长城，前一段时间，就听她们几个人在一起叽叽咕咕的，在一起商量着怎么办呢！如今你孟姜女真神仙仙女下凡走到我们这里就给她们带上去吧？俗话讲，女儿大了不能留，留来留去都是愁，如今男人们都走了，姑娘大了也嫁不出去了，好的找不到，劣的不想要不凑合，这人生一辈子也更不能凑合着过，总想找个有鼻子有眼的大男人，咋样也要找个能打会蹦，能蹦能跳的大小伙子吧，我们那个时候像你们这样大的女孩子姑娘们早早就都出嫁了，如今好吗！满镇满大街满庄，连个男人毛都看不到，还到哪里去结婚出嫁呀？"房东老婆婆叙着说着。

"这不就和我们一起去修长城吧，这样就走到男人窝里，男人堆里去了吗！男人们没有机会来娶你，咱们这些姑娘平时主动些，多建立些感情，最后迟早会有结果，等修好了长城就走到一起了。"

"是啊，这理儿也还正确着呢！男人女人在一起时间长了慢慢就有好感了，男女在一起干活不累。"

"无论怎么讲，还是去干大事修长城，才是真正事，城修好了，人自然而然不就回家来了吗？说不定还像戏文里说的，男男女女回家把婚结……"

"哎，孟姜女，我闺女彩云回来了，好女儿来来，这是孟姜女，她是大队长，修长城大队大队长，你们这些女孩都跟她一路我才放心，你看她大队长带多少女孩子，漂亮美丽姑娘，好些人家都听她大队长的话，彩云闺女你也去跟她大队长说说，好好干，千万别给爹娘丢人丢脸，大队长叫你干啥，你就干啥，修造成长城要听话，不听话是要吃亏的，女儿呀，听懂了没有呀……"

"好！好！好！娘，你一百个放心吧，我自然去，就一定会听话，也会干好的，你别啰啰唆唆了行不行啊？"

"炎大队长，我叫彩云，俺爹姓张，你就叫我张彩云好了，今年十七岁，我们这月亮湾镇的女孩子多着呢？少说也好几百人，愿意跟我去，跟我要好的女孩子也三十、四十人，你可得都要啊！不然她们会说我彩云不好的，没本事，不会说话什么的，我们都是好姐妹，干活个个都是呱呱叫的好手，个个都漂亮、靓丽、美艳、热情……"

孟姜女说："好吧，别说三四十，就是三百四百我也都叫她们去，跟我们一路走，目的就是人多干的越快越好，早早修好长城，为咱们老百姓早早享清福，多睡安稳觉，也好在家安居乐业种种地，高高兴兴的养儿育女，不就是过这太平世界吗？彩云你现在马上去叫她们来，统计一下共有多少人，明天一大早好开发，上路每天做饭吃饭是不能少的大事情，得做好吃够吃的，叫大家好有劲走路，吃得好每个人的干劲才大，热情高，我这还得张罗着找你们月亮湾镇长大人，杀猪宰羊杀大牛，有鸡蛋母鸡公鸡都行得，张彩云姑娘你先跟我一路叫晶晶副大队长，为你记下名字，叫她们大家明天早晨一明就来，该吃饭的吃饭，吃好喝好，好赶路……"

"好好，我这先叫她们去互相通知一下，想去想走的赶紧记名字……"彩云说。

"晶晶大队长，你刚好来了，我正想找你去，上午白云镇的姑娘都登记好了。"孟姜女说。

晶晶说："是的，炎大队长，这不她们白云镇三百六十人，后来又来几个过路村庄的姑娘，总共四百八十人。"

"好，大队长你干得不错，她们这月亮湾镇也有几十人，你一会帮她们统计一下名字，另外在给她们把小队长、副队长、组长也选好，有了她们，咱们以后好领导她们，你看着选，选个听话的啊！就这样我去她们镇里找镇长大人要些给养什么的。"孟姜女说。

"炎大姐大队长，你在叫上几个人一块去，副大队长也行，领着一块去，让她们也见识见识世面，万一有什么不对劲的，也可以有个帮手，古语讲：害人之心不可有，防人之心不可少吗？这镇上当官的都是大男人大老爷们，万一有个好歹后悔也晚了，更是来不及了……"晶晶说。

"不会的，晶晶大队长，你放心好了，我一个人做事习惯了，何况大家也很累，我是大队长吗……"

晶晶说："还是有什么事提防些好，三人为众为公呀！有事也好讲些，一人为私，有事情到时候说也说不明白，既若讲的清清白白，人们似信非信的，讲不清道不明白的，不然我先跟你一路去，回头回来在想别的事情好吗？"

"这样吧，我叫其他给你结拜姐妹去，一路好有个照应好了，这样你放心了吧……"孟姜女说。

晶晶说："好，就这样，我先去统计名字去了！拜拜再见！哎哟也，炎大队长大姐哟，你看你的脚，还在光着脚巴子呢！"

孟姜女说："怕啥呀？乡里人光脚巴，光习惯了，穿鞋走路还不得劲呢……"

晶晶说："无论咱们自己怎么说都行，可这会你去人家镇里，又是去见大镇长，镇长本来就是个官，不是老百姓，他还管着百十来个乡，大小村长一大群，方圆几十里村庄，没有县长大，也是个响当当的人物啊！以我看还是讲究点，先把我的鞋给你穿上，找他办事，人家瞧你不像样，有些人她面上这样说，可心里确不那样想的人多着哩，还小心为是……"

"好吧，先听你晶晶大队长的，古人云：强龙压不住地头蛇，更何况咱们也不是强龙，没有一枪一卒，论打架咱们都是女流之辈，根本就不行，咱们现在走的这一步是方法对头，借着秦王大政的威力来实现自己的愿望，好好想想做人真难，哪一步走不到，考虑不到，走不好就砸锅泡汤了，最后干不成景……"孟姜女说。

晶晶说："好事多谋不用心急吗？慢慢走啊！"

"我发现你晶晶越来越有脑子了，心也细了，办事能力也增强了，想法也对头，为人慷慨大方，是将来的一员大将，猛将，大元帅啊……"孟姜女说。

"还不是炎大姐你这会心情好，情绪高涨，什么事情顺留爽快而一……"晶晶说。

"好了，谢谢你多方面的提醒，我走了，再见拜！"孟姜女笑着走了。

"好，好！再见了大队长，愿你马到成功，早早回来讲故事呢？"晶晶大队长大声地说。

> 歌声歌遥段段飘，个个音韵赛翠鸟。
> 人人都把新歌唱，浪漫潇洒曲曲高。

月亮湾

　　孟姜女和巧巧、莹莹走到月亮湾镇镇大院子里，天也黑了，有个老头正在用扫把扫大院的地，"请问你！老爹爹，你们镇长在家吗？"孟姜女和详地笑问道。

　　"啊，你们找镇长大人啊！美女姑娘们，让我来猜一下你们是干什么的好吗？你们一定是孟姜女的人，去北方修长城的，你们一个个的好美好漂亮也！镇长刚刚回来了，你们站一会儿，我通报一下啊，不要急啊！我马上一会会就来……"大家笑笑没吱声，老头把扫把靠在墙边上，自己往一间亮着灯的屋子走去："报告镇长大人，有几个个子高高的美女找你！"

　　"美女找我？该不是人们传说的梦家镇的孟姜女吧？叫她们来，我也见识见识，都传说她孟姜女长的如此这般漂亮美丽大方，处事有本事得很啊……"

　　老头一转身就张口喊道："孟姜女，炎大队长，镇长叫你们呢，快快来啊！"镇长笑眯眯的从屋里往门前走，没出门口，孟姜女她们从院中也往这间屋里来。

　　"请请！果然是个个美女，人人靓丽啊！眼睛里都藏着胆识主意啊！"镇长笑着自语说。

　　镇长借着桌上的灯光看向孟姜女，孟姜女大大方方地看着灯光，在灯光照耀下微笑着说："今天来到贵镇宝地吉宅，果然有番富余景象啊，借光，借光来找镇长办事呀……"

　　"哪里，哪里，都是乡里乡亲老百姓们干得好，听话呀，才有今天这个样子，无论上面安排什么？只要老百姓不捣蛋，叫干啥就干啥，这还不能富富有余吗？不然今天托到明天后天，最后还是跑不掉，那样折腾来折腾去也太伤脑筋又费神的，也显不出当官的风采来，不会当官当好官，老百姓的一句俗话：'端人家的碗，就得服从人家的管。'……"

孟姜女自我介绍道："镇长先生，我是孟姜女，不用介绍了，你镇长也有耳闻，但是我们女子修长城大队，这么大老远的走来，也是为大家，为百姓大家平安，响应大秦王朝的号召，修长城防盗贼，愿天下人平平安安度过好日子，今天走过贵镇宝地，还需有镇长先生多加照顾，关照多多帮助……"

"都一样！虽说我这个镇长没有直接参加修长城搬砖头，抬石头，但我本人也去过长城工地，确确实实他们很辛苦，也很卖力的劳动，劳动肯定是很特别辛苦，谁都知道，脱坯搭墙活见阎王，这是人们常说的口语，不掉层子皮，也省不了半条命，我们不知道你们女子们都是怎样想的！准备怎样干……"

孟姜女说："这还不简单吗？多一个人多一分力量，多一个人，就早一天完成任务，众人拾柴火焰高，老百姓就早一年的过平安生活，家家户户的男男女女老老少少早早团聚过好日子，我们女子大队的人员有千万，长城不提前一年或者好几年的时间，不提前才有鬼怪呢……一定提前再会提前？"

"孟姜女告诉你，古往今来，哪个女的都没有像你这样有本事、有能耐的女人……"

"我也想让你镇长知道，古往今来也没有哪个朝廷、哪个王侯、哪个国王有这样大胆，有见识，有能耐修长城的，这么伟大壮举，不能光叫你们男爷们抢头功，我们女人也得上，而且还要大张旗鼓地狠干、快上、猛较劲，这样才能显示出在这个世界上男女都是不能少得，缺一不是世界，缺一不能成为家庭，缺一就没有人类，也就没有创造世界和改造世界的能力！"

镇长大声说："在古时候人还没有来到这个自然世界上，人们的祖先女娲不是已经二次造就、拯救人类吗？炼石补天，捏泥巴人？"

"咱们现在是现在讲现实实际，我孟姜女这里有官文，县长大人亲自给的官文，郡台大人签过字的，请镇长先生过目阅示……"孟姜女抢先说道。

"不错就是他，有章有印明显假不了，等到特有的特权，不知孟姜女还需什么直讲，我镇长好替你效劳！"

"还不是一路上的吃用消费品，头几天要让大家吃好喝足，好有劲走路，不叫大家失望，吃饱喝好不想家，生活不好，大家情绪低落，很容易想着失望，猪肉啊、羊呀、牛肉、马肉、驴肉都行，鱼呀什么都好，总之是吃好点……"

"这容易，我叫张老头去办，张老头喽！张老头喽！"

"报告镇长大人，我在此站着，镇长大人尽管吩咐吧？"

"你去通知各个村庄的村长，大肥猪杀好，连夜送到镇里来，快点呀，老牛肉、骡子、马肉都行，村村都得有，一个村也不能省，越快越好，不能等天大亮……"

"是！大人！"

"不能延误，天亮前送到镇上，不然孟姜女明天还得赶路，听清楚了吗！送不到者，晚了全部杀头……"

"报告！镇长大人！听清楚了，让各个村寨村庄都送上好的新鲜的猪、羊、牛、马、鱼、鸡都要整个的，天亮前送到镇里，镇长大人要送给孟姜女修长城大队人马……"

"好好，快去，快回，骑马去通知……"

"镇长先生，听刚才房东的老大娘叫彩云女儿的讲：'你们镇上也有好些姑娘，女孩子甘心情愿去修长城。'我孟姜女感觉你镇长应当亲自鼓励她们，给她们女孩子留下一个美好的印象，让女孩子姑娘在千里以外还想着她们的家乡亲人的嘱托和祝愿，使她们的志气和奋斗劳动愿望时时记在心中牢记，所以我孟姜女提个建议，你镇长先生连夜组织人给她们扎大红花，用红布披挂，表示镇里乡亲们的美好愿望和牵挂，与你镇长自身的祝贺与关照、照顾，镇长你的形象将永远留在她们的印象中和后人言谈中……"

"好好！只要是孟姜女提出的要求和建议，镇长我是坚决听话和照办，我也可以实话告诉你孟姜女，你将在以后的名声声誉和地位会超出咱们普通帝王和皇帝的，本身修长城就是前无古人，后无来者的义举，而且你还是一个年轻有为的靓艳姑娘女孩子美少女，长城在华夏几千年几万年，你的伟大功业和名场都会与她同存同在……"

"镇长先生，你说得也太玄乎了，我孟姜女一个普普通通的女孩子，又不是女娲，更谈不上嫦娥，人们传说中的仙女仙姑什么的！镇长你真的过奖了啊……"

"不，不是的，我见过皇宫中的美女、贵妃！她们也都是很普通的女子，穿得好华丽的，只不过她们的运气好巴了，被选上贵妃、美女，有时候在皇帝面前说话有点道理罢了，不然君王才不喜欢她们哩？而且我家祖上老辈子就都是算命的，还是几百年前和姜子牙学的算命先生呢，用八卦图算去，姑娘你很年轻，主张很大，而且还很有领导能力和方法。几百人上千人万人都听你孟姜女的可不是一般的事情，人们爱说三个女人一台戏，吵吵嚷嚷也能把人乱迷吵晕过去，你孟姜女领导这一大群女人姑娘女孩子，实在寨的叫有名望的大将军也佩服，也比不上你啊！别讲还是这修长城这样的壮观的大事业，你真不同凡响，大人物的大人物，将来不是国母，也是皇后的角色，你早晚都会被皇帝所看中，除非他秦始皇是瞎子是聋子，看不见听不到一点响声，一点点影子，我这半天就给你看过像了，你以后定有大官做，有福分，有大作为的，有大大的出息啊！"镇长慷慨叹息大力赞扬。

"镇长先生，我孟姜女，你是看走眼了，我在小时候才五六岁时，三家的爹娘都给我定下了娃娃亲，在我十四岁时，就先坐花轿了……"

"这些都是人生的巧合？人们不是常常讲吗？无巧不成书，天意难违！谁能抗过天黄老子玉皇大帝呢？别说你孟姜女一个姑娘，女孩子，就是他皇帝老子也不能违抗天意啊！人的命天来定，在情感上巧合离奇不过了，最后都能得以善终，明白不明白，明白人不可细说，咱们人类的人员再多，也是由上天安排的好好地过日子的，该咋着就咋着，我这金镇长是白当的么？你听我说说，我是太白金星转世，太白金星的魂灵注入我的肉体凡胎中了，当然了，天机不可泄露，天机咱们人们是不可能知道的，你孟姜女还得几次恋爱机遇，而且都是爱的死去活来的，才能最后选定自己的丈夫，了确终身大事，不论你孟姜女是爱谁，但这些人都出现在你的感情灵魂里，你不爱他，他爱你，他有权有势，他也是风流大将军，你认定的意中人，也有假冒伪劣商品，明白不，你的事业很伟大，理想很崇高，但情感也太专一了，其实你孟姜女就是华夏大民族几千年的文明史上的第一个大美女，因为你太靓丽，有些人得不到你的人，就胡说八道，栽赃嫁祸，说你是长城的第一大杀手，因为你名气很大，男男女女老老少少都认同你孟姜女，你最后被坏人妖怪利用，但你不用害怕，也不用管他，自有明君圣主给你翻案昭雪，你比后来的四大美女貂蝉、贵妃、西施、昭君她们更美更靓艳，人格更伟大，品性更崇高，事业最辉煌，而且对老百姓最亲，你不嫌贫爱富，没有贵贱之分，和父老乡亲亲如一家，她们所谓的美女是不具备这些优秀品质的，既是万年以后的华夏美女也不能与你孟姜女相提并论啊……"

"镇长先生你不是在说梦话，梦游吧！开玩笑也应当有分寸才好呀……"

"我镇长绝不是开玩笑，百分百认真地告诉你，目的也是告诉你，一旦有机会，千万千万的不可失去机会，机不可失，失不在来懂吗！也希望你孟姜女记住我们这月亮湾镇，你要什么需要什么？我镇长就不惜一切代价来达到你的目的，你的满意，更希望你能记住今天晚上我给你这个大名鼎鼎的孟姜女的预言和希望！"

"放心好了，我孟姜女绝不是过河拆桥，也不是忘恩负义的人，我会永远记住你这个赫赫有名的好镇长先生的……"

"是啊！咱们华夏八千年的文明史谁都希望，善有善报，恶有恶报，不是不报，时机未到，时机一到，马上就有报应啊！"

"镇长先生，你先别想那么美，也别高兴得太早了，说不定我孟姜女还会让那些别有用心的人给利用，说我孟姜女是破坏长城，对长城不利的什么怪物或大害虫呢？现在是管不了，管他将来的人和事，只有让长城自己开口来说话，来为我孟姜女千年万年的平叛来招雪洗冤尘吧，世界上的不平事太多太多，想多了还活不成了呢？想是大傻瓜，人们讲：聪明不干等于笨蛋吗！就拿大禹治水来说吧，好好的一个人，非要把他讲成是黑熊啊什么的？大禹明明在淮河治大水，连江水都治理了，涂山氏变成了石头人，还能生孩子叫'启'！胡连八扯，什么就是什么，人就是人何必要瞎编的变这变那的，不是人，人们还跟他学什么呢？不是瞎学瞎说误导人吗？文人都是怪怪的，不沾神气、仙气、鬼气、妖气、怪气就不能成大事，先骗人、后骗已、再骗人！总归他们是群文化骗子，所以就不能相他，只有自己干出来的，亲身体验的才是真事，才是伟大的事情，好了好了孟姜女可不是那号人，什么都不相信，都不去管他，才有这一会，让你这个大镇长也差点开个大大的玩笑之话也……"

"孟姜女，我绝不是开玩笑！这是千真万确的真事情，你不相信，可以走着瞧吗啊？古人不是说吗：骑着毛驴唱歌，走着慢慢唱好了！会出现比歌词还精彩的理想愿望和现实情况的！"

"镇长先生，明天早晨别忘了给她们姑娘们，给你们镇上的美女姑娘们送行啊？"

"那是当然了！忘不了的，我镇长要亲自给她们这些美女仙女姑娘们披戴上大红花的，这也是我们镇上古往今来的大喜日子，我镇长能不亲自上台表演吗？"

"好了，就这样说定了，我们先回去，别耽误你大镇长先生安排调兵调将的办大事情……"

"好！炎大队长，我也不远送了，你们慢慢走，走好了，瞧见路不？要不叫人送送你们几位女孩子美女……"金镇长站门口说着客气着。

"还好来到月亮旁镇，月亮在天上也跟着沾光，夜里明着哩！明天早上见啊！"

"再见！再见拜拜啊！不远送了……"镇长笑着转身上屋里去了。

孟姜女一阵走回房东院里，有的姑娘女孩子已经睡下了，有的还正在说笑着，房东大娘也慌着给闺女找袜子找鞋子找衣服。"这条毛巾也拿上，好擦脸抹抹汗什么的女孩子在家多好啊！非要南一去北一上的，娘我这心里实在不放心啊！儿子走了，闺女长大了，也要走了，闺女儿子，手心手背都是我的心头肉啊！"

"大娘，没事的，你现在不是看见我们这些女孩子了吗？啥事没有放心吧！一出了门还好些呢！大家在一块又说又笑又高兴的，现在谁要让我回家去，他给我黄金金钱宝贝我也不回去！回去我天天一个人，急也把我给急死了！这多好，即使自己一个人一句话不用说，满屋满房子都在有说不完的话，你说这，她讲那，你想睡觉，她还给你讲故事，叙叙心里的话，这不也挺开心的嘛？用钱买也买不来的快乐哟！怕什么呢？放心让她去吧！让她勇敢大胆地闯一闯……"

"姑娘啊！你们现在年轻，哪知道当娘的担心和心事。唉，想也是瞎操心没办法呀！瞎着急！等将来你们成了家过日子，有了儿女就什么都知道了……"

"大娘庆白操心瞎去想，想来想去还愁坏人呢！人们不是常说：别愁小鸡没奶吃，它自己会挠着找着吃，她自然而然地会长大成人的，会操心也会管好自己的……"

"说是这么说，说起来容易做起来难啊！十六七年天天在一起在一块，看着你们长大，盼着你们长高，还没有真正长大又要走了！叫应娘的咋不这呀那呀的瞎想真操心呢？要是跟我们年轻时候多好啊！不管怎样找个好人嫁了算了，如今这算咋回事呀？一个漂漂亮亮活蹦乱跳的大姑娘家说走就走了！唉，我这心里十五个吊桶在井里七上八下的，不安稳啊！想哭哭不出来，像傻子疯子似的！说句真心话，我真想找条绳子拴住她，不让她走啊……"

"大娘想开点，你找绳子拴住你家闺女，我看你不疯不傻的，说不定你闺女好好的非让你给逼成个疯子呢！女儿疯了，跟个疯子样有啥区别啊！成天疯疯癫癫的啥事不能干又不会干！你老都老了，将来还得养一人疯子傻子，到那时候你才真正是想哭哭不出来，想死死不掉受洋罪呢！遭殃带倒霉呢……"

"这人！唉…真是穷想越穷，傻想越傻，也不知道咋样办好，天生是受罪的命，真是要饭的还嫌饭凉呢……"

"咱们老百姓都是天生的贱命，百姓百姓就是你我都别太高兴，没有事给你我点事干干大队长回来了，还是听炎大队长的，听大队长的话没有错，也错不了，那么多当官的，连当大官的都听咱大队长的，支持咱大队长……"

"大家还没有睡呀？只有好好休息，明天才有干劲，咱们的路还远着呢！……"

"放心吧！大队长，大家都是人，你也走这么远的路，还在忙上忙下忙前忙后的，我们呢！只顾自己，比你少多少事啊！在路上你大队长前前后后地跑，还得扯着嗓子给我们唱歌，这些不累吗？肯定是一样的累，但你不说，任劳任怨，不但照顾好自己，而且还设身处地地为别人着想，我们这些姐妹们都能感觉得到，人心都是肉长的，谁也没有分身法，变鬼术，能腾云驾雾不走路，一步一步一寸一寸几十里路全靠两只脚量出来的，都是一样的累得很嘛……"

"我的身体好，又是大队长，就应该这样，我是身不由己，不跑跑不痛快，不唱心里憋得慌，不然还要闷死我哩！大家说是不是啊？就是不愿闲着，光想动一动，走一走，说一说……"

"我们大家是姐妹们，自然跟你出来打天下，干大事，我们现在时时处处都照着你孟姜女的样子做，也一辈子学不完的事情乖巧啊……"莹莹说道。

"你们刚才不是说得头头是道，条条在理吗？好多人比我做的还好还自觉……"

"跟你大队长比我们自然是小沙弥见乐山大佛爷笑，劲道力度不一样，差的远的很呢！"

"好好，还是大家谦虚，姑娘们姐妹们会为人，会宠人，会惯人，把我孟姜女宠坏惯任性了，我到时候，可能张三李二王麻子不认人，逮住就克，逮住就熊人，你们大家可别生气啊？可别怨我孟姜女不仗义，不义气，脾气不好啊……"

"我们有不对的地方，做的有毛病不好时，该罚就罚，该咋样就咋样，千万别不好意思呀！"

那当然了，说什么也不能叫一个老鼠坏了一锅汤，没到时候，也就是说，现在我们的大多数姑娘大部分比我做的还要好，我能不分青红皂白地乱发疯乱熊人嘛！是不是呀？算了我们还是讲故事吧！好不好？又能消磨时间，还能从中学些知识和道理，我给大家讲个《空转的磨》：从前有一师徒俩人，小徒弟突然问师父道：我整天忙忙碌碌跑上跑下，从菜园到厨房，从学徒做生意，到打铁，可数年下来，我还是感觉自己心里空空如云，随风一飘了无痕迹。师父默默无语，小徒弟越发苦恼，一苦恼，菜园的菜就打理不好了，厨房里的饭菜也就咸淡不明了，学会么也有口无心了，打铁也越来越没有劲了。师父依然默默无语，小徒弟感觉铺子里无论如何忙碌都不会有多大收获，便生出了回空归父母的念头。这天，他把想法告诉师父，师父说了一句跟他去厨房，小徒弟跟在师父身后，蹑手蹑脚亦步亦趋，一到厨房，师父指着一台石磨，要小徒弟转起来，小徒弟二话没说，一股脑儿转动起来，年轻人的蛮劲把研磨转推得呼呼生风，一个时辰过去了，两个时辰过去了，师父坐在旁边的蒲团上念念有词，小徒弟转推研磨的速度愈来愈缓，最后由于体力耗尽，他无奈地把研磨停下来，师父问："好了？"小徒弟说："好了！"师父问说："你得到了什么？"小徒弟这才恍然大悟，自己把研磨推转了几个时辰，研磨一点东西也没给他留下，自己反倒筋疲力尽，师父找着抓了一把黄豆放在研磨的入食口，对小徒弟说："再来推转一会。"小徒弟顿时醒悟，羞愧不已，从此以后用心学徒，终成良才。有时候我们步履匆匆没日没夜地推磨干活中，其实我们转动的是一个没有添加任何原料的研磨，即便得到也只是虚无，为你的生命添加精彩的原料吧！你得到的将一定会幽香四溢的人生辉煌蓝图。咱们再讲一个《卵石散谈记》，鹅卵石你曾经和一块礁石连在一起，是它身上的一部分，礁石上有一座寺庙，你曾经为此神气过，看不见你脚下的海浪身边的船，天上飞鸟，日子一天天过去，你觉得太寂寞，太无聊，每天贴在礁石上连个姿势都不能换，眼巴巴地看着帆船在身边驶过，只是眼巴巴地看着海鸥海燕在头顶飞翔，只是眼巴巴地看着海浪在脚下翻腾，你羡慕他们，终于有一天你挣脱了礁石的束缚，投身大海，你对海浪大声说："带我走吧！赶快带我走吧不然我要发疯了。"于是海浪带着你，到东到西，到南到北，你在海浪中尽兴唱着舞着，驮着，叫着，翻着，滚着，跑着，跳着，变着，好不快活，好不自在。今天你在这里，明天你在哪里，有时鱼儿围着你，有时海草缠着你，你感觉自己最幸福，最自由，是大家需要的。从此以后，你再也不知道自己在哪里！不知道自己要到哪里去，更不知道自己今后会怎样，你生活在自己编织的梦境里。你只知道自己越变越圆，却不知道将来越变越小，也许有一天会变成沙子一粒。你知道挣脱礁石的束缚，却不知道再也挣不开大海波涛的嘲笑和束缚，也许有一天会深埋在海底，失去了自己的位置，人生道路也就失去了自己的一切一切。'再讲一个《错抱的狼崽》，在我们一百多年前，战国时期，各国混战，楚国的大别山地区腹地的孤山密林深处，盘踞着一伙土匪，有几十个人，匪首叫项虎，满脸络腮胡子，相貌凶恶，心狠手辣，在孤山下是一个小村庄，住着三十多户人家，多数靠种地为生，有几户打猎的，村民们吃尽了土匪的苦，紧靠村东头有一户人家，男的三十八九岁叫计辉，是村里出色的好猎手，不仅射箭百发百中，还有一身好武功，土匪见他也畏惧三分。前两天，他独自一人打死了一只华南虎，虎肉分给了乡亲村里人吃了，虎皮他藏起来了，准备入秋卖个好价钱。可是没想到，这事被山上的土匪知道了，项虎说死了一个夜猫子，一个叫熊才的喽啰来索要虎皮，说是想做一把虎皮交椅。哪知计辉一口回绝了，项虎恼羞成怒，要亲自下山去抢。这天计辉正在自家的院子里修理鸡舍，他儿子蹦蹦跳跳地跑了进来，大虫子今年十二岁，长得虎头虎脑的，非常可爱，他一进门就喊道："爹爹，你瞧我在山里捡了只小狗！"说着把他抱在怀里的小狗举在了计辉面前，计辉扭头一看，吓得倒吸一口冷气，这哪是一只小狗，分明是一只狼崽子！毛茸茸的看来出生时间不长，计辉慌忙丢下手中的活儿，问明了儿子大虫子在哪儿抱来的狼崽子！回来走的是哪一条路？原来狼有个习性，如果发现自己的崽了丢了，会一路嗅着狼崽子的气味找，还会纠集狼群进行疯狂报复，必须马上消除路上的气味，如果一旦引来了狼群，全村人的性命恐怕难保，儿子大虫子一听，也吓得目瞪口呆。计辉说完，急忙挑了一担石灰，顺着大虫子回来的山路，边走边洒，为的是消除路上的气味，一直洒到山里的一条小河边，他悬着的心才放下来，撒完白灰，计辉挑着担子往回走，还没走多远，迎面碰上他的本家弟弟计光，计光一见到计辉，便急三火四地问："大哥，你哪去了？"计辉一愣忙问什么事？计光气愤地说："刚才山上的土匪头子项虎带领夜猫子和熊才趁你不在家时，把你家翻得乱七八糟，还抢走了虎皮……""大虫子呢？"他在柴堆里躲藏着，才没出事。计辉一听火冒三丈，把担子一扔，手持弓箭，一手拿刀，瞪大眼睛问道："土匪回山的路是哪条？""西面。"计辉用手一指。"老子和他们拼了。"计光撒腿直奔孤山。"哥，哥，你不能自己去……"计光一把没拉住他哥，急得直跺脚，"你这可是去找死啊！"边喊边往村里跑着去叫人。计辉上了孤山，追了一段路，逐渐冷静下来，心想自己单枪匹马一人，就是追上他们，也没有便宜占，不如偷偷地躲起来在暗处放冷箭，干倒一个是一个。计辉正这么想着，猛地听到前面的山坳里传来了人喊狼叫的呜呜嗓声！他弄不清到底发生了什么事，忙爬是一个小山包上，找了一棵高大的水杉树爬上去，居高往前一看。天哪！吓得他心惊肉跳！只见山坳坳的一片荒草丛中，大约有六七十只狼，正在疯狂的追着三个人，再看那三人正是项虎一伙土匪，他们马也没有了，鞋好像也跑掉了，衣服也被扯破了，丁零当啷的，他们哭爹喊娘的，边跑边回头看，挥着大刀向狼群猛砍乱跺，狼群疯了一样，使劲朝上冲来，后面的狼就越过同类的尸体，凶恶的向前冲，夜猫子和熊才刀上都是血，胳膊还是被狼咬住死死不放，一眨眼的工夫就被狼群撕成碎片，连衣裳也不见了，项虎吓蒙了，哪还顾得上拼刀弄枪，没命地爬到一棵大树上，可还没有爬多高，就被一只体态壮大的狼一口咬中了腿肚子，项虎惨叫着被摔到了地上，眨眼间就被狼群撕的血肉模糊不见了！计辉目睹了这一切，简直吓傻了！在他十多年的打猎生涯中，从未见过这么大的狼群，这么疯狂凶残的恶狼！他一动也不动的抱着树干，渐渐地，他看着狼群由近及远，很快就杳然无踪了。计辉从树上滑下来，颤抖双腿往家走，刚下山，迎面碰上了计光带来的一伙他们的村民，儿子大虫子也在其中，计辉随着众人回到了村里，把今天所见告诉了村民，村民们无不拍手称快。不仅报了仇，还能捡到不少死狼，突然计辉好像意识到什么，忙叫过儿子问道："大虫子，那只狼崽子呢？马上弄死，千万不能留在家里……"大虫子歪着小脑袋说："那只小狼崽让我悄悄放进土匪装东西的袋子里了，你不是说狼会闻气味找狼崽子吗？"众人一听，什么都明白了。原来项虎领人下山后，抚派夜猫子去探路，发现计辉没在家，便饿狼似的窜进了计辉家，翻箱倒柜寻找虎皮，大虫子躲在柴跺里，恨得直咬牙，他瞅见项虎的马拴在院子里，眼珠子一转，就蹑手蹑脚地把那只狼崽放进了马背上的草料袋里，项虎他们翻着虎皮出来，连看也没看，牵马就走……"好儿子！"

计辉把大虫子抱起来,举过头顶。"大队长,炎大姐,求求你再讲一个好吗?最后一个听完睡大觉啊!"好吧!大家要听,那我就再讲一个,困了的姑娘们先睡觉!只最后一个了啊?讲什么呢?讲个"青蛙神"好不好!在古代古时候在长江和汉水交接的地区,民间对青蛙神的迷信最虔诚。神庙里的青蛙不知道有几百几千万个,如果有谁触犯神了,神灵发了怒,这个家里总会有非常的情况:青蛙爬满了桌子上床上柜子上,有的爬上滑溜溜的墙上也不滑下来,摆出各种形象的状态来,这家里就会发生灾难了。当地人们非常害怕,杀牲口向神祈祷求生宽容,神满意了就麻烦消失。长江沿住着辛生昆家,他从小聪明,长相俊俏,他六七岁那年,有个穿青衣衫的老娘娘来到他家,自己声称是青蛙神派来的,坐下传达了青蛙神的旨意,愿意把公主下嫁给小辛,小辛他爹生性老实八板,很不愿结这门亲,可也不敢向其他人家谈亲事,一拖就是几年,小辛慢慢长大,向姜家下了聘礼,青蛙神通知姜家:辛昆生是我的公婿,你家怎么好靠近这不许人碰的大肥肉!姜家害怕起来,向辛家退回了彩礼,辛老爹很担心,备了三牲赶到庙里祈祷:我家不敢向神灵高攀,"祷告完闭,只见三牲上,酒里大蛆浮动不停,把这些祭品倒掉,赔礼认罪才回家。辛老爹更加害怕,也只好听从命运安排。有一天,小辛在路上走,有个钦差迎面来宣布神灵的旨意,一定要邀请他跟去一趟,他没办法,跟钦差一道走去,走进一家朱红大门,楼呀阁呀十分精美,有位老公公坐在殿堂上,像是位七老八十岁的老人,小辛爬在地面拜见,老汉叫人拉他站起来,赏他坐在桌子旁边,一会又纷纷挤挤的来一大群丫鬟,老妈子拥来看望他,姑娘十六七岁,老公公看着他们说:'进去,他们辛姑爷来了!'几个丫鬟,经奔进里面来了,过了一会儿,一位老妈子领着一个姑娘走进来,姑娘美丽透顶,老公公指着他说:'这是我女儿十娘,我认为她跟你可以算得上是郎才女貌了,可令尊却因为不是同类加以拒绝,结婚是终身大事,爹娘只管一半,这件事还在于你们俩个人自己尽快定了罢!小辛眼睛盯着姑娘看,心里很是喜爱她,却没有吱声。老妈子开腔了:'我知道姑爷心里很是喜爱她,请你先回家,去准备准备成亲,我们当今把十娘送去的。小辛答应着好,然后急忙回家禀明父亲,他爹爹匆忙间也想不出别的什么办法,就临时教小辛一番话,叫他去向神灵辞婚,儿子不去,正在挣扎的当儿,花轿已经抬到大门前,拥来了丫鬟佣人一大批人,十娘下轿已经走进来了,走向家堂向公公婆婆行见面礼,两位老人家见都很满意,当晚就成了亲。小夫妻很合得来,从此以后神公公神婆婆时常来到小辛家。看看他们穿的衣裳,红色带来喜庆,白色带来财富,次次都很见效灵验,因此辛家一天比一天兴旺富裕起来,自从和青蛙神结亲以后,屋里屋外都是篱笆边甚至厕所里到处都是大大小小的青蛙,家里谁也不敢讨厌它们，也不敢用脚踢它们，只有小辛年轻任性，高兴的时候也忘掉它们，生起气来就把它们踏死，不大爱惜这些小生命小动物，十娘虽话温和谦让，只是容易发怒，对丈夫小辛作践青蛙的行为十分反感！可是小辛并不看十娘的份上约束自已的行为。十娘发话触犯到小辛，小辛说：难道因为依仗你家爹娘就能给人灾难吗？男子汉哪里能惧怕青蛙呢？还算不算男子汉大老爷们了？十娘平时忌讳人说'蛙'字，听了这句话也非常反感，十分恼火地说：自从我进了你家的门，给你家田地里增产的粮食，干店铺里增加的利润都不算少，如今你们家大大小小都能吃饱穿暖和，你小辛像个猫头鹰翅膀硬实了，想要啄瞎老妈妈的眼睛吗？小辛更加气愤恼火地说：我正嫌里增添的粮食钱财不干不净的，不好遗留给子孙后代，我们不如早点分手好了。小辛就这样赶走了十娘，小辛他爹爹他娘听到十娘被赶走了，十娘已经离开家门走了，两位老人责骂小辛，叫他赶快追她回来，亲自上寺庙去请罪，祷告。小辛倔强着不肯去认错，当天夜里，小辛和他娘生病了，烦闷上顶不能进食！小辛爹害怕起来亲自去请罪虔诚跪拜，过了三天，病情都有好转，十娘自己也回来了，小夫妻像原来一样和好如初，恩恩爱爱的过日子，十娘每天总是打扮整齐坐着，不做针线，小辛的衣衫、鞋袜光会依靠他姐姐。他娘有一次发牢骚：儿子已经娶亲了，有了老婆还成天麻烦我老太婆，人家媳妇侍候婆婆，我家里是婆婆侍候媳妇！这句话让十娘听到，她不服气来到堂前，媳妇早上侍候早饭，晚上侍候晚饭安息，服侍婆婆的，做得怎么样，缺乏一点的，是不能够省缺佣人工姿，亲自操劳罢了。小辛他姐姐没搭腔，心里闷气的掉眼泪，小辛进房，见到她脸上的泪痕，问出了缘由，气的责备十娘，十娘一味辩解，不肯认错。小辛说：'娶个老婆不能让老婆欢喜，不如不娶，即使触发了老青蛙的怒气，也不过是道横祸送命罢了，又气的把十娘赶回家去，十娘也生气了，出门直走了事。第二天小辛家房子失火，连着烧掉几间房子，桌子床铺化为灰烬，小辛火冒三丈，赶到神庙里向青蛙神数落说：'生养的女儿不能孝敬公婆，一点家教也没有，却一味地护短，人们老百姓都讲神灵是大公无私的，有教人怕老婆的吗？再说碗碰杯盘，都是我一个人引起的，跟我爹娘毫无关系，该杀该剐，就都加在我身上，如其不是这样，我也会烧掉你们家的房屋，也算做点回报吧！'小辛说完，打来柴草堆在庙里，点上大火。街坊上的男男女女，大家都赶来哀求别这样做，他拗不过众人，才负气回家来。他爹他娘听说这情况，吓得脸色刷白，到身夜里，神灵向附近的村庄托梦，要他们出力给辛家修筑房屋，天亮以后，运送木材的，赶来做工的，一起给小辛建造房屋，小辛推辞，大家不肯住手，每天几百人一接一个地赶来。没几天，辛家房屋焕然一新，一切家具都配备齐全，房屋刚造完工，十娘已经回来，走进堂屋向公婆请罪，说的话柔和委婉，又一转身向小辛笑嘻嘻的道歉！全家都把怨恨化作欢喜。从此以后十娘性情更加平和，过了两年，一句闲话也没有生也没有事。十娘最怕蛇，小辛顽皮的用信封装进一条小蛇，骗十娘打开来看，十娘吓得变了脸色，与小辛吵骂，小辛也从嬉笑成恼，小两口争闹得很厉害。十娘说：'这一次不等你赶我走，我自己让自己从此以后离开你。'说完就直接出门走掉了。小辛爹十分紧张，用拐棍狠打小辛，向神灵请罪。这次幸运没有引起灾祸，一点反应也没有。不多久，听神灵说要把十娘改嫁给一个姓袁的人家了，小辛感到很失望，过了年把，小辛想十娘，很是懊悔，瞒着家人到寺庙里去哀求十娘原谅，也没有任何反应，小辛也就去别人家去求亲，可是一连到好几家人去相亲没有一个及得上十娘的，因此更加想念十娘，去到袁家一打听，已经粉刷房屋做新房了，准备一花轿。小辛心里既惭愧又气愤，自己没法排遣，听不下饭病倒了！他爹他娘忧愁着急，不知道该怎么办！小辛在昏迷中忽然感觉有人抚摸着他，又听那人说：'一个男子汉既然一次次的要断绝关系，又做出这样的娘娘腔来。'小辛睁开眼一看，原来是十娘，激动的直接跳了起来，问：'你怎么来了。'十娘回答说：'因为你无情无义地对我，我只好听凭爹娘安排，另行必改嫁了，早早收了袁家的彩礼，我思来想去还是不思心改嫁呀！好日子就在今晚上，我爹爹又没脸退彩礼，我亲自送了回去，刚才出家门的时候我爹走出来送我说：傻丫头傻闺女，不听我的话，往后你受辛家的凌辱，即使活不下去也别回娘家来。小辛倍受她的深情感动，掉下了眼泪！全家人都高兴了起来，奔走禀告两位老人家。辛娘听说后，不等十娘来请安，就急忙赶到儿子屋里，拉着十娘的手哭了起来。从此以后，小辛也老成起来，不再胡闹了。因此小两口子情感更加深厚。十娘说：'我一向认为你轻薄成性，不一定能同偕到老，也就不敢在人间留下孽种，现在看来不用顾虑什么了！我准备给你生儿子了。不多久，神灵公公奶奶穿着大红外衣，来到辛家。第二天十娘分娩，一次生下两个男孩子。从此，神和人两家来来往往，毫无隔阂。邻居家有时候触犯了青蛙神，总先来求小辛，又叫家里妇女打扮起来走进内室朝拜十娘，十娘一笑，问题就解决了。辛家的子孙很多，人家称他们为辛娃子家，附近人不敢叫，只有远处人才敢这样叫！"姑娘们，美女们，故事到此结束了，希望大家在梦中也能遇到青蛙王子，也恩恩爱爱地过上一生一世！

"哎！谁知道，要是能遇到青蛙王子，我第一个先出嫁！想死我了……"

"姑娘等不及了啊！青蛙当然是还要好些，别到床上又变成了大马猴，大癞蛤蟆，浑身邋里邋遢人的，才叫命运摊的呢！"

"那是对做的梦！做梦梦是相反的，在梦中长的丑的劳力，那就是最潇洒英俊的大男爷们大丈夫也！"

"姑娘做梦屎撅乱蹦乱跳，癞蛤蟆还想吃天鹅肉呢！算了算了大家别说话了，早知道你们姑娘美女们这么大的劲，旺盛的精力，叫你们一天走上一百多里路、二百里、三百里就不吹牛皮，侃大山了！明天金镇长还要给月亮湾的姑娘们披红戴花，抬花轿呢！睡觉啊！"

月亮湾镇上今天比赶集比逢庙会还热闹，人山人嗨，个个都是喜气洋洋，风采无限！此时金镇长手里拿着绸子布扎成的大红花，在跟姑娘们比画着手势，嘴里不停地说着话："戴上戴上！看这朵大红花比那些真正开的大红花还美还新鲜更加靓艳，叫人拿在手里心都跟着跑了！谁一辈子能戴上这大红花呀？你们这些美女姑娘女孩子们真正赶巧了啊！如今要修长城，是不是孟姜女大队长带领着你们大家！乡亲们，大伙谁能戴上这么荣光幸运的大红花哩！姑娘们，你们天生都是美丽，再配上这朵大红花，你们简直是阳光辉煌灿烂中带绚丽多姿的风采，叫人从心里想着爱着唱着激动的情绪无法控制啊……"

"金镇长大人，这酒也好香好好喝啊……"一个老头笑着说。

"是呀！大家来给姑娘们大碗里倒满！她们这辈子也是人逢喜事精神爽更显美好好漂亮啊！来呀！英雄们也需要好酒来助威啊！人是英雄，酒是胆嘛！只要一端起酒碗，就有使不完的劲说不完的话，姑娘女孩子们，月亮湾的美女、英雄好汉们，我金镇长，代表全镇的父老乡亲们，向你们这些即将开赴长城的大侠女豪杰美女们敬礼！向你们这些仙女们英雄好汉们敬酒！预祝你们跟着孟姜女炎大队长修长城成功。希望大家伙们此去无论有多大的困难，艰苦辛苦也不怕，坚持到底，迎着困难艰难上！我衷心地希望咱们月亮湾镇的靓艳姑娘们一定要能战胜、克服、坚决不屈不挠的完成修筑万里长城的百年千年宏伟功绩，让万年的理想，江山大事业从你们手上心中诞生！更希望你们处处听炎大队长孟姜女大姐的指挥和调遣！听她的安排，绝对服从孟姜女的行动号令！我在这里也给你们姑娘美女透个信，孟姜女才是我们华夏大民族几千年来历史上的绝对美女！绝对是将来独一无二的女英雄、女大侠、女的男子汉大丈夫美女，也是将来的国母皇后先生！"

"镇长先生你是不是喝酒喝多了，讲话跑题了！该不是真醉了吧？"

"去去去，一边待着去！这老头子你懂什么呀？什么跑题，姑娘们美女不叫听从孟姜女的将令和指挥！听你个糟老头子的？还是听我金镇长的话呀？吃早饭撑涨的！还管起我金镇长来了……只有孟姜女才是华夏大民族老百姓太平安康，安居乐业平安的特级大使：天使爱神！女神知道吗？你们这些老眼昏花、有眼无珠的文盲大老粗知道什么叫神吗？而且是女神！你们乡下人老有眼看不清泰山！我是镇长，县官不现管。我才是这月亮湾镇方圆百里的现管。你们老都老掉牙了，别瞎吵吵！只有跟着孟姜女干，女人才能光荣，才能是美女靓艳伟大，才能是女豪杰女大丈夫男子汉有出息，天生女人才能更绚丽多姿多彩的美人。我金镇长真倒霉，这辈子是不能和你们这些仙女女神在一起干大事修长城业绩了。但愿我的精神我的灵魂，我的梦想理智和希望天天与你们美女神女在一起奋斗。我讲的话完了！唢呐吹起来，锣鼓家伙敲起来，欢送修长城的仙姑仙女……"

晶晶大喊着说："姑娘们两个一对接着大队人员往前走，不要挤掉队，保持距离别踩掉别人的鞋子啊？跟上跟上……走整齐，两一路两个一路……"

"炎大队长？你就是真的孟姜女，炎大队长炎大姐吧……"

"是啊！我就是孟姜女！姐妹们姑娘们好哇！"

"哎！炎大姐你不知道，我们这里早就听说你孟姜女的名字了，我们大家都是冲着你的名字来的。你的传神故事比三皇五帝大禹治水的传说还多得多！把你孟姜女大姐都传神了，就差形容成三头六臂无所不能的大美女大事业家了……"

"怎么现在叫你失望了吧？还是大失所望呢……"孟姜女笑着说。

"不失望。我认为咱们现在不是去皇宫选美，我们大家是去修建修筑长城。叫普天下的华夏大民族的人，老百姓能过上平安快乐安生的好日子，叫大秦江山安宁，普天的老百姓愉快吉祥祥和！咋能不是兴高采烈踊跃献身出劲出力来参与……"

"姑娘你讲得真好，将来也一定会干好，能干好！大家的心灵是美好的，人的事业才是世界上最宏伟伟大的，所以你！大家姑娘美女们，我们大家都应该向你学习……"

"炎大队长炎大姐你也太谦虚太飞凡不过了，你是大队长，又是首先发起的号召主意，出的点子，你净讲向人家！还向人家学习，你真是世间难找的大人才、大人物！我想我们这些女孩子姑娘们跟你干是来对干对了，认识你炎大姐我们这辈子也算没有白活、没有白认识一回，咱们如今以后是话逢知己为，没有害，亲更亲！别人沾说别人的人是没有几乎是找不到的人，不说王婆卖瓜、自卖自夸！哪有当队长的光说别人好别人沾的别人行的，其他人再好，也是在你炎大队长领导之下的人……"

"我也是这样想的，人心都是肉长的，不要讲别人夸奖，只要别人知道是为什么，因为啥就心满意足了，理解别人，才能成就自己。天天找别人的不是，就是把朋友推向对立，谁愿意别人说这不好，那不好一无是处、浑身缺点处处伤呢？那个不是有粉往脸上抹，谁还能喜欢在脸上抹的黑一块白一块的不成样子呢？……"

"好，我不知道大家伙美女的心思啦！金镇长你也该回去了，别再送了，千里送客必有一别，还是别送了……"

"我也喜欢听听姑娘美女们的看法、说法与建议嘛！哎，人心里都一样，有一本念不完的经典帐啊，我是千万分的心情希望你孟姜女成功，你的成功，就等于标志我们长城的成功，也是我们华夏大民族的成功辉煌灿烂文化的结晶的璀璨光辉，也就是我们将永远告别受气挨打、被抢、被掠夺的日子。时间不再回来！千千万万的老百姓就能享受平安太平、安居乐业团团圆圆的快乐生活，以后的祖祖辈辈子子孙孙都不会受强盗老洋毛子老鬼的欺负和压迫受剥削，我真的想把你们这些女英雄送到长城才开心……"

"好吧，就怕镇长先生公务太忙，脱身不掉走不开，天长地久着呢！这么多人的吃饭问题、穿衣问题都是头等大问题，你镇长一走谁还能为我们跑前跑后准备应用物资呢？感谢我们的大镇长先生，后会有期，再见吧！好多姑娘还不认识我孟姜女，我得马上唱几首好歌子，叫姑娘才到的美女们知道我是孟姜女也……"

"好吧！再见大队长！"镇长挥着手依依不舍的大队向北、向北前去……

孟姜女唱的是老歌："想着你，盼着你……年年月月想着你，分分秒秒盼着你……在这春天里春风呼唤着你……呼唤着你的爱！呼唤着你的心！呼唤着你的情！呼唤着你的人，呼唤着你的睿智，呼唤着你的美，呼唤着你的靓丽……"

又唱首："月儿圆圆，星海灿烂，月下老人手拿一条红线，拴住你的靓艳青春，绑住她美好绚丽情缘，系紧我爱的浪漫情恋，五千年代代神奇传言，五千年毅然情缘潇洒再现，靓艳的妹妹燃烧着火热爱的灿烂，英俊的哥哥腾沸热血翻滚澎湃的情念，痴情的人们希望被你永世拴紧绑牢系住睿智灵感。啊、唉哟、哎呀！月下老人，请你手不要发抖，抱住她，捆住爱恋的你，想着拉住我情感的纷乱，憨爱痴迷的情分的缘呀！请你月下老人要坚定信念，心慈手软心善，叫有情人永远永世携手并肩回忆：美丽的眷恋，火辣辣的情恋，爱的神奇恋叹！"

又唱歌《水调歌头》百花春天美，温馨春风飞、风流阳光青春，春雨酷润碧，鸟语花香纷纷，征程独守情意，天定的缘分，望穿双眼奔，情恋胜金贵。来回踱，美红尘，激情汇，男男女女相偎，甜甜蜜蜜陪，寻觅寻觅干劲，艳靓知音酷违，满天彩虹笑，嫦娥抱郎迷，爱遥何日媚。

"朝霞染红了半边天，百花张开翅膀飘飘飞欲仙，飞啊飞，飞向远方去，像蝴蝶似小鸟悠闲相恋，爱又是那么样的热情壮观！啊……春光彼岸的歌声嘹亮，意又是真正的缠缠绵绵，十万金星明星都在为天神跳跃闪烁，嫦娥也会叫好助威呐喊，歌韵甜甜，为天神我的心爱，热吻在沸腾澎湃的热血里，作为希望人生的永久永久的纪念！"

美丽英俊人，天爱我爱你，我满脑子都是你，你就是我心中的阳光灿烂火辣的红玫瑰！盼着你，想着你，爱着你，爱着你，梦着你，唱着你，热吻你！啊，哟哟也，呀。总会有一天拥有抱住你，拉着你，牵着你，携着你，伴着你，亲着你，跟着你，跟着你，沾着你，狠狠的狠狠的爱恋你的人阳光春天下的天神，你排山倒海的情义美，嫦娥驾着彩云飞！让我让我，潇洒快乐地张开天使，天使的翅膀飞行在星光闪闪在你梦中醉！

大路两旁的麦苗绿叶在春风里回荡，大树上长的绿叶不大，路边的草地里小花高高兴兴的晃动着脑袋，偶尔有无名的小鸟来回飞着，小麻雀叫着成群的飞上飞下跳动着，麦地里处处都有老头老婆小姑娘在拔草，有兴情高兴的还在挥舞着手中绿草致意，大自然真是一副绝好的画卷，暖洋洋风悠悠地向人们展示她的魅力。

"《满江红》男男女女，有几个留住青春，时光转，天生丽质，鲜花欲厌，筑城情歌腾飞，爱心缘情意归，忧忧郁郁人海即失，无处寻。

要温柔，多浪漫，笑情趣，更痴情。爱你靓睿智，激情迷人，歌女倾泻满江红，大地蓝天绘彩云，吃惊月老红线系问，花艳吻。"

我爱你火红火红玫瑰代表咱姑娘的心，城上的男孩，你不要假装不理不睬，我是歌迷创作人，首首歌次次唱，幽香玫瑰盛开是女孩子的心啊，请你相信我，浪漫欢腾的原野，沐浴风流幸福潇洒胸怀啊……请你跟我来，缘分注定爱，迎春花香寒流急，天生丽质，男女如云，时光难留青春，茫茫人海一闪即逝，无处寻！靓睿情歌腾飞，阳光春天，唱歌舞美，男男女女无意风尘，盛开着火辣辣玫瑰，满天灿烂胜春，尽迷天神，时光窃袭情人，香花醉魂，爱你胜花卉，甜甜蜜蜜醉。

春天的云，请你不要再误会，何必翻卷空中要折磨自己，一寸光阴一寸金，寸金难买寸光阴，春光一时值万金，居高临下看得真，彩云纷纷难认清，形龙如虎难认清，形龙美女姿美女，你又不知道我是谁，我更不知道你名媚，难为青春徒伤悲，还让靓丽早哭泣，美丽青春揉成灰，人生灿烂幸福随，青春年华别斗气，图伤悲泣心在妹，调整心态再欢喜，缘分相认在金秋，认识大雪在纷飞，梅花迎美人云，迎春花开知风尘，春风劲舞歌如云，春雨润泪怨无声，春光闪闪恩情罪，相爱相伴情心碎，终身如恋醉邀魂，爱到白云变天神，如痴如醉一生倦，如胶似漆常回忆，金星明星笑开味，嫦娥笑是刚似范例，彩霞悠悠白云归，长虹爱媚路遗悔，情丝甜甜胜魂醉，柔柔爱神数第一，阳光春风辉煌美，情歌才艺相爱你，明征光献韵，今生今世思爱你，你的情感我心中，爱你为鞭策动力，誓争修城为金星，秦朝数的着名人，让你人生爱不悔，靓丽典型甲夫人。光辉灿烂好日子，咳！秦朝百姓都在辉煌中，笑啊！跳哎咳！处处的花朵声声的高潮，与君共享，与君同乐，拥有快活：阳光春风伴你尽逍遥，月光闪烁为你鸣炮奏乐，金星明星乘爱兴致音韵活泼，满腔的激情和春光彩霞舞邀朋友啊，天神，让我们热血沸腾飞翔紧紧拥抱，拥抱爱情，拥抱明天！

晶晶也接着唱：春风起，满天的风筝飞，灿烂的春光实在美，男人强壮姑娘爱美，鸟儿乐的唱大戏，雄鹰翱翔展翅飞，小伙子兴的和姑娘赛智慧，女孩子艳靓胜玫瑰，春风歌声胜过梦中情人，我爱你……花香的红玫瑰，春光闪耀的心情想着你，伴随着辉煌灿烂阳光迷。

《西江月》：春天扑面荡起，风筝像鸟亮技。百花与姑娘靓美，绿叶舞动挥臂。情像爱人靓意，春光醉恋舒馨。翩翩起舞的粉蝶，诱出花香胜会。

《水调歌头》：金秋遥相知，飘雪歌声飞，迎春花首会也，艳靓难相随，阳光照耀愿许，情缘曲韵腾沸，痴情大丈夫，大胆爱玫瑰。

情靓丽，请你邀，媚梦魂，百花香满然异，神人爱心巍，青春男女年华，恩恩爱爱酷慰，百花满院香，澎湃热血贵，爱你终不悔。

不知不觉，春天和哥妹忽热忽冷的相互磨合，春风又在浪漫温馨唱着愉快的歌谣，春光灿烂的彩云笑着开起温情的玩笑，不知不觉……春雨皱着眉头吻着故乡的小草，汇入江河澎湃笑响腾娜春潮，春风调戏无意染色红玫瑰樱桃花苞，浪漫快活潇洒的春风蹂躏着油菜花啊！无意知觉疯狂的情风撕裂树皮，摇撼着绿叶狂吼。我爱你！春光不知不觉闪住了我的腰，青春阳光竞赛奔跑，春光把男女爱人紧紧拥抱。

犇犇唱到：《如梦令》，花香靓丽飞彩，姑娘靓艳可爱，千年的缘分！男女珍惜开怀，可爱！可爱！阳光美女豪迈。

杜晴一歌："《清平乐》城高威峨，西东舞骄傲，腾神龙飞天哮，美女仙姑靓饶。为华夏为百姓，为炎黄子孙笑。花映姑娘女神，结拜修城绚娇。"

周学英唱："《念奴娇》神龙腾山，扶摇天，高山大海靓艳。姑娘美女来流汗，摔的砖坯千万。出大力也，淌大汗哟，火烧加劲干。美人靓仙，神人更加惊叹。拒洋贼抗洋寇，消灭洋盗，不让外族逞强。姐妹们同心加劲，让神龙舞高山。保国卫民，年年有余，岁岁平安。美人女神，加油朝前朝前。"

尹青梅的歌："《十六字令》城，高山腾飞日月映，万里艳，神仙被惊朦。城，抗盗贼寇惧显灵，钢铁墙，插翅难飞逞成，姑娘女神劲修城，神龙赞，华夏美女行。"

齐红霞歌："春风满花心，绿草舞妒忌，桃花摇潭水，杏花映山林。姑娘采桑绿，黄鹂笑嘻嘻，樵斧亮嗓音，天鹅交颈翼。"

化美丽唱："《西江月》高山长城巍峨，彩云沸腾虹霞，美女姑娘汗颜靓，神龙抖擞山崖。百姓平安康佳，家家富裕早达。男男女女乐开怀，大干潇洒女侠。"

东丹丹又唱："《唱秦娥》外一首：姑娘干！美女秦妹梦故月，梦故月！年年春色，恋人情别。江山多娇春潮泄，古猎雄姿红尘绝，红尘绝！朝前行急，山川绿阙。女侠憨，美女大干长城越！长城越，恋人嫦娥，尽舞圆月。代代姑娘春风泻，亲情痴爱真如铁，真如铁！高山风彩，长城舞绝。"

范冰宾："束缚玫瑰花，花惹花香艳。火红满山靓，花醉笑艳绚。火辣辣照眼，灿烂山崖鲜，谁能不向前？姑娘汗恋舞长城，神龙戏花阅千年。"

李明也唱："《清平乐》神龙歌谜，春风飘靓美，爱山恋长城风姿，玫瑰香洒女神。恋君汗思花俏，情舞晓月致珍。痴诚玫瑰霞谣，飘香邀城醉吻。"

娅娅唱："活泼青年典雅美，爱魂浪漫君美丽。热情漂亮多温馨，帅酷腾香舞风姿。"

妹英唱："长城缘是人间情，烈酒喷香英雄魂。诗醉歌迷北留君，春风爱吻俏丽美。"

张沙沙唱："美女歌更好，长城醉心摇。千首万首唱不够，曲韵歌声俏。俏笑玫瑰美，神龙早定调，美女姑娘红玫唱，漫山情潇洒。"

阳阳唱呀："《一剪梅》红花碧树春风悠，队队姑娘，高山砖走。靓艳美女长城爱，温柔情怀，梦醉城头。汗艳绚花香自留，情爱相思，歌声羡慕。大干朝夕神龙渡，心颜眉头，喜上情露。"

巧巧唱："《鹊桥仙》春风花艳，姑娘传情，志在万里长城。美女爱露香汗绚，齐上靓要奇迹乘。浪漫无限，佳梦如斯，和泥脱坯砖逞。神龙腾沸彩云舞，欢歌笑语仙鹊胜。"

小曼唱："《破阵子》修城姑娘靓艳，香汗欢歌大干。和泥脱砖坯舞蛮，万里神龙流鳞甲，金光璀璨。笑声阵阵腾恋，摔泥和汗沸颜。都为天下百姓安，赢得千年子孙赞，世界奇遗篇。"

程莹唱："《南乡子》万城长城舞，尽情美女姑娘筑，蓝天彩云虹霞没，雨羞，千载岁岁展宏图。春风调碧绿，仙女和泥汗香露，星明嫦娥怎不妒？北斗，神龙飞越山峦浮。"

霍莫唱："《渔家傲》二首：春光春风娇好美，美女姑娘俏阿妹。咱与阿哥汗较魅，长城巍！世上奇迹女神仙。神龙高山靓彩绘，大干加劲砖鳞播。虹云飞度春光媚，翔龙神！风情热拥绚阿妹。龙神翻滚腾云战，风卷彩虹绿翠变。江山万里红艳艳，长城伴！美女声声歌冲天。汗水勤奋摔泥砖，坯坯成垛成堆颜。欢声一片歌谣恋，姑娘干！靓美心馨更浪漫。"

酒阳阳唱："《菩萨蛮》悠悠桥下泉河水，桥上靓帅姑娘美，南望城里辉，幢幢高楼贵。月色遮不住，浮萍东流去，星星唱深沉，美女舞街陪。"

马鸣唱"《如梦令》爱的春天鸟飞，红花绿叶美女，修长城哎上，靓仙神人腾美，魅人，魅人！高山长城祥云。"

田田歌："《西江月》长城浮山永威，美女姑娘诚心。爱靓腾云长城亲，春情润绿花欣。东西数万里辉，汗洒尽献艳丽。大海到天山脚下，劲风吹动山新。爱长城春腾情沸，看美女姑娘汗淌干。望高山花绚碧翠，飞虹霞满天皆艳"

桂妹妹唱："《清平乐》风云更艳，山峦长城见。姑娘美女层林染，龙腾飞花尽恋。神州翻卷彩霞，歌声笑靓一片。春日映花人干，长城绚艳千年。"

任影美："《苏幕遮》春风香花儿美，姑娘靓情，长城慕晓欲。美女划仙女舞，风送歌恋，从唱爱曲。路途遥，浪漫去！高山长城，汗撒寻砖坯，姑娘潇洒情帅绘，玫瑰花红，笑绿山城醉。"

郭凤彩唱："乾坤浴，美女靓，姑娘艳情，男羡致晓语，PK舞卡啦欲，星闪月圆，——风荷举。爱恋遥，何日尽，家住淮水，想念歌声起，露醉年年叶红飞，风舞玉关美。"

田花香唱："《渔家傲》万山擎举长城绚，百花拥吻更灿烂。男男女女靓汗颜，长城赞，神龙舞动群星沸。虹霞飞旋长城伴，炎黄子孙多安全，摧枯拉朽万万年，代代坚，摇首摆头立高山。"

俞美霞歌声："《蝶恋花》横山神木榆林绚，靓拥香花鹰翔鸣彩霞，万里山河多娇艳，姑娘美女战山崖。流大汗花露更艳，谁弄砖坯烧大砖来呀！仙女女神齐踊跃。飘狂长城山恋崖。"

张燕唱歌起："《如梦令》高山长城毅立，香花拥爱吻溢，何日腾虹云，美人姑娘加劲，温馨！温馨！东西平安飞寻。"

李季莉快唱："《减字木兰花》姑娘美女，千里迢迢路征程，绿树映花，一路香风送心诚。飞鸟鸣叫，为君伴舞曲谣征。日日夜夜，盼望梦想星闪更。"

晶晶歌声："《满江红》绚艳姑娘，能脱几块砖坯子？活阎王，脱坯搭墙，爷们都避。看我们仙女不怕，勇往直前和大泥。管他一身臭汗泥水，干劲急。不怕累，美女厉，光阴转，姑娘绚，女神未见贼，质量第一。桃花含笑吻山林，杏花靓艳春风紧。长城舞动虹霞助巍，高山立。"

任钱花唱歌："《如梦令》高山立方显威，拒顽寇盗贼匪。梦令靓女神，美人美女绚丽，仙女！仙女！长城拥吻亲吻。"

香香唱："《歌谣》长城拥抱心中太阳，长城亲吻梦中太阳，长城腾沸歌中太阳，春霄镂色月亮撺动，三个太阳当头照，笑傲满天闪烁惊奇风流浪漫酷帅呆星郎，女孩美女美人仙姑仙女靓女神君郎！"

晶晶歌唱："《如梦令》春风唱鸟儿飞，花红柳绿人靓。碧云雄鹰翔，仙女美女靓艳翔。姑娘！姑娘！高山奋勇城长。"

孟姜女歌声："《西江月》彩霞飞鸟雀鸣，香花蜂蝶吻拥。碧草涧边随风弄，姑娘美女飘山虹。长城戏耍绿山，巍峨永横云中。华夏百姓神龙敬，欢歌跳舞咚咚。绿岭细草岩涧生，碧空瀑布雨急淋。壑树摇坠红尘里，暮色白露戏水深。

《唱秦娥》年年月，代代姑娘美人铁，美人铁！神龙高山，横贯沸泻。万里长城帅豪爱，姑娘汗洒靓艳泄，靓艳泄！山川风流，璀璨花越。"

《如梦令》：靓艳女郎骄傲，感情不是歌谣，也不要上当！请三思而后行！情爱！情爱！快乐甜甜情调。

《如梦令》：孤独才能自我，沉默可以找到，恋爱无限好！春风浪漫逍遥，燃烧！燃烧！青春靓丽梦晓。

《如梦令》：睁大眼睛酣鸿，闭上嘴巴爱酬，情恋真功夫！玫瑰俏醉夫翁，凯留！凯留！唱响靓艳梦游。

《如梦令》：年年的梦醉了，痴傻呆头情走，异想天开梦！岁月无处寻游，兮愁！兮愁！早有靓女爱投。

《如梦令》：爱你想你姑娘，愿为心中女神，朝情慕爱翔！黑丝香愁亚靓，春寻！春寻！献你一腔衷肠。

《如梦令》：见笑了见笑哎，笑一笑十年少，耶噻梦尤闲！沸腾热血遗妙，逍遥！逍遥！恋魂情动城飘。

《如梦令》：清晨风光凉爽，阳光拥抱月亮，风流的情郎！月亮吻醉阳光，画靓！画靓！彩霞酷动舞翔。

《如梦令》：时光无意错乱，情爱缭绕冒烟，沸雪已烤焦！哥有开心歌憨，灿烂！灿烂！日复一日曲甜。

《如梦令》：生命向往光明，天黑不要拉灯，可恶蛀虫叮！炎热晚风情婷，风鸣！风鸣！嫦娥情爱恋行。

《如梦令》：靓晖春风意缘，心扉幻感痴语，情然悠伊爱！笑哇逐颜富裕，腾飞！腾飞！飞歌爽韵邀留。

《如梦令》：阳光醉在花香，彩霞飞舞艳靓，愉快的歌谣！春光洒满芬芳，天郎！天郎！情魂夜梦故乡。

《如梦令》：春光彼岸天神，火红玫瑰爱你，缘分天注定！善得纯情奇彩，月色！月色！梦乡让爱开怀。

《如梦令》：放飞辉煌理想，追求燃烧眷恋，耶心心相印！自由与你浪漫，祈盼！祈盼！青春情缘彼岸！

《如梦令》：念念祈盼城恋，心花怒放神安，天神拜吉祥！年年春光闪闪，靓艳！靓艳！春风花醉魂眠。

田田最后唱道：《如梦令》，万里长城壮观，姑娘美女踊跃。孟姜女胆略！华夏古今钢铁，日月！日月！千年故事轶谢！

阳阳又急急地说道："炎大队长炎大姐咱们的队伍有事了！知不知道啊？"

"阳阳咋回事！你风风火火的喊叫什么呀？有话跟我说，不着急！你先静静……"

"也没有什么大不了的事情！走路哪有脚上不打泡呢？算了，让时间慢慢磨炼几天就好了。有些姑娘女孩子走路不太习惯，脚底板上都打了水泡血泡，走路脚痛，疼着呢！谁不知道这姑娘美女这么娇嫩，还没动事呢就挂彩了……"

"这样吧！慢些走，坚持到吃饭的村镇，吃过饭叫师傅们烧些热水烫烫脚。今天下午叫姑娘女孩子们再休息休息歇歇气，一次不能叫姑娘们元气走伤狠了，咱们距长城还远着呢！否则光靠几个人几十个人是不行的，咱们必须团结大家伙，让大家拧成一股绳力量才大，才能尽快完成我们要做的任务，达到目标……"

晶晶说道："炎大队长炎大姐，干什么事情不能光靠一股子热情和力量，咱们要存住气才能不少打粮食！还要热情关心大家的疼痛来……"

"离吃饭的地方还有多远？我刚才这半天就感觉不对劲，今天的行动好像不是很快！这太阳都快偏西了，还不到吃饭的村庄呢！……"

"大家走的都很吃力，但是姑娘女孩子们的心情都非常好，稳定，也没有人闹情绪，这才是我们大家不幸中的万幸，上天安排的福气福分也……"

"这时候我们这些队长、组长一定得保持着旺盛的精力，去关心关怀这些年轻姑娘们，千万防止粗暴粗糙的行动和发火乱来，尽量一切的来引导大家开心，忘掉烦恼，朝着一个目标长城去想，让每个姑娘美女顺利开心的到达长城，只有到了长城上，我们才能高兴开心和实现姑娘的奋斗人生的愿望和理想，千万不能泄气，士气可鼓，不可泄气……"

"这人都知道，大家出来就是齐心协力的建造长城的吗？干什么事情决不能半途而废，只有坚持到底才能大获全胜，胜利又不是哪一个人的功劳，应该说是大家伙每一个人的功劳和勤奋干出来的，缺少谁都不行，少一个缺一个人，就等于最后完工就要往后推辞多久时间的大问题，晶晶你再来给大家继续唱唱歌，鼓鼓劲，叫姑娘们痛苦转移在理想快乐的歌声中。我往前面走走看，离驻地吃饭时间还有多远，再安排安排情况！我先走了！"

晶晶唱到："情人啊玫瑰，玫瑰念情人，年年的祈盼，浓浓的热恋，情人爱玫瑰，玫瑰袭人愿，爱呀爱，玫瑰！玫瑰的呼唤，玫瑰玫瑰玫瑰我爱你，浓浓的花香占领我的心，火红的玫瑰飞向那我爱的人温馨怀抱中，热辣辣的玫瑰，才是象征姑娘女孩子靓丽，花艳花靓花美花魂，代表女孩子姑娘是我今生今世梦爱中的恋情人，情人吻玫瑰，玫瑰袭人愿，年年的祈盼，岁岁啊热恋！红霞清纯迷飞，太阳眷恋沐浴着碧波浪！勇而异，阳光找到自我漏光了金币，映亮年年月月不变的情人爱，风月为你灿烂光芒增添银辉，群星望着你浪漫风情，暖着闪亮开心笑意！我你绚艳姑娘美伟大天神，随着你的爱悄舒心，在这思绪万千憨想舞伴里，尽情享受这纯真疯狂美妙的魂！玫瑰真情舞良缘，春风光恋神奇，豪杰为情意，郎美邀英雄，春日中微风，难留轻松情，飞鸣的光阴，为爱争金星，玫瑰乐开怀，人生靓艳爱，彩云携玫瑰，郎神韵情爱……"

火红玫瑰不要再伤悲，女孩子为何更要折磨自己，年年靓艳春光值万金，月亮温馨追随灿烂眉光美，岁岁青春靓丽怎么会流泪，惊世美丽艳英也别伤悲，请不要让春雨润透泪眼的暗暗哭泣，红玫瑰请春风穿越活泼开朗的爱心，爱就爱姑娘女孩子美女艳靓的缘分，勇敢敞开双臂拥抱春天里的辉煌阳光朝恋情幸福飞奔。

《歌秦娥》：春风月，代代青春靓艳耶，靓艳耶！绿叶浓香，热血飞射。玫瑰闪烁痴情爱，情缘女孩爱伟业，爱伟业！年年玫瑰，歌舞情烈。

"哇！可到吃饭的地方了！"

银河镇

陈贞："哇！可到了吃饭的地方了！姑娘们，谢天谢地地脚疼……"

李英说："这里叫什么名呀？"

常丽说："管它啥地方去呢？只要休息带吃饭，我的脚一上午都疼的走不动，先坐一会儿。"

朱丹说："谁不是呢？再走，马上都成了路不平了！一个拐，一个瘸的，看看脚面也肿了……"

"还没有开战，没有上山见到洋鬼子红毛绿眼睛，就都成了伤病员啦！走路也真难受，脚不行，腿也较劲，抬也抬不动了，这人腿脚都不好还活个什么意思呀！来了坏人也跑不动、跑不掉，还不如早早地去见阎王爷呢……"龚丽说。

"别瞎说了，等吃完饭过一会儿，你还和兔子赛跑呢……"阳阳说。

"算了吧！这会我跟摊子一样，坐下来不想动一动，脚也不敢挨地上……"

胡梅说。

"和兔子赛跑，算了吧，就等着让乌龟当冠军吧！现在腿跟灌了铅锭子一样，又肿又死沉死重活重还疼呢，连鞋底子一点点也不能碰了，先脱了鞋子光着脚吧……"灵妹说。

悦悦说："会好的，美女姑娘们，这会要是来了一只大灰狼，张着嘴瞪着一双通红的大眼睛要咬死你，你看你比谁跑得都快都麻利，跟大风刮的一样。"

"哪是你说说自己想的说的，我龚丽才不在乎呢，反正是大情郎，还不如就此翻身骑上大郎身上呢，该享受时就享受，过时不候，还是叫他背着去长城……"

"你们几个不吃饭了，看看这油饼多香多美，看着就让人馋得流口水。"说着话，用嘴在油饼上狠狠地咬上几口："真香真解气，真来劲！啊唔！又一口……"

"馋就多吃几个，不吃白不吃，吃了也不能白吃啦……"

"这还用说，来就是干大活、大干修长城、抬大石头、和泥巴，又不是靠嘴吹吹风长城就出来了，实干苦干拼着命地干，懂吗？姑娘们，不懂学着点，本姑娘吃完油饼菜汤会教你的！就怕到时候懒蛋怕干活……"

"你看你个样，说你喘，你还吹起来了，牛皮可不是吹着玩的，长城也不是手捏出来的，是美女们的大干流淌出的汗砸出的，光凭你的嘴吃还行干就不沾边。"

"吃油饼泡大饼，一口一口地来，还怕吃不到肚子里吗？饿的轻，两天不叫你吃饭，你的嘴就犟不起来了，三顿不叫吃，你自软蛋……"

孟姜女大声说道："姑娘们吃完饭好好休息休息，养足了精神头，明天好好地走上几天路，今天下午该洗涤的都洗涤，该洗脚的泡泡脚，好好的泡泡，脚就过来了，水泡血泡也就下去了，走路就不会再疼再痛了，也不会太累了！听话！"

"没有开始两天的，又休息，哎！啥时候才能到目的地呀，让人心里干着急。"

"你想走，你一个人走，又没人拉住你，你怕什么吗？"宫洪英说。

"我怕！我怕你晚了到长城，晚了找不到人啊！"达美说。

史雨说："跑不了，早晚给你留着哩，你怕啥？谁的谁认识，不吭声打的都有记号，信不信到时候看那，不是你的抢不走，是你的，你甩也甩不掉，天生的缘分，月老几百年几千年前都用红线给你们拴紧了……"

"一条绳上拴两个蚂蚱，一个也蹦不掉跑不了，信不信由你自己，看你傻样，瞪那么大的眼睛干什么，听傻啦！没见过啥呀？"张雪说。

"小妮子，人年龄不大，你什么都懂呀，从哪里学来的？"

"少见多怪，大惊小怪的，真是侠情好痴情的，一对大傻帽。"

莹莹说："来几个人挑水刷大锅，跟我一路去砍大树烧大锅水，马上洗澡。"

犇犇说："我带上几个人去借大缸，在大水缸里洗洗澡。"

"好啊！哪才痛快，过瘾带兴趣哩，就是不知道人家借不借给我们。"

犇犇不慌不忙地说："人家不是好说，华夏咱们大民族，一家人亲，都善良好心，好说话，好话好说，没有办不成的事。"几个人走着说着来到一个院落里。

"家里有人吗？哎？有人吗？"犇犇提嗓门大声问。

"来了，来了，噢！"大娘慌慌张张的从堂屋走出来说，右手拍身上衣服，左手着捋着头发说"你们是中午才来的姑娘们吧！嗨，瞧啊！一个个多俊俏多美呀！细皮嫩肉的，鲜灵灵水汪汪的大眼睛的女孩们"。

"大娘你好，我们想借你家的大水缸用一用，装水盛水用。"

"借大水缸用，用多长时间啊！"

"就用一下午，到晚上天黑给你送抬来，因为我们人多，用水也多，你一瓢她一碗的一会儿一大水缸，就用完了，所以大娘，临时借你家的大水缸一下，这一用完用好，立即就给你抬回来，我们是好借好还，人多抬家多，保证不会用坏。"

"是啊，出门不容易，都人生地不熟的，出门难啊！不借给你们吧！恁们来好几个人等着哩。"

"借吧、借吧，大娘你放心好了，好借好还嘛。"

"你们人哪样多，恁们不还，我找谁去呀？"老娘在忧郁地想着。

"放心吧！大娘，我们家离这里百几十里路，谁把它往家搬啊？有这心还没有这个劲呢，大缸又不像碗筷子拿着就走，得几个人抬搬呢？"犇犇说着。

"既然如此，咱们就好借好还呢！俺家这个大缸可从来没人借过，在银河镇今天你们几个美女姑娘们还是第一回第一次呢？"

"大娘，你们这叫银河镇啊！你们镇上的人真好，真善良还大放，还好助人为乐，真跟天上的银河没二样，大娘你人心真好！人也显得年轻漂亮，看着也显得年轻多了，一点点也不见老呀！"

"不好了，不行了，看见你们才真正是年轻人哩，瞧你们姑娘们一个个多水灵，都是一个美人样子，我这花白头发，满脸的折子，皱纹的，老了啊，老了，看着你们就让人羡慕妒忌啊？！还是你们年轻人美丽漂亮啊！唉！自己年轻的时候不知道咋过就过去了，不敢想呀！人生如梦，老了。"

"不老，不老，老人的心好，心地善良能活一百岁，长生不死。"

　　"不能活时间长了，活时间长受罪呀，姑娘们，我身体不行，冷了也抵抗不住了，不是发烧就是头痛脑热的，要不就是这痛那疼的，疼的连胳膊也抬不起来，就是腿有时不好使，腰也痛的要命，心有余力劲不足啦，处处都难处，别人听了还讨人嫌，听说你们这些美女去修长城，姑娘们你们能行吗？在这村庄里人都讲：'脱坯搭墙活见阎王的活。'活可累得很呐，我有六个儿子去了三对半，一个孙子也去了，听说城墙高得很，比几棵大树还要高，城墙上能拉大马车，还在山上说句不好听，山都在云彩腰里，看不见山尖了，哪城墙也垒在天上吗？和天老爷挨在一起，走得上去吗？"

　　"大娘放心吧，天在高咱们他能上去了，长城都能修上去，人还能上不去吗？上不去怎么修长城呢？大娘放心吧！小鸡天生下来没奶吃，照样长大，无论长城在哪里都是我们人修出来的，银河在天上，我们不是照吃三顿饭，到地里干活种庄稼吗，一年四季一季子的活也没有拉下吗？"

　　"我们这银河镇只是起个名，哪能和天空中天上的银河相比啊，天上有神仙，有织女牛郎，还有好多的喜鹊，不然一个很大很大的鹊桥怎么搭起来，全靠长尾巴喜鹊搭桥给织女牛郎在七月七一年见一次面搭鹊桥。"

　　"大娘你们这银河镇没有牛郎织女吗？有鹊桥没有？"

　　"大娘，我说不是喜鹊都在人们睡觉以后，再搭桥，搭早了有人瞧见了，搭好了牛郎织女过去了。"

　　"传说的都有，啥都有，可谁也没见过，鹊桥在镇南大门挨着挨哩，可就是从来也没有见过喜鹊来桥上过，更没有人见牛郎和织女来会面，都是传说的。"

　　"好了，大娘你老人家，我们抬着缸走了，晚上给您送回来。"

　　"再见吧！不用谢！"老大娘摇摇右手笑着说到。

　　"犇犇你们回来了，水烧热了，你带着姑娘们先洗吧！"孟姜女说。

　　"炎大队长你先洗，我们不慌的，啥早一会儿晚一会儿的。"晶晶几个人说。

　　"大家先洗，谁先洗一个样，谁都得洗，早洗晚不洗，推来推去的，洗澡还客气啊！我们走这么慢，啥时候才能走到地方，我原来听老辈人讲：咱们是肉体凡胎体重，走得慢，脚上爱打水泡血泡，走时候长了脚磨肿磨烂，只要用葫芦熬水一洗，百病全消，一天可以走上百十里二百里都没问题，管她灵不灵，咱们来试一试，能行就行，不行也不会叫姑娘们往回走。"孟姜女说。

　　晶晶说："你炎大队长也听说了，我也听说了，就是没试过，今天咱们大伙来试一试，说不定还是天河镇里的热水有灵性，能帮助我们这些美女们乐一乐，快一快走路，一天多走上百十里路，哪才谢天谢地，宝葫芦的秘方绝妙呢！"

　　好吧！我孟姜女先洗，洗脏了水，大家不要吭声吱声呀，可不要出怨言啊！反正走路我孟姜女是不可说的，更没打过泡，你们都是大千金小姐，大家闺秀美女公主！大家干大事业，辉煌业绩，你们都要先用大炮小响大乐队庆祝一回了，热门一下子！我孟姜女从小就皮搭野了，走路跟跳舞一样轻，走路其实上还没有跳舞的十分之一累呢，不然等我洗完澡，给大家跳上一段劲舞节舞摇滚的柔情舞呢？我跳舞就跟玩着玩一样，自然轻松舒适。"

"那当然好了，我们从来也没听说过跳这舞跳那舞的，名堂还怪多的！炎大姐你真行，你实在是大家的好带头人，以后咱们大家也跟你学习学习，也算跟你大队领导过得人，也不冤枉，而且跟着也能见识见识外面的大世界，开开眼界，你真比天上的仙女知道的还多，人长得比传说的天仙还美哩，真可惜，我们不是大男人，不然豁出命也非要娶你孟姜女大姐为妻不沾。"

"算了吧！美女们，吹吹牛，侃侃大山吧！你们这些人算是大男人的老爷们，还不用斧头把我孟姜女给剁了才怪呢！"

"哪是为什么吗？"莹莹问道。

阳阳说："我们前世无仇，今世无恨的，为什么要害你呀？瞎说。"

"不光你到候，你听你老娘老妈了的话，三句话听不完，就该举着刀上来了……"

"哪才怪了呢？三句话能让人杀了刮了吗？天大的笑话吧！"莹莹说。

"第一句话说是妖怪，这样看也像，哪样看也像，你火爆的性子不蹦不跳才见鬼呢！"

"好好好，炎大姐我帮你搓搓灰，揉揉擦擦，你皮肤好滑呀，白白嫩嫩的。叫男人们看见眼都放光，定格在你的肉香里不会动了，我来替他们亲亲你好不好，就一口嘛！你真是的，又亲不掉一块肉，怕什么！"

"肉麻，你一个女孩也要吻人家吗？亲娘哎，你千万不是变态吧，再咬一口吧！啥东西呀，真倒胃口。"

"肉好香啊，真吸唔啊，吾要咬你几口解解馋，天生的美味。"

"你这人要吃要咬趴自己胳膊上，想怎么咬怎么咬！使劲啃吧，烦不烦呀！我得去大水缸里涮一涮霉气去，冲掉你嘴里哈喇子脏水。"

"去呀！看你光着大腔怎么去？丑不丑羞不羞，大队长先生。"

"都是女人，怕什么呀？你还是大色狼不成了，你千万别变成男人了啊！"

"我看见你这个大美女，就想要变成大爷们才痛快！才得劲哩。"

"去去，靠边上去玩水去，你真的好讨厌呀！哎哟！老天爷咋叫你当个大姑娘，你真是错喝了阎王爷的迷魂汤，不然真是男人老爷们你要发疯了……"

孟姜女一边笑着一边说着嘴跳着下到旁边的大水缸里，连头也不见了，一头扎到水里潜在缸底，半天才猛地往上一跳，整个人离开水面，又一下子坐在水中，把整缸的水溅飞好远！飞在旁边几个洗澡的姑娘脸上、身上、头上，孟姜女又在水中倒立，两条大腿在空中摆来划去得做各种姿势，比现在的水上芭蕾还要精彩的酷帅表演，胳膊双脚都在空中摆，可整个臀部在水面使整身子圆圈转圈子，一圈比一圈更快的转动着，真是玩出风情玩出花样和浪漫，在周围二十几个大缸四周满满站出一堵人墙，有不知道的还认为是街头卖艺玩杂耍的人呢，她在二十几大缸里跳过来跳过去，有些姑娘都替她捏了一把汗，不停地惊讶叹息，不住嘴的惊呼着，玩了好一阵子她穿好衣服："姑娘们下去洗啦，洗一洗可舒服了，真快活极了，这么大的大水缸，一下子能坐三四个人，女孩子们是不好意思了，一个个在走两天都要成臭鸡蛋了，还不赶快下水洗洗，也除除臭味，不然到了长城还不把一个个的老男人熏跑才怪，大家还认为是从天上掉下来的驴粪蛋子变成屎壳郎飞到他们面前来呢！姑娘们，大家自从离开家乡，干什么事就要大大方方的，又没有让你们脱光衣裳在大街上走，怕什么呀！扭扭捏捏怕谁呀！都是一样的女人吗？来来你先来脱光光，都脱掉，别婆婆妈妈的瞎耽误时间，把大好光明都浪费了，再等一会儿水还凉了呢！"

"不凉不凉，刚刚好还热着哩，炎大队长你去别的地方坐坐去，走走走，你在这里我总感觉不好意思！"

"啊！晶晶你怕我孟姜女吗？怪不得看着你那么丰腴迷人，这大白堆堆比别人的大呀，长哟，你更嫩更细白是不是啊！"

"炎大姐！你看你哎，快走开啦，真急人！"晶晶大吼大叫求孟姜女。

"我不会强暴你，我不知道你怕我什么呀！风趣的很哟！咱们都是结拜的亲姊妹，生死与共，我来替你揉揉灰，搓搓背什么的好不好！"

"我怕痒，真的谢谢你啦！"

真是好心不得好报，不洗澡的愿听故事的这边来，往这边走啊！今天非讲他个天昏地暗进入梦乡才罢休，姑娘们注意啦！该洗澡的要去洗澡，大家不要不洗澡，我在烧水锅里放了我当年的葫芦把子，这样洗完澡后大家以后走再多的路就不会那么累了，以后干活搬砖头抬石头，活沾泥都不会太累了，我这说的话，可是为大家好啊！千万不能当儿戏哟，开句玩笑话，哪有大姑娘不洗澡的，还不迎风臭千里顺风熏倒太行山和燕山才怪呢！好了，好好坐着，躺着也行，靠着站也沾，不论姿势听故事：话说天下故事不要大惊小怪，不奇不叫故事，咱讲个《财庄员外和金锅》在古时候，很早很早以前，在天河湾边有个姚家庄，姚家庄里有个大姚员外，姚员外家里很阔很有钱，方圆百十里的大员外赫赫有名，这家伙从小就衣来伸手，饭来张口，大财主家都是这样的，人越老越财迷心窍，此心又不满足，天天大白天都做梦家里要有棵摇钱树或者聚宝盆就好了，聚宝盆好有大仓库的金银，花不完的银子，用不完的钱串子，他表面上对人客气，背地里欺负扛长工干短活的农民，做尽了坏事，长工们背地里都管他叫活剥皮姚善人，姚善人有个习惯，每天太阳不露头河湾子上走一走，这天清晨，大雾迷天，看不很远，姚善人悠闲地在大河湾上走着，看见河湾子上有个城池，他身不由己上了河边的一只船上，慢慢地向那座城划去，他觉得很奇怪，这么大的河湾子中咋会有座城呢？姚善人划着船来到城门口拴好了船，只抬头一看，看见城门上有三个字：天宫城。姚善人若有所思地想着，大步向城里走去，他来到街上见挑挑的卖菜的，补锅的卖鸡蛋的，人很多，没有一点声响，姚善人走进了一家店铺，看见掌柜的店铺和哪家店铺一样，人全和庙里菩萨差不多，他走进不少店铺，都是这样，他看见店铺柜台上有一口小锅，小锅大小适合一个人煮饭吃，姚善人想，用这口小锅自己煮人参汤喝，再好不过了，他看了看店伙计，见两名店伙计背着身子站着，就用闪电般的速度把小锅往怀里揣，慌慌张张三脚二步迈出了店铺，来到了大街上，他见街上还很寂静，心里这时害怕极了，两条腿不住地打着摆子走着，他怀里揣着锅，慢慢腾腾往城外走，来到城门口，看见城门口四周张满了水，他的小船在水里打着转转，他慌忙解开船绳，慌里慌张的上了船，回头再看宫城，不禁吓呆了，城不见了，全被河水淹没了，小船此时不知不觉向岸边飞去，到岸上，姚善人一个大步跳下船，正想拴船，小船划道金光一闪不见了，太阳也从东边出来了。'许是一个梦吧！'姚善人自己对自己说，他揪了揪自己的耳朵胡子，好疼，分明不是梦，姚善人心里很不是滋味，他慢腾腾地向家里走。刚进大门口，媳妇就迈出来了，惊讶地问："老头子，今天是怎么啦，回来这么晚？""嘿嘿"姚善人强笑说："在外面走了一段路，回来晚些，路上还拾了一口小锅。"姚善人怕媳妇害怕，没敢说误入天空城的事情。"一口什么样的锅？"姚夫人问："拿出来我看看！放在哪儿了？""在这儿呐！"姚善人说着话，从怀里拿出了那口锅，立刻金光闪闪。"老头子，洪福真福大造化大，哎呀！可不得了啦！是一口金锅！""是吗？"姚善人惊疑地问。"老头子，别人骗你，我还能骗你吗？"这时丫鬟、佣人听说姚善人拣了一口金锅，全都围上来了，这个佣人说，老爷的福真大。那个说，老爷的洪福比东流的水都长、都多。姚善人笑眯眯地说："夫人咱们今天温锅要做点好吃的。"一个丫鬟接过话头说："夫人不是六十六大寿吗？用它煮肉吃吧！"姚夫人吃肉心切，不管吉时良辰，就叫佣人动起手来，不过晌午，姚夫人光吃肉，心里还是有说不出的滋味，他有些犯疑："金锅煮的肉为什么不如吃铁锅煮的肉好吃！"这时候管家秦在姚善人的身旁低低地声音道："小时候，在家里听俺爷爷说，要是只宝锅，放在锅里的东西用也用不完。""此话当真吗？"姚善人半信半疑。管家说："老爷不信，试试看呀！"姚善人和管家亲自动手，把锅里的肉一勺一勺地舀，舀一勺又一勺，锅里还那么多的肉，姚夫人很奇怪，忽然姚夫人的脸又摞下来了，"我们有肉吃算什么？放进钱，用也用不完，花也花不尽，不是更好吗？""可锅里的肉舀不完怎么办呢？"管家眯起眼睛又出鬼点子"我们不如把金锅抬到天河湾水里，刷洗干净锅里的肉，不就成了聚宝盆吗？"没等姚善人同意，姚夫人和管家抬着金锅向大河湾走去，姚善人和管家来到大河湾河边，见老婆和管家正在湖边捞什么，以为又碰上金银财宝，过去一问，才知道金锅没有了，差点没把他气死，他恶狠狠地骂道："你们把我们的金锅藏到哪里去了。"姚夫人和管家吓得一句话也不敢说，吓得直哆嗦，姚善人更生气了，把夫人推到河里，抬腿又把管家踢进了水里，他站在岸边大声哭道："金锅，我的金锅。"一不小心脚一滑，姚善人大叫一声："啊！"的一声也跌进水里，三人在水里挣扎了一会儿，往下一沉就不见了。

　　再讲一个《偷不走的鲜味》，在商朝末年，纣王时期，河南孟津县，姜子牙七十八九岁，带着宋异人给的一些钱财和几个女伙伴来到县城，做起了生意，他见城门里外住不少居民，城根下还有从早到晚人流不断的集市，便在集市旁边租了几间房子，准备开饭店，好心人劝告姜子牙说："这里已有不少饭店，东头那家最大的一点利饭店又是专卖打卤面的，这些店各有主顾，你卖打卤面，只怕没多少人来吃饭！"姜子牙笑了笑说："赶集人图便当，都愿吃打卤面，只要我诚心对待顾客，慢慢也会有生意的。"姜子牙的面馆开张了，来吃面的人对卤面汤的鲜味赞不绝口，一传十，十传百，来吃打卤面的顾客越来越多，在他饭店吃饭的人听说他这里打卤面味道格外美，也纷纷来尝鲜，最后连一点利饭店的老顾客们也来了，姜子牙的面馆生意一天天红火起来。一天，姜子牙还在店里忙，有位李早的年轻人来找他，要求在店里做帮工，姜子牙听他说："父母双亡，来县城投亲不遇的事，很同情地收留了他。"李早确实勤快，除了干好安排的面案子活，还不时地到打卤面锅前帮忙，姜子牙其他佣人见李早眼神怪异，悄悄对姜子牙说："老板，李早好像在偷学打卤术呢？你得提防点啊！"姜子牙笑笑没说话，以后见到李早有闲空时，姜子牙故意让他到打卤面前烧火，让他看着一锅卤汁是如何做出来的。一天，姜子牙的小兰买菜回来，悄悄对他说："老板，李早今天跟我去买菜，在一个摊前和一个人小声嘀咕什么？我打听到那个人是一点利饭店的厨师，李早一定是一点利饭店派来偷艺的。"姜子牙点点头说"打卤面术他能偷走，但卤汤的鲜味他是偷不走的！"他交代小兰几句话，又叫她不许找李早闹，李早确实是一点利饭店派来的，一点利的老板刘富是李早的舅舅，刘富开始相信姜子牙的打卤面能比自己店里的好吃，但叫人装成居民来回品尝，一尝，果然新鲜无比，他弄不清姜子牙在汤里放了什么调料，才派外甥李早来偷艺的。姜子牙对李早并不提防，他的几种调料都公开放在锅台旁。有一次，他正在收拾八角、茴香、桂皮等几种香料，准备自己搭包煮骨头汤，抬头见李早正偷偷往这边看。就笑着将李早叫到身边，边抓香料边说："这些香料每样一些包好放汤锅里，煮的骨头汤就有香料味了。"李早装出不懂的样子说："听说人家饭店不仅煮骨头汤时放香料，用骨头汤打卤时还要放香料粉呢！"姜子牙摇摇头说："香料放多了对人体有害，我煮骨头汤时放香料包，取的是香料的味，从不向汤里撒香料。"他让李早看着他用煮好的骨头汤打卤，打好卤一勺勺舀到盛有热面和熟肉丝的碗中，让小兰端到堂房给顾客吃。李早学了这一招，抽空回去告诉舅舅刘富，刘富按照这个办法煮了骨头汤，打卤时不放香料粉，可做好一尝，味道还没有原来的好吃，他埋怨李早学了手艺，让他想方设法掌勺的姜子牙没有歇息时间，李早看准机会，赶到姜子牙身边说："我看了不少日子，打卤汤的过程大体上也学会了。请你指教着，我替你来干一会儿吧！"姜子牙笑着把勺子交给他，自己和小兰负责端面，李早看着自己亲手烹制的打卤面一碗碗端给顾客吃，听堂房里人们对卤汁的赞美声，心里暗暗得意，干了几天后，他又借口有事告了一天假，偷偷溜回一点利，亲自配料煮骨头汤，又精心烹制了卤汁，刘富请几个顾主，共同品尝打卤面，没想到大家尝了一口就摇起头来，有的说打卤面没有鲜味，有的说根本不能和姜子牙的打卤面比，有的干脆劝刘富改做别的面食，李早听了这些话，羞得面红耳赤，不等舅舅埋怨，就悄悄溜走了，姜子牙饭馆的小兰听到李早在一点利试艺的消息，赶快告诉了师傅，姜子牙听了只是淡淡一笑，仍然不动声色，继续让李早打卤，又过了好些日子，李早实在熬不住了，红着脸对姜子牙说："师傅，请你把打卤汁变鲜味的绝招教给我吧！"姜子牙看着盯着他一会儿，猛然怒喝一声："跪下！"想了想，又缓和了语气说："是谁派你来偷艺的？只要你说了实话我可以教给你。"李早双膝跪地，吞吞吐吐地把刘富派他来偷艺的事说了。姜子牙扶起李早说："请你舅舅刘富来吧！我有话想对他说。"李早答应一声，红着脸走出店门，掌灯时分，姜子牙要关店门，李早引着舅舅刘富来了，刘富一见姜子牙，深深地躬了一礼说："惭愧、惭愧！刘富登门给姜老板掌柜赔礼了。"姜子牙让下人端来酒菜，请刘富坐下说："请刘掌柜吃杯酒菜，听我讲个故事吧！"刘富恭敬地听着，姜子牙说他家住在东海岸边，有一天全家人在海边打鱼，天快晌午了，他回家做饭，煮了面条给家人送饭的工夫，灶洞里掉下火来引着柴草，放在灶旁的两只盛海鲜的空竹篓也被烤着了，他见竹篓里有一截烤焦的东西，无意中拿起手指一捻，忽然有一股奇香，将手指上沾的放舌头上一舔，一股鲜香且透肺腑，他心中一动，从锅里舀了碗面，捻了点细末撒进去，喝了一口，嘿，真是鲜美极了，就是这截烤焦的东西，才使他来到孟津县卖打卤面的。听到这里，李早"哦"了声，说："原来这卤汁汤里还有别的料呀！可我并没有见到谁向里撒呀！"姜子牙说："你来店中的第一天，我这店里的人怀疑你是偷艺的，小兰把这调料放在衣兜里，等面端卖了出厨房就在厨房的这几步走廊上，边走边将调料撒到每只碗中，你怎么会看到呢！"说完哈哈大笑起来，姜子牙的笑声未落，刘富起身拱手说："服了，服了，休说孟津离东海千里，就是生在海边的人，也无法猜到你老板何物制成调料啊！今后有你姜子牙在，打卤面的生意，我刘富不做了。"他转身想走，姜子牙一把拉住他说："刘老板的，做生意讲仁义，对人待友诚信，有道是'绝技难偷，敬师学艺'今天你爷俩二人诚心登门拜师，我姜子牙岂有不教之理。"他轻轻叹了口气说："我年纪大了，本人理想不在打卤面上，我要去找周文王，共谋天下大事，我要去领兵打仗，改朝换代，为天下老百姓的幸福日子着想。"姜子牙愤慨的说完。刘富不知道姜子牙这话是什么意思，姜子牙起身捧来一只坛子，双手交给刘富说："这是那种调料粉，是用海肠子，也叫海蚯蚓烘焙出来的。海肠子是可食之物，对人无害，打卤做菜多放些鲜味更浓。我要去西岐啦！"刘富听了此话，激动的两眼含泪，拉着姜子牙说言而有信。

"炎大姐，你给我们再讲嫦娥好不好啊！嫦娥是古时最美的美女，听说她丈夫叫后，后什么的！"花痴妹说说笑笑的求孟姜女。

"好！既然姐妹们想听嫦娥的经典古装美女故事，我来给大家讲一遍，不要忘了，美女们，咱们今天晚上可是在嫦娥的老家乡。据讲，不一定真实，也无法考证，这月亮湾就是传说的嫦娥的家乡，牛郎和织女挑着一双儿女就走不出月亮湾，最后喜鹊被嫦娥派到月亮湾的银河上搭鹊桥，最后才见到一面后变成织女牛郎星飞上天去的。嫦娥是天上的仙女，她丈夫是无穷国的国王叫后羿，当然了我也希望咱们这些修长城的女子大队成员最后每个女孩都能找到一个像嫦娥丈夫一样有本事、有能力的真男子汉，英俊潇洒、风流倜傥的神箭手，因为嫦娥也是最漂亮的仙女，玉皇大帝就叫人专门修建一个月宫给嫦娥居住。很久很久以前，天上有十个太阳，照得地面上热得像火烤一样，庄稼都干枯了，老百姓吃不上饭，毒蛇猛兽就出来祸害百姓，后羿是百发百中的神箭手，他见百姓这样受苦，就拉开他那张红色的大弓，搭上白色的拴了绳子的箭，嗖地一下，一个太阳被他射下了。好啊！老百姓都拍起手来鼓掌叫好！接着射吧！救救我们！这些太阳快把我们晒死了！大家异口同声地请求后羿。嗖嗖嗖，后羿一口气又射掉了八个太阳，这时天上只剩下一轮红日，照得大地暖洋洋的，树荫下凉爽的风吹过，人们都舒畅地呼了一口气，晒死的庄稼又重新发了绿芽，毒蛇猛兽也不随便出来伤人了。只有一个水神河伯，变成一条白龙爬在河岸怪模怪样的，后羿又一箭射瞎了它一只眼睛，河伯捂着一只眼跑到天帝那去告状，让天帝惩罚后羿，天帝说你应该守着你水神的职责，在水下待着，谁叫你变成个大虫，爬上岸呢！后羿为民除害，见了怪物当然得射，这不能怪他，河伯没法只好瞎了一只眼过日子，后羿妻子嫦娥有一次，到西王母娘娘那里拜寿，西王母娘娘送给后羿一粒长生不老的药，嫦娥偷了一点，谁知一吃下去，身子就轻飘飘地飞起来了，一直飞到月亮上，月亮上有一棵永远也砍不完的大桂对，嫦娥到月宫非常寂寞，除了吴刚外，只有一只小白兔，蹲在桂树底下捣药，女孩姑娘们，可以在每个月的十月十五日月亮晚上，看见月亮里那棵大树的影子，姑娘们美女们将来你们的丈夫千万不可偷吃丈夫的任何赏物，不然玉皇大帝也会请你们飞上月宫中，永远也找不到爱你的丈夫了。再讲个《满家喜事》大河今年二十三岁，练武出身，在小时候就和邻居漂亮女子王谷处了好朋友，青梅竹马，当下从外地练武回来，又几年，两个感情更是如胶似漆，一个体魄健壮赛雄师，七尺男儿，一身豪气，一个是端庄秀美比嫦娥，青春妙龄，情似烈熔，青纱帐里也选毡了，林荫树丛里，河边桥下也洗过澡了，手拉手大马路也压平了，咳！活脱脱一对鸳鸯鸟，就差拜堂成亲，早早归巢，可天有不测风云，就在即将完婚当头，大河突然宣布不要玉谷了，啥原因呢？事情是这样的，大河前年开了个制瓦坊，每年少说也收入好几万元，瓦坊雇了个做饭的，叫娇妞，也是个外地妹子，芳龄十八岁，风流浪漫走路如风摆柳枝，说话像燕语莺歌。这天早上，工人们都来到瓦坊，准备挖泥擂土出瓦，只见娇妞拉着大河的手把他揪进场部宿舍，她眼睛潮潮地盯着大河，白嫩的瓜子脸上，泌着细细的汗珠，嘴里说了几句话，门也不关，就撩起了衣襟，露出圆溜溜白生生挺起的小肚皮，过了一会儿，大河扶她到床上，自己出来安排生产。之后，又骑了大马带娇妞去了城里。这时，工人们就议论纷纷说："看，人有了钱就玩女人，良心让狗吃了，黄花大闺女一个接个地坑，小心还玩出了孩子。""要我是玉谷，定要让他讲个鸡不尿尿骡不下驹的道理来，姑娘变成媳妇，完了一脚蹬了，鬼才让他这样子。""这事还得从他倔爹说说，对老河最恨浪荡鬼无情人，知道这事不打断大河的腿才怪里……"众人说里表明：大河另有新欢。这天傍晚，老河炒了几个菜，弄了瓶老酒，独自吹了起来，他心情沉重，老伴死得早，一只孤鸟飞了多年，每每看到女人，就当自己命苦，现年五十年郎当，呵，正当年啊，兜里有了钱票子，儿子要成了家，自己也好找个伴，下午本家侄儿讲了大河的事，说大河又搞了一个，还搞大人家姑娘的肚子，这孩子自己手中长大的苗子，自己总会认为不会这样，可眼前的事真真实实……他吱吱吹起来酒了，喝到晕乎乎的时候，房屋就开始转了，霞光万丈的傍晚，也就充满了酒精的味道，正在这时候玉谷来了，她面容憔悴，瞧怀里，眼禽泪水，双手托起隆起的肚子，进得门来咚地跪在地上，叫一声参啊，就痛哭起来，"我现在已经有了身孕，不论你如何嫌弃我，大河怎么样痛恨我，我肚里总是大河的骨肉，就让我和大河结婚吧，哪怕孩子生下来再写休书离婚，我也心甘情愿，爹啊！你可怜可怜这个没过门的儿媳吧！呜呜。"老河看玉谷也有身孕，气不打一处来，人仗酒劲，酒借人威，呵，老河青筋暴跳多高，他话不多句句千斤。"孩子起来，老河我认你这个媳妇，谁别想改变我老河的主意。"这时还好大河回来，听到老河嗓子放梆子，就来个自卫反击。"爹，我不同意，老河这会可不信了。"他下地拿起鞋子夺门就打大河来，大河不仅没有跑，反而跪在门槛，老河手举鞋子停在空中，看着齐刷刷跪着的年轻人，呜呜地嚎起来了，"我作孽啊！"大河说，爹，不是我心眼坏，而是玉谷脑筋笨，爹，你还年轻我一成家，你就孤家一人，饥一顿饱一顿，冷暖无人知，说啥也得让考虑一下你的今后安排。老河说，你裤腰上面挂着空锣还真能当挡箭牌，谁让你来管，先管好你自己吧。大河说，爹让玉谷说说上次发生的事情，我当时咋说的，她当时咋说的，丁是丁，卯是卯。玉谷脸红到了耳朵根，她想起三个月前的事情，那天玉谷要回家，大河去送，两家地里中间有条小溪，两边树木茂密，空气清新，每到这里，两个人就甜蜜蜜搂抱在一起，温存一番，玉谷躺在大河怀里，大河抚摸玉谷凝脂般滑润的身体，玉谷像只小鹿，静静地躺在美丽全部展现给爱人，她爱意绵绵：大河，你是我的，我是你的，我们融化在一起，她拿着大河的手放在胸上，大河喘着气，慢慢地说：别这样，我还要哪个条件。本来两情感进入高潮，大河又提出了条件，她站起来，整好衣服，一气之下，自己跑了，大河也不去追，又不去道歉，两个人很长时间没有见面，老河这会似乎看出些滋味。嗯！大河不要属猪的，咬住理不放，玉谷也不是属生铁的，硬折不弯曲，孩子都有了，还要耍脾气，结婚去吧！大河说：没有的事，如果玉谷怀上了，就是别人的，我大河小葱拌豆腐，清清白白。这回该是玉谷急了，她慌慌张张站起来，揪起衣服掏出一团棉花：我怀孕是装的，怕你抛弃我，可你和小猖妇娇妞就是浑身嘴也讲不清，大家都看到了，堕胎的事我也知道。大河笑了说：娇妞是去打胎，我很喜欢她，如果你答应那条件我就讲清楚，如果不答应，我就要娇妞算了，不必多费口舌。玉谷软了，她急忙急得直点头，很快又用眼睛扫了大河一眼，低下头来，老河不明白他们年轻人讲的条件，又不便多问，只注意听大河讲娇妞的故事，人们常说：苍蝇不叮无缝的鸡蛋，娇妞整天和油痞胡混，夜不归宿，那天，村里边在夏末庄稼种下锄挂钩唱还丰收的戏时，娇妞和一个假名假姓的小伙子吃饭酒，当她至醺时，二人到野地里度过一个天当房地当床蟋蟀小虫做伴娘的良宵，真是巧而又巧，竟怀上了野种，娇妞根本不知道这个油痞的住址，只好求大河帮忙，因为大河不仅是她老板，更是她心目中的好人。听完故事，玉谷老河的心跌到肚子里了，玉谷同意条件，老河也不过问，大家言归正传，合计结婚事宜，秋末庄稼收了，瓦坊按时停产，爱情也给了结果，这天老河请吹鼓手，雇了大马车，给儿办喜事，大河说：爹，今天是我的喜日，也是你的喜日啊！不穿新衣服会让人笑话的。大河取出一套崭新的长衣服，执意让老河穿，老河可真犟，驴拉大车死活不上套，老河说：哎，你看我的衣服好好的，干干净净没有笑话的。大河说，你忘了我和玉谷讲的条件了，看你这记性。老河说，谁掺和你们的事。大河说，让你掺和，还让你唱主角呢，老河笑笑他拗不过儿子，三下五去二装裹起来，也不问条件是啥，丈二的和尚摸不着头脑。这时，鞭炮齐鸣，鼓乐宣天，新娘来了，全体宾客推推尚尚抢老河拉出来，只见玉谷挽着母亲，母女二人花枝招展走进院子，老河上去就向玉谷母亲问好亲家。有劳你亲自送玉谷，玉谷娘脸羞得红红的，有宾客大喊，可不能喊亲家，要叫新娘，这下子，老河也明白了，儿子的条件是把守寡的亲家给孤独的老子，呜呼，知老河心者，大河也！老河转身去，抹了抹激动的泪水，满脸漾起一朵花，他偷偷伸出手，拉起亲家就走，嘴里还说着，孩子们的事咱甭掺和，让他们红火去，咱们老了，回屋做个伴唠嗑去。孟姜女此时问到洗澡的洗怎么样了，还有多少人没有洗？"

"大部分人都洗过了，还有两个小队吧！反正是快了，看着人不太多了，再讲故事就差不多了！"阳阳说。

"叫她们快点，千万别受凉了！太阳马上要下去了，天会凉的，抱柴火再烧热些不能叫一个人生病……"

莹莹说："我去再安排安排，告诉再加大火候，烧狠点……"

孟姜女说讲一个《大灰狼》，在草原上夜幕铺向整个戈壁滩上，很静很静冷气冒凉，一只大灰狼，一只孤独年轻的大灰狼在荒凉的戈壁滩上趔趄向西，它就是闪电，一只好强又饥饿的大灰狼，闪电已经三天没吃东西了，它想起了昨天的那只小羊，当时它很费力地将她扑倒，在它张大嘴咬断它喉管时，却很不幸多看了她一眼，一双流露出绝望。无助的大眼睛，它呆住了，太像了，太像灰儿了，它忽然感到心很痛，脑子里一片混乱，它到现在也没有搞清楚它为什么要放它走，它很怀疑自己的狼性是否还健全，一只饥饿的狼居然会放弃到嘴里的食物，闪电实在太累了，它在一块大石旁坐下，应该不远了。爷爷说过，穿过戈壁滩一直向西走两天就达到那片大草原了，它好像看到自己置身于那片蓝天绿草羊群之中了，它想，再也看不见眼睛了，闪电又感到一阵揪心的痛，怎么又想起眼睛了，它很恼自己的不争气，恍惚中，又听见了弓箭声声嗖嗖密密麻麻，闪电有不祥的预感，它回头看看一直跟身后的灰儿，奇怪，她居然没有一丝的慌乱，眼神还是那么温和，仿佛不是在逃命，而是像往常一样在陪它散步，灰儿在它的耳边悄悄说：跟你在一起，我什么都不怕，这句话还在耳边回荡，闪电下意识地睁开眼，只有漆黑的夜色，起风了，闪电往石头后面缩了缩身子，看到了，又看到了，那双眼睛，闪电看到躺在怀里的灰儿，鲜血从她身上的箭孔中不断流出它抬起瓜子拼命捂住伤口，灰儿低声地呜咽，我不想死，我还要陪你去大草原，就在那刻，闪电看到了她眼中的绝望和无助，仿佛在责怪它没有能保护她，你以后要自己啦，我想我不在大草原了，闪电看到血从它瓜缝里顽强地流出来，有生以来第一次流出了眼泪，第一次感到了心疼，它紧紧抱住了灰儿，你不能死，我不能没有你啊！没有你，我感到大草原没有用也没有意义了，别这么说：你……您一定要答应我，你不能死，你一定要去大草原，我的魂跟着你，你去了我也就去了，好，我答应你，我不死我去，灰儿，灰儿，你说话呀！你怎么不说话，一阵凄厉的嚎叫在峪谷地回荡，闪电木然地趴在灰儿的身旁，仿佛一下子老了好多，仿佛忘了逃生，它觉得自己很无能，连自己的恋人都无法保护，整个狼群的覆没也是自己的无能造成的，一个猎人小心翼翼地端着弓箭来到这里。当他确认这两只浑身是血的狼都已经死了的时候，其中的一只狼猛地跳起来，不是飞了起来，速度飞快使他根本来不及射箭，他只看到，一双喷火的眼睛，当其他猎人赶到时，地上只有摊被撕扯得面目全非的尸体，闪电抬头看看天色，东方已经泛白，它努力站起身，开始继续西行，我一定要找到那片大草原，闪电想那里才是狼族的天堂。灰儿，我一定把你带到大草原，闪电在风沙中是一只孤独的狼，艰难地朝西行走。《磨窟中的白衣女仙》在东周例国年代，洛阳城异常繁华，各种奇怪的机遇层出不穷，可是自小就在城里长大的马犇却一直没有得到机遇垂青，40岁了，还是光棍一条，过着一个人吃饭全家不饿的日子。这天马犇闲耗事，就在街上乱逛，他见许多人对着一面墙指头点点，不禁好生奇怪，挤进去，见墙上贴着一张告示，大意是说：一个周家王朝里有一个小沈子国王在洛阳城东南的洛阳桥有一个龙门谷有一套，龙王殿的住宅，想请一名管家看守殿宅，报酬优厚，马犇很动心，可是这龙王殿在大河湾边，非常偏僻，据说那儿人烟稀少，还经常闹鬼，国王的前任管家就是被山中的白衣仙女活活吓死的，这小国王倒是个有情意的人，小国王不仅给挨他一大笔钱，还为他举行了葬礼，想到这，马犇有点犹豫，但转念一想，机遇不是每天都有的，什么鬼不鬼的，说不定还能是个女鬼做老婆呢。上前揭下了告示，马犇来到龙门别墅，主家见马犇身材健壮，立马聘用他，并为他上了一桌丰盛的酒席，还要丫鬟给他敬酒，丫鬟姑娘们穿着一身紧身透明衣服，不时向马犇抛去媚眼。马犇见了这般美貌的女人，早就魂不守舍了，他俯首帖耳说：甘愿为姑娘效犬马之劳，丫鬟姑娘非常高兴，背着人又送秋波，请好好干吧，会找机会去看你的，说罢递给马犇一本裸体画册，马犇接在手里，如获至宝，丫鬟们又给他一把弓和三支箭交街道守空房寂寞，每晚点完一支蜡烛以后，便要安睡，不要久坐。第二天天刚亮，马犇带着丫鬟们给的东西，经过龙门别墅去，刚出家门不远，就遇上了村里的风流寡妇，马犇一时性起，邀她去了饭店，吃饱喝足后，走到一条河边，见一群鸟飞来飞去追逐，想起身上的弓箭，为了逗她开心取下弓箭向天空射去，什么也没射到，倒也开心别了风流寡妇，马犇一个人继续往前走，这才想起，箭都射完了，要弓有什么用啦，于是找一名士兵买了三支箭，高高兴兴直奔龙门别墅，这别墅落在鬼哭湾，在一架高入耸云的大山脚下，山上长满了各种树怪藤，浓荫蔽日，地上是一层厚厚的树叶，发出一股难闻的霉味，这里离市井远，正午都听不到人声，入耳的只有鸟兽的怪叫声，令人毛骨悚然。马犇想，怪不得这里叫鬼哭湾，果然是鬼哭狼嚎，殿房就在这片树林里，屋顶上长满青苔覆盖了许多落叶，屋檐下长满了小青草，几只老鼠在门口的台阶上窜来窜去，马犇走到门口，用钥匙打开了大门，见里面干干净净，所摆设一应俱全，马犇感到满意，住进去了，晚上马犇草草查一遍房间，就关门闭户，来到房中，惦记那本裸体画册，赶紧点上蜡烛，津津有味地翻看着，很快蜡烛燃烧，他只好上床，可是怎么也睡不着，那一个个姿色各异的裸体女人在她眼前晃来晃去，一连几天就这么煎熬着，这天晚上，马犇看完美人图，伏在窗子前，两眼呆呆地看着大门的那条路，盼望着女人从路上来，想着想着，隐隐约约看到树木中有个白影，一步步从如纱的月辉中跌了出来，马犇说道，真的来了，还是个白衣女郎！只见那女郎头戴白帽，身穿白裙子，嘴上蒙着白布，臂上挎着一个菜篮子，篮子里放着一个酒杯子，是谁呢？马犇死死盯着住那女人，只等她喊门，可是门却啪啦的一声开门，马犇搞懵了，这门明明是锁着的，她是怎么开的，莫非她真是女妖怪，又一想，人们不是常说有很多男人和妖女睡觉吗？我马犇怕什么，正想着卧室门前一声喊：马大哥，一个人多寂寞啊！我给你送酒来了，马犇一惊，这不是梦，白衣女郎真的是来陪他的，他重新点上一支蜡烛，把弓箭随身带着，空出双手，美滋滋地准备开门，只听，又是啪的一声，房门也开了，白衣女郎已经来到他面前，端给他一杯鲜红的血水，腥气扑鼻，马犇壮着胆子问：你是什么人。白衣女郎说：我是这其中的白衣仙女，特来陪你的，快喝茶吧！马犇痴痴看着她，实然一场尖叫吱呀：一声惊叫，这那里是什么女的，蜡烛的光圈里站着分明是个青面獠牙的魔鬼，正张着血盆大口，伸出一尺长的舌头，向他狞笑着，马犇也是个有胆量的人，大吼一声，赶快拿出了弓箭拉紧对着白衣仙女的胸口喝道：你到底是人是鬼，不说实话我就放箭了。白衣仙女发出一阵刺耳的笑声说，实话跟你说吧，我是这大山上的冤鬼，今天就是找你做替身的，你那根箭根本就射不死我，说着两只长爪向他抓来，马犇一惊，不管三七二十一放了箭，白衣女仙摇晃了两下，倒在地上，马犇怕她装死，又上前补了一箭，看到她一动不动，马犇大着胆子，走上前去，剥开她的外衣，竟然意外发现她戴了假面具，口中衔着牛舌头，摘下她的面具一看，这白衣女仙竟是一只九尾狐变的，一时像掉进了云里雾里，想原来他们前几个人，都是被它这个白衣女鬼害死的，都是命该此而死。下面讲一个《失传的玫瑰酒红》：古时候这一年城里城外一带出了名叫十天雕的飞贼，他武功高强，杀人放火，采花睡柳，几乎无恶不作，每一次作案后，他都在墙上画一个白骷髅，江湖上人称骷髅盗，骷髅盗曾拜一西域异人为师，练就一口混元真气，他能随意改变自己的相貌容颜形体，官府虽然多次张贴告示榜文，请武术高手捉盗贼，但终日因他神出鬼没，对他的相貌和行踪一无所知，结果是不了了之，这天一个叫媚娘的神秘女子，在城东租了一个门面，开了一个酒店，她在别人面前，始终以一袭轻纱遮面，谁也看不清她的真实面孔，她卖的酒是她亲手酿造的，酒的名字也挺吸引人叫：玫瑰红酒，媚娘酒店开张的头一天，就赢得了开门红，不知道从哪里学到一种绝活，酿造出的玫瑰酒，不论喝多少都不会醉，几碗下肚，能迅速从体内排出，看起来像是淌汗，不过那汗是红色的，并散发出玫瑰花般的香气，喝过这种酒，再洗个澡，整个人会觉得神清气爽，超凡脱俗。一时间，媚娘与她的玫瑰红酒名声大震，南来北往的客人，都从能品尝到媚娘酿造的美酒而感到荣幸，一些有钱、不管路途多远，都要隔三岔五地往媚娘酒店跑，可没过多长时间，媚娘就订下一个古怪规矩，每三天开一次门，不管谁来了酒店，肯花多少钱，要想求得她多开一天门，她都不答应。后来她竟然一个月只开两天店门；再后来，她竟一个月才开一天门；再后来，她索性三个月开一次店门。有一次，县令要给自己的母亲做寿，亲自找媚娘买几坛玫瑰酒，因没有到酒店开门日，说什么她也不肯卖，逼得紧了，她竟然从腰间抽一把刀来，横在自己脖子上说，大人，小女子订下这规矩，自然有其中的缘由，你如果再逼我，小女子便死在你面前。弄的县令脸一阵红一阵白的，摇着头悻悻而去，媚娘酒店雇了不少伙计，有人给她算了一笔账。自从她定下这个古怪规矩后，不但不赚钱，反而每天要倒贴上不少银子进去，以付伙计的工资，她们放着火红火红的生意不做，到底图个啥，大伙儿百思不得其解，尽管别人议论纷纷，媚娘照样我行我素，为了防范有人明着得不到玫瑰红酒，却暗中来偷，特地安排伙计在酒店周围日夜巡逻。一天夜里，她的酒店遭遇了盗贼，巡逻的伙计居然无一人发现，媚娘是第二天早晨在查看库房时，发觉酒被盗后，盗贼共盗走了十坛玫瑰红酒，还有三坛是空的。看得出来，盗贼胆子不少。在进来库房后，竟然坐下来不慌不忙喝光了三坛酒才离开。在一面的墙上留下媚娘赫然发现上面画了一个斗大的骷髅头，她暗自笑了，看来骷髅头盗贼终于现身了，而且好戏还在后面。果不其然，骷髅头盗贼怎么也想不到，他在喝下那坛玫瑰红酒后，由于酒风迅速排出体外，不慎在地上留下了一串清晰的红色脚印，媚娘就即召集店内的伙计沿着脚印跟了过去，一直到城西十多里外山脚下，才发现他的脚印在座坟墓边突然消失了，在那座坟墓前的杂草中竖着一块石碑，依稀可见碑上刻着这么一行字，十天雕之墓。天啊！媚娘绝对不相信人死后还作案，惊得目瞪口呆，难道骷髅头盗贼是一个死人，出来行盗是他的鬼魂吗？不可能，媚娘绝对不相信其中原因，眼手在墓碑上拍了拍，宛然吱一声，墓碑竟然移到了一旁，露出黑乎乎的洞来，随即，一股浓郁的玫瑰红酒香气，飘出了洞口，快闪开！媚娘大叫一声，迅速闪到一旁，有两个伙计跑慢了，扑通一声倒在了地上，顿时不省人事，媚娘掏出身上事先准备好的解药塞进他俩人嘴里，不一会儿，两个人醒来，众人不知道发生什么事，她又不解释，待洞中的玫瑰花香和酒气散云，她冲进去，发现一个满脸横肉的人横躺在那儿一动不动，他身边放了好几坛酒，媚娘猜这人肯定是骷髅盗人无疑了，只是想不到他会藏在一个不为人知的坟洞里，她叫伙计将他绑了手脚，抬出洞外，赶紧送到了官府，到县衙门，经过县太爷突蝇，此正是人们谈上色变的骷髅盗。几天后，骷髅盗被押往开小坊处决了。消息传开，大快人心，只是人们弄不明白，媚娘的玫瑰红酒是千杯不醉，骷髅盗怎么喝了她的酒，醉的跟死猪似的躺在坟洞里，任人捆绑，还有两个伙计，居然被玫瑰花香薰的昏了过去，这还酒真是神啊！

"炎大姐讲讲啊，讲呀！咋不讲呢！"香花急着说。

"是呀！快讲呀！大队长，后来怎么样了吗？"文娟说。

孟姜女说："没有了还讲什么啊！就这就跑题千里万里了，再讲：人家以后的人怎么记载，孟姜女修长城修到古代故事里去了，去酿造玫瑰红酒，最后成了老板娘，大老板带领姑娘们全国开大酒店是怎么着呀！？"

冬冬说："大队长让你讲那个媚娘她后来又干什么去了？是不是又换个地方去开酒店当老板了？"

"告诉大家吧媚娘把骷髅盗用玫瑰红酒香薰昏过去了，盗贼不是让县太爷斩了吗。后来，写奏折上报朝廷，当朝大王纣王，叫县长大人把媚娘酿造玫瑰红酒的绝招教给宫廷朝政，县长执行命令去找媚娘，谁知道这个酒店全失火烧完了，人都被烧死了，哪还有什么玫瑰红酒绝招。"

冯香莲说道："人都烧的找不到了，自然而然的玫瑰红酒的方子也就永远失传了，真可惜，老板也当不成了，炎大队长，大姐再讲个别的故事，你炎大姐的故事比什么都好听，讲的生动感人，样样情节情事跟真的一样，再讲一个嘛！好不好。"

魏春花说："大家走路走累了，听听故事慢慢精神又提起来了，只有听故事最好了，一个人讲，多少人都支着耳朵听，几百人都静悄悄的没一点声响，你的故事真多，比唱大戏还吸引人。"

　　宋萍："最好不要讲鬼怪妖魔什么的，最害怕人了，叫人都揪着心听，听出一身鸡皮疙瘩，心呼呼直跳，连气都不敢喘，大家女孩子胆子小不经吓，听完更怕事。"

　　"最好讲姻缘方面的，小伙子相公好，老公傻，姑娘美，女孩子胜仙女。"

　　"人人都有个好老公，男人都在想美女，好老婆，靓媳妇，才能安心，勤勤恳恳的好好干活守住家里三亩地，有吃有穿饿不着就好了呀！"刑丽说。

　　"现在天还早呢！咱们大家一起来唱唱都会的歌吧！唱够了歌，我孟姜女再来给大家慢慢讲故事，只要大家愿意听，故事多得很呢，我孟姜女最后非叫大家听的不耐烦，急着去找男朋友约会。"孟姜女笑着拿姑娘们开心说笑话。

　　"来来，姑娘们咱们大声齐唱啊美女们。草皮儿，树叶子，好风吹你飘飘起，好风儿，亲人儿，领头唱吧我和你。草皮儿，树叶子，好风吹你飘飘起，好人儿，亲人儿，你来起头我合唱。春风儿，绿草儿，春雨细细润湿你。美人儿俏滴滴，亲人慢慢逍逍迷。春风儿，绿叶儿，春雨慢慢洗你依，好男儿，猛兮兮，亲人乖乖飘飘起。小鸟儿，唱喳喳，哥哥梦想妹妹啥？英俊青春貌兮神，打虎兮，能上山哎！擒鳖就在水中鏖。雄鹰啊，舞翼飞，俏妹妹，阿哥魂，盼着月季胜玫瑰，艳靓眼媚貌美人，想死个人儿，郎哥晕……鸿雁沙沙响一阵，栎树窝里息不稳，哥哥搂紧妹，妹妹魂里美，情缘在一起，恩爱似鱼水，雁叫声声唱歌会，静静夜空嫦娥昏……火烟熏耗子，窟窿尽堵起，寒起北窗户，柴门涂上泥，可怜儿子与老妻，如今快过年，且来搬屋里，七月把瓜采，八月里把葫芦摘，九月里收麻子，掐点苦菜打些柴，咱们农夫把嘴糊起来。春天里好阳光，黄鹂儿叫得忙，姑娘拿起高筐筐，走在小路上，去采养蚕桑，春天里太阳慢悠悠，白蒿子采得够，姑娘们晚来飞飘飘，谁在路边采花香，该不是桑蚕丝丝飞长长……迎姑娘啊！拴住你郎啊郎！"

　　"炎大姐，这是你的葫芦把把，大家都洗得差不多了，还有一二十个人，一会儿就好了"犇犇走来说。

　　"犇犇，晶晶感谢你们，让你操心了，累不累？"孟姜女笑着说到。

　　"哪能不累呀！这都是应该的，也是我自己愿意的，高兴吗是不是？更何况我自己还是个小队长兼副大队长呢？都是应该做的事情吗！"犇犇讲着不好意思的替孟姜女拍拍身后背上沾的尘土说："你比我更累，走的路多，跑前跑后，说的话多，办事更多，讲的好听的故事多得很啊，我就不会讲，也编不好……"

　　"我是个闲不住的人，大家都跟我孟姜女来的，我高兴还来不及呢！才不知道什么叫累叫乏，大地和老天爷长相不一样，脾气也不一样，干的事是更不一样，都是为大家好，以后过好日子，犇犇、晶晶你们这会没事干，来咱们相互配合，给大家跳跳舞，表演表演好不好啊！"

　　犇犇："我可不会，也没有跳过舞，更不懂啥？只要炎大姐你安排，你干啥都沾，咱啥都不会干。"

　　晶晶说："一切跟你学，人们不是讲，艺不压身吗？来玩着玩，逗逗大家开心呢！"

　　"也叫跳，也叫表演吧，简单点的，你来当大老虎，我来当跳舞的老狐狸，咱们来表演《狐假虎威》怎么样？你晶晶表演大老虎，首先无论怎样都要表演的像威猛无比的百兽之王大老虎，走路要这样拿着架子走，雄赳赳气昂昂的样子在前面走，只要用嘴讲'嗯'和'哎'两字就行了。"晶晶说："这可以做到，走路这样走行吗？"

　　"想怎样走都行，走一步，顿一顿肩膀，晃一晃，还要有老虎的气概就行了！想跳想蹦就更好，翻翻跟头，你想怎么表现都行，我现在是一只狡猾的狐狸。"孟姜女一边说一边轻轻地跳着脚步，两手比画着，"今天是我们森林中的百兽之王，大老虎的三十大寿的盛典大会，谁要是不愿意参加，不表衷心，不想拥戴我们的大王，我狐狸小王可不愿意噢！"此时狐狸在群兽和百鸟中双手举在空中晃着大喊大叫着"大王万岁，大王万岁"。狐狸振臂高呼："万万岁！大王你看我对你忠心耿耿吧！"大老虎点点头"噢！"了一声。"大王你看群兽中的老公鸡好像趾高气扬的样子，不服气你啊！大王！"狐狸说完跳到老公鸡面前，用手挵挵鸡头和鸡脖子上长的花羽毛说："我刚喊大王万岁，怎么没见你张嘴呼喊呀！"

　　"谁说的狐狸大哥，你听听，大王万岁，万岁，万万岁！"老公鸡伸长脖子张大嘴大叫着，不停地掸动着五颜六色的翅膀助威表示着。

　　"小样，还不错！就是翅膀舞动的不够高，不够大……"狐狸说着话，又来到一头驴跟前大叫"大王万岁！"驴拿眼翻它没吱声"大王万岁，你为什么不喊？"驴子看着狐狸一眼后"刚才我喊过了！""我现在问你，你没吱声啊！我都喊了二遍了，你为什么不喊万万岁！"驴子拿眼看了看怒容的大老虎一眼高呼："大王万岁、万岁、万万岁！"

　　"大王要不是你老人家在这里站着，我狐狸大哥怎么讲也是这山里的山大王，哪个敢不喊，我狐狸万岁、万岁、万万岁呢！""狐狸小弟你很有本事，大家都怕你，我到旁边小息一会，打打瞌睡去，一个人玩玩吧！"大老虎笑着说完就转身走了，一只大灰狼气急败坏的张大嘴巴扑上来，一口咬住狐狸的脖子直到它死去不能挣扎，才放开嘴，大口大口把它吃完。这大灰狼是犇犇，上来双手拱住脖子，孟姜女假装慢慢倒在地上不动了。整个动物们，兔子、老公鸡、牛、羊、马、狗、猪各种鸟都大喊：万岁、万岁，万万岁！姑娘此时都举起双手在空中晃着喊叫。

　　孟姜女站起来继续讲故事，"《愚公移山》说的是古时候有一个老人，住在华北，名叫愚公，他家的门前南面有两座大山挡住他家的出路，一座叫作太行山，一座叫作王屋山。愚公下决心率领他的儿子们用锄头挖去这两座大山，有个老头名叫智叟的，看了发笑，说是你们这样干未免太愚蠢了，你们父子要挖掉这样的两座大山是完全不可能的。愚公说：我死了以后有我的儿子，儿子死了又有了孙子，子子孙孙是没有穷尽的，这两座大山虽然很高，却不会再增高了，挖一点就会少一点，为什么挖不掉呢？愚公批驳了智叟的错误思想，毫不动摇，每天挖山不止，这件事感动了上帝，就派了两个神仙下凡，把两座山背走了。姑娘们听了愚公的志向和壮志气派，怎么样？我们眼前就要发挥愚公移山的精神，早些把长城修好，修筑完，让人们原来的看法，脱坏打搭活见阎王的话活见鬼去吧！去让他们那些懒汉懦夫见鬼去吧！我们姑娘女孩子都能干都能干下来的活，让他们吃饱等饿的大男人去见鬼！去吹牛吧！城里大山小沟其是太多太多了，也矮的多的多了，愚公一家能搬走两座大山，姑娘们那大山多高多大呀！远看在云彩眼里看不见山头，人们常说看山跑死马，多远多远看大山，要真的到大山跟前看一看它大山，哪要有马速度和时间，一匹骏马都能累死，当然了这速度和远度的形容，比喻距离远山高大，自然石头也多，老愚公挖山不止挖的就是石头，一家人都不怕石头多，儿子孙子，子子孙孙是没有穷尽的。姑娘们我们修长城是有宽度的，自然也有高度，这就需要我们解决砖的来源，天生没有砖，要我们用一双双姑娘的手和泥捧成砖坯子，晾干晾好，再砍些树木柴草把它烧制成经久耐用，不怕水不怕雨，不怕风吹日晒的青砖，这样我们的任务就完成了一半，在用我们双手双肩把砖运上山，一块一块地垒起来，我们垒长城老师傅好粘起摆平、放稳，长城就算大功告成了，我孟姜女相信我们的姑娘们一定会比男爷们更能吃苦耐劳累，我们怕什么，好女孩子们在这世界上，我们女人最伟大，最有才华，也最有权威性，最有超人的成就，当然也最有发言权，大家好好想一想就知道了，男人再有本事，再能耐，说一千道一万玉皇大帝知道不知道男人女人，但传说中的神话也是女人捏人，只有我们女人有才能生男人，没有男人生男人的，女娲和泥捏人只是传说，但传说中的神话，也是女人捏人，而不是男人捏人嘞，所以说姑娘们从现在这一会来讲咱们个个女人都应该站起，自尊自豪自信来，才有能力自强、自治、自胜、自立，不然什么都没有：前怕狼，后怕虎，左怕男人，右怕儿孙，上怕父兄哥弟，下怕坏人坏蛋，老好好要不得？好了不说了，姑娘们一起好好想想吧！想好了，就清楚其中的道理了，人们不是讲舍得一身剐敢把玉皇大帝拉下马，玉皇大帝在天上都能被拉下马想想吧！下面我再给大家讲一段《东郭先生和狼》：古时候一天，东郭先生赶着小毛驴正走在一条大道上，一只手不停地抚着自己下巴上的胡须，一只手拿着一根细树条子晃来晃去的，跟毛驴走在一起，往前走着路，正在这时，一只大灰狼急匆匆地向东郭先生求救，老先生，请你救救我吧！有一个年轻的猎人要用弓箭射死我！东郭先生说：我怎么能救你呢！又看看大灰狼一副可怜相，老先生你一定要千方百计地来救救我，你看那猎人的箭多锋利啊！只要他一搭上弓，我这小命就没有了，先生你可是个大好人，好人一定有好报的，你无论如何也得救救我！我一心想救你，我可没有办法把你藏起来啊！老先生，我就知道你是大好人，有慈善心肠，你可以把我藏在你装书的袋子里，把书倒出来，那不就行了。口袋那么小那么细，哪里能装你呢！大灰狼说：倦起四肢，前爪抱胸，后爪放在腹部，老先生只要你把口袋往一起拽，我自己整个的就看不见了。老先生你看见有一只大灰狼没有？没有看到。我刚才明明看见它往这边逃跑了，可一转眼就不见了，狼日行千里，夜走八万里，说不定这会儿早就无影无踪了，算它今天走运，猎人说完走了，老先生赶忙把我放出来！可把我憋死了，老先生你真还是个大好人，你救了我一命，我这会儿又累又饿的，要不然老先生你行行好，让我把你吃掉。大灰狼你也太残忍，太不仗义了吧，刚才猎人来找你，我救了你一命，如今你忘恩负义，反倒把我吃掉，你太不道德了，没有人性了。你是好人，像我这样子残忍的大灰狼你都救了，如果救人不救到底，就等于没救……农夫急匆匆走来，东郭先生赶忙讲：你来评评理，这只大灰狼，刚才有个猎人拿着弓箭要射死它，是我用这只口袋装了它，把它藏起来，猎人走了，大灰狼又渴又饿的要把我吃了救救它。农夫问大灰狼这位先生救过你吗？大灰狼点点头承认，但农夫摇头说，我不相信，口袋这么小，怎么能装下你这么大的个子呢？大灰狼重新又钻进口袋，把前爪抱胸，后爪慢慢缩进口袋，农夫用绳子扎住口袋交给东郭先生，农夫抢起锄头三下五除二把大灰狼给砸死了。美女姑娘们谁都知道狼是凶残的，它的本性就是要吃肉，无论什么肉，我们都是好孩子决不能上当，更不能像东郭先生一样，不但不消灭大灰狼，反而还要帮助它，猎人一走，怎么样，狼就露出它的本性来了吧，非要吃掉东郭先生不可，如果不是农夫及时赶到，把狼给打死了，那么东郭先生的好人是当不成？我们今天去修长城最主要的一点，姑娘们应该自己清楚，不是去玩去开心周游长城的，在今天的这个社会地位中，我们姑娘好孩子一生一世相厮守的亲人，我们的幸福未来的明天，说白了的话叫：老天爷大丈夫女人幸福一刻的激情感动！我们多一个人多一个姑娘，我们的老公就少一天或者少一个月早早地安全快乐生活在一起。今天我孟姜女带着大家来，也希望大家能吃苦耐劳，不怕脏不怕苦，更不能像古时候人家讲的叫叶公好龙那龙样，嘴上说的，平时做的不一样，怎么一旦遇到实际直接的就不一样了，我再讲一个故事，古时候有个姓叶的男人名叫公，生活无忧无虑，不愁吃不愁穿，平时不干活，也叫游手好闲：东走走，西望望，回家中跟老婆孩子都讲，他怎么怎么的喜欢龙，跟朋友、邻居说喜欢龙，见龙生情，看龙生感，想龙生意，画龙生情，总而言之，就是特别特别喜欢龙，这一天他在屋里正想着龙，忽然大风起来了，真龙从天而降，张牙舞爪，两个眼睛如两个火把血口大盆像洗澡盆的大嘴张着要吃他，一大间会客厅才能容下这条龙，飞龙下来半截身上，当时把叶公吓得半死，魂不附体，站都站不住了。两条腿吓地抖个不停，两只脚像不是自己的一样，寸步不能移。当然了，这故事主要说明了，要干什么事，喜欢什么事，不能光在嘴上说，要实际的干出个样子叫大家来瞧瞧、看看，我们大家去修长城，不是去住皇宫大殿，更不是去选美女，我们要用自己的双手干出垒出长城来，咱们这些人可没有公主小姐丫鬟的命运，更没有美人贵妃的高人一等的特殊地位，张嘴就是命令，伸手让别人伺候，抬腿让别人服侍，笑偈一朵花叫大王皇帝时时刻刻、年年月月地宠着玩着的。"

"炎大队长开饭了，叫大家都去吃东西吧！"晶晶走来说到。

"姑娘们吃饭了，开饭了！美女姑娘们不要忘了，吃饭完就睡大觉吧，睡前动动脑筋，明天白天路上，各位大小姐都来亮亮自己的嗓子，唱唱自己的心曲，诉说一下自己的爱魂衷肠，这可是难得的机遇呀！"

"炎大队长，不会唱怎么办呀，平时谁也没有唱过，有时听到别人唱，自己也想唱，但是一张嘴没有歌词就什么也不会唱了，唱歌难得，又不能胡唱。"彩霞动情的叙说。

"刚才大家不是唱得很好吗？草皮儿、树叶儿，不是张嘴就唱啦！那说明你们沉着冷静，心里只要想得好好的，怎么会张嘴就没有了呢！歌词话没有准备好，如果准备好了，张嘴就出声，有声心里有字吗？音才有情调，韵是自然而然的爱恨交加，恨在心头必有词字句，表达感情就托音吗？需要铿锵激昂往高处上，需要平稳往长里拉，需要意境缓缓地流……"孟姜女动情地介绍说。

"那当然，你会怎么讲都是熟能生巧，会者不难，难者不会呀！越急越没点子。"明星说。

"不会不要怕，只要肯学，古人讲：世上无难事，只要肯攀登。"孟姜女又说道。

"这可不像走路爬山，脚手并用，同时抬脚举手一起用劲，不好上的地方咬咬牙，一手抓牢，一脚蹬稳当了，没有上不去的高山高岗，关键音和调不像脚和手"李晓田说到。

"女孩子，你形容的最贴切最动情，在唱歌上来讲：更不像手和脚蹬高山，但是每个人都有精神感觉吗？耳朵听的需要托长音，在哪个地方换气停顿好，与运气喘气没有什么矛盾，又让别人听着自然而然的流淌出去，当然了高难度音量是需要慢慢能锻炼和巧巧培养出来的，也有天生就不用怎么教就特别的会唱，人们不是好经常说，好曲不离口，长寿不留走吗？曲调越唱越顺口，唱习惯了一张嘴就唱哎，好身体靠活动磨炼出来的，而不是吃饱喝好的，坐在那里等出来的，人坐时间长了也会变成肥头大耳肚肥油满的大胖子，老来瘦。人好说：有钱难买老来瘦，就是讲吃得好喝得好，不动弹是要长肥肉的，人起相关毛病就是越吃越馋，越馋越吃越不想动弹一动，最后浑身的肥肉标子多厚实家伙，有钱的害处呀，难买老来瘦。"胡美清说。

"是啊，有钱人才能吃的肥头大耳朵，没有钱买东西吃怎么会胖呢？最后连屎厥子也屙不下来，肚里空空的能有屎吗？不是开国王皇帝的玩笑吧！"桂花说笑到。

"走调了，跑调跑到月老娘家去了，唱歌不唱歌地说到肥胖话题上来了……"何妹说。石凤说："自由时长，自由语言，自由心声然而还有我们的自由姑娘们，个个活神仙，请先吃饭了，吃饱喝足不想家，不想爹娘，不想大灰狼大情郎，睡大觉啊！"

"开玩笑的话语，吃饱喝足，千万不要让梦中的狐狸大哥哥把你给迷住了，大闺女变成猪八婆老母猪了，仙女成为狐狸精，美女化为鬼魂妖！小姐成了万人迷的怪鬼妖女……"钱贞说。

"你真会想，真会说，好话讲三遍鸡狗不耐烦，哪那么无聊话说的哟。"纱丝说到。

"这是提醒大家，乐极生悲，物极必反，女人，男人，男人，女人妖怪，怪物，鬼魂……"孙小丽说。

娟文说："傻瓜二不斗，想吃散子绘羊肉，吃羊肉了美女们，这几天虽说走路辛苦些，但顿顿有肉吃，生活还是不错的，满碗的肉汤香喷喷的，过着日子不知不觉又一天去了。"

香奇说："是美，不美就能吸引这么多的大姑娘，大家真是赶上好时候了。"

"告诉你别高兴早了，还有那么一天让你哭，你有哭不出来的时候呢！"齐静说。

"除非是你偷偷背着人整人害人，不然怎么想到会哭还哭不出来呀！"斯诗说。

"千万不要瞎说瞎讲，是福不是祸，是祸躲不过，人生走一步是一步，几千年才能有个孟姜女就让我们这些姑娘们给碰上了，有福不享是傻瓜。"

"所以，跟炎大队长炎大姐跟定了，无论走到哪里，哎哟！好吃，真香，就是太辣了，大家才洗过澡，就是让它来辣一辣，出汗开胃才得劲哩"土丽香说到。

香奇说："众口难调，人多将就将就吧，一千多号人一口大锅十几个大锅是谁也不好掌握住咸淡辣的，理解万岁。"

闫花说："可不是吗，吃饱吃好，本身就很不容易了，东西都各村庄老百姓送来的，这饭菜不比家里强到哪里去了，凑合着吃吧！人嘛，知足常乐，心宽自然轻松，还是讲眼前跟着炎大队长好好干，一条心，都想着吃大苦忍大劳，受在大的罪也不怕，怕什么家伙，走路是人一生事，自己选择的……"

格格说："谁怕呀，怕都不来，我相信最多最多就是个累不得了，管它呢，现在是吃饭不想家。"

"来！快快吃，吃饱不想家，吃了也不能白吃，不吃白不吃，这锅巴子嚼着香着呢，多展劲。在家里能吃个稀饭菜汤不饿就很不错了，这满碗肉香，嘴上都吃的油乎乎的，能有多累的活干吗，大不了从早上干到晚上天黑不得了，看不见总得睡觉休息吧！"汴绣说。

"只要听炎大姐的话，叫我干什么我都去干，人都是病死的，从来没有谁见过是累死的，一个人好好的，能吃能干怎么会累死呢！只有懒蛋才一动就喊叫累啊！受不了啊！"营营说。

"就是的，扭扭捏捏啥也不能干，啥也干不了，自然来了，我就是豁出命来干，咋死不是死！"

"好死不如赖活着，还没动事，就死啊死的，多不吉利，多烦人呀！听话是应该的，俗话讲：端别人的碗就要服别人管，吃了别人人家的饭，难道乱七八糟的不行就胡乱来吗？"好美人说。

"是啊，谁不说呢，这饭这碗谁吃了会三心二意的，哪才不应该呢！反正其他人咱问不了，可自己的心，总能要问心无愧吧！不跟炎大姐一条路来到这银河镇上，能洗澡能吃上这么香的饭吗？我们大家这么多人谁能认识谁呢？首先还是感谢炎大姐……"宋丽慧说。

"不是炎大姐的点子多，办法好，这会说不定大家都在家怎么疯怎么玩呢？就都是缘分让我们的情义走来一块了，这两天听的歌，比她们老辈子几代人都多，在家里谁听过唱歌呀见过唱歌的，这会这辈子让人开开眼界了，跳舞更谈不上他们老辈见过啥！撅着屁挖土啦，种了这种那！真是老农夫，只会掐点野菜，打点柴，咱们把嘴糊起来……"均益益说道。

孟姜女听着一直没有吱声，最后等姑娘们都吃完饭说道："姑娘们哟！今天晚上最后一个故事《爱的誓言》嘎子哥与香花相识半年多，两个人便海誓山盟，爱得死去活来，不料天不遂人愿，正当嘎子哥与香花计划举行婚礼时，给两个人测算八字的算命先生说出了一个惊人的消息，说嘎子哥左眉低，右眉高，说他患上撞上情鬼魔王病，而且是晚期，估计活不过一个月，测字先生的断言犹如晴天霹雳，吓得嘎子差点晕倒，香花更是哭得撕心裂肺，家里的父母姊妹们也不会叫她嫁给他的，香花对嘎子哥说：经过好几家好几个测字先生都是这样说的。亲爱的，我不能再嫁给你了，希望你能原谅我。嘎子哥当时心如死灰，坐等死神降临，可是一个月过去了，嘎子哥的身体没有一点毛病，三个月过去了，嘎子哥连扇风感冒都没有，他十分奇怪，又去测字先生去看看，结果令他兴高采烈一蹦三尺高，他什么毛病都没有，根本就没有什么魔妖缠身，连着几个月，几个测字先生都这样说一样的话，嘎子哥兴冲冲去找香花，她已经与别的青年订过婚了，而且是今天晚上花轿抬到家，明天坐上花轿就当新娘子了，嘎子哥失望之余，不禁愤愤不平地想，自己一定要找个比香花个高一点，人美还要好的家庭条件的女孩子当老婆才行，让她瞧瞧自己的本事。不久，在一次赶集时，嘎子哥认识了一位漂亮迷人的西玉姑娘，两个人一见钟情，很快坠入了五里雾海。这天，刚刚与西玉姑娘认识，回家叫父母大人看看，经过镇里，镇长大人叫嘎子哥去镇里填写什么报表，当时嘎子哥一想着未来的媳妇，就胡乱填写一遍，结果是一种瘟疫病情，嘎子哥差点疯了，关起来又是一个多月，好不容易从上边来了几位老大夫检查验证最后才放出来。人家姑娘早嫁人了，找其他男人过日子去了。嘎子哥两次碰到好女孩子都没能结婚成家。这天晚上，嘎子哥喝得酩酊大醉，来到河边桥上回家，一不小心失足掉进河里，等他醒来，发现自己被镇上有名的测字先生救起了，镇上的人们都说：老先生有一百多岁了，还会偏方瞧一些古怪的疾病，嘎子哥见到老先生让他给他算命占卜后，却说他什么病都没有，身体非常健康，嘎子哥却高兴不起来，他感到事情好真是太奇怪了。为什么每次自己与女友姑娘订婚论嫁喜欢她时，不是这事就是那事得，于是他又求助算命测字先生帮他好好的算一下，看看问题到底出在哪里！老先生被缠得没办法，就带他来到一个昏暗小房间，屋里有一本书正发着神秘的光彩，老先生双手捧起书，瞪大眼睛看了好几页，又闭上眼睛冥想了半天后睁开眼告诉嘎子哥：'你曾经对人说，一个小女孩发过一个誓言，可是你至今都没有兑现誓言，因此，每当你找对象，订婚时，这个誓言就会惩罚你。'嘎子哥忙问，'哪是什么誓言？'老先生摇了摇头说：'我怎么会知道呢？可是如果你不兑现那个誓言，今后你就会孤独寂寞一辈子。'嘎子哥自己陷入苦恼中，他的确记不得自己发过什么誓言，致使现在处处遭受报应，嘎子哥苦思冥想着。小时候自己对父母发过誓，和小朋友小伙伴有时也发过誓，有时候和小姑娘玩过家家也发过誓，还会冲着女孩子吼着让她叫老公什么别的多得很，自己违背过那么多誓言，到底是哪个害自己如今要寂寞孤独一生呢？不久经过朋友介绍到集上一家商店当学徒，在哪里他认识了莉莉，莉莉好像对嘎子哥非常有好感，经常跟他聊天说这说那，一块儿买东西一块干活，一天无意中莉莉吐露了爱嘎子哥，不料嘎子哥一听惊慌失色，落荒而逃，在没有解开那个誓言之前，他不敢和任何女孩子交往，虽然嘎子哥心里也挺喜欢莉莉，可是想到自己与女人交往就乱七八糟的事情，他还是退缩了，这天是莉莉的生日，嘎子哥应邀去参加她的生日宴会，到了莉莉那里，他才发现莉莉只邀请了他一个人，只见莉莉衣着性感红唇欲滴，尤其是喝下几口酒后，她更大胆地用火辣辣的眼神盯着嘎子哥道，嘎子哥，你为什么不接受我的爱呢？难道我真那么让人讨厌吗？望着莉莉幽怨的眼神，嘎子哥一时语塞，莉莉都没有去看见嘎子哥的心内，见他无动于衷的样子，忍不住伤心地呜呜哭起来，嘎子哥很尴尬只好告辞，一晃几天，莉莉都没有去商店上班，嘎子哥很奇怪，向老板打听，才知道莉莉那天晚上出事了，出车祸了，坐的马车马惊了，如今正在老大夫先生家抢救，嘎子哥很奇怪赶快到那里，望着被厚厚纱布包裹的莉莉，心里说不出来的难受，眼见莉莉的呼吸越来越微弱，嘎子哥终于忍不住脱口而出：莉莉，你一定要坚持住，等你好了以后，请……请你嫁给我好吗？给我当新娘。想不到奇迹出现了，莉莉慢慢睁开了眼睛，这……这是真的吗？嘎子哥郑重地点点头。也许是爱情的力量，被老先生宣布生还希望渺茫的莉莉，竟然奇迹般地痊愈了，在她离开老大夫家的那天，嘎子遵守誓言与她举行了婚礼，没想到两个结婚后，嘎子哥并没有像前两次那样得上绝症，他奇怪之余，万分庆幸。天啊！真是太巧了！嘎子哥告诉莉莉，他小时候的名字就叫：大旦，自己改名前年的事，想不到对方还是自己童年时的朋友，两个人都十分兴奋，他们说到当年两个人一块顽皮事，两个人一块儿爬到寺院里的墙时，莉莉笑着说：你还记得在寺院庙里，你发过的誓吗？你说你长大了要娶我当新娘子来着，如果违背了誓言你就会生病，你还记得吗？不就是那个没有兑现的古怪誓言吗？嘎子哥点头说记得，突然他想起什么，不禁恍然大悟，自己小时候对莉莉发过的那个誓言，而如今自己娶了莉莉，兑现了誓言也许就是自己没有再得病的原因！这真是奇迹非凡，奇特而无比灵验的爱的誓言呀！嘎子哥感慨万分，忍不住紧紧抱住了心爱的妻子，慢慢地进入梦乡，看看两个人的甜蜜幸福。睡觉了，睡大觉哟！姑娘们会成全我们，每个人都有个英俊潇洒的爱情，月下老人已经向你走来！巧巧静静地拴住你哟！"

　　第二天清晨孟姜女唱道：盼着你，想着你，想着你，盼着你，一千遍地盼着你，一万遍地想着你，千遍万遍地爱着你，万遍千遍地唱着你，千遍万遍地盼着你，万遍千遍地梦着你，你在哪里，你在哪里哎？在哪里在哪里在哪里哟！哎！在哪里啊！你在我的歌声中，你在我的心里，你在我的梦中，你在我的灵魂里，我年年月月想着你，我分分秒秒盼着你，我时时刻刻地唱着你在我心中，我日日夜夜盼着你在我的爱魂里！在这春天春光春风浪漫疯狂的声声呼唤我的人！呼唤着你哎！呼唤着呼唤你的爱，呼唤你的心！呼唤你的情！哎……呼唤你的人！哎，呼唤你的睿智！哎，呼唤你的爱我的心啊！年年月月地爱着你，分分秒秒地盼着你，年年月月地唱着你，分分秒秒地盼着你，年年月月地唱着你，分分秒秒地唱着你，哎……年年月月地爱着你，分分秒秒地呼唤着你，我的天！你的心，你的美，我的爱，你的人，我的心，分分秒秒呼唤着你，我心中的红玫瑰，年年月月呼唤你，比月亮中的嫦娥的丈夫后羿还要英俊无比，分分秒秒呼唤着你，比女娲的丈夫伏羲还要威猛无比！时时刻刻呼唤你，你就是我心中火辣辣的红玫瑰的爱！日日夜夜呼唤你，你是我心中最最宝贵的人！天上飞鸣小鸟伴奏鸣叫着飞向远方，老鹰还在高高的天空翱翔！彩云在天空中巧伴舞，队伍中没有一个人说笑，除了春风阵阵吹拂着每个小姑娘，喷香发丝和娇洁靓艳白嫩嫩脸庞，上千上万号人几乎没有一点点声息，连静的大道土路也不敢发出一丝一点的响声，队伍急速地向北而去！此时有第一小队第七组组长严梓香唱道：东方红日渐渐升，唢呐爆竹花轿鸣。双喜迎风花还红，谁家小姐为夫行。

八组组长闫霞云唱：水上人家，百姓大杂院，男女老少同居住，院落十八间连，大小苦熬苦恋，日出而作日落梦乡，飞月圆。

九组组长黎君美唱：我的月季赛玫瑰，金银花春胜情谊，你的英俊超后羿，我今生今世爱你！

十组组长任钱花唱：浪漫天神好骄傲，感情胜超唱歌谣，你在哪里兮舞巨龙也，快乐甜蜜哟啊！真情找。

第二小队长犇犇唱：兰兰天空月儿圆，银辉潇洒情人恋，金星闪闪把歌唱，群星翩翩起舞伴，年年月月的缘分，分分秒秒外祈盼，时时刻刻望穿眼，漫步桥头柔情涟。

一组组长金绣绣唱《如梦令》：潇洒神爱痴傲，情恋依依歌调，龙舞在哪里！玫瑰随你而行，爱情！爱情！甜蜜快乐情操。

二组组长马鸣唱：逢双飞单爱马鸣，天怒神怨何时美，年年丰收风雨顺，秋实喜庆天神媚。

三组组长范冰宣唱：等待等待太久，老天也忍不住愁上眉头，不知为什么让你如此悲哀，梦中痛哭流涕，天空繁星如此沉闷，这样黑着脸不开心，莫不是你也在思念天神，牵挂着她无意留给你的情义，他带给你的愉快美丽，靓艳美女温馨等待吧。憋着劲耐着心收不用急，上帝老天爷玉皇大帝，请你相信请执着坚信伟大老公神人！彼岸的善良女神，她会让你在缘分到来的时光下情不自禁。

四组组长宫女绣唱：天空彩云飞，风流月光美，啊！梦中的阿哥，你是我心中的天神，星星邀你讲述最美最动人的世间恋情，嫦娥请你浪漫回忆睡梦里的情魂，阳光真执中的微风扑向你火辣辣的思绪，盼你、想你、爱你、吻你、拥抱你、我的心愿，我的祝福，我的老公，心肝阿哥邀请你。

这时天上飞过双双对对喜鹊鸟摆动着长尾巴喳喳嘎嘎地叫着，有的姑娘们抬头看看，"我们队上不会有客人要来到，更没有老公郎君爱人来做客……"程晓说到。

魏春花说："也不看看在什么地方，会有客人来，我们这美艳姑娘们本身就都是远到的新客人，不安心走路胡思乱想的，还梦中情人来请你，大白天唱歌跳舞呢，真好玩极了！"

李嫦美说："都是路上人，还不是说说玩玩无意天下行……"

五组组长鞠旭丽唱：阳光照郎心，彩虹渡恋情，欢歌随队舞，爱到傻时迷。

六组组长林智巧唱《清平乐》：老公光明，更需要灿烂，巧巧平平安安过，上帝理解直率，静静阳光渐远，君哥难留情乱。去吧！青春壮士，阳光拥抱情缘。

组员杨纯雨唱：情缘天来定，跑断大腿难。强扭瓜不甜，笑傲自然恋。

七组组长周学英唱：你不太遥远，情感在天边，月光老人何所为，悠悠彩霞看。春风吹情缘，迎来明日慢，开心歌声愉快唱，闯进爱心田。

八组组长绣球儿唱：星星眨眼深情甜，歌声梦魂甜甜念，飘飘白云风彩情，孤独嫦娥舞翩翩。

九组组长代云霞唱：阳光为万物可爱活泼，浪漫让狂热爱情风流，眷恋使情义温柔，青春叫美丽靓艳，可爱的女孩，美丽的姑娘，伟大的神恋想坏王子噢……

十组组长俞美霞唱：歌韵邀来老调唱，星星活泼好月光，心潮澎湃情幽幽，青春美丽多艳靓，温馨浪漫春天啊，轻松歌爽愉快翔，盼你想你接近你，吻你一口见阎王。

第三队队长田田唱：月光灯光异样同，一个照悠悠万里夜空，一个伴舞着姑娘，温馨舒适为闺房中，和着静静开心阅读，笔述铿锵无声字里午间耕耘啊，灯下的红玫瑰。靓艳盼望美女，我心中的天神，飞啊飞，插上天使爱你的翅膀，在梦中迎风翱翔，扯着爱拽着情义，乘上虹霞朝着明天的明天远航，一直抵老公天神君郎。

一组组员李梅花唱：春光阳光总是同，一个幽幽照大地，绿草红花春风乘，朝情恋爱玫瑰红。

一组组长张燕唱：蓝天绘彩云，永爱你天神，盼你的靓丽，睿智想你美。阳光映天神，梦中随你魂，星月齐贺彩，胜歌红玫瑰。

二组组长胡锦明唱：玫瑰玫瑰靓爱心，丝丝白云载情缘，姑娘美丽爱天神，墨香万里唱诺言。

三组组长王慧聪唱：队队唱歌起，春风醉情人，阳光逗痴情，嫦娥袭靓问。

四组组长田香花唱：樱桃香，流云急，天生丽质，红花如云，天神留住青春，代代女孩，闪电即失，人难寻，青春爱人迎佛，孤独寡调，春天春光春风红尘，喷香鸟鸣彩霞情醉。爱人花红似神，无意魂春，年年月月靓辉，爱就天神，爱神胜仙会，情真伴梦神。

五组组长郭凯丽唱：热血邀神飞，恋情永不归，玫瑰年年腾，天神仙女陪。

六组组长黄嫦美唱：岁寒年末盼春风，女孩快乐耀春光，神走了梦见靓魂，情泪打湿春两逛，郎君感受告花行，想爱泪酷润姑娘，曲歌难鸣心在飞，痴情大年星咋亮。

七组组长炎长霞唱：恨寒冬带走我的心，怨岁终裹走我的爱呀，闪烁星光灿烂不见了，靓艳绚丽姑娘神爱你，天神像黑夜梦里望星星，郎君美丽的姑娘，谁不想见爱你呀。队长歌响歌手酷帅像金星。

八组组长余多美唱：牡丹亭，灿烂阳光照，宝石玫瑰笑，春光明媚撞了我的腰，笑啊笑，修长城，走啊走，垒长城，长城巨龙摇头摆尾飘啊飘，汗艳的女孩，春雨润你俏，春风荡漾红花绿叶摇也摇，春天的百花争艳队队班班组组跳跃舞蹈遥，千年缘分腾龙飞越，修长城哎，舒情靓美的歌声高，群山大地静静巧，星光闪烁辉煌乐逍遥，神郎早早心扉敞开毅然把爱邀，百鸟朝阳靓绚璀璨情歌声声丽人照，江河欢腾彩虹携带长城歌如潮。

九组组长韦克芳唱：青春靓丽的女孩，修长城，你不要不理不瞧，筑长城心思我早知道，花无百日红，人无再少年，快走筑长城，花容遗去无处找，垒长城舞长城，唱长城爱死长城无处告，长城啊长城，我要抱住你和君郎，神老公乐逍遥……

十组组长杜晴高歌：春风呼唤我，爱长城，修长城靓艳火辣辣的青春筑长城，春情你千万别被春雨打湿我心疼的长城梦！我豪放的眼光温暖着长城巨龙！长城啊！今生今世爱你腾云情义，彩云漫飞的长城哎，静静沉寂，铁流的寒风默默侵袭你的身，长城以衣我热血沸腾的心房，火热的我不能切切的沉静，默默地私语！年年岁岁我大声疾呼，放开喉咙高歌，长城长城哦我最最爱你，长城呀长城哎！我最最想念你，靓妹妹我亲吻长城，映显出火辣辣的玫瑰红心。

第四队一组组长杨敏艳唱：长城想你修你，在这春天里闪亮的红玫瑰，长城爱你，盼你早是情缘无畏的约会！长城哎！恨你怨你，怎自私心把我爱人郎君老公藏在其中也！长城啊长城，你香艳不漏，竟在悄悄隐蔽地玩弄时针、分针、秒针每天的嘀嘀嗒嗒无悔无怨靓艳的歌魂！

二组组长胡风莉唱：修长城相识，歌声长城飞，姑娘美女约会，壮丽长城随，春光神公许愿，舞美长城恋沸，情痴长城酣，天神恋爱神。美丽人，你邀请、说梦妹，长城舞蹈奇迹，入云长城巍，美女姑娘女孩，酷帅修城靓慰。神公长地陶香，仙女仙姑贵，城艳靓美妹。

三组组长尹青梅唱：躲过初一难十五，春风难穿长城心，春光长城情人恋，春情长城舞温馨。

四组组长韦东萍唱：长城靓艳姑娘修，阳春灿烂城酷高，日日爱啊天天筑，城长迎风飘呀飘。

五组长沈维维唱：飞雪春回大地吉祥早，鸟语花香声声添福好，郎君笑妹喜迎修城岁！韵歌趣情曲调贺城俏。

七组组长李冬莉唱：长城长城，岁月如美酒，长城长城哎，年年龙抬头。长城啊长城哟，醉魂飞天外！长城噢长城哦，天天想爱愁。

八组组长齐红霞唱：长城唱响，迎春花儿香！长城飞扬，思情人在想！飘飘舞舞长城，队队姑娘歌声潇洒曲畅，彩云端仙女姑娘，长城要把你歌唱！盼你，爱你，想你，走向你。神公靓丽使巨龙长城梦往，拥抱旋转妹妹，让你今生今世靓丽憨北香魂醉飞故乡。

九组组长莫藻藻《清平乐》：在家没味，越走越清凉，金姑娘恋银姑娘，高低肉长肉香。笑颜色彩异样，魂在梦乡姑娘，拼搏长城理想，命运彼此远航。

十组组长张沙沙唱到：人不可貌相，海水岂可斗量。好汉无好妻，劣夫娶仙女，长城伴我舞，黄河感情酷，蓝天白云飘，长江笑逍遥。

第五队队长巧巧唱：仙女送寒幽，日日望长城，年年梦情恋，天天空悠愁。岁岁早逢春，春风呼长城，阳光总有情，我心唱长城。

第五队一组组长霍莫唱：长城长城爱情渡，阳光欢喜歌声没，专情长城人人恋，祈盼爱恋长城处。

二组组长李明明唱：《渔家傲》，神州诚爱曲情韵，词汇奔流心感动，美女姑娘新情调，爱歌魂！神郎老公趣长城。韵好早醉情痴行，长城腾飞我心中，春风歌声爽唱亮，筑城鸣，仙女伴随神仙哄。

三组组长化美丽唱：《渔家傲》，长城彩云虹欲迪，仙姑山下歌声急，美女齐唱神君宣，词韵逼，哥哥妹妹修城遗。缘曲逍遥助秦妹，大队姑娘歌声齐，春雨笑傲长城依，绿叶碧！美人神仙早依依。

四组长袁娟妹唱《减字木兰花》：绿叶春来，姑娘女孩修城爱，空中飞仙，春风红日修城关，歌声飞去，修筑长城风雨处。女孩姑娘，队队笑语情爱扬。

五组组长潘海洋唱《菩萨蛮》：群山茫茫是高山，潇洒长城舞神龙。沙尘草长长，牛羊盗敌抢。郎君修城去，姑娘随你去。队伍歌声飘，靓美声韵潮。

六组组长许珊珊唱：想神在梦里，盼郎君神动，起来爱天神，长城沸腾中。

七组组长炎馨馨唱：希望靓艳飞彩，女孩姑娘痴爱。奇缘的姑爷！男女珍惜梦怀，可爱！可爱！长城阳光神戴。

八组组长董钱美唱：修筑长城美酒在，庆贺哥妹闷心猜。城墙上姑娘在哪？愿你与春阳常开。

九组组长宫洪英唱：《清平乐》，美女如云，谁在我心中，修筑长城巧著情，彩虹云霞天宫。秦娥时隐时现，靓香碧翠绚容。阳光天神爱诚，望郎爱心早动。

第五队十组组长龚莉莹唱到：郎老公！天君呀！神并不遥远！依呀妻情，爱神让君随时在眷恋，好人儿，老天哎，好久好久情恋爱北国长城现，唱你盼你追梦北斗缘！老公好吧，请上帝老天爷给我们巧合吧，神君携妹制造机遇，那么！上天玉皇大帝来把握恋情吧耶！让阿哥阿妹靠缘随愿哎！我！妹爱来哟，长城有舞伴，彩霞追神恋。

第六队队长徐阳阳唱：歌唱唱歌爱城来，修筑砌垒长城开。敞开胸怀铸长城，长城愉快恋豪迈，天神歌唱君百年，郎神君心不能爱。发誓发誓君神情，痴恋靓妹最光彩。

第六队一组组长郭凤彩唱：春光唱歌星闪烁，嫦娥长城美女盼。修筑长城花心红，风吹长城妹靓艳，韵歌曲曲长城应，恩恩爱爱天神赞。绿叶红花配自然，恋情长上翅膀甜。

二组组长娅娅唱：春雨亲吻戏大地，春风吹拂致佳丽。情缘佳人终有期，春光笑艳邀情意。日日夜夜梦中美，想你想你啊盼你。牵肠挂肚爱心虑，念你念你耶天神。

三组组长东丹丹唱：妹难润春雨，神知春风心。相公约有爱，进梦好温馨。

四组组长夏雨唱到：《西江月》，郎君女孩美艳，哥哥情润爱心。修筑长城姑娘歌，灿烂映红爱妻，爱在郎梦见神，玫瑰胜超城迪。浓香唱韵花卉纷，阳光拥吻天地。

五组组长丁曼唱：花香拥吻春光，蓝天白云艳靓，愉快郎歌唱！长城芬芳辉煌，郎君！郎君！情唱梦城故乡。

六组组长何丽唱：《卜算子》，春光傲似火，日月飘红粉，女孩姑娘变美人，艳媚醉梦魂。长城好辉煌，神哥想死人，幽幽岁月化女神，阳光吻白云。

七组组长酒阳阳唱：《如梦令》，年年岁岁长城，缭绕情爱意恋，沸歌已唱赞！神君恋载曲憨，城鉴！城鉴！年复一年歌甜。

八组组长任影美唱：长城日日歌伴，鲜花怒放天郎，长城修吉祥！天天歌曲恋响，姑娘！姑娘！醉魂风流新郎。

九组组长桂妹妹唱：日上中天心在盼，急行步步把君念。心魂春韵把歌唱，妹离长城到身边。妹娘歌君人爱来，绿草鲜花妹妹燃。蝴蝶飞曲翔花闪，小调甜甜蜜月恋。

第六队十组组长赵宜君唱：《如梦令》，见笑长城帅靓，郎君天神靓俏，如梦令哇塞！女郎沸血城妙，逍遥！逍遥！恋魂情爱城飘。

第七队队长杜青青唱到：长城亲亲切切阳光伴，缠缠绵绵情郎君神天，蜜蜂唱着歌甜甜飞舞，凤舞蝴蝶嫩绿飞翔恋。

第七队一组组长李敏影唱：朝东暮西的阳光也要来爱，紧跟月亮悄悄远去随行，修筑长城的时间谁来定，长城的圣诞年年月月不能选择，激情勃发天神郎君热血随缘激越，不要因为美女姑娘浪漫狂热恋青春的女孩个个力量汇流成河！长城爱你不会太远卓越澎湃的阿哥哥情恋使美女眷恋，阳光的光芒不能等待也等待，天郎神公女郎的爱情哥哥媚妹帅靓艳妮的姑娘，千年万载的缘分长城邀你把舞跳，愉快的歌谣韵律振奋长城随你靓妹永远乐逍遥，修筑壮观长城我爱的玫瑰绚丽映靓相公你，神君啊郎无私无畏道出姑娘女孩我心中的宝，祖祖辈辈修长城的欢歌情爱意浓浓潮，神公天龙疯狂使你惊啸，哎咳嗨啦啦！啦啦哎嗨哟！美女姑娘仙女女孩往前走别动摇，日日夜夜分分秒秒浪漫潇洒风光五洲四海金光道，海宽山高卓情飞越怒吼的九流乐的浪涛涛，闪亮的姑娘队队人人鲜花跳跃辉煌的爱情俏。光芒万丈的春光送来春风温暖碧波馨的恋潮。

三组组长临梦唱：美酒迷俊郎，心痴醉花魂。欢歌靓情爱，魂邀君梦飞。

四组组长妹英唱：长城啊，君伴你舞够，今天又唱一个歌，修城盼望妹妹曲，让我让我爱你吧，修你吧，亲爱亲爱的郎君冲上城。

五组组长韦睿群唱：起明星亮太阳温馨的圆了，孤独寂寞的秦娥妹和着春风魂，唱起了浪漫激情的爱恋歌，虹霞朝霞乘你腾飞吧，阳光灿烂映靓，队队美丽的花朵，花开花香花美花鲜花花爱！红花金花白花紫花玫瑰花红发发发，金山银山鲜山歌山姑娘山女孩山山闪闪峰靓。富贵华靓修长城是我们将来的子子孙孙骄傲，华夏长城民族靓艳女孩姑娘时时刻刻牵挂，天生大度风情万种的长城万里歌声飘啊飘！我呼唤你长城世世代代藏在美女姑娘心跳呀跳！

六组组长任晓玲唱到：春风舞动的碧波，白云飘飘阳光恋，拥抱孤独寂寞伴，天空飞来面前神，光亮光亮灿烂鲜，哥妹思爱留香艳，美丽花朵献长城，人生情缘美妹艳。

七组组长：春天歌声响，青春更美丽，梦中祈幸福，情魂醉君意。

八组组长大妹唱：《如梦令》，唱响我的心扉，靓心风情温馨，美丽靓艳人！灿烂姑娘情妹，魂醉！魂醉！长城闪耀神威。

九组组长花香唱：歌美靓绚浪馨，美人姑娘唱君，英俊相公趣！暧昧歌唱靓醉，魂曲！魂曲！长城跳跃舞韵。

一组队长楠楠唱：《西江月》，城上靓艳姑娘，天空腾飞白鸽。燃烧艳靓男女缘，春光辉映银河。女孩姑娘舞伴，浪漫曲调秦娥。长城真诚美梦笑，玫瑰致袭爱歌。

二组组长鹅姐唱：春光溜溜的城上，靓丽溜溜的姑娘，万里溜溜的长城，抗议溜溜的虎豹豺狼。

第八队三组组长圳红唱：相逢春日里，情缘只花香，玫瑰火红笑在今春里，醉曲烂漫辉煌中，让神公招招手来建长城。放飞梦想希望在青春，演绎靓丽荣光人生，哥哥妹妹都是好朋友，修呀修，垒啊垒，唱的唱，扭兮扭，君爱长城舞精彩，骄傲红玫瑰香留。

四组组长靓靓唱：《如梦令》，辉映阳光渡金，长城笑赞缘魂，姑娘靓歌吻！舞曲醉唱心中，青春！青春！窃袭君神恋人。

四组组员么妹唱：红霞飞啊飞，彩云飘呀飘，爱从天空中飞来君星是那么样的美丽神秘，妹妹又是那么样的神奇美丽，飘啊飘，飞呀飞，君想和长城比靓美，望着长城真靓艳，神展示着洁白晶莹无瑕的美花羽，哥哥你热情奔放浪漫潇洒翱翔飞，相公知普风流的故乡长城啊，阿妹已舞起纷纷扬扬飘飘柔柔缠缠绵绵拒之万里的情魂，啊长城长城兮，嗳哎蓝天白云彩霞呀，飞啊飞，飘呀飘！舞噢舞，跳哟跳！君妹妹，你爽快无私无畏亲吻着梦中情人，田野大地！哥哥啊！你豪情奔放热恋拥抱着万里知音！山川泉水，金秋神你满载着丰收硕果的喜讯！炎夏的爱哎，你喜送幸福温馨自在的胸襟！严寒的梅花你捎来如银洁净的棉被。春天你用丰盛的乳汁赠奉花红果绿！

组员黎星亮唱：自由相爱真是难，我爱我想声不张。没有潇洒泼辣味，来生浪漫风流狂。长城神灵腾歌飞，诗趣好吻辞赋靓。侃侃大山歌词汇，邀来郎神花城靓。

组员周龙妹唱：郎啊郎，天啊天，叫我叫爱怎么不思念思绪万千？郎君呀！是喜是惊是愁恋，喜的是靓艳姑娘带来你的爱，鲜花儿代表女孩妹妹爱的心，君郎啊，人人互动帮助修长城。惊的是，艳靓妹妹是名花还长城找来好主顾，别忘记爱君的心。愁的是，不知是一枚什么颜色玫瑰花。哎哟哟也，该不是一朵带刺的红玫瑰绚丽靓美媚，美丽的花朵玫瑰馨献长城。神代表君爱郎的酷帅金玫瑰！修长城啊，姑娘靓艳，牵动携拽芳香的心，风啸风吼，郎君的感情，妒忌知香草，长城长城我爱你，恋君到永远海枯石烂不变心……

魏影影唱：长城长城呀！千言万语汇成一誓言，我爱你，长城长城爱来修筑你，用千朵万朵的喷香鲜花万朵玫瑰花！君爱郎！长城长城妹妹修筑孕育你，千首歌万首歌只唱一首，温馨感动情义浪漫风流激荡飞扬慷慨震撼的歌，妹爱君长城，爱你心心想念的今朝，爱你心心相随的情意灵魂，爱你心心相连相携的恋情感叹。长城君在春天静静地等待，年年月月不变的情怀，百花在春风中悄悄张开天使狂热爱的凤彩，玫瑰春雨偷偷地滋润着万物无声生机爱的再见，郎神春光慢慢拥抱妹妹亲吻着长城盛宴美女女孩姑娘仙姑仙女笑艳靓美的道白，君爱郎长城。

孟姜女又用《宝塔诗》唱：爱，长城，保家乡，姑娘女神，齐来修长城，华夏辉煌灵魂，神龙舞飞虹魄逞，亿万人崇拜颂歌韵，风雨暑寒巍毅腾乾诚。

"姑娘美女吃饭了，晌午饭开啦！吃饭啊……"晶晶亮开嗓子大喊着。

"哇！大米干饭，肉交头啊！老天爷的！好香好香噢……"祝万鹏惊叹说。

"可不是吗？真香，太香太美太馋人了……"周子倩说着抽动着鼻子闻香气。

"我的个天娘老子呀，好好馋人哇！真美，白生生，亮晶晶……"龚云花说。

"美到家了，通半天肚子就提意见、闹毛病了！哎呀，在家这辈子也没吃过这么白的大米饭。"

"那，你们家天天吃什么呀？不吃饭什么呀……"刘娣问道。

"吃稀菜糊涂么？就那也吃不饱，吃完尿多水多……"魏朋说。

尤辛说："不饿能吃三大碗，真馋人也姑奶奶的小天哟……"

好美人说："吹大牛皮的，不饿也能吃三大碗，今天我不吃了，跟你尤辛打一赌，你要是吃不下三大碗，你给我磕个响头，你要是能吃下去三大碗，我好美人给你磕三个响头，怎么样？大家来做证人……""谁跟你打赌呀？听风就是雨，上辈子是赌鬼呀？张口就赌，赢呀，输啊！"尤辛高兴地。"有本事咱们到长城上去打赌，看看谁搬的砖多，爬的山高，砍的柴多好烧砖是不是，扛的石头多……"

"哎哟！你尤辛真倒不行不沾，你看你瘦的，身子骨也不壮实，能吃能干，英雄好汉，光吃不干是大笨蛋，大笨猪，猪整天都是吃，吃饱睡大觉长肉……"

"算了，不要说了，这么白花花白生生亮晶晶的大米饭，吃那么多有多可惜呀，不心疼不心痛吗？真成了猪姥姥的帮凶了，就光知道吃是不是啊？快吃饭，米饭是堵不住嘴呀媚妹……"纯雨说。

"先生美女们，吃是为了干的更多，收获更多，不吃干什么呀？肚子就为了装饭……"连妹说。

"快吃，快吃姑娘们，也不能白吃啊，不吃呢白不吃，谁劝谁呀，你吃了吃多了别人怎么办，别人不吃了吗？我看还少吃点……"齐好好讲。

任飞飞说："我就是这个意思，让你一个人都说了，这群姐妹怎么办呀……"

"把心放肚里吧，你吃再多也不叫把其他姑娘饿着，该吃庆吃，吃饱为数。怕！怕火就烧火做饭吃发吗？别担心小鸡没奶吃，它照样长大叫鸣下鸡蛋……"顾玉说。

　　孟姜女说道："大家姐妹们好好吃饭啊！姑娘们，凉了就不好吃了，同意一凉味过就不香了，大家是不是对吃大米饭有什么意见呀？有的话就提出来，叫做饭的大师傅们以后好好改正，把饭菜做得好吃些，姑娘们吃饱好有力气干活，快干活……"

　　吴丽丽说："炎大队长炎大姐，没有的一事，我们大家姑娘们闲聊叙着玩的，什么也没有……"

　　"没有就好，我孟姜女怕就怕大家伙跟着我吃不好还受累的，又一个个的不好意思，说出来，咱们姐妹们出远门在外，无论吃好吃差，大家眼睛都望着哩，看着哩，在外有能像家里，我们大家出来干什么，是修长城来的，不是出来享清福、享清闲的，或者说来压大马路的！姐妹们姑娘们，谁要是后悔还来得及，姐妹们我们自然出了门，亲戚朋友没有不知道的，没有不透风的墙！明明是来修筑长城的，还没有见到长城长什么样子，在哪里，咋样修？就返回去，能行吗？各位姑娘好好想想。人们爱说：人活脸，树活皮，一个人去修长城，走几天又回来了，那算什么事嘛！大家好好在脑子里想想今天吃大米煮大肉，如果是偶然一顿两顿吃不上饭，咱们也不能说走就走是不是？说来说去，绝对不能半途而废，人们对她的评价是什么？啊？姐妹们？谁愿意当败狗子，败类，没出息，再说严重了，就是叛徒！叛徒就是背叛自己的早就最想干的事业、一心要干的事情。但因为事情种种原因，受不了苦，受罪不起的辛苦劳作等等，在军队里当兵当官，只要哪一个人哪一个兵哪一个卒子不按照统一的行动和不服从命令的人跑在另一个地方去，他就是叛徒，对待叛徒的下场，总的来说：不要让对方搞死，就是自己人重新抓住他憋死他，无论怎么讲到最后只有一个，杀！当然了，我孟姜女相信姑娘女孩子美女们中是不会有这种人的存在的，姐妹们，将来我孟姜女万一走到叛徒这一步路，你们也不要手软。当然了，我这只是比方说，打比方而已，以防万一我才说了这么多话，姑娘们好好吃饭，吃好吃饱不想家，我们大家如今都是拴在一条大绳子上的蚂蚱，有福同享，有难同当，打个比方说，今日有酒今日醉，管他明日喝清水，无论怎么说，我孟姜女都在大家监督之下，绝对不会有什么特殊的！话说回来，咱们今天在这里吃饭，吃的好吃的饱，都是每位姑娘的功劳，咱们今天上午从银河镇出来，又走了四五十里路程，姐妹们呀，不简单啊！孟姜女我在这里给每位姐妹鞠躬敬礼了！在这里的每一个姑娘女孩子都是我最敬重的人，个个都听话，人人向前猛走，都是不怕苦不怕累的模范人物，靓艳姐姐和绚艳妹妹，下午的路还很远，但不要怕，我们的两条腿和两只脚是能完成任务的！这么好美的大米饭，喷香香的肉菜，吃到肚里不走路。姑娘们对不起，过几天，真正成了大胖子也要变成大肚子了将军，我们女孩子女人是不能叫她肥胖起来的，不然长得跟个拉乎子样，横比竖还宽，哪个男人老公大老爷们敢要你，敢娶回家当新娘啊！两只胳膊伸开还抱不住，抱不动你这个肥老婆胖女人，谁还去爱你呢？不要笑，实话不中听，可实现那个样的，气的老公相公一天三盘打，还有恩恩爱爱的甜蜜味吗？只有女人漂亮，才能收住男人的野心，俗话讲：老婆人家的美，孩子自己的亲，天下的男男女女从古至今都是为了下一代，无论你是美女还是丑女，那只是在脸上分分高低，是形象问题，美不美、吸引不吸引男人那是每个女人涵养的内在问题，好了这个问题等以后有的时间去想去问去体会，咱们现在的首要问题，就是要加强体能、体质、耐力各承受力度的关键培养加强，为什么咱们第一天上午走的路少？就是让姑娘姐妹们慢慢适应，到最后开句玩笑的话，我们的女孩姑娘们在无意无形当中个个就变成飞毛腿将军了！飞毛腿，日行千里，夜走八百里的靓艳媚妹们，真比天上飞的小鸟和老鹰还厉害，比天上云彩中的仙女还行走快如飞，嫦娥见了她，也伸出大拇指来夸奖咱们不可呢！姑娘们……"

"炎大姐大队长，我才不当嫦娥呢！成天夜里没人理没人问更没人挨的，多急死人啊！"

"姑娘们不用怕，我只是打个比方说而已，没有让咱们的媚妹妹都变成仙女嫦娥是不是？咱们都要变成美女嫦娥？哪那么多的大老公、老爷们、郎啊狼、大灰狼还不把人类都吃了啊？笑话就是笑话，说出来就是让大家高兴笑的，叫大家想的，是不现实的！真正现实问题，咱们还得修长城才是真事，其他都是假的。饭吃饱了吧？休息会继续赶路，把水也喝足了，省的路上麻烦找水喝……"

"炎大队长，这会没事，你还是给我们讲讲故事吧！你讲的故事真好听，生动活灵活现的还有意义，姐妹们都特别喜欢听……"俞美丽说。

钱美接过说："好听！人家炎大姐大队长不累吗？你能帮助她休息不成？"

"喜欢听就行，咱最大特点就是会讲故事，我得先喝点水再讲，大米饭还在嗓子里没有下去呢！冲冲水让它安心到肚子里帮助咱们走路，多讲故事来给媚妹们听……"

"算算算，废话少说，我这里端来了，喝一碗吧？如果不够咱再去端个十碗八碗……"

"好好，谢谢你的水，下边我来讲个真实的、咱们梦家镇早先发生的一个有名有姓的真实故事！

在镇上有一个姓曹排行第二的中年人，大家都习惯性的叫他曹二，终年四季以卖豆腐为生。天刚蒙蒙亮，就担着豆腐挑子在镇上叫卖，叫声响亮传得很远，卖完豆腐然后去雷打不动的地方'钱生酒店'喝酒。这一天，曹二在酒店里喝得差不多了，便准备离开酒店，一抬头看到张三来了！张三是谁？钱生酒店的老酒客，因此比张三长八岁！曹二平时就喊他张大哥，张三今天刚挣了一笔钱，兴致正高，进酒店来看见曹二要走，一把拽住他的胳膊说：'别走，别走！陪我再喝几碗，我请客。'曹二看天色还早，就又坐下了。张三招呼店主烫了两碗酒，又要了二碟卤豆，一盘肚片两个人就开始喝起来了，张三喝酒不像曹二那样不温不喝不火的，三口两口，一碗酒就下肚了，喝完又让店主再添上，喝着喝着，张三就来了劲了说：'曹二兄弟！早就听说你酒量过人，从来没有人见你醉过，今天大哥我和你比试比试！谁先醉倒为输，今天的酒钱全算我的'。众人一听齐声叫好，店主也在旁边推波助澜，道：'曹二是真人不露相，张三也好酒量，你们两个一比高下，谁先醉为输。'曹二本就好酒之人，平时因口袋比较紧张，才强按着量不敢放开酒喝，经店主人和一帮正在喝酒的熟人鼓劲贺咳，便也跃跃欲试。曹二说：'既然赌酒，总得分个输赢是不是？这样吧，倘若我输了，张大哥，你一年的酒钱我全包了，你想吃多少就拿多少，兄弟我分文不取。''好爽快，'店家转向张三，'张三呀，你赌什么呢？'张三一擦桌子抓住酒碗，一时愣住了。这张三在集上扛大包、装车搬东西，今天有活就有钱挣，明天没活两手空空，一身力气是用不完的，家徒四壁，吃饭也是有一顿没一顿的，拿什么赌酒呢？正当大家面面相觑这时，张三说：'有了！我别的没有，一身力气是用不完的，如果我输了，我每天给曹二兄弟你来推磨也磨豆腐豆子。'此话一出，众人都喊声叫好好！曹二心想：我住的地方刚好在镇南头，半夜好磨豆子，等你来也方便，磨不磨到时再说吧！这赌酒也该就是说说而已，不要难为了张大哥。也就没有再说什么！在众人的一片喝彩声中曹二和张三干了起来！先是黄酒，再是白酒，然后，然后是黄酒兑白酒，一杯接一杯，一碗接一碗……张三的酒量终究差些，喝到最后就趴在桌上不省人事了，曹二此时也八九不离十，强打点精神，跟跟跄跄上路回家了，曹二那一口喝得有点多了，回家的路上着了凉，头痛发烧，只好在家躺着，豆腐生意自然停了下来！这天晚上下睡觉，老婆把他推醒了，曹二说：'我头还有点疼。'老婆却说：'当家的你听，磨坊里呢！家里没人推得磨转啊，是邻居，不像，这石磨邻居有时会借用一下，但都预先说好的，更不会半夜三更么下用磨啊！'曹二想了想便披衣起来下床，来到磨坊一看，不禁大吃一惊：只见磨坊里空无一人，但磨盘却在转动，一圈一圈，转的又快又平稳，不仅如此，那把舀豆子的瓢也自个儿移动，不时把豆子和水注入磨孔眼中，豆浆就从两片磨间流了出来了，流进磨盘，汇成一条细细的乳白色的大流，流入下面的一个木桶中，研磨自己在动，曹二的老婆也起来，在他身后惊叫着，夫妻俩看了好一会儿，也没有弄清楚弄明白石磨为啥么会自己转动，曹二对着石磨大叫道：'快停下来！快停下来！'可石磨哪里肯听他的话，还是自个儿转着，一直到把豆子磨完才慢慢停住，曹二没法子，豆子都磨好了，只好点自做豆腐。曹二的身子还没好利索，老婆不让他上集去卖，就叫自家的侄儿代劳，如此一连数日，每天半夜石磨都在转动，将豆子磨好，曹二也习惯了，半夜醒来先听磨坊里有没响声，听见磨坊出声，就安心再睡一会，然后起来点做豆腐。约莫有半个月，曹二感觉自己已经完全恢复了，做好豆腐就自己担着上集上去卖，然后照例去'钱生酒店'喝酒，店家见他来了，先问他一下，'怎么多日没见来店中了？'曹二便说自己得了一场小病。店主家紧接着说：'你知道吗？张三死了！'曹二一惊，心想，和他赌也就是十几天前的事，怎么会说死就死了呢？就问：'张三大哥是怎么死的？'店主家告诉曹二，也就是十几天前，张三在一次抬大包过桥板时，脚下打拌掉到水里了，本来嘛！在码头上干活也是常有的事，偏偏那天大包砸在他身上，等大家把他从水中打捞上来，就已经没有气了，曹二一听，立刻就想起了家中磨坊里的怪事，这下恍然大悟！张三大哥虽然死了，却还惦记着赌酒的事，是他的灵魂在给自己磨豆腐呀！此后一年的时间，曹二家的石磨都是自己转动，到了一年的这天晚上，曹二备了些酒菜，搬到磨坊中满斟上一大碗酒，举过头顶，望着空中喃喃地说道：张大哥，这一年辛苦你了，有你帮忙我的生意好了许多。今天，我敬你一大碗酒，喝完以后，你就放心地走吧！去做你自己的事情。曹二说着，就觉得有人在扳他的手腕，好像迫不及待地要抢他手中的东西似的，手中的酒碗慢慢倾斜过去，酒从碗中流了出来，曹看看桌上、地上竟无一点滴子落下来！再看酒碗，却空空也，接着就听开门的声响，曹二对着茫茫夜空怆然喊道：'张大哥！你走吧！一路好好走好！'"

　　孟姜女喊道："姐妹上路了，时间不早了，快快快，站起来啊！晚上早到站早休息！起来！站起来，快入队往前走呀！年轻青的动作快些嘛！哪位小姐拉她一下，"队伍朝前，晶晶带头往前走，嘴里唱着叫着："哎……好好好！"

　　筑城靓阿妹，哥哥虹艳飞。情缘风采尽，歌邀女神会。女神舞灵艳，觅爱吻艳醉。阳光彩霞韵，天神笑傲微。

　　阳阳也唱：城不会太远，眷人让情贵。急走吧急走，长城择光辉。

　　孟姜女唱：《唱秦娥》，唱秦娥！一路花香一路歌，一路歌！靓艳女孩，情趣调和。年年月月盗贼折，阳光映红神郎血，神郎血！烂漫花鲜，秦娥吻彻。

　　《唱秦娥》，年年月，男男女女情热烈，情热烈！筑长城光辉史略。靓艳姑娘事谊杰，长城万里胜钢铁，胜钢铁！华夏民族，秦娥沸越。

　　《唱秦娥》，千年越，岁岁年年靓神烈，靓神烈！神龙长城，世间腾谢。长城华夏谊酷结，美女靓艳洪汗泻！一代风流，璀璨花越。

　　《唱秦娥》，春风谢，阳光秦娥靓艳月，靓艳月！建立伟业，结拜媚姐。生死结拜心似铁，筑长城志誓奇越！秦娥如梦，青春激血。

第八队五组组长田莉达唱：盼君求神哥来，心愿仙女珍爱。长城承绚女！情爱长城魂戴，天才！天才！激昂靓玫旋凯。《如梦令》

六组组长常美唱：《歌十六字五首》：

歌！韵美胜雄眷辉和，靓丽曲，诗比辞赋峨。

歌！英雄好汉借酒摩，强神啰，立世雄心城。

歌！郎明难留青春折，花正美，潇洒情妹娥。

歌！郎君情投阿妹和，曲韵乐，灵鲜靓感早。

歌！长城神郎媚妹垛，汗滴坷，千年谁知道。

七组组长庄好好唱：

天助情意美，君修长城好。勇敢面对郎，心情乐陶陶。

邀歌舞长城，靓艳绘春娇。修筑长城美，神郎偿歌笑。

爱您盼您城，妹唱妹骄傲。哥望哥自豪，年年唱高歌。

八组组长饶花娟唱：滚滚红尘，哥妹难留住青春，光阴急！靓丽美女，鲜花绚艳，长城上歌飞腾，哥爱缘妹城岿。悠游时光，人海即失，难处寻。要温情，浪漫多，趣情笑，更情痴，神爱靓长城迷人情急，歌声倾注满江红，长空彩云绘虹城，艳惊红线月老拴，花吻艳。

八队九组组长张飞飞唱：《西江月》阳春强暴青春，风流其被春欺。阳光靓笔歌长城，唱出神女倩影。长城爱恋情魂，郎神洁身四玉。乘风龙神西江月，雄伟壮观美丽。

八队十组组长丁艳唱：春光岁月姑娘赞，月月祈盼长城艳。玫瑰火红来修城，岁岁年年情爱连，痴君情憨唱长城，姑娘女孩歌韵欢，云飞银河浪奇涛，郎君玫瑰赠爱恋。

"蓝天大地妹妹爱，阳光燃烧哥哥恋。火辣玫瑰沸腾红，神郎爱妹修长城！"犇犇唱到。

第九队组长柴越越唱：百花鲜艳吗？青春异靓丽，急急忙忙赶路急，两脚快步祈盼，来者不善善来？感觉哥妹幸福，朝前走猛追求，姑娘女孩不幸。说春雨贵如油，汗水不能就流，歌唱春郎情靓，魂爱神靓城中。

九队队长倩倩唱：千年长城会，万载郎哥妹，看为春光热恋魂，艳靓献长城。男女爱情缘，歌唱缘纷呈，美女姑娘盼郎爱，歌诗沸长城。

二组长青青唱：哥妹修长城，女孩姑娘们。谁相信奇迹，奇迹又是什么东西？奇迹周围时时刻刻、分分秒秒飞翔着徘徊，盘旋着一大群、一大批、一代代无怨无悔，多少善良勤劳无助的人们，他们暂时无法接受回报成功洗礼的人，男男女女擦干伤心的泪，受着惊恐交响曲，暗淡无神无助的眼光，再一次迎接沙尘娜的议！十指交叉拧响，握紧拳头砸在胸膛，咬紧牙关关注，高高举起的一颗铿锵玫瑰心憨厚执着痴情的沸议，念着，想着，高筑长城成功的奇迹！呼唤着的号子，百折不挠的再次冲次人类奇迹长城。

　　三组组长歌妹唱：郎君长城，歌声飘飞勾，姜子牙姜太公当年无钩钓大鱼，能否钩下天上的一颗金星来？钩下粒粒明珠串长城，装满新城闪烁好灿烂！让远方的红胡子、绿眼睛的强盗贼笨蛋，叫他们笑的比哭的还要难看，叫他们抢不着过不来，挡在城墙外边！养狗看，大家小家唱比说还要溜溜圆，大人小孩笑比花儿还要靓艳，飞梭种地吃饱穿，人人赛过天堂神仙，是咱。

　　四组组长瑞瑞唱：白云飘飘把你的感情寻觅，阵阵晚风浪漫爽爽的舒馨，天上的金星明星无情的把你追盼。长城啊长城！嫦娥夜半在梦中哭泣魔，她嫉妒你的靓，嫉妒你的美丽，爱，你心中的靓丽。你从东到西缥缥缈缈、潇潇洒洒的浪漫又温馨！爱你长城的神奇内涵秘密。今生祈盼你永远永远擎着衷心！月光疯狂拥抱和亲吻染湿银灰色的铜气，嫦娥春妞扑向你那巍峨独一无二的豪迈霸气，天上的仙女声嘶力竭无情无义撕扯追随勾引气贯长虹酷帅的神气！

　　五组组长盼盼唱：只有纯洁自私爱，体会永远的美丽，默默无悔无怨情，才能留住我和你。情爱绵绵无业景，靓出彩云飘飘迷，七绝七律睿智醉，歌声阳光为盼你。

　　六组组长周荣唱：有怨无悔情歌畅，阴云层层雾起浪，爱心美神修长城，砖石混合城高涨，阳光娇娇绿茫茫，歌韵伴君长城旺，姑娘女孩胜女郎，牵动长城铸辉煌。

　　七组组长腾月月唱：《西江月》，望穿双眼君来，心甘情愿城爱，好好修你一年整，郎君出北国差。未来辛苦作证，聘邀白云红霞，不受滚滚红尘迷，承志誓言豪迈。

　　八组组长唐妹唱：长城你在我心灵的魂梦中，盛开着一朵火辣辣奔放靓艳浪漫袭人的玫瑰，我用宝贵人生的热血澎湃奔腾的泉水把你浇灌栽培！啊！火辣辣靓丽绚美的玫瑰，我梦魂中的含苞欲放喷香的玫瑰，但愿我们今生今世在一起天长地久和长城永不分离！永远朝夕拥抱，分分秒秒的爱呀爱个够……在梦里在魂中唱美哎……

　　九组组长任尚英唱：修长城，爱疯狂，歌声韵调情爱在舞的花中间，红啊红牡丹，红呀红玫瑰，爱的天使在飞旋，梦中的郎啊，眼前的天哎，我的红玫瑰呀，来把爱镶缘，我的红牡丹你缥缥缈缈飞翔在蓝天，映靓长城来把情爱恋，我的夫，我的老公，我的天，我的梦！

　　十组组长姜美人唱：《如梦令》，爱你想你天郎，神梦心中爱靓，今日建长城！缘分化作阳光，别乡！别乡！老公满脸衷肠。

　　十队组长柳辛英唱：歌响无人晓，姑娘恋君郎！笑看长城跳，光阴舞歌翔。

组员颖珊唱：歌响无人晓，姑娘恋君郎！傲看长城潮，阳光颂歌翔。

二组长韦三妹唱：玫瑰爱拥抱寂寞，先月亲情吻孤独，嫉妒人笑傲江湖，伟大灵感心郎主。

三组组长蒋勤盼唱：挥衣除清音，爱留找郎神，歌魂升天去，爱城追红尘。

四组组长韦辛华唱：滚滚歌声长城爱，女孩姑娘温柔情，天天盼做好神梦，声声长城和唱鸣。

五组组长莫莉唱：持之以恒情才香，劳累辛苦咱不怕，天然纯情修长城，春光爱情是女侠。

六组组长任娟唱：美女姑娘，花靓玫瑰激情荡，去北国，相约郎君，哥妹爱情，修筑长城知音唱，长城哥妹情痴靓，歌声阳光诗韵飞翔，爱仙嫦。天缘情，心OK，真痴爱，多靓帅，代代的曲韵，一生纯情，仙女飞渡玫瑰花，腾歌长城唱红霞，爱君神郎，韵律歌响，神龙华。

七组组长程英唱：长城游北，姑娘歌甜韵律飞，玫瑰情魂，红艳情爱恋城会，歌飞玫瑰，激情修筑城唱哥妹，春天春光，神龙郎君痴妹靓。

八组组长宫莹花唱：拜拜吧故乡，乡亲也拜拜，叫情一身情，美女找郎爱，谁道好姑娘，寻君长城来，妹修长城在，灿烂靓君再。

九组组长君诚青唱：腾飞腾飞长城，靓舞靓舞神龙，如梦令歌词！年年华夏长鸣，醉鸣！醉鸣！太平盛世宁静。

孟姜女唱：《唱秦娥》，造世界，全民族轰轰烈烈！轰轰烈！江山固安，百姓英杰，万里靓众势誓阅，女神靓鲜战山越，战山越！酷汗如海，西阳遗血。

《如梦令》，山山长城酷宏，姑娘女孩情酬，女豪真神气！俏笑玫瑰爱着，犇牛！犇牛！女神美女风流。

《如梦令》，不是和甘迟到，滚滚黄金宠娇，物资腾靓舞！郎君思爱浪遥，女俏！女俏！奏响舞曲蹦跳。

迎春花靓妹胆韵，君神夫郎浪漫魂，妹媚阿姐你我唱，歌舞劲情长城岿。

《水调歌头》，阳光玫瑰靓，专情唱爱沸，春风阳光酒会，帅润仙女泪，哥哥妹妹恋意。自然恋爱真缘，郎公天神犇，姑娘女孩汇，长城问，哥妹巍，修城美，青春燃烧男女，鱼水难分归，长城群山恋毅，蜿蜓翠绿沸灿，春回大地傲，天神郎君依，春爱碧绿媚。

《清平乐》，美女女孩，靓神唱长城，疯狂情恋哥妹韵，青春灿烂神人。君邀妹妹温馨。激情城靓龙魅。群神江河奋臂，腾娜沸扬城魂。

大平原春情，江河的爱，修长城把我们姑娘美女连接起来，走过高山，越过河流，满怀自信传播勇敢胜利的挑战，聚首在巨龙长城上互增情爱，笑脸迎鲜花，凤凰圆升起修长城的祥光瑞彩，分享圣地长城神龙艺术的情怀，长城啊长城！滔滔大河长江给我们美女姑娘助威呐喊，千年长城黄山为我们姑娘美女摇旗鼓劲，腾沸灿烂光芒靓艳的长城，神龙摇头摆尾焕发清纯奇异神采，英姿勃勃昂首吻上天玉帝为我们仙女仙姑加油，咬紧牙关拼搏的浪漫风流狂野吧长城神龙，为英雄豪杰靓虹的儿女辉煌灿烂添锦彩，叫姑娘女孩美女绚靓奇颜与鲜花红玫瑰常常笑开！

误 车

　　"阳光照群山，彩带乘风飘，从故乡飞向长城咱们修，城墙的骨脊高又高，是雄鹰展翅翱翔的故乡，仙姑仙女神人垒修的长城噢，牛羊白云绿草歌唱祖国，山川奔腾跳舞蹈，献上最最靓艳美女姑娘女孩的真诚痴情，彩霞飘飘把万丈春光邀，长城啊长城飞越腾娜在崇山峻岭浪漫疯狂无限妙……"一队一组的梦露急呼呼地跑来，"炎大姐大队长！不好了！快快去看看！"

　　"我的大小姐，你不要太慌忙，有什么话慢慢说，不用急的……"

　　"炎大姐，我没有急呀！我只是有点气，五匹高头大马，连马车也拉不走，真气人……"梦露说。

　　"走，咱们赶快去看看，到底是怎么咋回事？详细说来，不用着急。"孟姜女瞪大眼睛问道。

　　梦露再继续说："大马拉大车拉不动，大车就是不愿走，赶马车的大爹把鞭甩的嘎嘎响，可大马车就是动不了，这不是怪事吗大队长大姐？"

　　"梦露你是说马拉大车，赶不走，走不动是不是？"

　　"哎！嗯！"梦露点头应着孟姜女的话。

　　"谁叫你来跟我说的？"

　　"小组长呗！个子瘦高瘦高比我梦露高半头，叫韩玉玲！"梦露怔怔地说道。

　　"好！我知道了！咱们赶快跑去看看。"孟姜女和梦露一路小跑向前冲去，"队伍原地休息"离前面的村庄还有三四里地的样子有人问："炎大队长炎大姐咋回事呀？大家怎么不朝前走了？"

　　"我去看看，大马车出毛病了，队伍原地休息。你们是几队的？"孟姜女随口问道。

　　"我们是六队阳阳队里一组，我叫郭红红，她叫徐娅娅。"孟姜女答应着朝前跑去了。梦露在旁边紧跟着小跑，孟姜女有时向大家挥挥手，微笑着点头。"炎大姐大队长好"，"大家好"，有姑娘有意无意地喊叫着："炎大姐，这队伍这会咋行动得这么慢呀？急死人了。""不要急，大家！人多力量大、智慧广、办法齐、点子大，各位队长看好自己队的人员！组长们，管好姐妹们！"孟姜女边大声说，边朝前快步流星地走着。"姐妹们一定得听话，不许乱吵吵，原地待命，休息好……"孟姜女走着说。有的姐妹们见孟姜女走来，自己站起来迎接一下笑笑点头。"姐妹们好好休息一会，前面大马车有点小毛病，我去看看。"孟姜女不住嘴的朝姑娘们解释着说道，有时挥挥手。

　　"炎大队长，我是九组二队代云霞，听人说大车误车了，赶马车的将鞭甩的'叭叭'响！在这里都能听到"代云霞跟旁边的姐妹说，"大姐走路真神气，两只脚板生风，又快又稳当，我要是大队长大姐就好了……"朱晓珠接过话说："你我都不简单呀！漂漂亮亮的大姑娘，鲜艳的女孩子，多美多神气，我要是男老爷们，首先喜欢这样的女人。""去你的！你漂亮啊？""闭磕吗？都漂亮，哪个不漂亮，个个都能叫男人爷们完蛋，英雄怕美女，男人再怎么着，美女瞪一眼他算是软蛋一堆烂轰柿子同，咋样捏他都稀屎汤乱淌……"朱晓珠接着说道。

　　代云霞举着拳头笑着说道："就你魅妹子知道得多！两拳头敲得叫你噪噪一夜……"

　　"十个男人九个坏，一个不坏是个老妖怪，是混球，除了会打人搌老实人，就啥用也没有了！"

　　魏丽丽说："打人打你，你还一天天想呀盼呀盼呀……三天不打你，叫你想他一辈子加一百年……"

　　班莉莉说："高兴呗！打的亲骂的爱，打打闹闹有事干呀！不然天天闲着怎么过……"

　　"死妮子！心口不一啊！是个贱胚子，所以这辈子让你们南北分开，想死你……"

　　"大队长来了，哎！大队长也？……"君君高兴地说，"让让，姑娘们快叫大队长到跟前看看！"婉玉说。孟姜女朝赶马车的吴云说："我是要看看的，老吴师傅你这车咋陷在泥巴糊里了？干拉就是不动！是神马这会也该拉累了！这前面是集镇，还是村庄？没有多远了吧？"

　　吴云手里拿着鞭杆，一手擦着额头："是呀！我也好几年没往这边来了，好像一个叫河南镇的大集镇官家的人过黄河驿站，客人多，当官的也住的多，有时连阴天下雨，大风天是不能过河的，两季时河面宽达三、四十里宽，南北来往的客人全靠船渡，好天来人就坐大船走了，倒霉天一个月两个月也走不掉，可急死人了！"

"姑娘们一队一组二组的来卸车，把车上拉的东西行李全部搬下来，车轻自然好拉出来 ...."

"炎大姐，我刚才跟车老板老吴讲，要把车上的东西卸下来，结果他连吭也不吭，也不吱声！"晶晶说。

"算了，算了！现在大家赶快传下去，接着呀！"一二十个姑娘围着大马车抬行李，行李下压住的几口大锅也给抬来！"注意了！注意哟！小心点！姑娘们美女们都抓紧啊！千万不要松手……"

"炎大姐你丢手啊！小心大队长，你别下来了！"李子怡提醒着说。

"知道了，姑娘们接着面粉大布袋，来！过来几个人扛着！多来几个嘛！这一布袋一百多个呢！小心无大差，四个，六个人扛着抱着啥？"

"左面右面一个人错一个人扛，君君用这左肩。"

"不行啊！我得右面扛，左肩左面不会扛，扛不动扛不住……"君君答应着说。

秀秀说："起来站一边，我来扛，什么右边左边扛，放肩膀上不就走了嘛！"

"抓紧布袋扛行不行？啰啰唆唆的一大堆，真是婆婆妈妈的！快走呀！"

"真是吭吭叽叽半天一袋子，我们来扛大米，过来一个活的，快来呀！"

"你是死的！少说一句，又没人把你当哑巴卖了。"龚云花说。

"把你当花卖了！你长得跟天仙美女一样！谁美先卖谁！你美先卖你吧！"

"头上七个洞，谁来跟谁斗，永远填不满还在漏……"张拉娜说。

"你说的话真个性，啥东西呀？你看就能三个女人一台戏，你不说人家还生气，个个都是笑嘻嘻，拽住了抬高些，使劲呀！我在下边扛……"香花说，"一个人不行的，这袋子死重死重的，要小心些！这些人还是没有大马车厉害，五匹大马能拉一大堆东西，四个人累掉蛋也不行啊！"

"你说话真难听，不累蛋也找不到了，还用得着累吗？先生美女！空口白牙说脏话，好说不好听啥东西嘛？还叙叙呀叙的话，干活！干活！张嘴就没正经的……"

"少在人面前充好汉，前几天还见你白白胖胖的长得好可爱，一转脸就变得又黑又丑说起话来，真讨厌！"

"哦！就你小样，小时候走路没正经，一撅躬，一撅躬，浑身抹的看不见皮，几天不见你变样了，看把你美的找不到东西南北胡乱侃，在美，本大姐也不要你。"

"就你行，人人夸来，人人抢，不把你撕成碎片，也把你喂野狼嚎……"

"吴师傅，你试试能赶出来大马车吧，用不用大家在后面推着点……"孟姜女问着。转过身来说："姑娘们离大马车远点，小心泥巴糊子甩起来啊！……"

吴云右手在空中甩了几个响鞭叭叭叭，嘴内呐喊吼叫着："架，架，架……"左手拉着缰绳，上身往前倾斜着拽四匹大马的缰绳在手中死命抖着："架……架……"前面四匹枣红马扒起四蹄，尾巴翘起来，脖子上的长长综毛站起来，鼻孔里喷着粗气，中间是匹灰青色长耳朵的大骡子，被老吴狠狠地抽上三鞭子，大马车上上下下颠坡几下，还是没有离开陷下去的车辙中深深的大泥糊子大坑中，孟姜女快步走到吴师傅面前说："吴师傅，不如把马都卸下来，我们姑娘女孩们都上来推抬，也把大车给搬出泥坑外边来，这样用大马拉又拉不出来，既伤了好马又毁车？"吴师傅有四十八九岁年龄，宽宽的脸膛黑中透红，上下嘴唇长着两撇两角胡子翘在嘴角上边，好像平时话语很少，大大的眼睛露出憨厚善良机灵来，黑色的上衣不长不短的下摆罩在臀部上大腿四周，腰上用一条青布带子系着，灰白色的绑腿带缠绕在腿肚子和脚脖子上，使人更精练无比："孟姜女大队长，今天是我老吴的运气不好，人家前面几辆大马车都从这条路上过去了，偏偏轮到我给大马车挡住陷下去了，从来也没有过这种情况的，真是烧水提茶壶，哪壶不开提哪壶，不倒霉吗，丢人现眼的，还说赶大车的没本事！真是绝门了……"

"吴师傅，你不用生闷气，谁也没有说什么怪话呀，更何况这不怪你赶车的毛病！是路和大车的车轮子问题，车轮子又拉这上千斤的货物……"

"好样吧，你们姑娘们都在轮子后面的转圈车帮子上推车，我在吆喝这些马匹加加油试试能拉上来不是更好吗！再拉不上来，真要把马卸下来，大家拉抬找搬，也要把大马车给搬出来，咋也不能叫姑娘女孩子在这里死等到天黑呀！"老吴说。

"姑娘们，来帮忙推大马车加把劲，扒好了，使劲推，听见吴师傅吆喝马，大家就赶快一起用劲推大车，听见没有，车轮子前是不能站人的，万一轮子左右斜一点歪一点是要伤人的，听见没有！"老吴这一次还是和上次一样，一手拉缰绳，一手举着长鞭杆甩着响鞭："姑娘们准备好了！架……架……喔！架架……"响鞭在马头上方响着，只见五匹大马骡撅着尾巴用力拉，大马车来回前后晃动了几下后，最后终于离开原来陷下去的大坑外，几匹马好像和大车示威，往前一直拉好几十米远才停下来，老吴师傅一边跟着朝前跑，一边狠劲拉着缰绳嘴里不住地叫着："吁吁……"最后才停住："谢谢姑娘们！谢谢啦！"

孟姜女说："谢什么呀谢！都是自己一起的人，有困难一起上，有事一块做，谁离开谁不行的，更何况大家都是一个家乡的人呢，千万别客气……"

"孟姜女大队长，你人真好，像你这样善良的人找不到，你真是好脾气，一下子带领一万多女孩子姑娘，又都这么听话，实在实的找不到，我老吴从此心眼里佩服你大队长好佩服！没有脾气语言温和，不像他们当官的动不动就是别人家的不是，不好，他自己什么事都不管不问，做甩手大老爷，熊起人来骂你祖宗八辈不沾边，说的你一无是处，熊包带笨蛋，像你孟姜女这样女英雄女队长，真是人老八辈也找不到，真是你们老炎家祖宗老坟地里风水好旺胜，该出英雄，哪个男人找到你孟姜女，真是烧了高香啦，人才、人才啊！……"他一边说话一面把马缰绳拴系在路边的大果树杆上，把鞭子插在大车的右前辕架上。"今天晚上大家吃饭要晚了，太阳快落下去了咱们的大车还没赶到地方哩……"

"吃饭啥是早一会晚一会得，大伙又不太饿，饿很了姑娘们多吃一碗还香些呢！咱们乡下老百姓的生活习惯是晚饭晚饭二更半，不到二更不吃饭，天还没黑透哪能就叫吃晚饭呢？"孟姜女笑着风趣地说着。

"大家走路是很辛苦的，连着走这好几天，没有一个姑娘掉队真不简单，我老吴这前一段时给他们部队上送东西，哪些军人都是男爷们，照样有多少游兵散勇，跟不上大队人马行军打仗的，怕打仗怕死的，还有很多民工，推死阳活的，什么事都有，原来人们普遍看不起，女人姑娘好女孩子，从我这次亲身经历来看，不这样的是，还是女孩子姑娘们最听话，还能吃苦耐劳，忍饥挨饿，咬着牙就是天涯海角走也不怕，女人比男人有耐力有耐性耐心，朝着希望的地方走去，明知山有虎偏向虎山行，脱坯搭墙活见阎王的活，谁不知道啊，可你们这万把人偏偏不信邪，真是女人中的男人，我这辈子赶大马车，今天走这，明天去哪里，京城咸阳我就没有少去，那些三宫六院是什么东西美女呀，走起路来都没有劲，跟几天没有吃饭一样，走路摇摇摆摆的，跟纸扎的人一样，脸上没有一点血色，假如不化妆的话，人家准依为是从坟地墓里窜出来的死魔鬼，她们唯一漂亮的是衣服，脱掉衣裳送给谁谁都不会要，人一瘦，更是龇牙咧嘴像狐狸精，如今的皇上是真正的美女他也享受不上，除非是一大群女妖魔、怪魔女们，混在一起等死，皇上要是见了你们这些美女姑娘们，非把他给气傻了，气死不行！……"

"吴师傅，我们能把皇上气傻，还能吓疯他呢，因为我们每个姑娘美女们都是天生的野性格，没有规矩，不懂规矩，没学过君臣大礼什么的！……"

"不是的，姑娘们是你们天生的美貌，自然的活泼可爱，他当今皇上的那些美女都是些没有灵魂，没有特性特点，都是些活稻草人扎的，除非会吃饭，连笑都在看别人的脸色，一群造粪的活机器人，狂热的爱，火辣辣的情，情意！她们永远也都不会有，也没有，一群行尸走肉罢了……"

"姑娘们听见了吧，吴师傅把咱们大家夸得，个个都是英雄好汉女大侠，姑娘美女们你们都是亲耳听见了，是英雄，是狗熊，是稀屎软蛋，都在别人眼里呢，只要你做出来，别人就能看见，看到的人就永远不会掉队，我孟姜女感谢大家姑娘们美女们，是你们的英雄行为不怕苦，不怕累，能吃苦耐劳，感动着别人，他们才能把我们这些女孩子夸成一朵花，才能把大家说成英雄好汉、女豪杰、女大侠，我有你们这样一大群美女艳靓姑娘们感到骄傲幸福，从内心里感到万分的激情豪迈和伟大啊！这都是我们大家用心血、用疼痛、用汗水咬紧牙关受出来的无上无限荣誉，请大家相信我孟姜女，咱们是出来干大事业，作千年伟业，为老百姓，为当今大秦朝保国安民，只要咱们好好地干，一定会赢得当朝百官万人民的好评的，姑娘们吃点苦算什么，受点累又算得了什么吗？只有吃苦受累才能赢，得今天的赞扬，姑娘们咱们都是女孩子姑娘们，也是将来未来的好娘亲、好母亲，一个孩子生下来，都是由我们女人慢慢喂养长大，会哭、会笑、会说话、会走路，无论是男孩、女孩子都是在吃苦受累中长大成人，不摔跤是长不高，吃饭时牙齿和舌头还碰咬出血呢，不也是叫，吃苦耐劳忍疼痛才能长大吗！一个人一生是是非非多着的，都是在不会哭不笑里慢慢长大成人，也还长不好呢，只有在人生的长河中磕磕绊绊，人不是讲吗：只有吃尽苦中苦才能做到人上人，姑娘女孩们说不定，咱们这万把人中有百分之九十九的将来肯定都有幸福享，都有比一般人要好的时间，好的生活，最好家庭，最最更好的夫君、夫婿、夫郎、大老公！老百姓的话，阴天不用等，请等着过好日子吧……"

"炎大队长、炎大姐你处处都是为别人着想，你真会讲，句句都听着入耳，事事都往心里去，你真行，你真沾，真是太有说服能力了，哎呀，叫人羡慕叫人馋啊……"

"姑娘们，大家赶快装车，今天真是晚饭晚饭二更半，不到二更别吃饭……"

"炎大姐，处处都是为个别人着想，现在谁饿，也不累呀，吃不上饭，大家可以听故事吗……讲故事，听听炎大姐讲的故事能入仙，天天不吃饭也不饿，天天不吃饭也能干二亩半地的活……"

"谁说不是，从外观上看不出来什么，只要一讲故事，一唱歌什么事都没有了，与不累也不饿了。"

"等到长城修好，我在长城上给大家跳舞看，哪才叫浪漫带舒心话潇洒开心，叫大家美女姑娘们带着郎君来听故事，非叫你们听个够，高兴个够不行……"

"先生也，啥时候才能修好长城啊，还不知道得用十年二十年一百年哩，那时我们一个个都变成老太婆、老妖怪了，是还在修长城，也不知道是在家里抱孙子重孙子呢！"

"哎呀呀啊！大姑娘美女们，一个个还没有找到大老公大老爷们哩，还不知道郎君相公哪里活尿泥摔泥巴光屁玩呢？就想着抱孙子重孙子，小一辈的真会开玩笑……"

"早早晚晚还能没有人吗？十年呀、两个十年，我们这些人就三四十多的人人了，个个都有好几个孩子了，儿女也都快长大了，她们又像我们这个时候一样，天真无邪，浪漫活泼开朗，对什么事情都富有富余想向往美好未来，幻想一大串，梦想一大片，歌声笑声连天的舞呀……"

> 开心开心曲韵诚，美女美女心地灵，
> 一路高歌鸟雀迎，北往违路爱莫情。

羡慕

河南镇大院中有几个大男人老爷们站着说话："这几天天还好，河水不大，在有个把月吧，二月的，河水该满槽了？哎，听说没有老大，咱们镇上从南方来了一大群美女，个个都漂亮非凡啊……"

"哎呀！你们都不知道哎，她们这些可不是一般的女人，美女呀，大家伙可千万小心点啊！据说是女子修筑长城大队的人，都是美女女孩子姑娘们，可了不起啊，个个都比仙女、仙姑还要漂亮呢，听说有个叫孟姜女的女孩靓女是大队长，特别特别的有本事啊，据人说：是天上的什么神仙、仙女、仙姑……"

"听说是玉皇大帝的女儿，说是天上看下凡界不太平，不平安，老百姓的日子苦的吃不上饭，穿不上衣，家破人亡的，最后上帝和老天爷齐向玉皇大帝禀报查明原因，玉帝的小女儿下到凡间，到老百姓中来，为我们普天下的老百姓好，组织大队人马为我们来修筑长城，防备红毛子绿眼睛的红胡子大鼻梁子的强盗贼人坏蛋来抢东西……"

"听说，孟姜女可漂亮可美啦，说话还特别可亲，先生们说话可注意点，可不能随意顺嘴开河乱说一气，更不敢胡说胡什么可爱、可恨！有一个富家员外的公子哥特别喜欢女人成性，那天他碰见美丽漂亮的孟姜女姑娘，因为多说了几句话，多望了几眼靓鲜绚美的姑娘孟姜女，回到家中后，人都在夜里疼痛，在床上不能开口说话，更睁不了眼也睁不开眼皮了，说不准哪天变瞎子一辈子活着才遭罪呢……"

"现在的年轻人真是天不怕，地不怕，一点点也不懂事，也不看看，不想想谁都能去看去想玉皇大帝的闺女吗？她是天上的仙女，天下凡人肉胎的人也管想吗？真是不知道天高地厚……"

"癞蛤蟆也想着吃天鹅肉吗？一个大员外算什么东西！皇帝老还不敢想天上的美貌仙女们！一个公子哥也不尿泡尿照照自己是啥东西，妄想活该，痴人做大明天的梦……"

"不知死活的孽种，活该倒霉，让天神搞好才好呢，不知天高地厚的东西……"

"初出的毛驴不怕死，瞎逞能，让他当时就死掉，眼睛烂掉，望不见人才好呢……"

"各位先生！大家好！你们谁是镇长？我们几个是来找镇长先生办事的！"说话来到大院里五位大姑娘，此时天黑有点望不太清楚人的面相五官。

"我们，对不起，找你们镇长，镇长先生不在吗？怎么你们几个人都不讲话呀！……"

"我们也是来找镇长大人的，刚才去吃饭，还不知道大人吃完饭没有呢？你们是外地人吧？可是女子修筑长城大队的姑娘们吧！我们镇上早早就传闻你们女子，美女了……"

"不错呀，我就是孟姜女……老少爷们，你们这是干什么呀，快快起来、起来……"

孟姜女才说话眼见面前的几个大老爷们扑通跪在地上给磕响头，他们还口中说："神人，女神仙，仙女，孟姜女大人饶饶我们吧！我们是有眼不识泰山，都是有眼无珠的凡人，你一定让手下留情啊！千万别降罪我们这些老实人，佣人啊！你可是大好人，大善良仙女美人啊……"

"哎哟哟咧！你们几位大爹、大叔们，这是怎么回事呀！我孟姜女不是杀人魔鬼魔王，也没有长着三头六臂要谋害人，起来起来，快站起来，把我孟姜女都搞懵了，吓掉魂了……你们怕什么？"

"我们这里都把孟姜女传神了，说你是九重天堂上的玉皇大帝的小女儿，小闺女下凡来了，是个大好人，是个大善良人，是个最最正派的真正是天上的神仙，仙女下凡来的，专为老百姓干好事，干大事的。"

"他们都是谣传谣言，可别信那一套啊，看看我们这些姑娘，女孩子，美女天天在一起，也没有听讲是什么玉皇大帝啊，上帝、老天爷又是神仙什么的，有一点可值得大家听的是，这些姑娘们倒是特别听话，叫她们干什么事，她们就干什么事，我们也不是什么天神，也不是什么仙女，更不是玉皇大帝的闺女、女儿，我们大家都是准备去修长城的女孩子，这不是今天才来到你们这里，前面横着一条大河，来和镇长讲一下，能不能找船只把姑娘们都送过去，另外还想叫镇长安排些吃的东西，什么面呀、米呀什么都行，只要叫大家吃饱肚子就行了……"

"啊！是谁呀！噢！美女们，快快屋里坐，里边来说话，请！请！张老头把蜡烛多点上几支，客人们都到了，多点几支亮堂些！啊！真是小家子气，快去再拿蜡烛！"说话的镇长上下三十岁左右，白白胖胖的脸上有点早发福的神气，高高的鼻梁骨，下面是一张薄薄的嘴唇，胡须有点上翘着，尖尖的下巴一撮子山羊胡三四寸长短，大大的耳朵垂在肩上，个子有五尺七寸来高，屋内一张大长条桌子，靠东头又有一张宽宽的办公桌，上面堆满了书简东西，镇长先生穿着蓝色的长袍，随手取掉头上戴的四边沿的大礼帽，一条闪亮的大辫子托在背后，走进屋里，用左手招呼大家先坐下，自己也在大办公桌后面大红漆木椅子上坐下来，抬头冲站在进门的刚才几位男人讲："你们明天的任务是照旧，没有我镇长的命令谁也不能不准下大河，有事我会找人通知你们的，去吧！去吧！"他不耐烦地往外摆着右手手指，几个人顺从地扭过头，迈出门槛走了。

"美女姑娘们，我是本镇镇长，欢迎仙女们光临我河南镇啊，早就有耳闻啊，说南方来了一大队世上美女仙女，耳听不如眼见呀！本镇长是天天盼，夜夜想啊，你们这些女孩子到底是美女还是天上的仙女呀！这眼见为实耳听是虚，看看果然不凡啊，让本镇长大惊一跳啊，我娶了四个老婆，也没一个像样的，个个都是肥猪婆，刀子心，财迷心窍，没有钱她们就不会说话，三句话不离本行钱，上辈子个个都是穷光蛋托生的巫婆劣女人，脖硬子套着钱串子，两只手腕上戴钱链子，脚脖子拴着项链钱环子。"镇长边说边往姑娘们的跟前走来，满脸红光闪闪，笑嘻嘻的还在诉说着他的苦衷："不知天底下的女人为什么都特别喜欢钱，喜欢金子，嘴还馋，更爱穿，一会儿红的，一会花的，一会黄的，也不嫌烦得慌？现在看来还是你们这些女子姑娘们好，素静、朴实、真诚、天然的美靓啊！"镇长走在晶晶面前用手指头挑起头发发丝瞧瞧。

孟姜女接过话说："镇长先生你好，我就是孟姜女，带领大家去修长城，这里有县长大人给的官文文书，上面有郡台、道台、县长盖的官印。"

镇长几步走过来接住不太大的长方形的红绸子布，两只手的拇指和食指各捏着一个角在注意上面的批文文书："好好，就是它，当今朝野上下流行的文书介绍信函？"看完后，从右手折叠到左手掌上拿着说："孟姜女，久昂大名，果真是人比名字还要美，还要漂亮，更靓艳唉！我是一个堂堂的大镇长，怎么这么没有福气，没艳福也，连个真正的美女，靓姑娘也娶不到也，看看你们几位仙女，我真是妄想当了一辈子大男人的骨气……"

"镇长先生，不要一张嘴就是美女、仙女的，女人长女人短的，叫我们姑娘们听着从心里恶心带俗气，你长这样帅的大男人，又是镇长的实权派，还不是要什么有什么，如雨得风吗？真是人不可貌相，海水不可斗量，你要是生在嫦娥时代，不能就爱嫦娥一个人，哪你才后悔八百辈子呢？一个人无论是男人老爷们，还是姑娘女人，都是命中注定不放，不要吃着碗里的，霸着锅里的，天底下要是只有你一个男人，你有娶不完的美女，累死你你也不能打掉八根签子来，恨就恨自己不争气，别结婚那么早，以后再来的好女孩子、姑娘多的是，万万千，千千万多着呢！华夏大民族天生就是年年月月的出美女……"

"好好好，孟姜女你讲得好，说得真实，在谁愿意早结婚呢，小狗才愿意呢？从才记事时都是父母逼的，他们一手包办的，他们生怕不能抱孙子，他们千怕万怕，就怕断子绝孙，更怕不生男孩子，生男孩子有什么好哇，等慢慢长大以后，没有本事挣钱做事，还不是给别人当牛做马的干苦力的命，有本事的当主人，没有本事能力就是没有自己，任人宰割，做奴隶的命运。"

"古人不是讲，龙生龙，凤生凤，老鼠生来会打洞吗！镇长先生的孩子，将来不成龙，也会变成凤凰得，你一个大镇还愁小鸡没奶吃吗？自己会吃会长大的，真是放着安逸不知道快活，愁什么吗？先生？全镇啥还不是在你手心里掌握着吗？实权派，县长县太爷，不如你现管，村长又太小，乡长更不如你，你镇长可是天高皇帝远，谁！哪个也不敢把你镇长怎么着呀，那个不得怕你七分、三分得，是不是呀！"

"话是这样说啊，皇帝老子再厉害他也远呀，天高他离得远，鞭长莫及呀！在镇里乡里，县里在大的事情，放在他皇帝老子的眼中也是芝麻绿豆的小事一桩，还是不如现管是不是……"

"姑娘们，别看不起我这个镇长不起眼，我说明天不叫你们走，你们明天一个个就走不掉，过不去大河，当然了我们大家都是明白人，你孟姜女也不是傻瓜大呆子，人长得就鲜灵灵水滴滴的漂亮美丽，更何况还有一群美女保护着，说实在的我不太明白你们为什么会长这么会长这么漂亮靓艳靓丽，说话的声音听着都让人着迷入耳，除非他不是男人，才不明白不知道你不懂你们的美丽动人……"

"我们自己自然也不知道自己美在哪里，大家统统都是女人，为什么到了男人们，大老爷们眼里就变了样子，连味道也与众不同呢？是不是怪不怪呀……"

"是啊，你们这女孩子们美的不知道施了什么魔法法术，让男人们一见两眼发亮，心里真像猫抓得痒痒，浑身象有刺扎的，你们可没有施用外在的香水呀、甜甜呀什么的装扮，一路大老远来的风尘，可是说心里的话，你们就像使用一种清香美味的黄瓜、茄子、豆角、小香瓜和各花散发的气息的味道，而且越想越说这种香味，越来越浓越迷人，要不是我本人自制能力强太强忍着，我说姑娘们女孩子、孟姜女各位美女媚妹们，人人都有自尊心，大家就明天在彼镇集上街上多玩玩，一天二天的怎么样，我们河南镇小集大市也很繁华，人也很多，叫美女姑娘们给镇上集里街中增添光辉怎么样，你们女孩美女需要什么东西，看中了什么，我乔镇长出钱出力买好送到你们大队上怎么样呀，这一方文书暂时放在这里，你们现在有什么要求尽管说，尽管可能的都提出来，我不敢吹大牛，尽我镇上的一切可能需求保障供给，决无二话，姑娘们美女们怎么样呀，提出来听听好吗！"镇长拿眼睛扫势着每一个人的面孔眼睛。

"镇长先生，在镇上住一天二天，一月二月都没有问题的，但是老百姓可就吃大苦了，家家户户可得出钱出粮出东西，只要是你镇长自己的，镇长先生别说一天二天就是住上一辈子，十年八年的都没问题的，有什么可担心的，人活着在哪里不吃饭，人在哪里不过日子，哪里的黄土不埋人，姐妹们姑娘们，三天五天就老了吗？三年五年不也还是大美人吗！镇长先生你留得了人，可你永远也留不住我们大家的心啊，我们全大队上上下下一千万多人，个个是美女，人人是靓仙，哪个拉出来都能赛嫦娥，超仙女，可是你好好想想，我们心里想的是早日修长城，为民为国为大秦朝，如果你这时候要是秦始皇帝在这里，镇长先生，你还会首先留住美女，馋仙女吗？当朝皇帝一瞪眼，恐怕你两条腿就不当家了……"孟姜女说到这脸上带着笑看着乔镇长。

"孟姜女大队长，你真行，话点到我心里去了，说句真心话，在这个世界上除了皇帝谁她娘的，娘西皮的奶奶算什么？我大小是镇长，没有我镇长的命令，谁也别想过黄河去，她姥姥个屁的谁也别想走出这个镇子半步去，我知道你们心里没有我这个镇长，但我也不是狗熊孬种，也不是天生给吓大的，劣好也方圆左右前前后后百十里有名的英雄好汉，挨着问老老少少、男男女女哪个不知道，不晓得，我跺一跺脚黄河上上下下也颤游抖动半天……"镇长瞪着大眼睛恨恨地说着。

"要不就叫你当这个大镇长了，而不叫其他人来当这个镇长啊，说一千道一万，今天必须安排船只，明天不要耽误我们过大黄河，你们镇上的风景呀，人情世故你留着我们修好长城返回来，再欣赏，再好好地来观光观赏，镇长先生如果你是真的真心喜欢谁，爱谁，无论是哪一个美女姑娘，只要你说出来，我孟姜女咋样也可以替你做做思想工作，男大当婚，女大当嫁吗？这是历来的规矩，谁也不能抗拒，拒绝呀，告诉你其实上女孩子们很简单，很单纯，当然也很迷人，但是他们也非常浪漫潇洒呀！哪一个姑娘不愿意找个有情调，懂凡情，有本事，特别特别帅和特别酷的呢！"孟姜女逗着他说道。

"好好！大队长孟姜女先生，你真是句句都说到我心里边来了，你们这几个人我都喜欢，只要你们答应嫁给我乔镇长，就是今夜连夜过河都没有大问题，还需要我什么都讲出来，我按时订量的付出，有了你们这样的美人，我就是把心挖出来，给你们美女炒炒吃，我都甘心情愿的……"

"好吧！大镇长先生，自然你这么爱我，喜欢我们这些女人们，我们就提出来三个条件来，互相互换的情缘：第一，每月按时给我们把面、米、猪、羊、牛、鸡、驴、马只要管吃的鸡鸭鹅的肉送到长城来；第二，更简单，无论几年你得等待我们把长城修好修完，让当朝文武百官都说长城不用修筑了，我们就举行婚礼入洞房好不好！"

"好好，太好了，我是按你孟姜女说的去办，那么第三条是什么？快说来听听，我这人性急。"

"第三条还要更加简单，你有几个老婆？你小妾小老婆都说出来。"孟姜女问道。

"我总共五个老婆，三个在老家和父母在一起生活，两个在这镇里后面大院中住。"

"好好，你很诚实诚恳，也很有爱心，有爱我们姑娘的真心，姑娘美女们，你们谁愿意嫁给他大镇长，晶晶你愿意吗？"晶晶此时瞪着大眼不吱一声，不说好。

"犇犇你哩？愿意嫁给镇长先生，将来的将来你就是镇长夫人，镇长的老婆，镇长太太，再就是镇长的内贤助，内当家的，怎么样啊美女媚妹？"犇犇像个聋子，又像个哑巴，更没有表情。

"田田，怎么样，你看镇长可是个土霸王，小皇帝啊！在这河南镇没有他办不成的事，办不了的事情，方圆多少里没有人不害怕他的，这么好的优越条件，还等什么呀姑娘们？"

乔镇长瞪着两只大眼睛看看这个又瞧瞧哪个说："我乔镇长，姑娘们美女们，我可管着二百捌拾六个村，三十六个乡呀，大小也是个官对不对吗？跟着吃香的喝辣，银子随意花……"

"对啊！是个当官的人家光棍的不知好多少倍呢？比老百姓天天面朝黄土背朝天强，一千倍好一万倍，要多快活舒服得多得多了，姑娘们想好了，心中一定得把握准了好了才行，小曼你看怎么样，同意，不同意呀！靓丽美好讲话呀！"

"是啊！人海茫茫，到哪里找像我这样的男子汉，姑娘们都知道普天下的男人都去修长城去了，不是当官和当兵，没有一个好男人，遍地找不到一个男人毛，姑娘美女们你们为什么不说话，我求求你们，要不然给你们跪下磕头好不好？"乔镇长心急火燎地诉说着。

倩倩此时讲话说："听大队长炎大姐还有第三条意见法规呢？现在大家在听听炎大队长的最后一条意见，见解是什么再说吧！好不好镇长先生，千万别急，急则生乱……"

"好吧！镇长先生，你可别小看我们这几位姑娘们啊，他们也都是当大官的料呀！"

乔镇长随口问道："炎大队长，炎大姐先生，他们都是什么官呀？"

"她们这五位靓姐媚妹都是副大队长，另外还兼职各小队队长，那可都是尽职尽责，对队员们、组长、班长们要求可严厉了，也是县太爷、县长大人亲点的名字，和你这个镇长高低差不了多少吧，以后修好长城，说不定比你镇长的官大呢？说不定哪天皇帝老子也看见她们能干，好她封个百朝以上的大官，你镇长更得扒结人家这些姑娘们啊，哦！到那时，她们可也说不定就是你镇长夫人，镇长太太了……"孟姜女说笑逗趣。

"哪里，哪里，你们都是女大人，有本事的好女人，大美女，我在你们眼里只是一个男人普通男人，是不足挂齿的男人，镇长算什么呀？第三点是什么意思，来呀，炎大队长说说看。"

"好吧，我说第三点，这第三点也是为她们各位队长、女强人、女侠客们，你未来的夫人打抱不平的，就是让你现在在镇里大院住的两个小老婆立刻休掉，不休掉不行，也不沾得，我们这些美女你喜欢要，但是我们不喜欢要你后来的大小老婆，最好是现在，马上你是真心，是虚伪虚心假意的，如果你马上把她们给赶走，我孟姜女就来做你老婆，怎么样？这个条件简单不简单，而且还特别容易做到，你看着办好了，一切权利你自己来拿，要不立个字据也行，咋样都可以！一切看你大镇长先生的决定办法和态度，看看是不是大男人英雄好汉……"

"孟姜女先生炎大队长当真，不是骗人哄人的？千万不要耍心眼玩手法啊！……"

"大镇长先生，这是千真万确的事，不然立字据，写文字作依据，放心不放心，还不放心吗？看看大镇长关键时刻就黏黏糊糊，拿不定主意了，算算是不是一切都是吹牛皮放大炮！打虚屁，你大镇长假到家了，干什么事浓浓索索的，什么大事你也当不了家，办不成大事业……"

"老李头，老李头！快来啊！你死了吗！咋回事吗叫半天不见人来……"

"报告镇长大人！小的来了，请吩咐……"老李头站门口正中立正说着。

"老李头，你去我家里，多叫几个人，把那两个娘们给我赶走，不走打也，把她们给轰走撵走，立即啊！一个也不要，越快越好？整天的烦死我了！……"

"是，镇长大人，马上执行命令，把她们全部一个不剩的赶快轰跑……"老李头急匆匆朝外跑。

"孟姜女大队长这回怎么样？"

孟姜女过来拍拍镇长的肩膀说："这还马马虎虎，有点男子汉大英雄的气魄，马上传令叫船工们都来，我给他们开个会，安排安排明天早上一早的船过河，镇长咱们的儿女情缘还用签字据吗？你看你说了算数，该立字据就写一张就是了，又不费劲……"

"君子一言驷马难追，我一个人都不怕，你们五六个人还怕我跑了不行吗？……"

"每个月的面粮、大米，各种肉什么怎么讲？……"

镇长此时此刻用右手使劲地拍着胸膛"叭叭响""放心吧！炎大队长，送不到东西拿头试问，还不行吗？美女大队长，靓艳媚妹，难道不相信人吗？"

"不行镇长先生，咱们一是一，二是二，丁是丁，卯是卯，绝对不能马马虎虎的，这一万多人，的吃住一点也不能含糊，也需立个军令状，按时交送东西，不然拿头来问？"孟姜女态度语言强硬。

三妻四妾一夫为，丈夫莫见女人魂。

奴隶奴隶主奴行，过渡人间情幽冥。

弃妇

"你这个狼心狗肺的老李头，你想干啥，要造反啊！臭奴隶，还想爬到老娘头上屙屎撒尿呀，给我滚远点，臭驴粪蛋子……"

　　"我想干啥？我想干啥就干啥，臭婆娘肥猪婆！瞧你跟个大疯婆有什么两样子，这是镇长大人的命令，叫你立即滚蛋，到窑子铺当窑姐去，去卖去，看你B样子还想教训我老李头吗！快滚蛋老屁婆子，不然有你好受，好吃的果子。""我咋得了，我找野男人了？还是我偷人了？这个该天杀的坏种、孬种儿子！这个日娘哩呀！该掉头的王八蛋，野熊水子甩出来贼能吊，死日娘尻奶奶八辈的啥熊镇长啊！尻八辈娘的熊吊镇长，我尻你娘你亲娘八辈子，你个日娘的，你尻得尻够了，翻脸不认人了，我非骂你个日万姥娘的十八辈子……"两个女人二十五六岁半裸露着上身，头发披散着，又蹦又跳，大声骂着，一把鼻泣，一把眼泪……

　　"老李头你们是怎么搞的，给我赶快轰出去，两疯子泼妇臭屎女人，再叫唤占死你！你日你娘的！疯子神精你再绝人，打死你，活剥了你，你等着尻你亲娘死……你们几个人去把这些死不要脸的女人撵走，不然明天给你们送大牢坐班房子去，两个疯女人……抬搬镇墙外去，喂狼喂野狗吃，不识抬举的死臭女人给脸不要脸，都滚，滚得远远得，不然我明天活剥了你们这些狼心狗肺有眼无珠的窝囊废，气死我了，笨蛋货。"

　　镇长气愤的边说边走进屋来："怎么样，炎大队长孟姜女先生，本镇长说话算话吧！我向来办事，丁是丁，卯是卯，从来都是说到做到，不然全镇这么多的村长、乡长、保长、甲长能镇住吗？"

　　"大镇长辛苦了，真正的男子汉，大英雄，别气坏了身子啊……"晶晶风趣地说。

　　"还是镇长高明有才干，大英雄豪杰，咱们以后得向你好好学习学习呢……"倩倩说。

　　"那当然了，我是谁，敢跟我较劲，也不看自己是什么东西，敢如此放肆，敢当众耍弄本镇长，等明天天亮再这个样子，我非要活剥了这两个熊臭女人不可，气死我了！"

　　镇长一边说一边在屋里来回走着，还在愤愤不平的自言自语着："孟姜女，大队长，你不是说，要写字据，手据吗？是我写，还是你写呀？……"

　　"镇长先生，你写，你是镇长一字千金，说话算数，写出的字据更假不得！"

　　"好好，我写，我来写，话为空，字为凭。"他走到办公桌前坐下来，取出毛笔和一块方砚，在一个长方形的红布上写道：证据！兹有河南镇乔镇长乔治河于公元前220年，始皇二十六年大秦制，赢政！立字据：女子修长城大队大队长：孟姜女、晶晶、犇犇、田田、倩倩、小曼五人，乔镇长负责修长城大队若干的面粮、米、肉、猪、羊、牛、马、驴、鸡、鸡蛋、鱼等等青菜食物；二、将原来的老婆全部驱赶出门；三、修好长城在举行婚庆大礼，如有违者将斩首问罪。"孟姜女你看一看，这样写管吧！"

孟姜女接在手中仔仔细细看着又读一遍，回头望着其他姑娘说："从现在开始，我们几个姐妹们心里只有乔镇长了，将来等修好长城，我们大家在来爱他，你们千万要记在心里，别忘了镇长大郎君？都来画印，签名起效，这可是红布黑字，走到天涯海角都有理有证据。"正说话时来十几位男人大汉子。"几位是船老大，大掌舵的都来了，请坐，请坐各位老大坐坐啊！大家认识一下。我叫孟姜女，带领姑娘们去修长城，想劳累各位老大过河去一趟。"

"下面由镇长交代安排一下。"晶晶说道。

"哎！掌舵的，孟姜女和她手下的副队长，将来都是我乔某人的人，明天上午过河！一定要安全地把她们全部送过大河去，她们这些人，都知道要去修长城，为了天下的老百姓，为了国家是义不容辞的，甘愿辛苦劳累的，你们就要多仗义点，不用收过河钱，都是为了一个目的，该奉献的奉献，大家该贡献贡献，你们船工这几天的吃饭问题我镇长包了，好了就这样说定了，炎老大你还有什么要说的吗？你可是这一带船工头头，光我一个人说了不算数，主要还在你是现管的头，说说吧，炎老大先生。"镇长慷慨而言地说。

"好吧！我讲几句，其实上讲不讲都一样的，孟姜女修长城是好事，我们船工咋说也得把她们这一大群女孩子们早早地送过河，要不要钱是一回事，人活着就应该讲究一个情义，也是江湖义气吧，她们都是为大家舍了家，不怕苦不怕累，去抢着大干，更何况我和孟姜女又都是一家子的人，天下姓炎的是一家，都能找到辈数，无论年龄大小一点点也不会错，也不差的，我叫炎庆山，不知道你孟姜女的父亲叫什么名字？"

孟姜女答道："我爹爹叫炎庆田，种地的人家起田字，我爷爷叫炎宪仁。"

"看看，我说，老炎家的人不差辈吧！怎么样，原来姓炎的老炎子是天下姓炎的出了大名，现在好，如今姓炎的出个大美女，天下扬名的孟姜女，我老炎也感觉骄傲带沾光，钱不钱是绝对的不能讲，你们需要多少只大船，我就派出多少大船，一次不行，还可以二次三趟的过河，我非叫炎家大队人马过完河才收工，我坚决用实际行动支援支持孟姜女修长城的一切行动和号召，保证明天一天全部送过河去，安全过大黄河。"炎庆山气派地说。

此时孟姜女真诚的向他们船工们三鞠躬，船老大们感谢的都站立起来，鼓掌欢迎孟姜女的真心实意，礼节的躬完礼，他们船老大们拥挤说笑着走了。"镇长，我孟姜女再讲一点点，谢谢镇长先生的大力帮助，没什么事情，我们姑娘们先回去了，天也不早了，三星向西斜去了！"孟姜女抬头站办公室门外说着话。乔镇长慌忙跟在她们身后面送行！

"姑娘，美女们再见！拜拜吧，晚安呀！夜里做个好梦吧……"

　　"镇长先生再见！拜拜了，明天早上见啊，再见！"

　　她们走了一段后晶晶说："炎大姐，你们想一想吗？我感觉到和镇长签字的字据不好，不应该哪样签法……"

　　"晶晶大美人，好妹妹，你放心吧！好好地把心藏在肚子里放好，放稳当，他乔镇长是猫含虚吧干高兴，一是长城何时修完不知道；二是大队女子这么多人，万千多人，一人拧吧一吧也能把他给捻死；三是没有讲跟谁结婚，他每个月得给我们万千多人吃的东西，少一个人都不行，不信咱们骑着毛驴望星星，走着瞧呀！谁怕谁啊！他又不是三岁孩童，小孩子叫他干什么就干什么，叫他吃屎他吃不吃，到时候非气死他，他也不会等到我们回来的，说不定三天好日子一过，又想哪个美女姑娘的坏事情哩！最后，皇帝看不惯，一高兴拉过去砍头，还结婚呢？和阎王爷的小闺女，鬼妹子结婚去吧！姑娘们美女放心吧，只要有我孟姜女在，我耍也要死他什么镇长吗！你们看见没有，他有多坏，把老婆说打就打，说骂就绝，抬腿就撵人，喜新厌旧，标准的豺狼本性，是个吃人不吐骨头的大野兽，人们都说一日夫妻百日恩，这家伙好，说翻脸就翻脸不认人，白眼狼，没有一个女人能跟他过好日子，大色狼。我是在利用他，知道不，美女们，不用白不用，他有权有势啊，咱们这些女孩子是外地人，要吃要喝要住好，休息好，去修长城，就是这样子的，明白没……"美女姑娘巧巧的都不吱声了，跟着孟姜女往回走，此时孟姜女心性特别好，说："明天就要到黄河的对岸了，让我这会特别高兴高兴的唱唱歌吧：想着你，盼着你，盼着你，想着你，一千遍地想着你，一万遍地盼着你，千万遍地唱着你，你在哪里！万千遍地爱着你，你在哪里！在哪里也，在哪里哎！在哪里在哪里啊……你在我的歌声中，你在我的心里，你在我的梦中，你在我的灵魂里！年年月月想着你，分分秒秒盼着你，时时刻刻你在我的盼望中，日日夜夜你在我的梦魂里！在这春天春风舞动的夜晚，我孟姜女轻轻地，轻轻地呼唤着你！呼唤呼唤着你啊！呼唤着你也！呼唤着你哟……呼唤着你的爱！呼唤着你心，呼唤着你的情！呼唤着你的人！呼唤着你，我的老公我的神！呼唤着你我的天，我的夫呀！我的郎君！你比后羿还要神奇！呼唤你！你比伏羲还要美，还在猛的追日！呼唤我的天神，我的相公！你在我梦中比大禹还要靓丽的智慧不屈不挠的治水能人……"

　　"莹莹、楠楠、还在等你们几位呢？"晶晶走来笑嘻嘻地望着她们说。

　　"炎大姐大队长你们可回来了！担心死我们几个人了，早就吃饭了大家都才睡一会，还没有睡着呢？你们几个都没有吃饭吧！我去端来！大家吃，油饼、牛肉汤，美的狠呀。"楠楠说。

　　孟姜女高兴地说着："好好，楠楠真懂事，知道心疼人了，你们大家也辛苦了，姑娘全吃过了！睡吧，睡好大觉明天过黄河，明天叫姑娘们好好地坐在船上休息大半天，十几里宽的大河，够走一会的，叫大家在大河上好好的乐一乐，笑一笑才美呢，好吃油饼了。"

"晶晶你一碗，这一碗小曼吃，别急，我再去端来！"说说笑笑又走出去了。

"真是饿傻了，都不知道饿了，真美呀，好吃的狠哪？"犇犇说。

倩倩说："炎大姐大队长，你们早点吃完，快快吃饱了，又管马上讲故事了，听故事才美呢。"

"噢，哟！怪不得，你们几个人这么忙前忙后送饭端菜汤，原来是黄鼠狼给拜大年，没有按好心肠啊……"

"什么呀，炎大队长，各位副大队长，这叫拍马！拍到马蹄子上了，让马踢了一蹄子，真是瞎忙活！大口吃啊！别客气呀！小心咽不下去噎住了啊……"莹莹说笑到。

"废话少说，快吃饭，这牛肉真香啊！油饼软软的真美呀！……"晶晶说。

"好吃多吃，多喝点，啊唔一大口像个大老虎，狼吞虎咽，像个大男人吃饭……"

"唉，不是饿的吗？肚子饱饱的，金子银子也咽不肚里去啊……"

"肚到饿时自然香，大口吃，吃饱不想家乡，谁想家也回不去了！……"

"吃饱了，不吃了，把碗端过去，先生美女们，想听什么样的故事啊，讲个摇月亮好不好，大家听好吧！摇月亮，月亮在天上能够到吗？够着先叫你去抓着摇一摇有意思吧！大家愿不愿意吗？不愿听我不是瞎讲瞎胡说，浪费口舌，耽误时间，还不如叫大家睡觉呢？大家说是不是呀！"孟姜女有意识控制性的打官腔说到，又笑一笑往姑娘们睡的地铺上瞧一瞧说：姑娘们晚上睡觉冷不冷，凉不凉呀！千万要休息好啊！睡不着时咕一声！美女姑娘多好多听话，多自在，多美呀！一个个露着头像一朵朵鲜花靓艳，现在正式开始讲一个摇月亮的故事。在古时候，月亮庄有个姓姚的大财主大员外，叫姚发金，他是一只狡猾的狐狸，贪心的大财主大财狼，他对长工的狠劲比豺狼还过劲，当然的与别的大员外不一样，独出心裁的玩花招，使得长工们辛辛苦苦为他干了一年之后，分文也拿不到，却又哑口无言，一个个都满腔怨恨，两手空空而去。他这贪婪的搜刮长工的钱财，也使他雇工特别困难。于是他就采取提高工钱的办法，工钱一提高，一直提到一般员外雇工钱的三倍，出了第二年黄谷十八石的高价雇请，可是却没有人买他的账。正当他为雇不到工而焦急火辣的时候，有一个名叫庆才的小伙子问上门来，要给人他当长工，姚发金整天的不高兴脸庞立即变的喜笑颜开，忙不迭地让座倒茶，递烟。连声说："我对长工是非常仁义的，你看哪家财主肯出十八石黄谷的高价来雇长工哟？""是呀！"庆才点头道，"我就是见你出的价钱高才来的！""那好么！"发金认真地说道："可是，我有个条件！"

庆才道为："你说！""就是，我吩咐的事必须件件办到。""这个自然！"庆才回答说，"客听主家安排嘛！当长工的当然要做好主人吩咐的事情。"发金又道："可要是有一件事放着不做的话，我……""你就扣除三分之一的工钱！是吗？"庆才不等财主说完接过话头就问到。"正是！"姚财主赔笑道，"工钱是小事，我是想用这个办法来促使帮工干活认真罢了，绝不是同几个工钱的问题，所以，对不认真干活，又不吸取教训，第二个事情还不干好时，我就要……""又要扣除三分之一？"庆才笑望着财主问道，"只给黄谷五六石了是吗？！""是那样，请别误会，"财主假惺惺的说"其实我也知道你们干活的辛苦，挣这点工钱不容易。但他不吸取教训我有什么办法呢？我也是迫不得已才这样做的。所以，如果还有第三件事情办不到的话，那就别怪我绝情了！也就是说，你又被扣除三分之一，把工钱全部扣完！这实际上是不得已的事情啊！"财主装出一副无可奈何的口气说。"原来你知道我这个规矩？""早有耳闻。"庆才微微一笑"既然如此，那就好办了！"财主正色道，"咱们有言在先，我就这条件，你愿不愿意干，不愿干你就请便，说断理不乱！""对！"庆才道，"先说断理不乱，如果我件件都办到了呢？""都能办到，我就分文不少，到时候十八石黄谷一石不少！"财主肯定的回答道。"说话算话！"庆才回复到。"当然了，咱口说无凭，还要立出文字据，免的以后扯皮反悔！"财主说罢，就提笔写道：文约人姚发金、庆才，庆才愿意到姚发金家当长工，一年工钱黄谷十八石，帮工的要认真干活，主人吩咐的事情，必须件件办到！如果有一件办不到，即扣除三分之一的工钱，三件办不到，工钱全部扣除，庆才自愿接受这个条件，答应帮工，空口无凭，特立此为据。写好后让庆才画押，庆才说道："别忘了条约上还必须添一句：如果件件事情都办到的话，那十八石黄谷必须如数付给，一石都不能少。""可以！可以！"财主心里想道：他还这么精灵呢！可是他知道我吩咐的是什么事情呢？想罢，便提笔添了庆才要求的那句话。一式两份，写好之后，双方签字画押，然后各执一份为凭。

　　第二天，庆才就上工了。他本来活干是好手，地里一切眼看一年的帮工时间就要到了，姚发金吩咐的事情没有一件是没有办到的。庆才心里暗自欢喜！一直等到腊月十五日结账的那一天，姚发金拿出一个酒壶给他道："庆才，去给我买壶酒来！"庆才接过酒壶来并未动身。财主问道："怎么还不去？叫你给我打壶酒来呀！""老爷，买酒是要钱的，你还没有给我拿钱呢！""我要你买的是不要钱的酒！""啊？是不要钱的酒！老爷怎么不早说明白呢？"说罢，庆才提着酒壶走了。财主望着长工的背影得意地笑了，心想：看你到哪儿去买？不一会儿，庆才把酒买回来了，财主接过酒壶，呀！沉沉的，揭开壶盖满满清清的，用鼻子一闻，淡淡的，用嘴一尝，变色道："你打的什么啊？""酒啊！"庆才答道。"这是酒？"财主追问到。"是呀！"庆才肯定地说。"这是什么酒？""照你的吩咐，打的不要钱的酒啊！您这是水！"财主明白了。"不给钱，我怎么打酒？当然只有水了！就是不要钱的水，像你老爷这样一动不动，就是水也是买不来的呀！""哼！"财主气地满脸通红，又没有理由反驳，好一会才从口袋衣服里摸出一吊钱，说："好吧！算你说的对，刚才没给钱，不怪你，现在把钱给你，去给我买三十个老公鸡蛋来！"庆才接过钱转身走了。财主喊着他道："听清楚没有？叫你买老公鸡蛋啊！""听清楚了！买老公鸡蛋。"庆才边走边回答。财主盯着他离去的背影说："这回我看你怎么办！"心里也还在为他第一件事没有难住庆才而耿耿于怀。不觉庆才已经回来递上一篮子蛋道："老爷，你数一数，三十个蛋！一个也不少，还有一文钱盛在篮子里呢，请老爷收下。"财主往篮子里望了一眼，问道："你这是买的什么蛋？""老公鸡蛋啊！"庆才回答说。"你这里有老公鸡蛋！"财主反驳道。庆才笑道："老爷既然知道是母鸡蛋！""这是母鸡蛋！"财主点明了。"你怎么知道这是母鸡？"庆才反问道。"公鸡根本不生蛋！"财主脱口而出。庆才笑道："老爷竟然知道公鸡根本不生蛋，却叫我去买公鸡蛋，现在我照老爷的吩咐买回来了，这第二件事我可是办到了啊！老爷你就权且把这些母鸡蛋当公鸡蛋吧！""这……这……"财主气的半天说不出来一句话，过了好一阵子心情才平静了下来，想第三件事非把他难倒不可！便佯装笑脸道："好吧！你辛苦一年了，今天你帮工的时间已经满了，今晚我在花园里办桌酒席向你酬谢！我对长工就是这么仁义，到时候我还有一件小事情麻烦你，办好之后，我就把十八石黄谷如数给你！你现在去休息吧！"庆才谢过老爷，知道还有名堂鬼着呢！不过，他不怕，有足够的信心斗败财主老员外，便放心大胆上街玩去了！到了晚上，庆才来到花园，果然见财主给他摆了一桌酒席在那里，庆才也不客气，就一人一席的大吃大喝起来，心想难得有这么好的机会？不吃白不吃，现在就吃他个痛快，正吃的高兴的时候，财主抬头望望月亮道："庆才，你看，今晚的月亮多圆！"庆才抬头望了一眼："十五的月亮嘛！当然圆啊！""圆是圆，"财主说，"可惜它在天上一动也不动，我想让它动一动，你去摇一摇，携一携，让它晃动晃动，如何？""啊？老爷，你要我摇月亮，叫月亮为我们饮酒助兴，跳个舞给我们看，"一边站起来把身子左右摇摆N下说，"就是叫月亮像我们这样晃过来，晃过去行吗？""行行行，是是是，"财主也答应了站起来。"老爷请等片刻，我去去就来！"说罢大步流星走了，去不多时，端来一盆清水，放到凳子上说："老爷，你看这盆水里是什么？"财主不知庆才的用意，果然低下头来看盆里笑道："水呗！""水里有什么？"庆才紧问一句。"月亮！"财主说道。"也是个月亮，是吗？老爷！看我叫它晃动！"说罢庆才就摇动盆子，盆子水荡漾月影婆婆果然晃动起来了。"老爷是这样晃动吧？"财主这下才明白庆才的用意，连声否认道："不不不，我不是叫你盆里的月亮晃动，我是叫你便指天上的月亮晃动。""啊？"庆才道："你叫我摇动天上那个月亮，这好办，老爷，请你把它取下来，我摇给你看！""放屁！那天那么高，我怎么取下来？""既然老爷不能把月亮取下来，就不要怪我不能摇月亮啊！"庆才斩钉截铁堵住了财主的口，"这……这……"财主这下说不出一句话来，财主黔驴技穷，只得忍痛将十八石黄谷如数付给了庆才。

"好了！姑娘们，故事讲完了，该睡觉的睡觉，明天我们就要过黄河了，过了黄河没几天就可以到长城了！我们的目标是长城！知道不知道美女姑娘们？好好休息休息睡觉，将来才能干活干得好……"

"炎大姐，我提个建议！明天过黄河是走着过还是坐船过？"八队九组的灵妹说问着。

孟姜女说："这还用问吗？过河河中自然有水，不坐船怎么过去？"

"要是夏天就好了，不找船了，又能玩水还洗澡，又清凉还解热，大家都玩得痛快！"二组长齐梅说。

七队四组才女说："炎大姐再讲故事吧？明天不走路，那睡这么早的觉干什么呀？睡早了说不定谁还尿床呢！再讲一个故事求求你了炎大姐大队长先生！"才女边说边说求孟姜女，姑娘们都要求再讲一个故事。

"但必须讲的比别个要稍微长点，讲什么呢？姑娘们，我已经讲了好多故事，包括我唱歌，我都记不清唱了多少遍了，所以请大家多原谅！无论是歌词歌故事，如果有重复的！请大家不要烦，更不要讨厌！好好听，待以后你也会唱好歌的。"

"放心吧大队长，大队长大大姐，我们是出家人，没有不爱财多多欲善欲美欲好巴美好姑娘们这可以记住背会唱会唱熟一辈子，下一辈子也望不掉就好了！"一队十组的贾盼盼说。

"大伙美女们姑娘们，你们感觉怎么样，是多讲多唱好，还是少讲少唱有利呢？"

"废话吗？当然是讲得越多越长好了，谁不想听可以捂住耳朵睡大觉！"二队七组好人美说。

"不爱听的可以去站岗放哨值勤打更怕什么呀！不用慌会有事干的，急什么？"真美美说道。

"去茅厕打扫卫生也不错，半夜没有吵闹，清静又安闲好哉尼姑生活……"

"好了好了！姑娘女孩子美女们，这是最后一个故事听见没有，我讲完之后谁想讲谁来讲！哪怕是噎到天明天亮我孟姜女也没意见，不过小心在船上别梦游啊！被大河里的王八媳子给背走，我这里修长城又少一员大将！猛将女大侠……"

"炎大姐你不知道，最好叫大黄河的黄龙爷给背走，再从老龙王那里带一群虾兵蟹将来帮助我们来修长城，三年三十年的活路三天或三个月干完才拍手感谢叫好呢！"香花花说。

"你真逗，再说说就变成龙王爷来修长城的故事了！咱们万千多人我们只是出来游玩唱唱歌，听一听故事，陪着炎大姐乐一乐、笑一笑，大家高兴的屁颠屁颠的找郎官寻老公来开心玩的！"

"朋友们，好了姑娘美女们，大家想听故事的不要吵吵了，更不要吱声了，不想听故事的就给我睡觉梦见长城就请北斗星王来修长城啊……"四队三组白凤妹说。

晶晶不耐烦地说："讲故事，都不要吵了，瞎吵吵个啥东西，能吵出个瓜子叫大家美女嗑嗑吗？"

孟姜女说："讲个皮影清唱：任成东，皮影艺人五岁就拜师学艺了，八岁登台献艺，不但会操控皮影子，还精通于皮影戏道具制作工艺。二十岁不到，他的名字就在六国遍红了方圆几千里，这天，任成东单人独驴带着两箱皮影道具起出自己演熟了的地界，去邻国去开戏社。黄昏时分，他来到一个小村落，被村里一个复姓司马的人家请了去，司马家有个大儿子，在外面做皮货生意，家境颇为殷实，老爷一看来了个演皮影戏的，便留任成东在村里演三天戏，于是司马家的院子外头便搭起了一个戏台，戏演到高潮时，前面的老爷张着没牙的嘴，太太们瞪着大的眼，都痴痴地盯着台上，任成东操作皮影道具，一腔三折，一叹三调，一柳扬，一顿挫，一声长叹，一阵狂笑，男女老少学谁像谁，把戏台下的人都深深地吸引住了，三天演下来，场子里天天掌声一片，看着老少爷们满脸笑，任成东心里很得意！就在他收拾东西准备上路的时候，司马家老爷让管家把任成东请去了！原来司马家还有个少爷，不单喜欢看，一口叙说千古事，双手对舞百万兵的皮影，而且还格外痴迷皮影道具的收藏，老爷让任成东做几个皮影人，司马家愿意支付任成东丰厚酬金，任成东何乐而不为呢？于是他很爽快就答应留了下来，少爷给任成东看他丰藏的十几个皮影，个个形态逼真。少爷说：其实他特别喜欢神话故事的后羿和嫦娥。先前有过一个皮影人后羿，这次他想请任成东帮忙给他制作一个嫦娥，这样就成双成对，十全十美了！才挺不情愿的拿出来，任成东本想问少爷这皮料出自何物，但见他一副高深莫测的样子，不禁心中暗自叫绝，这个皮影人制作精美不说，就是用的皮料，也绝非一般牛羊猪皮所比，难怪少爷不肯轻易示人！只得作罢。少爷说：这次仍要自己亲自去挑选制作嫦娥的上等好皮子，所以让任成东先好好休息几天，待皮子一到，抓紧做来。任成东其实是个闲不住的人，真要是没事了，实在觉得百无聊赖，于是便在村里串起了门子，也渐渐和大家混脸热了，这天任成东大清早的就起来了，在村子里散开了步，别看这个小村子地处僻静，但环境幽雅，深处宁静，山头纤尘不染，几天走下来看下来，任成东已经喜欢上了这个地方，他心想：若能在此修一茅屋，辟一良田，倒也逍遥自在，沿着清水照人的溪水河，任成东缓缓地走着，突然他看见有一个一身清纯的女子正在溪头浣洗，细细一看，原来是村里一个叫水莲的，任成东昏沉听人说起过，这个苦命女子，一年前才嫁过来，男人长的相貌堂堂，谁料只在婚礼上见过一面，男的就突然没了踪影，任成东很同情水莲的遭遇，正要上前打招呼，不料一脚踩在溪边松脱的泥块上，只听扑通一声，人就掉进了溪河里，任成东是个旱鸭子，到了水里就只会胡乱扑腾，水莲见了急忙扑下水来拉他，憋足了劲才把他拉到溪岸边上，任成东狼狈不堪闹了个大红脸，再也无心闲走下去，于是就折身回了司马家，给他安排歇息处。司马少爷不在家，任成东料想他是找制作皮影嫦娥的皮子了，可是少爷一直到晚上也没有回来！任成东没有可以说话的人，想起白天把自己从溪水河里救起来的水莲，还没有好好谢谢过人家哩，于是就决定上门当面感谢她，顺路人给指点，任成东走街过巷，在村西尽头看到一处十分破旧的宅院，据说这就是水莲家。任成东轻轻推开院门，见院子里房间倒是不少，可是全黑漆漆一片，仿佛一个张着大嘴的鬼怪似的，任成东不由惶恐起来，拿不定主意，自己倒是进去还是不进去，就在任成东犹豫不决的时候，蓦地他看见里面有一间房屋亮起了一盏豆油灯，任成东不敢莽撞，轻轻走过去，用食指蘸着唾沫在薄薄窗户纸上戳了个洞，想光看房子里的动静，果然就看见水莲的身影子，任成东惊喜万分正要打招呼，猛就看见司马少爷不知从屋里什么地方窜出来，一把就把水莲抱住了，然后狠命脱她身上的衣服，嘴里还嚷嚷着说：我的小乖乖，我还从来没有见过你这么好的皮肤呢！水莲死命挣脱骂道：'你这个畜生，你放开手！要不，我就死在你面前，以后我男人回来了，绝饶不了你！''嘿嘿你还在希望你男人回来？'司马少爷得意地笑道：'他早已经做了我的后羿啦，你也成全我，做我的嫦娥吧！'水莲一怔，'你……你这是什么意思？'水莲一时没有听出司马少爷这话的意思，可站在院子里的任成东听明白了，他浑身一颤，一股寒气从脚底升起。房间里，司马少爷恶狠狠地对水莲说：'我实话告诉你吧！你男人已经做了我的刀下鬼，谁叫他长得俊呢！嘿嘿，我就要他做我的皮影后羿，'司马少爷说到这里，伸出两只魔爪，死死掐住水莲的脖颈，'哈哈……我成全你们，你就这辈子做我的皮影嫦娥吧！'这一切，任成东在屋外看得真真切切，只听咯咚一声，他的头撞在窗下的一块大石头上，两眼一黑说晕过去了……第二天任成东醒来，发现自己已经回到歇息处正睡在床上呢！是谁把自己送回来的呢？又是什么时候送回来的他也不知道，他也不想知道，除了司马少爷还会有谁呢！他知道司马少爷绝对不会放过自己，但他什么都不顾了，昨晚在水莲家看到的那一幕，已经深深地印在他的脑海里了，他立刻起身朝村西头走去。想去水莲家年年她到底怎么样！没有想到一路上所见之人，个个面色惨白。任成东上前寻问，一老汉摇头叹息，'昨晚不知什么原因，村西头的水莲突然死在自家的屋子里了，浑身血淋淋的，皮都没有了！唉……'任成东心头一阵震颤，把司马少爷骂得个咬牙切齿，'这畜生，到底还是被你得手了'，这天夜里，司马少爷自不出面，让管家把皮子送到任成东住处，逼他连夜就开始制作，为了嫦娥和后羿成为一对完美，他让管家把后羿皮影也起一送来了，看着眼前的这一切，想想水莲在世上时的模样，任成东泪流满面，握紧拳头说：'水莲！水莲啊！还有我那位没有见过面的兄弟，我一定为你们报仇，他带两张皮子摸黑来到水莲家，将他们悄悄给葬于一处……第二天，村里传出一个消息：司马少爷不知为何原因死在了自家房中！与此同时，皮影艺人任成东也不辞而别，去向不明！自此皮影戏台上再也没有人听到过任成东那令人叫好的皮影戏唱了！"

故事听听好清闲，一天一天过得快，
黄河边上美女靓，镇长弃妇妄情爱。

过 河

镇长问："孟姜女！你好！早上吃过饭没有啊？如果没吃，我请客，吃三鲜小龙包子怎么样？"

"啊！是大镇长来了！谢谢你！我们大家早就吃过了，有几个小队正在装船呢！"孟姜女说。

"还用你大队长亲自动手搬抬东西干活呀？"乔镇长稀奇的说："你看你辛苦忙的！"

"大家信任我，孟姜女我当然应该是吃苦在前，享受在大家姑娘后面了，镇长先生谢谢你，你先去吧！如果有什么事你就喊我一声啊！"孟姜女真诚地说道。

镇长笑着说道："事情当然是多得很，你马上派一些人去我镇大院里，去抬搬猪肉、羊肉、牛肉，还有退好毛的鸡、鸭、鹅乱七八糟的粮米面什么的，青菜东西，够你们吃上一阵子的，我去吃完早饭就回去！你也再去吃点吧！"

"饭不吃了，谢谢大镇长先生，马上我去倩倩九小队派人去抬回装上船准备过河！"

"炎大队长你好！你们的人可能一次过河坐不完，留上一小部分人等待船只返回来再过大河？"

"炎大叔，炎老板老大，一次过不完，那就等下一趟吧，大叔下一趟大家能在什么时候坐上船呢？夜里什么时候能到对岸呢？"孟姜女再询问地说道。

"大队长！平时过河，有时到半下午，有时到晚上夜里才能回来，不一定呢！不定时辰，有时遇上天气不好！风浪大顶风，就慢得很，看天气实不太好，就住在对面不回来，主要看天气。"

"大叔老板，你看这样行不行？我共计有十个小队，有万零一百多人！先走一半，其余一半人留下来，搬抬东西往船上装船，你看如何？这样可以让坐的人们先走先开船，先到先返回，先到的人在河对岸卸船装马车怎么样？只有越快越先开船。"孟姜女说。

"我也是这个意思！来说说大侄女！咱们爷俩算是想到一块了，大队长你看那些人先走先上船，赶快安排交代一下，咱们赶早不赶晚！越快越好怎么样炎大队长？"

"二队队长：犇犇，四队莹莹、巧巧、楠楠、小曼、赶快集合人，二人一路一排跟着炎老大老板上船、坐船！大家姑娘们赶快！快上船呀！一队、三队、五队、七队、九队的人原地不动，晶晶、田田、阳阳、青青、倩倩。晶晶把你们一队人马拉开，三个组一辆大马车，卸车装船，三队田田也派出三组承包一辆大马车，卸车装船！""赶快动手，早装好早开船，一辆大马车装两只船上，一辆大车再装上另一只船上，四辆大马车上的货物和大车就需要三十二条船，每条船上坐 60 人，又要搭八十条大船，官兵还包了二十条船，所以其余人只有连夜过大河……"炎老大说。

"炎老板大叔你怎么安排都行！就照你老人家说的办！"孟姜女说。

"孟姜女大侄女大队长！人现在就带着她们这批美女姑娘们几千几百人先头里走了！是、咱们晚上再见啊！"

"犇犇、莹莹、阳阳、楠楠、小曼你们坐船上都必须听船老大舵手的话，千万不能出问题！让每个姑娘女孩子美女都安全过河！大叔，炎老板晚上见，祝你们顺水平安！大家都好……"

孟姜女又重点说："犇犇、小曼你们都必须听话听炎老板老大领导的话，下船后先找住宿吃饭地方，切切实实的督促小队长组长管好自己带的一组人，走吧！美女姑娘们！"孟姜女回过身来和倩倩、青青、晶晶说："带上人随我来，上镇长大院拉肉面菜东西去！走走走……"百多姑娘女孩子悄悄跟着大队长副大队长晶晶来到镇大院。李老头此时还一手端饭碗，一手拿锅巴子，右手用筷子往嘴里扒着饭吃，看见姑娘女孩子美女一大群，他慌忙站起来说话："炎大队长来了，来抬东西搬肉是吧？粮面肉都在这里吧！镇长才走一会儿，上集上街市上吃饭了！"

孟姜女点点头说："李大叔好，吃饭哪！姑娘美女们来抬来搬粮面，肉什么的都抬上扛上赶快去装大船！快快快，越快越好……姑娘加把劲干呀……"

"炎大队长！你真行！镇长从来也没有像这次这么操心，这么快的把货物早早督促到，你真是女大侠，女神仙的大队长！你在我们镇上顶呱呱的这个神人也！"老李头用大手指比画着。

"李大叔！谢谢你了！肯定是也累了一夜吧！好好吃饭吧！等我们走了以后你再好好休息休息睡一大觉！你也肯定累得不行了……"孟姜女说着。

"大队长炎大队长！我一夜没合眼没睡，跑东庄走西村赶南乡去北集，要不是骑快马加鞭呀回来还早着哩！我们镇长大人真的很怕你这个大队长美女！炎大队长……"李老头说叙着。

"大叔你说话真会开玩笑，他乔大镇长怕我一个女流之辈干什么啊？我又不会放火杀人，更没有部队军人带的武器，刀枪棍箭！只能说你们的镇长先生热心长城修筑事业，对天下的老百姓特别关心！更是对皇帝忠心耿耿，孝忠大秦王朝的皇帝老子，他叫干什么，他就忠心不二的干什么差事，是个好镇长！李大叔你吃完饭要好好睡一觉，辛辛苦苦干了一夜没闲着……"

"哪里，哪里！这是小人分内应该做的事，端别人的碗，服别人管嘛！炎大队长你走了……"

"牛辛来来咱们两个人抬一只羊，你拽住后腿，我抬前腿抓紧，那一头大肥猪找杠子抬！"

"炎大姐我来抬羊，你就别慌恁很，叫我们姑娘美女多干点！你看这大牛大马肉，还是先用大刀剁开，分开劈小抬搬不是方便些吗？不然这么大块大伙也不好下手呀！"徐国丽建议说。

"好建议！好方法！李大叔你这里有刀斧头没有？麻烦你拿来把这些猪都用大刀剁开，早晚也得一点点的吃掉，分解开来大家也好抬搬走不是？"

"好！我有刀，我这就拿来割开它们！"李老头边说边上屋里拿来菜刀，上来就将猪肉剁开，费了好半天的劲才将它劈成四大块来。

"老李大叔，这刀给我用用，你去看看镇长家里有没有刀也借来用用，两把刀一起来，不快些吗？"

李老头说："好好！对！我去找来用一用，用好再还回去就是了！"他快步小跑向后院。不一会儿拿来两把刀，倩倩接过刀来！晶晶也接了一把杀向牛肉："大刀杀啊！不太快啊！刀和肉到一块来了，加油啊！"

"在砖墙脚磨一磨再用就快了！来把你那把刀拿来给我，你用这一把刀，这刀快得很！"李老头接过刀在墙上操一操，又劈一劈后再用："看快得很吧？磨刀不误砍柴工嘛！瞧瞧赞劲的很！"

"李大叔你真行，样样事都难不倒你，事事是强手老手，啥东西都会干！"

"不干不行啊！你们都是姑娘女孩子，平时没干过什么事！手上又没劲，不管咋讲我还是一条汉子，男子汉大丈夫大老爷们，干是干活理所当然的该干该下劲干，谢谢你们的夸奖呀！"李老头说。

"谢谢了，李大叔你行！你真管哎！干事快！干净力量、勤劳能干，也是个大忙人！处处少不了你啊！"

"千万别客气，没事没事！干活的是应该的！镇长大人回来了！……"

"炎大队长你们这些姑娘女孩子美女干活还真是快呀！手脚还麻利！动作又快又好！只一会工夫就全搬好了！你们成了女大侠，有女侠客的英雄气概！佩服！实在实的佩服你们这些美女姑娘女孩子呀！马上都变成天上的仙女啦，轻飘飘不慌不忙的全干好干完了。"镇长夸赞地说道。

"乔大镇长先生，把大家夸成力大无比的仙女神仙了！千万别客气啊！是不是镇长先生这会心疼东西了，舍不了孩子套不着狼！大家都是无利不起早！别客气，我还得送姐妹们过河，等美女姑娘们坐船走了！孟姜女我才能闲下来和大家说话！千万别生气呀！大镇长！"

"你们人多、事多、麻烦也多！该怎么忙就去忙好了！我还得好好睡一觉呢！为了你们这些美女女孩子姑娘们，我夜里慌忙了一夜没合眼！几十乡百村挨着跑才要了这米面肉什么的……"

"我走了，大镇长休息，等回来咱们再叙话聊天！感谢你们啊！再见！……"孟姜女慌忙走了。

大镇长嘴里说："美女姑娘们走好！慢慢走啊……"睁大眼睛望着孟姜女她们的背影吧气摇头嘴上露出微笑，轻轻地摇动着脑袋，深表无助挽留的遗憾呀！回身懒洋洋地向自己的后院走去。

孟姜女得意地向大河走来高声唱道："《如梦令》，美女快船远航，大河东流滔滔，炎黄本色金！长城黄河骄傲！娇好！娇好！丰功千年自豪。

《西江月》：长江长城黄河，华夏民族自豪。多少丽人艳映靓，代代英雄绚骄。东去奔流灿烂，美女雄傲神朝。仙女姑娘修长城，靓美女神英俏。"

孟姜女的歌声使姑娘们抬着扛着抱着物资朝大河上的码头上而走去！远远的大河面有好多好多的大船乘风破浪离开岸好远好远！船老大和船工船夫们用竿撑着水中朝下一下又一下的往前推动着大船往前，大船像脱缰的野马一样拍打着水浪刮出两道深深的波涛渐渐的渐渐的远去。

"炎大队长炎大姐，往这边扛来，吃的肉都装在 27 号船上呢！递给我来搬……"晶晶说。

"好来！哎上！我自己来！上 27 号大船！"高声回应着船上晶晶的喊叫，又在鼓励自己的搭档。

"炎大队长！这第一趟船你不坐不过河吗？"炎老大叫喊着招呼着孟姜女。

"炎大叔！你们先走吧！别等我啦！我等晚上的回头船再走，再过去！你的船上装的是大马大骡子大车是吧！一定要小心安全呀！"

"大马大骡子都不愿卧下来，在船上摇摇摆摆的很，跟岸上沿的树一样！树大招风，为了安全顺利过河，我们会小心小心再小心的！"

"对呀！炎大叔大老板，你跟他们其他船老大都再讲讲安全平安过渡？"

"我昨天晚上专门开过会讲了，安全第一，千万马虎不得，今天的天气还好，一定会平安无事的！"

"那就辛苦大家了！让各船上的船老大加把油，争取早日返航！……"

"炎大队长！等好吧！叫姑娘庆等着好吧！今天无论如何都会完成任务的！完成渡河计划的！"

孟姜女边说边上了大船，见船上船头到船尾中间站着挤着顺势架起的大车！顺大马车每边对拴着四十匹高头大马，大马外边用桅杆拦住大马，使它们不能左右走动晃动摆动，以防掉到河水里，车架拦的刚刚好，又用绳索攀些绳网，这样正刚好是十辆大马车占据十条大船，炎庆山老大的船在最后一艘压阵。浪花此刻拍打着船舷，天上的老鹰在盘旋着翱翔，水鸟儿在空中叫着唱着歌儿飞来飞去，又一头扎在水中游戏玩耍着，有几个姑娘在河边洗手说笑，用手撩着水向河里泼去，浪花一浪接一浪的打来！

"姑娘们，这水多清凉多清爽，一点也不像人们讲的，黄尘浪涛涛的沙尘泥巴浆子！"

"你不懂，现在是春天，当然是清清的河水！如果是在七八月份的夏季，雨水季节，人们不是好说：跳进黄河也洗不清！就是说水大水浑泥巴浆常淌！是永远也洗不清。"

炎老大的船也开始离开岸边！船工们用长竿插进水下再顶在肩上快步在船上走去，大船越来越快的向前航行，炎老大转动舵把，使船头向北方，自己在船后向南边大声喊道："炎大队长大侄女，你要耐心的再等待半天！我们会回来带你，你们姑娘女孩子过大河！回头见啊！"炎老板炎老大右手在头上空摇着，"再见！回头见呀！"

"再见！大叔！大老板老大！再见！再见啊！"孟姜女举着双手，在头上空摇摆着。

　　　　　拜拜吧再见，再见哎拜拜。
　　　　　挥挥手心意留，乐一乐黄河来。

撕打

"炎大队长！来了！里边请！"李老头在镇大门口接待孟姜女等一大队姑娘女孩子们说。

"李大叔你好！刚才已经走过一些姑娘女孩子了，还剩下一小半的姑娘们有三千五百多人还没有坐上船，船只坐不下了，船老大们叫我们再等半下午或到晚上，等船返回来后，连夜把我们全部都送过河去，我想叫大家在你这大院里休息休息等候？"

"炎大队长！可以，可以，完全没问题，大家都是出门在外不容易，人们好讲：在家天天福，出外一时难，时时难啊！这大院坐个几千把百人的不成问题，用不用我去和镇长大人那里去报告一声呢？"

孟姜女说："李老板，随便你了！反正我们要在这院中休息大半天，快一天到天黑呢？"

老李头说："镇长大人，可能可能还在后院睡觉哩！夜里骑着大马这庄那庄的慌忙了一夜，刚才一大早见他去后院，再也没有出来，肯定在睡大觉！"

"叫他多睡一会儿吧，反正我们这些人一时半会儿又走不掉，大家都熟悉了，又不是什么坏人！"

　　"炎大队长，看你讲到哪里去了！我的意思是镇长大人知道你们女孩子姑娘美女们都在这现在你们需要什么！有什么要求或者镇长大人有什么好的招待你们！我们镇长大人还是好心肠的，有善良心的！"

　　"老李叔！谢谢你了！我们大家只要有个地方坐着休息休息一下就好了！"

　　"炎大队长，要不我把镇长大人的办公室开开，叫你大队长、小队长、班长、组长们进屋里休息休息！里边椅子多，够五六十个人坐的！"

　　"算了，老李大叔，不麻烦了！我就喜欢和姐妹姑娘们在一起唱唱歌，跳跳舞、讲讲故事什么的！你有事你先忙着，我们大家就坐在院中就可以了……"

　　"好好，好人啊！我去提些水茶什么来！给大家喝……"老李头说着走了。

　　"谢谢！真是太感谢了"孟姜女招呼着大家，姑娘美女女孩子们，随便坐下随便蹲随便啊！想坐的坐下，下边我来给大家讲故事，今天这会儿讲个关于孔子的故事《陌生人的美意》。

　　"孔子他们那天去登山，在回来的路上，大家有些累了，看见路边有间小茅屋，门口有几个石凳，他们便坐下来，稍事休息。这时，一个老汉从茅屋中走出来对孔子说：'请问你是不是孔丘老司寇啊？'孔丘点点头。'当年你曾放过一对打官司的父子说：不教而诛为虐。当时，我也在场，你实在是太了不起了！'他十分激动，说着说着就往屋里走，边走边说道：'请你等一下，我要送点东西给你。'老汉急匆匆地去了，不一会儿，他端着一个热气腾腾的瓦罐出来，那个瓦罐不仅旧，还显得很脏。'这是一些山野小菜，我刚刚做好，正好遇上先生，就请你和大家一起品尝吧！'我一看里面的菜黑乎乎的，虽然闻起来不错，但看上去似乎不太干净，我们都知道老师你吃东西很讲究，食不厌精，脍不厌细，绝恶不食，臭恶不食。这样东西怎么能让老师吃呢？我正想找个理由拒绝，没想到，老师高高兴兴地接过瓦罐喝了一口汤，连连夸赞道：'好吃！好吃！'接着老师招呼我们：'好东西啊！好东西！你们都尝尝！'我尝了尝，皱起了眉头，不过如此，并不像老师说的那样子好啊！老汉高兴的不知道怎么才好，站在一旁一边搓手，吃完了，道了谢，我们继续往前走，我忍不住问老师，'你真的觉得刚才的野菜汤好吃吗？''你说呢？'老师反问我怎么样？我说，大家也表示赞同，小师弟子张说：'瓦罐是陋器，煮的东西也很简单，味道也不见得好，老师为什么还连连赞叹？吃的那么高兴？''这也是一种更大的享受啊！这份好意！难道不是份最好的美味吗？我的心受到触动，想起多年前的一件事，那是在楚国，一天老师和我们去城外的河边散步，遇到一个渔夫，老师和渔夫聊得很开心，临走时，渔夫要将一篓鱼送给老师，老师不肯接受，渔夫说：天气那么热，市场又远，这鱼是卖不出去了，与其等它臭了扔掉，还不如把它献给老师你这位有道德有学问的君子，老师一听，立刻满脸笑容地接受了，回去后，老师让子路用鱼来祭神，子路一脸的不情愿，'人家不要的鱼，老师却用它来祭祀，好像没有这个道理吧？'颜田也说：'老师，你开始不接受这些鱼，现在不但接受了，而且还要用它来祭祀这样庄严的事情，这是为什么呢？'老师说：'我开始不肯接受这些鱼，只是考虑渔夫捕鱼不容易，后来接受了是为了不使余财浪费，食物腐烂，而且施给别人，符合圣人之道。我们接受的不是一篓鱼，而是接受了圣人的赠予啊！得到圣人的礼物，我当然很高兴，当然可以用圣人给的东西来祭祀，'在人们的印象中出除了古代的尧舜，本朝的周公等人，老师很少称赞圣人，现在他竟然将一个渔夫的行为与圣人的行为等同起来，这是绝无仅有的事啊！想到两件事，人们不由感叹，从不同的角度和深度去看待人与事，生活中何处不是美好和诗意呢！一个国王和大臣们在一次冬季的狩猎中迷了路，走到一个人迹罕至的地方，当夜晚来临之际，他们好不容易才发现一处农家房子，国王说：'我们在这儿过夜吧！'有位朝臣极力反对，他认为，尊贵的国王到农家避难有失尊严，还是自己搭帐篷较为妥当，农人知道了这种情形，就说：'国王的尊贵不会降低，只是朝臣不希望农人的尊严提高。'国王听了这句话，觉得很有道理，就走进他的房子过夜，并在第二天早晨赐给他一些礼物，离开前，农人陪着国王散步，恳切地说：'接受了农人国王的权力和尊贵没有损失，但是，当这位国王遮住农人的头时，农人的帽檐却无法还伸到阳光下，一个大人物能够谦恭的礼贤下士，对所有的人一视同仁，不仅不会失去尊严，反而显的心胸坦荡。有一人年轻人，对生活的不满和内心的不平衡一直在折磨着他，觉得怀才不遇，因而牢骚满腹，一年夏天，他乘同学的渔船出海，才使他茅塞顿开，他父亲是一个老渔民，在海上打鱼打了二十多年，看他那从容不迫的样子，年轻人的心里十分敬佩，年轻人问他：'老伯，你每天打多少鱼？'他说：'你不知道，孩子，打多少鱼并不重要的，只要不是空手回来就可以了！'年轻人若有所思地看着远处海，突然想听老人对海的看法，海是够伟大的，水里滋养了那么多生灵，老人说：'那你知道为什么海那么伟大吗？'年轻人不敢接茬，老人接着说：'大海能够装那么多水，关键是因为它的位置低，正是大海的位置低，所以才容纳百川，包罗万象。'

下边再讲一个《那条猫腿引起火灾》，这天算命先生在村里碰见一位年轻人，他们兄弟四人，父母亲去世就分了家，每个人都分得一份财产。然而，有一只猫无法分，那只猫属于他们四个人共同所有。最后，每人分得猫腿一条。倒霉的是，有一天，那只猫从尾顶上跳下来，摔伤了一条腿，这条腿恰好属于年轻人，他只好拿一块布浸湿了油药，包在猫腿上。可是，当猫在炉子旁边睡觉时，布条不小心烤着了，猫吓得跑到草垛上引起了一场大火，烧毁了附近不少房子，邻居据责任归到这个年轻人身上，到村长那里告了他！村长认为，是年轻人的那条猫腿造成这场火灾，应该由他来赔偿损失，可年轻人没有那么多的钱。算命先生听了他的话，思考了片刻，便想出办法，'你去把你的邻居和长辈们叫来，我在这里等着他们。'村里的人都来了，纷纷向他诉说事情的经过，算命先生耐心地听着，最后，他说：'不错，正如大家所说，这场灾害是造成了，也确实是猫的那条受了伤的腿引起的火灾，烧了你们的房子。但是，难道你们不知道，猫是靠受伤的腿是跑不动的，它只是用那三条好腿跑，长辈们还有村长应当能确定究竟是哪条腿引起的火灾，肯定地说：不是那条受伤的腿。'在场的人无不点头同意这种看法，并对算命先生的智慧暗暗佩服，算命先生见此情景继续说：'现在很清楚，造成火灾的是猫的三条好腿，那三条好腿的主人应当对这场火灾负责，由他们赔偿损失。'他的一席话，使长辈们村长们心服口服，并裁决由年轻人的兄弟们共同负责赔偿。

再讲一个《阴阳之约》，有一对老夫妻感情甚好，妻子先走后，每月十五的晚上竟然回来与老伴相会，信不信由你了，大娘刚过了六十三岁的生日，就不幸去世了，去世以后，梁大娘的魂魄久久不愿飘走，最后就被两个小鬼连拖带拽地拉进了阎王殿，面对阎王爷，梁大娘一点也不害怕，她告诉阎王爷，自己和老梁自小青梅竹马，结婚后更是举案齐眉，结婚几十年两个连脸都没有红过，只是老梁是个不会照顾自己的人，梁大娘对他放心不下。阎王爷听了，爽快地批准梁大娘暂时可以不投胎，而且每个月十五的晚上，她可以回到老梁身边，不过只能在老梁的梦里和他她相会，梁大娘千恩万谢地答应了。几天之后，就到十五，太阳刚刚落山梁大娘就急匆匆地朝自家飘去，梁大娘一进屋，就看见儿子也在家，正和老梁絮絮叨叨什么呢？只听儿子说：'爹，你看，我和媳妇都忙得要命，谁也照顾不了你，给你雇个人吧，我们又没有那个经济能力，房子还欠钱没有还清，孩子又小，吃穿都贵，花一分钱都得从牙缝里往下刮！我俩一合计，你还是去大姐家去吃去住，还有零花钱，我们可以把你住的房子腾出来喂牛喂羊，还能多得几个钱呢！'梁大娘听了，眼里泛起了泪花，心说：孩子说的也在理，老头子，你就去赶紧答应吧！谁知儿子说了半天，到最后都给老梁跪下了，可老梁就是不同意，最后儿子只好气呼呼地走了，老梁看了看桌子上梁大娘的神位，叹口气上床休息了。老梁刚睡着，梁大娘就飘进了他的梦里，一看到老梁，梁大娘就问他为什么不答应儿子，老梁一看见老伴眼睛亮了，他忙说：老伴，我在等你啊！我知道你放心不下我，一定会来看我，我要早早地搬了，就去大刘庄去找第三个大院，后院第二个房间，梁大娘点了点头，大为感动，这老头子，心还挺细的！之后的一个月，梁大娘度日如年，好不容易盼到了十五，她急匆匆地朝大刘庄大女儿家后院飘去，进了第二个房间的门，她看见床上躺着一个人，想也没想就飘进了那个人的梦里，谁知进去以后，才发现不是老梁，而且是一个白白胖胖的陌生人，陌生人看到梁大娘，也愣住了，梁大娘心急火燎一把抓住陌生人的胳膊，问道：'你是谁？怎么会睡在针老伴的床上？把他怎么了？'陌生人有些惊讶地说：'你是老梁的老伴吧？他已经搬走了，搬到王庄的三女儿家了，还是在后院第二个房间，临走时，他好像还乐意，还跟我说，要是梦见一个老太婆来找他，就告诉老太婆他的去向，我寻思老梁说胡话呢？没想到还真梦到了，真神了！'大娘说了声谢谢后，就赶紧朝王庄飘去，五更的时候，大娘终于赶到了三闺女家的后院第二个房间，还好老梁还在睡觉，大娘赶紧飘进他的梦中，老梁一见老伴来了，高兴的眼睛都眯到一块了，拉着老伴的手说：'你总算赶来了，为了能多睡一会儿，我已经两天没睡觉了，大娘沉着脸责怪道：'你这老家伙，住在女儿家你也不老实，好好的，干吗从大闺女家搬到这个三姑娘家，害得我跑了那么远的路，你是不是觉得我已经成鬼了，不愿意再见我了，那就早说话，我好早早投胎去～'老梁一个劲地给老伴道歉，他告诉老伴，二闺女家环境太差，一天到晚乱糟糟的，睡觉都不踏实，伙食也差，照顾自己的那个丫头态度也是很差，整天板着脸，别看这里环境好，空气新鲜，伙食丰盛，丫鬟服务态度也好点，不花钱省下的钱将来还可以帮助儿子孙子，两个人正聊着，只听门咣当一声打开了，紧接着传来一声喊叫：'起来吃饭了！'然后，脚步声就又走远了。大娘见势不妙，赶紧飘出了老梁的梦，这时天已经大亮了，大娘赶快朝屋外飘去，出门的时候，她瞥见桌上摆着的只是一个小馒头和一碟咸菜……后面的一个月，大娘几乎是掰着手指头过来的，她不明白，明明是个比原来伙食差，老伴儿却骗她说吃住好着呢！这究竟是为什么呢？又一个十五到了，梁大娘早早地来到三闺女家后院第二个房间，一进门她就呆住了，屋子里空无一人，连墙壁都已经刷白了，不过这难不住大娘，她飘到三闺女梦里，'你爹爹怎么不住这里了？''爹他非要走，婆子又看不惯他，他就去了四妹家！'梁大娘一下蒙了，气得眼泪往下淌，她哭哭啼啼地飘出去了，不一会儿就来到了牛大庄四闺女家，不一会儿她就找到了老伴儿的房间，寻着熟悉的鼾声进了房，借着月光一看，只见老伴明显疲倦，她心痛的抚摸了一下老伴的面颊，轻轻地飘进了他的梦里，老梁看到老伴来了，先敲了敲自己的头，一脸歉意地说：'你瞧我老都老了，一点委屈也受不了，那天你走的时候，叫醒我的那个丫鬟态度太不像话了，我一生气就到这闺女家来了，我告诉你呀！别看这地方伙食可好了，丫鬟都是村里人，待人可厚道呢！和那个二闺女家比好多了……''行了，你别装了。'梁大娘打断了老梁的话生气地说俗话：'王小二过年，一年不如一年，你还不如王小二呢！你是越搬越倒霉，没有一个孝顺孝敬的闺女！早知道……是我不好，不办事，你干吗搬来搬去是有意躲着我？结婚几十年，早看腻我了是不是？那好，我不好，再也不烦你了！'一看老伴这样，老梁也慌了，他拉住老伴的手，摇了摇头说：'事到如今，我只好实话实说了，她们个个吃饭要钱，家里生气，大人小孩过不好日子吃不好，没办法，住几天就搬走吧！就这么搬来搬去的，还不如像你早点到阴间去呢！不生气不愁吃穿的，我们还可以一起投胎，下辈子还可以再续姻缘！'大娘说：'我去求求阎王爷，他面恶心善，说不定他能答应我们呢！'老梁催促老伴儿说：'那你赶快去呀！这里我是一天也不愿意待了！'梁大娘依依不舍的从老梁屋里出来，飘回了地府，她跪在地上，一步一磕头地爬到阎王殿，这可把阎王爷惊动了，阎王爷亲自出来，把梁大娘扶起来，问她有什么要求？他一定会尽量的满足她，梁大娘哭着把老伴的事告诉了阎王爷，最后说：'我两个不求富贵，只要你让我们俩一块儿投胎，来世一块儿，将来还做两口子，我俩就感激不尽了！'阎王爷听后，倒吸一口凉气，摇摇头说这事可就难办了，现在是不光儿女不孝顺养老难，养个孩子也不容易啊！不要说考个状元难，光费用噌噌噌噌的往上涨，就连考上秀才，我也不敢保证你们俩能上的起啊！还是安心过日子吧！阎王爷苦口婆心安嘱他们老两口子，还是早点投胎吧！说不定下辈子是个好人家有钱有势的享福一番！小夜叉过来把他们送到奈何桥上喝了迷魂汤。"

"炎大队长孟姜女，你们在开会还是全体美女队员搞靓照，比美比靓丽比靓艳呢？选出结果谁是冠军、亚军、季军没有"乔镇长一边说着玩笑，一边从房间的方向走向孟姜女这边，"哇！个个赛天仙美女！人人都超嫦娥的靓丽，炎大队长我乔镇长为什么就这么倒霉，娶一个老庸俗婆子，娶一个还是老肥婆，再娶个个都是一样，倒霉不倒霉，晦气不晦气……"镇长苦着脸说。

"乔镇长先生你喧辈子是太有福了，娶一个又一个，一下子五个老婆，人家有很多男人，不是光杆光棍就是穷光蛋，你倒好，一下子养活了五个老婆，而且还都不用干活，天天这走走那玩玩，不愁吃不愁喝不愁穿，不愁票子金钱往家滚，你愁就愁怎么玩完女再长寿。"

"孟姜女大队长，我不瞒你说，好日子过一日是一日，过一天是一天，有女人美女不玩白不玩，这边玩完，哪怕那边就变僵尸呢？管它去，吃饱喝好精神好，玩个把个女人算什么？咱和人家皇帝老子，三宫六院七十妃子，八百美女，我这才真是小巫见大巫呢！大队长你们是女人姑娘们，你们现还年龄小，再等几年十年八年，三十如虎四十如狼，你再能，再多有本事，也别想控制住大自然天生的性格，非来不行，不来也就活不了，活不成了，憋闷也能把你一个女人憋闷死，老虎是什么样子的？吃人吃动物不眨眼皮子，不吃饿得慌，要不然那些婊子们是怎么过的，乖乖儿一天能接待多火嫖客，五十、六十成百的人，这就是这人的本性！"

"大镇长先生说话没谱了，我们这三千五六百名姑娘女孩子可都是正儿八经的良女，你别满嘴胡切达，说起话来没廉耻，孔老先生讲过人之初，性本善，你别把好人和坏女人巫婆连在一起，我孟姜女好歹是个大队长，论职称比你个镇长大，论职位比你高，你现在有三十多岁吧，在座的个个女孩子都是你的亲侄女，叫你喊你个叔叔是没问题的，咱们可不兴胡说八道，满嘴喷粪，逆风臭十里啊……"

"哎哟喂！哎！看你炎大队长先生，我说几句笑话，说说现实中的真实事，看你多心不多心！这河南镇上谁不知道白牡丹啊，有一次官兵从这过兵，一下子压成柿饼子了，好好不说了，无论什么怎样都是男人让着女人，啥事都是女士优先，将来等你们修好长城后，咱们还要男娶女嫁哩，我真得好好地感谢上帝谢老天爷哩，这一下子遇到这么多的美女，炎大队长你们刚才在讲什么来着，大家都在一起静静巧巧的听，你真行，到底是大队长！"

"我们讲故事，讲故事是消磨时光，一边也是还能接受教育，来启发大家。"

"好啊！我也来讲一个怎么样，善有善报吗？恶有恶吗？"

"只要好听，当然欢迎了，大家来鼓掌欢迎乔大镇长，美男子给我们之中的讲一个故事，来！大家姑娘美女们欢迎拍手啊……"一阵掌声过后，镇长微微一笑，看看这个姑娘，又看看那个美女，女孩子说。"《农夫和蛇》不知道大姑娘听过没有，好多年没讲过故事了，记不太清楚了：从前有一位农夫在河边干活，突然听见不远处有呱呱的呼救声传来，农夫扛着锄头快步走过来，只见有一条蛇还将一个大青蛇在用身子裹起来缠住，一圈一圈地往紧里缠着，一只大青蛙被缠的喘不过气来，眼看不能活了，农夫举起锄头向它砸去，青蛙得救了，这条蛇气死了，心里想一定要报仇，有仇不报非君子吗，蛇就像农夫摇头摆尾巴的猛冲过来，农夫东躲西闪好不容易才躲过蛇的攻击，他头上也吓累了一头汗，碰巧农夫趁蛇没主意将它一锄头砸死了，农夫就走了回家，回到家后农夫家喂了一只小母狗正在下小狗，蛇的阴魂不散就一下子投到狗胎里了，人们平时都讲蛇是：小龙，也是龙王爷的小儿子，小女儿，这条蛇是东海龙王的小女儿，阴魂不散，就一下子投进了狗胎，小母狗下一个是小黑狗，又是一个小黑狗，最后第五个下了一个小白狗，毛茸茸的特别好看，农夫特别喜欢这只小白狗，上街也包着它，下地也抱着它。这天到家族祠堂里也抱着它，族长年龄大，寿高学过一些法术，一眼就看出这只小狗有妖气，就跟农夫说：大孙子，你这只小狗很好玩，能不能把小狗留给我来养。农夫说：族长大人，这只小狗我特别喜欢，你看多好玩多乖，哎，对不起我谁也不给，我自己把它养大。

族长一看没招，就悄悄跟他说：三日以后，你在床上扎一个稻草人放在被窝里，一定要用被子盖好，你躲在一边看。一定啊！千万不可大意！农夫回家后，第三天，农夫把一切准备妥当，就躲在一边看着，只见小狗猛地扑上床后，撕咬被子，把稻草人咬得稀烂，只看得农夫目瞪口呆，半天没有回过神来，就听见有个女的在门外叫大哥，农夫不由得跨门出来看，差点吓傻，一个美女漂漂亮亮的在外头叫他，后边大半截干蛇身子，美女蛇一看农夫出来了，张着血盆大口来咬他，农夫左躲右躲才慌慌张张地跑出院子，朝祠堂这边跑来，美女蛇在后边紧追不舍，农夫跑到祠堂后就给族长跪下，嘴里说：老爷爷，快救救我吧！美女蛇在后边紧紧追赶非要害了我，族长看看农夫说：你跟我来，祠堂里有一个大号香炉，你钻进去。农夫才钻进去藏好，美女蛇就追来了到处找人，她这闻那看的，最后发现农夫藏在香炉里，美女蛇就一圈一圈地将香炉紧紧缠住，直到筋疲力尽，美女蛇慢慢地让香炉烤死了，农夫得救了……"

"大镇长先生，你最后一点错的远呀，没有讲完，后来说：农夫也烧死了，美女蛇也死了，而且最后两个死了以后都埋在后面山包上，过几年又长出两棵树，一棵大树是农夫，一棵小树是美女蛇，后来让鲁班大师傅打造成木鱼了，小树被大师削成小木槌，时间长了我也记不太清楚了，按照人们的生活习惯是应该蛇斗不过人，所以我就讲：农夫一直活着做农活，连着几年大丰收吃不完，用不尽，后来又娶了媳妇生了儿子，一家很幸福，这样是青蛙神的保佑，这叫善有善报，恶有恶报，是不是姑娘们，行善一家团圆，幸福永远"晶晶说。

"是啊！讲故事只要听结果，能教育人，使人更聪明更善良吗！"孟姜女说。

镇长还在说：我想给大家讲几个谜语猜猜：一个美女不要脸，嘻嘻哈哈张着大嘴让人舔！你也舔，我也舔。来猜猜好吗？美女们，来猜猜是啥东西。

"啥东西，是流氓大坏蛋，说着说着就下路了。"

有个姑娘气愤地说："瞪着一副杏仁眼，脸上一红一白一青。狗嘴里吐出象牙！才怪呢！"

"姑娘们千万不要诬陷好人呐！本镇长决不会向想象的那么坏那么不值钱，你们这么多的美女们一人掐一把，还不把我这脸给掐烂拧肿，一人要吐一口痰也把我身上吐满吐遍，一个人亲我一口，我满脸也血糊淋啦的变成大花脸！咱们现在是正儿八经的好谜语都不理解都不接受，你们这辈子还能找到好老公吗？真像人们说的一样，嘴上没毛办事不牢靠！来大家猜猜，大队长先生一定知道是什么谜底，不妨等一会也行，看你手下女孩子的智慧,脑子转的怎么样？"乔镇长向孟姜女笑着说。

"大家动动脑子猜猜是啥东西，我想肯定不是好谜语，为啥非要说神精敏感的事件吗？肯定是侮辱我们大家的，不然也不调戏大家了，总是黄鼠狼给鸡拜年，没什么好心肠，挑逗人的鬼把戏。"青青说。

"动什么歪脑筋！诱骗胡思乱想的坏人！把网张开让姑娘慢慢入迷，最后才在日久天长收网俘虏，反正不是终于的好迷之道。"

"大家的警惕是提高了，但不要忘了大家包括每个人大男人，姑娘小伙，最后的一千一万，万万千千的正经人还两个一口，两个一对，两个一双，两一是一回事，让你们猜个谜语这呀那呀的，这只能讲你脑子不行，猜不出来，才找不完的借口。这样吧！美女们，只要告诉我你叫什么名字，我就把谜底告诉大家！好吗？"

"她叫丁娜，讲谜底呀！说话不算话，油腔滑调地骗人家。"

"丁娜，名字好听好记，人也非常美，个也挑，请你晚上到我梦里来，专告诉你一个人，好美女，请你请你快快来，谜底马上说出来。"

"怎样呀！大镇长先生骗人的，啥东西镇长吗？说话不算……"一个姑娘愤愤地说。

"姑娘不用急，我也没有说，我不说呀！丁娜好，你过来我专在你耳朵跟前说。就是不让他们听见，我一定要好好记住你，等你修好长城我娶你，你不会不嫁给我吧！好姑娘真美丽绚情靓好迷人……"

"看看！没完没了的缠磨头，老叙话没有皮了，又要胡说了大镇长……"丁娜说。

"好，我说是吃饭的大海碗，美女姑娘们好好想想看大碗可有脸，没脸没鼻子，没眼睛，更没有耳朵头啊！所以它不要脸呀！张着嘴让美女舔吻，狠劲吃饭，撑得固弄不动，还舍不得一口饭，回家睡在床上在偷偷地去舔大海碗的嫩粉脸！"镇长得意地说出谜底："姑娘们，还想不想在听一个哎！李老头你到食堂叫做饭的说叫做饭，今天我请仙女们的客，不能光听故事谜语不吃饭呀！饿坏了姑娘们，将来不漂亮了，阎王爷还不找到我兴师问罪吗，炎大队长你们现在还有多少人呀！每人要吃多少饭，就这么说着眼看要晌午了，该吃中午饭了，咋会不吃饭呢！都成了真仙姑不食人间烟火了！"

"大概还有三千五百五六十人吧！"孟姜女说："就按三千五百五十人左右做饭，一定要做好菜，有点名气的拿手地方菜什么的？"

"哎嗨！姑娘美女们爱不爱吃黄河大鲤鱼，它可是金灿灿遍体金黄透红的黄河大鲤啊！肉鲜又嫩味还美，可是咱们华夏祖先祖传的美食之宝，吃了黄河大鲤鱼等于俊男靓女鲤鱼跳龙门，不做高官重臣也得享受长寿福气的命运，这黄河大鲤鱼还能做成古今华夏大民族最最知名，知名度非常高贵大菜，看看仙女们谁猜出来这黄河大鲤鱼能做一道什么样的高贵大餐谱来，我在来给大家解释解释它名贵在谁才能吃，才能有权利地位和福气来享受它！美女们这样大菜食一般的皇帝都别想吃上它！也吃不着，吃不上，为什么吃不上呢！那就是他皇帝的福分薄，时候不济，比方说：你非要吃，但一时还没有大鱼，有大鱼而料没有这么多也不行，肯定十条八条连门也挨不着，百条上千条还马马虎虎，上万条才有希望做好吃出味道来，懂不懂所以谁在有本事，除了卖鱼逮鱼的，再拿刀架在大师傅头上脖子上，他也是美女难为无米上炊，猜猜吧！"

"大镇长先生，你说来说去今天你能请我们吃上这道古今文明的大菜吗？"七队五组灵绣绣姑娘问道说。

镇长朝说话的姑娘一个闪电的飞吻眼光，眨眼笑道："仙女小姐，你没有福气，连我这大镇长都轮不上吃，吃不上那种名贵菜食，必须要有福气有灵感的人，才能吃到，一般的人连门也挨不到，有货时，没人侍候你，有人侍候但又没料备，鱼再多那个人愿意为你一个人服务呢！比方说我现在特别喜欢你，又特别想立马拥抱你爱你娶你为妻，你在一秒钟内让你嫁给我，我马上在中午吃饭时让你吃上这道大餐，名餐，还可以请你们的大队长副大队长陪新娘来享受此大餐，你愿意吗？好！给你十分钟让你考虑考虑吧！千万不能错过男女情仇，还品尝名贵菜食，动动脑子，要是我是你，在半秒钟之内让你玫瑰啥水笑歪的歪了美！书归正传咱们继续说：关键的关键在于此，这是一道留给大家美女的设想题，黄河大鲤鱼能做一道名叫什么的名贵大菜！听懂听不懂呀！我在给美女说个有吸引力的，荤菜味道极浓的一道谜语哎！老李头给姑娘们做饭的事，你去说了没有？咋还站在那里傻看什么呀！老都老蠢蛋，老牛还想着啃嫩草是咋得，真是该干啥干啥去，别把眼光老盯着美女身上看，姑娘身上还让你瞧出虱子来呢，去去去！"李老头这会儿被镇长骂得脸红脖子粗的，不好意思悻悻走了。

"姑娘们真馋人，你们说是为什么女孩子会那样馋人，无论你是大男人，小男人，或是半拉老头子，歪鼻子，斜眼的，缺胳膊少腿的，他一见美女马上来精神，这是什么原因。"

"大镇长，赶快你不是讲谜语吗？快说说谜语是什么赶快讲出来，让大伙猜猜动动脑子。"

"我讲，首先要讲，但是有一点，你们不要动不动，就要往坏处想，往邪门里捣蛋凑家伙，比方刚那只大海碗吧！碗哪来的脸呢，我刚在差点叫你们美女仙姑揪着耳朵给拽出去，要不是你们的大队长一直憋着没出声不言语。哎！做个大男人难呀！逗逗你们玩，让你们开心搞玩玩得劲，还给人家一肚气委屈，我警告大家，如果谁再往歪里想，往斜里插，今天晚上我上床就去生个大胖小子，不然非气死你，不要笑啊！千真万确，好现在美女听好！姑娘们千万别害怕，不要紧张，沉住气进去讲：一头有毛，一头光，唬啦唬啦，女人心中亮，男人离了不能过，女人离开不能活，家家户户都得用，当然它还是女人的专用工具，所以女人离开不能活，男人离了也活不成，大家听清楚没有啊，一头有毛，一头光，注意啦，一头是有毛的，毛烘烘，一头光不溜球的是蛋，一点啥东西也没有的光，姑娘们是个啥东西，啥玩意，啥开心果吗？不要皱眉头，皱一皱眉头，白了头！老了怎么办呀，嫁不出去咋开心呀美女们，有想好的没有，不要不吭声偷着乐，大姑娘大白天做大梦偷着乐呀！是不是很开心的屁撅子乱蹦呀！美女们……"

孟姜女笑着说："扫地用的大扫帚，大镇长先生，你能叙叙的很，也不嫌嘴干舌燥。""不对，只能讲猜对了一半，不全呀！"

"怎么会不对呢！一头竹竿把子光不溜球的，一头是细小竹苗转子扎起来的。"

"但有个问题，别忘了，男人不用心里慌，不能活！女人不用活不成，不能活，扫不扫地都能活，无所谓的事，但这个东西不用，女人不用活不成，女人活不成了还不严重吗？反正不是十分的正确！有点思路，总比那些美女还没挨什么就在大呼小叫的流氓，不正经的老本行话，没什么见不得人的男女私交事，人家还有人这样讲呢：一头有毛一头光，呼哧呼哧出白浆！现在听着往歪里想，是不好听，但年代不一样，是人们使用的卫生工具也不一样，是人们日常用的卫生工具，男人女人离不开的洁具，是不是呀！"在场的百分之九十九的姑娘都撇着嘴微笑着，挤眨着不信任的眼光暗示着偷偷笑乐道。

"好，你们这些美女们不刷牙，不漱口，此着满嘴的大黄板牙哧扑扑哧叫你笑个够，你们这次手下留多得多了，美女再前一个谜语时，不是我乔镇长站的稳当，就让大仙女们给轰出去了，天天故事里讲男人情女人爱，女人意男人爱，恩恩爱爱，但从表面上看男人女人，女人漂亮不漂亮，是喜欢型慢情型柔情绚情寻情伶俐睿智型一眼便看出来，往起一走路，就能感觉的灵性吸引力，我现在是三千五百比一女人天天用，男人天天顿顿感就猜不出来，我来说出来吧！注意每个姑娘面前挂一块毛巾挡住脑袋，不然说出谜底美女不要去撞墙去驶墙就不好意思：是女人常用来刷锅的……"镇长还没有讲话，姑娘们一片惊呼："刷锅用的把子！用高粱头捆在一块使用的把子！"

"吃完饭后，刷锅刷碗刷盘子刷刷吧！天天顿顿吃饭不用刷锅吗？男人见着女人天天不刷锅，不刷碗，他心里能过吗？不能过！男不能过满心的气打女人找女人错，所以女人离开它不能活，打三盘三顿饭！"镇长笑着说道。

"讲个故事听听，看你大镇长能讲出什么故事古迹来吗？"阳阳说道。

"讲就讲《有个国王让往竹篮里装水》大家都清清楚楚知道竹篮打水一场

空，竹篮能盛水吗？可偏偏国王叫盛：从前，有一个国王，急需找一个忠诚，勤快的贴身仆从，经过一番细致的挑选，国王最终锁定了两个中意的候选人，这天国王将两个候选人带到考评地点，为他们布置了任务，用附近一个大水缸里的水，灌满一个空竹篮，国王告诉他们，他将在晚上检查他们的工作，令他满意的候选者，将荣幸地成为国王的贴身侍从，接受任务以后，两个候选者不敢有丝毫懈怠，他们都渴望成为国王的贴身侍从亲随，然而灌了几桶水以后，其中一个候选人对同伴说道，真不知道国王为什么让我俩做这种毫无意义的工作，你看，我们把一桶水倒进去，它就立刻漏得一滴不剩了，我敢断定睿智的国王一定是在考验我们的智力，谁干得多就证明谁傻。另一个候选人回答道，我也看不出国王的目的是什么，我只知道这是国王交代给我们的任务，我相信，国王自有他的用意，我们的职责就是不折不扣地完成任务。前一个候选人冷笑着说，你是一个榆木疙瘩的候选者。没有受到丝毫的影响，继续勤勤恳恳，一桶一桶地从水缸里提水来，灌进个个篮子，由于同样的离去，使得他的工作量也增加，一直忙碌到傍晚，他才汗流浃背地舀出了水缸中的最后一勺水，当他将最后一桶水倒进竹篮，待水很快漏光后，他发现在竹篮的底部，有一个闪闪发亮的东西，他靠近细看，惊喜发现，那是一枚价值连城的钻石，现在我明白这无用的工作目的了，榆木疙瘩对自己说道，不把缸里的水提完，怎么能发现这枚钻石呢！"镇长正在讲到兴头上，突然冒出几个人大老头，手里拿着棍子冲进院里，嘴里还不住骂着："你娘的龟儿子，怪不得你敢打老婆轰走女人啊！原来你这满院美女，你嫌弃女人不好了，我闺女哪点不好，你小子说清楚，今天说不清，看我不扒了你一层皮才怪呢！"这个张老头，张嘴骂娘，抬手打人，吓得姑娘们四处躲藏，乔镇长身上挨了好几棍子，他一边支着胳膊挡着棍子，一边歪斜着身子一条左胳膊护着头，嘴里叫喊着："老李头，老李头快来人哪，把这个疯子，这个老傻瓜抬起来，押起来无法无天了，你谁都敢打，快快老李头上去抱住他，这个家伙疯了，神经了，敢在镇长大院里打人打镇长！"话还没有说完，又几棍子打在头上身上，双手抱头，弯下腰来，只见他镇长突然两手按地，一个扫堂腿打过去，把张老头打个趔趄，房边老李头叫来几个人，赶快用棍子拉住他别歪倒了，几乎站立不稳，这时大部分姑娘女孩子们都到镇大院外面看热闹，整个大院里几个大男人打架的场所，"你等着我马上派人到你们张老家，把你全家关起来，你敢闯闹镇大院，还打镇长，你个臭老头，你吃了熊心豹子胆了，老李头把他给我捆绑起来！"这时候从大门外又进来两个披头散发的女人，还有几个老婆子跟在后面叫喊着："打，狠劲打，教训教训这个没良心的野种畜生，你看当个啥熊镇长，镇长不得了了，你管天管地，连老婆女人也想要就要，不要就打就撵走吗？我闺女犯了你什么法了，她是偷人找野男人，还是在大街上卖去了，你凭啥想要就要，不想要就打就撵走，不想要你怪你王八蛋，你算哪门子镇长，乌龟王八蛋镇长，流氓镇长，还是土匪镇长，野人镇长，你这满天满地的都是女人卖屄的媳，婊子，窑姐，看哪个哪跟你睡觉屄屄，我不把她的腿打断，屄撕叉主宰净，算她能有本事，你个日娘的还反天了呢！"

"哎哎，这是镇大院，不是你家里，你趁早不要在大呼小叫的，骂人发疯，满嘴喷粪，你趁早走，不然别怪我镇长没情意啊！这会走了没有事，咱们两拉倒河水不犯井水，如果你们再这样闹下去，我会把你们全家按无理取闹法办了你们，叫你们去冲军当奴隶，你闺女她倒霉，我想要谁要谁，想娶谁娶谁，这挨不着你们这些老混蛋的事，谁也没规定不让娶女人，有本事你张老头可以娶成百上千的女人，就怕你没本事。那皇帝老子娶的比这满院子女人还多得多哩，社会就是这样子的，明明白白告诉你们，赶快滚蛋，那凉快哪待着去，咱们的亲戚关系到此结束，如果不听劝阻！老李头，如果他们再闯进这大院闹事，我就找你，首先连你一块儿抓起来！野人，泼妇，村妇，饿狼婆，母老虎敢在此发疯。"

"臭老张上啊，软蛋无能鬼，草包！给我闺女出气，气死我了！我也不想活了，活够了，我就这么一个宝贝女儿受人欺，有种你来打呀！你个孬种养的兔崽子，那个老母驴草驴僵的孙子种，没良心狗屁的豺狼，你老娘我今天不活了，也跟你拼了。"这个老婆子说着哭着，突然向镇长身上撞来，双手抓住他的绸子布夹袄，又是撕又是咬，镇长一手护着自己，一手推着老婆子的脑袋，最后用手又抓住他凌乱的头发顶在墙上，镇长脸煞白，嘴角被抓烂流着血痕，左手也在流血，上衣被扯烂，有一撮子头发挂在脸上，他不时地甩着头，把头发离开眼睛的视线，有几个大胆的姑娘想上来拉开他们，老婆子死活不放手，镇长此时腾开一只手，冲着老婆子的脸上就是几巴掌，打得老婆子脸上青一块紫一块的，眼珠子冒金光，眼睛上下乌黑，又被镇长一脚踢在肚子上，她双手松开，一屁股坐在地上，又在地上滚了几圈，浑身上下头发上全是灰尘，灰蒙蒙的半天叫不出来，她闺女赶快上前双腿跪在地上，用胳膊搂护着她娘的头，一边给她扰头发，一手给她揉腾胸前叫："娘，娘，你醒醒啊！"

镇长此时狼狈不堪的向后院走去，嘴里还不停骂道。

老婆子好长时间才喘过气来骂道："你日娘的狗种，你等着，等着我五个儿子修长城回来再报仇，这一口气，这个仇恨不报屄你亲娘，算你光滚，日你八辈，看俺老百姓好欺负是咋的，你个屄娘的狗镇长。"女儿一边用手给她娘抒着胸膛，一边流着眼泪。

"闺女走吧！咱们现在打不过他，等你四个哥哥一个弟弟回来再讲，这仇非报不行，君子报仇十年不晚，大不了怕他狗日的，走咱们到后院把你的被子衣服都拿走。"张老头愤愤地说着，往后院走去了，老婆子也挣扎着起来，闺女搀扶着往后院去了。

老李头慌得赶紧叫几个老头也上后院去，他怕在后院再打起来。

过了好一阵子，他们抱着东西，扛着行李从后院出来，嘴里还在骂骂咧咧朝大门走去。

> 吵吵闹闹一场休，扛扛打打气冲头。
> 人间多少情爱事，从来都是愁上秋。

鱼刺

"吃饭了，吃饭哎！姑娘们的饭好了，开饭了，人是铁，饭是钢，一顿不吃饿得慌！"老李头大声喊叫着，"黄河大鲤鱼，又肥又嫩又美味的鱼肉啊！吃饭不想家啊！"

三个人六组，任鸣鸣说道："大叔你吃的鱼肉没刺吗？我看你一个劲嚼也不见吐刺哩。"

"刺少，不扎嘴，肉多的刺少，瘦鱼刺多！大家不是好讲麻省虽小，五脏俱全吗？就是这意思！吃大鱼跃龙门，更能创造人间奇迹啊！"

"吃大鱼，修长城，不干也得干，我们大家就往好里干长里干。"

孟姜女说："吃到大鲤鱼啦，闻着都香的很，锅巴就大鱼越吃越干劲，让长城成为千年万年的创新奇迹。勇往直前拼搏。"

炎长霞说："还是黄河大鲤鱼好吃，又香又好吃，真痛快开心也"

顾芳说："大鲤鱼就锅巴越吃越潇洒，越吃越香越俏亮。"

"漂亮美是吃大鲤鱼吃出来的吗？傻姑娘白痴吗？是生出来的，是父母给的，如果美是吃出来的，那么我们吃鱼变成美人鱼了，吃猪肉还不变成猪啊，那咱们就不敢吃这鱼、猪、鸡了，吃完肉父母就找不到你了，爹娘敢让你吃这些东西吗？小美女乖乖。"

晶晶说："也不知道那几个队的人，现在是还在船上哩，还是已经划到对岸了，也不知道姑娘们这时候饿不饿。"

孟姜女："她们也可能到对岸了，不上岸也差不多远了，说不定正往上走哩，姑娘们还是好好吃咱们的大鲤鱼吧，别胡思乱想了。"

"哎呀！痛死我了！我的老爹亲娘哎！"五队彭美大叫着："哎呀呀咋办呀，痛的很呐！"看看姑娘花容失色，嘴角往下淌口水，脖子往前伸着下巴，几个姑娘围过来："彭美，你咋啦？咋回事呀？你说话。"

"瞎吗？看不见呀！鱼刺扎在舌头尖上了，痛的很呐。"

"你张大嘴，哎哟，离心远着呢！你看你狗舌头，哈喇子滴掉多长。"

"真有意思，吃鱼吃鱼，让大鱼给咬往舌头了，老龙王相中大美女，直接调戏亲亲，亲吻了，还大进一步先进创新开辟了血吻美女大比拼。"朱洋洋说。

马莉达说："美人把舌头伸出来，舌头缩进去怎么看，在伸出来，怕啥谁还能抢夺你的舌头是咋啦一会儿出来，一会儿进去！哎哟，看呀，鱼刺上都是血红血红的，满嘴血水，把口水吐掉，口水真多。"

"哎哟，咋弄呀！大队长，好痛啊！"

"彭美你先坚持住，不要怕痛，把舌头伸出来，在伸长，在出来一点，你千万可不能咬人啊！看雪白的牙齿，咬一下非把手指头咬掉不行！乖乖好粗好长的一个鱼刺，咋能扎进去的，都不敢想。"

"不是痛吗？哎哟！咋办呀，炎大姐想想办法，痛得狠啊。"

"你痛，我不是看见了吗？你看我比你还急呢，脑门上都是汗，看谁急，傻姑娘。"

"叫你把舌头伸出来，让我用手指头抓摄给你拔掉，你不要老是舌头往里钻，咋捏住，难你捏住啊！"

彭美瞪着大眼，口水往外淌流舌头硬生生说话："炎大姐，不是疼吗？咋伸出来吗。谁不想早点拽掉取下来啊！倒霉呀！"

"好好好，还在出来一点点，别动舌头，看你舌头乱抖个啥吗，忍住啊！"孟姜女没抓住，给彭美舌头上碰的直淌血水子，一口血水吐向地下，跟着连好几口血水，晶晶端来一碗凉水说："来来来漱了嘴，凉水漱淌血少点，你彭美真有样，人家吃鱼往地上吐刺，你把刺藏在舌头里，还这么嗷嗷的叫疼啊！"

"炎大姐快来看呀！有一个细刺卡在我嗓子里了，真是倒了八辈子霉！"婷婷叫着说。

老李头悄悄地从其他姑娘身边闪过来，马上从碗里喝一大口凉水，只见他冲着婷婷的脸上猛将凉水泼在脸上，满脸满鼻子，头发上都是细水珠浓浓的被喷个满脸湿透，水顺着下巴往下淌，心里一惊，整个人一紧张，等惊魂过后，什么红刺粗都不见了。"哇，凉水也是治病治刺的良药啊，炎大姐刺没有了，上哪去了，有意思刚才还卡在我嗓子里，连咽口水都费事。就这一口凉水一泼不见了。"婷婷兴奋地说。两只手上下擦着脸抹水的。

"鱼刺变成小鱼儿顺水淌跑了，还吃鱼呢！连个鱼刺也吐不出来，真是的。"

"彭美的怎么办，那么个大鱼刺扎进舌头一半，也不知道是怎么扎的，疼还不轻的离开，反而越扎越深，现在她又喊痛，就让她长在舌头上好了，将来比大老虎还厉害，大老虎的舌头上都是肉倒刺，只要让它舔一舔，半个脸就没有了，就别说老虎的牙齿有多厉害了，一口还不将大脑袋像啃西瓜一样咔嚓给咬掉啊！"

"炎大姐，我这舌头怎么办呀，疼啊！"彭美苦着脸求救着，口水红血也淌下来。

晶晶说："咋办，凉拌调着吃，纯精肉，二两老酒一喝，迷迷糊糊到梦里，阎王爷也能笑掉大牙，你吃鱼呢！反而让鱼咬住舌头了。"

"副大队长别看笑话了，我都疼死了，就差去摔脑袋了，还兴栽乐祸呢！快帮帮想办法拔下来，快点呀，好姐妹们呀！我给你们敬礼作揖了。"

"只有一个办法，你咬着牙忍着疼痛，把舌头伸出来，你不伸出来，不出来神仙也抓不住，摄不住的，怎么拔呢！嗯，大小姐，你想想看啊……人死不碗大的疤吗，扎个刺离死还远着呢，离心还有十万八千里，就把舌头首先伸出来，懂不懂，别马马虎虎的过一夜，要是长在舌头上，只有把舌头砍下来再拔掉了。"

"炎大姐，鱼刺还能长在舌头上吗？"彭美惊奇地瞪大眼睛问。

"咋不能哩，长进去以后吃饭，连喝水都碍事，再过一段时间鱼刺还往长哩长呢！鱼刺从嘴里往处长，跟一棵大树样子，看到时候你咋办，再疼也得找锯子锯断，不然像魔鬼一样龇牙咧嘴更像丑八怪了。"

"快，这次张大嘴，无论怎么疼，也得把舌头伸长，开始伸舌头。"孟姜女说着话，抬起左手按住彭美的头顶上，右手的食指和大拇指张着像鹰一样的手嘴准确掐摄住鱼刺，把舌头再伸出来点，不要看我的手，看着我的头或者闭上眼，没事了，马上就好。孟姜女一下掐摄住鱼刺的尾部，只见彭美猛育，疼的将一口血水吐出地上。

"哎呀！亲娘老子啊，你总算出来了，哎哟！真是倒霉到家了。"

晶晶赶忙把水碗递给彭美，她一口一口地漱着嘴，又往外吐去了。"喝一口噙住在嘴里一会再吐出来，这样流血一会儿就没有了。"

"哎呀！亲娘啊，吃鱼吃出罪来了，啥事都让我给碰上了，倒霉透顶了。"

"甭讲了，美女，黄河鱼神看上咱们的大美女，当然是不会轻易地放过你的，在这个世界哪个人鬼神不爱美人呀！爱美之心，人皆有之。爱上美女只有黄河的神灵哟。"

"去你的吧！你比我漂亮哪里去了，人家咋没有爱上你呀！"彭美说。

晶晶说："那是神仙当家，他看上谁谁才更美更靓，你彭美，彭美大美人，海龙爷派黄河大鲤鱼作为探美人的大侦探，小心还有龙王爷亲自找你哩，你名字美，所以黄河鱼神才不顾一切地来亲吻，往你的灵感动情处舌头尖子了，你肯定使用美人计来着，不这样那么多的美人，人家没事，就你这好长一会儿哇哇乱叫像被谁给强暴了一样。"

"别胡说了，她是天生该这一招，人们说：是福不是祸，是祸躲不过，躲也躲不掉，该受罪谁也跑不掉，这会儿不是雨过天晴了吗？"倩倩说。

阳阳说："还是讲个故事吧，说不讲的事，讲不完，大船就该回来了，管他呢！还是讲吧。"

孟姜女说："好，我来讲，省的大家胡连乱叫的，我来讲一个老二口的事，这老二口母亲去世后，孝顺的儿子把父亲接到自己家里，儿子的家在镇上打铁铺里，精心照料，父亲每天照常出门走走和人们赶集的叙叙话，母亲的离开似乎对他没有任何影响。有一晚上，儿子到父亲的屋里找东西，看见父亲蜷缩在被子里瑟瑟发抖，走到床边，耳边竟传来一阵低低的哭泣声。爹，你怎么啦，儿子忙掀开被子，父亲脸上的泪水早已打湿了枕巾，父亲缓缓地坐起身，悠悠地对儿子说道：我舍不得你啊，我还没有照顾她，她怎么就这样走了呢！我欠她的，这辈子都没有机会还啊。在儿子的印象中，父亲和母亲的感情总是淡淡的，他们从来就没有当着人的面拉过手，更没有说过什么动情的话，现在母亲离开了，他发现父亲对母亲的爱那么浓烈，像黏稠的蜜糖，父亲是粗人，年轻时性格刚烈，脾气暴躁，母亲在家里干活，待人随和，大大咧咧，母亲父亲几乎把所有的精力都放在地里，他很少顾及家里的事。当年，他们交流最多的话题就是儿子，如果哪天在外面闯了祸少不了父亲的一顿暴打。有一次，他竟然把一根小扁担给打断了，母亲过来劲，被他推个趔趄，母亲只有躲在一旁偷偷地哭，父亲在这家，是高高在上的，他的权威，没有人可以撼动。回忆起往事，儿子特别感激，真觉得母亲嫁错人了，怎么能和这样一个暴烈的男人过一辈子。一眨眼，儿子结婚成家了，生儿育女，父母闲在家中，老两口开始了含饴弄孙的新生活。渐渐地，儿子发现父母之间的关系变的黏糊了，从老头子、老婆子的亲昵称呼从不离口。老爷子的脾气缓和许多仿佛一夜之间从火药变成了棉花糖，考验恰恰是那时开始的，病痛三番两次地前来骚扰老太婆，母亲大病都是父亲守在她的身边，悉心照料，没有半句怨言，母亲特别依赖父亲。忍气吞声鸣不平，母亲最早被先生诊断只剩下三个月的生命，儿子急得几乎晕厥，老爷子倒一脸镇静，母亲瘦一圈，父亲也瘦一圈，最后奇迹还真发生了，母亲熬过三个月，熬过五个月，熬过一年，熬过五年……父亲俨然成了照顾病人的专家。老爷子过惯了苦日子，把钱看得特别重，但他给母亲买补品药时就像换了一个人，吃人参吃冬虫夏草都不眨眼，母亲还是走了，虽然儿子把他接来家中，他能感觉到父亲的孤单，一次爷俩喝酒，父亲说了掏心窝的话。平时不觉得，你妈走了以后，我心里空荡荡的，有人天天在一起唠叨，是多么幸福的事，我真希望你娘能再活过来，冲我发脾气也没有关系，守着她，我心里踏实，说着，老爷子老泪纵横，最后相亲的十几年岁月，多了病痛的骚扰，老爷子对老婆子的爱，却越来越烈，他一直毫无怨言的默默付出这样的爱情让人心酸，也让人心动，人世间，有爱人不离不弃地守着你，直到人生的最后一刻，这难道不是幸福事吗？"

　　孟姜女说道："这大船还没回来，太阳没多高了，也不知道啥时候上船，好吧！不管他，啥时候走咱们还继续讲故事，刚才晶晶讲了老头老婆最后的爱，我再给姑娘们讲个最最短的。有个少年去拜访一位年长的智者，少年问，怎么才能变成一个自己愉快，也能给别人带来快乐的人呢？智者送给少年四句话：第一句话，把自己当别人，在你感到痛苦、忧伤的时候，把自己当成别人，痛苦就减轻了，当你欣喜若狂时，把自己当成别人，那么狂喜也会变得平和些；第二句话，把别人当成自己，真正同情别人的不幸，理解别人的需要，而且在别人需要帮助的时候，给予恰当帮助；第三句话，把别人当成别人，充分尊重每个人的独立性，在任何情况下不能侵犯他人的核心领地，第四句话，把自己当成自己，因为你爱别人，所以你爱你自己。少年说：这四句话之间有许多自相矛盾之处，我怎么样才能把他们互相统一起来呢？智者说：很简单，用一生时间去体会，少年沉默了很久，然而后来，少年变成中年人，又变成了老年人，在他离开这个世界很久以后，人们还时时提到他的名字，都说他是一位智者，他自己当成别人，能让我们心态平和；把别人当成自己，能让我们学会怜悯；把别人当成别人，能让我们懂得尊重；把自己当成自己，能让我们懂得自爱，这样的人生，将是完美人生。姑娘们咱再讲个《算命先生吃肉》杜老二靠替人算命为生，赚不了多少钱，生活上却总是精打细算。这天，杜老二闭着眼来到一家餐馆吃饭，看到杜老二进来，老板忙迎上前去扶他坐下，杜老二把从肉铺里称的半斤猪肉递给老板，拿去给我加工一下，炒两个小菜。这是杜老二惯用的招数，他的钱有限，自己常带肉来，老板就赚不了他几个，只能收个加工费，老板接过肉，到厨房里加工。因为赚的钱少，工序又麻烦，老板有点不愿意，于是老板切肉时，悄悄地切一块放在旁边，菜端上来后，杜老二就着一壶米酒吃喝起来，快要吃完时，杜老二纳闷起来，咦！怎么这块肉吃就没有了。于是，他大声嚷嚷道：老板，怎么只有这么一点点，还有些肉呢？都在这里了，才半斤肉，你想吃多少啊？老板说。那块肉称时我就摸过了，明显上面还有块肥肉，但我没有吃到。难道你做了手脚，想欺负人是不是，杜老二振振有词，老板心里一怔，这瞎子真精，老板怕别的客人听到影响不好，于是不再争辩，结账时不得不少收五元钱，算起来留下的肉也不值五元钱，这回可让杜老二赚到了。过了几天杜老二又带着半斤肉来到这家餐馆，老板照例拿着肉去厨房，咚咚地切起来，快切完时，老板见还有一块精肉没切完，心想上一次分明是你占了我的便宜，还害我下不了台，这回我要连本带利赚回来，精肉这么多，我看你怎么晓得，谁知道，快吃完时，杜老二又叫起来了，哎哟哟！看来老板还想留我吃晚饭啊，还给我留一块肉呢，老板心里一惊，忙说：你带来的肉不都在这儿吗？连瘦带肥全有，明明是少一块，杜老二毫不退让，你凭什么这样说呢？老板胸有成竹地问，那块肉他早就藏起来，而其他的肉早到杜老二肚子里了。不凭什么，就凭我这双耳朵，杜老二道。我的耳朵灵着呢，那块肉，我听见你用菜刀咚咚地切了365下，就应该有68块肉呀，但我只吃到65块，你还想瞒我吗？听完这话，老板一下晕倒，无奈，这次老板照例少收五元钱加工费，杜老二第二次来时，提了一个肉，前两次没占到便宜，老板本想不再接待他，但又因不下这吃，还是将杜老二让进店里，杜老二照例选择一个靠近厨房的餐桌坐下，将耳朵竖得老高，好听清厨房的动静。老板见状，不禁暗好笑，心想这回下刀快一点，看你怎么听清楚刀声，这样想着切肉时老板就将一把菜刀舞得飞快，为了保险起见，最后几块肉他都没用刀切，而是用剪刀剪开，要是真数了数，他还送几块给杜老二呢！这回杜老二果然没听清刀声，他也不再数肉块，可是吃完后，杜老二说，老板，你也太不够意思了，又少了我二两肉，老板一听，一副有恃无恐的样子，谁偷了你的肉，给我拿证据来。否则，你今天休想离开这里，老板你别急躁，证据自然会有的，说着杜老二不慌不忙地走进厨房，从一堆菜里翻出一块肉来，转向对老板说：证据就在这里，老板顿时惊得目瞪口呆，你一定觉得惊讶呀！杜老二睁开双眼说：你以为算命的都是瞎子吗？"

　　　　　　鱼美人刺美人，无意有意酷怜。
　　　　　　故事传情爱行，辛心相向苦更。

真假

"炎大姐，上船上，大船都回来了。"一队一组组长韩玉玲叫喊着说。

"大船来了，是不是呀！韩玉玲！回来了姑娘们，都回来了！准备上船走！"孟姜女说。

"都回来了啊！快看呀！有百十多条大船哟，这回可好了，不用干等晚等了！"晶晶说。

"快去伙房拿干炸大鱼去，多去几个人拿，锅巴子都拿上，全拿光，叫他们在大船上边吃边走，不耽误行船划船，大家都赶紧上码头，坐船去！姑娘们快点，走了，上船了，上船了，美女姑娘们呀！不要拥挤，别把人推倒了啊！慢慢走呀！"孟姜女说道。

炎庆山急忙跑来跟孟姜女说道："炎大队长，我们的大船回来了。""是啊！炎大叔，我正在招呼姑娘们上船呢，赶早不赶晚，趁天黑之前，这会儿天还亮着呢！省得黑夜晚上大家看不见不方便，这样少许多麻烦哩。"

"是呀！大侄女，赶早不赶晚，当然是越快越好，还怕起风船走不了呢！你们又都是女的，无论怎么都得小心为妙，大叔你们还都没有顾上吃饭吧！先吃饱饭才行啊！不能空着肚子干重活，开船是不是大叔。"

"不太饿，夜间行船，多少要吃点好些，老百姓的话，民以食为天，大河有这么宽，不掘劲是半点也不能走啊！主要叫：船工们吃饱吃好，才有力气，船撑的快呀！"

"大叔，走，快去食堂火房吃饭，安安心心地吃饱饭再走，咱们大家这大一夜哩不吃饱喝好，谁也不能上船去，大叔，因为这姑娘全靠你们一路上的辛辛苦苦多出力才能到河对面，人是铁，饭是钢啊！不吃饱饭怎么行呢！"

"好好，大侄女说得在理！无论干什么事都得吃饱肚子！"他们叔侄大步向后院火房走去。

刚好碰上韩玉玲用布兜裹着扛在肩上："炎大队长大叔吃饭吧！大鱼炸的

油汪汪酥脆香喷喷的，大叔你拿着吃吧！来，来，拿着。"

"好好，我就是来拿吃的，不然大长一夜，河路又远又宽都得猛下劲船才能走啊！"

韩玉玲慌忙打开大布裹包，拿出两个大锅巴递给炎大叔："大叔，你自己看着拣个大的鱼吃，这个，哎，那个那个更大些，你们大男人能吃，不够再拿一条吃！炸的可香了，有几个姑娘因为贪吃还扎住舌头，卡住嗓子，鱼刺厉害着呢！"

"大叔再拿一条油炸鱼，多吃点！千万别将就着，大家不够吃叫食堂再做些！一定叫大伙吃饱才开船。"孟姜女说。

"炎大队长，我看差不多够了，香花，晶晶，她们好几个人好几大包兜哩，我这是最后的，叫我一下子全兜上了！谁知道呢？光说老爷们能吃，炎大叔再拿个锅巴吧！反正要吃饱才行。"韩玉玲说。

"无论如何要吃饱，大叔再拿呀！不然明天剩着也不好吃了，趁现在还好吃万万不能客气，大家又不是外人，应该是吃饭不用让的，为了一夜慌忙，也是为我们姑娘们早到快到也要吃呀！拿出过河的绝招来！"

"船老大也没有什么绝招，是听天由命，不刮北风，多刮南风，船自然省力省时跑得快，另外就是笨劲，也全靠笨劲，牛劲。首先没有力气怕用劲肯定不怕，船在于人使用，你出大力它跑得快，跑得远。谁不出力想让它走是绝对不可能的，撑船和推磨差不好，人不走磨不转，所以船工们比别人能吃能出力，猛劲开，叫大家好早点上岸……"

"好吃！怪香的，炎大队长你们都吃了没有，不然再吃点……"炎庆山笑着吃着走着客气着！

孟姜女说："你们这开船走船都用大劲，出大力，哪一条船上都几百五六十号人，都是大活人摇摇摆摆不稳当，风吹人也在动，河里的水也在动，没有两下子这船老大可不是闹着玩的，都是人命关天，一点点也不能拿命开玩笑，只有吃饭有把劲一夜才能来回过大河，才能使人家安心放心过去上岸……"

他们一边说，一边吃着一边走着大步向河边的码头走去，几条船上乱哄哄的说话声："一、二、三、四、五小队坐十条大船上，六、七、八、九、十组的坐十条船上，各组长带好自己的人，千万别乱跑的掉下河去，姑娘们要不要乱挤乱推，美女们没有什么事情就坐在船上不要乱动，千万要小心，小心再小心……"晶晶不住的大声说着喊着。

阳阳说："各队小队长看好自己的人，姑娘们自己原来在哪个班组，哪个小队不要乱来乱上船，和自己的组长在一起，要听命令，不许乱来，上船后坐好，不许站着，大家都坐下来，大船才稳当，听见没有，坐下来，那是谁赶快坐下来，谁晕船往边上去坐，一定要吐到大河里，知道不知道啊！"

"谁能知道晕船不晕呢！又没有坐过船，到时候感觉不对头，再往边上去也不迟！"炎庆山说："自己感觉心里憋闷得慌，实在忍不住的肚里发胀，自己到时候就知道了！船没有开走，当然是没有感觉了，一大船的情况基本上都没有得，因为船上四周没有隔挡的什么物件，天黑天凉是不会晕不会吐的，怕就怕天气闷热，太阳晒人就受不了了，容易晕船心里特别难受，晚上一般没啥事情，不过我是提前讲一声好些，不怕一万，就怕万一吗，是不是姑娘们！"炎庆山笑着说道。

"放心吧，大叔大爹船老大，大家都不是小孩子，你好心这样一提醒，大家都会当心得，姑娘们美女们是不是呢？大鸟飞过来了，这是什么鸟也！"

"哎呀呀，大家快看呀，美女们看小燕子，小燕子挨着咱们的身子飞也，怎么也不怕美女们把它逮住哦？胆子太大了，水面上的水鸟多自在多得劲多舒坦啊，好多哟……"

"它们知道人们善良心好，不会抓它，逮它，大家自然不怕你了，真是少见多怪……"

"就是少见多怪吗，先生，原来早先从来没有坐过船里，这不今天也开开洋荤啦……"

"哎哟瞧呀，女孩子，姑娘们，水鸟多好玩呀，它能坐在浪花水波上一晃悠一晃悠的也不往前走朝后退，好玩极了！"汪霞兴趣勃勃地说。

"这河水真宽，一眼看不到边，水烟茫茫真有意，也不知道水里的鱼到底有多大，有多长呀，多肥噢？"李燕苹说着，往船边边坐着一手撩起河中的水往水面上扬起水珠子。

炎老大说："它不叫水鸟，也不叫小鸟，它叫水鸭子，水扁嘴同，它现在不走，只要我们的大船一开动，一走一航行，它马上就跟着游走了，它后面还有一群哩，整个河上很远就能看见一小群一小群的，它天天在水皮子上面游来游去的，好看好玩吧，一年四季，冬天它们就到芦苇里游来游去有杂草的河边上去了……"

"看看天上的老鹰，它也不累，旋呀旋的飞，转呀转着大圈，一圈一圈地盘飞翱翔着。"看看一群小麻雀和小山雀从上空一惊而飞有几只几乎碰到站着，还没有坐下来的姑娘的头上擦着长发飞去。颖芳萍说："我们姑娘们美女们个个都是小鸟多好呀！咱们一下子几百上千只美人仙女鸟呼呼啦啦一大片向前猛飞，肯定也特别好玩的很，也不用坐船走路了，嗖一声飞过大河，飞向长城，大山上去修长城多美呀，哎哟哟，真讨厌，小燕子从我鼻跟前飞过去了，太欺负人了，它连水也不怕？小燕子点水想逮鱼吃……"

　　韦美玲说："大家都变成小鸟，更不用炎大爹费好大劲的划船，划呀划了，冲啊冲船，捣呀捣的撑杆子，小鸟也不会修长城，会飞也不起作用，在高的山它能飞过去看，只要它一抖翅膀，呼的一声，就过去了，天上云彩里不会有山吧，它也能飞过去，要长城干什么啊？"

　　"都是胡说瞎想，说来说去还得坐船过河去修，哎哎，大鱼，大鱼飞跳上船了，想活不要命了，快点，快点按住它！"

　　"千万不要让它跑掉了，不椤跳走了……不要动！"

　　晶晶说："姑娘们不要乱动，坐好，坐稳当，别挤在一起，挤在一大堆的……"

　　"抓住它，大鱼，这家伙真胆大哎，竟敢往船上跳哟！想活得劲不要命了，鱼先生，真浪漫疯狂哟！快快按住它……"姑娘们这时乱作一团，有的躲退着往旁边让着，有的弯下腰准备抓，又害怕它，有人直接用脚想踢它！大鱼跳到船上也慌了手脚，头翘尾巴直蹦，头尾使劲用力猛蹦一下也有二三尺高，然后张动着大嘴来回挪动扑棱棱乱拧乱甩尾巴，慢慢地就没有多大的劲了，王灵满此时双手按住大鱼，拿不起来，大鱼本来又滑又重抓不牢实，好不容易才想拿起来一点点高，大鱼又猛的一蹦一跳又从她手中滑掉船上。大家顿时又慌作一团，逮啊，抓的，叫宋香丽的姑娘，又抓住大鱼，双手卡住，紧紧地不敢松手，别人要看看围上来，她双手抓紧大鱼往上一送一举，又掉下来，几乎碰在嘴里，姑娘们又急着往后退去。"哎呀呀！美女大小姐，你是怎么回事，想和大鱼老公亲亲嘴吗！千万别闭气，老公嘴上身上特有的香气美味，腥腥臭气呀，这可是你老公的专利特色特品味，独家专卖世界名牌第一家啊！美女鱼小姐，小心身后女孩子抢你老公插足第三者啊！大美女们注意了，朋友们！快躲开闪开呀！老公鱼美人先生到了！姑娘美女没有老公活不成呀……"王灵满又抓住大鱼好玩呢！让别人用手一挡，结果用力太大，王灵满身子一歪斜，双腿跪在船舱的边上，双手举过头顶，大鱼扑通一声又掉到大河里去了。"看看，女孩子们好不容易抓到一条美人鱼、男老公，给你们这些没有老爷们爱，没有相公亲，没有大灰狼的郎君情人，你们乱哄哄的瞎吵吵，穷叫欢，来真事一个个美女都往里缩缩挤挤的见不了大市面，大排场，小家子点鸡肠子肚量，这会好郎君大美人鱼老公也给羞涩跑了，这辈子他也不会再来和美女姑娘们相亲相爱，相吸引了，到手的大鱼，眼看着又让它给逃跑了，气死我了！"王灵满气得直跺脚，张开十指来吓唬别人，在人们眼前晃来晃去。

　　"气死你，才是倒霉呢，啥东西呀，逮个熊鱼，就不知道姓啥名谁了，看给人家身上扑扑棱棱弄得不像样子，腥臭腥躁的什么呀！倒霉！"

　　"啥家伙，老鼠夹子，起眼你也逮呀，笨蛋货就知道穷干净，瞎讲究，活该，该倒霉晦气。"

"好啷，喷香的大鱼，眼看着让他去找龙王爷去了，美女姑娘们你们等着吧！马上一会龙王爷不来抢美女才怪呢，叫你们这些大美女一个个去龙王爷哪水晶宫里开开眼界，见识见识，什么叫宫殿！啥叫虾兵蟹将？哎！说不定这条大鱼是龙王爷派来的密探……"

"还是一个花心大萝卜头呢，一看，哇，一下子就惊呆惊傻了，一船一船又一船的大美人，几百名仙女样，他先来和美女们玩玩跳跳，蹦蹦大鱼舞，大鱼歌韵蹦迪曲哟。"宋香丽形象地说着。

"就你知道得多，一条大鱼瞎喳喳，乱吵吵，吵翻天，要是拾到金银财宝，你才不是你了呢？小样也学得牛皮大王侃大山……"

"有本事，起眼劲，你也逮也，谁也没有捆住你的手脚，自己不沾吊闲，还裤裆结实……"

"姑娘们快坐好了，千万不要胡说啊，我们船上是有讲究，不得胡说，姑娘们看这大河多宽呀！看，从河这边看不到那边有多远，咱们走船和走路是一样，都讲究个吉利是不是。多说一句大不了谁，少说一句也小不了谁，好话不好好说，好话不顺耳，让人听得劲，舒坦是不是，姑娘们就像你们一个个长得一样漂亮美，人见人爱，人瞧人喜欢，要是把话说那么难听，就不好了，也不美观靓艳了，大家坐好了，我来给大家讲个故事听听，总比吵架斗嘴好得多吧？大家坐船一定一定得注意，不能一窝蜂往一边靠或挤，在船上一堆挤压都是特别特别最最危险的动作，就像你们刚才抓那条大鱼，就特别的特别危险，每个人一百来斤重，这几十号人，几千人重，千万在不敢像刚才那样子啊！你们看我满脑门都是汗，这汗也不是吓出来的，是扶着舵累出来的，天爷呀，你们只顾高兴只管叫，差点点翻船，知道不知道，大家往一块挤，大船很容易失重底朝天，把大家给扣翻在这大河里，就不是闹着玩的，让你拼命喝水也喝不完这黄河里的水呀，姑娘们只要大船一过去，在想翻过来，就千难万难了，原来就有这样的先例，水和船是有吸引力的，上够不到天，下水蹬不到底，不淹死才怪呢？本来这话我船老大是不该说的，但是现在不说不沾了，丑话讲在前头有防头，等大家都做了水鬼，再说也晚八辈子了，无论有什么事，都要安安静静地坐下来等待，千万不要起来往一起挤压，有什么事我们船工、船员们都会游泳，你们慌乱中掉水里跳水里怎么办，泥人过河自身难保，只有巧巧静静地等待，才是最最聪明的上策，懂了吧姑娘们，别光傻笑，要记住千万千万不能在出现刚才那样子，我的心都快揪掉下来了，喊你们叫你们，你们什么也听不到，听不见，只顾傻疯……"

"炎大叔，我代表大家认错，下不为例，决不会再这样了，大家听见了吧，姑娘们咱们安全过河才是第一流呢，其他全是废话，大叔都怪我不好，没有急时叫住大家……"

　　"谁的错咋的，已经过去就算了，也别她的错，你的错，我的错了，没事都好，平安是福，我来给大家讲个真实故事，就我们河南镇上的故事，大家注意了！炎浪、炎涛你们弟兄几个先划船走，我先在这里给大家讲讲咱们这水龙、水狮会的事啊！这河南镇上每年都要一项文化活动，叫舞飞龙，舞水狮子，这舞飞龙水狮子是我们这镇上古老而又源远流长的历史文艺底蕴。还饱含着所有舞飞龙、舞水狮子的深情厚谊，求的年年平安，年年的福，年年的大吉大利……当年我老炎是个舞水狮子的好手，我有四个儿，炎镇、炎河、炎浪、炎涛他们小兄弟几个舞空中飞龙，黄龙、白龙、青龙、蓝龙都是龙头，我有两个结拜兄弟，望星村张老二，金缸村孔水荒，黄河好发大水，河长平地高，年年从正月十五到二月二龙抬头，要敬河神，今年年前张老二和孔水荒在腊月二十六，身上冒着大雪来了，贵客、贵客冷不冷，下这么大雪！二人抖了满身的雪花，说冷啥冷，在雪天里走路，浑身热腾腾，就是这北风扫刮的脸鼻子生疼些，说着二人从棉袄里掏出二只嘎嘎叫的大白鹅，然而二人一起冲我拱拱作揖说：'水狮头，给你拜个早年来了，我一听他们的称呼，又看了一眼地上的两只大白鹅，心里高兴也立即明白了几分，送大白鹅是咱们河南镇一带的古老礼仪，礼轻情重，讲的就是一个高尚意蕴，不是德高望重的送礼的人是不会送，收礼的人也不敢收啊，我把他们赶紧地请到堂屋的上座说，'我怎么受得起这么大的礼呢。'两位嘿嘿地笑着说：'应该的应该的，早就该来给我们的水狮头过来拜年请安了，我就冲着灶房里忙活的老婆姜小英喊叫道：老婆子，赶快给我们的哥们上三碟六碟九大碗大菜，一个大火锅，叫鱼咬羊，在烫上一壶老酒，我要和二老哥好好喝一会，干上两杯，高兴高兴，不一会姜小英就把一桌子酒菜搬上桌子，三个老伙伴一边扯闲话，一边推杯换盏起来，酒到半酣，四个儿子又回来了，一人又敬了他们三大杯，这哥俩互相看了一眼，端着酒站起来劝说到，炎大哥，我哥俩来，是无事不登三宝殿，我们想请你这个狮头出山，孔水荒也忙站起来劝说到，炎大哥，我哥俩来是为今年这风调雨顺的，国家修筑长城，在南边长江老山不动员三十万员工又修长城都江偃，黄河上游也修黄河右道，修筑黄河大堤也是大工程呀！防水患吗！又是统一文字，统一计量衡，这些女英雄天下第一大美女孟姜女又带着人来修长城，我们的飞天龙和水狮头都应该使这国泰民安的大好形势下在舞一舞，蹦一蹦，跳一跳，乐一乐，笑一笑啊！更何况咱还给龙王爷备了一份大礼，也叫龙王爷也高高兴兴的保我们华夏大民族，一年四季平安，风调西顺，年年丰收呀！在咱们这里玩舞龙、舞狮子，基本上都是两个人一前一后，穿着狮衣，举着龙头，咱们都是随着锣鼓节奏在地上扑腾滚打，这样的狮子称它为地狮，还有个别的地方叫天狮，是用韧性好的楠竹篾片扎成长六六尺的狮身，裹着香黄绸缎狮衣，粘上五彩蜡纸，披上金丝银丝，而四条腿就是四根手臂精的竹竿，这天狮由一名身手敏捷的壮汉，把前面四条腿攥在手中，把后面四条拴在肩上，然后耸肩提臀，将狮子在空中舞得上下翻飞，眼花缭乱，到了晚上，狮头、狮身、狮尾的竹篾笼里还要点上三支大红蜡烛，照得狮子灯火通明，舞起来流光溢彩，宛如九霄的天狮腾云驾雾而来，煞是好看，所以人们称为天狮水狮呢，也就一样竹篾扎成，用红绸缎子披挂，就是有一点不一样是，从码头上开始舞跳到一溜长龙一样的大船上，在从大船上回来时，人们可以用黄河水泼浇狮子身上，天上飞舞着四条龙黄白蓝黑，下边是水狮子，晚上也是一样点蜡烛，好看得很，热闹非凡，镇上街里，河边码头上，人群挤得水泄不通，飞龙舞狮祭祀河神水伯，那场面人山不海热闹非凡，极为壮观，大家一提起舞水狮，顿时停酒杯，吃惊的看看你，看看我，你们想舞水狮当然是好事，但我们玩这可不是年轻的时候了，都这一大把年纪了，老胳膊老腿的，能舞的动，舞的好吗？张老大听我这么一说，脸上有点挂不住了，面红脖子粗说，狮头哪里的话，我们年纪是大了点，但这些年的功夫可没有搁下，不信我舞给你瞧瞧，说着也离桌起身，拿起一条长板凳，当狮头，就地舞来，睡狮子，雄狮哮天的架势，我见他们身手都不减当年，心里暗暗喝彩，但还是不动声色地端起酒杯，美美地喝了一大口酒，哈哈笑说：老二兄弟还是老当益壮啊，唉，可我这身子骨是一年不如一年，别说舞狮子，就是捆稻草也好喘气，我是舞不动了，再说我这多年没动过了，有时教教年轻人，看着他们不上劲，我就没有兴趣了，更何况还扎狮子，这扎狮子的艺术买卖，也怕是丢到梦州去了，有时做梦还在扎舞狮子哩。张老二和孔水荒没想到，过去一听说舞水狮就浑身有劲，我竟然拒绝了，两个人不禁面面相觑，过了一会儿，孔水荒讪笑着说：既然炎大哥，俗话说得好，人无头不走，鸟无头不飞，这样你说不能占着茅坑不拉屎，那你就把水狮头让出来吧。我听着没好气地说：不就是狮头吗，无职权的虚名，吃力不讨好，我也不想占这个茅坑了，你们谁想当谁去当吧！我没意见，说着我走进屋里，拿出一个杆磨得光溜溜，顶上有个红彤彤木雕绣球的木杖，重重地往地上撂，冷冷地说：你们谁要就拿去。听到这里，一旁的姜小英老婆子再也忍不住了，她把手中的酒壶往桌上一放，四个儿吓跑两对整，气呼呼地瞪着我一眼说：你这是干什么，你说你当初是怎么答应我爹的，说罢。她转身过去，抓起堂屋边那两只大白鹅，摔在张老二和孔水荒脚边冷笑着，原来两位今天来是夜猫子进宅，没安好心啦，就凭你们那两把刷子，也想当狮头，做梦吧！姜小英为啥上火，说出这话呢，原来在这河南镇上，有三家来舞水狮舞最精彩，一是姜家铺姜家班，二是望河村的刘家班，三是前金老庄的金家班，而三套班中中为首，姜小英的父亲就是上一代的狮子头，当年，姜父见炎庆山为人机灵，狮子舞的好，就把他招贤当了上门女婿，将扎水狮的手艺倾囊相授，临死前，他亲手把象征狮头权柄的木杖传给了女婿炎庆山，刚才姜小英的话噎的张老二和孔水荒直翻白眼，张老二心急气操地说：小英嫂子，不是我们想争这个狮头，还不是炎庆山大哥在其位不谋其政嘛，孔水荒也接过话茬说：是啊，我们河南镇水狮代代相传，传到我们这一代，没有五千年也有三千年，我们这些老家伙，再不玩一玩传给下一代，难道把祖宗传下来的手艺带到棺材里去。我见老伴发火了，连忙赔着笑脸说，小英，你听我说，爹爹临终交代的话，我咋能忘了呢？说着，他盯着两个老朋友长叹一声说：不是我撂挑子，我做梦都想带着大家好好玩一回，可如今不比当年，这水狮弄起来，得花大价钱呀！这钱从哪里来！我当初的确讲的是实情，这水狮做工讲究，要扎百八十头水狮，至少要万儿八千的，而且按祖宗传下来规矩，每年收初一舞水狮到正月十八，就要将它扎到龙王庙前，当众焚化，说是送高贵的水狮龙王庙，龙宫水晶殿舞给老龙王看，大大小小的鱼兵虾将，龙子龙孙龙女都管看，来年要想再玩重新扎制新的，在过去这钱都是由富户乡绅出资，如今虽然村民好了，有钱的也不少，但让他们出钱舞狮子舞龙，门都没有，张老二和孔水荒听我这么一说，就相互一笑，孔水荒笑哈哈地说：狮头，钱的事就不烦劳你老哥操心，我与张老二都商量好了，镇上有几百家买卖人家，我们狮队在他们门口要一要，收它个百儿八十的赞助费，说得过去，最后说不定我们还有赚头呢，这可不行，我炎庆山脸陡然变色说：亏你们说得出来，祖宗留下的规矩还要不要，玩水狮怎么能向乡亲们出钱呢，你们把水狮子当成什么了，沿街乞讨的狗吗？两个人一听脸上青筋暴出，血泼一般，张老二性急，脸红脖子粗叫起，你算哪门子狮头，这也不行，那也不行，难道让水狮就在我们手里玩蛋吗，一旁的姜小英见老哥三，像三只斗架的老公鸡耸着毛，气呼呼地大眼睛瞪小眼，当即上前给他们倒酒打圆场，就是钱嘛，活人咋叫尿憋死，你们三个合计合计，到底要多少钱，张老二板着手算了算，我们三家每家出三九二十七，得扎九九八十一水狮，还有四条长龙，紧打紧算也要千八百块，小英听了，转身看着我一笑眯眯地说，老头子，不就是一千八百块大洋钱吗？这几年我们渡口上勤扒苦做，再加上儿女孝敬的，我手头上有点钱，你是狮头我家出一千，她看着张老二和孔水荒试探着问，要不剩下你们两家人都摊点，张老二和孔水荒咬了咬牙，当即表态道：行，既然狮头大哥出大头，我两就一人出四百块，我们老哥们顿时喜笑颜开，猛拍桌子。好，就这么定下了，时间紧迫，我们马上分头准备……第二天一大早，三家各带队，人马到龙王庙集合，我十个弟子踏雪，上山砍竹子，准备扎水狮，张老二赶大马车拉着有经验姜小英上县城买绸布锡纸，金丝银丝，剩下的跟孔水荒挨家挨户地收集各家的长板凳到龙王庙前的空地上，以练习上用，我带着大家来到白雪皑皑的前山，这儿是一片大大参差不齐粗壮不一的楠竹林，青年人挥动斧子就是砍，我一见说，你们说说，我们要什么样的竹子最好，当然是这样又粗又大又直的竹子，我来到一棵瘦竹子面前，只见这棵瘦竹的枝头被雪压得弯弯的成一把弓，但仍然没有断，我举起斧子应声砍断，然后回过头说，扎狮子的竹子，每年都等到降雪的日子砍伐，要的就是这样的竹子，你们知道为什么吗？孩子们开始疑惑不解，接着就豁然开朗，师父我们明白了，大个子虽然钢劲，但容易折断，而这样细竹子虽然瘦弱，但风吹不折，雪后不断，最有韧性，我高兴地欣慰点点头，大手一挥说：瑞在开始砍它！只半晌功夫，他们就将百拾根精选的竹子坎好，扛到山下的龙王庙前，张老二已经将缝制狮衣龙身的材料买回来了，我们大家马不停蹄地挑了几个篾匠工的好手，与他们一起劈竹削蔑赶制水狮龙衣，张老二和孔水荒也没闲着，两人将几十个年轻人组织在龙王庙前，这时张老二、孔不荒将四条腿长板凳充当狮子，挨个手把手地传授着舞狮动作和舞龙的跑场，这帮年轻人手脚灵活，没几天就能把一条长板凳舞得呼呼生风，煞有介事，他们一边舞，一边拿两位老汉打趣：过去听你们说舞狮子有多难，这个水狮简单着呢，张老二听了，朝孔水荒一使眼色，返身进龙王庙里，抱出一堆蜡烛，笑哈哈地说，你们将安些蜡烛点燃，每年板凳上插三根，再耍耍试试，瞧瞧看？结果，这帮小年轻人再次舞凳时，那蜡烛不是掉下来，就是被扬起的风吹灭，还有的被泼下来的滚烫蜡烛油烫的哇哇大叫，孔水荒这才笑道说：我们河南镇的水狮和天龙到了晚上，里面可是要点上蜡烛的，这水狮外面都油光蜡纸糊的，以你们的把式，还没舞呢，就会把蜡烛打翻，搞不好就把水狮天龙烧个精光了，你们还差得远呢，张老二接过话茬子说：你们啥时候练的蜡不倒，蜡不充那才叫八九不离十了，转眼就过年了，到正月初一，我们扎制的八十一只五彩斑斓的水狮和四条飞龙个个栩栩如生，摆满了龙王庙的大殿中，八十一壮小伙子，还有二十八个舞龙的小伙子共计一百零九人，经过天天演练，把一条条板凳舞的虎虎生风，初一一大早，我们三个老头打开龙王庙的大门，爬到庙堂的阁楼，把放置在这里几十年没有动锣鼓乐器搬下来，三个老头看着小伙子在锣鼓家伙的伴奏下，真刀实枪地把水狮飞龙舞舞半晌午，一个个舞得像模像样，得心应手，挨家挨户拜年，走到谁家都鞭炮齐鸣，有钱的老板一高兴钱也拿出来了，就这样高高兴兴地过一个年，炎庆生兴致勃勃地讲完。又讲起了《谁是真朋友》人生于世，每个人总是要和人打交道的，在一般的集镇，人多的场合，熟人的重要性大于一切，在熟人中间，首先要保护自己，要学会准确观察人的方法，我摸索出这种人的方法很简单，姑娘们，具体到观察人上，就是通过请对方帮助你一小忙，然后，从对方的反应中，分析对方的特点，如果对方不管三七二十一，很认真地帮你做了事，那么这样的人，一般是性情中人，是可以交的朋友，如果对方分析一下，比如分析一下你们的关系，你的实力和地位，以及事情的难易程度，然后采取相应的对策，那么这种人只能做你的盟友，你千万不要和他交心，因为这人虽然不算坏，但绝对是很入世很深的人，他们信奉的道理是：没有永远的朋友，只有永远的利益，一旦你毫无意义，无价值可利用，姑娘们，他将弃你如敝屣，就如鞋子懂不懂美女们，甚至会对你落井下石，如果事情在对方能力擅长至少，是能够完成的范围之内，对方爽快答应，而假设超出范围后直接拒绝，那么这样的人就是诚实的人，人可以做正常朋友，如事情在对方能力擅长至少是能够完成的范围之内，对方要讲一些价钱才答应，假设超出范围后也不直接拒绝，而且先答应着，再慢慢拖你，那么这种人就是狡诈的人，碰到这样的人是一种不幸，更不要说做朋友了，如果他平时和你很熟熟很亲热，天天腻在一块儿，但你一开口有事相求，他就一竿子都捞不到人了，或都找各种的理由拒绝，甚至反过来批评你不够意思，那么，请你赶走开离开这样的人，姑娘们，是绝对的损友，和这样的人玩，你最后不是玩物丧志，就是连死了都不知道是怎么死的，如果你没有开口而他已经主动帮你做事了，而且是不声不响的，那么恭喜你，这样的人如果不是你的死党，或是你的父母，那么他一定就是爱上你了，美女姑娘、女孩子仙女们，你们在座的就自己看着办吧！"炎庆山将要讲完，看见一条大鱼飞身跳起，在空中摆动着大尾巴往船的上空飞卷过来，只是一眨眼的工夫，掉砸在靠船边边坐着的孟姜女身肩上，大鱼猛地落在船板上乱跳乱蹦，蹦向孟姜女的身上怀里，孟姜女赶快扶着船帮站起来，还没有来得及站稳，当时身子来回摇摆着像有一种神奇的力量在拉扯拉向河水来，孟姜女口中大叫着，哎哎咋回事，快拉我一把呀……晶字还没来得及脱口说出第二个晶字，人已经掉到河水中去了，扑通一声，人影就不见了，炎庆山赶快站起身来，跳起大声叫："救人啊！快快快！救人呀快救人！炎镇、炎河、炎浪、炎涛快来救人啊！"炎庆山大叫大喊着，双手朝前空中一伸，头往起猛一窜，跟着双脚淹没在水里，扑通一声响，水花荡飞好高，有一部分打在船上、姑娘们身上、头上、脸上，有的姑娘一手擦脸上的水问："谁掉到河里去了，这么不小心，是咋回事吗？可知道淹坏了没有？真吓人！"

"两个人掉水里了，快救人啊！"此时，炎涛、炎浪、炎河先后都跳下水去，最后炎镇不管三七二十一也随着弟兄们一起跳下河里。

晶晶双手抓住大鱼往船板上摔去，"都是因为你这条该死的鱼，把我们的大队长勾引弄下水去了，掉到大河里也不知道淹住没淹住呢？你这个该死的丧门星——倒霉鱼，我摔死你，我踢死你个尻万娘的熊屎……"晶晶用脚狠劲的踢，一脚踢在旁边女孩子婷婷的大腿根上。

"哎哟哟……你大队长往哪里踢呀！你想踢死我是不是呀！痛死我了，你是咋回事……我真倒霉……"婷婷叫着一手捂着大腿来回搓着。

"对不起啊！婷婷，我不是有意专踢你的，我是踢大鱼，踢滑脚了，误伤了你！真是对不起，我来帮你揉揉好吗？好姐妹……"晶晶道歉解释说。

"我真倒霉哎，太倒霉了！"婷婷说着手不离开疼痛处揉着。

此时有一个人头从水中冒来，猛地摇着头，使水快速离开。"捞到人没有？"

好多姑娘抢着说道："没有啊，快快捞吧？不然还会被水淹坏……"水中脑袋听见没有捞到，又一个猛子扎到河水中不见了，水面上留下层层浪花和水纹一圈圈放大散去，消失不见了。跟着又有两个脑袋从水冒出来。

"快呀！捞哎！还不见人影呢？快快捞吧……"姑娘们大喊着。

"快快捞呀！"晶晶大声叫喊。

只见两个脑袋又快速沉下去了。姑娘们在着急中说："真是好奇怪的很也，才掉下去，四五个人下去也捞不到，真是怪哟？"

"就是呀，这大队长上哪里去了吗？咋回事呀？没有大队长这长城还修吗？"

"是噢！就是好神道的很哩，也不知道有啥讲就，还有神怪……"

"真奇怪的很哟，咱弄啥哎，如果没有了大队长炎大姐，这修长城我也不去了，我就是冲着炎大姐来的，谁想去谁去啊……"

"谁愿去，谁去俺也不想去了，春花我也不走了，这图个啥东西呼……"

"吓死人了！大姐姐大队长是个多好的人吗！咋会这样呢？神道……"

晶晶大声说："姑娘们，不要乱说话，千万别害怕，炎大姐绝对不会有啥的，一定会平平安安地上来的，当年炎大姐是在黄家大水缸里水葫芦中长大成人的，也就是说炎大姐先天性的就不怕水，现在更不会怕水的，无论是在大江大海中，大队长都会没事的，姑娘们，千万把心放到肚里……"

"是啊，就是好奇怪哩！为什么不让我掉去代替大队长呢？"刘英说。

"对啊，是呀，大队长是喊着叫着大声吼叫着掉下河中的，怪得很嘛……"严梓芳说。

"你们不知道看见没有，大队长掉到水中人就没有了，连扑棱拍水都没有，就没人影了。"

"水皮子连动弹的痕迹都没有，这不怪吗……"郭文慧说。

"这不是大家亲眼所见吗？姑娘们都在作证，怪到家了……"汪霞说。

"姑娘女孩子咱们现在说什么都不行，都别说了，唯一的办法保佑平安，都往船中间坐坐，靠中间挤一挤，挨着挨靠紧些，这大河中肯定有水怪水鬼什么的，谁掉下去，就活不成了，不怕死的往里边跳，掉下去就没命了，原来最早最早神话故事中就讲，后羿把河伯的眼睛都射瞎一只眼睛，河伯告到玉皇大帝那里也没有告赢，最后在大河里不敢出来了，这炎大队长，炎大姐绝不会有一点点的事情，我敢打包票，美女姑娘们，河神会首先保佑大队长……"船在大河中水上无意晃漂着，天上星星闪亮眨动着惊奇的大眼睛，远远传来猫头鹰的叫声，弯弯的月亮在西边天边上要落下去了，有几丝几股淡的薄云横穿月亮上下飘向两边，船上的姑娘女孩子美女们都在惊魂未定，恐惧中双手抱住躬起的双腿，下巴顶着膝盖上，两只眼睛偷偷眨动着，不吱一声，离开船榜有二尺远的大鱼，还在自己躺在船板上尾巴无力的翘几下，张嘴轻轻地动着唇边，圆圆的眼睛睁着一眨也不眨一下，是在望天上的星星，还是在偷偷地看瞧美女们，在心里盘算着什么鬼点子，谁也说不清楚的意思，此时，它突然猛跳几下后喘着大气狠的再用最后劲道又猛向船上空扭动身子蹦向河水中去。

此时一个浪花冲起水中冒出两个人头来，离开水面一手往脸上抹水一把："拉拽一下姑娘，拉一把，捞上人了！快快快呀！"

"快拉去两个人过去，来一个人！炎大姐可回来了！大队长姑娘们都盼望你里？没事吧大姐姐？"晶晶架着一只胳膊往船上使劲，嘴里激动地在讲。

"炎大姐回来了！……冷不冷……咋会掉水里去呢……"韩玉玲说着叹着气。

郭文慧，李曼秋都跑过来，上前架着胳膊站着，好一会，孟姜女说道："她娘的真倒霉，咋会掉到河里去了，活见鬼了，真怪呀，真是跳到大黄河里洗洗澡啊！把几年的脏灰都冲到河里了，大笑话大玩笑啊……"幽默地说。

"算了，算了吧！炎大姐只要你上来没事，大家就安心一万倍了，天灾水祸咱不怕，只要大姐好好的，算是大河河伯给咱们讲了一段惊魂未定的故事，开开玩笑，帮助美女大姐美白皮肤，去去异味而已，是不是？"晶晶安慰着劝说。

此时孟姜女甩着两条胳膊，又用手拢着头发，擦着脸笑笑："真好玩，差点叫龙王爷请去做新娘，浑身是水……龙王爷怕水鬼，又不要我了，哎！还是去修长城搬砖头抬石回来……"河面上又出现几个人头向船边游来："姑娘们，这回捞到了好几个大队长呢？快来往船上拉一把呀！美女们也……"炎镇叫着说。

炎浪也喊道："炎大队长找到了，往船上拉一下姑娘，女孩子们，快拉呀，多来几个人……"

"来拉，大队长孟姜女哟，先生们、美女们哎……"炎河叫道。

晶晶接话说："上来过一个炎大队长了，咋又一个炎大姐哟，到底河里有几个孟姜女呀……"

"管她几个，都捞上来，看一看不就知道吗！是不是大家认一认就知道，见人就得伸手向救，只要是人是活人死人都捞上来，这是我们船工老大天生义务，义不容辞的大事……"炎老大说。伸手扒住船帮子，整个身子往船上窜，一条腿跨上船来，整人上了船站着又说："在河水里捞到任何人，无论男女我们都会把她救上来，别说大队长大侄女是一家人一个祖宗，更是义不容辞，拼着命也得救上来啊……"

"炎大爹，今天让你们辛苦了，让我这辈子也忘不掉你们的恩情，你们全家都是大好人，好心必定有好报的，我这辈子也忘不掉大爹噢！谢谢啦……"

"大侄女，这是谁和谁，不用谢！谢什么呀！今天我就感觉着不对头，一直在小心呢！还是有事了，不过也是小事一桩，只没有出大事就好了，行善了，大家想一想，两次大鱼往这船上蹦跳，往年一年也碰不上一次这种事情，真是怕鬼就有鬼了，又多几个大队长，可不是好有意思啊！上帝老天爷啊，想不到修长城干重活，还有人抢着挣着来干的，世间这大无奇不有，千奇百怪的啥事都不稀罕，更不奇怪，人们好说，看怪不怪，你们谁是妖怪，谁是假的？就站出来，咱们好说好散，主动的站出来，没有一个人敢打敢骂敢招你们一指头，我炎庆山说话是算数的，在河南镇上没有一个不知道我炎庆山的为人的，一言既出驷马难追，我在这大河上行船快五十年，谁不知道，啥没见过。你们有种有本事，来冒充我炎庆山炎老头子啊，也好帮我发发财挣点大钱攒起，好为河南镇上的老少爷们多玩火龙水狮子，她好让乡里乡亲、老老少少、男男女女都多高兴高兴的，多过几个大年……"

"快来拉一把，我救到人了！爹爹，俺爹快拉我上去，累死我了，我救到孟姜女了！"炎涛说。

"好儿子，你真行，船上已经多出好几个孟姜女，你怎么又捞一个呢？快上来！很累了吧！儿子，我来拉你，哎……上来了！到后面船舵里那边去……注意，船啊儿子。"

此时六个孟姜女站在船上一溜子，个子一样高，穿戴一模一样，发式一个样，更不用说，脸盘模样：鼻子大眼睛双眼皮，细细的柳叶眉，耳朵、下巴，如今就连说话的声音也是一模一样，现在谁都不吱声，也不说话，只要谁一说话一讲话，另外五个人跟背书背歌词背天书一个样，六个人都在说同一句话，脸上的表情都会一模一样，真是绝门透顶："炎大叔真心的感谢你老人家，感谢你们全家，让你们受累了，姑娘们大家好，你们大家都不用害怕，天长知人心，地久自然梦，假的就是假的，真的就是真的，真的假不了，假的真不了，放心好了，古人不是说吗：人多好干活，人少好吃饭，咱们是去修长城就是要人多，人越多越好，人越多修的越快，人越多修的长城越美，越牢固结实，才能千年万年，长城永不倒，才能叫华夏大民族的老百姓永远永远记住这修筑长城的伟大业绩，这样才能显示出长城辉煌光辉的独一无二，炎大叔，还是赶快开船过河吧！"

炎庆山摇头无奈地挥挥手说："炎大队长，你好你一定好好保重！注意坏人的恶意中伤，别在中间干坏事，真是天大的怪事啊！一个孟姜女一下子变成六个孟姜女大队长，真是奇闻轶怪事啊！炎镇、炎河、炎浪、炎涛都要小心当心啊！儿子们加把劲干，马上就快要到对岸了，只要把她们送上岸，咱们就万事大吉了，今天是我炎庆山一辈子一生听都没有听过的大怪事啊！我们在船上人老几辈子没有听过的新闻天方黄河梦啊！今天好在都是自己亲眼看见的，亲身体会到的，天意啊，天意……"

孟姜女突然站起来往晶晶眼前走来，其余五个人也一样把晶晶团团围起来，孟姜女先在她耳朵上小声说几句话，后来干脆大声说道："姑娘们，还有炎大叔，你们是亲眼所见所看的一切，我希望大家时时处处都来关注我们这六个孟姜女，假的早早晚晚会露馅，只有这样才能知道最后的真假，只有这样我们才能有条件利用条件，无论怎样我真心的孟姜女会不顾一切地坚持下来，即使累死也是应该的，但假孟姜女不一样，她没有必要去死，依死来达到以假乱真的目的，姑娘们大家想想看是不是呢？假的累死她图个啥啊，即没有名，也没有利，何必、何苦居心呢？只有天知，地知她自己假的，孟姜女心里最知道，我想我一定会战胜她们这些假妖怪，假的孟姜女从现在开始大家不要在奇怪什么，没有啥好奇怪的，无非多几个笨蛋傻瓜女来干活，她们干得越多，大家不是少做，会轻闲些吗？工程进行的快些吗？我孟姜女要在拼死拼活的重体力劳动中俨澄清真假来……"孟姜女说到此环顾一下几个假孟姜女，假孟姜女她同样的动作，来看看真的孟姜女，她们语言、发式、脸上、头上身体上手上的动作，完全是个个都是一样的，孟姜女说到此，姑娘们爆发一阵阵掌声，大船依然在夜空下往前划行。

炎老大大声叫："炎镇、炎镇你快来！"炎镇一阵小跑来到舵前："儿子来，替爹掌舵，我有事。"

"爹，闲事少管，孔老二不是有句名言，你还天天讲给我们听：与人方便，自己方便，爹你不要管闲事，不要问，天塌下来砸大家，砸个高的，挨着咱老炎家什么事了，我看也是出力不讨好，不信走着瞧吧！"

"就你叙叙叨叨的事多，大人的事，小孩子少掺和。"

"爹爹，我今年都四十八岁了，还小孩子呀小孩的，真难听呀……"

"儿子也，别四十八岁，你将来五十八岁、六十八岁、七十八岁、九十八岁在爹爹眼中你将永远是我儿子，是个不懂事的小笨蛋，懂不懂儿子……"

"爹，你瞧你哎，满船姑娘、美女……"炎镇气呼呼说。

"怕啥呀！老子教训儿子，就这样？不服气呀，好好干，注意你手中的舵吧，向左船在来点，唤哟……你啥时候才能学会，当老大，看你笨蛋样，不服气……"炎庆山嘴里说着训着儿子，扭头高兴地笑笑，快步赶到晶晶面前蹲下一条腿，另外一条膝盖顶住船绑，一手捂在自己嘴上，一手按在大腿上，在嘀咕着什么，好一会儿晶晶连连点头，脸上呈现出微笑来，嘴里小声嗯嗯应着，到最后点头道："好好，就这样吧，我来先找六个人来！"

晶晶站起身来，看见女孩子们不吱声用手指头挑着点着谁，用两个手指头拽着对方衣服示意她过来，四个人也挨着个在她们耳朵上说悄悄话，旁边谁也听不到一点声音，只见她们一个个连着点头，最后一个告诉完后她们一起上来还有炎老大，一个人拉住一个孟姜女，叫大家都坐开，把这六对人分别隔离开来，小声提问。晶晶问："你孟姜女家在哪里，姓啥叫啥，爹娘叫什么名字？家住哪个镇？镇叫什么名字？等等。"副大队长说："不行啊！这个孟姜女说的一点不差，我一点办法也没有，咋能难倒她呢？哎……"

"她知道你叫什么名字，多大年龄，几月份生日，她怎么都会知道？"

晶晶说："一点点不假吗？大组长"

郭文慧无奈地说着："她知道，一点点也不假，说我叫郭文慧是梦家镇西韦寨人，三月六日生，现年虚岁十六差一月半，实在没办法，像背书一样简单，挨着往下说，连我家中几口人家都知道，姐妹七个五个哥，一个妹妹她都知道，比神仙还灵，比算命的还要准确，就差说出几棵……"

"副大队长，我也一样，先讲炎大队长的自己家、领导、镇长差不多都叫她说准了，我是谁，姓啥叫啥，她都说得清清楚楚，家里还有一位七十多岁的老奶奶，走路有点假……"韩玉玲说。

"晶晶大队长，我叫李曼秋，我爹我娘都姓李，一个叫李影，一个叫李劲道，少数民族，姐妹四个，四个姐妹是李曼仔、李曼其、李曼香、李曼花，她知道的比算命先生说的还准确，奇怪不奇怪呀，还有一个小女孩叫李月妹，真是绝门了，没有不知道的事情，真太神道了。"李曼秋说。

"副大队长，在座的姑娘们，她孟姜女真太神奇了，也许她是假的吧，离我家近，什么都知道，过目不忘的神功，老算命先生也没有她说的准，我看她像个魔鬼妖怪……"

坐在姑娘们堆里有个姑娘说："船老大，不是孟姜女炎大姐神道，是她平时好问人这呀，那啊，她问的可仔细了，她记性又好，咱们说过就忘了，她全记住了，所以你在问她什么，她啥都知道，而且说的特别详细，不信问大家呀……"任青说。

下边坐着的姑娘们都有同感地说："是呀！是啊！孟姜女的记性真好透

了！记忆力非凡不同于一般人，大部分人员她都能知道别人叫什么，姓啥，我自己到现在连一个组的人名字都记不全记不住，认还认不全呢？"贾盼盼说道。

"要不人家就当大队长了，你连个小组组长也当不上。"六组的盼盼说，"谁不知道你叫贾盼盼重人家的名字……"

"谁重你的名字呀？我还说，你重我的名字呢！你那什么鬼名字，也敢与本大侠重名字……"

"看你，你看呀，能吃人，你才是鬼名字哩……"

"好好，到此为止，大家都不要争吵了……"炎老大说。

"算了，算了反正我们这些人是没办法分清真假来，不过大家相信，总会有那么一天，真的是真的，假的是假的，大家千万不要急，更不要怕什么是不是，咱们现在有炎老大大老板，大叔在，也不要害怕，古人说：'是福不是祸，是祸躲不掉'日子长着呢，慢慢考验总有一天会水落石出的……"

晶晶此时叫道："姐妹们不要慌，大船马上要靠岸了，天黑，注意不要挤，一个个慢慢走啊。"炎浪把跳板搬过来，摆稳当，一头搭在岸上，一头搁在船头上，稳稳当当的。

"美女姑娘们千万不要挤，不要拥挤这码头水深着哩，如今黄河也成了聚宝盆了，掉下去一个孟姜女，一下子变出六个孟姜女来，变多了将来爹娘来了也分不清那个是真闺女，那个是假闺女了，逢年过节回娘家，爹娘的锅里做的饭都不够吃了，将来闺女外甥也多，外甥女也多，跟赶集的一个样子，一回来一大群，一大帮，跟放小猪小羊一样吗……"

"炎大叔跟我们一路吃饭去啊，一天从早上忙到三更半夜的，叫你们爷几个辛苦的跟啥样，来回不要一分文钱，姑娘女孩子们心都过意不去的！"

"哪里，比起你们来，我们爷几个是小巫见大巫，炎浪把大锚扎稳当啊，好好，走炎大队长，原来是一位大队长，妈吗！一下子变成六位大队长了，大叔我天天等你们修好长城再接你们回家过幸福日子啊！再见啦……"炎庆山高兴兴奋地说。

"就是一百个也是干一样的事，搬砖、运砖、摔脱砖坯子，烧窑、和泥巴，多一个人多一份干劲，早一天完成任务吗？是不是炎大叔，这是最原始的定律道理！"

"是啊，好就好在你们六个人说话都是同时说，声音一样，嘴张的口型一样，身体的每一个动作是一样，只是走的前后不一样，站的位置不一样，要是上山时下山位置又不一样，其他任何没有不一样的，难也难以认清分清真假来，我想只有神仙玉皇大帝能认清吧！"

"那也不一定，假的孟姜女法力功夫深噢，说不定玉皇大帝、元始天尊也难分辩清楚谁是真的？咱们都是肉体凡胎，过一天是一天，管它过到哪一天呢？炎大叔这地方叫啥地名地方来着？……"

"这不是于寨镇，最早听我爷爷叫：鱼屯，就是这个地方能逮到很多的黄河大鱼，叫鱼屯，很久前的事。现在不知在何时就改叫于寨镇，这多年以来，南北过河方便，他多了不起，船也大也多起来，大河南叫河南镇，大河北叫于寨镇，官商家南来北往的过客都必须坐船，所以呢，于寨镇靠码头渡船也热闹起来，如今也是个大集镇，镇长姓于叫得水，五十上下年龄，是个好人，为人仗义讲情理，看看说谁谁就来，前面亮着灯的地方大高个子，他就是于镇长，我来给你们介绍一下！"

他们一行十几人说着走着就来到码头上，炎老大粗喉咙大嗓门的就叫开了："于大镇长你好呀！最近忙得很吧？"

"噢噢哦！炎老板炎大哥是你啊！这三更半夜的有事啊？"于镇长大方地说着朝前走上两步，一手抓住炎老大手，一手拍着胳膊上说："最近，生意忙不忙啊！很红火兴旺吧！最近我准备坐你的大船上河南镇办点公事呢！"

"天天忙，但是随时欢迎赏光让大船来生辉，这不！今天光免费乘坐的侠女义士们就来回跑了四个来回了！"

"你炎老大就知道讲仁义，讲信誉、侠心，讲诚信，顾面子，来来回回出那么大的牛力，不少累啊，死要面子活受罪，不过咱们老百姓就是要讲个实惠，力不能白出，饭不能白吃，人不能白累，白使唤，大人小孩子一家人咋过日子，你真是个大好人，善良正直的好人啊！"

"于大镇长你我咱们都是过来的人，今天不瞒你说：大镇长也是我一生中碰见的天奇大怪事，叫你做梦也不敢去想，就是讲古今也难编的精巧奇事，也许大镇长见得多识得广，这不是吗？炎老大右手五指和掌伸开来冲身后的女孩子姑娘一招说：'不认识吧！都是美女靓艳姑娘，个个生得如花似玉，美貌非凡，真是比仙女嫦娥还要让人羡慕，就是这六位，你大镇长仔仔细细的观看观看，用灯光照着，你能发现谁不一样，无论声音动作都行，也姓炎，俺本家子的侄女，叫孟姜女，前几个时辰来还一个人，过黄河一半时一条大鱼飞跳上船后，孟姜女想站起来，正要直腰身子还没站稳当，不知咋啦，人就掉到河里，随时我就跳下河水里捞人，好半天俺爷们几个人捞呀、摸呀，好长时间，最后一捞一个孟姜女，又一摸一个孟姜女，爷几个一个人一个孟姜女，最后不知咋了，浪娃、涛娃又跳下去，乖乖真神奇，奇透了，一下子捞上来六个大美女，这不比孪生姐妹长得更像，一百倍咋能，这可不天方黑夜奇谭吗！是正儿八百，真人真事的大活人，美女变法魔，有分身术，如今这不是：大镇长看看瞧瞧吧，先生们，开开眼界！"

　　于镇长说："孟姜女，这一段时间可传得沸沸扬扬的，老百姓中热闹新闻，头榜头条啊，是一个有本事有能力，超强的一位美艳女孩子，一下子号召一大群女孩子，本人本身就是一个让人们关注的焦点奇人奇事大美女，瞧呀！先生们，朋友们！她们几个人确确实实是一模一样，青绿淡淡的套装衣裤，一样的发式，一样的脸盘，胳膊腿的姿势都一模一样！天下奇闻怪异的事！"于镇长瞪大眼睛瞧瞧这个，又望望那个的，看看她们六个人！他摇摇头，点点头，又摇摇手摆摆手："老大，还有你们几位朋友，都先去吃饭，炎大哥老大，炎大队长你们先去吃夜宵饭，我这就叫人通知镇里的魔法大师，张山开来，在这镇上邪难怪的法术他也能知道一些，看他有什么办法连夜给他们真假姑娘女孩子看看解开法术，还原她们的本来面目，炎大队长把你们的官文拿来看看……"

　　"镇长大人，我们的说话声音相同，说话的语句一模一样，快慢也是一模一样，张的口型更一样，这是同胞姐妹难以做到的一模一样，无论我们啥时间说话，想说什么她们提前都知道，这人的想法，说话的意图，声调的快慢这是谁都不能做到猜到别人心里去的她们都行，从这点看她们道业功夫功力技巧的精炼，何止千年万年，少说也有千年万年的道业功力……"几个孟姜女同时介绍道。

　　"好好，无论有多大的精确技巧，还是道业长久绝技，我想早晚都会不攻自破，猫逮老鼠这是天敌，都跟咱们这些人属相一样，是哪一年生的，天该属啥就属啥，无论你们中哪五个孟姜女是假的，最后总有办法会破解，只是存在的时间长短区分不同，好，你们都去吃饭，马上镇里见，愿你们真假早分开好不好！我也先去安排安排相关事宜……"于镇长讲完，冲她们招招手摆摆手，转身而去。

　　　　真真假假难分清，一溜美女逞艳靓。
　　　　古来事都在笑谈中，人间奇迹异能编写昌。

血尿

　　于寨镇大院内灯火辉煌，靠院墙四周，火把熊熊燃烧着，大院内的北面是一溜高齐脊的砖瓦房，在瓦房下的近前的一拉溜摆放长条几的长桌子有一丈多长太师椅上正中坐着于镇长，镇长的两边各坐三人，共是七人有的在喝茶，有的在说话，个个无不喜气洋洋，张山开双手搂抱一柄青铜靓影宝剑，在火把的映照下闪闪发光，金辉闪烁，院子正中间有一个三尺高的大圆木墩子，这便是张山开大师马上要准备做法捉魔的地方，此时从大门外进来炎庆山船老大爷们几个人，后面紧跟着真假孟姜女六个人，又有一大群姑娘女孩子们来看热闹的，她们个个静静无声地靠着围墙站满一大院子，有的干脆就蹲着或坐在地上，真乃是人挨人，人挤人却没有说话的，鸦雀无声，镇长向炎庆山招招手说："炎老板船老大，来来坐在这里，老余头快去再搬个凳子长条的，请船老大坐下嘛！"

　　"不客气，不要客气！镇长我站着就行了，又不累……"

　　"来了，凳子板凳来了，"老余头叫喊着搬着条长板凳来"请船老大坐下嘛！这是镇长大人的情意！"老余头说着手扶炎庆山在长几横头坐下来说："谢谢，谢谢啊余镇长……"

　　余镇长点点头笑笑，示意炎庆山爷们坐下来。"张大师开始吧！下来这满院子几百号人全看你张大师的真功夫了，好好的显露显露扬扬大名……"余镇长说着摆摆手招招手让张山开上去表演。

　　只见张山开大师高高的把头发挽成发吉，用一铜簪子别着，身着灰白色的长袍，前胸后背上都各印着一个道家的标记乾坤图，半边白色半边黑色，也叫双鱼图，以图大吉大利多有余富裕标记符号，双脚穿着麻布布鞋，打着绑脚，他现在听到镇长的指令后，右手持青铜宝剑，左手中指伸直，大拇指捏着无名指和小指，在场内让真假孟姜女六人一溜排开，面朝北背向南站在圆木墩南一尺近站好！在场内围绕着三尺高的大圆墩快步激进的绕三圈，再反转三圈，嘴里念念有词："啊嘛阿眯眯，嘛嘛眯眯也啊啊……"耸肩躬背腾起臀部双脚尖点地，一个后空翻落在大木墩子上正中，左手捋着长胡须，嘴吹长气，二目圆睁，右手倚天杖剑，脚踏天罡步入斗柄云中，嘴内念动真经，"急急碌律令……"

"大师你好！招小的有何事，请道长尊师讲来！小星遵命前往……"

"猫师鬼星，为何迟迟来晚，速速去老先师尊前，禀报真假孟姜女以何法术才能让其显现出原形，快去快回，不得延误时表，否则拿你性命示问！"

只见此时，一道闪电在夜空划过，眨眼工夫又一道金光返回："报告大师，太上老君指示用猪、狗、鸡、马、牛粪便和在一处浇之，另有它们的血污和匀浇之，及复原形真身，真是真，假是假，一目了然也！望大师下去处之可也！"一道闪电就不见了。

张大师右手收回宝剑，左手拂袖挥挥口内讲："下面不得耽误本大师，不然罪责之！"

张大师一个腾跃跟头跳下来，快步走到于镇长面前的桌前俯首低耳语到出三牲粪便如此这般，再是血浆浇灌顶如此如此那一般一番！张山开说完站回原来一边去。

"老余头快去找几个人，去搞来三牲粪便，再抱三牲血浆拿端六桶，以备后用快去快回，不得耽搁！"

"是！镇长大人，粪便、血浆各六桶……"老余头答应着已经出了大院大门外去了。

这边余镇长让张山开将六个孟姜女一字排开在大木墩南面三尺远，坐在地上等候，施使法术。六个孟姜女面色白黑泛着粉红，靓艳迷人，杏眼眯眯微笑，黑靓黑靓的长发垂肩，浑身上下青绿淡淡裙衫长衣，绣花的青绿布鞋盘在臀下，浑身散发着青春美丽绚靓的美。此刻整个大院子，上千只眼睛都在注视她的美和潇洒温馨浪漫色彩，几乎没有一点点声音，只有有时没的火把燃烧的吡啪声，有半个时辰，老余头带着十两个老汉拎着木桶，进来大院中，"报告镇长大人，按照你的吩咐，一切准备就绪，听你的指令！"

"张山开！张大师快快施你的法术吧！还原她们的本来面目人生！"镇长下令道。

张山开二话没说，接过粪桶，一手提着桶襻子，一手扳着桶底，将一桶倒到东头数第一个孟姜女头上浇下来，奇臭无比，立马撒开来。就见孟姜女的坐姿就像在云雾中一样似有似无迷迷糊糊。紧跟着第二桶、第三桶、第四桶、第五桶，最后一桶浇完后六个孟姜女都不见了！又过了一会儿，几秒钟时间一会儿只见她们六个人坐的地方地面上有一个大海碗口大的一个青青的葫芦三片叶子一模一样，还是分不清六个的真假来！

"张大师赶快趁热打铁，把血浆倒浇葫芦上，让假孟姜女赶快显现妖形怪样来！"余镇长大声下令说。

张山开又从后面六个老头手里接过三牲血浆来，对准青葫芦就浇上去，一会儿一个个青葫芦变成一个个大红葫芦，六个大红葫芦一模一样！在火把的映照下，鲜红可爱的葫芦慢慢地自己摇着晃着齐声小合唱来：

"宝葫芦娃娃真可爱，带领华夏女神筑长城，为民为国添锦彩，强盗贼寇豺狼望城生畏摇头摆！妖魔鬼怪来陷害，跳进黄河也洗不清的恩怨白，任劳任怨无悔怨，忠心赤胆不畏惧，开开心心，蹦蹦跳跳唱起来！舞起来哎哎哟依而！舞呀舞起来哎咳！千年万年终有一天中华神州醒来爱，长城哭不倒摧不倒！人民心中念着奇女才，历史大美女孟姜女，让长城靓艳舞出奇迹帅，代表华夏儿女，勤劳智慧，勇敢大胆，用科学拼搏创新的女神精神咳嗨……哟……依哎嗨哟噢……耶！"六个真假孟姜女唱着宝葫芦自己跳起来裂开，孟姜女真假踏着葫芦壳慢慢由小变大，六个葫芦都是一样的动作，一样的声调音韵。此时几千只大眼睛看得更惊奇神怪的，又有更多美的想不清是咋回事，就像大家美女女孩子们重新注目，眼看着孟姜女又一次出生一样的神道，在她们六个蹦蹦跳跳完以后，真假孟姜女又恢复到原来五尺九寸八的身高。最后静静沉默的站立在原地！好久好久满院子没有一个人讲话，都让眼前的人和事错位拉入思维惊恐的联想里。

一样的动作，一样的长相，一样的生成，一样的美样。

上天

"余镇长，本道还有一手可以带着她们真假孟姜女的灵魂上去天堂云霄，下入地狱阎王爷……"

"张大师你的道术降魔除妖的本事有点欠缺呀！这可不是闹着玩开玩笑的吹糖人哄着玩的事，你真有本事还是假有本事真功夫吗？"

"镇长大人，你尽管放宽心，这天上有我师傅帮忙，还有玉皇大帝的百万神军，老天爷的四大天王，上帝的神明魔法，天帝原始天尊神明大法神宝假孟姜女纸里还是包不住火，雪地里埋不了冤魂神！马上都会显形的镇长大人！"

　　"张大师！这降魔捉怪可真不是吹牛皮说大话放大炮，瘸子背着斧头爬上树胡吊砍大权的，要靠真功夫千百年的真才实学，百炼成钢的真功夫！我看呀！你还是请你仙师太上老君帮忙相助才有可能破解此魔妖术…你看着办……"镇长关切地说道。

　　"余镇长大人敬请你放心，依我目前的功力法术，即使捉不住魔怪也不会败于他们，我有本老君的真传秘诀，古人语：不进虎穴，焉得虎子，舍不得孩子套不住狼，怕这怕那不是学道的本意，魔高一尺道高一丈是不是？小小一个妖怪魔鬼怕它何妨，在人世间百姓中我们就是要踏破世间不平事，做尽阳间善行果，余镇长千万不能让任何人破坏我等身子骨，我将带领她们六个人的灵魂去天上、去地狱中去也！"

　　"随你意吧，但有一点千万不能伤着真正的孟姜女，无论如何她将还要带领这些姑娘女孩子美女去北国修长城呢！将来的万里长城形象的代言人，亿万炎黄子孙的光辉形象……不多说了，要去就早去早回……"

　　张山开披发杖剑一个跟头翻在他捉妖降魔的神台上，嘴中念念有词，不一会儿风起云卷，火把摇摇晃晃，他脚踏踩斗步，人在天罡星中，以利刃宝剑押着六个孟姜女来到天堂大门前，赤漆大门高八丈，宽六丈，每扇大门上都有金海碗一样的金卯钉有八十一个共计一百陆拾贰个，在阳光的照射下闪耀着璀璨的光芒，正上方的门头有四个大字镶《天宫云府》，时值一队禁卫御林军察值军经过，天兵天将全副武装冠，天马摇头摆尾，好威武，正绕过八丈高中华汉白玉石表，表上面还挂着丝丝缥缥缈缈的白云！

　　"得！你是何方妖民，敢擅自闯入这九霄天宫云府，大胆！"

　　"报告将军，我是太上老君的老大弟子，下界凡民孟姜女大美女，率领千万人的姑娘女孩子美女去修长城，在过黄河途中遭妖魔鬼怪陷害映变其身，欲为破坏长城，我乃是华夏行者道士大侠，为保一国平安，特捉拿真假孟姜女来天宫云庭请玉皇大帝、元始天尊、上帝老爷等天上的神界英雄好汉，各路神仙来辨别真假孟姜女，依法惩办而治之，为民除害，为国铲除病瘤……"

　　"好吧！，我带你等去见玉帝，我是太白金星属下的巡逻御林军的左大将！小的们，将她们这一干人等带到天鼓台，擂鼓明示玉帝自有分晓。"巡逻将军说。

　　"感谢左将军相助，师尊一定会报答你的！"张山开说。

　　"走吧！不用感谢，这都是天兵天将应尽的职责……"他们转过天宫云府大门，来到天鼓台，鼓直径有一丈八尺，鼓厚六尺八寸，鼓下有汉白玉石台阶三层，张山开几步跨上鼓台双手握住鼓槌一通猛敲"咚咚……"一阵滚雷响后又是炸雷轰响，随后又是一阵雷响，一连三通鼓响罢，左将军一行人朝天庆大街，由南向北走去，两边都是四大天王的府馆，南天王、东天王、北天王、西天王、老君府、太白殿、前宁宫、太虚殿，最后一座又高又大，一座在云中，一半坐落在天庆大街北端，坐北朝南，旁边就左右偏门也有六丈宽，十六丈高，左将军快步跑步跨上灵霄宫的层层台阶来到大门口高声喊道："现有下界张山开道士携民女孟姜女来到灵霄宫请玉皇大帝来辨认真假孟姜女！请玉皇大帝下道圣旨传真假孟姜女与否？"

玉皇大帝坐在汉白玉雕刻的龙凤太师椅上，睁开龙凤眼，白嫩的脸上有兴奋之状态，用右手将一下黑靓的长胡须，皇冠上的珠宝钻石闪闪发光，皇冠上的一颗蓝宝石有鸡蛋大小耀着辉煌，"传真假孟姜女上殿！"随后有执行令官高声呼唤着："传真假孟姜女上殿了！"张山开闪后旁边，等六个真假孟姜女从自己身边朝上走去，随后跟在最后一个孟姜女身后也来到大殿上，两边站着四大天王圆睁虎光，眼高睛明，元始天尊对面站着老天爷，上帝和天帝对站着，四大天王下面站着王母娘娘、太上老君、太白金星、北斗七星老公、南极寿星、北极寿星、赤脚大仙等各路大仙们，整个灵霄宫殿，肃穆庄严，极静无声，只听玉帝讲道："下面是何方人士？姓甚名谁？有何事宜来到天庭？速速讲来！"

"民女姓炎名叫黄女，为修长城来到黄河过渡坐船，不幸落入水中，在被救起后，一个孟姜女就成了六个孟姜女，家住梦家镇，现被妖孽缠身，更不知何方的妖魔鬼怪作怪，这五个孟姜女不但长得一模一样，就连说话的语音声调、举手抬脚都是一样，张山开大师奉命于寨镇镇长的指令，本想铲除邪恶的魔怪，但他的法力法功有限，不能识破玄机，认不清人妖是谁！只有带押我们六个孟姜女来到万岁玉帝尊下辨别真伪真假，还望各位天王、各位大仙伸手相助，早早铲除妖孽，也是为民除害，保护长城千年永存！"六个孟姜女一起说着，昂首挺胸站直。

玉帝听说真假孟姜女，睁大两眼朝下望来，全殿天王尊臣都在观看孟姜女，只见孟姜女一直注视着玉皇大帝，由他来看真假！"如此相像的美女子真是天下奇闻也！看不出来哪里有异相来！"东天王摇头说道。

"是呀！实在难辨真假来，她们比孪生姐妹还要相像，简直是一个人！谁能分辨开来？怪本天王眼拙珠暗。"

王母娘娘说："罢罢，难辨真假，不如用器械宝贝来验证，玉帝在上，请你用你身后的长扇八角六把，猛扇看看，能分辨出来真假来，是真扇再狠她也不动，是假她自然被刮到十万八千里外，管它呢！试一试扇子的威力总可以吧！"

"对！朕也想起来了，正该如此一用！"玉帝回过身，转头朝旁边的仙女说："仙女姑娘们，就按王母娘娘的建议试一试！你们摇扇子的功夫最能分辨出真假孟姜女来最好！"玉帝高兴地说。

"听令！"只见六个仙女扛着长柄扇子走到玉帝太师椅面前，一字排开，用力向六个孟姜女一起扇去，只听大风呼呼穿过殿堂，两边的重臣天王，神仙的衣甲都被狂风吹得上下摆动飞舞，只见下面站立的六位孟姜女紧闭嘴巴，没有一点的躯躯或上下摆动，风力之大是世人难以想象的。张山开被狂风吹得抱住天庭玉柱还在晃，紧紧闭上双眼，任凭狂风狠吹猛刮，持续了一阵子，歪头看看孟姜女还在，下面一排站着六个人，她们只是感觉呼吸困难，其他毫无动静，玉帝看看不得不让仙女们再继续扇停下来！"仙女们，算了吧！看来此法此宝不灵验了，只有再想别的办法了！"

有《如梦令》为证：玉帝长扇风大，狂风猛吹真假，劲吹头发直！人人衣服急刮，真假！真假！天庭难辩魔怪。

六把持长扇的仙女们，急速变换队形，将六把长扇合并一起照看六个孟姜女，确实是六个绿色的宝葫芦，六位仙女没有办法，只有回转至玉皇大帝身后站直，等待大家再想办法来，用其他法术来识破真假孟姜女。

东极点点头说："太上老君有一宝贝叫'照妖镜'，何不取来一试呢！看看能否辨认真假孟姜女？"

"本道的照妖镜也不一定有法力，它只是在魔法功力浅的、年限短的妖魔鬼怪身上好使，看来此魔怪潜力深厚，年限也在万年以上，不然刚才长柄扇扇它岿然不动，六个长扇摆在一起也是一个法力无限的照妖镜，都不能识破此妖的魔功呢！"太上老君说。边从腰里掏出一个比海碗大的带长把圆柄来，一边自己都在摇头说："这妖怪道业深厚，不一定能照出来，五千年以下的可以看到原形，五千年以上的就不太行了！依贫道看还不如去西天请如来佛祖，说不定能将此妖捉拿！"

太上老君这才将照妖镜聚光在孟姜女身上，照妖镜的镜片上便是光芒闪烁，只一闪便没有任何反应了！"玉皇大帝，贫道的照妖镜已经失灵，不起作用了，照不出假孟姜女的原委曲直，只是一个宝葫芦而已，再无别的反应！宝镜失灵，被此妖怪的灵性罩住了，难辨真假，依贫道讲，去请西天如来佛祖，不知玉帝准奏否？"

"只要能分辨出真假，请来一试未尝不可，就讲我大帝请他来天庭一游，散心，玩几日也是咱们上天各路神仙的心意，敬请！代表咱们的心情是实实在在的邀请诚实与恳切，快去快回不得延误。"随后玉皇大帝取下金牌交与太上老君！"是！大帝，贫道去也！"只见太上老君向上耸一身，人早就不见了，不一时来到西天，喇嘛、活佛们正在打坐闭目诵经，如来佛祖在大厅上幕帷下坐东朝西，口中正在念念吟经唱典！老君来到近前："佛祖！贫道这厢有礼了！

天上玉皇大帝特请你前去一叙，这是玉帝的金牌令！见牌令如见本人，还望一行！"

佛祖接过令牌，随后站起身来，双手拉裆裳，双手在脸上搓了两下："走吧！早去早回！"只见二人一晃就不见了踪影，只是一句话时辰便来到天庭灵霄殿。

玉帝一见如来佛祖，便站起身来说："佛祖近来可好？请上座！"两个仙女慌忙搬来如意玉椅，摆放在玉皇大帝左面，玉皇大帝伸出左胳膊让如来佛祖坐！

"玉皇大帝好！近安！"佛祖说。

"好好好！"玉皇大帝一连说了三个好，"我有事相求，唉！下边有民女孟姜女被魔怪妖法缠住乱民挠，奇祸必有后果，依神人防患于未然，能判断出真假孟姜女六人。"

"判断真假孟姜女，恕我现在的年数是五百八十九年，未必降住此妖恶怪，我的道业如一千五百八十九年此怪必破，但目前恐怕不行！"佛祖自我介绍说。

"如来佛祖，请吧，行不行试试看嘛！"

"若是用武力辨认不出来三掌即定，但是孟姜女乃一民女，无须用武力征服，而且她将要修筑长城大业才是正事，辨认真假都是小事一桩，小插曲是不是？各位大仙天王、王母娘娘、极尊们！瞧好吧！"如来佛祖摩拳擦掌，摆动胳膊，扭动腕力，随后吸气提神，站马步踩斗云，呼的一声将双掌猛地推出，就听掌力风声呼啸而过，将真假孟姜女的长发直直的推向脑后，呼呼地拉回双拳，真假孟姜女的长发随后又拉向脸前，根根如钢丝一样硬，如来佛又滚动双眼珠子呼呼转圈，提神运气，只见眼内瞳仁聚卧一个肉圆，张着四肢，扁嘴鼓眼，随即什么也看不见了，便是一只站立的宝葫芦！如来佛祖功发过后告诉玉皇大帝《如梦令》：天机不可泄露，人心识破不能，谁能真功夫！还是佛祖如来，真神！真神！修筑长城女人。

玉皇大帝见如来要走，还想挽留："佛祖真功夫，是否已见端底？"

"如此妖怪暂时天机不可泄露，但她只能利用于修长城，无法损毁，还望大帝日后明察也！本佛法力浅限，让大仙天王们见笑了！"

"哪里，哪里！还是佛祖功力扎实厚道，功夫不负有心人哪！以后再见！"

"再见！玉帝保重！"佛祖一躬身，人影早就不见了！

玉皇大帝转过神来，冲孟姜女讲："民女孟姜女，真假孟姜女是天意，当然是天意不可违了，你们如果实在想知道，可以去冥界阎王那里查一查，他那里有生死簿子，上有刻录，也可去东海龙王那里，让它帮你看一看，其他就不知道哪里能判你的案子，刚才如来佛祖已经讲了，天机不可泄露，佛祖已经知道是哪个妖怪作宠，在此天庭我也不裁罚你了，但不许作恶，如有不听我的天将即刻派天兵天将前去捉拿你，到时后悔晚矣！还是好自为之，下去罢！张山开引导她们去找阎王见教吧，退庭！"玉皇大帝说完向灵霄殿后面走去。六位仙女随后举着长扇跟去。

天仙玉帝难生成，各位大仙头摇，人神尽难知，如来佛祖验果。

地狱

"孟姜女走吧！他们都走了，我们也去找阎王去！"张山开说。

"找到阎王爷，又能怎么样呢？玉皇大帝都查不出来，阎王爷能行吗？嗯？张山开，天上这些神仙、四大天王都不沾，极点老头儿都悄悄地跑了！"孟姜女说。

"刚才如来佛祖怎么说的，你们没有听见吗？他早已掌握你们的材料，是啥妖啥怪他清清楚楚，暂时不说而已！快走下界最后一层天，天有九重天，现在是第一层，是早去早回，余镇长大人还等着呢！别马马虎虎的，赶早不赶晚，等鸡一叫就去不成冥界了，知道不知道？"张山开说。

"听你张山开的，不然也回不去人间啊！"孟姜女说道。

"知道就好，我张山开也不是为你真孟姜女瞎忙活，这三更半夜的，我求爷爷告奶奶的一分文钱的利也得不到，狗咬耗子瞎掺和，出力不讨好的！懂不懂！"张山开说。

"得得得，干什么的？谁叫你们往这里来的？想死也不看看这庙门！这是阎王殿！"小鬼说。

"就是不想活了，才伸着头往你们这地狱钻呢！"张山开说。

"不想活也得我和小判去拿绳子去套你们的脖子才能来呀！我是小鬼，她叫小判，无论谁死都得我们两个去勾魂，去拉去拽才行的！你叫什么名字？敢闯阎王殿来？"小鬼气愤地说。

"我叫张山开，他们六个叫孟姜女，我们是专门来查阎王爷收受贿赂的情况有没有不该死的，叫人们给勾来，受贿多少？行贿多少？"张山开说。

"就凭你！还查我们，我叫你活几天，你就只能活几天，我叫你现在死你绝对活不到三更天，我看是老虎不发威，你当我是病猫啊！小判快锁这家伙，叫他假传圣旨，冒充皇帝！让你们死，你们都不知道昨死的！"

"小鬼，不要斗嘴了，我孟姜女才从灵霄殿，玉皇大帝那里来的，玉帝让到你们这里找找生死簿查一查我孟姜女大美女的。"

"大美女，孟姜女，咦哟哎哎你们六个人怎么长的一模一样的，不是亲姐妹吧！还有一股子清香味，自从周朝前的妲己，战国时的西施，她们两个人也比不上你这大美女啊，真漂亮咳！还有一股子清香味，她们两个人也比不上你美靓艳，大放潇洒啊！她们只会在背地里暗送秋波，勾人情魂，你孟姜女是落落大方浪漫潇洒，还有一股美味的清香迷人美，不是我小鬼夸奖你，你让小判说说看看？"

"孟姜女，你确确实实很美，我们两个专门接送阳世上的男男女女，有上千年的历史了！能让我们两个夸赞的女人也就只有你一个孟姜女啦！"小鬼、小判都伸出大拇指来夸孟姜女漂亮的！

"用不用找你们的阎王爷说说了？"孟姜女接着说。

"要查生死簿，就得找阎王爷，他是专门管理生死簿的，我们两个专门去锁命套脖子，不让他活的差事。"小判说。

"我们找阎王爷，查生死簿子，这是玉皇大帝叫来查一查的！"张山开说。

"这里边请吧！阎王爷正在办公室查账簿，不知道哪个该死又要完蛋了！"

"小鬼、小判，快去把老歪抓来，还有一个叫美妞的也一块锁回来。"阎王爷吩咐。

"是阎王爷，这里有个叫孟姜女的大美女找你查查账呢！"小鬼推一把孟姜女后，他们两个小鬼小判就走了，手中拿着绳锁出门一溜烟雾不见了。

"阎王爷你好，请你帮忙查查孟姜女，有几个人？有多大？活多长时间？"

阎王爷双手扶着生死簿，双眼珠在眼镜镜片后面骨碌碌地转着，又看看孟姜女，看看这个，又看看那个，他挨着个地看啊看，瞧呀瞧，嘴中不断自言自语道："大美女，大美人，孟姜女，孟姜女，她姓炎，美人实在实的是大美女，奇迹，奇怪大美女哟！"

"老爷我们已经完成任务，美妞过来见老爷，这是美妞，李老歪带到，老爷请吩咐！"

"把他们带到后面的作坊去，一个进油锅，一个割舌头，挖心脏，舌头光出坏点子，都是心黑心坏，今天都叫他们尝尝本地狱的好滋味，叫他们下辈子脱生为猪、马、牛，供人使用可恶至极！"

"走啊！害怕啦？当年你在阳世耀武扬威的使坏点子，欺压百姓时你昨不怕，走！混蛋婆娘！"美妞双手拽着脖子上的铁链子死命向后拉拖，一步也不肯走，小判反把铁链子背在肩上往前拉拽着，女人还是被慢慢一步一步地拉向后院子去了……

"孟姜女！怎么生死簿上没有你的名字呢？你父亲叫什么来着？"阎王爷嘴里叽叽咕咕说着，"大美女没有上生死簿上，是怎么回事呢？怎么会没有名字呢？有意思！该不是美女出生把老爷的眼睛扰花了？写错姓名，还是忘了填写名字？"阎王爷左手敲着脑袋，半笑半开玩笑说："老爷我也难过美人关……还是美女吸引人！阿妹子子红玫瑰也！阿哥哥子的红牡丹呀！阿妹妹的心肝肝哎……阿哥哥子的宝贝啊！孟姜女你没有听见吗？问你爹爹叫什么名字？"阎王爷又唱又说。

"我不知道你说的是哪一个爹爹，我有两个爹爹两个娘哩！"

阎王爷眼珠子一转笑道说："当然是问你姓炎的爹爹！"

"我姓炎的爹爹叫炎庆田，田地的田，庆贺的庆字！"孟姜女解释说道。

"炎庆田家住梦家镇上，有三个儿子分别叫炎喜、炎乐、炎舞，三个女儿叫炎华、炎歌、炎飞！"

"正是！正是！阎王爷！"孟姜女说。

"老婆子叫炎美蒋氏，现年六十二岁，寿终八十六岁！你爹庆田寿终八十九岁！怎么没有你孟姜女的名字呢？好奇怪呀！难道让美……"

"你是阎王爷，有没有我一民女咋会知道是怎么回事呢？"

阎王爷又问道："你还有一个爹爹姓啥叫什么名字来？"

"姓黄叫文智和炎老爹是一条脊的左右邻居！"

"噢！是不是呀！黄文智，现年六十岁属鸡的是不是，老婆子姓石叫黄美石氏，现年六十三岁属蛇！女大三抱金砖，抱金柜呢！怎么没有你孟姜女，黄文智四个孩子两女孩子两个儿子：黄军、黄化、黄香妹、黄盼盼！怎么又没有你孟姜女呢？要倒大霉呀！这……"

"你是阎王爷！你不写不记，有错有罪你失职，管我孟姜女屁事嘛！狠劲倒霉……"

"怎么不管你的事？不写不记不录，将来你就是一百年、一千年、一万年都不会死的，就活个老人精！你现在现美再靓，等老了也要变丑了，到时候大人见了大人怕，小孩见了小孩怕……"

"到时候我自己会去死的！上吊、投河、喝药咋样都能死的……"

"生死簿上没有生与死，你咋样都死不掉，叫你活受洋罪，即使用刀杀你你也死不掉，知不知道大美女？只有上了生死簿，叫你活多大，你就只能活多大！不想死也由不得你自己！刚才那个美妞你看到了吧，老公是个大官，不想死也得死，该刮就刮，该剁就剁叫她活受罪也由不得谁，这叫善有善报，恶有恶报，时机一到必定要报！所以说现在阳世间又搞什么火化火烧，还是装在棺材中，无论怎么说，是埋也罢，是烧也罢，喂鹰喂鱼，怎么样，你的灵魂来到阴曹地府照样难逃那一条那一律，该咋样咋样，照样跑不掉！你孟姜女现在多大了？把你的名字填在炎庆田家，他家有三个儿子，连你四个姑娘，一年四季正刚巧而善终，一大家子儿女！"

"本姑娘十六岁差四个月，初冬秋后人，是我爹爹用菜刀劈开宝葫芦才生的我孟姜女。"

"哎哟哟外！怪不得生死簿上没有你，没有刻录，原来你不是人胎受精成人，敢情你是个葫芦娃呀！这也不是我的错，阎王爷我一点错也没有，都是玉皇大帝、元始天尊、老天爷还有上帝他们五个人的错，一个人怕有错大错他们联络了五个人大大官，才偷偷生下你孟姜女一个大美女啊！违法乱纪到处都有啊！还不知道受贿多少呢！再大的官都有错啊，你孟姜女现在任什么职称？"

"我孟姜女现在是女子修长城大队大队长职务，有什么问题吗？阎王老头。"

"哈哈上帝、天帝、老天爷、元始天尊、玉皇大帝这五个大大官，宇宙天庭第一大官，肯定受贿华夏大民族老百姓集体的贿了！不然他们不会联合犯错，也不偷生你孟姜女叫你去修什么长城！还差一点把我阎王也懵过去了，要不是你孟姜女亲自来一趟我阎王爷就是跳到黄河也洗不清了啊！善有善报啊！大美人今天也救了我一把呀！我以后也会报答你的！怪不得你孟姜女大美人也是个漏网的大美人鱼呀！你一来我阎王爷就感到一股子清香清爽的袭人气息！原来你与众不同，是个大香美的葫芦，年龄我暂先写七十二岁阳寿，不要高兴糊涂写成了十十七岁就行了！如果大美女二十七岁就去死，那谁能见到你孟姜女呢？谁永远也不会想起你的美貌、才干，这一会儿包括我阎王爷也给迷住了！所以人间之大，无奇不有，爱美之心人皆有之！你们还有什么事吗？"阎王爷愣愣地望着六大美人孟姜女。

"阎王爷，你能把这六个孟姜女区分开吗？或者你用什么方法特技，无论怎么讲，就是把六个孟姜女中有五个假的咋样才能给找出来……"张山开说。

"哎哎！你是干什么的？真假孟姜女跟你又有什么关系？找出来咋的？不找出来又咋的？我看你小子是狗咬耗子多管闲事吧！"

"阎王爷，我是天上太上老君的么徒弟，我们镇长大人非要搞个事情的曲直歪正，把假孟姜女找出来，假孟姜女能变化如此逼真的孟姜女，首先它是妖魔鬼怪，妖魔鬼怪就干坏事，干坏事肯定与天下老百姓不利，以防万一才上天入地除妖怪不是人人有责嘛！"

"你刚没有听和看见吗？真孟姜女都漏网之鱼没有上生死簿，这假孟姜女我有何德何能能把她分辨出来呢？阎王爷我只管生死，不管捉妖降怪，这一事情几乎都是没有做好尽职！我只感觉大美女孟姜女的气味很好闻！我阎王爷在地狱几千万年，所感觉出不同来，是人都有一股恶臭味，也许我讨厌人的缘故吧！"

"我怎么闻不出来呢？"张山开围着六个孟姜女转来转去的嗅闻着。

"好了好了！你小子想吻大美女，想在哪里吻哪里吻去，不要在我这里捣蛋呀！影响我办公！再不走，我可叫吊死鬼、饿死鬼来了，你们还不够饿死鬼的一顿下酒菜呢！"

"我再看看你给孟姜女写的年龄对不对？"张山开说。

"对不对也轮不着你看，也不让你看，你是哪里哪个世上的阎王爷？叫你走你就走，别没事找事啊！要不是看在你师傅的面上，我早就放出饿死鬼把你给生吞活咽了！孟姜女活二十七岁还有十一年时间，活七十二岁还有五十六多年，要你咸吃萝卜淡操心！人在年轻轻死去，才能给人留下一个好印象大美人……这就是我阎王爷的逻辑观念和策略，我这里正差一个秘书部部长职务，等着孟姜女修好长城来任职部长！干好了，这改革的潮流，我也准备隐退二线休息休息，来个阎王婆，婆子不听，就阎王月，月光，这生死都在月亮的夜间吗！月亮还吸引人，好了把这生关改成美人关，谁都想来，来了不想走了，走了走了快走开！"阎王爷想发火，眼瞪嘴撅胡须翘！

如梦令

真假鬼难辨清，生死簿上没有，阎王重写上！知人生多少载！自由！自由！阴阳混纯签溜。

龙王

"怎么办？孟姜女，炎大队长大美女，是去东海啊还是回去再想良策？"张山开说。

"怎样做都行！反正是没闲着，辨不辨认，不是我们的事情，只能讲现如今草包太多，从天上到地下都是一群，窝囊废！一群不学无术的大熊包软蛋熊，小小一个妖魔鬼怪缠身竟然查不出来！还能办什么大事情？除非是虚度光阴，谈什么建立功业事迹哟！"

"趁天早，咱们还是去东海龙宫吧？碰碰运气，说不定龙王会有什么办法绝招，别看不起庙小神大，法力大都是可能的！"张山开说。

"不一定吧？真有本事还蹲在深水坑里，求的出气喘气难呀还是不憋不痛快呀？吃饱撑的找罪受！"

"管他呢！哎，得！"

"谁叫你们随便进入东海的，这是我们龙王的领地，是我们的地盘！想找事吗？站住！"一个虾兵手拿龙虾大枪，摇头摆尾地问道。

"我们是华夏大地上的良民，接旨来你们东海龙宫的！"张山开说。

孟姜女说："九重上天玉皇大帝叫来你们这东海龙宫找你们的老龙王的！"

"把你手中的宝剑收起来，不然就是公开挑衅，想侵占我东海龙宫的水晶殿……"

张山开笑着说："我这把青铜宝剑没有开刃，你怕个什么家伙？"

"不是我怕，我要让你的宝剑在水中无用，沾水即刻锈蚀，慢慢烂到水掉沉入水底，叫你们束手就擒玩完！"小虾兵振振有词地说。

"少废话！快去通知龙王，不然叫你水族生灵涂炭，尽灭九族……"

"你快去报告将军，我在这里守着他们几个人！"虾兵往水下一扎，就没影子了，一路飞奔而去，看见将军的人马，它上气不接下气的说："报..报告，发现一个道士，手持兵器要杀将下来，被鳌鱼大校挡住厮杀呢！请将军快快去会一会那厮……"

"笨蛋！慌什么？鸡毛大的小事，就把你吓失了魂了吗？镇静！要镇静明白不？天塌下来有大个的顶住呢！"龙将军说训着，"快说什么事？"

"将军大人，上面有个道士，带着一群女大侠，个个英雄无比，口口声声要踏平水晶大宫殿，还要灭我们水下九族生灵，还望将军尽快定夺此事！"虾大兵气喘吁吁地说。

"小小一个道士怕他作甚，一群女人手无缚鸡之力焉能灭我水下九族？都是人不大屁大，吹大牛的，前面带路，看本将军会他一会！非杀他个片甲不留，叫他小命玩完……"

"龙将军你好啊！"

"嗯，你是谁啊？"

"将军真是贵人多忘事啊！我就是余寨镇上的张山开张大师，咱们可是近邻居，从我们镇到你们水晶宫，最多也就是一碗茶的功夫。"张山开说。

"那你为什么要灭我们水下九族呢？"龙将军问。

"可能是逗逗小虾将小兵玩一玩，开个玩笑也当真吗？将军先生！"

"张大师，你知道吗？这军中无戏言，丁是丁，卯是卯的，谁敢开玩笑？除非不想要脑袋了！以后注意千万不能再开玩笑了，把虾将吓的话都说不好了！半天讲不清梦什么事？"

"我是奉上天玉皇大帝的旨意来的，讲你老爷子有什么宝贝，能分清真假孟姜女的！你可知道此事啊？"张山开打听说。

"宝贝？我们水下龙宫多得很呢！光这珠，那个珠都几百样子，最著名的有：夜明珠、珍珠、神珠、避水珠、避火珠、避光珠。避冲珠……定海针、八卦仙针、水晶棒、水晶枪、水晶刺球等等好多好多，半年也数不清十年也算不过来的宝贝！"

"好吧！我们去看看，只是用一用，现用现还，不拿走不带出龙宫半步！"张山开说。

将军把眼珠子一转说："那也不能白用白使换，如今干什么都有个效益，效益实惠方便？方便是不是给点好处，不然谁愿为谁效劳瞎慌穷忙呢？直说吧！方便来点小费，要不然去瑶池天上人间搞一顿怎么样，完了来几个美女仙女桑拿一盘，溜溜冰，蹦蹦迪什么的都行好吧？这条件不高吧？在天上奉玉帝老儿的召，这是姜太公炒豆芽小菜一碟子，搁你跟前算什么吗？就这点小要求你还挠头皮呀！你太小家子气了吧？"

"你哩？八字还没一撇呢要求就一大堆，又是天上人间瑶池乐园，仙女桑拿浴，洗脚城里的娃娃鱼呢？我只是一个小道士，一没媳妇，二没家小，暂借住宿，余寨镇上的穷光蛋穷光棍，光腚，懂不懂？将军先生！"

"互惠互利吗？小肚鸡肠子办不成大事情，光腚光棍活该，穷光蛋自找的，学着点，你看你尽叫穷哭穷，这几个大美女是咋回事呀？道士先生，一人一个，你一下搞了六个美女还哭穷，不干活的驴子瞎叫哎！你真是撑死胆大的，饿死胆小的，还真不够朋友，更不讲义气，小气鬼加吝啬鬼虫，谁要交了你这样的朋友庆喝凉水塞牙缝子……"

"算了，你作为一个带兵的将军，哪那么多的故事点子，成天想这想那还有心思带兵打仗吗？冲锋陷阵吗开大海洋的玩笑吧！"张山开说。

"你死脑筋，就你这日子也是活该倒霉！古人讲：人不为己，天诛地灭！无论什么先想想自己，没有好处绝对不干，没有利绝对不干，就是打大仗，没有好处能打吗？千里万里来带兵，生死攸关，小命别在裤带上，不给好处是绝对不去卖命，义气值几个钱？空日吹大牛，张嘴日虚，人要吃要住要穿，要消费高追求，要金钱美女，才能时尚潇洒浪漫疯狂温馨……算算谁遇上你，算是道士碰上神仙，光对光都不慌！"

"追求不一样吗？真理，逻辑观点脾气……"

"屁吧！你饿得轻！饿你三天不给饭，叫你双眼冒金星！还观点？真理还有艺术呢！艺术是无止境的立功，难道谁碰上艺术谁倒霉！管出卖一生的艺术比真理还要真理的艺术的说教……不讲了榆木疙瘩！顽石的心，这辈子没救了！"

"我们也到了，看看水下龙宫哪点不花钱这么漂亮，这么典雅别致，比天上灵霄宫如何，玉皇大帝万物生灵之主，也不如我们这水晶宫透亮明镜一样，世界上的宫殿有一座能比上我们这水晶宫没有？不是吹的，恐怕这辈子没有！再等十万年百万年永远没有赶上我们的宫殿的……"

"龙儿！你不去巡海，却在这宝库里观看我祖上遗留下的宝贝是何道理啊？"

"父王休要误会！这是张山开张大师，奉玉帝的旨意来我们这里找什么家伙来着？"小龙儿将军有些慌忙，因没有及时向父王禀报军情，老龙王瞪着龙眼看着儿子！

张山开急忙从龙儿身边转过来说："龙王大人休怪将军，是我在这三更半夜里来打扰了老龙王你的休息，春宵一刻值千金！实在不好意思！老龙王近来龙体健康，精神愉快！小道给你问安了！"

"张山开，你我本来是友好邻邦，互不干涉内政内务，你如今竟不慌不忙不声不响地收买我龙儿，到我东海宝库偷找查看我祖传家宝，是不是伺机盗窃强抢我家宝贝啊？"老龙王义正词严地追究道。

"老龙王你想错了，我这里有六位美女作证，绝无强抢他人宝贝的想法和动机。只怕是打扰你龙王爷的美梦罢了，不相信也可以让六个孟姜女说一说、讲一讲解释一下！"

"东海龙王，我叫孟姜女，良民善女在家种地，因为国家要修长城，修筑长城也是为了保民护朝，不受红胡子黄头发蓝眼睛强盗贼人的侵袭抢掠，叫天下老百姓过上安居乐业的平安生活幸福大家庭，男人都去修长城立大功业见大功劳，女人老人孩子在家里种地，像我孟姜女的家，地少人多，父母身体健康，种地够好，所以我孟姜女为天下人着想，组织了一只浩浩荡荡的女子修长城大队，我是被府台道台县长大人任命为大队长，前往修筑长城，但天公不作美，偏偏在过黄河时，我被妖怪拽下来掉到黄河水里，有船老大炎庆山带领的船队在黄河中打捞，不一时半时光阴便捞上来六个孟姜女，余寨镇长余得水，下令捉拿妖魔鬼怪派来道士张山开，披发仗剑用三牲粪便向民女泼来，又用三牲血污泼来都无用，妖怪魔鬼道行高，不能识破真假，去天庭灵霄殿玉皇大帝亲审没有结果，去西天请佛祖，佛祖发功后只讲一句话：天机不可漏也！后回西天！我们又去阎王殿找阎王爷查找生死簿也没有！这不来你这龙王的水晶宝府，说有个什么宝贝能照出真假孟姜女的原来孽障前身等——还求龙王大人高抬贵手，找出宝贝将妖怪魔鬼铲除出去，才能大快人心！"孟姜女叙述说。

"孟姜女大队长，不是我东海龙王小气、吝啬，不愿将宝贝拿出来一用，实话告诉你孟姜女，你们来得不是时候，这颗宝贝叫'神钻照妖石'，重一千克，早日让我家兄弟西海龙王给借走了，本来讲好了，用完拿回来，这长时间也不见还回来，我心上想放在哪里还不都是一样，东海西海都是海，谁能偷走了不能！要想用你们只有辛苦一趟，去找西海龙王借用一下，不然谁也没有办法，世上只有此颗，无论你上千年上万年上亿年的妖怪，只一照到立马恢复原来的形状。千万年的道业一照竟废一毫毫不剩。这样的宝贝千年难用一次，所以也没有放在心上，龙儿和你们一同前去，用完宝贝顺便就把它带回来吧！省的以后谁再用找不到了。"老龙王说道。

"龙王老爷我们走了，打扰你了！让你再好好休息休息！"张山开说，"走吧！各位！"

"快去快回！听见没有？这个孩子真让人操心！"老龙王无奈地摇摇头。

他们一行人出了东海，天上的三星去西边很远龙将军开口说："张大师咱们就这样走路急不急啊？一个个的大美女也不讲话，孤独寂寞让人怕，阳光女孩本来最能打动人心的，跟你张山开在一起简直就是在伴随魔鬼！搞那么正经干什么干啥呀？笑一笑十年少，愁一愁白了头，人生风流多浪漫，命运只是魂梦中，要是真做梦就好了，这么多美女，一个蹦，两个唱，三个跳，四个舞，五个爱，六个情，丝绵绵缠人心！张大师说话呀？跟你在一起纯粹是跟聋哑人在一起，都不吱一声？"龙儿说着。

"将军先生你不说话谁还能把你当哑巴卖了吗？你知道我现在是什么心情吗？忙活了一夜什么也是瞎忙活，天眼看就要亮了！啥还都是没有一点头绪，这回去怎么交代呀？"

"这一切都不挨你的事！只能讲是妖怪太狡猾了，心太狠太毒太黑，你张山开该做的做了，该找的找过了，这就很不错了，你要想开些就当上天去玩了一趟，阎王爷那里也知道了，东海龙宫你也观摩过了，这辈子活得还不值吗？咱们在去西海，真想有大本事，谁不说你张山开有大本事，降魔捉怪的英雄，就连大美女孟姜女也得嫁给你当老婆，真叫人眼红，哪怕今生今世和大美人能有一分钟的热情，本将军也算没有白活一生啊！"

"你脑子太简单了，单纯，人家孟姜女是修长城大队长，她能看上我一个光棍道士不行？"

"醉翁之意不在酒，孟姜女是大队长，但是她现在被妖魔鬼怪缠身，真假难辨时，是你张山开英雄救美，她这辈子感激你还来不及呢！刚好是孤男美女成双对，真是歪打正着挑着灯笼也难找的好事情，真是人在福中不知福啊，标准的傻瓜二百五！"

"你到底准备怎么样？咋一张嘴就是这不对那不是的，你想怎样我不管，但是不要把自己的想法强加在别人的身上，你感觉只要不倒霉，你想怎么样就怎么样，什么二百五呆子傻瓜的？"

"我告诉你张大师……"龙儿悄悄附在张山开耳朵上叽咕叽咕的这般如此。

"好吧！随你的大小便，只要她们不吭声管我屁事啊？"张山开说后往旁边看看说："我要小便一下，你们先往前走着！"

龙儿一看张山开离去说："大美女，好姑娘大姐，你真美，我心里梦里都喜欢你！你能让我拉拉你的手吗？好妹妹！……"

孟姜女说："你千万不要乱来啊？因为它们现在是妖是怪还不知道……"

"放心吧！大美女，你们都是好人，我喜欢像这样的女人……让我爱一回吧！"

"死了也高兴……"龙儿嘴里讲着上来一把拽住一个孟姜女，就急不可耐地亲吻着她的手，抱住她的人，刚刚伸嘴去亲吻她的嘴时，就见眼前一个鼓眼瞪鼻子的不是美女，吓得他立即放开双手，又不死心伸手去拉另一个孟姜女，猛扑上去拼命拉扯衣服，又是在手上一阵乱亲乱吻！又去拉第三个孟姜女，好在第三个没有挣扎就被抱住了，只感觉双眼模糊，放开三个又拉四个，第五个，一会张三开走过去，一眼看见龙儿抱住美女，摇头叹气说："算了，老兄，强拧的瓜不甜，爱情是双方从心里的互相吸引，热爱的情义才叫爱情，你现在只不过是烧火棍子一头热，既不是最愚蠢的暧昧，也不叫爱慕，这是强盗和美女，懂不懂将军……"

"管她什么爱不爱情呢！我只喜欢美人，人非草木，见着就想占有它，想让她知道什么是男人的威风和风度，算了到了，虾兵蟹将快去通报你家大爷知道，就说是东海的二将军至此求见，还不快去报来！"

"龙王老爷，东海二将军来到！"虾兵报说。

"嗯！这家伙来干什么，成天不正混吃喝玩乐样样俱全，是不是想来借钱去赌，对注意点……别让这小子又给骗了。"老龙王想到自言自语道。

"二叔，小侄给你请安了。"龙儿单腿下跪行礼说。

"嗯，为啥不在家里好好操练海军，来这干啥？"

"将军说还没有说话，这是用手挠抓痒痒，一会儿工夫便双手在身上乱抓乱挠起来，二叔西海龙王知道是过敏。二叔快来看看，我身上痒痛，哎哟喂……这是咋回事？救命啊！"二龙将军忍不住大喊大叫起来，慢慢脸上也肿起来，青一片，红一片的。

"西海龙王马上叫到！蛤蜊大夫来！快快去，马上就到，侄儿呀！你这过敏中毒了，毒性特别厉害！"西海龙王急得团团转。

"蛤蜊大夫戴着眼镜，慌忙背着药箱子来见，二将军已经变成一条三十多丈长的一条龙，在地上打滚哀叫着：痒啊！疼！亲爹亲娘来救救孩儿呀！快来啊，疼死我了，老天爷！"将军在西海龙宫大厅乱滚乱叫。

"多些个人按住他，给他擦药，龙王老爷这不像皮肤过敏，这是中毒，而且毒性相当厉害的剧毒，怎么会这样，再这样下去很危险……"蛤蜊大夫说道。

此时只见将军口吐白沫嘴唇发紫，眼皮发青，眼看着想瞪翻眼皮子要完蛋，孟姜女看得眼急，不自主地来到龙儿眼前，无意中打了一个喷嚏，喷出来的口水吐涂星子喷到龙儿身上，说来也怪，只要打喷嚏的地方皮肤立刻见好，而青青紫紫的块都很快下去了。

张山开也很快发现孟姜女的喷嚏打出"炎队长你的喷嚏会治病。"话没落音。孟姜女又接着打了好几个喷嚏，只见龙儿身上消肿了，它口中也不呻吟了，困倦地睡着了。

西海龙王此时恍然大悟地问道："你们这几个人是干什么哎！道士你手上抱着宝剑，不是来打伏的吗！你在这里打，可不是对手啊！我西海龙王兵强将广，就凭你那点小本事有来无回！"

"西海龙王大人，我是于寨镇的道士，是专替人消免灾祸的，如今来你贵宾厅是东海龙王介绍来的，我们是求借宝物神钻照妖石镜，在你府上，希望你能借来用一下，既用既还又不带走，修长城大队长孟姜女掉到黄河水里，被捞上来，一下子变成了六个孟姜女，一模一样，后来灵霄宫，下到地狱都不能辨认真假，又到东海龙王龙宫，这不是又来到你西海龙王府上，辩论真假，万望龙王大人帮忙，助我们一臂之力。"

"实在实的对不起你们，说的宝物已不复存在，原来好多年，一到夜间我西海龙王龙宫像地震一样，水晃宫摇，海面翻江倒海、波涛连天，我们西海水族无法生存，便找来神钻宝石镜查看缘由，才知道一位貌似天仙，美胜嫦娥的姑娘，每天夜间睡觉时长个子，八千八百八十七米还要往上长，据宝石镜看出要长高十万八千八百八十八米高，只有将这钻石镜放在她脚下踏着，这样就能止住美丽的未来女神不再长高，我想宝物不用就等于废物，还是不让她再升高算数，所以这多年来我们西海平安渡过，皆因宝物神力，从此珠穆朗玛不再长高，而且一年比一年美丽靓艳，是世界上最高的美丽姑娘，头顶蓝天、脚踩大地，面朝大海，天天梳妆打扮，唱着全世界最美的歌，眺望着不见全身的摇滚宇宙舞，所以宝贝是不见了，慢慢长地久的和长地灵气在一起了，任谁也别想拿掉、拉动一点点，所以各位抱歉了，不相信可以带你们看看去，一出海面就能看见！信不信由你们，你们只是用一下，按讲用一下有何不可呢！但是它已经与地经脉石长在一起了，任何人都用不成，就是玉皇大帝都别想再用它了，它变形长在一起了，请各位回去吧！不然在西海游玩几日，也是不错的。"

"算了，只有如此，孟姜女咱们回去吧！估计这时天色也快明了，赶早不赶晚，晚了回去更麻烦，天一亮我们还要梦归魂魄才是啊！"张山开说道。

《如梦令》宝贝处处有用，一夜东求西寻，神钻宝石镜！天下能有此闻。人神！人神！风流物宜乾坤。

张山开第一个到达镇大院内，活动活动胳膊，摇摇头，在神台木敦上扭扭腰肢，从上跳下来，连蹦几个高，向余镇长走来！"余镇长大人，你们！我张山开回来了，事情相当复杂！"

镇长问道："事情办的怎么办啦？张大师，一夜辛苦了！"

"还好，不太辛苦，只是麻烦罢了，这些个假孟姜女，可不是一般的什么妖怪，她们的道行很深，不是一般道家大师所解的住的，在九重天上玉皇大帝哪里，就连我师傅太上老君都出面了，拿出照妖镜都不起作用，也没能照出结果来，玉帝让各位天王，各位神仙都不能够使她们现出原形来，最后派我师傅太上老君去西天请如来佛，也未能起效，最后经如来发功，最后才给玉皇大帝一句话，天机不可泄露！到时自会显形的！我又带她们下地狱去问阎王爷，阎王爷把生死簿都翻出来了，都找不到孟姜女的生死记录，阎王爷算写了孟姜女的生死年月寿命多长，假的更是找不到，无奈只能去东海龙王殿找宝贝神钻宝石镜，又让西海龙王借去，我们又去西海龙王把神钻宝石镜镇在珠穆朗玛的脚下和山石长在一起，一切希望都没有了，我就回来了，前前后后想了一夜，现在唯一的办法只有等待，让光明时间自己流失，不攻自破，我现在也是爱莫能助，师傅都不沾不到位。"

"是啊！为真孟姜女，以后要修长城，还不能伤害她！"于镇长说。

"关键是真炎美女，不然实用最残酷的手段，比如说，用火炼！我师傅有八卦炼丹炉，只要往炉里一放，一切实际的事情不攻显出真形来！"张山开说。

"你能把她真孟姜女放在八卦炉里其不可惜了人才了！古往今来谁修建长城，只有咱们天上的伟大君王有智慧人生的胆略，如今孟姜女又是时世出英雄，我们不能叫子子孙孙来骂我们是败家子和破坏专家的奸臣，祸害人民的罪人是不是，人生一世不想立功，但也不能迫害为民为未来英雄和千古罪祸，张大师虽说你尺码奔走一夜，没有功劳，也有苦劳，最起码你让玉帝和阎王爷，各路神仙天王都知道，我们在修长城前的妖魔鬼怪企图想破坏修筑长城的宏伟设计，好人坏人都在积极地行动着，该做的一切，我们如今破坏了假孟姜女，但是我们首先预防真的孟姜女不被破坏，不受到未来不正确的观点立功，意念所左右。我们想干什么就干什么，而且是大胆无所畏惧地朝着原来方案前进！走我们华夏大民族人民老百姓要走想走的路，是任何戒邪恶势力所不能得成伟大目标走下去！当然我余得水镇长在此恭贺孟姜女的幸运和潇洒作为，更是浪漫号召的力度疯狂热情才能使妖魔鬼怪感而生畏，却而自灭，不攻自灭，不想自弃，曝光于光天化日之下，叫子子孙孙都知道，魔高一尺，道高一丈，时代在改革前进！百姓在平安中乐业安居，还是稳稳当当地做事情，不要太急进，以人的生命为第一，今天这一夜的辛苦只算是帮忙，更不能越帮越忙，你张山开感觉劳累呢？就先去休息休息，回头有什么高招再讲吧！"

如梦令

一夜灵魂飞飘，事事谁知天晓。魔高百丈烟，道高万里神龙。绝招！绝招！谁为长城在嚎。

相信

天色渐渐大亮，天边的红霞一会儿变成一丝丝飘洒的白云，小鸟在天空中飞翔鸣叫，好多姑娘在互相依靠拥挤着睡觉，个个东倒西歪喝醉了酒一样，你压着她，她又歪在你身上，六个孟姜女此时大睁着眼睛在等待着什么！

"吃饭了，开饭了，快快起来吃饭，姑娘们！吃完饭好赶路，快起来咯！"

孟姜女此时也在大声叫吃饭："吃早饭了，姑娘们快起来，吃饭去！"六个孟姜女拍拍这个推推那个，一会儿大家都揉着眼睛站起来，好多姑娘第一感觉就是用双手理着自己心爱的长发，有的拍拍头，有的用手指往下划拉几下发丝，跟着找鞋子，干着自己随意的事情。

余镇长早就一转身到后院里去了，张山开还在右手抱住青铜宝剑不知在想什么？

突然从大门处又闯进来一个人来张嘴还喊着："孟姜女，孟姜女，炎大队长，你怎么样了，啊！"看他焦急的语句和快速转动身子找人的眼神，像是有多大事情发生。"啊！孟姜女大队长，你还好吧！吓死我了，我们那里传言你变成妖怪魔鬼了，所以我是夜里的船赶来看你的！没事就好！"

"我不是好好的吗？乔大镇长感谢你的情心美意！"孟姜女笑着说。

"孟姜女你还是这么美，这就好了，你知道我这一夜是怎么过来的吗？净做噩梦，眼睛一闭上就是妖魔鬼怪什么的，你毕竟和我老乔签过协议，我怎么不是时时刻刻想着你孟姜女大队长哎！盼着你哩，盼着你们修筑好长城，早些完成任务，早些回来啊！"乔镇长感情激动地说。

"乔镇长，你再看看其他五个孟姜女，你看她们都在你身边围着怀里，她们都是我的活化身，有了她们将来我的名声更大，更有说不完道不尽的精彩故事和传奇知道吗？"

"就这，就传的神乎其神了，真是好事不出门，奇闻传千里啊！你孟姜女这会儿都传到秦始皇那里去了！"

"是啊！现在玉帝、元始天尊、四大天王哪个不知道你孟姜女在修长城的路上遇到魔怪化身，连阎王爷都没有查清魔怪的来龙去脉，从天上到地下又到大海里，真是无人不知，无人不晓呀！"

"你这一生注定是新闻人物，处处受关注"乔镇长正说着，回身一转，全是孟姜女"哇！还真是个个孟姜女啊，一模一样，比精雕细凿的还真，奇闻怪事呀！"

"乔镇长又转过身瞧瞧这个孟姜女，看看那个孟姜女，要讲话一模一样的，举手投足都相同唉！"个个都在微笑，镇长先生的脚步在不停地转身走动，两只眼睛在不停地闪动，放射着异彩的光芒。

"乔镇长，几时到的，来到家里来了，也不吭一声，乔镇长怎么搞的！在看美女啊？"

"余镇长，这是怎么啦！原来在我那里还是一个孟姜女！你是怎么出的绝招，一下子就六个美女到你余镇长家里，余镇长你真行，你肯定有祖传绝技是不是？"乔镇长点头看着余镇长。

"你怪我，我还想怪你哩，啥家伙，从你哪里来的六个大美女一模一样，怎么会挨着我这个镇长了！你真是快人快语先发制人呀！无理也要争出三分！佩服，佩服你乔大镇长啊！"余镇长笑着带开玩笑地说。

"哎哟哟，你看你呀！余镇长我又没罚你，只是感到很新鲜，古往今来的大怪事，咋会一个人就一下子变成六个人呢？费解的事啊！"

乔镇长小停一下又说："谁知道是咋回事，这一下可把我的心，我的爱，我的情意全搞乱套了，你不知道，余镇长先生，我为了她们这个修长城大队女子们，我把家豁出去了！该滚蛋的撵滚蛋，统统扫地出门，一个不要，全让我赶出家门，专等美女们修好长城再来我家，我爱……谁会想到这个小插曲，一下子六个孟姜女，这不是诚心在害我乔老爷吗？把我的心都敲击碎了啊！"乔镇长跺着脚大手挥来拍着胸说。

"放心把乔镇长先生，时间才开始，如今还没有到长城，也还没有碰上一块砖，一点泥灰呢！离完功还有十万八千里之遥远呢！说不定到那时，一切都又平安无事皆大欢喜哩！男子汉顶天立地，怕什么呀！真假孟姜女有一拼，说不定那时比现在还要美还要出名呢，晴天无雨，请好吧！还怕你会将来打光棍吗？到时候这个生男孩，哪个生女孩，叫你高兴还来不及呢！你真是女人心肠，杨柳情，有个风吹草动就把你吓破了胆，小心吓出神经病，一会儿疯，一会儿哭，到时候是什么文书都不管用了，谁喜欢神经人呢！哪个欢喜疯子，还是我劝你，把思想放开，往好处想，往同处想，往美里去争取，古人不是讲：功夫不负有心人！"

"是啊！功夫不负有心人，这整个大队我孟姜女打保票，哪个敢不听我孟姜女指挥，我就惩罚她，包括我们六个孟姜女在内，只要你愿意，当时让你进洞房成双配，看我孟姜女是真是假，全是废话，哪你个乔镇长，一日几回当新郎，娶新娘子，天下人就是皇帝也没有此待遇享受啊！把心放在肚里，别胡思乱想，先把任务完成，我孟姜女说话是算数的！"六个孟姜女向乔镇长抛媚眼。

余镇长说："放心把乔镇长不会错，大队长发话还有假吗？她能领导这么一大群女孩子一起走，还是在这里休息休息，换一换方位。"

"走，咱们上街去吃早饭去，我请客，事情要办，饭更要吃，走孟姜女余镇长我来请你们！"

"走走！应该我请客，但乔镇长的情意真诚，有感情才有爱情，吃就吃，不吃白不吃，傻瓜才不吃呢！吃饭去！走！"余镇长说。

"大队长，大家都集合了，我们大家先往前走了，你马上追上来行了！"晶晶说。

"好！你们先往前走，我们马上会赶上的！忙了一夜还没有吃早饭呢！赶快！还是把早饭吃了再说话，人是铁，饭是钢，一顿不吃饿得慌。乔镇长今天又是你请客啊！"

"放心吧！孟姜女，只要你喜欢吃，我天天请客都没问题，别说一顿早饭算什么吗？好，再来早点小饭点怎么样，余镇长！"乔镇长问。

"好好，不错，吃的人多，想吃什么都有，味道还好，稀饭有好几种，大家里边坐！"

"镇长吃饭来啦，里边楼上请，楼上清静。"饭店老板往上让着。

"不用了，就在下边吃吧！快端包子来！什么上吃的都上来！这是女子大队长，孟姜女大队长，她们吃完要赶路，去修长城，越快越好！"余镇长介绍说。

"余镇长不用急，怕什么吗？凭她们走的再快，也没有骑马快，慢慢吃，吃完饭来牵几匹马来，一会就能追上她们大队，老板上吃的"乔镇长说。

老板端上吃的走来："余镇长大人，她们几个人一模一样，孟姜女大队长，名不虚传！"

"是啊！绝对一点不会错，她们拿的文书上清清楚楚地写着孟姜女修长城，是有任命委托的，可不是瞎说乱编的！"乔镇长说。

"昨夜从河里捞上来的孟姜女吗？"旁边小二问道。

"是啊！一点点都不会有假的，不信大家瞧瞧看，六个人一模一样，连吃饭的品位都一样，都在吃包子，其中一个人拿饺子，她们都慌忙去拿饺子，谁喝稀饭，你们大家注意看看，都在喝稀饭，有意思吧！动作整齐一致，比天上训练的还要准确无误哩！"

"只要一个人说话，其他五个人都在说，说的都是一样的话，连声调的发音、粗细都是一样的，不信余老板你就试一试，讲几句话看看，也让在场的人开开眼界，耳听为虚，眼见为实。"

余老板大着胆子说："炎大队长，还有馄饨，要不要吃，味道蛮不错的，皮薄馅多，汤清淡新鲜可口，大队长来一碗尝一尝。"胖老板微笑着热情介绍说。

"谢谢老板，吃包子、饺子，稀饭挺好，馄饨实在好吃，一个来一碗也行！"

"伙计快，再端上八碗馄饨，今天我余老板也放放血，出来点财气，为修长城做点小贡献，你们二位镇长大人和孟姜女大队长吃的早饭不要一分钱，算我今生今世也开开眼界，认识了大美女，一个人变成六个人，真乃是几千年的新鲜事物，在商纣王时出了个九尾狐，妲己搞坏了文武百官，祸害了百姓，如今又出了个真假孟姜女，而且还在我余某的饭馆里吃过饭，各位先生们、女士们，父老乡亲们，这可是个个大活人，咋会变的一模一样呢！看来大秦朝是福是祸，是祸躲不过啊！乡亲们大家都来动动脑子想想，这是咋回事，是好是祸呢！"

"余老板，你是做生意人，只要想着让大家吃好喝好，至于孟姜女的事与做生意无关，别没事找事啊！你知道她们什么变得是精怪魔妖，一句话不当紧，白天讲话，夜间就会有报应的。古人讲：善有善报，恶有恶报，不是不报，时辰未到。时机一到，就你一个开饭店的小老板，妖怪眨眼就够你小子吃不完兜着走的，没事别找事，祸从口出，福从天降，人家孟姜女大队长，比我这余镇长还大呢，这些妖怪都敢太岁头上动土，变假大美女，就你一小老板，量你小子也赚不了多少两银子，还是安安稳稳做生意，闲事少管，小鸡没米吃，照长大，我这是看在咱们都是本家才这样说话，不然你请我，给我银子我也不会搭你腔的，知道不一家的。"

余老板点头微笑着朝外走去。

"余镇长，你也太谨慎了吧！人家余老板请我们大家吃早饭，随便说几句真话，发泄一下肚里牢骚和感触，叫你几句话打泄了气，是不是怕什么呀！你是天高皇帝远，是官不如现管，你怕谁，就算是几个妖孽作怪，它也不是冲你，更不是冲我而来，按讲你余镇长给她们扣起来也不为过，妖言惑众吗？妖怪猖獗竟在你管理的辖区内肆无忌惮的又吃又喝，又做何说呢！"

"大丈夫额头能跑马，宰相肚里能撑船，别大惊小怪的，俗话说多一事不如少一事，我说你个乔镇长从河南镇赶到我余寨来，又吃又喝又不掏一分钱，没有事坐在桥头看水流，站在高山观虎斗，别尽想让我去得罪人，做一些出力不讨好的买卖，好人难做，好心没好报，恶人活千年，有好多事情不是你我能解决的，得睁一只眼闭一只眼，大家都好好的，老好好才是我们的立足之本。"

"今天早上这顿所不劳，又不用掏钱，孟姜女你们多吃一些，吃饱吃好，千万别客气，老板都放出话来，请咱们几位，今天也让老板高兴高兴好好吃一顿，才能显出我们的大度和潇洒，该吃吃，过了这村就没这店了，更何况你们一到长城谁还有心情跑到长城上面去做饭请你们呢？还是余镇长管辖的良民百姓好，知情通理，爽快之人多也，见利妄为小人也，是余镇长平时教导的好，人气盛情，孟姜女这还有糖麻团子，吃个尝尝鲜。"

"谢谢乔镇长，能吃多少吃多少，咱们饭量也是大家少见的大，不要见笑啊！"六个孟姜女异口同声地说。

"哎呀！这你就错了，炎大队长能吃能干，姑娘们一天走那么多路，叫皇帝早就半步难行了，可是你们女子修长城大队的美女天天如此，时时走啊走，一天百十里的路程，就是大男人也累得龇牙咧嘴的，可你们照样往前一个劲地走，让人叹服惊思，所以吃饭就往饱里吃，干活就往狠里干，才是美女英雄的气节，我要是个女的，今天讲什么也一定跟孟姜女一道去体验体验，经历一下被人们崇敬赞美的荣誉和辉煌成就。"

"算了，大镇长还是当痛快点吧，老百姓的太上老君说什么要什么，那个敢违抗，谁敢抗拒，一声令下如雷贯耳，比炸雷还让人听话，得了便宜还卖乖，净拿好听的话哄人，这是你乔镇长的一绝招！""哟也！看你炎大队长说的，我哄你们干什么吗？这不是边吃饭边聊天，美女先生们……"

早餐美味缘，世间五谷香。
相信宠中食，肚里美工厂。

妒忌

"大家快来看呀！镇长大人和几个妖艳坐在一起吃饭，马上就变成妖魔鬼怪的下酒菜了，啧啧……"

"真大胆！"乔镇长说。

"撑死胆大的，饿死胆小的，如今妖怪也能和人同吃共行吗？"

"别说同吃共行，还同吃同住呢！人心比怪魔老妖厉害！"

"说不定镇长大人的眼睛叫鬼怪老妖迷糊住了，看不清啥是啥，也分不清你我他，不脑袋掉，就心被掏出来当下酒菜吃了，肝脏被挖出来一顿爆炒……"

"倒霉蛋，大傻瓜到时候应当笑不出声了。"

"好汉不吃眼前亏，该走趁早，光棍不打远离的人，还是脚底板摸油，该溜就溜，该走就走人，滚球子滚吧！"

饭馆里里外外都是看热闹，看惊奇的人，有的走了，老老少少越围越多，不但走路一瘸一拐的歪来歪去，说话办事都往歪里说往邪里说："哇，美女哎！大家说说，这么样的美女能修长城吗，乡亲们来看呀！细皮嫩细，跟刚刚点的豆腐脑一样，腰跟麻秸秆，手细长软绵绵的能干活吗？谁能知道那个大老爷封的睡觉大队长，干别的还差不多，她们能修长城，真乃是天方夜谭，吃馄饨肉包子肚皮长成大肚婆老母猪老母牛还差不离……"

"余老歪你怎么讲话呢！少废话啊！我警告你，自然上面当官的看上她，她就有本事比你余老歪强！更比我余邪子强，你三句话不离本行，就知道睡觉大肚子砸嫂子的皮碗碗还知道什么吗？"此人年龄和余歪子年岁不相上下，一唱一和地叫喊着说煽动人心。

"知道什么，笑话，知道的东西多来，不信是不是小子哎！就修长城是你一般人想修就修的吗？光讲那城上用的每块砖头，都是有讲头的，四角四楞，摔开一块砖里边不得有大砂粒和气空眼的，明白不，你认为就像我们盖民房用的砖头吗？又小又翘，还拧劲跳迪斯科舞扭秧歌呀！瘦品一块，还是标准的大废品，大家知道一块长城大砖头有多重吗？不知道吧！今天我来顺便告诉大家一个大小伙子腰围体壮的，一口气也搬不几块，虎背熊腰的大汉也搬不动，你以为光搬几块砖就直着身子吗？做梦去吧！神仙老爷也累得抬不起头来，躬背驼腰低着脑袋，连路也没有走，山冈子，沟沟坎坎的，笑话，梦想去吧！双脚蹬，双手爬，汗水拉拉叫叫汗吗？衣裳全湿透，鞋子找不到脚，光脚磨烂也不能把砖头拍坏了，光长城上用的沾泥，真是千活万活倒过来倒过去拃来拃去，既能不稀，也不能太稠，哪真跟大姑娘用的润肤膏胭脂一样，黏黏糊糊抹上得劲不舒服，真跟砸皮碗的润滑油一样，既滑细又不往下来滴，哪都是由专业人专供的粘涂泥料。"

"余老歪，你当年在长城上专干什么事，专管哪样呢？"余邪子说。

"哪一样，说你也不懂。"

"专搞运输的，还专家级别的人物呢，享受专门待遇！"

"享受个屁待遇，只是整个不闲着，干完这样，干那样！地里干完，干家里！"老歪说。

"余老歪，你们修长城上还种地呢！"邪子说。

"那倒不是，但是要遇到特别天气，修不成长城，可不就是要到地里种地吗？"老歪说。

"到处都是地，把草一起拔掉，下面就是好地层，玉米长的又高又壮，结的棒子又长又粗还多！哪向日葵往地里撒，小谷子小米撒拉，小穗子又长又粗都压弯了腰，绿油油的一大片，别提有多长了！"

"歪老板，你跑题了吧！"邪子说。

"你不懂还跑呢！身上背着大砖头，站起来都费劲，还跑题，两条腿站着都发抖。

走不多远都想着咋样休息，一会儿，身上背着几百斤，当年哪一次要不是命大，福大造化大，也是老天爷保佑，不然这条小命还歪拉歪拉的，只见眼前一阵黑风刮来，头脑眩晕，脚下一滑只听咕咚一声从山上就滚将下来，你们知道不知道那贺兰山又高又陡小鸟都飞不进去，山陡不陡，高不高，老天爷辈子又在山上修长城，天上的星星都能摘下来几颗当宝贝放起来不沾。"

"我说那天上银河的星星少几颗，前几天太上君和太白金星专门来察访，问谁偷了银河的猫屎鬼鬼着呢，余老歪你今天是不打自招，贼不打三年自招，看来你是跑不掉了。"

"笑话，开起黄河玩笑来了，哪颗星星好摘啊！不熬熟一层子皮！"

"讲你当年头昏眼花掉到山涧为什么没有摔死。"

"还讲呢！想想就气，等我在半山腰醒来一看，是一棵歪脖子松树把我给挡住了，要不然掉下去十个老命也没有了，下边是个深深大水潭，一眼望不到底，我的亲娘啊！现在想着头皮就发麻，危险不危险呢！用眼睛望树上一瞧天爷啊！还有一条长长的大蛇，还在不断地发出叫声，我老歪就是让这蛇的叫声给唤醒的，十块大长城砖，一块没少，一块没坏，还在我背筐里，我慢慢把砖一块一块拿出来，放在安全地方，我才偷偷地爬下去不能叫长虫知道，好不容易才离开，又把砖装上背上背走才拣了一条命回来。"

"老歪子说不定哪条长虫眼镜蛇还是你的救命恩人，你也没跪下来给它磕头谢恩！"

"你不知道，这长城上的砖还在我背上呢？那么重几百斤比我人还重几倍，我哪有工夫，给一条长虫磕头作揖，当时感觉浑身乏力到处都疼，也不知道脚和腿已经摔坏，满脑子全是要把砖一定送到长城上去，大家都不知道，这一块砖比一个人的性命还主贵，一个人损坏一块砖就百把万砖没有了，所以当初提出要砖不要命，豁出命来也要保护好每一块砖，更不能坏一块砖！我当时又是小卒长，卒长比组长大，每卒长管五十人左右，劳好就死也一定把砖给运到长城上去，走不动，我就用手抓住一棵小树往上慢慢爬用手指头扣着石头缝也要上长城上去，除非自己死了不动了，算完事，只要还有一口气，就往上爬呀爬，也不知道多久用多长时间，两个胳膊肘都是血肉模糊，腿上连血也不淌了，天亮了，又天黑好久好久才算完成任务，第三天早上，才被长城上的大师们发现，卸掉身上的砖，又晕低过去了，都是又累又饿，两天没吃没喝，先生们你们想想是怎样过来的，全靠顽强毅力，余镇长大人，你们吃过饭，你看是这样，不知道成不成！"余老歪歪着头拦住饭店的大门，歪着头和余镇长说话。

"有什么事情只管说，要求什么要干什么但说无妨！"余镇长见余歪子要说话，具体说什么意思还不知道，所以在三讲明要他说出来。

"好吧！余镇长大人咱们都是乡里乡亲的，孟姜女是个外地人，从南方带领一大群姑娘去修长城，人们好说：牛皮不是吹的，长城不是堆的，是一块块垒出来的。说的再好，还是需要汗水去拼的，光说不干等于扯淡，是马是骡子拉出来遛遛才能叫大家信服，只有使劲干才能叫天下的老百姓心服口服！"

"你是啥意思，你余老歪子的歪点子多，把你的歪点子直接说出来！别拐弯抹角捣不到正点子上！"余镇长说。

"余家镇上的父老乡亲们，全体老百姓都感觉出来个孟姜女是不是修长城的料，人长得细皮嫩肉的，大家恐怕到长城吃不下长城的苦差事，完成不了普天下老百姓要许的心愿，六个孟姜女站着是一大排，坐在那里是一大片，大家推荐我向镇长建议试一试孟姜女干活的实劲，能否完成华夏人民一半的民心测验，勤劳不畏的辛苦，智慧睿智时时用力量改变效益，拼搏顽强意志。"

"你准备怎么测验，直接说出来，结果不要绕来绕去，马上把我们孟姜女都给绕迷糊了！"余镇长说。

"很简单，用背筐子背砖头，咱们民用盖房子砖头，每块十斤十块一百斤，看能背多少块，能走多远的路程，看她们的实际劳动态度，就知道能否干下干好修长城的工程和长城中的辛劳勤奋意志来，你们看行不行！"余老歪说。

"乡亲们都想看看吗，谁没有见过劳动干活是咋得啊！炎美女，人们大概都想多看你几眼，老百姓对你的印象还是十分的赞扬赞成和敬佩的，谁知道会在大河里出现这种难遇的奇闻呢！余镇长左说说右说说的。"

"镇长大人，你看你呀！大家想看看孟姜女的美，也愿意知道美女的实干精神，大队长吗？一定会比任何人都胜一筹，是不是啊！"老歪说。

"好，我孟姜女也是不虚想象的，咱没有强项天生我孟姜女就是干知辛苦的命运，乡亲们想瞧瞧我孟姜女干活的丑样子，我就干给大家看一看，让天下的穷老百姓对我孟姜女放心，余镇长我来背砖头叫大家看一看，围绕咱们这余寨转三圈行不行啊！乔镇长，余老板，余大叔达到你老人家的要求！绝不会有半点的偷懒，具体六个孟姜女，那不行，那个不行，和我没什么关系，我只负责我自己，管好我自己，刚好也叫我们真假孟姜女的区别，哪才谢天谢地，才是我孟姜女心中求盼的真假大事！"

"好，这就行，只要你孟姜女表态，我作为镇长也放心了，我这个当镇长的也不好当啊！一面是群众的老百姓，这一面是上级，是你们我也不太了解的人，而且又是个女的，孟姜女，谁能知美女爱干活还是不爱干活呢！就背砖可不是闲着玩的事，几百斤一个大男子汉也够撑够背的，你们这一表态，最起码知道个八九不离十吧，余老歪拿东西来，是骡是马叫大家瞧一瞧！"余镇长振振有词地说。

"好来！镇长大人，邪子快把东西家伙拿过来，六个大背筐，一个六个一人一个。"歪子说。

"众人马上让开一条路，邪子和其他人拿来大背筐，孟姜女自觉地拿过一个背筐往肩上背背试试看，装砖呀！余大叔，砖头呢！快装！"孟姜女说。

"砖头在这边，大家都过来，装砖头咯！"大家都往这边走几步，是有几垛砖头新码好的。

歪子说："我来记数，大家看着啊！监督着点：一块、两块、三块吧，背不动就吭一声啊！十五块，十六块，背不动说话！二十八块，二十九块，三十块啦！乡亲们呀，三十六块……"

"炎大队长可是三十六块啦！比我原来强多了，真叫我余老歪佩服呀！"

孟姜女："再装几块，余大叔别客气，千万别手软呐，这才开始，还没有走路呢！还要爬山坡呢！"六个孟姜女都在说着同样的话语。

"三十七……四十四块！"老歪也不吭声没话了。

孟姜女说："走了，走了，大家让一让来，绕余寨镇三圈……"六个孟姜女一个接着一个地往前走去。

"不得了啦！先生们女士们，到底是大队长一级的人物，了不起呀！真想不到一个大姑娘这样厉害，这样大的力气，叫我们这些男人刮目相看呐！是我们这些人有眼无珠，真乃是女中豪杰啊！四十四块砖头，就是四百四十斤重啊！"邪子瞪大眼睛说。

"四十四块砖头别说一个女人，就是一个男人也背不动啊！"

"看来这个大队长，真不是一般的人物，真正的奇女子，人不可貌相，水不可斗量啊！我们这些人一辈子也没有开眼看过这么厉害的姑娘啊！孟姜女真了不起呀！"

"看到了吧，老歪子，眼见为真，咋样，能和你比吗？你真是老鼠门缝里看人，假吱吱，把人给看扁了，瞪着一对驴眼珠，个大看不清人，这回放心一半了吧！人家女人光背的就比你背的多出一百多斤，比你老歪子还重呢！一百四十斤，你看你除掉一张嘴还有人吗？捏吧捏吧地不够一碗，撕吧撕吧不够一碟，这回服气了吧！自然能任命大队长，就有大队的区别本事"乔镇长说。

"人家没有一点点本事，那一群美女能听她的指挥，就很不简单，俗话说'三个女人一台戏'，不吵翻才怪呢！可人家孟姜女大队长有条不紊，该干什么干什么，叫你朝北走，你就不能朝南去，叫你打狗，你不能撵鸡，明白不哎！我也不想多说了，咱们余寨镇的人叫你余老歪都丢光丢尽完了，一个大老爷们和一个姑娘女孩子叫什么劲呢！鸡不同狗斗，男人不和女人斗劲，更何况人家哪点不知道咱们不如你呢！"余镇长数落着说。

"哎哟！余大老爷，都是我不好！我不是人，以小人之心度君子之腹，我没有胆量，小肚鸡肠子的人，不试一试，你镇长大人老爷也不知道啊！"歪子说。

"趁早别让孟姜女走三圈了，最好是一会儿把东西卸下来，早早收兵回马营，我看别说三圈就是十圈也没有问题的，她背上都不感觉累，满脸笑意，这点我就能判断出来，老鼠拉木锨，大头还在后头哩，不然就能当大队长吗？这不是开玩笑吗？"

"好好，都听你余镇长的安排，你说咋样就咋样，人活脸，树活皮，没脸没皮还活个什么劲啊！劳好我还活了五六十年，真是白活了，高人不露馅，半瓶子水乱晃荡，邪子呀！炎大队转回来过没有，赶快给招呼回来！"

"是呀！人知道错了就好！怕就怕犟头钉，十个老牛也拉不回头的那种人，不管怎么讲在你们二亩地头上，你们说什么算什么，我乔某人可没恁大的雄心壮志，也没有那么多的小心眼，这样考验，那样考验，咱只凭文书字据，只要上面有批文书，没有不过关的买卖，不然这多大的国家朝政岂不乱了套了，谁想欺诈都行！有几个脑袋也不够啊！"乔镇长说。

"乔大镇长，你就别看笑话了，我这个镇长都当不了家了！谁想干什么谁就去干什么，我镇长的威望快叫这帮子胡作非为的人乱透了！哎……"

"余镇长别灰心呐，这算什么吗？只不过代表了大多数人们的心情而已。"

"咱们都远离孟姜女的家乡，谁能了解谁呢！就是一家人还有想法会发生的，别说这几百里以外的人哩，是不是人心隔肚皮，谁在想什么别人是谁也预料不到，她们吃咱们的住咱们的，小试一试有什么了不起，又不犯杀头的罪，别往心里去，最早我对这些美女也没有足够的信心，如今一看还真不简单呢！认识她们也是人生的缘分，不然谁理谁呀！老天有情人有缘吗，是不是？还得麻烦你余镇长叫老余头去把马牵几匹来，好送人家孟姜女赶路，咱们说过的话，就得算数，说到做到是不是哩！"

"好好，老余头快去准备马匹来，早去早安乐，有的麻烦有插曲，孟姜女有个好歹，更不好交代了。"余镇长吩咐老余头。

"老余头摇着脑袋去了说！八匹马儿够不够呀！"

"好好！八匹就八匹，乔镇长你一会跟着去好不好，我就不奉陪，叫老余头和你一块去，把人送到，就赶快回来，千万别在找麻烦了，人心都是肉做的，好坏与咱们没关系，少惹麻烦少操心，多一事不如少一事，最好不要和女人特别是美女，大家一个个眼睛都在盯着她们，目标大了容易吃亏上当，别丢人打家伙两下划下来……"余镇长说。

"看来余镇长哪辈让美女坑坏了，一提美女就直摆手乱摇头！真是一次被蛇咬，十年怕井绳啊！孟姜女，炎大队长不用背了，你们已经过关了，余寨镇的男男女女、老老少少都服气你炎大美女了。"乔镇长见孟姜女回来，赶快讨好的讲好听话。

"哪里！他们都服气，你乔镇长可服气，如果你不服气我孟姜女再加十块砖头咋样！"孟姜女半开玩笑的逗乔镇长说。

"哪里！哪里！我最天生就服气的，不然我镇上就从来没有想着怎样的，我乔某人是百分百的放心你孟姜女！除非杀了我，我也不能不信你孟姜女是不是！"

"你的承诺千万要兑现呐！不然我会兴师问罪的，乔镇长。"孟姜女边说边把背筐取下来，拍拍身上的灰尘，又在旁边盆里洗洗手说："我要走了，还不知道我的大队人马走多远了！"

"放心吧！马上让你跃马扬鞭，以迅雷不及掩耳的速度，跑不了她们就凭你炎大侠，她们跑到天涯海角也没地方藏身啊！大家不会留你们几个人吗！"乔镇长说。

"留不留不住也不是白搭吗？只有想做什么想干什么才能成功，不愿做的事情会南辕北辙的！"

"不是哪样时的对于美女是完全不一样的看法，留住人就早晚会留住！时间能证明一切！"

"癞蛤蟆还想吃天鹅肉呢！再长的时间它也别想办到！"孟姜女说。

"没有绝对的事情，她喜欢你，她爱你就算有爱的百分之五十以上的条件，凭空想象那是烧火棍子一头热可不行！首先要有百分之七十以上的外在条件，才做百分之百的打算，天鹅和癞蛤蟆连十万分之一的条件都没有，不是瞎想才怪呢！废话少说，上马赶路送大美人往前走！"

"大队长，镇长大人，给马送来了！"老余头说。

"怎么没有马鞍子呢！大队长没有马鞍你能骑吗？"乔镇长问。

"没问题，只要别人能骑，咱就没有问题！"孟姜女说。

"大美女可是多面手啊！一般人，可从来不会骑马的还多得是！"

"我是大队长，又是孟姜女不是一般人，所以只要别人会的，咱自然什么都会，作为一个人无论是男是女都要学会骑马！马是我们人类的好旅伴，离开它行动就十分不方便！地上走当鰍也可以，势比速度慢慢多啊！光靠两条腿是不能跟四条腿的比的，要想好就得放开四条腿的往前跑！我来骑赤兔马，你们俩骑白马！你们俩骑大白马，你镇长可真变成白马天使了，骑上一阵风！好潇洒！"

"有什么用呀！只是奉陪美女玩玩，开心一时一刻了！没有潇洒，只有疯狂热情！"

"看看说你，你还真歪上了，说你肥你还真喘上了，架架架！咱们现在开始赛骑马。"

如梦令

骏马美女风流，骑架闪电彩虹。鸟和蝴蝶愁，天上白云奔腾。箭行！箭行！大队呼唤长城！

较量

六个孟姜女骑在六匹赤兔马上，放声歌唱：想着你，盼着你，想着你哎！盼着你哟！一千遍地想着你，一万遍地盼着你，你在哪里，你在哪里哎！在哪里哟呀！你在我的歌声里，你在我的心中，你在我的梦中，你在我的灵魂里！年年月月地想着你，分分秒秒地盼着你，在哪里哎！在哪里哟呀！爱在哪里在哪里啊！在这春天春风中，声声地呼唤你，呼唤我人！哎！呼唤着你的爱，呼唤着你的心，呼唤着你的情，呼唤着你的人，呼唤着你我的天，我的神，我的老公，我爱的郎君，我的相公……我的火辣辣玫瑰，我梦中的天神！

一路飞马一路歌，歌声情浓爱心窝，骏马如火燃虹霞，美女似云舞情多。

千载难逢孟姜女，万众一心长城乐，古往今来数华夏，龙的传人靓艳和。

快马加鞭飞奔，美女驸马如画，谁问靓艳心舞情，孟姜女歌场佳。

流云飞骏染霞，豪爽情迈女侠。古今中外西江月，龙能舞动长城。

乔镇长打马飞奔向前，追上第一个孟姜女，孟姜女冲他笑笑说："镇长大人辛苦了！"

"心不苦，命苦啊！这么多孟姜女，谁知道哪个是真哪个是假。"

"男人不是都喜欢女人，越多越好吗？这才六个，你就愁坏了，是不是，皇帝三宫六院七十二妃，还有八百美女还不得把你的灵魂抽走才怪哩！"

"大队长呀！我并不是嫌女人多，我是怕妖怪多，一个妖怪能要命，这五个妖怪还不连骨头渣子也不剩啊！"

"怕就不要来，小心你的小命难保，连阎王爷都不敢收你，看你将来就会成为一个孤魂野鬼叫你哭，你都找不到地方去兴！"

"炎大队长，我求求你别再说了，再说下去我非从马上掉下来摔死不可！人生如鬼比人多，正不压邪，一正更难压百邪，何况如今连五邪五怪都难镇还查不清是什么怪魔妖孽也！"

乔镇长又退到第二个孟姜女旁边二马并排往前走着"孟姜女，我看你像真正的，这到底是怎么回事？怎么一下子就能有六个孟姜女呢？叫人纳闷叫人急呀！"

"镇长先生不用急，不用慌，真正的就是真正的，假的就是永远也变不成真的，慢慢等待，光阴会叫你知道谁是真谁是假，谁是软的柿饼子好捏！"孟姜女说。

"炎大队长你叫我等到啥时候呢！七老八十走不动了，也该完蛋了，还有什么用啊！"

"看看人家都是说，老来伴，年轻的夫妻老来伴，老了说说话，互相有个照应才是幸福的！"

"哎哟！谁说不是呢，谢谢你的定心丸！"

"不用客气，大镇长咱们如今是谁跟谁呢？不用谢！"

此刻乔镇长又来到第三个孟姜女跟前说："大队长！你是真的孟姜女吧！"

"当然我是真实的啦，我孟姜女跟你说，她们几个都有一副虚像的脸，装的面慈，其实心狠，说不定哪一会像豺狼一样跳出来一口将你挖心掏肝，还嫌你的肉不好吃呢！"

"真会是这样吗？不管怎么样，我对她孟姜女还是有用吗？她不会把我马上害了吧！"

"是啊，乔镇长你怎么聪明反被聪明误呢！你想想啊！你对真的有用不假，对假的你不一定有用，说不定是障碍呢！所以假的会随时随地的害了你！"

你一定要加倍小心，人心隔肚皮，谁知道谁是咋想的，嘴上净讲好听的甜言蜜语，心里还在打着如意算盘，说不定这会我是专门给你提醒，你千万不可大意，大意死都不知道咋死的！好好活着防人之心不可无，害人之心不可有。一定要小心啊！"

乔镇长又来到第四个孟姜女跟前，两眼盯住她说："炎大队长，这到底是咋回事，这假孟姜女到底想咋着？为什么非选择你孟姜女呢！它变成个其他叫什么人不行吗？真害人也！把我的心都撕碎了！"

"你怕什么，只有孟姜女害怕，你跟她无缘无故的你操什么心，真是吃饱了撑的！"

"你是假孟姜女，不然你为什么出口伤人，还想……"

"我是打个比方说，假的才会哄人骗人玩死人呢！真的才会直来直去不会拐弯抹角，苦口婆心地劝你吗？把你给哄卖了，你老人家替人家数票子点金银呢！肉体凡胎都不明白，还想着追人家呢！还是等着吧！别叫人家骗的找不到东西南北那才叫人笑话呢！"

"哎哟喂！伤人心啊！这辈子啥都见过！就是没见过真假孟姜女，谁是真谁是假，是伤透脑筋无处问啊！大队长！"

"镇长先生，知道就好，知难而退是不是呀！别硬逞强，好歹保住脑袋别叫假孟姜女吓跑了！"

乔大镇长来到第五个孟姜女面前边走边说："炎大队长，你一定是真的吧！她们几个前面都讲自己是真的，真叫人不解，为什么假的都说自己是真的，而且真的不一定非说自己是真的！"

"真真假假，假假真真，谁知道，你信谁呢！首先你谁的也不敢再信下去，因为你胆小如鼠，怕上当，怕倒霉，更怕出洋相，真正狡猾的是你乔镇长，不过你以为你很聪明，也很理智，谁知道真正的孟姜女是怎么想的，讲不定正需要你镇长大人帮助她呢！"

"我是一个凡身肉胎，我可不知道该怎么帮助她，也许一切都是命运安排，命摊上她应该理解人在事中迷，谁也不要谁层谁，命该如此，我能怎么办呢！让时辰老人裁决，我确确实实没有好办法，他们都讲：上天大帝都没有办法识别，我一个庸人俗气的肉体凡胎能怎么办呢！只有相助的无奈唉声叹气！"

"你千万不要太生气，气伤心伤肺，出大毛病怎么办呢！大镇长只要有个好身体，可比你有十辈子用不完的金银财宝有用，还是无忧无虑好好活着！放宽心，千万不能气坏了身体，财产是天生的，身体健康才是自己的，谁也不知道替谁受罪生病担风险哩，在亲妻子儿女都不能代替不是吗？"

话还没有说完他又来到第六个也就是最后一个孟姜女面前，苦着脸："炎大队长，炎大美女，我不会儿谁都倒霉都冤屈，都担心得分分秒秒地牵肠挂肚的。"

"乔大镇长先生，你千万要想开，不要往心里去，无论她们说什么讲什么，就当耳旁风，还讲你最倒霉，我看你最快活，最得劲，这个美女看几眼，那个美女叫你望个够，瞧瞧看看，比挑皇妃还自在还如意，你在心里偷着乐呢！也不一定噢！"

"我都快让你们给吓死了，还能在心里偷着得意呢！你想一个真哩，哪还有五个假的，谁能知道这个假的是什么怪物变的，谁敢碰她，她随时随地的想坏事歪点子，想着怎么样先砍脑袋，还是扒皮，是先吃心脏，还是先喝血，把血吸干了，喝饱了再把人放起来，以后等慢慢享用，细细嚼着吃，好品好味好营养呢，真叫人麻烦，汗毛一根根都竖立起来了，妖魔鬼怪迟早都会露馅，我这会心脏都要停止跳动了哎！亲娘老子我命真苦呀！"

"老天爷给你披了一张男子汉皮，像个男人吗？还不如人家女人攒劲，唱唱歌，提提勇气，别那么婆婆妈妈的娘娘味，我来唱支歌给你大镇长鼓鼓劲提提神：你在我梦魂心灵的深处，开放着一朵火辣辣的红玫瑰，用太阳的光辉生命热血澎湃沸腾的泉水，把你灌溉，火红的玫瑰，你是我心中通红开着的红玫瑰，但愿你鲜美绚丽更加浪漫潇洒，变成疯狂的爱神天使，地久天长把我伴随，我爱你！火辣辣的红玫瑰，哟依吱哟也！红玫瑰是你用骄傲豪迈的情感带给我的安慰，拂去自卑激荡歌魂的魅力，在我欢乐的时候，你使我情趣充满甜蜜辉煌的，峥嵘雄心，我爱你，火辣辣的红玫瑰，哎！哟依吱哟也，玫瑰的心，玫瑰的情，玫瑰的爱！"

"你唱的真好听，感人激荡人心，曲调还悦耳奈听……我老乔唱不行，嗓子沙哑，音调无味，让你们见笑，好我来一支歌，唱什么呢！无题吧有感生活寂寞。"

"自由自主当天神，从来不顾及爱人，傻瓜厚脸无皮唱，亲戚邻居耻笑哎，疯病上来歌声迷，无应无声无爱飞，少惹麻烦不得病，精神总有一天问。"

"乔大镇长，这叫什么歌，是朗诵吧！是读歌独舞吧！"孟姜女说。

"管她是什么，只要有心中省的憋闷，就把她倒出来，闭上眼睛，心情好就行，一个人关键在心情，心情好事竟成知道吗？好吧！管她什么事呢，听天由命吧！反正我这辈子是打不了光棍的，只是达不到理想而已，我乔镇长只是有意栽花花不开，无意插柳柳成荫，好了我要往前催马前往，估计差不多赶上大队人员了，我乔某也该往回走了，孟姜女是真是假在梦中见，愿老天爷给点缘分，让有情人永在一起就好了！"

"等着吧！会好的，会有缘分的天成全，一切都会好的，情会有，爱会来，玫瑰永远是看的。"孟姜女充分情意地劝说着，乔镇长笑叹一声，催马向前赶来，右手挥鞭，双脚磕着马肚，青综马昂首立综，尾巴撅着向前放开四蹄跑去，来到第一个孟姜女跟前并马前行。

"炎大队长，我感觉你是真的孟姜女，无论从你的行动上，语言上你都是一个真的。"

"我是真的孟姜女，请你现在把后面的五个假孟姜女给摆平处理掉，怎么样！"

"处理，怎么处理，干掉不要了，我还没有那么大的能耐，叫我一下子杀掉五个无论真假，我下不了手，你看他们一个个活蹦乱跳的，一张嘴一个微笑，我也没办法下毒手啊，更何况我们不是杀人不眨眼的罪犯，我不行，我是草包，总之我在杀人方面是下不了毒手的。"

"好，乔大镇长，如果你现在是在战场上，几个敌人围着挥舞大刀片子，你不敢杀他，他肯定把你的头给砍下来，请功邀赏，在这关键的时刻，只要你一忧郁，小命就玩完了，脑袋就在地上乱转圈，是等死还是挥臂向前！"

"敌人就是敌人，敌人是男人，男人该死，这美女的魅力多大，能够勾魂，还能起死回生，我最大的毛病就是怕美女，所以倒霉也在美女上，说不定将来哪天还会死在美女手里呢！咋死不是死，就是活一百岁，还不是免不了一死，好汉不提当年勇，昨天是英雄好汉，今天就是败狗子软蛋！"

"啥都不是争取能得第一，就不当老二老三什么的！"

"各位都是干什么的？快快如实招来，不说本将军的大刀可不认人噢！孟姜女你怎么会在这里，而且还骑着马？"说话的骑着战马，头戴钢盔在阳光下闪光，身穿紧身白战袍，腰挎宝剑战刀，手中拿一杆长红缨大枪，一手抓了缰绳，年轻帅气。

"你是谁？干什么的，怎会认识我孟姜女，我从来不曾认识当兵的，你在秦朝大部队是什么位置！咋会知道我！"六个孟姜女骑在马上，站成一排。

"孟姜女，你看看，好好瞧瞧我是谁，你咋会不认识我呢！咱们前年分开的，一眨眼你就不认识我了！你仔细看看！"小伙子将军说着话，一下子从马背上跳下来，瞪着眼睛，笑哈哈的笔直站在那里，让孟姜女慢慢看，细细的回忆着，六个孟姜女都在轻轻地摇着头。

"不认识，想不起来了！"

"哎呀呀！孟姜女我姓范啊！想起来没有？"六个孟姜女还是忧郁地摇摇头。

乔镇长在六个孟姜女前面插话说："别说你姓饭，就是姓汤，叫汤圆，大美女也忘得一干二净了，你这个人该不会想把炎大队长拐走吧！眼见大姜女，起了歹心！不然大队长咋会不认识你，依我看，你十有八九是个骗子，那边骗钱买马！这边买盔甲大刀的！"

"哎呀！你是干什么的，满嘴胡说八道，敢冒死侮辱我家范大将军，没有事一边站着去，出言不逊，没有礼节，当心你的狗头，我们手里的枪可不认人！"

"咋样，狗仗人势，也敢来乱汪汪！你就是一条走狗！"乔镇长气愤地说。

"好你个不知道死活的家伙，看刀……"这个骑兵叫着将大刀从马背上砍下来，打着响鼻，一下子把乔镇长吓得坐在地上："哎呀呀！朋友是咋回事啊，不认人啊！看看连个玩笑都笑不起来，真是的！"

"谁跟你开玩笑了，军中无戏言，哪有工夫跟什么人都开玩笑，看着你都不像好人样，像个老拐子骗美人的大坏蛋，看你的头都是油光闪亮的大辫子托着不像好人！"

"二江蛋不许胡来，军人要听命令，依服从为天职，不许胡说！"

"是！将军，坚决服从命令，但这里有几个坏蛋，他看不起你范将军！所以我替将军教训教训他！将军都不放在眼里，我们这些小兵小卒他更看不起！"二江蛋说着又拿眼瞪着乔镇长，虽说真不真，假不假的也让乔镇长吓了一大跳，知道当兵的不好惹！

"还想不起来吗？孟姜女大妹子，我是范杞良啊！你想起来没有呀！"范杞良说话将闪闪放光的头盔取掉，伸开双臂双手来回在地上转了几圈，让好好看看自己。六个孟姜女眼里噙着泪花，嘴唇颤抖了半天才喊了一声："范郎！"此地六个孟姜女说着叫人就几乎骑在马背上就晕昏过去，从马上滑歪着身子差点掉下来！要不自己拼命控制着激动心情，枣红马也在左右闪晃着防止背上的主人掉下来，乔镇长范杞良和骑兵二江都慌忙扶下六个孟姜女，一条路上蹲坐着六个孟姜女，孟姜女一手在自己胸膛上轻轻拍着，另一只手拢着头发："好了，都过去了，过去的事情一言难尽！"

"我不是忙吗？你不知道我的好日子是怎么打拼的！开始垒长城，成天累的没有喘气的功夫，一会儿烧砖运砖，做砖坯子，和粘泥的，连吃饭的功夫都没有！从西往东垒啊垒！掏不完的牛劲，出不完的牛力，早上天不亮到天黑透，一会儿这事，一会儿那事，天天如此，不闲着，大师傅们要什么只是一声，慢一步就挨打！还有班长组长的催，好好干谁也不敢偷懒，有时还有强盗土匪的来抢东西，偷袭我们这些垒长城的！三更半夜睡得迷迷瞪瞪不是杀就是砍，慢一眼半步脑袋搬家就不是自己的了！我如今这副打扮也是碰巧，哪还是一年前我们的修筑任务进行到赵国的贺兰山东，盗贼骑着大马，带着马队来抢东西，这些人真是快如闪电，来破坏修长城，夜里一窝蜂地冲过来，我和工友们正在睡觉，他们冲着喊着打来。我们手中又没有家伙，个个胆战心惊，因为没有见过打仗，又不摸情况，天刚蒙蒙亮，这伙强盗有两千多人不知道在那里，吃了败仗，慌慌张张往回逃，肯定又打了败仗，大部分人马都不见了，一个个惊惶失措，又饿又累来到我们才垒好的长城下，过不去了，我们工友都搬走砖头往下砸，下边人只要砖头搬下去，就有铁头，一块砖四十多斤，就能给他砸死，一会儿都鬼哭狼嚎的，一条路给塞得满满的，过不去上不来，遍地都是尸首，后面的更没招，连路也没法走了，天也慢慢地亮透了，我手拿着铁锨也骑着一匹从强盗那里夺的战马，见了洋鬼子就砍就杀，敌人也吓得六魂丢了三，我像砍西瓜一样，杀啊冲呀！真过瘾真痛快，到最后元帅下令打扫战场，光敌人将军当官的就死了二三十人，最后赵元帅封个将军干干，因为我会骑马打仗，我现在也在赵元帅身边打下手，不怕死，大小也是个将军，铁锨也换成了鬼头大刀，工友们也换成小卒小兵，现在元帅点兵场操练兵，布阵练兵，他手下的兵卒多的一眼望不到边！人山人海无边无岸，最后练了三个月，拨给我一千先遣兵卒，这就当上了范将军，别小看这一千兵，个个是精锐精干的骑兵老手，往哪里一阵风，吃饭的功夫，就是百八十里，可不像步兵，累死累活一天百十里路，脚上打泡肩膀磨成老茧，我的士兵个个忠心耿耿，不怕死不怕累，这不是二讧蛋还是我的勤务兵，贴身卫士随叫随到！要吃有吃，要喝有喝，打起仗来，出名的不怕死，还要什么今天让我带着他们去迎接什么修长城的大队人马，我这不是瓦刀的老本行还带着哩！没有敌人坏蛋，就修长城垒砖头，有坏蛋捣乱就打仗，我有部队，骑上大马就能打仗，鬼头大刀一摆一挥，还不跟切菜剁瓜是一样啊！咋孟姜女你千万不要怪我，我也是忙得团团转，这会儿咱们这叫特殊化，多说几句，忙的晕天转地，说句笑话，连做梦都没有敢做完过，这个叫那个喊的。"

"走吧！孟姜女咱们一边走一边说，如今这位范将军跟咱们都是一致的目标就是修好长城，唯一不同的一点，有敌人他还能领兵打仗，你们又是老朋友重逢，都有满肚子的知心话要说叙呢！"

"快马快语情感，老友老故老心肠。新人新相新醋翻，旧心暖旧藕靓，重久重困重肚量，单人单马单孤独。前行前找前寂寞，后悔后诚后喜香。"

"孟姜女，这位到底是什么人，叽叽喳喳的一大堆讲的是啥意思，他怎么你会认识这么一位四十多岁的老头子，看着他油头粉面的不像个好样！"

"范将军吥这就说错了，我来给你们介绍下，他是大黄河南的河南镇的镇长乔先生，他是我合伙签约人，以后我大队吃用消费全由他乔镇长先生带办，我如今也是全国女子修长城的大队长，手下有十个小队一千一百多个小组，每个小组有十人十一人不等，这些人的吃用全由这位乔镇长全包了，也是我们大队的大恩人，他可以在修完长城后任意挑选美女服侍他，成为他家庭的一个成员，情况就这么简单，一切都是为大秦王朝社稷，为普天下的老百姓的平安、乐业做点有意义的事情。"

"哇！不简单，女中豪杰、巾帼英雄！真太让人兴奋了，看来我们要和他合作了，今天前半夜做梦还想着你哭鼻子跳舞呢！"

六个孟姜女同时在说："范将军，这你就说笑了，刚才还讲做梦都没时辰做，咋会又想还有我孟姜女呢！假不假到月亮上的嫦娥那里去了呢！睁着眼说瞎话！"

"刚才只是说说笑话的形容词，做梦又情不能自已，日有所思，夜有所梦嘛！梦由心里来，心不想你盼你，何由梦做呢！孟姜女大队长！"范杞良说。

"算了吧！男人除了骗人哄人，还不是小伙子做梦屎撅乱蹦啊！看你那没肝没肺的样子会想人盼人么！"六个孟姜女笑着说。

"真的！我可以发誓，如果我范杞良没有做梦梦到孟姜女，我是小狗！"

"范将军，算了吧！你现在可不是小狗啦！就算是小狗，也是一个大狼狗！"

"孟姜女，你真幸福，这个想那个梦的，你还这么不高兴，咋着！真是你身在福中不知福，小心耳朵里冒火，心里发慌着急啊！"乔镇长打趣地说着。

"去你的大镇长，你比我还要骄傲神气多少倍，我们大队一万多人，哪个人不想着你盼着你，我这才几个人想着！你大镇长就嫉妒，你真是妒忌心太强了！男人恐怕都是这个样子的。"孟姜女说着又抛了个媚眼，放了一回电，回过头又看看范将军一眼："你们男人都这样想，那样盼的。"

"你们都是互相想，咱是穷将军光棍过大河，拿着拐棍当漂浮子，不点浮不上钩，穷开心，消磨青春阳光！"范杞良说完脚叩马肚往前跑了一阵子！

乔镇长右手挥鞭，左手抓紧缰绳，青棕马咏嘟地叫几声，甩开马蹄朝前跑去。

"我不明白，这么多孟姜女，天天闲着，心里不慌不忙的，没一点着急劲，叫大男人们看着眼馋，不能摸不能碰的！"

你孟姜女都在说："怎么办命中注定的，非让假的才能镇住你们男人的野心，不然我孟姜女还不让你们这些狼给吃了才怪呢！这是天意不能违，违了打雷劈，有心还是去想，其他女人寻开心去吧！何必要在一棵树上吊死呢！又不是没有我孟姜女就不能活了，天下女人多着呢！大家现在不都是活得有滋有味的往前过日子呢！"

"人这玩意看不见算完事，看见了就像中毒，有些人称这为爱情，光一个人是爱不起起来的，情感是缠住人的一堆乱麻绳子死活解不开，非得想死，天下没有这种良药好卖，更没有后悔药，男人和女人大差不差才能想，才想去千里万里的去寻找，这爱情你叫他想，他也不想更不能去瞎想，伤心又误事，偷鸡不成白舍一把米，两下里不上算划不来！"

"孟姜女你的大队人马该到了，怎么还没有踪影呢！美女一个个都叫你炎大队长训练成了飞毛腿了，我们骑马追了这么大半天！还不是没个人影子，美女们真成了天上飞的仙女了，不用走路，只要飞身跳起来，立马就随着白云大风不见了，一帮子奇女子，怪不怪呢都学会了隐身法，转脸就不见了！"

"大镇长先生我们骑马只顾讲话，说东道西的，马走得比老牛还慢，照刚才的行动速度，恐怕在吃中午饭时追上就不错了！大镇长你以为我的大队都是小脚女人，一步迈一拃远吗？走路怕踩死蚂蚁，说话怕吓跑蚊子的大家闺秀大小姐呀！你就错远了，个个都跟我孟姜女一样都是天不怕，地不怕的女豪杰！哪个也能把西施吓掉魂，老百姓的女儿闺女，就是上山能打虎，下水能捉鳖，下田能收稻，下地能割麦！不然我还敢带着她们上长城上来吗，在家里哪个不说脱坯搭墙活见阎王，这长城的活可比在垒茅草屋累一百倍，没有能吃苦受罪的命敢往长城来吗？人们讲，南到大海，北上长城，不到长城非好汉！现在是不垒不修长城非好汉，是熊包，草包，软蛋来到长城上试试看，修修长城才是英雄好汉，华夏几千年谁来修长城，垒长城呢！谁又知道我孟姜女带领美女来造长城呢！千古奇迹人来火，千古丰功我们女人也不能少，这是勤劳与智慧的结晶，又是睿智和拼搏的较量创新，炎黄子孙将为天下不败的典范独一无二的民族之魂，我孟姜女生在这个朝代，这种特定时期，就要发挥特定的大女侠，特定的定义辉煌的闪烁力量，成后人千年不忘的魂神，美女的光彩靓艳璀璨火红玫瑰，情终情缘火辣辣的回忆，自豪骄傲的龙的传人之豪迈精神，这就是我孟姜女的性格和特点！"

"不是的，你理解错了，我讲的是你们六个孟姜女将要怎么办，怎样结果最后的结果！"

"不用绕弯子了，让时辰来证实真假问题的存在，现实将是辨别真假的最好手段，假的总归是假的，假的图什么，有什么利益好处，到最后两败俱伤，还是皆大欢喜呢！我孟姜女向来是以吃苦耐劳勤奋向上为己任，假的她能承受得了吗？就包括你们这些大男人所谓的爱，什么情呀！比在热锅上的蚂蚁还浮躁还在时间跟前不堪一击，忘情负义喜新厌旧是你们致命的特点，不说耻，人们好说，看透不说透才是好朋友，心急吃不了热豆腐，味道是慢慢品尝出的，日子是一天天熬出来的，急能解决问题吗？要稳住不能冒失，我们的宗旨是修长城，让百姓安居乐业，叫天下太平不来盗贼，把红毛子蓝眼睛的洋鬼子拒之门外，这才是我们要做的事情，而不是婆婆妈妈的儿女情长什么的私人小算盘！"

　　"孟姜女你真是单纯天真，可知道人不为已天诛地灭！哪个人不为自己着想，总之你知道年轻人敢说敢干，不违背事实，但也不否认容易上当！大忌就是不要草率行动！"

　　"你们这些个长呀官啊！都是又狡猾又顽固老谋深算的老狐狸，我们有多少，将军遭到你们迫害，大国快要统一的时候，有个白大将军叫白起！战无不胜、攻无不克的大将军不叫范雎至死吗！将军治人文人大臣治于死冤魂都找不到地方去申冤！说话都能把人绕迷糊，干什么就是干什么，最讨厌胡扯，爽快问一句，死还不是一条命吗？干吗绕来绕去地说半天！"

　　"人跟人不一样，人比人气死人，青菜萝卜各有所好，你感觉直爽又没人阻拦你，我感觉这样好，你为什么偏偏横加拉阻，所以说人到怕死还不知道是怎么死还不是咋回事，是咋死的，就因为你没有那么大的权力非要逞强吹胡子瞪眼睛的！最后倒霉的肯定是你而不是别人，权力大与理，没有权，就等于没有理，人们不是好说可怜之人，必有可恨之处吗？人们猛一看挺可怜的，但是谁也不会去追可怜之前的来龙去脉，这也可以说是鼠目寸光，目光短浅，只听一见之词，不去追究原尾！唉，跟你说这些老套子的话有什么用，还惹你大动肝火，都是因为孟姜女，无论怎么讲你也是炎大队长的旧好友老朋友，不然你也不认我，我更不认识你，也省的鸡咕嘛咕的，拉着筋皮带拽骨头，无论怎讲我们都是孟姜女的熟人，人们不是讲，一个好汉三个帮，一个篱笆三个桩，要想让朋友成就一番事业和成绩，咱们应同心协力的帮助她孟姜女，不然我们也算白当朋友了，成人之美是聪明人，收人之事是小人吗，作为从现在开始你也别把我看成镇长，我呢，也不把你当作将军，人心感觉咱们都是好朋友，才能心态平衡，才能为孟姜女出谋划策办大事，我们只是为此而尽一片朋友心，朋友情是不是呢！"乔镇长说。

　　"无论你说一千道一万，你也是特别的狡猾，正因为你狡猾你才不顾一切这样说，目的是笼络人心，你帮助别人不必花大价投入风险，这就是你的狡猾，你所谓的帮助朋友做大事，你无非利用手中的权力收买孟姜女的心，让她知道你好还不够味，还要让她从根本上服气，这就是你舍掉孩子另有所求的真正目的，打着朋友的旗号，来征服孟姜女的人和心，这就是你狡猾的一面，利用老百姓的血汗起到你狼人本色。"

　　"笑话，范将军也要成为现代的哲学家了，其实你更有不可告人的目的，想用攻击比喻来成为我嫉妒心理，其实这些对孟姜女来说，你才是带毒的弓箭来伤害孟姜女，这叫暗箭难防比明刀还要歹毒好几倍，人们不是讲暗箭难躲吗？范将军在孟姜女的身边没有我，没有你，但还是会有其他人，爱美之心人皆有之，从古至今美女一个也没剩下来，没有我还会有其他更有才能的人挺身而出，来当护花使者，这就叫江湖，江湖是大自然形成的杰出市场，也叫英雄与美女时时辈出，谁也阻挡不住的历史规律和自然反射条件，只有痴呆的人才绞美丑善的原因。"

"无论怎么讲你是标准的狡猾之王，拐来磨去无非就是你的正确，你的对，别人的不对，这都是普通人所能知道的，就是三岁吃奶的小孩都知道看脸色行事，只知道听大人的话，你绝对不会站在你自己的立场讲自己的不对，无理争三分，有理强百倍。咱们都是走南闯北的，西过嘉峪关，东还往前走，你当人家都没有见过世面，三绕二绕就把这些人给绕迷糊了，男子汉大丈夫我范杞良将军也是原为知己者去死，也不情愿让人糊弄啊，枪头上挂着烧饼狗也不会上当，去找死的，明白不镇长先生，你看你年龄一大把，马上就五十岁的人了，还不在家去抱孙子，还在这里抢十来岁的大美女，当然你手中有权力，谁也不敢咋着你，但是每个人都应有天地良心，孔老二咋讲的人之初，性本善，但是人是高级动物，也不能超出他的自然本性，不然叫人吗？还不如大路上成群的狗，没廉耻之心肠，还没有说呢，都是因为美吗？美能使人迷住双眼，美叫大行恶弃善，美更使良心赤裸裸腐恶于人。"

"知道就行了，心照不宣事就是如此，如此而一也！"

"我范某人要不是看在孟姜女的面子上，哼！"

"你想干什么，年轻人，你没有吃过猪肉，总见过猪跑吧！别说你胖，你喘起来了，你别看你有几个护卫保护，咱们一对一单挑，试试，掰手腕，试推力，比跳高怎么样？看臂力谁怕谁呀！别穿一身先说虎皮冲当猛虎来了，有劲不在人多，有理不在声高，小伙子记住十九二十力不全，三十四十正当年，这是奉劝你的真理，别心高气旺，容易出毛病，好汉不讲当年勇！"

"好好，这就干脆比就比，谁怕谁呀！死都不怕，头掉不就碗大的疤吗！"

范杞良和乔镇长两个都从马上跳下来，挥动着双臂上下摆动着，双手对握对碰着手指头，六个孟姜女也从马上跳下来了说："都是朋友，大家只是点到为止，试一试各自的实力，千万不能结成仇人，不然就不是我孟姜女的朋友了，我孟姜女就是讲究信誉，不许怀恨，不许耍奸诈手段！"

各自又在跳跃蹦着双脚，活动筋骨，都在做一定的比拼之前充分准备工作，只见两个人都在往一起走来，孟姜女赶快笑嘻嘻地说："我在双方中间做裁判员，你们是各自把右手递到我的左手和右手中，然后在由我来把你们的手放在一块儿，而且我来喊一二三开始才能用力，我不喊开始，谁先用劲就算是违规输一局，怎么样听懂了吗？"此刻孟姜女手扶着双方的右手，还在重申着，眼看着二位的眼神，生怕有意外出现，孟姜女慢慢地将两个人的手放在一起，两个人都把五指伸开来，手心挨着手心，虎口顶着虎口，用大拇指夹着各自双方，孟姜女喊说："一二三，用劲。"

只见二人十指相扣，虎口抵住虎口，四指用劲抓牢扣紧，用力握住对方的手撑用劲，四只眼睛在圆瞪着，都紧闭嘴巴，胳膊肘在向各自的腰间并拢摆动，双手的手势从下向上弯曲扭拧发劲！乔镇长的手掌厚手指扁长，能抓紧扣牢范杞良整个虎口，只能卡住对方掌力握住，略短的指头就使得劲扣不拢，二人小试小扭拧了好一阵子，没有分出胜负，但额头上都泌出小细汗，几个护卫和老余头在一边观看，五个孟姜女也伸长脖子看较劲，四周这几人在叫："加油，加油！使劲！"孟姜女也在一起叫道："加油，加油，使劲啊！"

乔镇长的油光大辫子扎着红绸子在脑后肩膀上晃来晃去。

如梦令

用力量较鼓劲，镇长将军爱扬，情心谁能嫉！古今英雄美靓，酬凉！酬凉！虎狼美妒沸漾！

相遇

孟姜女大声说："请双方把手松开，进行第二场的腕力大比拼！"双方此刻都依微笑看着对方的眼神，谁也没吱声！只是在原地来回走动几步，甩着胳膊再揉着十指，希望能在下一场比拼中赢对方，他们在蹦蹦跳跳，拉弓轧马步，来回错动能增强体力的稳定性，只有站的稳当，才能发力有劲，别胜一筹，总之谁也不愿意，在大美人面前输掉，人格只有胜利才是追求的唯一的方法，乔镇长此时将腰带勒紧，重新扎好，做好必胜的准备工作，两人手马上握在一起，各自抓住对方的大拇指，右膝盖顶住右膝盖，将两只紧推的手举在肘的上方，孟姜女将二人往后退一点，双方把胳膊拉直，只是把握住的大拇指抓得更紧，孟姜女双手来往两人的紧握的手端正嘴里喊道："一二三，开始！"双方都使劲地将对方的手腕拉直扳动扣压大拇指，但谁也没有用上劲，咬牙瞪眼鼓足腕劲，谁都想反而没有反扳起来，看来需要时辰较量，贵在坚持而持久力争胜利，一边三个孟姜女此时喊叫数学来："一、二、三、四……五十"最后数到一百个数，停止比赛，此次又是不分胜负，汗都冒出来了，双方丢开对方手后，都在脑门上抹擦着汗，急速的活动着右手五指和手腕，上下摆动着活动的手掌，六个孟姜女在中间地上蹦蹦跳跳地叫着："加油！加油！使劲啊！加油！"

"哎哟！不分胜负是咋回事啊，先生们，咋会不分胜负呢！是没有劲，还是假装着没比赛呢！有意思没意思呢！不分胜负丢不丢人，就是叫你们分个胜负，可你们偏偏分不出！"

"这有什么呢！分不分胜负说白了就是说他们二人的力量是一样的，当然就难一下子分出胜负，找不出胜和败来了，不行摔跤，换个方法怎么样！"

"好好，摔就摔，陪你玩一玩，大不了出点汗！"

"好好！我把战袍脱掉，二讧蛋，帮我拿战袍，脏了怎么办！"

《如梦令》一局二局平分，壮士更显英雄，将军尽力争！次次二人蛟龙，梦令！梦令！美女娇俏宠盟。

"我得把战袍脱掉，二讧蛋给我的战袍，拿好呀！千万别搞坏了，穿这一身东西叮叮当当的不方便使劲摔！这玩意不好洗的！"

"放心吧将军。请尽管放心，坏破一点，我把脑袋送给你踢着玩好了！范将军好好的摔，给他露一手绝招，也好让孟姜女看看军人的力量，一定给这家伙镇住摆平，不然还让大美女小瞧了呢！"二讧蛋说。

"二讧蛋，你千万不要胡来，你要是敢胡来，我第一个砍掉你的头喂野狗吃，二讧蛋你听见没有，比赛是玩意玩着玩的，又没有输金银老婆孩子，你怕什么呢！就把老婆输掉了，也不要紧张，咱们这里美女多的是，到阎王爷那里咱们当真的还是不知道，今天活着明天还不人是咋回事呢！脑袋别在裤带上，阎王爷不收多活几天，碰上倒霉的一战下来，头像大西瓜一样玩完！"

"今朝有酒今朝醉，管它明天喝凉水，当兵的人就是像是当兵的样子，将军呀！既实正短流长不是牢骚怪话，都是拿命换来的！不像你们将军，还顾脸面，讲个情义什么的！"二讧蛋说："啥人事事故，无非就是让你手下饶人，如今就是讲功德，江湖名利，眼前利美人情。"

"大家都准备好了没有，准备好了就举手摔，别鸡咕嘛咕的。"孟姜女对着范杞良的背后说，"准备得咋样啊！将军头上能跑马，能赢能败，成败是兵家常识，败就是败，赢就是赢，怕什么呀！"

"谁怕了，只是叫这家伙光说几句怪话，人啥都是命摊的，该你享福，你就不该受罪，受罪就是丢脸只有好，不能坏……"

"镇长先生还有信心吗？我孟姜女看你是越来越年轻了，居然和青年人一样，英雄好汉不减少年啊！"孟姜女说着拍拍乔镇长的肩膀说："好好发挥说不定还能赢呢！"

　　乔镇长说："赢，不敢讲，绝对输不掉，人们不都讲是：三十如狼，四十如虎，我还差好几年四十岁呢！不能就真的老了！"说着他不停地挥挥胳膊跳脚说："你看这里，肌肉，也不能说软蛋皮的话呀！我是不想赢，但也不愿输呀！人人都讲个脸面……"

　　"古人语：要想好，大让小，你毕竟不是将军，只是镇长，镇长又不用消灭敌人，反正你看着办！赢也好，输也好，马上就知道了……"孟姜女说。

　　"古人语：要想好，小敬老，孝心名利跑不了！"乔镇长说。

　　"人家和你非亲非故的，你又不老，只是个不大不小的镇长，人家也是个将军，快到元帅的级别，要是元帅也得敬着，让他几分呢！是不是呀！敌人怕，算了，不说了，比赛开始吧！"孟姜女对范杞良叫着说："将军准备好了没有，现在开始吧！"

　　范杞良说："开始罢！裁判员是美女们！"说着跨过来几步和乔镇长面对面三尺远。六个孟姜女在一边站着看，对面是老余头和一帮子护卫骑兵，马匹都在路边吃草吃麦苗。

　　孟姜女一声令下："开始摔跤！"二人跨上去二步，互相都揪住对方胳膊上的衣裳，又一只手在肩膀上抓紧，头顶着头，四条腿在下边乱踢乱绊，但谁也没有伤碰着谁，只是一闪一跳，范杞良一个闪身兔子蹬腿，又扑到对方抱起一条腿使劲撅，乔镇长顺势右胳膊肘压住他的脊背上，左手胳膊掏在他腰下，想抱没有抱起来，他们各自都用单腿脚踩跳着，范杞良一条腿跪在地上，乔镇长又一压一条腿叉开，几乎滑倒，他顺势一托，两个倒在地上，一会儿这个在上面，一会那个在上面，二人背上滚满了土和草沫子。孟姜女大叫："停止！暂停！停住！"两个孟姜女上去把二人分开："第一局摔跤，又是平局，要不要再摔一回。"

　　"摔就摔，再来一次！"二人同时说，好像各自都在有决胜的把握一样。

　　"第二局摔跤开始！"孟姜女大声说到。

　　二人又猛扑上去，这一次范杞良出手晚了一点，乔镇长一低头扳住他的肩膀，他范将军双手合十，扣住乔镇长的脑后脖，最后用右胳膊压住他的脖子猛地往下压，乔镇长双胳膊搂住他的腰板起，怎么也扳不动，又拔拔将军的一条腿，退往前走走，突然脚下一滑又摔倒在地上，两人咕噜噜过来，又咕噜噜转过去，其他围观的人都喊叫："加油！加油！"一时又转滚回来，一个上一个下来回反复，没有结果。

　　孟姜女一看没招，只有宣布："比赛结束，暂停比赛！"

　　有《如梦令》作证：PKPK显能，粉丝粉丝不长，左右谁能胜！情场浪漫战场，令翔！令翔！争美宝贝靓想。

二人从地上站起来，各自都在拍打尘土，头上的发辫也灰蒙蒙的，二讧蛋慌着用手给将军拍打身后的尘土。范将军说："击剑咋样，来比试剑法，干不干！"

"别说击剑，你就是击马，我乔某人也不怕，你将军说咋比比啥都行，只要你会的，我愿奉陪到底！随你的便！"乔镇长兴致勃勃地说。

"我会的你都愿奉陪？乔镇长，有一样你不能奉陪！"将军笑着说。

"笑话，我怎么不能奉陪，你也太小看人了吧，是不是，将军大人！"

"是啊！有一样你不能奉陪的，你不相信，我说出来吓你一大跳！"

乔镇长拿眼睛认真地看范杞良："除非你有绝招，会在空中飞人，我什么都不怕你！"

"有一样你不能奉陪，肯定不能奉陪，你能奉陪我做一样的美梦吗？娶媳妇，你能奉陪吗？进洞房你能奉陪吗？肯定不能吧！但是有一个人可以，帮我做梦，帮我娶媳妇进洞房，帮我高兴，你不能罢！"

"范将军真会说笑话，我要是替你做梦，替你娶媳妇，要你干什么去呀！好好的为什么这样想呀，年轻人！"

"谁这样想了，还不是你在帮着胡思乱想，我只讲做梦，娶媳妇，你大镇长就一帮着，瞎连想着不开始了吧！我何时说要当什么贼奸，啥玩意！？"

"我不是按你讲的话说吗？做梦，娶媳妇！"

"看看，做梦是做梦，娶媳妇是娶媳妇，难道娶媳妇就是瞎想！"

"真俗，俗不可耐，你们这些男人，只会做梦，想这个，想那个的，为什么不做点有意思的事情呢，干人们都不去想的事情，真是一个个无聊透顶的人！"孟姜女动情地说着！

"是啊！谁叫我们这些人都是肉体凡胎呢！肉体凡胎一辈子的事，只有娶亲生子，这就是老百姓一生中最大的愿望，没有什么事情比娶亲生子还大的事情了！"乔镇长说。

"打仗，消灭坏蛋咋能跟娶媳妇过太平的日子比呢！今天坏蛋抢，明天坏蛋偷的，还不变成穷光蛋，那个女人肯嫁给你，跟着你喝西北风吗？能暖不冷是怎么的？大将军就是大将军，一人能当万人用，大家都跟着你过太平日子，还怕美女不给你生娃娃吗？恐怕你拿刀要杀要砍她们，她还会想着法为你生孩子，做你的女人，你撵都撵不走！这世上就是美女多，就看你是不是福大命大的人。"

"孟姜女这是真话啊！那你为什么不去做老婆媳妇，偏要去修长城呢！"

"修长城还不是为过太平日子吗？普天下老百姓都能安居乐业，享受家家稳定，家家愉快，男人有男人的事情做，女人有女人的事情。"

"男人就是天生的想女人，不想长大，女人天生盼男人，不然没有家不健全，天底下只有两个人，男人女人，你想她，她盼你，要死不能活得不到，你这样想她那样想，舒服了还想更舒服，人心浊蛇吞像，看看她们比你在瞧瞧自己，过的还不得劲吗？钻着心里往里边想，挖空点子想办法，最终以倒霉为结果，他还是不后悔，这老天爷往那里去买后悔药呢！匆匆忙忙过一生对搭局了事！"乔镇长说。

"男男女女有一线希望她就去追求，老是不满足，不是愁的就是逢人便絮絮叨叨的，到底是哪呀他自己也不知道为什么偏要那样呢！"孟姜女恍然大悟："你们还比赛不比赛啦！不比咱们就赶快走路，这马上大半天了，又要快吃晌午饭了，到现在还没赶上大部队，不能老是磨磨叽叽的，要干吗就赶快点，老余头，把马牵过来，咱们慢慢说，不耽误往前走好吧！"

"当然可以啦,说话也照讲,路也不少走是吧！孟姜女。"乔镇长调侃地说。

孟姜女说："击剑太危险了，刺伤谁都不好受，肉疼还要流血，女人最怕见血了，我孟姜女还不像其他女人那样敏感，但总要伤和气是不是，不伤感情，一见血就容易叫人激动，把握不住自己，会造成严重的后果。"

"女人之见，怕这怕那的，想马儿跑，还想马儿不吃草，哪有恁便宜的事情。"

"你是将军，他是镇长，都不是一般老百姓，两虎相争必有一伤，伤了将军，对大秦王朝不利，敌人来了，没有将军不能治他们！伤了镇长，少了一个能管事的大镇长，老百姓一样的怀念他，想着他，也是大秦王朝的一个损失，哎！大家想想谁想也不能伤，都要好好地过太平日子，所以我孟姜女只有去修长城，管住那些贪心的大坏蛋强盗，叫他们过不来，抢不成，偷不走，咱们再太太平平享受人间清福，高高兴兴快快乐乐的子孙们一辈又一代的保卫长城保卫大秦王朝，保卫咱们老百姓的利益，年年月月有余，岁岁年年平安！"

"孟姜女讲的好！外贼强盗没有了，那家贼你更难防的了吗？"

"防是一样的防，总比风箱里的老鼠两头受气强吧？无论外患还是家贼，总有一天人们会好好的对付它们的，话又说回来了，肥水不流外人田，自己的东西自己人用，总比人家偷走抢走强一百倍吧？啥东西啥事都不是绝对的，有这必有那，猫逮老鼠，狗看大门，一物降一物，老天爷早早就安排好好的，光有男人也不行，光有女人也不沾也不照，男女搭配，干活不累！说说笑笑还见成效来得快哟！"

"反正你孟姜女咋说都行，讲理我们男爷们都不行，谁也说不过你，而且你讲的句句现实，条条在理，跟你在一起时间长了，知道的道理也多了，首先会讲理！"

"光讲理，是不是讲得有理能站住脚，还是强词夺理，没理也要争三分呢！"

"没想过，只是感觉你说啥都对都合理，而且声音还中听，入耳亲切，看见你孟姜女我也能够多吃两碗饭，心里再不好受，也感觉甜蜜的快活，真的说句老实话，只要有你孟姜女在这，这个熊镇长当不当一样，我一点都不稀罕，所以我从河南镇一直送你到长城，又怕你不高兴，现在是走一步算一步，能多看你一眼，我再少吃顿饭也行啊！"

"乔镇长，你不要这个样子，你毕竟是过来人了，我现在什么都没有想过，更不能耽误你大镇长的前途，镇长是多少人求之不来的职位官长，一镇之长，来之不易，而且我们都有合约，不对限，我怎么能相信你的能力和作为，你没有这些作为和能力，我是绝对的不能信任和依赖你！总而言之，你不能叫我失望，一失望没有好感觉，就等于一切都不可能的继续下去的！你是聪明人，响鼓不用重锤敲，它照样咚咚的叫响！"

"放心吧炎大队长，我该干什么照干什么，该追求什么我也知道，谁又不是三岁小娃娃想这忘了那的，想那忘了这，美女也得要，镇长还得干好干出色彩，干出名堂来，才能获得常人不易获得的买卖！"

"这就行！不然光干活也招架不住，一顿不吃心里慌的。你能好，你这个镇长我从心眼里佩服你，感谢你的大力支持，心服口服加佩服嘛！这就是我们的缘分，我们人生的情分只看你的表现了！"

"炎大队长，只要你相信我这个乔镇长，我是愿意粉身碎骨来你大队长的服从，叫你调遣的，不用说什么感谢有感谢的话，都是自觉自愿的！"

孟姜女一边在马上看着乔镇长说："我给你唱一支歌听好不好？也不知道你爱听不爱听呢？"

"只要是炎大队长的歌，我都爱听，你原来唱的呼唤着你的心，特别好听，可以说是百听不厌，感觉亲切入耳，把人的心都给唱活了，能一辈子听也不讨厌烦的……"

"好，我唱给你听，呼唤着你的心！呼唤着你的爱，呼唤着你的情，呼唤着你的人，呼唤着你的美，呼唤着你的英俊潇洒！一千遍地想着你，一万遍地盼着你，千遍万遍地想着你，万遍千遍地盼着你！你在哪里？在哪里哎……在哪里哟呀，在哪里在哪里噢也！你在我的歌声中，你在我的心中，你在我的梦中，你在我的灵魂里，年年月月地我盼着你，分分秒秒地我想着你，日日夜夜地梦着你的爱！时时刻刻地唱着你爱的歌，在哪里在哪里啊，在哪里也在哪里哟，年年月月我盼着你啊！分分秒秒我想着你也哟！年年月月我想着你的人，分分秒秒我盼着你的爱，在这春天春风声声地唱着呼唤着你，我的红玫瑰你的心！我的爱，呼唤着你我爱的人，呼唤着你我心中的老天，老公我的神啊！呼唤着你我的未来的天，我的天，我的老公，你在哪里！在哪里在哪里！心中的爱！你比后羿还伟大无比！你比天空中神仙还靓还美！我时时刻刻地唱着你，我年年月月地想着你，我分分秒秒地盼着你！你在哪里你在天上飞吗？满天的星星闪着大眼睛在嫉妒你的爱我的心，满天的彩虹彩霞都妒忌你爱的情义，我年年月月地想着你！我分分秒秒地盼着你的心爱我的美！我为你而自豪！你为我而豪迈，呼唤你的靓爱心！时时刻刻的我唱着你的浪漫疯狂的动人的爱啊……"

"你唱得真好听，甜甜蜜蜜让人的心醉，谁不醉没有灵魂！"乔镇长说着也不由自主地唱起来，"咋回事哟……心迷情魂歌声媚，我的曲调韵律不太好，但也是词美，《水调歌头》，花香鸟语美，满地麦苗绿，姑娘浪漫美丽，雨过晴天碧，蹦蹦跳跳小鸟，谁能知道情恩，靓艳姑娘美，恩恩爱爱情，腾云歌声妹，爱恋你，红玫瑰，飞尘红，男男女女歌醉，行行大雁陪，阳光绚美仙女，激情恋红玫瑰，月老姻缘坠，玫瑰跳歌舞，男女似胶漆。"乔镇长唱。

二讧蛋也歪着脖子唱道："待我等你好年生，舞刀弄枪更重要，二八女孩阳光岁，男人梦中睡大觉，靓女比俺更醉吻，妹妹喜欢大棒槌。天瞎地黑尿我床，妹妹搂抱掏小鸟。吭叽吭叽大肚怀儿好，啥家伙，赚钱不赚钱先给美女晒个月儿圆，管她是花嘀嘀还是丑八怪！只要高兴就行了。"

范杞良也唱道："大红花香赛玫瑰，金花银花阿哥魂。妹妹靓丽超嫦娥，将军来日就爱你。"

孟姜女唱："春风映歌音，妹妹恋逛谁。情韵飞歌媚，醉恋红玫瑰。相公恋蝶心，绿茵渡天神。情爱牛郎会，君邀仙女妹。"

范杞良唱："武刀除妖妮，正气爱歌神。男男女女去，恋情逛红尘。彩虹渡郎心，春风笑妹困。歌舞飘飘迷，哥妹迷克晖。"

乔镇长又唱："《满江红》，妹修长城，队队姑娘玫瑰靓，去北国，美女郎君，开心浪漫，时时刻刻知音多，妹妹女神，痴情歌，阳光郎哥！妹妹舞彩爱你哄。真情在，心中合，媚妹哇，魂在长城爱，百姓乐圆，靓艳绚丽香群花，城爱沸歌妒虹霞，羡慕潇洒疯狂歌舞，长城龙！"

范将军又唱："白云滚滚能懂谁的心，飞歌难邀爱女神，风卷韵魂曲调解解闷啊，尘飞烟迷寻觅铁哥们呀，好酒名菜敬来显显咱将军的心地，和谐歌声浪漫把潇洒红尘迷，春光是最美的座上宾，喜气洋洋满面红光把哥妹俩的情爱定，缘分金贵四大美女不去想，野蛮女友更不用提，阳光美女女孩没人看，靓艳女美人不理，从今往后只爱神女你一人白头到老永不后悔。"

乔镇长："歌声滚滚恭贺爱，哥唱妹和温馨情，时时盼做女神梦，字字句句吼爱鸣！"

《西江月》：情哥爱妹浪漫，舞呀跳呀情戴，美妹俊哥狂人帅，靓艳美女偷爱。春风春雨滋润，时辰年年月月，火辣红玫瑰馨绚，哥爱花鲜魂来。

孟姜女唱："乾坤越，姑娘爱哥神梦谢！神梦谢！大秦王朝，日日月月。千万里江山靓铁，万万千千女神结！女神结！歌声如潮，花艳似血。

"前面好像是大队人马也，追赶了一上午这才看到我的美女队伍！驾……"孟姜女此时双腿夹紧马肚子，挥鞭打马往前跑去！"还得谢你们余寨镇的马匹呀，不然光靠地上走还得几个时辰也不一定追上她们这些姑娘女孩子呀！"

"千万别客气，走走玩玩，开开心心的，别说一个上午，就是十天半个月也没有关系，贵在心情高兴就行了，能伴随美女就是一生一世也不会有怨言的，怕什么呀？"

"人人都有自己的事情，追求都不一样，老是耽误你乔镇长怎么办？"

"那我还求之不得呢！怕就怕你们这些美女远走高飞，可也没有办法挽留住你们的理由，只有怨自己时运不佳，运气不济，也怪不得别人的！"

"乔镇长先生，你什么要求心愿我范某人都替你代劳了，大家现在都是朋友嘛！你在我心中的感觉这一上午，虽说时辰不长，可是你音容笑貌可是真的比十年老朋友的印象还深更有感触，虽说我们又打又摔，真乃是两斗结友谊，是个不一般的男子汉大丈夫，叫人佩服啊！"范将军说着伸出了大拇指夸奖着对方。

"不好意思！能得到范将军的夸奖真是三生有幸啊，你范将军更是宰相肚里能撑船，将军额头能跑马，你的肚量大识大体，顾大局，将来一定是个非凡的大人物啊！"

"乔镇长先生过奖了，我只绕着一上午的感觉走，人哪有十全十美的呢？是不是，总是这里不好，哪里有点小毛病，不然你我早就成为圣人之圣了！就是难以控制自己个人情绪和感觉的不可避免的私欲个人情感！"

"都一样！我的年龄都三十五六岁了，还没有忍耐心来控制自己的个性。人常说三十不立，四十不富，五十受苦，没轧！一辈子都是受罪的命，就是因为太冲动，情绪更不稳定，潮起潮落，慌慌忙忙大半辈子出来还是个小镇长，算了人比人气死人，人的一生都让老天爷安排得好好的，谁想怎么样，那是不可能的事，脑子人心一心发热二能激动，只有夹着尾巴做人，还有好多人看不惯不服气，只有听天由命吧！该死球朝上，不死再翻过来，驾，驾，驾！"乔镇长说着挥手抛两鞭子，马儿昂头朝前跑着碎步，"范将军啊，还是你行，年纪轻轻的就当上将军好，真是不简单啊！"乔镇长也伸出夸奖的大拇指来。

"不行，不行，纯属巧合，碰巧咱们都比起小宰相来纯属是大傻瓜大笨蛋，人家12岁的甘罗一个小娃娃就能当宰相，也是古往今来的奇人，智谋之家想想吧，人家为什么那么聪明呢？满朝的文武大臣没有不伸大拇指头的，那才叫睿智，还是咱们当朝的大新闻人物，才十二岁呀！让人不可理解，更不能比啊！人比人真能气死人呀！"

"是啊！人比人气死人，这脑袋这脑浆子还不都是父母给的，人家就是天生的本事，谁没有点嫉妒和妒忌，只有羡慕而已，孔老二的老师才七岁，想想更不得了了，七岁的小孩连自己睡觉头朝哪头还不知道呢！脚朝哪里，可人家偏偏还是圣人的老师，真不敢想象，好多七老八十还不沾闲不行呢，他七岁当先生，也是命摊的运气，英雄出少年，初生牛犊不怕虎，敢打敢拼才能敢作为有本事？"

"话好说，事难做，天时地利人和都占齐全了，有时还不行呢！还要人缘好，人和出英雄造好汉，时势造英雄，坏事造好汉，天时造皇帝，啥都是老天爷安排得好好的，谁也违背不了。"

"范将军这个啥庄上怎么都是骑兵？遍地都是战马，这些人是不是你领导的部下呀？"

"还是孟姜女你有眼光，一眼把什么事都看破了，不错，是属下的部队，一是来保护你们修长城的女子大队来的，二是来援助你们修长城的一些工程技术人员，像我在打仗时是将军，白天脱下将军的铠甲就是垒长城的大工，拿瓦刀沾砖头工匠，明白不？敌人一来我穿上衣服骑上战马就是现在这个模样，两用人才，这是秦王皇帝统一全国后新的创举和举措，不打仗也不闲着，打仗更不能闲着一专多能吧！"

"时代在前进，百姓在繁衍，生命能延续，生活要提高，这些都是炎黄子孙千年的梦想！"

"到底是不一样了……"

"孟姜女可找到你了！哎呀呀找了一上午，打听了这半天，就是见不到人，原来你骑马来的，我说怎么搞的，问谁谁都不知道咋回事，叫我好找好等啊……"

"你是……又一个将军俊美青年人，我怎么不认识你，想不起来，你是谁了，在我印象中没有那个亲戚朋友老表当将军啊！"

"看看，好好瞧瞧！孟姜女你的官当大了，也不认得我是谁了，你好好看看我是谁……"青年将军比范杞良又高一点，笑眯眯的双眼皮因为高兴，连眼珠子都看不到了，只声音洪亮说话的方言是梦家寨的方言浓重："孟姜女，你是真不认识了吗？我就是你最亲的亲人？"

"胡说八道！谁和你最亲呀？我一点都想不起来了，真正怪事，今天竟出点子想不到的事情，刚才范杞良把我能搞糊涂了，这又鲜奇百怪的事情又来了！"孟姜女她笑得合不拢嘴，连人也不想再看，只是光摇着脑袋，摆动着脖子叫，"怪呀怪，前天碰见妖魔鬼怪，一夜一下子六个孟姜女，今天又一下子变成了两个年轻的将军，叫人怎么能不高兴呢？"

"孟姜女你可不是高兴的昏了头了吧？怎么会连我也不认识了呢？哎呀呀哎哟哟也，叫人高兴叫人愁啊！你千不认识万不认识也该认识我才对呀！你一点印象不能也没有了啊？还是高兴疯了高兴醉了呢？傻啦？再好好看看嘛！我的孟姜女先生的大队长也……"

"你们净合着伙地来看我孟姜女的笑话呀……"只见孟姜女双手揉着眼睛哭了起来，肩膀抽动着身子，把身子转过一边来，跺着双脚，眼泪珠掉下来，可嘴里不知道是笑是哭的叽叽咕咕着小声说着什么，谁也听不清谁也不知道是什么话。

"我叫万喜良，你看呀，孟姜女先生大队长？"年轻的将军大声说道。

"你叫什么？你什么呀？死人呀！你想死我了，你是鬼变的吧？"六个孟姜女说着转过身来围住了万喜良，都用双手捶打着万喜良的铠甲，又像是给他万喜良拨拉痒痒打灰尘一样的讲着："都是你冤家，叫人家淌眼泪出洋相，讨厌鬼该打！讨厌鬼……"

六个孟姜女刚好把万喜良围在中间拍打着！不知是万喜良是恨是咋的？万喜良惊恐地看看这个又瞧瞧那个，转了一圈也没分清有几个孟姜女，转了一圈又一圈，他突然站下来跺着脚的大声吼道说："孟姜女你在哪里呀？你该不是魔鬼妖怪的孟姜女吧？"

此时的孟姜女不知道是笑是哭是喜也大声叫着："我是孟姜女，我不是妖魔鬼怪，不是毒蛇蝎子蜈蚣大蜘蛛，我是真正的孟姜女，请你相信我是孟姜女啊……"孟姜女不知是委屈还是激动的，摇着双手，又用手掌拍着胸膛说："明人不做暗事，我是真正的孟姜女，我不是妖怪魔鬼坏人，万大哥、范大哥，你们一定得替我作证洗清冤枉啊！老天爷你们一定出来给我作证呀！"孟姜女因为多日的委屈冤枉和着激动还情不自禁地放声大哭起来。此时围过来好多女孩子姑娘都在抹着眼睛的伤心，同情的奋恨着什么！

"天数！天数！老天爷或许就是这样安排的！你一定要想开些，我们都是肉眼凡胎，怎么能会知道得太多呢？大队长，你一定不要想得太多，千万不要往心里去啊！想开些呀……"

"是啊！大队长要坚持住，要顶住，不会有什么事的！一切都会好起来的，会好起来的……"

"炎大队长孟姜女先生，请你别想太多，相信我乔镇长说的话，是福不是祸，是祸躲不过是福呢！咱们高高兴兴地过，平平安安地想着走，怕什么呀？是不是？……"

范杞良也在劝说："没有的事，孟姜女大队长先生，现在好了，我们老熟人老朋友老同学走到一块儿一起来了，还怕什么呢？别说有五个假孟姜女，五个妖怪，就是五十，五百，五千也不要怕，只要有我万喜良和范杞良在，你孟姜女放一百一万个心，这次咱们能在一起大家同修长城，就是天意，老天爷提前早早地安排好的，叫我们俩专门来照顾你孟姜女，照顾你手下的万千个美女美人姑娘们女孩子仙女仙姑来的，让鬼怪魔妖就是一万个一千个也会完蛋，就凭着我的鬼大刀还不够我三下五除二地砍？早早把心放到肚子里，安心过好日子吧！"

"是啊！我这一杆大枪、一柄长剑可不是吃素的，不见血它是不会回头的，不信早早晚晚都可以试一试，老虎不发威，还被看成病猫呢，等着吧，光我手里的瓦刀也能切砍剁掉一大堆鬼头的！当年强盗土匪光我用铁锹铁锨就砍死了黑压压一大片，哭爹喊娘者也几百上千人，光死的尸首来埋就用了二三天时间……"

"是啊！我在贺兰山战场上几条河都染红了血水，好几天都变不过来颜色，想想吧！孟姜女要死多少，总之到关键时刻，千万不要心慈手软，咬得牙关过！攒着劲，杀一个够本，杀两个赚一个也是啊！阿弥陀佛！善哉善哉！还不如工作完再杀她，一千一万个妖魔鬼怪，省得再给人们老百姓带来不必要的痛苦和伤心的眼泪，我一见伤心落泪的好人们在痛苦挣扎着过日子，身上穿得破破烂烂，吃的皮包骨，还没有吃的，真叫人可怜这些老人孩子们，我就有使不完的杀人之劲义心！砍砍砍啊先生们，砍死这狗娘养的，狼崽子，狗儿子！你不杀他他就会来杀你！砍剁他们的人头……杀啊！"

"我不是害怕，我是激动，真是老天爷有天眼，是他们叫我们来帮助你孟姜女来建功立业的，还有乔镇长，我也得感谢你的大力支援和大力无私帮助，更感激你真心的情义，你们三位都是我们女子大队的大恩人，让我代表众表妹姑娘美女们向你们致以崇高的敬意而鞠上三躬，表示诚挚的忠心的谢意！"六个孟姜女说着同一样的话，做出同样的鞠躬礼！

"孟姜女你的心地太纯真了，我们还没有为你做一样事情呢！就先礼情宾！叫我们受之有愧！"

乔镇长不无慷慨地说："只要你孟姜女大队长有什么难处，有什么事情我乔某人愿意尽力而为之，无论你爱不爱我，这老天爷上帝给我们一生的情义缘分，绝不推辞之理。"

"爱！绝对爱！爱天下所有的老百姓，爱他们的诚恳和执着，勤劳和智慧，就是因为有了爱，我们才从四面八方走到千里之外的这里，真正因为我们华夏大民族的情义，才有今天的义不容辞的精神，才有这么多的姑娘美女女孩子的爱心行动，所以我爱每一个炎黄儿女又都给了我无上挽回的爱和爱，我是华夏民族历史的儿女，是炎黄子孙，我们有权力和义务为她而奋斗来拼搏去到新的修长城，最终还为了祖宗后代千百年的太平乐业幸福而去拥有天使的爱雄心壮志！"孟姜女经过这么长的时间的风风雨雨，人与人的感情接触语言实施措施，句句字字明确了目的的方向和自己勇气语句应用更铿锵实用，也收益了大度勇气的人气和爱与美的切身利害之益吧！在学中干，干中学基本基础知识好的见鲜。

"炎大队长，你真叫人佩服透顶，无论你的行动和心情爱义，都是我们这个时期代表人的杰出典范，作为一位靓艳多姿风采的女美人，好姑娘既能做到，想到还要达到，不简单我走南闯北江湖社会上真是罕见的天才超美人，不但佩服还加心服口服带诚心佩服，全能美人美女多用型才伟人！"

"乔镇长先生多夸了，孟姜女我只是表表心情人意，哪有什么伟大之说，纯属个人奉承之说，开了玩笑的话，纯属爱的虚伪欺诈骗局的谎话而已。咱们闲聊叙，这一上午让你送这么远，一路上乌漆八遭的小插曲更是让你受委屈了不少，都是为了开心的！天定的情义，现在追上大队人员，请马上吃饭，吃完饭，我孟姜女的谢意也送到了，你往南，我们朝北各干自己的事情，这几天老麻烦你送这么远真是不好意思的……"

"这有什么呀？客气了，咱们如今是朋友嘛！朋友多了路好走啊！在困难的时候有朋友帮忙相助，那才是难能可贵的情长义重！亲如兄弟，更何况我并没有做什么事情呢！只是陪陪你美女骑骑马，伸伸胳膊踢踢腿逗逗美女讨个欢心大家都快来高兴而已，如今要不是范将军，万将军和你一路，你们又是老朋友，我乔某人说什么也要把你炎大队长送到长城，送到大山上高处，望北国风光更加让人想住爱和情的大自然力量美也……"

万喜良说道："乔镇长你的心意到了就行了，如今有我万喜良和范将军，你就庆管放心放宽心，绝不会有一丝一毫的闪失和失误，还有这里的两千铁骑兵，快如风如闪电试看天下谁能敌，全无敌！再也不能叫你一个大镇长送来送去的……"

"是呀！大镇长先生还是大家有饭一块吃，有福一块儿享，有难一块儿挡，我们是行武的军人，说话不会客气客套，谢谢你一路上的关心和照顾，下面由我们相互协作，共同建造铁打的长城……"范杞良说。

"这样好不好？今天中午我乔某人来请客，主要是请你们两位将军在云雾大饭庄，炎大队长作陪客，因为你们三个更熟悉更是老朋友老知己，我光请你们也不会去的，也算为两位大将军接风洗尘，所以炎大队长在情分上不要见外，不是美女大队长我乔某人也不会认识二位大将军是不是？总之，咱们无论在大爱上大秦王朝的江山上才让我们大家走到一起来的，叙叙说说也是一份逍遥自在的经典快乐娱笑游戏吗？是不？"

万将军说："哎呀呀呀！乔大镇长这么有心情，有情有义地看待朋友，我们两个是不是当请不让呢？"

范杞良大度地说道："是不是，我们个人两位来请你们怎么样，乔镇长，炎大队长……"

"不用了，不用费劲了，还是我来请大家好了！古人讲：君子一言，驷马难追，我乔镇长先讲在头里去了，大家就不用客气了！老余头去把马牵到饭庄后面去喂一喂，端上两个菜一壶好酒，千万别喝多了啊！咱们晚上连夜赶回去明白吧？"老余头兴冲冲地牵马后院去了。

　　　　　　话不投机半句多，酒逢知己千杯少。
　　　　　　靓男美女相逢乐，千杯万盏知己摞。

云雾镇

"你们两位将军和炎大队长对本地不太熟悉，这里叫云雾镇，她的前身叫高家屯，后来哪位镇长起的名字，我有个结拜兄弟在这里是一把手，镇长，前两个月我还来过呢！我乔镇长乔某人在这里和在河南镇一样，谁也不能欺负咱们朋友几个，连这饭庄的老板都是熟人……"

"好，听朋友的，人不讲，一回生，二回熟，三回就是老朋友嘛！乔镇长可是个神通广大的人，朋友如云的老江湖老社会呀！听你大镇长的安排，客随主便，怎讲怎好！炎大队长你看怎么样……"万将军说。

"我孟姜女没有意见！只是这半天没有和大家姐妹在一起，总是心里放心不下……"

"放心好了！我们是大秦王朝的正规骑兵，是赵公元帅属下的，有着铁的纪律和号令，纪律严明，谁敢调戏或戏弄你的人，姑娘女孩子美女，我会严惩不贷，严肃处理，轻者打五十板子，重了砍头，看他们一个个有几个头好砍的，带部队，不狠不治秃子病，越严明越好带部队，二讧蛋去告诉通知各个校尉队长官，不许调戏姑娘女孩子美女们，她们都是修长城的人，谁敢动粗不礼貌，只要有女孩告状立马砍头，让他们小心脖子上的吃饭家伙，见一个砍一个，有种的不怕砍头的站出来，我这专门治这样的孽种败类。"

"是，将军，马上传达将军的命令，严惩不贷！范将军的命令是什么？"

"砍砍砍，杀杀杀！坏人一个不留不剩！杀！"范杞良嘴中说，手上比画着。

"是，将军！"二讧蛋挥动马鞭传达命令去了。

"两位将军请，请请！炎大队长请！这边往前走！转过楼角就到了！"乔镇长说。

"老是麻烦乔镇长，真是不好意思！"孟姜女说。

"哎！你说到哪里去了！要不是两位将军，你炎大队长想让我还不敢请哩！这是玩笑的话！我镇长想请还不敢请哩！是不是？美女喝酒醉了怎么办？如今有万将军、范将军在就不一样了，万将军范将军，我乔某人说话是不是太直白太直爽了啊……"

"老朋友嘛！心情加感情才有激情！有酒才有激情，我们当兵的本来就不让喝酒，就怕酒性冲动，干出不该干的事情来！将军是将军例外！有酒壮十分的！功倍事成！"

"咱们又不是非要喝酒，少喝酒多吃菜心中才有情爱，光喝不吃菜醉死没人理，朋友初次在一起不能强求是不是，随便怎么样就怎么样，又不是别人外人，朋友都是自个人，只要吃饭不客气就是好朋友！好朋友不一定非要喝酒，咱们从随便随意为高，到了！请请！楼上请！"

老板笑哈哈地招呼道："乔镇长，楼上请啊！啥时候到的，稀客稀客楼上请！二位将军也楼上请，请请！美女请请请！美女优先！请请请！小二，快招呼贵客啊！乔镇长，俺们镇长也在楼上呢！来了一会儿了，请请请！"

"炎大队长请上，将军！万将军、范将军请请请！"乔镇长让着往楼上走着。

"噢嗨嗨哟也！老哥老兄弟！啥风把你乔镇长老乔哥给吹来了？稀客！稀客贵客啊！真是想请还请不来的大贵客呀！喜事！大喜事啊！"

"刘镇长！这是我老哥最近才结识的几位高朋老友，我来给你大镇长介绍一下！二位将军，是赵公元帅的部下大将军闻名全国的快速部队大将军，万将军！这位是，范将军，两位将军带两千骑兵精锐部队专门来保护女子修长城大队的！这位大美女大美人，炎大队长孟姜女也是我老乔哥乔某人的合约鉴定人，都是大名鼎鼎的风云人物……"

"幸会，幸会！都是名人响当当的风流人物的英雄豪杰好汉啊！我刘某人早就耳闻，特别孟姜女炎大队长，天下奇闻啊！女英雄女豪杰，女大侠，普天下的老百姓为你女英杰行为伸出了大拇指，千万年难出的一位女大侠士，真是做梦也想不到今天在云雾大饭庄和英雄女美大将军们相识相会，三生有幸！给云雾镇增辉添彩！真是想不到没想到个个都是大美人！大美女哎！人人都讲仙女美，美女怎么样，今天一见大队长，总算开开眼界！没见过的大美女大美人啊！真正比天上玉皇大帝的仙女还要美，比她的小女儿还要靓丽靓艳十分！老天爷也不知道是咋搞咋安排的，一定是喝醉了，乱套了！把玉皇大帝的女儿给派下来了，下凡在人间！但也不应该去修长城呀！美，美，美靓人眼！"刘镇长激动之余滔滔不绝地评说赞美孟姜女。

"今天是我们兄弟的缘分情义，本来我乔大哥来不到你云雾镇上的宝地，是叫余寨镇上的老百姓给起讧巧合的，这样大家都坐下说，坐坐坐，在余寨镇上吃早饭，有一二百男男女女也来围着看炎大队长，一看是美女，他们不相信美女美人能干活能吃苦是假的，修长城是开玩笑的天方夜谭的骗人的，我们这六位炎大队长当众较劲，背起背篓装上大砖头五十块，围着余寨镇大街小巷一口气走上十圈半晌午！他们一个个都被大队长的神力都吓呆吓愣了，歪子也不歪了，邪子也不装邪子了，大街上男女女女跪下一大片让孟姜女大队长饶恕他们，有眼不识泰山不识金镶玉！最后余镇长拉出几匹大马才把我们打发走掉，我是怕路上的土匪强盗打却美女美人我就自告奋勇来相送她们，一路上碰到她大队长的老朋友，老相识，老乡同学，范将军万将军，为了朋友友谊和朋友情盛，我又来请请二位将军和大队长！这不，在楼上又遇见你镇长老弟，事情就这样的来龙去脉，一点点的酒份也没加更加，更没有兑水添枝加叶……"

"里边请，上坐大将军，往里挪挪！将军先生，两位将军请上座！贵客！稀客呀！请都请不到的贵客！"二位将军当仁不让地又往上坐动一动挪一挪！六个孟姜女她都分坐在两位将军两旁，一边坐三位！多亏了这是饭庄餐桌是大圆桌，可以坐下十五六个客人的。

刘镇长趁机说："小二，叫你们老板上最好最拿手的几样好菜，多来点绝活名贵菜，叫二位劳苦功高的大将军品尝云雾镇上的风味上等菜！让将军美女们永远记住咱们这云雾小镇小天地的绝色美食，别忘了以后再来云雾镇，也使云雾镇光彩啊！快去先去上几个凉菜大家喝酒聊天……"

"客随主便，多谢刘大镇长啊！"孟姜女说。

两位镇长坐在靠小客房的门口，属于主人陪客位置，说白了也是打横做陪客。

"今天二位大将军确确实实给小镇带来无上的荣光，咱别的说从我听说的历次，从来没有封功的大将军大员来过，孟姜女也是咱们现在阶段的唯一女子大队长，又是美女美人，使我这个镇长今天觉得无上的骄傲和自傲，也是刘某人福气，同样也是云雾镇百姓的快活好日子，在大秦王朝中只有赵公元帅的铁骑部队纪律严明，战无不胜，攻无不克，连红胡子蓝眼睛的鬼怪强盗都怕你们这支高速部队，快如闪电，决战决胜神速，也是大秦王朝唯一的一支铁军，李家兵都是步兵将，也很厉害，但是行动不如你们神快走的急，打起仗如秋风扫落叶，一个不剩一个也跑不掉……"

"如神兵天将了不得啊？不得了呀！没有不害怕你们的……"乔镇长接着说。

两位镇长说话都是伸出大拇指翘着赞喻着，两位将军只是微微的含笑默默地点头承认。

"菜上来了！"小二端着托盘上有四个下酒菜，两个镇长慌慌忙忙把菜接过来摆放在大圆桌上，又抱起酒坛子斟酒让道："各位，二位将军，炎大队长，来来，请吃菜……"刘镇长说。

乔镇长说："先吃菜不为劣，光喝酒不吃菜，醉的得快！来来来！还是多吃菜，吃菜将军大队长，吃吃吃，吃菜，先生们，女士们吃菜吃菜！将军美女吃吃别放筷子，来继续吃，这菜都不错！牛肉、香肠、大炸对虾！顺风耳！姑娘来来来！夹夹香肠，牛肉酱牛肉！吃呀！孟姜女大队长先生！又没有肥的，这菜正合美女女孩的口味，不肥不腻正刚好，大虾，干炸的又脆又香又鲜美，来喝酒呀……"

刘镇长说："将军喝酒，端起来喝呀！千万不要客气，美女喝一口尝尝，一点都不辣！味道可口味爽，清香甜蜜蜜的，比起老百姓喝的老白干酒相差一万倍，一种是干辣冲犟酒劲大，这是柔和甜蜜蜜，保你一人一坛子也不会醉的，但话说回来，一旦真的喝醉，醉几天也过不来！好米酒对人营养大补品，吃饭开胃，来来来吃菜，别客气，夹凤爪，这凤爪也是特色，吃不着油腻的东西，吃到嘴越嚼越香越有嚼头！来来美女们这个，大闸蟹，来一个我为你们夹上。"

刘镇长说："大队长喝酒，这种酒最适合美女美人的口味！不辣不冲来喝喝喝啊！一定得见下酒，大家就当喝酒如喝茶一样，冲一冲下酒菜，扒鸡！别放筷子吃！你们都走了大半天的路了，一定千万别客气，把肚子吃饱，你们还要往前赶路呢！我这镇长不拦阻你们美女的自愿理想修长城的宏伟愿望的，当然了美女美人是很有吸引力，虽然你们美人很多，我也不会强求！哪怕这辈子打光棍也要找一个我最喜欢的美女！来来大家尝尝这个红红晶莹透亮的叫龙眼珠玉，是解酒的宝果，好吃！来来咱们大家都端起来这一碗第一盏子好香，咱们共同的碰一盏一碗，意识意思，一回生，二回熟，三回就是老朋友了，最好喝干喝完见底！老朋友真不真心贴心一口闷！你们几位美女能喝更好，不能喝就随便喝吧！来万将军！范将军一口闷！乔大哥！咱们四个碰一碰！带响的啊！咱们初次相见一是要喝干，不然这千里相逢就不是好朋友了，人家歌唱到：

'千里相认是好友！好友相见是好酒嘛……"

"吃菜吃菜，随意吃呀！千万不能剩下，不要客气，谁客气谁饿肚子，吃饱喝好不想家，你们是吃饱喝好修长城，到了长城上干活可没有人把好酒好菜端到长城上去请你们的客！现在有就使劲下劲往肚子里吃！吃饱好有劲干活走路……大闸蟹！满肚蟹黄！油汪汪，香喷喷，可越嚼越香啊……"

"热菜上来了！"三个小二端托盘上两个椭圆长盘子，"糖醋鲤鱼、山雀搬鱼翅、天鹅吃鱼、蚂蚁托燕窝、冰糖肚子、雄鸡叫鸣！"

"吃吃，万将军、范将军、炎大队长，没有特别高贵的名菜，都是些鱼呀肉呀的，吃吃，来来，别放筷子啊，千万不要客气啊！我们今天相见也是今生的缘分情义啊……"刘镇长说。

"来来，端起酒来！随意喝，点到为重，能者多劳千万别客气，要不是乔老哥！你们几位大名人从我眼皮子上过去，咱们也不在这里认识的，全是人生的缘分情义呀，人生有缘来喝酒，好事美酒越喝越有，不喝永远也没有了，不喝酒谁买酒，不买所以不喝永远也没有酒了……"

"大鱼又上来了，越吃越能余啊！"小二高兴地说："红烧大鱼头朝谁谁喝，谁有福，鱼余尾也得喝酒，鱼尾也有福啊！这是当地的规矩，越吃越有越喝越余啊！所以鱼头朝谁谁有福，谁喝酒呀！"

"乔镇长乔大哥和万将军喝酒，随意喝啊！咱们只讲吃好喝好，不能喝醉，来，万将军……"

"万将军端起来，这会咱们两个人最有福，有酒喝端起来，不是非要多喝，凭感觉，湿湿嘴唇子也算数，我也是随意……"乔镇长说。

"我尽量喝吧，能喝多少是多少，也不能醉，醉了就没有层了，醉了伤人，伤心又伤悲！丢人现眼，打家伙！平时在部队中没有喝酒！偶尔喝也很少一点点……"万将军说。

乔镇长说："吃菜吃菜！多多吃菜啊！大队长！酒桌上的话，多吃菜不为劣，少吃菜醉的快！大队长吃菜，高兴吃哪个吃哪个！两位将军我陪万将军范将军每人干一碗好不好！大家说：朋友感情深，好酒一口闷！来范将军咱们两个人先碰一杯，感情一口闷呀！……"

"乔镇长你能喝就多喝一些，我们军人平时很少喝酒，大多时候不让喝酒，所以今天怎么也喝不过乔镇长！不过乔镇长这么看得起我范杞良，我范某人就舍命陪君子，来端起带响不带响的大镇长，咱们是感情一口闷啊！"范杞良右手端酒咕咚咕咚的喝下去亮亮酒碗，表示一口喝光。

"来，来！万将军！端起来和万喜良碰上！祝，将军战战常胜，处处开心，一心敬你万将军吉祥如意！时时刻刻开心干，一口闷呀！"乔镇长说着提醒，"滴一滴，罚三碗啊！怎么样？一滴不滴，你们两位是我今生的好朋友，在喝酒方面我是绝对不能对不起好朋友的，心情加感情再添上热情，是绝对的激情嘛！在激情面前咱们一视同仁，来！大队长先生，端起来酒碗，我和你们六位美女美人碰一碗！"乔镇长端起酒碗挨着个的向六位真假孟姜女碰个响，最后双手举碗一口气喝完碗中酒，乔镇长和刘镇长碰一碗喝干。

"菜来了，蛋松！冰糖猴脑！牛排，拔丝香蕉！趁热吃啊先生们"小二说。
"吃吃！别放筷子，趁热吃！"

"来，万将军、范将军吃菜，再吃拔丝香蕉，凉了就不好吃了！趁热吃……"刘镇长招呼到。

"来来，多吃菜，这一大桌子菜不吃怪可惜的，一人一筷子，再吃千万别放筷子，吃了不可惜。大队长吃菜多吃菜，这一桌菜不吃咋整，少吃饭多吃菜，吃完吃饱你们好走路，你们的路还远着呢！下劲吃一人一筷子吃！千万别客气啊！大家都是辛辛苦苦的人，多吃多长劲，扔了多可惜啊！吃饱了，我马上带范将军在大街上摔一跤，马上就饿了……"

"吃吃！没闲着！承二位的心意吃着呢！你们两位镇长也吃！别光说让人家吃！吃了不可惜，剩下就不好了！孟姜女大队长吃菜多吃菜呀！千万别光饿着肚子说气壮的话……头一年我们刚来修长城在玉门嘉峪关，那里才真艰苦，地里很少长东西，人烟稀少，风大风天多，风大的连火也点着困难，什么吃的也没有，偶尔打猎还可以吃上肉，平时都是吃马铃薯，在那里叫洋芋蛋，大人叫大羊蛋，小孩叫小洋蛋，遍地连个草也不长，小鸟更看不到，有时几百里连吃的水也没有，那骆驼多，沙漠之舟，它可以一连七八天不吃不喝，走啊！大风天沙子石子满天飞，它骆驼就不怕，昂着头迎着风让风狠劲吹吹个够，夜晚骆驼围在一起，人就睡在中间不冷，任何东西狼啊狗啊老虎豹子无论什么都怕骆驼，它有特异功能，喷出的口水谁都害怕！所以在大戈壁滩，大沙漠中骆驼是沙漠动物之王，谁不怕它？天敌呀！当地人吃的最好的饭菜是，牛肉烹洋芋蛋，羊肉手抓羊肉，他们的面条像裤带，大饼像锅盖！还有青海的嘎面片，所以他们一高兴起就唱民族，一手捂住脸就唱开了，阿哥子红牡丹，阿哥子白牡丹、黑牡丹……这桌上的菜，他们永远也别想见到吃到，不过他们那里想吃牛排多得很，耗牛野牛大雪山多得很，可以说漫山遍野都是牛羊，他们那里的男人都喝燕麦酒青稞酒，又苦又辣酒劲还特大，这酒十坛子也没有他一碗酒劲大，他们喝茶叶茶，用瓦罐吊起很烧把砖茶用刀砍开放到罐子里狠劲熬，熬的差不多时要放很多盐巴，茶水咱们这里的人去喝不惯又苦又咸！他们都是一喝就是几大碗！先喝青稞酒，最后慢慢地再喝茶，他们讲，这是天堂的享受！如果没有茶喝，他们的日子就不好过！秦岭这边，也就是秦始皇的家乡！老百姓才有意思哩！不盖房屋，都住在山坡上挖的山洞里，饿了上山摘果子，渴了下山去喝水。来！二位镇长吃菜，多吃菜少喝酒，大家都多吃菜！孟姜女大队长吃菜，多吃菜身体棒，到时候搬好多砖多抬大石头，能吃能干英雄好汉，我万将军万某人借刘镇长的黄酒咱们在最后大家碰一碗酒，让两位镇长大人前途似锦财源滚滚官运辉煌干一碗！"

"谢谢，是将军的宏伟心想事成！"二位镇长很谦恭地站起身来说着喝酒。

"来来！孟姜女大队长，虽说我们都是老熟人老朋友，但分别这几年来各自都不容易，今天能相会全是老天爷赐的缘分福分，双喜成对，升官发财，红运滚滚！来！干一碗庆祝美满重逢喜气洋洋！想大队长变成更大更理想的官差而碰一碗！"

"谢谢你的忠言！仕途美好，一帆风顺！"孟姜女说。

"吃菜啊！先生们，大将军，乔大镇长，我小弟也敬一碗美酒，愿你心想事成，开开心心！"

"先生们，将军镇长！我孟姜女也敬大家一碗美酒！让我们几个人的友谊永存！干！"喝完酒，大队长用筷子夹住一块鱼翅吃着说："这鱼翅不劣，味好新鲜脆脆酥酥的！一般没吃过的人，还认为是吃剩下的真正大鱼翅呢！"

"不是的，炎大队长，这可是东海里的大鲨鱼或鲸的翅膀肉，称为鱼翅，一般的人吃不上了，恐怕连听说也没有听说过，是一道名贵菜，皇帝也不一定能天天吃到。"

小二又端上一个汤菜介绍说："洪发银圆鱼汤！是用发菜银鱼鸽子蛋做的美味高汤菜，甲鱼天鹅肉又叫鹬蚌相斗"。

"来来！吃吃舀舀趁热好吃！"刘镇长让着说着："炎大队长吃菜吃菜高兴得快，爽口鲜美酥软美味，快吃掉完，叫它斗不成，斗不败是不是！真来劲过瘾！人生难得和朋友在一起吃好吃饱吃个痛快，今天是例外也主要是大美女助阵哟！"

"二位大镇长，二位将军你们一边吃，我来一边讲我们小时候的事情，范将军、万将军和我孟姜女从小就在一个学堂上学，私塾先生是个八十上下的老学究，带着一副老花镜，范杞良家在梦家镇的东头大街上住，家庭少困难些。万喜良家在西大街的最西头，家庭一般，因为他们都是男孩子，放学后要干活下地，除草浇菜，放学喂猪啥事都干，自家的时间少一些，有些课文背得慢些，吃饭的时间也不一致，农村吃晚饭，吃饭晚二更半，不到二更不吃饭，都天黑透，看不见人了，人还在地里，这事那事的回不去，到家还得点火做饭呢！常常是小孩困的找不到地方睡觉，我家呢稍稍好些，能按时吃饭，按时睡大觉，所以就让他们两个人一块放学玩着跑着到我家吃晚饭，但我有点特别，范杞良到我家，我就在黄老爹家吃饭，范杞良到我家来，我就到炎老爹家吃饭，所以一天吃的饭东家住，一天在西家吃饭，西家住，在我十三岁时范杞良向我家提亲，送彩礼到西家黄老爹家。万喜良提亲就到东家炎老爹家送彩礼，两家双方都同意，但我孟姜女不是很同意，但也找不出大缺点毛病和理由来，只有过一天是一天，今天帮范家干干活玩玩过去一天，明天又去了万喜良家玩玩干干活，眼看一天天长大，可是呢！两个小伙子都不见长个，个子还没有我孟姜女长的高，一不像外人大人样，二来刚好长城开始修，十六岁到五十岁的男人都得去修长城，他们二人都比我大两岁，赶上修长城，家里没有钱，就得去人修长城，这不是两个人不但个子长高了，这还当上了将军，他漂亮英俊抖起来了……"

"炎大队长，你们家收了人家送的彩礼礼物，二家都送，二家都来娶人咋办？"乔镇长笑着问。

"这有什么呀？谁家好，谁真正真心地爱我，我也真正真心地爱他，我才嫁给他，我不喜欢的，你送再多的彩礼，我也不嫁，我要自己选择，包括你镇长先生在内，只要我孟姜女喜欢，说不定我就嫁给你，比方说，我不喜欢的人，你哪怕是皇帝老子，天下的大王爷，我说不嫁就不嫁，彩礼怕什么呀？别说两份，就是十份八份也没有的事，只要我喜欢的那个人，他一定会有办法处理这些小事情的。更何况我现在有六个孟姜女，一个人一份这还能分六个人，剩一大半人呢！"

范将军、万将军都歪着头注意挨着挨的六个孟姜女来："咋样啊？两位老朋友两位将军也看明白了，到时候你们看走了眼，看花了眼挑着最傻最笨最呆最痴的孟姜女，可不要怨我孟姜女事先没有说明或提醒你们两位，我只保准有人送给你们二位，但保不准就百分之百的聪明智慧，你乔大镇长也要把眼睛睁大了，别上当受骗过后千万不能后悔懊恼埋怨，咱们按字据领人娶亲，不要也没有关系的，大队姑娘美女多的是，想要谁都可以，但必须等时间，何时修好长城何时算数，不然也是一句空话，你也更要兑现承诺，咱们跟做生意一样，先投入后得利得厚利，本大利大，本小利小，这是天经地义的事情，谁也不能改变，无本难求利的丑恶行为，江湖社会都是先投入再收利，在江湖上认识人你不能开始想认识谁谁就会为你办事呀！认识得投入办事还得投入，大事大投入，小事小投入，无事还要防有事，还得小投入铁公鸡一个不掉一毛不拔，是不可能的，别说现在将来一万年一千年投入更大风险更大，人们更需要一观点、逻辑、立场中的信念支撑着，否则是欺诈欺骗玩了把戏……"

"来来啊！吃吃菜，压压再喝点酒提提神……"刘镇长说道。

"我就是看你们的精神不够集中，思想都让回忆占有了，你们会有更大的升华和进步的，我一时半会想不出更好更符合情理的赞美语言，老套子又不好听，什么酒逢知己千杯少，话不投机半句多了，越喝越有，酒桌喜事盏盏爽了，一坛一坛不醉了，千盏万碗不醉……醉翁之意不在酒，要不要划几拳，玩玩消磨消磨时光，大家也都多喝点好酒。"

刘镇长，啥时候学会劝酒了让人，作为谦虚认真诚心诚意的态度，我乔镇长老大哥得罚你一碗，也算你是交学费的学资，但又考虑到我们亲兄弟我也陪着喝上一大碗！来兄弟碰一碰喝干！刘镇长随手又倒满了一大碗，说："范将军，我再敬你一大碗，也算好事多磨，好事成双对，咱们不玩独角戏踩高跷，咱们踏踏实实的好朋友！好朋友嘛，好就是有来有往互敬互爱，互惠互利，来端起来！碰个响干掉一大碗！大家说感情浅，舔一舔！感情深，一口闷！"

"只要你刘镇长讲出来，我范某人一口闷，朋友感情深，来碰个响！干！"

"吃菜吃菜！范将军！吃菜！炎大队长吃菜呀，你们六个美女都来夹菜吃，多吃不为劣，少菜醉得快，今天说什么也不能醉，这种酒跟喝糖水一样，喝它五六坛也不会醉的，不然叫喝酒吗？"

范将军也端起酒来说："炎大队长！美女们！咱们再喝一碗，这一碗美酒祝你们美女修长城顺利平安！要不咱们来个响！孟姜女大队长端起来干！"

"好，范将军干一碗，碰个响，敬酒在心里，喝酒在肚中，这叫心知肚明，大家好，朋友情义浓！"

"吃菜！吃菜！二位镇长吃菜呀！我多长时间也没有向今天这样高兴，这样海喝，老朋友相见，新朋友又都这样热情好客，真是人逢喜事精神爽！几年来也没有今天这样高兴过……"

"炎大队长吃菜呀！怎么样这刘某人喝三碗，你大队长喝光这一碗好吗！先喝为敬啊大队长先生，看好了我先喝二大碗，咱再碰第三碗，怎么样一碗，我再喝一碗！"刘镇长自己一边喝一边又倒上酒，一只手端碗，一只擒着酒坛子，头昂脖子一伸，大张嘴咕咚咕咚又一大碗下肚！大队长端酒啊，碰一碗带响的，如果炎大队长不能喝酒，没有酒量可随意喝，点到为准，能喝多少喝多少！我刘某甘愿以心情加情义变成情爱，再以真诚加情爱等于激情，激情腾飞情爱，就是恋情，我真的真的好喜欢你大队长美女先生，酒壮七分胆，我端起这第三碗酒之前，我想说，我爱你美女，我实在实地佩服你，从心里崇敬你，敬仰你……

"刘镇长你不会是喝醉了吧！如果你醉了不喝了，请你不要在喝了，也不知道你酒量有多大，能喝多少酒，喝醉了就不好了，酒醉了会伤身体的，伤心伤胃伤人啊，镇长先生……"孟姜女劝道。

"我不喝醉更伤心、伤人、伤胃，更加伤情伤爱啊……"刘镇长说。

"孟姜女炎大队长，你是知道我心，你更懂得我的人，我这个镇长更不会花言巧语把人骗，我今年三十整了，三十而立，我这个镇长一直也没有结过婚，成过家，原因就是一直找不到我爱的人，今天咱们刚才一见面，一下子就把我给惊呆了，因为你炎大队长的长相，就是我在心里想找，想追求的这种类型的人，我的心一下子被孟姜女吸引住了，所以我暗暗发誓，无论怎么样，我也得说出来让你知道我爱你，要不然我也活不成了，随便你怎样罚我，我都没有意见！……"刘镇长说。

酒桌上静静的没有一点声音，孟姜女只是在笑的无可奈何。"我比我哥乔镇长年龄小，年轻吧！人吗也少瘦点，高低个子差不多，没有他乔镇长风趣浪漫，但我劣好也是个镇长，管着一大片的村庄，要水得水，要鱼有鱼，有吃的，有穿的，一个人慌来忙去，不就是为了穿好吃好吗？来到世上一辈子还图个啥呢？金子银子再多，死了也带不走，人生光着屁股来，再挣也是光屁股走，谁也带不走一针一线，你刚讲，就是皇帝老子也得自己，心里喜欢，你们现在六个孟姜女，难道就没有一个人喜欢我刘某人吗？我这三十岁还没有家小，就是因为一直没有碰上我爱的姑娘，一直过着单身，孤独的日子，我想这辈子就是光棍了一个人了，也不找自己不喜欢的，不爱的人在一起，今天一看见你孟姜女，我刘某人惊的七窍生烟，三生丢魂，你就是我这辈子要找的那个人，那个爱，那个情，那人美，那个靓丽，你在我的心里想了几十年，盼了一生的嫦娥，你比那西施还要让人永世永生的眷恋，所以我不说出来，谁也不会知道，谁个也不晓得……"

乔镇长："噢，刘镇长，怪不得你今天这么热情，这么好客，这么客气，好酒好菜，全是黄鼠狼给鸡拜年啊！"

"乔镇长老大哥，你们不了解我的为人吗！咱们可不是那种人，我们可是结拜兄弟，生死与共，不是负义妄为的小人，何况咱兄弟朋友面前讲真话，不在私下里胡捣鼓使绊了，事情丁是丁，卯是卯，有眼有板，有理有据，这也像炎大队长讲的一样，利大本大，无利不起早，大家都是有情人，何必剩下我这个门外汉的傻瓜蛋呢，人人都是情连情，亲连亲，大家都在一起高高兴兴的过日子，有什么不好呢？大队长、镇长、将军们！"

"刘镇长，你的心情心意是可贵的，但事情能不能像大家想的一个样好吗？谁也不会有个早知道？万一有个什么变故，有个什么特殊性，千万不能像预料的那样谁也不怨谁，恨谁，埋怨谁，后悔药是没有的，也可以讲天底下是找不到买不着的物品，怕就怕万一的事情，咱们在座的十个人都希望往好处去，往好处想，往好处走，人往高处走，水往低处淌，怎样好，咋样得劲，咋样去考虑，谁也估计不到意外发生，还有一个更不吉利的没想，修长城在崇山峻岭以上，谁能保险不出意外呢？我希望你们两位镇长先生千万不要怪万一发生的意外变故，当然我孟姜女也不会因为什么想不开，想不通去耍小心眼，但跟我有缘分的人，也不得不往多里想想，谁也不能长千里眼，你能看上咱，这说明前世有缘，今天有情，男人想，女人盼，都是能做个有情人，这才是真好的情义所在，在正常情况下祝你们二位镇长，二位将军心想事成，都让我们大家有个大吉大利的人生也不冤妄！你爱我，喜欢我，我高兴还来不及呢！人们活着就是要把想要干的事情讲出来，让大家都知道，叫大家共同谋划参考，有事藏在心中，不憋出毛病也会惹出大病来，到最后不疯也要变成精神病，只要你刘镇长能等待，无怨无悔你就能成功，心急可吃不得热豆腐，不用急，慢慢等待你的真爱会来的，这样才有情调，风度潇洒浪漫的风流呢？"六个孟姜女同时劝说。

"只有大队长先生能接受我的情义，别说等待，就是上刀山下火海咱刘某人也在所不辞啊！"刘镇长说。

"也难为你一个光杆镇长，为我孟姜女的情义能如此坚贞，我孟姜女还是从心里感激你是个人物，不是一般的人所能做到得孤独和寂寞的等待，等候真爱的缘分，来我孟姜女借贵君大镇长的美酒，大家在干上一大碗，表示刘镇长的爱是真心，可贺可庆的！让我在与刘镇长再碰一大碗，让我们双方的情义心想事成，永生永世永不后悔，碰一碗带响的！"孟姜女端起酒碗碰响刘镇长的酒碗后，刘镇长一仰脖子咕咚咕咚喝下去了。

"刘镇长，乔老哥乔某人也祝你，我兄弟又是连亲挑担干上一大碗，吃吃菜醉得慢，吃吃菜醉得快！将军、孟姜女大队长吃菜！不吃菜才叫醉得快！醉后醉倒没人爱……"乔镇长边讲边让着。

"刘镇长，我万某人也祝贺你，能得到炎大队长的忠恳怜爱而干一碗，咱们小酒慢慢喝，爱情熊熊升腾，爱一名真情实义，缠缠绵绵！干一碗，刘大镇长。"

"谢谢万大将军的厚爱！咱这一大碗美酒拴住美女！干！情浓如血的亲缘。"刘镇长兴高采烈说。

"刘镇长，我范某人衷心地为你高兴，祝你今天碰到一生中的情缘爱人，干！”

“谢谢！范大将军的热心祝福而干啊，咱们两人以后是友上加亲，亲上亲呀……”

刘镇长喝完这碗后说：“炎大队长，只要你有什么需要，我刘某人能帮忙做的，我会使出全力尽最大能力去做好！让你满意，使你高兴……”

“刘镇长，我孟姜女暂时没什么需要的，如果真有事，我会找你求助帮忙的，你的心情我领了！放心吧，以后时间长着哩，少不得麻烦求助你什么的，到时再说吧！”

孟姜女微笑着讲话说：“各位镇长老大，我们今天是有缘来相会，从今往后咱们将来孟姜女的情缘情义的号召下，情同手足，有难相帮相助，有福同享，有难同当，在关键时刻，才能疾风知劲草，路遥知马力，该怎么着咱们大就不顾，一切的去争取去努力！”万将军慷慨道。

乔镇长兴奋的唱到：北国歌声飞，腾云阳光美，情缘寻觅处，红艳爱不归。心情加热情，处处爱情魅，情到痴行醉，爱情两厢伟。

刘镇长唱到：持之以恒情才香，挫折失败咱不怕，天然纯情邀女神，春光情爱胜宏霞。好酒好菜真舒馨，侃侃大山虹霞妹，天天似榕酒如醉，分分秒秒盼女神。

“酒也喝得差不多够劲了，吃饭吧！将军、美女们报一下，看看喜欢吃什么饭，这里啥饭都有，随意，大家高兴吃什么都有，这高家屯的特点是‘馍馍、大饼、焖饼、羊肉汤泡大饼、泡大馍、包子、面条、蒸面条、炒面条、粉子馍、油香大米饭、高粱米饭、拉面、刀削面……应有尽有’只要你想吃酒米、莲子、樱桃、烧卖、锅巴、饺子……只要你点出来，马上就到，炎大队长你说吃什么，女士优先，咱们就吃什么？”刘镇长介绍着说。

“我随意，没有专好，吃什么都行，依我看咱们这桌上菜多，都是好菜，不如要米饭来吃，大米饭和着菜吃，又香又美，还不浪费，怎么样啊？二位将军、先生们！”

“好好，这样就好，炎大队长也一定成，想得周到，办法好，大家吃的痛快！”

“小二上大米饭了，一人一大碗大米饭，十碗大米饭！”刘镇长叫道。

“大米饭来了，十大碗大米饭，不够吃再添啊！先生、美女们！”小二说着放下米饭走下去。

大家跟着都三下五除二吃完，刘镇长在账单上签过字，从楼上下来，来到大门下：“女士们、先生、将军们！今天走不掉了，看外面在下雨也！小雨不小，大雨不大，怎么办将军、大队长！”乔镇长说。

　　"好了！老天爷下吧！有种很劲下吧！这叫天留人不留！还是下雨下大雨好呀！俗话说：春雨贵如油！一次一层楼，就是说在春季下雨，庄稼收成好，长势旺，大丰收，卖了粮食盖大楼！你们这大饭庄是不是也可以住宿呀？高老板，现在还有没有房间，床位了？"刘镇长问道。

　　高老板笑着说："刘镇长，房间、床位都是有的，你们不就是十来个人吗？全住下来！男女房间都有，再有几位也住完了。"

　　"高老板，女房开三间，男房开二间先住了，今天是不走了，如果明天天不晴，还住，一直到晴透为止。"

　　"刘镇长，你放心好了，想住几日住几日，住一年也没事的！"老板笑着奉承道。

　　孟姜女苦着脸说道："今天这么倒霉，又下雨了，我孟姜女住在这里不太好吧？也不知道大队的姑娘们怎么样了，是走着，还是在躲雨呢？也不知道她们走多远了，下雨天不能走，也不知道住下没有，让人急啊！真是干急不出汗，还不如我去看一看，找找她们去呢？"孟姜女说着就要走。乔镇长一把拉住她。

　　"大队长，你想想，天上下这么大的雨，大家都傻子呀！春天的雨水又凉，淋病了怎么办？下雨天一脚泥糊子一滑一滑的怎么走，就是走也慢慢腾腾的，走一步退一步，姑娘女孩子们都不呆，更不傻，说不定在屋里大睡觉到梦楼，在急的事情也不在乎一天半日的功夫哩！整出病来就麻烦了，谁也不会在大雨天傻淋雨，想生病啊？"

　　"炎大队长能出什么事呢？我们有二万骑兵铁军能了出什么事情哎，更何况我和范将军还在这里站着，保卫你炎大队长，谁敢怎么样呀？请把心放到肚里，做大梦睡大觉吧，这么多天你们就没有好好睡一觉，今天是老天爷，上天赏光，专门为你们大队美女放假一天，安心休息！休息！明天在往前走，往前走！"万喜良语重心长地说。

　　范杞良和刘镇长也在说，劝孟姜女去房间睡觉："炎大队长，不用愁这是天意，玉帝心痛你们走路走累了，叫龙王爷打涕氛下大雨，好好地把心放到肚里，舒舒服服睡一大觉，明天一大早，还叫乔镇长骑马送你往前找，还不行吗？"此时此刻雨水还在下着，不大不小的雨点。大家借着美酒的醉意都慢慢地走向房间走去睡觉，一会儿功夫，男屋房间内就传来了如雷的鼾声，六个孟姜女也走向房间后关上门睡觉了，春雷在轰轰隆的响个不停，乌云在天上滚来滚去，最后向北面大山上雾灵山尘撞去，雷电交加一阵子后，雨水慢慢小了下来，星星点点地打在树叶上，花瓣里，蜜蜂和蝴蝶又在夕阳下飞来飞去，小鸟更是叽叽喳喳的叫个不停，云雾镇的大街上，又有一些孩子们又在追逐戏喜玩耍的笑声，大人们在慌慌忙忙地干着自己想干的事情，西斜的太阳腿从云缝里又出来了！

此时，六个孟姜女大美女跟在四个大男人身后在大街上朝前走着，算命大仙的招牌，湿淋淋的在微风中摆动摇晃着，旁边又有"大辫子大神算"招牌！门挨门是云雾镇珠宝黄金商行，前面是玉石金银鉴赏店，金铺当铺！

"炎大队长，珠宝黄金商行里看看瞧瞧？穷逛瞎玩玩……"乔镇长说。

"有什么好瞧的？咱们一不买二不卖，不看不稀罕，看看瞧瞧就眼馋，最好不看不瞧，瞧它有什么用啊？不管吃，不管喝，更不管饱肚子……"孟姜女风趣地笑着说。

"开开心，高高兴兴的消磨时间，消磨消磨时间吗？也不妄大家一起来趟云雾镇是不是啊！为以后的侃大山增加点作料大茴香、朝天椒……最起码知道点什么是金子，银子的成品价格，叫什么？"

"乔镇长蛮有兴致的，听说现在美女姑娘、女孩子们都在追金撵银，三金四金得潮流，也不知道都是些什么，叙叙听听的大萝卜是大白菜小菠菜……"刘镇长说。

"管它是什么，都是瞎想胡要，不管吃不管喝，放在家里长霉上锈呀！人家的大灰狼，还得忙得求东家，找西家的，何必呢？除非找麻烦穷开心，找头痛病来，人真是想不清的怪事多，放着好日子不过，非要拿着拐棍过大河，穷开心当大桥，好日子清清白白的过多好，非要比东家胜西家，慌得跟实头的样子……劳病伤财还伤心。"孟姜女说。

刘镇长走在最前头，一手推门正准备走进店内，店主已经慌慌忙忙地迎着说："刘镇长，啥风把你给吹到本店里来了，稀客、稀客！里面请，里面请，大人一定有重要的事情吧！"

"出来玩玩，溜溜看看，这是我的几位朋友，想看看老板的三斤四个半的大红芋、小山芋，还有大地瓜呢"

"感谢大镇长的赏光，指导驾临！请请！"

"千万别客气，看看什么是真金真银的买卖，还得请老板给介绍介绍……"刘镇长说。

"大镇长大人开玩笑了，万万不能不要调戏小店的价格买卖，店小货源少，小本买卖跟着时间，光阴度过一天是一日，将就着开张，不赚钱，真得让大镇长笑话了……"

"哪里！哪里！你老板是深藏不露，在云雾镇上谁敢跟你大老板比较劲，我这个大镇长和你大老板站在一起就成标准的讨饭的叫花子了！"刘镇长拍拍他肩膀说。

"还是大老板会做生意，生意兴隆通四海啊！我来给大老板介绍一下，这是我女朋友叫孟姜女，炎大队长，你看她浑身的清静素雅，你大老板会让她变的富贵高雅吗？"

"炎大队长，好耳熟呀！人长得非常之美，也可以讲是绝色美艳的大美人哟……镇长真是好艳福啊！"

"大老板别光拿好听的奉承人啊？我倒是没有怎么看出她美在什么地方呢，老板真是生意场上的老手，老奸巨猾呀！光说好听的糊弄人吗？大老板还是来点实惠的买卖，别怕美女美人给你做广告，做介绍人，做宣传人、代言人，一传十，十传百，你不发大财，哪才叫怪呢？"

"我天天都想着发大财，可是店小门面矮，咋也不能在小坑中撑不起大帆船来，向今天你大镇长这样风风光光地来小店不就这一回吗？"老板说。

"大老板，一回生，二回熟，三回就是老朋友，大老板不对呀，就这第一回来就让你大老板给头出事了，多来几趟老板你非赔钱不行，我这个人好吃吃喝喝的，一回吃，二回喝，第三四回吃喝都有，你不吃亏吗？老板放心吧，今天是不会在吃在喝了，中午请这几位将军大队长才喝了，十来个总共才一坛子酒，大家肯定没过瘾，但是我怎么劝也没用，也不行，只好吃饭作罢，不知你大老板像这样可有高招，叫她们人人吃好，个个喝好，吃饱喝好不想家呢？"

"我更不行，吃喝也不在行，更不会劝酒，劝人往醉里喝酒。咱是个外行……"

"大家随便看看啊。万将军、范将军、六位炎大队长、乔镇长，瞧瞧看看晓，大老板一听大家讲，往手指头上套的玩意，叫什么来着？光听大家讲，也没往心里去，叫叫啥家伙？啥家什玩意哩。"

"往手指头戴的叫：戒指，往手腕上戴的叫手镯子，什么金戒指，银戒指，玉石戒指，玛瑙戒指、翡翠戒指，也有乡村娃编的草戒指，戒指男人带左手，女士带右手，这叫男左女右，男人带在食指和中指上代表财富，在生意上大老板，戴中指上表示给女方看，有意中人了，戴在无名指，表示还没有对相和找人，戴在大拇指上叫板指，就是权利地位的象征，手镯和手链小孩子表示幸福美满，吉祥宠爱，女士也是表示富气成双，如果戴单，一个在左手腕上，无贵溅物品都表示心上人，有情人什么的，项链也是最明显的表示心心相连，老人老辈对下一代的关心关顾，年轻人就是用配偶拴住他的心，意念随时也起到提醒对方不越雷池半步，反正用途很广，用途很多，玉石最好在华夏大地上是和田玉，在周朝时期周文王被纣王囚禁不就是文王手下的结拜兄弟在奇宝美女进贡后才放出文王，其中有和田玉雕刻的物件……"

"咱们现在讲金子、银子的、黄金呢？"镇长问。

"黄金一般来讲：无论什么时辰年代，只要是真金的，不是冒牌就行，什么铜或者是别的什么金属制品，是可以鉴别出来的，纯金的不会生锈，不怕火烧，纯金不怕火来炼吗！另外最简单的是牙齿咬，可以咬出印子，但铜是咬不动的，这就是它永恒不变的价值观。"老板讲。

"这个家伙是个大圆溜，叫个什么名字吗？什么戒指吗！它与别个不一样……"

"这叫金镏子，个大厚实，显出财大气粗的样子，是个老财主和大老板戴的！"

"咱们不要这玩意，不是老板也不是大财主大员外，要它干什么呀，碍事！这薄薄的是什么？明晃晃的能照人！"

"它叫金铂，一是簿的意思，这也是大大财主，大大员外死了人，为了不让土地化尸，裹上金铂玉衣，再放到棺材里，全封避的千年万年扒出来，人还是鲜肉嫩白，不会化尸的，这是金丝绒，一、可缝制金铂；二、还可以美容千年，养颜永不退变，不变老，没有皱纹，人脸上没有一点点皱纹，七老八十也没皱纹，把金丝线慢慢从皮肤下穿过一层层后，就能美白嫩美鲜艳，就像你们这几位大美人永远不老。"

"不会吧老板，金丝丝从肉中穿进不疼痛不受罪，不难受吗？真开古今大玩笑吧？太可怕了！"

"真是一点一点也不骗人的，你们想人家有钱，钱堆成山一座座，吃不完用不尽，不想着怎样好，怎样年轻痛快呀！咱们这秦王不是叫徐福去找长生不老药，永远都不死，他带六千童男童女去找，也不知道现在找到没有呢？这人只十年二十年好光景，就老了，满脸开花，为了年轻也不怕受罪，人不是讲：吃得苦中苦，方为人上人，怕受羊罪怕苦就得老，像你孟姜女现在年轻漂亮，皮肤闪光美白，十年二十年非老不行，人吃药是为什么，大家都是治疗不受罪有个健康身体，但吃药药水苦不苦，苦口良药是一样的道理，比方说再过五十、八十年你孟姜女还这样年轻靓艳，你愿不愿先受点罪吃点苦呢？谁都想活到一百岁还和年轻一样美，道理就这么简单？"

"大老板，我想买戒指给各位美女一人一个，老板能不能优惠呢？"

"当然可以优惠，绝对优惠，你是镇长大人，全镇的人都不优惠，也得给你刘大镇长首先优惠，别说买，就是送也得送给镇长先生才对呢！是不是大镇长？"老板说。

"二位将军先生和乔镇长老兄老哥帮着挑一挑、拣一拣，她炎大队长戴哪一种的好看好瞧！大家参谋参谋，提供点具体情况研究一下，炎大队长来来，你喜欢那种金戒指，我来出钱买，借花敬美女，只要高兴，任意挑任意选择，钱的问题我来负帐，我来结算，是要精制的还是要价格贵的，还是要有意义，有艺术造型的，只要你相中哪款式，我来给你戴上看看美不美，漂不漂亮，不然这个大队长太没价值，没尊严了，在整个大队人马里面就是要不一样，就是让来出人头地与众不同，才能显示出靓艳特色绚丽夺目耀眼，让灵气财气美气焕然一新，独居一阁的绚靓是不是？"刘镇长非常骄傲自信的浪漫狂情的爱，使孟姜女心中暗暗欢喜！

"刘镇长的心情，我孟姜女领会了，不必要浪费才是情缘，才有爱美人心的体现，我们都是平常人家的小女子，恐怕还戴不习惯这些死重死沉的死钱钱，又不能管饱，也不能管饿的，瞎摆示钱，胡乱花钱，只要心情到了，比什么都值钱，都有意义！先生镇长也。"

"值值，太值了，心情加激情才是热情，有了热情就有了感知认识的缘分，只要你在心里高兴，在梦中喜欢在人生灵魂的情义，我就够了，就达到我心中的美，情义中的诚实可信，可歌可泣，可玩可痴可爱，才是傻得可爱吗？"

"看你美的，连话也多起来了，好吧！自然是刘大镇长心甘情愿买的，我也不能扫你的兴致，打击你的激情温柔情调！大家都来谋划谋划出点小计策，看哪种的最好，最适合本人戴本人心神合一的灵气吧，美感靓感绚丽多姿来！"

"试试这吉祥如意，大戒指，吉祥代表好吉光祥的宝气高照，财富吉祥美人吗？"

"不要戴个大的家伙，贵富吉祥，独居一阁，聚金敛财的模范人物吗？"老板说。

"太俗气了！"范杞良说。

"可不吗就是吗！本来戴这玩意，买这东西就俗不可耐，已经俗了，不能不俗是不可能的纯洁博大……"孟姜女解释着说。

万喜良说："这玩意，行不行，就是小了一点，在价值上肯定的赶不上大的贵重和自身的分量，但也挺别致的，别有一番风情趣味的典雅庄重是不是啊？"

"我看这个日月戒很好，能让炎大队长平平安安过每一天，也能发财在这日日夜夜里，有意思吧！竟然用两个字日和月组成一个简单的图案，日日夜夜的爱，日日夜夜的梦，日日夜夜的思念，日日夜夜的祈盼，日日夜夜的歌唱，日日夜夜的舞蹈，日日夜夜的美，日日夜夜的情义……特别说特别多一时无法说尽讲完，说尽的：日日夜夜的希望光芒光辉……"

范杞良叙说着，看着孟姜女的靓艳，有无限的激情和爱……

"好！就是她，让我们平凡和平凡的日日夜夜在戒指上大放芒辉燃烧着爱的人激情的日日夜夜。"

刘镇长解释着兴奋的激情之义——老板不无忧愁地说："其他的不要点

吗？项链、簪子、镯子、耳坠子、手链……"

乔镇长站在柜台前指项链说："这条链子不错，能优惠吗？老板先生！"

"当然可以优惠，一条五千五百元，优惠三十七元可以吧！当然了买的多可以优惠五十元，再多就没有一分钱的撩投了，买卖买卖那个不挣个吃饭钱呢？占着多大的本钱，愁坏人啊？不干哪一行不知哪一行的难处，货卖堆山，货卖稀罕，多可以挑来拣去的，物以稀为贵，没有无论到哪里没有办法买卖，知道不知道你们，隔行如隔山，不吃哪碗饭不知道哪里难啊？在多人们买不起，不实用接受不了不行。"

"大老板，就要这玩意，一人来一条能折合多少钱？"乔镇长说到。

"大整帐，五万五千二百元整，连优惠钱都除掉了！"老板说。

"老板搞错了吧？我讲光女的每人一条！"

"光女的要是三万三千三百四十二元整，优惠二百二十二元，够意思吧！朋友，不赚一分钱，净往里贴本，今天是砸锅卖铁也是看在刘镇长面上的，把老祖宗都给卖掉了，一分钱不挣还倒贴本哩！"

"那你黄老板照穿古铜色福字大马褂，照吃得满脸油光，油光的，粉嫩的，老百姓不贴本钱，不卖老本，脸色灰暗枯瘦粗糙，照吃不了将军肚肠肥腰粗肩膀宽的，话不能自己说赔多就赔多少，只能讲原先计划上准备多少，比方二百元，一百元也是赔，五元也是赔，一百也叫赔啊是不是，只能在赚多少上走了眼，并不是不赚钱，少赚钱，就这六条项链，你老板少说也赚三千元，可你非要犟着撑着不赚钱，谁跟你去打官司呢？又没有进货发票，有进货单据，你嫌了一万二万也不敢讲，生意人老板嘴里没实话，良心都让狗叼吃了，哪还有真话呢？"

"话都让你一个人说完了，满天的都是钱，就是抓不到手，抓不着钱，赚谁的钱大人？"老板摇头头，摆着手说："上哪儿赚钱去，如今连吃穿都顾不上了，还赚呢？说笑话啊……"

"老奸巨猾，明明赚钱，偏偏说不赚钱，又没人抢你的钱，看把你怕的，你不是说多少钱就给多少钱吗？告诉你黄老板，我是河南镇镇长，过了黄河第一镇镇长就是我乔某人管辖之地，不讲很富有，也是天下赫赫有名的大镇，所以老板都不用害怕，刘镇长是我的结拜兄弟，不求同年同日生，但求同年同月享福，有难同当，只要兄弟讲出来，我乔某人没有不尽力，不下劲的事情……这就是五湖四海皆兄弟是朋友，如今呢没带太多的钱，先由刘镇长签名签字画押。"

"这本来就不赚钱，还赊账！这这这……"

"这什么呀！暂时三天二天你怕什么呀！三天二天就变天了吗！刘大镇

长你也信不过吗？你信谁啊，你老板当到这份上了，掉架不掉驾……前怕狼后怕虎的，没有人赖你的账，你怕什么？即在这云雾镇上，天字第一号人物，你都害怕，你也别做生意了，你也看看你……"

"不是我怕，是现金转不开，高利贷款，按期负行息！"

"又没人把你钱抢走，比方说今天你的货没卖掉，一个月也没卖掉，你找谁去七事八事的诉苦去，利息能摊几个钱，三天能摊几个钱吗，真是小气，你卖不卖，不卖俺们走人，瞧你抠抠捏捏的，这呀那呀的不想卖？炎大队长退货，死了褚匠，还吃带毛猪是咋的呀！"

"镇长大人，你大人有大量，别跟我这老百姓一般见识，不看神面看尊面，大镇长的面子，我们这云雾镇上的元始天尊在这里，刘大镇长，你看这位大镇长脾气大得很，我这个小铺子，请还请不来两位大镇长呢，都怪我这张嘴不好，还不行吗？刘大镇长……"

"人家生意，人都讲究个和气生财，你看你黄老板明明是件好事情，非要搞得鸡犬不宁，你在口口声声不赚钱，谁叫你不赚钱了，生意是你自己做的，铺子是你开的，赚钱不赚钱你知道，你就是敲锣打鼓的喊不赚钱，谁相信呢？老板做生意，不赚钱要老板干什么吗？不如去种地是不是？地里种啥长啥，种豆子不能长出芝麻，你在叫喊我刘镇长又不是神仙能给你点石成金，能给你大多的金银来，所以你该做生意，做生意，能赚钱不好吗！赚了钱还可以为云雾镇的人做贡献，多争光，你一年能上缴个千巴几百万黄金，我叫全云雾镇的老百姓喊你黄老板万岁，万万岁，到那时你黄老板可就红透了，连大秦王朝的百官都可以为你朝拜跪下磕响头，今天你说吧，能卖就卖，不能卖我们走人，谁也不会拖着你头皮来买东西是不是？和气生财，背时遭殃，话又说回来，这大秦王朝才开始昌盛繁荣，市场稳定，谁也不能乱哄抬价，老百姓安生，庄稼旺盛，该好好做生意，该发财不发财，你赚不赚，你这样那样的，人家要走了，你又来求人家这个那个，到底是老板，还是开开玩笑过家家呢？"

"刘镇长讲的是对的，讲的好，都看在你镇长的面上我赊账，但不能超过时限三天，五天以内，刘镇长你能打包票吗？能签字画押吗？"

"写吧！我来做保人，做中介，我相信我兄弟是啥人，从来没和人家发生过财物纠纷，别人不了解，就是在有这么多，也是一句话的买卖，不实在能当镇长吗！多少万人都能当领导，还在乎你这三五万的小钱吗！"

"签字吧！两位镇长大人！"

《凭证字据》此有云雾镇镇长的结拜兄弟乔镇长欠珠宝黄金店三万三千三百元整现金，保人：云雾镇镇长刘镇长，五日以内还清，以此为据，债主：珠宝黄金店黄老板，三月三日画押签字。

　　"刘镇长，还有我们二位呢，俺们也想买点东西送给孟姜女大队长，以表表咱们共同的心愿情缘，不能有一家，少一家，不然在情理上也说不过去啊，不能你们二位镇长都有情有意，就我们二位将军不懂人情人意的无义之人吧？炎大队长簪你看你喜欢什么，小家子气咋能干大事呢？无论怎么讲大小是个将军，将军的人情世故不能不要啊，刘镇长大老板，这个人情不能不卖呀，要不然我把大刀宝剑押在这里，在不放心我把坐骑枣红马压给你黄老板，无论是武器还是马匹都是我们武将的命根子，啥都可以不要，老婆、孩子、金子、银子不要，也不能丢掉大刀和马匹，这几样比生命还重要，只要人活着就不能丢掉战马大枪和宝剑，我们的全部武装就是大枪宝剑和战马，缺一不可，非受惩罚，讲个道理，不然就降职处分，还是小事情哩！"

　　"是啊，万将军都把话说到这份上了，就看老板仁义情酬了，我们自然能当将军还不能挣钱吗？一仗下来，黄金统统的自己长腿跑过来，还愁没钱花吗？"范杞良说。

　　"是啊！老板咋又不讲话了呢？是不是感到我们不像将军，还是咋得吗？男子汉大丈夫有话就讲，有屁明放，别憋着葫芦不开瓢，该说话该讲话就赶快！别打哑谜，行就行，不行拉倒呗，等我找担保人是不是，一担三保你怕鬼吗，还是怕人，只要我范某人的鬼头大刀，小鬼都要喊救命，不信去问阎王爷，那里问一问是不是？一保是，二保也是保，三保五保十保就不给保，不让保了吗？到最后你就是到秦王那里还得保，你不让保秦王愿意吗？一个瞪眼恐怕比担保还来得快？"

　　"该怕不怕，大秦王朝，赵不怕、卫不怕、齐怕、燕怕不，楚国能了半天这样那样最后弄的乖乖交国投降，不怕你狠，就怕你不长远，没能耐！"范杞良东一句，西一句搞的老板左右为难，要钱没钱，该赊不赊掉了白搭，好汉不吃眼前亏，做了人情又相意了朋友何乐而不为呢？做生意也得眼皮子活，死眼皮子不赚钱。"咋样，老板想通了没有啊？""二讧蛋快把宝马牵过来，抵押给老板……"

　　"将军，将军你慢点，别着急，战马是将军的必胜坐骑，不能没有，战马还得吃东西喂料，三更半夜也要喂它，喂的好，亏本吗！喂得不好咋能上战场打仗，划不来，吃苦操心还搭本钱，划不来，不押战马，两位将军，依我看不用买东西了，心意到了炎大队长知道了就好了吗？何必非要花冤枉钱呢！情义高于一切，买这买那都是庸俗之人，太俗了就失去了情义，有人讲过，真爱胜过黄金美，光有黄金没有爱情，等于没有灵性的情义，还是没有灵性的爱情什么的……没有灵性感情的爱，等于行尸走肉的话。"

　　"老板的职业是老板，还是先生学者的说教，不想卖就是不想卖，别婆婆妈妈的！"

"卖是肯定卖，但是你将军的话是云雾地的，卖东西不就讲钱吗？可你确说啥时间打仗啥时间有钱，从现在开始不打仗了呢？没有战事我这赚的钱不是没头绪了吗？没盼头了吗？"

"咱们这没有仗打，不一定就非在本国打仗，还修长城干什么呀，修长城不就害怕打仗，叫我怎么说呢！鼠目寸光，求利心切，急利无情……"

"要不你就当将军，我们是小老百姓了吗！有差距有距离，干一行讲一行，做生意就要图个买卖平安，光打仗怎么办？"

"不打仗怎么教训坏蛋、坏人，不打仗也消不了坏蛋、土匪、强盗啊！只有打仗才能使老百姓过上太平安康的好日子，说来说去没有我们将领导部队士兵，天下就想着安居乐业的好日子！没有好日子你们生意人就别想做好大赚钱的买卖，买卖不赚钱，你图着开店喝西北风好玩好凉快是不是，炎大队长挑你喜欢的东西，爱哪样，拿哪样少废话，一下午了，连一个小小店子的买卖也做不好，一样东西也不会买，真是乱弹琴，瞎费劲不是？"

"做生意的就是黏黏糊糊没个谱，卖了怕亏，不卖怕不赚钱，他眼气眼红，哪像打仗，敌人来了大刀一摆兜头就砍，砍一个够本，砍两个赚一个，浑身的劲最足了，使劲地砍，使劲地剁，总而言之，一句话使劲，使劲再使劲，一往无前乘胜前进。"

"二位将军，你们看是手链好，还手镯好呢？手链是工艺造型好，精工巧匠，一环扣一环，手镯呢是做工好，上面有篆家刻印的周字很美，横躺着，周顶周字的艺术性很好看的！"

"问老板呀！哪个贵重价值高，要哪个还不行吗？我们打仗还算马马虎虎知道一点，但是这些艺术特点就是画外汉了，也可以讲是一窍不通，一点不懂。"

"老板是内行，又是老奸巨猾，不赚钱没实话……谁知道人家咋讲着呢！"

"老板先生来瞧瞧这手链和手镯有什么不同的意义！"

"我只能讲个大概情况，这个手镯呢，也很精美实惠，字迹也很地道规矩，作为重量和将来以后的收藏品的鉴定考古是无可非议的……这手链本身就是手工艺术品，精巧绝伦无可比，精制巧作是制造者唯一想象的耐力和巧合，天衣无缝的精制是空前所无法比作行为，天工巧匠，价格也肯定是独到的天文数字，物以稀为贵吗？还是依爱好，兴趣喜爱的最高，天价在大，人人不爱、不喜欢，没人要等于 OK！另外黄金从古代至今就以稀为贵而且不贬值，手链和手镯都有一种含义，是情人而不是爱人，只能使用一只，而不能成双成对，情侣是暧昧，一时从外观的潇洒或浪漫角度上看，所谓爱情的情人爱慕关系产生的小三……"

"黄大哥，黄老板今天的生意不错啊，刘镇长也在呀，你可是大忙人啊，难得在街上走来到店中看，真是稀客、贵客呀！欢迎刘镇长光临大驾指导训教啊！"

"哪里！哪里！还是李千斤如雷贯耳，声誉全镇啊！"

"刘镇长的夸奖，不胜荣幸，小人是一个盐贩子算什么呀！诚蒙镇长大人高抬过奖了，小人受之有余啊！如果镇长大人有兴致，不如去云雾饭庄搞两碗实惠的过过瘾，也开开心爽快爽快，松散松散压抑的情绪，咋样有热情心意吗！"

"只要是李千斤说出来没有兴致也能陪你一笑，玩一玩开开心还不是小意思吗！"

"好！还是刘大镇长给面子，千斤就陪着大人潇洒浪漫风流一回，人家都说云雾饭庄的菜酒好，酒是好酒，够品味不醉人，也不知道是真是假，黄大哥黄老板咱们一起去呀！品尝好酒是假，请朋友兄弟们开心是真，人在世上今朝有酒今朝醉，管他明天喝凉水，朋友有情朋友醉，朋友无情扛大腿！人在江湖上就要有朋友，开心是为时尚，一个人独来独行孤僻寡人，闷闷不乐啥事也办不成，办不好是不是？黄大哥，你生意好不敢吭声了，不说来两大碗，起码也得招呼客人啊，贵客上门怎么会生意不好呢？"

"李老弟，你就别乱打叉了，你不知道我今天的买卖，这不是全是赊账啊！好几万呀！一言难进！"

"黄老板这就是你的不对了，你赊了多少了，比我好几辈子人都挣不来的买卖，你知道我一天能有个百巴文的生意，我就喜欢坏了，人不能太贪财，随便赚点就算了，赊点什么，又不是不给钱，有字据画押，赊就赊，早一天晚一天，是少不掉的是不是，生意人图的就是钱，还怕他跑了不行吗？黄大哥只要有我李千斤在，没有不还的钱，碰到赖人跟我老弟说一声，就是皇帝老子咱也不放过他，钱使鬼推磨，有钱咱也能叫鬼推磨，我李千斤就是不信邪，什么也不怕，我给他力挽千斤没有好过的，怕什么家伙呀，我千斤就是让千斤好，斤斤计绞……"

"好，千斤你就不要添乱了，这不是为了美女为姑娘，女孩子他们鉴定一个保，又一个保，做了保还显不够数？这……"

"听见了吧，李千斤，你黄大哥黄老板不想卖东西，我刘镇长作保买东西，你是站在老板一边，还是站在我镇长这一边同意赊账买东西，只要赚钱不就好了吗？又不是赊账抢东西不认账，不愿意赊，咱们就不赊，又是画押签字，白纸黑字不得错了吗？今天买不成等明天有，拿钱来买东西，还不成吗？非要活人让尿憋死，啥是早一会儿，晚一会的，不行明天在来怕什么吗？我这个黄大哥黄老板就是这点不行，赊账也是钱，今天不给明天给，又不是不给钱赖账，不认账，有保人，又有大镇长在此作保，还怕镇长飞了不成吗？"

"谁说不是的，好话说尽，还这样，那样的不行，人在江湖上可能由着性子来，要不是孟姜女炎大队长急着走，谁愿意赊账吗？"

"孟姜女，我听说过好些天了，都说是个奇美女，是个有本事的大姑娘，今日一见确实是美女漂亮又靓丽靓艳，唉，真是天生的美貌，人间世间难得大美人啊，我是个粗人，都能看出来美与好的女孩子，怪不得刘镇长一力作保，是想巴结美女呀，这几位兄弟虽说不认识，没见过，看情况缘分也是与美人有关系的客户，男人啊男人，大男人竟叫几个女人搞得晕头转向，干愿掏腰包，装面子，去买笑买欢快，我这个人也不好，挨不着的闲事乱操心，瞎胡闹，狗咬耗子穷管闲事，黄大哥黄老板、刘镇长今天得罪了，你们四个男人是一伙的，是有意无意地来找我黄大哥的麻烦来的，我李千斤就是爱打抱不平，路见不平有人问，今天各位老大，只要你们谁能胜过我李千斤，无论你们是单挑，还是一起上，我李千斤决无半点含糊，也决不会暗下毒手，咱们公平较量，有本事能胜过我李千斤，你们赊多少钱的东西，赊不来，我可以帮助你们，但是你们必须得过我李千斤，无论哪一行，哪一套，哪一派，哪一家的武术高手，拳脚都行，只要将我战败，我第一个佩服你们，担保你们的赊账欠钱的事宜，不然今天休想拿走，一分一厘钱的东西都不行！"

"这个人真是没事找事，找到我镇长头上来了，真是八只脚的螃蟹走路耍横的，你也不知道你是老几了。"

"是啊！这李千斤八万斤，咱们是井水不犯河水，我们买东西挨着你什么哪根筋痛了，要你管那么多的屁闲事，我们有凭有据有买有卖到底咋挨着你了，你以为有劲就了不起是咋的了，是你管镇长，还是镇长管着你啊？你是不是云雾镇集上街上的人，喂不熟的奸猫野狗，谁有利你就往谁那边跑啊，巴结大老板舔肥不是这个样子的舔法，把舌头再伸长点从屎门里伸到屎屁里来舔肥，我来单看看这个李这个李千斤到底诈人还讹人……"乔镇长气呼呼地看不下去，拉开袖挽胳膊，系紧腰带，双手拉住腰带提气，双脚在地上来回跳了几下，几步走出大门，来到街面上，天空已经放晴，早吃晚饭得人家，都有几个孩子端着碗在吃晚饭，有些人在闲聊叙话，乔镇长一下子来到大街中心，李千斤也不在话下，举手接住乔镇长的拳头打起来，踢脚的踢腿，左拳右拳快如闪电，李千斤虽说有劲，但动作缓慢，只有招架之式，没有还手的余地，乔镇长眼看着一招一式有点占上风，拳脚滚动得快如闪电，而且干净利落，飞脚踢来，李千斤也不躲闪，只见顺势往后靠一靠，把踢来的猛劲划拉小些，在用双手用劲推摆挡住护住上身，左打右打一时难分胜负，在乔镇长围绕着李千斤跨步向前在冲上来时，李千斤就势一个扫荡腿滚地而来，乔镇长飞起身子躲开，还没有来急落地站稳，李千斤一个跨步向前双手抓住乔镇长的肩膀和腰身上的衣裳腰带，这就发挥了李千斤特长独舞，提起乔镇长的整个人瞪大眼睛憋足气，就势拎起来圆圈转起来，乔镇长用脚尖点碰地皮，有时脚跟打在地上，但因为劲道太大怎么也控制不住对方推力的惯性，眼看着就要吃大亏，说来迟那时快，只见刘镇长冲上来想挡住李千斤，可李千斤把手已经松开，乔镇长双脚飞朝后双手朝下趴在地上，还好没有磕碰住脸和头部，只是双手拍在泥水坑里，拍的水泥飞起，自己没有犹豫双脚猛一收就跳了起来，刘镇长撞在了李千斤的胳膊上的膀臂上，双拳捶在上面，李千斤只是咬牙才发一声喊叫："哎哟唉！"双胳膊抡回转身向前推去，刘镇长被猛来的推力，向后咚咚退出一丈开外，没有摔倒，几乎站不稳脚跟，晃了几晃才站住，乔镇长此时将脑后的大辫子用右手猛一推缠在脖子上三圈半绕着，挥动双拳又上来朝李千斤正面打来，李千斤左右晃动着胳膊将拳头，使刘镇长和乔镇长的拳头不能靠身，又要使扫荡腿，乔镇长向后猛一跳，又往前猛一窜，乔镇长从侧面提脚摆拳就往上打来，李千斤一只胳膊招架一个人，只要能碰上的是硬碰硬，只要挨着准能将对方拨拉出去，而且使对方感到劲道很大，李千斤左冲右挡，一时围观的人更不敢靠近，三个人你跳我蹦，我跳你闪，各有所拒，一个个眼明手快脚快，半点也不敢差池，围观的人们也不知道到底是因为什么打起来的，有的小孩子竟喊起"加油！加油！快加油啊！"在这打斗的关键时刻，范杞良也加入对打里面，这个李千斤真不愧为千斤，只要让他抓住你，不是把你举在空中往下摔，往外甩，就是随手将你拽起来飞离地面，在把你抛在远处，慢一点的，笨一点的，不是伤腿，就是伤脚，歪住脚脖子，走不动路，伤腿使膝盖骨活动不灵，疼痛不能动弹，把你拎起来在丢出去，还容易伤手和胳膊，总之不是碰住这里，就是碰伤那里，疼痛可是真的，还好这三个人，还会一点点，所以不伤人，会一招半点的，也能防备被抛也被甩被丢开的同时预防功能，三个人六只拳头，六只脚，李千斤也没少挨打，打架吗，不是你打他，就他打你，想一点不挨打绝不可能的，除非你有武功高招绝技，使人不能靠近身边，你想打人家，人家能躲既躲，躲不掉也不能白挨打，挨一脚一拳的，也要回应一拳半招的，他功夫好，身体强壮也不在乎你的一拳一脚势的袭击，最多是晃一晃身子，歪一歪，侧一侧身子，等你使出浑身劲提脚再踢出一势，对方也是能闪掉躲开，看这三对一团团的把一个人围在中间，一脚一拳，扬腿一脚，人家是干什么的，不是防备就反过来一拳一脚，李千斤一脚连一脚的狠踢狠踹，他们三个人都往后退，范杞良趁他两人人在正面攻击时，他在背后提腿抬起右脚尖往他大腿根上踹一脚，李千斤晃一晃身子，急转身子摆开左腿，扫过来，连着抱住双拳往前猛挡狠打起来，乔镇长的肩膀又重重地挨了一拳，刘镇长又擦着李千斤的右胳膊外摆动拳头，四手一个直勾拳，打在范杞良后脊梁上，往前猛一歪，差点捕倒，随着一个急转身提腿蹬足，挡的拳打在李千斤时下架住，把范杞良又顶回一拳，左手拳从边上打来，还没有到李千斤，又提一只脚朝前踢来，乔镇长用右脚猛踹李千斤的另一条腿的膝盖后面，李千斤向前一个趔趄差点扑倒在地，旁边的人群大喊："李千斤加油！李千斤加油！加油哪……"

　　看来旁边的观众已经知道谁是谁，但不知道因为什么打起来……而且刘镇长会帮助两个不认识的人在打架，不无有些纳闷，但也只有如此叫着："镇长加油！镇长加油……"好！这一脚来的好，在来一脚要不要！人们在瞎喊瞎叫着，大概都是因才下完雨，心情高兴才在穷叫穷喊，不知道因为什么只是一眨眼的工夫李千斤脸上突然挨了一拳，满脸是鼻血，这场战争算是到此结束。"好好，算我李千斤倒霉，李千斤我今天认输了，不打了，各位英雄好汉。"李千斤一手捂着鼻子，头勾着弯着腰，找水洗一洗，刚好房檐下有两个大水缸，下满了雨水，他趁势撩着雨水洗脸，洗鼻子。"李千斤，你自己认输，得请客，不然我们不能白白陪你玩半天呀！"刘镇长开玩笑地说。

　　"放心吧，刘镇长就是你不吱声，我也得请客，咱请不起好的，一般的小酒、花生、青菜"

　　"可以，当然可以，朋友之间关键在心意，你李千斤在云雾镇哪人不知，哪人不晓！谁要是被你李千斤邀请喝酒，还真不是一般的人物哩！我啥时候见你在喝酒，准是别人在请你，根本李千斤你没有请过别人！"

　　"刘大镇长大人，你是看不起人了，我今天请你喝酒，你还没看我李千斤请人是吗？都请到你大镇长头上了，你还摆镇长架子吗？净开玩笑也。"

　　"今天是特殊，是你李千斤主动要请吃酒，所以我今天是不能不去的，胜情难却吗？不喝酒坐在哪儿看你李千斤喝酒，心里痛快高兴，朋友吗！是不是，各位走吧！云雾饭庄看李千斤的情感人意心情！走吧，炎大队长，金银还要不要啦！"

　　"哎呀呀哎，我孟姜女对这些杂七杂八的才不感兴趣，刚才只是想看看，玩玩，瞧瞧大家的真心实意，还是虚情假意装装样子，结果还让你们几个打闹了半天……"孟姜女说。

　　"炎大队长你千万不能装装样子，我们可是真心实意的心情，你大队长装装样子我们的钱都给过了，你一个不要，我们几年的血汗心苦钱可不是给着玩的，我们当镇长也不是白吃白拿的土匪，大秦朝里早就有规定好每人每年多少月奉，多了也不给少了也不行，这一下子就是好几万两呀！"

　　"刘镇长大人不用怕，东西不要钱还是你的，一文不取，一文不少，我黄老板就是这样，该做的生意一定做，不该做的生意不会做，不该赚的钱一分不收，欠条还给你！"

"不要，黄老板，我是买过了，反正我是吃了秤砣铁了心了，孟姜女大队长要不要我都要买，这毕竟是自己心上人挑选好的物品，她喜欢不喜欢要我不问这，她不喜欢为什么要挑呢，还是喜爱的，只是太贵了不舍得买，故意说不喜欢。我镇长是坚决不退货，孟姜女大队长不要我丢到黄河里也痛快。"刘镇长认真地说。

"怎么讲呢！要你就拿着，不要就放在这里，物归原主，刘镇长，我黄某人够朋友吧！决不能叫大家为难，李千斤今天喝酒请客也不邀请咱嘛？咱们两个可都是老朋友了，老酒友，平时都是我请你，今天也沾沾镇长大人的光，来几碗小酒高兴高兴，也为炎队长修长城喝彩助威，这是我黄某人的一片心意，和大家在一起开开心心的！"

"只要黄老板肯赏光，前去喝酒，我李千斤还求之不得呢！你们当老板的都是大忙人，一要守老铺，二要做生意赚钱，三还不用大的消费，不像我李千斤，今日有酒今朝醉，管它明天喝凉水还是啥的，小菜没味天天吃，人生就是这样，过一日少一日！人到这时候还有什么盼头，心比天大比天高，没有时运谁也没点子！在这人世上该是你的，不是你的你抢也抢不走！"李千斤说。

"先生们别讲那么多了，走：先到云雾饭庄再讲：真理的东西由人家去找去摆活与咱们这些人没关系，现在关键是赚钱不赚，先混个肚皮圆，李千斤往头里走！往前走。"刘镇长说。

"黄老板你放心好了，酒菜管你吃个够，就怕你推三推四的假客气，有酒就下劲喝，有菜就使劲吃，别婆婆妈妈，打不完的酒官司，我怕就怕黏黏糊糊的绕口令！"

"李千斤你看是什么运动是专门奖励那些输的人！而不是交给得胜的人！"镇长说。

"这我就问不了，他想奖哪些输了的人，谁想要就去要！不要能行吗？"李千斤说。

"不要不沾，看大家在瞪着双眼看着，你敢跟人家要赖吗？"

"哪就高高兴兴的接受奖励，自然是奖励还能得有错吗？谁还不抢着争着要呢！哎！老板你好！又发福了！看你这将军肚有五个月了吧！"李千斤和云雾饭庄的老板开着玩笑。

"李千斤，现在还能举千斤吗？大家不是讲好汉不提当年勇吗，现在有四十多几了吧！"

"什么好汉，混饭吃呗，能吃一顿是一顿，吃到肚里才是自己的，赚钱啦，挣钱比吃屎还难。"

"今天有雅兴来，一定赚了不少钱吧！也让大家替你贺贺，光一个人闷头红，独来独往，如今这江湖上的事情还的靠大家是不是？"

"这不是，男男女女都是我李千斤的朋友，今天是我请客，还望老板手下留情啊！"

"谁没有三朋四友，常在江湖走，哪能不湿鞋呢！该花的钱还得花，人也不能太小气！小肚鸟肠，不够朋友！"

李千斤说："老板快点啊！先搞几碟子花生米，炸的卤的面花生，鱼皮花生还有吧！多烫几壶好酒，回头在点几碟子热菜，最后上大肥肠肉，条子肉，扣肉，碗面子大肥肉，这些实惠好吃，有些人也是吃不完大肥肉过瘾，肥肉美容，越吃越年轻，越吃越香，越吃越富态，越显得有本事，越吃越风度迷人的浪漫酒情越情调，就怕你没福气，想风流都疯狂不起来，这人就完蛋玩不沾闲，最后被淘汰，再来一个炒青菜尖挂猪肝！"

老板问道："李千斤还要别的菜吗？今天真是大出血啊！"

"怎么不要，最后再来个蚂蚁上树，会做蚂蚁上树吗，老板？"

"怎么不会做，只要你点出来的菜，汤本店拿不出来一分钱不收！还要倒请你三天大吃大喝不收银子这点牛皮还敢吹？"云雾饭庄老板振振有词地说。

"是吗？老板你真威风啊！让人敬佩！最后再来一个神仙汤！怎么样？"李千斤自豪地说。

"李千斤，别说神仙汤，就是小鬼汤也能叫你点的喝一顿，还要别的吗？"

"先要这些，随后需要再来点！看人吃饭，看人下菜放筷子，今天我他娘的大放血水！老板这一顿下来，没有半年三个月别想再沾酒了，这叫将计就计没有办法，鼓着肚皮说气壮的话，人活要脸，树活要皮，没脸皮活不下去！镇长将军美女，将军不下马，是没有道理的，大家能看得起我李千斤，也是八辈子的造化，交朋友嘛，今天吃我李千斤，明天吃你大老板，有来有往是好朋友，有来无往非君子，唉！老板忙啊！黄老板你怎么走啦！"李千斤叫着说。

"李千斤你先在这里边坐着吃茶，小二上好茶，春芽毛尖上一壶，请李老板吃着！"

"老板你好！我黄老板请客，上好菜好酒，李千斤要的菜，光上他自己要的菜这个花生，那个花生先端上去，其余全不要了，花生也算在我账上，先吃后结账，搞干净利索快来的好！今天是大家难得好心情，我先上去了！一定要让大家吃好喝好！"黄老板在楼下和云雾饭庄老板说。

"好的！黄老板你走好！小二上酒菜，花生也来咯，有花生豆、花生米卤的，炸的，醋熘的！！"

　　"各位！今天是花生酒宴！尝尝本地特产花生，个大粒大，颗颗粒粒倍香，云雾空中的珍珠花生，大家来尝尝，将军镇长美女们吃啊！今天这也是我李千斤有生以来，第一次劝美女吃酒吃菜，过去的人太死板了，假正经，男女不同席，这会儿不是挺好的，男女同桌，该吃吃该喝喝！"

　　"菜上来了！溜肥肠！红烧大鲤鱼！红焖牛排！清蒸鹌鹑！炖甲鱼！炒羊肉！冰糖驴肉！四喜大圆子十两个满上！牛筋辣宝！金鸡迎春！"小二端着介绍着。

　　"小二呀！你老板是怎么回事！李千斤赫赫有名，行走千里万里，这些个菜是咋回事，我又没点没要这些乱七八糟的！牛筋牛排，驴鸡鱼这算谁的，你们这些人怎么胡来！这些菜不要钱吗？是你们请客？还是我李千斤请客！我请李千斤掏腰包！要你们这些人穷掺和什么啊！你们以为我李千斤的名大钱多是不是！我告诉你们，今天你们不听话，吃了也不掏钱，叫你们老板认账啊！啥东西！人家请客挨着你们什么事了！碰碰你们哪根筋痛了呢！我李千斤要什么就吃什么，客随主便，哪有主随客便的，客人想吃天鹅蛋，想吃东海里的老龙蛋，你们就做老龙蛋吗？哪有你们这样的老板乱上菜瞎赚钱，你们这一桌子东西，今天吃完我李千斤三年也不用吃饭了！"

　　二位镇长二位将军六个孟姜女都在微笑着看着李千斤滔滔不绝地讲着，谁也不讲话。

　　黄老板上来后坐下说："大家千万别客气呀！趁热吃才好吃，来来！尝尝四喜圆子，汤好馅美还鲜嫩！好极了！吃，刘镇长，乔镇长，将军，美女，你们别光笑，吃啊！快动筷子！别客气。"

　　刘镇长真不真，假不假的说："李千斤，哎呀！你是咋回事，该吃就吃，光乱能解决问题吗？人家老板已经做好了，他肯定要端上来，他不卖掉，留着怎么赚钱呢！人家开饭店就是要赚钱的，你吵吵嚷嚷的人家就不赚钱了？所以呢！该吃吃，该喝喝，就下劲吃就行了，你不吃一点，老板也照赚你这些菜的钱，既然上来了，你吃也是恁些钱，不吃也是恁些钱，你不吃，人家开这么大的饭店喝西北风去吗？来者不拒，吃，当然也不能白吃，也不能不吃，吃了也不能白吃，你请我们心领了，大家不能这样白白的吃一大桌子菜，李千斤快来吃，气多了伤身呐，来来，千斤快吃吧！这个四喜圆子不错，吃一个押押气，别跟他们一般见识，他们是干什么的，都是红眼病，唯利是图，见利妄为的小人！你李千斤是英雄好汉，还是路见不平的大侠呢！常言道：宰相肚里能撑船！李千斤你真不吃，你可是不能不吃哎！不吃后悔莫及！全是好东西，哪能不吃呢！"刘镇长边吃边让着。

　　"美女们下劲吃，甲鱼味道很好的，尝尝！万将军、范将军来吃！金鸡迎春，有绿叶，有红花，不然咋叫迎春呢！不错不错，肉够烂！"黄老板让着说。

"来来！大家尝尝这个，冰糖驴肉，古人这样说：天上的龙肉，地上的驴肉，这驴肉能和天上的龙肉比味，可不是一般的肉呀！牛肉所能比得过的东西不错，甜到好处，要是在对点醋味道更佳！真是美酒好菜，光喝不吃醉的快，美女们吃驴肉，确实很好吃！千万别客气呀！"

黄老板说："生意不成仁义在，赚钱不赚钱，交个朋友是好事，朋友多了情义好，来来！我来陪大家喝一碗，美女们端起来，随意喝呀！下酒去半碗！少来点，你们美女们需要什么相中哪个款式，那一样式样，只要说出来，我黄老板保证只收金钱，一分一文钱不赚你们的钱！东西咱们也得买，买卖，买卖，买来再卖出去，中间只图个保管员费用手续费，价格高了没人要，价格低了白忙活了，一分钱不能求，这就是生意经，生意人买的卖的都想巧，都想美都要便宜，这就很难，一家老少从早上忙到晚上，又顾人值钱，哪样不要钱能办好事的？是绝对不可能的，俗语讲：人为财死，鸟为食亡，来来各位不能光讲话还要吃菜喝酒是不是？李千斤吃牛排，这牛排非常之好，姑娘们镇长将军吃牛排！"

"牛排是很烂呀，无论什么到老师傅手中一加工，唉！好吃美味来来，大家喝酒，要不然咱们来几拳大枚叫叫响！黄老板来，出手就到还是哥俩好，戴帽不戴帽！"乔镇长说着问着，伸开右手指在比画着，拳打胜家，三拳二胜一碗酒！

"只要朋友讲出来，咋样都行，反正是前有车，后有轧，咱们这样后面都一样，来呀！哥俩好，再好好啊，全来到呀！不挨着吗，继续划，哥俩好，再好好啊！巧七个呀，八马分综，再来个八仙过海呀！溜溜好酒，酒是好酒，赢拳呀！"

"哎呀呀！赢就赢吗？谁跟你赖了，别停下来，哥俩好，再好好呀，一心敬呀，有一个，一平啊，哥俩好哇，在好好也，两相好，酒枚子到啊！都不喝，哥俩好到底。"

"你老是好好的，在碰上就喝酒啊！"

"那当然咯，你就别问我怎么出了，只要是在好好人后碰都倒霉都喝酒，碰上就喝酒就算输没含糊的，哥俩好，再好好呀！十全十美不喝酒，七巧妹妹还是不喝，五只手都不挨，一心敬活你逗你一个，二比一下去，黄老板刚才就一平，这无论谁输都得喝酒，拳胜家是不是，刘老弟，咱们再较量较量，好几个月没在一起伸手玩玩啦！"

"哪还不是小意思，不输就是赢，反正是喝酒不来拳，打通关的不喝酒，就是赢三圈五转的都不喝酒，怕它来到明天早上醉酒是咋的呀！"

"废话少说，伸手指头，哥俩好！再好好吧！在亲热亲热！"

"无论是你好，第三个为输赢！"

"知道，赢的，就是哥俩好，怕赢多出几个手指头。"

"哥俩好呀！好到底啊！陆陆子大顺，好酒子九啊！宝拳一对，逗一个！"

"哥俩好！好呀吗好唉！四季来财，八个指头，发！三星高照俩相好！又一个，这次该你下去！"

"下去，就下去两样赢一样，不赢拳，便赢酒两下不吃亏了。"刘镇长说。

乔镇长问："二位将军怎么划着，还是怎么着，直接喝一碗怎么样！"

万喜良说："我们不喜欢划着，没划过拳，该喝喝就是了，大家看我们一人一碗酒，算过！"

乔镇长问："各位美女怎么办，是划大拳，还是划小拳，小拳是大压小，大拇指压二手指头，二手指头压三手指，以此类推，小手指再压大拇指，这叫小拳！首先得手指头灵活，想伸哪个就伸哪个，还有一叫敲筷子，双方划拳的都用右手拿筷子！嘴里叫老虎、鸡、虫、杠子，这个想叫哪个叫哪个！虎吃鸡，鸡吃虫，虫攻杠，杠子打老虎，还有最后叫菜包吃，剪刀、石头、布，就是大家都知道的，布包石头，石头碰剪刀，剪刀剪布……"

"大镇长不用解释了，我们六个孟姜女一个人喝一碗，算完事过！"

李千斤说："我不能喝，我是胜家，又过通关，没有输拳输枚更不输酒，我为啥要喝酒，喝酒得讲个道，才能喝酒，酒再多不能瞎喝是不是？""只要是喝酒就是输家，不输不喝酒，你李千斤该喝就喝，不喝咱们划拳划枚比个输赢，当然输家喝家不喝，这谁都知道！"

李千斤说："镇长先生你从现在开始不用打通关了，我李千斤和大家挨着挨碰上三碗怎么样，不论男女。"

孟姜女说："那不行，我们女的不能喝酒，一个人三碗还喝醉哩，我们不干不喝！"

李千斤眨吧眨眼睛说："这样行不行男子汉，我和他们碰上三碗，女同胞每人一碗，我李千斤喝三碗，要不然这样不行，你们六个大美女，每人随意想喝多少喝多少，随意喝怎么样，够朋友吧！我李千斤是一块对不叫你们女孩子大队长喝多喝醉，不然成疯子才可怕！"

李千斤和两位将军碰三碗六碗，又和两位镇长喝六碗，和黄老板三碗，又轮到真假孟姜女十八碗，不喝不喝三十五六碗"男女喝酒不醉，越喝越有劲！"说着拿起筷子夹一块驴肉放嘴里："冰糖驴肉，怎么是甜的，这肉吃到肚里，酒也会变甜的，满肚子糖水……"李千斤说话舌头根子发硬，两只眼睛有点发呆反应迟钝。

　　孟姜女说："那你李千斤就多吃点，地上没龙肉，把驴肉当龙肉多吃点！"

　　李千斤两眼发直地看着孟姜女说："吃啊！龙肉，喝酒呀，喝个熊！"两只手扑在酒桌上，手指头捣在汤盆里，他自己感觉不对劲，两只手左右乎拉，本身就叫千斤，但还是每个人身上衣服上溅满了汤汤菜菜的！"吃啊！喝呀！好吃懒做的笨蛋，跟劝大爷一样的咋不吃了，哈哈！我李千斤可不吃这套，美女花花太岁！花花公子全是他娘的狼狈为奸，来坑害我李千斤！老天爷啊！老地奶奶哟！你在哪里，你也睁开眼瞧瞧我是谁，我是李千斤啊！我哩个亲娘来！"

　　"这位李千斤，大概是喝醉了，你看他吼着叫着发酒疯呢。"乔镇长说。

　　黄老板说："李千斤，你是咋回事，是不是喝醉啦！"

　　"小狗才醉呢，谁喝醉谁发疯，我千斤再来一坛子也不会醉。"李千斤的大舌头沥沥拉拉的托着腔拿着调的在申辩没有醉！"在喝呀！咋不坐下喝了……"

　　"你回去吧！你已够十成了。"黄老板站在一旁看着他说到。

　　"算了吧！黄老板够一百层了，今天我千斤替你打抱不平，你不请客，我叫的酒菜，你们一个劲地喝呀喝！你们是光会吃的狼，吃人家的，喝坐牢的不花钱，你们这些美女还学会白拿人家的东西，这天底下乱套了，什么玩意儿！"李千斤说的沥沥拉拉的舌头根发硬。两眼发晕！

　　"这家伙喝醉了，嘴里絮絮叨叨的。"刘镇长说。

　　"标准的醉鬼！醉的那熊样，两眼发呆不认人，快些人躲躲这家伙，丢人打家伙熊也样！"

　　"贪小便宜怕吃亏的家伙！黄老板这个人怎么办！你给他送回去还是咋办……"。

　　"我先去把账结了，你们还需要吃点什么吗？炎美女？还需要吃吗？"

　　"算了！算了，啥都不想吃了，本来就不饿，中午才吃喝完，这又跟着吃！瞎吃瞎喝没好货，啥东西家个男子汉吗？这千斤呢！还不如八两断的好玩意，野人，土匪样子，两碗酒就招架不住了，还逞能咧，气死人了！你们看他千斤，酒菜怎么进去，又怎样出来了，真恶心人，快走，不能看，跟个猪一样。"孟姜女捂着鼻子冲出去。"小人纯粹是个奴隶样子，老奴来，小二快走吧，黄老板叫来带他走，两个好朋友！"

　　　　　快人快语快酒醉，老本老实老憨人。
　　　　　光滚光棍光闲份，巨猾老奸老板真。

遭遇

万喜良一手拉着战袍，朝前开向门口走！"报告将军，不好了，我们在前面老虎头山下南边发现一队散兵在抢劫！"

"有多少人？"

"不知道！天太黑看不清，正派人搜捕呢！他们骑着马向万家寨方向跑去！"

万喜良将军大声说："命令部队骑兵，追上全部一个不留！"

"报告！将军。"二讧蛋把嘴凑到将军耳朵上悄悄地说："敌人太多，我们只有二十来个骑兵！怎么办？"

"一个挡十个，十个挡百！还能顶不住二百多人吗？"范杞良手拿大刀，万喜良一手拿大枪，一手抓住战袍。"有多少，就杀多少，将军就是要杀坏蛋，孟姜女你们怎么办？是住下来等待天亮了再走，还是跟我们一路走！"

万喜良说："废话，不一起走咋办，万一强盗来了，还不把她们抢走吗？炎大队长赶快下楼骑上马打仗！"

"范将军、万将军哪来那么多的战马好骑，多一个人，我们骑兵的战斗力就会减少，六个孟姜女哪里去搞六匹战马来呢！而且带着她们这些美女会很麻烦的，不但杀不了敌人，说不定……"

"笨蛋，哪有什么说不定，一定能胜过这些土匪王八蛋，他们都是乌合之众，都不太会打仗，我们是经过战斗培训出来的精兵，而且都是有战斗经验的，怕什么呀！"将军说。

乔镇长："我们来时的马匹不是还没有走回去吗？我们大家还将就着骑吧！"

范将军说："乔镇长干脆我们一路走好了，万一住在这大饭店，这些强盗来偷袭怎么办？大家都赤手空拳，不能等待着死亡吧！大镇长等明天天亮后，想回余寨镇去再回去也不晚，只要跟部队在一起，还是特别安全的。"

孟姜女问道："云雾镇镇长咋办，他本人就是当地人，也不能跟我们一路走啊！"

"刘镇长他想走就走，不想走不走，随他大镇长的便，听天由命吧！"

范将军说着，抬起右手甩开马鞭抽着马屁股，枣红马蹽开四蹄在原地兜一大圈子，昂起马头喷着鼻孔大叫："咴唥！咴唥！"

万喜良："赶快上马，误了战机，提头来见！快走！"

刘镇长此时抢过老余头手里的缰绳，跷着腿翻身上了马！双手抓住缰绳，跟在六个孟姜女后面向黑夜里冲去！老余头气得直跺脚，一屁股蹲在地上，双手抱住脑袋不知在想什么，好一会儿才大声道："乔镇长我在这等你回来啊！"

"驾！万将军，小心对面像是一队人马，大家做好战斗准备，只要我喊一声'冲'，大家无论男女，都要拼命地大喊大叫，表示我们人多威力大，这就是命令，听见没有。"范杞良安排着说。而且一手拿大刀，另一只手抓住马缰绳，弓腰驼背双腿夹住马肚子，双脚蹬在马镫上不停地叩着马肚子，希望战马跑得更快更猛。此时，战马歪着脖子昂着头翘着长长的大尾巴向前猛冲过去，这是一百七八十人的骑兵队伍，在黑夜里像贼一样正偷偷摸摸的没主意时！被这突然间的杀声和冲锋声吓得不知所措，他们做梦也没有想到会突然冒出一支部队杀声连天。

在黑夜里只见寒光闪闪，大刀上下翻飞，砍的敌人哭爹叫娘，一时天黑乱作一团，马与马挤在一起，想走也走不掉，能走的不敢走，一时也弄不清是咋回事。

六个孟姜女拿着半截棍棒上前横扫猛砸过去，吓得坏蛋也不知道是咋回事，男男女女都是猛冲直撞，个个都不怕死的样，敌人只顾东躲西藏自顾自的小命时，万喜良手握着长枪，东扎西挑，前后摆动着长枪，一会儿放倒一大片，两位镇长趁机跳下马来，拾起了长枪大刀后骑上马，左冲右刺喊声连天，抢扎一条线刀砍一大片，一时鬼哭狼嚎找不到去路。六个孟姜女更了不得，都是一手拿枪一手拿刀，左手一使劲扎过去，就是一个大窟窿，右手飞刀一扬脑袋滚在地上打圈圈，个个都骑着赤兔枣红马，千里赤兔马又快又稳当，二十个护卫骑兵两个将军两个镇长，再加上六个孟姜女真胜过百名上将，在黑夜里敌人也搞不清楚是何方神圣，没有多久功夫就死伤一百多人，所剩无几顾头不顾腚，只顾逃命，一刀过去脑袋落地乱滚。一个大小头目的坏人大叫着："快跑呀！碰上女将军了，天神下凡助阵了！跑啊弟兄们！"孟姜女回身大刀砍下了他的头，血线喷起，上身随即倒地，大马一溜烟跑远了。"杀呀！一个也别让他们跑掉！一个别剩，全都杀掉，统统砍死！冲啊弟兄们！"万喜良叫着喊着朝前追赶，人借酒劲，小鬼都害怕，六个孟姜女手拿大刀，一手举着大枪与自己肩膀平并起，往下扎刺更得力。"跑呀！驾！嫦娥下凡来助战了！"

嫦娥下凡来助战，靓仙女神进杀招，越怕越叫越早死，哭爹叫娘阎王找！

神助战也天帮忙，鬼哭狼叫不能跑。月光显神美女艳，战马嘶叫帅神俏。

四言诗：只杀的繁星闪闪，月色无光白云淹。北斗斜视三星西，银河无浪赛南战。

如梦令：玉兔迎春绿叶红，吴刚桂砍汗淌，枪扎透心凉！刀砍哭爹叫娘！月光！月光！狼嚎鬼叫魂荡！

范喜良大叫道："炎大队长，注意旁边，快往前！有几个家伙溜跑了，不能叫他们跑掉了，别叫他们跑掉了，向右撵超过他们，驾驾！一个不剩包汤圆一锅闷！"

孟姜女双腿拍打坐下骑的赤兔马："驾！看我孟姜女的，叫你到姥姥家找大舅娘去！看招！"一枪正刺在后背上，"啊！"这家伙大叫一声，双手在空中一摆，想抓什么东西没抓住，身子一歪一头扎到地下去，蹬蹬腿完蛋了。马匹自己绕个弯子靠在一边的树下，甩着尾巴，晃着脑袋找吃的。孟姜女这时朝左前方的一骑挥去一刀砍掉一条胳膊："啊呀！亲娘哎！"一个趔趄差点儿掉下马来！孟姜女又送上一枪扎在腰上猛刺过去。一条腿还在脚蹬上挂着托着朝前跑去！

此时六个真假孟姜女分开两路包抄前面的匪徒，只是见着大刀砍，长枪刺，相互有个照应，以利进取敌首，坏家伙越来越少，二位镇长慢慢合点一处前往增援孟姜女的力量。"冲啊！杀呀！一个不剩，一个不留，看你们往哪里逃哪里钻，有本事的别跑啊！狗熊孬种打呀！砍死你们！看枪！"一伙坏家伙骑着马伸着头往前没命地跑，没有一个敢应战的！只是抱头鼠窜，看谁跑得快！

范杞良骑的马眼看追上双手摆开大砍刀在马头左边横扫过去，从马头上空飞过右边生砍猛削下去，眨眼少了几个骑马的影子，二位镇长又从后面追上来，双手晃动一杆长枪，点到便扎进去，又挑到马下："孟姜女当心，大刀！"只见前面逃跑的家伙猛然停下来！回手就是一砍刀，孟姜女人轻马快，低头从大刀下钻过去，鬼头大刀这才扫落下来。眼看情况危急万分，乔镇长伸出长枪拦架下来！其他五个孟姜女即刻围住匪首。猛打猛砍他的马屁股，双手难低十几只手，没出几招个就扎下马来，孟姜女生怕他不死，又用大刀砍在他脖子上："啊！"的一声惨叫，人倒在地上完蛋。

有《如梦令》为证：美女战马嚎啸，鬼哭狼叫魂找，月光无色酬！刀染血光闪耀！鬼叫！鬼叫！一夜贼寇魂消。

"孟姜女，怎么样？伤到哪里了吧！刚才真危险啊！"乔镇长大声问。

"放心吧！本姑娘福大命大，啥事没有！可能是坐骑，马受伤了！"

"算了，伤了吃肉，叫大家改善生活，吃好喝好好干活吗！今天晚上这帮子坏蛋又送来一堆活肉，修长城很辛苦的，一定要把伙食给大家搞好些……"乔镇长说。

"这没问题，要不几天你回去又该送来了，有了就吃，不然丢掉不白搭了吗！这里也不知道是啥地方！"

"谁知道呢，管他啥地方，我估计着离长城没有多远了，看见没有横在天边边的黑影一道，很可能是大山，是不是！"

"长城就修在大山高头上，为了坏人强盗不容易接近长城破坏困难，还可以利用居高临下的高山峻岭少修一些城墙的高度，懂不懂？"

"不知道的，万将军你送上该知道这里的大段地名啊！"孟姜女问道。

"我知道，范将军也知道呀！光修横山以西南到杨桥畔，在从神木偏关至万家寨，砖在子长村也叫砖窑堡南离广安镇二百里上下，这里住上二千二百三十人小队一个中队也是打砖坯子这样你孟姜女的女子大队用去五千五百多人，还有一半人马在分开两个中队，二千二百人在大青山岭，三千二百人二小队又是一个中队，抽出四个大队长的孟姜女，一个点固定一个大队长，还有两名孟姜女作为机动队长，可以不断地东西南北走动，发现什么情况好具体解决，也不知道是几更天了！"万喜良说。

"我约莫着天快亮了，叫二讧蛋赶快去打扫战场，请点死伤人数，能用的战马有多少匹，赶快报来，在天亮之前离开这里，也不知道这是个什么鬼地方！"

"管他是什么地方，我们按先前的计划去执行，不然这军令状是不认人的，大部队离我们有多远，他们大家是否都知道！"

"基本行动方案都知道具体的小事，是由临时决定的，小事只要大差不差的就算了，人恕能无过是不是！"

"咱们继续往前赶路，总不会超过修长城的地址，人就是有意思，有事干的时候过得就快，这会儿怎么过得这么慢啊！这天，该亮不亮的，望远处什么也看不见，刚才马又跑又打仗也累得不行了，倒不如让马休息休息，吃点青草呢！"

万喜良说："休息，休息也不错，早晚也不在乎这一会儿，今天这一夜真没有闲着，打了一仗还赶了路，功劳不小，错误也不少！整了大半夜还撵不上大部队，特别是刚才杀敌的时候，孟姜女非常勇敢，真不是一般的小姑娘能承受的，有些男爷们见到杀人还腿软呢，别说刀枪棍棒骑大马了，连喊叫都不知道是咋回事吓蒙了，连个东西南北也分不清了，炎大队长你真叫人佩服！"

"哪有啥呀？看见坏蛋只管用劲用力杀，你不杀，他会反过来杀你，你比他厉害，他当然害怕啦！无论男人女人都是一样的，他看你行不行，你比他狠他就怕你了"

"这里的干柴草挺多的，二位镇长这会儿也累了吧！"孟姜女问道说。

"可不是吗，一夜大半夜那闲住了，嘶杀了大半夜，这会儿酒劲又上来了，光想找地方睡一会儿！"乔镇长说。

"这会大家要是在云雾饭庄三楼上，一觉也能睡他个太阳落山，一天二场酒，又打了一仗，光杀砍脖子也能累的手腕疼的软，别说左一下右一下了，拼命地打，拼着命地死战，马匹都累坏了，人还用讲吗？"乔镇长说。

"弄堆火烤烤火，我想眯一会儿，这辈子没有像今天夜里这样放开手脚，放心大胆的杀人，真痛快，有些家伙还自作聪明，这样一招，那样一势的，哪有我这青龙大砍刀厉害，连砍带挡不过三个回合，准得他完蛋，找阎王老子去报到！"范杞良说。

"你的大砍刀，还不如我的青龙大枪狠，往前一扎一个准，一刺一个大血洞，你看那血光喷泉直往上飞，今天我扎死的也有三四十个，这帮子坏蛋，有几个还想摆摆架势，小兵小卒要跑时直喊爹娘，自己拿着刀片子往马身上砍！马一痛就乱蹦乱跳的，谁也别想跑掉，就死在一起吧！"万喜良说。

"我们六个孟姜女是刀枪一起用劲用力，刀砍不住的就用长枪一猛戳下去！少说有两个大眼睛，他在有本事也搁不住二枪扎的，一会儿就叫这家伙翻白眼，人算一淌血就完蛋了，不掉下来才有鬼哩，打仗面对面千万不要往敌人腿上扎枪，不容易扎住腿上，因为腿比身子窄些，扎不住就扎在马身上了，马一疼一受惊，反而帮助敌人捡一条命，就要往身上死命地猛扎，千万不能手软心慈面善！哎！"

"说来说去这会儿大家不是又累又饿吗？都是让那个臭千斤醉鬼捣乱的。"刘镇长说。

孟姜女说："我现在有一个好办法！叫大家吃点新鲜美味的东西……"

"有啥新鲜的可吃的东西哩！草和树枝，这里的麦苗子还不到一尺高能吃吗？"万喜良好奇地说。

"谁叫你大将军吃麦苗了，你们现在多加上些干树枝子丢在火堆上，狠狠的大火烧起来，想吃我马上就去能吃的，大家只要把火烧旺旺的就行了！"孟姜女说。

"好！听你大美女的命令，看你能理个啥绝招出来！"孟姜女翻身上马，又向来的方向奔去，只一会儿工夫，人又回来了，这一次抱了一条大马腿来！

"伙计们，来烤马肉吃啊！都来动手，看谁烤的马肉香最好吃，在这黑夜天将黎明的时候，是不是别有一番风味呢！"孟姜女说。

"是呀！肉烧熟了一定也是很香的，远古时候人不是都是这样吃的吗？"

"就是这笨刀一点也不快，怪有意思的呀！刚才前半夜打仗时，这刀还锋利还快得很呐！这就是一会儿工夫，这点烂刀就跟是木头梢子一样，一点点也切不动、切不碎一点点切不掉一点点的肉末末，砍坏人时，只要手起刀落不是头掉，就是胳膊掉，腿掉下来，怪不怪呢！一会儿，才多一会吗？这刀咋锯溜咋切跟不管用的一模一样，一点点也弄不掉下来肉了，跟不是切它一样，非得狠剁猛砍，才马马虎虎把一条马腿给砍下来，切得薄薄的挑在树枝上不熟的快吗？可就是这马肉不听话，咋也切不薄，切不小？"孟姜女说。

"管它去！砍成块不是也一样能烤熟吗？"刘镇长说。

"死脑筋，不是越薄越熟得快吗？大块不是不好熟吗？"孟姜女说。

"管它大块小块，总比不烤好吃吧！要是有个人家多好，柴火往锅底下一放，肉往锅里一丢，不一会就熟透了！"乔镇长说。

"想的好！现在不是前不着村后不着店的吗？只好在这野地里将就着烤着吃了！这也别有一番风味嘛！"万喜良说。

"其他上烤着还好吃些呢！我也喜欢吃烤的，烤的油汪汪亮晶晶的冒着肉香，越嚼越香，越香越想吃！"范杞良说。

"谁说不好吃呢！这比饿着肚子强一万倍吧！吃到肚里都是真家伙，真顶饿，把马头也丢到火堆上使劲烤！脑子一定更香更好吧！"孟姜女说。

"人在困难中，吃啥都行，咋吃都可以吃，只要吃进肚里就行！人不能这山望着那山高，只要是有吃得就是一件快乐而美满的回忆，开心浪漫事吗？在镇里街上八辈子也别想着有浪漫新颖别开生面的点子！咋能会吃到这种天上美味呢"刘镇长说。

此时孟姜女一边烧烤一边兴奋地唱："夜半篝火，人情激荡杀敌忆，星辰掠烧烤马肉，相去情怀，荡尽贼寇胜利歌，只因爱情美女贵，月光星光，篝火红光，致春爱！天缘开，舒心快！东薄酒，情心爱，一生的情玫，千年传来，天仙月宫美女划，恋爱女神是一人，满江妒忌情魂，疾神咧！"

"篝火难映情爱婧，痴心欲眠野餐外，爱在星火白云飞，一处玫瑰花魂来。"乔镇长唱到："肉香歌美心更甜，只因虹霞飞天边。比梦中魂还开心，歌声阵阵靓飘恋。星星快乐闪浪漫，月儿风流潇洒看。春情篝火轶映笑，腾沸痴情舞心欢。"

"歌唱得不赖，好听，不过再好听的歌，也没有肉实惠，歌可以一年一辈子不唱，但是要是一辈子不吃，也不知是咋回事哩！"

"能咋回事，不吃不吃，人越吃嘴就越馋，吃饭要是一辈子不吃的。"乔镇长说。

"可能吗？谁能一辈子不吃饭，定是非常开心的事唉！"孟姜女说。

"不吃饭，路也走不动，活也别想干了，没有劲肯定是不听话了！"刘镇长说。

"没有劲，动弹不了，不能动，心情还能好的了吗？心情不好还不一个劲地往下瘦吗？"范杞良说。

"孟姜女赶快把马头拉出来，这么大的火，马皮都烧没有了，还不得烧烂吗？用大枪挑过来，再用大刀砍开吃脑浆！"万喜良说。

"没有调料不知道好吃不好吃呢！闻着倒是很香！"孟姜女说。

"饿了啥都好吃，肚饥好下饭！饿狼吃啥都香都美，说不好吃都是因为不饿。"

"你往旁边去去！我用大刀砍，大刀向马头砸去！"孟姜女托着声喊道。

"不会使点劲吗？真跟做花一样！"刘镇长说。

"谁说不使劲？骨头长得多结实啊！要是一个活蹦乱跳的坏蛋早就没命了。"孟姜女说，"哇！大家快看看哟，白色的脑浆好像街上卖的豆腐脑唉，比豆腐脑还要白嫩！来来！大家快尝尝，好吃！很嫩！"

"我也尝尝，是不错嘛！"乔镇长说着还啧啧舌头！

"不用尝也没有昨天在云雾饭庄的菜好吃！东西好，大家吃的时候你这样让，他那样让，我客气请一遍让十遍的，吃就吃不下去，这人吗？都是真好玩！耍客套真让人费劲！该吃不吃的……"范杞良说。

"要不就是人来吗？好歹都顾点脸面，要不让个够，也看不出来朋友情是吧！要是拿搁在这一会，不用大家还再让来让去的吗？炎大队长是一边说笑一边让吗？大家都识趣，紧着女士优先是不是！"万喜良笑着说。

"这喷喷香的好味道，又别具特色风味野餐……人人都是此一时彼一时，后悔有什么用，有时吃东西，味道不一定对人体有用，鲜物鲜肉它营养价值丰富，要不在大世界中野物，老虎厉害，狮子张牙舞爪吃肉扑食更凶猛，天上飞的老鹰盘旋多高在云彩眼里地上的东西它看得一清二楚，翅膀一收从天上一头扎下来钢爪挂起来又用力飞走不厉害吗？它们吃食物也不烧不放什么调料的！"孟姜女说。

"快吃吧！大队长马上白脑凉了就不好吃了，如果现在有二两小酒，大马肉肯定更好吃！"刘镇长说。

"能吃的苦中苦，方能成为人上人，无论怎么讲这一会还是好条件，神仙的日子。首先咱们谁也饿不着，天不冷不热，大火烧烤着给个天王也不去干，比神仙还舒服！"

"就这样才能叫大家永远记住这些往事，现在好好体验体验一个地方与另一个地方的不同，无论条件如何艰苦浪漫总比饿着肚子强吧！人想想吧！知足常乐！好好的烤烤火就是享福，这福是坏蛋强盗给我们送来的。"万喜良说。

"弱肉强食，如果我们不是拼命杀呀！砍呀的！想在此吃烤肉叙话，鬼也不理也不甩乎谁！也都是拿命换来的！"孟姜女说。

"那也不一定，不是鬼子强盗，我们现在正在饭店的三楼舒服地做梦，胡想瞎盼的，还不如现在美呢得劲呢！一夜仗也打了，美女也把鬼子的魂给吓掉了，火也烤了，肉也吃了，咋还不舒服呢！"乔镇长说。

"是呀！在这前不着村，后不着店的，又不逢集的野天大地里，才真叫天上人间情怀一大堆，够八辈子回忆的了！"刘镇长说着情有独钟地瞟了一眼孟姜女，可孟姜女只是微微一笑吃着马脑。

"再加上些树枝把火烧大点！"范杞良又从旁边拿干树枝放在上面。

"好好，听你孟姜女的指令，把火烧大烧旺点！"

"报告，两位将军，总共歼灭了一百七十八个强盗，俘获战马一百六十匹，二十七匹死马，大刀六十把，长枪一百四十八杆，断坏的刀枪五十八把，铁锤六把。"

"把战利品记册，去吧！二讧蛋！两位镇长你们需要战马吗？看看拣好的挑几匹回去，你们二位镇长也该回去了，千里送客终需一别，你乔镇长从黄河南相送这么远也该回去了，具体你们别的啥事都得等修好长城以后再讲，天也渐渐亮了，大家伙肚子也吃饱了，你们往南，我们继续朝北走，不会太远了！在此感谢二位镇长一夜的拼命大杀，也同样感谢孟姜女！使我们大获全胜！"

一手抢刺一手刀，强盗贼人鬼魂妄，
大火烧烤肉味香，驱寒暖心饱肚肠。

向导

　　"报告！又抓住一男一女！是离这里不远的村民！"二讧蛋说。

　　"把她们带上来，另外叫弟兄们都来烤火吃马肉，吃饱好开路！"范将军说。

　　"哎！你这老汉叫什么名字。"

　　"我们就在前面十几里路远的高家堡人，离西边的黑驼山的东面的洪涛山下人家，老汉我姓马，叫马谷米，小老儿我今年七十五岁，属马的，这女娃是老汉我的孙女，全家都是农户，以种地为生，孙女今年十四岁，被左云镇的左老爷看中，大员外和我老汉同年同岁人，是当地集镇上有钱有势的大恶霸，外号人送：左霸天，弟兄两个，在东面一个，西面一个中间隔五十里，一个大善人，一个大恶人，方圆百多里谁也不敢惹，有时右玉大善人也得让他三分，这是我孙女叫：云姐，从心里不愿意，人家大户人家！又是左霸天，右霸天还要让他三分，别说我们这里小户人家穷光蛋了，左霸天派人相中谁家的姑娘就要生抢硬抬，愿意也得愿意，不愿意也得愿意，人家是左霸天有钱有势，在当地是谁也惹不起的土皇帝，比现在大秦始皇帝还要厉害，孙儿云姐哭得死去活来的，一心要离开家逃到其他地方谋出路，这天才上路有半夜不到一会儿，就被将军手下的大将给抓住了，我们给将军磕头了，求你们帮助我们这些受苦受难的穷老百姓吧！老汉跟孙儿给大将军磕响头了，给大将军下跪，请你们一定放过俺们爷俩，我们永生永世不会忘了将军的大恩大德，你们都是大好人、大善人……"马谷米跪在地上。

　　"小姑娘来，过来，吃肉！这里还有一个口调没人吃！"孟姜女说。

　　"你讲的句句是真话吗？如果你要是骗我们的话，你们的人头就要落地了！"范杞良说。

　　"放心吧！大将军！假如有半句虚言，甘愿叫大将军砍头问罪！谁还不是只长一个头，又不是好几个脑袋，一会儿哄哄这个，一会儿又骗骗那个，俗话讲：人之将死，其话也善！我这都七十五岁了，马上都快死的人了，还会去哄骗大将军吗？值得吗？"

"谢谢大姐姐的好心肠，我现在什么也不想吃，也吃不下去！活都不想活了！哪还有心思吃东西！"云姐说。

"小妹妹，这你就不懂了，无论是逃难还是干什么都要吃饱才有劲，饿着肚子没有劲跑也跑不动，走路也没有劲，假如叫你走上十天半个月，人家骑马坐车坐马车两天追上你攆上你，你怎么办？打不过人家，跑不动，只有乖乖地跟人家走，人家叫你干什么。你就得干什么不然打也把你打死，不听话，叫你活不成是不是！"孟姜女说。

"大姐姐放心吧！我这辈子就是现在去死，也不跟一个快八十岁的老坏蛋！"

"姑娘你的决心这么大，如果我们把你给救出来，你准备干啥怎么过呢！"孟姜女问道。

"大姐姐你要是能救我一条命！我愿意给你当牛坐马！叫我干啥都行！"

"我这儿给你大姐姐跪下磕响头了，给你作揖了，你能活上一百岁，你是这世上的大好人大善人，你是我云儿的救命大恩人！我给你磕上九个响头……"云儿说着趴在地上叩首着脑门。

孟姜女赶快上前拉起她来："小云儿，千万别磕了，把脑袋磕坏了，淌血，那就不好看了，结大疤啦！将来看哪个男孩大男人敢娶你做娘子哟，傻姑娘！我叫孟姜女，大家都叫我炎大姐炎大队长，我是带着咱们华夏民族的有骨气，有本事，敢吃苦，不怕累的姑娘女孩子美女们来到这里，为咱们普天下的老百姓和社稷王朝去修长城的，既然你死都不怕，都不愿意做小老婆，那就跟着我们一起来修长城好不好？如果你愿意，我们才能救你的命，不愿意干，我们谁也救不了你了！"

"炎大姐姐大队长，你放心好了，只要是那个死老头不来找，从此后我们与马家无关系不找碴不找事，大队长，你就是让我上刀山下火海去找阎王爷我也愿意，七十五岁的人还能活几天，三年五年以后不是还得给他老不死的陪葬吗？晚三年也是死，早两年还是死，晚死还不如早死了，早死早升天，早死早享福，早死早清静早脱生早得劲。你们千万不要嫌我年龄小，我都死过一回的人了，前几天上吊被我爷爷他们给救下来了，我就是立马去死，也不伺候那个老不死的老死鬼……我跪在地上发誓，只要离开那个老不死的老死鬼，叫我干什么我都毫无怨言，都决不后悔的……"

"好吧！云儿既然你的决心很大，以死来抗争命运，我相信你也是个有骨气的地地道道的苦命孩子，我孟姜女就再收你一个人也不多，从现在开始你马云儿就是我们女子修长城大队的一员女干将了，希望你在这期间安心干活，一心一意的来完成我们华夏民族几千年来修的第一道长城，这修长城的意义是使普天下的老百姓安居乐业，人们永享太平的过好日子，大秦修了长城，就能千里万里一统大体，一统天下，让铁打的江山祖祖辈辈拒盗贼于千里之外不受干扰！你爷爷可以回家，也可以留下作为向导为长城修筑勘探勘察城池大基业都是可以的！"孟姜女说。

"感谢你大队长大姐姐，只要你们这些好心人能用上我，我小老汉也七老八十的！拼上最后的性命去为修长城出力做事情，人怎么都是死，能活的时候为救命的大恩人效劳，当牛做马也心甘情愿，有作为的去死，比瞎活着享福还强上好上一百倍，我就是这方圆几百里的山山沟沟村村寨寨都去过！哪里好走，那里有什么药材药草，我都知道，咱本来就在山沟沟里干采药的行当，所以对地形地貌还是有所了解的！从这里往北走是左云。往东是大同镇，从这往西是下水头小村，老营庄再往南是万家寨，万家寨往南天峰坪，再往南刘家塔，往南庙沟门神木，横山到扬桥畔，横山堡，临和堡，到贺兰山的黄羊滩，再也没往西去过，从咱们这里往南山连山处处是山，山洪涛，往南馒头山、卧羊山、老君洞山，荷叶山，管山黑驼山，再往东去，就是燕山西北侧，天下著名的狮子沟它有个最大特点，整个沟的形状、外貌远近看都像一个巨形狮子一样，威武挺卧着，有风天里，风声呼啸着，如真狮子吼叫，沟内大大小小的石头都像狮子，为此，人们给它起名为狮子沟也。"马谷米感慨地介绍着说。

范杞良说："就让你老爹当向导，像这样的活地图花钱顾还顾不这么好的向导呢！他身子骨又好又没有毛病，爬山走路老行道了，关于那个左老爷左大员外大财主他找来再讲，我就不相信能把我的骑兵马队能给打散了，无论咋讲我们还是秦王朝的重要马队骑兵营队，是百战百胜的铁杆子队伍，他一个恶霸地头蛇能怎样，我们做大秦王朝的将军就是要铲除掉危害大秦利益，作威作福被老百姓痛恨的人物恶霸大财主，不足以解民愤，不足以平民愤，这样的战役我同意，我赞成，二位镇长马肉也吃饱了，天也大亮了，也该回去了，我们大家就此分手，想来再来，我们的大本营扎在老虎山上的白老窑和黑老窑，随时欢迎你们两位镇长的到来，整个部署你们两个也一目了然总共四个地方，第一个的砖窑堡，第二个就是咱们现在的黑老窑、白老窑，第三个点，就是平安村最后一个是万家屯！随时欢迎两位镇长的到来，千万别记错了地名，来到后也不能自己上山去找，山上刚才马老爹马向导说过了，容易迷路，野兽猛虎恶狼野狗多！二位镇长再说什么也不能自己上山这才是忠告，无论怎么讲，我们大家还是有缘分的朋友，住也住在一起过，吃吃喝喝也二三顿好几天，这几天比老朋友还要照顾周到，以后我们还要很好的配合和理解，我们才是真正的朋友好兄弟！"

"范将军、万将军我们就此谢别，今后时间还多呢！有需要兄弟哥们的地方讲一声，我必定万死不辞，愿为兄弟两肋插刀，我们如今可是朋友加兄弟，有事千万别客气，我们还会再来的，因为我和孟姜女大队长有约在先，写的有字据，保证供给，决不会含糊，一言九鼎。一言既出，驷马难追，是不是？炎大队长先生。"乔镇长说。

"好！二位镇长，感谢了，送客千百里，还是要分手的，什么事你们了解！没有秘密没有隐私，没有背人的事情，所以我们都是开诚布公的好朋友！希望你们多来经常来，看看关心关心我们女子修长城大队工程业绩成就吧！来！大家挥挥手告别了，下次再来一定是平安屯，万家屯，黑老窑，子长砖窑来找人啊！很好记的！再见吧！战马，马匹再拉上二匹咋样，我来借花献佛二位将军！"孟姜女说。

"好好！再送上二匹战马相送，二位镇长替我们打了一夜仗，二匹战马算什么，二讧蛋牵过二匹最好的好战马骑上去。"万喜良说。

"报告将军！战马牵到！"二讧蛋说。

"二位镇长，这点心意收下吧！"

"谢谢！二位将军，要不是路上还远，这战马是不能收下的，但这朋友情义深还是收下的，感谢啊！再见！拜拜！炎大队长拜拜了！"二位镇长一一和六个孟姜女、挥手告别！飞身上马，每人又牵上原来的七匹马向南骑去！

乔镇长边牵马边唱到："拜拜吧再见！再见呀拜拜！让情一身轻，孤独情寻爱。浪漫靓女孩，早晚有义来。恋情女神邀，爱劲心情猜。"

刘镇长歌声起："逍遥自得当女神，修筑长城为朝民，歌声俊帅无人唱，傻痴呆韵爱谁迷。"

万喜良说："马老爹，咱们也走吧！叫二讧蛋将死伤的战马和收缴的武器全部带回去，时间长着呢！应该天天有吃有用的东西，武器带回去也是有大用的，防止那些强盗外国蛮子鬼子再来骚扰，男女都可以组织起打仗战斗，来一个消灭一个，来一对消灭三个，来个几百人上千人，也决不放走一个，咱们离这高家堡还有多远？"

"有十来里地不到吧，我夜里走的急太慌张，应该是走下水村头，去万家寨或无峰平去刘家塔的，谁想走到这井坪来了，这真叫：'是福不是祸，是祸躲不过啊！'一辈子没有走错过道，偏偏今天逃难逃错了路线，不然咋碰上你们这些大好人大善良心肠的大好人呀！"马谷米说。

"我们现在开始往北走，也就是往回走，往你们家的方向千万不能再走错了！"万喜良说。

"长官将军放心好了，再走错了拿刀砍头！一辈子都没有走错过路，不能今天光错啊！"马向导说。

"你们祖父女俩会骑马吗？会骑牵两匹马骑不比走路快吗？"范杞良说。

"将军我骑驴，没有骑过马！没有钱买马，周围邻居家也都是穷人，哪会有马骑呀！"向导说。

孟姜女说："会骑驴，说不定也会骑马，试一试骑骑看，二讧蛋再牵两匹马给他们爷俩试一试，学学骑马嘛！怕什么东西！骑两三圈自然学会骑马了。"

马云儿说："我不一定能行，因为我实在是没有骑过马，连驴也没有骑过，在家放羊时倒是骑过老绵羊，我家那只老绵羊可有劲了，有时候把个大人都驮跑多远的，有劲的很哪！炎大姐，万一我要是不会骑马咋办呀？"

"不会骑马你就光着脚丫子会跑吧！拼命跑，不然左老子非骑着高头大马来抢你回去不行！看你马云儿怎么办？"孟姜女说。

"那我就咬着牙狠劲跑，咬紧牙关！拼上这条小命不要了，咋样还不是一死呀！"

"千万不能死，这么漂亮的脸蛋怎么办呀？阎王爷不会收美女的，他只收老太婆和走不动的老头子，跟着我孟姜女大姐姐好好地活着，还希望你多搬砖头呢！"孟姜女说。

"报告大队长一匹黑马，一匹白马可以吗？"二讧蛋说。

"很好！黑马老向导骑，白马云儿骑！二讧蛋，你怪会挑的，名字粗不好听，心眼还怪细致的，是个好保镖好个好兵好样的！"孟姜女说。

"谢谢大队长夸奖，这都是本人应该做的事情，大队长真是个好心肠的大美人！"二讧蛋说。

"云儿，骑上去试一试，看看，"孟姜女冲着马云儿说，"把左脚往脚蹬子里蹬上，左手抓住缰绳，右手拉马鞍子，使劲整个身子自然就提起来了，再把右腿往马鞍子上猛一跨，将脚蹬进脚蹬子里后，双手一起抓紧缰绳，挺直上身胸膛，就骑好了，来试一试看！"孟姜女帮着抓住缰绳，用肩膀扛住马脖子下，用右手温柔轻轻地拍着马脖子上的棕毛，大白马把脑袋扬起来高高地叫着打喷嚏响鼻。"骑好了没有？我放开手了，云儿！"孟姜女冲着马云儿说。

"好了，松开手吧！谢谢炎大姐大队长！"马云儿才说完话，大白马高扬着头，拧着脖子往旁边跑。

"双手抓紧，抓牢马缰绳，身子别趔，让身子自由随着马步活动，一只手抓紧马鞍轿，身子往后一点好不好。"孟姜女好字第三个还没有说完，白马竖起前蹄子，翘尾巴，在空中一阵怪叫，最后放下四蹄再围着人群兜了一大圈，马云儿双手勒紧马缰绳，马自己才停下来，又把右手里缰绳递到左手里，提起右脚右腿一蹦跳下马背来，满脸绯红，黑黑的头发靠在脑后，圆睁的大眼睛闪着激动的光芒说："炎大姐大队长，是不是我也有点会骑马了？我的个亲娘也！这马跑得真快，满脸的大风，耳朵里呜呜叫！真得劲真快！真爽，好痛快呀！炎大姐！"

"骑得不赖，看着就像个女英雄大将军的劲！好好干，真有风度有气派，再骑一骑看？"孟姜女笑着夸奖赞美鼓励着云儿再骑一骑啊！

"炎大姐你看着呀！"马云儿笑嘻嘻的抓紧马缰绳在左手中，右手拉住鞍轿飞跨上右腿右脚，踩上脚蹬子，这次白马任从它马云儿骑好马，骑稳当了才摇摇马头向前小跑而去。

"抓住她，抓住丫头片子，她娘的，我看人你往哪里跑？伙计们，围住她，一点没错，就是她，还学会了骑马了！她奶奶的你还反了天了！马谷米的孙女，云儿姐你跑不了，赶快下马来，不然等我抓住你非有你好看的不行，你跑啊！咋不跑了？烧媳子养的狗娘下的坏种，你就是跑到天边，也别想跑出左老爷的手掌心去！"说时迟那时快有十五个骑马的大男人卫士将马云儿围了起来，围子越来越小。

马云儿双手勒住大白马的缰绳，气得双眼圆瞪满脸怒气，骂道："狗腿子恶狼崽子，坏蛋孬种僵的……孟姜女炎大姐快来救人啊？"马云儿大声喊叫道。

"往这边骑马！拉右手转圈，双脚扣住马肚子……"马云儿听见孟姜女的指挥这才迷瞪过来，人和马朝孟姜女这边冲过来。

孟姜女、马老爹、万喜良、范杞良都赶快骑上马来，等待着。

"你马谷米反了你了！你竟敢投靠土匪强盗和一伙女野鸡婆，在一起反对左老爷，从现在开始，开除你姓马的在高家堡的农民奴隶身份，逮住你非把你活剥活刮活骗了你不行！你这个老东西，左老爷哪点对你不好？娶你孙女，那是看得起你！是抬高你的身份，是你的福分，你这个狗屎粪都不如的家伙，竟敢来当强盗土匪，你等着你！早早把你孙女送过来，咱们还和以前一样，好和好散好聚好亲戚，不然抓住你非抽你的筋，活剥你的皮！把你大卸八块喂野狗！你老东西老日狗的听见没有？早早弃暗投明保你平安无事，不然非把你的眼珠子掏挖出来，扒你心肝肺！小三快去把高家堡的人马集合起来，叫来抓人！这些贼男女们全给他抓起来点天灯，砍头问罪！不杀鸡给猴看，也知道马王爷有三只眼，一看就知道是一些强盗土匪贼男女在一起，准不会有什么好事情，天天吃饱了喝足了，净干些偷鸡摸狗的男盗女娼狗屁吊吊不堪入目的坏事情！"

"是！管家！洪老大叫他们都来是不是啊？"小三问道。

"一个不剩的全来，把这些贼男女抓起来点天灯，活剥活埋了！"管家说。

天高皇帝远，左霸欲盖天，
谁知命该此，管家管人见。

左霸天

"哎哎！你们是干什么的？为什么无缘无故围住我们的人马！挡住我们的去路！"万喜良说。

"我们是高家堡左云镇左老爷左老财主左老员外的管家队伍！左老爷是这方圆几百里赫赫有名的左霸天，今天是左老爷七十五大寿双喜临门的日子，叫你们这些狗男女给破坏了，冲了左老爷的洪福！罪该万死！逮住你们这些人非点天灯不可，挖眼睛，活剥皮，掏心肝喂野狗吃，大卸八块明白的，赶紧把那爷两个给送过来！没事！不然把你们这些狗男女非点天灯！"洪管家说。

"你们老爷都七十五岁了，还要娶人家十三四岁的小姑娘小丫头小女孩子做老婆，他还是个人吗？还有一点点的人性吗？给人家当爷爷还嫌年龄大呢！你们家的老爷是野狗畜生野兽不如，有本事娶自己家的孙女当老婆媳妇去呀！丧尽天良的猪野狗！"孟姜女说。

"你这个狗女人竟敢辱骂我们家老爷！看枪拿命来！"洪管家连说带骂嘴里不干不净的绝天骂地，大家都气得不行，他又挑枪来战。范杞良早气得七窍生烟，两眼冒火，更不搭话拍马舞刀前来应战，左一枪，又一刀，前一刀，后一枪的两个人战在一起，打在一块，刀枪舞成一团，看不见人影，两匹战马头尾相错，杀成一片，旁边的喊声、加油声，叫响一大片，震耳欲聋，这边叫范将军加油，那边吼着洪管家杀啊！

二讧蛋拿过来大刀长枪给马向导和马云儿，爷两个拿着自己的顺手的武器以防万一，此时六个孟姜女还是一手长枪，一手拿大刀，都准备好了厮杀一回！大战在即，两个人大战八十个回合没有分出胜负。范杞良抽空将大刀向洪管家的马屁股上砍去，只见洪管家骑的战马猛吼猛啸的向前猛一窜，差点儿把他从马上甩下来，这家伙双脚双腿狠狠地夹住马肚子，马竖立起头来，又猛地向前跑去，此时马不听使唤像败狗子一样向外逃跑，家丁们也不顾一切地骑着马跟着跑过去。

"噢也哎哟！胜利了！又打了一个漂亮仗！范将军你真不简单，力战百十个回合，你为什么不把那个狗管家砍下马来呢？"孟姜女说。

"你可别小看那个洪管家，功夫可不一般！人嘛！各为其主，是个难得的人才，不过像他这种人也只能当个管家丁的臭管家，跟个臭屁虫一样的，没有什么大的出息的！人嘛各有所用，会武的不一定都得来当将军、元帅！一般的打手、保镖、跟班走江湖的大侠、好汉豪杰不是都会几手吗？不过这个家伙是不会善罢甘休的！为什么呢？是因为他的主子台子硬，树大招风，山大发洪水，大水冲了龙王庙，他家的大员外大财主，又是霸天，是绝对不会轻易放过我们的，他们会认为我们不如他们的……"范杞良说着解释着自己的看法。

"咱们还是赶快往前赶路吧！"万喜良说。

"但一定要小心他们来报复，说不定这会正集中召集人马，又准备和我们决斗决战一场！作为军人一定要提高警惕！我有座右铭的句子：害人之心不可有，防人之心不可无！我们本来就是战斗消灭敌人的部队，但是像他们这样的人家，也只是一时骄傲，不把普通人放在眼里，让人人都敬着他们，又让人人都让着他们，怕着他们，但是他不知道我们是大秦朝廷中的铁军铁骑队伍，我们是代表大秦和一个大秦朝的威严和尊重！他们只讲他们当地的一霸地头蛇，讲面子讲排场！今天叫他们死要面子活受罪，他们敢来，我们就不要心慈手软好好地教训他们这些地头蛇，祸害老百姓的狗腿子别动队，好好的杀杀他们的威风气焰，叫他们瞪大眼睛看人，别动不动就狗仗人势的欺压老百姓，祸害好人，你们几个女孩子一定要注意打仗，自我保护，千万不要伤了自己，能打就打，不能打赶快跑，多长几个心眼，这帮子人的武功不在我和范将军的武艺之下！咱们人少，一人要顶十个人用，又要保护这些战马和胜利品，大家都要小心行事，这白天可不像晚上，瞎打乱打胡叫唤，白天敌我双方都一目了然，看得清清楚楚想随便打胜仗还是不太容易的！胜败乃兵家常事，所以这才能安排大家知道打胜仗嘛！要从战略上藐视他们，但是要从战术战役上重视它，只有重视它，才能有利及时地抓住有利环境和优势来速战速决！常言道：兵败如山倒！兵胜是洪水偃堤心排山倒海之势乘胜追击！谁也别想挡住，这就是打仗，战争成就的最大优势是人多武器精良，高速快进，治敌人于死地而后快……"

马谷米说："万将军和范将军，这个洪管家手下有四大天王、八大金刚个个都是如狼似虎，吃人不吐骨头的坏家伙，实在不行就把我爷俩放走算了，他们一看我两个人不在队伍中，就不会找你们打起来了！二位将军，马老汉连累了你们，我们罪该万死……"

万喜良说："马老爹老向导不是你这样说的，祸害农民的坏蛋，就是要惩罚惩治惩治他们，不然老百姓辛辛苦苦的养活了他们，他们还反过来欺负欺压老百姓，把老百姓不当人看的，人人该受他们的羊罪受冤枉气吗？今天就是要把他们这儿的坏人……"

"是啊！马老爹爹，即使没有你们的事情，他们也会找别的事找茬欺负人的，欺负人欺压老百姓是他们的拿手好戏，要不就叫狗腿走狗，左霸天了吗？你们不要害怕，只要有我们在，他们还敢吃人吗？二讧蛋通知大家多准备些弓箭，这一次他们要是敢来打挑战，咱们就光用箭射，射死倒霉，往死里整，什么八大金刚、四大天王，今天非叫他们知道知道大秦王朝铁骑元帅的部队的厉害知味，每一个人带上十支到三十支箭，四十支更好，能给他们这些走狗全射下马来，省的再打再战了！"范杞良说。

"报告将军！前面乱七八糟的来了一大群骑马的人，大概有二三百人！"二讧蛋说。

万喜良说："大家准备弓箭骑上大马！听我的命令射箭放箭！无论射人射马，只要射到射中就行，就是好样的英雄好汉，千万不能手软……"

对方的叫喊声更大更近了："弟兄们往前冲啊！能抓活的抓活的，大家瞧啊！看看全是美女女人，谁逮住是谁的老婆媳妇！冲啊！杀呀！抓活的啊！美女们投降吧！"

"千万不能着急！等这些死人再来近些！准备，放箭！这伙倒霉蛋跟土匪有什么区别乱喊乱叫……"范杞良气愤地说道，"找死的往上冲呀！"

此时的六个真假孟姜女右手搭箭在左手弓上，一松手箭就闪电飞出去了，嘴里横咬着三根利箭，一眨眼工夫全射出去了。他们二十个护卫加上六个孟姜女二位将军，马谷米爷两个，共是三十个人骑马一字排开，捍卫骑兵一边各十个人。一次就射出去三十支利箭，六个孟姜女手快且麻利，准得很，别人一支射出去，她们三支箭就射出去了，因为她们孟姜女不是一般的女子，是天生的葫芦娃美女，不是常人的凡体肉胎，所以她有着超常的忍耐力和超常的睿智，与一般男人还有大的力量素质，这就是孟姜女有着女神似的靓艳美女女孩子的原因，你看她浪漫潇洒温馨的真正美丽女孩子！

再看对方的这会阵势，家丁骑兵乱乱散散的，被一阵子利箭快弓给治住了，中间没有掉下马来，没死的家丁们向旁边闪开，中间一大片被快箭射死射伤的呼叫着："哎呀！亲娘老子啊！救命啊……"射中有四十多个人马！八大金刚六个掉下马去，六个没了，四大天王当场命中三个！洪管家也胳膊上半截中一箭，总之谁往前冲的快，冲的猛，谁先落马完蛋，去找阎王爷报道。

　　家丁们仔细一看洪管家也中箭在胳膊上，箭头还没拔出来带着箭杆上下一蹦一跳的摆动，调转马头往回来的方向跑着。"咋回事？站住，都站住！还没有碰到敌人，你们这些狗奴才就往回跑！站住！"左老爷骑在马上用鞭子指着叫道："还没有打仗就往回跑，咋回事呀？"左大员外大财主左霸天瞪着大眼说。

　　"报告老爷！冲不上去啊！那些个狗男女，用快箭杀死伤害人，好多兄弟们多少人都被害死了，还有些马匹也被射中射死，很厉害的很哪老爷！冲不上去呀！"一个家丁骑在马上说。

　　"笨蛋熊！一群草包，养兵千日，用兵一时，这会儿需要你们去冲去杀去打！你们看看你们这个熊样子！跑得比兔子还要快，是打仗吗？能打仗吗？全是一群软蛋熊吊样！一个个都是怕死鬼！瞎养活你们这些猪精废物！气死我了！哪见过像你们这样的兵，怕死鬼！"左老爷说。

　　"老爷，不是我们怕死！只是那些狗男女们太坏太毒了！老爷，你看这快箭多狠多快！连肉都拔出来带出来一大块！能不痛呀？没有不怕死的人，八大金刚一下子就射死六个人，四大天王也没有影子了……"

　　"弟兄们到这里集合！听老爷的命令！谁再跑？就先砍剁了谁！养兵千日，用兵一时。这时候，不是让我们去逃命！而是往上冲，往前杀，谁先冲上去，那几个仙女美女就归谁！另外还发黄金白银一百两！左老爷你来指挥啊！……"洪管家大声说道。

　　"弟兄们！这会不怕死的跟我左老爷上，冲上去有奖，黄金白银美女，怕死的砍光了他！现在把人马兵分两路！一路从左面冲上去，一路从右面攻上去，迂回包抄，他们的人少，能射几支熊箭！只要弟兄们不怕死！就能冲上去，冲上去之后挥舞大刀长枪狠砍猛剁狠戳他娘的逼的！他们马上就完蛋！弟兄们一队跟洪管家冲上去，一队跟我和大天王还有两个大金刚！冲啊！杀啊！……"左霸天说。

　　"冲呀！杀啊！砍哟！弟兄们，黄金白银女人上啊！"

　　"这伙人很狡猾也很顽固，把人拉开面大片大人稀，不容易放箭射准，现在咱们赶快调整队形，一个朝左朝东，一个朝右朝西面背对背，还是光放箭，能射住射死几个是几个，剩下来的再用大刀长枪拼杀，现在把不要命的都射死，砍死，剁死，一个活口不留，直到投降完事！"万喜良说。

　　范杞良说："大家千万不要手软，这些坏蛋骨头比缝里都生蛆，不投降一个不剩的消灭完光，千万不要可怜谁，他就会杀死砍死你！咱们的人少，他们多出我们好几倍，千万不要慌不能大意！放箭，射击！瞄准了射箭！"一边又倒下去好几个人，这边又倒下去十几个人，孟姜女又一连射出去三支利箭，坏人家丁四仰八叉的从马上载将下去，有些箭被他们用刀用枪挑开落在地上，家丁们不集中，箭的威力不太显著明显，比刚才那一仗人少死了好多人，这次有的顺势冲上来，又混战一起，大刀舞长枪挑，扎得哭爹叫娘，儿狼嚎鬼叫！

孟姜女这边人少，但能稳住打，猛冲狠打是正规名牌队伍，二砍三挑二扎好多家丁招架有住，一看到不行就想跑，哪里还能跑掉，一挥大刀脑袋落地，又滚出去多远的，再一转身长枪扎在身上钻心的疼痛，不叫也得喊出来："亲娘呀！哎哟！咳呀呀……"乱成一片杀成在一起。

洪管家双手握着大刀，不像刚才那样有劲，只是找小骑兵打一打，挥一挥大刀片子，因为他胳膊上刚才中了一箭，比刚才劲小多了，人也学乖了不少，也不敢找孟姜女几个女孩子们应战，只是飞马舞刀，做做样子，不敢恋战！也更不敢玩命拼死去打这一仗！没有一会工夫他们家丁的人死去一大半，在这关键时刻马云儿被洪管家盯着左一刀右一刀，再一刀下来脑袋难保时，二讧蛋从斜刺里砍来一刀，往上猛一顶，洪管家的大刀顺势又斜回一摆刀，砍在二讧蛋腰肋上，二讧蛋大叫着："将军替我报仇！"整个身子倒下马来！

范将军和万喜良一看二讧蛋死的如此残壮！拍马舞刀来取洪管家！他骑马抽身就逃！其他家丁骑马也跟着管家逃跑，左老爷一看家丁越来越少，也骑马往回跑走了！二位将军拍马舞刀猛追过来，一路上又扎又砍又剁，又死伤了少，不一会儿都拥挤在左云镇上寨墙外面，"范将军，不如把骑兵部队二万人都调过来，让这老家伙看看知道我们这些人到底是土匪强盗，还是大秦王朝中的正规部队，叫他乖乖地把洪管家交出来杀砍了完事！"

范将军说："好好！把部队拉过来围住他左云镇，他的家人砍杀了朝中部队，这是以下犯上，蔑视大秦始皇帝，藐视朝廷反抗造反行为，一定要严办！杀一儆百，杀鸡给猴看，不然我们大秦王朝能继续吗？谁想杀谁就杀，谁想砍谁就砍我们这些人，大秦王朝中就不存在部队了，各自为政，个个都是土皇上，土霸王了，没人能管住他们这些地头蛇，看情况能杀能管都把他们管住，不然他们还当老虎不发威，当我们是病猫了呢！这个仇一定要报！二讧蛋跟我们这么长时间多听话多卖命啊！啥时候叫啥时候到，大小事情做的又好又快，多好的一个骑兵！气死我了，一定要叫这家伙血债血偿要用血来还，决不能手软，马老爹你去和万将军一起去威远堡子把大队人马叫来，叫这个左霸天知道知道谁是土匪地头蛇、土霸王，快去快回不要耽误时间，我和孟姜女炎大队长来攻左老爷的寨子，能抓住姓洪的，我就一刀砍了他，报仇完事，让大部队来吃他大员外大财主几天，看看是大秦王朝厉害还是他一个土财主土霸王厉害，谁能压住谁！不然还反了天了呢！口口声声叫我们是土匪强盗……"

万将军和马向导向威远堡飞奔跃马而去。洪管家一看左老爷骑马过了吊桥，叫道："赶快！拉起吊桥，别让这些土匪强盗进了寨子！他们这些狗男女一进来我们镇寨子大家就没命了，千万注意别让他们过来！谁不想活就让人家过来……"

范杞良和孟姜女叫道："放箭！"只见六个孟姜女拉开了满弓利箭飞出去'嗖嗖嗖'的几声飞射在大木吊桥头上，木柱子上，跟着又是几箭，六个孟姜女左一箭右一箭，家丁们在大寨吊前用刀用抢来回拨着箭头落到地上。在大寨四周又有四丈宽的沟河，沟河内有水，水深得很。沟河那边又有寨墙土围子，层层护防，防土匪强盗外来队伍入侵。

"看来一时半会是攻不进去，拿不下来的土寨子地头蛇左霸天了，只有慢慢等待大部队。"

范杞良说："今天算倒霉，无缘无故丢了一个好人，二㽎蛋最听话最勤快的一个好骑兵好朋友，我一定要报仇，非把这姓洪的砍死了不行！气死我了，打了一夜仗没有一个人闪失，这些土围子打仗，还伤了我一个最得力的助手，你说气人不气人……"

"好了！人死都死了！可别把将军的身子气坏了，这仇一定要报，一会儿大部队一来，这帮子土围子有什么有什么害怕的，想怎样报仇就怎样报仇，别说一个姓洪的，非得给他找出来示众，叫大家知道知道反对大秦朝的下场，不然真反了他们了……"孟姜女接着说，"不过咱们这修长城啥时候开始动手呢？今天还是去看看地形去不去？范将军报仇是大事，这修长城的事也不小啊！"

"仇要报，当然长城也要修，自然快走到跟前了，害怕没有活干呀？累不死你孟姜女也差不多！你想想孟姜女炎大队长这修长城一块砖一块砖的垒起来，需要多少块砖吧？每次和泥巴就得倒腾七七四十九遍，砖坯子还要晾干后才能烧，又需要七七四十九天的大火才能烧好，烧好后，窑上还要浸水七七四十九遍，不然这些砖就不结实，不耐用，长年累月风吹雨打太阳晒时间长了，只有烧的越时间长，温度越高，这些砖的质量才越好，越耐用，所以说修长城不是一句话，一会儿说修就能修的事情，千年大计，就要从头开始做起，可不是用嘴吹用嘴讲讲漂亮话长城就能修起修好的买卖，得淌汗出大力下大苦功夫才能最后取得成绩，明白不？"

孟姜女说："现在不就想让你范杞良范将军说话吗？怕你因为失去卫士伤心过度啊！过分悲伤！心里不舒服嘛！人就是这个样子，干啥讲啥，我们本来就是修筑长城，不可能满脑子都是种地割麦子吧？自然来修长城从早到晚想的做的说的三句话不离本行，连夜里睡觉想的都是修长城，除了修长城还能干啥呀？打仗没人要，哪来的女部队女将军里是不是？要是有女将军女元帅，我孟姜女保证第一个要求去参加当女兵，女人没有重用，都嫌是女人不沾闲，女人没有用，女人只会做饭洗衣裳缝被子生孩子！生孩子也男人们去生，整个大秦王朝都是男人才好呢？省得多少事，也省好多亲戚朋友，也省得你想她，她盼你的！夜里做梦屎撅也不会乱蹦乱跳的找不着地方了！！范将军你咋又不说话了？又想你的贴身卫士了不是？你看这样子行不行，我孟姜女会游泳会浮水，我游泳过去把吊桥放下来，你们都过去把那个该死的姓洪的洪管家抓过来杀头砍头来报仇，好不好？将军先生！"

范杞良赶快摇摇头讲："不行！不行！你一个人，你们六个孟姜女也到不了岸上去，人家就拿大刀大枪一刀一个，一枪一个把你们的头全砍下来了，你在水里不便当不方便！而且是在水下，人家站在岸上，站老高的地方，能居高临下不费劲，脑袋就被砍下来了！你脑子真简单，光想着过河，就不想想人家的人多多吗？刚才自己还讲，女人除了会生孩子做饭，我看你就只配做饭生孩子养娃娃还差不多，打仗杀人，都是爷们们干的大事情，就是头掉地上也不可惜！人嘛！咋死不是死，早死晚死都一样，但是一定要死得有意义懂吗？为民族为江山，为大家大伙儿去死！才死得有意义！"

"范将军，大部队到了，我里乖娘当里哟！铁骑大部队，看看多威风，一个个耀武扬威锐气十足，真不愧为大秦朝的人马！取得统一六国的威武天师，看他姓左的有几个脑袋来和大部队抗衡，真是反了他了，有眼无珠的家伙……"孟姜女说。

"哎！嗨哟！寨子里的人都听着，我们是大秦王朝的铁骑大部队，是专门对付那些反对大秦王朝的坏人，谁敢反对，不听指挥不听话，不听命令的！就地砍头杀掉，谁敢使用武力来抗衡，全部消灭一人不剩的杀头！现在给你们一个机会，赶快放下吊桥，放下武器免你们一死，有罪的惩罚！没有罪的照常该干什么干什么，只要不和大秦王朝铁骑作对，不干坑害老百姓的坏事一律不问，如果拒不投降继续和大秦王朝的铁骑作对，立马杀过去，老少不剩全部杀掉，何去何从你们自己看着办！限制你们尽快做出决断，到底怎么办！我们现在只要你们洪总管一个人，因为他罪有应得，他砍死范将军的贴身士卫一名，还一意孤行和将军对抗衡罪不容赦，此人不铲除不足以平民愤，对大秦王朝的队伍给予创伤伤亡，一命换一命，一人有罪一人当，对于你们的左老爷是上当受骗都是和洪管家分不开的！现在网开一面，如果再不放下吊桥，你们左老爷左大员外，大财主将是第一个是死罪！古人讲：'识时务者为俊杰，好汉做事好汉当，好汉不吃眼前亏，如果……"

"报告将军，这是洪管家的人头，是老爷亲自把他砍死，剁掉人头，想将功折罪，万望将军饶命，刀下留人，这一切都是洪管家一个人造成的误会！与老爷没有关系的……"家丁说。

"赶快放下吊桥，你们的老爷活命有，死罪可饶……"万喜良说。

"将军说话算数啊！"家丁大着胆子问道。

"放心吧！你们寨镇里我们不进一兵一卒，我们是一个大秦王朝一个民族，只要自己人不伤害自己人，更惹老百姓生气，我们的目的是消灭敌人，而不是打自己的老百姓！"范杞良说。

"将军放吊桥了，说话算数啊！"家丁大声说。

"大家原地待命！不许进镇寨子骚扰，更不许随便打骂人……叫你们左大员外来！死罪可免，活罪难逃！"范杞良说。

左大员外、大财主、左霸天，自己五花大绑来到万将军范将军面前双膝跪地，磕头如捣蒜，"两位大将军大人，小老儿有眼不识大将军，是小老儿有眼无珠，上了洪义狗的当了，他口口声声说你们是土匪强盗，冒牌的假大秦队伍，我们如何如何立功，如何如何将你们几个人消灭去请功领赏……"

"不过你本人也有罪，光听一个臭管家的话，自己为什么不问一问，打听打探消息，养一帮子打手祸害老百姓，还和大秦王朝作对，打死士兵理应连你一块儿就地惩罚，姑且念你人老眼花，辩不清是非，减去你的田地百分之八十，由大秦直接收租粮地界，没有那么多的地，你收不那么多的粮食财富，你就养不了那么多的地痞流氓无赖，你也就不能作威作福和大秦部队对抗较量，你有何看法？"范杞良说。

"谢谢！谢谢将军手下开恩！小老儿永世永远也不忘你将军的大恩大德，感谢将军的不杀之恩，将军就是小老儿的再生父母！小老儿给两位将军磕头谢恩了……"左员外跪在地上千恩万谢，眼泪鼻涕一把一把的磕着头。

"好啦！今天对你是一百个宽大处理，念你年龄大，又是被管家所骗，你赶快去为大军们准备好饭款待，吃好住好！"万喜良说。

"你，最不应该的是，不应该亲自带着人马又一次强迫袭击我们的骑兵将士，最后造成人员伤亡，不可弥补的大错特错，现在看你态度诚恳，免你一死，减去你原来所享受的待遇大部分！为你！我们的骑兵大部队人马调来调去，劳神费事的劳顿与损失，是无法估量的！本来大家今天这会儿都去探探地形山况，其他人员投入分配好的长城原材料准备阶段，这些误时误工费你掏吗？我的骑兵先锋部队一万二万匹马，万千人的骑兵，还有孟姜女炎大队长的人员加在一起将近三万三千人，都在威远堡等候下一步任务工序工程工作，你们带几个破骑兵捣蛋胡搞，今天要是大秦始皇帝在，非砍了你的头不可！这事到此为止，下不为例！大部队先驻扎你们大寨镇上，希望你大员外好好照应，将功补过！好啦！你回去叫人准备吃住问题！"范杞良说。

"是的！感谢将军！小老儿先回去准备准备迎接大将军……"左员外说。

孟姜女说："万将军、范将军，咱们下一步怎么办？是先去上山勘探地形，还是去威远堡先去准备打砖坯子。"

"两手一起办，咱们该咋办？还是按预先设定的计划为准，叫几个原来和泥坯有经验的先去教教带带她们女子美女们，早晚是省不掉的事，每个人都把工作事情安排好，一窑下来需要好几万砖，一会半会砖坯子又不干，需要好多好多窑才能烧好，烧好后又需要运到山上，先抽五个班的兵力去教教带带她们那些女孩子摔砖坯和泥，重点在和泥，再就是砖的形状必须四角四楞，泥的密度越紧，砖越结实，主要强调质量与重量，质量不好肯定重量不够分量达不到要求，这是关键的关键千年大计从质量上着手！"万喜良说。

"叫几个班长！过来一下！"范杞良说。

"报告将军，班长全到，请下达命令！"其中一个班长报告说。

"你们全是班长，两位将军命令你们，也是相信你们班长，也信任你们全班的每一位人员，同样也委托你们的全班全体骑兵，你们是战斗最勇敢、最得力的好骑兵最好的战斗员，现在我们二位将军经过反复的考虑，同样也是在考验你们整个班的每一位成员，一定把军人的脾气，军人的勇敢，军人的顽强，军人的作风，军人的性格拿出来，去完成一项你们和我们从来都没有干的伟大事业去精心做好做到全身心的没有个人情感的教训作业，千万不能带个人情感和男女私情，特别是公私分明，无论谁如果发现有异常不按规定去做，谁去搞什么谈情说爱，男女私情者，咱们有话说在前面统统杀掉，砍头示众，该干的去干，不该干的坚决不干，因为我们是大秦王朝的铁军主力军，我们是保护老百姓和大秦王朝的最大利益来战斗来拼命来完成大秦始皇帝的最高命令！你们几位都是班长就最高最大最有权威的将军和皇帝，所以出了什么问题首先处理你们几位班长！威远堡有十个小队，每个小队几千多号人，你们班里的每个成员就带一个组，女孩子姑娘们十个有一个人去教，谁敢马马虎虎，谁不愿做严教身带，以身作则，一旦发现首先杀了谁，杀一儆百，叫她们姑娘美女知道军队的纪律、军队的命令，军人的气概，军人就是有铁血作风气派和豪情！你们都听到了，谁敢不听，把命令当耳旁风，咱把丑话说在前面，谁就把脖子伸得长长的砍掉完事！就这样！请你们对班里严加要求！千万不能胡来！"万喜良说。

"你们二位将军的心是操到了，但就怕有些特殊的事情发生，不是人为的，是偶尔的巧合！"孟姜女插话提醒说。

"无论什么偶然巧合，我才不问他是人是偶然巧合，还是有意无意思的，但是咱们追究的是最后结果，比方说女孩子姑娘的肚子大了，不能干活这就是结果！你把老天爷从天上叫下来的本事，也绝对不能违反纪律，人是活的，纪律是死的，包括我们将军在内也是一样的！纪律就是军人的最气派的性格，就是老天爷玉皇大帝元始天尊也不能小看军纪……"

"万将军、范将军，我孟姜女是不是也该去一趟威远堡，把人员的分工再搞一下，也把铁的纪律再三要求重申一下，叫大家从心理上一定要明确为什么要守纪律守规矩，先公后私这些全部是年轻人，怕就怕守不住规矩，再三要求规矩原则，男女之间绝对不能有半点爱情之说，只有等待完工以后再考虑再找自己喜欢的心上人，不然就麻烦透顶了。二位将军是不是考虑在工作上先投入大的漫长的时间的首要事情，当然勘探地形也最关键最首要的头等大事，但是所需要的材料没有着落，我感觉应该先打砖坯子，因为这道工序最需要时间，要功夫，打好砖坯，需要赶时间表，装窑，烧窑，阴窑，使砖变青色砖，这些需要大量的时辰和技巧与功力，不然什么事情等于零，没有砖拿什么去垒去修长城呢？下面也可以用一些部分石头，全部是石头也不结实稳当，石头很结实能起到暴风雨冲刷而不坏的作用，只有用砖结构的灰泥黏合才能更结实，因为砖和砖的缝隙相互错开的，不是直上直下，它是按照建筑科学有致的压缝……"

"有些事情你讲对了，但也有些你不了解的事情，也是建筑工程独家秘方，是要保密不能让人知道的独特绝方，就像造宝剑一样的绝方，各有自己独特的使人不知道配方，这样才成为上乘宝剑，首先重轻，硬度大，柔性好，不容易生锈蚀，光亮靓寒光，使人看见透出一种酷寒逼人威严和刺骨欲残的心式之麻……"

"孟姜女这个比喻离题千里，谁让我们是将军是武人呢？三句话不离本行，讲一些你不爱听，不要听，听不懂的提示比方，不过你炎大队长是工作程序很重要，光想着勘察建造长城的方位和地址，这样等我勘察考察回来，一时半会砖造不出来，就容易出现误工误时现象，你的建议很好，能大胆的想到提到，你很聪明，很有想象力，潜意识的能力也很大，是一个领导所具所必需的首要智能条件，我们只考虑到只勘察先凿平基础地基的底座，高楼万丈平地起嘛！有些可以和周围的可移动的石块先打好基础，上面再垒烧制好的砖头砖块。这样可以少用些砖，石头大小也是不太好找的原料，只有因地制宜，骑着大马找敌人，打打看能赢皆大欢喜，不能赢，咱们再搬兵请大将军，总是有胜利的那一战，在打中练兵练将，才是烧制成的砖头砖块，这样可以少用些砖，石头大小也是不太好找的原料，只有因地制宜。"

"习惯势力很大，要想一时半会改掉也是要求一翻苦力的！两位将军现在该往何处去请下命令！"孟姜女说。

"大部队原地不动，就地待命，我们几个人，马向导咱们都去威远堡，去安排下一项的工作计划，我暂时候一下准备分三队进行，一队去察看地形现场勘探，一队在威远堡到黑老窑，白老窑脱砖坯子，另外一队去杨桥畔以南窑看丁去托砖坯子，四地都应该集中在制造砖坯上下功夫，这样摆开阵势，后来以后会功效明显加快，也不会出现窝工误时的现象。"

如梦令

人比人气死人，大刀快枪铁骑，好汉看谁比！大秦朝始皇帝，伟毅！伟毅！人间何诚正奇。

打砖坯

五千姑娘女孩子们排了四路纵队从东向西，个个英姿飒爽，孟姜女大声说话："姑娘女孩子美女们，我们盼望已久的事情马上就要实现了，但是我今天必须特别特别强调一下，跟我们在一起合作的铁骑士兵们，他们是能打仗能胜利能文能武的一支队伍，首先我们姑娘女孩美女们一个个要自重自爱自勤自立自强，为什么要特别强调自重呢？自己尊重自己，首先不能是现在不能，不是说以后不能，等修好长城那当然可以啦！但现在不能行，现在首先我们姑娘不能向骑兵大哥哥们大兄弟们不能谈情说爱，因为他们部队上有规定有原则有纪律，谁要是谈情说爱，男男女女嘻嘻哈哈的，就等于你们亲手把一个个好人好兄弟好大哥好朋友送上断头台，谁再向他们示爱使用感情去勾引或者去用语言调戏他们，只要有人举报，那么一个好人善良人，一个优秀骑兵大哥就葬送在你手里了，部队上就是铁打的纪律，无论你是谁，立多大的功，受多大的苦，杀过多少敌人和坏蛋，一旦和我们女孩子姑娘美女们在一起，那就是死罪，一个部队没有严明的铁打的纪律那是打不了胜仗的，所以我们女孩子们首先要自重自爱，千万不要胡来，嘻嘻哈哈的！人们好讲，三个女人一台戏，三个女人吵翻天，都是婆婆妈妈的小事情，叽叽喳喳地变成了大问题，所以我这会特别奉劝我们的美女，一定千万注意自己的一言一行，不能因为我们的不自重而叫一个好朋友好兄弟大好人去犯罪去犯错误，就是我们姑娘女孩以后的光荣和荣誉！你心里喜欢谁，千万不要说出口，说出来就没有价值了，就更没有意义了！在以后就没有吸引力了，无论什么都依勤劳智慧来表现我们美女的天才和美的天分，而且不是因为我们姑娘女孩子一时的谨慎，而造成的心上人无缘无故的伤害，只有心领神会，老天爷总有一天会看到会瞧见会体会到，更是意会到大家有情人终成眷属，只要我们把长城修好修完修成功，你的英俊潇洒老哥老天爷老公是会最后成为你心中生活里的意中：白马王子的，什么事情不能操之过急，急的特狠特点就会出现事与愿违的不正常现象，人们好讲：急者生变，本来你是爱他的，你跟他嘻嘻哈哈说说笑笑，再严重了就是拉拉扯扯，最后他们队伍上的铁板纪律是不饶人的，无论是将军元帅还是各种大小官职，不让那样就不那样军令大如天，你就是老天爷，老天爷的奶奶，姑奶奶也不行，说杀就杀，说砍头就砍头，这可不是闹着玩的，为我们自己将来以后，这个以后说不定是半年几个月，或者一年二年三五年，但总有盼头啊是不是，因为要不注意违反军令，一下子就可能把脑袋砍掉了，人也死了，将是永生永世也不可能在有什么希望，有盼的一点光明，等于把自己一个大好人，好朋友，好男人好骑兵送上断头台，这就是永生挽回不了的罪过，所以今天我反反复复地跟大家讲，千遍万遍的跟女孩子们讲就是为防止万一中的万一，在铁的军队中军人里可没有万一，一旦犯砍头的罪过，不该有事情，千万不能有，就等于我们手拿着砍刀，长枪在送你心上的人去见阎王爷，是和我们自己亲手杀的一模一样，这就是军队铁的纪律，认谁也不能改变，否则敌人面前谁去拼命为老百姓的平安，大秦尊贵尊严去送命去送死呢！咱们再讲一讲自勤，这勤就是勤快，勤劳就是不偷懒脱滑，得眼中有活干，不磨磨蹭蹭，有活就要下劲干，无论干什么活计，三下二下干完，干完以后再统一休息，干活的时候不说话、不唠叨、不闲聊，不该问的事情不去问，自己的活哪里不懂，可以问，但话又说回来了，只要注意听讲怎么不会呢，每组都有一位好骑兵好工匠，好师傅，他在你没会之前，该怎么干都会讲得清清楚楚了，而且还帮助你教你咋干，怎么干的好，这些活都不用怎么教，只要说一遍二遍到死也不会忘的，除非你不想干，不愿干，怕出力，我们千里遥远来这里，就是为了来干活，谁听说过干活累死的，无论今天白天干活多累，多不想动弹，半步路都不想走了，晚上吃饱喝足一觉醒来，照样该怎么干，怎么干，照样有劲有力气，而且比过去的一天力气更大更有劲，更加精神旺盛，一天二天七天八天十天下来，就感觉不怎么累了，就像我们走路来时，头几天走不多远，脚也痛，腿也痛，走几天以后什么也感觉不出来了，为什么呢？人磨炼出来了，也就是适应眼前的事情，就无所谓了，跟玩着玩一样轻松自然，习惯成自然了，人无论干什么事情都是一样的，一开始不实应，后来不但是实应，而且还能超过原来的好几倍，好几成，这就是心理和心情作用，心情好干什么事情都愿意干，心情不好，看什么，烦什么，所以我现在跟大家说的就是要自勤、自劳，要有一个好心情，好的追求到最后有一个好的结果，这是真好，所以我现在跟大家和你抱着什么度，最后就有什么不一样成果，懒人有懒人结果，大家一提到她，看到他不用讲就知道她是一个啥人，因为她平时给别人的态度印象，都是自己做出来得，在不相信我们可以问一问骑兵部队的好士兵，好兵卒，问一问他们将来有一天是喜欢懒女人，还是喜欢勤快，任劳任怨，吃苦耐劳，被大家评为先进劳动第一的好姑娘，好女孩子，还是喜欢不爱干活，窝窝囊囊，拉里拉瘩的女孩子，疯子一样，呆子一样，傻瓜一样的女人……"

万喜良在旁边大声说："骑兵弟兄们，你们再过几年找媳妇，是找喜欢干活的，还是找干干净净漂漂亮亮的，爱劳动、孝敬父母，勤快主动干活的好姑娘呢？还是找拉里拉瘩，不爱干净，干活磨磨蹭蹭的姑娘好？大声回答！"

"要娶热爱劳动，主动勤快的好姑娘做老婆当媳妇"三百三十多个骑兵大声吼叫着说。

范杞良说："喜欢拉里拉瘩，干活磨磨蹭蹭，偷懒脱滑的姑娘请举手！"

万喜良和孟姜女同时说："怎么不举手，不干活，不孝敬公婆，让老公端着吃，叫老公侍候的姑娘谁娶她做媳妇，当老婆的请举手。"

孟姜女说："姑娘们看见了吧，都看一看骑兵部队里的好哥们，好兄弟有人几个举手的，很清楚，没有一个人，大家都很痛恨懒人，一个家一个集体谁也不喜欢懒人，骑兵部队的好英雄，好哥们，好朋友好兄弟我们修长城女子大队里的被大家公认的先进姑娘，最好的女孩子，热爱劳动，热爱父母，侍候公婆的贤妻良母，人长得又美丽，靓艳的姑娘有没有人要哟！"

"要的大声喊，要的举双手？"

"我要！我要啊！我举双手十指要这样的美姑娘！"

三百三十多个骑兵都在大声呼叫，跳着蹦着身子要取这样的好女孩子……

"姑娘们美女们，现在大家看见了吧？只要自己自立，就是把握住自己的立足点，什么叫立足点，什么美观，不能马虎，马虎了是放松了自己，使自己达不到预定的，盼望和希望，直言义：就是自己站在的地方，自己用什么的，是什么观点，把事情管理好了，自己也就自强了，就是无论什么事情要赶过他人，无论干活你一天打一百块砖坯子，哎！你确不顾一切地超过一百块，一百一十块，一百五十块，你睡觉需要八个时辰，而她确用了六个时辰，不睡觉干些有意义的事情，洗衣裳、补衣裳，帮着做做饭，洗洗菜等等，这就是比别人强，各方面都在赶超在平常姑娘美女前面，好做有意义的事情，大家的眼光是雪亮的，谁好谁不好，谁一般化，都会看得出来，这叫自强！姑娘美女们，你一次次被大家推荐为好人好事行列，别人都会刮目相看，那么将来有一天大小伙子早就把你的名字记在心中，永远也抹不掉时，那么你的一切心愿、希望、目的全达到了，我们的长城也就修好了，我相信大家都有，都会有心上的人儿拉着手，把你抱上大花轿的，这一切都是你用智慧用勤劳，用自立、自强换回来的最甜蜜果实，可比在家躲着藏着，媒人上门给你介绍对象找婆家好一千倍，甜蜜一万倍，首先你们是互相了解知根知底的所作所为，人长得英俊靓艳，脾气相对，都是修长城的好伙伴好情人，好缘分让长城千年万年给连接起来，幸福情感，是汗水恋意情缘筑起的爱情人生，好了闲话少叙，咱们从现在开始，就要真枪实刀的为长城建筑要大淌汗用劲把我们年轻人的火热心滚在每一块，每一毫毫厘厘的长度里，永放光芒，用我们沸腾澎湃的热血铸造起千年万年起舞长虹霞光的长城而拼搏向上向前……"

万喜良说："现在骑兵们的老大哥弟兄们，可以到各个小队里的每个小组里去，安排工作工序，大家可以总称老大哥为班长，姑娘们美女们有什么不会，不太懂的都去请教你们的班长，弟兄们班长先生们，要以身作则，耐心地教，虚心的讲，谁的质量有问题，咱就找你班长和小组长，看你是否负责，能否当好班长。……"

孟姜女说："二队，三队在这黑老窑打砖坯子，再抽几班个去白老窑去烧灰，暂时大家还是以组为单位，一小队先去以上山去打城基石，高楼万丈平地起，无论在山上、山下，还是平地都要以千年为基础……"

"还有五个小队，平安村二千人的二小队，万家屯三千人的三小队，安塞子长二千五百人的二小队，我们二千骑兵队也分四路人马，每路五百个人，你孟姜女怎么分法，六个人总不会都在一个地方一个点吧？"范杞良说。

"我想等城基勘察完后，再分每一个点一个人，这大山千年万年也很少有人走动，恐怕意外暂时还是在一起比较好，虽说现在真假难辨，但是这些假的肯定有他们的目的，长城还没有动工，而且砖头还没一块，他们不会随便就放开这大好机会，我猜测她还是来者不善，一定与长城有关系的，所以她们现在无论如何都不会因小失大？而且她们的魔法这么高强，对于山上、山中、山下的豺狼虎豹等等，会有办法驱逐和控制或消灭掉的，所以暂时还在一块行动，集中优势智慧能战胜劣势吧，这也是瞎想不一定正确，还望二位将军指教……"孟姜女说。

"好吧！明天你们六个孟姜女和我、范将军把马老爹向导带上九个人去上老虎山看看，今天就看看姑娘们摔砖坯的干劲，也走走看看、瞧瞧……"万喜良说。

"姑娘们！美女们！现在我们的骑兵大哥已经分到你们女子组里去了，大家工作成绩拿不出来，如果质量问题出现了毛病，我首先找你们班组长，总之大家都已经走上这一步了，来到这里就说明大秦始皇帝和天下的老百姓信任我们，我们就拼着命也要对得起全天下的父老乡亲们，所以无论在质量上的基础上数量也不能少，一个人一天至少也得一百块以上，各班组由各班长组长带着筛黄土拉，要筛子下边的，跟着活泥巴，即不软也不能太硬，这些各班长都懂，活泥巴也是有讲究的，七七四十九遍，只能多活几遍，不能少活哎，这堆土拉筛了没有？"范杞良问。

"报告将军大人，已筛过了，我和骑兵队的班长大哥一起筛的？"冯媚妹大声地说。

"姑娘你贵姓呀？真像个女军人，干活也麻利，人也漂亮，知道活泥巴要几遍吗？"范杞良说。

"报告将军，本姑娘不姓贵，姓冯叫冯媚媚，今年十六岁，和炎大队长一年的人，活砖泥需要七七四十九遍，只能多几遍不能少几遍，谢谢将军的夸奖。"

"好，好样的，记得清，活干得好，将来一定是个好样的，是个美女先进人物？"范杞良说。

"感谢将军大人，托将军大人的洪福，承将军大人的吉言，苦干、实干、加油干……"冯媚媚说。

"你叫什么名字？干活一定要专心，达到一心一意才行！看我来教教你，这样，在叠起来在摔下去？看清了没有！摔摔看，多叠几层子……"万喜良说。

"报告将军，我和冯媚媚一个班组，我叫夏莉，我以后一定改正，不去听别人讲话，专心于自己手中的事情，好好干好该干的活！谢谢将军的指导指教！"夏莉说。

"名字好听，人很虚心，干活学活都很麻利，是个好姑娘，好美女！"万喜良说。

"还是姑娘们聪明麻利，干活还快，还乖巧，难得的一群好姑娘啊！好好干呀？"范杞良说。

"是，将军先生大人，一定干好，好好干活！"

"你这泥还没有活到劲，在摔打摔打，在拍几回才行，活泥是关键的关键，小王，你现在是班长了，大家都叫你班长，你就得要求女孩子们把泥巴活到劲，将来砖烧出来才过硬，拿在手中敲起来当当响，清脆悦耳更没混乱杂音，就是好砖头，千万不能马胡呀！小伙子大班长先生噢，一定要严格要求，没有一丝丝差错才行，保证千年以上，不然风吹雨淋太阳晒，要不多长时辰，就要风化被雨水冲蚀掉了，一层层地脱皮，慢慢地就面了，质量要把关，重量自然而然就跑不掉了。"

"将军大人知道了，一定要重视质量第一，把泥巴活匀活均活到劲，拿在手中不粘手，摔在地上不开裂，更不能撒开，更不能沾模子知道吧？"范杞良说。

"报告将军，知道了，从现在开始，一个也不能不过关，个个都能达到将军的要求和标准？"

"不是我的要求，是千年的长城神龙的要求，我只是检察在重申千年万年的质量问题，明白没有，班长先生啊！"

"是！将军，一定做好质量第一的标准要求，绝对不能马马虎虎的，姑娘们美女都听见了吧？主要问题在于质量第一，标准第一，我们就是要高标准，严要求，决不能含呼一点点的，又要质量，还要数量，两手一起抓，叫将军大人大队长放宽心，质量不过关，夜里不睡觉也得把质量、数量搞上去！"

"将士们一定要好好当班长，叫姑娘们在心里称赞你，在实际行动中以你为榜样，吃苦耐劳，不叫一声苦，不喊半句烦，任劳任愿为长城修建出大力，讲效益是不是呢？你们好好干着，我去哪边挨着看看瞧瞧质量问题，才开始干，就是要抓质量不含糊……"范杞良说。

"是将军，一切听从你的指令你的命令！将军你走好啊！"

"炎大队长先生你这是在第几队几班组？"万喜良说。

"万将军你好，来了，欢迎指导，我这暂时在三队第八组，这位姑娘叫：任萍，是副组长，干活快，人灵活，不太爱说话，是个实干家，她们这个班组组长叫余多美，组员：梦怡、徐严萍、吴达莉、周慧敏、香香花、白洋洋、屈丽娟、李白妹、黄明妹全组十一个人，个个都是能干能拼的美女姑娘，将军你看她干活，多灵巧多乖巧，个个聪明漂亮，摔出的砖坯子跟摸了油一样硬实可爱，多聪明活泼浪漫的一群仙女美人啊！"孟姜女说。

"都是你孟姜女炎大队长先生领导得好，要求的严格标准不马虎，强将手下无弱兵吗？有你孟姜女在有问题的问题也没有了，让美丽潇洒给甩在九霄云外的云彩眼里去了，你们六个孟姜女都在呀，这些姑娘们穿的花花绿绿，猛一看不仔细地找一找还看不见呢？"万喜良笑着说。

"噢噢！在这第三小队呢，这就怪有意思的，平白无故多几个孟姜女，也没有人来管，没人来问，到底因为啥，为了啥咋回事，谁也不知道，更不知道这五个人心里是咋想、咋盼着呢？走路不累吗？干活不累吗？时间长了不腻歪吗？真是让人想不通，人比人兴死人呀……"孟姜女深情提醒说。

"这谁能知道呢？只有她们自己心知肚明，她们从来都没有说过半次，搞不清楚，恐怕神仙也难知道她们到底是因为啥，咋回事，也许是华夏这个大民族几千年的古文明感动了她们，使她们知道什么叫千年大计，功在一时一代人身上，为以后子孙后代留传这些神话故事什么的，也说不定哩，你们这一小队干什么去？"万喜良问。

"不是准备叫她们上山去平整基石城址吗？为下一步制砖造长城打地基吗？"孟姜女说。"她们都主动插在这三小队中去干活了，都是些闲不住的姑娘，不然，咱们就上山去勘察，看看该凿平凿宽应用的山冈和山沟中的基石，也是一项苦差事？"

"修长城肯定都是又苦又累的活计，那能像几百年后，多年以来观光旅游长城一样，走走看看，玩玩瞧瞧，走马观光的指指点点说说笑笑画画地唱歌，吹大牛，侃侃大山那样轻松好玩，还闲走路累人呢？现在我们想获得自由选择的人，是来修长城，到那时千年以后的年轻人想得到自由恋爱的爱人，很可能是来游玩长城，有天地之别啊，人是不管比啊！谁让我们着急忙慌的来到这个世界上呢？都怨阎王爷搞的迷魂汤，硬推着人来到这个世上，怪谁呢？摸不着看不见，人要是会飞就好了，大青虫小的时候光不溜球的，走路一弓一弓一步一步地往前走，长大以后呢，就做梦成花蝴蝶飞呀飞呀上天去了，飞过高山，飞过江河，想上哪里飞哪里……"

"苍蝇小时候白白胖胖的，长大以后又黑又丑谁都讨厌，都很烦它，举手拿拍子敲死它，打死它，我看这些假孟姜女，是不是像苍蝇一样的，正在找它们需要的什么东西，在准备搞阴谋诡计，但时机未成熟，它们会比苍蝇蛆危害大得多哟！"孟姜女说。

"所以让大家瞪大眼睛随时监督着她们的行为，我跟各个小组长特意安排交代，让她们巧巧安排各个小组长重视的同时，在由队员们密切关注她们的随时动像，人心隔肚皮，谁知道她们是怎么考虑的，骑马打仗走着瞧吧，狐狸尾巴还是会露出来的……"

万喜良说："无论她们要什么花招，只是一个时间早晚的问题，只要等待下去，人们会在思想上行动上留意的，大家千万别马虎……"

"这些人是从黄河里来的，按我愚笨的方法推测，她们将与水有关系，大河里都是水，水能怎么样呢？难道最后把长城搬到水里黄河去泡一泡洗桑拿浴吗，还是长城神龙跳到黄河洗不清呢？……"

"由它们去，反正我们的安全工作做细致，小心谨慎一防万一，在平时我们藐视它们，在每个女孩子姑娘们心中重视她们，这就是我们为长城设立的安全处地生存的大问题……"

"小宝子，你去白云镇通知骑兵队分一半人员去将军关和万家屯去修的长城，她们女子大队将去五个小队，有多人五千人在万家屯和将军关大青山岭一带安全防止坏人强盗来犯……"

"是！将军，出发了，千骑兵去万家屯和将军关！"小宝子说。

如梦令

阳光美女姑娘，黑窑脱坯闪靓，长城龙春色！骑兵卫民情漾，劲忙！劲忙！绚丽女孩坯响。

万家寨

摔泥巴打泥巴，摔的泥巴哟为百姓也，打的泥巴哎为华夏吉祥噢，为了百姓能安居乐业，过幸福生活！为了大秦的江山百年千年不受洋鬼子的气，脱起砖坯唱起歌，歌声飞向彩云乐，哥哥教的汗水多，妹妹学呀的歌飞飘，团结努力多快活，齐心协力砖满垛，今春辛苦兰花舞，姑娘尽情靓花朵，神仙仙女都敬佩，你小阿妹，长城千年万年，悠悠舞山笑！

"余鱼美班组长，快加油啊，我们组要落后了？"徐云萍说。

"怕什么呀！傻大姐的妹妹哟，慢工出巧将，快了没个样，光快质量跟不上，不是等于零吗？大家说对不对呀？心急吃不了热豆腐，谁不想快呀，三下五下就能摁完端下模子来，姑娘们不要忘了质量在为千年风风雨雨日日夜夜做保证吗？将军三番五次的重复说为什么？就是怕咱质量不行，只求数量不是现在的事，等以后一月二月后吧，现在是搞好质量才是真理的上帝！"余组长说。

"抓质量，但也不能忽视了数量！你质量好，比玉皇大帝的玉喜印还美还光滑，一天只打出一块坯，这长城是无法修出来，啥辈子啥年月才能垒好修好呢？恐怕我们这辈子下辈子也修不起来，五个手指头伸出来也不一样长短哩，有粗有细有长有短，就我们女孩来讲，美女、仙女，男人看着挑不出大毛病，眼瞎耳朵歪，耳朵靠前靠右，中要嘴不歪，上下嘴唇都一样，头发黑黑亮亮的，谁看谁爱看，谁瞧谁爱瞧，这就是美女靓姑娘仙女的本钱，你在会笑会说话，句句说在人家心坎上，那男人，大老爷们非把你想死想疯才怪呢？一张嘴这好不，那不好，两眼瞪得跟吹得一样圆，牙齿咬的满脸横肉，肉鼓鼓壮壮的，还手足舞蹈的，再一比画，不是疯子才怪呢！碰到一个软蛋熊包他不搭你腔，再碰上一个火爆脾气的，打又打不过，一天挨三盘子打，才有鬼呢。"

"余组长，你真行，啥都懂，啥都沾，没有理也能把死人劝活了，叫醒了，将来挨打的事找不到你了，你叫他干啥，他得干啥，叫他跪搓板，打的他钻床底下不出来，说不出来就不出来，男子汉大老爷们说话算话！"

"唉，你这小妞子，你咋知道的！"

"我当然知道了，我家邻居两个人，有事没事就打架，男人打不过女人，女人又高又胖还肥，出手还狠，她怎么说的，不狠不治秃子病，男人有劲不怕打，你让他你就得挨打，一不做二不休，你打不如我打，我打你疼，你打我疼，还是叫他疼吧，一天两个人正打架，老公公走来了，老婆对他说，快出来吧！有人来了！男人听说，认为他老婆骗他出来再打，他在床底下大声喊，男子汉大丈夫，有骨气说不出来，就不出来！"他爹爹说："我儿钻床底下挺有骨气，有本事钻床底下干什么呀！"

儿子笑着从床底下钻出来说："我们钻在床底下藏猫猫玩呢？一出来不露馅了吗？"

"没有老百岁了，还爬在床底下藏猫猫玩，看我不打你个仗子，傻瓜二百五，就知道玩，天天玩能吃饱饭呀，看我不打你个傻屁！"

老爹爹说着脱下脚上的鞋就要打儿子，儿子看见要挨打，又一下子钻到床下："打呀！打呀！打恁娘里屁，我这回就是老天爷来了我也不出来了，尻恁娘，恁谁都知道打人，就老子该倒霉了！"

"儿子快出来！别绝人了，恁娘来了！"

"别说俺娘来了，就是俺姑奶奶、奶奶来了！我也不出来了，出来就挨打！啥玩意吗！就知道打人，驴日得……"

"这个儿子也够数得，连老子都绝着是驴日得？"

"还不是被打急了？兔子急了还咬人呢，狗急了还跳墙哩！"

"余大班组长，那一回那个镇长说的谜语：'一个大姐不要脸，张着大嘴让人舔。'也不知道是啥意思，为什么不说，一个小伙子不要脸，张着大嘴让人舔呢？"

"男人总是在说女人们的这不好那不好，当着面夸奖你这好那好的，长得像仙女，也是少见的大美人，男人不坏，他明明看着你喜欢，可在背后背地里说你这不对，那不好，特别是男人和男人在一起时，那是他喜欢你，想念你时，跟他的朋友说你不好，是提醒朋友不要和他争，这女人也提出不同的所谓缺点和他的看法，朋友脑子简单地认为他讲得对，对她不加重视，第二是他隐蔽的第一种连续，爱情别人对不理正中他的心计！女人就这命运，这个挑那个拣，你想那个人并不在乎你，而最后总归会有一个人得？"

"哎呀，我讲的是谜语，你也不知道说到哪山上去了！我感觉这个谜语是贬低咱们女人？"

"算了，小仙女，咱们女人就比男人低下，男人可以娶一个又一个，左一个，右一个，前一个后一个，我们多少女人才分享一个有本事的男人，还八杆挨不着一下，在皇帝跟前的女人，有人一辈子也不知道男人咋回事，太不公道不公平了，这就是人与人的命运不一样，咱们还处在一夫多妻制的奴隶时代，认命吧！美女姑娘们！"

"组长大美女！我是说一个大姐不要脸，张着大嘴让人舔是什么意思！"

"是什么意思，不要脸都指明点透了，张着大嘴让人舔，肯定是没有一点味道了，稍微知道一点羞耻的能张着大嘴让人舔吗？但话又说回来，讲不吃不喝呢？"

"谜语！就是使人切想着幽默瑟开心疯刺希望得到那么一回事，而又得不到，只有在抽象的艺术中讲些有趣好玩，具有想象力的人为不现实的笑话，大白话也叫无聊话中的情丝，还是男女友爱的大体系，坏男人希望大姐有这种类型，与谜语一样歪打正着，比如红公鸡绿尾巴一头钻在地底下，谁都知道的谜语，既艺术又形象，把比兴意的艺术全部都容纳在里边，确原来是一个大红萝卜也叫歪打正着的典范的典范的艺术作品，从老百姓的语言对事物的观察，把生物和植物一体化的艺术到顶峰，又有相向力，还有动与静的互补互助活力，连色彩都描述得清清楚楚，真叫活的谜语，一个大姐不要脸，它本身没有脸，还怎么去要脸呢？只有凭别人去舔把，无形中知道不是人，但又和人联系在一起，增加人的趣味和朦胧中的迷蒙的情义性，也就无形中起发追求者高浓度情，高智商者的猜测性为目的，这就是谜语存在的灵活判断性的理论性。"

"班组长先生，我讲这个谜语的谜底是什么？"

徐云萍说："不是人，是你天天吃饭用的大海碗吗？碗知道不知道，碗哪来的脸呢？看你眼瞪得多大，差点把眼珠瞪出来当弹子玩好了？"

"怪不得说一个大姐不要脸，张着大嘴让人舔呢？碗口天天分分秒秒张着大嘴呢？这人真有意思，啥事都能与人联系在一块儿，想象力真丰富多彩啊！让我想这么多天，原来是个大大碗呀，笑死人了！"

"余组长，我前一段时听说一个谜语，你来猜猜啊！"第九组组长韦喜芳说："东面一个老瘦牛，西面来了个老牤牛，天天晚上来顶头，是个什么东西，猜猜看啊！"

"是哪方向的用具或物件，是动物还生物，家具什么摆设？你得给个范围大概是什么地方使用用物！"

　　"韦大姐、韦组长，你看你的长头发都打到砖坯子模里去了，过几天一烧砖砖上都是姑娘的美女秀发，说不定还熬出发油呢？"

　　"就你知道得多，头发一见火，忽一下子全没有了，能熬出油，还拔出砖丝子呢？长城大专块烧七七四十九天，还烧出翅膀飞天上九霄天，去见玉皇大帝，玉帝一看是美女美人打的砖坯子，还想见识见识美女仙女的真实面目，联想翩翩是美女呢，还是仙女呢？是有老公的还是没有老公，还是招上天来吧，到天上就变成仙女了，永世也不得嫁人，生生世世都是美女，大姑娘女孩子！"

　　"瞎想，谁能当一辈子姑娘呀！早晚会有大老爷们看中你的，人不要瞎想，胡想，想来想去把头发都想白想老透气了，还是谜语打砖坯子，小心用手按力使劲压，四个角，挨着挨压一遍再用竹匹子刮刮好，比机械整做的还老帽还规格，还耐用，还要好看，方方正正、齐齐刷刷蹲在柳木板子上，右面一个在压压拍拍，搞结实，心细手快，动作灵巧，别磨磨蹭蹭的磨洋工，摆着玩呀？说话归说话，干活归干活，一心一意，三心二意什么事情也干不好，扯东扯西，又扯西到东，又扯到牛身上，天天晚上来顶头，不是天天晚上来相好吧？啥东西呀！"

　　"啥东西猜呀！啥东西都知道了还用人来猜吗，再猜有意思吗，就是不知道才叫大家来猜呢？动脑子猜猜看，身上穿的衣裳褂、扣子和扣鼻子。"

　　有点意思了，能联想到两样东西的物件，但不是人身上，在家里不能到处专动的物件，来个管活动，但半步也不能走动，有的人家还有好几道这种物件，东面一个老瘦牛，西面来一只老牤牛，天天晚上来顶牛，来顶头。有意思，绝大多数人家晚上来顶头，家里人少的白天黑夜来顶头，今天顶，明天顶，百年顶，千年顶，万年还是来顶头，只要有人，有家，它就得来顶头，不然小偷强盗大贼就来了！

　　"好了，好了不用说了，是家里的两扇子大门是不是呀！"

　　"只猜对了一点，大门是叫关门，不是叫顶头懂不懂呀，美女姑娘、小妮子、仙女哟，在继续换着猜吗？已经猜到了百分之七十九，就差那么一点点，一毫毫一厘厘的劲！"

　　"门对联，不对，门上还有什么东西呀！"

　　任萍说："还有门插板和插销口，是不是？"

　　"是不是让你一个人都说完了正确，大门有插板，堂屋门也有插板插座，插口是老瘦牛，插板是牤牛，天天晚上睡觉要关上门是不是呀！"

　　"真有意思，不睡觉不顶头吗？"

　　"先生呀！别忘了手中的活计，捧泥巴，打砖坯子呀，快干活了，别讲话了，还说话难，还把你当哑巴卖了不成，乱哄哄叽叽喳喳的乱顶头，好好摔，狠狠地打，一个班组一千块砖坯子呢？干完活后在讲话？讲话会分散注意力的，我们的希望理想，梦想和呼唤不是马上就要变成现实了吗！还要鼓干劲，力争上游，姑娘们美女女孩子们！咳哟哎！加油干呀！"

如梦令

摔摔打打砖魂，男男女女靓笑，情义多快活，浪漫潇洒爱多，逍遥！逍遥！一任群芳香飘。

老虎山

"马老爹，注意！你后面的大老虎！"

"哎，知道了，两只大老虎跟着他们八个人，六女二男。"

"老虎山上有大老虎啊，名不虚传呀！个不小呀！乖乖哟！……"

"老虎山上没有老虎，就不叫老虎山，应该叫狼山或燕山、雁门山！在这个山上，长年累月的谁往这山上来呀，除非是猎人，打猎来，不然谁上山干什么呀，荒野的大山上除了动物，就树木，剩下来就是不会动的大石头，看来这不远处一定有山洞老虎窝，不然吃人的大坏蛋会围着人转来转去，磨来磨去的不愿意离开藏猫玩哟？"

"两只不够厉害的啦，如果在有咋办呀！"

"凉拌着吃着玩吧？两个打一对，四个斗两双怕什么家伙？反正今天是要斗真假输赢了，怕都不来，来者就不会善罢甘休的！"

"早知道，这样应该多来些人了，把骑兵一队人叫上来就好了！"

"万将军你不是叫他们垒烧窑的大窑吗？还有烧灰的窑，烧石灰的窑叫：白老窑、烧砖的窑叫：黑老窑！"

万喜良说："窑啥是早几天晚几天，砖坯子晾干还得好长时辰呢！人算不如天算呀，看来今天是难躲开一场决斗了！"

"万将军，是祸不是福，是福躲不过，今天不知道是福还是祸呢！"马向导说。

孟姜女说："怕也不行，不怕也不行，反正已经走到这一步了，该打就往死里打，能躲尽量躲开为好，人怕它，它一样的怕人，还不知道它是怎么想哩呢！人老是说一山不存二虎，这一下子就两只大老虎了，不知道还有没有呢？好事坏事都让我们碰上。"

"无论咋讲，今天得把它们赶走，不然我们就给它让路，不把它撵走，以后来的人更多，上山运砖运石灰，抬石头打城基地，不是都得人吗？"

"我们不能给它让路，就是今天让路给它，明天又不知道它们把家搬在什么地方了，只有叫它们为我们让路才对，它喜欢上哪里去就到哪里去？"孟姜女说。

"它们能听懂我们的话吗？不是还得以弱肉强食来对付它们，总之得想办法把它们哄走撵走为算，不然那么多的姑娘咋上山运砖搬砖呢？"

其中一只大老虎大吼大叫起来："吼吼吼吼！"整个山谷都在回应它的吼声。"八百年前周朝的赵公明元帅也见到黑老虎，最后被姜子牙封神榜上封为财神爷，咱们今天也见到了黑老虎，这财神爷不知道应该在谁身上呢？"马谷米马向导说。

"马老爹咋知道是大黑老虎到处周游四方时被姜子牙封为财神爷的！"孟姜女说。

"我只是听说，八九百年前的事，谁能亲眼见着呢，开玩笑那个人他也活不到今天这个时候时辰，可不是见到黑老虎，而是和大黑老虎决斗的同时降服后，骑着大黑老虎到处周游四方时被姜子牙封为财神爷，在这里大老虎为上，我的年龄是最大的，也只是听说：有些人连听说也没听说过呢？"

"听天由命吧，反正是，谁的造化大，福大命大，谁就命大，我孟姜女说年龄不大，但是事业还没有成功，长城还没有开始修就碰上倒霉不懂人性的大老虎，该死该活听天由命吧！骑着大马往前闯，走着瞧吧！孟姜女说。"

"孟姜女坏了，大老虎又多了好几只，刚才两个，现在又多出来五六来只，人们都爱说：'一山不存二虎！'这老虎山，老虎口今天已经是八只大老虎了！看来传话都是假的哄人的买卖，耳听是虚，眼见为实啊！万将军怎么办？回去下山，明天再来怎么样？这啥是早一天晚一天的事，反正砖头还没有烧好，说不定过几天它们就全都走开了，一个也不在这大山上了，今天是碰巧，该发大财，发洪财，走洪运，享洪福……"马谷米说。

万喜良说："今天前方没有把马匹牵上山来，不然这马也吓屙叽了，这几只大老虎肯定是一窝一家子的，前面二只是大老老虎，这后来三只是小老虎，哪边三只是不大不小的老虎，看见没有二只老老虎在攥这三只不大不小的老虎呢？冲它们扑上去，让它们滚开，这老虎山是不虚假啊？老虎多而且凶猛，直往上又扑又咬的，那三只躲来躲去往旁边山沟下转去了，真过劲呀！"

"今天咱们一只也不能伤害它们不然这几只会拼命的，麻头皮真了不得呀！不然咱们偷偷地下山去吧？好汉不吃眼前亏，就这五只还得了吗！也是一群啊！"马向导说。

"马老爹不用怕，它们五只老虎，咱们八个人呢，一人打一只老虎，咱们还有三个人抱衣服拿家伙的，怕什么东西吗！人家都说存住气不少打粮食，今天咱们能躲就躲，实在实的躲不开躲不掉，咱们就跟它破上，拼杀一场，怕什么吗！早早晚晚的得把它们赶走，或者是杀掉，不让它们住在这里，不然这长城怎么修怎么垒，要不然叫它识相些，等我们修好长城它们在回来行啊？今天老范范将军的运气好，他没有来老虎确来了，造化大呀……"万将军说。

"看见了没有万将军、马老爹，坏了！三只大老虎玩耍起来了，它顶它的屁股，拽它的尾巴，那两个对打起来，前爪子立起来，它扒它的头，抱住它的脖子，用嘴乱啃起来，后边一个用嘴巴拽住它的长尾巴，往后拉，头还一把一拧的跳着蹦着，它用大尾又扫来扫去的逗它玩，它从它肚皮下面钻过去，这两个滚在地上，另一个骑在它身上，躺在地上的仰面朝上去啃它的后跨当中朝上攻啃着，另一个也凑热闹也，撕扯下面一只脖子和爪子……"孟姜女瞪眼睛看着小老虎玩耍。小鸟在树上叫着跳着，白头翁"违咧，违咧"地抖动着翅膀，喜鹊翘着长尾"嘎啦，嘎啦"地叫着，一群恋八哥忽的一阵向山峰上的大树飞去，老斑鸠头一翘一翘叫地咕咕叫着，脆鸟抖动着一只翅膀蹦过跳去的找食物吃，高高一棵椿树上有一只啄鸟在咚咚地敲打着树干，小松鼠在一棵松树杈上，用爪捧着松子在吃着，尾巴毛茸茸圈在脑袋后，孟姜女此时躲在大松树下面的背后，一条长虫又粗又长比杆面棍还粗些，从大松树旁边的一块大石头缝里翘起脑袋来伸出半截子露在空中，慢慢地在左右晃动着，信子血红血红叉开在嘴里出出进进的晃吱吱叫着，孟姜女此时还闭上眼睛不知在考虑什么事，也许什么也没有想，只是在暗暗地等待，巧巧静静地隐蔽着整个人，不让老虎看见一样，大蛇离她不到三尺远近，只要一伸手蛇就可以咬住她，在千钧一发时刻，马谷米向导在大松树另一边往这边瞧着，用手指头碰一碰孟姜女的胳膊使她注意，说时迟那时快假孟姜女伸出一手猛地抓住大蛇奋力向那几只小老虎甩去，三只老虎正在玩耍的有兴致时，突然从天上掉下来一条大蛇，有五尺多长向一断树枝横在小老虎面前，三只老虎同时围拢过来，一起低着头在看它，蛇瞪着眼望着其中的一只老虎，脖子扁扁的晃动着，老虎刚想低下头去舔它，蛇冲它身子射出一线水丝，只见这只老虎连忙摇着脑袋张大嘴吼了一声，扑通一下倒在山坡上，前爪在不停地抓挠脸和头，另外一只也想看看是咋回事，眼睛也被射出的水打中，这只老虎在地上翻滚着，第三只大老虎吓得往后退去，蛇去追咬没咬住，老虎用前爪子猛打猛拍，蛇在地上翻滚着抖动挣扎着，两只大老虎闻声猛穿过来，只见一只老虎已经死去，这只还在抱着头在地上翻滚哀叫着，其中一只老老虎扑上去一口咬住大蛇中间，牙齿从蛇身子中间穿透，头拼命地晃动快速来回着，大青蛇一时疼痛难忍，扭动着前半截身子在做垂死的挣扎，大老虎将头低下又用爪子按住蛇头，大青蛇拧着脖子又来咬住大老虎的爪子再也不丢开，大老虎吐掉毒蛇后，冲天大吼吼叫几声，慢慢大吼吼吼几声，没有一会工夫自己也倒在一块石头旁，再也没有起来，只有浑身的虎毛在抖动，慢慢地四肢伸直，毛也不动了！活着的这只大老虎，跑到这只跟前站站，转转，又跑在那只死虎跟前转转，最后站着大叫几声，吼声震天动地得凄惨悲凉，另一只跟在它的屁股后面，这闻闻那看看，有时也叫上几声，周围的动物都被吓得跑得远远的，这几个人一直躲在松树旁边的大石头后看动静，等的也有三个时辰，受伤的断蛇慢慢地向另外一块大石块爬去，隐蔽在草丛里不知何时不见了，断掉的后半截子还在死虎跟前，像一枝弯曲的树棍子一样摆在那里，高高的松树枝上停着一只猫头鹰在等候食物，准备饱餐一顿。大老虎还在扬着头又叫的时候，六个孟姜女右手提着青铜宝剑，弯弓着腰向老虎扑过去，万喜良一看此时情况，也不问三七二十一手拿着大枪也跟着孟姜女后向前跑去，大老虎抬头一看几个人冲它奔来，给它还吓一大跳，随急它大叫几声，前双爪按地，屁股翘起，尾巴还在高处空中晃一晃，瞪着双眼珠子，向她们猛扑过去，孟姜女刚好跑在一大树旁边，看见大老虎猛窜猛扑过来，往旁边的树干下一躲，大老虎这一下没有扑着人，一扭一拧身子用大尾巴扫过来，大树被打的树叶子振下来，万喜良在右，眼看着大老虎又一扑，他哪里放过这千载难逢的机遇，双手端着长枪丈八枪朝大老虎刺来，大老虎只顾扑蹿跳扫，准备在来一剪，还没有一剪剪出，屁股上挨了一枪，大老虎啊唔！惨叫一声猛一跑，把扎进去的枪头又给拽出来了，伤不太重，它回过头来用舌头舔屁股上的伤口大叫："吼！吼！吼！"又像人扑来。马谷米七十五岁在大老虎前面蹦来跳去的，人对老虎只能躲闪，不能硬拼，大老虎四条腿四个爪子，搂一下子小命就玩完了，让它扑着也完蛋了，它又猛劲又壮实，还凶残，又有那么大的重量，兽中之王，哪个不害怕，那才是怪事呢？光说舌头舔一下半个脸也给你舔掉找不到，老虎舌头上都比钢针还硬还厉害的倒刺，你想想吧，舔到一大块肥嫩的肉，就给你的脸舔掉找不到了，老虎还有三绝招特技动作，一扑、二剪、三扫，最后逃跑，你再怎么好的壮汉，脑子不灵活，不清醒，二下给你转来绕去把你转迷转晕了，再加上心里天生的惧怕作用，它三下五除二准得让你小命完蛋，这不是马谷米虽说不害怕，但人年龄不饶人，七十五岁三蹦二跳，十下八下人就力不从心了，这不刚躲过这一扑，又躲过这大老虎扭拧着身子，大老虎的大尾巴又扫过来了，就像一棵大树猛砸在身上后背上一样，一下子扫爬在大石头上，憋足了气还想站起来，但是又爬下去了，伤得太重，嘴角上滴滴点点胃出血来，疼得他咬紧牙关地忍着，但还是没有站起来，刚好翻侧转身子，看见大老虎被六个孟姜女双手六支青铜宝剑向大老虎头砸下砍中，老虎的头是开花了，但青铜宝剑也被用力过猛，从大老虎头上滑下砍到大石头上振断了两半截子，大老虎最终被砍死了，但是老向导确受了重伤，另外一只大老虎正在和万喜良在斗智，它一扑，你一躲，在一躲它又将大尾巴扫过来，有时打在小树上，整树被打断飞出去，这只大老虎是只老老虎，正想急着拼命呢，吼声狂叫震耳欲聋，浑身有使不完的猛劲，它吼着叫着要报仇啊，五只大老虎，现在只剩下它一只了，恐怕它想活也活不好了，动物也是有感情，老虎的老婆死了，儿子、女儿死了，你说它发疯不发疯？不发疯才怪呢！山坡上横一只老虎死了竖一只老虎又死了，啥滋味的感觉，拼命拼命还是拼命！孟姜女把老向导扶住说："马老爹，你感觉怎么样，厉害的狠吧？"

"炎大队长你不要问我了，赶快你们六个孟姜女和万将军齐心合力，把那只大老虎也赶快打死，咱们快快走路，不然刚才走的那三只再跑回来，咱们今天谁也活不成了，大老虎和人都是一样的，一看它们的同伴死的死，完蛋的完蛋，到最后它们非合着劲来拼命不可……"马谷米说。

孟姜女说："马老爹我先把你搀起来到一边躲藏起来，我在去帮着打死那只大老虎去！"

"不用了炎大队，我暂时还没有事，你快去帮他们几个人一把，多一个人多一分力量！不要管我了，你快去吧！炎大队长……"马谷米摇着手摆着头说。叫孟姜女离开，孟姜女没办法只有转过身子来。

无巧不成书，万将军跳起身来躲避大老虎这一扑在一剪一横，一下子把过来的孟姜女撞倒在地上，眼看着孟姜女要吃大亏，只要大老虎一扑下来，人肯定没地方跑，没有地方躲，也跑不急了！万将军将计就计，支起大枪冲前斜着等待大老虎往上来扑，大老虎疼痛乱抓乱抱乱挠，一下子把万喜良变成了个大花脸。一个孟姜女还在他身下压着呢！想滚也滚不走滚不动，起来更没有门，身上有个大男人半躺着压在小肚子上，万喜良身上又压着一只大老虎，长枪穿在胸叉上，四支还在乱扒乱爬的吼叫着，另外几个孟姜女用宝剑朝大老虎天灵盖猛砸猛砍猛剁，一阵子完蛋完！她们几个才放心地把大老虎拉开一边拔出长枪来，又把万喜良扶起来坐在一边大石头块上，一个孟姜女又把马向导扶起来站住，又来一个孟姜女两个人搀扶着抬着架着胳膊让他坐在万将军身边来！

　　马谷米向导说："万将军真对不起你们，做梦也想不到在老虎山受了重伤，给大家添了不少麻烦，今天真是不幸中的万幸，还没有很大的重伤和死亡，都怪我这个向导没有预先想到，说到啊！我马某人活了七十五从来也没有说过劣话、瞎话……"

　　"马老爹，你不用道歉，这些都与你无关，这一窝的大老虎也不知道它今天会全部死完，不然它们不会搬家吗？无论怎么讲我们命还在，还能讲什么话，你的责任已经做到了，我们需要上山，你带到山上，但山上的老虎厉害与你没有关系，因为它是兽中之王，只要大家不迷路，知道这大山叫什么，你任务就完成了，而且是个好样的好向导，没有错误就对了，今天我们七个人应该感谢你马老爹马向导，不然要少一个人都是最危险的关键时刻，大家才平安无事，下一步，咱们是怎样安全返回去，我虽说是个将军，但今天也伤得不轻，你暂时行动不方便，年龄又大，我们大家抬、背也把你给抬回家去，回头在通知你孙女马云儿赶快回来侍候你，不然你一个人在家不方便，年龄又大，得有人给你做饭吃，陪伴你说说话，人不能不服老啊！……"

　　"感谢将军的大恩大德，谢孟姜女大队长二次的救命之恩！唉！我真是没有用了，净给你们找麻烦拖后腿，还不如让我死在这山上哩……"马谷米说。

　　"哪可能死啊，我们华夏大民族几千的尊老携幼文明，只有死在自己家里才叫有福气哩！千万不要胡思乱想，我们休息一会下山去，先到右玉村，再过右玉集，在就到了高家堡子你的老家了。"万将军说。

　　孟姜女说："一切听从万将军的命令，你怎么说，我们就怎么去办，无论咋讲今天收获还是不小的！这算把祸害人的大老虎给除掉了，不然以后上山来，都是女孩子一窝蜂地乱吵吵才不行呢？还不知道要伤多少人呢？我来把大老虎的耳朵、尾巴割下来带回去作证，不然夜间，在有十只八只大老虎，也不够狼群和其他动物吃的……"

　　"其实老虎身上都是宝，虎皮、虎肉、虎骨哪样不是好东西呢？就是没有本事给它弄走，搞到山下人人都抢着要这要那的，有福没本事都怪我这把年龄拖累了你们……"

　　"看看，马老爹说哪里了，要怪就怪大老虎，怪也没有用了，死都死好一会了，啥也别怪了，都是我们的命运撵的！咱们现在开始慢慢往山下走吧，我来背着马老爹，你瘦，你不会太重的，咱们慢慢走走歇歇停停，不怕慢，就怕站，站着不动弹，走一步少一步，马老爹我背着你！"

　　"好吧！命运不饶人哪！谢谢了！"万将军蹲下身子，满脸的血痕子也干了！

　　"马老爹，你一定得双手扣住手腕在我脖子上啊！我只有一只手顾着你，另一只手还得抓小树扒石头缝什么的，不然我们两个人同时掉下摔下山去，滑倒了怎么得了！"万将军说。

"唉！尽管放心，摔倒了也不愿你，只怪大山太高，石头太狡猾，人们讲，上山容易下山难啊！还是让我慢慢扶着小树慢慢扒着石头下山吧！也比你背着强啊！"

"马老爹，你要是好好的不受伤，你给我金子银子，我也不会背的，这会是特殊情况吗……"

"哎哟也！我马谷米闭上眼从山上滚到山下来吧……"马谷米说。

"马老爹没事吧！谁知道一脚踩空，就一下子滑下去了，对不起啊……"

六个孟姜女还在一脚一滑的往下来，有时候双手抱住小树坐在地上石头上慢慢下来，她们总算把最危险的陡坡走下来，下边都刺棵棵小树什么的，慢斜坡上走着，万将军满脸是汗是血水往下滴水，衣服都湿透了，头发贴在身后耳前，扶着搀着马谷米站下休息在一棵小树下。

"快到山下了，到了山下就好了！"万喜良说。

孟姜女走过来说："万将军，你看你累的汗淌，我来背一阵子慢慢走，这往下没有陡坡了，断壁了，咱们换换休息一会儿，我来背一会儿？"

万将军无力的眼神望望孟姜女，孟姜女上前拉过马谷米的胳膊挎在自己肩上，又用双手扳着两条大腿往自己脊背上送人，无言大步地向前走去……

"炎大队长，炎大姐你慢慢走，别累坏了身子骨呀……我真没有……我总感觉到胸闷，头晕头昏，四肢无力……啊哎……炎大队长想吐，胸口沉闷……炎大队长你坐下来歇歇，我想吐……啊……"孟姜女说："你一定坚持住，咬紧牙关，顶住气！坚持！坚持！别害怕，一定会没事的！"

"能不能让我躺下等一会儿……我爬在你背上感觉不舒服！气都快喘不过来了！哎哟！我的亲娘哎！我恐怕是不行了！"马谷米有气无力地说。

孟姜女停下来，慢慢地把马谷米放倒后脸朝上，孟姜女用一只手给他拍拉着胸前，好叫马谷米喘气平化些，一只胳膊一只手搂着他的脖子，让他的上身靠在自己的大腿上，脸朝上仰视着。"万将军，怎么办？不行两个人前后抬着算了，这样我们几个人还可以轮换着抬，抬着也轻一点，马老爹也舒坦些，我们一定要把马老爹送到家，好好休息休息，就会没事了，到家再找个大夫开些药吃吃，会慢慢好起来的！用你的枪杆，再找一些棍子用带了绑绑，就能抬一个人！"孟姜女说。

万将军抓住眼前的一棵小树用力一扳，又用脚踩着树枝折断，又去旁边弄断了一棵小树，去掉枝丫，在中间一折两段，用带子来回绑好，从旁边拉一些野藤子攀来攀去，又绕来绕去的搞成肩带搭在肩上很合适，万喜良和孟姜女将马谷米轻轻抬在这副简易担架上，几个孟姜女又轻轻地帮助抬起担架，二人双手抓住大枪杆和树枝试一试很不错，很舒服，就往山下小心地抬着，两个孟姜女抬着一直往前走，在天刚刚黑了才到高家堡家中，全堡子大概有三十多户人家，大部分都已经睡觉了，狗叫鸡鸣吵了一阵子，又慢慢恢复了平静。

如梦令

英雄酷战老虎，虎口浪漫留义，笑问何月趣！千年华夏事轶：长城！长城！好汉非你我咿！

歼匪

在万家屯的北面大场子上面有三千五百人还在专心致志地打摔砖坯子，孟姜女还在双手端抱着双坯模子在缸中洗抹坯模子内侧，别沾上泥巴起模子时不容易带坯砖使其变形了！孟姜女说："各班组组长，一定要重视质量，砖坯子一点点也不能碰坏碰损，千年大计质量第一啊！姑娘们抓住质量不放手，质量是我们这些新手的重中之重，千万不能小看了质量问题。"

"唔啊！炎大队长，骑兵来了！"

"坏人来了！赶忙躲起来呀！抢美女的坏蛋们来了！赶快藏起来……"

"告诉你们这些女孩子姑娘们，你们不用害怕！我是耶律哈啦大将军，不会伤害你们，请你们认清现在的形势，到我们这边来，一不用干活，不用操心一切！我们是上帝派来拯救你们这些美丽姑娘美女们来的，只要听话跟我们走，有吃有穿有城堡住，还发金银财宝，比你们脱砖坯子得劲、快活得多得多，美女们都是仙女，应该慢慢享……"

一排子利箭飞来骑兵们身上头上乱窜乱飞，匪贼盗寇哭爹叫娘的从马背上掉下来："弟兄们射箭，瞄准了射！快射呀弟兄们，坚决不放过一个坏蛋……队生大声吼叫喊着助威！拉开弓箭，一箭一箭地飞向强盗土匪骑兵！再谢弓箭，瞄准了狠狠地放箭！不放过一个强盗土匪！"

耶律哈拉大将军在马上挥舞着大刀挑着飞来如蝗的快箭！"兄弟们，不要害怕，看看美女多少，打呀！冲啊！打胜了抢美女呀！弟兄们！谁抢的是谁的！瞧瞧美女们多漂亮哟！谁抢着一个美女赏十两金子，一百两银子，美女还是你自己的，冲啊！杀呀！弟兄们快抢欢蛋蛋的美女哟！一百两银子噢！"

孟姜女此时拾起地上的长枪，一挥臂向耶律哈拉甩去，说时迟那时快，人就从马上掉下来了，大叫一声，先锋将波善滚挺抢来救人，两个孟姜女围着波善滚步战起来，孟姜女右手握住长枪，左手拿着大刀，左砍右刺直逼得波善滚只有招架之势，没有还手进攻之力，两个人四只手，右手上刺人，左手刀下砍马蹄子，战马害怕的咴啷，一会儿前一会儿后一会儿左一会儿右的，一下子扑过来十几个土匪骑兵将耶律哈啦给救走了，强盗们乱哄哄互相践踏着往后撤去，队生从肩上又取下了弓箭朝逃离的土匪射去，他们这些家伙们慌不择路，成遍又挤又推的人挤人，射箭随便一射根本不用瞄准，只要拉弓搭上箭准射住一个笨蛋下来，马挤马，骡子挨骡子，后面的想跑没路跑，前面的跑不动，后面的跑不多远，都是鬼哭狼嚎一大片，死尸一个压住一个，多的地方堆成一堆，匪骑们正在前头慌慌张张择路地跑着，突然前面又一队人马出现一面大旗中一个范字，一个万字，又有两个孟姜女杀过来，四个人带五百精卫骑兵向这些残兵败将杀过来。二千骑匪乱作一团，连马掉头的空地都难找到，他们只是围绕着匪骑乱砍乱剁，挨着挨的被扎死，后面追兵也围起来杀，四周一转子都是枪刀、弓箭手，乃是兵败如山倒，就等着别人来砍头，来扎来刺再等死，谁也别想来救他们，他们这些家伙们都堆成山一样的靠在一起，谁都转不开身子，谁有力量来招架这一挤一靠的，根本没有路让你走，你们就等着死吧！

此时这六百名美女也都纷纷拾起地上掉的长枪大刀杀过来，会骑马的骑马，不会骑马的步行追坏蛋们，杀声震天，死尸遍野，从万家屯一直杀死过前所、前卫、王家店、黑山村、黑山过绥中追到六股河，一直追了一百多里路，都是连走带跑，跑慢了没命，只有快马加鞭，恐怕被阎王爷撵上来了，能跑的跑，实再跑不掉的只有死路一条，这根本不像队伍，军人的天职就是打仗，不打仗不会打仗要军人有什么用，所以好的军队首先要遵守纪律听指挥，只有铁的纪律才能铸造好的优胜队伍来，这两次打仗，前次是家丁，护院看家的土围子，根本不懂啥叫打仗，一见死人跑得比兔子都快，只顾自己，其结果谁的命也顾不上，打仗是要死人，不打仗跑也是死，既然都是死还不如拼命打一场好，死中求生，打好了不但不死，反而还可能升官发财，只在于绝处逢生拼命猛打，一阵子过瘾痛快，这都是你们这两次参加亲眼看见的，兵败如山倒，乘胜前进不可阻挡，比洪水猛兽还势如破竹，越败越是一败涂地，死都不知道因为啥，跑着跑着头都掉了，还有人死都不知道怎么死的。再多人也像切西瓜一样一刀一个，想想也怪可怕的。一个好好的人手舞着大刀还活蹦乱跳的，只是一眨眼脑袋就搬家了，横尸地上挖坑埋了，就永远永远没有这个人的声色了。"炎大队长见有个家伙伸手抱我，我吓得不行，两腿发软乱抖，半步也不能走了，还没弄清楚咋回事呢，这个的两只手没有了，还在滴血，头从马上掉下来，头在地上滚着。掉在我的脚跟前，我一脚把他的头踢走了，人头咕噜噜地转着圈朝前飞去，大马'咴唥咴唥'地叫着，我拿起地上的大刀跨上大马，这不孟姜女吗？我也会骑马拿刀砍人了，我一共砍死了十六个人，这马也听话，见人就追，跑起来像一阵风，一眨眼一个就被我砍了，真比刀切西瓜还爽嘞。首先不用手卡着在下刀，这是一挥起大刀一阵风，头就滚落掉地上了，简单得很哟。"祝婉婉兴奋地诉说着自己杀敌的经过。

王后丽说："炎大姐你知道我砍杀了多少个人吗？还差一个就三十了，有一个坏蛋我一刀扫过去，刚巧他头一偏，马一扭身子剁在马屁股上了，马痛的四个蹄子扒拉过来，把他撩出去多远，被我一枪刺穿后背死了，真痛快呀！炎大姐，等我们修好长城后，还不如再成立个女子骑兵队哩！跟敌人打仗啊！也是保卫老百姓的太平！我现在真想去当个女骑兵，手起刀落脑袋掉下来，省得在家受气，还是出来好！在家都是洗衣做饭的，没一点出息。"

孟姜女说："到时候再讲吧！你的建议我会记住的，女英雄！"

年莉莉说："炎大姐也算我一份啊！咱也叫那些男人瞧瞧，女人也不光是会洗衣做饭的，照样也能打仗杀敌！"

杜丽丽说："我砍了四十八个人头，真倒霉！有一个坏蛋还叫着姑奶奶别砍我，我是好人，你是好人，好人不当兵，好板不钉钉，他们拽来当兵的……"

"你怎么还来抢女人呢！""我是被逼的，我们班长拿大刀举着砍我叫我抢女人，帮他赌博。"

谷小侠说："下一辈子再托生，女人是不当了，非当大男人去打仗，当好了弄个将军干干多开心，想上哪上哪，有本事娶几个老婆玩玩，累得要死，手上磨出水泡茧子来，汗常淌也不落好，打仗大刀一砍一剁就是功劳，就是胜利，大胜仗！立大功记大奖！男人陪着吃，女人陪着笑，门里家族都跟着荣跃发财，将军骑大马，人人都侍候，拍马溜沟子的人更多，今天算是这辈子痛快一回，有人向你求饶，有人被你砍倒，现在是无名英雄多得劲，多威风，将来有朝一日在幸运搞个一官半职的，这往后要得好得打摔砖坯子。"

"今天坏蛋痛快，高兴，今天损失也很大，大家看这砖坯子叫马蹄子踩踏坏不少，几十万砖坯子也坏了一大半还多，所以还得我们一块一块的打一块块的摔，打摔砖坯子才是我们的老行道了，一个组十个人，一个人一百块，一个组一行一百块。"

　　"还有十个人一组呢！一个小队十一人一组，十人一组，话说起来快，干起来慢，一眨眼一天天慢下来，心急吃不了热豆腐，慢功出巧将，快了没有个样，也不能急，更不能不急，天天如此没有完不成的天文数字，怕什么家伙，只要有你炎大队长一句话，板上钉钉，死打死如此这般就是了，听话才是唯一的创造力！"荷花晶晶有的细说乱讲着。

　　丁里红说："这些人该杀该死，一个歪鼻子歪眼睛的来抢女人，自己家里没有女人呀！金婆娘银婆娘脱掉裤子都一样，还抢这些女孩，所以死也不叫他们不得好死！见了女人就走不动路了，女人都一样的，只是脸上分高低，脸上还能长出花来吗？把我们的砖坯都踩坏一大片，全死光光的也活该，现在这一会没有，如果有我非杀他个几百人解解恨，哪里不会去非要往砖坯子上踩来踩去，它娘里个八个巴子，气死人，从新活活泥巴，坏蛋可恨可恶，坏蛋吊玩意。"

　　"就咱们女孩子好欺负说踩一大片，残忍不残忍的，小老天爷，坏蛋坏蛋全该死，一个不剩。"

　　辉雯说："干活的命，坏了再来一回，绝烂天绝破地也无用，这些坏蛋日娘的都死了，他也听不见了。"

　　"不死也听不见咱们骂他狗日的，又不在咱们这里，叫你跳着脚蹦着骂它龟儿子也听不见，人也都坏透了，所以死也死的活该死的倒霉，谁叫他干坏事想女人的，女人啥时候才不受气就好了。"

　　"哪太阳就从西边冒出来了，有些吊人就是有气往女人身上出，女人都成了他们的出气筒了，啥玩意的！"

　　曾令灵说："我还不知道咋回事，一下子来了那么多坏蛋，抢女人坏蛋了还是拾起枪扎连子龟儿子吧！扎一个够本，扎两个赚一个，今天一下赚了几百辈子的账，见着就扎连日娘的坏蛋种，刚才那一会儿我们也跟疯子一样，看谁快，我看炎大队长一手拿枪一手拿刀真劲道，左舞右跳上下跑，做梦也没有看到杀人如麻，砍人如杀鸡，真叫痛快啊！恨死人这砖坯子多少，好多万呀！能不心痛吗？老先生这砖坯子一个少也有五十斤，烧好的砖头块，还四十八斤哩，高九点五公分，长三十九，宽三十公分，一块砖坯子三十公分，长度为三十八五公分，二块八十多斤，死尸一样重一样死。"

　　"可不是吗？还得毁掉从头来，娘的找不完的麻烦，讨厌死了，所以杀死这狗日的也不屈。"

　　孟姜女说："光骂人有什么用呀，更何况这些坏蛋已经死了，正在阎王爷那里站着排队登记上账写姓名里，还是搬起重新用水泡泡，活匀和好在来打坯子，光骂人一百年也不起作用，活还得自己干，谁也救不了你我，只有辛辛苦苦的重新来，才能有好的结果，好的效益。"

　　班鸣娜说："骂骂出出气，看着自己这几天来辛辛苦苦的，看着多高兴，想想在上窑一把火，这砖头就一辈子不成石头土啦灰尘了。它永远的毅力在华夏的老百姓眼前心中梦里，巨龙来为普天下的老百姓安居乐业做好事益事，整个民族将以她为荣跃，以她为骄傲的豪迈情怀慷慨激昂疯狂铸就灿烂绚丽人间辉煌大业，而高兴高歌放曲，凯旋胜利的神龙魂魄所巍峨一场胜利欢喜。"

　　有《如梦令》一场胜利欢喜，一次砖坏破坏，谁又能预测。狂杀厌怒开怀：天该！天该！胜战置理情爱。

　　"姑娘们大家好！今天是个好天气，需要我们挖基地，人们都说高楼万丈平地起这七八十里也是最关键的关键，也是神龙摆尾复活的龙头部位，一定要垒的厚实经久耐用，外观雄伟壮观巍峨大放，既能在长城上走兵驻扎百万部队人马，又能在上面储备很多武器，主要是强弓利箭，居高临下以一当百上万的入侵贼人强盗窃抢掠，粮食吃住的大问题，要是来了强大的敌人，守卫长城的兵少将寡时可以坚劈不战，贼人在多也飞不过去，因为我们准备在这里建筑三百尺高的城墙，让强盗插翅难飞，他坏蛋有五十万，五百万人，五千万人的大军都没有用，这里的城墙比最高的山峰还要高，即使叫他们爬攀云梯，也很难上来，他们好不容易几百尺高的云梯，上来个人也来不及喘气，一刀下去把人头砍掉就行了，强盗从那么高的云梯上掉下去还有命吗？不搭他腔也得摔死玩蛋，就这么简单姑娘美女们，这完全单纯的防守防御工程，所以我们今天就要把建筑根基首先要高质量，只有高质量严格要求才能求得华夏大民族的老百姓生死存亡的关键大事，每人一丈，要求长宽的质量，根基地的夯紧砸实，一点点也不能马马虎虎的，一人一丈，一组十丈，他们骑兵队伍也派出五百人来一起挖掘，留一个班巡哨查防，防止敌人来报复，其余事项注意安全，保证修筑长城顺利进行，理由无须再说，只是男女纪律不能胡来，这部队纪律是特别严格的，违令者砍头。总的形势是好的都是特别自觉遵守，希望姑娘们继续发扬，继续遵守诺言！铁骑兵的小伙子也都是个个英雄式的人物，拿起刀枪能打仗，扛起铁锨榔头能干活，该干的都是拼命干，不该干的坚决不干，这才是我们华夏大民族神灵魂韵，才是大秦朝的英雄好汉，好的我们每个人继续发扬，我们大家就等着长城完工的那一天，像这样能战斗，执行命令敢于胜利的骑兵队员，我们这些美女会争相嫁给你的，也会一辈子和你同生共死，守定你的爱，坚守你爱的情义红心，所以我孟姜女真心希望每个骑兵大哥能好好干，我们女子修长城大队，一万号人的好姑娘，靓艳艳的妻子哦！自己干不好不沾边不行不挨着，谁都想有一个既英俊又能干的好儿郎，浪漫大方的好相公，但你不出色不好可不行，就像前天杀坏蛋手都累得抬不起来，我们这些姑娘一口气砍了几百上千人，你是个大秦王朝的铁骑兵卒才砍几个人，算什么英雄好汉，还不如回家刷锅做饭呢！就是说男爷们像个男子汉，吹毛求疵，那么你就完蛋了，谁敢要你呢！我这里姑娘个个漂亮大方，靓艳温柔可爱，就看你有没有将军之才，为朝为民，普天下的老百姓都会爱你，嫁给你，一心一意地跟你过日子！"

"炎大队长，如果我徐山是个将军，你愿意嫁给我吗？"徐山问。

"是呀！只要你比将军还大还有本事，我孟姜女立马嫁给你当你妻子，就是这样的，一言既出，驷马难追！姑娘们他徐山是个英雄好汉，杀敌人砍坏蛋是豪杰！你愿意嫁给他吗？大声说。"

孟姜女激将似的在给姑娘们叫板："愿意！心甘情愿！""再大声些姑娘们！""愿意嫁给徐山，心甘情愿当他老婆一辈子！"

"骑兵队的汉子们！听见了吧！好好干，下劲干，姑娘们等着你们的到来！姑娘们一人一丈，三丈半宽，现在开始挖掘地槽根基，好钢用在刀刃上，美女修长城噢！姑娘们加油干啊！等着大哥哥们来追你们！火红的玫瑰笑开艳！咱们女子三个队，他们骑兵铁骑是三千五百人！美女一是要存住气，挑好找英俊注意的，姑娘们千万可不能叫他们骑兵小瞧哦！大家加油干，来给我们女子修长城大队争光！加油哦！"

"炎大队长，你怎么知道我徐山是干什么的！"

"我孟姜女暂不考虑交朋友的事，所以我不想答复你，也不想想那么多！"

"我可是骑兵队里的队长级别的，不大也不小，我首先想你孟姜女，你不愿意呢？我就找个和我年龄小几岁的小队长，这，现在都是说说玩玩，等你们把长城一修好，我第一个找你们的副队长，叫晶晶或是犇犇，她们两个谁都行！最好是晶晶，谁要跟我徐山抢，哼！别怪我徐山不客气，打架也行，拼杀也行，无论怎么样我非要和这个情敌杀到底，一直到最后他放弃为止，否则就不叫男子汉，我宁愿这个队长不干也要争到底。"

"他晶晶又没有在这里，你看不见，她又不知道你喜欢爱她，她万一找了其他人怎么办？徐山先生，千万不要有过激行为，军纪无情呐？"孟姜女说。

"我没关系！正因为她不在这里才好，省得大家犯错误，犯部队纪律，一好百好，省得叫大家怀疑我们恋爱什么的，越远越好，越远越清白，美好的东西都是放在心灵中激发灵感，让人盼望缘分，懂不懂呀！大美女！"徐山说。

"噢？你这个队长好狡猾呀！怪不得叫徐山，马上还叫徐偷爱呢！把大山都能藏在心中一辈子不吱声，好家伙！深藏不露呀！"孟姜女笑着逗趣说。

"炎大姐，还不是纪律太严太军人化呀！话讲白了不好听，还是怕杀头砍脑袋呀！"

"你比谁都滑头啊！你那边那个小伙子叫什么名字，人好老实，从来也不见他说一句话！"孟姜女问。

"他姓王叫鹍，是个小麻蛋，打起仗来可猛了，马骑得也好，就是个子太矮了！"徐山说。

"小人灵光，能吃苦耐劳不就行了！人哪能样样都好呢！五个手指长短不一样，只要能打仗能干活，就是一个好骑兵，人都有缘分的，说不定哪个个高的女孩就能相中他了啊！"孟姜女说。

"王鹍你以后找个什么样的女人？"徐山说。

"没有想过，谁知道呢！我想只要那个女孩子喜欢跟我走，我就要哪个女的，我要喜欢人家，人家该不理我，说我癞蛤蟆想吃天鹅肉呢！我天生条件不好，等别人都挑完了，我再找，早晚会有一个愿意跟着我，我跟着她过日子，让她当家，她想干什么就干什么，想吃啥就吃啥，总之她愿意干什么就干什么！"王鹍说。

徐山笑着说："她想给你买顶绿帽子戴，你戴不戴！？"

"只要她愿意，别说绿帽子，红帽子也戴，人家不都是吃绿色食品，只要能有好处，像青菜萝卜还不都是帽绿衣青吗？那有啥呀！我一百个愿意，就怕她不愿意哩！徐队长我觉得，孟姜女大队长人就是好，连性格都好，有一次我在梦里跟炎大姐说：炎大姐你姓炎叫黄女真好，我好羡慕你的名字啊！要是我也姓炎叫鹍多好啊，偏偏姓王，等他长大想姓什么姓什么，自由选择！几千万，几百姓，干吗非姓王呢？这辈子姓这个姓，下辈子儿子孙子再挑别的姓，人本来光有个名就好了，姓来姓去多古老多没劲呀！一点也没有创意！真叫人心烦，祖祖辈辈都是一个姓，真没劲，真是无聊透顶，也不知道哪个吃饱撑的没事干的人想出这一套。"王鹍说。

"这就是民族，奴隶和封建社会最大的弊端，反正是束缚人才，用金链子套住你的脖子，叫你世世代代为一个目标奋斗。"徐山说。

"小王讲的也很对，我孟姜女也非常赞同，开句玩笑等将来我孟姜女有了孩子，就光起名不要姓，一提到名字像雨、云不就挺好的嘛，干吗非要姓呢？乱七八糟的几千个姓，提到名字尧、舜、大禹、后羿不都是没有姓吗？他们反而伟大永远在人们的记忆里！四转要把挖齐整，以后填石基,砖根基都好垒的。"孟姜女说。

"知道了，我是先把松土刨掉甩出去，再来铲抢一下东西两面就可以了，两边堆子不少土哎！高楼万丈平地起，就是要把根基扎稳扎牢，这人间要是没坏人多好，何必垒城墙，都是些好吃懒做的家伙，光靠抢人家的能富才怪哩！"王鹍说。

"不然啥叫坏蛋恶霸呢！不是他的，他硬赖，说是他的，有些跟屁虫也替他说好话，打圆场舔肥，这种人比恶霸坏蛋还可恨，人家放个屁都是香的，有个县官老爷才放了个屁，下边的狗奴才说：'不臭，不臭！'县太爷很生气地说：'放屁！狗屁才不臭呢！'狗奴才赶快说：'臭，臭，好臭呀！'县老爷说：'你不是说，不臭吗？'狗奴才说：'狗屁，才不臭哩，老爷放的屁，好臭呀！''你开始说不臭'狗奴才又说：'那臭屁味，还没有飘过来哩！狗屁才不臭哩！'蝴蝶和蜜蜂恋爱五年，五年来恋爱两个形影不离，蝴蝶突然和蜗牛结婚了！"

"炎大队长，我搞不清楚为什么。蝴蝶跟蜜蜂恋爱了五年，这五年不能一点情意都没有，最后和蜗牛结婚，蜗牛多难看呀！它们两个咋会结婚呢？蝴蝶多漂亮呀！咋会看上蜗牛呢？"

"你去问一问蝴蝶为什么会看上蜗牛呀！一天也走不了三尺远，就那娶了美丽的花蝴蝶，不可思议吧！别看你王鹂长像不咋样，说不定哪个姑娘早就看上你了！大千世界千奇百怪，你越是想不到，越是有人在等你，这就是缘分！"

"是有意思得很，管不了那么多，听天由命，宝贵在女人，女人不但美还要会过日子，所以好日子坏日子都在手心里过才是真的！"

"福分在于老天爷给多少，不在女人，女人只是调节调节日常吃饭的味道，有多少人家女人不会过日子，可是金银财宝照样往家里滚，钱财是认人的，你长的富贵有财路，钱财就像大河里的水，它自动往你家淌，往你家流，你挡都挡不住，人为财死，它钱财多了，就你王鹂这样的人，说不定下一代后几辈里就会有特别有本事的人，不但富大命大，也能是一人之下，万人之上的大人物呢！这就是因为你们这一辈子为长城出过力淌过汗，流过的血拼过命，这叫恶有恶报，善有善报，不是不报，时辰未到！时机一到，相信是没有错的！老天爷会安排普天下的大小人物，该你的甩也甩不掉，不该是你的，你抢也抢不走！"

"炎大队长真是有本事，啥事都被你分析的透透的，将来哪个男人要是娶到你，那真是八辈子修来的福分！"

"炎大队长肯定厉害啦，不厉害就当大队带领人听她的吗？反正我徐山这辈子是不如炎大队长有本事！哎！想想真冤枉，一个大男人还不如一个女人，哎！"

"炎大队长，坏了，天要坏了，云彩长上来了，看那乌黑的云彩直往上翻，这老天爷真跟咱们作对！"徐山说："弟兄们，姑娘们，现在不挖这大坑子，大家赶快往万家屯的广场砖坯子上去，不然这两天的，砖坯子就会泡汤了！大家快走快跑呀！一定要在大雨下之前赶到地方，把它们全码起来，垛起来盖好！"

"是啊！大家快啊！快去搬摞砖坯子，千万不能让大雨给淋透了，大小伙子美女姑娘们，快跑呀！天上的大雨就是我们的敌人，大家必须在大雨来临之前把砖垛好摆好，一块也不能叫它损坏，现在我是将军队长，大雨就是命令，越快越好！骑兵们，我们现在和大雨抢时间，拼了我们的命也不能有损失！"

"跑稳当！小心别摔倒了！快快呀！别磨叽了！"

"这鞋不跟脚了，丢了吧！"

"哎呀！你这人咋回事，往人家身上撞！"

"碰着你没有呀！絮絮叨叨的！"

"就你事多，往前跑呀！不吭声还能把你当哑巴卖了不成吗？"

"人家姑娘都没有事，啥事都在你们男人中呢！鞋子拿手中，腿不好放在家里头，干吗到处凑热闹！"

"谁知道呢，平时骑马骑惯了，你看看人家炎大队长，我的士兵离开马等于鱼儿离开水，个个跑走路都是罗圈腿，要多难看就有多难看，比哪瘸子还难看呢！"

"又不搞阅兵，走方队要雄赳赳气昂昂的，这是在抢时间，与老天爷较真呢！快跑去搬搬运运的，还是蛮合格的，我看个个都是好样的，一仗下来将军就有几个人！"

"在你炎大队长眼里，男人只要不缺胳膊少条腿，都是豪杰，真是低级没品位的看法。"

"这时干活，不是选拔人才的，只要是能干活就是英雄好汉，就是这么简单！人有十全十美的吗？不是这不行就是那差点，女人美，就愚笨死脑子不开化，男人强壮了也是一样，因为她们平时遇到小难就发火！动脑子也就像对少些，人生越是困难重重，障碍越多他的脑子相对好用得多，像周朝的姜女牙，八十一岁还在难处以钓鱼为生，直勾等大鱼自动上钩呢！正常的六七十死的骨头化了也找不到了，他还在等文王！好在他磨难多，无论打哪一仗都是胜券在握，不然才不沾闲没门路呢！这也许都是上天老天爷有意安排他的命运，就得如此这般，小心点，别搬坏了，这每一砖坯子，可都是我们姑娘的一片心意，好不容易才搞出来的，搞坏了多可惜呀！"

"大风来了，乖乖这风这么大，风是雨水的头啊！加劲多搬几块！"

"还是小心别搬烂咯，如果搬坏了，还不如就雨水打坏算了，麻烦又费时，耽误时光何必哩！每人得搬一百五十块至一百六十块才能行！全码起来摆好才能行呢！"

"快快，落大雨点子啦！"

"真是的，说下就下，一点点情面也不讲，真要命！"

"死老天爷，该死的不去死！翻脸无情，刚才还是红日头的，看看一阵风过来就变样了，要是人怪好，一会儿是老头一阵风过来又变年轻人了！"

"算了，只会胡说，现实是快搬紧码起来，不叫大风大雨占便宜，人的勤劳是能够改变一切的，只要大雨淋不到，起码提前两个月的时光，怕就怕老天爷耽误事，你一次搬几块，万一摔坏了咋办呀！"

"炎大队长，不用怕，我搬的都是大半干的，我是轻拿轻放！小心着呢！"

"姑娘们再加把劲，马上就摆完了，千万不能叫大雨给我们浇湿了，水一泡一切就完了，再加把劲呀！骑兵大哥再咬咬牙，使出最后的绝招，绝对不能留下一块砖坯子叫大雨泡了，现在最关键的在于我们大家在拼出最后一口气，胜利就属于我们了，该死的老天爷！"

"炎大队长帮我接着点，我这里一摆是十二块！"

"小心底下一块别摔坏咯！"

"没有事得大队长，我用大板在下托着呢！上面一块都超过鼻子了，所以要小心啊！"

"你真有劲小伙子，能干将来一定是个好样的！"

"谁知道呀！我们那班长动不动就训人！这不好那不好的，有时队长也找叉子，大错没有小错不断，都是些鸡毛蒜皮的小事！"

"你宰相肚里能撑船，将军额头能跑马，把心放宽些吧！无论什么都不要往心里去！要大度！烦恼多了就会干一些想不到的事情来！"

"炎大队长，你真神气，看看老天爷都有点怕你！本来老天爷要下雨的，看见你炎大姐跑前忙后，又是搬又是摆，一般的人真叫忙晕死，可老天爷刚才还刮大风，下大雨的，这会儿又停了，这叫有福之人不用忙，无福之人忙断肠，大雨也吓跑了，云彩也飞撒了，今天这会是下不成了，想下也要等以后了，反正是这一小会是下不下来了！"

"刚才掉下两点子多吓人噢！坯头子就最怕雨水一淋一泡！只要不下了大家伙不皆大欢喜吗？"

"刚好！把坯头都规整规整，再打下一遍就有地方摆了，需要的砖还差老鼻子远哩，整个从嘉峪关到咱们这里需要上百亿块，光这里也得用一个整数亿块！反正无论多少块，咱们到最后就打多少块，咱们来这里就是为它来的，还怕打不出来不够用的吗？"

"你站在这里干什么，还不赶快去搬砖坯子，看见女人就不想动了，废物赶快归队点名，发什么愣啊！傻子啊！"徐山说。

"是，队长大人，点名去！"王鸥说。

"炎大队长，不要和这些兵蛋子小卒子扯闲谈，狗屁都不懂，只会看着女人发愣发呆，讨厌的傻大兵……"

"徐队长，你对骑兵的态度好蛮横啊！"孟姜女说。

"这些个兵蛋子小卒子，你就不能给他们好脸子看，不然他会趾着鼻上脸，才多大一点点的小麻蛋，看见女人发愣眼珠子都不会转圈了，将来都是色狼色鬼，离开女人活不成的家伙。"

"徐队长你太偏见，他是在跟我讲话呢！"

"娃娃兵，还没有马高会讲大人话！岂有此理，你平时对他们好言好语的，到打仗时他就会不听话了，感觉啥都好，贪生怕死多活一会，平时对他们厉害，能咋训着哄着，但打起仗来，他们满心的怨气倒霉劲都往敌人身上使，就会拼命去发泄一下内心的不舒服情趣，刚好适的向反才能提高，他们的志气杀敌，治军要严要狠，不严不狠，不治秃子病，在有一万五千年军队也得严，只有严才能带出不怕死的兵来，兵怕死，还能打仗吗？就像前几天刚来的耶律哈拉子一样，六千兵马还不够我们五百骑兵和你们千百美女杀的，咱们总共到一千人杀他们六千人，溃不成军，败得一塌糊涂，硬是闲爹娘生的腿少跑不掉，他们主要是讲女人讲金钱，抢美女能享福，抢金钱能挥霍浪费，有钱能使鬼推磨，所以都上阎王爷那里去找鬼推磨去了，咱们的骑兵就不一样，谁谈恋爱勾引女人，就先杀谁的头，不听话砍头，不听命令还是死路一条，平日要求严，打仗时才能拼老命，命都不要了，还能怕敌人吗？纪律不一样，一战下来的结果绝对不一样！"徐山说。

"这一会天也晚了，挖城根基也来不及走到地方，天也快黑了，真不凑巧，怎么办叫大家休息休息，明天好好干！"孟姜女说。

徐山说："跟你讲个几个小故事。第一个故事：有一个鲁国人，说人说成营：报告将军！前面发现一个骑兵营（其实是一个骑兵人），后面紧跟着一个驴（他说成是一个旅！）将军赶快下达命令：全体队员进入隐蔽战斗准备！一个坏人也不能放过。他们几千号人等啊等！等了半天也没有见敌人过来，又等了一个时辰，才看见一个骑着马后面跟着一个驴走了过来。第二个故事：有一个外商人初次来到沟邦子想做一笔大买卖，想尝尝当地有名的沟邦子烧鸡，但又忘了这道烧鸡的名字，便悄悄地招来一个女侍者过来问：请问你们这里有没有那个什么鸡来！女侍者小姐听说以后，俯身到他耳朵边低声说道：小声点，我就是哎！第三个故事：战国时期，有一个商人在外做生意，一去就是三四年，这一天接到妻子的来信后，自己想了一首诗，但有好多字不会写：山泉流水响叮咚，出外人士盼家乡，看见了妻子的面，两眼哭得泪汪汪。应该是：山泉流水响叮当，当字不会写画了一个圈，出外人士盼家乡，乡字不会写画了一个圈，看见妻子的信，信字不会写画了一个圈，两眼哭得泪汪汪，汪字不会写画了两个圈。第四个故事：匈奴人蒙古大臣出使我大秦王朝，一天，他们男男女女的相约到饭馆聚餐，他们草原人有个习惯酒后要喝马奶茶，男人要喝白酒，为女人要了酸奶，一会儿小姐就把菜和白酒端上来了，男人们开始喝酒划拳，一男人突然发现没给女士上马奶茶，于是就问小姐：你有奶吗？小姐脸红红嗫嗫嚅嚅地回答道：有！但不大。"

"啥东西呀，听不懂！听我唱支歌吧！蜿蜓浮高山，腾海上青天。嫦娥常相舞，星星眨眼看。"

猴 子

天高云淡万里晴空，雄鹰在白云下翱翔。北面的老山看得一清二楚。此时，在树林中走着一队漂亮靓艳的女孩子，有的手中拿着树枝拂打着好玩的绿叶，蝴蝶蜜蜂来回飞舞着嗡嗡地叫着，小山雀在一块大石头上站站走走，不停地上下摆动长尾巴。小松鼠正爬在棵大树枝上。"

钱美说："炎大队长咋不见石头呀！"

"依哟！神奇了，你脚下踩着啥东西？"孟姜女问道。

"是大山啊！"刘娣说，钱美没吱声。

"大山是用什么形成的！"孟姜女说。

"大大大的大石头呀！"刘娣说。

"那你们还问石头呢，都在你脚下藏着哩！你一辈子也搬不走啊！还说没石头。"

"炎大队长，我讲的是能搬走的大石头！谁说这一座山的石头了！"钱美说。

"这不是在找吗？大山上是不会有能动能走的石头块子，会走会跑的都在大山沟沟里，大暴雨一下来，有的往上滚，有的往下跑，一场大水一个样子，这大青山上的石头肯定都在一起，管你搬个够，我们只要从渤海水边到这山跟前这段能用的就行了，二丈高的根基糟三丈半宽，也是个不小的工程，总共七十多里的长度，反正人多力量大，人多好干活，人少难偷懒，我们现在最大的难处就是感觉咱们的人太少，如果能多上十万人，百万人情况就不一样了，七十多里的城基石沟说挖就能挖好了吗？咱们现需要好久好长时间运这些大石头，翻山越岭一个人一天也搬不了一大块，运输工具太差，工程量很大，这不就是一大难题吗？干多少天也看不见效果成绩，不干更不好，难不难先生美女们，只有坚持住老愚公的精神，每天挖山不止，日久见人心，天天不闲着，勤勤恳恳加劲干！"孟姜女说。

"干啥事都一样，不怕慢就怕站，一站下就没有情况了，大的干不了干小的，只要不停下就行了，不急不用怕，没有一个会怪咱们的只要早晚一天长城显身虎居高山深岭处，我们就是成功了，现在是万事开头难，想着不费事简单，但是一旦干起来就完全不一样了，贵在时间光阴中，看我们脱的砖坯子，一大片的，远看相似新建成的公园，整整齐齐的一大垛一大垛的，等它晒干，没有百万也有七八十万，东奔西走的姑娘们像蜜蜂一样来来回回地走动，具有一番情义，谁能为之叫好呢！只要这些砖坯子往窑里一进一出，就可以站着永久千年的舞姿娇态，勾画出华夏大民族的智慧勤劳的拼搏祈盼，谁也不敢否定现实的成功之凝聚力。"

"是啊！辛苦的要往心里咽苦水，未来的成绩也要看到，人要有一个清醒的头脑，还要有一个一目了然的计划和方针，在劳作上我们大家齐心协力，在希望和光明的明天我们要时时刻刻地关注它，不能走偏走斜，走出我们女人的精神和神奇来，为华夏的半边天决定怎么走，就在于坚持拼搏的创新科学之精华！如今就是明显感觉人手不够，就像这运石头，人多可站成一长排，从山上到山沟里在排到平原地方，我们最需要的送到渤海岸边，你传给她，她再传给我，我在传给她你，不停地传下去，一大堆石头很快就可以到地方，比如一个人抱一块石头从山上走下来，从平地上走上七十里路，一天搬不到一块石头，想想去七十里，回来又是七十里，一天光走路就需要紧走，也不一定能走一百四十里路，而且路上一天三顿饭不吃饭，也不行，光走不休息一会还是不行，手里回来还抱住一大块石头，日久天长是可以一个月三个月看不出成绩的，又没有交通工具，大马车，大牛车什么都行。关键是啥没有用什么呢！只有靠人多，人多好干活吗？所以我天天愁的就是人少，战线战役一拉开，就明显的人不够用的，当初那么多人，姑娘美女都要来，应该是一个不剩地叫她们都来就对了。人多吃穿住又是一个大问题，到处都是矛盾，到处都是问题。没有办法和矛盾，到处都是问题，没有办法就是神仙也救不了，咱们的眼前急需好在最大的不怕，就是时间光阴，今年不行有明年，明年不沾有后年，但是季节可不饶人，一个季节一个时令，春夏无所谓，冬天怎么办，天寒地冻遍地大雪天，冰冻三尺非一日之寒。咋干活呀！想想能不急人吗？人不操心不知道柴米贵，不养子不知父母恩，不操心不着急哪是完全不可能的事，人就是瞎操心穷着急，你叫它不想哪是不可能根本办不到的事，你巧巧咋能会跟人家不一样呢！也同样负责一个队！"

"我怕什么，急什么上有大队长你炎大姐顶着，你咋安排我们就咋办，下边有班组长，看着监督还怕大家不好好干是咋的，该传达的传达到，该带头的拼命领着。还有什么愁呢！我巧巧就是要等到时来动转，好好地唱一会儿跳一次。人生嘛！就是要好好玩，好好干！反正命运就是这样辛苦这样的尽兴有趣和普遍女人是不一样，走南闯北来到燕山还怕狮子老虎吃了不行吗？咱们姐妹们多，笑起来也能吓跑一群野狼和野狗，你想炎大姐跟着你不说很得意，最起码也有小传记留给后人说笑吧！好家伙谁在后面偷袭我呀！乖乖哟，还挺痛的！有谁敢跟咱们开玩笑，找找是啥东西！"

"没有啥东西呀！"话还没落音，又一个大青杏子砸在身上。

"好家伙，这杏子自己会蹦来，过来找人吗？我看见了大树上有猴子，不是猴子才怪呢！"

孟姜女随手拾起地上的大青杏子往树上面甩去，不偏不斜砸在一个猴子身上，猴子吱吱地叫着，又跳在另一枝一桠子上面摘下来往人身上砸，砸完后猴吱吱叽叽地笑着拍着双手掌是高兴的姿势，不兴奋不叫着蹦来蹦去地在树枝上穿来穿去。"这一群猴子，整天吃了玩，玩了吃的！落得痛快，你知道猴子怎么能逮住吗？"

"不知道，不是今天见到，原来连猴啥样都不知道！咱们老家大平原那哪来的猴子见！"

"有啊！有人没有事抓猴子教它玩把戏，敲东西，戴小花帽，穿花衣裳，拿绳子拴住它牵着，猴子一只爪子抓住绳子，乱蹦乱跳，一只爪子在地上拣东西吃，都是人们嗑的瓜子，小糖果什么东西，有时候它的主人上去抓，厉害的狠，脸上头上都抓流血，你打它，它和主人对打，学人的动作灵性特高，特有本事猴子有时候也坏着呢！不爱走路，好爬在主人肩头上，让人扛着它，它这望望，那望望，一刻也不闲着，总之猴子爱动，没有老实的时候。"

"咋样才能逮住它，反而又不伤害它哩！炎大姐？"

"咋逮它？方法老多了去了，要是在夏天秋天，地里长的瓜你可知道？"

"那谁不知道啊？西瓜、甜瓜、冬瓜、南瓜什么都有！"

"用小刀子，把它切个小圆口或者方口，不能太大刚好一只手能进去最好，你就在地里头有猴子能看见你的动作的地方，用手往里一下一下地拿东西吃，假吃，放嘴里送去一下又一下，猴子绝对认为是最好吃的东西，比画几次后，你装作有别的事去干，把瓜放在那里，猴子会学人，它也伸出爪子往里抓东西，但是它毕竟不是人也不如人，它拿了东西手不放开，这时候你过来抓它，它的爪子在瓜里抓一大把瓜子，是绝对不会松开，把爪子提出来的，它会带着瓜子一拐一瘸一瘸跑不动，你拿着绳子拴住它，它都不愿意松开爪子的，这是逮猴子的最简单方法。还有一种你用酒坛子舀酒喝，喝了还笑，笑了还喝，它认为特别好喝，一点点一点点地喝醉了，睡在地上不动了，想怎样就怎样抓，好乖乖的这些猴子无法无天了，竟敢向我们姑娘开战了，看呀，它们都拿上东西砸姑娘们也！这些小坏蛋真调皮逗人……"

"炎大队长，咱们得狠狠地治治这些臭猴子们，不然以后时辰还长着呢！它们会天天来打扰我们的，谁也别想安安稳稳地干活……"万将军说。

"万将军怎么个治法？得先想出办法来，它们在树上一蹦一跳的怎么个打法呢？以我看只有将果子的树砍掉，没有吃的吸引着它，它自然来的次数就少了……"孟姜女说。

万喜良看看说："暂时也只有这样才行，别无他法，砍果树山上山下离开我们城址二三丈以内的果树，无论什么果树，什么杏子、桃子、梨子、樱桃等等无论什么果子树统统砍掉，没有吃的它们是不会捣乱了！好家伙这些鬼头子猴子不让砍！你砍树它砸你，我叫你砸个够。"万喜良拾起地上的果子石子朝猴子砸去，他用力大，咬牙甩开胳膊朝猴子们砸去，挨打的猴子叫着蹦着乱跳！"吱吱吱，叽叽叽"地叫着，有的猴子更胆大，竟敢跑来拽抓女孩子们，有几个还敢抱着你往身上爬杀！

"哎呀！呀！呀！我的亲娘呀，吓死人了！该死的猴子，打呀，打死你！快来人打啊！"荆丽丽叫喊着，她使劲把猴子从身上往外推，可坏猴子紧紧地抓住她的胳膊搂抱住她的脖子，她一时被吓慌了神，"我的亲娘呀，你们快来救救我啊！臭死烂猴子，我日你娘……"她们一起的姑娘徐子燕和高丽书帮她打猴子，猴子一只爪子向她们抓去，对打起来。大猴子也吓慌了神，就是不愿意走开，万喜良不知从哪里找来了一段三尺长的草绳子拴住它的脖子一头拴在一棵树上，才算完事。蒋芳也让猴子缠住了，拽她的上衣，在拉扯中把衣裳扯烂好几条子，白白的肉露在外面了。李丹妹怕痒痒，有个猴子抱住她的肩头一只爪子乱抓乱捣乱扰，给她笑的上气不接下气，一下子弓着身子在地上护着头，"娘呀！该死的鬼东西，快来人呀！收拾！收拾猴子！笑死我了，俺的亲娘呀救命啊！哎呀！……"

严梓芳白白的脸上被猴子伸出舌尖嘴去亲吻！高高的个子身上爬了两只猴子，前面一个，后面一只，翻翻衣裳不知道想找什么东西，后面一个拽耳朵拍头发，前面一个捏鼻子拨拉脸蛋，吓得她扭过头来躲闪，它又抓她的长头发，拍她的脸，伸出舌头舔亲她的鼻梁子，还不住地"吱吱吱，叽叽叽"。此时有一个猴王又壮实，背宽、腿粗的红毛老猴子，跟前的一棵大树上蹦蹦跳跳着，龇牙咧嘴地大叫着，又凶狠狠恶狠狠地瞪着大眼睛又叫又拍手，最后两前爪抓住树干，两条后腿爪子在下边一支横枝上猛踩猛蹲一上下，一上下的吱吱吱，叽叽叽地大声叫好！一只老母猴此时一只爪子搂抱着小猴儿子，两个乳房吊拉在胸前，小猴儿子用嘴去叼在嘴中吮吸喝奶子，还有一个壮年猴子低头坐在树杈上摆弄它的生殖器，红红硬硬的有中指粗细，从他坐的树上跳下来，去追赶另一个母猴子，母猴子坐一棵大树杈上，它公猴猛跳下来，双手抓住上面的树枝，两条后腿一弹一跳轻轻地抱住那猴子的腰背……猴王马上冲下来又撕又拽又打又龇牙咧嘴去咬它，这个年轻壮实的公猴子猛冲穿过一块大石头上跳蹦一弹上了一棵大树上去，这一大群猴子有三四百多只，遍布在满山冈中的树林中，一时不想离去。

"骑兵队的弟兄们，哥儿们，都拿上树枝条去打它们这些猴头怪脑的浑蛋，打呀打猴子啊！"有一个猴子一拐一跳地跑了，一树条子抽在常丽的身上。"哎呀！你打人好痛呀！先生好痛呀！咋用这么大劲哟！哎哟哎……"她说着掀起衣服来看，"看你给人家打的都冒血印子了！瞧瞧呀！一溜子都肿起来了！好疼好痛也！"

"哎哟哎也！实在对不起了！我发誓绝对不是有意的！谁要是有意的不得好死！我张宝贵是狠劲抽坏猴子的，谁能知道打在你美女身上！"

"你打了人，一个对不起就完了！帮我吹吹，火烧火燎的疼痛，气死我了！今天算是倒了十八辈子霉了，叫你个坏蛋抽一条子，哎哟哟哎……"常丽叫着说。

"哎哟！张宝富你小子想吃肥肉啊！嘴伸到人家身上干啥哩！看把你美的……"李小泉走过来猛地一拍张宝富的脑袋说，"平时看你小子肉头呱叽的，没想到你小子还会给美女看病啊！你真是出手不凡哪！精彩之至，好样的啊！"

"李班长，这是特殊的特殊情况！谁叫我倒霉得狠呢！"

"是福不是祸，是祸躲不过，你小子要走桃花运啊！还倒霉什么家伙嘛！"

"李小泉，请你不要满嘴胡叽叽，讲话没有轻重，咱们骑兵队的人和她们女子大队都是亲姐妹，亲帮亲，邻帮邻的，不得胡说八道，啥东西赶快打猴子才是真事，把它们都撵走，劲都用在打猴子上面来，废话少说，干起来呀！冲呀！打死你这些笨蛋畜生，狗娘养的猴子孙子，看你不跑！有种还待着呀！"

万喜良乱叫着打着！"万将军，你看这里有个小狗娃你要不要，逮回去喂怪好玩的，看看呀！肥嘟嘟胖乎乎的好玩哟……"

"赶快打猴子，猴子不打，又弄个狗娃干啥家伙嘛？咋养嘛？没事穷操心，人都快没东西喂了！搞个这家伙怎么弄！乱弹琴快去打猴子！猴子不打跑咋干活嘛？这大山里咋会啥都有？趁早不要喂！咱们这里连人带马二千多，它一会儿咬这个一会儿咬那个姑娘可烦透顶了也！"

"将军！你看它多有意思，多好玩呀！肥肥胖胖的圆滚滚肉嘟嘟，多老实多可爱毛哄哄多快活呀！……"

"就你李小泉的事多，一会儿猫一会儿狗，回来再逮个老鼠喂喂算了吧……"

"万将军，就这一回，绝无下一例，你就行行好吧！可怜可怜它吧，没爹没娘的小狗，让我喂一会儿吧……"

"就这一回！下不为例！要有下一回，咱们军人以军纪律规定，定砍不饶，听见没有啊？"

"是！将军！坚决砍头当尿罐子使用……"李小泉一手抱着小狗狗，一手拿树枝条拼命朝猴子跟前冲，猴子们见他抱着它来吓唬它们，它们都被吓得一窝蜂地往远处树林里钻去。

"万将军、范将军，猴子都跑掉了，快来看哪！怎么样，猴子害怕小狗狗呢！""汪汪汪……"李小泉嘴里学着狗叫，边往前边走边叫着说："乖乖的，真好玩！叫一个。"小狗狗把舌头伸出来舔舔他的手背，晃晃脑袋，把身子圈起来，想睡觉的动作！李小泉把它搂在怀里身子晃摇着嘴里："噢！噢噢噢狗狗睡觉了，乖狗睡觉了。"六个孟姜女从旁边走过来一看是几只胖乎乎的小狗狗，还有两只小猫，没多长，有手掌大小，还不会叫唤，就对李小泉说："这玩意儿我来拿着玩，真好玩毛茸茸的，多漂亮，放到衣服里谁也看不见，我的个亲娘，好舒服好得劲，软软乎乎可别咬我啊！咬了我，我孟姜女可把你给摔淌僵！摔淌屎哎！李队长送给我们六个人一人一个啊！过几天再还给你！"

"好好！大队长话说出来了，送给你们，平时想巴结还巴结不上呢！送给美人美女大队长了！"

"小乖乖也小乖乖！千万要听话，可别把姑奶奶的肉给抓烂了，真有意思哎！"

猴子遇美女，姑娘乐合劲。
华夏仙女情，筑取神龙晶。

搬石头

　　"弟兄们，赶快下山到山沟里搬石头啊！一个挨着一个站开拉开拉大一点距离，往前传石头块子，听见没有，人往后退，还往后退，无论男女都朝山下站排挨着挨排队，小心别砸住人了，快，快快！怎么那么费劲！往后呀！都往后往山下挨着排队站，别舍不得往下走，一路站开，把石头往上往前递的时候吆喝一声'石头来了'，反正让你的下一个人知道！快接快递出去，白闲着！"

　　范将军大声讲道："男的都在山头山沟里往出排队！姑娘们女孩子们往山下边的平地里去接着往前站排，一个挨一个啊！大家千万注意啊，别砸别碰住脚了，眼睛都灵活些，别肉头呱叽的，抬头看着点往起递呀！……"

　　万将军说："注意大块的来了，大块的别晃恣狠，慢着点，既要快也不能碰住了！万事都要小心小心无大差，后边的往下传，声音大点，别像蝇子哼！真费事，费劲……"

　　"将军你别急，他们个个都会小心的，有几个傻子啊？别愁小鸡没奶吃，个个都会长大的！"孟姜女大声说："女孩子们往山下退，跟着我往下退，往后退，叫他们骑兵大哥哥们山上山下排下去，咱们美女到平地上去，快快，快呀！石头都传过来了姑娘们加油跑啊！注意别把人推倒了，小心摔跤哦！注意点嘛！看看差一点滑跤吧！跑步向前冲传过来了，姑娘们加油啊！加油我来了！下一个接住站好了，挨着递石头呀……"孟姜女说。

　　"拉开距离，走几步路怕什么！这样战线长些，石头送的距离远些，总归我们还是人少，战线不拉长慢得多，咋看是慢，总的看来还是快得多得多啊！"宫绣女说。

　　"我们集中力量，今天先传一半给堆起来，等几天再往前传递吗！四回、五回就到大海边了，我们的目的也就达到了。"张燕说。

　　"接住又一块！来了，美女！"王慧萍说。

"不是为了快吗？不叫怎么办！不叫不喊不睡着了吗！"任常丽说。

"那才厉害，不吭一声，不能就睡着了！还做梦哩！花姑娘能变成小媳妇，小孩子做梦，花姑娘乱蹦蹦哟！"

"你真逗人，人家都说，小孩子做梦屎厥乱蹦！你咋说成，花姑娘乱蹦蹦的！"

"话就是这样的地，想怎样讲就怎样说都行，只要你愿意，人不是讲嘛，嘴是两层皮，翻上翻下都由你自己，其实语言丰富多彩，灵活运用，千变万化咋样说都正确！"孙娜说。

"我不太爱讲太多的话，祸从口出，不讲话什么事情都没有，言多必失！不是得罪人就惹人生气，不讲讲话少说话，谁也不会说你是大哑巴！"胡曼说。

"做人难，不讲话，人家谁知道你的能力呢！话讲多了而且又有道理性，这很难！说闲话讲废话，也要有耐心耐性，无利不起早嘛！无论你干什么事情总有他有利益的共同点，否则还不如闭上眼睛睡觉哩！"孙娜说。

"谁不说呢！这会儿纯属是消磨时间，打发生命的时光，人咋得怎好得注意，石头又传来接好哟！"胡曼说。

"唉……知道了，心也快磨平磨亮了吧！什么也不会追求的，世上只有两个人，你知道哪两个人吗！"孙娜说。

胡曼说："不知道，光咱们一个队就有百几十人了，何是知道两个人呢！不懂啥意思！"

"先告诉你吧！你可愿意知道也！也许你不想知道哩！"孙娜说。

"是啊！咱们是普普通通的女孩子知道多也没用，管她是几个人呢！人多好干活，人少好吃饭嘛！"

"你真纯，清纯到家了，发呆才想起吃好饭好菜好酒好日子呢！好人好事好家好用好老公好女孩子，又是两个大好人，好奴隶的奴隶，人家咋讲对咋讲是……"

"咱们都是亲姐妹，我们哪说哪了，你我咱们还是姑舅老表，我才跟你说一声，你个人知道就算了，千万不要乱说啊！人家都说孟姜女喜欢上万将军，可万将军呢是个老实忠厚老八板认理直的一个人，说孟姜女在夜里说梦话都在喊叫孟姜女怎么着呀！怎么这呀那呀的事情，还有和范将军眉来眼去的，暗送秋波，勾人家上当，你没有看见孟姜女不是围绕他万将军转就是跟范将军的屁股扭来扭去的，脸皮厚的很，跟城墙一样厚了，还有那个刘队长你没有看见吧！也在打孟姜女的主意！"孙娜说。

"原来只有一个孟姜女，现在一下子六个孟姜女，有五个肯定不是人，说不定哪天哪一刻假孟姜女就变成老妖怪，不知道要害哪一个人，也不知道是要坑害这些姑娘们，还是害男人呢？胡曼你一定要注意着，千万不要让她坑害或着迷着了，不然死还不知道是怎么死的，那才冤枉冤屈呢！你别看姑娘们不吭不声不吱声，但心里早早都开始提防她们了，咱们女孩子不想坑害人，但也不能叫人家给整死不知道是咋回事！说句不好听的话，咱们让人家给卖了，还在替人家花啦花啦数票子呢点钱呢！所以无论干什么事情都要多长几个心眼儿，别啥都不知道啊！你不知道千万不能给人家乱说，自己心里知道就行了，好曼曼好妹妹你太单纯太简单了，看你眼睛瞪得多大！"

"不惊奇不害怕吗？我娜娜姐姐咱们都是亲戚呀！有啥事你给我说着点，我不会到处乱说乱讲的，她假孟姜女要真害我们，我们可咋办呀？我还不到十五岁呢！还想看看长城修好以后到底漂亮不漂亮呢！"

"放心吧！有事我会先给你讲讲给你听的，咱们都是好人，好人的心都是肉长的，不像他们那些坏蛋们的心，都是石头和铁打的，铁打的心又黑又硬又狠又毒，看谁也看不惯，就去挖人家的善良心去吃，快快石头传过来了，小心别砸住脚，碰住手了，干事干活要小心当心学会自己照顾自己！怎么办呢？看人家小伙子多可爱，多得劲多有本事，我要是个男孩子首先喜欢你这样的好女孩子，要是有个男人，哪怕是个老头子来抱抱多得劲呢！夜里做梦都是男人男孩子抱在怀里抱着，有个男人多好玩多得劲！"

"胡曼曼你告诉我，你一定相中哪个男人了，而且这个人一定跟你眉来眼去的，他姓什么叫啥名字，你要是不说，我去告诉万将军和孟姜女去，让他们来一查就能知道，到时候你的好梦就全完了！"

"孙娜你千万别吓唬我啊！告诉你你谁也不能说，你要是讲出来我胡曼拿刀子给你拼了！"

"哎，你们两个人干什么的光说话，快传啊快搬啊！"袁大萍说。

"你看不见还帮着往前进呢！真茅坑里的石头，又臭又硬又滑又不好搬呢！"

"泉水！故乡！泉河情长，注意了……"宋班长走着唱着哼哼着。

"宋班长你好！好几天不见，这会儿怎么这么高兴啊？"

来人骑马朝孙娜点点头说："去兴城了，那里人多，离葫芦岛近，在岛上玩了……"

"任务没有瞎玩！没有那事吧！"孙娜说。

"告诉你坏蛋又要来了，有十来万人呢！这次打仗一定要小心，敌人是来报仇的，上次耶律哈拉子死了，他两个弟弟来报复复仇！一个叫耶律哈赤子，另一个叫耶律哈滚子，这人野得很，坏得很，抢到美女拿刀豁着干，即是强奸后用刀子捅死！抓主犯孟姜女等等，我走了，去报告万将军和范将军去，你不能乱说啊！半个字也不要讲，不然头就没有了……"

"他就是宋班长，骑兵班长叫啥名字？"

"他叫跃龙骑马打仗厉害得很！他长得怎么样嘛？"

"还可以，像个男子汉，能当班长还有错吗？孙娜你鬼得很呢？你们是怎么认识的？"

"反正你都知道了，上一次打仗，他正砍一个坏蛋，另一个坏蛋旁边闪出来，我一刀劈过去，他看了我一眼，说：'谢谢！'这是救命之恩，他一口气用长枪挑了好几个敌人骑兵，我在他后面，一个坏蛋挥刀砍我，眼看要完蛋，只见他枪头一摆又一枪扎过去，那个坏蛋就完蛋了！那一天我一直跟在他后面，后来追击敌人好远好远，返回来时他拥抱了我，还亲了我！事情就是这样！他告诉我，等修好长城就回来娶我，简单吧！后来我梦中经常梦到他那魁梧的身材！有劲的胳膊搂着我连气也喘不过来！"

"你千万不要让他们将军知道，如果知道了会砍头的……"

"放心吧！我宁愿自己去死，也永远不会承认的，他们想怎么办就怎么办，头砍掉也绝对不承认，不认识他是谁！在伟大的纪律，我认死也不会认账！"

"好表妹，你真幸福，我现在还没有找到呢！回来你告诉宋班长让他给他班里的骑兵巧巧偷偷地介绍一个好男子啊！！你千万不要忘记了！只能认识一个，个个都能认识，让他们互相说说讲讲，他们比咱们方便认识男骑兵！一定能找个好的更好的，就这样讲好了，过几天等你的消息传个信儿……"

　　　　好事多谋，天机人恋。
　　　　谁能知晓，美女传俏。

报仇

"放心好了，我会记住的，人帮人嘛！谁不愿意大家都好，过得得劲呢！纪律是死的硬的，人总是活的吧！你等请好吧！"

"看来，又要打仗了！咱们人少能行吗？敌人这回纠集了十几万大军，咱连一万也不到，男男女女加起来才五六千多号人，能顶住打胜仗吗？让人纠心，这老天爷咋一点也不公平，生那么多坏蛋！"

"这就看老天爷安排的命运了，是一次几千多人男女，消灭了他们六千多人，这次他增加了百倍千倍的人马！我们还能胜利吗？愿上帝老天爷多多保佑我们大家平安无事……"

"听天由命吧！他们男人好说，该死吊朝上，不死再翻过来，谁能知道咱们女人咋办呢？"

"老天爷会帮助我们的，别说十几万，就是百万，我们也不怕他们，为什么呢？因为我们有六个孟姜女，我们大家还都是美女，打仗出手先冲他们笑一笑，叫他们胡想瞎想，我们抡起大刀砍下去！"

"我们是美女队伍专治他们的，叫他们来几个死几个，一个不剩地全部完蛋……"

万将军大声说："大家赶快停下来！不干了，收工，明天再来干！大家赶快集合，马上要开大会了，弟兄们快快集合起来！范将军讲话！姑娘们美女女孩子们也赶快集合起来，无论男男女女都赶快找自己的队伍集合起来，弟兄们，姑娘们大家都听好了，马上准备打大仗，这次敌人纠集了好几万人，要来报仇，口口声声地要来抢美女，抢姑娘女孩子们，这是你们施展绝招杀坏蛋的时候，只要心狠手有劲，这会儿叫坏蛋们死的比上次还要多还要快，绝对不能手软，你不杀他，他反过来就干坏事，他们口口声声要抢美女带着刀子豁出来大干，姑娘们敌人带着刀子，就是要杀人要砍头，你心软了，就是他刀下鬼，一定要拼命地杀打砍剁！弟兄们这次打仗我们不能像上一次那样一窝蜂地上，这次我们九千人分成七个队，六个孟姜女带六个队，一队依义院口开始砍杀敌人，二队石门寨砍杀敌人，三队在从西往东十里冲杀，四队在头台营，五队在万家屯杀过去往和大青山两队人能合成一处在往西杀，六队从长城基以西等敌人大队人马过来后再杀，长城地基是一道天然河沟，宽三丈半，深一丈几尺，他们最后都会掉进大沟里去死，后队撵前队，过去再返回围击砍杀，进不去，回不来，摆在他们面前的只有死路一条，另外各队多带些大刀长枪，这些村寨都不少人，愿意参加者，把武器发给他们，多一个人就多一分力量，就多一分胜利的把握，无论老少都可以，这次敌人比上次多得多！千万不能心慈手软，发了好心害了自己，你不砍他会砍杀你，他最后还会强暴你，他们人多，我一个人，敌人就一百个人，美女姑娘们，本来是一男一女，可他们天生就是畜生，啥事都可以干出来，一个女孩子倒霉，他们会一百个坏人上来，谁能承受得了，不死也把你给整死了！因他们不是人，没有一点点人性，都像大路上的野狗是一样的牲兽人！希望大家互相拼了命的相互帮助，互相照顾，我们毕竟是一个华夏大民族的子孙，亲连着亲，心连着心，血液是一个神龙的脉搏！我们如果还有一个人也要战斗到底，拼到杀到最后一刻，为普天下的老百姓而死的壮观豪迈！人们会永远记住我们这些修长城和保护的男男女女骑兵女子大队人马的！现在各自带走自己的人马去守候在预定的村寨营地上去也！"范杞良又接着说："五队的女子队不应该在万家屯，应该和六队往西边撤，敌人上一次就在万家屯倒霉，他们肯定大部队人马首先去万家屯去出气报复报仇！我们不能以少抗强，以空城空屯留给敌人，让他们占领失去斗志在往前往西追赶美女们！以过长城基地线开始返回来再杀它个措手不及,在军事上叫避其锐气等它疲惫不堪袭击,一举取胜！孟姜女记住万家屯千万不留人看守让其失望再追之，待其疲乏再杀之也！"

"是！将军往西再往西，避其锐气……"孟姜女坚决的重复着命令，带着队伍往前去了！

"姑娘们，美女们不要怕，我们害怕敌人就不来了吗？不是的，他们是敌人是坏蛋是坏人，我们只有消灭他们，用我们手里的大刀长枪宝剑杀死他们，才能平静，才能过太平日子，坏蛋一天不消灭掉，不杀掉他们他们就干坏事，捣乱干尽缺良心的事，他们就是杀人放火抢女人抢东西抢黄金抢金银财宝无恶不作，所以我们是不能怕他们，只有砍杀才能解决大事，才能干净利落的过好日子，不然坏蛋活着，它是坏蛋不干坏事，捣乱干尽缺良心的坏事，就是要这样的教训他们，让他们有来无回，让他们找阎王爷去告状，让阎王爷好好奖励奖励他们，帮助他们投胎做好人，现在大家心里很清楚了，在这世界上只有我们这些美女女孩子们姑娘们能帮助他们，能救他们脱离苦海，其他任何人也救不了他们，作为我们要鼓足百倍的勇气，千倍的信心，万倍的疯狂来救助他们去阴间离开阳间这个罪恶的坏蛋行列，强盗土匪的伙伴才能去投胎生身去砍去剁死他们……好话说三遍，鸡狗不耐烦，大家一定要注意这个伟大的真理，雄辩的逻辑，坚定不移的立场去斗争去拼杀……"

六个真假孟姜女将手一摆骑着快马在前面飞马加鞭向在大青山方向赶去！骑兵队的人马向前所方向慢慢移动，还没走上二里路，将军命令人马下来休息，以逸待劳等待敌人有来再上马，五百铁骑连人带甲，马披褂防刀防枪箭的铠甲，一字排开等待着强盗土匪的到来。

不一会儿黑压压一大片骑马、步行兵潮水般朝这边盖压过来，古语讲：人上万无边无沿。这几十万大军如排山倒海般！听到叫喊着：有仇的报仇，抢女人的抢女人，谁抢是谁的，冲啊！加油跑啊！前队扎住，闪出先锋将来，波尔滚善罗，骑着大青骡子，穿一身黑铠甲："咳！前面的可是大秦兵将！我等是耶律哈赤努滚子的先锋军，识相的早早受降，封你官爵……"

"我们是大秦始皇帝的铁骑得胜军，不怕死的往前来……"万喜良话还没讲完，先锋将波滚善罗拍马舞刀，大军呐喊着往上冲来，五百铁骑更不搭话，接住便砍便杀，大刀舞圆了在人群中滚动，大枪左摆右摆都是人群挡着，不吱不吭已经到了无数敌人步兵，突然万将军大喊一声："向后撤！范将军、万将军只是不战往回拔马就跑，敌人一看小小一股子骑兵根本不是他们的对手，不战便败！"

"冲啊，冲啊，报仇的机会来了，杀光砍完一个不剩噢！抢美女啊，美女美人多的很啊！谁抢着谁要啊！不抢白不抢啊！冲呀！杀啊！……"没有一会儿人海如潮涌过长城基根槽沟向西追赶而去，一直往西推进。

万将军和范将军的三千五百铁骑自然而然的往西南的台头营靠近离秦始皇岛方向奔来，敌人在后面拼死拼活的奔跑追赶，万将军范将军一时快快跑，看看敌人速度慢了，又在前面不慌不忙慢慢悠悠骑马往前走着，敌人眼看追上精神又高涨起来，速度加快朝前冲去，总之是不让敌人抓住辫梢，跑跑停停，停停跑跑，他们大队人马直累的人乏马困，耶律哈赤子和耶律努滚子来到万家屯一看方圆左右一个人也没有，满地垛的都是砖坯子，方圆几里都是，他们气的砸砖坯子，摔砖坯子，摔也摔不烂，晾干的砖坯子都是黄土泥巴块，死重死沉的干后都很结实，不容易搞烂，一时也找不到有效的方法报仇，只是一个个恨得牙根疼，将成垛成排的砖坯子推倒算数！"走！找人报仇去！奶奶个熊养的，这些人太狡猾了！把美女美人也藏起来了，劳师费事！王八蛋的贼滑贼精的！往前追，一个不剩的抢回来，娘的吊尻龟儿，看你能跑多远，跑到天边也要把你们给抓回来！弟兄们往前冲啊！杀啊！抢哎！……笨蛋熊吊样，他们的人少，将更没有，美女美人就在前面，快冲快跑，谁抢着就是谁的！"二三十里路只是在一会乱哄哄中结束了，二十多里路咋也摆下十万大军了！

"报告！将军！前面就是台头营、石门寨、秦始皇岛、万将军、范将军咱们不能再往西去了，这二十多里地下来咱们的马匹也累了，稍稍休息整顿一下等敌人过来，就杀过去咋样？……"

"好吧！也只有这样了，一切都按咱们的方案进行着，下一步就看咱们的大刀大枪软不软了！大家一定要咬紧牙关砍下去！也会累的手腕子生疼的，命中注定的叫咱们把他们送到阎王爷殿上拜见阎王爷！"

"好玩吧！小鬼小判连记名字也来不及的……"李小泉笑着说。

"那就挨不着我们了！我们骑兵的任务是送他们上路找老阎王爷，具体上是投着胎找个好人家，就让他自己去收买小鬼小判官了，今天咱们这些刀枪又要开开荤了，尝尝肉味……"宋耀龙说。

"范将军，我最担心最不放心的是这杆大枪！扎刺挑太多太多的人它承受不了啊……"

"你的大枪受不了，我的大刀恐怕也受不了！孟姜女大队长你带的美女全在这里吗？……"范杞良问。

"一个小队一千一百零八人，一个不少一个不多！一手拿大刀，一手拿大枪！个个都是摩拳擦掌，准备好好地大杀一场！座下骑的大马，个个还威风潇洒吧！你们这些男爷们骑兵，来看看我们这些女孩子姑娘美女美人们像不像女将军！女大侠骑兵噢……"孟姜女说。

"美女更美，更潇洒更浪漫，又有女孩子美女靓艳光彩的阳光美哦……"

"弟兄们美女姑娘们，今天是决定我们华夏大民族的长城能不能继续修筑的大问题的关键时刻，敌人强盗坏蛋今天多于我们百倍千倍的万倍的兵力来征服抢占我们的地方地盘！口口声声地要消灭我们大秦王朝的骑兵队，来抢我们的亲姐妹姑娘美女回去享受，我们这些男子汉英雄豪杰们，一定要加倍努力的鼓足勇气和他们血战到底！有他们就没有我们，有我们就没有他们，我们剩到一个人也要和他们狗日的拼到底，这一次不把他们杀光、杀尽，一个不留！弟兄们冲啊！姑娘美女们来啊！坚决不手软！心不软！砍砍砍！杀杀杀！杀啊……"

此刻，姑娘女孩子们，个个手持大刀左砍右剁！手拿大枪刺刺刺！刺穿敌人的胸膛！穿透他们的脑袋！马队向前在敌人群里右扎左砍后剁！敌人此时喊叫着："捉活的呀！美女美人要活的！赶快投降吧！好漂亮的女人美女也！逮活的哟！抓住前面那个美女！她是属于我的，我先看见的仙女哎！谁也不准放箭！抓活的……"

敌人像潮水一样涌向孟姜女，孟姜女两脚扣磕着马肚子，两手抓枪拿大刀，像切西瓜剁菜刀一样，左面一脑袋滚到地上，右面一胸背透亮的大窟窿，敌人一个个临死还喊叫着："美女美人！你不要跑，我要你啊！……"

"去你奶奶个熊吊蛋，上阎王爷那里去找个鬼妹子去吧！乖乖的，狗娘屁僵的驴吊样子，杀死你个秃乖孙子……"

美女姑娘们一听那边个个都在叫喊着逮美人女人！她们气就不打一处来，所以一个杀一个，嘴里也气呼呼地瞎骂来提高杀人砍人扎人的心理状态和气愤。所以也都在大骂："滚你娘里个屁孙子！砍死你，叫你能个够！熊儿子上娘尿里回炉炉再揍出来你小子！野种吊蛋杀！砍死你！娘僵的驴吊猪精儿！叫你去阴间抢美女魂去！"一阵子猛杀猛砍！可一个敌人也不见少，坏蛋们团团围着孟姜女们叫着："抓活美女！等着抢抓活美女啊！千万不要伤了她！看她怎么办怎么杀人的，她已经快没有劲了，不要放箭，等着活捉，逮活生生的大美女哎！弟兄们上啊！拽住她！捞住她！千万不能叫她跑掉了！娘里狗日屄的叫你上去拉活美女……"一个坏蛋打着另一个家伙："上啊！小子，抢着美女，看她的脸蛋多漂亮，鲜红鲜红的比樱桃还要透亮靓美呢！快上不上老子杀你的头，"另一个家伙手拿大刀对另一个家伙叫道："冲上去！第一个叫你亲一口，看她长得多美多靓艳一捏一股水，一点一个泡，嫩白嫩白的叫人心里痒痒的难受！冲上去混蛋！""你咋不冲上去？看不见她的大刀多利害！一刀一个头掉下来，一枪一个躺地上起不来！乖乖呀！美女啥时候才能把你累软蛋，累瘪劲啊！美女仙姑姑奶奶啊！好可爱哎……"

"我叫你可爱！到阎王爷那里爱个够吧！龟儿子的孙子种……"

骑兵队的铁骑们兄弟们冲杀到敌人中心部位，砍杀刺扎，使敌人唤爹叫娘，砍头就像切西瓜，一刀下去头轱辘辘滚在一边去了！就像被抛掉的尿罐子乱滚在马蹄子下边！一刀下去胳膊掉下来扭着身子骑在马路上，血水顺着衣服往下淌着，只要马一受惊，立刻把人也掀扳地上！马蹄子立刻被踩成血肉模糊的肉泥！人多马多千军万马你碰他他对撞到你，一时都在乱哄哄像无头的苍蝇一样，谁也指挥不了谁，谁也不听指挥，只是叫只是杀，砍，大枪刺扎！挑着这个，又去穿扎那个，叫声一大片，喊声如潮！直杀的东南西北找不到方向，躲也没地方去躲，直杀得天昏地暗找不到安静地方，鬼都吓得胆战心惊跳！只见孟姜女将上午逮住的胖狗狗拿出来朝大枪头扎进去！围绕着敌人里三层外三层的骑兵们的马头上摆来摆去，马吓得惊叫，乱成一片，骑兵找不到马，马匹将骑兵掀扳到地上去，咳唧地大叫着，四个孟姜女挑着四只小肥狗狗，两个孟姜女挑着两只野猫娃！

"弟兄们，那个美女挑的不是小胖狗，是个儿狼崽子！那个美女挑的是不豹儿子，这些美女真胆大，狼崽子也敢掏也敢抱！连豹儿子也敢拿！简直不要命了，老狼和老豹子要是看见了，你立马命都没有了！马就害怕这一招，都是立起身子乱扒乱叫的把骑兵掀扳好几百人，马没有不惊恐万分的！翘着尾巴竖起头来叫：咳咳咳，唧唧唧的！"叫个不停！再好的骑手也给摔掉下来了，一时更乱的不成体统，又不像是在打仗，连先锋官也给掀翻掉下马来！波尔善罗！波尔滚罗！两个先锋官找不到马骑，手里拿着宝剑刺倒一个骑兵后，自己翻身上马，又没有大刀长枪，光一柄剑晃来晃去够不到杀人！只是在人群中穿来穿去躲着长枪大刀别扎着自己刺自己！就在人们围着美女，准备接下来抢美女的时候！战场上出现变化，大秦的骑兵越来越多，不是二千、二万、五万地往上增加，而且还在继续增长增加骑兵！居然增加至十万、十五万还多，耶律哈拉子、耶律奴滚子，跟前眼前也被秦兵包围住，几个亲兵卫士在抵死挡住、厮杀，"弟兄们撤退，快跑！跑慢了就没有用了！大秦朝的大队人马到了！再不撤兵小命就难保了！"耶律努滚子喊着撤退，但已经晚了，大秦朝的大队人马越来越多！一下子来了二十万大军！大部队正面侧面都是大秦骑兵快马，上哪里还能撤退，退是退不出来了，只有拼死再战！没有几个回合耶律哈拉子，耶律努滚子被刺与马下完蛋。

美女正杀在兴头上，人杀的手软，胳膊累的酸痛时大部队来救了她们！姑娘女孩子一个个脸上身上溅满杀人的鲜血！有好些姑娘大刀砍的都豁牙的卷了刃，更像狼牙棒，剧齿大砍刀，这一仗下来漫山遍野全是死尸，死马！有些没有死透的还在叫唤，还在哭泣，大秦王朝的骑兵上去再补一刀一枪的，叫它死个痛快，长城根基深二丈填的满满的死尸，总之这一仗跟原先安排的布置的一模一样，敌人最后想逃逃不掉，想走走不了，十五万人马都成了刀下鬼，枪尖上的魂！这一仗干净利落没有跑掉一个敌兵，再想报仇已经是不可能的了！长城是要修好！巨龙即将腾沸！神龙就要成为华夏大民族千百年的宠神活龙！亿万万老百姓将要成为龙的传人！九百六十万平方千米的大地上将是神龙故圆龙宫的神采巨殿圣堂！

"各队都按原来的队形排列站队！今天有重要大臣大元帅接见在场的各队将士，请务必安静等候！"万将军、范将军带领自己的五百铁骑站成一队，孟姜女也将自己的五千三百名美女站成双队二排出去等候接见。

二十万大军变为四排为二路等候接见！军乐队在前面吹奏开道！乐队吹奏的军人雄赳赳气昂昂地向前推进！军乐队后面是十六个武士！一个个人高马大器宇轩昂！走过去紧跟着是骑马三人一排走过去，中间人明显戴着皇帝的桂冠，前后翘着，四周布满了珍宝串珠，吊挂在四周，此人是个不到四十岁的皇帝，人高魁健，有点胖，嘴上锚留短胡，下巴上是一撮山羊胡！大脸盘高鼻梁放射满面红光！浓眉大眼炯炯有神，两耳大厚垂肩，他就是大秦王朝的皇帝，秦始皇！此刻脸上露出微笑，挺直宽厚的身板！挺身向女子大队骑来！随后翻身下马！一卫士牵过高头大红马走他身后，始皇帝迈着稳健有力的脚步向夹道欢迎的女子大队行进中，突然有人大喊叫道："皇上万岁！皇上万岁！"众人在后面随和着大喊："皇上万岁！皇上万岁！"

秦始皇两边后半步，跟随走着，赵高和宰相李斯！秦始皇大步走到六个孟姜女面前停下脚步，看看左面三个孟姜女，又看看瞧瞧右面三个孟姜女："你叫，孟姜女！"

六个孟姜女同时异口同声回答道："是！皇上！小女子名叫孟姜女！"

秦始皇上上下下仔仔细细打量着六个孟姜女，看看这边又仔细瞧瞧那边后："是谁派你来修这万里长城的？"

"报告皇上，是小女子自觉自愿来修筑长城的！"

"为什么？"秦始皇问道。

"报告皇上！修长城是我们华夏大民族的伟大事业，又是千年百年大计！是历史上从来没有的奇迹！所以为了大民族的兴旺，为了江山的壮美，为了大秦王朝的千年兴旺繁荣昌盛大业！我孟姜女理应为皇上为万岁尽一份普通老百姓的一份忠心！自愿情愿为大秦王朝做贡献！为江山社稷出力量！也为了保护天下老百姓的平安安全太平乐业是应该的！"六个孟姜女像背书一样的说。

秦始皇满脸容光焕发地说："不简单啊！孟姜女，你道理讲得非常之伟大！希望之说得非常感人，是我大秦王朝的典范，真理觉悟的最好民众，公民，美女美人！你现在是什么职务？"

"报告皇上！我孟姜女是女子修筑长城大队的大队长！共有一万一千零八十个队员，十个队队长，六个孟姜女，每个小队一千二百零九人，分十个小组，每组有队长带领监管，八个组是十一人两个组是十人！现在分布在马兰峪两个小队！打砖坯子，万家寨三个小队打砖坯子，杨桥畔南子长两个中队，打砖坯子！最后还要烧砖，把砖运上高山，再由皇上的二万铁骑兵垒在高山上，他们铁骑兵卒每个地方安排五百人垒长城，连保护美女姑娘的人身安全都在内，这万家屯的姑娘美女是三千三百三十人，也是五百零二人的骑兵大哥和万将军在内的，孟姜女部署报告完毕！"

"修筑大队的每一位姑娘都是自觉自愿来参加！最小的年龄才十四岁，最大的十七岁！她们个子都在五尺半上下，不拖累家庭！地有人种的前提下来参加修长城大队的！"

"她们都许配过人家了吗？"

"报告皇上！有一小部分女孩子许配过，大部分姑娘女孩子还没有许配，她们都想在修好长城后再找婆家，自己去找老公，自己找郎君相公，这些都是我孟姜女一路上来时掌握的美女信息和美女心情！希望皇上能支持能帮助她们实现自己人生的最后愿望！到时候他们个个毕竟是修长城时有点汗马贡献的！在历史上前所未有的巨大工程人间奇迹的参与者！皇上肯定会给她们人生最后一个最好的机遇来告慰一生感情情感的恋意！皇上万岁！皇上万岁！皇上万万岁！"

众人也随着高呼："皇上万岁！皇上万岁！皇上万万岁！"

"报告皇上，你一定会成为人间历史上，华夏大民族几千年最文明的伟大君主皇帝的！"

"孟姜女！你很会讲话哦！"

"报告皇上！不是我孟姜女会讲话！而是你，伟大的皇帝你做得好！你是历史上皇帝大王中的佼佼者！总而言之是皇上功绩卓越显著！超越创新的项目多！皇上的功绩老百姓都会给一件一件地记在心里！你统一了河山，把六国变为统一的江山！你统一文字，度量衡，修筑长城，引黄河水灌溉田地使老百姓丰衣足食，郑国渠，二百四十六年修自中山夸弧口今陕西泾阳，引泾水东流至三百多里，灌溉面积约等于二百八十万亩！这也是历史上罕见的功劳。还有秦渠，宁夏贺兰山下，青铜峡北，引黄河东北流经吴忠到灵武。长江都江堰大坝，还有你在青年时期以英雄好汉的姿态把持的朝政的缪毒宦官太监，把荣信候吕布铲除掉！这都不是一般人所能干的大事业！只有你心中装着天下江山，让天下老百姓天天过上太平好日子君主所为的豪杰的英雄行为！当然了，一个人一个皇帝都没有十全十美的伟大和英明，只是成绩和缺点的百分比不一样罢了！"

"好！讲得好！讲得对！真不愧为大名鼎鼎的孟姜女！我早有耳闻今天一见果然名不虚传，是个人物，是个女强人，又是个女人头的美女姑娘！我见过的女人太多太多，没有一个像你这样大胆智大的出息的靓艳美女！我从西到东走过山山水水，也没有一个如你的见识和魄力的女人！你本身就是一个被传奇人物的靓艳美女，大男子汉大老爷们都怕修长城的差事，老百姓中流传着这样一句话，脱坯搭墙活见阎王，而你孟姜女又是一个弱女子，从表面上看并不十分健壮健康！但是能理解朕唯有你孟姜女一人，我虽说是亿万万之上多少年！也是高山流水难遇知音者！别看我尊为皇帝，独揽天下，其实上我心很清楚，他们文武百官害怕的是权力，而不是我秦始皇，我一旦失去皇位，还不如普通的人，现在恨我的人还大有人在，他们借另写文章编故事诽谤污蔑，恶毒攻击，人心之险恶，三宫六院七十二妃子一大群八百美女也不如一个你孟姜女，这次我秦始皇从西到这里千里之遥，万里之远来！就是想看一看传说中的美女到底是长什么样子的？能如此英雄气概和女侠风范，叫朕感叹和嫉妒！更加羡慕和佩服！"

"感谢皇上的夸奖和赞扬，今天要不是皇上救了长城和一万八百多人的性命！哪还有这呀那呀的瞎传说！就这说不定几千年后，我孟姜女还被传说成是妖女魔怪老巫婆什么东西呢？人怕出名猪怕壮，猪一壮就活不成了，人出了名嫉妒成疯的人会有阴谋诡计来迫害污蔑诬陷……绝对会有想不到的现实的实现……"

"只要我秦始皇活着，谁也不敢瞎乱造改写历史的，是啊！"

"是啊！只要你是皇帝谁敢呢？但是，五十年，一百年后，谁又知道呢？人把鬼神都捏造出来吓唬人！还把一个修长城的女子算什么玩意儿呢？！周朝就有利用传说中鬼神能打仗有害姜子牙的！也有好多帮助姜子牙的鬼神！天将一人……"

"传说是传说，但人们有能人大印书本上，民间只是传说当故事笑话说说而已……"

"天长地久传说就成为真的了，多说上几遍，就变成真的了，这叫无中生有，无事生非没有逻辑的事！没有理能争吵出理由来……"

"不用怕不要放在心上，该干什么干什么耶！永远永远都邪不压正，正确的东西永远都正确，历史到底是历史，重写瞎写胡写都是有它的理由的。"

"今天，要不是你统领着大军赶到，或许这会儿我们早就到阎王爷那里报到去了，万八百多人能顶住号称十五万强盗吗？根本是绝对不可能的事情，人家睡到地上不动，让你挨着挨地砍，手也累软心麻，杀得抬不起头来！人嘛！到累的时候，尽你休息休息再杀也不行，人死了还有长城可言吗？这些都是上天玉皇大帝的安排，老天爷的巧合，没有费事就解决了漫山遍野坏蛋贼人，没打仗前都不敢讲胜利不胜利，只是鼓励这些女孩子姑娘们美女手不要软，心地不能善良，拿出杀猪宰羊的勇气拼死到底才能最后修好长城，古今中外古往今来奇迹神龙的故乡声韵……"

"你别看我是皇帝，在心情上，今天语言上从没有讲过，这么多的知心话，也没有听过一次这么感动肺腑的语言！更没有过如此贴近知音的亲切感！这都是天意，让我们走到一起来了，又都是情义缘分作美，说句老实话，我从来没有过什么激情的感受感动，总是有一种虚无晃词句！从刚才的真情中总算体会到一些事情，我有很多话要说，这会儿就算了，等下去以后我会派人找你，不知道是怎么回事，我特别喜欢听你讲话，有一种亲切务实的感觉，我这一生快四十岁！等你等了好久好久，你句句话都有一种亲切的感觉，相见恨晚啊....."

"皇上万岁！皇上万岁！"众人都跟着高呼："皇上万岁！皇上万岁！"

孟姜女又接着高喊道："皇上万岁！"

秦始皇激动的高喊："大家万岁！百姓万岁！"

赵高和李斯鄙视着相互眨眼睛，撇着嘴角，如嘲笑地哈哈大笑一阵。

"笑什么呀！宰相大人呀！"赵高说。

"我是太伟大了，真乃是史无前例的创举！"李斯奸笑着说。

"什么事太伟大了，值得如此大笑呢？"皇上追问着说。

"皇上！长城啊！难道不是几千年来的创举吗？皇上！"赵高指鹿为马的说。

"那倒不是！我觉得自觉才是人间的拼搏创举！"皇上说。

他们讲着往前走去，"皇上万岁！"的口号不断地喊着，美女睹视着他们，他们也看着大家，一场战后的喜悦冲击着胜利者的激情，使他们更加生机勃勃。

"太美了！太棒了！这一仗打得太及时了，太漂亮了！勇士们万岁！英雄们万岁！"秦始皇走到赵公明元帅跟前时又在高喊着："元帅将军们辛苦了！你们今天立了一个漂亮的大功！好好庆贺啊！再休息二天！慰劳慰劳将士们！

赵元帅辛苦！"秦始皇一手拍着赵公明元帅的肩膀，一手拉着万喜良，又来拉着范杞良的手说："范将军好样的！庆功不能忘记了纪律性啊！军队的生命就是纪律严明，才被称为铁军常胜军，不败之师啊！赵元帅千万不要让胜利冲昏了头脑！有先见之明的元帅！才是常胜家，大赢家，最久的军事家！"

"皇上英明！皇上万岁！皇上万万岁！"士兵们也跟着元帅高呼："皇上英明！皇上万岁，皇上万万岁！"

秦始皇一直在鼓掌拍手，一时又在招呼向士兵们招手致意，元帅将军们走在皇上后边，向骑兵们让出的夹道尽头走去。

唱秦娥

胜岁月！亿万英灵情热烈！情热烈！修筑长城，辉煌腾略。创人类奇迹豪迈，江山如画似钢铁，似钢铁！英雄铁骑，华夏沸越。

星夜

"孟姜女大队长，皇上专派我来传你去！"一锦衣卫士跨下马说。

"皇上，他在哪里？是不是天太晚了？"孟姜女问道说。

"大队长，你不了解皇上，皇上大多数时辰都在夜间批阅快报，有时通宵都不休息，也不睡觉，黑夜才是他真正最忙的工作时辰，解决大问题大事情都在夜间，我叫二星，跟随皇上多年，今年十四岁，父母都在，爷爷奶奶去世了，家里很苦，七八岁时在家放羊，后来遇上偶然机会在山上遇到秦王，我就跟他一起走到今天，他人很好，长得英俊大度有胆略胆识，是我一生中最佩服的人物，他无论骑马打仗，还是皇上都是一个很有本事的大人物，他现在在秦皇岛寨营里，还是他本人起的名字，将军大部队骑兵营都在哪里驻宅，比你们这万家屯人还多得多，马也多得多噢！"

"二星你说，皇上叫我去干什么吗？你来先猜一猜。"

"叫你干什么吗？你能干什么吗？炎大姐，你人长得实在漂亮，该不是皇上看上你了吧！皇上的女人特别多，也都长得漂亮。但是，你不知道炎大姐，皇上都不太喜欢他们，因为她们都不爱说话，又没有见识，只是一个美女而已，今天皇上一见到你，你讲的话，你办的事，皇上都特别喜欢听，而且也喜欢和你在一起，你说的话有见地，有知识更有素质，不像她们美女只会说：皇上吉祥！皇上安好！都是恭维的话，皇上听着就像没听见！所以皇上对你说的特别特别的感兴趣，而且今天是他第一次和女人讲话最多的一天，你没有注意到他旁边的两个宰相都十分不耐烦了吗？两个坏蛋都怕秦王，只要皇上不在时他们两个就指手乱脚的这呀那呀！皇上一到他们屁也不敢放一个，讲话哪句好听讲哪句，这两个家伙迟早是两个坏蛋！只是瞒着皇上。"

"你骑马跟谁学的？"孟姜女说。

"跟秦王，我不是说，在我遇到秦王前只是一个放羊的小羊倌，哪有放羊的骑马的，天天跟着羊屁股后面跑，从来没有骑过马，骑马快啊！跑起来威风劲十足，还得劲生风，马还通人性，你对它好，它也对你好，在关键时受了伤，它会想办法驮你回去，马的好处可好了，我就特别喜爱马，比哥们对你都好！这马你降服了它，它就让你骑，你如果骑技漂亮，它也感觉露脸，炎大姐你骑马多少年了，看着你骑的样子非常老练，想必有些年月了吧！真羡慕你！"

"我已经骑了十来年了，我家原来也有两匹高头大马，一头枣红色的千里马，一头白色的马驹，所以我很小就开始骑了，有鞍无鞍的无所谓，穿红色的衣裳骑白色的马，穿白色衣裳骑红色的马，反正骑马很好玩就是啦！"孟姜女说。

二星不慌不忙给介绍道："炎大姐，你不知道几年前，还有一件事情让皇上惊心动魄呢！"

"哦？什么事情会发生在皇上身边呢？"孟姜女问。

"差一点点要了秦王的性命，也是老天爷安排的一场虚惊，最后大事化小，小事化无了，但是那一帮子坏蛋们传闻说：是一个遗憾，也是倒霉的巧合，因为他们都恨秦王，有很多不了解情况的咬牙切齿地说秦王该死，秦王该早早完蛋，就是因为秦王太伟大太有气魄了，大臣当官的勒索欺诈老百姓，从中捞取好处，把普天下的老百姓推向水深火热之中，我一直恨这两个大坏蛋，赵高把持着朝廷里外和军队常胜军铁骑快马几十万部队，平时只有皇上能调动，任何人无权调动，但赵高就可以随心所欲，李斯偷偷地加重各种税收，敛财为自己库内，全朝文武没有一个敢吱声，所以这两个坏蛋才这般放肆，干了坏事坑害了百姓，都往皇上头上栽赃，有人叫荆轲的坏蛋，吃了熊心豹子胆，浑水摸鱼，想以此一次发家，标准的游手好闲，好逸恶劳。平时不学无术，酒后狂言，能干一番大事业，一个标准的地痞流氓！吹牛皮的人能办成什么事，只会酒后吹牛皮，平日里瞧不起这个看不起那个得，那个不沾嫌，这个不吊沾，不是讲人家不行不好，没有志气，没有出息呀！就是把人奚落一阵子，好像他多能一样，多么像个救世主，就是没有找到好主子明君主，最后去燕乡卫国太子眼前吹牛，他说这个世界上只有他荆轲如何能消灭秦王，他是秦王的天敌克星，他保证一定消灭秦王，最后太子丹就让他试一试，他拿着卫国三十多个城池去找秦王，他要献宝，秦王不断地传报，大好形势下忽视了刺客，荆轲拿着地图和匕首向秦王刺来，秦王一看非常镇静，抬起右腿向前猛踢过去，又一脚端在荆轲的右手腕上，疼痛惊慌中，虽说匕首没有被踢掉，但是这脚确给秦王迎来了时间差，荆轲被一脚一踢先是一愣神，知道遇上了强劲对手，秦王并不像想象中的草包，身子一歪一歪几乎被踢倒，歪斜着身上好不容易稳住自己的脚步，秦王这时大声喊：有刺客！抓刺客啊！荆轲一听叫喊，把他从梦中惊醒，在不赶快动手，自己的小命既将玩完，就在一眨眼的工夫，又提起右脚往前跨一步来追赶秦王，向秦王后背上刺来，活该巧合到家秦王急中生智逃命时，前半截身上扑向宫廷中的顶控大柱子，就这样又躲过了一刀，紧急接着就围着大柱子躲闪着，没有两个动作，锦衣上卫士拿着大刀匕首冲过来，这个号称能干大事的主，荆轲眨眼工夫变成了肉泥，从此宣告，不学无术的牛皮大王彻底完蛋！炎大队长你不知道人在关键时刻是怎么的死里逃生的！"

"惊险万分！惊险万分呐！"孟姜女说。

"在这个世界上好人多，坏人也多呀！人心踊跃，谁也看不出来谁好谁坏来！只有让事实来说话！"二星说。

"好人为别人着想，坏人为自己着想，不顾一切地疯狂伤害别人，来达到自己的强盗恶霸之食欲，最终自己变为坏人而已，炎大姐像你们六个孟姜女，其中五个人是假的，而这五个人的心不知道是好是坏，要是个个都是好心，就不需要挂着羊肉！无论她怎么样表现显示自己的好处！首先她的出发点就是不正确的，自己就是自己，不需要把自己的真面目伪装起打着别人的旗号去扮演别人，所以这里本身就藏着阴谋诡计，所以我们要警惕一点，别害了自己！"

"二星人家还常这样讲，看透不说透才是好朋友！"孟姜女说。

"好朋友不说透，别人受害以后还不是一样的爱和恨有区别，只是早一会儿和晚一会儿的区别，别人无论谁受害，都牵涉到你，细细想来还不是最终的好心人。"

"说句真心话，炎大姐大队长，秦王召见你，你本来是好心人，但因为有假孟姜女在，我们在秦王皇上周围的人，自然而然的对你加重心理防备之心，这也是不可避免事情，有虚伪就有人防假防坏人。"

"我也没有办法，本来就是受害人，你看这个假冒，偏偏碰到我孟姜女算你倒霉，还不是看我孟姜女天生是个老实头，谁都想来欺负我陷害我坑害我孟姜女，说不定我辛辛苦苦来带领着大家来修长城，还会讲我孟姜女是个害人精丑八怪，是专门来破坏长城的妖魔呢！是用女人的度量一哭二闹三上吊来吓唬修长城的有功之臣呢！随他们去吧！一个人捂不住几千年人们的嘴，想捂也没法捂，死人是不能捂活人的嘴的，而且从古至今男女授受不亲，人家是个男人大作家，我是个卖苦力来维持自己名声的，每天都要吃要喝，不干活凭什么来吃喝呢！靠卖人样子当画皮忽悠人家还感觉到有愧良心，干不出那种事来！我孟姜女天生就是靠双手来管自己的一张嘴，才有吃有喝。"

"炎大姐，假如秦王看上你，咱们现在讲的是假如，如果假设而不是真的，你准备怎么办？"

"好办啊！二星小兄弟，凉拌呗！"孟姜女大笑着说。

"凉拌？你讲得好容易呀！秦王皇上可是个大英雄，今天白天打仗，大家看见的，大枪挑杀一个又一个坏蛋，还有刚才讲的，几千年人们传说的谁人不知谁人不晓，落得身败名裂，但是明白人都知道皇上的功夫了得！"二星说。

"我并不是说皇上不厉害，我是说自己绝对不能害皇上的，正因为皇上是个古往今来的好皇帝，所以才不能喜欢他，这是我的真心话，不信咱们走着瞧好了，让事实来证明我孟姜女的为人！"

"炎大姐，你理解错了，我是感觉炎大姐你是个人物，又是大美女应该知道秦始皇帝的心！我们应该让皇上高兴，才能激发皇上多干大事为普天下的老百姓做好事懂不懂？美女大姐你现在刚好搞了个返等返！"

"你的心事我懂，我知道，但是用良心来衡量一个人，而且我不是想到哪里，就干到哪里的女人，所以说我现在的美丽并不是好事，反而是一件坏事，你不懂好孩的心事。只会去迎合人家怎么的！而不自己的相对统一的看法，所以你就不是一个特别聪明的人，只是一个办事灵光的人而已！说句实成的话，你二星只是一个忠于主人的一条狗，用词不恰当不好听，但是现实确实是这样的。而不是从灵魂深处热爱你的大王皇帝，只是从心里冒出来的一股股子忠心而已！同样的一句话，但效果确不一样，这就是华夏民族的古文明源远流长的语言文学典范的交响大词典韵调不同，这也是人与人的种种个性的层次而不同，得出的结果也不一样，作用与反映能力也是不一致的。"

"我二星没有学问，说不过你炎大姐，反正我知道你人美心灵也美，为着华夏大民族，也是大秦王朝的福星！炎大姐秦皇岛到了，秦始皇就住在中军大帐里，里边的灯火通明的。"二星说。

方圆几里地都是帐篷的连接着，有时来回巡逻的勇士兵丁走动着，最中间的一幢帐篷旁竖着高杆上吊着一盏六角形的大灯笼，灯光四射亮光能明，大秦王朝四个大字在六角灯笼上竖写着隶书篆字字样。

"报告皇上，孟姜女已到！"二星大声高喊着说。

"进来吧！"秦始皇的声音。

"报告，皇上！小女子孟姜女拜见皇上！"孟姜女大声说着，双手施礼，又双膝跪地，叩头磕拜。

"炎大队长，免礼！免礼！快请坐！"秦始皇显出特别的客气和亲切。

"皇上万岁！"孟姜女还要往下说，被秦始皇打断了。"炎大队长的词俗透了，什么万岁，什么也没有！炎大队长也会玩虚的了？今天我让你来，主要是商谈一下长城修筑事宜，你大队长最了解情况最有发言权了，讲讲吧！"皇上站起身来，来回走动着，时不时地用眼睛扫视着六个孟姜女的神态。

"报告皇上！关于修筑长城，我也略知皮毛，开始我们都在老虎口，万家寨，刘家塔一带勘察地形，而且在那里也留下三千三百二十七人，五百铁骑兵，骑兵平整城基山地，姑娘在黑老窑打砖坯子，刚去到那里，地形不熟也碰到了左云镇的一个叫左霸天的大员外，他在方圆百里横行霸道，和我们发生冲突，最后二位将军把骑兵调去后，方显老实。经过处理没收他的家财和地亩，叫他改邪归正，在杨桥畔以南子长那里去了两个小队的女孩子二千二百一十名美女在那里，有个窑堡打砖坯子，烧窑制砖后，再把砖运上长城根基，有骑兵大哥们垒砌长城，骑兵五百人，共计是五千七百一十八名男男女女，马兰欲大青山岭一线和杨桥畔的兵力一模一样，多都是二千七百一十八人，总之这四个地方都需要尽快烧制砖坯，目前最大的难处是万家屯的海边到大青山，从南到北的平地上都需要挖三丈半宽七十多里的根基基槽，槽深是一丈八尺深，基本就算二丈深，也就是在我们今天白天打仗的地方，从南至北已挖好基槽，但是需要大量的石头。当然了，大小石头都行，如果光用这三千八百多人运石头需要好长时间，有这个时间就火烧烧多少砖，这是当前最大的难题，最后还需要大量的土方运上山去，填满夯实大墙内部的空间，城墙才能越垒越稳当！"

"好！孟姜女你讲的非常重要，也非常具体，也讲到点子上了，我在京城咸阳就跟有关专家谈到这样的问题！你很敏锐，又能说到关键问题上，还有探讨创新的大胆设想，是个女英雄，更具体更有领导风采，不然把人看着比万人十万人少得多。但是领导能力非常强，我这辈子不瞒你说，做梦都想拥有这方面的人才，好再你孟姜女让我梦想成真了，所以我明天帮你解决最大的难题，俗话说得好，一个好汉三个帮，一个篱笆三个桩！天下美女皇帝帮，才能达到梦想时的希望理想的放心！孟姜女虽说你是我大朝的一个有谋划有智慧的人，应该是我皇帝的幸福人生的艳福之宠儿，但是我考虑到普天下的老百姓更需要安居乐业和太平，必须告诉你孟姜女全身心的自愿快乐和人生美的需要和要求来决定取之与否！但是我现在必须告诉你，我是从心眼里喜欢你，爱你的大智大勇！从现在开始是能侵犯和占有你，也只有我秦始皇一个人！不然我叫他吃不完兜着走。现在，我是敬重你孟姜女通报声明这一点，美人，也希望能拥有爱人的最高权力与地位。最大睿智，最富有人生享受！在这个世界上，只有我皇上，没有第二个人能跟我争。无论是谁！你应该感到荣幸！我不愿意在说什么，我是从心里边喜欢你，欣赏你！这就是美女！但是我为了让你孟姜女从心里追求爱和人性的超越自由，你可以从心里给我提出条件，虽然我贵为天子，但我知道爱的美和甜蜜，强扭的瓜是不甜，只有尊重和爱才能得到真正的爱。"秦始皇有力的叙说着，表情真挚，眼睛中散发着激情的光芒，火辣辣燃烧着。奔流澎湃的情，觉悟甜蜜的少壮派的爱！"孟姜女，我爱你！"

"谢谢皇上的厚爱！皇上刚才讲到，你爱我孟姜女，你让我非常的感动，我孟姜女长这么大，还没有一个人这么直接地说出来。这一会我不知道我是在干什么，大脑一片空白，无论你是真心的，还是虚假的，总归还是让我感到万分的幸福。也许这就是普天下的姑娘美女的共同梦想。但我也知道这回不是梦，但还是将信将疑的，是真是假只有你皇上自己知道，我自己心里最清楚，我几乎让你的花言巧语冲昏了理智，这会儿我知道我孟姜女在干什么！"

"我再说一句：大队长，在我今天白天第一眼看见你，我就爱上你了，但我当时还不知道你是谁，叫什么名字，这就是人的潜意识的预感吧！"

"听皇上讲：始皇帝说的都是天生的情缘，地设的美女俊男的情爱恋情，你我的话都说到这个份了，我无论说什么也躲避不了现实，今生一回的爱情，皇上今天贵庚？"

"今天三十八，十二岁登基，二十二岁加冕，三十岁统一六国。好好一本书上净写一些男盗女猖的东西，瞎编一些不堪入目的故事，为了国人的古文化，只有烧掉。挖郑国渠修水利，修长城，也是一种奖励激发情感的有利之举措。"

"好坏我不懂，但就你皇上目前满嘴的爱呀情啊！孟姜女我有百分之一千倍的怀疑，为什么呢？皇上应该非常圣明诚爱的理由。第一皇后，第二宫院，第三七十二妃八百美女，第四这近千人的美女，难道你没有爱过吗？没有一个能打动您的心扉良心吗？你如今还大胆大谈追求要爱……"

"好！孟姜女你听好了，朕来回答你的问题，皇后是在我十二岁登基当皇帝时，他们硬给我一个女人当皇后，说是规矩，天下人大家都明白，十二岁能干啥，人还没有半截人高，人本身还没有发育成，能干啥知道啥吗？三宫六院都是些硬强加给我的恶名，到现在三宫六院问问她们男人是啥滋味，她们懂吗？知道吗？要是懂，知道做爱享受！那就是太监干的好事，与我秦始皇没有一点关系！我就规规矩矩两个儿子，一个扶苏，一个秦二世，还是她们硬不择手段强加于我的，我皇上要是天天美女，夜夜美人的早让荆轲给刺死了，还有今天吗？还有你我现在大谈爱情的真谛吗？都是一帮子混蛋们往我脸上抹黑，自己钻营打洞用亲骨肉来笼络权威，明白不？我的大美人，孟姜女啊，你真是聪明一世糊涂一时啊！还没有开始酸醋坛子的酸水到处流到处淌！我秦始皇不像他们传闻的那种人，要如此孩子也好几千了！如今为大秦社稷，才生了两个儿子，有王朝有民族就有太子，民族百姓们才能有未来的希望，大秦王朝才能有进行到底的动力，不然我秦始皇当皇帝也没有脸面！也没有光彩，亲爱的大美人这都是没有办法的办法！是不依我秦始皇本人意志所能转移的风俗和大秦王朝的戒律！都是不得已而为之。我现在三十八岁，身强力壮，今天打仗时我专门用长枪刺挑，一个拥有近千人美女的，他愿意亲自打仗吗？打仗可不是儿戏，我几千里路从西岐关中来到这里干什么吗？一是消灭敌人，二是来看看你孟姜女，难道我皇上傻了？不知道在宫廷中享受太平？搂搂抱抱美女？她们都是经过千挑万选出来的，个个都是如花似玉。我听说：万家屯出来一个孟姜女修长城，我怎么的有勇有谋，来到这里才见到你孟姜女确实美丽动人，你也不能辜负了我秦始皇的一片心意吧！你不能太绝情了！"

"看你讲的多可怜！一个大皇帝，不是想找谁就找谁吗？想要哪一个就要哪个挨着挑吗？美女们个个还希望你能看上她们，给他们一片幸福天地，世世荣华富贵，祖祖辈辈的名誉，我孟姜女也希望如此，在梦中都能笑出声来，但是如今确不能，也是为了你皇上，不然我早就……"

"既然你也想为我好！为我着想，为了我们的事业，为什么不能牺牲点个人精神呢？只要你提出来，有什么要求，我都可以为你做。我可以再给你演唱一首歌，来表达我的真心，并不虚假：《如梦令》我爱你孟姜女，千里之遥来这。谁能知爱你！真爱不折不扣，情谢！情谢！爱誓如岿不撒。"

孟姜女听完皇上唱了两遍后拍拍手，随口唱道："歌声阵阵恭贺爱，持之以恒情温香。年年月月女神梦，分分秒秒月光靓。时时刻刻纯情渡，日日夜夜盼爱翔。恋人天缘温馨情，字字句句爱歌唱。"

秦始皇鼓掌叫好道："唱得好，唱得美，是个天然的好嗓子，余音绕梁三日啊！孟姜女，有什么要求，你快快讲来。只要我皇上能办到的，全部办到。"

孟姜女眼珠子转了转说："皇上千万不要心痛啊！也千万不要后悔！最后十秒钟倒计时怎么样？"

"孟姜女你也太小看本王了吧！只要是皇上我讲过的话，从来不后悔！后悔药天底下是买不到的。当年徐福找长寿不老药，还有赵国的和氏玉我都是逗着他们那些人玩的。小小一块玉算什么吗？还有徐福花那么多钱，他们认我秦王小气，说老实话在十个百个都不算什么！不说往事，只是给他们天下多一点点资料让他们感兴趣的人写着玩的。孟姜女你可不要瞎想，咱们好好合作，让后人为我们叫好！不然美女俊杰还活着有什么意义呢！现在求求你孟姜女，我这三十八年来没跟任何人说过为了爱谁，而向现在这样低声下气的。今生今世也就在你面前第一次献丑了，也是为完成咱们双方共同来感受爱情的真谛！"

"其他我都没有听到，咱们来倒计时开始吧！十、九、八……二，最后一秒了，没有时间了皇上哎！"

秦始皇脸上一点点表情也没有，真是做到英雄豪杰，面不改色心不慌，只等最后一秒的到来！

孟姜女看着秦始皇大帝从内心感激他的厚爱，在撞击火热的血燃烧着汹涌的爱心，似笑非笑的脸上荡漾着幸福："第一个条件是：遣散八百美女！皇上同意吗？"

秦始皇大帝笑着鼓掌欢迎说："好！太妙了，算跟本王想的一样！不谋而合，知我者莫若孟姜女也！我举双手赞成！怎么样！"

孟姜女兴奋在眼中闪射着无限的光芒："第二条：废除七十二妃！"

"我做梦都想给七十二妃一个交代，孟姜女你真是我秦王的知音！我现在都在你的情恋感召下想拥抱你一下，你真是我的女神！什么事都是不言而喻，让我讲什么好呢！只要拥有你孟姜女，我秦王死也甘愿。"

"第三条，你现在不能碰我！"

"什么？我不能喜欢你孟姜女？而且你从内心是喜爱我秦王的！这个问题有点矛盾了吧，让我一时不知道怎么回事，总得说理由吧！"秦王满脸不解地笑着说。看着六个孟姜女，等着她的解释！

"第一我向女子修筑长城的全体姐妹们发过誓，不修好长城绝对不找爱人，更不能在这期间成亲。第二皇上圣明，该明察秋毫，现在不是我一个孟姜女，在你眼前有六个一模一样的孟姜女，声音一样，张嘴说话吃饭也一样，无论对谁，我们六个的动作永远是一样的，龙王儿子亲吻后中毒身亡，不及时相救它命已故！所以一切都是为了皇上着想。何必为了一个小小的孟姜女而失去一个大国皇帝呢！一个英雄好汉，一个真正的豪杰是不会因小失大的。那太划不来了！这一切都是为了皇上！并不是孟姜女我有什么虚情假意！所以说为了民族的利益，为了华夏的百姓，我孟姜女有一万个理由拒绝你！皇上，其实我一个弱女子要反抗你一个大皇帝，真是鸡蛋碰石头。但你是个圣明的皇上，一定会理解的！"

"看你说的，孟姜女，一切都是为了我秦始皇，不过我也想为了你奉献一策绝技，最好能把你从深渊中救出来，不知可否行得通。你孟姜女等着！看我秦始皇的方法能行吗？"秦始皇一边说一边走到六个孟姜女跟前，不声也不响，一人面前停留一阵子。从前面慢慢转到后面，静心养气像是慢慢欣赏花卉一样，走走停停，一会儿走到空中上孟姜女的前面，面对面站了好一阵子，后又走到背后站一阵子。挨着看看，闻闻气息，像要在空中把孟姜女看到眼中永远不出来一样。又像把孟姜女个个顶的消失在空气中一样，来领会其中的爱意，最后秦始皇在其中一个孟姜女的身上轻轻弹动一下她脸上的发丝喜悦地说："好了，孟姜女，我秦始皇不是一台仪器，但也能知道千分之一的差异，但是我秦始皇不愿意说出来，只等时辰，会跟你有个交代的，所谓善有善报，恶有恶报，不是不报，时辰未到！时辰一到，必定要报！同意你孟姜女的条件，最后都会有一个圆满的结局，你也得答应我一个条件，今天时辰也不早了，明天还有事情要做。不要因为我秦始皇一个人而耽误了你孟姜女的计划，我秦始皇不愿做一个独权霸道的人，让我们最后拥抱一下好吗？"

　　孟姜女只是笑笑，等待着秦始皇的拥抱，秦始皇看看六个孟姜女没有反对，就在第一个孟姜女面前伸开双臂叉着十指在离孟姜女的胳肢窝使劲往上猛地一举，把一个六尺的美女举在空中，秦始皇昂头挺直胸膛审视着孟姜女，孟姜女双手下垂无意捧住秦始皇的面颊双耳，微笑而深情地注视着他！孟姜女下身垂贴在秦始皇胸前，双腿靠在肚腹两边。秦始皇此时猛收双臂，使劲把孟姜女按在怀中。双臂紧箍右手扣在左腕上，使孟姜女胸闷气喘微张红唇般的牙齿啟露，嘴角上撇，一股吞息喷在皇上脸上："美女，仙骨真爱义哎！"秦始皇就这样六个孟姜女尝试着秦始皇，一个大男子汉的拥抱柔情浪漫疯狂，剧有舞之情惜的闹狂，也有缠绵温馨的情爱。

　　"二星！送客！二星人呢？小瞌睡虫！"

　　二星此刻慌慌张张地从外面闯过来："报告！皇上，二星就是小瞌睡虫，请皇上吩咐！炎大队长，送客是不是呀？"

　　二星小声问孟姜女，孟姜女点点头微笑转过身子朝外走去！

　　"二星还有一个事，传召告示天下百姓，解散八百美女，让七十二妃统统回去吧！"

　　华夏大民族的奴隶制宣告结束，马上要迎来一个崭新的局面：封建帝国王朝。

　　有诗为证：

　　爱兮精灵致灵感，千年遗爱在心间。月光星光灿烂笑，情爱辉煌戏魂恋。

竞争

十万大军还在横山上往下传石块，石块大小不一，各式各样。"注意大个的来了。"

"小心！注意抱紧了，滑得很。"

"哎！注意了大个的重的很！慢慢来！"

"知道了，放心吧！"一人挨一人，长长队形排成长龙一字拉开距离，一溜烟从山上排下来，蜿蜒一直排下大沙漠边缘，总称是：毛乌秦沙地长城从沙漠的靖边村路过杨桥畔斜着西南走厢往东北走厢沿芦河横山万家寨上，又过无定河尾开往神木北的头道河至榆林集到注：神木前边榆林集在后边，在到万家寨上北。河曲又有十万大军在沙漠中挖城根基，宽三丈八尺，姑娘们将挖出来的沙土往边一边堆堆一边堆石头块。这也堆沙土堆，越图省事越费事。大家可以动脑子想想下面挖多深多宽，上面就要有多高多宽，除非你不挖，你不挖这大石头怎填下边砸夯城基础！所以还得老老实实地做先前事宜工作，得安排好计划。不然费不完的人力！"炎大队长，只要能把长城修起来，费事不费事都是小事情，本身修长城也是很费事的。但为了长远利益和普天下老百姓好有利，也就是对掉了多余费事。"

"人多力量大，人多好干活，一天二天运一大堆石头真是不得了！光叫我们三千把人，女子大队三个月也难搞这么多的石头。还是官大了好呀！"孟姜女说着。

"你现在说官大了好，有些人你让他来做官，还躲来躲去不想做呢！给她一步登天，她还怕这怕那。找不完的理由做样子，怎么讲呢！"

"我感觉到只要给华夏大民族有利有理的谋福，让全天下老百姓有好处，得实惠就应该大着胆子干，让大多数人赞成，少数人吹毛求疵，可以据理力争，也可以置知不理，歪想一大堆，无理争七分的人，可以适当地给以打击，再严厉的杀鸡给猴看，不然它就进行破坏行为的攻击较量了。"

　　"道理说起来容易，有那么一部分人是顽固不化，不见棺材不掉泪。用重拳敲击，孟姜女咱们还不如到处走走，看看他们脱砖坯子的姑娘干的怎么样，还有烧窑的。"

　　"只要皇上愿意看到哪里都一样，干什么活都得出力掏劲去干，看看就去看发了！"

　　"炎大队长，朕提醒你，从现在开始别一口一个皇上的，第一不安全，第二影响大家的注意力，说皇上对皇上大家男男女女的总要抬起头来看一看，影响面太大，特别是对熟悉的人也是泄露秘密，从现在咱们你称呼我秦老板或是秦大哥，遇到生意场上叫老板，碰到一般人叫大哥。大队长其实叫大哥还显得亲热些呢！总是一口一个皇上的，我就变成特殊人物了，无形之中将你我拉开了一大截距离。咱们要到一个完全陌生的地方去，我就叫你妹妹！炎妹妹！特别好听！我来先叫个试试，炎妹妹，走啊，让大哥哥拉着你的手，感觉怎么样？脸红什么呀？只拉拉手有什么关系？好妹妹也往前走哎！秦始皇说着往前走着，最后唱起了小调：走啊走！好妹妹噢，我唱着你也得答应啊！好妹妹也，快快走。前面就是神仙扭！妹妹你叫拍拍手，喜欢不喜欢神龙摆尾又摇头！妹妹哎！我爱你，你是我心的灯塔与玫瑰，我们一边走一边唱，啊妹妹！你答应哎？明白不！好妹妹！好亲人，光知道笑呀！哎哟哟！你答应啊！"秦始皇一手拉着一个孟姜女，还有四个孟姜女在后面，两个在前面如痴如醉地笑着。
　　"你们要是再不答应咱们奖罚分明，我一喊好妹妹，你们就'哎'的应一声，女孩子叫妹妹不吃亏，何必害怕呢？我爱你！好妹妹""哎！""你是我梦中的宝贝，好妹妹""哎！""你是我的兴奋剂，我爱你哎好妹妹""哎！""你的浪漫让我着迷好妹妹！""哎！""妹妹，妹妹好妹妹！我爱你你的美好妹妹""哎！""好妹妹""哎！""好妹妹""哎！""妹妹媚媚美美哎""哎哎哎！""丑妹妹丑妹妹臭妹妹臭妹妹也让我吻吻臭妹妹臭妹妹！""哎哎哎哎！""这一次是你同意，让我吻一吻的，说话不算数吗？孟姜女先生。"

　　"这是你有意快！快！快得很得快！偏圈套圈人呢！"

　　"大哥恋美女！大嘴亲小嘴有什么了不起！掉不了一块肉，坏不了一根汗毛你真小气！不说了，爱也没有灵感，灵爱不起来的，爱你你不应，盼你你不答。"

　　"炎大队长，你好呀！叫我好找也，咋样？不认识了？"乔镇长突然说。

　　"可能吗？才分手几天！不能就不认识了？乔大哥你好！"

　　"分手几天？满打满算快五十天了，我感觉到都快几年了！这位是？"

　　"他是我的秦大哥，做生意的，这几天没事路过这里来看一看，我们是姑舅老表，亲着呢！"

"一辈亲，二辈表，三辈不走也拉倒！你们是老表，老表见老表，一见面就搞，怪不得手拉手高高兴兴跳啊跳的，跳到坑里拔也拔不出来，亲戚加亲戚亲更亲，这都是民间顺口溜，这位秦大哥好富态，是个英俊的男子汉！"乔镇长说。

秦始皇说："你不也是个豪杰英雄吗？年轻有为，身强力壮的！你可不是一般人物。"

"大小是个镇长，这不是来给炎大队长送粮食来了吗，牛肉、猪肉、羊肉什么的，我答应她，月月按时辰一应俱全。这回我从万家屯一直找到这里。"乔镇长说。

"那你辛苦了！"秦始皇说。

"辛苦算不上，命苦，得有个交代是不是？古人讲：当差不自由，自由不当差，还好总算找到人了！没有白辛苦！"乔镇长说。

"这你就客气了，你给姑娘们办事，请吃饭已经是高抬举了，我前几天带着刀枪杀了那么多的坏蛋强盗，也没有哪个女孩子说请我吃饭的，人家现在说请你吃还是客气，不知你们双方都是啥心情，啥心意的。"秦始皇说。

"哎！小孩子没娘，说来话长，我要吃饭，带那么多好吃的，啥时候不能做着吃，还非得让炎大队长在百忙中抽出时间请吃饭，我不吃饭等于大力支持炎大队长的工作！"乔镇长说。

"好吧！总算你的情义深，人力物力全部省略掉，你今天我猜像是三十八岁的人了！"秦始皇说。

"不错，好眼力，正是三十八岁整，三十不富四十不发，就是命，慢慢过吧！"乔镇长说。

"已经不错了，人比人气死人，大镇长咋的，有几个大镇长，也是大秦王朝中的官员，老百姓见面口口声声地大人长大人短的，坐在哪里不风光呀！男男女女、老老少少谁不拜，天高皇帝远，你就是当地的太上皇，县官不如现管，管住他谁也不敢不听呢！"秦始皇说。

"是啊！话说得对头，老百姓的事情也不好办，也有不好办的事情，好人好办，奸猾人不好办！不好办也得办！早一会晚一会儿一视同仁！"乔镇长说。

"讲得很有趣新鲜好玩，大镇长！"秦始皇说。

"你做大生意的，哪里看上镇长什么的？"乔镇长说。

"做生意的不如当官的，做官有权，做生意想办法赚钱，干吗，非要当官，当官得罪人的，有时候我做梦都想当官，但就是当不了官！有时候全家恨你一人，全族恨你一人，干什么不是吃饭睡觉慢慢过慢慢熬呢！说不定我比你大几天，看透了都那样，千万别钻牛角尖！"。

秦始皇说："你比我，我可是正月里生的，正月里过！你是哪个月份的？"

"我是三月的，看来你比我大三个月，但我总感到我比你大才对！"乔镇长说。

"年龄大小不是靠感觉，是靠生时生月，年份感觉是靠不住的！大一天也是大哥哥，小一天就得叫大哥啊！叫呀！乔老弟，不叫会后悔一辈子的！"皇上说。

"当大哥有什么好处，大哥小弟无非大几天小几日的事，叫你大哥你又不给钱花，叫了怎样不叫也不能怎么样！你那么喜欢当大哥，看在炎大队长的面子上，也叫你大哥哥好！"

"你叫得很将就！以后咱们办事也得将就着点才是啊！"秦始皇说。

"秦大哥，你一个做生意的人能办什么事？还要将就着来呀！我真有点不当明白。"乔镇长说。

"我这个人做生意好，办任何事情都是很认真的，从来都不马马虎虎认认真真办好事，轻轻松松赚大钱，看看说着说到地方了，万家寨脱砖坯子的地方，乔镇长这是万家寨的窑大，离清水河集上不到四十里路，看看这明光砖坯子的场子大不大，一排排一垛垛，一行行的砖坯子，很壮观吧！很美观，很气派啊！还是人多力量大，人多多干活呀！当官不好吗？一呼百变个个齐向前，大家一起动手，才有这么大的收获啊！巍巍壮观"秦始皇说。

"秦大哥秦老板，我没说当官不好，我只是说当官麻烦事多，会当官的才能把官当了，会当官又不能当官的，只有干别的事呀！做生意人生一世，我看你这个秦老板就像个当官的，不过我一眼上看出来你是个干大官的，炎大队长你来帮帮我，猜猜你这个秦大哥官抵品像，像个很大的官，又像一个大财主，大员外，不愁吃不愁穿的大人物，炎大队长原来怎么没有听到你有个有本事的大表哥啊？你是不是现在才认识的大老板啊？光笑能解决问题吗？让你大表哥给镇傻了吧！？咋不说话呢？"乔镇长问。

"说什么呢！你们男人讲话，我一个什么都不懂的女孩子插什么嘴，只有长耳朵听着才是聪明的选择。你们男人的心思谁知道谁能猜得透呢！？大男子汉的，满肚子花花肠子！你还是慢慢猜吧！"孟姜女说。

"炎大队长，今天还有多少人脱砖坯子？每人一天能脱多少块坯子？"秦始皇问。

"秦大哥，我们这大概三千三四百长城大队的三个小队，三八二十四，三千三百二十四人，每天每人一百块，万二千四百块，她们每天的工作量很大，活泥，筛土，脱成坯子，千万得要收起来，反正总是不停地干，不停地忙，没有休息的空，也没有请假的，个个吃苦耐劳，处处为神龙长城着想。这些活都比在家里干的活重。但都没有怨言，也没有怕苦怕累的。她们个个都是华夏大民族的典范人物。处处体现了自我牺牲精神。"

"我倒有一个想法，等长城修好以后把她们的姓名刻在上面，给以后的子孙一个招示提醒！无论什么事情都离不开女人女神，只有女人才是这个世界变的美好更强大壮观起来，想法不一定正确，想法归想法不是决议和命令！"孟姜女自身嘲解的说。

秦始皇大哥说："想法很好，但都是多余的买卖，你想炎大队长，一个聪明人还能糊涂这一点吗？长城屹立在这里，本身就是一个说明图，解说词，还用在上面这样那样的写字写名字吗？她就是我们华夏大民族每个人每个时代的象征性，还用每一块石头每一块砖都是每一个心愿！心事的结晶和爱心！还是爱这个民族这个大家庭大国度，能有如此雄伟壮观巨龙神龙神城吗？从东到西上万里，从这茫茫的大戈壁滩大沙漠东到大海，西至天山天上嘉峪关，玉门镇玉门县，死亡之海罗布泊东库都克玉门关，写与不写是一样的结果，子子孙孙都会记住这自豪骄傲的壮观巍峨豪迈的长城神龙从渤海到天山早有诗为记：蜿蜒浮高山，腾海上青天。嫦娥永相舞，星星眨眼见。多现实多豪迈壮观靓艳长城神龙啊！谁不为之赞叹自豪骄傲呢？"

"秦大哥，你是个生意人做生意、赚钱，怎么会对这些事情感兴趣呢？而且还如此豪迈和欣喜，就好像这些成绩是你亲自完成和设计的一样伟大！"乔镇长摇着脑袋叹息说。

"咱们再到那边的窑厂看看去，第一窑砖点火了没有？看看你们几个没精打采的！炎大队长来上一段歌唱唱咋样？你的歌曲唱得好听啊！"皇上说。

"好吧！女声儿重唱：盼着你啊！想着你呀！一千遍地想着你，一万遍地想着你！千万遍地想着你，万千遍地盼着你！在哪里啊？在哪里哎！在哪里在哪里哎哟哟也！你在我的歌声里，你在我的心中，你在我的梦中，你在我的灵魂里！年年月月地想着你、分分秒秒地盼着你！在这春天春光春风荡漾的浪漫潇洒酷帅里！声声地呼唤着你，呼唤着你哟！呼唤着你哎！呼唤着你啊！呼唤着你呀！呼唤着你的心，呼唤着你的爱！呼唤着你的情！呼唤着你的人！呼唤着你的英俊浪漫！呼唤着你的潇洒靓艳！呼唤着你的睿智美丽！你在我心中比后羿还要勇猛无畏！你在我想你的梦中比大禹还要力大神奇！你在我的歌声里比伏羲还有神力的养育万物的新颖！你在我的灵魂中分分秒秒地盼着你比三皇五帝还有创新谋福于万民！年年月月我盼望我的天夫，我的神君，我的郎呀相公！我的人！我的老公在天边近在歌声中绚靓的秘密！今生今世你永远是我心中火辣辣的红玫瑰！"

秦始皇笑着拍手说："唱得好！唱得爽劲！唱得有生气！唱得活泼有朝气

阳光美！就是彼人的福分够中了！乔镇长老弟有感触吗？不劣呀！有帅气靓艳的美呀……"

"唱得好，确实美呀！可是很遗憾呀！想想望尘莫及啊！乖娘子！比后羿大禹，胜伏羲，这个伏羲可是人类之祖啊！他是女娲的丈夫，也太狂大了吧！"乔镇长摇头叹息说。

"窑垒的咋样？高不高？大不大？这一窑下来肯定烧不少砖吧？"皇上说。

"是啊！像个小山包！听说能烧好几万砖呢！"孟姜女说。

"不能图太多，太多的砖烧不透，火候还不到，质量就有问题！炎大队长回头问问他们老师傅多了好烧不好烧？不能急儿当误事啊！贪多嚼不烂消化不好是不能有效果的！烧一窑是一窑急者生变！物极必反啊！得讲究质量，千年大计质量第一嘛！切不可马马虎虎！石灰窑也得烧透，烧不好不透，不好泡，不好用……"皇上说。

"这边是黑老窑，那边是白老窑！都当地叫得响呱呱的上乘好砖好瓦好石灰也！"

"秦大哥，你是一个大商人做大生意、大买卖也管烧砖烧石灰来？你真够操心的！"乔镇长说。

"我们这不是闲得无聊，看见啥说啥呗！如果有最上上乘的好砖好瓦，我还准备购买一批，回老家把我们家的老祠堂再维修扩建一下！我这一会是随口提起注意事项，这修长城虽说挨不着我，但是我们大家都是华夏大民族的一员一分子，想到这里顺便提醒一下，也未可不成啊！如果乔镇长有什么好的建议方案，也同样可以提出来！贵在参与是不是呢？乔镇长、炎大队长！"秦始皇说。

"好样的，还是做大生意的人心细，心情也好！秦大哥真不简单，一专多能，让人佩服！"乔镇长说。

"还好！马马虎虎的过日子，不想赚太多的钱！有钱就行，这几天是放假刚好消遣消遣！遇到亲戚老朋友还有你这位新朋友小兄弟！更应该开开心心才是啊！可不像你大镇长走南闯北干的都是大王政中的大事大工程，是个有用不多的好男子汉呀！乔镇长有兴趣吗？感兴趣的话，咱们大家赛赛马怎么样？咱们男男女女几个人比赛一赛，八个人看谁的马骑的快，骑的好，骑的溜！孟姜女大队长会骑马吧？"秦始皇说。

"看看，秦大哥！你们是老朋友，又是亲戚老表怎么？炎大队长会骑马你都不知道？从这点看你并不了解炎大队长孟姜女的优点，炎大队长在关键时刻杀敌人骑马都是一流的好手大侠！第一天夜里从云雾镇饭庄出来就骑上光腚大马和坏蛋强盗打起来了，把他们给杀的哭爹叫娘！认为是上天派来的仙女助战来的！个个吓得抱头乱窜！东躲西藏没有半点招架还手之势，任凭你杀头砍脑袋，个个狼狈逃窜又都跑不掉一个，最后全部消灭干净，真带劲啊！"乔镇长说。

"是啊！乔大镇长，小兄弟！是我记性不好，我记的第一次第一天碰面，首先看见孟姜女炎大队长一手拿枪，一手举大刀，左一砍，右一枪，真是女英雄了得！女中豪杰女侠士，英俊勃勃大战长城阵，杀声喊声震天动地，敌人哭爹叫娘……这窑上不是骑兵队的人马吗？问他们借马骑一骑散散心情，好多天没有骑马也怪急人呢！大镇长会射箭吗？"秦始皇说。

"会是会！就是不太准，马马虎虎能放几箭！对于射不太精准！没有好好练过！反正现在又不去当兵，练不练的无所谓了！不干哪一行不热哪一门地！凑凑胡只要能放出去就行了！镇长也没有哪个要求非要精通精准射箭的，如今现在会骑马的镇长都不多！特别是些个老镇长更少见了，都是靠坐轿子办事出门……"乔镇长说。

"会不会！试一试！小玩玩，又不罚物什么的！炎大队长的弓法射箭咋样？"秦始皇说。

"没好好练过，谁知道呢？我想只要力大箭不还！稳住箭一定准，只有射射看吧！难讲难说，说不定还拉不开弓架呢？"孟姜女说。

"我去来，借马借箭玩玩怪无聊的！你们先等一等，我去去就来！不一定能借来，不行就用钱租，租马来骑，这是生意人的优势，有钱能使鬼推磨是不是？在骑兵跟前不一定好使！"秦始皇往有人的马跟前走去，好一阵子说说笑笑才回来。"巧不巧？大镇长，看马匹的是一个老乡头认识姓刘，叫来安，在骑兵队当班长，说好了，好借好还，下一次再借不难，拿了两吊小钱给他打酒喝！这不是，他还帮着给撵来了大马，每个马背上都有弓箭，用完了还给人家，不许搞坏了，刘老乡，谢谢你了！"

"不客气，有需要的地方叫一声，该帮忙的帮忙没有关系的！秦老板你走好了，再见了！"刘来安班长客气地打着招呼转身回去了！

"窑上放一块砖坯子，看谁能射准它？马上我看这位刘班长的马匹好骑不好骑！还可以，还算是匹好马，不过比起优良马还差那么一点点，比赤兔马还慢那么一毫毫，不赖！是匹好马！你们的马都好骑吗？大镇长、炎大队长好骑不好骑呀？"秦始皇说。

"好骑，好骑！又稳当又猛烈，又快又利量，比起一般的马还真是训练有素，不愧为军马！"孟姜女大队长夸赞道说。

"好马！好马！真听话！比普通的马好骑一百倍，真是训出的好骑战马！骑着得劲，走的步子还好看，还稳当，雄赳赳气昂昂的样子多够意思啊！"乔镇长说。

　　"试试弓箭可能拉开？只要能拉开，弓箭自然而然地就自己飞跑了！炎大队长拉开弓了吧？试试看也！"

　　"试试哟！能拉开，不太费劲，还行不劣射出去了！"乔镇长说。

　　"马马虎虎的拉开！不过不保险能保射准！"孟姜女说。

　　"准不准，试一下嘛！不试不知道，一试吓一跳，不射住砖头不罢休，来来开始放箭，看谁最准啊？怎么样射住了吗？大队长先生？"

　　孟姜女说："光顾拉弓，箭还没有上呢！咋不太好拉好扣箭呢！"

　　乔镇长说："左手稳住弓，右手食指中指扣住箭，大拇指和食指往后狠拉弦，丢开放箭，他娘的个蛋飞到舅姥姥家去了，跑到天宫上拥抱嫦娥去了，没有端平固定稳当！再来一箭能飞到哪里去，好吧！飞去吧先生，这射箭没有舞刀来斩快！舞刀使枪只要有劲就行了！照砍照扎照杀照刺，这射箭还技巧绝招！光射出去找不到目标中个熊也！真是大老外办也！"乔镇长说着射出去三发箭出去一对半没有方向乱飞。

　　六个孟姜女箭搭在弦上只待松说："砖头射不住目标太小，我往大树上的马蜂窝射怎么样？一对喜鹊在树枝条上晃晃悠悠端着叫喳喳，不射喜鹊，喜上眉梢就变成泪眼汪汪了，射窑洞吧？目标大容易射进去？"

　　"不射窑洞，射天上的飞鹰怎么样？"秦始皇说。

　　"射老天爷还差不了一万里，射向天空一定百发百中，箭无虚发！射呀！怎么又不射了呢？炎大队长怕老天爷下来罚你还是咋得？射个箭还晃晃悠悠？八辈子射不了一箭！"乔镇长说。

　　"让我考虑考虑往哪里射，才能射得准，射得妙！"孟姜女说。

　　"这要是开句开玩笑的话！炎大队长叫选老公你也这么肉半天，再肉迟肉迟，好老公让人家也给抢跑了！真能肉呀！又不是爱神爱情神箭怕什么呀？射！我秦大哥命令你，马上射！"秦始皇说。

　　"不，不，不，不能射！我喜爱这枝神箭，留着我将来在梦中选择情人爱之神公神仙！"孟姜女说。

　　"看看我就知道你不敢射，射出怕丢脸，任何东西也射不住的！"乔镇长说。

　　"秦大哥，你咋不射？我射不住吗？你过来瞧瞧呀！看我能不能射住，你这家伙才怪哩！"

　　"好，我过来！看你不上箭！能射啥家伙，真是奇了怪了！越说越离谱不着边际！"

　　孟姜女趁秦始皇不注意的时候右手拿箭杆，将箭穿在秦始皇胳膊下靠在身上夹住！笑着说道："看看！秦大哥，射住没射住！就差一箭射个双雕大鸟了！

差一点点嘎嘎就是双黄蛋呢！大鸟野鸟展翅高飞！噢来！"孟姜女说。

"孟姜女你调戏我啊！小心我一箭射过去吃你的热豆腐！喝你的豆腐汁！叫你呼喊救命的劲都没有，找不到地方玩丛假假戏去？"秦始皇说。

"心急吃不得热豆腐，会烫掉大门牙的！你怎么不射箭？肯定射不着边际不挨边不敢射！怕别人笑话你，你就来个先发制人！叫大家先射，我偏偏不射！我孟姜女看你怎么射？跟你学学射法射技占第一名……"孟姜女说。

乔镇长说道："秦大哥，人家都说，要想学的会，先跟大哥睡，不睡觉你就什么也学不好学不会！大妹妹的甜甜哥哟……"

"滚！滚远点！大流氓镇长！三箭都不知去向，还能射住啥玩意？射大嘴巴，嘴好讲好说！一箭中之也！"孟姜女说。

"人家大将军在打仗时，正格的一口就能咬住箭头！别说是一支箭，就是一杆长枪，在关键时刻也能一口咬断二截子，信不信由你们了！真的！"皇上讲。

"别人不讲，就说咱们几个人，谁一口咬住射来的箭！我算佩服他到家了呢！别说咬住箭，就是能射住窑上那块砖坯子也算他能的叽叽叫了！要是射住了我孟姜女嫁给他！无论他是谁！"孟姜女说。

"说话算数不算数，不要说说玩的！又凉黄瓜菜了！一言既出，驷马难追才行！"皇上说。

"孟姜女啥时候开过玩笑的话，一言九鼎，一锤子定音！就怕你们两个都不行罢了！"

"乔镇长，我是干瞪眼，射出的箭自己都不知道往哪里跑了，还能射住啥玩意儿！百米射大马还凑合，不一定能中在要害部位哩！射箭不像吹牛皮说大话，一张嘴叭的声讲出来，射箭是真功夫！没有个十年八年半载的恐怕连屁也闻不到的！不信试一试，说不定瞎猫还能碰个死耗子呢！这会我是不挨边！从来没有练过，会者不难，难者不会呀！没练怎么能会呢？秦大哥试试不试试哩！来一箭瞧瞧看看沾不沾边……"乔镇长说。

"不一定，管它去呢！我看我想想，还是射天上飞的！看见了没有，就射天上飞的大鸟老鹰吧！孟姜女大队长给我作证啊！到那时候射下来又不作数了！女孩子美女都好由着性子来，心里这样想，偏要那样说，而且还死犟头，十个老牛也拉不回头！好啦！光顾讲话，又飞跑远透了，等你回来绕回来一圈子再射你！等着吧！看你往哪里飞？"皇上说。

"不行就是不行，射不住就是射不住，认输吧大哥！别硬逞能！好人听劝，老人使哄！算了吧，年轻人！"孟姜女笑着逗着说。

"你炎大队长孟姜女就看着我不行不沾了！真是把大哥哥给看扁了！老天爷帮帮我吧！请你给我一点点的灵气和秘方吧？上帝啊！请你把灵感给一点

点的千分之一吧！天上的仙女也，请您把缘分一丁点吧！让我秦大哥早晚一天娶上孟姜女，这是我今天的希望，明天的理想！好了！中沾了，有门了，飞回来了！孟姜女看着啊！招…标…！"皇上说。此时五个假的孟姜女踏天鞨步，口中念念有词在心中背诵着，一股子灵气青烟随快箭而去！

"哇！射住！斗住一个大的！乔镇长快看呀！天上乱转圆圈地往下掉呢！瞧瞧呀……"孟姜女叫着说！

"瞎猫碰上个死耗子，再等上一年还能跑到老牛背上射住牛皮大王呢！不算数，啥东西，净忽悠咱外行人噢呀！"乔镇长说。

"孟姜女你说算不算数嘛！听你的！你刚才还一言九鼎，驷马难追呢！这会儿，不用猜！肯定是不作数了，又忽悠咱老实人的！"皇上说。

"算数啊！谁说不算数了？我孟姜女早就说过，等修好长城后！长城现在修好没有？大白天做梦娶媳妇，净想好事，我真不懂你们是猪头猪脑子吗？光有忘性，没有记性哈！慢慢好好地听明白记在心里边，千万不可又忘记了！秦大哥，乔镇长，六个孟姜女尽你们挑，狠劲的选！想挑想选，选择谁都行！这总可以了吧？放心不放心嘛！"

"炎大队长骑着大马快去拾大鸟回来呀！瞧瞧看看箭还在上面没有？"

"驾！拾就拾去！驾驾驾！加油跑啊！大马大马我爱你！有了你，我就少跑多少路啊！"孟姜女双手抖动缰绳，双脚扣着马肚子朝前跑去！

"秦大哥，快来呀！乔镇长看北面，又有二只老鹰在天上飞翔着呢！射掉它，一个不留才叫真功夫呢！再来一箭！才是百发百中的好射手哦！有本事要再来一箭！害怕了吧！胆小鬼是上不了战场的！秦大哥好好地用本领再露露脸啊！大哥先生哎！"孟姜女说。

"炎大队长，你到底真有个老表老资本家，看你叫大哥叫得多甜哟，我乔某人听着耳朵都冒都淌蜜渍蜜汁！到底是女孩，撒娇玩俏想勾引老表上当吃亏嘛！哎！等等啊！真准啊！射脖子上了！"乔镇长说。

"射在脖子上了！真准！好准也！神箭法，不偏不歪不斜一点点正中大脖上！真是神透了哎！"孟姜女说。

"撞上的！不相信再要射在脖子上，才是真神了呢！瞎猫就是瞎猫，有种的再来一箭！那才叫真本事呢！就怕这次把嫦娥许给他秦大哥也射不住老鹰大鸟的屁股蛋子上了！"乔镇长说。

"你瞧你这个人，自己不沾闲，人家射下来又不服气，老鹰有屁股蛋子吗？净瞎吹胡侃带八道，有种你能从老鹰腚眼里插进去才叫有种呢！"

"我没有种，你有种，看你怎么从老鹰腚眼里插进去一根箭！让大家瞧瞧新鲜劲儿，光说不练等于笨蛋，光吹不干等于坏蛋！坏蛋就是臭蛋！臭了就坏了蛋了！……"

"来！笑一笑十年少！别净咬字眼听话音！听声十年少呀，听音不能活呀！大镇长先生哎！小心眼儿吃大馍，一只下去噎着了！男人是男人，女人是女人，更不像男人，男人更不能学女人，男不难女不女不像个英雄男子汉！女人学男人更不像温柔可亲可爱的大美女了，让人失望，就等于自己给自己过不去！那就不是爱的吸引力，而且矛盾的形成，仇家的开端，看看秦大哥又斗住一个射下来一下！看看这次是病猫装作大老虎呢？再中射在脖子上，还真看不出来是个大大的神箭手呢！乔老头你也再射一箭看看吗？是中在羽毛还是射在尾巴梢上？千万不要射在鸟屁上！你看看人家，又会做生意赚大钱，还会神箭法，嫁给你，你会什么法？是刀法枪法还是在关键时刻打老婆法子呢？还是打孩子的法！"

"炎大队长，你不能光看人家的一技之长，神箭法怎么样！没吃没喝没穿光靠神箭能发大财致富啊！我承认秦大哥箭射的好，比我强一百倍，炎大队长，再神的箭，不去打仗也等于零懂不懂，枪箭刀都是打击敌人的好武器，再好的武器来打击自己人，朋友有什么用，只能朋友变敌人，别无他用，靠射射老鹰打打猎能发大财呀？天下的猎人多的是,他们还得在深山老林中走过来爬过去，一天碰不上猎物，一个月急的嗷嗷叫，天天不发吊，老婆孩子闹饥荒，明白不炎大队长！你看不起我乔某人没有关系，关键是你的大队人马还有力修长城没有？我的孟姜女先生，我知道你一直在利用我，不是在爱我本人，而是我本人的权力势力有我乔某人，就有你炎大队长，没有我乔某人，你炎大队长也笑不起来好笑的脸来，至于你现在的秦大哥，也许能有大钱帮助你支援你支持你，但不要忘了生意人唯利是图，没有好处是不上钩的大鱼噢！"

"乔镇长先生，在一个月前是这么回事，利用你，但是，现在我感觉不是这么回事了，我记得咱们云雾饭庄就说过，我孟姜女是个大队长，而你只是个小镇长，万将军和范将军才是一千人的骑兵队将军，而我孟姜女是个一万一千多号人的大队长，你现在可以说，还可以讲我孟姜女不如你个大镇长，但是不要忘了说归说，想归想，但实际上我孟姜女比你乔镇长暂行权力比你大比你高，请你不要威胁我孟姜女，也不要拿话来压我孟姜女，现在我只是感觉你还是个有情有义的好镇长，也是个情浓义重的好男子汉，我希望你乔大镇长永远在我孟姜女的脑海里是个好典范的男子汉，好镇长，我深切盼望咱们的情义继续发展下去，否则将是不可设想的下场！当然了我孟姜女是不是个好女孩好姑娘，不是自己说了算数的，自己说一万声好，也不如别人说一个好字，当然我也不愿意坑害谁，只是想有点成就感而已，我们六个孟姜女谁将来跟着你过好日子，我现在还是不知道，只尽早提醒你好自为之，见好就收，不要到最后闹的一败涂地一塌糊涂的地步就行！人嘛！总是在变来变化中生存，而不是在静止中存在是不是，我最大的愿望就这一会这一天玩得痛快，开开心心分分秒秒里，快活在时时刻刻的笑声中，他也是一样！"

皇上说："你们两个人在嘀嘀咕咕说了什么悄悄话吗？那么开心快活的，让人嫉妒羡慕啊！"

"还是为你秦大哥哥的神箭法！也不知道你是啥时候练就的一手好箭法！我们两个人在商量着怎样跟你学学，你射箭的绝招，一箭出去最起码大叉不叉才行，箭射出去连自己都找不到在哪里，怎么办？秦大哥哥，最起码的要领知识得知道一点点吧？知道要领后才能练的快练的准，有把握有信心最后才能扎扎实实耐心，是不是啊神箭手？"

"学练弓箭不是一般的学艺，首先得静下心来，掌握最起码的常识，左手弓，右手拉，弓贴身子稳当，瞄准一条线，屏住呼吸再松手，等以后有时间好好地教教你练练，但一定要有拜师酒，现在我先做个样子，注意！瞧，这样，再这样，还要这样，都看见了吧？瞧一箭肯定射住！我学习了好多好多年，早上起床就练，练到吃早饭，吃完早饭又要读书写字背书，晚上又练刀枪棒棍七截鞭什么的，一般的长短武器都会，一般的拳脚难不住！这就是我秦某人！有一次，有一个坏蛋想刺杀我，他手举匕首，首先让我一脚一个大摆腿踢出去多远，连人带刀都滚转几个滚，他做垂死挣扎，我又飞起一脚，将那小子几乎踢晕乎，最后上来好几个人也似剁成肉酱了！不学无术也敢和我秦大哥较量！真是屎壳郎滚驴粪蛋找死也！也想来抢我秦某人的钱财，真是瞎狗眼，有眼无珠的坏蛋，也不打听打听我秦某人是干什么生意的？做什么买卖的，亡命活着早晚是老百姓的一大害，还是我一脚踢死他算了。"

"秦大哥，真是看不出来啊！你样样都是高手，深藏不露啊！关键的时候才叫他好瞧好看的，依我看你的神箭神枪神刀神鞭，在军队里肯定能当个大元帅大将军的人才，可你偏偏要做大生意、大买卖，赚大钱，人为财死鸟为食亡啊！你现在不是大秦王朝最富，也是个大秦王朝的第一号富翁之类的人物，乔镇长也武艺了得，原来还和范将军比试过掰手腕，试掌力和摔跤，不知今天遇到高手还试一试吗？老表真有兴趣玩吧！光吹不练也是吹得厉害吓唬人花腔调！"孟姜女说。

"乔镇长，你说比什么？随你挑随你拣练一下子，有可能会，你不用害怕，我半吹牛一半玩着玩的，看你的身形身架就知道你是个有劲的人，但是会不会两下不知道，有可能也会几招吧？来呀上啊！让你先打先来怎么样啊？乔镇长不用怕，人又不是吓大的人，但是会不会二下不知道，快来！"皇上说。

孟姜女也在旁劝着说："镇长上试试怕啥？又不用钱不用掏腰包，更不输老婆孩子金子银子，乔镇长被吓怕了，不敢上也！"

"我不小闲不行，使笨力还行，和行家就不沾了，就光看这神箭的出奇，咱哪是对下，手下败将！"

"试试，试试怕啥东西，我是看老表吹大牛太大了，就光看这神箭的出奇，不服气，我不是个男人，要是男人大丈夫我第一个上，输赢不就是一下子吗？玩着玩着还能要命是咋着呀？真是的胆小鬼！"孟姜女说。

"好好好！不用激将法，好！看我乔某人的？"乔镇长说罢挥拳就上来了，秦始皇不慌不忙伸出左手抓住乔镇长的右手，用右手抓住乔某的腰眼，一转身一腿弓一腿弯，乔镇长还不知道咋回事，就从秦始皇身上头上侧身翻过去摔出去了："哎哟也！"乔镇长一声叫又从地上爬起来，拍打着身上的尘土。

"哎哟哟也！不知道咋回事，就被从空中摔到地上了，也不知道你有多大的劲了，我都给举在空中了，厉害厉害在，着实的真厉害，比大街上卖艺玩杂的还厉害！乖乖摔得我半屁股疼！真快一下子就出去了，真佩服到家了。秦大哥可不是一般的人噢！出手就到！可怕！太可怕了，秦大哥！你不像个做买卖的，倒像个实实在在练武功跑江湖的豪杰好汉人物！是真正的大侠大江湖上的头号人物！一定是哪个派哪个帮的武术高手的头子！帮主掌舵的大老师傅的传人，不然摔人如闪电，只是一眨眼的工夫！哎！睡在地上起不来了！可怕！太可怕了！"镇长说。

"不用怕，是你不会，明人眼快手疾，你一招他已经三招出去了，算了还是射箭吧！"皇上说。

贻笑贻笑古今，镇长官大耍天，谁不笑服开，智者知也之哉，天知！天知！趣闻千古留置。

鹰仇

乔镇长我什么都不如秦大哥，就自我解嘲地大声唱起了歌：
不知圆月待何人，但见天河送仙女。

清风白云飘悠悠，崇山峻岭歌声吼。

日日夜夜梦闺悉，年年月月明月楼。

分分秒秒思美人，时时刻刻情爱醉。

此时相闻难相爱，情逐月华留照君。

男人梦的心儿迷，美女爱的情心粹。

有情思君不见群，谁知老表魂心牛。

长空北鹰仇人住，爱美之心君以留。

　　孟姜女骑在大马上左手弓右手箭刚想射箭，突然天空上"黑云"笼罩，黑雅雅一片映上头顶来："不好！秦大哥、乔镇长快快下马，老鹰群来了，肯定是来报仇的……"孟姜女话没有说完一只秃头鹰展翅向这里直冲下来，它嘴里"哇哇呱呱"大叫着，说时迟那时快，一个闪电扑向孟姜女近前，孟姜女此时哪敢怠慢，左手提着弓箭，右手拉着马鞍子顺手将弓一摆，谁知这一摆一打不要尽，秃头老鹰伸长的脖子大老鹰给套在了脖子上，后来它使出了看家本领绝招，双爪像四个铁打的扒钉钢钎抓将过来定期，孟姜女往下一蹲又一个连续滚翻，算是逃出一大难，但战马的屁股被它抓进去好深好深的肉皮肉内，战马一个猛尥蹶子长尾巴在空中扫来扫去，疼痛的乱叫唤，"嘟嘟嘟"秃头老鹰又用钢钩一样嘴猛啄战马的脊背，战马背着老鹰团团乱跑乱蹦，孟姜女一看没招，丢开左手，双手拿着一柄长枪干着争，不敢扎不敢刺，因为有战马疼痛难熬，躲开孟姜女，使开大长枪，一个横扫秋风猛打过去，老鹰丢开战马猛劲舞动双翅，一个翅膀就六七米长短，整个翅膀有十七八米长短，一个翻身双翅猛扇又扑向孟姜女来，老鹰也不示弱，双翅膀尖划着地面就像铁犁铧一样翻土破草冲开两道沟，又扬脖子抬头躲过孟姜女朝它劈去一枪，只划下一撮子扁扁灰长羽毛，又快速猛地扇动翅膀向上空中冲去，一扭身又俯冲下来，看着快挨着孟姜女枪头高低时它猛劲扇动翅膀，用翅膀根部朝大枪杆砸来，孟姜女说道："好乖乖的大老鹰，大老秃头，你劲道不小啊，不可轻敌……"又摆动大枪朝前横扫打出来，秃头老鹰快速拧动翅膀一个九十度的直角转弯，双爪抓紧大枪杆朝前猛飞使劲扇动双翅膀，孟姜女双手紧握着大枪杆坠在下面，双脚尖点着地面随着往前跑，拿眼望看见其他孟姜女和秦大哥与乔镇长也在和另外的大秃头老鹰在交战，一招一式的紧张战斗着，这时听见秦始皇大喊："秃头老鹰，我的大枪还给我，不然我用快剑射死你，说着，嗖嗖！两箭出去并没有射到老鹰的要害部位，只从天上飘下二三根长羽毛，然后秦始皇猛甩着左胳膊臂膀上上下下圆圈转着整个胳膊。"还怪疼的，看着秃鹰说。这一会秦始皇的箭为何不准了，是刚才让秃头老鹰用翅膀扇打一下，这翅膀扇在身上也有七八十斤重量的打击比一个人打一拳还劲，如果是年老体弱，身体不太健康的年轻人，身材单薄给煽一下，也能给打倒在地，半天起不来，一只秃老鹰两爪着地立直到头顶最高的也有一米五十左右，最最高的也能达到一米七八个高，它的寿命正常七十年到八十年，假如你不悸碰上四十年到六十年的老鹰，它比一只大老虎还要厉害的狠，老虎豹子见了它都躲让七分，先啄后抓，五十、六十斤的猎物都能给你带到悬崖绝壁上慢慢食用，一般的情况下它是不太主动袭击对方和人打交道，今天是特殊情况的特殊，学句人们爱说的一句话："发疯啦！有精神病的癫痫病重了。"你把它的同伴或者一生的好伴侣给射死射下来。鹰鸟都是情感独专类别物种一旦丧失伴侣的它是公是母或者它的子女，一旦让它们亲朋看见瞧着它们是要报仇的，而且它们记忆特别好，能好一段时间忘不掉。孟姜女你知道我们河南镇后院有几棵大树，上面住的有画眉鸟，还有一对老白头翁，有一天我无意在院里闲着无事听见两只老白头翁在"嘎嘎嘎"叫个不停，一会儿跳上屋脊上叫一会儿，飞在树枝上叫，还叫着一只老花猫从房屋顶的后面爬过来，两只老白头翁更凶地叫着朝老花猫近前来三四尺远近，老花猫发现了房上的小白头翁，才长出茸毛毛，还不能跑，只是摇摇晃晃走几步，老猫一个猛窜快扑咬在嘴里面，老白头翁急了飞起来想救它的儿子，老花猫见后又一只大白头翁，跳起来伸出前爪抓住它，另一只老白头翁也同时正起来向老花猫的眼睛叮去，老花猫"哇，咪"大叫一声，把前爪抓的老白头翁丢开，嘴内的小鸟也吐掉，用前爪揉着眼睛"喵喵"叫着跑开了。"乔镇长快快别絮叨，给你大枪，我们一下子有六条大枪，让秃头老鹰给夺走带飞了，这些个死老鹰还真的较劲厉害晓，慢一点不是它们的对手呀……"孟姜女动情地说道："你们看我骑的战马疼的浑身乱抖，真可怜人，看了叫人心疼落泪，多好的战马……"

"可不是吗？谁不说呢！我骑的马叫该死的秃老鹰抓住又叮啄屁股上的肉，能不疼吗？给我的左肩膀煽了一翅膀，当时好痛呀，差一点点就给煽倒在地上了，那以后来连射几箭，只掉了几片大羽毛，真是错过了大好时机，过会这些家伙它们肯定还要来的，瞧见没有又从天空冒出来了……"

"刚才要不是这些战马挡道当肉墙，我们这些个男男女女可就要受罪，受伤了，大家一定要小心，千万不能伤着自己，尽量让战马挡住，不然都成了花脸婆子，没有那个男人在来想你，要你了……"孟姜女笑着说。

"这一次大家注意啊，一定要尽可能地把秃老鹰给整死，不然的话咱们就可能受伤受害，往它最软弱的环节上打，脖子上，你看见要伤人时，一定把脖子伸出来，它们最厉害的部位是爪子和钢钩一样的嘴，翅膀的搏击是强悍有力……"秦始皇正说着比画着秃老鹰从空中猛撞下来，秦始皇身子往战马跟前靠一靠，秃老鹰一个俯冲下来离地面二尺高时伸开翅膀向战马靠近，秦始皇早早就横端大枪在地面上连滚地打滚，离开战马三米有余，双手抓住大枪一头往秃鹰老雕尾巴上向身上砸去，老雕忽悠飞起时这一枪正砸在身上，"哇哇呱呱"的吼叫着，又猛扇翅膀一个弧形圆圈向秦始皇再次袭击，秦始皇左腿向后退出几步，使出浑身力气摆动大枪高高打在秃老鹰的脖子上，立马整个翅膀垂下两爪无力的横摔在地面上，秦始皇怕它过一会再苏醒缓过劲缓过气，使劲用力上上下下抽打二十多下才放心，回头望望其他的人，也都在紧张的开战，左扑右打，上下不停地晃动着大枪杆子，乔镇长的长辫子在脖子上绕了几圈，双手抓住大枪杆子的一头脚尖子正在地上点着，往前跑着叫："哎，哎哎！我的大枪你也抢吗，秦大哥快来呀，快帮帮小弟哎！"

"乔镇长往下坠住，尽量不要跑，看我的，招家伙！"秦始皇喊着将长枪尖往前扎去，哪里那里扎住。

"秦大哥用箭射它老小子贼雕日的秃鹰大鸟也？"乔镇长叫着还是不停地往前跑去。

"哎哟？人一天三迷，没有喝酒也醉迷了，看招！"秦始皇话落"嗖"的一箭放出去，秃鹰老鹰立马丢开长枪一个俯冲背上带着快箭飞上天去了，嘴中还不断地呱呱哇哇叫着向东南横山里飞去不见了。

"秦大哥，往这里射箭啊？这秃老雕好生厉害呀！射箭！射死它们啊……"孟姜女大声喊叫着。

"丢开大枪，它抢去也没用的，快丢开！怕什么吗？"秦始皇边搭弓射箭边大声说。

乔镇长大声笑着说："老雕戏美女，个个穷开心，自然穷无尽叫人笑开溜，好戏好戏，好美人好牛……"

"哟，大镇长你是五十步笑百步啊？刚才你不是也是一样的和秃鹰赛跑当下驸马吗？再笑大门牙就要开溜了，看你幸灾乐祸的样！"孟姜女笑着说道。

"我当然不同了，你们是美女，人家都是男人追美女，你这是美女追老雕，还是个秃头不长毛大秃头老雕，能不吸人眼球开心吗？天下奇闻，帅酷帅呆好故事，谁能不捧腹大笑呀，不乐才怪呢！"

"大家都别逗乐子了，赶快收拾伤马和胜利战果。秃老鹰死的有七八只，让这匹伤马驮上，去给我们骑兵们改善改善伙食，保证是天下绝好美食美餐。"秦始皇吩咐说。

"大家都好说宁吃飞禽二两，不吃走兽一斤，这味道肯定最好的一道菜，等咱们晚上回来在来享受好口福，秦大哥不会流口水吧？"乔镇长笑关开玩笑说。

"乔大镇长千万不要忘记多带一些利箭啊？今天这一会才是一天的开场会，说不定还有更大的好买卖呢？"秦始皇笑着说。

"我也去把五匹战马换一换，咱们就朝横山上再追那几只跑掉的老秃头鹰大老雕去……"孟姜女说。

老雕老雕它不叼，它的勾嘴赛钢刀，铁勾钢爪无穷力，撕肉剥皮兽禽熬。

打狼

"咱们离横山还有多远？"

"这不到了吗？反正横山竖山都是它！说不定最前面还有孟姜女山什么的？"

"这方圆多少里，孟姜女山没有可有炎子岭，炎家湾倒实实在在的有一个！具体在哪个方位就不是很十分的清楚了！"孟姜女说。

"我知道，这炎家湾在榆林堡子真正北三十里左右的方位！据听说这炎子岭和炎家湾没有多远！湾肯定在岭下，炎子在岭上，估计上下不会超过一百米的距离！随意它吧！咱们又不去考证它海拔误差多少，还是大家的观点听天由命，老天爷想咋咋去？"乔镇长说。

"山多石头多，树林多不过草！草见缝就生，草见土就长，有湿气草就多得多！空气的源泉，生物动物的必然现象，我们上山能干什么呢？一不修城，二不脱坯子，三不抬石头，四不山上挖沟？咱们啥都没有又跑到这大山深处干什么呀？"孟姜女说。

"咋没有不是看看在横山这长城城址怎么过吗？另外不是打猎吗？在平地大沙漠中哪来的猎物，只有天上飞的老鹰大鸟，这山上还能没有狮子老虎大象豺狼大豹子吗？"秦始皇说。

孟姜女说："大象狮子没见过，大老虎狮子什么的见过，而且猴子特别多，都是成群结队，见了人还学人这样那样的！但也可怕，它爪子很厉害，万一抓伤抓破就受不了，还跳到人身上来，乱搞乱扰很是烦人的！一箭一只给它来个穿糖葫芦，杀鸡给猴看，咱来个杀鸡给猴看，有什么意义没有？"

"啥意思呀！杀鸡给猴看，它们不造反才怪呢！一起上来攻击你一个人，叫你躲闪不及！这个抓，那个撕你，那个又拽你，一会儿给你搞个大花脸！他们也会笑话你，拿人取乐玩，总之你怎么着它学你怎么着哎！它们也有猴王，猴王有耐心等待，只要它一发火你准能变成别的模样！群猴都怕猴王，它四肢粗壮有力有劲，嗷嗷一叫，猴子要占领母子，猴王不愿意，它会找个别猴子拼命，猴子的集体性很强，一个猴子倒霉，一群猴全上来拼命……"

"孟姜女大队长还不如把这些个马叫一个孟姜女来看着怎么样，去掉马咱们走路爬山就轻松，松快多了，也走的快些了！"秦始皇说。

"要不叫乔镇长看着怎么样？大镇长！"孟姜女说。

"不行，我不瞧，一个人多寂寞孤单，不行我不看马！"乔镇长说。

"好！找一个孟姜女来看！六个孟姜女找一个总可以吧？"皇上说。

"遇到坏人怎么办？一个打一个，万一两个、三个坏人怎么办？"孟姜女说。

"不能那么那么碰巧巧合呀！在这深山老林中，除掉坏人就是猎人和野兽！麻烦烦透了！没马想马？有了马又烦马？如今咋样没顺心的事情！在平原上大道上马跑得多快，在这大山中爬山，上山马更慢还不行，干脆咱们大家一起走，一起来爬山！一个两个坏人就那么巧的狠么？只要走的不太远，我们再追上讨要嘛！这里恐一天也碰不上一个鬼人，不能咱们一把马拴在这，人家就来了吧？"皇上说。

"反正是无巧不成书，好事成巧成双的，这一会儿谁知道呢？"孟姜女说。

"不要大马看看能怎么样？别婆婆妈妈姥姥犹豫不决，又能怎么样！看在老天爷的安排！"

乔镇长在前面叫着说："快上山呀！刚才我看见一半大、不大的灰狗在偷偷看着我们哪！像猎狗，又像野狗啥的！会不会是狼什么的？秦大哥准备弓箭好射啊？炎大队长你真肉啊！"

"往哪边跑去了？撵撵看能不能追上？"秦始皇说。

"这边！这儿！就拐过去，跑那边去了！翻过去找找！走……"乔镇长说。

"炎大队长快点呀！看你慢的哟！真是死肉活肉的！还打个鬼猎哎！快点呀，不等你了……"

"没有拴好马能行？回去地上走啊？你们先去射嘛！我马上就来，还摸不见了吗、迷路呀！"

"秦大哥，来呀！看见没？在那里不是吗？看看又跑了！走走站站停停的！活不长了！射它小舅子的！该死的家伙,碰上老猎手了！上帝也保不……"

"别吱声呀！看我来瞄准的小脑袋！专打天灵盖……这家伙鬼着呢！又翻到那边去了！看不见了！快追上它，看它往哪里跑……"秦始皇说。

"他们过了一道沟！又爬上一个坡，又向东面拐过一个高大的大石头，又在前面的一个山岭上的西头上几棵松树下，它又悄悄站下来望着叫了几声'唔…哇哇……'"乔镇长说。

"像狼又不像狼的，比狼小一点。我叫你叫个够？"秦始皇手起弓响，'嗖'的一声箭飞出去，那家伙哇哇哇哇唔'地叫起来！往前跑几步，又在大叫唔唔唔哇哇哇……箭射在它前腿上！这家伙一瘸一拐地学着像狗叫汪哇哇汪汪哇地叫起来！

只一会儿工夫，有几只和它比它大一点的长尾巴大灰狼在它跟前转来转去地吻着它！它依旧痛苦的唔唔唔哇哇哇哇地叫着，低沉沉闷地吼叫！

"秦大哥再射啊！快射，又多几只狼来了！"乔镇长说叫着。

秦始皇只顾射箭！也没有想想到底是咋回事？一箭连一箭又一箭！射住七八只大灰狼！

"再来最后一支箭！哇呀！没有箭了！快拿箭来啊！孟姜女拿箭来哟！"秦始皇说。

"我们的箭也不多了，一人还有五支，怎么办？秦大哥！"孟姜女说。

"你们一个个都射不住，把箭都浪费了，赶快都集中起来让我好好地惩罚惩罚这群恶狼！乔镇长呢！你还有几支箭？"秦始皇问道。

"我还有最后一支了，我不射了！我留给你秦大哥来射！"乔镇长说。

"乔镇长我现在命令你，赶快回去多拿些箭来，越快越好，让他刘班长帮你多多拿些来！或者多带几个骑兵送箭来！快去快回！"秦始皇说。

"秦大哥，不对吧！你叫我干啥？我就干啥吗？笑话！你也不看看你是啥玩意儿！也来命令我乔某人乔大镇长！真是岂有此理！"乔镇长说。

"你去不去？我就命令你乔镇长了！如果今天你不把箭拿来，我首先把你给撤职，免去镇长头衔！这还是轻的！如果你再犟再叙吊，我就射死你这个不听话不听命令的鸟人！"

孟姜女一看皇上拉开架子准备射镇长，也不知道怎么好！赶忙上前说："秦大哥是开玩笑的吧？怎么会说变脸就变脸呢？他劣好还是个镇长！"

"是个鸟镇长！也不知道是哪个当官的提拔这样不听话的人！气死我了！不听话要这样的人干什么呀？不如早早地送他归天去见阎王！我从来就没有见过这样不听话的人和官！孟姜女你起来让我先射死他，龟儿子的！"秦始皇说。

"乔镇长你还不赶快走？还在犟什么嘛？死到临头还不知道！这里不是你们河南镇，在河南镇不听话也是死！你今天是咋回事啊？处处找麻烦！你要是真想死，死的明白，那我就告诉你吧！他就是当今皇上，秦始皇！我们的秦大哥！"孟姜女气愤地说。

"炎大队长！他就是当今皇上？秦始皇！我该死，我真该死！我有眼无珠！"

乔镇长慌慌忙忙跪在山坡上！"还不快去执行命令？这是朕给你的最后一次赎罪的机会！慢一步朕射死你！朕这一辈子还从来没有见过像你这样敢不听命令的奴才！敢和朕对抗！今天要不是孟姜女讲情，朕首先射死你！什么鸟镇长？快去快回，叫刘来安他们多送些箭来！两个时辰送到！送不来都杀头砍脑袋！听见没有？孟姜女箭还有没有？快拿来我射大灰狼！"

"报告皇上，我们的箭也没有了！怎么办？大灰狼厉害的狼啊！这里儿狼太多！不然我们也赶快走吧！皇上！"

"走？往哪里走？看不见全是狼吗？能走掉吗？"秦始皇说。

"狼怕什么呀？我们还有宝剑哩！用宝剑砍呀！它们不怕死！硬往上冲来吗？"孟姜女说。

"狼生性残忍，你砍它，它不会躲吗？东躲西藏马上就把你转晕转迷！它们一下子上来十几只恶狼你还有命吗？孟姜女，再有你几十个孟姜女也不沾呀！成群的大灰狼不好对付！不如我们大家都上树上躲一躲！等箭来了再射它狗日的野狼群！"秦始皇说。

"也行！也是个办法！但不知道要等多久等好长时间呢？"孟姜女说。

"要不点火也行！恶狼怕大火烧身上皮毛烧死，点着火还能烧烤狼肉吃，吃饱好有劲呀！等咱们都吃饱了，就一夜不来人也不怕饿着冻着是不是哩？"秦始皇说。

"是好主意！打火试试能点着点不着哩！最好是能打着火，等着人送箭来送吃的来！"孟姜女说。

"这个姓乔的也不知道出山没下山哩，能不能找到马哩！也不能全指望他，刚才最后一会也给这家伙吓迷糊了，没有做梦也跟做梦着差不多了，玩来玩去差一点送命……"秦始皇说。

"怪谁呀？怪他自己不听话，叫干什么都不听，认为自己是镇长，就是最大的官了！没有想到皇上就在眼前要砍脑袋，真是大笨蛋，两个大男人，不叫他叫谁，叫他他还一个劲地犟！真是个犟头驴的种！要不是你讲情，今天非要了他的命不行，一个人一点点理喻也没有！我是个皇上，我能听他的吗？笑话！我是皇上，我不杀他就算便宜他了！气死人这样那样的犟种，头掉了还不知道咋回事呢！死眼皮子还能当官？我看这样的人，早早晚晚跑不掉个死！打火也不好打哩！打来打去就是点不着是咋回事？哎，好！打火点着了，谢天谢地拾柴火，让火着大点加柴火很劲烧！有一点我不明白，你们六个孟姜女应该是六十支箭，也没有射多大会儿，箭都没有了，箭法不准就不要射，都是瞎射胡乱放箭，也不知道你们是怎么想的，光知道玩得快活，玩得痛快，万一让大灰狼给吃了就不快乐和浪漫潇洒了，真是不懂事，这也不知道有多少大灰狼呢？这一大群没有个八九十吗？要是在黑更半夜的怎么办呀？"秦始皇说。

"黑更半夜只有上树上了，不管怎样，狼群狼再多多多少，三百五百上千只，它总不会上树吧？"

"在树上睡着了怎么办？掉下来，就没有命了，摔在地上也摔个半死不拉活的，不死死不掉，要活活不好！才是受罪羊呢？"秦始皇说。

"那是老天爷安排的，让你受罪，就不能享福！叫你享福就不让你受罪！听天由命吧！是不是哩？这会儿肚子里叽叽咕噜地乱叫唤了！"孟姜女说。

"火烤狼肉吃呀！说不定狼肉还是最好吃的呢！最香最美味呢！烤烤看！"秦始皇说。

"那是不可能的！要是狼肉最好吃，人们早就想尽一切办法把狼逮住了！还叫它成群结队的在山里乱窜乱跑的危害人呀？"孟姜女说。

"人不是还没有想出好办法一次性消灭干净，把它吃干砸净一个不剩吗！咱们现在去和狼拼命，抢来烤肉肉吃，咱们一起去，说砍一块猛砍，千万别叫他们占着便宜，更不能让它们伤了我们的人，不然就太丢脸了，没有面子了！"秦始皇说。

"啥时候啦？啥地点了，还冲面子，真是死要面子活受罪，咱们现在是人，既讲智力又讲胆大过人，太胆小也不行，胆太大不怕死也不行，万一有个闪失呢？先想好了，千万不要做折本的买卖！既要胆大心细，又要谨慎以防万一，咱们虽说有宝剑，但是抵不过狼太多太狠太恶毒太残忍！原来我们的箭都有毒多好，只要射中碰着擦着一点皮，也跑不掉它要中毒去死，不死才怪哩！"

"别想那么多了，谁能先买个早知道？来姑娘们冲啊！砍啊！杀啊！消灭它们！剥它们的皮，吃它们的肉，抽它们的筋，剁它们的骨头！冲呀！烧死你们哟……"六个孟姜女说。

"也不知道狼肉到底好吃不好吃哩！听他们无意闲聊说，狼肉有一点点酸不啦叽的！不是十分好吃！尝尝就知道了！"秦始皇说。

孟姜女说："管它酸不啦叽的，还咸不啦叽的，还管它的，只要肚子饿了，什么味道吃着都是香，首先吃饱肚子，咱们有旺盛的精力来对付它们这群恶狼野兽啊！一旦打起来咬起来，它们拼死硬往上冲往上扑来也很危险呀！一个无所谓，但是一群个个都扑来就让人害怕了，管你来不来得及砍它们，你就被恶狼扑倒完蛋，现在是我们怎样活下去的大问题，只有让肚子先吃饱才行，再想下一步的金蝉脱壳的方法。"

　　"皇上，恶狼不会像你想的那么聪明之智，它们首先总归是野兽，不是聪明的智慧野人，不然我们再怎么样也斗不过它们的！走！冲上去，该砍的砍！能剁的就往死里剁，抢过来两只刚才射死的！怕什么呀！又没有毒，还能有传染病咋的？……"秦始皇说完右手举着青铜宝剑，左手拿匕首，张嘴大喊着："冲啊！杀哟！逮活的剥皮烧着吃啊！看你们这些野狼往哪里逃！往哪里钻！"

　　恶狼瞪着愤怒的眼睛看着这个人的一举一动，不知道这个人要干什么。是发疯、发傻、发呆！后面紧跟着六个孟姜女，也一样右手举着青铜宝剑，左手拿着匕首，挥舞着向狼群冲上去，群狼前面的往后退，后面半坡上的往前凑来，不知道这几个人想干什么？只见秦始皇上右手的青铜宝剑朝前面猛刺过来，前面的大灰狼往旁边躲过脑袋，但身子没有躲过剑刃，屁股上被猛扎一剑，大恶狼痛的往前一跳，秦始皇左手拿着匕首又扎在狼脖子上，恶狼猛回头咬住了秦始皇的裤腿布上，说时迟那时快秦始皇另一只脚猛踹向大恶狼肚子上！大恶狼猛叫一声"哇哇"后倒在了野草地上，秦始皇跟着又用青铜宝剑扎在胸叉上，慢慢不动了！

　　六个孟姜女挥舞着宝剑也砍倒了两只大恶狼，拽着狼腿往回拖，把它搬在火堆上烧起来！

　　"炎大队长！把狼用匕首把后腿前腿卸开砍掉烧，也烧的快些，早烧熟早吃！吃饱省的饿肚子！这也是一种享受啊！吃肉烤火痛快呀……"秦始皇边说边动手将狼肚子用匕首从中间挑开砍断脊梁骨，又将两只后腿分开后放在几枝树权上烧起来，把两条前腿也各个分开放在火上烧烤！

　　孟姜女把整只狼从火上拽下来，也用匕首将其劈开四大块，再把狼头也搬火堆上烧，'叽叽叽'叫的冒着青烟，熊熊大火碰上动物的油肉卷着火往上滚滚的大烧起来，几个人挨着挨坐在火堆旁边，用青铜宝剑挑着烧烤着狼肉，自己的脸上映着火光更靓丽……

　　"孟姜女，如果咱们七个都把青铜宝剑烧红烧热去砍大灰狼，岂不更有意思吗？只要将宝剑挥舞起来往大恶狼身上一放！哎！这大灰狼的毛皮都像这几块烧的一样，炀烂炀糟还能炀熟呢！试试烧红后去和恶狼斗斗看咋样？"秦始皇说。

　　"不用想，大恶狼肯定不顾一切地往上来冲，又咬又扑又抓，无论它怎么样咬怎么样扑怎样抓不是正刚好好吗？好好的炀它们一炀炀一回，下一次，打死它，它也不敢再往上冲往上咬了！真得劲的痛快哩！"孟姜女说。

　　"可以试一试看看，看看它们到底是个啥姿势啥劲头的！想叫它叫不出声咬不成，拿着宝剑让它咬咬，连舌头和嘴都炀烂，不搭它腔，它最后也得饿死完蛋，嘴不能吃，不能扑腾还不完蛋……"秦始皇拿着青铜剑烧红一时半会是不会凉的，朝前举着喊叫道："冲啊！杀死你娘的个蛋的！砍死你王八蛋……"大灰狼们还围在一起等候报仇，此时一见宝剑，有个体壮蹄粗的恶狼龇着牙，瞪着眼望着皇上，朝他走来，它不管三七二十一上来就咬，'哇哇哇'大叫起来，哎哟喂！乖乖这家伙怎么这样烫，两只爪子就抓来扒，乖乖又烫又热疼死了！这只大灰狼往地上打滚，乱抓乱拍，恨不能撞头，前爪扒拉着嘴在地上滚，挤在一块石头上，其他狼都弄不清是怎么回事！都在静静地看着这只受伤的大灰狼。"乖乖儿的来咬呀！看看谁厉害，看谁狠，咋不来扑了？往上冲啊！先生们"秦始皇好不得意地又转回身来烧青铜宝剑，准备再一次的挑逗大灰狼！

"皇上，吃肉吧！肉都熟了！趁热吃好香啊秦大哥哥……皇上，比啥都香，一点酸味也没有，好吃的很也！"孟姜女用宝剑挑起一只腿来啃着嚼着劝着皇上说。

"好！先吃肉！吃饱了再收拾它们和大灰狼拉拉干亲家，叫你们这狼外婆狼外公一个个跳进火海玩完蛋，叫这些恶狼也尝尝你们的同伴同伙肉香不香，还可以吧？说不上香，也说不上好吃，只是肚饥好下饭，充充饥而已，要是有你作料，有锅里放上油一炒，一定很好吃的，炎大队长，这会儿咱们只能将就着吃吧！"

皇上一手抓住一只后狼腿，一手拿着恶狼的胯子在咬在啃腿上肉，大品吃着撕着嚼着说："这乔镇长这时候在哪里，在什么地方，是骑马往回走，还是正带着人骑马驮着箭往这里来呢？这个人架子很大呀！在关键的时候露一手，差点把小命都丢了，人啊人！有时这样，有时那样，差点把小命也搞掉了！这人猛一看很精神很有本事的样子，到关键时刻就不行了，头掉了还不知道是咋回事呢？可悲可怜可叹呀！我是命中注定的，老天爷早安排好好的，不是这样死就得那样死，反正是逃不掉个死字啊！可怜一世得富水，是因为追求美女而亡命的家伙！美女是祸不是福，是祸躲掉的，还是给这家伙留条狼后腿吧！一切不看天面，而看孟姜女的大面子，也得留条后腿给他啃吧！孟姜女你说是不是？"

"是不是不知道，留不留与我没关系，他在这个问题上是单相思，是他想人家，不是双双都在想，我只是当初为了长城为了普天下的老百姓的太平安乐，也是为了大秦王朝功业一统江山的平安！才利用他，答应他以后再说的，这只是放长线钓大鱼！不像姜子牙姜太公钓鱼不要鱼钩的钓大鱼，愿者上钩！人就这么回事，想有大出息，大作为，就早早定下大谋略，这个谋略还得正确，这是一时半会人们理解不了的！将来会自然而然的被公认的正确就行，这就是百年大计，千年大计的好处，迟早有一天被大家伙公认为有大好处的作为的！"孟姜女说。

"人们说，可怜之人，必有可恨之处！人们该着怎么样他不咋样，不可恨吗？一点不听话！一着三不楞算了，孟姜女吃饱了没有！吃饱了咱们不如下山去看看去！一来看来了没有，二来看看战马还在山下没有？反正时辰也不早了！该玩也玩好了，千万不能玩出命来，还是早下山早安稳早知道，这山上的野狼群任凭咱们几个人是消灭不了的，能行就行，不行不要逞强，江湖上人还说：好汉不吃眼前亏哩！这些恶狼都是成性的，不要没事再惹出事来……"

"听你的怎样都行，只要你说出来往哪里不是一样啊？总得有事干，一个人只有一样事，干这不干那样事，听话才是关键呀！不要惹的皇上大怒就行了，我孟姜女本来就是一个平凡女子，只要听从命运安排，才是唯一的出路，人嘛见好就收，不能太迁就了！"

"好吧！咱们一起起，这肉还拿不拿呢？"秦始皇说。

"拿不拿都行，才吃过能有多饿，不撑个半夜，也能到天明再吃饭吧！好吧！不要了，丢火上使劲烧，咱们走，叫狼群到火里抢肉吃，把这些大树枝也烧了不要了，走吧！烧死你，不用管它了，它想咋烧就咋烧，反正大灰狼不会傻的自己跳到火里去烧自己的！"孟姜女提着青铜宝剑往回走去，大灰狼也有的从狼群里分开往山下走去，他们才离开火堆没多远，狼群又向他们发动进攻，她们一个个手舞着青铜宝剑又要打起来。

"不如这样吧！咱们每个人再拿一个烧着的树枝子，它们敢咬着火的树枝吗？"秦始皇又走回来拿起烧着的树枝往回走。

六个孟姜女也一样拿着烧着的树枝，在半山腰又点上一大堆火，拾些柴草和树枝在上面又烧了起来，狼群在四周瞪着眼望着大火没办法，只有不情愿的撒去继续往前跟踪着，一直点火到山脚下，又点了四堆大火，才来到拴马的树跟前，一看八匹马，一匹不多一匹不少。"这个乔镇长真傻透了，回去也不骑着，骑马快得多吧！说不定有其他变故，该不会一个人下山时，让狼群围住吃了吧！用不用找一找呢？"

"找啥？找也是瞎找，一个人筋疲力尽还不是让狼群围住了，肯定没有回去，回去该少一匹战马，这马都在这里还用头想吗？该死球朝上，不死再翻过来，好人有好报，一生平安无事耶！"

"别讲了，我们要是不是这几大堆火，还有命吗？这些可恶的狼群，比人还坏还凶残，吃人不吐骨头的恶狼，啥时候发明个能叫狼群立即完蛋的武器就好了，或者像炸雷'轰隆隆'，像射箭，射一个一个完蛋，这一会谁也拿这群狼没办法。"秦始皇说。

"我们平时专门打猎，累死你也找不到这么多的恶狼，如果那时候有这么多的狼，两个这么多，也会给消灭的！你想打它找不到，这时候没有力量来消灭它们，这些家伙又都成群结队地出现在我们面前。满山坡都是狼，没有办法只有眼瞧着放过它们。"

"狗日的狼崽子们，只是心里不好受，来的时候八个人，现在只剩下七个了。"孟姜女说。

"这也许就叫人生吧！乐极生悲，一无是处，天该如此吧！上天呀！你真残酷。"

> 谁能早知命，异有天未定，
> 豺狼凶残露，归去命已休。

黄羊滩

黄羊滩春风荡漾着绿芽。黄羊滩又名野马滩，春风就是东风。这里古人就是周朝先期人吧。春风难度野马川。野牛沟吧，传说总是传说的俗话。整个平原公里的汉西野马川，一年四季西风劲吹。大了则飞沙走石，小了也五级六级的吹，要不是人们都说：西风烈，东风难度玉门关。一年四季很难碰上一回半回的东风。

俗话说说书归正传。话说今天的黄羊滩彩旗飞扬，锣鼓喧天，牛角号鸣阵阵地吹着，唢呐芦笙更是有声有色的合奏齐鸣着，主干台下的十八米宽平沙场上。二人摔跤，穿着红黄的服装，一上一下，时不时地两个人较劲抖一抖，晃一晃地来回摔着。旁边紧挨着又是在扭着美女骑驴，美女是由一个年轻的男子驮着。看他扭的跳跳蹦蹦，干脆玩起兴来，双手揪着驴头上的两只大长耳朵，在空中前头腾空翻起跟头来，一连十几个，又连着向后翻滚。呼过桥的春风堤，一看眼也急的冒出火星来，后来干脆眼睛，鼻子，嘴巴，耳朵，都在冒烟冒火，最后也翻起筋斗云来。还有一个是扮演癞蛤蟆想吃天鹅肉的，整个的一个人穿着做成的癞蛤蟆的外套，大嘴大舌头耷拉着，馋水欲滴，"丝丝，丝丝"地叫着。在它的前面有一只白天鹅，癞蛤蟆大叫一声，它的翅膀就张开抖动一下，癞蛤蟆一往前跳一下，天鹅就配合地一抖张开的翅膀，"扑棱棱"飞几下，大叫一声往后后退几步。不飞不跳的大白天鹅，还会来回转动着整个身子，有时只转动着脑袋和眼睛。

此时从远处飞马跑来一队骠骑，美女领先，身上还是穿淡青色的服装。唯一不一样的是，今天六个孟姜女都穿着一样的长筒靴到膝盖，马靴的长筒外侧缀了双排十六个大铜扣子，明晃晃的十分耀眼。那不是黑色，而是棕色。长筒的内侧有两道黑色，十分的时尚。

周围观看玩耍的群众几千双眼球一下子全都被抓住了，男女老少不断地说道："美女，仙女，女仙，靓眼美女！"

"哇，竟然是六个双胞胎仙女，美人美女！妈呀！天上掉下来的仙女吧！长发飘飘多神气啊！"有个十二三岁的女孩子叫着说道。

另外有一个男子约有十四五岁说："不对，不是仙女，天仙，神女！他们是，是，是美女将军！是下凡的女统帅！靓艳大将军！你们看呀，他们都身背宝剑，腰挎弓箭，手托长枪，骑着神马快驹向前跑，多神气啊！说不定是天上的仙女神将，来到我们人间来视察。"

一女牧民还未来得及说："什么呀，他们一定是来参加我们的比赛的！给我们这黄羊赛场增加美女动力的感觉的。可比我马伊琍美一千倍甚至亿万倍啊！啥美女仙女，姑娘小伙睁开眼看一看，这可是千年万载遇不到的机会啊！老公喇起成，看你的眼珠都快蹦出来了！色狼，色狼，大色狼！你这个花心大萝卜！"

老公喇起成半张着嘴没有扭头，"嗯嗯嗯"地说着，"啥？美女个头，美女个头，看看多好看！多美呀，真是靓艳死了！我的个亲爹娘啊，天下竟有这样标致的人物，就像从模子里刻出来一样！"

"天生的大色狼先生，还看哪！"马伊琍伸手揪住喇起成的耳朵往外撕扯。"看看，让你看个够！没出息的熊男人！不能见美人美女！见了美女，眼珠都不转圈！也不蹲下来照照镜子，快掉下来当羊屎尿踩……"

"哎呀妈呀，老婆子快饶命呀！你看你满脸血丝，像洋芋蛋的姨妈老娘也。你在生人家美女白嫩的透红的皮肤，这就叫：嫩白象熟鸡蛋还有胭脂粉擦过的，像头发黑亮黑亮闪着光，说不定还透着香气呢！你看看你，那头发就像牛屎粪样。唉……我的个白牡丹哎，情哥哥日日夜夜想着她，梦中的魂为什么醉噢！想你的心为什么情碎啊……"拉起长声胡唱起来。

孟姜女和秦始皇也同声合唱起来："阳光越！铿锵似火希望射！希望射！靓妹帅哥，燃烧世界！复兴创新志如铁。百花争艳争斗月！争斗月！叫梦飞翔，拼搏情烈！"

主席台上有十来个男子，岁数都在四五十上下，中间有个坐着的五十岁左右的人，站起身来大喊了一声："美女和那位将军先生，敢问你们是从哪里来？又是什么队的？来参加什么项目？请先上主席台来登记一下．若是唱歌则可献上一曲，倒也可活跃一下气氛，千万不要客气啊！快请！"台下的人也用手招式他们过来。

孟姜女此时回头看一眼秦始皇，秦始皇回过头，"我们七个人不妨下马，把这七杆大枪头插在泥土地上，战马的缰绳搭在马背上。马也该累了，倒不如让他们自由地来吃地上的嫩草，无忧无虑的也很好啊。"

后来孟姜女一路走来，跨上台阶，和秦始皇一起来到主讲台上。"彼人本名王铁虎，是本届运动会的主要负责人。各位美女将军的到来给本次运动会增添了无上的光彩！更是为在场观众增添了百倍的动力！我代表主办方，向这些贵宾的光临表示衷心的感谢！彼人也倍感无限的荣幸！我代表在场观众再次向你们这些贵宾的光临表示热烈的欢迎！欢迎你们的到来！"说着带头鼓起掌来。主讲台上坐着的十六位主要人也都赶快站起身来，皮笑肉不笑的双手鼓掌表示欢迎。

秦始皇此时大声讲："各位不要太客气了！快坐下来。我们几个只是路过。小人姓秦，单名一个忠国，是个买卖人出身，这几年也就想着做个简单生意，赚几个钱来养家糊口。这几位是我秦某人的跟班，也就是保标吧。她们也会些功夫，只是些三脚猫的架势，不足挂齿。彼人路过此地，有幸路过黄羊滩野马川宝地。而又刚好碰上这次运动会，也就好奇过来凑个热闹，别无他意。既然先生诚意邀请，却之不恭啊！如此盛情彼人难以承受啊！如有叨扰，还望海涵。"秦始皇有意无意地给他们戴高帽子，老人只要心里一高兴，一切也就都好说了。

况且这有美人美女养眼，这等好事哪有不答应的道理！况且如不答应，也显得是主办方的不是了。运动会讲究的就是公平，人人参与的规则大家都心知肚明。却也推迟不了，只得满口应道："欢迎！欢迎！这倒是求之不得呢！我们倒是还想请你们来呢，怕是连贵府也找不到了！各位莫要见外才好呢！那不如先在这里登记一下，如何？秦老板是秦忠国，敢问这些女子芳名？"

"噢，她们都只有一个名字，梦瑶女，都是为了方便。"秦始皇笑着答道。

王铁虎回头向台下瞧了一瞧，便说："下边杂耍的奏乐的，大家都可以继续了！爱美之心人皆有之，切不可让这些美女半夜里把你们的魂勾去了啊！不相信啊，小心她们进了眼里拔不出来！让你们夜里做梦，白天睡觉，就连吃饭，比赛的时候都摇动军心！与其临渊羡鱼，倒不如珍惜眼前所有！再说这次比赛就算不砸锅，若要是得不到冠亚军，更别说最后一名了。让美女勾去了魂，你们怎么能好好地参加比赛呢？各位父老乡亲们，我们可不能让别人看扁了我们草原的这些英雄好汉啊！好了，废话不多说。杂耍的尽情地跳甩起来，奏乐的尽情地吹起来，打起来，动起来！这些美女都叫梦瑶女，大家伙可要好好地记住了啊！他们叫一样的名字，是这位秦老板的保镖，也是来参加比赛的。让他们来看一看我们的英雄风采吧！"

"这边快给秦老板让座！快给美女让座！真是一堆蠢材！在关键的时候能不打架吗？人家一个大老板尚且邀请了六个美女保驾护航，可见他们的功夫确实不能小觑啊！光说这些美女像仙女一样莫测，金刚一样美丽，看这架势！这派头！大家在这里的镇长、乡长、县长、保长、你们招架得住吗？"

此时在主席台上的人都坐不住了，不知从谁开始，一个挨着一个的都走下台来。但台下似乎没有人注意到他们，个个都是眼珠子牢牢地锁在孟姜女他们身上，头上，甚至是靴子上。看呀，瞧他们，就像生怕他们会从空中突然飞走消失一样。

"秦大老板，快请里面坐！这半天只顾着说话，竟忘了给秦老板让座。您大人有大量，千万别放在心上啊！也希望您不要误会，更莫要生气啊！我们黄羊滩野马川的人可是热情好客！时间长了您就会深有感触。今天晚上，我们野马滩的人就请你们吃老酒，不醉不罢休啊！不醉不散啊！让我们和你们一人碰一杯，如何？倘若有滴剩余，可要罚三杯啊！还有感情深一口闷，还感情溅舔一舔。感情铁酒喝出血，我再和您秦老板碰三杯，不如交个老酒友如何？呵呵，不好意思啊跑题了。"要想和大富翁大老板交朋友，最后成了贵家柴米流油。

"秦大老板看您印堂发光，高眉眼，看着架势也不比咱们大秦始皇帝逊色！况且秦始皇生秦长秦，您大老板也是姓秦。天下秦字无二姓，您该不会是当今皇上的兄弟或者是什么侯爷们的亲缘吧？"

秦始皇没有坐，站在那里听他唠唠叨叨。便微笑着慢慢摇了摇头，表示不认识秦始皇。"先生言重了，小贩哪有幸能一睹当今圣上龙颜，更别说能相识了！"

"秦老板可别嫌老朽过于啰唆啊！都说秦始皇在黄宫有佳丽三千，尚且从未听说过有这等模样相同的，况且秦先生您贵人就又有六个容貌如此相同的护卫，老汉今日可算是开了眼界。这全是拜您所赐啊！老朽倒是十分奇怪，到底是何方圣母可怀胎十月，生下这般容貌绝世的女子，倒是可亲可佩啊！想必定是十分的辛苦，却是十分伟大啊！"

王铁虎到先自己用右手轻轻地扇了自己一耳光，"哎呀，你瞧我这臭嘴，真是傻瓜提出这么个乱七八糟的问题，恐怕就是神仙也回答不上来。不是老朽恭维秦老板，您可是真有本事，能一下子带领这么多人！"

秦始皇接过来说："前辈说的哪里话，只是不知这运动会什么时候开始呢？

不知这是何场何种项目？"

王铁虎拍着脑袋，不好意思地说道："唉，好好好，你看，我怎么把这么重要的事给忘了！"

又转过来身子，双手向玩杂耍的奏乐的，吹鼓手的，向他们来回摆动着："大家安静了！静一静！静一静！首先要代表主办方对各个代表队的参加表示由衷的感谢！再次感谢你们的到来！让我们以真挚的掌声来欢迎：上邦队、兰州队、白银队、武威队、张掖队、九泉队、嘉峪队，还有未到的黄河队！长话短说，第一是开幕式：以歌舞类为主打。有请歌手：马伊琍。"

话刚落音，台下传来一女声："台上尚有六位美女，她们且有天籁之音，我马伊琍五音不全，不敢献丑！"

话还未落地，一男子已走向台上，"嗨！你不唱，干吗不早说啊！"原来是王铁虎。"老婆娘，就你事情多！怪不得人们常说'懒驴上磨屎尿多，穷事熊事多'但我们可不会赶鸭子上架！人家都没有上前唱一唱，练一练喉咙，你就成天会出故事！穷摆活？喂！还不赶快上台来！哎呀，还愣在那里干什么呀！你就不嫌丢人现眼！还担心不搅黄这运动会吗？赶快上来呀！广大群众可都期待着呢！"王铁虎此时急得赶忙去台下找人。一手一拍屁股，一手伸直了，用食指中指乱摇乱颤的，晃着，飘着唾沫星子走下台来。

"王主持先生，不知我们六个梦瑶女先抛砖引玉来一首，您看如何？金风多撩人！惹得游人醉！靓妹明艳无比，俊男沉稳意气。不知为何日日夜夜想着你：如画！如仙！攀着竞赛情义，再来一首《黄羊滩，野马川》：千里黄羊大滩，黄羊野马彩云飘飘。金色是龙的故乡，牧羊梦腾飞翔。人杰地灵赛天堂！红柳映激昂，野牛野马黄羊北。浪漫之疯狂，千里黄羊滩！草原绚丽绿川，幸福神龙唱，野马滩情义深。姑娘美丽小伙精壮，拼搏绿水逛。那要赞美香草肥，牧场唱辉煌！"

孟姜女刚唱完，鼓掌声一片，更有吼叫声，呐喊声掺杂在一起。"这声音果真是不同凡响啊，人间是听不到这种声音的，妙！妙！实在是太妙了！""再来一个！""再来一个！""再来一个！""这天上的声音！"这六个孟姜女便向下微笑着，算是礼貌地回应。略微休息了一会儿，她们六个人又回头互相望了一眼，示会了一下表示赞同，算是达成共识。"看来是盛情难却啊，那就再来一首《金春更美丽》：蓝天彩云岭，大雁往北飞。金春好美丽，潇洒风采花果美，丰收喜悦带给我。座座金山是灿烂的锦语，荒野放射着无限的金辉。大河欢歌澎湃着辉煌，那是金色的壮举。滚滚长江沸腾着是幸福，深深的情义。靓艳风情的姑娘更美丽，为了你的蜜语甜甜的温馨吻，让青春腾飞火辣辣的爱。铿锵拼搏长城金色草滩，是你们荣华富贵，啊……金风多美丽，你是情人眼中的佳颜，是滴滴晶莹透亮的樱桃挡不住的诱惑。金色的杏子像天上的明星闪烁，仙桃红通通的醉人，有你的吻长生不老。火红的石榴花燃烧着你的心房，梦幻中向往的力量。甜甜的马奶枣子沾在舌尖上，通红的柿子像灯笼大北斗永不变的远程，串串的滴溜大葡萄，映着的是谁绝色的笑！啊……金春更美丽，花儿朵朵像蝴蝶翩飞……"

"接下来，是另一首大家一定很期待的好曲子，不知大家是否喜欢呢？"

"这么美不胜收的歌曲！当然是多多益善了！就再唱一首吧！""是啊，是啊，哪个男子有谁娶了这样的女子，那可真是八辈子修来的福气啊！就是一夜不睡觉也不会觉得困啊！天仙美女！啧啧啧……真是美啊！"

孟姜女看到叫喊声一浪高过一浪，一浪掀起一浪，只有再来一曲《细雨笑眯眯》：细雨笑眯眯，花儿也为你醉。爱的情人小妹妹，你的头发多潇洒，显示不出爽春的浪漫与快度。你的英姿，找不到春季里抒情前卫的青春，你可知道啊？小妹妹，越稚气使望，土里土气浪漫罩着酷。哔哩哔哩，哔哩哔哩，哔哩哔哩……无情淹没了你，怎可聪明伶俐？活泼快乐的节奏，遮不住你容颜的美丽。让我们一起手拉着手，追赶上时代造物的潮流。抛掉老帽笨拙的傻气，甩掉旧古腐朽的呆寐。朝着人生辉煌灿烂的靓丽，显示出生动活泼的前卫。动感动感靓艳地为你醉，细雨春风绵绵地回头笑眯眯。

王铁虎大声喊道："运动会，第一项：赛快马。比赛现在开始！"又回过头来小声问秦老板："秦大老板，你的护卫们也会参加比赛吗？这虽已有八个代表队，人数哦不限，不如再添二三个，或者是十个八个也可以。你们七个人七匹快马不能不参加啊！况且现在西宁代表队还迟迟未到来，嗨！这些个老青头，也够慢的啊！看着这黄羊滩上地面都陡峭的别说是行马，就是行人也是有些困难的，那个有胆量的就只管放马过来吧！"

"报告滩主先生，我们是西宁代表队的，这是？西山代表队的？"来了一个小伙子报告着说。

"看看你们说讲话，我们就是我们，还说什么脑门子门，脑门子门的。"王铁虎说笑着指着小伙子的脑门子开玩笑。"这是方言而已，十里不同规矩，百里不登台嘛！看你们日月山队的，这上衣只穿一个袖子，另一个系在腰上也就算了，这大热天的满头大汗还带个小帽子！今晚我们请客，大家一起一醉方休啊！尽情享受美味的手抓羊肉，洋芋蛋，咱们的青稞老酒可是等着你们呢！咱们老甘和老青队就在一起叙叙旧，大家伙一起热闹热闹，这坛子里的老西凤可是陈年酿造的上等好酒，怎么样啊？"

"都说不醉不想家，啊妹子那个红苹果啊，热乎乎的香甜啊！"小伙子唱起了花儿曲调，右手捂耳朵下边。

　　"好呀，这么有情调！浪漫带风流潇洒，快站在你们的小旗子下边去吧！准备快马加鞭勇夺冠军！去吧！去吧！"王铁虎说着，边拍着他们的马脖子，一手指着前方插的小旗子。"喇起成，准备敲锣开始吧！"

　　"滩主，都准备好啦！"有几个姑娘将喇起成支巴到一边，连走带跑，就一手敲锣，一手拿着锤子。另外有两个姑娘，两边各一人站着拉一条长绳子。比赛的马头不能超过横拉的绳子。"大家伙参赛的共有八个代表队，大家注意啦！只要这锣一响，大家各位参赛的选手就铆足了劲向终点冲去啊！谁先冲向终点就是最后的胜利者！预备！准备好了！开始！"一声锣响，横在马前的绳索的一下落在地上，八个代表的几匹大马箭一样地向前冲去！

　　大部分的骑手都是右手甩鞭打马，左手高举着马缰绳，两只脚直愣愣的蹬在马镫上，屁股不挨马鞍子，上身前倾少转弯，有人戴的帽子一阵旋风似的给冲下来了。由于比赛场地采用的是圆弧形跑轨道，在转弯的时候，马身子似乎要飞出跑道，远看似乎要挤成一团。前面的马似乎是跑不动了，速度在明显放慢，后面的马眼看就要乱成一团。骑手似乎也要乱了，甚至有些马鞭竟甩向旁边的马匹。有几个小伙子的马鞭子往人身上乱打一通，一阵混乱掺杂着叫骂声。有两个小伙子急的甚至跳下马来，红着眼睛，打了起来。见这架势，旁边几个人赶忙上来拉开了他们。往前的马匹跑得最快的还是孟姜女她们七个人，她们的马匹呈圆锥形往前冲去。最前面的一个人拼命地打马快关，两边落后二三尺远有两匹快马紧盯着第一个人。在最后面还有三尺多远，两匹战马拉开距离紧随着。这就五个人五匹战马，还有两匹马在前面，第一匹马有七八米远，她们都是左手抓住缰绳，右手拿着马鞭不停地打马，不停在空中晃动着打着圈儿。这样后来的骑手想往前快马加鞭赶超前八名或头名，可是马通人性呢！他知道前面的骑手给当道不让往前冲，谁向前保准会挨打。在这个时候都是马，即使想斜插进去前方也很困难。最关键的是，相差一点半点也是尤为困难，很是吃力的事情。

　　二里的赛程很快就要转回要到终点，前面的红色布条就是终点。看啊！它们向终点冲过来了！近了！近了！近了！越来越近了！来了！太棒了！让我们不出所料：孟姜女前五名，第六名是秦始皇，第七位依旧是孟姜女！后面有几十名尚可记下名次。滩主们在外围大喊大叫："女大侠们！加油了！你们真是太棒了！你们是真正的英雄啊！你们是第一名！你们是冠军！加油！加油啊！"个别小伙子仍不甘心，把手上的皮鞭往地上抽打，只是尤为心痛自己的马。便用手慢慢拍拍他们的马脖子，轻轻地梳理它们的毛综，将脸微微靠近马脸，说几句什么话，既是安慰也是犒劳，这么远的路程马儿一定是很辛苦吧！有了这些话语，微微的赞赏也能给他们一些无声却是至关重要的作用力量。

　　王铁虎大声宣布："大家注意啦！马上进行第二项，跨越障碍物，五百公尺的距离，十个障碍架，最短距离五尺一个架子，最长距离的一个架子也是66尺，大家都知道。请选手进入准备场地，准备开始！"孟姜女六个从前往后一路站成七匹战马，喇起成只要锣鼓一敲，七匹战马个个都踊跃向前绕过障碍架，长方形的小木条来回转动，一个都没有弹下来。又是一个团体第一名！观众的呐喊声一阵高过一阵！"真神女！""真是仙女下凡！"

　　"下面进行第三项：骑手射箭更不在话下，大家都是强项！首先他们骑的都是军用马，军马平时训练严格，马儿更懂得他们的心声。当射手拉弓射箭时，马儿跑的四平八稳，弓箭一声出去，就是一瞬间的事。""第四项：是抢猎物。这只猎物是一只成年羊，前面有又一个骑手扛着羊，在前面猛跑。这时只需后面的骑手随时将枪端起来，瞄准。"六个孟姜女更是神通广大，将前面扛猎物的骑手围成一个半圆形，手上晃动马鞭在空中，随时准备在空中捞取任何可能的猎物。一手将马鞍轿圈在圆铁上，只有一只脚蹬在马镫上便可以将身子探出来获取猎物。在军马训练有素的配合下，一下子将猎物夺取，另外六个人防止猎物被其他人夺过去，要是那样的话就是前功尽弃了！看来第四项也是胜利在望了！下面进行的第五场是：套马。首先是套马杆，杆子前面有一个皮圆圈，只有套上马头，自然就可以勒住马脖子，再强悍的烈马也得乖乖地老实，甚至连气都喘不上来，那么它也就不能够再蹦跳了。自然是孟姜女和秦始皇他们旗开得胜。

　　第七场是最激动人心的了：套牛。这不仅是个力气活，更重要的是要有技巧。整个二百多尺长的绳子，在前面的绳子套上比牛头大出两倍的活扣，一旦套住牛头，就要用力拉住绳子，只有越拉越紧，那老牛为了活命，也为了拼命地喘气，最后只得跟着这绳子走。便是越走越近，越走越近，直到最后还有五尺远近，拽住绳子围绕在牛腿上转几圈，拉绳子的自然捆绑住牛的四只腿脚，"扑通"一声倒在地上，要死要活随人摆布，老牛瞪着大眼泪汪汪的，呼呼地喘着粗气，嘴里翻吐着白沫，就等着死了。这个项目秦始皇重复了两次，你看他骑在马背上，右手背朝下，扣着盘好的绳索，瞄准牛头，扭动上身的胳膊随时抖一抖，大盘绳子向空中飞去。在空间越拉越大，最前面的绳子迅速撒成半圆形状往牛头上落下，野牛还未来得及向空中看，拥拥挤挤乱作一团，"哞哞哞"地叫着，一下子感觉头上有东西投下来，那野牛头两晃两摆，绳子就自己套上牛脖子上了。

　　这边秦始皇看套住牛头，边拉紧战马自动往后退，和背上的主人齐心协力将大野牛从牛群中拉出来。最后这只大花野牛没招，再往前走，就离开牛群没有依靠了。前腿站立，牛头往天空昂着，后腿干脆坐在地上，让你拉也拉不走，更别说拉得动了。这样战马背上驮着人，往后退不动，无意间战马转了一个圈，马头往前往外冲，秦始皇将长长的绳索背在肩上往外拉，大华野牛还是坐在地上，像定在那里一样，就是不走。看孟姜女骑着枣红马挥动手里的长枪，来驱赶野牛群。这些野牛根本不怕你骑马的人，管你是什么美男美女，还是仙女！有五六头大野牛突然跑过来，它们想帮助大华野牛脱围。冲着骑马的孟姜女们翘着尾巴冲过来，还抵抗冲锋呢！旁边的喇起成也骑在马背上大声喊道："美女们！秦大老板靠在旁边骑马，快转过来！这样大花野牛也就听话了！"

秦始皇一听，把战马往旁边磨转上五十米左右，大花野牛一下子撅起尾巴，顺着绳子往前走。一会儿工夫，就离开了野牛群，秦始皇不由分说，又围上大花野牛转上一圈，在一拉绳子，只见大花野牛冲天大叫一声"哞哞"，"咚"的一声摔倒在地上。四肢被绳子自动捆绑住，冲天空蹬啊蹬啊，肚皮鼓得圆滚滚的，不能动弹一下。嘴内外喷着血沫喘着粗气，好半天才舒一口气，"哞哞"的叫上几声。就像是在喊救命一样，凄凄惨惨的。

喇起成笑着说："怎么样，大老板？只要你勒住他的气管子，你叫他往哪他都特别听话，是不是？他就是喘不来气！看来你们美女大老板不懂得如何打猎，也没有见过这种打猎技巧，再大的大老虎也是一个道理，只要套住他的脖子，他就是天大的本领也逃不出你的手掌心。你们有没有见过在草原或者是在祁连山，日月山，昆仑大山中有一只骆驼，你的小命也就会从此打住！为什么呢？大家应该知道，任何带毛的动物，身上长毛的动物，怕他嘴里喷的唾沫星子，明白吗？别说，狮子、狼、熊、哈熊就只有毛，他们都躲得远远的，让你们都找不见他！天敌明白不？你要是有四五只骆驼，动物是都不敢伤你的。而且在这大雪山中，就是再冷也冻不死你！它们围卧在一起，可是比空调暖喝一百倍哩！想热热不起来，想冷他们和你有一样的体温！你们是做大生意的人，根本没有享受过人间天堂骆驼给穷苦人们带来的幸福生活！他可以一个星期不吃不喝，身上背的食物让你吃个够，有酒有肉又有水，吃饱喝足和他们睡在一起，比神仙都快活！百倍！千倍！嗨！又跑题一万里了。"

"下面是第七个项目了：斗牛开始！哪个队先上来？"等一会他又说："斗牛的勇士们往上冲啊，来啊，先生们、小伙子们，真英雄大侠来露两手让大家开开眼，见识见识啊，平时吹嘘，吹大牛吹破天，老天爷都让你给吹迷糊，上来试一试！试一试不要钱啊？胆小的往后站，大英雄往前站啊！怕什么呀！害怕就不一来！不就是斗一只牛吗？"他骑在马上说着比画着。

有个大小伙子雄赳赳气昂昂走上场子中，不过二十七八岁样子，个子不太高，一米七以内，穿了一身黑衣裤，麻布鞋子系带子，在场上蹦了几蹦高，又踢腿摆胳膊舞了个圆，随手从裤兜中掏一块红绸子方布三尺，又在空中前后左右摆动着，嘴内说："各位先生、美女们！我今天来给大家做个示范动作，先带个头，好了呢，请大家在座在场的鼓掌呱唧呱唧！有什么危险大家也不要伤心动情，该干什么干什么，该报仇的报仇，该开心的开口笑一笑十年少啊！现在开始吧！"

话音未落从旁边的木门里窜出一只大黑牛，那真是鼓着鼻子瞪着眼珠，闭着嘴巴低着头，长角向前翘着尾巴，迈开四蹄向这个人冲来，此人双手扯住红绸子来回抖动，左右摇摆着，吸引野牛上当来猛顶红绸子布，他看着野牛冲过来，马上要顶到时，他猛一转身快速移动双脚向旁边转去，老黑牛没有顶住，顶了个空，向前猛窜出去5公尺，停住调转身子，快速又朝这边奔跑过来，看见红布就像仇人相见，往死里来顶，又扑了个空！赶快调整方位又来猛扑上来，这次这个人不太幸运，被牛角挂伤胳膊，整个人身子往后趔趄一下子，血就从胳膊上淌出来，说时迟那时快，大黑牛又调转身子眼看着要冲过来，他一手捂着胳膊，快速将红布丢在地上，老黑牛冲过来低着脑袋想顶地上的红布被牛蹄子又踢飞了。

在这千钧一发之际孟姜女冲上来说："快走，快躲开，我来对付它！"孟姜女此时拾到红布后，快速向旁边跨出二大步，双手抖动着红绸子布的目标，让大黑牛上当扑空！大黑牛一看只是一个美女，它心里说话："哈哈，我老黑怪有福气，有美女情缘啊！看看咱今天怎么样的拥抱你大美女，不咋样给美女来第一个热吻！哈哈，非叫美女变成大花脸不行，今生今世叫你美个够，招家伙？"只见大黑牛此时抛开后腿蹄子，喷着嘴唇上的白沫子向这边冲过来，孟姜女优雅浪漫地向旁边一闪，就像舞蹈专家一样潇洒自如的把大黑牛骗了一回，黑牛转过身子牛头冲天大叫一长声，"哞—哎，美女骗子，美女蛇一样的坏女人，敢来骗俺诚实挚着我不悔改的老牛脾气，小心等俺的犟筋上来，你们十个美女也拉不动也，看家，伙招架！"

黑老牛甩着长尾巴，喷着满嘴的白沫子，累得气喘吁吁，眼看着没有刚才的速度快，顶撞的力度也小了，只见孟姜女抖动红布等黑牛到跟前时，右手快迅抽出利箭双手用力向老黑牛背上刺去，大黑牛大叫一声"哞"向前扑倒在地上，呼呼的喘几口气，又一撅爬起来！利箭还在它背上蹦着跳着，它又朝孟姜女撞来，孟姜女随手又给它插上第二个利箭，老黑牛也不知道疼痛还是忍着要最后报仇，第三支利箭插在它背上，它又一次扑倒在地再也没能够站起来，趴在地面上悲惨地号叫了几声后，再也没有力气大叫，来八个人连抬带拽地把它搞走完事！

"哇！啊！美女英雄，女大侠厉害……"人们叫着赞美着。

"孟姜女你真行，真有本事，这半天朕为你心都揪起来了，为你手心都摄了两把汗，真的叫朕好担心也好担心啊！这会好了！"秦始皇少停了一下，又看看孟姜女的脸上头上说："看看满脸汗水，累得很吧！"秦始皇关心地说着。

"还好！不怎么累！就是有点心惊肉跳得，依我孟姜女现在这会儿的看法呀！这斗牛不一定要身高魁梧，五大三粗特别有劲的人来斗牛，关键的关键是要脑筋特别特别清醒的人来斗牛，牛劲上来几个十几个人，或者大老虎都不行的，它有角、尖利、长硬、谁敢来抗拒，恐怕目前时期没有一个动物能是它的敌手，噢，秦大哥我原来听人们讲故事中有一种不太大，跟一种半不大哈巴狗的财狗子是它们这些大动物强劲敌人的天敌，它就是靠小巧灵活，非常机灵巧妙，有一绝招专门对付野牛、野马、大老虎、狮子、豹子、黑瞎子黑熊……那比斗牛一样，不一定非找大男人汉子来大英雄来，依我看，像我们看青年健康灵活的泼好动的美女来斗更好！女孩姑娘心细反应快，要是在沉住气能稳住劲，哎咳咳咳咳"孟姜女讲到这此时笑起来了，右手卷起拳头来比试着没有讲出来。还是美女有气派，真正有男子汉的味道，刚才那一会儿，你孟姜女是一点点都不晓得知道，朕的心一直悬在嗓子眼喉里乱转转，只要猛一张嘴恐怕都会蹦出来！秦始皇看着孟姜女严肃地重复道，生怕孟姜女不知道一样。

"感谢秦大哥的操心，心地善良大大的好人！"孟姜女笑着说到。

"怎么！你孟姜女到如今才知道朕心地善良啊！真活见鬼了！朕心就特善良，不然能大张旗鼓地来号召修长城吗？还要强加命令来实行，谁能知道这修长城的意义是为全国的老老少少、男男女女的老百姓好吗？跟你孟姜女讲，首先是为咱们天下的老百姓好，他们一年年、一辈辈、一代代都被坏人贼人强盗抢穷抢光了，还抢女人，能干活的男人，叫他们受穷受苦受累。挨饿受罪，叫你孟姜女今来这贺兰山下走马川上这黄羊滩上来看一看。"秦始皇转一圈身子指着北方说，看看长城能挡住腾格里方向和巴丹吉林以北方来的强盗贼人，老百姓在长城以内过得好好的，大家高高兴兴痛痛快快地过日子，过好日子，当然也是对大秦朝好，等长城全部修筑成功，可能减少部队百分之五十到六十的军人不参加服役，又为老百姓减多少物资、人员、租子等等很多开销，这些年不打仗，就是要操练兵马都需要粮食、草料，别说金银钱财的费用开支了……秦始皇讲到激动的身子转来转去来回看着。

"坏了，孟姜女先生！野牛又被放出来六只、六头大野牛来！你们这次千万别在去冒险，拿自己开玩笑了，不行大家开溜，也不能用生命开玩笑！你们不怕，朕还心痛呢？这些个人也不知道是怎么想得，净玩悬得！……"

孟姜女说"秦大哥，不用怕，人家能放出六头大野牛，肯定有六个人准备上场去玩耍去斗着玩过的过瘾，开开心吧！小鸡天生不尿尿，不吃奶，不是照样长大供人们美食美餐吗？"

孟姜女的话还没有讲完讲了，就听见南北驼圆赛场周围的男男女女拍着手，压着拍地叫着喊"美女上场，女大侠快斗牛，女英雄上场啊……"

秦始皇急着说："孟姜女，看看吧，朕说走，你们不听，赶鸭子上架哩，套着驴上磨坊推磨啊！将军来了，不行，咱们一走了之！谁能管住不叫走呀！咱们英雄可不能吃这眼前亏，万一有个好歹咋办啊！美女，真是掏朕的心肝肺，挖朕的大苦胆和脑酱哟……"

秦始皇拉着马缰绳意思一走完事，看看不行又向旁边王铁虎招手："王滩主，王先生，来，你们这比赛大半天了，下边今天还有几个项目，都是什么项目，也给我们大家介绍介绍吗？你们这是玩的什么把戏，要是在皇宫里，可是逼宫啊，最后的结果中是要杀头得。

滩主先生哎"秦始皇皮笑肉不笑的开玩笑说："秦大老板，请您不要心急，自然大家都有心想多看看美女几眼，您是老板您有权！愿走愿留随您的便噢，下边今天还有四个项目，甩牛毛鞭子、摔跤、击剑和赛慢马"王铁虎介绍着说："依我看这甩毛鞭子一定好玩，不会伤人、伤己！这摔跤男女搂搂抱抱、拉拉扯扯的摔不好，不参加，击剑也不行，这青铜宝剑全是开过口的，吹发断毛，不能参加会伤人流血太悲惨啦！赛慢马更没有趣味，好吧！王滩主先生你忙你的，你是忙人，谢谢介绍了！"秦始皇勉强客气着说。

王铁虎说："可以吧，不太忙！你们先玩着，看看大家叫叫喊喊的多有劲……"滩主说完悻悻地走回去。

此时有两个孟姜女按着栅栏杆纵身翻过去，向一头大白野牛冲过来，后边又有两个孟姜女准备过搭在栏栅正准备飞身翻越！回头喊叫着说："秦大哥，放心吧，不会有事得，要是万一有个好歹，正好来鉴别真假孟姜女的时机，机不可失，失不在来，要抓住机遇，假的就会不攻自破，不打自招，秦大哥请好吧！你真是一个大好人，天下第一的大善良人啊，我爱您，秦大哥先生！"话音没落四个孟姜女和着前两个孟姜女已经与大野牛舞起了六朵圆舞伴花，圆舞曲就差音乐伴奏，不到半个小时的光景，个个大野牛蹦也蹦不动了，跳也跳不起来了，自己摔倒在地上站不起来了"精英美女！仙女又胜利了……"

秦始皇高兴、兴奋的可着嗓门大叫大喊："上天保佑！上帝助威！神仙帮忙！大家喝彩！加油！孟姜女又胜利了！"象有点神经质的要发疯的症状，跳着双脚，舞动着摇晃着双手在空中的头上方摆动着。

"秦大哥怎么这么高兴？兴高采烈的样子就像孩子一样好有意思！"孟姜女有意迎面笑着说。还得夸赞的奖励了一句："秦大哥肯定是拾到了喜鹊蛋，吃了喜鹊肉了！大家瞧，好好玩！好有意思啊！"

孟姜女因为刚才斗牛精神过分紧张和精神过分集中激动，自己说着话首先上来拉住秦始皇的手，并紧紧地拽住，来回左右摆动着，恨不得将秦始皇用双手搂起来转上几圈。

"秦大哥，您真美！才是真正的英雄，若不是您秦大哥，我们怎么也来不到这黄羊滩上斗牛！秦大哥！万岁！万万岁！"孟姜女说着喊着，四只手抓在一起在空中举着，四只眼睛放射闪烁着真情横溢着光芒，两个人的胸脯挨着胸膛，要不，激动过分，两个人的心跳都能感觉得到。

不到一秒钟的工夫，孟姜女感觉到失意失态，脸颊通红通红的赶快把双手拉开，退后两步说："对不起，秦大哥，刚才我以为差点认为秦大哥是大野牛发疯了，把你的双手作为红绸子布，在左右摆来摆去戏弄大花野牛。没想到的是大华野牛变成秦大哥了得味，有意思吧！"

"你呀，是瞪大眼睛来哄骗朕的吧！看你的眼睛眨巴眨巴的，就知道你明明是从心里喜欢朕，就立马说谎来掩盖，瞪大牛眼玩弄小戏法……"秦始皇接口说道。

"没，没，真的没有，朋友是看透说不透，今生今世不都是好朋友吗？看秦大哥说话讲的，人家是赤裸裸的好心肠，马上一丝丝不挂了，叫人真难为情啊！善意的谎言还是应该的，体味体味良苦用心嘛！秦大哥先生！"孟姜女像是求情的表白着。"好好好，都是朕的不好了，大男子汉都是应当优得善待美女了，是不是啊！好了，下面还有三项呢！今天的节目就完了。以朕看，最后三项我们都不应参加，咱们还都得往东赶路，是不是呀！早走少赶夜路，走晚了还得赶夜路，难道要骑上半夜黑路吗？"孟姜女接着说："那下面三项都是什么节目呢？看看有没意思啊！没有意义的话，咱们就早点赶路，毕竟晚走不如早走。早走早安心还快活……""下面是摔跤，击剑，赛马是最后一项。赛慢马赛慢马赛慢马，走后肯定是赛快马吧！只不过是说反话而已。要是真是赛慢马，就不要求赛马了，不出在家门的马儿，才是真真正正的慢马？唉，还有一项是打牛毛鞭子，是怎么回事，来龙去脉都不知是怎么回事还不知道。真恐怕大部分人都不知道，说不定是这黄羊滩上不外传的绝招啊！你们几位美女要不要看一看，玩一玩，瞧一瞧，见识见识呢！"秦始皇幽默地说。"秦大老板您好啊，请不要生气啊，您这一段讲话我怎么听着这么耳熟呢？不过这黄羊滩和野马川一带的人们都有些传说，但有的地方长官来闲聊也讲过，一般人也不太在意，可刚才您刚才叫这几位姑娘为孟姜女，据我本人可知，人们都是传说有一个叫作孟姜女的女孩子是什么大队长，还带着大队的美女姑娘正在衡山，贺兰山，大东大黄河，燕山去修长城，真能干，又是个美女！那该不会就是你们几个吧！"王铁虎说的神神秘秘的，讲话吞吞吐吐，不时拿眼瞄着他们几个，"他们几个天不怕地不怕，老土地爷啊，山神爷啊，都为他们跑前跑后的着想，及时想办法早点想让他们修长城来着。您秦大老板走南闯北做的事是大生意，一定早知道。顺便说一句，要是让我们黄羊滩主知道一点皮毛，我一定会守口如瓶，一点也不让他们其他人知道半点。只不过刚才你们说，介绍叫他们：梦瑶女。我在心里嘀咕了大半天了，百分之九十九点九是孟姜女美女们，不然怎么巧合就差一个字呢？"王铁虎笑着说着看看孟姜女，又看看秦始皇。心里想着：不好！都怪我多嘴，都说祸从口出，果不其然，就像病从口出一样啊！"实在不瞒你们大滩主，您真是神机妙算啊！她们六个都是孟姜女，今日实在是来在这贺兰山从西以野马川往东过你们这黄羊滩，主要是查看民情，再就是看到这长城修好的样子长城就好了！只不过太窄了，在长城上行动毕竟不太方便。大多数是黄泥垒泥巴抹成的，不一定结实，以后修长城就要修得又高又气派，敌人来犯看到长城这么英雄宏伟，险峻威武，首先在军事上让他们不敢有来犯的念头，就是打老虎一样虎死不倒威！一种无形的力量气势来震慑这些洋鬼子，强盗坏人，那才行啊！不说啦，赶快去准备下一个项目啊，大家赶快去准备呀！"秦始皇严肃地说道。"是，秦大老板！这就是下一个项目环节：打牛鞭子！也就是甩牛毛鞭子！喇起成快敲锣打鼓呀！来下一个项目！"王铁虎说着往后倒退几步，才转过身子想叫喇起成跑去。"这个老头啊，还是挺机灵的啊！都让他给猜出来了，也难怪只有他才能当滩主呢！"秦始皇看着孟姜女说道。"哎呀，我们都不用管他啦！我们孟姜女又不是干了什么见不得人的事情！又不是什么老妖婆啊，老巫婆，神婆子，跳呀跳的去骗人的大坏蛋！怕他怎的？他爱怎么说就怎么说吧，谁还能捂住他的嘴不让他说话呢！只管他说去吧！马上只管看这甩牛鞭到底是怎么一回事？又是什么意思呢？管他什么，毕竟艺多不压身！不学也长长见识啊！"孟姜女绘声绘色地说道。"喤"的一声锣响后，又是一头大野牛给放出来，白肚皮，白蹄子，白鼻梁子，前胸又是有一个白三角形半尺长短，猛地一看就像古装大戏中的大小丑一样滑稽可笑！就连翘起尾巴，都是又长又长着一个二寸长的鼻子长的尾巴。在场子中间猛地一转身子，"哞哞哞"地叫几声，好像就是这个天底下的独一无二的老大，谁也斗都不过他。紧接着后面连跑带走地又放出来四只大黑野牛，肚皮子底下，四肢往下都奢拉着一圈黑毛，就差脑门下面的两只眼睛都有长毛，就像黑熊瞎子一样不难分开的，一个"哞哞"地叫着，一个"嗷嗷"地叫着。后面跟着进来两个骑马的小伙子，穿着红色的长裤，非常惹眼睛，远远地看着就像两朵红云一样再来回飘动一样，这两头老牛们像个头高大武士将军一样，看见红色立马仇恨就生出来了，瞪圆牛眼，翘着长尾巴，甩开四蹄，牛头牛角向前冲着就来顶，还没有顶住什么东西呢？就觉得肚子上，屁股上重重的有什么东西给狠狠的夯了一下，紧跟着在背上，脖子上，受到猛烈的撞击，但还没有伤着性命，老牛们翘着尾巴"哞哞哞"叫几声，又来顶撞红色的衣服和裤子，才想抛开后腿猛冲一下，"咚"的一下子又挨腿上，它抬起牛头大牛嘴痛的"哞哞哞"叫几声，跟着那边牛腿上又连挨一下，牛毛鞭子的打击，因为两边都受伤了，这只白脸奸臣的大野牛，后腿倒卧在地上，前腿站立，有向天上"哞哞哞"地叫几声，声音还没有落下，前腿也卧在地上，"哞"的一声，叫着却站不起来了。后来前腿受到牛鞭子的沉重打击，才受伤倒地。两个骑马的大小伙几闪几甩，四只小野牛才都乖乖地卧在地上不能动弹了。紧跟着又是一对穿着黄色衣裤的十几个大小伙子，把四只伤牛抬下去，又放进来几只不同色彩的黑野牛。花野牛和黄白相间的大野牛抬头冲向前，尾巴朝上撅翘着，对准互相顶头时，六个孟姜女和秦始皇各自都骑着战马，右手拿着牛毛鞭子，左手托着牛毛鞭子鞭梢，也一个紧跟着一个朝野牛围子中过来，他们都互相各个距离有三四尺寸远，野牛望着人骑马过来，扭身拧着尾巴也冲过来。说时迟那时快，孟姜女们个个把右手在头上方甩过牛毛鞭子来回呼呼转着。此时孟姜女心里想着擒贼擒首，平时赶大马车的大师们，扛着大鞭杆，只要哪只不好好地拉绳套，拿鞭子就不停地打马屁股，就是打马身上背上，再犟的很的马，一鞭子打在头上，或者耳根上，他立马站下老老实实的听话，听主人的命令。"吁！驾！"孟姜女没有多想，冲着大黑野牛猛冲的犟劲，牛毛鞭子一抖，牦牛鞭子朝牛头牛耳滚滑出去。只是一鞭子砸到它才有鬼呢！孟姜女的臂力大家应该是知道的。在于寨吃完早饭，背大民用青砖，一下子背了四十六块，还嫌不够分量。围着于寨准备再转两圈呢！最后在众人的要求下，只转了一圈，一圈下来有好几里地呢！孟姜女的身高就差三寸不到六尺，先生们知道六尺是什么含义？身材高大，人们个子一高几百斤也看不上胖来！一点也显示不出肥的影子！反而会觉得苗条细高！细白红嫩的皮肤更显出孟姜女们的青春靓丽，天下美无敌！身上的灵气和眼睛都在闪光！秦大哥秦始皇不唱一首酒歌，醉的找不着东西南北，上翘的鼻子像葱白一样规规矩矩的安在红唇上，白牙站岗。人们好说：美女轻轻一笑，就知道春光的灿烂辉煌的魅力！吸引着勇敢无畏的男子的眼球与理想灿烂的光芒！在美丽漂亮的美女姑娘，老牛也野性一发。他可不问你美不美是否与他有关！他的最终目的是发挥它的野性与蛮横，不讲理的蛮横脾气！他一不吃肉，二不拥抱美女，但是有一点，他想让美女知道在这天下老大，谁也不敢和他作对！有本事吧，美女们！不论你用什么来勾引我老牛！你去勾引那些男子汉，小伙子还差不多！今天气死我老牛了！我才不爱什么美女呢！就一下子冲向孟姜女的战马来了！孟姜女左手拽住牛毛鞭子尾巴和战马缰绳，战马拧着腰子横起跃动整个马身子。才马马虎虎的躲过野牛豁过来的长牛角，它感觉没有颜色，就停下前蹄，冲向天空"哞哞哞"地叫了几声，右蹄子蹬开一蹬，转动身子，立即朝孟姜女顶过来，战马往后往旁边躲着，一个趔趄，给孟姜女一个空间和时间与距离，才将牛毛鞭子再一次抢起，随手又向野牛头上打来，这次可打在脖子上靠牛头不到二寸远的地方。整个大野牛身子往外，就是往右边猛往外晃了一下，牛脖子往下一沉，收住四蹄叫着站直站稳身子回头瞧了瞧孟姜女。一拧身子又朝孟姜女"哞哞哞"地叫几声，叫着冲来。孟姜女经过几次试着甩牛毛鞭子经验总结在心里。美女这次也瞪着双眼皮的杏仁眼，说："大野牛，操家伙！"孟姜女大喊一声，才落下手臂用尽力气将牛毛鞭子向牛头砸去！不偏不斜正中牛耳根下，在脑壳上只听得"咚"一下子，大野牛连跑的姿势都没有来得及变，"扑通"一声摔倒在地上。瞪着牛眼珠连动都不动一下，四蹄也没有力气抽缩一下，尾巴更没有晃动一下，摇一下，就死在那里了！六个孟姜女一下子甩死了六只野牛。紧接着牛毛鞭子便向秦始皇的大花牛冲来！七个人将大花牛围住。接着就有七条牛毛鞭子在空中晃动，一会工夫它也倒在地上，再也没有起来。人们该问，这牛毛鞭子该是使用什么做的？这么神奇！这么劲爽！这么有力大！它并不是神奇和特殊，就是用肥牛的毛编织而成的，需要多长多重都行！甩起来前头使用的是牛毛网织网兜的一块大石头，有大有小，劲大的人就用大的，孟姜女的力气有多大，甩起的惯性力气更有多大！就这样的！甩起的牛鞭子也有二十多斤重！铁牛头也不够打击的！就这样，七只野牛直挺挺地躺在地上。滩主走过来："美女，大侠好功夫！真叫人佩服得五体投地！不简单啊！好功夫！好腰力！好力度啊！让人佩服！真厉害！秦大哥您真有眼力！会用人！她们在关键时候都变成大力士了！这平时也看不出他们会有这大的本事，这样的本领！"秦始皇客气地说："哪里哪里，您客气了！是他们的青春靓丽掩盖了她们的大侠精神！时间也不早了，今天真是不好意思，让滩主损失了这么多大野牛，愧疚啊！改日定会到您府上亲自道歉！""哎呀，秦大老板您太客气了！它们早晚也是自生自灭！过早过晚都是一个死字罢了。刚好这几天也可以用这些牛做好多好吃的大菜，让她们的好友比赛的也来吃上美餐：牛排、牛筋、牛肉……"王铁虎介绍着想往下说。

秦始皇赶快打下他的话说："滩主，蒙主先生，咱们就此一别吧！多谢你们的热情款待！咱们以后再会再会吧！"

"秦大哥，晚上有篝火晚会，跳舞，唱歌，喝酒，吃各种大餐呢！"王铁虎说着，自言自语："来这黄羊滩，还没有打一只黄羊呢！真是遗憾遗憾到藏羚羊身上了！藏羚羊从野马川向西路过敦煌，经过米兰跨过那漫塔格山，以南集居在可可西里大戈壁滩去生存了。这黄羊滩上只千八只黄羊了！"

美女先生，再见吧！真是干什么事都行啊！

如梦令

野马野牛赛争，孟姜女戏斗牛，黄羊滩前留，骑马美女鞭吼：风流！风流！春风彩去飞渡。

三巨兽

春日绿情长空彩，悠悠美人渡祈盼，爱人何时梦中舞，爱无限！请在对岸恋欲念。渔家傲舟水涟涟，荷叶漫游芙蓉转，彩霞看美女戏莲，阳光颤！春顽带雨飞梦欢。

秦始皇帝听完孟姜女们唱完后在马上鼓掌说："唱得好，唱得妙啊，唱得真美呀？人美歌更美，缺一不可啊！孟姜女听你唱的歌词是不是想家了啊？大家初来乍到！才认识没有多长时间就想家，很是情理之缘分啊？"

"说起来，想家有一点点，就是想父母大人，从小吃住说笑在一起，问寒嘘暖都是母亲大人照料来照顾去，穿多了怕你热，穿少了又怕你冻着，吃少了怕你饿，吃多了又怕你承受不起，唉！人生小时全靠父母，长大靠老公相公，等老了又靠儿女这叫一辈子，其实上家里没有父母，这个家就没有什么意思了，刚才我唱的这首歌子是我们的一个老邻居老头靠打鱼为生，一天没事唱一遍又一遍，唱够了，晚上才去睡觉，天才刚亮他又一边干事一边高一声低一声的唱个没完。"孟姜女叙说着。

"我一听就是你们南方的渔歌子，什么渔家、舟水、荷叶、芙蓉、彩霞、美女、戏莲、阳光颤弱光不强烈……魂牵梦绕恩情义，看来是个老情人的情种，思着想着他的梦啊……我来唱一首：美酒才醉，真爱才香，绚情才美，靓才辉煌。《挽留》我想把火辣辣红太阳的爱神来挽留、无奈、钻不进她那沸腾澎湃烈焰情爱的心灵，就像那急风暴雨扑向大地的江流，我只能静静等待爱神到来，歌声绕梁二十年头，那幽幽的大地上片片飘飘的白云，才是我人生由衷相思的情愁。"

我想把美人温馨浪漫柔情的爱来挽留，无奈，满天浮动的虹霞的缘分翻腾滚动……像雄鹰翱翔在彩虹里飞渡。我只能无声关注注目，孤独寂寞伴随着激越情意等候，瞧着黑靓跳动的发丝，变成赤诚的白头翁到天堂哀诉公众……我想把美丽火热的靓艳青春来挽留无奈！谁能挡住火辣辣红太阳向西滚动岁月磨难匆匆，就像年年月月岁岁代代祖祖孙孙走不到人类生存的尽头，我只能求人寻找长生不老的偏方，不在乎金银财宝的留藏归属，歌声填补心胸无聊无奈的空洞……

"秦大哥这黄羊滩到底有多大，多长呀！一眼望不到边的绿草荡漾，清风飘然鸟儿自由歌唱，牛马自由自在的享受这无边无际美食天堂，多好多美的地方啊，秦大哥您见过黄羊吗？逮住过吗？肉膻不膻，比起胡羊和老绵羊有什么不一样吗？"孟姜女不停地问。

"大美女们这半天我就想告诉你们，这黄羊滩原来从天水到野马川，上几千里，现在人越来越多，需要种庄稼居住，也东到鸟鼠山，四五百里地吧！这里也是我祖上发家的地方，宝地宝草宝山川，我家族在六百多年前就靠给周大王养马至上才走到天下第一的阶段，不易啊！孟姜女先生也！""秦大哥看呀小鸟翠鸟，它右边的翅膀老是抖来抖去的多有意思，扭来扭去的身子永远也不闲着。比麻雀小得多也，山雀七只小山雀走路时尾巴上下一翘一翘得好神气也，它比翠鸟就是尾巴长些个白头翁和山雀比就是它头上多了一揪子白毛自己的，也挺喜人的嘎嘎叫着。"孟姜女一时兴起随手折了一根红柳条在手里甩来甩去的，又用左手将叶子撸掉。

秦大哥像是又想起什么说："孟姜女大队长，刚刚在黄羊村北边看到的长城怎么样？发表发表你的高见！"秦始皇此时笑着说。

"好吧！自然秦大哥问到关键的利益，你千万可不能生气啊？"孟姜女看看秦始皇的脸色说。

秦始皇马上满脸堆笑说："怎么样呀？难道还能给大美女小鞋穿吗？走不动路大砖头还能自己飞上山啊！快说说，朕也听听好坏，没有利咱就改，东西物件是死的，人可是活的！想叫它怎样它就得怎样，是不是呀！快说说……"

孟姜女也笑着说："长城垒得是好，在山上，在山与山之间，也很高，也很结实，就是在上面来回走动的空间太挤吧！秦大哥你是知道的，咱们这么大的国家还能缺土缺泥巴吗？一块砖也是烧，一百块一千块一万块砖也是烧，假如两个人或者三个人五个人，在关键打仗时在长城上需要枪箭大刀武器，两个人抱着东西半天过不去，不耽误事吗？空手走过都很困难碍事，关键时刻才麻烦呢？一面是墙一面是箭门跺也叫盯望口。一个人蹲下，另一个人才能顺利通过，太窄太窄了，敌人在进攻前难道另外一个人还要随时蹲下在站起来吗？不科学、不大方！就这一关关键时段是要命呀！"

秦始皇笑着说："好，好好！还是美女的见地高，好想法好建议精辟独到是一个美女人才，越往前越要高，要宽，要大方，千年大计，功在百姓，利在国家社稷，就看你孟姜女大队长的抱负和志向啊！"孟姜女笑着说："秦大哥！您是皇上，把心安安稳稳放在肚里，庆等着请好吧！过不下大车，也让她六匹大马马车喤喤响响地朝前跑，一旦万一长城上发现敌人，骑马坐马车增援更快，胜利更有把握，随时随地掌控战事的主动权和有利地势，决胜千里以外……"

"有见地！有能力！是个好大队长，庸夫万人，不如将军一人，一人当关，万夫莫开。就是需要敢想敢干敢于胜利的指挥官，而且还是美女长官，士气一定会大长，为了美女士兵也会合力一战来保卫美女将军。千万别辜负了朕对你的期望和关照与提携升职啊！"秦始皇在马上双眼祈望孟姜女的表情。"放心吧！秦大哥，我孟姜女会肝脑涂地地来报答皇上的大恩大德，衷心的感谢皇上的慧眼识英雄，甘愿为皇上孝忠孝顺孝道一辈子，在所不辞……"孟姜女在马上双拳一抱像个女大侠一样对皇上叙说着，往前用手指着说："那边有羊群，好多呀！秦大哥一大群，看后面还黑压压一大片牛马群呢？"

"是呀！这就是黄羊滩上的'主人'黄羊懂不懂孟姜女，见过没有，你肯定没有见过，小尾巴浅灰白色的，你看清它的尾巴好了，一动不动的竖立着，它标志着告诉后边的同伴们，有情况，有敌人要小心快步跑，不然命都没有了，它们成群结队无论多少领头的黄羊在前面顺着它们原先的路跑，绝对不会抢在领头羊的前面，另外自己跑一条路线或者胡乱跑，不懂得人认为是乱七八糟的乱跑，其实不然后面紧跟着野鹿野马群，看见没最远处还有野牛伴随着野狗，在后面一定有强大的敌人在尾追，准备捕猎它们，不然不会这样浩浩荡荡地往这向西北穿插着逃命避难？"秦始皇还要讲什么？孟姜女大声提高声音说："秦大哥看呀！天上头上空老鹰好几只在盘旋，离地面不远的高空有乌鸦、麻雀、喜鹊、黑八哥、山雀白头翁各种叫不上名画眉鸟都朝这边飞来，麻雀叽叽喳喳嘎嘎地叫着，远处传来老牛'哞哞'的吼叫声。秦大哥，放箭吧！这一箭射出去少说能射个十来只鸟雀好多小鸟也！多好射呀！闭上眼乱射也能掸下一大串子拿不完，满天空都是那么多也？真喜人叫人高兴哎！"孟姜女双手支弓射箭说。

秦始皇说："孟姜女千万不要射箭，咱们现在每个人带的箭不多了，上午在比赛场用得多了，早知如此留在现在射多好多带劲啊！一定不要放箭啊！这会的情况非常复杂，万一后面有大个的凶猛动物家伙怎么办？老野牛都裹在里往这边躲，情况绝对不一般，孟姜女先生千万不可轻敌啊？咱们赤手空拳也是干瞪眼，马虎不得……"

"秦大哥狮子，好几只长尾巴的大狮子，长着大猫嘴耳朵上尖，不慌不忙地往前合围着，少说也有七八只哟！"孟姜女说。

"看看怎么样大老虎也，绝对是下山虎，大老虎在大山上找不到吃的填饱肚皮，这不来到草场各种物种又多，只有和大狮子联手逮吃的，不然肚子饿得咕咕叫，滋味不好受，还是忍气吞声和狮子共同搞围猎吧！"秦始皇解释着说到。

孟姜女瞪大眼睛说："秦大哥再往最最南面看，那像不像金钱豹子啊，我看挺像的，看来今天马上会有一场弱肉强食的大决战，不是黄羊、不是鹿，更不是野马群，因为它们都跑在最前面，谁也够不到吃，后面的野牛又都不太害怕它们，它们个个都有长长尖尖的老牛角？只要挑上碰上撞上也能给它扎穿戳通挑起来两大肉洞透亮见明，其非等闲之物也！'哞哞哞'的叫个不停，是在叫战助威还是吼叫吓一吓大老虎狮子和猎豹，统一战线，非叫你吃个饱吃个够，叫你撑的走不动路……孟姜女正在说着，突然发现一头大野牛像发了疯一样往狮子那边奔跑过去，把几只大狮子吓得往旁边退去，不由自主地给让出一条生路来！"'哞哞哞'叫着翘着尾巴下劲逃生一样的奔跑，没有跑出多远一头栽倒在地，再也没有起来，大老虎和猎豹还不知道怎么回事慢慢悠悠的幌着往前走，好像刚才发生的一切都与它无关一样，此时又有二只大黑野牛也一跳多高的'哞哞哞'叫着冲出牛群，野牛群乱哄哄都在叫大叫起来，发了疯的都往回散的不顾一切地翘着尾巴逃命……"秦大哥，这是咋回事呀？狮子大老虎和豹子都没有进攻，野牛群就乱成了一锅粥，跟炸了营的马蜂一样乱窜乱跑，乱飞乱撞的，咋回事呀！"孟姜女疑惑的大声问着说。

秦始皇说："暂时我也说不来，野牛这么厉害什么都不怕，咋突然被强手置于死地，肯定有比它还要厉害的物种……"

"秦大哥，我看见了，像有几只野狗一样的半大小狗在尾追它们，连大老虎、大狮子也在躲避躲闪它们，秦大哥往哪里看呀？看见了吧！有两只似狗的狗在后面追大狮子呢！看哪几只狮子跑得多快，一路蹦蹦跳跳往前跑去，一窜好高也拼命！看看看唉？"孟姜女数到着说。

秦始皇大声说："哦！哟！看看我的脑子噢！马上成老婆老头了，话到嘴边怎么也想不起来了。这种家伙叫豺狗，成语里面一组词叫：豺狼、虎、豹，它占第一位的最凶狠残忍啦，虎豹狮子大野狼都怕它，它名字叫豺狗子，比大狗小点，比小狗大些个它有绝活绝招不是用嘴咬，而是用爪子、钢爪子一样的爪子，无论什么动物个大小都怕它，只要让它靠近眼前它的爪子一下子抓在肛门上，一抓一拽再一带，整个一副大肠子一点不剩的全给掏出来，被袭击的老野牛疼痛至极，往前拼命奔跑，跑得越快，肚子越疼，一直到肠子出来把五脏六腑都能拽掉完一头栽倒就死在哪里，看看没有不害怕它的东西，你怕它，它又怕你，你呢又怕我，这是天敌，老天规定的谁也没办法，只有躲来躲去的避开它，惹不起还能躲不起吗？此时豺狗子大吃大嚼着它爪子里拿着的大肠肥缸肉，一二百米处躺着疼死的大老野牛，它周围围上了几只大老虎和凶猛的大狮子，此刻都在用爪子撕扯着野牛皮，把头嘴伸在鲜红的牛肉腿上，屁股上脊背上，狠吃猛啃着往肚里吞咽着，好像有几天没有吃东西，嘴内咬吃着还不断地发出嚎声来？还时不时地用自己的屁股扭来扭去地去挤它的同伴，还有两只豺狗子一时不能得手，还在野牛群中跑来跑去，吓得野牛'哞哞哞'大叫着乱跑躲避它，野牛群此时顾不上躲开人们对它的伤害，反而向人无意中来接近，以求能得到保护或者能碰巧离开危险的袭击，另外被豺狗子托掏死的四个大野牛跟前也围满了狮子的豹子，每只死野牛都有四到五只不等，也有一个是三只大猎豹大吃猛撕着牛皮牛肉，此间真是给狮子虎豹三家开了一顿不劳而获的丰盛大餐聚会，一只大野牛二三千斤重，在能吃的也只是顿只能吃下一小半。""秦大哥，这黄羊滩上一下子怎么会有这些个猛烈的大动物啊！二十多只而且还是不同的种类，千万不是巧合吧！真吓人！一二五六个人加起来也不够它们吃个半饱的，你看它们吃的多尖多得劲呀！"孟姜女无意中说着。

秦始皇感慨地说："动物和人差不了多远，也都喜欢群居，只有多一大群，敌人不敢随意进攻，都有自我保护的意识，不但自己吃饱吃够，还不能让它们给伤害，看见了吧！孟姜女先生野马群，黄羊群，野狗群，豺狗子帮一大窝十几只，大老虎，大狮子，飞虎豹，哪个不厉害呀，个个是草滩上的王……"

"哪秦大哥为什么老百姓都爱说，一山不存二虎，这草滩上没有山一下子就六七只大老虎不算，而且还有狮子、豹子给助战帮腔呢！这太不公平了，看来一些俗话说的也不切实际，唉！有些事情都在变，现在和过去的几百年上千年不一样了。"孟姜女说。

秦始皇说："孟姜女先生，事情是没有绝对的现象，个别时候有碰巧，或者偶然的一二回，千篇一律是不可能的，明月还有阴晴圆缺，人还有大小高低胖瘦不一呢，山还有大山小山，山川山尖不一样呢！孟姜女看看呀！情况有变化，那边一堆的狮子在吼叫，快看也！老鹰也参加进来和它们抢食物抢肉吃来了，大老雕抓住狮子王背上往前飞呢……"

"秦大哥看呀！快看这边也有两只老鹰抓在豹子和大老虎身上飞呢？有些人不懂得还认为是，大老虎、猎豹、雄狮背上长出爱心天使翅膀了呢！真好玩，太有意思了，真是奇迹大现黄羊滩，秦大哥注意了，它们往我们这边跑来，该不是秃老雕又趁此时来寻仇报仇吧！"满草滩此时乱成一片，个个都在乱窜乱跑，想找个安全的地点来躲灾祸藏身，又不知哪里最安全能幸免于难，又是惊吓的魂飞魄散，乱跑乱窜乱叫着。说时迟那时快秃老鹰鹫驾驶着大狮子已经来到跟前，秦始皇骑着黄骠大马抬起前蹄要跑被秦始皇拉住叫'昂昂昂'在原地打圈。"孟姜女放箭射它们！快呀！"秦始皇自己左手拿弓，双手拉着马缰绳，嚼子勒住黄骠马下嘴唇，它还是使劲挣扎着拧着脖子躲闪着老雕和大狮子，秦始皇没办法射箭，抽出右手拿出长枪向大狮子扎去，大狮子没法躲闪，身背上又被秃老雕鹰的钢爪抓在肉中，疼痛难忍，想就地打滚甩掉它都很困难。两只翅膀就像两根大柱子在两边支着，大狮子、大老虎、猎豹都得乖乖就擒，随着秃老雕的意愿往人马这边猛冲猛撞来。所以秦始皇只得先将秃老雕下面的老虎、大狮子、猎豹扎死，叫秃老雕无法欺势仗虎、狮、豹！此时孟姜女六个人，一人对付一个打起来，战马不太听话，马天生害怕老虎、狮子、大猎豹、难依随心应手，有两个孟姜女拉弓射箭近呀！挺起效应、八只大老鹰一会工夫就剩下六只，它们都不离开战马和秦始皇孟姜女，后面紧跟十七八只没有老鹰牵制的大老虎、大狮子、大豹这样秦始皇孟姜女七个人就被包围在中间，战马因为受过训练，不然早吓屙叽啦！七个人都骑在马上，马屁股马尾朝里靠在一起，个个都是头朝四外，形成一个小中心范围，秦始皇抓住时机射箭，嘭嘭嘭几箭出去，不是射在上面老鹰身上，就是射在大老虎身上、大狮子、大猎豹身上，吼叫声，"嗷嗷嗷"的惨叫声。野牛、野马和黄羊鹿不知怎么回事，又折回头跑过来，很快变成一片动物的海洋，别说里三层，外三层，现在是百层千层都有，靠近人跟前的秃老雕抵住的大老虎、大狮子、猎豹的队形在不断变化着，因为疼痛流血，谁也很难画出一个规规矩矩的队形来不变。"孟姜女你真行啊！一箭三雕！厉害！厉害！厉害呀！"秦始皇不停地夸赞着孟姜女这一箭。"秦大哥！我这是班门弄斧，瞎猫碰上死耗子，纯属巧合带幸运！"孟姜女兴奋高兴地说着。几只秃老鹰一看情况不妙，丢开钢爪猛扇着翅膀向天空上飞去："嘎嘎嘎"的远去了。这五只大老虎大狮子和猎豹感觉没有了老鹰秃鹰雕的控制，也不顾一切地向西南向祁连山大雪山冲出动物的包围转眼不见了，还有十六只大老虎，大狮子和豹子组成的围困圈还没有撤去，吃饱后的动物懒洋洋的干脆卧下来休息，半睁半闭着眼，好像要睡觉一样，野狗群正在围着吃它们剩下的牛肉牛骨，还有一些大灰狼来回东奔西跑。

　　"秦大哥，咱们冲出去走吧！"孟姜女有点焦急地说。"孟姜女大队长，不要太心急，慢慢来！早晚咱们会走的还是等一会再说吧！心急吃不了热豆腐，这些豺狼虎豹狮子也不是摆设，这半天咱们的战马也有点累了，还是歇一歇吧！只要一跑起来还能少跑路是咋得，这会儿我也想休息休息了！孟姜女你不累吗？"秦始皇有意地说道。

　　"我还可以不太累，年龄不饶人啊！秦大哥比我大一半还要大呢！又从早上慌慌忙忙，一直忙到现在还没有吃中午饭，饿不饿呀！秦大哥，我倒是有点饿了！要是吃饱了饭才不知道什么叫不累呢！……"孟姜女有趣的说。

　　"唉，本来是不太饿，这一提起来饿不饿！还真有点那个哩！"秦始皇苦笑一声说着，又动了动嘴唇。

　　"要不要秦大哥射箭提提兴致，就不知道累和饿了！就射一箭怕什么呀！射什么呢？黄羊、野牛、野马群、大老虎、大狮子还是金钱豹，随意射吗？"孟姜女笑嘻嘻地看着秦始皇说道劝道："就一箭怕什么呀？秦大哥……"孟姜女叫得意味深长。

　　"孟姜女大队长啊！现在是关键时刻，我是半箭一箭都不射？要射你射好了！"秦始皇郑重地说。孟姜女笑笑说："好，自然秦大哥讲出来叫我孟姜女射，我也就不客气了，军队上不是说：军令如山！坚决服从命令！射什么呢？射狮子别惹火了它的脾气，射大老虎，又怕一箭射不死，射豹子大野牛都不解，我看还是射黄羊吧！它没有反抗力，它平时只会躲来躲去的防止人家袭击它吃掉它！看来看去也怪可怜的，要是还有大秃老雕就好了，再来个一箭双雕，一箭三雕多带劲呀？唉，好时机，一旦错过永不回头，如今想看看找一找它的影子也没有……"孟姜女叙叙道道的说好，战马无意中摇了摇头。

　　"孟姜女看见了没有，从我们刚才出来的方向有人骑马来了，还不少人呢！能看见人影子在悀动了，孟姜女你的眼神好，好好看看是不是呀？"秦大哥兴奋地说道。"是呀！来得这些骑马的人，马骑的真快呀！刚才还看的不太清楚马上就到我们眼前了，真快真神呀！我们这半天工夫少跑百十里路，不怕慢就怕站，站着半寸也走不了，这半天胡折腾这样打那样斗，秃头老雕飞的屁影子也找不到了……"孟姜女说。"啊？是秦大哥你们呀？大美女们都在呀，看看一个个多神气，跟神仙女有什么两样，真羡慕您啊？秦大哥！分分秒秒让仙女美女围着，多幸运多自豪更神气啊！"王铁虎笑着慷慨的赞扬着，眼神在这个孟姜女身上又瞟到那个孟姜女的脸，嘴里不住声的"啧啧啧"着。"王滩主到了，你也够痛快有富的，一声令下屁后大跟班，一大帮子大汉好小伙子，将来个个都是好汉侠士呀！你也不是也有美女断后吗？够荣光的也够帮主的！比起一般人你大帮主也是人间天上的福分噢！"秦始皇笑着应和赞美。

　　他们在说话的同时大老虎，大狮子，豹子像有什么法符赶它们一样，不知不觉都悄悄地站起来跑开溜走不见了。王铁虎说："不瞒你大老秦哥说，刚才一帮子野马有几千匹，还有黄羊一大群，野牛呀什么的！就知道有英雄好汉被猛兽围困，不然不会有这么多马牛给赶过去，所以有就叫击剑摔跤下午来召集起来看看，果不出所料，后来是秦大哥和众美女们，我们是好生缘分，在这里又见到美女美人的风采了！"

"王滩主你真神啥会算呀！刚才我们七个人天上飞来八只秃老雕，地上大老虎大狮子大猎豹二十几只呀！气势汹汹，还有豺狗子，厉害着呢！一下子六只大野牛给放睡地上了。不然，我们几个人还不够它们半饱呢？也真够吓人的，从来也没有见到这么多的野牛野马黄羊群一大群遍地都是，真是一眼望不到边啊！这些个大老虎、大狮子、猎豹更离奇，二十几只围起来一大片一大圈，不然哪有野牛野马被聚在一起唉！神奇，神奇呀！你们这里猎物丰盛，等以后那年那天闲了再来打猎，闲逛闲玩啊？王滩主打扰啦！"秦始皇笑着一抱拳说道。

"只要秦大哥没事！美女开开眼界见识见识世面，也是无上的荣光呀？秦大哥美女们今天住一宿，明天再走好吗？也尝尝咱们草滩黄羊的滋味……"王铁虎大声笑着劝说道。

孟姜女突然冒出一句："不知道，王滩主用什么办法方法把大老虎、大狮子、大豹子还有其他豺狼、野狗给吓跑的！你很厉害呀！这里的大小动物是专门认人，欺负外地外来的生人啊！"

"哪里，哪里呀？美女们仙女们，你们都不知道，看见我身后的美女们骑的是什么就明白了，她们八个人骑的是大个的骆驼知道吧。这些兽王豹子、豺狗子，只要它们身上长有皮毛的大小物种都怕它们了，它们相互是天敌，只要有一只大骆驼，打死它们也不敢往它跟前靠一点点，半毫毫的，明白了吧！美女们？不是我有什么法术，是骆驼嘴里的沫子能使它们的皮毛腐烂，肉坏死知道了，等以后有机会在来这一带骑骆驼，行千里走万里，你一个动物也别想看见碰见，明白吧！整个军事秘密都是因为有了它。在十里八里以外它们都躲着它们呢？"王铁虎至诚真实的介绍说。

"谢谢，王滩主的介绍，我原来也听说过，但没有亲眼见过，今天一看，果然灵验，刚才它们这些个大老虎大狮子和猎豹个个虎视眈眈的在等待我们呢？恐怕到夜晚天黑半夜它们就要下手开战了，好危险呐？多好王滩主和你们的美女们及时赶来，一下把它们给撵走，不然还真是要在这里过夜呢？谢谢！谢谢呀！"秦始皇大声爽朗地说。

孟姜女也说："谢谢！谢谢咱后会有期啊！秦大哥咱们先走了！"战马在一步步地往前走去，走出去一段后孟姜女又回身，举起右手在头上方摇摇，七匹战马一溜烟向贺兰山斜撇着东面插过去。

如梦令

天敌天敌互相治，大自然造物主神。你拼它吃你，物物相连异奇。美丽！

美丽！华夏大地事轶。

嫦娥

　　寻寻觅觅，恩恩爱爱，高高兴兴快快，单相思老郎公，最难巧合爱你的情心在，怎敌她，孟姜女美，钩住他，正欢心，是否天生缘分，高山长城修筑，勘城址，日日夜夜一起，守着情爱，独自怎生爱恋，只有横空出世破釜沉舟，闯天下时辰到！一美字怎生了得！歌声罢，几百亩地的千年大松树上小鸟叫，喜鹊唱"喳喳喳"，一只长尾巴小松鼠快速地从这棵树上又飞跳到旁边的一棵大老松树上，将它的长尾巴左右摇着，坐在松枝上前双爪捧着榛子吃起来，"众哥们弟兄们，这次我们大家一定要齐心协力，争取一下搞定这国君秦始皇大皇帝，你们知道不知道无论发生什么事情，或者意想不到的事件，哪怕是掉脑袋砍头也一定要坚持到底，坚决不能半途而废，豁出命来也得坚持，将来的天王爷官爵都是你们这些个大舅哥的前途，说不定还能一人发一个天下第一大美女美人，大家一定要见机行事，该出手时就出手，决不能等闲视之……"

　　"放心吧！大妹妹，只要有官当有美女有金钱就是让我白额毛上刀山下火海都决无怨言，只要有好处，人为财死，鸟为食亡，人不为己天诛地灭，人生几十年该享受就要享受，该发大财横财咱们兄弟哥妹谁还能闲多吗？出家人不爱财，多多欲善，就怕没那福分……"老大白额滔滔不绝地讲着信誓旦旦的见解。

　　"小大姐你尽管放心，只要有好处，抢美女小弟我第一个先出手，到如今我都三十岁的大老爷们啦，还没有尝到女人的滋味体验风骚风流情爱呢！冤枉小大姐先生啦！"小七弟慷慨陈词说。

　　"废话少说！事不宜迟该出手就出手！让天下人这回来瞧瞧看看，咱们这一家子人是怎么发家致富成为天下第一类的先进事例传闻，关键的关键是主要你六妹的吸引力怎么样，我们这六个兄弟只是外摆，关键时杀杀打打起内讧，归根结底是你嫦娥六妹的本色情调能否撼动他大男人的情心六欲的色素媚美靓艳爱！我们都是戏台上扁鼓子敲敲打打助助威而已，在台上拉弦子吹吹小号唢呐，很难亮相舞台上给观众一个人美好印象的，吹牛皮我们个个是好把式，来真格的关键能行就能行了！只有看准机会，瞅见时运才能有助于六妹成功加油哩！是不是哥儿们……"毛二绘声绘色地说。

"变！"这位大妹说变，就地几个大转圈，等停下后，已经笑盈盈变成个美女嫦娥的模样，老大说："不行个子少少矮了点！"老大指着说。

只见嫦娥姑娘双脚尖在地面上蹦一蹦，又跳一跳比刚才又高大了十六七公分，"怎么样了！哥哥们！在搬耻搬耻那里不到位，不够美，我们是以美婆天下的君王皇帝大美男人啊！他的品位一定很特殊很高很有那风味！因为他成天被美女哄着供着还嫌咱在不舒坦不如意呢！"

"是呀！小妹讲得非常在理！大家想想，三宫六院七十二妃，外加八百美女，眼不花心不乱才见活鬼呢！我们这老百姓平日能混饱肚子就谢天谢地就有福了，那些哭爹叫娘饿吗？嗷嗷叫能找个女人就享了八辈子福，那些瘸腿少胳膊的残疾人也是他们的美女仙女嫦娥了，所以吗就美了还要美，俊了还要俊，靓艳得让他如见天上彩云中的仙女美人，惊得让他不语欲销魂，你这脸盘再压缩一点点，才能显出水灵灵的一对大眼睛，一放电一个秋波过去就能冲昏头脑中的情感意识，这叫明鼻子大眼睛，少少翘着樱桃小嘴要随时随地微微带笑，就是无论什么事什么言语气的肚皮疼痛也不能失去微笑和善意的善良情面，微笑是阳光灿烂的艳阳天，善良的能到人心，可怜又能使人同情……哎哎哎哟！我的亲娘的小妹妹，怎么搞的，看看哟又变成猪肺圆脸了，如今世上讲究的是瓜子脸，瓜子脸额头宽，下巴窄窄尖尖的像向日葵的瓜子脸，额宽呢就是大脑发达脑子里能装很多软件程序能记住很多事情的一言一行，满脸的表情更能讲情讲明讲不明的事情，原原本本曲折表达感情明白？好好就这样吧？这半天也委屈你这个小大美人坯子了！来来！虽说你成功在即！"小嫦娥同时和五个哥哥一个小弟击掌为快！

"你们个个都日急忙慌的，你们注意到孟姜女那小妮子没有，她可从来不穿大红大紫大绿的深颜色衣服衣裳，小大姐姐你看你的红的能当太阳照大地，绿的大裙子比遍地小草长在上面还要颜绿鲜嫩还有这绣花鞋，你们一个个当老大都睁大猪眼珠子看看笨猪样，快快想想办法吧！哥们儿也！骄傲自大是争夺战的大敌人，说不定他秦始皇第一眼一瞧，在不想看一眼了呢？他是当今皇上，品位自然高出世人不有多少指数呢？还在瞎高兴穷快乐！真乃是白日做大梦，自己骗哄自己穷兴兴……"小七悻悻地说道着。

老大说："小妹有错就改，说不定越改越美越喜人疼喜人爱呢？依我说，她孟姜女喜欢长年累月地穿，淡淡青色的衣服裙子，咱们就来一套淡淡，淡黄色的衣服裙子或者再上一个米字来，叫什么叫，淡淡米黄色的怎么样，咋样？大家想想看看试试怎么样呀？都傻子聋子呀！提提想法办法，这事点重大，人们常言道：人靠衣服，马靠鞍，明白不？再不咋地的不像样的马，只要大马鞍子往背上一架，保准是匹威武善修良好马千里驹，长相在不怎么样咋样的美女，只要有好衣服贴身合体恰到好的衣服一穿，美女的线条风情的潇洒浪漫马上吸引人眼球，这么眨眨眼一放电，秋波情意都在不语欲销魂中，这就是绝招诀窍……"

"算了！老大你那是放电吗？送秋波吗？三角鸡尾股的白故眼白眼狼想当狼外婆去偷羊羊！"老小七说道！要这样还要那样才行！

"好了好了，省省吧！小气人？你才是黄鼠狼给大公鸡拜年没安好心肠……"老三说。

"各位老大咱们现在的焦点在这里，一个美字上，别都像斗红的大公鸡一样一说就老鼠拉木铣窝里横跟人家干不沾边，这不非要争出个真理老大来！看我的脸像如何，模样要万万人里挑一才行啊！可不是选宫女丫鬟的买卖，咱们这是和三宫六院较真比真格的，这一定得压住七十二妃才行，现在是直接和天下第一大美女孟姜女去比美，叫她在皇上面前丢丑倒台带打家伙，她永远就抬不起头了，才能显示出咱们姊妹兄妹天生丽质的美女才来劲！"

"以我现在的眼光来看是差不多了，脸上的表情全靠自己当时的语言交流才能有多种变化无穷，无论怎的来讲首先别忘了微笑，还不能太呆板没眼色就变成傻笑憨笑呆头呆脸的信笑，最后变成耻笑疯笑了，到后来叫谁看着都厌烦讨人厌？那就完蛋了……"

"知道了！走！上路，你们各位也得变成我手下悍妇，强女人，女家丁家将，修长城的女志愿者，跟着我去搬大砖头，打砖坯子和泥巴，不怕苦不怕累，吃尽苦中苦，方能享受人上人，甜上甜，明白没有，一看事情不对头，该打就狠打不要手软，婆婆妈妈下不了手，明白不明白，从现在开始我们都不是兄妹姐弟了，全是来自各家各户的修长城女大侠女豪杰，不然我手下可不留情，犯了规矩就得受惩罚，大板子不认人，启程向前走哎……"唱道："爱我的新郎，拥吻心房，让国君的您闪光，星光乐队舞腾荡地久天长。心中红太阳，是我新郎！多么想牵您的手唱，在蓝天白云飞翔，爱剪靓装。

火辣辣太阳，温馨艳靓！柔情见风度酷漾，诗歌追逐袭飞荡，谁的新郎。
睿智要财畅，人要漂亮！男子汉的气概昶，古今能动人榜样，我胜新郎。
情爱的光芒，无价心靓！快快天使度梦想，浪漫王子翔宇降，心恋吉祥。
美丽星空荡，白云飞藏！爱您俊美魔酹昶，何时拥靓帝新郎，尽有激昂。
爱着美缘分，甜甜艳靓！蜜甜浪漫使风狂，飞旋着美丽光芒，翔逞新郎。
艳绝比后羿，丽君善良！俊雄谁不爱漂亮，美女天使帅俊郎，年年飞逛。"

"哎哎哎呀！前面骑大马的大哥和美女们等等啊！小女子有话跟你们说

也！驾驾驾这该死的马怎么跑不快呀？讨厌带厌烦臭马！……"小嫦娥自言自语说着。

"等等美女们！看这后面一伙人马想干什么事，到底怎么回事？"秦始皇说着。

孟姜女无意地说道："黄鼠狼给鸡公拜年没安好心！一群女人，老老少少能干什么事，无非是想抢找一个好郎公美相公小老天爷吧！噢！还是美女呢！好美也，真是你们男爷们说的一点一个泡，一掐一股水，笑一朵花呀！好嫩好美好白呀？真是叫男人看见了发疯！醉魂丢尽七窍生烟雾梦里想入非非。喂！美女们，你们是干什么的？这么多人是跑反呀？还是上街赶集去买东西，又不像是干活的，一不拿东西，二没家什物件？你们干什么去？"孟姜女大声地问着说。

"我想起来了，你这几位大姐是大名鼎鼎的孟姜女吧！修长城来的是吧？全世界都传遍了，大人小孩、男男女女、老老少少都知道你孟姜女大队长，人又漂亮，男男女女都被你的靓艳迷住，真是家喻户晓，没有不知道你孟姜女的大名的！你问我是吧？请你们七位好好看就知道了，该想起来了啊！古老传说中月亮里面的！想起来了吧？"小美女笑嘻嘻地看着秦始皇，叫他瞧个够，就是不说出来。突然，秦始皇想到悟到了什么一样说："噢，是神话传说中的嫦娥吧？有点像，不是十分像，有那么一点点的影子像，都是在画里画师想象的美女人，但她的年龄可比你大得多！她有三十多岁左右，你看你最多是二八年龄，嫩白嫩白显得有点幼稚，对不对？小美女呀！我是秦大哥，是做生意的，今天走到这玩玩逛逛走走呀！怎么样啊？你们这些个人准备干啥去？小美女！"秦始皇说着又多望了她几眼。

"能干什么呀？我们这些个人也想去长城上修筑长城！为国为民为老百姓出点力，做点好事，这都是大家伙自愿来的，想体验验证一下到底修长城能多累多辛苦。"

孟姜女说："小妹妹也不知道你叫什么名姓啥的！你年龄还小，累坏了怎么办？还是好好想想，别冲动，干起活来你会受不了的？你看你细皮嫩肉那能干得了这和泥巴的活，人们都好说，活泥搭墙活见阎王，累不坏也得脱一层皮，你看你这么美这么漂亮，会累的你走路都走不动，到最后吃饭都不想拿筷子，我这可是为你好，为你着想啊！"孟姜女动情地说。

"那么孟姜女先生，你不是也是细皮嫩肉的美女吗？你怎么就能受得了，难道你就知道我不如你吗？我个子不比你低矮，皮肤也和你一样，你不知道我是谁，本小姐向来行不更名坐不改姓，月宫中的嫦娥仙女，明白不？我天天在天空上瞪大眼睛看着你们这些人间的人，见你带着这么多人来修筑长城，非常非常羡慕和嫉妒，所以他们都特别想试一试自己能为华夏大民族多奉献和多做点事情，他们这一段时间天天缠着我来带领他们来的？不相信可以亲自问问好啦！"嫦娥说。

孟姜女说："好话都说到这份上了，你不愿意听，但是我得考验考验你这位嫦娥美女先生，人们传说的嫦娥少说也有几千年之久，嫦娥当初已经和后羿结过婚，后来因为偷吃长生不老药飞上天的！你如今像个小孩子，更谈不上结婚不结婚的问题！"

嫦娥说道："你提出的问题是幼儿园的智商，你作为一个大上子美女孟姜女连这点都不懂，天上和地上的时间不一样，天上一天，就是地上百年，几千年不是几十天时间，上万年还不到百天，而且在天上仙境人间，吃的都是长生不老食品，越吃养料越使人年轻了，地上轮回千百代，天上才几十天时间，自然人看着年轻美丽漂亮了！这还用问吗？"

孟姜女说："好好好，算你正确，咱们现在比体力，看谁能把自己骑的战马抱起来，好不？"孟姜女说着一下子从战马鞍子上跳下来，双手双胳膊从马肚子下边搂抱往上端着，憋足了气脸红脖子粗的将就着使整个战马捧起来，然后放下后退几步伸开右手掌向嫦娥到"来吧"！嫦娥也不妥劳，从马鞍子上一下跳蹦下来，也学着孟姜女的样子将马平端起来，一点也没有显出很吃力的样子，轻轻松松的又将马放下来。秦始皇满脸笑嘻嘻地说道："真是奇好大汉这么大的力气，真跟魔女没什么两样，了不得，不得了啊！真正美女中的仙女啊！""一点点也看不透的小女子，美女呀！真让朕佩服得五体投地啊！奇女子！美女大侠的大侠！厉害啊！厉害啊！"自言自语道。

"孟姜女咱们在来唱歌比一比，我先唱：靓俊郎公，想着你，甜甜地唱着爱，柔情青春盼你来，温馨浪漫梦里。生也爱君，死恋国王，未来当国娘，梦中吼你，情系恩爱歌诗。

嫦娥敢证恋毅，郎君梦里。多年盛情瑰，群星灵光瞰真爱，念来想去盼伊。人生如梦，为爱拼诗，早晚君郎奇。渡爱双赢，腾沸亲情拥意。"

孟姜女唱道："歌飞心里唱着你，美女靓男爱情，曲韵情真诚痴爱，爱心紧紧跟紧。生也爱你，死也爱你，把盼进行到底。想你爱你，毋改真实情心。

明月魂儿难迷，思君夜夜，情胜玫瑰哉，路远情爱第一。人生一世，为爱拼搏，上刀山火海，双双爱恋，激情舞动天地。"

"这样吧！美女嫦娥你是人美诗好歌声亮，既然来修长城也是你们对华夏大民族的一片真心实意，爱天下，老百姓也会永远忘不掉你这位美女嫦娥，真心实意，以我孟姜女的意见有三种，一是你原来人马不动，根据你们的人员定应该是一个小队编制，你任小队长，带领的老部下好好干活，按规定按数量按人头去做事情来完成任务，如果你不同意也可以把你的人马拆开，每一个班组安插一个人，就可以把你们目前人全部安插完，你嫦娥还继续当你的小队长，你分在第一小队任队长，在晶晶副大队长第一小队干，你看如何，有不同意见可以提出来，大家商量着来办，你来讲一讲吧！嫦娥小队长。"

嫦娥说："两种意见我本人都不同意，我本愿和秦大哥一起一块儿，他上哪里我就到哪里，别无选择，也不愿意和她们那些下里巴人在一起干，只想和秦大哥在一起，心里就高兴就痛快得劲，秦大哥你说是不是大哥哥呀！"嫦娥使着媚眼，希望秦大哥替她说话。

孟姜女继续说道："嫦娥我不知道该怎么称呼你，就依现在的官职小队长来说吧！你提出的要求完全不可能，第一你是有夫之妇，他叫后羿，是明媒正娶；第二秦大哥不属于修长城大队的编内人员；第三，秦大哥是做生意的大老板，他有生意场，暂时几天在这里，他这几天对长城有兴趣，我陪陪他各处走走看看，希望能得到他的大力支持，别无他求。要不你亲自问问秦老板可喜欢和你在一起，带着你，如果他高兴带着你，你就跟他去，我一点意见都没有，自然你想修筑长城就得听我孟姜女的将令调遣、安排，如果嫌小队长小，我孟姜女看在秦大哥和后羿是古人的大英雄，可以再考虑给你个副大队长职务干，你看好吗？现在请你回答答复。"

嫦娥看着秦大哥说："秦大哥，大老板求求你，大人有大量带上我好吗？我可以给你当女保镖，我会唱歌跳舞，帮您生意搞定赚大钱。"

秦始皇说："看在大英雄后羿的面子上，你还是老老实实的跟孟姜女大队长修筑长城，而且还是大队长兼小队长，在长城才能发挥你的特长，我做生意走南闯北没定数，更不安定我不能带你，更何况你是有夫之妇，我一个光棍汉，自己生活都难维持，怎能带上你一个美女少妇呢？万万不能，请你三思而后行……"

"既然你秦大哥无情无义，也别怪我没有情意，众弟兄们，抄家伙打他娘的，我老娘来就是要和你秦始皇做夫妻，既然没有希望咱就生抢硬夺，把这些个孟姜女死妮子往死里打，不狠不毒不治秃子病，招家伙看刀剑！叫你们这些个有眼无珠的笨蛋鸟人，敢来欺骗老娘，我就是要你孟姜女的小命，还来敢在老娘面前充大头大个的鸟队长，先取你项上人头，看你光滚不光滚……"这家伙嫦娥一手轮刀，一手使剑，右手扭过来，左手砍下去，一眨眼十刀七剑在孟姜女眼前翻花眼光乱闪，孟姜女就地十八滚，双腿双脚向她砸去，一个鲤鱼打挺站起来，随手拽出青铜宝剑，左提右打翻身上马。左手大抢，右手宝剑上下翻飞，叮叮当当快如闪电，大枪左一枪右一枪，前一枪后一枪，枪枪剑剑直打得小嫦娥晕头转向，只有招架，没有还手之力，眼看着不是孟姜女的对手，次次枪碰剑震的她虎口酸麻，剑打剑浑身一阵寒风，脊梁背上冒寒气大叫"大哥救我。"一句话没有说完，只见孟姜女长枪点到她的马屁股上，马昂头一叫，变成一枝松树枝子，嫦娥没有了马骑，心一急一招也没有接住，剑光刀影劈在左肩上，大叫一声"唔"字没出口，一只千年得道的白狐向松树林中窜去，也没有敢回头望望，就没有了影子。

"狐狸精！变美女嫦娥找死来了！可恶可恨该死！"孟姜女大声地说道。

秦始皇一开始还想劝劝不要打，有话慢慢讲，只是愣愣神，长枪、大刀、快戟已经打到面前，左杀右挡，使出浑身解数，确是一只受伤的狐狸逃跑了，"真气人，差一点点上了大当，人心难猜啊！坏人挡道，孟姜女咱们往后一定要留神啊！我几乎让她的美色给迷住了，差那么一点点就上当，几乎误了大事，不是你孟姜女大队长提出三条，她才露馅，天助我也！"秦始皇非常感谢的抱双拳对天长叹道。

真假人难判断，鬼妖趁机演练。得道来调戏，秦始皇坐长叹。人间！人间！一阵刀枪从见。

右玉

"哎！变成美女的妖怪？你哪里去！招家伙，看招！吃我一刀，一大刀，一长刀，一剑，一长枪，一八卦戟，一月丫铲，一方天画戟，一七节鞭五节鞭。"好家伙原来是九个美女头，九个美女身子，一个长长的尾巴，原来是九个美女脸长相都不一样，长脸蛋，圆圆脸蛋，瓜子脸蛋，鸭蛋脸蛋，刀削脸蛋，鞋巴子脸蛋，滚刀肉脸蛋，驴脸蛋，肉座板脸，九件子不同颜色的上衣，共穿一条红底碎花长裙子，气势汹汹的舞动九种兵器前来决战。六个孟姜女大声叫喊着说："九头九脸九个上身，一条大腿的美女妖精，你们不是妖怪魔鬼吗？要打仗来呀！谁怕你们呀！速速报上名，何方怪物怪胎妖魔快说！不然叫你们死无葬身之地！"孟姜女也舞动着长枪宝剑准备应战。

"好呀！魔鬼孟姜女听着，我是千年得道九头鸟，后来被后羿赠送嫦娥的玉佩大如石磨，在嫦娥吞吃了长生不老药后，慢慢飞上天空，还没有到月亮上之前的玉石掉下来砸，在山脚下地底下十几米深石头中，要不是中间有一个上下贯通眼洞，恐怕被它砸死憋闷死在下边了，真是上天有眼救了我们一命，才活到今天，可你孟姜女偏偏要在我们的洞穴府上修什么长城，如今把修筑的两条白线画在洞口左右两边，分明要用长城压住压死我们姊妹九个，我们九个美女因在地下千年，浑身的羽毛都退化成肉身鳞片，为了美观，见人穿上了衣服裙子，如今更名叫九头美女响尾蛇，又名眼镜蛇，明白不？笨蛋家伙！你们是何方妖精竟敢变成华夏第一大美女孟姜女来欺名盗姓唬骗天下第一皇帝大帝，秦始皇先生美男子，大英雄好汉，你们肯定是来者不善，善者不来，看家伙！"

"哦！原你们九个人全是九头蛇精变的，九个妖怪美女准备害天下善良的大男人啊！看招！看孟姜女决不会听知任之，由妖女魔鬼为非作歹！拿命来！"六个孟姜女手举青铜宝剑脚扣战马，一直冲九个美女杀将过来，秦始皇随后也双手摆动大枪舞动黄骠战马左扎右刺，好家伙十六个人打战一团，战在一处，刀枪宝剑鞭打戟戳月丫铲晃动，看得人眼光缭乱，分不清敌我，一直打的白云翻滚，狂风大作，呼呼生风，战马嘶鸣，昂头立蹄，尾巴长毛直竖，累的鼻子上喷沫，浑身汗毛淌水，一百多个回合不分胜负，秦始皇大叫一声："暂停休息，不能将战马累坏！"六个孟姜女退出六米开外说："秦大哥，累了吧！这九个美女响尾蛇功夫厉害着呢！都是天下女人第一流狠招绝命势势了得，不敢慢一招一式一个卖眼就一败涂地……"

"昏君，你听着，只要你把长城住址旁边移一移，挪一挪，别那么封门绝户，高抬贵手，手下留情，我们姐妹们也不是专要你的人头性命，你们想想看吧！孔老二早早就说过'与人方便，自己方便'何苦非要把长城压在我们的洞府上，我们本来是前世无仇恨，后世无冤屈，也不曾挖你家的祖坟，活埋你家的儿孙，阴谋企图抢般夺权搞政变，当皇帝，昏君昏王真正想夺你权位的大有人在，就天天在你眼皮子底下，你也看不出来，而且等你死后搞沙丘事变，杀你太子扶苏，害你的秦二世儿子，你更看不出来。他为你大喊大叫造阿房宫千间，你连看一眼的时间都没有看到，他叫他圈养的家丁家将抄你满门后代，杀光秦家老少，你如今还特别的相信他、依靠他，非他莫属，他跟你修长城，他跟你身一样体健康精力旺盛，他实在是天不怕地不怕，就怕你秦始皇一个人，他相信你秦始皇死在他前面，他就是中山狼得志更猖狂，不过他在高明在有天大的本事也逃不过天下老百姓的眼睛，他利用家丁家将剥削老百姓，人们都会感觉出来，挺身拼命和他斗，不然饿死也是死，屈死也是死，冤死还是死，不如天下穷人一条心，拧成一股绳合力推翻打倒打死他，谁死不是一死，老百姓到最后统统都叫他去死。"九头美女响尾蛇说。

秦始皇将信将疑地说道："你讲的朕都听不懂，什么这呀！那啊！绝对不可能的，都是一派胡言，造谣言、说瞎话，谁敢来推翻大秦朝，我就叫他死无葬身之地，全都是妖言惑众，不知死活的鬼怪东西，孟姜女大队长给我给朕捉拿妖怪！她说的都是怪话疯话傻瓜话……"秦始皇恼羞成怒大声叫喊着说。

"昏君、疯君，混蛋君主国王，好言好语你不听，非要讲扒了祖坟杀儿孙你才得劲啊！众姐妹啊！再加把劲把他秦始皇活捉活刮逮住他向天下老百姓砍头问罪，看他还有何能何招来救这秦朝，死到临头还不知道！看剑看枪看戟看鞭……看獠牙棒……"九个美女九张脸大叫着朝秦始皇砍来打来刺头！秦始皇两只手紧握长枪高低上下左右慌忙摆动，如今只有招架之势，哪有还手之力！六个孟姜女也围着秦始皇上上下下左左右右的下死劲抵住它们九个美女身子十八只手的进攻，一点点也不敢疏忽大意，生怕秦始皇有什么闪失丢人现眼，逼天下人指着鼻子骂娘，正打着战着九个美女大叫一声起，只见九个美女十八只手九个头向身后猛地腾空跃起来后滚翻，用水桶粗的下身鼓着劲的向秦始皇和六个孟姜女的战马扫来，战马立刻昂头立蹄，抬起马身翘起马尾巴站直直竖的嘶叫起来，算是躲过一击，这横扫的一击少说也有千钧力，不把战马给打死，也能把战马打得头破血流团团转，一次没有扫倒，来回又一次袭击，战马利用一来一去的空间，放前蹄往后退去。秦始皇大喊一声'射箭'！话音才落，九个美女身子一扭尾巴又贴近秦始皇和孟姜女近距离的刀枪剑戟的叮叮当当的大战在一起，打在一处，旁观都难以分清谁是谁，正在胜负难分难解时，九个美女个个大张着血盆大口，红信子在嘴外上下左右来回摇动晃摆着喷出一层细细的水雾来，谁也躲不开躲不掉，没一会儿秦始皇脸上脖子上都肿起来，眨眼工夫眼睛肿得睁不开，上下嘴唇也感觉厚了好多！"孟姜女，我皮肤过敏了，中毒了……"话还没有说完，人从马上已歪倒下来，摔在地上。双手捧住脸，在地上打滚："孟姜女快救朕！"孟姜女哪敢怠慢，一翻身从马上滚下来抱住秦始皇，秦始皇此时大张着嘴呼吸困难，已经说不出话来，孟姜女一看秦始皇马上生命走到最后一步，一急眼泪汪汪地往下流淌，嘴内伤心的说不出来话，看官先生们，你们忘了东海龙王的龙子在西海龙宫的一步没有走龙儿在龙宫中打滚翻腾眼看生命一旦中，孟姜女当时无意打了几个喷嚏没有二分钟龙儿身上的肿块慢慢全消失了。这不秦始皇也在关键时刻，眼看着生命垂危，这个真孟姜女泪眼流淌，只要眼泪滴流在的脸面眼睛眉毛嘴鼻子上，耳朵上，脖子上不一会儿秦始皇就慢慢苏醒，睁大眼睛问孟姜女："朕怎么了，咋躺在你孟姜女的怀抱中？看你孟姜女伤心流泪的怎么回事啊？"

"秦大哥，你不要讲话，静静地休息一会就会好的，刚才你中了那些妖女魔法的毒了，而且是剧毒，差一点大哥的命都没有了！不知为何我孟姜女看到秦大哥眼看着快不行了，肝肠寸断这一伤心，泪水止不住的流淌下来，流淌到的地方确原来是治剧毒病的灵丹妙药，这不你秦大哥才苏醒过来得救了。"孟姜女说道。

此时秦始皇想用手揉一揉脸，感觉一下精神如何一动手指，双手还在肿着，而且颜色有些乌黑，孟姜女看到阿嚏阿嚏打了两个喷嚏，秦始皇抬起双手看着，肿班开始消下去，不住伸动活动一下双手十指，已经能弯曲伸展，又一眨眼工夫全部消灭肿块和正常没有中毒时一样，秦始皇双手相互搓动揉揉皮肤，擦擦脸面站起身来抖抖衣服说："这些妖魔鬼怪好歹毒啊！差一点把命送到阎王爷哪里报到去了……太狠毒了！"秦始皇气愤地说道："这些个妖怪全跑了。"

"刚才她们发现秦大哥中毒从马上摔下后，她们就全跑变得无影无踪了，肯定是回到她们的洞府吃喝休息去了！"孟姜女叙说着。

"走！上马我们也走吧！不能在这荒无人烟的地方待久了，一没吃，二没住，怎么休息呢！这半天打来打去的又累又饿还有点口干舌燥的！"秦始皇说着上马甩着鞭向前跑去。才上马没有走出多远，见前面上下有几十丈高，有大磨盘还大点光照的圆柱子，荧光透亮映出来上下每个脸盆大小的鲜红大字"美女响尾蛇洞府在此"，秦始皇低头向地下看去，确原来像古人打的圆桶口的大井一样，下面有一个圆形大玉石，晶莹透亮中间有碗口大的洞一直往下通去，六个孟姜女也围在圆圈伸着头望下……此时有一股子怪风吹上来后，秦始皇就不见了踪影，整个平地上的大粗光柱也不见了，只有六个孟姜女在圆圈上站着。什么也看不见了，她们六个人大声喊叫着："秦大哥、秦大哥！您在哪里呀？在哪里啊？"始终不见回音有答应的声音，望东看是重重叠叠的高山峻岭，往西看是茫茫无尽的大沙漠，无边无际，往北看什么也看不到，除山岭就是大山石头，往南看是他们刚刚来的方向。

孟姜女相互看着问道："怎么办？秦大哥肯定是被九头美女响尾怪给掠走了，也不知道是死是活，还能不能再回来呢？我们怎么办，到哪里去寻找去找寻呢？"孟姜女气得跺脚又用右手拍着左手打"真糟见，咋会是这样哩！"

话说秦始皇被九头美女响尾怪给掠夺携带到洞中："哇呀！"秦始皇张开眼一望，洞中灯火辉煌，下边有房有屋有宫殿，而且在房屋小院小户人家还都养着鸡鸭鹅狗猪牛羊马！大人小孩都有，人不说话动物家禽不会叫，在往远处看，山山水水大树小草都有，就是有一点山是透明的大山，无暇玉石，又像水晶石，往宫殿东边看是黑压压高山全部都是乌金堆成的，黑山上有几个大金字，闪闪发亮"乌金府库"！此时九头美女响尾怪魔个个笑嘻嘻地说："秦大哥！吃菜呀！这半天你皇上逗着我们姐妹几个人玩，也该玩累了玩饿了吧？请大哥先用茶压压惊，有话慢慢说，我们姐妹九个请大哥来，无非是请大哥高抬贵手，手下留情，叫长城往旁边挪一挪，无论怎么讲我们还是你的臣民百姓，愿意听从您皇上大哥的一切指挥和号令！虽说我们在地下洞中，也还在您的地盘上，您是大国国王皇帝，我们是地下国，您答应长城动一点点在地图上，我们地下洞国的全部生灵动物就有救了，不然您秦大哥也只有在这地下国中当一个小小臣民了，真是大材小用，也委屈了您这位有万里江山的大皇帝了！当然了，我们承认我姐妹们把您请来未经过您本人同意，方式方法也不太文明，但是我们的心都是好的，而且首先愿意接受您的领导，为护您皇上的尊严，必要时会帮助您皇上来修筑长城，叫神龙长城早日诞生问世！将来有一天我们姐妹都把地下的宝贝，乌金黑宝石贡献给你们！还有这两边堆放的玉石像水晶石一样多，早晚全部奉献给您大国秦始皇帝使用！怎么样啊？秦大哥，如果不想说话，或者不习惯这地下洞府，氧气不够呼吸，呼吸困难，只要您摇摇头，点点头都算数，立马送您上去见您心爱的美女美人孟姜女，我们承认她比我们姐妹漂亮靓艳，您看我们这些滚刀肉脸，上下尖尖中间脸上全是肉堆堆的，所以叫：滚刀肉脸、圆脸整个一圈脸上都是肉，长脸比马脸还要长半尺三寸，好啦！秦大哥，您还是摇摇头点点头作决定吧！世人讲'善有善报，恶有恶报，不是不报，时辰未到！'时间一到必定要报！何去何从都由您秦大哥来作决定，好了，好话说了一大堆，我看您大哥还是点点头吧！不然我们第一个要搞死的就是孟姜女，让她修不成长城，叫您也永远爱不成，见不到人影子，第二个就是您秦始皇秦大哥！"

秦始皇说："不为别的，也得为千年百年的百姓着想，你们这里地下洞府如此多的乌金黑金子也不能不答应你们的小小要求！怎么样往西开出三十里，不然四十里怎么样？重新画线重新挖城基还可以吧？"秦始皇看看他讲话的效应抬眼望望看看九头美女响尾怪说道。

"耶！我们胜利了，皇上万岁，万万岁，我们这里的黑金子乌金够你们子孙百代用上百年千年的！这里的玉石也是最好的质量！送客……"话还没有落音，秦始皇秦大哥已经站在六个孟姜女中间，二千年后在右玉左云东面开出了全国质量最好最亮最硬的大煤矿。有民间民谣为证：

乌金玉石世上宝，工农业机械化好。燃烧可炼生铁钢，特殊钢材靠它烧。

右玉左云大同煤，拼死拼活防洋贼，今朝来把长城筑，千年儿孙幸福根。

狮子沟

天上的白云拉长了架势向旁边飘着，天边两只老鹰像鸽子蛋大小在空中盘旋翱翔画着8字圆圈。老斑鸠弓着身子在花绿树枝上"咕咕"叫个不停，一对白头翁嘴里叼着一只蛾子，"喂咧喂咧……"去找他的儿女小鸟去了，几只小猴从杏树上跳到歪脖子树上去，摸摸未成熟的青桃，摘下啃一口又随手向远方的另一只猴子砸去，碰到树枝干上，弹下后，砸到一只翘长尾巴的小松鼠身上，它抖一抖蓬松的大尾巴，像另一棵松树上逃去，嘴里不停地"吱吱"叫着。风吹荡着绿叶，整个大山就像都在晃动一样。

从西沟湾方向转出一趟七匹膘肥体壮的大马。第一匹是黄骠大马，伸着头像箭一般猛跑。骑手却嫌马匹不够快，左手拉着缰绳，右手高举着马皮鞭在空中摇着。后面六匹赤兔马都翘着尾巴，鼻孔喷着热气，嘴巴一呼一呼卖力地喘息着。骑手淡青色的衣裳在风中抖动，黑靓头发在脑后像漂洗的绸缎在空中飘过。

"秦大哥，您跑那么快干什么？一口气跑了几十里路，是在抢版图，还是在抢国家啊？也不可怜您坐的骠骑，累坏了我们怎么回去啊！"孟姜女想想又说道，"唉，天下还是当男人威武啊！"不由得又叹了一声气。

"算了，美女靓人，一当男人就得时时刻刻想着讨好女人，一会儿不注意，就又吹鼻子瞪眼给脸色看。要是一辈子不注意，那就惨了！轻的呢，也就是说的普通男人，一般跪跪搓衣板也就算了，或者在床底下当英雄好汉。严重的，就一辈子独守空房，落得个人比黄花瘦，斯人独憔悴啊！更别说……"秦始皇笑着说，眼光一扫，闪过这六个孟姜女。

"秦大哥，真会开玩笑。再说大皇帝可不是普通老百姓的男子汉啦！您看这样怎么样，您让马儿慢慢走着，我愿献丑来唱支山歌，怎么样啊大哥先生？"孟姜女征求到，眼睛望着始皇帝说。

"这当然再好不过了，好些时候都没有听到孟姜女的歌声了。鼓掌欢迎，欢迎"。始皇一手拿着马鞭杆，和着另一个手掌心拍着。

"这是《念奴娇》。长城真神，神的彩，美女靓仙修盖。长城千年腾飞翔，保大秦百姓爱子，真仙女侠。从前的山，川连平原爱。东西贯穿，势挡胡洋鬼怪。艳靓春风劲度，汗舞美哉！争先恐后干，平安长居神安来。姑娘靓美气华！腾飞山头，神龙竞派。仙女风流傲，人神恭快，长城靓女来盖！"

"唱得好，唱得美！朕就是要让长城美女同在。为大秦为百姓。好好好……那朕来唱一首《水调歌头》，大秦江山立，皇帝帅天毅。任盗贼鬼来犯，全部都消灭。君愿乘风归去，江山稳固风流。美女大及憨，朕揽天下仪。长城社稷情，百姓望。皇帝理，江山立，男女黎民倚天。靓绚鲜花赞，男欢女歌情。雁回春归情缘，孟姜女情义，又难承受，酷等为大帝。"始皇唱完边用马鞭打着手心以为节奏。

"朕再唱一首《菩萨蛮》，'大秦风光无限好，秦娥美女长城笑。叶绿仙女艳，翩翩起舞干。珍爱他人也，深情迷女未尽。朝飞翼未迟，君觅美女知！'"

"秦大哥，唱得好，唱得美，唱得妙！我也来唱一首《菩萨蛮》。亮丽妹舞动春风，云牵神龙凤恋萝。漫天柳花飞，郎君只何为。美女汉艳秀，华夏雁门度，长城长又长，秦朝百姓唱。"孟姜女唱到。

"《唱秦娥》，该靓艳，美女情郎爱心赞，爱心赞！独有青春，胆识酣闻，斗志力排倒海山，倒海山！到醉酒沸血，玫瑰香嫣"孟姜女唱着，用马鞭子在空中团团的悠摇着。

前面并排三人三匹马，黄骠马慢悠悠地摇动着尾巴。一阵风吹过，空中六只长尾巴的喜鹊叫着"嘎嘎嘎……"，兜了一圈随着风便向东南方向飞去了。秦始皇右手拿着马鞭，推着马鞭鞘，敲捣着自己的膝盖关节后，将鞭鞘打出去。枣红马驮着右边的孟姜女朝前方右边小跑了几步后，又闲若无事的摇摇马头，甩了甩头和尾巴。

孟姜女笑着说："一句嫌多，日子心头上过着。秦大哥四个太看理了！秦大哥那三个字是什么？"

"美女说朕，够意思唉！反过来说就是不够意思？好吧，朕讲一个，半句跟着马儿赛跑。"秦始皇笑道。

孟姜女笑着说："不要太小气哟！男子汉大丈夫肚子里能撑船，皇上额头能行马！别太那个了，我只是讲个字谜，大家来猜猜看。大米会走路，小麦找对相，迷了胡言，竹穿钱，刀砍钱。美女跟着男子干，开弓双黄蛋，而下一针双黄蛋。"

秦始皇说："迷字，麸字，字谜，箭，剪刀的剪字，好字，强字，串字，窜字。在字上难不倒朕说一个：木目心见面，四个太原压心上，丙字披大衣外加两个蝴蝶结。草字头见，受气心在里面分！"

"想是病，早爱，对吧，秦大哥？"孟姜女说完，一个大旋风在马前面刮旋起来，草沫子几片绿叶子旋转着。"嗷嗷嗷"几声怪叫，一群黑的白的花白相间的大野猪从山沟里冲了出来，向他们七个人七匹马围过来，大咧着嘴与獠牙，少说也有三四寸长短。尾巴有一尺半左右长光秃尾巴没有毛，尾巴头还有鹅蛋大小球毛在空中竖着。

"孟姜女注意啦！准备拿枪扎刺，可不能手软啊！看它们的眼睛瞪得如鸡蛋大，好多的笨猪啊，敢向我们挑战！"秦始皇说着向前头一头大黑熊猛地扑过去。

"可恶！好厚的皮肤啊！扎不进去怎么办？"紧跟着摆动着大枪向猪身上砸去。

这只野猪被捣的歪了歪身子，扭头咧着嘴来咬长枪。却并没有咬住，身子挨了一下。野猪怪叫着往上扑来，黄骠马往后退了几步。秦始皇抡起大枪往猪头长嘴用劲猛砸下来，猪鼻子上结结实实地挨了一下，几乎要扳倒，一扭身子向旁边跑去。孟姜女趁势用枪砸在他的屁股上。只一瞬的功夫，一群野猪已经将他们七个人围在中间。猪皮厚实，油光水滑，他们的肚皮圆圆的和身子连成一个整体，不像家养的肥猪耷拉着大肚子。这野猪只有脊背上的刺毛从脖子上一直连到屁股上，个个倒立的跟钢针一样坚硬。而且那俩耳朵不是耷拉着，而是翘着来回随着猪头转动，有时还在不停地扇动着。

"孟姜女赶快用弓箭射这些个野猪，最好是射他们的两边的肚子上。脊背皮太厚，不一定能射穿射透过去，快点！"秦始皇大声说着，箭已经飞出去，"射胸叉，往猪头上射！"，

"知道了！"孟姜女回答着。

七匹战马被野猪团团围在中间，屁股围着屁股，野猪们都跃跃欲试，要往战马里冲。一只花野猪的大耳朵叶上被穿上了一支箭，来回晃动着还不离去。另一只黑猪长鼻子上面扎着一枝利箭，晃动着叫着向山沟里跑去，还有一只野猪侧面也中了一箭，"嗷嗷"着叫着跑向山沟里去。"咚咚咚"连射几支箭，有的猪头上中箭，有的旁边中箭，箭在肉里晃来晃去，野猪疼的嗷嗷怪叫，向山沟里逃去，其他野猪也跟着跑去了。

"好家伙，真实野猪啊！个个都不怕，直往我们的马跟前冲过来，好危险啊。孟姜女害怕不害怕呀？朕刚才急得心都揪起来啦！这要是都冲上来，那可怎么办，就连战马也被吓得要找地方躲起来。看来他们也是会怕死的啊。还好是我们胜利了！"秦始皇动情地说。

"想着大男子皇帝，从来都没有想到害怕二字。怕都不往这里，在家里三

顿饭吃饱不得劲吗？"孟姜女说道。

秦始皇瞪着眼笑道说："万一我们失手，有个闪失该怎么办啊！美女先生？"

"不可能的，秦大哥要是有个万一，我们大家谁也不能跑出这山沟。况且天下的百姓都望着秦始皇大帝。您福大命大，造火大都不害怕。我们能害怕什么猪呀，羊呀？就是打老虎也能将他们碎尸万段，更何况我们六个孟姜女也赛它百万雄师。天上地下海里吓一跳呢，有惊无险就勇猛向前。那咱们这回该向哪里去？您下命令吧！"孟姜女舞动马鞭，六匹枣红马被孟姜女左手勒住缰绳，马头高高昂起，前蹄在空中扒着，尾巴扫在地上青草飞起。

"美女们，向山沟里进发！看看这野猪窝在哪里，有多少野猪？"秦始皇甩着马鞭，黄骠马打着响鼻向山沟里冲去。

孟姜女放开缰绳，打着马屁股，大喊着："三个孟姜女在前面带路，三个孟姜女在后面断路后，且不得马虎！好好保驾护卫！保卫秦大哥！"

这是一条南北贯穿的大山沟，山口小有六尺宽窄，两边由巨石悬挂上下，龇牙咧嘴。又有小树大树挤在上面长着，有的头朝上在水中倒长着，最高有五六丈宽，一直涌向花岭子，山沟才到头。大概有七八里路远近，它的东面是云水池，南北贯穿着白龙河。沟的西面是大马，群山的南部是马古。往南是来路西沟湾，再往南是砖集，也叫砖家集！这里就叫：狮子沟闻名天下。

孟姜女进到沟里，又是三匹马并排向前，秦始皇在中间，后面又是三个孟姜女。前面的野猪群见他们从后面骑马追来，它们更是没命地往西沟北头猛蹿，又有十个小野猪夹在中间哼哼唧唧地叫着跑。远方看见的前面是岩壁直上直下绝无出路，可是一群野猪却消失不见了。此地不能上天，也不能入地，这里是石头挤着石头，石头挨着石头，总有几百米高低，而又有小溪从岩壁下的一个小洞里流出来。无疑野猪是钻进山洞里去了，原来野猪也怕人。山洞口有一人多高，宽窄则不到三尺。溪水呢，刚好没过脚面子。往里面却看不清，人也不敢下马来。

"你们六个人，千万不要下马！就骑在马上。朕在先往，里面射击几箭，试一试，看看怎么样。能行这行，不行咱们就骑马回去。不和他们动真格的了，叫他们几个多活几天，回来看我们怎么收拾他们！"

"秦大哥不想叫我们孟姜女来射箭，这个大山洞难道真的射不进去吗？更不需要瞄准，只要使劲啦！开大弓射大箭就是了。"孟姜女急得说道。

"美女们不要说了，朕不能叫仙女去冒险！下一步还指望你们去打砖坯子呢，烧砖上山去干活去。看来，朕得……"秦始皇从马背上一下子跳下来，抢在三个并排的马头前来射箭。十几箭出去后，有两只大野猪急着要出来，伸着头往外跑。秦始皇赶忙上了黄骠战马，双手紧握着大枪要和野猪决一死战。野猪们都急的叫出来，拥着要往外跑，伸着猪头，翘着猪尾巴，顺着山沟往前跑去。六个孟姜女手握着大枪轮着乱舞着，喊叫：出来："臭猪，要往哪里跑！看我大枪，把你们杀得片甲不留！"

野猪们急急忙忙都冲上来逃命去了，最后出来一只大的野猪，身长有六尺多，身高有六尺，头离地面有五尺。小猪耳朵往上竖着，长嘴长鼻子，两只眼睛很大很圆，四只爪子不像猪有硬壳，脖子上像是雄狮一圈都长满了长长的绒毛。它一出洞口，前爪按在石板块上，屁股尾巴都朝上翘着，三尺长鞭一样的尾巴梢上长着鹅毛大绒毛球，还不时在空中转着圈子。它在空中换了个姿势，将前爪站直，整个后半身往下倾斜着，张着大嘴，冲着天空叫着："嗷……吼……"整个山都回荡着它的巨大吼声，七匹战马战战兢兢地往后欲退。秦始皇此时急得要拉弓射箭，一箭射出，却因为战马的惊慌和野猪擦身而过。大野猪的姿势迅速转换，前爪又一按地，整个身子腾空而起，又往前猛蹿。

孟姜女和秦始皇的骠骑战马都迅速向旁边一闪，秦始皇的弓在手上飞出，一下子套在野猪的长嘴上，只见它用一连贯的动作，扭头将弓箭甩飞，弹起后腿，拧着整个身躯，将长尾巴重重地打黄骠马的后屁股上，使黄骠马的两条腿一歪一斜，后一卧，秦始皇一个倒栽葱，歪倒下来。秦始皇慌忙趁势往旁边滚几个滚，野猪又要倒腾跳向始皇时，说时迟那时快，孟姜女六条枪齐刷刷交叉刺在它身上。那野猪冲前大吼"嗷……吼……"的一声惨叫，变扭动身子，头向左前方猛一扭，它的獠牙将其中一个孟姜女大枪抵到大腿上，小腿肚子上立马一条血流，同时又将枣红马的大腿撕出一道口子。枣红马叫着"咴咴嘣嘣"往前猛跑四五丈远，幸好被孟姜女死死勒住缰绳，才没有再往前跑去。

打野猪身旁的肚子上也挨了一枪头，屁股上和脊背上都没有伤着，都怪他皮厚扎不进去。秦始皇趁此时大家都在争斗时捡起弓箭，立马出箭射击。这一箭射在野猪的肚子侧下面，它大吼大叫着却不敢恋战，一蹿有十余丈远，像沟外逃去。他们骑着战马也吼叫："杀呀！向前冲啊！扎死它们！"在后面追赶着。

大野猪也不敢停顿一口气，向山沟更远的方向没命地跑去……

浪淘沙

山川狮子沟，乐趣横流。笑把长城来修筑，神女美女风靡留！笔吻纸羞。野猪坚蛮斗，凶猛怪兽。孟姜女助力长龙，神龙腾飞贯斗牛！帅派千古。

大山岭

黑熊在松树上操着屁股，这边操着，那边又操一操，就像磨锉刀一样操来操去。松树不停地晃动着，松鼠翘着弯长的尾巴靠在树杈上伸头往下"吱吱叽叽"地叫几声，不停地向树枝上跳去。白头翁停在细枝上，"嘎嘎"叫个不停，原来有一只野山猫拖着长尾巴趴在一棵大槐树上，尾巴来回上下摆动和卷滚准备袭击一个野鸡窝。另外两只大黑熊也从旁边挤过来，一个在树上擦着身子，一个躺下用肚皮磨着大石头，嘴里哼唧哼唧，就像在唱着黑熊小曲调一样。旁边还有五只大黑熊在睡觉，这方圆的树林山冈山岭就是他们最安稳的家。

"秦大哥注意啦，有情况，黑熊瞎子！"孟姜女提醒说。

"朕早就看见啦，慢慢靠近些再说吧。该是用枪扎，还是用剑射呢？"秦始皇有意无意地说。

"秦大哥，还是小心些为好。人们常说'水里淹死的都是会水的'，不会水的，自然不会轻易下水。是不是秦大哥先生？千万不可大意啊！"孟姜女提醒到。

"孟姜女，朕想改变一下战术怎么样？一是为安全起见，混战易受伤出问题。朕一人虽不可抵挡它们八只黑熊，但一人目标小，灵活机动性大，能动则动，不能动则可躲藏。平时人们都叫它黑瞎子，往前冲着跑，上眼皮长容易耷拉下来，再加上眼眉毛长，不容易看清楚辨别前面有没有人或其他能活动的动物，那么六个孟姜女就坐在树上拉弓射箭来助威。能射死更好，射不死疼痛造成威胁。让它稀里糊涂不知怎么回事。朕认为这是个好办法。"秦始皇自言自语。

"如果是这样，不如秦大哥和其他五个孟姜女上树，我一个人试一试。您是大秦始皇帝，不能让您一个人冒险。而且这是最危险的买卖。这是攸关生命的大事情，全天下的老百姓都望着您，他们的希望和梦想全都寄托在您的身上。万一有个好歹，我孟姜女就是全天下的千古罪人了。"孟姜女边说边用手推着秦始皇赶快上树，而且还扯着秦始皇的衣服往树上靠。

他们还在推推搡搡，过于激动的情况下，已经被两只黑熊发现，他们正在用前爪捂在头上往这边观察着动向，身子往前一跳就冲了过来。此时哪还有容许他们上树的瞬间，三扑两冲的就立在跟前。秦始皇和一个孟姜女赶快躲在两棵大树后一边看情况一边观察动静。黑熊虽说视力不太行，但是嗅觉是高度灵敏，等它来到大树时，它滚动着圆滚滚的身子躲过大树来找他们两个人，嘴里还不停地哼哼着。

此时始皇平端着大枪，猛地向黑熊瞎子刺去，但是用了好大的力气也没有扎进去。因为他一枪刺在黑熊的前腿肚子上，外面皮肉厚，里面又是前板骨头。就这样黑熊瞎子大叫一声，另外一个躺在地上懒洋洋的睡懒觉的大黑熊也爬将起来，朝这边看过来，也有朝这边跑过来。孟姜女也用大枪的铁头用力猛扎向大熊背上，其他五个孟姜女分别扑打着，有的则用枪头猛砸。黑瞎子此时大吼着怪叫，左右扭拧着身子来找他们的对手。此时是一个人对一头黑熊，在树林中拉开距离，能打则打，能扎则扎，个个都咬着牙瞪着大黑眼，该躲则躲，该夯的则使足劲夯。

秦始皇正围着黑瞎子来回转圈，扎又扎不动，用力砸它则不能致命，正急得团团转，到底该想什么办法结束？要紧的是能干倒一个是一个。(大家想一想，黑熊多有劲，吃的体圆肉肥，黑毛更是油光闪亮，腿瓜子又黑又壮，要是被它搂扳一下子，半个身子该是血肉横淌的模糊，让他拍一下子，骨断筋折，小命都难保呀！)一要小心，二要大胆，手脚并用。看吧，一只黑瞎子正和孟姜女周旋在树下，它一下子横扫过来一爪子。孟姜女赶快躲闪，并用大枪赶快回应一下扑过去，东一下，西一下，左一下，右一下，上边用枪扎，下面用枪攉。秦始皇在旁边一回头看这是一个好时机，慌忙扎过去一枪，这一枪可是真差点要了大黑熊的命。说时迟那时快，枪一下子从熊屁股上扎进去。那还有好，只见老小子黑熊瞎子往上猛一蹿，"嗷呲"一声喊叫，猛地扎下去，没命地跑去，未挣脱屁股枪已扎入肠头，往前猛跑的疼痛，它也不捌弯不躲闪大树，又一头撞在自己的天灵盖上，只得身子一歪一动也不动了。秦始皇拔掉手中的大枪，往旁边"咚咚咚"快速躲闪身后的黑瞎子扑过来，眼看黑瞎子就要扑过来，说时急那时快，要是动作再慢一些，人再犹豫一下，只怕后果不堪设想。可怜那孟姜女待在那里，张大了嘴，却再也喊不出一句话来。

"孟姜女，快往旁边闪啊！"秦始皇大喊一声，"不好！"．

六个孟姜女都在东躲西闪的，还胡乱的摆动手中的大枪。秦始皇把枪抡过来，不偏不倚地正刺在了黑瞎子的尾巴上方一关处，这个黑瞎子"腾"的一声猛地转过身来，张牙舞爪地向始皇扑过去．秦始皇不敢怠慢，忽地向旁边一猛跳闪，黑熊后面的孟姜女也不敢有丝毫有半点含糊，又用尽平生的力气右手前左手向后一边挑，黑熊屁股离地三尺，只痛得"嗷嗷"的，竟"扑通"一声下来，往前一个趔趄猛撞树死去．孟姜女手中的大枪也被撅断一截子，孟姜女只得赶紧用右手从背后抽出来青铜宝剑以防万一．说时迟那时快，又有一头大黑熊从旁边蹿出来，而孟姜女从旁边撞过来，此时手举着青铜宝剑的孟姜女，一转身，一回旋，将手中的宝剑从上往下劈下来。却可以说虽说有万钧之力，仍有千斤之气。

　　只见那黑瞎子呼呼出气而不出声，就咚的一声歪歪着头倒在一旁。孟姜女急中生智，使出平生力气，直将黑熊的半个脑袋和黑乎乎的大嘴给劈下来。可那大嘴张着还似在吼叫。

　　"奇迹，奇迹，这可真是个奇迹！让你这个臭狗熊还凶！该死的家伙！我的手臂都被震麻了！"孟姜女愤愤地说道，"朋友们，这八只黑熊还剩下五只啦！秦大哥，我们一起加把劲，一定要把他们杀得片甲不留！孟姜女们加油啦！"孟姜女加油时说着。

　　"三个人战他一个黑瞎子，我们要集中优势兵力，务必速战速决，各个歼灭！其他四个孟姜女负责牵制它，千万别让它们伤了我们的人啊！"秦始皇大喊道说。又像是在命令一样，"决不能大意，要小心啊，战士们！"

　　秦始皇话音刚落，只见他手拿青铜宝剑，往前上走一大步，左腿弓右手蹬，大叫一声"咳"！只见青铜宝剑随着孟姜女的力道已经钻进这黑瞎子侧面的肚子里，手腕一转，剑头在黑熊肚子里搅动。一定是肠断肝裂，黑熊痛的"嗷嗷"直叫，直往前冲去，同样倒在大树根上。山岭就是树多，这在平时看不出来。可黑瞎子嫌它碍事，跑也跑不远，更是跑不快。

　　"孟姜女，你真行！真是美女大侠也！你已经打死三只大黑熊了，英雄啊英雄，真是太让人佩服了！"秦始皇大声赞赏着说，"大秦有望！有前途，前途无量，前途无量啊！"

　　"秦大哥，您也很伟大！是个真正的男子汉，更是个天下无敌的大秦的英明好皇帝啊！"孟姜女赞赏道。

　　此时一只大黑熊向这边瞅准了时机，从后面向秦始皇猛蹿到，往上猛地扑上来，眼看着就要砸到始皇身上，而旁边三个孟姜女同时拉开架式，用力推动枪头狠砸到大黑熊脊背上。一个血窟窿扎进去三支长枪头。也不知是谁的枪头先扎进去的，大黑熊大叫一声往旁边歪倒下去。秦始皇从旁边和中间一个孟姜女中让出来。

　　嘴里说着；"万幸！万幸！老天有眼，不让朕上天堂去！还得多谢三位孟姜女先生，美女搭救的救命之恩啊！美女伟大，有胆识，有谋略。朕将来一定封你们为'女将军女神'！"

秦始皇的话还未说完，旁边隔五棵树远，两个孟姜女同时用大枪，又刺扎一只大黑熊，黑瞎子大叫一声，向一颗大松树上撞死。忽地从树上刮起一阵子特大的风来。旁边有一抱粗的大树，树身子都在晃动，漫天遍地的树叶子都在朝前滚动着，人根本站不住脚。秦始皇和孟姜女连枪都不要了，赶快搂抱住旁边的大树。差一点点美人都让大风刮跑，要是此时让大风刮跑则必死无疑。因为树多，东一撞西一撞，不撞死才怪呢！

风中含裹着腥臭气，秦始皇迷迷糊糊的要睁开一只眼，想看清楚现在是什么状况，不看则好，一看倒惊了一身冷汗。只见一个又长又粗的怪物，正在张着血盆大口，大嘴也有三个人身子般粗细，将那只活得黑瞎子给吞进肚子里。然后又扭动身子，去吞那些已被打死的黑熊。它的整个身子有一抱粗，大半截身子还都在树头上，也看不见尾巴。过了一会儿，风停了，就什么也看不见了，一切都消失得无影无踪。

孟姜女用手指慢慢梳理着长发，细细将衣服整理整齐。而秦始皇此刻大声唱着"想着你，盼着你，在哪里………"，六个孟姜女也跟着唱着往山岭走去。

这一切似乎就像从未发生一样………

如梦令

黑瞎子啊黑熊，谁为长城出彩。故事呈可爱，古往今朝夕来：中外！中外！贻笑人人心快。

男女赛

子长的砖场四周油菜花飘香，金黄色的花朵在微风中散发着香气，整个黄土山包上成了花的海洋，有些白色豌豆花夹在其间浪漫温馨的摇摆着与众不同略带舞姿的醉魂，小鸟唱着愉快的歌声飞来飞去叫着，蜜蜂正忙着数验花的放香魂魄，从这棵花上又扑向另外一朵，左右爬动着四肢六脚，用头往花蕊中攻着，嗡嗡不停地唱着小曲美韵好不自由自在，花蝴蝶白蝴蝶也飘颉在花海中荡漾着无尽的情调。有歌声唱到，太阳笑，月亮俏，星星高兴地蹦蹦跳，悠悠的白云满天叫，风儿唱，鸟儿翔，金色的花朵朵放射着温馨的清香飘拽着红玫瑰的心潮，月儿兴奋的银光洒满万物生灵绿油油香甜美梦爱晓……

歌谣：铁锅大铲子小，锅铲随着锅儿炒，香喷喷油儿跳，吱吱叫，唱歌谣，美味大餐蝶子飞行闹，筷子神菜香美味潒傲骄，美女潮，俊男妙，浪漫风流酷韵遥，情呀爱哟玫瑰别挡道，赠送一枚缘分高，温馨袭人美梦连连情意醉魂潮……现如今打砖坯子的砖场上三千多美女姑良还在忙得热火朝天，歌声笑声连成一片："小曼，小曼你可不慢啊，干起来数第一，打起砖坯子是第一个，仿你叫小曼这个名字唉？"倩倩笑着甩手又理理头发说到。楠楠到："小曼的歌声更好听，叫她来一个新歌唱。""美女们想听吗？"小曼问道。"队长来一个！好队长来一首！"一群众姑娘叫道说。大家听好了！听歌的不担务干活啊？我来给大家唱一首《一剪梅》：

春情追逐夕阳红：迎春香浓，金贵遥宠。

春雨梦雅相思衷：迟爱美靓，随缘牵盟。

春风樱桃花蜂丛：一种爱愁，为美醉琼。

春光追爱万年同：残春染彤，明月心扃。

再来一个《卜算子》：抬起神龙头，走好自己路，人生缘分都是情，唯有情爱构。一生爱你过，恩爱幸福顾，靓男美女相爱久，后人显贵福。

"队长唱歌就是好"，歌声动人，音韵袭人情调迷诱感人我白云也来唱一唱：六六大顺春光艳，人心温暖浪漫谐。春风细雨润无边，谁人能使温馨越。春雷阵阵伴雾暗，践云不见彩云携。情人爱到在明天，相思一种心电泻。再来一个《浪淘沙》：春风春光君，别嫁情纯。首首诗歌迷彩云，金色玫瑰歌一曲，情缘追屯。春风浪淘循，青春香魂，难觅君心扃推畯，月老千年系情婚，真爱何寻。

又一《浪淘沙》：美人慕春光，郎公梦想，代代人生年年旺，不为风情致春漾，笔墨酣唱。浪淘沙吟嗷，豪情春光，有谁不爱春天靓，只是心中有祈盼，春雷吼长。

"大家欢迎楠楠队长来一个歌好不好！"小曼起身来用手上下招呼起示"好好好，楠楠队长来一个也？"楠楠说："好吧，我来个《菩萨蛮》："今年春光无限好，岁岁花儿迎风笑。天使女神梦，激情大砖俏，玫瑰邀郎舞，碧君羞红露，一春又一年，代代红玫俭。

《如梦令》：阳光暖昧天涯，海角碧情彩霞。春风滚摇舞，伯乐天使女神：彩霞！彩霞！爱君风光才佳。

《水调歌头》鲜花舞春风，春情尽芬芳，情人爱君不见，盼想神女郎，春梦恋郎公翔，难得女神春光，天使梦魂荡，爱香情神漾，魂灵唱春畅。

春风吹，郎智行，爱沸茫，白云绿海唱，缘分新娘靓，白马骝绘昶，天命王子逛，君美翔魂像，爱人美女狂，上帝魔法忘。

天鹅姐我来一段《西江月》美女神丽艳靓，睿智前程辉煌，有谁不为俏骄傲，腾沸爱神歌翔。决心死恋君郎，情人梦醉情漾，今生专爱为拼搏，甜甜郎公飞荡。

《虞美人》相思相爱何时了，公子没多少？长城傲毅千秋风，郎公天使爱你月明中，高山峻岭长城在，岁月总不改，问君能有几多福！快乐歌声情缘君爱牛。

玫瑰何曾艳，把酒问女神，神女天使朗公，君过幸福天，我欲乘风爱君，又恐郎公难爱，都市繁华地，梦中戏君影，何日爱君甜。

倩倩队长说："骑兵班长们来唱一段好不好！姑娘美女们，听听男士先生们的声音好吧？""好好！骑兵班长来一个来一首啊？欢迎欢迎鼓鼓掌！"姑娘们叫着好，你一句她一语地说着。

邓双龙此时激动的满脸飞红，大大眼睛闪耀跳动的光芒，浓浓的黑眉毛往上翘着激情："姑娘们安静一下，静一静，我邓双龙来唱一段《相思的爱》北国高山上女神为什么那么吸引人？你的美丽颤放着，无情抗拒的爱意！你的靓艳闪绚着，太阳的光辉情醉，你浪漫温馨健睿，迷上我茫茫征尘！你风姿异彩香慧，让梦中魂飞我忆！啊！潇洒的女神，为挽救炎黄子孙幸福快乐铿隆，长城神龙为你先生送来美音诗韵，望你美人的爱和情浮摇天际，让我有一天爱你靓艳的曲调旋律犇入天使神女的脑溪！永远永远光照开拓人生的嫣靓无尽爱情荒地的幽坠。谁能挡住我的爱？美女女神天使来。心中志忐好心慌，情爱梦生再此哎？舞动阳光艳玫瑰，春风花卉无情炫，郎爱新娘醉旋梦，俏月摇滚魂灵恋。邓双龙唱完刘新楼又唱到《念奴娇》飞天女神，靓美女，爱的天使美女，想你盼君醉梦恨，神龙牵动缘分，仙女爱真，浪漫魂根，念奴娇唱词，潇洒温馨，金太阳光辉纯。"

地平线上升金，天鹅蛋梦，预祝美女神，春情迷乐快婚，靓子情醉梦温。

新娘舞美，新郎歌吻，才郎佳人辈，世龙啸志，靓男美女醉人。

《蝶恋花》神龙盼女神靓美，天天魂醉梦粹念思奔。郎公想神女美丽，谁叫英俊天使慧，想思想念歌声巍，爱情情爱飞蝶恋花笨。时光最能解思情，分分秒秒金光酹。《如梦令》盼你盼君盼妻，想你女神想爱，神女神浪漫，恋神恋天使你：奇迹！奇迹！美君美馨美气。王钱接着唱到：《虞美人》姑娘美女何时了，男人知多少？自然大长情爱风，温馨温柔开心月明中，如胶似漆应犹在，个性爱恋改，问君能有几多情，疯狂潇洒浪漫爱更酷。

《虞美人》阴阴晴晴何时了，白云知多少？年年四季又春风，花开花香靓艳月明中，万紫千红应犹在，只是春雨改，问君能有几多梦，儿女长大情爱自豪迈。

《虞美人》家家户户何时了，男女知多少，恩爱夫妻又风流，儿女多多笑在月明中，一天三顿饭犹在，哭泣快乐改，问君能有几多屋，都市靓艳房屋变高楼。

《浪淘沙》爱君无选择，盼爱美媚，美女女神郎箭射，快快载爱助才来，神女飞越。天使情胜泻，爱神靓艳，激情恋美妹缘解，浪淘沙冲词溢水，郎公神列。李伟平接着唱到《虞美人》恋爱自由何时了，爱你知多少，盼君想爱梦魂疯，携手潇洒爱在月明中，恩恩爱爱应犹在，只要女神来，问君能有几多愁，浪漫温柔酷帅著风流。

《虞美人》男男女女何时了，恋人知多少，美人潇洒荡春风，君爱醉魂盼望月明中，月姥缘分应犹在，只是岁月改，问君能有几多恋，好似白云悠悠天际游。

任建仁唱到《七律》白雪阳光更闪靓，女神天使梦盼藏，绿叶舞动春风荡，美女靓艳我爱想。花炫鲜香风流逛，春情欲渡洁雪唱。爱呀爱呀美女睪，郎公情歌拥洞房。

《腾挪珍》美女美女我盼你，美人美人我爱君，神女神女我想恋，俊美俊美我唱寻。女神女神我梦伊，天使天使我心真，姑娘姑娘我唤情，神龙神龙腾挪珍。武卫兵唱到《惹人香》乌云翻卷不见天，阳光艳美捉迷藏，女神女神心里装，郎公郎公醉魂靓。

巨龙巨龙朝天翔，长城长城腾沸昂。春风春风百花唱，鲜花鲜花惹人香。

《爱你》爱你无止境，美人浪漫酷，长城牵情缘，恩爱幸福渡，今朝神龙传，爱人押金饼，女神致天使，郎公君要著，恋爱成故事，百年情爱露。

张传宝唱到：《辉煌婷》女神姑娘我爱你，相公天使赋美女，美女美女心帅馨，巨龙舞劲爱心精，一心拥携美人情，万事炫揉侃开心，春风诱绿花靓艳，男欢女爱辉煌婷。

顾朝英唱：《灵谣曲》分分秒秒盼你爱你昏天黑地的情，时时刻刻想你爱你，倒海翻江的爱。日日夜夜爱你盼你天翻地覆的美。年年月月念你唱你激情澎湃怒嚎吼响的袭人靓，声声呼唤你梦你盼你魂灵钟情一世一生才气的爱心天使绚丽。赞你赞你艳靓赛玫瑰超牡丹香气吸引着我双眸的人，欢蛋蛋美气美丽香气香情的姑娘薰醉我心灵梦醉的神女女神灵心歌谣曲！爱你爱你天昏地裂舞动的胶漆美韵……

季勇唱到《浪淘沙》美人啊美人，西风急吹，大雪飘飘愁断炊，群雁南飞影斜坠，愁盼梦醉。爱你爱你人，分秒昶定：花香飞美女爱归，梦泪魂灵情爱催，郎公念君。

《光棍》光棍追美女骄傲，美女爱光棍豪迈，光滚乞讨美女爱，妹美心爱光蛋才。金飚具之旋帅气，光棍俊美风流快，嫦娥情缘笑星闪，蛋男女光滚情外。

程晓南唱到《声声盼》分分秋秋，等等待待，爱爱美美女女，时时刻刻难挨，岁岁月月，最难最难等待，剑窜心，谁知道爱，盼望眼，白发派，大雪飘飘茫来。

一见钟情牵爱，风云快，变作飞虹彩票，月姥系拽，缘分生前早定，恩恩爱爱情载，早早来，好好谋塞，郎君配，夫唱妇随舞拜。

《西江月》西江情东山月，光棍恋美女梦，有谁能知妹美越，光滚难讨责雪。美人曲今爱乐，歌声言动志诗血，光棍划好汉情铁，靓女潇洒帅夜。

"姑娘们美女们我现在建议，唱歌暂停，男的骑兵大哥哥也唱了很多歌，唱得很好听，也很感人肺腑，真可谓是感动人的心灵，美女唱的也都很悠扬美畅，下来我想我们姑娘们挑上十人，骑兵大哥，大班长们也挑它十人一组，男女两组比赛比赛打砖坯子，一是看那个组打得快打得好。首先是质量第一的基础上在快再好再美的打砖坯子来，美女姑娘们敢不敢和他们骑兵大哥哥老师大班长们赛一赛啊。听声像是胆怯吧，声音不大，不是，是没有回声呀美女们，可不是害怕了吧。姑娘我在来问一遍，敢就是敢，不敢不要吱声呀！美女们！大家打砖坯子敢不敢和他们骑兵大哥比赛打砖坯子竞赛，敢不敢和他们大男人决一雌雄啊？"小曼微笑着挥动着右手拳头，说着。回答的声音还是稀稀啦啦不整齐不大声更不齐整。

楠楠队长笑笑说："美女怕什么吗？一不输钱，二不丢金银财宝，三又不输老婆孩子什么的？真是的，姑娘们你们的都不知道前一段时间，在万家屯几个小队的姑娘美女们和来犯的坏蛋敌人打了好几仗了，都是敌人强盗贼人的人多，还都是大男人，结果怎么样呢？次次都是他们依失败打败而完蛋，真杀真打来真格的他们都不行，别看他们手舞大刀长枪铁鞭铁锤。钢戟什么的，都是聋子的耳朵摆设，真杀起来个个都是孬种龟儿子孙子装坏种，什么呢美女姐妹们，因为我们都是美女武侠宾客一笑一朵花，笑能吸引男人的鬼魂，他们自动筋苏腿麻装大傻子呆瓜白痴二不斗只是伸长脖子叫砍来杀来过过瘾，美女女神仙女们一手拿大刀一手举长枪，扑吱扑吱两个大血窟窿，刀一挥吃饭家伙换换位，滚还不如个大西瓜呢！大西瓜能解渴解饿！一个大男人坏蛋急着找阎王爷去了，但是话又说回来，咱们的大秦骑兵就不一样了，他们打砖坯子垒墙是老手，打起坏蛋敌人更是老太婆穿马夹露两手更是我们这些在场的美女姑娘们也不缺这少那得，怕什么呢？比就比一比，就我楠楠来讲一百个赞成比一比，试一试，他们有两肢胳膊两只手，我们姑娘们同样有，他们有两只脚两条腿，我们也一点点不少什么？怕就不来，自然来了咱们就不怕，是不是呀姑娘们？"楠楠讲着比仿着说着，"大家姑娘美女们说说对不对啊，我们有靓艳的智慧更有阳光绚美睿智聪明的俏俏袭人魂的魅力媚，一个秋波电倒一辈子的醉梦碎……""姑娘们几千只大眼睛都在想在望着什么白云，砖坯子两手泥吧……有人无意用黄泥手往头发上拢一拢，理一理，是汗是水是黑是黄的甩着双手。""骑兵大哥哥大班长们，愿意比一比吗？我古丽第一个愿意和大哥哥一比高下，一比快慢……"古丽说着挥动着右手，"敢来吧？先生们！"

刘新楼说："怕者不来，来者不惧！怎么比都行，人们好说三百六十行，行行出状元，不是男人就是美女大姐姐，我们男爷们不输，你们这些美女难登高殿大堂夺冠军争第一是不是？"

"是不是？都让你一个人说完了，在关键时刻是骡子是马拉出来遛一遛，赛一赛才能知道美女仙女的真正手段，我愿意参加比赛！拼着命地也得为姑娘美女抢第一名！我叫白云！黑白的白，天上的云彩！白云是我本大姐也？"白云大声说叫着走向骑兵大班长们。

"白云能理直气壮的想为咱们姐妹争先进，抢第一名，她也没有长出三头六臂来，每个姐妹的只要愿意，只要敢多流汗，多多的比别人多动几下，理想就成功了，希望就在手下，干劲就在心中，我巧姿也算一个，愿意显示自己的请跟我来啊……"巧姿脸上红红的憋足了实干的劲儿。

"不错！还是美女们姑娘有大干的派头，有作为！我首先身为骑兵大班长从心里佩服带口服，骑兵弟兄们向美女姑娘们学习！向姐姐妹妹鼓掌欢迎……"邓双龙大声高呼着，有余大班长的带头鼓掌挥拳头说着，骑兵战士男士们都在笑着拍着巴掌用佩服眼睛看着说话的姑娘们，表示出亲切又热情情调情义来。

又有几个姑娘们走过来，天鹅姐、古丽、韦哥、柴越越、大妹，"大家好！我叫大妹，个诉要壮，在我家里都叫我大妹，现如今还是叫大妹，本人也参加一个和大哥哥大班长们比一比，看谁有力有劲，按模子快，光滑实在，有角有棱，在快也要保证每一块砖坯的质量分量，高要求，高质量，让每一块砖都对得起千年的长城神龙，更要对得起炎黄子孙的代代传人！大家不要笑哇，在我连话也说不好了，谢谢每位仙女姑娘们的抬举和捧场，不然谁能会知道我大妹呢？"大妹说完后还鞠了躬，粉红的面庞被黑黑的头发遮去，跨前一步走到小曼和楠楠身后。

"姑娘们注意了？骑兵大班长们，现在咱们一边十个人，十个骑兵大班长们，十个美女姑娘们一边，总共参加比赛的有十位男女们，我和楠楠，倩倩两个队长也算，白云、韦哥、大妹、柴越越、天鹅姐、古丽、巧姿十位女士美女大家以掌声鼓励鼓励，其余的三千姑娘美女们，这次参加不上，还有下一次，希望大家有机会多多参加演练自己好吧？下边还需要每一位姑娘们快快捶打泥吧传给我们二十位男女按模手，看质量，讲效益，数数量，看谁能得前五名，争取第一名好吗？大家有信心没有姑娘大小伙子大班长们？"小曼笑着大声质问着，男女二十人同时叫到！"有！有信心！争取最快最好！"慢队长又回过头来问道："邓大班长，还有什么要说讲的吗？"

"曼队长！没有什么可说的了，瞧瞧我的骑兵班长们和美女们还憋着一股劲呢？开始吧！你下命令！"邓双龙白白净净的脸盘上浓眉下闪动着激情的眼光。

"各就各位！比赛开始！快泥巴！美女们！"小曼、倩倩、楠楠等等都在模子中双手将泥巴往模子中间一摔，用双手掌压在泥巴上，将泥巴压平下去，排开在压！双手掌在左右模子两头四角用力往下压，压平挨着又压一遍后，接来第二块泥巴同样又摔在模子中间，用左右手掌在泥巴上来回压平，往四角里挤压平，挨着又排一遍后，用竹匹子在模子上面将模子外多余的泥巴刮掉，丢在一边，双手十指扣住模子两头一端，模子光光滑滑地给端上来，左手拿着模子一头，右手用把子在水盆上方，将二块并套模子框框从新刷一遍后，又放到下一个位置同样接来摔好的泥巴摔在模子中间，用手掌使劲排平压挤泥巴，使泥巴自动往模子两头四角挤压紧，在给上几拳头，用手掌排平后，刮去多余的泥巴，第二模子砖坯子质量，像刀切油漆漆的一样光滑闪亮成功有一个时辰已经有很长一排子一排子的砖坯子站立着排开，共有二十排子，姑娘美女们喊着口号叫着："大班长加油！美女姑娘们加油啊？加油呀加油！骑兵大哥哥加油嗨！曼队长加油哎！数第一啊！"不知道是哪个美女顺口喊了一声："快队长，加油！"大家都、跟着喊："快队长加油！"又来一声："曼队长加油！"一声曼双龙队长接着一声："快队长！加油！"大家都跟着喊："快队长加油！"又来一声："曼队长加油！"一声曼双来接着一声："快队长加油！""双龙哥哥加油！"大家喊过以后又喊一声："单龙哥哥加油！"过了一会又有谁喊叫着："长龙哥哥加油！巨龙哥哥加油！"邓双龙突然站起身子将右手握成拳头举向头上空喊道："美女加油！神龙哥哥加油哎！"话音未落又急忙弯下身子用双手来回按压模子的泥巴！小曼队长此时站起身子，用双手里着头发擦着额前的汗水大声说："骑兵大班长们姑娘美女们！我现在宣布：比赛暂时结束！仙女美人姑娘们在这场二百对砖坯子竞赛中，美女姑娘们比赛暂时领先！十位骑兵大班长哥哥们不输不赢！你们团体精神比较团结！即不能争抢第一名，也不落后到最后一名，我们美女虽说抢到了第一名，但还有三名美女们女姑娘落在了骑兵大班长们的后面二块砖！所以我正式宣布男女摔打砖坯子的竞赛为一平，不赢不输！虽说有在最后的美女也是非常卖命积极争取加劲干的典范先进！因为大家都在拼命地干，加劲地争取向前向第一名二名迈进，总的大家的积极性，不怕流大汗出大力的来干，这就是模范典型人物！是值得大家学习得先进人物！我依虔诚的衷心向参加表示竞争竞赛的男女们致敬！并向你们学习：敢干、敢拼、敢作为！敢竞赛竞争，不怕落后的雄心壮志。""美女们，要是骑马你们肯定是手下败将，敢比赛吗"季勇好像很不服气地说着内行话，还在用手背反擦动着脸上耳朵旁的汗水汗珠说。邓双龙赶快对季勇说："人家都是女孩子，女孩子姑娘又不兴学骑马，家里有马匹的也不让女孩子来学骑马的，比什么骑马驴骑牛得真是开不完的玩笑笑话是不是啊？""既然你们这些个骑兵大班长喜欢又高兴骑马比赛，我小曼也是个女的，让我来陪你季勇大骑兵来试试骑马，如果我要输了你们也不要笑话，要比胜你们这些大骑兵大班长你们也不要生气或者赌气，不赢就不是一个真正的男子汉大英雄爷们啦？作为一个战士能打胜仗同样也能打败仗，谁都知道胜败乃兵家常事，是不是呢？"小曼劝告说着讲道理。

"队长先生要比就比一比！头掸了才碗大一个疤，更何况咱们提比一比也？怕什么家伙吗？真是女人见识，这砖场边上正好有吃草的马，咱们骑上试一试比一比呀？"季勇不客气地说。"好吧，既然都有作载判官。"小曼转过身对三千美女说："美女姐妹们大家都看好了，都帮着助威啊？当啦啦队成员观众，胜败也为姑娘们美女们争争光，能挂光彩，拽着彩虹才能剪出靓装美衣来！"小曼说完往战马的地方跑步冲来，伸手往一匹枣红色的战马身上摸着拍着，又用右手朝马脖子上的综毛理理顺顺的光希望你能和我小曼一心战胜骑兵季勇！亲爱的大红马！我爱你，请你也喜欢我小曼好吗？此时枣红马抬起小耳朵的马头对着天空："昂昂昂"地叫了几声又甩甩尾巴踢踢前蹄子右腿蹄子，算作回答，小曼不无动情撅翘着小嘴唇往红马鼻子旁边马嘴上方亲吻来，枣红马原地踏着粗壮两条腿，更有力的摇动左右摆来摆去的长尾巴，小曼迈开左腿向马镫子抬右脚，跨左腿一下子骑做在马鞍子上，左手牵着缰绳，右手取下挂马鞍子上的皮马鞭子，双脚同往前蹬着脚蹬子，右手拿着马鞭子在马头的上空猛摇开来没有打在马头上和马身上，枣红马脖子上的综毛扬起飘动，四蹄子跨开向前冲去，小曼蹬着双脚上身往前倾斜两只胳膊架起来上下掂动着，脑后长发被拉直向后飘扬着，马鞭子在自己头上方惧烈的狠狠摇出风声来。此时季勇也骑着一匹黄骠战马，正在挥鞭打着马屁股，不时地斜着眼睛看小曼队长一眼，恨不能一下子骑着黄骠战马窜在枣红马前面来跑，嘴中不停叫喊着："驾！驾驾驾！"双脚脚蹬子也在叩坷着马肚子，让马跑得更快更快！两匹马并排往前急跑猛冲着，小曼穿的淡青色的套装在身上贴着随风抖动摇摆着。在此赛进行第二圈一半的时候，也许是因为小曼身子轻些枣红马正在翘起尾巴往前猛跑猛冲时，比季勇的黄骠马多冲出去半个马身时，三千多姑娘美女们大喊着："队长加油！队长加油！"骑兵班长们叫道："季勇加油！季勇快快加油……"一只花长尾巴的野鸡被六只大金毛狗几乎扑住逮住，野鸡急中生智猛然急速加劲的扇动两翅膀向黄骠马头上飞来，黄骠马猛一低头又快速的狠一抬头，使整个前半身向上掀起。黄骠马叫着"昂昂昂"的提起前蹄子，将季勇掀翻在地！季勇随急从地上一个滚翻站起来。用右手中的皮马鞭往地上猛地抽打着说："倒霉，真是倒霉透了，奶奶的！该死的野鸡，你去死！它日娘里蛋！"小曼此时双手狠拉住枣红马的缰绳，枣红马拧着彤红的长综毛才停下来，小曼一蹦从马背上跳下来问道："骑兵大班长怎么样，碰到哪里没有？"

季勇狠狠气愤地说道："曼队长这次比赛骑马算你赢！我倒霉，喝凉水都塞牙缝子……"

"我说，骑兵大班长先生！不要说气话，本来我的马，大枣红马已经超过你的黄骠马半个马身子了！不出什么事我小曼也赢定了！怎么会是算我赢呢？啥事归啥事，丁是丁卯是卯，一是一，二是二，不能不服气是不是哩？算了算了一个大男人不能比起输不起啊？"小曼解释着说道。

"好好好！是我不对！说话不中听，曼队长骑马第一名好不好！你是女英雄女大侠女骑士行不行啊？"季勇带着气话生硬犟直讲道。

邓双龙过来打圆场说："向女骑士女大侠学习！向女英雄美女队长致敬！……"

忆秦娥

玫瑰艳！英俊美女爱心赞！爱心赞！独有青春，比赛梦酣。美女姑娘摔打砖，年年月月铿锵干！干劲沸赛，玫瑰汗颜。

下雨

"算了，伤心落泪人老得快，死得早！没有必要这样伤心，命运就该是这，看看老天爷，美女呀！快骑马赶快回去呀！老天爷要作怪了，天边上来了好多的云彩不是想下大雨吧！"秦始皇说。

"赶快吧！这老天爷真不稳当，云彩多了不是好事！不是下雨就是苞子！驾驾驾呀！"孟姜女架着两条胳膊在胸前晃动着缰绳，两只脚还在不停地叩磕着马肚子，让马跑得更快更快，恨不得像小鸟在空中飞一样的快才行。

"路还长远着呢！你能一口气累坏马吗？"

"路遥知马力吗？疾风知劲草！那么多美女不是吃馍的，等咱们跑到地方，人家说不定早就盖好了，该垛的垛起来了，这个世界上无论是谁该干什么照干什么，缺谁地球该咋转照咋转，不要依为少了谁就不成体统不成方圆，那就是大错特错了，人才是主宰这个世上的主人，但是缺了谁都没有多大问题，早一会晚一会还是人与人的斗争和争夺战，绝不会有第二个比人庞然大动物来暂时主宰世上的！"秦始皇说。

"我不知道你在说些什么，一是听不懂，二是听不见听不清你在说些什么？"孟姜女说。

"我什么也没有说呀！不是正跟着你孟姜女去抢救把砖坯子盖好吗？最好是不让大风大雨袭击上，这才是大家的共同目标，所以'驾驾驾'催马快跑，快到地方啊！"秦始皇说。

"你真有意思，好玩的很，明明说话没有讲话！该不是骑马说梦吧，梦见个大白马王子爱心仙女吧！"孟姜女笑着说。

"可能吗？骑快马做梦不掉下来，也飞不到天上去，还有机会拥抱嫦娥仙女的天使爱人吗？""咔啦啦！"天上一个炸雷声在头顶响过！一个闪电过去空中又划开天上的云疆，雨水大点大点地砸下来。

"驾！驾驾！"孟姜女不由自主的右手的缰绳递到左手，腾出右手背在身后拍打马屁股，想叫马儿再跑快些！马鼻子扇开鼻孔张着大马嘴喘息着，四蹄向前飞奔着，天上又一个炸雷"咔啦啦！"的响过！闪电打在不远的大树上，树梢上燃烧起大火烟雾，她们七个人一直朝前猛骑飞奔！眼看着万家寨就在眼前，一阵暴风狂刮起来，黑压压灰尘被暴风夹砸向万家寨袭击来，满场的美女们正在紧张地盖着挡着砖坯子。

"姑娘们在加把劲呀！大雨就要来到了，快呀！赶快来搬啊！不能叫一块砖坯子叫大雨淋湿了，快呀！姑娘们美女再加一把劲！就要成功了！"孟姜女从马背上滚下来，不顾一切地往砖垛子前跑去，秦始皇这时也快速地跟在孟姜女后面不顾一切地朝地上的砖坯子冲去，随手搬起来一垛码起来！双手扳动两头的一咬牙站直身上往前搬去！快步来到砖坯子大垛眼前码好，快速回转身子跑步，又去搬来码垛子！大点子雨水又在砸响！但老天爷不急不慌的朝下慢慢下来！孟姜女一连十几趟的搬，好不容易把最后的码完码好！

雨借风势急速朝下下来！"快！赶快草帘子搭上挡住雨！再来一卷子草帘子，这里这里啊！他娘的老天爷这会你就下吧！老天爷你就下个够吧！我们已经胜利盖完，就随你老天爷的便吧！"孟姜女用手拨拉着揉搓着满脸的雨水，左手捋顺着湿答答的黑发，微笑着看天空的闪电，天上的雨水也一样打湿了她的浅青色的衣裤，秦始皇一把将她拉到草帘子下面挡雨！"你看你淋成了落汤鸡，浑身湿透了！小心着凉了！雨水很凉的，大小姐！你是咋回事？不要命了？"秦始皇关心地问。

"我高兴的，到底还是我们战胜了老天爷，跑在了老天爷前面了，事在人为，人定胜天！"孟姜女高兴地笑着说。

"浑身冰凉，你不冷吗？傻了吗？"秦始皇关心地说。

"你还说我哩！我的秦大哥哎！你不是也一样吗？手脚冰凉就差上冻了，你可不比我啊！我天天干活磨炼惯了，一般的事我能抗过去！你可是九五之躯啊！龙体贵身，要大安！安详如意，才行啊！千万不能有一丁点差错。"

"不会有事的！美女，啊啾！"秦始皇拿手捏捏鼻子，揉揉手心搓搓胸襟。

"还没有事呢！都打喷嚏了，秦大哥，这可是伤风的前奏啊！不感冒才叫身体棒噢！"孟姜女说着，用双手在皇上后背上使劲揉着，来增加热量的摩擦力，预防伤风。

"不会的，有你孟姜女在，我心里也能燃烧起火苗子来，过一会，等下的不大时，回去睡在被窝里捂一捂就没事了，说不定他们把人参姜汤都准备好了，就差二星给端来了，是啊！今天一天都没有见到二星呢！是不是这家伙也看上哪个姑娘美女啦？去说悄悄话啦？""敢吗？你部队上的纪律多严格，有一点不对头，砍头示众不想活啦！"孟姜女说。

"二星和二兴重音字，二兴是跟两位年轻将军的勤务兵，二星是我宫里的贴身侍卫，马上我也迷了，叫大雨淋昏了头了！人这辈子真有意思，要不是六个孟姜女，恐怕你也不是姑娘了，这五个坏蛋女人，也不知道是啥意思啥变成的！是精怪不是魔鬼。哎！谁能有个未卜先知就好了。""快得病哩，还胡思乱想，你管她几个孟姜女呢！只要不危害什么，就随她们去吧！反正谁也辨别不出真假来！"孟姜女说。

"哎哟哟！好聪明的孟姜女呀！由她们去我不是想你吗？我是个男子汉，好好的咋能不想他最喜欢的人呢！身不由己呀！"秦始皇说。

"我有什么好想的，长的一般化，穿的又不好看，天天在太阳下边晒着，粗皮造肉的又不时髦，更赶不上什么新潮，真是太一般的女孩子了，有什么盼头啊！？"孟姜女说。

"我也不知道，反正我第一眼看见你就喜欢你，特别有好感，光想你孟姜女咋办？"秦始皇说。

"别想：千万别想！就别想吗？自己还能控制不住自己吗？叫他不想别想，吃饱撑的！你千万不要再想我孟姜女，你会后悔的，真的会后悔的！我有什么好，哪点不一样？没有一点特别的地方，这样吧！秦大哥！你看我那里不对头，你提出来，我孟姜女改还不行吗？只要你秦始皇提出来，我一定改正，坚决改还不行吗？哎！皇上哎！"孟姜女笑着说。

"你改，你往哪里改，无论你说话，还是不说话，哪怕只是一个眼神，一个动作，我都喜欢，你怎么改呢？你往哪里改？孟姜女啊！除非你不是个女的，另外变成男的，我没办法去喜欢你拥抱你孟姜女，这才是我最大的理想，我今生要是不能拥有你孟姜女，我睡觉睡不香，吃饭吃不好！朝廷内的任何事情我都不想去干，你看不见我秦大哥，随时随地想和你孟姜女在一起，让我今生今世来关心你，做你的好丈夫，最亲的爱人好吗？你怎么不说话，让大雨吓傻了吗？让雨水淋呆了！我爱你孟姜女，你是我心中最美好的女神，让我们拥抱一回吧！孟姜女，我千遍万遍地盼着你，万遍千遍地想着你！年年月月地想着你，分分秒秒地爱着你！时时刻刻地唱着你，日日夜夜地梦着你，在这春天的大雨里声声呼唤着你，呼唤着你的心，呼唤着你的爱，呼唤着你的情，呼唤着你的人，呼唤着你的美，呼唤着你的靓丽，你在我心中永远永远是一枚火辣辣盛开的红玫瑰，你是我心中美丽的嫦娥，艳靓的女神！"

如梦令

大雨滂沱狂下，美女奋力抢险，保砖坯子呀！湿透淋透欲恋，天传！天传！谁知千年雨屠。

水坑

"孟姜女，你是怎么办？咋整个的啥！长城变成养鱼塘的了？"

"养鱼塘，怎么没有鱼呀？要是有大鱼倒还好了呢！好逮大鱼吃，改善改善姑娘们的口味，天天吃肉，不是马肉就是牛肉的，有时肥肉片子多厚的全是大肥油，腻得不能进嘴，又不能不来素菜吃吃，吃的心里也不得劲呢！这几天只是不想吃饭吃肉了！"田湘说。

"哇！该是大姑娘想家出问题了吧！天天干这么重的活，不想吃肉就是不想掏力气，这么多人哪个说吃肉不好了！就你比别人难伺候些，说话洋气得很是不！姓周的咋不想吃肉，等你明年回老家，想吃肉，还吃不上哩！"

"我就烦吃肉，顿顿肉，天天吃是不是还是肉嚼也嚼不烂咬不掉的，就像棉花一样，天天肚里咕噜咕噜地响，有啥吃头吗？都是活馋鬼！"周学妹说。

"你不会多干点重活，搬砖坯子，十块一起搬三四百斤，看看叫你吃萝卜白菜，三天叫你走不动路，哪才转呢！说的啥东西啊！"

"人家有一辈子不吃肉，就该走不动路了，天天睡在家里老呱老乌鸦地给他吃啊！都是干活的人，啥滋味谁没有经过事呢！也纯粹不信你说的那么严重厉害！"

"喂！姑娘们美女也吃好了还不好吗？总比干完活没吃的或是吃不饱强得多了！还是开动脑筋看看怎么样快些把水弄没有了才是真的！下石头填根基垒长城是不是，是一天完工早一天回家转，出来这么多时间了，也该想家想爹娘了吧！"

"一辈子不回家也不想哩慌，要不是爹娘在家把我养大，谁想回家干什么呀！吃饱喝饱不想家吗？"

"到家这个找事，那个找麻烦，一会会不要就熬熬闹闹的有什么事情，一分钱的东西争过去的！人为财死，鸟为食亡，一点都不假，从小争到老。又从老争到死！争来抢去都净着屁股来，又光着屁股走！阎王爷不让拿一分钱一点点东西去阴间报道！只有双手一拍，二脚一蹬完蛋完走路吧！就这样结束一辈子一生一世的年年月月日日夜夜的苦思冥想一撒手什么也不是，什么东西也没有！人这玩意，想不通，看不透最后是咋回事！哎，还是想办法把水搞掉也是为华夏大民族的儿孙积德造福吧！"

丁严花说："都怪龙王爷瞎眼子，人家这是长城长城基根，让它看成是游泳大池塘了，刚好蹲下一条又粗又长的老龙王，下满水从天上下来'扑通'洗大澡，又凉快清爽又得劲，夜里趁没人在找个小三似的美女蛇，洗洗玩玩，玩玩洗洗好玩够在水里这一躺，把个大龙王搭在边上当枕头好梦一场，去天空中找玉皇大帝请功封赏，拿些金银又吃又玩又大方又挑场，看着潇洒大方风趣无比，人间快活乐意美满的恩恩爱爱，好事成双成对成串成排哎，用八斗子拴绳子。两个人一组，两个人一对往外拨水，不费劲来得快，咱们人多一对一对，一组一组，要不多久就可以把水全部能出来搞出来，就可以继续我们的正常工作等活路子。"

"光讲舀水，用吃饭碗也可以，一个人一碗一碗水，三四天还能舀碗坑里吗？就是慢点，慢工出巧将，快了没点样，想开想不开，不怕慢就怕站。"许妹说。

"将来谁来谁能发明创新个什么绞水机，抽水机，那该多好，往水里一放，自然而然，水往上跑去，也不用十人一组二人一班有泼水挖水的斗子什么的！"

柴梅说："放心吧！小姐美女姑娘们会有那吗一会？天上比水龙王还得劲，西天要水西天里去，东山里要水东西，南来北往的水跟赶集各有去处各有用处……"

"做梦找老公，穷喜欢眼前不解决问题咋办！现实比什么样子都重要？姑娘们谁也不想找个好老公，会玩会笑知痛知热知情知义的哟，哪里找？"

"怕什么？只要心眼好，功夫不怕有心人，早晚会感天感地感动鬼神！还怕不行吗？"玉花说。

"说一千道一万还要马队快，李队长早借了多少个八斗子！"

"留多用的，绳子也拴好了，只要两个人一组，每人右手左手一个在上面一个在下面，两个人面对面站好，站稳当，把胳膊一伸一送下水，注意，那条绳子拴在八斗口上，往起捞拽绳子先用劲一提，当然两个人同时用劲了，一八斗水就给拽上来了，看看就这么简单，就这么容易，少少用点劲就由上了，白玫和马维丽试一试，最好是左撇子，再一起用劲拽，双方都能用上劲，还不费劲轻轻松松的干起来！"

"是很方便的，一斗子总能装十来大碗水吧！一斗子一斗子总比一碗一碗的快十来倍吧！千班拽上来个几十来个，几个班倒换着干，干干停停人换换，人停八斗子不停，很快就能挖完水的。"

"不怕慢，就怕站会好的，哎！如果现在有一帮子坏蛋土匪多好，把它们全赶到水里去，慢慢地水自然而然满溢出来，就不用我们这些女孩子当误时辰甩来甩去拽啊拽的舀水了！"

"谁知道这些狗娘的坏种都死到哪里去了，不需要它反而出来干坏事，等想用它时，它像放屁一样的无影无踪了，死不完的坏蛋坏种们！咱们现在垒长城还不是为了挡住它们这坏儿子孙子在干坏事情，来欺负人抢人家的东西孬种养的儿子。"

"谁不说呢！看咱们这里是块好肉，不肥不瘦都来抢着吃，这次修长城好好治一治它们叫它们永远抢不成抢不走，饿死连子狗娘养的龟儿子孙子，这些老天爷也不长眼，睁开眼瞧瞧谁干坏事，谁缺德谁缺良心，好人有好报，恶人该有恶报呀！都淹死些驴僵马下的能龟儿子种！"

　　"人家都讲兔子还不吃窝边草呢！可这些人天生的，也是老天爷一样，专抢专霸去偷咱们的东西，这里往那里去讲去说，能老天爷一点一支持不主持公道，该治治它们，给它们一点苦吃，叫它们死无葬身之地，它们还这样狂这样坏，这样贼吗？"

　　"这些人天生的，也是老天爷叫它们这样祸害人的，不然老天爷就不惩罚它们了，反而有时还奖励它，送给它们一个好媳妇呀！又生个大胖小子，将来的大坏种！"

　　"这理往哪里去说，有些人家人老几辈都让人家抢啊！盗呀！三天两头不抢不盗，它们自己活着也不痛快，更不自在！真是天下之大！没有讲理的场所地方，谁叫它也是个人呢？人就是得吃饭，过好日子，而且是不劳而获，全靠人家养活它，它会算什么呀！知道你啥时候有啥东西，咋抢咋盗咋会事，人家知道得清清楚楚！一来就发大财，发大富，带着一帮子人，知道你怕死，就专门杀抢你砍你剁你，你的东西变成人家的东西！"

　　"哎！你们两个人好好干哪！看看八斗子的绳子纠绞到一块了，还能挖上水吗？当误事，千累万换一换人老干！白玫和小马你们换换干？我来拽它一阵子瞧瞧，能累的有多很，啥玩意吗？不就是左一下又一下吗？"

　　"谁说不好好干的，摆着游着荡着它就缠到一块儿了，是八斗子想歇着一下子了！"

　　孟姜女说："谁干累了，累了我来换换班啊！别不吱声呀！咱们人多一人一阵子！由着性子来干，千万不要让斗子闲着就行。"

　　"谁呀！咋加速！看不见人吗？啊！往人身上砸啥家伙！乖乖的，是个大家伙喜鹊，是谁射的箭！好好的喜鹊也给射死了，多可惜呀！箭法再准也不能往喜鹊身上射呀！喜鹊喜鹊听着名字多好听，非要把它射下来射死，下来也算了还搞死了，多残忍啊歹毒呀！这世上又少一个喜鹊报喜哟！麻结蚱子子想上帝上天保佑你的灵魂早些去天堂去幸福家园报平安吉祥啊！"

　　"啊！呀呀炎大队长孟姜女先生，你好造化，好神气，好时运！什么事都与你沾边，刚才我出来玩玩，看见天上飞着长尾巴的小鸟，我就来了一箭，该它倒霉偏偏从天上掉下来，谁都不碰不挨，偏偏就撞上你孟姜女大队长呢！这不叫有缘千里来相会吗？临死还要把喜信传，是不是偏巧找到你孟姜女呢！"皇上说。

　　"啊！是你秦大哥呀！命运不济呀！偏偏叫一个死过的喜鹊砸一下子，厉害倒是不厉害，总感觉不得劲，心里不是滋味，这死过的东西找到门上能有个好吗？应该活蹦乱跳，有生命的啥东西才安慰代以希望理想的结晶和愿望！偏偏是个死字多不吉利啊！真是的，不痛快不爽情浪漫。"

"什么呀！你还信这一套吗？这可是大大的好呀！你年轻不懂又是个女孩子，见里少听说的更少，时间一长没有不知道的道理和事情，多少，人大秦朝没有一个不想不认识我的，我一旦发点善心好心肠，那他就是一辈子好几辈子人的好处，但是倒霉的也多，首先得看我的心情怎么样，好事能变成坏事，有时干坏事也能变成好事，虽然今天这个死鸟，是我造成的悲剧，但也有一方面，化悲痛为力量，力转乾坤就能逢凶化吉，不然你怎么能听到我在这里啰唆呢！好吧！我说好他就好，而且还能好上加好，这可不是常人能办之的大事。哎！你们姑娘们在这里挖水很好玩嘛，让我也来试一试能不能把水舀上来，来来来美女们，好漂亮的女孩子呀！想不美女到处都是，我身边的混蛋们，这选美那选美的！孟姜女大队长选来选去把劣的孬的都选在黄宫里养着敬着她们，原来真还漂亮的美女都在炎大队长这里藏着呢！炎大队长准备在长城一修好，就开独家经营美女店美女行，仙女孩子让人任意来挑选她们去善良人家过一夫一妻的神仙的好生活，唉！美呀！真叫美女仙女成堆，姑娘把你手中的玩意让我来用一用，借给我体验体验快乐日子咋样啊！好玩谢谢啦！"姑娘们微笑着将绳子扣递给了皇上，皇上开始学着姑娘们的样子，两条胳膊甩收着将八斗罐在水中，再拉起来，一斗子满满地就给拉上来了，右脚前半步，左脚再后一点点，双手拉绳子扣，满满一斗子水从沟里提上来到岸上，右手一拉绳子扣八斗子中的水全部一点不剩的倒出来顺槽沟往外淌流去！就这样一下一下地拉拽提上倒下，一条沟渠满满水往前淌走，皇上笑着感到好玩有意思，心里不知道是咋想的，把眼睛盯着孟姜女看，嘴里不停地说："一下一下一下，美女舞动彩霞，水流向前冲！"

姑娘梦唱十佳："哎呀！哎呀！永世长城山崖。"《如梦令》

"好玩有趣有道理，这就是劳动的乐趣，智慧的结晶体现！你有你的老主意，我有我的老主意，不怕你有水，就怕不努力，你我拽拉扯，管你个老天爷不能阻挡人们想做的买卖！今天斗败你龙王爷，明天还能治住土地大老爷，这就是精灵的人生，主宰一切的未来，哎咳咳哟哟外！"

"男人女人齐奋起，团结一心智无边。大秦王朝独居处，歌舞盛世情爱恋。
缘分第一你我佳，月下老人银河看。阴曹地府转一遭，快乐人生靓姬来。
你也美来我更俊，天下财权最理凯。鬼也争魔怪压啥，玉黄庭天飞虹彩。"

"来来！炎大队长咱们换换位置咋样？我站在北面，老是右手使不上劲，我现在到你南面再拽拉一会儿，感觉感觉人生潇洒劳动的快活风味，我一辈子就差好好劳动这一档子事呀！今天得好好体验体验劳动光荣劳动至上，劳动改造一切的动力，劳动能让世上变的千奇百怪的人向往的美景仙地，但是大多数人还认为劳动低下，长城就要在劳动者手中变成神采形象多姿的巨龙，谁能说这劳动不好，劳动有罪，不劳动吃个屁，什么也没有，只有劳动才能养活自己。"

"我们不太懂，只知道干活得吃饭，看不见隐形的话外音，秦大哥哥你累了没有，该换换班了，其他人也可以干干，干活不是评一时半会儿的冲动，是靠天长地久的坚持慢慢练就行了，一次干伤了身子骨，下次就不想再干了！哎！你们几个美女换换秦大哥。让大哥休息休息，在干得劲些！是不是啊！"孟姜女说。

"好吧！听你大队长的安排，人吗！就要随大溜，随风俗习惯吗！才是有道理。唉！要不修长城，在里边养养鱼也不错呀！大鱼养不了，搞些小鱼养养，吃不上鱼肉，做点鱼汤吃不是更好，更风采更幽默风趣呢！"皇上说。

"大哥好逗人呀！鱼肉不吃吃鱼刺，刺不扎嘴都是鱼骨头，有什么好吃的，还显得你秦大哥惦记想着风味的鱼刺呀！倒板掉狗都不吃不闻！"

"看看炎大先生外行了，我这里的鱼翅是在大海中飞跑游动的翅膀，像小鸟一样的动力翅膀，可不是民间吃鱼剩下来鱼刺，扎算的骨头是两码事，风马牛不相及的买卖懂吗？大队长美女姑娘们听说没听说过呀？"皇上说。

"谁知道是音同字不同的字哟！我只当作是吃过的剩鱼刺，还很有讲究，有误区不小心，就让你秦大哥给绕进这水坑里了，还差点搞几口水喝，大人物大生意，场上的风云人物啊！我模糊地记得，在云雾镇饭庄上吃过一回鱼翅是的！当时喝点酒记不太清了。"

"什么是大人物呀！只不过我是得天独厚，坐享其成罢了，就这是命运，不相信也不行，巧合与巧遇都是巧到一块了，要是让那些看你不顺眼的人讲，深谋远虑藏奸隐诈等不堪入耳的淫妇荡威，骄奢淫逸所造成的局势，这样明里暗箭疯狂胡说八道的文字所谓的文明艺术，只有鬼知道阎王爷都不能与许所谓的文人文化人的中场和恶毒攻击，也要派小鬼小判去勾它魂抽它的筋烧书算什么，应该这些人一个个抓起来该杀头的砍头，该下油锅的炸一炸，该死的用刀刮一刮，胡说八道无理歪曲含沙射影的应该割舌头，挖眼珠子，这叫以毒治毒，以暴制暴，也不知马王爷有几只眼，敢在万岁头上动土，郎屎克啷滚驴粪蛋找死吧！有本事胡咧咧咱就有本事治你，总不成在这个世上正不压邪，还叫歪风邪气占上风不成，连叫喊冤也白搭，万年千年谁也不能把你给救活，在把它的魂丢在你身上，重新出笼造谣声势，有好多混蛋诽谤到我的头上来了，把别人当傻瓜，好吧！我就算是个大傻瓜，你们是甜瓜，大家是喜欢吃甜瓜，还是喜欢吃傻瓜，你甜你光棍你有本事，那么好吧！咱们就专门摘你这个甜瓜吃吧！把你生吃更咽到肚里，你就完蛋了吧！看你还能还有样没有？都不存在了，你还有本事吗？痴人谈天穷开心！"皇上说。

"秦大哥，你说的道理太深，比喻恰到好处，就是摸不着头脑，听了似懂非懂，秦大哥，你心里装满了苦恼和伤感，不然不会随时随地就能联想到切齿之恨的。"

"是啊！只有知我心者，才能体现出同情同感的感悟呀！动不动就说我焚书坑儒，坑文化人，他们就不想想这些所谓的文化人，都是来攻击我秦始皇的，毒草暗箭利刀快刀长枪，恨不能将筷子个个也削成竹竿子钉在我身上，他们还不快活不太满意呢！所以我就来个以毒攻毒，短痛也好快刀斩乱麻，一了百了看你还能怎么办，没劲了吧！乖乖的接受历史的审判，错的永远都是错的，除非混蛋小丑替你翻案鸣不平，晚八百辈子万年轻的事了！但我啥时候想到此事都有气，能不说，统一文字历法，统一记载史料等等多了，好的大方向他不讲，专找鸡毛蒜皮的小事情，自鸣得意，像是一条救命的稻草是不结实的，经不起风吹雨打，太阳晒小命就完蛋了的小肚鸡肠的亮达之躯的蚂蚁行为，还有那个崇信候净玩权术，这一切都与他有关，没有他也就没有这一切的谣言诽谤胡作非为，现在又突然想起这档子事来了，也都便宜了他，最后只判了个流放深山，管他死活顺其自然。还有一事，孟姜女你过来一点，听我小声说给你听听，自从那天你孟姜女提出遣退八百美女，七十二妃，我想来思去，应该留给平阳太黄太后，让她们去哄她玩，逗她老人家取乐，不然她一个人也太寂寞了，多去些人一天想一个法子让她老人家开心开心。人多热闹排除老年人的孤独寂寞感，这样心情要好得多得多，人心都是肉长的，她毕竟是有功劳的人物，更何况我们华夏大民族都感恩戴德的孝顺，遗传尊老爱幼的好品德，当然还有一个前提，就是愿走的走，愿留的留下来，事情就这样，留下让她们陪老人家颐养天年罢！"

"也行，是个好主意，善第之行，人吗，哪有那么好的完人，都有一点缺点短处的，该睁一只眼闭一只眼的就算了，只要善字第一就够了！"

"好了，你孟姜女同意的，这一档子事就过去，不纠缠了！"皇上说。

"你也太小心眼了，我纠缠什么，跟谁纠缠了，你的事情你办好，其他人凭什么要纠缠？男子汉大丈夫，不要听风就是雨，他们想说什么去叫他们讲去，光讲光说有什么，还用纸上谈兵穷说瞎讲害人害已没有一点好处，让他们自由去说吧！最后吃不上饭，过不好日子，还得好好干，光讲地里不长小麦，光说锅里蒸不出白面馍，还得脚踏实地地去干才行。主宰是听了方方面面的意见后，才能统一的集中起来，去劣存优吗，淘汰不好的所为风气，才优化好的传统……好好不讲这些无关紧要的事了，也不该我们这些人来想这些问题。咱们现在最主要的是早些把长城给修筑好，让全天下的老百姓知道享受太平盛世的好处，让百姓安居乐业才是我们的最终目标。不然就是吹牛皮！看水坑水中有个什么在游泳，好快呀！头扬着一条线的往前去，好玩不好玩呀！？看呐？"

"早就看见了，谁知道是个啥东西走着头，也淹不死它，划水的速度还怪快哩！一点点的动物就能怎么样有本事，从哪北头过来吗？它也不闲累一个劲地游，真是不简单。"

"你不知道在我们南方，一到夏天太阳一晒，大水塘就翻塘翻坑，大概是坑里的水被晒热透了，大鱼小鱼受不了热，把头翘起来露出水面，凉快些，游过来游过去的，要逮多少鱼吧，只要你爱吃，一会儿就能抓到好多大鱼。拿回家准能改善几天生活，可好玩啦！浑身全是水在水里打水仗，用手掌往前拍去，可以打出去，好远好远，两个人在水里玩，趁他不注意，猛一拍水，满脸满头都是水，比下大雨还有味道在水底下气猛子,也叫潜水你会不会玩？"孟姜女说。

"没有玩过，我们小时候刚记事，就在皇宫里，大院子里玩，好些个小孩子，大的小的都听我指挥，叫他们干什么，他们立即干什么？不然大人们就会呼三叫四的不愿意，谁敢不听，轻者打一顿、罚一顿饭不给吃，重者就是被撵出宫去，大小孩子当马骑，小小孩子当坏蛋，不当就扇耳光一顿打，揪耳朵，反正他们都得听话，不听不行，叫老妈子狠劲打，后来打院子里的小鸟，用弹弓，打不住小鸟，打小孩子的头，在哭在打，一直到它不哭为止，练习射箭！练习飞标！飞刀能玩的都玩过，在水里大人不让玩，衣裳湿了穿着不得劲，所以一般情况下是不挨水的，从来也不下水玩。"皇上说。

"如果现在让你下水你下去不下去呢？"孟姜女说。

"你是孟姜女叫我下，我就下去，其他人不行，他叫我下我也不会理他，他凭什么叫怎样，只有我叫他去怎么还差不多！我是皇帝谁敢叫我，惹我，除非他不想活了，他有什么资格叫我，又有什么权利叫我呢！我有二十万快速高效的军队，这就是我的行为资本，走到哪里谁敢小视，咋着的主要原因，只有你孟姜女，谁也不敢动你，咋着你，是因为我喜欢你，爱着你，谁敢提意见跟我来讲道理，除非他瞎了狗眼，眼睛长在屁股上装到裤子里了，这就是至高无上的权利所在，明白不？天该你孟姜女造实世，刚好我号召全朝修长城，你孟姜女也趁热打铁也趁势走了，一条人生的靓艳的光明路，当地县令，府伊、道台都想支持你，这就是你的好时运，假如没有人支持你，你现在还在老家呢，谁会认识你孟姜女呢！你就是一朵香艳袭人的宝石花，无论什么花，咱们互相都不认识！也永远不会相见，更没有缘分让我来爱你，欣赏你的美！真是：千里有花香，万里有知音，没有想到我们一见面，就有说不完的话，无论大事小事都能讲到一块来！哎！快来救我啊！孟姜女来救我！"皇上说。

一句话没有说完就听"咚"的一声，人掉到水里去了，原来人说话忘了，脚一边蹄一边踹土疙瘩，土疙瘩被弄水里去了，屁股下的土块也往前滑去，滑动的惯性把人给滚到水里去了，只有人在水里一露头，往上一串串地大口吐着水喘气，又沉在水里，不会游泳的两条胳膊在水里猛一拍一拍，这样来二三次，孟姜女给吓傻了，半天才跳到水里去划游着。等秦始皇一露头上前把他给拉住，他的手用劲往自己胸前拽，这是天生的求救欲望，抓住什么东西死不丢手放开的，两只手乱抓乱拽谁也没有办法稳住自己，他死死地抱住孟姜女，孟姜女也感觉到水里力不从心，胸前又被皇上死死在水中抱紧，首先感到呼吸困难特别费劲，两个人一同还在下沉，两个人又淹没在水下，好半天不到水底，才感到底孟姜女才猛地一蹬两个人同时蹿上来，半天才露出水面，皇上大口喘着气，孟姜女还没有来得及换口气，二人又往下沉去。姑娘们都站在岸上看着急成一团，一时也没想到办法来，都在紧张地傻看着两人一上一下地挣扎。

"快跳下去救人！快呀！"一声喊，有几个女孩子才想起来往水里跳去，常妹靓、谷小侠、水萍萍、孙莹莹还有其他的几个孟姜女也都跳到水里，但还是不行，沟壁直上直下好高，一丈八高，上面堆这么多翻上来的土层也好几天，总之水里还有好几尺深，孟姜女一直憋在水底，脑子发懵，两耳叽叽地叫，整个胸部已经膨胀到极点，就差爆炸了，皇上好不容易抓住上面放下的八斗绳子，被紧紧抱住的孟姜女这才露出头来喘口气，脸色苍白蜡黄，猛地摇了摇满头满脸的长发，伸手抓住八斗上的绳子。

"你吓死我了，我一看你掉下去水里，就跟着跳到水里来救你，你倒好，死死地抱住我不松手，我连挣扎的劲都没有，在等半秒钟非要憋死我不行，你真有劲，我怎么也挣不开你的怀抱，要是没人来！咱们两个最后都得被淹死，当然你也不是有意的死抱着我，而且人在死亡线上挣扎的关键本能意思，这样是死，不这样也要死的求生欲望！是不由自主的本能条件下自然而然的动作，所以人们在救助落水人前，首先要看好自己的位置，在落水者后面脑后，一定不能让他死命抓住抱住你，这样不但救不了他，连自己也会淹坏的。"孟姜女说。

"我又不会水，谁能想到会变成大鱼呢！突然一下子人们都吓傻吓呆了，不知怎么办才好，只有拼着命地舞动胳膊求生，没有一点的办法，上不来不得底，又喘不上来气，说完蛋不是一会儿工夫吗？一口气上不来的大问题。"皇上说。

"一口气喘不上来，就只有死亡一条道路了，生与死就是一眨眼的工夫，想想这比大刺客还厉害一百倍，人还可以防，可以挡一挡，躲一躲，今天要不是你孟姜女相救，我早就完蛋了。一口水也能把肺部呛炸，连救都救不活了，还不像装的满肚子的水，捞上来控一控把水倒完，人还可以活过来，下一次掉下去，一定要多喝些才好！不然非呛死了"皇上说。

"就这一次把人都吓死了，还下一次呢！永远永远没有下一次了皇上！"孟姜女说。

"抱住你怪得劲的，要是还能抱着你，别说一次，二次也行啊！"皇上说。

"要抱到上面抱，非在水里抱吗？要死不拉活，得劲鬼才知道得劲不得劲呢！"

"赶快上去，小心病了！"孟姜女说。

"不会有问题的，正好洗洗澡，好久没有洗澡了。"

"咋上去呀！用绳子拴在腰里，往上拉，很拽呀！上边人使劲拉，用劲啊！千万别在滑下来了，使劲！"孟姜女说。

孟姜女一手把着岸边上缝隙里，一只手推着皇上的屁股，推着身子，又推屁股往上使劲地推着！

"快！再用点劲姑娘们，拉绳子哟！拉住手架胳膊，哎哟嗨，上来了！大难不死必有后福。赶快解绳子，下边也有好几个姑娘呢！快把绳子放下来救她们。"皇上说。

"就是呀！得把绳子解下来啊！拴得好紧好紧的结怎么解呀！"姑娘们说。

"不紧不是怕又开了吗？慢慢解，没事的她们都会水比我大男子汉强一百倍，在水里我是大笨蛋，旱鸭子一个！这回洗洗澡真过瘾，看不出来这水不吭不哈的，怪可怕的，一只气喘不上来，就要憋坏人噢！啊啾！"一个喷嚏没打完又掉水里去了！"扑通"一声比个大石头掉下去还响呢，把水拍打的四撒飞起多高。怎么了又掉到水里去了，人可不是又掉到水里了吧！几个人还没有上来，又慌慌张张的去捞人。半天也不见人露出水面。这一次皇上有经验了，在歪倒水里前，先吸了一大口空气，憋在肚子里，人在水下又慢慢一点点地吐出来。两只胳膊干脆上下舞动乱拍水花乱蹦的水珠子！皇上回转子的姑娘女孩子孟姜女都屏住呼吸闭上眼睛，等他死拍水乱拍的水胡飞，又拉过绳子拴在腰里系紧后叫道："往上拉绳了，用劲拉呀！推着腰屁股往上推。上面的姑娘们使劲拉呀！上去了，下劲捞呀！哎呀！上去了，拽胳膊拉衣裳千万不要在掉下来了！上去了，往里边站站，千万不要再掉下来了！"

"再往前边走走，干安稳事，要是再掉下来，我们都成大大的笨蛋了。"

"要是我自己还往下蹦呢！"皇上开玩笑的跃跃欲试。

"拽住拉紧了别松手啊！姑娘们。"

"好好，谢谢，美女姑娘，你们都是大好人，这次累死我了，也别想再跳下去了，看看叫你们都把我围的严严实实的，怕我飞了不成吗？放心吧！这辈子也不可能再蹦下去了，孟姜女还在水里呢！赶快把她们几个给捞上来吧！别有啥毛病冻住咯，谢天谢地，谢美女，处处都是善良人，华夏大民族大家大团圆，一片笑声歌声的。"皇上说。

"孟姜女们都上来吧！咱们这衣裳湿也湿透了，也不好看了，还不如去城里买衣服逛大街呢！街上人多看都买点什么东西的。"

"有什么好逛的，看人咱们这更多，男男女女的，还怕你记不住名字哩，也叫不上来谁是谁！有什么好去逛的。"

"我才不需要把每个人都记住呢！只要她们认识我就行了，我是皇上，总不会是冒牌货吧！也不会有人敢假冒的其他人，只要大臣们认识我就够了，这好不容易几千里路来到这里，不到处走走看看，怎么知道一个大家老百姓的情况哩，衣饰是人的门面，吃饭的习惯也就是生活习惯可一样！是吃白面还是什么面，总得知道一点点吧！你们怕走路，咱们还骑马吧！上次说赛马还没来得及呢！马上功夫还都没有练呢！我怕时辰太长会忘记，所以要经常不断地骑一骑，最少是三天两头地练一下，这已经好几天没有骑马了，我是皇上是不能够忘掉骑马的，江山这么大，靠走路，坐大马车可费老鼻子劲了，我从京城到这里用了半个月的时间，骑马才来到这里看见你孟姜女，你看你一个大美女还要皇上亲自来找你，人家都是到大京城去选美，而你孟姜女是我皇上找到你，你成天条件提出一大堆，你还找不完这样那样的不沾，要怎么样都怎么样了，最后还听你孟姜女安排。唉，这是啥风俗习惯，早知道如此不如下一道圣旨，叫他们地方县府伊老老实实把你孟姜女送到家里床跟前呢！想怎么样就怎么样。哎哟！正月十五贴门神晚了半年啦！早八辈子晚透了，后悔呀！"皇上笑着说。

"天底下就是没有这后悔药，你皇上偏偏知道还要买后悔药，所以你明知故犯，有犯我孟姜女的戒律了，让我罚你一次捏着鼻子学猫叫！不然我不跟你一路去噢！来来！秦大哥捏鼻子学猫叫！"孟姜女笑着说。

"我不上当呢！你不去，我也不让你捏鼻子，不然我这以后怎么当皇上，管文武百官呀！你这不让我成了小丑了，学小狗汪汪叫，学小鸡叽叽叫！学老鸭子呱呱叫，这次够了吧！炎大队长，一下学了四样小动物叫！"皇上说。

"好，够了，是个听话的好皇上，应该奖励奖励，你说咱们上哪去就上哪去，好吧！"

"上哪去？容朕想想！"皇上说。

开开心心笑，男男女女乐，
世上多少事，情爱情趣多。

葫芦岛

　　"听说这里有个葫芦岛，葫芦岛上有小姐庙，小姐庙前有玲珑塔，这玲珑塔还是一对，左边一个，右边一个，连着个沟帮子，这沟帮子里烧鸡，这烧鸡从哪里来的？从喇嘛洞里出来个娘娘庙，小伙子转一圈小姐庙变成娘娘庙了，你千万千万不要犯错，这都是地名，这讲了一大串子了，这马匹还没有牵来！这个只会吃饭啥也办不了的二星快把马备来！不然我要发火了，今天咱们小姐庙就不去了！太远，她离燕菜台子近！沟帮子也不能去，它离青堆子大虎山近，挨着羊圈子近，望海山都近，要不咱们王家店凭驴房子，喇嘛洞，沟门人金杖子，大平沟玲珑塔，娘娘庙后经过钢门子到葫芦岛。"皇上说。

　　"马来了，皇上！还需要什么？"二星说。

　　"箭呀！长枪！大刀！匕首什么的，从现在开始孟姜女不许叫我皇上二字，谁叫砍谁的头，还是叫我秦大哥，明白不？为了安全，老百姓没事的，就怕老百姓中刚巧有坏人，听见皇上来了，第二个荆轲不要命地又来了，别找麻烦！老百姓一口俗话讲：人怕出名，猪怕壮吗？咱们现在可不是人过留名，雁过留声的时辰，该有秘密时就让它有秘密，该叫大家都知道呀！才能叫他们都知道。咱们现在马上就要去边陲了，千万不能大意了，因小失大可不划算。因拣一粒芝麻丢了一个大西瓜，都一样没有用的大笨蛋玩意。前一段时辰有个叫徐福在大海边上老家！上有父徐先羿，他有三个弟兄：徐田老大，徐福老二，徐山在我们这里是个五万快速骑兵大队里的大将军，他二哥徐福上奏一本，说东海蓬莱有长生不老药？马来了，咱们骑上马慢慢走慢慢讲：孟姜女咱们是先去秃驴房还是先去绥中，兴屯到葫芦岛，这屯子在海边，多出一个地方像葫芦一样伸出去到大海，大头连接大陆地，小头圆圈在海水中冲刷变成葫芦把子一样，人们给他起名叫：葫芦岛！离兴屯很近的二十多里路，骑马一会就到！"皇上说。

　　"走海边，你秦大哥千万不要再到大海里去洗澡了！再跳下去我孟姜女发誓再不救你了，你看衣裳湿透透的穿着多难受，沾着身子拧呲着！一阵不风过来凉飕飕的！"孟姜女说。

"骑在马上大风一吹就干透了，还怕到地方不买衣裳吗？只要人家有卖有好看的管它是红的、花的还是绿的，只要好看都买回来！你不喜欢穿都给你部下的美女美人队长们穿！谁不喜欢新衣裳吗？那才是傻瓜呢！我秦始皇这占血还是要放的，就怕你不喜欢！我算是没有门了，更何况女孩子们都是来修长城的，啥是吃点穿点的消费！"皇上说。

"没有门，那就扒窗户，来去方便快美妙……"孟姜女说。

"刚才我跟你讲了一点，这个徐福脑子很好转，好使，好灵光！我也承认他很聪明，灵光，也有胆量，跟我直接说：'皇上不知，东海蓬莱仙阁楼岛长有长生不老药，无论你年龄大小，只要吃下去，就永远长生不老，年轻人吃下去，就永远年轻，老年人吃下去永远是老年人的状态，也变不年轻，但是不会继续老下去，小孩子吃下去，千年万年永远就是小孩子一样，男孩子是男孩子，女孩子是女孩子样子，我想既然是长生不老药，就让他早点去找回来早吃了，早吃不是更年轻些吗？省得老的一把白胡子老头再吃，咋能变年轻人啊！让他去找，他讲：需金子银子在路上吃住做车等等开支消费，还要派人拉回来等事宜，给钱再给百十个人呀！百十两黄金银子，钱呀！他走了，这一走，一年多又转回来了！报告皇上万岁！皇上吉祥！皇上安好！皇上人家蓬莱仙境地方需要童男童女掌握种植培养长生不老药，才更灵验！我一听不是什么大问题大难题！咱们华夏大民族就是人多，别说区区六千小孩子，就是六万，六十万，六百万，六千万也不成问题呀！我就答应他，又给了他好多金银财宝呀！造大船拉这些人吃的，穿的粮食布匹，马匹，牛羊猪鸡什么猫狗都带上去了，等等好东西，心想能给人家受贿的就设法受贿，该贿赂的去贿赂，空口无凭去抢人家的东西又行！能换就去换！能用金子银子去买回来，反正是他办好成功回来！能长生不老不死不是更好吗？不用心痛金银财宝！只有不死的有的是金子银子只要能长生不死不是更好吗？谁知道他这一走好几年了，也没有信息，更没有消息，也没有什么反应！不是让大海里的海龙抢去了，就是掉到大海里船沉什么都不见了，要不就是他换上长生不老药，自己偷偷地吃下去不敢回来了！一点消息也没有！哎！只可惜了几大车金子银子宝贝钱财呀！光装在船上就是好几条船呢！男男女女有万把人！有冲船的，有做饭供这六千小孩子吃饭的人，乘船的布匹，十年二十年也穿不烂的衣裳呀！该不会是个头号大骗子，把东西全部骗走后在哪个小岛上、大山上过起好日子吧！十年二十年后，大部队也有了，大美女也有了，成群成趟成路子都是吃香喝辣的！花不完用不尽的金银钱财宝贝也能用几辈子人也！想想我也太大意了，不该让他带走那么多的金子银子，宝贝钱财，也不知道他们躲哪里过上神仙般的好日子，有人侍候，更有用有完的美女，真是要啥就有啥！粮食多的吃不完，等十年后童男子都是二三十岁的壮年人了，姑娘十年后都成了几个孩子的娘了！悔过呀！后悔啊！人心隔肚皮！骗子难防，防不胜防，现在要不是考虑到以后，他父亲徐先羿还有两个儿子！只要我一声令下，什么将军，什么大夫的，统统完蛋！早晚跑不掉这档子事！骑马看光阴走着瞧呀！驾驾驾……"

"我孟姜女也有一段小故事呢？你还没听讲，我孟姜女的名字来历，炎家和黄家是左右邻居，这一年炎家老爹栽安的一棵葫芦，葫芦秧藤子特别旺盛，一年下来结了好多大葫芦，有一个藤秧长着长着就经过院墙到了黄家院中，黄家的院里有一个大水缸靠着墙根放在那里，天上下雨下了一大缸水，这个葫芦偷偷地跑到大水缸中喝水，慢慢地结下一个大葫芦后，就跟炎老爹说：'你家种的葫芦在我家院里结了一个特别大的葫芦，你把它摘了吃了吧！'炎老爹说：'大葫芦结在你家院中，你黄老爹就摘了吃了吧！'两家人你让过来他让过来去的，最后黄老爹把大葫芦从水缸里抱出来，放在大门口，叫炎老爹抱回去吃了算了，炎老爹一看这么大的一个大葫芦有五六十斤，谁家也吃不完一个大葫芦呀，就说：'咱们两家各分一半，谁也不吃亏！谁也不占便宜，炎老爹说着说着手起刀落，一刀劈开大葫芦，里面一下子跳出来个小女孩，又蹦又跳又唱的！一会儿叫炎老爹，一会儿叫黄老爹！活蹦乱跳还会唱歌，又讨人喜欢，两家都想要这个孩子，两家商量来商量去，反正是个女孩子，将来谁家也养不长，早晚长大要出嫁找人家，干脆叫小女孩她自己愿意在谁家，她就在谁家好了！起个名字叫孟姜女，又姓炎又姓黄女孩子！就这样一直慢慢长大，上学唱歌，后来慢慢地知道社稷王朝修长城，就起来号召女孩自觉自愿来修长城了！驾驾驾……"孟姜女说。

孟姜女，你的生身故事还挺有意思的，原来你是一个葫芦娃呀！怪不得第一次咱们见面的那天晚上我挨着个闻一闻，再闻都有一股子清香的瓜果味，清纯简单的洁净美好，无论你怎么样都特别有吸引力，更有女孩的阳光靓媚的动力，所以我一见到你就吻你的美好绚鲜百看不烦不腻不讨厌，不做作，咋看都美好舒馨动人，牵动人心的魅力之魂魄，总之说来说去比那些千挑万选出来的美女美人好百倍！不知道是怎么回事，那些挑拣出来的美女美人，乍一看怪美怪好，等细细般此般此结果都不一样了，装美假美做作的人为的美，不是没有天然力的美！而且语言更不美，听着就让人恶心厌烦讨厌作呕想吐！不是东西就是钱权交谊！富贵金银财宝！俗厌烦耐无比！没有一个想着建设什么！带动建造个什么！人们应该追求的是什么，一点价值都没有，庸俗至极透顶！长得像枝鲜花，可放出来的却是俗恶无比的腐朽恶臭气！所以怎么能让我来喜欢这样的美女美人呢？看着心里就来气！天生的朽木味！这三十多年来，从来没有像现在这样开心过，像这样快活过！别说她们骑马打仗了，连别人牵着马，自己都害怕！能骑马打仗吗？坐在那里除了洗脸抹粉化妆，从来也没有自己干过什么事情，一弄大惊小怪一惊一乍的哭鼻子外，什么也不会干，更不想去干！这样的一个人要她有什么用？除非制造垃圾外，别无他用，残废废品人，这男人和女人大不一样！在我大秦王朝中有这样一个人，最后我封他为宰相，比我还小两岁呢！在我十二岁刚继承皇位不久，有一个老宰相，在表面上根本看不起我这个小皇帝，他和宦官纠缠在一起，他看不起我，我当时年龄小，更没有经验，但是我知道我的权力很大，是谁也撼动不了的权力！这一天早朝时，他又姗姗来迟，还没有问他因为什么呢他就说是他家的老公鸡变成老母鸡了，该打鸣的时候它不打鸣！不该打鸣的时候它去下蛋！我来个顺水推舟："明天你不用早朝了，看着叫你家的老公鸡下蛋，拿来给朕瞧瞧是不是老公鸡蛋？"他就这样一连一个多月也不敢来上朝。有一天我兴致极好，叫人去叫他把老公鸡蛋拿来，三天拿不下来砍头，老小子在家急得团团转，一脸的愁容苦相，他孙子看见后，就问他爷爷因为啥忧愁成这个样子，老家伙知道快死了，就一五一十原原本本的把事情讲出来给他孙子和全家人听！孙子听完后说："爷爷不用怕，明天我去找当今皇上说说去！保证没有事！"他爷爷听后气愤地说："一个屁大点的孩子，净说些不中听的能话，皇上能听你的呀！""皇上肯定能听的，因为他是个孩子，我也是小孩子，也喜欢的小孩子在一起玩，肯定能叫他免你死罪的。"就这样第二天十二岁的小孩子穿着大人衣服的来早朝了，礼完以后我就问："有一个小孩子冒充大人大官来早朝，逮住他，看看他是谁，这么大胆能在文武百官中假冒？下边站着个小孩子，你是干什么的？为何敢在这里冒充大官大宰相，是何道理快快说来！""禀告皇上，皇上万岁，皇上万万岁，小人并不是假冒伪劣的官员，我姓甘名罗，我叫甘罗，现年十二岁，我爷爷是送甘宰相几朝元老侍奉几位皇上，为本朝大秦立下数不清数不完的大功劳，消灭缪毐也亲自上阵拼杀，对吕不韦也曾力敌多次！""你小小年纪为什么今天敢穿大秦王朝宰相的官服上早朝呢？"

"皇上圣明！报告皇上，我爷爷甘宰相现在正在家中卧床不起正在下蛋呢！故不能亲自来朝面见皇上，恐怕不尊，有损圣上颜面，特叫小甘罗来禀报皇上知道，还请圣上开恩！圣上皇恩浩荡！"

"你爷爷会在家下蛋？奇了怪了！哪会有人下蛋的？"

"禀报皇上！是皇上要我爷爷在家下蛋的！所以我爷爷天天在家坐在被窝里等着下蛋！"

"我当时说的是气话！说的是开玩笑的话！"

"皇上金口玉言，一句顶一万句！所以我爷爷只好尊重皇上，听皇上的，只有在床上等着下蛋了！"

"好了到此结束！哪有人会下蛋的！"

"皇上万岁！皇上万万岁！圣上圣明远大！给皇上叩头！皇恩浩荡如海！"

还有一回，吕不韦为了夺取赵国的河间一带的地盘，曾经派人去燕国联系，三年以后，燕王派太子丹来秦国做人质，吕不韦就打发张唐到燕国去做丞相，张唐不愿意去燕国，就推辞说从秦国到燕国去，必须经过赵国，臣下过去领兵攻打赵国，赵王一直怀恨在心，并且还亲自下令谁能拿住张唐，就赏给谁一百里土地，臣下怎么敢在赵国路过呀？吕有韦回到相府满脸怒气，很不高兴，一个年仅十二岁叫甘罗的小家臣，看到吕不韦这般模样问道："今日丞相为什么这么不高兴啊？"吕不韦忧愁地说道："你不知道，我想联合燕国攻击赵国河间一带，现在燕国太子丹已经到秦国做人质了，我打算派张唐到燕国去做丞相，可张唐说什么也不去……"甘罗灵机一动说："我有办法让他到燕国去。"

吕不韦见他这么一个孩子家竟然口出狂言，不由得斥责起来说："别胡说八道，我亲口对他，他不肯去，你怎么能叫他去呢？"

甘罗见吕不韦这么瞧不起小孩子儿，便同他争论起来说："从前，人家相囊在七岁的时候就当过孔子的老师，我如今比项囊大多了，行不行的丞相可以让我去试一试嘛！"吕不韦见甘罗说的认真，不由得哈哈大笑起来。不在意地说："好！好！那你去试一试吧！"

甘罗果然去见张唐，他开口就问张唐："你说是你的功劳大呀还是武安君的功劳大？"张唐说："武安君战无不胜，攻无不克，为秦国打下来的城邑简直多得数不清，我的功劳怎么能和武安君相比呢！"

甘罗又问道："你说当初应候在秦国的权势大呀！还是现在文信侯的权势大呀！"

张唐说："当然是现在文信侯在秦国的权势大。"

这时候甘罗才把话题引入正题对张唐说："当初应候要攻打赵国，武安君不同意去，结果又怎么样呢？应候只在照王说了几句话，就逼的武安君在咸阳城外自杀了！如今，文信侯亲自请你到燕国去做丞相，你还不肯去，那真不知道你将死在什么地方啊？"随后，张唐马上吩咐家臣准备车马盘缠，打算趁早出发！吕不韦没想到这小孩子还算真的给办了件大事，着实将甘罗夸奖了一番，甘罗又给吕不韦提了一条建议说："张唐既然答应到燕国去了，那么请丞相准备五辆车，让我去赵国一趟吧！不是向丞相说大话，我有办法说服赵王，让他把河间地方的五座城割给秦国。"这一回，吕不韦却没有打折扣，马上拨给甘罗五辆大车，派他去出使赵国，不久甘罗就到了赵国的都城邯郸。赵王接见秦国的使臣的时候，却发现是来了一个小孩子，就惊奇地问："小先生光临有何见教？"

甘罗大模大样地对赵王说："不知大王听说了没有？燕国的太子丹已经到了秦国做人质去了。"

赵王说："听说了！"

甘罗又问："大王还听张唐要到燕国去做丞相的事吗？"

赵王说："也听说了！"甘罗继续说道："我想告诉大王，太子丹到秦国做人质，说明燕国要和秦国友好，张唐要到燕国做人质，说明秦国和燕国彼此信任，秦国和燕国要联合起来攻打赵国的话，那你大王的国家可就太危险了！依我说，大王倒不如先把河间的地方的五城割给秦国，同秦国联合起来攻打燕国。如今，大王虽说是损失了五座城，到时候说不定能多捞回来几座呢！"赵王本来就害怕秦国，听甘罗这么一说，当真就把河间地方的五座城割给了秦国，同秦订立了盟约。后来，太子丹听到这个消息，便逃回了燕国，秦王便以此为借口，同赵联合起来攻打燕国，一下子夺取上谷平谷地的三十六座城，秦国只要了十一座城，剩下的就划入了赵国的地盘，绕来绕去最后连整个赵国的国土都是秦国的了！"驾驾驾……"

"皇上跟前的大能人多，无论是大人孩子都聪明过人，胆量也着实可嘉！驾驾驾！前面可真到了葫芦岛了，不知是集还是街呢！怪有意思的几百里路远还有同名的地方呢！"

"是啊！葫芦娃！这里是葫芦岛，葫芦岛该不会让葫芦娃有什么新的见识吧！见解和创新吧？美女姑娘！该不会是回你梦中的家乡地界了哟！有缘千里来相会，无缘对面不相识呀！"皇上说。

"是呀！听着怪亲切有情有义的！但知道能真有缘哩！这里的房屋造型样式还都满不错的，也不知道怎么样呢？"孟姜女说。

"感觉好就行！人都跟着感觉走，感觉好，好事一定多和巧呢！该不会几千里路外还有有缘人呢？听天由命吧！缘分可是月下老人提前拴好的……"皇上说。

"秦大哥哥，你瞎说什么呀！这里离开长城也几百里地方了，谁能会认识我们在这里是干吗的？"

"无巧不成书，巧能唱戏写故事怕什么呀！好事成双！好事多多，好……"

"炎大队长！大美女你好呀！你们怎么走到这里来了，好久不见还好吧？啊！你忘了，咱们还在一起吃了几顿饭！云雾饭庄，我和乔镇长是结拜兄弟！今年三十岁，想起来了吧？"刘镇长说。

"你是刘镇长！乔镇长的小弟是吧？我来给你介绍下，这位是秦大哥，做生意的，大生意，骡马牛驴什么的大生意！今天来这里瞧瞧看看有合适的买回去一些来！你镇长怎么也到这里来了？有事有亲戚看朋友？"

"不瞒你说炎大队长，也想赚几个小钱来收买几块皮货生意！"刘镇长说。

"哎哟！你不早点说！前一段时间来，那马匹几仗下来死多少！皮子都谁管着，我估计现在还没有卖，等你有空去看看怎么样？你要是能赚钱呢也好，总比放时间长了坏掉了好，你在这里收了多少张皮子哪？"

"马马虎虎也不多，我来这里才两天，光在市场上走走看看瞧瞧，望望！还没有架事收呢！老熟人老朋友你们也刚到！今天还走不走了？住一天玩玩到处走走看看需要什么东西买啥吭一声，我还没有给你花过一分一文钱的买卖呢！见面差点就忘了，今天又见到真是难得的机会，缘分啊！太巧了！无巧不成书啊！"刘镇长说。

"走好了！人多起来了，还是个大街道呢！不劣不劣好久没有在街上走走看看行情了，炎大队长咱们看看有合适的上等衣裳挑几件，换换身上的脏衣裳！"皇上说。

"秦大哥想买衣裳布料啊？走走往前走走！这里的衣料不太好，前面有上等的丝绸夹布，你们刚到这里，还没有吃饭吧？走这么远的路也该饿了，要不先吃点东西垫巴垫巴！怎么样？"刘镇长说。

"都有什么好吃的？做得好吃不好吃？味道怎么样？"孟姜女说。

"还可以吧！豆腐脑、馄饨、饺子、油条、油香、麻团、锅巴、糍粑、年糕、小笼包子、狗不理包子、烧卖、糖葫芦！"刘镇长说。

"糖葫芦，来几串尝尝好吃不好吃？"孟姜女说。

"糖葫芦，正宗糖葫芦啊！又甜又大又好又酥又脆的糖葫芦哎！谁要糖葫芦？谁吃谁吭声哎！唐山糖葫芦，华夏正宗糖葫芦呀！"

"卖糖葫芦的！我们一人一串八大串！"刘镇长说。

"好来！好吃好看好甜好脆啊！拿好了，唐山正宗糖葫芦！葫芦岛的糖葫芦啊！不吃白不吃，不吃白不吃呀！吃了也不能白吃呀……"

"味道不错！吃起来甜甜酸酸的！真不错！"孟姜女说。

"葡萄干！又大又香又甜的葡萄干！谁买了？可口清香甜甜的大葡萄干！大瓜子！羊肉串串吃起来！姑娘们来吃羊肉串了，又香不腻辣乎乎的羊肉串串吃起来！"

"你卖的葡萄干称上几斤，我们人多来上一大包，大瓜子也称一大包，每人来上十个羊肉串串，八十个羊肉串串吃姑娘们都来尝尝好吃不好吃？"

"葡萄干一大包，大瓜子一大包，每人来上十个羊肉串串，羊肉串烤好没有？快快用扇子扇扇火快点烤好好吃也！"

"姑娘们，秦大哥哥，包好了葡萄干，这一大包瓜子！女孩子包好了，羊肉串串烤好了没有？快再扇扇火闻着好香也！"刘镇长说。

"不用急年轻人，一边烤一边撒作料才好吃，味道才美呢！才香才有嚼头！羊肉串来拿好了！一人十个啊！来拿好了，一边走一边吃着一边看着买东西！拿好了！钱刚刚好！不用找了，走好了年轻人！这些姑娘美女真标志！一个个跟亲姐妹一样的双胞胎！真漂亮真靓艳！世上少见的大美女大美人啊！看着让人都眼馋流口水！我一个老婆子都看着美！好艳！要是男人老爷们你们还不得把眼珠子瞪掉才怪呢！真是少见的大美人大美女！靓艳姑娘，美仙女哎！哟哟也你们准备上哪里去啊？"

"哪里都不去，就在这里做点生意，玩玩，逛逛大街……"

"想玩我可以告诉你们到哪里去玩最好，最有意思，也有玩头，从这里出去往南一直走到头，见路不要拐弯，就会到了大海边！到葫芦坝子上去玩！海里什么都可以看见！海鲤、海豹、海豚、海猪、海象、海狮、大鲨鱼、大鲸鱼、海龟……海水洗澡更方便，还可以赛马、划船，很好很好玩的，这里大部分人家夫妻男女没事就去那里散散步，玩玩海水，打打球呀什么的买卖也多，大部分是年轻人好玩好光棍的人都去那里，你们没事也去跑跑玩玩逛逛嘛！我看你们像是没事的人，而且特别富有，高兴怎么就怎么样的人，自由自在去吧去吧！"老太太指点着说大。

"哎，好好，谢谢了！"皇上说。

"不客气！"

"走啊！刘镇长，炎大队长！咱们去看看怕什么呀？城南一会儿到了，还怕时间来不及吗？今天不够还有明天哩！咱们有的是时间，只要不死就是时间多！"皇上说。

孟姜女说："走吧！刘镇长你买卖怎么样？不会不赚钱吧？早一天晚一天会影响赚钱不？"

"那倒不至于，好不容易碰上你孟姜女大队长，再多的钱也不去要了，迟早钱还能飞了不成，早晚金银还不往咱家里淌啊！走，大队长，见到美女腿肚子发软，这位秦大哥也不是一般的人哦！炎大队长能舍时间陪同的人，最起码都是将军以上的人选，以我愚蠢的看法，这个秦大哥可不是做生意的人，做生意的人不是先贪玩，而是先看货，最后拿着劲的压价才开始依玩为借口！这位仁兄以玩为主，又是大美女大领导的炎大队长一起陪同，身份是何等的重要高层中的高层次！哎！队长，不瞒你说，我一个小镇长一年也挣不了几个钱，而且门市又特别的大，南来北往的官，都想伸手要拿几个，大小事开支用度，都是小心着，还超支超标超费，存钱本来不易，要想找个像样的老婆媳妇都不太容易，穷对搭的女人到处都是，心里又过意不去，所以一直也没有成个家，在咱们这有一个不成文的规定：三十而立。三十岁是立世讲效益的时候，无论干哪个行当，哪个职业要自立门户，三十不立，四十不富，五十岁受苦，六十岁完蛋，就是没有时间给你再有什么奋斗的争取的机会了，身体素质也开始老迈退化，精神面貌也成了白头翁的老者，还有什么盼头和希望呢？该发早就发早就发了大财了，所以人过六十就一天天一步步走向老年期的最后挣扎！所以我就要趁这个三十而立之年，兼学别样，往右看是小官吏，往左看是小生意，发不了大的，也想捞几个为你孟姜女大队长将来用度开销总可以，只要你炎大队长能看得起我刘某人，愿为你拼死拼活的最后让你享受上比普通人要好些幸福，当然要像皇帝一样的大福大贵咱是不沾闲，比起正常人总可以说过去吧！唉，做人难啊！人比人气死人，怎么办呢？只有在年轻的机遇里拼搏，多辛苦多吃苦，才能最后安慰自己的良心吧！人一生没闲着没偷懒没有去等着就行了，问心无愧，再是怎么也老天爷安排的，人们不好讲，生死由命，富贵在天嘛，经过努力去慌去忙去挣，还不行，那谁也没有办法，我想你们炎大队长六个人，六个美女只要一个就行了，我会用心用爱用真情来对你的情你的爱你的心，绝对一辈子不会让你吃亏，吃苦遭罪受难的，只要相信我刘某人，我也要对得起你的……"

"你不用说了，你的事情我都知道，前面已经到了葫芦岛上了，这岛上还有住家呢！有房屋有树林肯定也会有庄稼的，不然住在岛上的人吃什么？"孟姜女说。

"那也不一定，只要有人来往就可以做生意啊！你卖他买那，互相贸易相互交换不就什么问题不都解决了吗？"刘镇长说。

"有打鱼的靠海边近有水就有鱼吗？造船的船只也该有啊！"皇上说。

"肯定有造船的，去打鱼光在海边能打多少鱼，还不是坐大船去打鱼，一网下去鱼多的捞不动网，网里全是大鱼才美呢！出海就怕风大浪大，有风浪涛天，无风三尺浪吗？"孟姜女说。

"那要是碰上大风天，再大的风也搁不住大风刮，一个浪头连着一个浪头不沉下去才怪呢！掉下去在水里算是完蛋没戏唱了！"皇上说。

"游泳，浮水更是显个人全能本领哩！"刘镇长说。

"要是不会水怎么办呀？不能等着完蛋往下沉嘛！"皇上说。

"不会可以学呀！扒呀扒，爬啊爬，狗爬式三下五下急中生智一会儿就学会了！人在水里千万不能慌，一慌把劲都用在了手舞足蹈上了，全用完了，人就要开始下沉了，等着喂大王八！"

"我在这个世上啥都不怕唯一怕的就是水，旱鸭子没学过水游泳，见了水直接往下沉……"皇上说。

"只要你不怕水，想学游泳我来教你怎么样，一只手托着肚子下，你自己用手扒脚蹬打水，很快就学会。"

"要是真能学会我今天就一定学游泳，不然这一辈子会很遗憾，人家会这样会那样！自己就得会，你们几个孟姜女没有事先嗑嗑瓜子吃吃葡萄干，我来和刘镇长学游泳，我就不相信我秦某人学不会，走，学游泳去了！"皇上笑着说道。

"这旁边是干什么的？看看来！"孟姜女几个人说着过去看。

"卖瓦片子了，石头片子了，谁要谁掏钱，一钱一个啊！很好玩的，叫水上浮啊！好看又好玩一钱一个，喜欢的就掏掏腰包，一钱一个了啊！这可是从外地购进回来的！好玩了！石头浮在水面上跳舞了，都来瞧，这是葫芦岛上一大特色玩法，让石头浮在水面上了，大家来看看石头瓦片会跳舞了，大家朝这看哎，好看好玩好气派了！你尊贵的手能让石头片在水里跳跃几下知道不知道！不知道的快来买快来玩开心快乐又浪漫潇洒呀！这些姑娘们试试不试试，刚才那个女孩一下甩出去三十多浪花舞蹈！好吸引人哦！玩一玩看一看不要钱了哦！大姐姐要买吗？很好玩的，只要用大拇指和食指卡住石片边沿，中指顶着后面就一指使劲，拧着身子，屁股同时用劲往下使劲点劲，哎，看见了吧？一个两个二十个、二十八个、三十个浪花就出去了，只要你甩的好甩的准，说不定连大海中的大鱼也让你冲死，捞上来拿回家一顿红烧大海鲜清蒸大鱼吃呀！"小男孩子说。

"你能甩一下甩几个教我们吗？"孟姜女说。

"教教你们没问题？但是你们得掏钱买下才成，不然我这几十里路拾来挣钱不是玩的，我家里还有个生病的老奶奶要吃饭，要看病都得用钱，我这几袋子石头片和瓦片都是从很远很远的黑山和大虹螺山洞捡来的！俺家是干家沟的，父亲打仗死了，全靠我卖石头片瓦片来养活奶奶，奶奶今年快八十岁了，常年生病吃药，还要吃饭，不然就得饿死！求求你们几位大姐姐你们买几个吧！玩玩还快乐还美丽的，玩玩大海里的大鱼看见了都能笑出声来！不相信你们就试一试总可以了吧？"小男孩子说。

"小伙子，你这袋子里总共有多少石头片和瓦片？你数一数！我们姐妹几个全部都买来，你看好不好？"孟姜女说。

"那就太谢谢大姐姐们了！我知道你们都是好人，一般来说，人只要长得漂亮美，心肠都好！你们就像是天上派下来的仙子，心地善良人又美丽，大家瞧着你们这样美丽的姑娘，个个都羡慕你们，心里都在夸奖你们的美丽和美好行为！今天，我太谢谢你们了，今天回家又可心吃上一顿好饭了，我也会给奶奶讲你们的好，她也会感谢你们的，还有美人关心最好不过了，早知道碰上你们这些美女这样的慷慨的大美女，我也多背些来赚钱，叫奶奶在家中也多乐和乐和……"小男孩子说。

"小伙子，你明天还来吗？如果来就可以多带很多的石头片和瓦片来！有多少，我们几位就要多少，好不好呀？"

"那太好了，你们真是神仙，天上派来的天仙！哎哟哟也！还是老天爷有眼光，看谁穷没有吃的，没有钱看病，就派天仙，仙女来做好事，给穷人送一些钱来花！明天你们还来呀！"孟姜女说。

"来！我们一定来，小伙子你就放心吧！只有东西给我们就有钱给你花好吧！放心了吧？"孟姜女说。

"还是当仙女好，心好人好还漂亮……"小男孩子说。

"你赶快回家去拿这些东西，明天我们还在这个时间来买你的好不好？"孟姜女说。

"好好好！我这就回去，早去早早地放在那里，明天一大早地背来卖，感谢你们这几位大美女！"

小伙子有十一二岁，高高兴兴的一蹦一尺多高地跑走了。

"穷人家的孩子生活不容易，想着法子来赚钱来养活奶奶，真是个好孩子，叫人心疼让人可怜的慌！所以就给他全买完，也叫小伙子高兴一回……"孟姜女说。

"是呀！真是个好孩子，真不简单甩手一二十个浪花水漂，一般人还打不好呢！走，来！看着啊！哇，刚才打出六个浪花，就这就不错了，有哩一开始也打不好，要不一头扎进水里出不来了，要不就飞远跑在空中不挨水，能打几个就已经很不错了，好了，该表扬！继续来呀！这回我非打出十个来，打不十个怎样我跳下海里洗个澡？"几个孟姜女。

"你想洗你洗好了，不用打赌，咱们都一样在黄河也洗过了，今天上午在长城根基沟里又洗了一回，现在谁想洗谁洗啊？"孟姜女在互相说。

旁边有一个老头牵着一只猴子，猴子头上戴着小花帽，高兴地敲着锣学人这样那样的！在旁边是一老一少的在玩杂耍，顶碗踩高跷，又有一个玩木偶戏的正在玩大禹治水，正演在大禹变成一个熊攻山开河……在葫芦岛上的南北大道上开了一家跑马赛马场，围观的男男女女正在喝彩吆喝快跑，加油！驾驾驾……还有几个小姑娘在几个大树间在荡秋千，玩跳跳板，从这个跳板上撅出去好高好高，又掉落在另一付跳板上……那个准确无误的样子让人拍手叫好，在葫芦岛的南面海边有几个小姑娘女孩子正在训练海豚玩球，像是用猪尿包缝制的，又在上面画的花花绿绿颜色很好瞧，海豚有了好吃的后，在水里游来游去，速度非常迅速，在水里游划的特别快，在西边是男男女女洗澡的海水浴，有的在拾贝壳，有的在捡海螺，也有人对石块感兴趣的，也有人喜欢在海中走路，走过来又走过去，也有人在溅水中奔跑，让水花随着自己的脚步而飞远去，刘镇长正在教秦大哥游泳，一只手托在秦大哥的肚子下，秦大哥手扒脚蹬地在拼命往前游，两只脚在不停地拍打浪花四散开来，有时候刘镇长悄悄地把手离开他，他还在嘴里呼着气拼命扒拼命地拍着水，就这样来来回回没完没了在水里学着："怎么样？你管松开手了吗？"皇上说。

"还可以吧！秦大哥你学的非常快，基本上我就没怎么管你，都是你自己在朝前扒划拉水，你好像本来就有点会一样？反正你学的还可以悟性比较高，不慌不忙手脚不乱，学得就快得多，像这样用不了几回你就划的很快的！"刘镇长说。

"不是我学的好，是你刘镇长教的有功夫，会教，名师出高徒嘛！"皇上说。

"这就挨不着我的事了，我只是有时候托一把，大部分时间都是你自己划自己游的，你很聪明也很好学，随便学学就会了，再加上你身体柔性好，有耐力肯吃苦不怕水，所以成绩很大，也很有明显显著的朝前划动的本领，要不了几回你游泳就会很快学会了！"刘镇长说。

"这葫芦岛在海边上，万家屯秦始皇岛北戴河也都在大海边上，还不如游回万家屯去呢！也不知道需要多长时间才游回去哩！"皇上说。

"游泳这么慢，还费劲手扒脚蹬的浑身上下都得动，有一个地方不动人就没劲了，几百里水路可真够几天慢慢游的，哪有骑马快呀？马鞭一挥脚一叩，大马咴喇咴咴咴叫三两个小时辰就到了，半步路也不用走轻轻松松给你送到地方，岂不轻巧无误什么事也不会耽误的，这游泳在水里东扒西扒还不到二尺远，啥时候才能赶回去啊？"刘镇长说。

"人家岛上还有玩射箭、骑马、荡秋千，你不知道人家这秋千和人家不一样啊！小姑娘双手抓住在空中荡来荡去的，人就向另一个秋千上飞去了，两个小姑娘就像这样飞过来飞过去的，跟空中飞的小鸟一样，想上哪里就往哪里去了，这叫一般的人可是不敢的，一手抓不住掉下来摔个半死成柿饼子了，套圈也好玩，用树枝编成绿色的圆圈，地上摆放着各种东西，把圆圈拿起来往上抛，套住着玩，套住就套住，套不住就算了，很好玩的，消磨时间，射箭更有意思在一张大的布面上画着各种小鸟，你喜欢哪一种小鸟就扯满了弓往上射，射住有奖励，射不住就算完事，还有唱戏唱歌的，你喜欢谁唱得好可以给她包包奖，总之只要有钱就行了，包天包月的，有的人包一顿饭吃吃完事很简单的。"

"秦大哥，你现在的买卖进行的咋样了？赚钱不赚钱？大概能赚多少，不少钱吧？"

　　"我现在也没有大买卖，只有一笔子买卖还在慢慢由她们先代办着，时间长了肯定是赚钱的，但一时半会是看不出来的，无论做什么生意，总是赚钱也有赔的时候也有很多人反抗，只要想好了，管它啥时间赚钱呢！只要迟早能赚稳赚就行了，现在人不简单，现在人不简单啊，你看着管，他看着不管，他就攻击你，诬陷你，说你这不好那不好这不行那不行的，挑三拣四找不完的麻烦叉子，有些人还大肆宣传正面排挤你，给你唱反调拉拢人心，反正是不让你的生意干成干大干完整，叫你在历史上遗臭万年，累的活该死的应该，该完蛋，反正他想着法子整你，让一时半会也不行安生过稳日子，可我向来不在乎他们，你有你的老主意，我有我的老措施，各有各的好处，刘镇长你怎么对孟姜女这样宠爱和听话？你们一个北方，一个南方各有各的所好是怎样走到一块儿的？"皇上说。

　　"秦大哥，不瞒你说，咱那说哪儿了啊？我都快三十岁多点了，一直都想找个有本事的老婆媳妇，但是也不好找，谁知道谁有本事，谁有出息呢？正在左右为难时，正举棋不定之际，这不刚好碰上孟姜女大队长人马去修长城，很是感动人，出师大吉一路走来，大有方向，小有目标旗帜，又碰上结拜师兄乔镇长，一路顺风和孟姜女有约定，互惠互利谁也不能占便宜，各有好处，我一眼瞧见孟姜女是个人才，有本事的料，就想方设法地接近她，好让她对我有好感，目的谁都知道，还不是想要炎大队长嘛！但是也很不容易，她本人条件很多，一切都等到修好长城后再定夺，她们有六个孟姜女，我一个人，也许要六个人，更何况六个人去一个家里也没意思，这样六个人可分到六家，也能找六个郎君老公，所以上次就这样定好了，不得违约，遵守正规，渠道实行最后人身分配原规，我是怕夜长梦多，不定会有什么事情就麻烦了，变成黄粱一梦就完蛋了，秦大哥你感觉怎么样？不会有啥问题半路上有个截盗事情就多了，反正我才不怕有什么妖怪精管什么的！反正一切听天由命吧！劣劣好好能没有一丁点的好处吗？心诚石头都会开花，人还会没有更坏更丑陋的能怎么样呢？"

　　"当然你是个好人，我也不瞒你说，这六个孟姜女谁能知道哪个好哪个坏不！谁是妖怪谁是魔鬼它倒不说出来，至于最后有害没害谁也不知道！这样的事情谁也没见过经历过，咋能知道呢？只能随时随地的预防着，人不是说：小心无大差，早知道尿床一夜不睡觉！谁也不可能有个早知道，所以咱们为了美，为了心爱的人，只有等待时间慢慢流失而去才能最后长城完工，一切都水落石出找个什么借口也找不出来，那时候的劣点子给出来起讧了，想想也要好长时间，多者三年少者一年！刘镇长的本钱搭得少，我秦大哥不瞒你讲，我为了一个心爱的美女我搭进去八百美女还七十二人呢！这都孟姜女提出的条件，不过我那些美女确实没有一个有本事的，只是人长得白净细嫩没有干过活更没有参加过劳动，说不定一个夏天下来，美女也不美了，人也干巴巴似朽木古树皮的人形人妆了，她孟姜女确实不一样，天天风里刮太阳晒雨打汗淌还是让人看着美，瞧着似靓艳无比的绚丽不说，她的行动美、心美、爱美、想的说的都是理上之理，而且还是我秦大哥千古传奇的拥护人之一，男人百分之七八十的都反对我的主张和措施，她孟姜女是一个女流之辈的女子，而且是积极采取行动组织人马来参加拥护我秦大哥的千年大买卖，这不是千年百年的知音高山遇缘分吗？而且我看她还有比这还大的能力和效果，所以我是千方百计地在等待，等好，等候是有决心毅力的事，因为她孟姜女各方面都同我有一致的看法，还有相同的爱心、情义、情酬大义，所以我会等她一生一世等到老死也不会后悔的！"皇上说。

"秦大哥你越说越让我糊涂迷瞪了，她修长城与你做生意是风马牛不相及的事！你是做生意，也不会和长城有牵连牵挂牵涉的，怎么你能说孟姜女支持声援你的什么大生意大主张也说不到一起来，一块儿去，这修长城是大秦朝大皇帝的第一全天下安宁的举措，你秦大哥也姓秦，这大秦王朝能是一个人能做的大生意，大买卖吗？我不懂我不知道，我不能瞎说瞎联想，真看不出来秦大哥是个做大买卖的大主子大老板？……"刘镇长摇着头说。

"信不信由你自己吧！人嘛！哪得那么好的，总是有顾忌和不情愿的！"

说话孟姜女六个人还在套圈："太硬太有弹性了，套到驴年马月别想套住一样东西，真是瞎板钱，够倒霉的，明明白白的看见能套住而套不住了，咋又一蹦一跳下来了烦人不烦坏人也！"

"不用急，心急吃不了热豆腐，慢慢来呀！消磨时间能花几个大钱，啥饭都不容易吃的哟！"

"可不吗？挣钱难，挣钱比吃屎还难，多少人家不给你，你总不能伸手向人家腰包掏吧？唉，咋说你人的命天来定，谁也想不到今天没有事没有钱赚呢！"小老板说。

"也不知道明天哪个小孩子明天还来不来了！虽说玩法土里土气，但能玩出技巧和功夫来，时间长了也能玩出甩出劲来的，胳膊一抖水面上一路水花荡漾开来，小石片一个劲地朝前跳呀蹦啊舞着圈的向前飞奔而去，真好玩，明天如果他还来，咱们都给他包圆要光买来玩个够，哎！还有一个灵感激情不知成不成！如果把长利箭快箭往水射去，能不能射住大鱼大虾大螃蟹呢！只要刚巧碰上射住哩！能不能马上射中立即就要漂上来还不知道哟！"

"这海里最大的鱼也不知道有多大的鱼多长有多远的距离，谁也没有见过大有多大，也不知道是啥东西，这也不知道，那也不知道，不知道不知道咱们不会试一试，射上几箭看看是个什么情况，有情况咱们就跑，啥都没有再射几箭，说不定射个什么瞧瞧看看玩玩也开心也快活快乐，怕什么家伙！好吧，试试就试试，无论如何真真假假看看再讲讲：人嘛！不能老实地一成不变，该射还是射出去，只听一声箭响'啾'的一声就不见了，水面有几个水泡水花不见了，等了一会儿，六个孟姜女又同时箭搭在弓上，射向大海里的水里。"

"这样吧，姑娘们，咱们六个人一个人射一箭，但必须一箭离开另一箭几尺远，六个人呢就是一个多远二丈远，就是要拉开距离，我来喊一二三再射听见没有听明白了，来准备一二三一字排开"整整齐齐一拉路六支箭都朝向海水中钻去，只听一路在水面'啾啾啾啾啾啾'的水声，海面上平静了一小会儿后，只见一个大水柱子朝天冲起，随后是满天雨水花被大风吹跑刮走，有好几个男男女女都抱住旁边的大树！暴雨稀里哗啦地又猛泼过来。

"大家快跑啊！大海中的鲸鱼出来发怒了啊！这条鱼大得很哪，能吃掉大牛大马！跑晚了就没有命了！"

"快跑啊！大鱼来了，大鱼不要命了！大鱼要拼命了发怒了啊！天上下大雨啦！天上一点云彩都没有，就下起大暴雨来了。"大鲸鱼头翘在水面上"呜呜呛"地还在叫着，分明是悲痛疼苦地号叫着，大鲸鱼从鼻孔上喷出的水柱子更高更远水点雨水。

刘镇长和秦大哥在西边海滩水溅海水经过大鱼的来回摆弄冲撞扇动下，海水海浪一个接一个的向四边冲击着打来，海水也在涨高，他们二人也不敢游泳了，慌忙抱衣裳赶快上了岸，一阵阵的小雨随风喷洒过来，吼叫声声不断地继续着哀痛。还是先躲藏身体，安全为第一，也没有顾得上牵马匹，做好一切准备随时再往前跑走，听她们当地人在传说，是海龙王发脾气了，一般的听见这种叫声后，都是传说海龙王，龙宫里虾兵蟹将，或是龙子龙孙的出什么问题，所以海龙王亲自来到海面上向天空中天上的玉皇大帝求助保护或是天上听天兵天将来帮助降妖伏怪等等的一些说法传说，上天会保佑它们平安无事，风平浪静。大家谁也管不了谁了，只是在传说议论纷纷，说今年要发大水，龙王爷都在想办法修理龙宫大殿等。谁想怎么说就怎么说，总之不是好兆头，只是人们不知道鲸鱼身上中了几支快箭利箭，所以传说的人们都感觉自己很聪明，知道得多，传说的神奇，说来说去谁也不知道，谁也不懂得到底是咋回事，只有大鱼在海水中痛苦地叫着挣扎着，一时谁也不知道它是逃走了还是死亡了。

"孟姜女，是咋回事？因为什么好好的天上就下雨刮风，还有怪兽的叫声……"皇上说。

"不知道！谁知道这大海水里有什么东西呢？听不见大家都在传说海龙

王的故事吗？谁能知道这是真是假呢？水下有没有海底龙王哩，咱们不知道，也不想知道，是真有龙王还是假有龙王？咱们都不知道，谁也没有亲眼见过，都是在传说，说得有鼻子有眼的，跟真的一样一模的，你再好好地去问问他去打听他！什么也没有，也是听说怎么着怎么着，越传越神越传越奇怪，到最后谁也不知道，谁也没有见过它见过这个老龙王，哪个老龙王的怪物，全是瞎传瞎说带讹诈……今天咱们还走不走？是回去呢？还是在这里住一晚上，明天再回去！秦大哥发言发令哪！都在听你的一句话，说走咱就走，说住咱就住下一夜，明天一早啥时候走都行，不去饭庄大饭店，就去大旅馆找住找吃的，反正时间也不早了！再吃吃饭也差不多到时候了！"孟姜女说。

"好！今天我秦某人做一次决定！住就住一夜！明天再走！谁请客？刘镇长请客怎么样！今天可有兴趣做东啊！"皇上说。

"好！今天只要大家高兴，我做东就做东，花钱买高兴，只要大家快快乐乐的这些钱算什么呀！有人想出钱还找不到庙门子花呢？是不是美女姑娘们，大家笑一笑十年少吗！愁一愁白了头，只要大家年轻就行了？"刘镇长说。

"哎！还是大镇长激昂慷慨愿意放血流血！到时候刘镇长可是血本无回啊！千万可别后悔呀！世上可没有卖后悔药哟！"皇上说。

"人吗！是此一回彼一回，后悔也不是咱们这个时辰，七老八十想想后悔也想不起来了，到底怎么回事了，到时想走走不动，想干什么事情又想不起来，哎哟哟！才叫真后悔也晚得找不到人说话了，那才真正后悔呢？叫天天不应，喊地地不理，早知道如此在年轻的时候好好风流一回吧！"刘镇长说。

"我还要告诉你们一个大大的秘密所处噢！在我来之前无意他们在议论说：葫芦岛旁边还有个女儿河！这女儿河呢！只要是大姑娘在没有出嫁前都要到这女儿河冲洗一下自己在当姑娘时想思想恋？如果自己出嫁不是自己理想的未婚夫和情人，而是硬逼硬生抢的姑娘就可以到女儿河里洗洗澡，永远永远保住自己浑身上下的青白，乖乖地当一个老姑娘老处女？谁也不能硬强迫硬要破坏人家的女儿身，他也没有这个本事在去强迫人家女孩在做你的新娘子和夫人了，这将是一生的悲剧！不能结婚不能生孩子，老了成了老处女，老黄花老姑娘！这就是女儿河的永远秘密！"

"那怪有意思的，有机会一定去看看观光尝试一下，当一个永久的大姑娘永久的好女孩子，省得其事八事的家务事！一会儿做饭，一会儿洗澡，一会儿买卖买东西，还没有坐下来歇歇一下，太阳又晒午了，慌慌张张叫着吃饭端饭，又给那个洗澡洗碗的，全是些个晕三倒四的琐碎事，还得侍候老公公老婆婆，求的男人开心！小孩子又叫又哭哇哇吵！这就是一个女人一天的工作，好了秦大哥，凑合过吧！不好一顿毒打！人图啥，就为了一个不堪入目向往望的家，烦不烦腻歪透顶了，我真不知道这长城修好后还能在哪里过安稳日子！唉！难啊！"孟姜女说。

"不用怕！不用愁，咱们家做饭洗衣裳都不让你自己人干，五百年前就都顾上好的佣人，佣人是你看中的脸色行事的，如果你不高兴愿意，只要脸色一变，眼一瞪，他们的小命就上阎王爷那去报道了，阎王爷不收他，他也回不来了，俺家里的特老实特听话，尽管把心放在肚子里面好好过日子，多少人都巴不得到俺家永久不出去，祖祖辈辈干下去，刘镇长家还能不富裕吗？家里也得顾上人来干活吧！如果条件不太好，今天讲一声，缺什么少什么看在这顿饭的份上，只要你讲出来，我来帮助你，给你出谋划策，找几个人侍候你们好好享受一番，我这个人就这样，只要能讲到一块，说在一起，啥是你我他，朋友的困难就是自己的困难，弟兄们在一起互相帮助也是应该的吗？"皇上说。

"暂时马马虎虎过，一个人怎么都好凑合过，等以后真有难处时，在找秦大哥相助相帮，现在的年轻人，有几个随时随地向人家开口要这要那的，英雄出壮年吗？不帮助别跟人家过不去了，还能好意思找人家，是不是？"

"哎哟！卖衣裳的地方到了，挂的衣裳不劣吧！颜色鲜艳款式好，现在就流行这样的衣服，尘土沾不上去，一丝丝风也别想起来，上装下装一套挺不错的，远看一朵花，近看月生仙女，反正穿着漂亮就行吧！这衣裳还得改改，不改不行，男男女女太浪费布料，宽大肥料，怀里揣个大西瓜别人也不知道是啥玩意！好动的人，衣服要贴身，不好动的人可以宽大肥胖些，也显得富态？"

"不论男女只要脸盘大，还认为是个大胖老呢！也不知道这衣裳能衬托出什么来，光讲怎么富态怎么做，就不看看天生是胖子还是瘦子，一味追求富，就不知道本来就不太富，非要在衣服上打肿脸充胖子，瘦的跟麻烦杆啷，非要穿一身又肥又大又宽的衣服，看上去跟个灯草人戴草帽一阵的摇摆劲，特式多些谁想，穿什么就穿什么？看上去活泼可爱天真无邪！"

"这只是能显示天下安定了，从思想上有一个倾向过上富裕，追求富是人们天生的信念，谁不想富有，而非要变成穷光蛋，这样的人特别少，而且找不到，你不富裕富有人家不理你，更是看不起你，你还有什么花样反新的报指数呢！大家不理睬你自己就感到松劲，没有意思了，人本来就是群居的高级动物，大家要干什么都干什么，你一个人不一样，谁能理解你的特殊性呢！除非你是个特别特别的大富翁，别人和你攀比不成，但又要效仿你的模样给别人看的特殊特别板！这样人家物质上不行比不上你，但是人们在心里早就默默地把你这一套认准了，有朝一日会学你会向你看齐的。"镇长说。

"还是挑衣裳吧！这件咋样，胖瘦合适吗！人在事中迷，旁观者最能看的看得更清楚，瞧瞧咋样，就是颜色不太好看，我孟姜女喜欢水果颜色的淡浅色的绿或蓝，不太喜欢大红大紫大黄的什么色彩，这个就很好！淡淡浅浅的色调！"孟姜女说。

"这种颜色好是好，肯定是掉色，一掉色，看上去半旧半土半老像了，人一老就没有吸引力了和靓艳的魅力，那将是一种多么可怕的事情啊！"皇上说。

"放心吧！秦大哥还早着呢！我现在只有十六岁，明白不，人家都讲十八九最好看，十八的姑娘一朵花，我还有二年呢！怕什么吗？二年以后我孟姜女说不定也学会打扮了，一定会比现在更加漂亮更加潇洒风度，还能怕老了不成，暂时一年三年三四年里，我估计问题不会太大的，女孩子天天就会注意自己美不美，漂亮不漂亮，人只要心老，不要人老就好了，言行一至不会老的没人要的，秦大哥说不定哪那时又看上什么秦家女，张家女的。"孟姜女说。

"我不是那种人，不然光是现在的美女也三四年用不完，没兴趣！人要讲究个感情沟通，你我一见面就有好感，而且都是为了一个目标来着，一种事才能相互留下美好情之感触！才有讲不完的话，人不投机话语废！语言是开心的钥匙，心情不好言语不到，生意不成也是言语不到戏说好了，说得多了，自然而然就是正确无误，有的人无论讲的话正确与否！但是她就喜欢听，喜欢听就是有绝对的好感，没有好感你一张嘴人家就厌恶无比，谁还能听进去呢！这就是感情没有，更别说情义了！"

"人的感觉最重要，第一感觉能决定一切，没有好的印象，是不可能有好的结果和好的开始！我和你就有说不完的话题，这样说说，那样讲讲不厌其烦，左右跟着还嫌不够吗？还生怕你不理解呢！能得大镇长默默地跟着笑着机会和时机，这就是天生的缘分和情缘！是谁也不能阻挡阻碍的事实！好吧！这几套都拿上替换着穿！"

"我又不是搞展销衣裳时装的模特儿，一会儿这样穿，一会儿那样换着穿的，我们是来干活出力的，以劳动为第一，以干活而快乐！像这样陪着你瞎玩瞎絮的耽误事，还不知道姑娘们背后讲什么呢！不说我孟姜女变了才有鬼呢！也会说我是孟姜女攀龙附凤想站高枝，追求天下第一。"

"人家有嘴让人家去说，总有一天你想让她说让她去讲，她会感到无聊的，没有意义！现在就怕她不去说，越说越好，越说越美丽，越说越靓艳，她不如你，到最后她能恨爹恨娘生得不好，能怪谁？谁也不去管她怎么样，把这衣裳也包起来，鞋也要买几双吧！"

"好哇！鞋多不多，要是多都买了带回去，换着穿，别把脚穿坏了，脚坏了走不成路还麻烦大了呢！花点钱算什么呀！又不是花钱买金子银子，要破费好多钱，就这点银子，比起人家一花钱要多少万两黄金首饰差几万上千倍的，真是不值得挂齿，小意思！你也太小看我这个镇长的肚量了，我光想着花大钱，让你知道知道我刘某人是不在乎这些鸡毛蒜皮的小钱的！舍不得小钱，怎么能发大财呢！等会儿咱们去吃饭，点上几个可口的菜让你尝尝，买上多少东西才能顶住这些银子的价格。"

"只要你不生气就行了，我孟姜女怕就怕你原本是来做生意的，结果呢！一样买卖也没有做成，反倒钱花了不少。让人想想就心疼，我这老是为别人着想，生怕你不赚钱或赚不了钱，所以心里老是过意不去，越是过意不去越是瞎想，你千万不要生我的气啊！女人心细，小心眼多，一定要多多原谅啊！镇长大人放心吧！男人是男人的想法，女人是女人的盼头，所以男女才不一样，才能互相理解和宽容大度，大队长有一点我不太理解，你为什么买那么多的鞋，你一年二年也穿不完呀！"镇长说。

"镇长先生是这样的，我的姐妹们从家里来，就都走路走来的，上千里路，好多姑娘的鞋都走路走坏了，有几个人整天赤着脚，今天刚好有卖的，又有你刘大镇长愿意出钱买，所以我这个大队长就来顺水推舟多买几双，等带回去给姐妹们穿上，马上要上山，一天还不知道几趟的爬上爬下的背砖头，穿上鞋省的把脚给踢坏了磨烂了，就这么简单，所以能一人一双是最好事了！"孟姜女说。

"既然你大队长说出来了，还有秦大哥作证，姑娘们这么多的困难，我们应该帮助她们，让长城早点站起来，为华夏大民族的老百姓好，有利益，我作为一个镇长有权叫姑娘们穿好鞋，这里不够找到别的城里去买回来，如果买不着，我回去支架同乡里乡亲给他们一人再做一双，都是为了一个目标，就是让华夏大民族富强起来，让普天下的老百姓早早享受太平，这才是我们大秦王朝的唯一目标来努力！"刘镇长说。

"好好！刘大镇长，我们在一起大半天了，这一会你讲的话，非常让我受感动，我秦某人现在提拔你为县令，任命为大名县县令，说句老实话，我本来要给你处分，你一个镇长不好好当，不安分守己的干好镇长的职务，管好本镇的大小事务，而到这葫芦岛来做生意，跑买卖。这在大秦历史上最罕见的镇长，要不是你出来跑买卖，这次我会升你为本朝内务大臣等职，但你功过都有，念你心里还想着大秦王朝的利益和老百姓的利益，升你为县太爷也是破格提升了！"皇上说。

"刘镇长赶快跪下谢恩啊！"孟姜女提醒说。

刘镇长双腿跪地双手趴在地上："感谢秦大哥的提携信任，刘某人愿肝脑涂地来报答秦大哥的慧眼识千里马！刘某人今生今世愿听秦大哥的盼咐安排，不辞万死来孝敬你秦大哥，为你愿忠心耿耿献上一片赤诚心意！"

孟姜女又小声在刘镇长耳边说："他就是大秦始皇帝秦始皇，皇上圣明！皇上万岁，万岁，万万岁。"

刘镇长双眼露出惊喜，嘴里学着孟姜女的话，小声喊着："皇上万岁！万岁！万万岁！皇上英明伟大，感谢皇上的提拔，本县令万死不辞孝忠皇上！"

"好！准备吃饭，走！吃饭去了！姑娘们该吃饭啦！锦西大饭店！上楼了！刘县令快！前面上楼侍候！"皇上说。

"孟姜女，你们都在这里，我找了你们好一阵子了，总算在这里找到你们了！"万喜良说。

"前面上楼的是皇上，圣上还没有吃饭呢！皇上现在的身份是秦大哥，是做生意的大老板，千万不要让坏人知道了，这里离我们那里几百里地，一定要安全送圣上回去，一点也不能马虎，知道了没有万将军，这是最首要的问题，皇帝牵动着普天下老百姓的心，一点也不能大意。"孟姜女说。

"知道了，炎大队长，请大队长，将军楼上请。"

"刘镇长也在这里啊！真巧啊！今天咱们又走到一块了！"万喜良说。

"万将军现在刘镇长已经不是镇长了，刚才皇上才封的大县令！"

"刘县令，恭喜！恭喜啊！高官宝座永升再上啊！恭喜。"万将军说。

"恭贺！恭贺，大家同乐啊！"刘县长说，用手冲万将军恭贺着，伸出右手让孟姜女上座，自己和万将军坐下位打横相陪伴着，秦大哥早在上贵宾座上坐好！以主临宾！小二上来倒茶道："贵客好！请各位宾客点菜上好酒来！"

"拣上好的，不腻人的，能顶饿管饱的上来就行！"秦大哥说着一手端起茶来喝，漱漱口又吐在痰盂中。

"听见没有啊！小二上好的，不腻人的，顶饿管饱的都上来！"刘县长又重复道。

"好好！上好的，不腻人的，鱼翅，鳄鱼肉，天鹅红烧肉，清淳，干炸大龙虾，辣子红烧螃蟹，牛蹄筋，冰糖肘子，爆炒辣尖腰花，糖醋鱼片，好酒上来了！"小二叫道。一会儿工夫各式菜都上来了！

"来来！大家吃，吃喝不分家！秦大哥吃菜啊！千万不要客气，多吃菜先垫巴垫巴，大家吃啊！炎大队长吃呀！别嫌着了将军吃菜！"刘县长让着。

"吃着哩！不用让，秦大哥吃吃吃！"万将军吃着让着。

皇上一边吃一边示意大家吃说："咱们吃饱喝好！才能干大买卖，吃得饱才能赚大钱，搞大买卖，不吃不喝谁也别想能赚到钱，美女千万不要客气呀！万将军吃饱好杀敌人有勇气，喂喂大家使劲吃使劲喝，大家早就该饿了，我的老肚都咕咕噜噜的提半天意见了，万将军突然的找大队长，有什么事吗？"

"也没有很大的事情，也只是不是一般的小事情，我们刚来有一个马向导：七十五岁，是个老先生在民间有一定威望，经常不断地在深山老林中采些中药材对地形山区比较了解，我们当初聘他为向导，在一次山林勘探地形时被几只大老虎猛虎击伤，因为年龄所至！眼看病势一天天加重，有回光返照的征兆，要求在见大恩人救命的孟姜女在见一面，感谢孟姜女大队长的恩德特意请叫：我来找炎大队长在去走一趟，来达到老人临死前的最后一个心愿，才能合眼目归天，情况就是这样，看看孟姜女大队长的意见如何，能否有时间去一趟高家堡！了了老人的心愿与否，事情就是这样旳：既简单，又不简单，是小事情又不是小事情？"万将军说。

"为了华夏民族的风俗习惯，尊老携幼爱老尊老是我们民族的美德，活人眼目，老人有千言万语的牵挂，诉说完他就会放心，心安理得地去自己该去的地方，有本事和普通人都一样，谁也逃不出这个自然规律，为了孝敬老人，为了让千百万人有个吉祥回报，好的征兆，好的前程的追求，让我们活着的人更好更美的来完成既定方针和宏伟工程的辉煌与灿烂成果，应该是让去的老大更放心更无牵挂和挂念，让每个活着的人有祈盼的力量实施，去安慰老人，一辈子的在天之灵，我去一趟，同时也看看那边的工程进行得怎么样，再适当地好好安排一下人员的工作程序！来来来！大家吃菜，说话吃菜都别闲着，咱们抓紧吃饭，吃好后，我和万将军去看看老人最后一面，秦大哥今天就住在葫芦岛的锦西大饭店旅社，明天白天才回去，反正又没有什么特别大的事情要处理，早一会晚一会不会有什么事吧！不然我们六个孟姜女回去四个跟秦大哥一块儿两个咋样？你们一路也四个有说有笑的，我们五个人万将军在加四个孟姜女，今天连夜赶去看看马谷米老向导，无论他怎么样他七十五六岁也算为长城建设出过一把劲的人，又是老年人这样行不行秦大哥在安排安排。"孟姜女说。

"很好！就按大队长说的去做好了，我一点点意见都没有，大家都要吃饭喝好该干什么？不过我本来今天晚上给孟姜女讲和氏璧的故事: 讲这个故事呢，并不是赵国的宰相蔺相如多有本事多聪明，而是我秦大哥本身多爱惜人才，多珍惜华夏大民族的每一样宝贝和古玩，假如我秦大哥是个笨蛋是个粗鲁的山野人，杀他你十个蔺相如算个什么东西，只像捻死一只蚂蚁这么简单，万将军不是知道这个故事吗？走在路上给她们四个孟姜女好好讲讲。"皇上说。

"好！大家赶快吃！吃好了，各有各的事情，我今天是特别累了，游了半大天泳，吃光饭就上旅社讲故事，我亲自讲给你们几个孟姜女来听一听，吃菜啊！"

"还有一个事情，你们两个孟姜女注意啊，明天那个小男孩来卖石片瓦片，一是得多给他些钱，让他和他奶奶看病用吃饭用，互相帮助吗？我打听了，他住的家叫：干沟在女儿河北岸，也是个可怜的一家祖孙二人！"

"知道了，刘某人会多给些钱给他就是了，大队长尽管放心的走，只要你安排的没有错，我一定会办到的，大家吃饭，今天大家没少累，多吃些休息休息！"

"好了，我们吃好了，我们五个人先走了，趁天黑时赶到问题不大吧！秦大哥，你们慢慢吃，我们五个人先走了，一路上还得听故事哩！"孟姜女和万将军走出饭厅外出。

秦大哥说："你们慢慢吃，她们慢慢走，别慌慌忙忙的！注意安全骑马！再见！不走的好好吃！不能剩下浪费……"

尊老爱幼人为先，善行善为想百年，
临别都为儿女情，代代人生故事传。

回 去

五个人下楼牵上马匹骑上向西顺着大海边骑去！万将军深情地说："楚国有个叫作卞和的人，在荆山得了一块璞石，这块璞石外表虽然不太好看，可是卞和知道，只要少做加工加工：就会成为非常名贵的美玉。于是卞和抱着这块璞石去见楚王厉王，愿意把这块无价之宝献给国家。厉王把专门雕琢美玉的工匠找来，让他看看这块璞石怎么样，玉工端详了半天说：这哪是什么玉，是块石头罢了，厉王大怒说卞和故意欺骗他，欺君之罪是不能轻饶的，就下令把卞和的左脚一刀给剁下来。到楚武王当上国君之后，卞和瘸着一只脚抱着这块璞石又来奉献，楚武王找了玉工鉴定以后，还讲不是玉是块石头，欺君之罪不可饶，下令把卞和的右脚也给剁了去。后来楚文王当国君了，卞和还想去献玉，不过人两只脚都没有了，不能走路，气得他抱着这块璞石在荆山下放声大哭，哭了三天三夜，眼睛哭的都流了血。了解卞和的人都好心劝他！算了吧！卞和你一次再次地献玉，什么也没有也没有捞到，反倒把两只脚给剁了去了，何苦呢！难道你还想，得点什么奖赏吗？别哭了，哭也没用了，卞和说：我不是因为没得到奖赏痛哭，我是恨，我恨他们硬说美玉是块石头，硬把忠心说成欺骗，颠倒是非，糊涂昏庸，这真叫我痛心啊！楚文王在宫里听说了卞和的事，就派人把璞石取来，请玉石剖开来检验，果然是一块洁白晶莹的美玉，楚文王让把这块玉琢成开开圆圆的，中间有个孔的玉璧。为纪念卞和献玉有功，就将这块璧命名为和氏璧，作为贵重的赏赐，赏给国家功最大的武将昭阳，昭阳走到哪里，都常抱着和氏璧。后来，这块和氏璧一天，昭阳到赤山水潭边的高楼上饮酒，许多客人都请求他把和氏璧拿出来，让大家开开眼，昭阳就叫跟从的人，从车厢里取出宝盒，亲自开了锁解开三层织锦包袱，就见洁白莹润的美玉光彩照人，实在太美了，正在大家赞美不绝的时候，忽然有人喊水潭里有条大鱼跳出来了！大家都拥到楼窗那儿瞧大鱼，昭阳也扶着栏杆看哪条一丈来长的大鱼，大鱼后边还有许多小鱼跟着跳，一会儿工夫，天上起了乌云，眼看着要下大雨了，昭阳说把东西收拾起来该回去了，可是那块精美的卞和璧已经不知去向了，乱哄哄地找了一阵子，连影子也没有，昭阳气得当时的客人一个个找来审问，谁也不承认拿了这块璧，这无价之宝的和氏璧到哪里去了呢！原来偷璧的人不在楚国卖它，怕被查出来惹祸，就把它带到北国赵王所辖区卖了五百金，买和氏璧的是赵王的一个太监，他让玉工鉴定这宝贝，玉工一见，又惊又喜说：这就是和氏璧，是无价之宝，你得好好收藏着，别给人家看，当初在楚国昭阳就是给别人看的时候丢失了得，太监问这和氏璧有什么了不起，值得这么宝爱，玉工说：这块玉放在暗处会放光，光滑的尘土都不落上去，冬天能觉得暖和，夏天带着它觉得凉快，百步之内，苍蝇蚊子都不敢来，你说这是不是宝贝！然而这宝贝终于被赵惠文王发现了，派人把和氏璧抢来，那买玉的很害怕，想逃到燕国去，他的朋友蔺相如知道了，就劝他别逃，因为以前燕国国君跟他表示友好，是因为赵国强大，燕国弱小希望能对他给个好印象，现在得罪了国君的人逃到他们那里，他们必然害怕，一定会把你送回来，那可就真的没命了，你不如自己背着斧子向国君请罪，也许能宽恕，太监听了蔺相如的话，果然得到了赵王的饶恕，从此他很尊重蔺相如，后来秦王听说赵国得了和氏璧，就提出用十五座城跟赵国交换这块美玉，赵王一听发愁了，不跟它换吧，秦国武力强大，打过来可吃不消，不跟它换吧，要是秦国耍花招，要了和氏璧不给十五座城池又怎么办呢！最后他决定派一个勇敢能干的人，带着和氏璧去见秦王，得不到十五座城又怎么办呢！最后他决定派一个勇敢能干的人，带着和氏璧去见秦王，得不到十五城就把和氏璧拿回来，可是派谁去呢！太监知道蔺相如聪明能干，就建议让他去，赵王同意了，蔺相如到了秦国，把和氏璧献给秦王观看，秦王一看心中欢喜，看了半天也舍不得放手，还把大臣妃子都叫出来赏玩，割城十五座的事连提都不提了，蔺相如知道秦王想逗他玩，就跟秦王说：这块玉好是好，可是有个斑点，你没有发现吗？秦王叫蔺相如指出来斑点在哪里，蔺相如抱起这块玉就往柱子撞，他说：老百姓交朋友信用呢！你一个国君拿了我们的宝玉，根本不提十五城的事，这不行，当初我们赵王得这块玉的时候，要吃五天素洗净身子才能拿它呢？你今天拿着我们的玉，随便给你赏玩太不恭敬了，你答应赵国的五条件我把玉送给你，你不答应，我就抱着玉一块撞死在这柱子上，秦王怕撞碎那块玉，赶快答应给十五城，五天以后取玉，蔺相如回到宾馆，马上派人把玉帮在腰里偷偷送回去了。五天以后，蔺相如去见秦王说：你们秦国强大，我们弱国绝对不敢欺骗你们，过去你们多少回不讲信用，谁都知道，现在我们的和氏璧早已归国送回，你要是有诚意割城，就派人到赵国办割地手续，你要是敢杀我，不但得不到美玉，各国的人都会说你随便杀死外交使臣，皇上想一想，美玉早晚都会是我们秦国宝贝，最后蔺相如回赵国去了，最后全国统一，六国变为大国和氏璧完整无缺地保存下来，成为国家的宝贝之一了。"万将军说。

　　"驾驾驾！我们这里前几天在长城一线也出过一次事故！天该也是人的命天来定吧！在大横山山上，让一群狼给围困起来了，进退两难的情况下，有个叫乔镇长回来报信，万将军乔镇长你也认识的，是河南镇镇长，咱们在云雾镇一起吃过饭也喝过酒。因为用快箭射死射住一只豺狼和一只狽，人们好说狼狽为奸，狼听狽的指挥，狽看着长得不出眼，前腿少少短短一点点，比大恶狼小点点，它的行动在关键时刻是靠扒在一只健壮的大灰狼大恶狼的背上跑来跑去，无论前面的大灰狼跑多快多猛也甩不掉这只小狽！狽的叫声可以把成群结队的恶狼集中起，怎么进攻，用什么办法可以取胜，狼群全部听狽的总指挥，所以那天那只受伤的狽一个劲地惨叫，召集了一大大群狼有几百只，最后因为没有弓箭，无法杀死杀伤狼群的狂吼乱叫的嚣张气焰，叫乔镇长下山取箭，就一直在也没见回来，窑上脱砖坯子的地方都没有见他，很可让狼群报销了！我们七个在山上给围困住，进退两难的情况，烧起大火慢慢一堆火一堆火的往山下靠近，总共烧着了五大堆火才算离开大山，找到在山下栓的马匹后回来！恶狼成群它们根本都不怕死，一直往上冲，要不是点上几堆大火，我们七个人就别想活着下山。"孟姜女说。

　　万将军深有感触地说："那早早的一次在老虎山不是也是那样吗？八只大老虎其中有三只让大老虎给撵走了，如果那三只不走，肯定地一样的要伤人死人，就那老向导一病不起，这不咱们今天这不是来看老向导！人家还都讲一山不存二老虎，这一个山上八只大老虎！咋讲呢！谁能相信这不是真事呢！啥事情也不能按人们的印象去想象，只能说这些野生动物想怎么着就怎么着，人想治它，它们还想吃了你哩，弱肉强食才是真理，你不打死，它就吃了你！"

　　孟姜女深有体会地说："唉！人的一生很短暂，想想跟一眨眼的区别有什么两样！日子过得得劲显得日子快，生活不如意，时辰怎么也过不完，越苦恼越慢越显时间时辰长慢。""驾驾驾！快马加鞭往前赶也，美女嫦娥来把咱们陪伴，心中高兴哎，时辰短，希望马老爹爹再看咱们孟姜女的面上再坚持一天！心中的话儿要交的，激情感恩哎！情意绵绵来把心儿挥呀！云儿星星，夜空现呀！"万喜良唱着小调。

"万将军你这在哪里学的南腔北调？唱得好听，就是词术新鲜了，算唱算编随心而来，靠激发情义，开开心心的怪快活！驾……月亮也不知道到底有多大，咱们走在哪里都能看到它，而且它永远这么大，也不全变小更长不大，有意思，啥时候才能知道懂得月亮有心没有心呢！月亮上到底有人没有人，嫦娥真的就住在月亮上吗？嫦娥真是美女，是后羿的老婆吗？驾……"孟姜女说。

"孟姜女大队长到了，马大叔你醒一醒呀！孟姜女大队长来了！"万喜良说。

"不用急叫醒他马老爹：他马上还能不醒来吗？反正我今天晚上又不走了。"孟姜女说。

马云儿说："大队长你辛苦了，让你受累了，我爷爷这几天就光念叨说叫你来！他说他再看你一眼，昨天一天就说了十来回，就后来我去黑老窑去找你，万将军问有什么事，他帮着转告一声，我爷爷前两个时辰还在问你炎大队长来了没有！有气无力地喊着你炎大姐的名字，已经两天没有吃饭了，这一回眼见的是真不行了，老人最后的愿望就是再看你一眼，他这几天在昏迷中不停地喊着你的名字，听着让人心酸，炎大姐你真是这世上最好的好人最大的好人呀！"

"马云儿妹妹，你不要太激动，我知道你爷爷为啥想我！一遍一遍地叫喊我，是因为他老人家对你不放心！所以他就会一直想着我孟姜女，你放心好了云儿妹妹，只要你听话，我会向亲妹妹一样待你对你好的，只要你一直相信我孟姜女，我将来有什么就叫你有什么？我干什么也不会忘记你马云儿妹妹的，看看爷爷醒来没有！"孟姜女说。

马谷米老人躺在床上有气无力地想张开嘴，张了几张还是没有一点声音，眼皮子翻了几次还是说不出话来，最后一只手拉着孟姜女，一手拉着孙女云儿的手，双手放在一起再也没有说出半句话，只见他的头向一边一歪就闭上眼睛再也没睁开，马云儿跪在床边大声哭叫："爷爷，爷爷你放心吧！我会听大队长的话的，炎大姐叫我干什么我就干什么！就是现在炎大姐叫我去死，我也不会眨眼睛的，爷爷你一定要走好！你保重你自己吧！爷爷呀！爷爷，你老人家听见了吗？炎大姐来看你来了，炎大姐是天底下最好最好的人，我马云儿这辈子就跟着你炎大姐，你就是我的亲姐姐！炎大姐你比亲姐还要亲！炎大姐你是天下最好的大姐！是最好的好人！马云儿这辈子就跟着你！是你带着人马把我从虎口中救了出来，炎大姐你是我们马家的大恩人，我马云儿做牛做马也还不清你的恩情！炎大姐，你一定不要嫌弃我啊！我万一有什么不对的地方，你一定要告诉我，我一定改。"

"马云儿别哭了，再哭，爷爷也活不过来啦！你的心意我都明白，而且你爷爷他老人家也是为了长城拼尽了最后一口气，为华夏大民族争创光彩，得到了荣誉，我们今后都会向你爷爷学习的，把他老人家永永远远的记在心里，他老人家的精神永远活在我们心中，他老人家是我们炎黄子孙的骄傲和自豪！只要我们每个人都像他老人家一样，我们这个朝代将会永远兴旺，我们的百姓会越来越好！这就是我们要奋斗的目标，只有拥有我们勤劳的双手把石头垒起来，才能使我们这一代太平地度过，万将军咱们把老人的衣裳换了吧！光哭也没什么用，人死如灯灭，油熬干了人自然也不行了！化悲痛为力量，我们来该怎么着怎么办，就正正当当的办好，办热闹，老人家七十岁已经过了，咱们把丧事当成喜事办，明天一早请唢呐班子来，该吹的吹，该打的打，热热闹闹地送老人家归天去享福！"

"马云儿你去把衣裳也换了，披麻戴孝让你爷爷高高兴兴的来过一生，再高高兴兴走完这一生，也烧纸钱金元宝银元宝，女的坐轿，男人去世骑高头大马，长明灯点上给老人家照着明上路慢慢走上天堂！咱们两个人万将军也戴孝章孝帽，这办丧事也是出于对老人家的一种孝敬和尊重，更是华夏大民族的一种风俗时尚原则，不能马马虎虎，要认认真真仔仔细细的送老人家去天堂享福，享受快乐人生，就是咱们时兴民族文化的文明艺术的高尚之所在，来了人要表示感谢和由衷的敬意！跪拜接着代客人和帮忙的左邻右舍，马云儿千万记住不能让人家讲咱们年轻人不懂规矩，不知道风俗习惯，咱们是大秦王朝的礼仪之邦，礼仪国度老百姓是十里不同规，百里不同习，风俗是孝敬老人的心，情和礼仪都是一样的，该放炮的放炮，该烧纸的烧纸钱，该磕头的由你马云儿磕头跪拜敬老人的灵魂，马云儿，老人的棺材准备好了吧！"孟姜女说。

"早就在几年前做好了，还是三六九的好料板，爷爷经常自豪地夸奖它呢！"

"咦，那就好！等一会儿换好衣裳再讲吧！"孟姜女说。

万将军慌着给老人穿寿衣，又在洗脸打扮，一切准备妥当，几个人和万将军又去把棺材抬到堂屋正中央，下边垫着两个长凳子，纸钱盆在堂屋门口外棺材头前面烧钱送金银纸钱，长明灯点在棺材前头的下棺材板上，马云儿正跪在纸盆前烧纸送钱磕头，万将军几个人将老人抬起来放在棺材内的被子上盖住脖子以下身上，棺盖错开一条缝放好，只有等候亲人好朋友最后一次瞻仰遗容后在扣上棺盖定论。

一切都准备就绪后，村长又是本族的族长，是五十多岁的人，姓高，"哦！炎大队长和将军都在这里，有劳了，有劳了，大家辛苦了，我是本村的村长，说马大哥已经升天了，我这才知道，来迟了，有劳各位！大家做下来谈谈说说，还有需要什么呀！需要跑跑腿的本人愿意效劳，大家都是乡里乡亲的几十年了，亲如兄弟应该来帮帮忙，人们好说：远亲不如近邻，近邻不如对门，我论年龄论辈分都亲的跟一家人一样。谁能想到大队长和将军都在这里，还如此热心和关心照顾，我先替马大哥谢谢大家！云儿这小妮也不去我家说一说，以至来迟，无论怎么讲，乡亲也好近邻也罢，我村长也罢，今天有大队长和将军在这里操心忙活，这就是我马大哥的福气和在天之灵的最大享受，我们这方圆几百里路想请你们，你们还不一定来呢？这就是你们五位给我们高家堡带来的光荣和荣誉，也给我们马大哥争来光彩和人气福气，我作为村长首先表衣向五位诚心的敬礼鞠躬！今天时辰不早了，你们该休息的休息，早睡早起床！明天还有明天的大事情，我会让全村的老少爷们儿都来致哀、送葬、出殡等一切事宜！还有唢呐鼓乐队，明天上午都会来的！这得敬请大队长放心，一点也不会比别人差，只能会更好更有派头更有气势，我们这实行男的骑大马，女的坐桥，也有送花圈的，挂帐子的，人过七十是大喜事，喜事就要欢欢乐乐地送老人升天，上天堂享福！"村长说。

"还有什么规矩尽管说出来，咱们大家才能按规矩办事是不是呢！"孟姜女说。

"啥规矩还不是人定的，只要没有说三道四的这样那样的，也就什么规矩都没了，人在很早很早之前，连房屋都没得住，更没有衣裳穿，那时候的规矩也就是带领大家混饱肚子，吃饱不饿的规矩，还有什么呢！连肚子都吃不饱，还讲啥规矩呢！唉！活见鬼瞎能不够，再大的规矩老天爷也不会同情，让谁再活过来，人死如灯灭，说白了，还不如一盏灯呢！灯可以再添油点亮，东西再多也不能救命了，到时辰了！该死就死，个个不死，这世上人还站不下了呢！今天时辰也不早了，你们大家也该歇息了！明天还有明天的事情，你们给我们村添光了，真是不容易啊！辛苦你们了，我也该回去早点在安排安排了，叫他们早早天亮就来吹吹打打的！看着热闹排场，我走了！"村长说。

"好！再见吧！千万不要客气了，人吗？随风俗走！咱们今晚也来守着老人家的灵！让他老人家安静升天吧！今晚上再看看这里最后一眼，我孟姜女也睡不着，咱们几个人也用纸给老人家扎一个大大的花圈和一匹赤兔马吧！让他在天堂无忧无虑的骑着逛逛玩玩！再把纸钱多烧些，好带上在阴间分给穷人们花，如今升天了我们多烧些金元宝带上，好成为大富翁见了穷人也分给他们花。"孟姜女说。

出 殡

天刚蒙蒙亮，一大早，村里的老老少少都随着唢呐吹吹打打来到大门口，孟姜女和万喜良慌着把大方桌抬到院子外面，靠右边放好！马云儿又搬几条长凳给大家伙坐，孟姜女慌忙把扎好的大花圈马拿出来摆在左面，在大花圈中有一副毛笔正楷隶书字：马谷米永垂千秋！落款联是：女子修长城大队队长孟姜女。万喜良将军将扎好的大纸马也搬出来摆大圈后第二个马背上落款：马谷米永垂不朽！落款人：大秦王朝快速铁骑队常胜将军万喜良！村长也献了花圈放在第三个！唢呐声声地吹奏着，鞭炮轰鸣炸响。

马云儿迎接一批又一批的来宾跪拜磕头，快到了下午时又有快马报道："大明县令刘文志到！"只见远远的两队二十人骑马的县衙门鸣锣开道！前面大旗上书大明县县令！一会儿来到大院门前下马！刘县令身穿官服脚上蹬着长筒皮靴，头戴县官官帽，下马来，马云接着磕头跪拜！万喜良和孟姜女上前引刘县令到老人灵前鞠躬敬礼！唢呐声声吹得更响了！锣鼓擂的震天响，村里村外的人都在大院外面看热闹的，围个里三层外三层的！后面两个时辰过后又来了左云镇镇长左老爷、右玉集乡长右乡长！怀仁镇长，朔州镇长，山阴镇长，镇长们都带来了花圈，范杞良将军也派骑兵们扎了花圈送来。刘县令找来各镇长商议早早下葬，一是天热，二是不能搞得太久，再等一天二天，还会轰动其他的县镇，早下葬早完成事，人生该排场的县长也来了，镇长来了六七个，乡长村长都来了！老百姓为了看热闹相隔几个村庄的人都到了！所以要早下葬好利多！亲戚朋友最后遗体告别仪式，刘县长第一个，孟姜女、万喜良，各镇长乡长村长！亲戚邻居好朋友挨着挨的从本村旁边经过看最后一眼，孙女马云儿最后一个，趴在棺材大声哭叫："爷爷，你走好！爷爷千万不要挂念云儿，云儿最后给爷爷磕个响头！送爷爷上天去！上天堂享福！云儿希望爷爷在天堂过得快乐！爷爷你一定自己照顾好自己！"马云儿哭诉。

人们都在马云儿的哭声中悄悄地流泪伤心，最后刘县令致辞："马谷米老人的一生，是充满勤劳智慧的一生，睿智的一生！也是敢于抗暴不屈不挠的一生，他的去世是我们华夏民族的一大损失！也是女子修筑长城大队的一大损失！马谷米老人在世时，不畏强暴，敢于抗争，与恶霸坏人敢于面对面的斗争，也是伟大的一生，光荣的一生！我希望大家学习他的好品德！好爱心！好互助的仁慈善良的一位老人！最后盖棺出殡！"

鞭炮声声！唢呐阵阵吹奏着，纸钱在棺前燃烧着，杖长手拿斧头，一手拿着红绸子，大声命令到："扣棺！"六个老头将棺盖抬起推上。村长一手用红绸子布裹着斧头！另一手拿着木钉钉入到棺盖上，最后又拿来丈八长的木杠子绑棺上，用绳子绑紧后穿上扁担，两个人一根扁担，棺前八个人，棺后八个人，都戴上孝帽，白孝带腰间、白布鞋！村长大声喊道："摔老盆！起棺！"马云儿打长幡大柳树枝，在枝条上贴很多白长纸条！跪在棺前！听见摔老盆后站起身，转过身喊起棺二字开始往前走去，孟姜女四人在她马云儿两边架着胳膊同时往前走去！

万喜良这时挎着大竹篮子里面放了好多纸钱，有圆形的，中间有方洞，有叠好一打一打子的，圆形钱甩起往棺上撒去随风飘落路上，一打一打的纸钱随路边烧起来！唢呐乐队后是马云儿、孟姜女身后紧跟着抬棺的，在后面是扛纸马拿花圈的村民们，一路浩浩荡荡地向高家堡南面五六里的泥子河边走去！

如梦令

几千年的文明，几千年兮经典，谁能玫风俗！英灵闪靓城现：平安！平安！神龙辉煌悠万。

横山

横山西北边的白老窑和黑窑砖厂一排十两个大窑正在整整齐齐冒着青白烟雾，向天空飞去，两只老鹰在烟雾的上空高高盘旋俯视着黄土高坡树木绿林草地。姑娘们一个个的还在继续打着砖坯子，不过她们现在比以前熟练多了，打砖坯子的技巧、质量都远远超过刚开始的时间，刚开始慌慌张张的从天亮一直干到天黑才将就的一组完成任务，现在不一样了，最起码，一天是不慌不忙，不急不躁地就能完成任务，任务定额一直没有变，一人一百块，一个队一天一万，三千八百女子天天如此，一块也不能少，同样也不会多，多一块十块也没什么意义，当然了天长日久数量会多的，但是姑娘们天天如此，每天除了和泥巴打交道，别无选择，也不能选择呀！只有一心一意打砖坯子还算活轻松些，其他一样比一样活重。有时还特别讲求技巧，一牵涉到技术就不能随意地去做，做不好一返工更加麻烦，打砖坯子虽说累些，但在技术上没有什么要求，要求平平整整有角有棱，达到重量，绝对除去沙石，防止中心空洞有气泡等等，砖中间太空太虚首先重量跟不上，然后就是质量不达标，所以每个姑娘首先把质量提到首位，特别重视质量第一，数量第二，每天最大要求是保质保量决不能含糊，因为随时随地都在讲求百年大计质量第一，谁不负责任，轻者罚体力，重者杀鸡儆猴，比军人去找女人恋爱还要严，统统杀头，有几个傻子愿意拿头开玩笑呢！先生们，端谁的碗属谁，管要求什么重视什么不是开玩笑！一个小队一大趟子，一个小组一行行往前挨着的排上去，砖坯子后，又在旁边堆垛码放整齐一垛垛的墙，整齐好看，阴天又好盖！到烧砖进窑时，一个小队一窑砖，谁的质量不好，差一点质量不好啦！容易断裂，缺胳膊少腿的，不符合标准，一下子就可以看出来。所谓重要的环节，谁也不敢马马虎虎的。

"田丽还可以吧！一天能行吗？比在家里还好，感觉高兴吧！"孟姜女说。

"炎大队长，头一段时间一个多月，说真心话，每天感觉很累很疲劳，还很烦人，在家时小时时候玩泥巴，大人还不让玩！偷偷地在一边摔泥捏着玩！现在倒好！玩泥巴，天天还有人管饭吃，这是笑话了！人嘛，只要干一样事情有好处，干什么不是干！反正天黑睡，天明起床，一人笑大家笑，大家高高兴兴，就是这么回事，咱们大家认的理，好就要拼命地去干！当然啦！首先要干好，大队长是不是？保质保量不能少！"田丽说。

"我刘婷婷就是质量第一，干得再多有什么用呀！越多废品越多，干好一块是一块，千年大计质量为主呢！绝对不含糊马虎的，有些个别人别说千年大计了，恐怕三五年最好十年就保不住了，个别班组队应该在一百多号人中挑拣气力劲道大一点的人，最后把关专按砖模子，手劲大力气大无形之中泥巴在她们手中气短泥款变形快，在用上全身心的劲一压二压三按按再用竹板子一刮，最后看着就不一样，平平展展，过几天再晾干，齐齐整整像一刀切过的光滑的分外好看，在经过上窑一烧，怎么样也能顶个千年万年的宝石用！结结实实，真正货真价实的长城材料，一点也不马虎！"

"婷婷讲得不错，实践出真知，实干悟出大道理，只有经过自己亲手摆知动手大干，才知道功夫不负有心人，我希望提醒大家切实真心实意地质量第一，每个小队班组都要多多动手，不但自己注意质量，把好真做到质量第一，质量才是长城的生命线，质量是关键的关键。"孟姜女说。

"炎大队长，我时时刻刻不但自己注意质量，有时还提示大家质量第一，质量万岁！质量是我们女子大队的铁功夫，是技术让我们不辞辛劳地为每一块砖头打保票，当保镖当然还差第一流的好保镖，我徐子燕愿意为每一块砖当尖子保镖，所以我时时刻刻提醒大家，同样大家也在教育我，为质量而我为质量而干，也就是我们华夏大民族的子孙后代而干，所以感觉有了质量第一，心中特别爽快和快慰，几千年后大家人们还能记住我们这些为质量万岁的人辉煌成果：长城而自豪更加敬佩！人都喜欢听好听的，但你辛苦地好，辛苦地有信心，有成绩，注目而望！所以就要好上加好，才是我们功夫不负有心人，功到自然成我的最终目标！"

"我耿鑫也一样的，炎大队长炎大姐，人过留名不怕死，我们大家为长城的质量就是要高上加高，好上还要好，我们的长城将是华夏大民族永远的象征神龙！她笑着结着保亿万天下老百姓们的爱心和情意的真谛！只有神龙长城才是我信仰和崇敬的心中真神。"

"现在各位美女姑娘们，你们和原来都不一样了，你们这些美人美女首先学会了高超的思想品德，知道自己在干什么，为什么而干，都比我孟姜女的觉悟水平高水平好，意思强，在往后你们姑娘都可以成为我孟姜女的老师与表率作用，我孟姜女衷心高兴呀！这样我们就不愁质量要求达到的目的，群策群力美女定天下，光靠一个人两个人是不行的，只有大家齐心协力才能办好这一民生大计！所以从现在开始我们女子大队的成员个个都是一位位质量高手，我孟姜女的好伙伴，好朋友好姐妹，人活一张脸，树活一层皮，如果千年以后大家的子子孙孙问这长城是谁建造的如此宏伟巍峨，风刮不倒，雨淋不垮，那就会有人记得是我们女子大队修筑的长城，她们天天为质量而吃尽了苦头，我们是为了质量保镖的特工人们，姑娘们我们要干就要干出个名堂来，长城在我们心中，长城扎根在我们的汗水中！长城将定格在我们女子队的骨头上，她就是我们这群姑娘们用血凝成的晶莹剔透的果实！"这些时间，大家非常辛苦劳累，但成绩还是大得很哪！一排排一垛垛的砖坯子站起来了，十两个大窑冒烟了，这就是成绩的现实性，这就是长城神龙的每一个每一片鳞甲血肉在烈火冶炼生成中新生，在茁壮的生根扎根，下一步就是开花结果隆重深情的情义，展现给普天下老百姓的喜乐果，快乐神龙，这些都是我们大家双手劳动的喜歌，也是我们美丽姑娘女孩子化身的灿烂花朵喷香绚艳多姿多彩的情缘相知相识爱心！美女姑娘女孩们千万不要小看了我们的力量功能所在，从古至今在伟大的王侯领袖的伟大能人也离不开我们靓丽女神的孕育。再英明的豪杰枭雄侠客也跑不了女人母爱的心缘浓情，这就是创造世界的千秋动力，也是变革时实功勋的焦点人生的万年花蕾！

　　"炎大队长炎大姐，这么长时间怎么没有见到范将军范大哥和你在一起了，是不是范将军让朝廷另外派去到别的战场上去打仗歼灭敌去了？还是有了其他的事情？"

　　"袁鸣鸣你也太会关心人了吧？是不是范将军牵动着你的心，还是范将军给你留下了什么情义缘分啊？袁鸣鸣小姐！"孟姜女逗趣地说。

　　"是你看上了范将军的大将风度，你也太会鸣不平了吧？鸣鸣女大小姐先生，炎大姐大队长还没有那么想那么想那么多呢？"

　　"你说什么呀！我也听不懂酸溜溜的醋坛子会在你宋子乔嘴里倒出来，是羡慕还是嫉妒和妒忌呢？羡慕是可以的，要是嫉妒和妒忌就没有必要了，因为我袁鸣鸣和范杞良是表叔和表侄女的关系，更不可能恋在其中的老表叔，辈分层次也不一样也，他想要我袁鸣鸣，我还不一定喜欢他一个未来的老头子，这就叫人不美心美，人不高道德品质要高尚，别用小人之心来度君子之腹，人是讲究情义，是因为有亲戚缘分的！"

　　"哇呀也！袁鸣鸣要攀上高枝了，原来天天自己不吭声不说话，不讲话，一旦说起来还是一鸣惊人啊！高亲显贵戚的亲情呀！小心下半辈子孟姜女大队长还得照顾你这个大表侄女呢！真是亲上加亲，人更亲……"

　　"啥呀？啥东西哟！胡连八扯孟姜女大队长是华夏美女，那个男人不动心不留情啊？为啥会关照我呢？我又不是个小孩子，自己的事情自己做，自己的命运自己来主宰，光靠拉关系找亲戚就能享福成名吗？你也太小看人了！"

　　"哎哟哟也！算了算了，咱们都是好姐妹乱说瞎讲什么呀？范将军这一段时间在万家屯那边负责搬运石头，那边有一段大平原地带，从海边到大青山脚下，需要带领骑兵挖长城的根基，宽三丈半，深一丈八尺算二丈深了，工程大，土方大，需要的石头更多，又有他们的主力骑兵队的大队人马二十万，前一段时间还在那里消灭了敌人号称二十万人马的强盗，大获全胜，半个坏蛋敌人强盗也没有跑掉，打仗还是咱们的华夏大民族的兵卒勇士最厉害，他们那些强盗土匪坏蛋连边也挨不着，第一次六千多的坏蛋让我们千把还不到的人给全包围报销了！这次他们又组织了将近十五万人，号称二十万最后一个没有走掉，还是我们大秦始皇帝亲自督战，一举全部干净的歼灭之，总共还没有用一天时间一个不留，半个不剩，乖乖儿呀！那喊杀声震天动地，敌人坏蛋狼哭鬼叫跟杀猪一样的热闹，一刀一个，一枪一个从来不空枪白挥刀，血流成河，天底下也不知道哪那么多的坏蛋敌人，一仗一仗的杀不完，一刀一刀砍的刀口都奔都像锯齿样，大枪尖子也磨明了磨小了一大套，过上一年半截的又是一大批坏蛋敌人，又排着队来了一大大群的，天底下的坏人杀不完，剁不尽，砍不了！肯定都是些坏女人生的孬种儿子孙子！都是胎里坏透了，长大都是些坏蛋羔子龟儿子，长不了命非要挨刀枪去死找阎王爷，土地奶奶去救命，坏人人心肝都坏透能不死吗？那边的姑娘都打了两次仗了，有的姑娘女孩子天生厉害，又能骑马又能抬手砍头，举手刺坏蛋，那个麻利劲就甭提多帅多酷了，叫男人们叫绝，使英雄赞叹，大天使豪杰们也没有如此的肚量和魄力，砍剁脑袋就跟切西瓜似的，挥枪就像扎刺稻草人是一样的眼都不带眨一下的鬼斧神刀，我都夸奖不好人，更用不好形容语言不来，闪电一样血流成河，坏蛋们两只眼还正盯着看靓美姑娘正在笑得灿烂时脑袋就掉了，那一个还正在发晕发迷身前身后两个大血洞，只是一闪脸啊的一声大叫玩完蛋！女孩子真是眼疾手快，有一个家伙脸上被砍掉一半脸，身上又中了好几枪，八个大血窟窿一直往外咕咚咕咚冒血，同时四个姑娘手都到跟前，还有个好吗？看着敌人一个个地倒一个个地掉下马去，一个个的哭爹叫娘，当时那个场面可就别提有多高兴了，最起码少一个坏人少一个好人受他的迫害吧！将来少一个王八羔子祸害老百姓，所以姑娘们嘴里叫喊着吼着：'杀杀杀杀啊……砍砍砍砍哟……姑娘们冲啊！美女们上呀，砍死一个少一个，杀死一个少一家子坏蛋种！'杀的高兴，砍的兴奋，更不知道累，也不知道心软手寒，见了就扎就刺，这才是真正的善良好处，省的以后一堆又一堆坏蛋敌人，龟鬼子们种还来呀！叫你们一个个去天堂朝拜当坏种！去地狱当土匪看看阎王爷收不收留你们这些狗杂种，狗娘养的大土匪坏强盗！再干坏事呀？非叫你们死无葬身之地，没娘养的孬种下辈子还当不当坏种坏蛋了！姑娘骑着大马，眼睛都杀红杀绿了，马上没有坏蛋强盗还往马屁股上再捅二刀扎一枪的，战马竖起前蹄伸直脖子昂起头来'咴唧咴唧'的大叫几声，一头栽倒在人群里，再也没有站起来！有个姑娘嗨咳咳的一声大吼，把个坏蛋吓得从马上吓得栽下来倒栽葱而死！鼻子眼里都冒血，舌头咬掉半截子没有命了……"

　　"晶晶你是大队的副大队长，也就是第一副大队长，你这一段的工作抓得很紧很好，大家对工作都非常积极能干，特别对于质量，姑娘们干的更是没话说了！另外我悄悄告诉你一个偶然冒出来的，只有我一个人知道的事情，你知道就行了！暂时先放在肚里千万不要高兴得太早太高兴了，也别太快乐了啊！你知道范将军的骑兵快速铁骑五百人吧？五百人分成五个连队吗？也叫小队队长你知道不知道？他们骑兵队下边分班组，十个人为一组，三十个人为一个班，这是建制，关键与你有关的一个队长，也叫第一小队队长也叫连长吧！你怎么咋不吭声呀！大美女呀……"

"我咋吭声？怎么着，你讲了一大圈子，我都不明白你大队长在讲啥？咋回事？具体啥关系啥事？你不讲明白，我咋知道是咋回事嘛！现在还不是洗耳恭听你大队长大姐的下文！什么事情？"

"有个叫李小泉的你可知道这个人？"孟姜女小声说道。

晶晶摇着脑袋说："哪个队长？姓什么叫什么咱们咋会知道？又没有人自我介绍，也没有人大声讲他是李小泉，他是个骑兵小队长？挨着我晶晶什么事呀？人长得什么样子，胖子瘦子矮个高个子咱都不知道，只知道带领姑娘们和泥巴打砖坯子，质量第一，坚决保证质量，千年大计质量第一，谁也没有叫我去问去打听骑兵连队长是咋回事？"

孟姜女看着晶晶莫名其妙的样子笑笑说："这个连队长，人很漂亮也很帅气，不是十分的高大的中上等个子，高鼻梁，大眼睛，黑黑的头发，浓浓的眉毛白脸盘，大耳朵垂，身体魁梧，他叫什么你千万不要牢牢记住了在夜里叫喊人家的名字，李小泉！滔滔白水住上翻的泉，是他悄悄告诉我的，他爱你，他喜欢你大队长晶晶先生！所以这一会我突然想起来了，现在就偷偷悄悄地先告诉你了！你一定要小心你自己，不要高兴傻了啊！人家可是大秦铁骑快速骑兵队先遣先锋队第一队队长哩！高兴吧？他就看上你了！他等我们女子大队修好长城后就来找你接你晶晶大队长也！听懂了吧？还疑怔发迷呢！"

"炎大队长炎大姐你没有喝酒吧？你是不是在说梦话醉话也？要不你就会是有心逗着我玩的吧？是不是也？哪里会有人喜欢我？还要来爱我！我真是一点准备也没有，你千万不要来取笑我，拿我老实人穷开心啊？还说得有鼻子有眼的白脸盘，中上等个子和我高低不来啥！哎哟哟！一定是你哄着我玩哩！管他呢！只要他爱我，我这辈子也就足够了，从古至今不都是男人挑女人，男人至上至尊，只要他喜欢上哪个姑娘美女，女孩子这一辈子也没有喜欢人的权力，更别说占有谁，拥有他一辈子啦！男人只要一句话不中听，叫你滚蛋，你就得滚蛋回娘家，在娘家丢人现眼更是遭哥哥嫂子的窝囊气受，女人天生的倒霉相！谁叫老天爷非叫咱们这些姐妹们命苦，该着让人家挑三拣四还这样那样的怪物贼挑刺，托生个女人真晦气，要是永远这样年轻多好！这辈子不找男人也省得鸡咕麻咕带脆骨的，最后都是女人不好，女人丢脸，女人没志气……"晶晶说。

"晶晶你这是咋了？人家个个听说有人爱，有人喜欢打心眼里高兴，眼睛鼻子都是笑都是喜欢，你咋净说净讲些不好听的话？人家喜欢你，爱你就是看着叫你受罪倒霉还是咋了？你这是不是在男人跟前先发制人，还是制于人呢？我不懂你晶晶大队长嘀！你是不是高兴的反着说话呢？有些女孩子心里有什么事就是反讲反说的！"孟姜女说。

　　"你炎大队长咋知道得如此详细呢？这个死小泉总归是等到你露面了！"这后面一句是她心里话，没有讲出来，只是脸上显出点异样的高兴与怀疑而已！到底不是男方人亲自讲出来告诉自己的，如今是将信将疑，不信呢已有这事，相信呢确实不是男方派代表亲自提这门亲事，更不是李小泉亲自讲的，如果男人亲自讲在耳边'我爱你晶晶'恐怕就是他当时拥抱她亲吻她都可以，他毕竟是一个队长，比起将军差一点，比起兵卒，组长班长可是太自豪，太让人骄傲和兴奋千百倍的激动动情，没有交费天天的辛劳和时时的情义，女孩子都是早早希望能有人看上自己，但又怕是不理想不情愿的那个人，最起码在一般人眼里他有一个又一个的优点长处和富有，显得年轻向上有激情，再者就是老老少少都会夸好，这就是一般人的虚荣心和嫉妒心理！唉…做人难，越想越不如意，越想越不如愿！现在我晶晶总算是上乘层次的一位好青年，但比起将军以上睥也就不能比了，百分百的如愿以偿，还算满意达标的界限盼头。

　　"哎，你不要闷着头瞎想胡盼啊！光一个人的偷着在心里穷高兴！我还有一个事想告诉和你商量一下！现在大家对于质量都很注重，这很好，当然这是重点的原规，应该这样想，这样做，我想再鼓励大家一下，也叫提提兴致和精神吧！咱们大家能不能在此基础上再来个数量和质量竞争的小高潮～！"

　　"咱们现在人数是三千三百人多一点，当然不算你们几个孟姜女大队长，怎么竞争竞赛你大队长尽管说出来，讲出规则原规、竞争方法和竞争措施，我是坚决表示举双手赞成的，原来最早我也有这种想法，考虑来考虑去，就怕抓了数量，质量出问题，为了稳着点最后慢慢地放弃这种想法！因为我们现在干的是千年大计，质量第一质量万岁，质量在每个美女姑娘们的心中都是一面亮晶晶的镜子，所以以稳定大局求生存永远，也就把鼓舞人心士气激发力争上游就是一句心里的无声语言，这些都怪我本人想的太深太复杂太仔细，其实上每一个姑娘女孩子都希望早早地能有什么活泼娱乐活动开心的愉快一下，年轻人到底都是年轻人同样干一样的事情也要经常换着形势和方法才显得有趣和快乐开心，年轻人不能和老头老太婆比，心里老一套定形定格年轻人总这样那样方法效率不一样的激情感触吧！说来说去都是自己太保守太死板，在劳动不灵活不活凡，个别人也提过奖过，但我一直没有放在意上，举行或强调怎么怎么的格式，这次大队长你也提出来，我坚决的执行命令，协同作战，共同搞好年轻人的脾气口味来举行应该的形势局势。"

　　"我们也不要搞的太复杂死了，在原规班组基础上人员编制不动，就现在什么形势都不变的情形下提高质量，要求数量同步高调快捷快速进行，最后专门由队长组长来进行评议比速度快班组为每队的标杆组，以高质量速度为最后大家都来观看，人人最后都是评议员，无须什么专门推选选举，大家一起在一个广场上干活，又在一块儿竞争，谁最后经竞争后速度快，质量高是大家眼见的目标，而不是虚伪捏造造假出来的，让事实来说话，让众人来观察，使大家都来参与的真实标杆班组人员，确确实实是干出来的，不是吹出来的标杆子出来快速高效的砖坯子为数量，人人都是检验员，个个都是把关能手好不好？"

"好吧！就这样，我是赞同的，大队长想得非常周到全面，这样好了！"晶晶说。

"我们最后奖励的办法是，连着三天这个班组第一质量，数量第一的，可以奖励一双鞋子，连着十天质量数量天天第一的可以奖励一套青灰色和长城一模一样的衣服，但是一直是质量和数量，没有什么区别区分的也要发衣服，鞋子，只不过时间长些三个月每人一套，只有青灰色耐脏，而且穿起来姑娘们显的皮肤白嫩细腻有光彩，有特色的绚丽感觉，接受奖励的三个月也同样再发一套衣服鞋子！"孟姜女说。

"可以，可以的以资鼓励更好更有竞争都争取天下第一的激情和爆发力，措施好办法也好！就这样宣布吧！"晶晶说。

如梦令

美女情意无边，好措施大家干。缘分上帝定，沉住气爱情显。人间！人间！靓情爱美谊赞。

竞赛

"好！大家都听着，咱们一边干活，一边讲个事！姑娘美女们大家好！在家辛苦了，大家都一直对质量第一质量至上，大家能有质量是关键的认识非常的好，非常的有必要，也非常现实，我们大家都一直对质量长城是千年大计质量是生命线，是我们每一个姑娘的心声，爱意，情酬。今天，经过我们大队部研究，要在保证质量的基础上把数量也提高提快，加紧朝前进行，决定我们现在的三十个班组三个小队为基础，每天每个队平均有几个组为第一，数量在每几位，天天如此者都争取第一名者，连续十天者，奖励一套衣服，连续三天者数量质量第一者每人一双鞋奖励，如果大家想竞争一直没有走在第一第二者行列中时，三个月一套衣服和鞋子，这是按时间发放下来的！手脚快了十天，三天只是一眨眼的工夫就可以得奖励，就这需要每个班组十来个人要团结一致，各干各的活路，有空可以组里实行互帮互助，速度一快，保住质量，就能在三天一双鞋子，如果说三个组或六个组更多的组经过比拼，评质量数量每天都是一样多，我们可以连着三天十个组或六个组每人一双鞋子，这就是鼓励勇闯第一，名列质量数量榜首。当然了，这就需要各个队长，组长多多辛苦点来评比出好的质量和多出的数量劳动能手，可不是白辛苦白劳累白流汗白白的瞎说，对现在才是鼓励的原则与好办法，激发我们姑娘们的火热激情和愉快昂扬的劳动素质，当然从大的方面说，那道理美女姑娘们比我还要会说会讲，但是现在不一样了，就是要开创创新局面，新形势，让普天下亿万的老百姓早早地尝上实惠的平安太平年月，所以我们就是要把美女们斗智激发出来！让女孩子们的爱从心底洋溢出来散发诱人的芳香来为明天争取更大的情义而焕发美女仙女们袭人青春来竞争来比赛，我在此预祝大家早早在三天中得到鞋子和十天先进第一的服装靓艳多姿多彩来舞出砖坯的浪漫潇洒的狂热劳动干劲而竞争竞赛吧！"孟姜女说。

韩玉玲对她组里的人员大声说道："姐妹们，都听到了吧？"她用手理了一下闪靓油黑的短发继续说："大队长刚才讲的竞赛竞争条件是要在首先在保证质量中求争数量，三天以内都是第一名第一个，每人一双鞋子！美女们，仙女们十天以内质量数量第一者都可以荣获一套和长城一样色彩带长城字号商标标牌的衣裳！我说啊，姑娘们，为这鞋子和衣服而奋斗吧！大家快点啊！我是组长，我来带领全组人员越快越好越有干劲呀！姐妹们，姑娘们向鞋子挥动招手！向衣裳而奋斗！仙女们，美女们，别怕泥巴糊住手啊！快快！加油！加油拿来摔打啊！使劲打啊！"

"姑娘们，鞋子要不要？美女们想要美衣裳穿不穿？来啊！姑娘们加油干呀！拼命揉啊！泥巴！泥巴你别沾手，让我和你建长城！砖头！砖头你好规矩，站着四四方方好平整！躺下有角有棱真帅气，你潇洒的脾气好疯狂也，你浪漫姿色能起舞哟！我们大家加油把你脱，把你做，长城神龙的鳞骨是你派克的亲情聚，巨龙有你砖头美媚脱的靓闪灿烂多威风，豪迈庄严高山屹立靓！早早盼你的美女姑娘把你来刻画！早早想你爱的仙女女孩子的灵气熏陶你璀璨的魂魄灵感强！爱你华夏的神龙神明巍峨超精典荣光华章……"孟姜女唱。

郭文慧也在号召组里组员轰动加油："姑娘们，鞋子要不要呀？"

"要呀！要啊！"

"美女们，衣裳争不争啊？大声点哦！"郭文慧说。

"加油争啊！姑娘们也！"

"人人都要拼命干哪！个个都想加劲争哟！质量第一，咱们数量来万岁！姑娘们大声吼呀！什么来万岁！"郭文慧说。

"质量第一，数量来万岁！咳咳好！嗨哟！加油加劲干哪！"

"齐心协力冲天干哎！"郭文慧说。

"并肩携手美女们！鞋在舞蹈也！摔出砖头能唱歌，打出泥巴窑上烧啊！百炼成钢长城吼哎！姑娘美女爱心诚哪！火辣辣的红玫瑰是我情喷香艳绚的花朵是深爱的神龙旋律，让我们精心托出你巨龙欲威猛的格调哎……"

李曼秋在放声吼唱道："神龙出道在高山哎……哟……万里长城我们女神干哟……咳……保民富朝大秦社稷安……咳咳咳呀！姑娘女孩美女比赛干劲冲天呀！嗨嗨唭唭嗨呀！嗨哟！嗨哟哟啊！比赛竞赛朝鞋看也！脱大砖也！脱大砖哟脱大砖呀！嗨咦咦咦。"

张曼琪唱道："脱砖坯！脱砖坯来哟也！哎嗨咳呀……外哟！

激情谢拜天缘，貌美质量数万，合作快乐坯！

美女赛连美梦，女神！女神！华夏民族龙美。"

孟姜女唱道：

《唱秦娥》雄伟策！千年大计女神略，女神略！脱砖坯子，靓绚赛铁。创新奋进奇比赛，美女姑娘拼搏烈！质量数量，秦娥卓越。

《鹧鸪天》天仙艳靓脱砖坯，竞争比赛班组多！美女鞋俏衣裳奖，大干加油仙女啰。疯狂乐，比赛数，拼搏创新韵调高，嗨呀嗨嚓嗨唠唠唠，靓艳绚丽热情歌。

《蝶恋花》修筑长城华夏爱，巨龙神龙魂搏九霄重，彩云虹霞饶翔崖，美女天仙脱坯拥，大队小队班组赛，蝶花恋舞更靓歌香峰，摔摔打打鳞龙缘，打打摔摔千秋崇。

《脱砖歌》脱砖坯兮求质量，质量第一求数量，美天仙兮可比赛，美兮靓兮加油郎。

《水调歌头》摔打砖坯子，美女靓艳赛，神龙长城修筑，鳞砖坯打爱，队队班组美女，仙女拼搏数量，独得奖励来。加油汗如雨，花艳谁胜猜！

潇洒情，醋浪漫，疯狂哎！巨龙飞卧北国，无穷传人龙，更有姑娘情意，恋舞彩虹山巅，蛟横绿林脉。神女竞女郎，燕虹坤画黛。

"晶晶大队长，这炎大队长的歌唱得真好听，全是唱有咱们姑娘美女是怎样修长城的比兴意义！我这辈子是没情况唱好听的歌了！一是没歌词，二是嗓音不好，又没练过，偶然小声唱几句都是自己听听开心，这辈子是干活淌汗的料？"梦圆说。

"唱歌是越唱越爱，越唱越想唱，不唱不唱就完了，你梦圆，光想着圆梦有好事，白天干活夜晚急着做好梦找白马王子，哪里还会有唱歌的思绪和想法做法呢？我雨露光想着早晨雨润万物，也不想唱什么歌，唱呀唱的老歌是没人听：妹妹啊！阿哥子的情义，什么的全是妹想哥，哥恋妹，庸俗得很，老调不吸引人，让人耳朵生老茧，还是不唱好。"

"香花毒草你准备万一发奖咋能发……"张娜拉问香花说。

"现在还是不知道大家能不能坚持住三天的干劲呢？哪个队的姑娘愿意落后呀？包括咱们这几个人，一个按模子，四个人和泥巴，六个人摔摔打打地揉泥巴，都在心里暗暗加劲，谁不想得一双鞋子穿呢？鞋子成本价不高，但做功时间长，一个人不吭不哈的，一天到晚不停地纳底了不得五六天，在鞋帮子上绣绣花鸟什么的，十天一双鞋还得紧紧张张不使闲，慢一会工夫得半月光阴，开玩笑的，哪个姑娘女孩子不喜欢穿新鞋哩，新鞋是女孩美女的形象工程，也是脸面重新形，都想让美女更美仙女更靓，只有从头到峤呱呱的新颖新潮时尚，穷不穷瞧瞧脚！靓不靓，看看头上戴的！总之咱们班组要是得第一轮奖励，我想先在边边绣上神龙长城，每个鞋上绣一圈，左脚是男公龙，右脚是女母龙，还要看是什么颜色的面料！黄色绣红龙，红色绣金龙，黑色绣白龙，蓝色绣金龙，绿色绣红龙！"

"灰色呢张娜拉你绣什么颜色的龙呢？我晓玉要绣白色龙，一条一小白龙！睁着一双红眼睛，红尾巴，红爪子！那才叫好看！"晓玉说。

"我张绣莲绣上一对鸳鸯鸟在荷叶泛萍中静静的游泳，相互恩恩爱爱玩水戏荷花？如果能活灵活现我们还逮鱼，采莲好，踩莲藕，我一定要把他按在水里求饶，让他说爱我张绣莲……"张绣莲说。

"我韩玉玲首先在鞋上绣上玫瑰花，要火辣辣的红，红中有一片白一片黄，白色是他，让他心地一清的情义空白，不去想其他女人，黄色是我自己要富有，灿烂金黄在圆圈绣上长城万里长，朵朵彩霞飞翔在长城城墙上，像花朵像彩带……"韩玉玲摸着她的短发。

"李明珠你咋不吭声呀？准备怎么办？"李子怡问着说。

"我咋办凉办呗！明珠又不能加热，一加热珠子就不明了，还有什么意义呀！我也绣上红色圆珠在长城城墙上发光发亮，变成宝珠夜明珠，大海星的珍珠，在长城上发光发亮？"李明珠说。

李子怡说："那不成了太阳了吗？太阳就是个圆宝珠子、红色，月亮是白圆珠……"

"算了吧！还不知道这三天的情况如何呢？胡晃乱想瞎安排，人就是爱胡思乱想长翅膀，小孩做梦屎撅乱蹦乱跳乱舞迷，哎！要是发衣裳怎么办呢？"

"你瞧瞧大队长晶晶两条胳膊使劲按模子，大肥屁股撅多高，低盘重压力重，双手来来回回一压，再用拳头子砸一砸齐，模子光光滑滑砖坯子靓靓闪闪的被搬起来，咱们现在比其他组今天是多出好几排了，到晚上肯定会多出好多好多的砖坯子，第一绝对没问题！"

"你们两个李子别光说话，赶快揉碎打泥巴？你们六个人还赶不上我一个人，小心我打你们六个人的小屁股唉！再快点啊！慢了我可不愿意跟着你们几个人去打家伙，咱们今天明天后天争第一名，在这十天里谁也别慢慢悠悠的！谁不想干，早早提出来，谁也不赖不劣跟不上，谁慢三回我晶晶可要打她的屁股贴她的梅花脸，一次五个指头印子，叫你一辈子找不到老公和婆家啊！听见没有，反正我是监督官又是副大队长，有意见朝炎大队长提啊！不提我就先打屁股蛋……"晶晶副大队长说。

"想打就狠命的打，省的不痛不痒的，我李文娟反正把大堆泥和好了，就看你们六个人摔摔打打的，要是跟不上，我建议拽耳朵打脸蛋，脸蛋又软又白又嫩洋，打完再吐上一口唾沫让人家都知道！人活脸，树活皮，脸都不要了，还不狠劲地往上贴耳刮子大锅铁！留着她干什么呀？丢人现眼带窝囊废！我支持副大队长的行动方案，拳打脚踢一起上……"李文娟说。

"快快！李文娟啥东西呀！快上碎土泡上泡着，不然马上挨打的是你，而不管别人懂不懂，瞎喳喳！美女小姐！"晶晶提醒说。

"郭文慧，你们如果得了奖，准备怎么办呀？"韩玉玲甩着脑袋上的短发说。

"我们能得奖吗？你看你们一个个快的跟真仙女差不多，谁能得着奖励啊？我们忙慌的连放屁的功夫都没有，谁敢想得奖不得奖的，不是瞎想胡盼黄鼠狼大白天做梦娶媳妇瞎高兴吗？"郭文慧说。

"哎！真是的，也不能像你郭文慧讲的那样是瞎盼乱想，这是一种手段，随时随地鼓励大家加油干，别忘了奖励鞋子一双衣裳一套，这才是大事重要的形势大局问题是不是，形势大好，就是要天天讲，时时说，随时随地提醒大家千万不要忘了重金悬赏有勇夫，你不讲她不想，过几天等大家把养大奖抢跑了，你就急红了眼睛想要就来不及了……"韩玉玲说。

"韩玉玲你真会讲还会说，可是谁能知道谁是能知道谁是第一名名列前茅……"

"那不用管她，只要时时刻刻提醒自己班组的十大将军的战斗员们就行了，自己做到督促自己，严格要求快速度，别老是老牛拉磨慢慢腾腾的，不慌不忙是不行的，首先得有紧迫感，压力感！依被动换成主动，不浪费每一刻第一时，每一分每一秒，那就对了，奖非你莫属，谁也不敢抢你的头功，抢不去也夺不走！龚云花，秀兰加油干，千万别泄气，憋足气不放屁，争取第一，排列并列头一名，也好得很嘛！"郭文慧说。

"我就是想，万一有两个班组差不多，不分上下怎么办？郭文慧郭班长能两个组或三个组排列第一名吗？"韩玉玲用手指挑挑短发说。

"韩玉玲美女只要数量质量都一样，我想会的，在个人面前没有时间做鞋缝衣裳，这大队里谁都知道大家利用工益效率争取奖励是应该的，不干也得干，干就要干好，好好干，叫人夸奖着还是干，所以说人人本身就应该干，为啥不好好干，干得漂亮让人家大家都知道呢？人怕出名，这一回就算不能怕出名，出名本身就意味着是干得好，符合条件的天时地利人和的大干形势，所以不干则已，一干就要一鸣惊人！叫咱们大队人马都知道，还得让骑兵队的男人们都知道，到底是谁是哪个班组和个人，一领奖品大家人家谁都知道你为你鼓掌为你叫好，为庆贺喝彩叫好！向你学习，恭贺第一名，光荣不光荣，荣耀不荣耀的激动人心，叫人血滚沸腾，脸上火辣辣通红通红是幸福是汗水换来的高尚荣誉！"

"你真会说话，韩玉玲大组长，我们全组虚心向你们学习，争取脱出第一名一流的好砖坯子，好砖模子来，谁知道她们最后评价的时候会不会有私心，明明好，说不好，明明有问题还说差不多，有人受委屈，有人后悔……"郭文慧说。

"不要想太多！只要把自己该做的工作做好，做好硬邦邦的好上加好的质量，好数量，谁能闭上眼睛瞎说吗？良心何在人心能平吗？应该相信大队、中队长们，不是一个人，光大队长中队长六七个人，还有几十个组长是混饭吃的呀？公正公平公开自由竞争创新奋斗拼搏才是直理中的真理明白没有？好祝你们班组先得奖！我们随后就到……"

"张燕张组长人家组人家班都得奖了，咱们怎么办？"周好好说。

"周好好你说怎么办？人家得奖人是汗水换来的，咱们大家都齐心干哪！我都讲过好几次，大家姑娘女孩子们手脚快一点怕什么呀！左说没人吱声？右说也没有吱声，你们都不吭声都这样我张燕一个人咋办？谁知道咋办呀！一个个都是老头的毡帽平不搭，早晚也省不掉那么多的数量，谁知道第一天是多少块，第二天，第三天，第四天，肯定是见天的往上涨数字，不然还有个啥比头，就是要比人家多，人家才被评第一的先进得奖励！这样吧，回来咱们组开个会，要是我当组长不沾不行，张燕情愿当个组员，再重新选一个或者大家推荐一个人，还是毛遂自荐我都没有意见，只要大家得奖大家露脸我个人一点点意见都没有！我先把丑话讲在前面！回来得不上奖大家不吱声，咱们吴丽丽、王明明、王三岁、程前前、徐妹美、宋萍都讲讲说说看，光我和李梅花吵是吵不出奖的鞋和衣裳的！不然把大队长也叫来，让她听听咱们组咱队的田田队长也在，我就不信歪邪！人家行咱们不行，可是哪一天没有按规矩完成任务呢？天天完成任务为什么不会再快一点点，加快点步伐连走带跑，人家不是说吗不怕慢就怕站，老站着发愣发呆像个冬天的大树一样，直杠杠的，半天油瓶子倒了还弯不倒腰，能扶起油瓶子吗？性格要急，反应要快还要摔得好泥巴料，还要活的土拉好一样跟不上，样样跟不上，其实大家还没少慌没少累，就是有点个性慢点，就这是最大的危害和缺陷和毛病，从现在开始大家都来讲讲说说呀！宋萍你来说，你感觉怎样才能行，说说讲讲把看法倒出来！"张燕说。

"好吧！叫我说我就讲一下子，组长问题找得非常准，就是我们稍微有点毛病，虽然每天都完成任务，但就是拖泥带水，我是和泥巴的，我首先要加快速度，大家一上手就都能干上活，手脚不闲着，一定能行，反正咱们都是一样的人，人家能行我们就能行，关键在于我们要加快动作，我也没有新看法新问题，这样能行的，我赞成组长讲的，就是朝奖品上看，别马虎，这次不行还有下一次下一回，早早晚晚我们也得体体面面的叫大家看看瞧瞧咱们第三队第一小组的努力是什么样子，我讲完了！"宋萍讲。

许莉莉说："哎，你这个人，说完了不说一声，为啥点着名的成，我许莉莉说呢？怪不怪呀？好吧，反正已经讲了，讲就讲吧！同意组长的意见见解，也没什么好说的，讲得再好不如干得好！只有干得好干得硬，才能是得奖第一步的前提！没意见，只是加快速度，把手脚放麻溜些，不要因为自己叫大家泄气，大家怎样我咋样，我为大家，大家反过来又为了自己，绝不拖大家的后腿，只争朝久向鞋子衣裳看齐！也是难得的荣誉和奖赏，我宁愿多淌汗多出大力气也要不蒸包子争口气！鼓士气……"

"炎大队长孟姜女你好！你是大队长还亲自脱砖坯子呀？你的勤劳奋进拼搏精神着实让人敬佩佩服，我这辈子对劳动不沾闲不行，我要是有你一半的精神就好了！"刘县长说。

"刘县长，你啥时候到的？找我一定有事吧？"孟姜女搓搓手上的泥巴，又轻轻地拢拢头发说。

"我这正在征求姑娘美女们的意见，看看咋样把工作再往前推进一步，大家都愿意以资鼓励，你看看，美女们一个个慌的，咬着牙暗暗的较劲，她们连说话的功夫都没有！"

"你用什么灵验的方法这么灵验的使美女们把全部力气投入到劳动中来！是很快质量能保证吧？质量第一千年大计吗？最起码是十几代人的事情！"刘县长说。

"放心吧县长大人！首先我一再地强调质量，质量是重要关头，重中之重质量万岁！三天内质量和数量得第一名奖励一双鞋子，十天以内第一名者奖励一套衣裳，她们倒是女孩子姑娘啊！得到得不到不讲，首先想象力丰富，得鞋和衣服，要在上面绣上长城看别人什么图案来表达情义爱心等等觉悟很高认识很明白！"孟姜女说。

"这是我专门组织土豪劣绅绅士们还有做大生意的老板们带来鞋子和衣裳，毛巾等等用品送来！你们这样辛苦拼命，我这个县长也不能光在县府县衙内瞎忙些俗事，我首先想到的是你们女子修长城大队的人马！这也是我们大秦王朝的大事情，皇上又在眼前给做做眼皮子活让皇上老头亲眼看看，他才能相信我这个大县长不是吃干饭挣大钱的主，全国才三十七、八个县长，我刘某人就是其中的一个县长，能不好好表现表现吗？过几天还要送粮面米油菜肉什么的，我总不能闲着啊！新官上任三把火，爱听不听，不听好办，拉过去砍头，看你是头多还是钱多！这做生意的人，你不给他一点厉害，杀鸡给猴看，他根本就不理睬你，什么县长、皇帝的他都不怕，一拉出去砍头，掖吊软蛋攘条了，比面条还软活，还吓唬吓唬稀屎屙一裤裆，你不搭他腔好了，他和他有仇，他又和他有深仇大恨，在背后花钱挣口气，舍得很，银子两千万两，黄金找大箱子装往你家里抬，还人模狗样的叫你笑呐！满嘴都是小意思，当个县长一夜黄金能活埋了你，可是上街做生意赚钱左右扣算想了上千万遍也挣不着钱！找到几个小钱，他娘里个蛋黄素，这钱这票子金银子它认人，不是那个人累死也挣不着钱，该有钱的人，满院子的地下埋的金灿灿明晃晃的金条金砖，床底下柜子下边都是钱，这是啥规矩该死的老天爷，真是听天由命，富贵在人呀……"刘县长说。

"这些该死的恶霸、土豪、绅士大员外，小员外们都有钱，恶霸土豪大员外最有钱，他们年年月欺压百姓，老百姓们穷的连饭吃都没有，年年各地上交租子，或者给他们种地，他们管吃，最后两只手空空到冬天没活干饿肚子，他们成垛成仓的装不下，宁愿坏掉烂掉都不给老百姓吃！他们看不起穷人，这会你当县长，好好治治他们这些大恶霸，大土豪，大员外大财主们，叫他们知道知道谁厉害！"孟姜女说。

"炎大队长，这些衣裳鞋子你先发着用，回头我再送来，我跟他们讲好了，需要大量的鞋子衣裳！"刘县长说。

"晶晶大队长把这些鞋子衣裳先点点数，等明天比赛情况后再发，鼓励鼓励大家的干劲吗？万将军这窑砖啥时候能烧好？出砖运砖都是我们姑娘女孩子的事情！"孟姜女说。

"快了，要不几天了，最多还有六七十天吧！这第一轮窑砖有十五万块啊！十窑十轮就是一千五百万了，烧的慢，下一轮我准备在增加十个大窑，石灰够了！"万将军说。

"山上的情况怎么样了，地基清理工作一定要仔细，周到千万不能有偏差，暴雨洪水山洪暴发时的影响有多大，这是主要的一项工程，水火无情，火咱们不怕它，城上没有可烧的东西就是水灾火患是当前的大敌，不然咱们上山看看去！做到心中有数！"孟姜女说。

"去看看，去瞧瞧，刘县长咱们一起去好不好？"万喜良邀请说。

"我正想清闲清闲几天呢！在大明县衙鬼地方，一会这个找，一会那个叫，全都是死不掉的老头子，满头白毛，扎个兔子尾巴掉在脑后，走路都走不好了，挂个拐棍，看着都别扭得很，一步三颤的，要死不能活，全是鸡毛蒜皮的鸡毛、芝麻绿豆大的小事情，烦都烦死了，东家长西家短的，你骗他他坑你你拐他的小老婆、小女人玩玩开心，烦恼，唉，孟姜女大队长我还有一个新情新意思没说呢！自从那天你回来四个孟姜女还剩下两个孟姜女在葫芦岛锦西大旅馆住了一夜店，不知道是怎么回事，我这长时候，天天夜里做梦梦见大大小小蛇长虫，各式各样的，也有好的不好的毒蛇，美女脸头都好，特别漂亮，下半截子是长尾蛇尾巴，皇上在旅店也和我一样，天快亮时手拿青铜宝剑喊叫着，癞蛤蟆猴子，癞蛤蟆！皇上穿着裤衩从屋里出来，他见我从房里出来，皇上赶快又退回房里去了，最后我在走廊上站了一会，听见皇上还在屋子里自言自语的：癞蛤蟆想吃天鹅肉……"刘县长说。

"年轻人做梦，屁撅子乱蹦，日有所思夜有所梦，你还不是让那些大恶霸、大土豪、大财主大员外缠迷瞪了，缠着急了才在夜里做梦胡做乱做的，不着边际的乱想乱梦！做做梦有什么奇怪的，不该干什么干什么吗？人白天累一天，一到晚上歪头就睡着了，什么也不想，有时候连做什么都忘得一干二净，哪里还有害怕的道理呀？"万将军说。

"走吧！是骑马还是坐车去？"刘县长说。

"当然是骑马方便，坐车颠得很，我告诉你们骑马多带些箭去，防止再遇上狼群呀！野狗群、大老虎什么的，可以开弓射箭呀！从小时候他想干什么难阻拦，在黄宫里头大臣王侯都害怕他，天生的太子，当然的皇帝老子，真龙天子，谁不怕呀，连吕不韦都怕他三分，敬畏着他呢！谁敢咋样啊！"

"算了算算算！没事瞎嘟嘟，管他是什么，反正人家在这方面是天才，神箭神枪神刀也是人家小时辛辛苦苦练就的，总不是得天独厚吧？骑马不也是一样吗？喂马的老头不一定敢骑马，真正骑马的英雄不一定会喂马养马！这就是每个人的天分不一样，也叫绝技绝招各有各的巧妙之外，看你敢不敢去掌握去思考去研究它的道理明白，我孟姜女也没有什么本事和拿手好戏，只是巧合而已，不是说上山吗？刘县长和万将军！"孟姜女说。

美女情姑娘爱，长城腾飞彩虹，
江山如此多娇，谁令长城舞龙。

石人沟

小鸟在天上唱着歌，白云飞卷着翅膀，他们一行几个人正走着说着。"谁说不是呢？得骑马呀！我叫马号房人把马牵来，这半天不见动静，如今不打仗了军令也用不上了，这些人有耳朵不听指挥，早晚也是倒霉的料！平时稀拉惯了，真正该怎么的时候不在意……"万喜良有意无意地说着。

"那也不在乎人，你自己平时不强调，下边还不得看你的脸色行事，脸色越好越稀松，这不马牵来了，上马快骑吧！先生美女们……"刘县长说。

"哎哎哎！孟姜女不要走，我到了！你们准备到哪里去呀？我是专门找你孟姜女的，怎么还没有见面就要跑啊？"皇上说。

"秦大哥到了！谁知道你这时候要来呢？找我有何贵干哪？我们几个人准备上山去看看情况如何？山上还有一百多号人呢！，万将军带领二百人，一小部分在建烧窑，还有一百多人在山上平整长城根基，只要砖一出窑就可以往山上运砖头了，跟着是垒活灰泥，姑娘还要抽出几百人往山上运大砖头。"

"这可是大买卖，一块是四十八斤，十块是四百八十斤，现在十两称，一块砖头三十斤，十六两称一块砖头四十八斤，一个人最多也只能二十块，九百六十斤，六百斤，最有力的人也不过是千八百斤了，用牲口驮一匹马能驮多少斤呢？老牛比马匹能驮能拉，但速度慢一点，我看还是砖也没有什么了不起的事，骑兵队的战马，什么活不干也得吃也得喂，如今又不打仗，几千匹马，有一半战马拉来不驮，十万匹战马一匹战马一百多块砖，一百块太重，为了平衡六十块砖，把砖都运到山脚下，然后姑娘美女们在往山上背运怎么样，一次出窑多少，砖头？炎大队长！"

"秦大哥，一次出窑还不是一百多万吗？十个大窑，一窑十五万整账好算得很，没有零头没有虚头，还有二大窑石灰，反正是一窑接着一窑烧，砖头也够用的，万家屯那边的大窑开始烧了没有？"

"好像是点火好几天了，我这边基石头正在垒，准备上一尺高离地面，边垒边上里填土砸平，防止下暴雨被冲毁冲塌前功尽弃！"

"对呀！就是要干一点，保证一点的成绩，不能这边干，那边一转眼就看不见了，那还行！一万年也完不了工程，我是尽量来帮助你们，你们女子大队人少，又是些女孩子，一个个粉粉嫩嫩靓艳的美女只能这样照顾了，让当兵的和马匹多承担些重活！当然大家谁又不能闲着，更不能站下休息，谁让我碰上大帮子美女呢？我也是心软，不忍心看着女孩子们太过分的劳累，但是既然来了，就得好好争取干好，干出个样子来，叫人们瞧瞧看看女人怎么样，女人照样干大事，拖不垮累不倒！工程按时圆满完成任务，叫普天下的男人你们看一看，比一比，瞧瞧男人能干好的事，女人姑娘美女一点不含糊，让后人子孙们也都知道华夏民族的姑娘们不得了，了不得，也都是干大事业的好主顾好神仙好神女好姑娘，敢打敢拼敢创新影响向自然开战，向强盗，土匪洋鬼子的红头发蓝眼睛大鼻子示威斗争，这就是我们民族精英力量，你们这些美女姑娘就是潜在的民族力量源泉，我说上一句不该说的话，但是国人早早该做说的话，这个齐国，那个楚国、赵国、燕国、魏国等等都是老鼠扛木锹窝里横，有本事向红头发黄头发的大鼻子们开战，让他们成为我们华夏大民族的奴隶和附属国，叫它们为我们的幸福享受出力，为我们的利益生存，如果老天爷让我活到八十岁，我发誓叫他们像驴像马像牛一样的为我们来生来死~！让我们的江山再多出十倍百倍，这就是我个人的理想和抱负，奋斗目标，谁违抗我们铁骑兵队进军一举全部干净的消灭之！叫它们投降，叫它们听话！"

"今天去不去都行，大家去我就去，大家不去光我一个人也没有多大意义，特别是你孟姜女！唉…我还告诉你孟姜女，前几天留下的孟姜女，可是老妖怪呀！让我找人把她们都看起来了，夜里勾引我秦大哥！好吧，我就上一次当吧！完成我睡觉噩梦连天，满天满地爬的都是癞蛤猴子，大大小小全是这些精管养的，它们大大小小的都在喊癞蛤蟆想吃天鹅肉！真天鹅肥天鹅的真天子！还有刘文志的蛇精，想一想将来要是再生一个蛇人，蛤蟆人，这个世上可不是乱套了吗？人都变种了！还能叫人吗？好气好笑好可怕！"

"这些事情谁知道呢？我孟姜女可没有研究过人妖之间能产生什么？万一生个人，说不定是个更大人物，国为他有先天之灵光灵气，妖气，都能有个早知道，可我孟姜女为什么也不知道，也不懂更不行，这些神怪鬼怪妖魔是有计划，有预谋有邪道的先见之明！想从你秦始皇身上捞什么精灵之气，精魂之魄！占天上给你的雄心大志聪慧精灵之神，说不清胡瞎扯，该不是这些妖魔鬼怪想来夺你的权争你的位，用你的灵性占上你的人性再颠覆华夏大民族最高权力地位是不是呢？该不是所谓的荆轲刺秦王的第二个曲目！想想怪可怕的，可你秦大哥老板一点点也不在乎，也不放心上，更没有搁在意上，应该把这些妖怪斩尽，不使大秦王朝后患无穷！人们讲：是福不是祸，是祸躲不过。世上万物都想着你的王位权力，而你偏偏不理，不问不理，不闻不问，真叫人担心恐慌，这些美好的大好河山，江山，这么大一个民族，千千万万的生灵人性，都在谋图你的皇位的，真叫人担心后怕，这多大的大好河山，其目标还是叫老百姓遭罪倒霉，战争能造就英雄，也能毁灭老百姓，我孟姜女都厌烦战争，刀枪棍棒腥风血雨，到处都在杀气腾腾……"孟姜女说。

"孟姜女你不用害怕，我是正儿八经的皇上，我都不怕，你怕什么呢？真是皇上不急太监急！瞎急操心穷打叉，你说我再笨蛋也不能谁想咋着就咋着不是？只要我活着，我想不死个别有野心，干坏事的人，我就不信邪，只要我对本朝社稷好，对普天下的老百姓有利，谁还能不知好吗？除非他坏透了心肝肠肺，看不出来，捂着嘴瞎讲话骗人……"皇上说。

"秦大哥你不知道！人在事中迷，万一那个大臣宰相一使劲，你这辈子的功劳全抹黑了，千万不能大意啊！"孟姜女说。

"咱们现在不讲这些，谁也不是神仙，不会算哪个是好的，哪个是坏的，大多数人中，坏人都在充当好人，坏人不充当好人，他上不去啊！他巴结不上那个人，他永远都是好人，但他有权利后，他该坏人以坏面目出现，到谁也拿他没办法时，已经是大年贴对联，十五过去晚透了，只有天知、地知他自己知道自己是坏人，谁能知道呢！鬼也不知道，人更不知道他是个标准的坏人，不说了，今天不知道是怎么回事，好丧气！哎！姑娘叫我来替你安安砖模子怎么样，看看我的手劲大不大，能不能做到你们的要求的砖坯子的质量！我看你就跟玩着玩一样，不费劲，做得又快又好！跟你长得一样美丽，谁要用这块砖，砖上的香味肯定闻得到！我越看你们这些姑娘越觉得可爱，不向我的那些美女，天天作诗作画的，描啊打扮全是假的，原来天下的真美女都跑到孟姜女的队上来了，我这个皇帝是白当了，想看美女还得巴结她炎大队长，跟她说好话，不过哄她开心自己也就开心了，你们说我当这个皇帝累不累，还有什么意思，早知道在出世时也变个美女叫他们跟在我身后说好话，真是难买个早知道啊！你叫什么来着？你看我这个怎么样？合不合格？"皇上说。

"不怎么样，只是一般，好的砖坯子取掉模子，四周都是闪亮闪亮的，跟上了油一样光滑，你按的力道不够，不过还算过得去，不能评优等产品，只能评为良好，我叫晶晶，是炎大队长的手下，我是副大队长，孟姜女不再时，全大队的女子都得听我的命令！报告皇上！不知道皇上有没有正副皇上呢！如果有就好了，就是这些！"晶晶说。

"娃呀！怪不得你能一针见血的评判出好不好，原来你也是个官呀！看你干活的样子不像个当官的，是个努力干活的人，不但长相俊俏，还这么能干，是个好苗子，皇上可没有副职，天下只此一人，副的恐怕就是太子了，你想过你以后吗？想找个什么样的相公？"

"没有想过，也不敢想，因为有规定不让想，不让谈情说爱，更不让两个人偷着好！如果谁犯了规矩，是要掉脑袋的！每个人只有一个脑袋，谁不按规矩办事呢！决不能胡来，不能犯法掉脑袋，生命无限好，好男人多的是，走一步看一步，二十没有三十有，再好也得等长城修好了，那时再找相公，怕什么吗？先天下，后个人，都光想着自己，那天下怎么办，百姓怎么办？"晶晶说。

"好好，讲的好，讲的妙，讲的高，是孟姜女培养出来的精英骨干队伍的成员，能说会道，美观大方让人疼让人爱呀！姑娘，你看看这几个砖坯子怎么样合格不？"皇上说。

"马马虎虎吧！皇上圣明！你光低头干活，也不看看旁边人家姑娘们打的砖坯子学学技巧，好在哪里？"孟姜女说。

"炎大队长最了解我，我只是想找找感觉，哪里有心情在砖坯子上下苦功夫，每人都有自己可干的一样事，只有看看哪样适应适合自己去干做的事，好好按心做好做出色才行，我现在是看见姑娘们轻轻松松干得好利索好快！就跟做游戏一样，不慌不忙一大片，一大堆的大垛，可到我手里就不听话了，心里想的和手上干的是两码事，心想我能干好，干得比美女们还要出色，但一干起来就不一样了，只是想得好，不是真正干得好，姑娘们就不一样了，她们干得好不讲，首先是她们想得好，为着鞋子和衣裳的奖赏才去干得好！"皇上说。

"秦大哥，你不是做这个买卖的行当的，人们不是说吗？要想学的会先跟师傅睡，你马马虎虎上来就伸手起来，能符合要求吗？心中没有真正传诵经，手中就不免有点像缺了什么感觉，就是好好求师拜艺，真正做到兢兢业业才行！你们大家笑什么呀，我刘文志说的讲的都是至理名言，可不是瞎说的，我这里说的，大家千万不要误会呀！我可是知道学徒弟尊师重教的，叫干什么就干什么，不跟师傅睡一个屋里，老师去厕所也不知道啊！和师傅睡一个房间随叫随到，好孝敬师傅是不是，千万不要犯意！话又讲回来，谁要是能和秦大哥搭上师徒关系，哪也是一辈子的福分，将来还得名留青史呢！更何况一个普普通通的女孩子和秦大哥好上了，真才叫洪福倚天，大吉大利恭喜发财呢！人嘛只因为有了语言才高贵，才有动力，才与众不同，来在这世上谁不想着好，美事光荣伟大事呢！包括咱们建这长城的大事，谁不知道千载难逢的辉煌大事！"刘县令说。

"晶晶大队长，你如果有什么棘手的事，你跟我讲一下，我可以帮助你，叫你眨眼成功，包括你的个人事情，无论是你看上他，无论他是谁，他干什么事，什么职务，都可以帮助你，这是我给你的特权，不要问什么？我是秦大哥，我喜欢这样做这样开心，有奇闻的巧事我愿意，帮助你，其他的不行，得不到这么好的待遇，因为你是孟姜女的助手，不是直接效力我的，你为我们大秦王朝做的牺牲，我们都会记在心里，所以我有权让别人享受福气，这就是我秦大哥的出发点！"皇上说。

晶晶只是在一旁听着，微微笑着好像没有往心里去，秦始皇一边说着，双手还在不停地做着砖坯子。"这一块砖坯子合格了，不能好心没有好报啊！赶超自我，走向姑娘们的行列！"皇上说。

"这块更好，这几块都不行，虚心使人进步，我们姑娘们都能做的事情，搁在你们大男人跟前还不是小菜一碟，我是也有点儿心事，不知道该怎么讲出来，炎大队长告诉我，有个叫李小泉的队长对我印象特别好，但是我一次也没有见过他，也不知道是个什么样的人，我很好奇，想见见这个人，也算是对你皇上的一种特殊对待吧！"晶晶说。

"骑兵队的还是先锋部的，孟姜女你来一下，有个叫李小泉是在哪个队伍中？"皇上说。

"报告皇上，李小泉是范杞良和万喜良的部下，在万家屯那边的先锋骑兵队队长，是个很不错的青年骑兵队队长，很有能力，干什么事情都非常积极！战斗也是一员猛将，我想他将来会成为一个好将军好元帅，因为我和她们那个骑兵队两次在一起合作，打败了强盗大战役，请皇上圣明好好地给奖励，该提拔的提拔，千万不要错过不利的事情和片面的言论！"

"我是在帮助你们女子大队的解决一些问题，我个人办事向来是特别认真和公平的，对我们的事业有利有理有好处，我会坚决支持和想办法援助的，你们晶晶大队长，不是想看看认认这个人，光知道名字没有见到过这个人，这有什么难的，所以我们专门开通绿灯，让他通行，来达到大队长的小小愿望，也叫未来理想吧！这点权利还是有的，所以要问清楚，打听明白才好对号下处方给病人治病！万将军给你一个命令，马上把你的先锋队骑兵调这平安屯来！准备上山垒长城，叫队长李小泉跟随晶晶大队长学脱砖坯子三天，马上行动吧！"皇上说。

"是！皇上万岁！"秦始皇挥着手让万喜良赶快走。

皇上又说："晶晶大队长还有什么事吗？"晶晶摇摇头表示没有，说："感谢皇上，皇上圣明！"

秦始皇摇摇头说："今天我这个徒弟怎么样？还能为师傅帮忙吧！孟姜女大队长，我这个徒弟，现在洗手不干了，咱们该去干别的事么？"

秦始皇站起来，巧巧的冲晶晶小声用右手捂住嘴巴一侧说："晶晶大队长小心别犯纪律啊！到时候找到我秦大哥，我可不认账啊？祝你开心快乐，小心别上当啊！男人可没有几个好东西，小泉变大泉可要认清楚大队长啊！孟姜女咱们骑马上山吧！别叫姑娘美女起讧啊！小心无大碍多带些弓箭，别让豺狼虎豹缠住脱不开身！"

"谁知道呢！我想不会有事的，山上还有那么多骑兵都没有事，不能豺狼虎豹光找你秦始皇和我孟姜女的茬呀！好人一生平安不会有什么事的，无巧不书无女不成好戏吗？天底下这么多的男男女女都没有事，我们也会平平安安的，话又说回来，既然无事，不怕事，风来将挡，水来土掩，坏人来我们挡，强盗土匪来大部队挡，怕什么呀！无非让后人笑一笑十年少，愁一愁白了头，咱们今天还能有什么好玩的吗？"孟姜女说。

"这就看你孟姜女的了，有了女人才有好玩的，我秦老板再有本事，也只不过是说说讲讲，不成奇文异事，今天主要还是你孟姜女的主题！主打一面，既能拿得起，也能放得下！女英雄女大侠！我是配角，特殊的配角，来和你美女唱独角戏的，叫刘县长为你叫好为你捧场，县长这半天没吱声了，也不知道这闷葫芦里装的什么药，能治什么病呢！县长大人前面带路，带我给你断后！"皇上说。

"皇上圣明！你放心我现在随时听候吩咐差遣，没有私心杂念，无论怎么安排调理没有一点点懊悔，愿为你肝脑涂地、在所不辞！"刘县长说。

"那么我们准备上山去，你给参考一下从哪里到哪里去最适合？"皇上说。

"这我就不知道了，得问大队长呀！炎大队长的地盘她最有发言权了，我只不过是聋子，实际问题没有决定权，只有服从权，你说怎么办咱们就怎么办？还怕不听话吗？"刘文志说。

"朝南往哪去了？朝北又去哪了？"皇上说。

"往南是长城万家屯，往东也是长城，炎黄岭，往西北是散河桥，反正都离不开长城的范围，再听炎大队长的意思往哪里好！"刘县长说。

"以我说咱们去没有去过的地方，叫什么炎黄岭绝对巧合，就差一个字，真是无巧不成书啊！在这燕山多如牛毛的地方，不宜如此巧合炎黄岭，有意思！缘分呐！有重名重姓的，也有长的相像的，这地名和人名相差没多少，既然有咱们就往缘分上靠近些，该不会有什么讲究就更巧了！"孟姜女动情地说着。

"那也说不定有什么天仙情怪的小插曲吗？骑着战马看山景，走着瞧吧！不是花红柳绿便是绿草映岸又断魂！听天由命玩着看也！咋回事光说闲话不骑马！八辈子也还到得了呀！大家快骑！驾驾！"

"炎大队长今天是咋回事，心里不好受还是不想，半天上不了马唉！怕什么吗？又没有谁起坏心，只管朝前走就是了，还怕骡子不吃草，跑跑玩玩它们比人还喜欢东奔西跑地到处玩玩跑跑与人同住呢！我是一个人吃饱全家不饿，走到哪里算哪里？根本不想那么多的事情，咱们是奴才，只要跟定主人就行了，不要追求这呀那呀得失利益！不然我一个人县衙里一坐，衙役们都得看你的脸色行事，你说东是东，说西是西，谁敢强辩自找没趣，如今走到这里总归是咱们一生的缘分情义，害怕这一生一世能有几回几次笑在一起呀！光顾自己还得照应他人的感觉！说白了巴结人行，溜须拍马也是，得看着人家的脸色行事才有利啊！明白不！走啊皇上又拉开弓箭！"

"孟姜女快来呀！又射到了一只长尾巴的黑鸟，快看啊！正往下掉呢！今天的运气真不错，一开弓便射了一只飞鸟！"秦始皇自骑马往鸟落的地方去找它！"跑到哪里去了？掉下来就找不到了，怪神的，你跑到哪里去了，快出来！"其实上秦始皇装着有找不到掉下来的鸟，它就在马肚子下边，他望了望四周！这边瞧瞧那边望望！"孟姜女咋回事，大美女，不高兴了是不是？有什么事说出来，我替你解决，我不行还有其他人！"皇上说。

"也没有什么事，只是心里不太想讲话，不知道什么原因！"孟姜女说。

"是不是，又吃醋了，刚才替你们副大队长叫小泉，让他们在一起认识说说话，你就妒忌了，一定是羡慕人家，这有什么吗？只是说说话，认识一下用不着生这么大的气吧！队长真小气，一点肚量都没有，还能当好大队长吗？孟姜女你有什么事或者看上了谁？无论是哪个男人都行，只要你说出来，我一定使你满意！你藏在肚子里不讲出来谁能知道呢！无论怎么讲，我们在一块这些日子，就算是一点点情意也没有，感觉出一点的爱恋之义！但是朕毕竟还是喜欢你的，只要你能讲出来他是谁，说出他的名！无论千里万里我一定把人拉到你面前，让你跟他说个够，天下男人多得是，但还有哪个男子比我秦始皇更潇洒帅气？只要你说出来，朕一定会实现你的愿望！你不说永远也没人知道呀！"皇上说。

"哎呀呀！你瞧啊！孟姜女大队长，这只黑鸟就在这里，半天都没有看见，真是骑着马找马，就在马肚子下都没看见，有意思吧！"秦始皇用长枪一扎挑起来，用右手取掉黑长尾巴鸟向孟姜女砸去！"看镖！"

"哎哟！砸得好痛！啥东西呀！光会欺负人家女孩子，又挨了一下，真倒霉！"孟姜女说着跳下马来！拣起黑鸟叫道："你砸我，我也得砸你一下，不然太不公平了！"

秦始皇一转身接住鸟又向孟姜女砸过去，"不公平再挨一下，叫你不公平的喊冤去！看谁能替你做主接下来这一下子！"秦始皇说着又将鸟猛砸过去！孟姜女看鸟又砸过来，一歪身子想躲过去，谁知用劲过猛，失去重心从马上掉下来！双手在空中乱抓一阵子什么也没有抓住，一头栽下来，秦始皇打马过来救已经来不及了，也从马上跳下来，弯腰将地上的孟姜女抱住，一条腿跪在地上说："摔到哪里没有，骨头摔坏没有，真的对不起呀！我不是故意的！"秦始皇说。

"你不是故意的，你是有意的，你欺负女孩子，你坏，你坏，你坏！"孟姜女双手握成小拳头往秦始皇身上捶去，秦始皇双臂抱紧孟姜女说："好好，我坏，你好！"把嘴凑向孟姜女的红唇，嘴内有一股子瓜果的清香气味传来，使秦始皇更深地吻着，两个人慢慢地躺倒在草地上没有了声音，秦始皇躺在地上把孟姜女抱在胸膛上紧箍着，使她几乎喘不过来气，孟姜女嘴紧紧地顶住皇上的嘴唇，将舌头在各自口中吸着吻着，秦始皇一只手将孟姜女扳倒，一只手悄悄地从衣服下摆伸向胸前的乳房上，秦始皇瞪大双眼看着孟姜女的脸，又用嘴亲吻着，奶头在手中滑来滑去地转着："让朕吃上一口可好！就一口，试试嘛！亲爱的！"

"是留给孩子吃的，你想吃也吃一口吧！亲娘呀！"

秦始皇又狠狠吸了几口，微微笑着说："痛吗？还疼呀！好香好过瘾！"又大声说："摔在骨头上了吗？疼痛得厉害是吧！我来替你揉一揉，马上就会好的！"秦始皇说着这抱着孟姜女，抱她轻轻扶上马背，又用手轻轻拍拍孟姜女的大腿，"不会有事的，摔痛一会就好了！休息休息！"

秦始皇说着挥挥手，扭身上了自己的战马："刚才孟姜女为了躲我砸给她的鸟摔了一跤，不会有大事的，刘县长，把长尾巴小黑鸟装好，不要掉了，回去以后还要给小鸟退光毛，叫孟姜女大队长吃了它，好好补一补身子就不疼了！"

"报告皇上，我把它装进褡裢袋带回去吃了它，是一只长尾巴八哥，肉肯定很香很嫩，刚才我都看见了，就是因为这只黑八哥炎大队长才掉下马的！八哥该死，差点把大队长摔坏，气死人了，应该千刀万剐，还是带回去烹一烹，给炎大队长做好吃的，啥事都是命，想躲也躲不掉。"刘县长说。

"真倒霉，今天骑马也不顺利，还没有走多远就摔一跤，真丧气透了，人的命天来定啊！叫你半夜午更完，活不到天明哎！快看看天上又有一只大老鹰，刘县长能把射下来吗？看看你们两个人谁射住它，瞧它往哪边盘旋翱翔。"

"这家伙怕死！一见到人说飞开了，看它飞的多高呀！变成不点点的小麻雀了，不该这家伙死，就给它留一条命算了，驾驾！"孟姜女不断地用缰绳抽打着马屁股，又用脚叩着马肚子，马一时飞奔起来，秦始皇也勒紧缰绳，两只胳膊架起来一提一晃的快骑向孟姜女追去，六匹马一个接一个的向前飞奔，像是要和谁竞赛骑马一样，一阵风吹过去，一路上飞扬起尘土席卷着，树木草地在无形中向后边倒去，小鸟在天空中叽叽喳喳地叫着慌慌忙忙朝前飞去，像是一群天上地上幽冥，刘文志骑在最后一个，右手也在拍打着马屁股，不然会被抛在最后。

"孟姜女你是咋回事呀，骑那么快，你知道这是啥地方吗？哎！跟你说话呢！美女先生，你看你一个劲地打马后炮，我刚才问你这是啥地方！"皇上说。

"啥地方，吃人沟！这山沟里能吃人，所以要少说话，不要让妖怪听见了，这小命就没了，皇上！"孟姜女说。

"有那么厉害吗？我活了快四十岁了，还没有见过妖魔鬼怪呢，今天跟你孟姜女感觉感觉，该不是又是骗人的吧！"皇上说。

"骗你是小狗，谁骗人来着，地名就是这样起的，好多人走到这里就不见了，或者找不到了，还不是让掉到大山沟中不见了，不叫食人吗？"孟姜女说。

"有这样说的吗？石头山，老百姓把大沟比俗大，所以把大字的一横去掉，再把二点减去，就真正变成人字了，就叫'石人沟'大沟长又深，几天走不出去，真正变成石人沟了，听着地名这恐怖这么可怕还往前去干什么呀！"

"干什么，不是垒长城吗？长城站起来，把沟填满石人沟就不食人了，到时候就成了城市沟，不诚实的人，一进入这沟里就变成老老实实的诚实人了！"

"有你这样说的嘛？石头沟，老百姓说大沟是考验人的大沟，我现在孟姜女来考验考验你秦始皇的心里所爱是诚实还是不诚实，一进入沟内就知道了，不诚实的人一进入沟里他就得诚实，不然上天会惩罚他的！"孟姜女说。

"不会吧！孟姜女你长这么漂亮不会是糊弄人的吧！朕可是天下皇帝，想叫谁死，谁就得死，也包括你孟姜女在内！"皇上说。

"好吧！皇上我希望你叫我早点去死？早死早脱生，早死得清闲，早得劲，早享福！"

"那我不能叫你早得劲，早享福，我可就完蛋了，你大美女去得劲去享福了，又清闲朕怎么办，好事都让你一个享受了，朕不就不好受了吗？让朕在人间天天想你，盼你，呼唤你，叫朕受罪不干！不干在好的买卖也不能这样瞎干，叫别人享福，自己不开心那还行吗？叫刘县长断断案，这公平吗？合理吗？"皇上说。

"不干你诚实点，把心里的话讲出来，在这食人沟就平安无事了，吉人自有天像老天爷都会帮忙脱离危险，离开危险！"孟姜女说。

"看看，孟姜女你又编着圈骗老实人，你让我说，我爱你孟姜女就是了，何必这样那样的绕圈编花篮呢！朕本来就喜欢你孟姜女，不然就在这样一路跟着你吗？不回京都享福？无论怎么样讲在城里生活各方面都舒适多了，干吗还在这里东奔西走呢！想看什么样的就看什么样的，总比在这深山老林中还有食人沟，倒霉进到沟里永远别出来了，也根本别想在走出去，碰上什么野兽攻击，碰上毒虫一命呜呼！反正是想不到的死亡方式都会遇到！所以今天跟你孟姜女一路来到这里，还不是想得到你的爱，得到你的心，得到你的情，得到你孟姜女的美，体验你靓丽和爱心，朕的心情可比你唱的歌还要动情一百倍，不然谁愿意跟你往阎王爷的大殿上去拜堂成亲，也只有朕自己吧！放着天下的权力不去拥有，偏偏跟你大美人来到这食人沟惊心动魄，胆战心惊，看看吧！朕的脸都给吓得蜡黄蜡黄的，难道不是真心的爱，是哄人是骗人的假情假意？老实人讲老实话，有什么奖赏没有？朕可巴不得你炎大队长的赏赐呢！"皇上说。

"皇上，你不要把自己说的那么可怜，真正最委屈的还是我孟姜女，天生女人就是倒霉，你已经偷偷地占了人家两次便宜了，你最坏了，我真想嚼你了咽到肚里去，我知道你厉害，天下的大小官都怕你，又都恨你，因为你比他们强一百倍，我也特别喜欢和你在一起，但是你不能老是让老实人吃亏，让喜欢你的人受罪吧！"孟姜女说。

"你放心，我们在一起，永远都会在一起，但是现在我们必须老老实实地做人，做人很难，七姓八家的人，人都长着嘴，嘴能吃人也能生吞人，我们不能追求一时的快乐，以后让人用吐沫淹死，人活脸来树活皮，你一定得为我孟姜女着想，这才是真的爱我，给了我孟姜女的真心情义和恋爱的缘分，我是孟姜女是葫芦娃的真正生成，不是一个真心的肉胎凡体的女人，早晚长城会修好，你一定能等到这一天，看你身体我多棒，精神特别好，当然我也是个女人，也有享受女人的权力，承受你的爱，你总怕好像得不到我一样，这是不可能的，女人的天性就是追求最高的享受，无论什么你都拥有，你什么呢？我真不明白，马上我也成为傻大姐的孟姜女。"

"这一切不是都为了你好吗？让你明白，朕是爱你的，和你在一起干什么都快乐，你具有那种我说不出的吸引力，这就是世人讲的恋爱。小鸟恋爱时，抖动翅膀，叽叽喳喳地叫着追逐着它眼前不厌其烦地围着它乱飞，最后它默默地承担着它的重量为爱奉献，比如公狗吧，母亲不喜欢这只公狗，连它给它舔屁股，它都不让，公狗往它身上爬，母狗会后腿一扭卧在地上，不让它整进去，同样母狗只狗，它会翘着尾巴把屁股往公狗身上贴，这就是它所调的情义，这一次走狗它绝对不会让两只狗同时搞进去的，只有它喜欢的那只公狗，它才会心甘情愿地让它舔。"

"哎呀！我的皇上，我怎么对你说呢！怎么会联想到狗身上去了，好可怜呀！我们是人，是高级的人，不是动物！"

　　"这有什么呀！有时人们在说话还好讲到个别坏女人时说：母狗不翘尾巴公狗不敢上，人们是比喻男女私情！男人再坏，女人不放出秋波，男人不也会，更加不能去想这个女人，我比喻来去都是一个心思，喜欢你孟姜女，爱你孟姜女，才和你孟姜女说这些的，不然这千里万里谁跑在这食人沟讲这些真心话，别人还以为我们神经病呢！哪里不去来到这食人沟说悄悄话，不成朕我上当了，好你个孟姜女，你是有意让我在你跟前出丑的，朕得报仇，朕得以牙还牙！"秦始皇说着讲着让马并排在一起骑，伸出胳膊又抱住了孟姜女，孟姜女半推半就地就又亲热在一起了，热烈地亲吻着！心都荡漾在浓情蜜意里。

　　"我有一个很大的疑问在心里好久了，我们为这几个假孟姜女去过天庭，去过地狱问阎王爷，也去过东海龙王那里，在这茫茫人海中，没有一个能辨别出真孟姜女，但是你秦始皇就知道和其他人不一样，一下子就能逮到我这个真孟姜女，我不知道你有什么高招？"

　　"这我就不告诉你，反正我爱你，肯定是找真的，不会用假的，因为假冒孟姜女是有害有毒的东西，谁去上当受骗呀！这只能讲上天可怜我秦始皇，真皇帝从来没有真爱，也没有被真爱过，所以这都是缘分，自然要让咱们找到那个真正喜爱的人，不然那几个假孟姜女老跟在我们屁股后面转什么呢！只要朕将你一抱住，包括刘县长假孟姜女他们都会主动离开一段距离，如果我们就这样拥抱着，不亲吻他们也会一个个离开的，这就是文明的艺术，所以无论如何也得在心灵上讲情义是不是？心灵不美还不如豺狼虎豹呢！"

　　"皇上不好了，快准备战斗，我们还没有进入沟里就碰上大敌了，前面是不是有八只狼啊！怪不得都叫这里死人沟呢！我骑在马上还没下马它们就敢来冲我们迎头！看来这里与别处不一般，一定还有些其他野兽在等待着它们，咱赶快撤退吧！皇上！"孟姜女说。

　　"怕什么呀！大惊小怪的，不就是几只狗？你没有看见狼的尾巴和狗不一样，狗尾巴朝上翘着，狼尾巴是托在下边的，明白不大队长，正好练练咱们的弓箭还准不准，看看长枪还能不能刺进肉中吃点肉喝点血尝尝腥味！叫他们几个人起来赶忙起来：这些狗和家养的不一样，家养的会叫唤不上前硬撕硬咬，不应声，这些狗是不吱声哑巴狗，不痛不疼是不会汪汪叫唤的，"秦始皇举起弓箭拍的箭射出云正中一只花狗的头上，连叫不吱声连叫唤都没有来得及叫一声，只听'唔唔'的半声就倒在地上不动了，只是蹬腿腿，眨眼皮子没一会儿就瞪眼不动了，这一箭正好射在天灵盖上，一命唔乎了，旁边几只野狗跑来跑去在它身边闻闻嗅嗅，大叫几声后，又开始向后，退去又开始往这边围进来，秦始皇咚咚连发三支箭，又射住三只野狗跑在它这边乱窜起来！一支箭射在背上还在一晃一晃地来回摆动晃动着，这只狗叫的最凶最狠，箭在背上一晃一抖的疼得很，所以它最早最能跑最能叫！其他几只跟在它们后头也在瞎叫，跑跑停停，刘文志县长和其他三个孟姜女也过来往野狗身上射箭，有的落在地上，有的是擦着碰着一点边儿子，这一会儿又来了一大群野狗，都在沟里的两边山沟内站着，不知道它们望什么，是想进攻还是准备逃跑，暂时还搞清楚"射箭！消灭野狗"野狗们一只只瞪着仇恨的眼睛，来回打转。秦始皇瞧准就放箭，准有一个又蹦又跳来回窜跑着汪汪叫，不知为什么野狗群慢慢退缩，他们几个人认为是野狗害怕了，骑马又朝沟里行进着，沟里有歪倒的大树枯枝，也有很多绿茵茵青草夹杂着各色野花在晃动着，两边陡峭的山坡上巨石倒竖，松柏有斜着生长，还有很杂木树棵，各矩形态异壮。

"这里为什么会有这么多的野狗呢！它们为什么都喜欢在这条沟里跑来跑去的！"

"为什么谁知道呢！还不是因为连年战争，人烟稀少，才有豺狼虎豹野狗野猫野兔子也就多起来了，没有人顾上去打它们，这些家伙的生活场地，猎人越来越少吗？只要大秦王朝战争少了，军队慢慢减员，老百姓会慢慢多起来，就没有它们的站立之处时，你看不见找不到豺狼虎豹，那还有野兽们的地方呢！战争危害人类，危害败种，危害生存，一战下来死几十万人，这些人需要二十年，十七八年生长过程吧！所以给野生动物带来了生机也是越来越多，等待人们来消灭它们，一小部分人就以打猎为生，过起打猎人生活，天天消灭年年消灭这些家伙也就少了，总的来讲，人多了，它们这些野生动物就少了，人少了野生动物就多了，成群结队危害别的种族动物，那前面一片啥东西多起来了，它们就哪里称王称霸，谁都害怕它们，就跟这野狗群，野狼群，有时候它们互相争夺地盘撕咬残害！或者是因为食物它们相互也在追逐杀害，总而言之，大自然就是一个大环境的食物链，以你死我活残酷食之，你不吃掉它，它就会千方百计地来吃你，跟人类战争是一样的，只不过人还没有发展到吃人的时候，所以国家要统一，江山要改造，大秦王朝要昌盛富强，民族要安康太平，老百姓才能安居乐业，该种的种，该收的收，有吃有穿才富裕起来，社稷江山才会强大起来，红毛子绿眼睛的大鼻子外国人才不敢来欺负我们！修长城是防止它们，大秦富强了兵精武器好的，快速骑兵队族多了几百万，他们敢来抢我们还不知道谁抢谁呢！所以现在形势和打猎是一样的，猎人厉害了，野兽害怕，猎人多了野兽自然而然灭亡了，就不存在成群结队出现深山老林中，所以我们现在消灭害虫，给咱们以后修长城人员扫除清理障碍物，野兽也是我们目前的大敌，消灭的越多越对以后的人员越有好处越安全！首她们不怕野兽来伤害她们工程人员，我们不来消灭它们，它们就会成群结队的伤害我们的单个少数人员！更不能使她们使他们放下心来专心工作，所以无论干什么事情都有它一定好处，认不清形势会误认为我们是游山玩水，打打猎，狼呀，老虎，野狗什么得开心快乐，哈哈一笑感觉无聊没有兴致！他就没有想一想，如果伤着谁，是美女男子汉被吃掉或者咬伤的同情心！只有全面的消灭干净，不给以后的垒长城人员留下恐怖的场面！才能真正起到爱护每一个男女先生公民的人生的真正正义感，快活感和愉快感觉，才是真正的人情世故，先生们女士们和这些野兽打交道也是危险的惊心动魄的拼搏无情爱也！"皇上涛不绝说。

"姑娘们，刘县长！注意！保存实力！不要乱放箭，不要放空箭！务必放射出去箭能射中一只狗是一只野狗，万一箭不够用了，连我们这些人的小命都保不住！"

"啊呀！圣上，你这箭高明到家了！"孟姜女叫着说："利箭都让你射到野狗嘴里去了，这家伙连一声也没叫就死了，真是神箭法皇上，圣上高招到家了！"

"节约用箭啊！孟姜女你们几个人还有多少箭！刘文志你不要瞎射了，把箭都收拾起来！赶快！"

"皇上！连开心好好放一箭没有射！这箭咋会少了一大半呀！圣上！"刘文志说。

"算了！算了！谁也没有怪你，但是从现在开始必须少放箭，放一箭就必须射住一只野狗，射死一只野狗会减少一只野狗的威胁！绝对不能放空箭！这对我们目前是非常不利的，少一支箭会给我们带来一定的精神压力的！现在把你们身上一半的箭支都给我，由我一箭一箭地射死它们，你们都手握大刀长枪随时和狗群扑上来的杀砍刺扎的来保护自己，我的箭法好些准些狠些，杀伤力大些，咱们现在是六个人，还能算集中六十支利箭，再等一会恐怕连三十支箭也集中不起来了，我自己剩下的不到十支，还能最有效的消灭六十只野狗吧！快快拿来，不行咱们现在先用枪大刀刺砍它狗日得到野狗种！能省就省到最关键时刻再用！"

"皇上我只有十八支了，先给你十支，我留下八支！"刘文志说。

"圣上给你几支，我还有二十六支！"孟姜女。

"先拿来十支吧！反正你孟姜女得省着用！不要用，你们的箭法又不准，放空射空的时候多！尽量的节约用箭，不用箭，今天这些该死的野狗太多太多，估计有二百多只，原来全部是二百四十支箭，已经消耗了一大半，当然野狗也死了不少，现在就怕在增加些跑来，到时候利箭没有了，野狗不撒群就很麻烦了，咱们的危险就大了，明白没！美女们，县长大人这才是最关键的一步棋子，一场你死我活的战局，千万不能马虎啊！"皇上说。

"皇上，这些野狗很狡猾的，动作非常灵活，要想用大枪挑死野狗，恐怕还没有刺死其他狗就捕上了，它离你远远的，趁你不注意才想进攻你，它看你骑在高高的马背上，它够不到你，所以它们才恋群躲闪人和箭，所以现在离开弓和箭你就一般的不容易打住它们，它们也往你跟前靠近，咱们怎样用枪扎刺呢！"刘文志说。

"我们骑着马追撵，快速扎刺，能消灭一只是一只，能消灭二只是一对，这样才好哩！"

"那就试试看吧！不试不知道，只有试一试才能知道行不行！"孟姜女说。

"啊！冲呀，打哟！该死的野狗种，我扎死你，刺死你们狗种儿子。"刘文志说。

孟姜女喊着叫向野狗群冲过来！野狗见他们来打，都慌着自己汪汪叫着往旁边去！有几只大个的大野狗，不但不闪，反而还往上猛一扑的龇牙咧嘴地叫着，孟姜女慌忙端着大枪来刺来扎，就是挨不着野狗的边，挥舞长枪一会前边一会下顾马后边！左右两边都有野狗往上冲来，只有不停地舞动手里的长枪不停，万一让野狗咬住一口也不得了，马也在圆圆圈乱走乱转，万一被野狗咬住战马，马一惊也就不由人的使唤了，反而是很麻烦头痛的事，刘文志县长也一样在马上左冲右打，很大的目的就是不让野狗得势，秦始皇在马背上两只胳膊舞成花来没能扎刺住野狗还累地气喘吁吁，战马经过一阵子左右磨动冲锋，也累的鼻孔大张，张着大嘴满嘴的沫子，不停地喘气，还在不停地咳唥！有时看见几只野狗同时扑向马的前蹄时，战马吓得扑下前蹄了，猛将蹄后蹄子，还是让野狗在屁股上撕咬了一只一块皮肉撕烂了，战马蹽着蹶子朝前猛穿过来，前面的野狗向后闪着，又往前快速的扑来，秦始皇幸亏骑技高超，从小时候练就的，不然早就被扑摔地上了，秦始皇双手舞动大枪好不容易累了半天，才打住一只野狗的屁股，野狗大叫几声跑远了。一阵子后，又跑回来，冲着人和马大叫'汪汪'。此时，秦始皇也不问它三七二十一——只手拿住枪，另一只手摘下弓箭，顺势把长枪挂在马鞍子旁，拉开弓箭一阵子急射，五六只野狗无声的倒在地上，再也没有起来，其他野狗看见都朝后退去！

"报告皇上，不好了！我们背后从我们来的地方又出现了一大群恶狼噢！赶快往回山上射箭冲开一条杀路往回走吧！圣上！"刘文志说。

"好吧！往回撤退！注意射恶狼，不能放空箭，消灭一个是一个，一定要射准杀死为数，把它们给逼回去，要不然我们也冲不出去了！刘文志孟姜女咱们既在开始向狼群发动进攻，放箭！狠狠的射……"皇上大声命令说。

"是！皇上，一定狠狠的射箭！决不放空箭！"刘文志说。

"圣上，恶狼凶猛的狠呐！直朝人马身上硬冲！硬扑，来不及射箭呀！放箭了！我来用长枪扎它们狗日的恶狼种！好家伙龇牙咧嘴地往上冲来，来呀！

叫你尝尝长枪的美好滋味！"孟姜女说着轮开长枪往狼身上猛射过去，前一个没有打中，第二个恶狼顺势挨了一枪棍子，叫着往旁边闪去，孟姜女双脚叩着马肚子，双腿夹紧马肚子抛开枪朝山沟口冲来，后面紧紧跟着野狗群又在"汪汪汪"地叫着和大恶狼一块来夹击她们六个人！孟姜女此时只顾大恶狼扑在马后面的腿，被野狗咬了一口，顿时战马暴啸嘶叫："咳啷！"的猛叫一通！后腿往后踢弹着，孟姜女连朝后看也没来得及！双手摆动长枪往后猛劲砸来一枪，野狗头上被这一枪砸中，立时狗嘴上一层子血痕，就势用枪头又朝前扎去，没有扎住又把长枪回到前面横扫一半圈，看见长枪就回来，它们马上分左右两面朝上就咬来！秦始皇双手拉开弓箭抱在怀里往起放箭！右手一放，便有一只恶狼叫着跑走了，它们发出低沉嗷嗷叫着，跑在一边远远地瞪着仇恨的眼看这一切阵势，浑身还在不断地颤抖着，利箭的箭头上都是有两边的利刃钻进肉中叮在骨头上，一旦射住利箭是不会自动掉下来的，箭头后面都有倒刺挂抓住肉，如果射在人身上也不能硬拔箭头，这样箭头带下一大块肉，恶狼和野狗怎么会知道呢！只有凭它自由在上面晃动，越晃越疼，使整个一大块肉都是没完没了地疼，只到它们筋疲力尽后倒在地上等死吧！这就是动物与人的区别，人中箭后只要不是毒箭，立即将箭头轻轻取出后上上药，要不多长时间就会慢慢好起来，大恶狼和野狗哪里会知道这些道理的，低沉哀号声能冲多远，以至于其他动物听了也惊恐害怕！

"孟姜女你的后面，又有一群野狗在往上扑呢！"秦始皇调转马头，手拿长枪往孟姜女的马后就扎，狠刺，孟姜女的战马又往上猛冲一下，前面的恶狼又把战马围拢来了呜哇哇的凶猛姿势扑上来！战马只是不敢往前硬冲硬走！只有站在原地踏着步子，准备随时冲过恶狼的防线！刘文志也是用大枪摆来摆去！一只恶狼也难扎住，这些狼精灵的狠，你来它躲闪躲让，不让你刺扎住或扫住，它也特别害怕长枪一旦扎住，这些就是两个大窟窿，那么有不怕不躲闪呢！不躲闪命都没有了，是开玩笑的事吗？所以它左蹦右跳要多灵活有多灵光。

在这关键自顾不暇的情况下，人马都不敢有一点点大意，"啊呀！孟姜女快来救我呀！我被恶狼咬住腿了！啊！救命啊！"其中一个孟姜女话还没有说完，四只大恶狼都扑上来，在其中一个孟姜女身上咬撕起来，秦始皇刚想拨马过来，猛一下子又窜出六个大恶狼将他围住，这些大恶狼是各个击破，只是一眨眼的工夫每个人面前好像一下子又多出好多只大恶狼，其中在恶狼背上还发现了一只狈！狈是狼群的头子，狈哇哇叫出什么主意，大恶狼没有不听它指挥的，它在这些儿狼群中蹦来跳去的，从一只大恶狼身上一扭身，又转到另一只大恶狼身上脊背上让别个狼驮着跑走，都特别特别灵巧，它不愿意离哪一只大灰狼背上，哪一只大灰狼累死也别想把它甩，天生叫狼狈一家子，又叫狼狈为奸，专是合伙干坏事，出坏主意的狲！它这样穿来跳去的叫，离多远的狼听见它的叫声都往这里汇集，所以狼群还在增加，刚才那个哪孟姜女没有防备，一下子咬住小腿了，将假孟姜女当时咬疼的现了原形，原来确是一只盆大小的大蜘蛛，秦始皇一看大黑蜘蛛说："这叫以毒攻毒，你说你厉害，他比你还厉害！"

此时一只大大的黑蜘蛛被凶猛的恶狼咬断了腿和脚，头也被咬掉了，几只恶狼不解恨，又将大肚子也撕得粉碎，地上一片黏黏糊糊的，就这样少了一个孟姜女。正在拼命打头的同时兔死狐悲，又一个假孟姜女心里不好受，又被野狗拖下去一个，同刚才差不多，都是硬咬下来的，显出原形了，是一只大蜈蚣，满身都是腿！一大群野狗咬脚的咬脚，咬腿的咬腿，一只像扁担长短粗细的千年蜈蚣撕吃掉了，野狗们此时也是饿了！只是一转眼，一眨眼的工夫，发一发愣的几秒钟时间里，一条千年得道的大蜈蚣没有了一点踪影了，本来一块六个人，一下子少了二位个人，而且还是妖精得道的精管，这时的秦始皇、刘文志，真的孟姜女假还有一个孟姜女，原来真假难辨！谁也不敢恋战！但是又不能一时冲出去！

"放箭！放箭！美女们！咱们如今消灭一个是一个，也就是少一只大恶狼，少一个敌人决不能手软！更不能瞎射！咱们赶快往一起靠拢，每个人注意一面的大恶狼，野狗野种，保存有生力量，坚持争斗，快快快！"最后是秦始皇在前射箭，刘文志在后面，孟姜女一个在左面，一个右面断后，这样变成零形方队，野狗恶狼钻不进四个人的中间来，大家互相依靠，相互依赖，都是光注意一面一片之大敌，恶狼和野狗钻不上空子就得不了胜，在刚才大黑蜘蛛和蜈蚣撕咬的大恶狼和大野狗，一个个大中毒身亡一部分，先是瓜子腿头嘴都慢慢肿起来，后肉慢慢烂掉，一下火了一百多只野狗和大恶狼中毒一半，千年的五毒是何等的厉害毒发！

秦始皇他们四个人又朝前山口冲去，一连又射倒二三十只大恶狼，没有死中毒的野狗还跟在后面乱叫着。最后野狗发现狗群不见了，它们也往后躲藏起来！秦始皇不舍不弃的又射倒十只野狗嘴里骂道："他娘的！野兽！野兽！统统都是野兽！差一点点成了它们的点心小菜碟子！真是狗日的王八蛋！野狗！大恶狼！孟姜女先生害怕不害怕呀呀！"秦始皇笑笑说。

"怕是有一点，不过你圣上，皇上在此都不怕，我怕什么呀！这狗狼们是有眼睛的，你越怕它，它越凶越狼，咱们都不怕它们了，它们自己都攘条了，最后还不是让我们四个人把它们二三百只打跑打散吗！人们还讲：狼狲为奸，最为厉害，今日是它们狼狲为奸又加上野狗群也不过如此，别说它们打造个什么武器了，它们只会龇牙咧嘴嗷嗷叫，去掉此没有戏唱了！不过今天也是有惊无险，快冲出山沟口那一会真悬呀！差一点点出不来了，要不是皇上高明，圣上聪明灵光的马上变队形，编队形，估计一时半会还在抵抗这群野兽狼群恶狗们呢！"孟姜女说。

"是呀！到底是圣明皇上，指挥过千军万马来着，在刚才那会真是自顾不暇，顾头顾不住尾，顾了左边，右边又有狼群往上冲来扑来！真是麻头皮呀！说来讲去还是人最厉害，人再厉害没有个领头出主意也不行噢！悬！真是悬透了！也悬到家了！不敢想刚才的经过事，哪来那么多的狼外婆，狼外公，狼奶奶和狼爷爷孙子爹爹们？信我不信看全部加起来也有五六百只，怪不得人家叫这是石人沟，石和死是同音，一进了沟非变，立马就变成石头一样的石人沟，半步也进不去出不来！今天感到一点点挺好！孟姜女千万不要生气啊？我并不是咒你怎么样，你别放心上啊！这些恶狼和野狗群倒是为我们的孟姜女出了大力，拼死做贡献，拼着老命为孟姜女大队长在除冤白，不是这群野兽畜生，谁能有本事分辨出来真假呢！无论咋讲，这狼狗还是办了一点点好事情。否则，大蜘蛛，长蜈蚣能会有结果吗？它们都是千年得道道业精深的，谁能咋着它们呢！上天入地都没有成功辨认，今天却让这两个冤家死对头给破获两样！又去掉两个假假真真的游戏……"刘文志说。

"是啊！听大县长这样一讲，我孟姜女还应该立马喊，恶狼万岁！野狗万岁！我孟姜女感谢你们的凶狠行为，为你们的凶残而歌唱，为你们的狼毒而跳舞！没有你们的残酷行为，就没有我美丽靓艳的孟姜女的容身之处！就没有我善良孝敬的忠诚之心，更体验不出美女女孩子的羞涩大方潇洒的浪漫情义！皇上，圣上万岁，是皇上用神箭把它们这些没有人性的猛兽给镇住触怒，它们不会发疯发狂的复仇报仇抱负我们的，所以同我孟姜女暂时切洗清了一点点的冤白魂曲梦韵。所以我孟姜女现在真诚的感谢你们的在天之灵！让你们在天堂上早日享福享受神仙般的好日子，快乐日子，美好愉快心情……"孟姜女说。

"孟姜女你是个真正善良的好美女，人家欺负你这长时间，你还时时为人家祈求祷告！祝愿别人有个好归宿，天底下难找的善良心地！怪不得这么多美女姑娘喜欢听你的，认你指挥摆布，原来人家都愿意为知心者而孝忠，为善良去服务，为民族为老百姓吃大苦，流大汗出大力！所以我这长时期也是为你孟姜女的善良美丽靓艳在情不自禁地等着你的靓丽，靓艳的火辣辣的红玫瑰！"皇上说。

"皇上刚才那么多的狗肉狼肉还有好皮子，不能不要啊！大家伙们干活多辛苦多劳累，我建议大家应该派人去把肉全拉回来，在大食堂烀一烀，或者炒一炒，蒸蒸，烹一烹，反正怎样都是最好吃的美味佳肴，总比另外再杀再宰牛羊猪肉不好的多吗？"孟姜女说。

"对对对！应该接受孟姜女大队长的合理化正确的建议，一只捌拾斤，二百只就一二千斤够大家美美撮一顿的,谁不想吃可以不吃嘛!香味一飘出来,说不定垂涎三尺欲滴地抢着吃!一年二年不吃肉,吃不上肉的人家,真乃是馋虫一直往外冒也!"皇上说。

"是呀!我们那一次在横山脚下吃的烧狼肉就狠香吗!现在想想牙齿缝还有狼肉味呢!咱们回去立即叫他们来上三四百人,能多打死不是更好吗?一次性消灭狼种狼窝,省得大家来这里全修长城麻烦,又要损失一些无辜人员哩!咱们这就定下来,也不知道万喜良、范杞良他们的部队都到齐了没有,让他们两位带着骑兵队的兵卒一次扫清,决不留后患!"皇上说。

"我孟姜女举双手赞成这正确方针命令,我是最不愿意看见人们受苦受难受灾,更不用说受伤,伤亡事件,虽说那两个孟姜女不应假扮别人,但是一想到她们这一段时期,也没有做坏事,干没有良心的事,总感到从心里讲:她们的伤亡还是特别惨重的!人心换人心嘛!只要大家互不伤害和打击,这就是好人,好人应该有好报的,唉!真是想不到她们来得突然奇怪,走得又是如此惨烈和痛苦,让人好心痛啊!"孟姜女说。

"孟姜女炎大队长,不是我心肠硬或者心狠,也许是因为男人的个性和坚强所造成的吧!我所说话你千万不要生气啊!她们这走的还好呢!自然她们能以假冒充真,而且还是如此的想象,任何人高手高明人都判断不了,这就说明,她们有阴谋,有预谋,早晚不是害人就是害你孟姜女,不然她煞费苦心周折为了什么,生意人好说!无利不起早!只是现在离她们的全部计划,还不成熟,还不是时候,不然,伤心落泪的这个人就会是你孟姜女,而不是她们,大家常说:可怜之人必有可恨之处!只是不早早地倒霉是她们而不是你孟姜女,也许是明天,下个月,明年她们时机成熟后,你孟姜女就是她们的替罪羊冤死鬼!乍一看上去是一件坏事情,但是好好想一想,又是一件好大喜事!大快人心,大快民心事呢!你孟姜女一心想着为天下,为大秦朝,为华夏大民族,为普天下的穷困老百姓着想!肯定她们是和你的看法是相对立相矛盾的,不然她会无缘无故地倒霉吗?这都是天意!天机不可破,天意更不能违反,天意更不可猜,不可疑的特大秘密!只有后来人去慢慢解释,上天玉皇大帝,天帝,元始天尊,四大天王都在分分秒秒的关注着你孟姜女,也许还派出天上的天兵天将秘密的保护你,当然咱们如今都是肉眼凡胎看不见,摸不着,但是有很多巧合,碰巧、巧遇这都是上天安排好的!不然你孟姜女号召女子修长城!最后成立大队,小队,班组,这么多的美女姑娘们都跟你苦干,辛苦劳苦劳累成功劳!咳咳咳!说不定天下哪个好心的文人还把你的功劳变成别有用心的一步登天的天梯借尸还魂,以逸待劳……谁能知道以后的历史是个什么样子呢!我们如今都是瞎猜测,也是为了安慰你孟姜女美女天仙的一颗善良美人心罢了!"刘县长说。

　　"以后随他们怎么说去？哪怕说是个大坏蛋，卖国贼也好，又不是我孟姜女孤立的一个人领导全天下的皇帝，大秦王朝的文武百官总是这一时期的最好证人，最好的旁观者，最好的时空辩护人吧！后人才是最好的历史审判官，判定人……"孟姜女说。

　　"我感觉你姓刘的讲话有问题，第一你是挑拨是非，第二你是个嫉妒心非常强烈的带血迹般的人……"

　　"算了算了，就等于我没有说，没有讲！一切都归于原意好不好？我跟你孟姜女讲话也好，说话也行，一开始我就跟你说千万不要生气……"刘文志说。

　　"你们两个人都别讲了，听我说几句公道话，如果能再来几个老虎、豹子、黑熊瞎子什么的，你们孟姜女早就不是两个或者四个孟姜女了，说不定就光剩下一个真真正正的孟姜女了！为什么呢？我想大家心里应该很清楚，假的就是假的，假的永远变不成真的，看看先生们、女士们，讲话叙话在路上过得快吧？这一会儿就到了军马坊了，人也累了，马也乏，刚好到地方了，孟姜女咱们把战马放到军马坊还是骑到平安屯呢？这会离平安屯还有好几里地哩？"皇上说。

　　"这样吧圣上，先通知军马坊的人去食人沟收猎，再让他们传达你圣上的命令如何？"孟姜女说。

　　"行啊！听你孟姜女太后的谕旨！我这就去传下旨！"秦始皇笑着开玩笑说。

　　"沾你的光，小心为烧屁股带香味，后人会骂是臭气、污染大气层啊！"圣上皇上说。

　　秦始皇骑马生风跑到军马队马号房："哦！两位将军都在哪里？我命令你们两位将军火速去食人沟打扫战场，再带上三百兵卒快速消灭野狗和恶狼群！把死的带回来，没有死的全部打死消灭掉，不留后患危害人类和下步修长城人员！"皇上说。

　　"是！皇上圣明！我们马上带三百人前去，食人沟快速干净的消灭野狗和狼群，最后把死狗死狼带回来！马上行动！请皇上放心，即刻出发不得有误！"汭兮良大声说。

　　"大家集合！一队，二队，三队全部集合！"兵卒们慌慌忙忙出来集合。全副武装！刀枪弓箭带齐一样不能少，快快上马，去食人沟打猎！一队在前，二队跟上，三队随后，整队士兵此时都在此地："皇上万岁！皇上万岁！皇上万岁！"

　　秦始皇挥挥手说："大家好！你们辛苦了！"孟姜女、刘文志等四人骑马站在一旁观看骑兵们的动作速度！"大家好，看谁打的野狗多，谁打的恶狼多，随后全部带回来，出发吧！"秦始皇大手用力一挥，朝汭兮良努努嘴，马队骑兵两个两个地骑着大马向前快速跑去。

"走吧！孟姜女先生咱们在这里发什么怔呀！还能等他们回熬狼肉狗肉吃吗？该走走呀？驾驾驾吁！"秦始皇用缰绳在孟姜女骑的马屁股上重重地抽了一下，孟姜女骑的马向前猛一窜马头回转一点点看看后面的骑甩甩尾巴慢慢腾腾地走着。

秦始皇笑笑说："孟姜女先生，你现在能想象一下子，你的副手副大队长晶晶现在正在干什么吗？你知道吗？是在高兴地两个人在说悄悄话！还是两个人傻看着各个的眼前什么东西！是在干活还是咋的？"

"那我想不出来！也许两个人刚刚认识还不好意思讲话呢！还是两个人一见面就滔滔不绝地说啊说，讲呀讲，还是只会笑，傻笑！傻干活！是在说笑话讲幽默难讲，我又不是什么神仙！咋能猜出人家在干什么呢？"孟姜女说。

"好吧！还有一会时间！驾驾驾！马上就到，不看不知道，一看吓一跳，那才变的有意思哩！我有意安排他们认识，互相鼓舞，激发热情，鼓动情感灵感，让缘分早早暴露出两个人的秘密不知道来，让情感诱发出热血沸腾澎湃大潮来，人总归是要早早晚晚知道人生路上的艰辛磨难……"皇上说。

"好吧！皇上的好心肠，善良的行为，人家会记一辈子或者好几代人的佳话传说。最后变成神话故事，圣上你就是当之无愧的圣上老人，大善人，大慈大悲的仙迹梦游记本，反正人们会歌颂你的大慈大悲大善行为的神仙之行为，把人们缘分巧捏成天仙配，仙人会！"孟姜女说。

"我只是想看看真实情感的流露现实记，恋爱美，爱人佳，没有再考虑其他什么，也没有再想远大情感！哎咳！孟姜女快瞧瞧脱砖坯子的地方，那里有一个我大秦王朝的士兵！看看去！"皇上说。

"平安屯的地面斜，说谁谁就来，皇上圣明！皇上圣驾！皇上万岁！皇上万万岁！大秦王朝的铁骑部队，快速骑兵队先锋军第一小队队长李小泉，承皇上的圣明之恩！万岁之爱心！李小泉愿肝脑涂地孝忠大秦王朝，孝敬圣黄圣恩！来奉献人生的一腔热血来为皇上恩典情爱而效劳！皇上万岁！万万岁！"李小泉说。

"你叫李小泉！快速骑兵队先锋第一小队队长！"秦始皇翻身下马，面带笑容的看看晶晶又说："晶晶大队长！认识认识吧！他就是小队队长李小泉，人长得很是英俊潇洒啊！眉目清秀，个子高大，像个男子汉大爷们！上午一早时，我从这里经过，知道晶晶大队长感觉到有一个人在骑兵队当队长，他跟人家讲，他爱人家晶晶大队长，大队长纳闷想什么小队长，还有名有姓的叫李小泉，特别可恨无缘无故，一面都没有见过人家，就要爱人家爱我怎么的怎么地，心中不知道是气还是喜欢！所以我就下令将军去通知你李小泉，赶快来让我秦始皇也看看人怎么样，也让晶晶大队长看看我大秦王朝的部队人员素质长相怎么样？叫晶晶大队长这几天好掰扯掰扯，能不能看中相中？我大秦王朝铁骑的人样子能相中看上，亏不亏了各自的长相！以我秦王看是郎才女貌顶呱呱的一对有情人啊？还不知道大队长、小队队长心里都怎么想的，怎么看的问题？愿你们有情人缘分相投，情缘一生成双成对！有情人终成眷属！"

"李小泉给皇上磕头！给皇上谢恩！感谢圣上黄恩浩荡！洪福齐天，金口玉言，金玉良缘！成双成对！今生今世为圣上效犬马之劳，感谢圣上撮合婚缘情恋，如果将来能婚配，愿请皇上的圣驾大安！首先拜你圣上的大慈大悲大爱为第一……"李小泉说。

"谢谢年轻人的心意！只要把心放在大秦王朝的强劲势力上多多做贡献，为效敬华夏大民族的利益尽心尽力就是好青年人，善德善行了……"皇上说。

"永远都不会忘记皇上圣明教诲！一心想着大秦王朝，时时想着圣明圣爱的思想恩德情义……"李小泉说。

"大队长！怎么样？人认识了吧？有没有点男子汉的味道，有大丈夫的形象吗？配不配做个男爷们老公呀？别光笑啊？行就是行，不行就是不行，不要牵强凑合，沾就是沾，不管也要硬管，不对的地方说出来，能改即改，不能改的就是优点继续保留，等以后朕还要去喝你们的喜酒呀！新人该不会吝啬一杯白酒叫着说：只一杯，再喝一杯我这新娘子就不当了，变成酒鬼醉汉了，来人呀！把他给我轰出去！牵出门外远远的，一边站着去，醉老晕头吗？靠边站站凉快去吧！"皇上笑着开玩笑地说。

"圣上！可能吗？恐怕到时候整个修长城大队的姑娘们排长排央求夹道敬请你还不来呢！皇上日理万机,恐怕抽不出空闲来应酬这鸡毛蒜皮的小事！"

"那可不一定啊！只要朕答应的事，那是一定得去的！谁也挡不住挡不了驾！你们为长城流汗，为长城吃苦，任劳任怨苦干大干，实干！朕是打心眼里高兴！无论千里万里，只要朕知道你晶晶大队长的事，朕就一定非去热闹热闹非参加不可，使大家高兴快乐满意，叫人人愉快爽心！朕观看半天了，大队长是不是还要比李小泉高一点点，还是高半个头啊！"

"差不多高低，五尺五寸半寸的个子，已经不矮了！两个人千万不要一对傻大个，个子高低无所谓的，只要靓美我天天侍候你都愿意！"李小泉说。

"哦！吹大牛皮啊！如今有多少男人侍候女人的，饭来张口，衣来伸手，你还没有动事的，就来哄人骗人开心哪？姑娘女孩子都让你们这些大老爷们骗走了，怪不得成天的美女姑娘越来越少了！"晶晶说。

秦王说："比一比，大队长高低，看谁个子高，以后说话算数，个子矮的就不要再吱声吭声再讲话……"

晶晶笑着站起身来："比比就比比！看看怎么样，还是我个子高些吧？"

李小泉没吱声恐怕比不过，只是往晶晶跟前靠一靠，挪一挪脚步！

孟姜女笑着说："李小泉跟个女孩子一样，还不如晶晶大队长慷慨哩！皇上让她们过去往一起靠点点。"

"来来，来！"秦始皇一手扳住一个人的头，猛的一用劲，将两个人往起一块一碰撞，只听'咚'的一声！两个人的头相撞一起！两个人笑着各自捂住自己的头揉揉！心里特别高兴。

秦始皇马上问道："两位哪里疼啊？讲讲呀！傻笑……"

两个人互相深情望一眼还在用手揉着没吱声。"哎哎，咋回事！问你们两个人，哪里疼呢！怎么都不讲话不吭声呀！"孟姜女追着问道。

李小泉笑着说："哪里疼！这还用问吗？当然是头痛了。"

"你美女大队长！是哪里疼呀？"秦始皇继续说。

"哪里疼呀？心疼呗！痛在头上，疼在心中哟！"晶晶说。

秦始皇说："这还差不多！互相心疼！相互疼爱，别光想着自己的头痛医头，脚痛治脚！相知互爱的规矩！这才是心心相印爱印！心心相理啊！"

孟姜女说："这回大家心里都放踏实了，不要满脑子光想着一个人啊！连夜里做梦都是这个人就不好了，咱们还是以大干、苦干、多流汗为快乐，想着早早地修好长城，带领大家做好排头兵的责任，重视质量求数量，高效特快，把干劲把热情投入在长城里，带领大家美女们朝上朝前冲，想着大多数女孩子姑娘们的不畏辛苦不怕劳累，不怕多多淌汗大干大干还是要大干！这就是我们大队的立场战斗风气，苦干浪漫潇洒情吗？就拿圣上来讲，也是为了最高质量最快速度，让神龙长城早早与我们共同载歌载舞精彩面世！让我们华夏大民族以神龙巨龙为人人心中崇拜之神！心中只有龙的传人，龙的子孙！龙的圣地，神龙的天地英灵演绎人生最精华绚美的龙的精神之魂魄！"

皇上慷慨激昂地说："所以我们华夏大民族的炎黄子孙是神龙的传人，龙的子孙，龙在我们每个人心中变化无穷，黑龙、白龙、青龙、黄龙、金龙、天龙、水龙等等各种各样色彩颜色，各式各样的姿势、式样都是我们华夏大民族的最高神灵，最高信仰，最高崇拜，男男女女老老少少龙在我们心中！这就是我们一个民族，一个大朝，一个家庭，每一个有血有肉的人，都在敬仰神的龙的精神精华来与大自然天然的灾害来抗衡，来争斗人为的邪恶势力，只要我们整个华夏大民族团结成一个人，拧成一股绳！别说长城的伟大工程，视我们龙的子孙为儿戏！就是将来我们上天的天梯，我们也能一样造就出来！这就是我们神龙的精神之所在！龙的力量源泉就是我们整个民族与个人拼搏向上的铿锵力量！铿锵的呐喊呼唤神力的推波助澜之所为！龙能飞行腾娜！更能腾云驾雾呼风唤雨，能上天隐蔽神出鬼没的变化多端，更能降龙伏恶，能搅动四海的云水怒，能保佑五洲的神灵江山齐！更能守住发展，开拓进攻不全理的不利百姓人的不合理强度！这一切都是神龙的功夫，神龙天性灵巧睿智进取创新创伟创绝之精锐！哎！孟姜女、晶晶、李小泉、刘文志，我想知道一个事情，比如现在大家每个人已经有个孩子，这个孩子又是个男孩子，你们准备给这个孩子起个什么名字！我无所谓的！"

孟姜女笑笑说："你李小泉，你先说了看看！咋起个名，起个啥名字好听！讲讲看嘛！"

"不知道！她想起个什么名字！就叫个什么名字！我无所谓的！"李小泉说。

刘文志说："咋起都行！起啥都好听！人嘛！有个名字叫不就行了嘛！"

"不是你那么讲的！叫阿猫阿狗你愿不愿意呢？名字能显示一代又一代人的寄托希望！理想能不能在他们身上实现，就是这样的名字，比如叫你李小泉来讲，你的父母都希望你在各个方面像小泉源源不断的拥有！比如财富，比如智慧，比如你的爱人的靓艳，比如家庭的和睦！小泉清澈透底，源源不断流出，才能有好的结果和老一辈梦想的成功。比如功夫像小泉，比如高人有绝招特技的咱不行，咱不沾，但是比普通人的大多数，你还是可以数一数二的看家本领，再俗话说白些，就是传宗接代你李小泉，比起人家有五六个儿子的你差一步，比起一个儿子的或者的或者人家没有儿子的，你李小泉又强得多得多！懂不懂？比如你叫李小泉，你儿子不能叫李大泉，或李特泉都不能叫！为什么呢？老子和儿子是二代人，辈分不同，只有用小一辈的字或不同意思再大的含义也没有事！二辈人三辈人不掺字眼，就是文化的经典艺术，打个比方说，叫李长城或李金龙，或希望他发大财梦想中的附庸，李发财、李金财、李金发、李金贵、李金富、李富贵等等长城和金龙坚强神圣，金龙就是显贵，希望有巨财，又是龙，那还是使你们这个家有翻天覆地的变化，小名一定是顺其大名的含义，小虫、小蛇、小蛋、蛋蛋慢慢长大就是大虫大蛋如地球！比如，小虎，小狗子，小狗蛋，就和龙字不和，它们各自都有各自的种类种族艺术，有的人大名小名一起叫，比如李小泉前面加李无所谓的，不加姓叫小泉。你都二十多岁了吧？三十、四十、五十以后叫就更不合适了，叫起来就不怎么好听了，又比如你叫刘文志，你爹你娘希望你在文化上有志气，有超长的文化与超人的志气，也就是乡下人讲的大出息，加上一个刘字，这个刘是现代兵的一种兵器，有列刀砍左，左边是卯字下边一个金，大概有两种含义，让你的思想立场像兵器一样的克敌制胜，这个敌不会在拿刀杀人的战场上，而是在文化上，博学上一定要有文化人的志气。志是本人的脾气下定的决心、个性、理志志士，老了以后在乡村老先生的文化志气志士，比如有钱有财，那也是有文化的绅士，穿长袍马褂，人家骑马你坐轿，文人嘛！骑马不像文人是武官，如今你是县官就特别符合名字，不过都是暂时情况，将来你当个有文化府台道台有勇有谋大智过人，判官显赫百姓叫好不上也得上大官，当个大臣也是可能的，孩子起名叫：刘邦、刘龙、刘金、刘银、刘贵、刘富，都是大富大贵永远留名在史上，名字起得好坏关系到一辈子或是祖祖辈辈的荣华富贵都是有可能的！人一方面名字起得好，另一方面是机遇巧，没好时机遇再大的本事也不行！就现在我们几个人来说：孟姜女不号召修长城，不把女孩子们姑娘美女们组织起来，又千山万水来到这里，我们互相谁也不认识谁的，你只有当个镇长，我也只有在京城当个皇帝，首先没有骑马射狼打野狗的故事，更没有咱们这几个人在边打砖坯子边聊天闲叙话玩，刘文志也当不上县长，孟姜女在家种地，再怎么漂亮勤恳能干咱们也不知道。李小泉也不可能认识晶晶大队长，讲来说去都是天生的缘分恋爱的情义，这辈子该跟谁做夫妻当新娘做老公都是拐着弯磨着角，掉着邪的会找到那个人，或者亲戚介绍，媒人拉线，月老也早就定好了红线拴住你和她，谁也犟不掉甩不脱，这就是人生情缘恋爱眷亲……"

李小泉说："我们谁也没有想到这个问题，也不会想，更没有时间去想，哪像你圣上皇上讲这么好，这么有理性的立场和论证，只是听话服从命令，从早到晚，夜里睡大觉，白天好好听话，叫干什么就干什么，只要干好别出差子就行！脑子简单清纯从来不会想这想那的！"

"不会吧！李小泉，你不会想？晶晶大队长是谁想的？连人家姓啥叫啥多大年龄都知道，还讲没有想，唬鬼吓人是不是？"皇上说。

"巧合！纯属巧合！人家叫我听得到，就记在心中了，也许是上辈子的情缘来了，预感有好感好印象，总感觉到早晚有一天会成为一家人，才这么想，这么打听，天降大恩大德承蒙皇上抬爱！才有这别开生面的情意！说来说去感谢皇上圣明，感谢你孟姜女善良心地，总之好人都让我李小泉一个人给碰上了，感谢老天爷、土地奶奶恩惠之情吧？"

"孟姜女上次不知道因为什么事说起来的小孩名字时就讲过，起两个呀，像云像风，像雷电什么的名字对不对？"李小泉说。

"是不错，我孟姜女有这方面的愿望，自然的雨水力量最大，江河、大海都是天上的雨水形成下来变成江河冲刷到大海里，又跟从太阳的热量飞到天空中，变成云、风来到地上，没有河冲流成河，没有潇洒冲从西冲到东汇成大水冲开大地的变化成长江大海！如今我们人又将大地上的土拉和水后形成在烧剁成砖垒成长城，天能人也能，都是因为有水，水能改变一切物资柔中有刚，经过火一炼就叫他像雨像云像风雷电，还不知道会生几个孩子，把名字起好了，想想人也可笑得很呀！本来是不摊我们这些大姑娘女孩子说的话，可是为了让你皇帝知道我们女孩子的心声，只有厚着脸皮讲出来！不讲呢不孝忠皇上圣上了！说呢！又不符合人类的传统美德，只好顾忌皇帝皇上圣上的金龙颜面，把道德暂时往后靠一靠，让一让，还是叫皇上开心快乐为表忠心，这就是我孟姜女的为人处世策略。"

"还是大队长会说话，讲的话让人听着入耳心里得劲，毕竟是个大队长，有衷心有情调有爱心有眷亲，大家鼓掌欢迎！又有水平还有风度，更有情意爱恋！我的心中和话语相差甚远，有些话是让听，而不是走形式，又有话语呢是让理含义，有些话皇上不易讲的太白，只有靠意会，有些人能意会，有些人能出恶，这在乎心！心里有什么就说什么，有个别人不是的，他能忍能变通，能抵住，能深入又能浅出！反正是怎么正确，还有个别人又不一样，祸从口出，福从口入，咋样都对，最后还有一个效应问题……"

"报告皇上！野狗和死狼是四百零三只，野狗一百八十九只，恶狼是二百一十四只，开始收拾到三百零一只，大部分箭头都射到头上，立即死，真乃是好箭法，跟神箭手一样的准确，有四五十只是射在肚子和屁股上都是负痛带箭逃出去几百丈好几里路才倒地上不动的，总地来讲是战果辉煌，一大堆肉都在小马坊，真是解恨又大快人心的事，怪不得这一带的老百姓管那里叫食人沟，不知情的进到沟里边命就没有了。"

"好！好好样的，今天带那么多的利箭，到最后来都不见了！原来是让这群狼和野狗带走了，它们把利箭当成了天外飞来的神气神器，都抢着前来往家请到阎王爷那里报道去了，贺功领赏钱赏银去了，我们大家眼下就安全了，要有这些祸害在，还不知道哪个人全都的哭爹叫娘哩！我原本估计着没有这么多只，二百多只不得了了，大家回去休息，吃晚饭，辛苦大家了，怪不得我这半天老肚子咕咕叫的提抗议，慌了大半天还没有吃饭的！大队长，今天就在你们这里吃饭了，是心疼还是头？"皇上说。

"皇上放心吧！你在我们这里吃饭是抬举我们，给我们姑娘女孩子美女是莫大的鼓励和荣誉！全朝这么大，哪里的老百姓都希望皇上来看看她们，能尝尝她们吃的饭菜，将是她们一生的荣兴和几世几代无上荣光荣幸，都以皇上大驾难请！今天是我们女子大队的荣誉节，美女们的快乐日子，心也不痛，高兴快乐还来不及呢！圣上真会开玩笑，逗我们女孩子是小心眼，吝啬鬼是不是啊？"

"还是美女反应快，会讲话，讲的话像银铃响，听着就不想走，就不用动脑子想问题，只要好好地陪大家就行了……"县长说。

"万一姑娘们要试一试朕的脑子好使不好使，反应不反应，灵光不灵光呢？岂不丢人现眼打家伙吗？朕是皇帝，代表天下大民族的一个最高权力权威和灵气，不能随随便便的，首先声明这一会是自由活动，朕讲一个民族谜语：'美女大姐不要脸，张着大嘴让人舔？'"

"皇上为什么美女大姐不要脸，张着大嘴让人舔呢？咋不讲成是英俊大哥不要脸，张着大嘴让人舔呢？"

"这你们女孩子美女就不懂了！艺术嘛！是有大自然的客观规律性的，比如太阳，月亮！有太阳是白天，有月亮是夜晚，太阳发光发热映照万物，月亮是接受恩惠再把余光返回为阴光，不亮不热只有温馨悄然承受，男人女人，大姐和大哥，谁都知道大姐不会主动要求舔大哥的，为什么？这关系到心理承受能力，大姐看上大哥，并不代表大哥会看上大姐，这样的话艺术水平低下狭隘不顾及人与人的现实客观，客观世界大数都是男选女，女能选择男也有，占比量少一些！所以谜语的最大艺术是客观实际！美女姑娘们不要心理不平衡嘛！不相信可以试一试，而且还有一点男人和女人在同一个年份，女的早熟，男人晚个子也相应得晚二年，女孩子早二年，就出落的美丽鲜艳袭人，目的就是吸引男孩子看中美知道美爱！男人不爱美时，他是不会轻易地去选择那个女孩子姑娘的！女孩子姑娘只等有人喜欢她，爱她，她才慢慢地去适应去慢慢接受他！她等待地张着大嘴，等待有人去舔的依人化艺术！艺术的力量就是一个大姐，大姐漂亮啊有魅力，还有一个听好了！美女靓妹一般高，光着屁股来洗澡，姐姐拉着妹妹尝，妹妹抱着姐姐挑？"

孟姜女说："为什么不说，俊哥俏弟一般高，光着屁股来洗澡，哥哥拉着弟弟尝，弟弟抱着哥哥挑，为啥都讲是大姐靓妹呢？叫人纳闷不解，还有一点最让人不能理解的是一个男同学和一个女同学，男学生写字条，他跟这位同学讲：我爱你！这位女生天生与众不同单纯贤淑，只会学习，别的什么都不会也不问，一看到男同学写的字条子，她立马跟这位男同学急讲，你爱我吗，我有什么值得你爱的，你说出来，我哪里不对做得不好我改还有行吗？"

晶晶说："笑话，她这辈子也改不掉呀！天生的性格！男生爱女人是正常现象往哪里改呀？傻仙姑改呀吧？"

皇上笑着："好家伙，天都黑了一会儿了，大队长你们啥时候收工吃晚饭呀？光知道讲话，看看别的姑娘美女都吃过饭了多长时间了！"

孟姜女笑着说："晚饭！晚饭二更半，不到二更不吃饭……这些美女姑娘们真是的，粗心大意，光顾自己，把我们的皇上万岁留在这里喝西北风吗？"

"没关系！反正是晚饭！晚饭二更半，还差一阵子……"皇上说。

"报告大队长，饭菜都好了，鸡肉、鸡蛋、羊肉、狗肉、狼肉都准备好了！请皇上圣上吃晚饭！"

　　孟姜女说："请吧！走吧！圣上皇上！洗洗泥巴手，不到二更也要吃饭，吃晚饭……"

　　　　晚饭晚饭二更半，不到二更谁吃饭；
　　　　心情加爱情激情，歌声串故事爱恋。

阴谋　天机

　　水面上映出如船的月光，时跳时蹦地行走在海面上荡漾着丝丝的白云穿越银色的弯月两边，星星在天空闪耀着悠闲无邪光点玩耍在水面秋千上，有一个男音沙哑喉咙唱到，豆蔻年华二月八，一根肉棒往里插，哎呀。哎呀，哇呀娘妈，麻木疼痛心泪辣。人在人上，肉在肉中，上下插动，快乐无穷。

　　"谁，干什么的，哪个哟……"走在海滩边的人在前面头大声吆喝着……

　　"哦？原来是赵丞相啊！蛮有兴致呀！怎么这样晚了，还没有休息呀？你这一嗓子也真下了我一大跳也，多亏了耳熟语热？请请请……走走逛逛……"走在前面的人，侧转身等候着。

　　"李宰相！怎么黑更半夜的不在帐中睡觉，感情也来在这到大海边来了！我也是睡不着呢？远离故乡万水千山呀……"

　　"大丞相！能睡着吗？俗话讲的好呀！人无远虑，必有近忧呀！最近有好一段时间，心里总是烦烦躁燥的，出来走走看看月光月色的胡思乱想想罢了，也好叫这海面浪尖上的月光捎走冲淡烦恼忧思，好叫海风轻轻吹散，在遥遥思念故乡之情唉……"

　　"彼此都是一样无奈的胡思乱想呀？人生在世一讲吃，二讲穿，三讲住，富富裕裕就是情调问题，说的不对，千万别往心里去，咱们这是无聊，聊聊玩玩说说话，侃侃大山，说着玩的，像我们的秦始皇，现在叫始皇帝，皇上是天天时时刻刻地想着干大事情，大事业，与国与民江山社稷都好，一心要超越前人的辉煌，事业有惊天动地的灿烂、巩固大秦王朝的社稷，使普天下的老百姓能安居乐业，大秦王朝才能集中权力权势一呼百应，高高在上，无所不能……"

"李宰相，人活着就要有面子，有名声，有名望，讲排尚，想干什么就干什么，你我同朝为相，也要人过留名，雁过留声不是吗？虽说不是君主大王，也要胜过大王君主才是呀！"

"赵丞相啊，俗话说得好，人往高处走，水往低处淌，谁不想好呢？是没有办法呀！要吃饭的不想过得劲，过得舒坦吗好呀！哪个想当奴隶奴才，做牛做马让人使唤来使唤去的，像我也是天天看人家的脸色过日子吗？哪一句半句话不对头，钻着脑子使劲浑身的点子弯弯绕绕地推脱，实在推脱不掉的磕头如捣蒜，自己一把泪一把鼻涕的喊罪臣罪该万死的！可不是演戏逗笑话，处处小心事事谨慎还不沾理，你丞相比我的场面大，得人心，有事还不得仰仗你赵丞相才是啊！我们可是同朝为相臣多年，处处同舟共济，就算我李某人李欺干不成宰相，皇上不还得命其他人来干，人心隔肚皮，你赵丞相，他不暗地里捣鬼使坏，不能不叫你处处提心吊胆的……"

"我是丞相，你是宰相，彼此伴君如伴虎，都是唇齿相依的安全稳当，所以我们尽量地理应照应的照应，该庇护的庇佑，权衡得失风险，无论什么事都应有个伸张曲直，不要老八板老犟头钉，笑脸相迎才能平安无事……"

"是呀，是呀，往后从今我李斯一定从事事要顾全大局，如今不向是二十几年前了，一人吃饱全家不饿，偌大一个家，几百口子人命，儿孙子女往往因为一个事半句话就会引惹来杀身之祸，友谊亲情人活着为了啥！享受、面子、权势还有最关键的关键是子女儿孙，养了生就不能眼睁睁地看着他们上断头台，更不能受穷，遭罪是不是……"

"讲得有理，千年做大官，为着子孙来，有钱就上，有财就上，人不为自己，天珠地灭，当然小恩小惠两码事，还得考虑到皇上，法上不大夫，失去皇上的利益命休也！还是让人不知不觉好，既有大秦王朝社稷的好处，又有个人的利益，江山依旧……"

"赵丞相可不是吗？原来是六七个小国家，如今好了，是统一起来的大国，大国应有大国的风俗风尘，大国有大国的典范风雅，但是大国也有大国的风险也大，伴君如半虎，如今坑儒明日暴政，后天治河修江，这今天又来修长城，光这财力宝藏钱势，如果你我抓住千年子孙万年的血脉也取之不尽，用之不竭也，如今能人员外遍地大款，谁都想出人投地，发大财横财，显显享福，威风凛凛的睿智超越他人富足一方……"

"是啊，是啊！就这个修长城，活见阎王的泥水泥巴活，大男人见了都蹙愁的很，如今这些个鲜花嫩苗一样的姑娘女孩子，居然来个大队修长城的人，罕见稀奇，搞得我如在梦中的雾云里一般，精神诚谓可嘉可贺，还不知能干到的哪一天，能否撑得住呢？耐得住苦累哟……变了，世道大变了呀……"赵高说。

　　李斯说："关键是这个带头的孟姜女是不是有官瘾，想弄个官当当，大千世人无奇不有啊，所以才想出个什么修长城的大队来，真有本事啊？有不同的作为和能耐来！小小一个女孩子，能有这么大的号召力，又有这么大的组织天才，而且不是从千里之外来这北国高山山下，可真是古往今来的奇闻轶事奇女子啊，又是美妙女子，一掐一股水，一点一个泡，风吹一阵子香气，一亲一味的温馨能浸透脾肺，穿透心肝五脏七情六欲呀，咱们的秦始皇皇上都让她给迷醉迷糊涂了，成天跟着她撅撅圆屁蛋乱转圈……点……在好的君主，英雄都难过这天然的美女关呀……欢蛋蛋也！"

　　"是呀，你李宰相该不会吃醋吧！嫉妒、妒忌！羡慕在心里还马马虎虎的，咱们这大皇上本来是不好美色的主，七十二妃和八百美女，他连看也不看一眼的，六院悟恐自己不够美，一天一个样也不沾闲，美女们个个都快鼓着鼻子瞪着眼，马上就要变成恶魔之女，刁妇老巫婆了，如今这会儿见了孟姜女无独不一样了，也快把不住劲了，好像换了一个人样子，六魂出窍，七情煜六欲烧的沸腾，脚后跟不沾地，屁股不着家的颠颠的去跑着撵，到处去找她孟姜女，人心不一样了，处处和她孟姜女在一起，事事形影不离，言听计从，兴冲冲得了几万城池，千万大军的一个样子，天天开心得很哪……我们不能眼睁睁地把一个大国的国君，真龙皇帝，大王皇上拱手送给一个土里土气，穿戴还不如叫花子的黄毛丫头骗子是不是，看着女人的发梢，眼色行事哈里巴……"赵高动情地叹息着气说。

　　"古人说的好，英雄难过美人关，美女不用一刀一枪一箭只是一招一示便把一个大英雄豪杰给降服了，把咱们这皇上给服掳了去，孟姜女只要在关键时刻一个飞吻眼色，一个美艳的笑容，再来一个惊艳小香叹息……依我宰相多年的经验来判断，肯定她孟姜女要修筑长城哩，还不如她孟姜女是带着大队人马是来破坏毁坏，扒塌扒倒长城呢？丞相你看看多好的一个大国国君皇上治理黄河引水浇庄稼，郑国河，统一六国，统一文字，计量衡，统一语言，如今又修长城，一生的伟大业绩，说不定就让这个孟姜女给断送了，毁掉了，明里修长城，暗里勾引皇上，她孟姜女讲不定有和长城不共戴天的仇恨哩，人心莫测，人言莫可呀！赵丞相还不如咱们先下手为强，挤眉弄眼造谎言，给她来个莫须有的罪名，其不是万事大吉吗？谎言重复，百次就是真理，谁敢谁去为一个与己与利无关女子的去奔走相告，呈变是非呢？可谓是人言莫畏呀。全国普天下这么大，老百姓又这么多，千家亿万人，时间光阴匆匆而过，谁又去为一个孟姜女澄清辨别是功臣是破坏诽谤诋毁败坏长城的祸首土匪呢……"

　　"对，我们大秦王朝的江山千千万万家户，男男女女老老少少亿万人，一人一口唾沫星子也能把千儿八百人淹个死死的，一人咬一口也不到一个麦仁子米粒子大小一点点摊住谁吃着，依我看宰相大人事不宜迟，说她们女人，三个女人一台戏，哭哭泣泣，叽叽呱呱，这哪是修长城呀，而且天天撕撕扯扯吵吵闹闹哭哭叫叫磨磨蹭蹭瞎屁揭痒痒，混吃混喝混穿，拉扯男人，净搞些男盗女猖在大山深处玩伉俪，鸡鸡狗狗叫的光着屁股钻山沟，泡奶头大山，坑国家害人民，祸害大秦朝的社稷江山，最好是的她孟姜女淫水泪似长江如黄河，欲将冲倒万里长城而后快，你就用你手下豢养的闲只黑客，诋毁诽谤她孟姜女，编排文章故事，要精练骗排的合情合理，让孟姜女在家里摆不脱女人味，用美女的魅力助长妖风邪气，号召男人们来长城扒砖头挖泥抬石头，而不是修长城，日后千百年谁又到长城来给她一个丫头片子来树碑立传喊冤叫屈呢……标准的窑姐猖妇的万人的 B 坑坑？"

赵丞相，还是你行，你有眼光有见识，最后不但保了大秦王朝，你我的地位官职，儿孙万代，爵位财产之业势袭进，还能把皇上的暴政写进人情，胡作非为异想，无开的标榜自己功德功业全能在文章里不言而喻，并包括他在秦王朝的血脉异觅淫乱淫威，太黄太后的不守妇道，都可在这些食客瞎编写出来的，只要想瞎编，就有瞎想瞎说心徒，普天下这么多民众，杀千万，的你连杀不完的人，放不完的大屁，可她孟姜女哭长城，蔑视大秦始皇皇帝的人是千年万年不会变的思路意识，形态形象是存在的历史癌症一样难除难降，还是你赵丞相脑子灵光，有远见，有见识，有主意，办法多多，就拿你赵大人丞相先生在京城围猎鹿苑，围猎一事来说指鹿为马之事，在场的百官与将军好几百人，总有上千人，谁敢说是鹿，又有谁愿出一口大气和冒傻气来怨声呢？只有一个校官用马鞭子指着鹿的头，还让你这个大丞相把他给叫过来训问道："叫什么，家住何方""小人姓魏，叫生春，赵丞相大人，规规矩矩的一匹好驹一个黑驹，千里烈马，实在是难得千里宝马也？"

"噢！好名字，好姓氏，好口才，好眼力，胃生虫，以后就叫胃生马，见了生马良驹你都熟实都认得？"

"胃生宝马也，生马喂不住，还是喂马良驹才是他的真正本事与缘分，好名字，好名字还不敢快磕头谢丞相大人冠赏之光。"李斯在旁贺道说。

"宰相大人，这你就不懂了，此一事彼一时，但到百年千年甚万年更不一样了，如今有了文字记载记录，就是铁板上钉丁有口难辩也，特别是白起又有谁愿意为一个不相干的女人，去真别真伪正去考考证一个大秦王朝中有没有个孟姜女、炎大队长，来这高山峻岭上有没有修过长城呢，男人们大老爷们都惧怕长城二字，哪要是爬高上梯一身水一身泥巴浑身的臭汗的辛苦差事，更何况一个胎毛未脱乳臭未干黄毛丫头骗子能会带领着大队人马来修长城也，欺人说梦之谈澳？"

　　"赵丞相：高、高、高实在实的高招高帽哟，常言说，冤死的鬼有人来替他报仇，可没有听说过无缘无故屈死鬼，会有那个大使天使侠肝义胆来为此伸屈正义来喊招魂呢，对于啥呢？就是到了阎王爷哪里，小鬼小判官也爱莫能助呀，人世间有哪个过得劲日子不舒坦去为一个勾引皇上的妖女来伸张正义，除非他活得不耐烦吃饱撑得涨得神精颠倒无聊到了尽头去叫屈喊冤为了啥吗……"

　　"宰相先生，世上的人，聪明伶俐者多得很，不过他们可都是无利不起早的，无论将来啥时候讲一个个性美女女人女孩子，她也不会不敢和一个大国国君对着干，明目张胆地来违抗皇上旨意，去扒长城来破坏长城，来哭长城，是不是感觉着有点太荒唐，太无聊太极端描述，但在暗示中确起到神魂子颠倒的掩耳盗铃论调，想想吧，哎泪能有多少，就算是吸着河流也难得一惜此呀？"

　　"别管她最后下场怎么样，现在就是叫她孟姜女显显能，发发威，风使使她浑身的痒痒劲，总有一天让她感到无聊透顶得后悔，人在慌慌忙忙中她什么也不懂也不会相信，谁也不在她眼里，你瞧瞧外，真是翘着奶子奶头显B能，也不知道她自己到底有多大的B劲B性了，只要文章里女人和长城绑在一起，无非是今古谈笑的天下奇闻绯议，就是现在累死她们一群B妮子谁也不会想到一双双白嫩细腻的双手，如身子骨米会脱坏烧砖垒长城得……"

　　此时海面上有一条大鱼跳出来蹦很高，又重重地砸进水里，只听"扑通"一场轰响，二人做贼心虚都被这突如其来的场音吓一跳，乖乖地当了屁眼子，这么大一条大鱼，差点吓得我老子灵魂出窍，好大的响声哟？奶奶的，可真吓老子一大跳，龙王爷的个熊女人也在作怪哟？都是因为这个B妮子……

　　"可不是吗，把好好的明亮月牙砸进碎银里去了，碎月如斯，水之映也可惜……"

　　"好爱卿，赵爱卿，李爱卿，天晚夜深了，还都没有歇息呀休息，啊……"秦始皇快步来到二人眼前热情地招呼着说，"说句笑话的，又在想谁，打谁的主意呀……"

　　"秦始皇圣明，皇上吉祥，秦始皇万岁，万万岁！……"赵高、李斯又双双慌跪倒拜见皇上，右手叩着左手举顶额头。

　　"免礼、免礼！这么夜深人静的时刻不在大帐中睡觉，确在这大海边散步，望着水中的月光和大鱼惊恐发呆思楞，一定是夜曲雅兴正浓讲来，也好让朕跟着丞相宰相大人同乐为怀，笑谈聊侃夜海声涛……是翻江倒海，还是天下无敌的秦山压顶啊……叫朕也高兴高兴吗？"

　　"禀报皇上，疏臣等罪过……都是妄想，胡想，瞎思……"赵高和李斯跪下磕头。

"请起，不必大礼，夜色幕罩、君臣免礼啊，实话实讲，但讲无过，明白噢……"秦始皇笑着说到。

"臣不和赵丞相都在为皇上有朝一日后和孟姜女的事闲聊，也是商计决议，能不能马上动工，为皇上的快乐爽怀闲致在这秦始皇岛上修建大行宫殿，一来给皇上在这一带办公处理国家社稷朝中大事，二来也是为皇上的安全与周围相去远了好些，省得江湖社会上人群百姓无聊瞎吵吵胡嚷嚷乱咧咧道听途说的闲言碎语，大行宫是不可缺少的建筑工程，但又不能马马虎虎随意小修一番，当然了这些也都是为了万里江山的老百姓安全着想，更是为着大秦王朝社稷的富裕壮大更加美丽如画，京城咸阳离这里又是那么千里万里之遥，而又有不便之多，以后有事无事皇上满朝文武大臣来到此大海边上赏光游历，到处都有京城黄宫街市集贸韵味和情调雅趣，也不妄为一大国之皇帝风范情浓浪漫风流的时尚人间潇洒理也，总之该享受时就享受，当然也不能白享受呀，首先为着大秦的利益而繁荣昌盛更显圣地吗……"李斯奏说。

李爱卿说得好，这里地方是不错，有山有水，有日有月，有风有海，一眼望不到边的是大海，有感音曲畅响波涛的伴奏声乐，为水声而轰鸣唱歌的柔和韵调示演中，北面是崇山峻岭绿树为舞丽俏仙子，又有长城之保障的彩练翻飞翔欲，在来一座大行宫殿，卓实是人间天堂啊，不满两位爱卿说：朕刚才还做了一个梦，梦里去了九重天堂，呈蒙三大帝邀请聘请：玉皇大帝，天帝，上帝，原始天尊，老天爷，王母娘娘，关音老母，四大天王，南天王北天王东天王西天王，太上老君，南极老人，北极老人，太白金星，四大龙王，还有上天的各路大神，大仙们一起集一堂，共开九九八十一桌，美味佳肴琼浆玉酒，众仙女们肩披蕾纱，靓丝彩带飞扬，轻歌曼舞飞翔，真乃天仙佳竟能所比得吧，玉笛声声箫管齐鸣在一旁演凑仙乐天堂之音韵了，让人听着闻者能醉心胸入脑际，无不快悦心感翻之欲翔，让精神为之抖抖，心肺体轻如飘飘最后酒席间，玉皇大帝寻问朕下界凡间老百姓可日日饱食否？朕慌忙答道："都有五谷可食，有蒸馒头的，有吃烧饼者，有食面条者，包子荤素都有啊，稀饭八宝粥勤勉，有馍馍肉馅的，有千层油酥者，更有食粉者，光米饭就有几十样之多，长短粳米，杂交粳米，珍珠粳米，香黑粳米五花八门，糯米，九米，米粉肉者……"玉帝问曰："什么是米粉肉者？"玉帝不知也，下凡百姓将猪肉煮至五六层熟，用刀切成条片状，再把米粉半熟者粘在条片肉上夹在中间放在笼梯上再蒸熟，取下来就可食之，其肉不腻不油，肉烂人中口食用，这大凡人家做酒席酒宴时才食用的一道大菜，玉皇大帝点点赞赏地点头，微微一笑。"米饭还有香米，黑米，红米，绿米，小米吩，总之是千家万户都不一样的，臣喜欢吃什么就做什么，当然了还有极个别的人家，因为不同原因所致，没吃没喝，有天生的灾害，风大，雨大，无雨，无雪造成的自然灾害也是层出不穷的，也有特别的地区，区域也会造成死亡饥饿，人间瘟疫……玉帝马上叫来四大龙王，尔等是管水，下凡该下雨时不能叫庄稼旱死，更不能淹死，你们龙类是绝对不能玩忽职守，一定要尽职尽责千万不能马虎……"是玉皇大帝，我们都按照大帝您的令箭去执行任务的，绝对不敢有半点儿差错误差！"我玉帝也不百分之百的正确，也都是四大王的回报查看后才下命令的，下发令箭，这是一方面，还要你们下界的老百姓要靠自己的双手来调解一些事情，比如长江黄河大淮河等之还有一些其他的大江大河里不多的要，天地之间全靠水，水是万物的生命之灵源，你秦始皇贵为天下万里万户亿万人的国王国君，不但要治理人，还要治山治水，就能强盛一方一国的黎民百姓，经过四大天王的考察和上帝与天帝所报，你们已经在黄河开过，郑国渠吴渠，也修理过不少的小河大沟，现在你们正在号召……"报告玉皇大帝上帝天帝，我们正在修万里长城，也是为老百姓一方一国的安宁安康，不受侵扰，可以阻挡千军万马抢掳和烧杀长城马上修好，朕准备南下长江治理三峡都江堰，在湘江等地治理水路开挖灵渠，至于三峡长江还要大部分留给后人慢慢修理好了，无论怎样在我秦王政时间尽一切可能的多干几件大事情，要事管他后人怎样去评论去讲什么，只要利国利民，就是天上下刀子，地下山崩地裂，也挡不住朕的决心，只要世上有人在，我们就是要干到底！

好，好！你嬴政好决心可喜可贺啊，为了修长城连天下的女人美女姑娘们都在帮着你，带着大队人马去修长城，这种兆头是真的，说明你的事业很得民心，但是也有一部分人，处处给你找难题，出坏点子，还有很多所谓的文人，制造混乱阻挡干扰，坏事干绝，攻击谩骂其大政方针，今天玉帝特摆宴席让众多仙家神人来，就是为你秦始皇庆功，祝贺你的大政方针是正确的，是得民心的，是顺天意的，地理在于你们下界的行动方案，我玉皇大帝首先敬你一樽，来，干掉啊，玉皇大帝彬彬有礼，让酒叙说着。

"我天帝也敬你一樽，希望你秦始皇人间大帝继续努力，再接再砺更加辉煌……"

"我上帝也敬你一樽，秦始皇大帝和大家一样为亿万男男女女老老少少保驾护航到底……"

玉皇大帝说"酒要喝，菜也要吃，光喝酒醉不吃菜，叫醉里快，到下凡人间可吃不到天堂天厅的味道来，大部分都是活灵活现的菜肴噢……"

上帝笑着说："多吃菜，不为赖，光喝不吃才叫醉得快，这叫人参果，怎么样啊，有头有眼有鼻子有嘴吧，就是没有生命力，它把生命无限的送给了吃它的人，吃一个能活十万八千年，看看它还冲你笑呢？就是不会说话了……"

"恕朕胆小，实不敢吃唉……秦始皇说道，手拿着筷子不敢往前去夹。"

不敢吃，就是不想长寿，听说你专门派人去找长生不老药，那人叫什么徐福是吧？我上帝不敢吹牛说大话那个待遇也是个人间的大骗子，小国王，骗了你秦始皇大帝的金银宝贝美女、俊男去海外另立一国，这也是缘分，没有你秦始皇大帝的慷慨大方，将不会有天下的繁华世间，也是我上帝更保护祈爱的对相，不然我又要少了很多事干，这还得感谢你秦始皇大帝呀，光顾讲话了，吃菜吃菜这里长生长寿麻辣条，在天上生长百万年才出家长生麻辣条来，看看还活哩，像什么东西来着。上帝说。

"像我们人间地下的蚯蚓曲蟮也，学名叫地龙是也……"秦始皇答道说。

"我们天厅天堂里样样菜肴，都是能长寿长生不老的秘方，不然这天堂里时间时表长了，还没有这个官，那个仙家道长了呢。千万别客气呀，不吃喝酒也行，多喝酒也会醉，这些酒也是千年万年的绿树碧林中慢慢酿造流淌出来得，多喝有益，健脑补心，看看见下边舞池中飘飘扬扬舞动的仙女吗？我是天帝是专门负责这天上的星宿和月亮上的吴刚嫦娥，还有这四大龙王家族的兴衰工作的，天体宇宙银河等事宜，今天像我们这样四帝在一块儿坐在一起，是有时候的，特别是你始黄大帝，一辈子也难得来天上一回呀？要不我天帝和玉皇大帝谈量商量才决定让你来天上一回，千万不要客气，看好好多好好吃吃些东西啥？别小看这些菜呀，可是都是长生不老的食品营养素，在人间是打着灯笼也找不到的好菜好酒……"

"在下界凡间，就是金山银山也换不来人的总寿火命，人类人生亿万年，谁听说过再生来世，根本你想也别去瞎想，就是我们天上的天堂人物也是一回一次人生，所以笑笑享受，吃高级吃营养和长生不老的食物，就是要与天长存与日月明白不，可别闲气我，老婆子啰啰唆唆，我观世音圣母可是苦口婆心，是劝你，开导你，让你长寿慈悲苦渡人世的劳苦大众，叫他们人人有饭吃，个个有衣服穿，更是要有地种，有爱，有情，有恋，有义……"

"好，讲的好哟……"秦始皇笑着说

"来来，秦始皇大帝，我王母娘娘专门来给你碰一樽，我最早也在凡间蹲过一个时期，四大天王早晚要请安叩谢，不敢在下界久留也因德高，又被玉皇大帝亲自招来天庭，谐和天堂众神各路大仙，指挥这些众仙女们为大帝们载歌载舞，陪伴各大天王开心度日，有时也干欲些时世政务方面的酬劳，总之我是闲不住的王母娘娘，现在回头想想人都老了，不如当年青春美貌了，现在只讲是人老心不老，只想和大家多多陪伴开心而一，成天要不是这长生不老食物吃着，恐怕早就不像人形了，我还有一事要告诉你秦始皇大帝，听讲你主持大秦王朝，据玉帝和天帝商谈叙讲，大秦气数正在旺盛时，盛昌时期，而且能比前周多出一千多年还要多哩，主要是你要重用哪些人，的关键问题，有些人能成事，又有一些人是专门败坏大秦气数的，这得你自己思量着用人大事，否则毁大秦王朝将在一旦中也，这都是天机机密，俗语讲天机不可泄，就在于此也……"

"朕回下界，一是注意这些人事问题，否则将把大秦治灭，也对不起，秦氏祖宗，愧对全天下的万民百姓也，感谢王母娘娘的指点和关照，朕来借酒花敬献王母大人，敬您一樽，表表本皇中的尊敬之情也，崇敬之恩爱吧，感谢，干！来日必有重谢也！"秦始皇至义重敬王母笑容点首步回下一桌。

"秦始皇大帝，你和王母娘娘的说话，我们三位大帝都听到了，本来是天机不可泄，至如今你已经知道了一些情况，天帝和上帝也没有什么好责怪的，不然，玉帝我直接把情况说给你听来，也好让你心中有个打算，做到无论什么事情心中有数，干大事心中踏实，对人对事好有个掂量与估计也，大秦气数为一千八百另九年，这是玄机也叫天机，当然了天机不可泄，比战争中的军事秘密还要保密一百倍，王母已经跟你诉说了，这又跟你讲一遍实数，你可不能喜欢高兴得太早，人们常言道，乐极生悲，悲中有喜有戏，今天呢，酒你也喝了，菜肴你也吃了，最后我们四大帝再和着你碰一樽，预祝："江山更稳，人心更齐，秦始皇的事业更有最大的创举，史无前例，后无来人，干一樽，千古流芳，万古美名流啊！玉帝喝完一樽中的酒一转身不见人了。天帝一拂袖子整个天厅天堂什么也没有了，朕就从梦中醒来，确原来是南柯一梦也……

皇上您做的真乃是一个大吉大利，辉煌万千年，千万年的灿烂的大好梦啊，在咱们统一六国以前的前朝的周王朝不是八百〇八年吗，咱们大秦王朝可比起他们周朝来就一下子多一千多年也，这一千年将是多少代人啊，真正是可贺的大喜事呀，您万岁皇上真是一位黄天始帝的真龙，天龙始皇帝啊，万岁，万万岁！

"赵爱卿讲的对，对的很，应该叫朕为秦始皇大帝，从现在朕就要取掉这个王字，百里为王，千里还是王，十里八里地就是王，王来王去多没有劲多难听啊……朕还是称为皇帝好听，大帝也行，即正典又雅儒规矩，还正派正气正统，无论是万里王，千里寇都得听诊我们的，朕的秦始皇大帝为第一……"

"就是这样的称呼叫法为最好，最合情合理，天下所尊者为吾黄也，认谁也不能更改胡叫的，这叫皇上万岁，万万岁……"李斯说。

原来没有统一六国前，是六个国王，六个都城，如今现在我们在修个把大行宫殿也不算得有什么不好的，反而比过去六国时省的太多了，咱们如今往后就是要让老百姓过上平安的好日子，过上丰衣足食裕的太平日子，人人都有了，国家自然而然也就更加富强昌盛兴旺了，家家户户屯满大缸溢的富足是不是，修长城为保平安，百姓安宁，等修好了长城在去修长江治理大河，把水引到地里去，庄稼也就丰收在望了，粮食到家进户，百姓国家人人心里不忙不急，如果粮食不收，国家个人家家户户百事不成，人不能饿着肚子干事业呀，长江的三峡，黄河的三门峡，都江堰总也是朕心中的一个大梦想啊，大希望愿望，搞好了能浇灌千万亩庄稼良田，年年能收多少粮食啊，长城呢？又能挡住敌人的千军万马的战事噢，如果人人都像孟姜女一样，为天下的老百姓着想，都来为国家社稷王朝江山着想，哪将是多么大的洪流动力潮流啊？孟姜女一个十六岁的女孩子能赤手空拳，身无分文，靠一张巧嘴，一颗善良火热的赤诚心肠，号召万千多人女孩子姑娘们来修长城，不怕苦不怕累，真乃罕见的奇事奇闻古今没有也，朕秦始皇，一个大男子皇上也不如她一个弱女子姑娘的行为伟大也，朕在心里也佩服她一百倍，朕靠的是咱们手里握着的权利名誉和地位权利权威，靠层层监督军队部队用刀枪压力来的劳工民工，干活时要监工催促威逼，有的靠武力拳打脚踢，皮鞭棍棒打的威吓下才去勉强干活，人家孟姜女用歌声和讲故事的方法，让人自觉自愿中就激起高涨无比的情绪情结来去大干，难得天下能力和神力伟大的作为来激发人们共同来修长城，奋力筑伟大长城功业，朕从心眼里喜欢佩服，真乃佩服得五体投地之致也，一切都好像有神人神天道相助一般，自然而然的自然利用，咱们三个人是全朝全国全天下全民最大的官，但谁也不能比呀……

　　赵高丞相慌忙跪倒在地，李斯见状也连忙跪下，禀报皇上大帝，这就是尔臣和李宰相等所惧怕的现实症结问题，今天皇上特别佩服和喜欢孟姜女，她孟姜女的伶俐聪明睿智又特别特别多的点子，而且她又惧备了咱们文武大臣和凡人所看不见，摸不到的大天神神力相助帮忙，一旦让她孟姜女回到去到京城大都市里，恐怕皇上的三宫六院七十二妃并上百美女都不是她孟姜女的对手，更可怕的是皇上也一定看见了，咱们刚来这里时，就碰上她孟姜女，手拿长枪一手使大刀，别人一次只能消灭一个敌人，而她孟姜女抬手举手同时两个敌人完蛋，一枪一个大血窟窿，一刀下去如剁西瓜南瓜一样脑袋在地上乱滚一气，而且心不跳，手不软越杀越红眼，越杀越来劲，越扎越有瘾，越来劲越大瘾越大……一旦在京城有事，哪百姓良民多少，人挨人，人挤入，男男女女老老少少，遍地遍街的大街小巷全是人，也不够他们几个孟姜女怎么杀的。再讲回来，咱们的太子千岁更不是她的对手，恐怕皇太子扶苏连个鸡也不敢杀，他绝对不会杀鸡，也不敢去杀鸡，杀只鸡也会让他出一身冷汗，吓不疯也吓得灵魂出窍……尊敬的万岁皇上，像这样歹毒心肠……女人即使能杀敌人，最后也能杀自己人得，一旦，万一怎么回事，杀人成性，杀人如麻如割菜一样……恐怕日后，连皇太子他们做个好奴隶好奴才也难上加难，那么我们辛辛苦苦二三十出生入死，提着头干出来的大秦王朝江山社稷，就有可能朝不保夕，要不多长时日就变成她孟姜女的炎家王朝了，皇上还在刚才的梦中讲到，玉皇大帝告知大秦王朝一千八百零九年呢？恐怕连八九年也难支撑下去也？所以罪臣和李宰相一直最最提心的大事情，都在此中也，您皇上也是个绝顶聪明的人，好好思量掂量思考一下吧，天下之大，谁能胜过孟姜女呢？古人言三个女人一台戏，不是花脸、红脸就是大黑脸黑心肠的老巫婆，女人惯用的技量是：一哭二闹三上吊，最眼恨最害最毒女人心，扶苏、胡亥都不是她孟姜女的所生所养的，只要孟姜女恨毒劲上来，倒霉的还是您皇上，说绝了你的后断你的香火，大秦家族有香火，在她孟姜女只是一闪眼的功夫，谁能救呀，尊敬的皇上，不敢想，没法去想，忠言逆耳利于行，敢早还是先下手为强，后下手遭殃啊，还望皇上明察啊，皇上定夺才是啊……

"不！还她孟姜女来修长城里，赵爱卿，李爱卿你们讲的说的是有那么一点点的小道理，但依朕来考验她，孟姜女不敢，她还没有那么大的野心，同样也没有吃了熊胆豹子心，还是等她修好长城以后再说吧？"皇上说。

"以臣等所想，是过分了一点点，但是人在江湖社会上走动，人心莫测，人心隔肚皮，谁知道她是怎么想的一个人，她最终要怎么干，干什么呢？最好是等，等修好长城以后，依愚臣之见，就让她孟姜女守死蹲在这个岛上，与世隔绝，在派上一群骑兵，又能保护她，还能监视她孟姜女的胡作非为，叫她今生今世与世隔离开来，断绝外界的来往关系，叫她生不如死，就有通天本事也使不出来，能耐再大，无英雄用武之地，也还能为皇上解闷开心也，还可以保住皇上的一世好名声，说不定还能替皇上再生几个黄子黄孙，将来养大成人后，替大秦王朝的万万里江山出把子大力气呢……"

"李宰相，你说生孩子是女人的专利产品品牌，皇上在京城的老百姓千家万户，哪一家哪一户没有好几口人呀，如果要让孟姜女进京城，怕就怕大王子扶苏和小王子胡亥都是老实本分更不是他孟姜女的对手，会吃大亏，倒大霉的最后还是他们二人，人们讲，爹养的爹痛，娘生的娘心疼呀，皇上，您如今是大权在握，如果不考虑长远大政方针去计意，这大王子扶苏和小王子可就真是她孟姜女手心里的麻蚱，到时辰，用手一抓起来可就是牺牲品冤屈鬼的形象代言人。还有孟姜女左膀右臂的两个将军，一个叫什么万啥狼，万恶狼？还有一个是什么什么范啥家伙，狼来着，皇上你听听你看看两只大灰狼，大豺狼，豺狼虎豹他们一下子就占了二大只白眼大恶狼，你皇上辛辛苦苦养兵千日，叫人家几句给骗走了，皇上你想想这才几日几天呀，她孟姜女的势力范围从修筑长城大队，一下子扩展到皇上您尊驾的眼皮子底下，威武骑兵雄师的团队中来了，想想看吧？如果你皇上在给她孟姜女一个妃子或是皇后的优势权利的特殊地位和特殊性的权利中，朝野上上下下千百上万官员，还不都是孟姜女她的大队人马和她的心腹将领，一呼百应！以罪臣之见，要不三年二载，皇上真就是孤家寡人，要权没权要势力没名气的一个稻草傀儡了，等于是挂着羊头卖狗肉，连个牌子也没有，实权正位的秦政始黄大帝变小弟弟了，信不信由你自己了，到最后大皇上皇帝来说了不算数唉，俗话说，旁观者清，人在世中迷呀？皇上……"

"万大狼，范啥家伙狼，与将军是什么……"皇上在思考，在回忆中……

"禀报皇上，这个万恶狼和范灰狼都是你在虎狼窝子，狮子岭沟修长城时，皇上亲点提拔的新将军，如今这么快就给孟姜女她勾搭上了，是不是她利用美色勾诱，大男子大多数都难过女人的美女关，并不是二位将军有二心，实在是这狡猾的女人孟姜女太有心计了，巧巧不声不响的魔爪伸到我们大秦王朝的铁甲军中威武之师中来了，以彼臣之见，不如这几天搞个实地演习练练技艺技术，来个金钢墙前打雷台大比武演示，叫他万恶狼出面垒金钢墙，在由这个范灰狼来用大狼头大油捶来砸来夯打，墙倒了追求垒墙的功夫责任技艺不到为死罪，如果范灰狼砸夯不倒，就是他范某不用劲不用力，不下苦功夫，一箭双雕的计策死罪……"李斯说。

李爱卿的计策好是好，这修筑长城还没有完工，才开始动工先斩杀大将恐怕不利，与民心不稳也，人心不服啊？而且目前修长城之际，正是用人之时，招还招不来人呢？等等过再讲吧？时间长着呢？应该从长计议，咱们还怕这两个人吗？笑话呀！你们都是万人之上，一人之下的大大臣、大丞相、大宰相，还能在这小河小沟里翻了大帆船吗？不要像惊弓之鸟，听风就是雨，如今是敢打雷不会有雨下的，要稳扎稳打，安下心存住气叫他们好好安心修长城，最后等他们这些人生米煮成熟饭时在一网打尽也不迟，不怕他们不服气，六国百城，成千上万的大将军都被我们大秦王朝给统一拿下了，还怕一两个泥水将军不成吗？就是十个百个大将军来造反，我们也不应该害怕他们呀？朕从来没有想想到他们会造反，所以赵爱卿、李爱卿一个还是大丞相怎么会草木皆兵呢？一个大宰相肚里能撑船，一个小小的女孩子按百姓的话讲，一个乳臭未干的黄毛丫头骗子就把你们这些大男子汉大丈夫吓成胆小如鼠吗？要叫别人听见了，不惹的叫大家伙站在一堆笑掉大门牙才怪呢？哪才叫人指着你们的鼻子说："男子汉大豆腐呢？孟姜女无论如何是为百姓为大秦王朝好，让普天下的老百姓过上安宁泰平的好日子，才主动来号召带领大家伙美女姑娘来修长城的，难到也要千刀该刮，万死的砍头罪吗？听了两位爱卿的议论主见，那么你们首先更应该先去死，你们这些大臣们都跟朕二三十年了，在宫中制服了吕不韦，生擒活捉了缪母一伙宦官，个个都南征北战出生入死统一了大国，朕能把你们这些个有大功立大业的功臣爱卿大将军都去搞死吗？那么朕孤家寡一人，谁来帮助做天下，大秦王朝以后还能有千年百年的事业江山吗？大家都是聪明人，无需要朕一点点地去说教大家，古人讲：将军额头能跑马，宰相肚里能撑船，难道丞相肚子比宰相还小吗？应该还要大才对，一个孟姜女无非比别的女孩子漂亮帅气一点光滚些吗？就是她能按朕的意思去办事，修长城，这事做得最符合朕的宗旨意图，更是有利于大秦王朝的社稷，能在不久使全国老百姓安静平安太平，搞好地里的生产收种庄稼，而不被外国的强盗贼人成群结队的来抢来祸害或被烧杀抢夺，你们这些人就在背后嘀嘀咕咕，指指点点的这可怕那危险上天赋予的阴谋诡计，但是你们确确实实忘记了他的主流行动是好的，让你们两个人去打砖坯子搬砖头抬石头，保证就没有叽咕麻咕带脆咕了，要看一个人的大方向的出发点是百分百的正确才行，更确切讲是伟大的，现在除掉这些万千多的姑娘女孩子们外，目前在长城一线自觉自愿修长城的几乎没有，能有谁来看不见一个老爷们大男子汉，假如全国男子汉大丈夫都来关心、重视自觉自愿主动来关心想着我们大秦王朝江山社稷的大事业，你和宰相大人还有朕现在还亲自来关心查看修长城的事吗？咱们大秦王朝文武大将不跟他们这些真正的强盗敌人坏蛋拼个你死我活，拼着命地干掉他们这些个坏种孬种，就没有我们全国老百姓的安宁日子可过，就没有平静安宁可说，话又说回来了，孟姜女是个和整个京城的姑娘女孩子有不一样的美人风度，人家多少女孩子姑娘都是讲吃讲穿讲玩得好，穿戴入时时尚，想着咋样漂亮咋样美丽动人的过好日子，而孟姜女则是一心一意想的是快修长城，早早修好长城抢着干，拼命地干，一身泥一身汗水一身滚在泥土里泥巴里大干，她们那些美女孩子没有一丝丝半点的怨言，天天拼命加油大干加劲快干猛干，难得主动加劲自觉性的抢着干呀，先生们，可爱的众爱卿们，难道你们就看不见半点吗？只会瞪大眼珠子在鸡蛋里挑骨头找刺啊，世上就是神仙玉皇大帝也会有缺点和不自觉的错误，但要分析分清它是大错小误才行啊，无缘无故地来伤害一个和一群好姑娘美女靓艳女孩子，心都让狼狗叼吃了吗？孟姜女并不是刻意让朕去爱她，或者专门在朕面前显摆显能花言巧语来引勾勾结朕，扒架朕，这些都不存在，只称朕为先生生意上的大老板大东家，叫朕为秦大哥，叫大哥是因为朕的年龄比她孟姜女的大得多得多还拐弯，讲实在的话，当然实话不中听，朕打心眼里喜欢这样的女孩姑娘。爱她这样的俭朴朴素靓艳绚丽大放潇洒浪漫的美啊，你们二位也是大男人，说不定在心里也早就爱上他了，谁知道呢？反正比朕的三宫六院七十二妃八百美女好，美好上一百倍，一千倍，咱如今三宫六院七十二妃八百美女朕连看都不去看她一眼，都让这些所谓的美女妃子们陪着太黄太后开心玩着过日子，也省得太黄太后在宫中年老寂寞孤独什么的，有一大群美女叽叽喳喳多好玩呢？这次的孟姜女出现真是打动朕的心扉了，没有想到天下竟能有如此这般，这般如此，这样的奇女子又这样的可爱可想，也算是老天爷在上天有灵恩惠之赏赐吧，老天有眼啊……朕不懂得赵爱卿、李爱卿对孟姜女会为什么就草木结兵，如临大强敌一般的对待一个女孩子姑娘，朕在给你们二位爱卿讲个事吧，按民间老百姓的话讲是吹吹大牛皮吧！当初刺客叫什么来着，赵爱卿？"

赵高应到"禀告皇上刺客臭名叫荆轲！卫国燕山人。"

"可后来被人们传说为秦始皇在宫殿内遇见刺客后，惊恐万状浑身打战战，两腿发抖迈不动半步，连黄冠也吓掉地上了，在慌慌忙忙惊吓丢魂落魄里，说不出一句话来，围绕着金銮殿上的大柱子光会转圆圈，多亏子龙雕磐石的大柱子护驾保卫，不然秦始皇就早人头落地，身受数刀……其实上呢？是刺客荆轲做贼心虚，他本身平时喜爱女人，依酒为乐手无缚鸡之力，说话时语不达意，见朕更虚，战战兢兢抽出匕首刀子，朕连忙左腿往后猛跨一大步，这样与刺客拉开距离，急抬右腿踢出右脚飞起，展着劲正对刺客的右手握的匕首很命踢过去，刺客见状，怕把手中的匕首小攘子被朕踢掉，只是侧身一下急闪过匕首小刀，右手在空中一晃，朕左腿左脚又飞起猛踹刺客左肩膀下肋，给刺客没有喘气的机会隙间，朕又猛地纵身跳起连还腿，右脚狠劲猛踢刺客右手腕，一脚将匕首小攘子踢飞在空中旋转飞落一旁。此后锦衣护卫蜂勇而上，用乱刀剁贼人为肉泥血浆，刺客此时终在一眨眼的工夫里，只有招架之式，没有一点点的还手之功，纯粹是一个酒囊饭袋，两手无缚鸡之力，就那样还敢来当刺客，真正是一个替死鬼冤老大，死也活该着，显能装成大胆鬼的大笨蛋，朕讲这事情，就是说一千道一万什么事情该着怎样就应该是什么事情，不要无中生有添枝加叶之说，该是咋样就是啥样子，就这个孟姜女现在是现实中来修长城的，讲不定一又被些诬赖小人无中生有，胡说八道，变为是扒长城，拐卖长城的什么哭长城，丑化的笑长城等和朕对着干的什么人物呢……"

"请皇上放宽心，只要是皇上喜欢的人物，孟姜女肯定是世世代代修长城的女英雄女大侠……"赵高说道。

"这点，敬请皇上放心好了，只要我李斯在大秦王的宰相职位上，谁敢胡偏乱造瞎讲瞎说带八道，我李斯断然捍卫真理，现在的实情与他那一帮子小人文痞粉身碎骨肝脑涂地，在所不辞也，尊贵的万岁皇上，你比我们二位罪臣还年轻还小些年龄，上天的老天爷一定不会辜负万岁皇上的苦心佑护的，不会有谁人偏邪恶心眼，没有邪点子去胡编瞎造皇上的不是的"。

"算了，算了！如今都是人心隔肚皮，心嘴是不一的大多数人都是口是心非呀，有人竟敢在光天化日之下，堂堂一大群百官群僚将军中敢：指路鹿为马，黑的说的是白的……"

赵高丞相，扑通双腿跪倒在地上，磕头如捣算般嘴里喊说着："罪臣该死，罪该万死罪！都是为了皇上的安全，保卫皇上采取的安全措施小点子……"

秦始皇随手拉起赵高说："都是过去的事啦，朕要想怪你，早就怪你了，今晚这会，朕只是随口讲讲例子，不必害怕，朕不会怪你的，知罪就行了，以后不要在故罪重犯就行了，好了，天上的月亮都让乌云给遮上了，这半夜的都该回去帐中，搞上几樽小酒酒，赵爱卿李爱卿快回去陪朕喝几樽哟，朕先走了，看看天上还飘起了雾雨来了……"秦始皇转身沿着海边往回去，海面上一股被鲸鱼呼出的大水柱高高升起，夜风夹裹着蒙蒙的细雨向秦始皇岛上慢慢飘过去。

设阴谋哎定诡计，搬起石头砸自脚。

害人害己也哟啊，亡秦赵高必斯死。

天机承可泄，世上雨纷纷。

情人诚可贵，福祸极天奔。

窑 厂

小鸟在树上叫，新的一天又开始了："孟姜女！孟姜女！你在哪里？哎哟哟！天又大亮了！好家伙，这一觉从二更半耍到小半日上！时间过得好快呀！哎呀呀呀！"皇上狠狠地伸个大懒腰后，坐在了木床边上："孟姜女你好狠的心啊！把我一个人扔在这里睡觉！可你却到哪里去了？这些天把朕累坏了！朕从记事起就住在皇宫里，也没有吃过大锅饭，更没有吃过大块肉，大锅巴子！昨天晚上吃着好香，好美呀！孟姜女你真好！朕就喜欢听你讲话，也特别喜欢看见你，一会看不见，就想找你喊你！朕特别想看看你的美，听听你的声音，刚才朕还做梦梦到朕和你在树上掏小鸟窝，一窝蛋，看着看着还没有一窝哩！又变成一窝小鸟了，突然有一条毒蛇从树杈上往下爬，张着大嘴要吃小鸟，是你吹一口气把毒蛇吓跑的，一窝小鸟得救了，小鸟的爹娘知道后，给我们唱歌又跳舞，最后又把一只小鸟送给了我们，我们把它养在黄宫里，没有多长时间它就长大了，还会讲话！快快帮我梳梳头，洗完脸咱们吃完饭去上山到山岭上看看石基搞得怎么样了？这些天才烧出来的砖头都要运上山去垒长城的！孟姜女你们两个人在哪里呀？叫半天都没人……"皇上焦急地说。

"我们在屋外，给你看大门，得保证你皇上的安全啊！"孟姜女说。

皇上说："是吗？为什么不早说的？朕不信，哎……唉……！早知道我也去看看你们睡的好不好也！"

"算了吧！你别黄鼠狼给鸡拜年了！你一倒在炕上就没有人样了！哼唉，呼噜打起梦板来了！我本来还怕你作怪哩！想了一会儿也就天大亮了，一看你还在四仰八叉的睡大觉，这才放心的洗洗脸梳梳头，整整衣裳！干等晚等等这半天……"孟姜女说。

"不是和你孟姜女救小鸟去了吗？这辈子谁干过活，昨天晚上又打那么多的砖坯子，你也不精神上慰劳慰劳我，也不给一点点的小鼓励！真叫没劲啊！不能理解你们这些美女美人儿！你们这些姑娘女孩子的心也不知道是咋想的？连一点儿的劝慰行动也没有！梳好头抱一下总可以吧？你孟姜女心也太狠了！朕一个大皇帝老子天天围经绕着你的屁股转，你最少也得礼让三分不是？"孟姜女只是笑笑不吭声，皇上拿眼看着她孟姜女一会。

人是有野心的，他希望你多看他几眼，后来他就更加希望同你说话讲话慢慢地就想拉拉你的手……这就叫得寸进尺！干脆不理他，他什么想法也没有了，就什么事也不会干出来的！这就是美女的高深之处，不给他留妄想！他也就不趁机捞便宜了！

"朕是皇上！你不依朕是要砍头的！明白不美女？"

"不会的，你是个有理性而且是特别聪明智慧的圣上，又有特别特别大的抱负！我想相信你！"

"朕叫你孟姜女相信个够！朕要吻你一下子，亲你一回！"皇上笑着说。

"别闹了！看看太阳多高了？大家会笑话我们的！你……"孟姜女撒娇似的说。

"叫他们去笑个够吧！"皇上说。

"孟姜女二十个大窑怎么不冒烟了啊？看看呀！"皇上说。

"对呀！真的怎么不冒烟啊？会不会有什么问题了？还是快要出窑了呢？不行去看看吧？看看就知道了！如今是谁负责烧这几窑砖和白灰呢？看看去，还是看看好！是不是皇上大人？"

"是应该去看看，不看不知道，一看才清清楚楚放大心！走啊？两位孟姜女大队长先生！"皇上说。

"我想起来了！马谷米孙女在窑上，还有灵芝姑娘，还有个不爱讲话的陧妞儿和雾梦，总共有十个美女姑娘哩！……"孟姜女说。

"一个窑上一个小美女，专门一个人负责加火上柴的任务是吧？"皇上说。

"对呀！还有几个专门负责技术火候一天大小和装窑与出窑、阴窑问题计时等等事情的人员！记住烧窑的第一天，阴窑几天，哪天出窑？火候的大小反正是我孟姜女不懂的技术活……"孟姜女说。

"你光讲不懂，不讲可以学嘛！都是老百姓讲的话，眼见的活，一看就会一摸就懂！一做就行！顶好品种！"皇上说。

"你光讲！这些天不是一直都在跟着你、陪着你嘛！怕你皇上心里不舒服不是滋味，才专门一心一意地为你上门开心快乐的服务招待吗？你皇上是长城的总指挥，总设计师，总司令，总元帅，这为了你也是为大秦王朝，为了整个天下的华夏民族，为了普天下的老百姓人的理想希望嘛！"孟姜女说。

"孟姜女大队长，你讲这些话，主要还有朕假公济私，说着是大道理，其实是在追求时代的大美女，大美人，大仙女的大感情，大恋人啊！超大女侠的大爱人……"皇上说。

"三句话不离本行，叫我孟姜女听着耳朵里，心都酸溜溜的冒涩水，倒胃口！"

"你孟姜女烦朕吗？秦始皇可是从来都有敢烦过你孟姜女先生的哟！为了你，朕从千山万里从西岐来到华夏东方，骑马，坐轿，天天的，一个多月才到这个什么鸟地方！朕在宫廷时哪里吃过什么狗肉、狼肉烧烤、羊肉鸡肉大锅巴子，听也没有听说过大锅巴子，肉油漂在大海碗上一层层子，在黄宫里吃的鸡肉都是一样的，根本看不见肉丝丝，更看不见碗里漂的油，既不腻人，也没有一点点油漂着呀！爽口清香味道还好吃，天天早上天不亮，满朝文武百官像奴隶一样穿戴整齐来喊山呼万岁！万万岁！这些人一离开宫殿，他就是大山中的老虎耀武扬威，猴子你大王，谁也不敢惹，谁也不敢碰不敢逼的王爷公孙！为了你孟姜女，那大海碗从来也没有见使用过，现在都天天用顿顿使！朕在这里东一头子西一头子的瞎忙活，前天骑马上山去，昨天骑马去大山沟里！今天又是为了爱你孟姜女喜欢你孟姜女．好和你天天在一起。多看你一眼孟姜女大美人一眼！不然朕早就回到京城去，这里照修建照筑照垒长城！都是为了你孟姜女你的爱，你的心，你的情，你的美！你是朕心中火红火红的红玫瑰，红美人，靓美人，反正你孟姜女要是不喜欢朕的爱，朕的心朕的情义，你难道感觉不着？不理解，不珍惜，不情愿，朕当然也是无话可说，但你孟姜女最终会知道你的情感和情恋的结局！响鼓不用重敲，聪明人不用说透，应该是早就知道的！即使你孟姜女现在的大队长，也是借助朕的名誉起家的，只不过你孟姜女特别机灵伶俐，脑子好使，语言动听，用故事和歌声稳住和迷惑了大多数的姑娘们的眼睛，又用激情说服了地方官员为你孟姜女一路开了绿灯，闪亮招牌，你才会一路走到现在！朕希望你以后更聪明智慧，更有魄力去征服长城，更有意义潜力和实力工程大业，那才是真正显示出华夏大民族千年万年的大美女，大智慧，大女神的最大丰功伟绩！那才是华夏大民族的神灵神女，和大禹并齐与女娲相似的超级大美女！这就是我秦始皇对你的最后期望和祝愿！"皇上说。

"皇上！圣上瞧你也！孟姜女我是跟你讲着玩的，你是全天下最大权威的人，谁也不能代替你！多少美女想着你秦始皇的好，又有多少国戚黄舅王爷想着得到你的宠权威示，在这些千人美女里说不定就有好多的人希望得到你的爱你的情！哪怕是你正眼地瞧上望上看上一眼都是最大的幸福，也许是十年十五年后的荣誉，跟子孙儿女们讲述你秦始皇是怎样深情难忘的一眼，就是女孩子姑娘虚荣要好的一面，也是她们一生中最懦弱不敢正视自己的美和靓艳着就有无限的青春淘汰掉了！"孟姜女说。

"无论你孟姜女怎么说，怎么讲，自从朕见了你的美以后，朕一直在尊重你的美和靓艳！也真正想让你自己的爱，自己的心爱！自己选择，自己来支配自己一生的情意！不然秦始皇会用特权黄威来威胁你孟姜女吗？朕感觉到没有必要！朕各方面都比一般的男人强，论武，刀枪棍棒箭戟鞭都行，都比一般人高，而且还是上乘功夫，对于文，什么书不看，没有看不懂不理解的！即使现在甩掉皇帝的帽子，一样可以给我一个博士，太师什么的位子干干，孔老夫子的礼仪朕全部看见细细研究过，现在天下各种规章制度，乡镇县府道将帅没有不通，现在我看到你孟姜女只是年龄上有点差距，朕三十八岁你十六，但是很多女孩子都希望找个年龄大点的男爷们！一是创业完毕，二是家产丰厚，三是在老百姓中威信高信誉强，中年男子身体最强壮！激情最饱满，聪慧的灵感最敏锐，在社会上江湖中最有权势总的来说好处多的讲不完诉不尽！姜子牙当年八十岁钓鱼时，小爱妻才十六岁整，叫马小兰？孟姜女你用心好好想一想，看看八十多岁的白头翁瘦得皮包骨头，白胡须飘飘在胸前去爱一个小姑娘和你现在的年龄一样大，可以当太老公公，周武王周成王不是都叫姜子牙为姜太公吗？这已经是将近千年的大故事，孟姜女你千万不要发懵发蒙！像姜子牙姜太公千年流传的故事，再过几千年人们还会讲到他，他与众不同，老来时运转周文王信任他，他为周文王打下千年的江山，最后周昏王失民亡国，才有我们大秦王朝的今天……"皇上说。

"皇上走吧！不要太激动，该干什么干什么去，前面就是窑厂了，窑上不冒烟了，要出砖吗？"孟姜女说着一手拽着皇上的手，另一只手指着窑让皇上看看。

"你不要拽着朕，慢慢走还能走不到吗？你们这些个姑娘美女跟朕耍心眼，朕知道一是一二是二不会玩虚假的三心二意的东西，哪个大臣王公不害怕，不敬畏有加，人心换人心，心都是肉长的，看长城完工后你们这些女孩子姑娘们还有什么犟扭劲，朕已经百分百的把心站在你孟姜女这一边了，还要怎么样才能真心的情爱，爱的真心情恋呢？你不要光在那里笑，这种笑是有罪恶的，你笑的越开心，你的阴谋诡计越大，迷惑力越强，越有磁性你懂不懂？"皇上说。

　　"皇上！我孟姜女这一会儿和你圣上在一起，不能放声大哭哟？更不能满脸忧虑不开心，别人还认为你皇上欺压一个女孩子姑娘哩，现在最理智的就是赶快到窑上去看一看，别婆婆妈妈的纠缠无聊的问题，等长城修好孟姜女我好好地陪圣上开心，讲故事唱歌跳舞什么的都行，只要皇上高兴快乐，这也是为普天下的老百姓着想，皇上快乐！百姓安乐好好种地，管理好自己的家院家家户户富裕，人人都高兴长寿，窑上谁负责呢？"孟姜女问。

　　"大队长炎大姐来了！我是云儿，马云儿，在这里烧窑上柴火！从早到晚，又从晚到早晨起来两班倒，每班男男女女二十个人，今天我马云儿刚好赶上白班！"马云儿说。

　　"马云儿！这是秦大哥！是来看望大家的，窑上为什么不冒烟了？……"孟姜女说。

　　"报告大队长，秦大哥，听班长们讲，窑已经烧好了，正在阴窑节约，大家都慌着搞水去了，挑去阴窑也是相当科学，然后砖头才能经久耐用，窑已经烧好了，第一窑砖，要硬更是有颜色，反正讲究多得很，我还不太懂讲不太通，说不清道不明，班长回来了！"马云儿说。

　　"圣上万岁！炎大队长都来了。第一窑砖明天正式出窑，我们这里二十四个人，一半男人一半女孩子，个个都是好样的，干活呱呱叫，我叫张清，负责这四十四个人的分工和窑上的一些关键性的问题！请皇上，大队长教导！"张清说。

　　"这一会儿窑上不会因为我们讲话而耽误质量问题吧？先安排好工作，不能因为质量而说话，张班长一定要注意技术问题，质量不好我首先找你和你的副班李准！决不能含糊马虎出现大问题啊？"孟姜女说。

　　"不是的，从大清晨每个人都挑好几担水了，啥事都不是心急就能行的，心急是吃不了热豆腐的！大队长放心好了！为了普天下的老百姓安宁太平的过日子，也为了大秦王朝以后的兴盛繁荣，华夏民族兄弟姐妹们团结今天才修的长城，长城象征着神龙，能使我们的人民幸福快乐与太平安居乐业，才修长城！她是前无古人，巨龙后有来人，子孙万代炎黄子孙的万众一心拧成一股绳，对抗洋鬼子红毛子蓝眼睛的坏蛋强盗，叫它们想抢过不来，想盗够不着，想飞没有翅膀！目前我们应该团结一心，执行命令，铁打的江山全靠铁打的纪律，硬的规章制度！无论你有多大的功劳，你吃多大的苦，但是你要是破了纪律，自己安逸享受，不管你的头长几个，该砍砍的，该杀杀的，不要因为什么就犯纪律，包括我圣上也是一样的，绝不能违反纪律，只有铁的规定，才能无畏而不胜的保证，特别是咱们大家都是正年轻的年龄段！一男一女很容易犯纪律，犯了纪律不管是谁都要杀头砍头，不讲情面，不讲人情！咱们有言在先，包括我秦始皇上自己都是一样的！当然了，大家的干劲是好的！是可歌可颂的，自己自愿来大干，来参与大干是大家的主流表现，也是最好最积极的一面，我会向全天下的老百姓讲大家的事迹，好的不讲跑不掉，不好的不讲不得了，一定要注意，该提醒的提醒，姑娘们在长城没有完工发现自己不对头，是要砍头的，男人也一样，刚才上面朕就讲过铁的纪律，主要就是冲着男人骑兵队的骑兵的说的，打仗是英雄好汉，不打仗在女孩子跟前便应该是豪杰英雄，千万不能因为小事情而坏了自己一生的前途，以后要成家要有儿女子孙后代，更不能因一时的高兴，而丢掉了西瓜捡了芝麻，更重要的是自己的性命，人没有命了，什么都完了，所以今天朕提醒大家不要听不进去，真到哪一会皇上也讲不掉情面的，大众的眼睛是雪亮的，不放过一个人，只有杀鸡给猴看了，砍头是唯一的办法，别无出路大家辛辛苦苦是应该加倍赞扬！大家有很多优点吃苦耐劳，朕希望大家继续发扬好的优点，下一步一定要不屈不挠的修好长城，让千年的神龙替我们大家讲话！替大家神龙炎黄子孙将拼搏创新改造大自然的神奇力量和能力，朕一开始就讲好事不讲跑不掉，坏事不讲不得了，人家不讲嘛锣鼓听声，讲话注意听意思！好了不说了，大家好自为之，天天快乐开心每一刻！"皇上说。

"张班长！大家该干什么干什么！好好把自己的工作做好！不能出差错，皇上该赞扬的都赞扬过了，为了以后千年大计要求要严，更要提高，目的是让每一个姑娘好！让每一个骑兵少犯错误少走弯路，人一辈子不是一年十年，而是六七十年，看着儿女长大，守护着子孙孝敬，享受人生的天伦之乐，感受人生天年之幸福！这就是我们几千年的华夏民族精神！也是尊老携幼的模范家园，我们无论男男女女都要幸福，首先能亲眼见到皇上的圣颜，能亲耳听聆略圣上的教诲和夸奖！这是普天下每个普通人是不可能有的机遇，也是祖祖辈辈多少代不可能的事情，皇上万岁！"

孟姜女最后情不自禁地带头高呼，男男女女的跟随着高声大喊着，秦始皇心里也特别激情沸扬！来回不停地走着！最后和男男女女一一握手问好！大家都是一句话："皇上圣明，皇上万岁！"当皇上握住谁的手，谁都在激情的讲：皇上圣明，皇上万岁！

"朕，送给大家一句话！烧好砖，为明天，明天神龙会飞！会舞！会唱歌！我们是神龙的传人！神龙的故乡！神龙的子孙修长千年万年幸福城！"皇上说。

"万岁！万岁！万万岁！"全体人民高呼道。

"你是班长，叫：张清，你叫？"皇上说。

"我叫：李准"李准说。

"噢！李准，姓李的李字，准备的准字。"皇上说。

"是！皇上！"李准说。

"我姓刘，叫刘表！表扬的表字！表兄表弟的表字！"刘表说。

"好听！刘表！"皇上说。

"我姓胡叫马？骑大马的马！"胡子说。

"我姓许，许许多多的许！许燕气！"许燕飞说。

"我姓程，工程的程，叫程军跃，当个军人很踊跃！"程军跃说。

"有志气！当个好兵，不怕死能战斗，能杀能拼的兵！"皇上说。

"我姓，宋安民，宅字盖木宋子，修长城安全百姓人民，宋安民。"宋安民说。

"更好听，好小伙你真行！"皇上说。

"我姓韦，叫韦克志，克攻克没志气！"韦克志说。

"好名字，应该是好攻克有志气！"皇上说。

"我姓韩叫诚光，诚实的光亮，光芒！"韩诚光说。

"更好听！诚实的光芒！好棒诚实勤劳的光流！"皇上说。

"我姓王，叫仁量，仁义深厚无流！"王仁量说。

"好听！好听！"皇上说。

"我姓牛，叫占雄，占尽英雄当好汉。"牛占雄说。

"有志气，有气派！"皇上说。

"我姓赵，一个字兴，兴旺发达的赵家赵兴！"赵兴说。

"不错，好名字，哪位姑娘你叫什么？"皇上说。

灵芝说："灵芝是一味最验的灵芝，特别名贵草药，能治人病和心病的贵重特灵药材！"

"好名字，人美名字好，不错是一朵朵恩情意思呢！"皇上说。

"我叫景明，特好特美的风景明艳地方，所以叫景明。"景明说。

"好名字，人更好！"皇上说。

"我叫特兰，兰花朵朵开！叫特兰！"特兰说。

"好名字，名花美！"皇上说。

"倩楠，倩缺男孩子，俗的很呐！"倩南说。

"不俗，不俗，倩是美好靓艳，楠很唯美，好听！"皇上说。

"宝宝，就是宝宝！"宝宝说。

"贵重的美人，叫宝宝，好听！"皇上说。

"阳照，太阳的光芒而照，圣上的恩情所关护，叫阳照！"阳照说。

"好，更好听，把朕都揽进去了美的眼！"皇上说。

"我叫雾梦，雾中看不清的梦，梦中有雾，雾梦！"雾梦说。

"好梦，好梦，美梦！"皇上说。

"我叫七彩，七种色彩的彩色在天上，在皇上的上空飞翔叫七彩！给皇上织就的万寿无疆图，不老长生图叫七彩。"七彩说。

"好名字，好名字呀！"皇上说。

"我叫代凤，姓名的姓，姓代的凤凰人我这里走飞。"代凤说。

"好名好姓！"皇上说。

"我叫龙妞，龙是我们民族的崇拜神，龙就很帅气，龙妞更帅气！"龙妞说。

"更好听！有偶意，她美她靓的都这样美，不愧为神龙的传人，神龙的儿女，龙妞，不错不错，有盼头，姑娘们，骑兵队的铁骑们，你们都是我大秦王朝的英雄好汉，又是美女铁姑娘，首先是我学的榜样，修长城的好男子汉姑娘，这一次朕是专门从成咸阳来这里看望大家的，朕希望你们在苦干一阵子，叫长城屹立在森林高山这中，为华夏大民族做贡献，叫长城为普天下的老百姓谋利益，太平天下，安居乐业，家家户户都富裕，福泽亿万老百姓。大家干的事业是宏伟的，大家垒的长城是辉煌的，你我她流的汗是鲜丽多姿的华章，大家的歌声笑声是璀璨光华的韵律！永久的载入史册让后人永记！让长城之魂为我们华夏儿女子孙带来无尽的骄傲！神龙的魂魄将是我们整个民族千百年的人间天堂之殿宇，用我们的双手振臂高呼，神龙长城，华夏大民族的骄傲！最后希望大家烧好砖，烧钢砖，能经受风吹日晒，更能经起千年的雨淋，大家有没有信心啊？"皇上问道。

"有信心！"朕再问一遍"大家有没有信心啊？"皇上问。

男男女女齐声回答："有信心！"

孟姜女接过话头说："张班长，现在没有多大的事，叫大家去忙自己的事吧！"

"大家解散！都去窑上等待着，每个窑上两个人，一男一女千万要注意纪律，好好安心烧好砖，烧结实的长城砖！皇上！大队长！"张洁叫道。

"朕去窑上看一看，叫大家准备好！"皇上说："小伙子狠气派，也很帅气，好好干，朕再讲一遍，你们现在是一男一女一个窑，千万不能犯纪律，赵公元帅的纪律是铁打出来的！皇上我本人也得让他七分，更不能违反！朕替你们这些热血年轻人担心……"

"圣上尽管放心，我张清也是随时随地的强调，三番五次的提醒，如果谁敢在太岁头上动土，班长我首先就决不轻饶他，不过万一有这样的人，谁也没有办法只有咔嚓一声！"张清用右手在自己脖子上划拉一下！

皇上说："大丈夫死在战场上，如果为一个人去掉头太不值得，大家千叮咛万嘱咐，还是忍一忍最为高呀！人都有七情六欲，只要有人不断的指出来，就不应该在出毛病的，你是班长时时刻刻的注意，监视大家也叫大家互相关照，一个好青年头可掉，血可流，但不能掉在自己人的刀下，血更不应该白流，瞎流，为父母争光，为乡亲们争荣誉，为民族献青春热血！这是朕的担心和忧虑，如今只有听天由命了，不过朕还是特别相信你班长的，希望你能带好一班人，叫每个人为班里多想点子，一旦有问题就是你班长带的不好，要求不严格，千万不要嘻嘻哈哈的当儿戏！"

"圣上你一百个放心，我孟姜女也一直在跟姑娘女孩子们随时随地的叫，爱谁都不能让人爱人去上断头台，就不是爱，更不叫爱人爱情的情意！是坏人，坏女人，妖怪精，就像青蛇野兽一样的女人，她会遭到千人骂，万刀刮的坏女人。"孟姜女说。

"朕，这就放心了，无论是男是女都要特别关注，都是父母生养的宝贝，只有加强教育明确整理，不要辜负爹娘的恩情，要不要不讲纪律性的存在！一是出息自己，二是为大秦朝，为老百姓，三是为大家，只要秦朝兴盛富强了，有人家家户户，才有欢乐，有人才有军队，有大秦王朝的国泰民安，这第一个窑是叫李准，美女是叫云儿！是当地人口，副班长，张清班长的得力助手！干得好，好好干才会有出息！"皇上说。

"圣上记性就是好，超出常人的记忆，俺来这里好长时间了，有些人的名字还记不住呢！俺老早就认识皇上，光记大官的姓名，记住老百姓有什么用啊！俺真笨，又没出过家门，烧窑还是第一次出外干事情，俺家是高家堡，专种地的，离这里没有多远，家家户户都是吃棒子，棒子面，等修好长城皇上一定到家来吃饭，到时候杀了猪宰羊，打野味山鸡、兔子肉、松鼠肉可香了，它天天在松上吃榛子，托着大尾巴在树上跳来蹦去好玩的很呐！还有猴头，山里猴子多，蘑菇多黄花菜发菜，还有人参，熊掌，黑瞎子，它跑起来什么也看不见，只要你转圈跑，它永远抓不住你的，天上飞的大雁，十几斤重，天鹅在湖边水草中可好玩了，岱海湖一眼望不到边，湖里有特别大的大鱼，很早以前据老人传说有一条大鱼比管涔山峰还大，最顺着苍头河游向岱海海中一个大海眼和东海连在一起，传说是东海龙王小窗口，岱和老虎山相近，这里每年八九月份都在老虎山头上阴云密布，龙虎斗，它们是年年斗！"

"小美女等修好长城朕和孟姜女一路，上你们高家堡去吃饭，猴头、燕窝、大熊掌、人参、山鸡、松鼠、天鹅肉啊！"皇上说。

"我去过她家几趟了，是个好地方，有山有水，大雁，天鹅就在树上睡觉休息，各种小鸟多得很，啥样的都有！"孟姜女说。

"欢迎大家都去我家！"马云儿说。

"你们家能有那么多的屋子留下客人吗？"孟姜女说。

"烧砖盖新屋，李班长同我一块儿烧砖，盖新屋，住新房，叫圣上，我天天高声大喊：万岁！万岁！万万岁！"马云儿说。

"李班长要骑马打仗，他能听你的吗？云姑娘！"皇上说。

"都是他亲口答应的，帮俺家烧砖盖新屋，还说去岱海洗澡给马洗，遛马，天天去湖边转一圈子在回来吃饭的，是不是李班长！不能跟皇上说谎话，讲瞎话哦！"

"报告皇上，那是我哄马云儿说着玩的，请皇上不要相信！"李准说。

"那朕为什么不相信呢！美女讲的都大实话，大真事！我会记住的！"皇上说，笑着开心地看着马云儿说："李班长还答应你什么事情，皇上听听，圣上为你做主！"

"他还答应，叫我好好干，将来将娶我做老婆，还让我给他生儿子，好几个儿子，叫儿子也来骑兵队打仗当大官！"马云儿。李准通红的脸低头看自己的脚尖子。

孟姜女说："要不要生闺女呀！世人没有女人该怎么办啊！"

"俺不想生闺女，坏老头光想抢人家的闺女，到时候还得东躲西藏的？过日子也不得安静，女孩子还胆小怕事！"马云儿说。

"马云儿！你信吗？你傻呀？还是呆啊！什么都说：简直是'白痴'！李准说。"

"我就是傻帽，还呆的冒白烟！炎大队你说说，皇上在这里，我不跟皇上讲知心话，万岁皇上能支持俺吗？圣上万万能知道俺将来被骗被哄，被人拐卖吗？皇上最圣明最有本事，比谁都厉害，都伟大！皇上圣明也一定支持俺，将来帮助俺，为俺马云儿找一个有情有义的好男儿。俺马云儿跪地磕头拜谢圣上大恩大德，万岁！万万岁！"马云儿随即跪在地磕头拜谢皇上面前，趴在地上不住地磕响头，脑门磕的咚咚响，既忙伸左手拉李准跪在地上拜谢！

秦始皇讲："不用磕头了！马上把美女的脑门磕烂流血就没有人要了，快别磕头了！"

"皇上不答应俺马云儿就不起来噢！"马云儿说。

"答应！答应！首先你们的答应朕！长城修好绝对不能在一起做夫妻！"皇上说。

"坚决服从命令，听从皇上圣明决断！"马云儿说。

"好！这就好！首先等修长城，再等李班长退役后，才能光明正大的成亲，听明白了吗？孟姜女大队长作证，全体窑上班组二十四个人作证，如有违反者！杀头砍脑袋！"皇上说。

"感谢皇上黄恩浩荡！感谢炎大队长作证人，给皇上再磕三个响头，给炎大姐再磕三个响头！"马云儿的脑门都变成紫血色的了，磕完头才放松李准的手。

　　"李班长将来该不会是妻管严吧！还是怕老婆的呢！"孟姜女看着李准说。

　　"谁讲得对，就听谁的！俺这可是皇上和炎大队长批的夫妻，谁作证都行，感谢炎大队长，感谢皇上！"李准笑着说。

　　皇上说："好小伙子，好骑兵队班长，有出息好好干！为媳妇争气，添光彩啊！"

　　"是，听皇上的话，为皇上孝犬马之劳！愿肝脑涂地，在所不辞。"李准说。

　　"到时辰喝喜酒千万别忘了朕啊！你们俩人的大婚，可是朕的功劳哦！"皇上说。

　　"皇上尽管放心，今生今世永远在我心中，年年月月想着你，分分秒秒盼着你。"李准说。

　　秦始皇、孟姜女的笑声在砖窑厂的上空飘荡着！男男女女都在皇上的快乐当中度过，一块块高质量、高强度、高硬度的最好砖飞向横山山岭，轻柔如滴滴春雨一样，浪漫温馨的垒在长城上。

　　有《如梦令》唱响：成就了新大恋，谁铸就了长城，古今多少爱！都在长城飘扬：新娘！新娘！恋在神龙魂唱。

　　"这些大窑垒堆的不错，很有气势，高大都占上了！张清你是班长，是不是每一座窑点火都是你亲自点头，烧第一窑砖的火有什么仪式没有？"皇上说。

　　"报告皇上！基本上算是没有大型活动，只是把男男女女全集中起来唱唱歌，注意事项给大家讲讲，无论怎么说大家都是处男处女元气都在！只有神灵保佑我们，大家轰轰烈烈的事情办好！办圆满！个个元气冲天，撼天动地把窑砖烧好，又有火神佑助，没有办不好的买卖！"张清说。

　　"每窑上多少块砖呢！烧多长时间呢？"皇上说。

　　"报告皇上，每窑是十五万想窑上太多了不行！火太大了也不行，忧着劲烧才能出上好砖头块，质量是一流的，砖得硬变似钢生铁还要好，绝对能千年之名！"张清说。

　　"别称你年轻，但实践的多，知识丰富，技术门道都懂，朕在重复地讲来说去，一定要注意，注意技师，科学烧砖，该火小，火小，该火大，火大！朕是外行说不到点上，但首先要求的是质量心底是一样的；第二个窑是刘表，表彰的表，女孩姑娘叫朵儿，一对好儿女；第三个窑上是胡马，景明，看看他们一个个多年轻。"秦始皇向他们招手，点点头向前走去，两个孟姜女也向她们挥挥手笑着跟着秦始皇往前走。"张班长准备哪天出砖呢？"皇上说。

　　"准备明天！窑也烧好，阴窑也阴窑好了！"张清说。

　　"是一块儿十个窑同时出砖，还是一个窑一个窑的出砖呢？"皇上问。

　　"看看炎大队长，有人手就一块出砖，人手不够只有一个窑一个窑的出，这样后一种方法慢些，一起出窑要快的出！现在砖坯上千万块等着烧，上窑呢！只有越快越好！快了省工省时，慢了耽误事！"张清说。

　　孟姜女接过说："明天把二千二百多人全部调过来出砖，装窑，最后再打砖坯子？事情就是这样，那里最需要人，住那里去，灵活随时都可以调配工作，事是死的，人是活的，哪里需要到哪里去！灵活运用。"

　　"好！就这样干脆利量，别婆婆妈妈的当不好家，孟姜女的主张好！你张清男子汉学着点，一个窑两个人，四十两个窑加起来人就多了，需要集中马上集中起来，人多力量大，人多好干活，许燕飞特兰，哪边是程军跃，倩楠，好好干张班长，装砖，出砖都是技术活，千万不能不要伤着人，碰着人少一个不显眼，一个人的就会多起来。干起闲不起呀！每天吃三顿，要耗费多少粮食，都是不应该的！千严活一顿不吃就不行，不吃还不行！"皇上说。

　　他的一边往前走，一边说着话："宋安民和宝宝！"秦始皇冲他们点点头，孟姜女挥挥手继续往前走着："朕还不能光在这长城上转来转去的！朝廷的事情还特别多，大事小事千头万绪，现在大部分都是赵高和李斯两个人处理，特别大事，军队在那里驻防休整，待命，是什么部队军种，谁领，将军是谁元帅先锋将，带领多少人马，韦克志，阳照两个人，每个城镇的长官都要细致周全，是西，还是西南，西北，还有北国这沙漠地带，都不能孤军前进，陷入绝境，都自身难保，还能作战吗？有时还翻来覆去的，有好人都是为了自己的利益去伤害别人，有些只能靠冲动感情用事，心血来潮好心，不得好报，没有办法说明清楚，立大功者能得个人名誉，小功苦功与疲劳都在做贡献，只不过不明显，有时看不到效益，雾梦，和韩成光四个人，只有让将军们的手下留下姓名，将来大秦王朝强盛对干烈士家属更加照顾，除此算是没有良策办法了，让人民永远记住他们也是不可能的，老百姓男男女女都有自己的事情，种地吃饭干活，哪个人也没有闲心冥想的去管别的事情，千头万绪大家再忙，七彩和王仁量在一个窑上，前面是牛占雄和赵兴，女的是代凤和龙妞，上窑上去站站去，去窑上看看，天生缘分大家，才在这里相聚，谁知道可有下一辈子传下去，上去看看孟姜女张班长，牛班长和代凤，他们最后一个窑是赵兴、龙妞，都是大名字好姓呀！代凤你千万有什么要求！"皇上说。

　　"皇上万岁，哪有要求，只有想让你圣上知道，他们都在讲，我们这几十来个大窑是夫妻窑，明明是一男一女，女的是黄花大闺女，男的是年轻小伙子，不能张嘴闭嘴的乱讲话！皇上我也看见了，这一窑一窑的好砖都是为了长城，为了华夏，为了老百姓……"代凤慷慨激昂地说。

　　"代凤你不要太激动，有者改之，无者加冕，求大同存小异。人家讲：叫他去讲好了，没有的事，永远没有，俗话讲：不做亏心事，半夜不怕鬼敲门，只要咱们这二十四个人规规矩矩没有把柄，说破天也没有人相信哪一套，嘴是自己的，谁能管住谁不讲话呢！只有自己注意千万不要以假乱真，更不可能以真乱假，真事谁也跑不掉，假事也就等于她们没说。三个女人一台戏，朕没有办法去评说谁对不对，只有让时辰去说话，所以姑娘们都大胆些！"皇上说。

孟姜女马上接过来讲："千万不能大肚，大肚就要杀头砍脑袋，不想活了，要大度绝对不能是人身上的大肚皮！"

"那就坏菜了，正中了人家的谣言！"张清说。

"好了不讲这些不吉利，我相信大家肯定能用生活战胜谣言，因为我们修长城的铁姑娘，将来就是百炼成钢的仙女姑娘们，就跟你们的龙妞姑娘一样，不是普普通通的女孩子，我们大家都是龙子龙孙的儿女，我们是不被谣言所吓倒！竖立起自己的人生观念，让哪些别有用心的个别人去瞎想，大家身正不怕影子斜，不到最后长城结束不成家不结为夫妻就完成；冲动是罪恶的犯罪魔鬼！恋爱在心中是可以的，激情可以放在热火朝天的大干中，这就是朕给大家的忠告，马虎不得，如果大家相信朕，等长城完工的最后，皇上我来为大家庆贺，为咱们的男男女女做媒人，来喝大家的喜酒！大家也都有光彩都有荣誉，在史册上也是最荣耀的，大家烧窑很辛苦，朕希望你们再接再厉，搞好自己的工作，让长城早日完工！"皇上说。

"好了，今天皇上亲自来看咱们，这也是咱们的福气，我们这样干也算是比较安慰了，圣上的关心和照顾，是我们最大的动力！我们下决心烧好砖，千年大计质量第一，谁也不能马虎，尽职尽责在出窑装砖工作上，大家是排头兵，更是带头人，步步走在大家的前面，主动的做好自己分内的事，主动积极是我们大家提倡的，只有我们好好干，长城就会早日完工，只有把好质量一关，长城才能经得起时间的考验，经得起风吹日晒！"孟姜女说。

"皇上不好了，天要下雨了，咱们快下去，去脱砖坯子广场去！大家都快去盖砖坯子，老天爷马上要变脸啦！张清把你班的全部带上盖砖坯子，不然大雨来了会淋坏的！"孟姜女说。

"好！孟姜女咱们先下去，走向脱砖坯子的地方！大家都去盖砖坯子，越快越好！这里不用人了，大家都赶快去吧！不然来不及了！"皇上说。

"跑快呀！这老天爷咋这样！说变脸就变脸，刚才还阳空万里，现在就阴云密布了！"许燕丽说。

"管他呢！还是出太阳的，无非叫咱们多动动手脚，雨来咱们就盖，天晴咱们就晒，跑快真要不来了砖就真得不能用了！"孟姜女喊叫着。

"搬起来码好，放稳当，千万不能摔到！这都是大家冒着大太阳辛辛苦苦干的！我们这长城全靠它才能慢慢站起来,有了它们才能挡住其他国家的侵略,姐妹们,加油！"皇上也两只手抱好几块砖坯子码在一起,汗水顺着脸往下滴,姑娘们都累的脸冒汗,衣服贴在身上,还在不停地码着垛着！男男女女你追我赶的搬着,有的再盖草帘子,没有垛完码好的,大家还在继续搬着,快步跑着,有姑娘碰撞一块,有擦肩碰在身上背上,都是因为太忙！"乖乖天上下下来了,这老天爷真是小娘养大的,说哭就哭,来人呐,这边还有些没有码好的,老天爷无情的大哭起来了,加把劲呀！赶快盖！混蛋老天爷,再等一会再下啊！"

"这里还有没有垛好的,哎呀！真急死人了！"宝宝此时急的一下搬了六块砖坯子,弓着腰拿着身子根着劲的朝垛子上放坯子,有一块滑下来,自己用身子挤着它不让掉下去,一条腿弓着走着往砖坯子没有掉下去。

"快快让一下,我这里放在这！乖乖,差点摔坏啦！谢天谢地还好！"

"来来！我这里还有最后五块了,怎么这么重,帮我一下,谢谢你啦！"

"总算搬完了,老天爷你个坏家伙,你看把我们累成什么样子了！"李准说。

"真是不讲理,啥都得听它的,它说哭就哭,它说笑就笑,看把我们姐妹们累的！跟从大河洗澡才上来一样！"龙妞说。

"不讲理呀！老天爷我们都成了水人子了！"阳照说。

一阵大风刮过来了,又把草帘子刮滑到一边了,"该死的风,人家盖得好好的,又给吹下来了,不讲理的大坏蛋,要不是看不见你,非给你几个大耳光！"龙妞气愤地说。

孟姜女说："今天下雨,上山是去不成了,下大雨,咱们什么也干不成！咱们干什么呢？干脆大家回去睡觉,不想睡觉的自由活动,下面的时辰由自己安排,放半天假叫女孩子们洗洗玩玩！"

"好耶！谢谢炎大姐啦！"

"洗澡去,洗衣裳去,都臭死了,衣裳硬的像纳鞋的底子一样！"姑娘们都高兴地叫着说着向屋里走去！

"孟姜女大家都有事情干,你们两个干啥去也？"皇上说。

"听你皇上的安排,你说去哪就去哪！"孟姜女说。

"能干什么吗？天上还在下雨不停,不能骑马外出！说不定过一会就不下了呢！等不下了,咱们去骑马,我看这高家堡秃尾河往西是双山,榆林集,再往西是横山,从这高家堡子往东是沉木集,沉木集以南叫窟野河,沉木集以前叫乌兰木伦河在往东北就是河曲镇,跨过河曲镇就是万家寨,离马云儿的老家高家堡子岱海老虎山在一起了,所以这两个高家堡千万不要搞混了,这个高家堡是沙漠多,那个高家堡是山上我,山连山,山下海水岱海。这高家堡子村上有骆驼，要不哪天咱们骑骆驼比赛？要是骑着骆驼上山就好了，再多的狼群也都怕骆驼，自己走向老猫让它来吃自己，这是被吓晕昏了头，狼见了骆驼绝对离得远远的，这个远远的形容也有十里八里地！骆驼嘴里的吐沫喷到狼身上，狼毛就会自动脱落，如果能有一头骆驼骑遍太行山也不怕狼群了，总之它们两个是天敌，不是骆驼怕狼，而是狼早早就躲着骆驼！明白不？孟姜女大队长！"皇上说。

"皇上！谁能十年买你是知道哩！我看圣上还在想着两次碰上恶狼的现场，这会儿看那几只骆驼，又让你回忆起前几回的惊心动魄的大灰狼了！"

"不讲了，看看衣服要淌水了，马上该淋透了，快进屋里唱歌讲故事吧！肯定有人喜欢听孟姜女的故事！"皇上说。

"皇上讲故事及有人听了，就是没有好故事来讲，原来最早大家可爱听故事了，只要有人讲故事，个个都是听得愣神，听故事是一种享受，能增长知识，情节又让人陶醉！"孟姜女说。

"朕来给大家讲一个《活埋赵国兵》，姑娘们这可是一个真实的故事，几年前六国还没有统一时发生的事，咱们秦国的大将王屹率领将士们，攻占了韩国的野王城（在今河南省沁阳县）一带，切断了上党（今山省长治市北）一带同韩国内地的联系，上党的宋将冯亭孤立无援，难依拒宋，决定带领军民归顺赵国。他想，一归顺赵国，秦国必将会派军队同赵国争夺上党，这样赵国和韩国就能够联合起来对抗秦国的进攻，于是冯亭派使者到邯郸去见赵王，主动提出了归顺赵国的要求，赵王自然很高兴，急忙派平原君赵胜从冯亭手里接收上党地方的十座城池。两年后，秦国果然派王屹率军来攻打赵国，夺取了上党，上党的老百姓不愿意归顺秦国，纷纷逃向赵国的长平一带，赵王急忙命令廉颇带领二十万大军赶到长平，一边安顿上党的难民，一边抵抗秦国的进攻。这样，两国的大军全部集中在长平一带，要进行一场决战，赵国的主将廉颇身经百战，是一个富有经验的老将军，他知道，我们秦军连打胜仗，锐气正盛，不可与之争锋。于是，他就命令赵军士兵高他妈的营垒深壕沟，打算长期固守待到我们秦军人困马乏，粮草断绝之时，再出战制胜。因此，不管我秦军怎么叫骂挑战，廉颇就当作没有那么回事似的，一概不理睬，王屹求战不成，白白消磨了三个多月的时间，只好派人去向我来报告，我们！朕得到这个情报，也非常着急，马上召来范雎商量对策，范雎眼珠子一转，想出了一个主意，他说廉颇深谋远虑，王屹自然不是他的对手，大王要打赢，打败赵军，必须先想想让赵王撤换了廉颇，换个无能的将领，那个时间，我暗地里派武安君人秦国的大将白起去指挥战争，一定能大获全胜！我点点头，随后反问：这法儿倒也使得，可是怎么能让赵王换廉颇呢！范雎笑了说：皇上先拿出二万两金子来吧！臣下咱有办法。

于是，朕立即吩咐管理国库的大臣交给范雎二万两金子，范雎又挑了几个能说会道的家臣，让他们分别带着金子到邯郸去，专门贿赂赵国的贵臣旺族，散布廉颇的坏话，范雎的这一招还真灵验，没几天，赵王就听了许多议论，有的说：秦国不怕廉颇这个老头子，最怕的是赵恬将军，大王怎么不让赵括把廉颇替换下来呀！有的说要是派赵恬的话，恐怕早就把秦军打败了！有的干脆说：廉颇害怕同秦国人打仗，暗地里准备投降呢！廉颇三个月按兵不动，赵成已本来就有些怀疑了！如今听了这些人的话，就更加对廉颇不满了。这样，没过几天，赵成王便决定让赵恬替换廉颇，赵恬是赵国的名将，赵奢的儿子，从来也没有打过仗，他母亲知道这件事后，生怕自己的儿子误了国家大事，急忙去邯郸找赵成王说：大王委派赵恬做大将军去同秦军作战，这万万使不得，他父亲活着的时候就亲口对老妇人说过，打仗是关系到国家存亡的大事情，赵恬这小子却看成是儿戏，别看他读了一些兵书，说说头头是道，那只是纸上谈兵，并不是真有本事，要是真有本事，真要是打起仗可就不行了，如果大王派赵恬做大将军，那赵国非葬送在他手里不可啊！可是赵成王根本不相信赵恬他母亲的话，硬是让赵恬替换了廉颇，并且还为他增加了二十万人马，朕听说赵果然让赵恬替换了廉颇，就马上派白起直到工平前线战场，名义上还是王屹做大将军，实际上全军都要接受白起的指挥。朕还专门下了一道命令宣布：哪个士兵泄露了白起做大将军的事，立即处斩，这个情况，赵恬一点也不知道，他一来到长平前线他仗着四十万大军，马上下令向我们秦军进攻，白起派一支军队去迎战，同时又在两侧分别布下埋伏兵士，两军交战，秦军不战故意，败去阵来，赵括以为我们秦军真溃败了，就命令赵军不顾一切地向纵深迫来，这时候我们秦军的两路伏兵一起包抄过来，并且断绝了赵军粮道，赵恬和他的四十万大军内无粮草，处无援兵被我们秦军想想包围了四十六天，赵军士兵没有饭吃，竟在内互相残杀起来，赵恬没有办法，只好下令突围，他先组织敢死队，一队一队辆着往外冲，结果都被秦军打回去了。最后，赵恬亲自带领往外冲杀，但不多时，他就被围困起来了，秦军用乱箭射死了，赵军推动了主将，就全部放下武器，投降我们秦军，白起派人查点一下，赵军俘虏了四十万人。他怕这么多人一旦发生叛乱难以收拾，除留下二百四十名年龄最小的士兵外，其余的在夜里全部给活埋了，长平之战是战国时期规划最大的一次战役。这一仗，赵国一下子葬送了四十万军队，我大秦王朝大获全胜，威名远震！"

皇上讲完以后问道："姑娘们这样的故事喜欢听吗？这都是真实的故事。"

孟姜女说道："好听，比那么神呀鬼呀的好听多了。"

晶晶说："圣上讲的都是秦朝最好的历史，皇上你不讲，谁会知道呢！再讲几个吧！我看大家都喜欢听，都听得入迷了。"

"就是的，太好听了，赵国人也太骄傲了，以为人多就能打胜仗吗？结果四十万人全完蛋了，活该倒霉！"李小泉接着说。

韩玉玲也说："皇上再讲几个吧！让我们也了解了解秦国的历史！听了还想听！"

"好好，只要大家喜欢听，朕，有的是这方面的故事，大家听好，朕再讲一个我们秦国的历史故事，需要从女修吞卵的神话说起：根据宫里的老人们从远古时代的传说秦族人的原始祖母名字叫女修，有一天，女修正在纺织，忽然发现小燕子落在自己的院子里，生一子卵就飞走了，女修走出屋子后，顺手拣起哪个燕卵就吞吃了，没想到，女修从此就怀孕了，生了个儿子，取名叫大业，大业取了一个叫女华，女华生儿叫伯益，伯益在年轻的时候参加过大禹治水的争斗，由于伯益聪明能干，治水有功，黄河流域的部落聪明首领舜，就赏赐伯益姓赢，还给他挑拣了一名姚代族的美女做妻子，给他生儿育女。后来，又经过许多年代的繁养生息，我们秦族的人口越来越多。他们当中，有的留个中原地区，同华夏人在一起生活，有的则入西岐边远地区，同戎狄等少数人民族杂居，到西周中期，也就是在周孝王做国王的时辰时间在我们出了一个叫非子的人，居住在大丘，养马养得特别好，周孝王听说了心里非常叫秦候，公元前八二七年周宣王为利用秦八防御西戎的侵略骚扰，就正式任命秦候的子孙秦仲为西垂大夫，西垂边疆在夫古代宫职名称。西戎虽说是一个少数民族，力量非常强大，待到我们秦仲的秦襄在位的时候，周朝王室内部发生一场争夺王位的内乱，西戎乘乱长驱直入，攻破周期的国都镐京，死杀了周幽王，当时秦襄公便同中原各诸侯联合起来，共同打退了西戎，拥立周幽的太子宣即位，叫作周平王，周平王胆小，害怕西戎再来攻打，就扔掉搞京，迁都洛阳，事后，为了表彰秦襄公的功劳，周平王正式拜他诸侯，并且还在西岐山以西的地方全部封给我们秦氏家族。从以后，我秦国的势力才迅速发展起来，周平王迁入以后，我们秦国历史进入了春秋战国时期，那个时候周朝天子名义上还是全国最高统治者，实际上已经不能向诸侯国发号施令了、各诸侯国为了争霸权，掠夺土地和人口，不断地互相攻打，造成了长期的混乱割据烈的兼并战争，在这几百年的时间里，我们秦族开发了西部广大地区，同时也接受了东方各国的先进文化，不断地改革落后的社会制度和风俗习惯，逐渐发展成为最大的国家，在同乐方各国的斗争中，我们秦国涌现出许多杰出的政治家、军事家和思想家，演出了一幕幕威武的故事。朕继续讲《五羊皮大夫》，我祖上秦襄公建国以后，积极向戎反攻，很快就被西戎占据的秦封地给夺了回来，经过秦文公，秦宁公，秦武公等几代人的努力，我们大秦国便占领了渭水流域，与东面晋国搭上界，发展西方的一个大国，到秦武公的弟弟秦德公做国君的时候，就在雍城正式修建了国都，兴修了宫殿，公元前六五九年，秦德公的儿子任好又被大臣们立为国君，这就是赫赫有名的秦穆公。为了治理好我们大秦国，秦穆公想尽一切办法搜罗人才。他知道，要想富国强兵，称霸中原光凭一两个人是不行的，非有一帮子能人替他出力献策不可，在用人上面，秦穆公有自己的一个标准，那就是任人唯贤，不管是贵族还是平民，也不管是本国人还是外国人，只要有治理国治军的本领，他说是设法弄到身边来，加以重用。没几年的工夫，具找到不少能人，其中有名的就是被人们称作五羊皮大夫的百里溪。这中间，还有一段动人的故事，姑娘们好好听朕一一讲来。原来，百里溪是虞国人，他出身贫寒，三十岁才娶妻，生了个儿子炎明视，那时候，各诸侯国的人们，可以互相往来，只要是国君看中的，就能做官，百里溪有本事，也打算到外面去试一试，临了门的那一天，杜氏煮了些小米饭，叫百里溪饱饱地吃一顿饭，然后又领着孩子，眼泪汪汪地送，他出了村庄，百里溪离开家乡，首先到了齐国，想先求见齐襄公，但因无人推荐，也没法当上官。这时候，他带来的几个钱早已花光了，只好一边讨饭，一边走路，他一连跑了好几个地方，虽说是没有找到出路，却也增添了不少见识。后来，他又流落到宋国，可在赛叔家里也不富裕，百里溪老跟着赛叔吃闲饭挺不好意思的，就在村里找了个善事，给人家放牛。十几年过去了，有一天赛叔听说他的朋友宫之奇当上了虞国大夫，就决定与百里溪一块儿到虞国去一趟，一来想老朋友见个面，二来也为百里溪和杜氏母子团圆，他们两个人先来到百里溪的家乡，破房子还在，却不见杜氏母子，他问了街坊四邻，才知道头几年这里遭了灾荒，杜氏母子无法生活，到处逃难去了，百里溪心里很难过，不由掉下眼泪，赛叔劝了半天，便领他去找宫之奇，请他留在虞国做官，赛叔了解虞君的为人，不愿意在虞国做官，他说虞君是个目光短浅的人，见利忘义，干不了大事。百里溪急于找个差事，好施展一下自己的才干，就点头同意了宫之奇的请求，过一些日子做了虞国大夫。不久，晋献公派人给虞国借道一条，晋献给虞君送来一匹千里马和一对名贵玉璧，提出要从虞国借道，派军队去攻打南面的貅国，百里溪不同意，他说虞和貅国都是小国，两国互相帮助，还不垂于灭亡，要是貅国被晋国灭了，那么虞国也休想保住，宫之奇也说，貅和虞贴的很近，好像嘴唇和牙齿，俗话说唇亡齿寒，主公可要三思而后行啊！"但是虞国君贪图玉璧和千里马，把他们的话当耳旁风，竟然满口答应了晋国的要求，果然晋国的军队在消灭貅国，又回头来顺势灭了虞国，宫之奇逃跑了，虞君和百里溪都做了俘虏，说起来也巧秦就在这个时候秦穆公至晋国去迎新，娶了晋献公的女儿，也就是太子中生的亲妹妹做夫人，晋献公为了显示晋国的威风，不仅送给女儿大量珍宝，而且还让带上几十个陪嫁，那个时候，百里溪已经七十多岁了，头发全白完了，晋献公嫌这个老头子没用处，就打发他跟随女儿做陪嫁，也算是对他这个亡国之臣的一种侮辱，百里溪非常生气，半道上开了小差儿，一口气跑到楚国去了，楚人不知道，把百里溪捆起来，问他是哪里来的人，到楚国来干什么，百里溪说我是虞国人，给人家放了一辈子的牛，如今亡国，逃难到这里来了。楚人见他挺善良的，又上了年龄，就吩咐他去放牛，这么着，他只好又干了放牛的老行当，再说秦穆公一回到秦国，看了陪嫁奴仆的名字，发现发了一个叫百里溪的人，那些晋国人里面有知道内情的，就告诉他说，百里溪本来是个虞国人，很有本事，半道上逃跑了，秦穆公一听，感到非常可惜，马上派人到处打听下落，后来得知百里溪还在楚国放牛，便决定赎回来。一天早晨，秦穆公专挑选了一个武士做全都，让他带上五张斗皮，到楚国成王那里去赎人，武士觉得见到楚战王，可叫我怎么开口好呀！秦穆公笑了笑说：送的礼物多了，分明是看重百里溪，要是楚成王心眼多的话，凭这点就会把他留下，他不能带他回来秦国。哪个武士恍然大悟，高高兴兴地到楚国去了，见了楚成王他按照秦穆公的吩咐献五张羊皮故意装出一副不在意的样子说：敝国的奴仆百里溪犯罪逃到贵国来了。如今我们准备拿这五张羊皮把他赎回去，大王请允许，楚王信以为真，就派人找百里溪，交给秦国使者。

　　带走了，百里溪来到维城的时候，秦穆公亲自把他接到宫里，向他请教治国方法，百里溪一边向秦穆公道谢，一边谦虚地说：我不过是一个亡国的臣子，哪里值得主公相问呀！秦穆公安慰他说：先生怎么能这样说呢？当初是虞王不听先生的劝告，才弄的亡了国，这并不是先生的过错呀！百里溪见秦穆公一口一个先生称呼着，待他这样诚恳热心，也就不好推辞了，他们两个人一块一连谈了三天三夜，百里溪从如何治理国家，谈到如何用兵打仗，争霸中原，当即拜他为大夫，说得头头是道，秦穆公对他非常佩服，让他主持国政这个事，很快秦国就传开了，人们知道百里溪是五张黑羊皮从楚国换回来赎回，就管他叫五羊皮大夫，后来百里溪给他的老朋友赛叔写了一封信，派人把赛叔和他的两个儿子西气术、白乙丙请了来，秦穆公一一安排了官职，炎明视听说父亲百里溪在秦国做了官，也带着母亲找来了，这么着秦穆公一下了得了五个大能人，他依靠百里溪和赛叔出谋划策，料理朝政，依靠炎明视、西气术、白乙丙三个青年掌管军事，领导打仗，到头来果然做出了一番大事业，成为春秋五霸之一。这就是原来秦国的故事，在秦国大人小孩子都知道，在其他地方大就不太知道了，故事多得很，这只是百分之一的故事，还有好多好多的，比俘虏了晋惠公。怀嬴政嫁，半夜退兵，去偷袭郑国，炎明视上弦高的当，崤山大战，败将死里逃生，向晋国复仇，秦国称霸，商鞅变法，车裂商鞅，远交近攻等等故事，都是在我秦国老少皆知得，谁来讲，朕先休息一会喝口水润润嗓子。

　　李小泉说："我来先给大家讲个笑语，有个姑娘美女脾气特别犟，跟家里人讲，对象自己找，自己谈，否则认死也不同意，父母亲犟不过她，只好由她自己找，自己去谈，找对相是何等的不容易，她自己找了个卖馄饨的谈了一段时辰后不合适吹了，这个犟姑娘从此再也不吃馄饨了，犟啊！过一段时间又找了个唱戏的，天天欢天喜地的唱啊跳呀！挺活泼开朗大放，没有过多长时间，又吹了，从那以后，再也不唱不笑了，还是因为犟呀！最后又找了个卖衣服的小老板，卖衣服的跟这位姑娘美女说：'你千万不要再跟我吹了，不然你以后连床也起不了，大门你更不敢走出去了？'犟姑娘问：'为什么呀？''为什么吗？因为你犟呀，不穿衣服能上外吗？能上街吗？'"

张清说："我来讲个在楚国有三个女人，第一个女人想变成麻将，天天让男人摸摸玩，第二个女人说：想变成一匹大白马，天天有人骑怪好！第三个女人说：她想变成一辆小马车，还有铃铛，当当地响着叫怪好的！"一天一个外地人来西岐游玩，想尝尝大盘鸡，但又忘了这道菜的名字，便招呼美女小二过来问，"请问你们店里有没有那个什么……鸡？"美女小二听了以后，俯身到他耳朵边，低声说道："小声点！我就是！"张清讲。

"哎！先生们，美女们又吃饭了！吃饭吃饭，早点吃饭，吃完饭睡大觉，好好休息一夜，明天大家都上窑去搬砖头了！"晶晶喊着。

美女姑娘们一窝蜂地都去吃饭，早点吃完。

笑声一片好，美女舞仙飘，
都是人间情，个个靓艳俏。

金钢墙

在神木村南边的场子上，二千名打砖坯子的美女姑娘们正一个个活泥的活泥，摔砖坯子打砖坯的正热火朝天地干着，晶晶副大队长在说"听说这神木村还有个鲜为人知的神话故事呢？"

"可不是吗？人们都在讲：这神木是夸父追日时，渴得很厉害，来在这里就看见河曲黄河的大水，夸父人高马大，丢掉手中拄杖，自己爬在河曲喝水，一直把黄河喝干，不小心站起来时把手杖踩断一小截子细头，后来就变成参天的几棵松柏大树，人们管这里叫神木村庄了……"万喜良笑着说道。

范杞良也说道："听这里几个老太太闲聊说，黄道婆当年为天下百姓创造织布机时，无意被天上的仙女请走去天上，织女星送给的梭子中的卷线轴掉下来，在这里生根发芽长成冲天大松柏树林，所以这里就被人们称为神木了，你们没有注意看咱们这东北边几棵大松柏树，就是依它们来命名，这村庄的地名的……"范杞良说着顺手指了指高入参天的几棵大树。

"是呀，这几棵大树是很大呀！很高啊，真乃是神树神木，土地爷，土地奶奶给的风水好，绿油油旺盛的很呢？也不知道它有几百年多大岁数了……"晶晶说到。

"几百年？人们好顺口说，千年的柏树，万年的松，反正年龄不会小了，这长城一垒起来，长城和松柏树可就是好邻居、好伙伴、好搭档、好朋友了！说不定哪年哪月还会变成好情人好恩爱夫妻郎君，好伴侣呢？"

万喜良说，"谁是丈夫，谁又是美女妻子呢？"香花问道说。

"谁是妻子，肯定是松柏常青的大神树了，一年四季穿戴着绿叶长青的托地裙子，高高大大苗苗条条，在大雪中潇洒浪漫温馨多情，在倾盆倾缸大雨中洗浴的多靓艳美丽鲜美，在大风中昂头挺胸帅酷和艳丽让仙女嫦娥羡慕妒忌千百年，而且华夏有句俗语讲女大三抱金砖，这神木比长城大，应该是抱宝葫芦，端个聚宝盆什么的……"晶晶说笑着。

"大家注意了，那边来了几个骑马的老头子，看是当官的……"梦圆说完，那边来喊叫着说："万将军，范将军，还有修长城的大队长来一下，赵丞相、李宰相有事安排……"

"走听听去……"齐大队长、万将军、范将军一路往宰相、丞相那边走去。

副大队长大声喊道："姑娘们女英雄女大侠们，现在休息了，大家都往这边来呀？过来开开眼界，看看骑兵大哥们的手艺功夫啊，快来瞧瞧啥？不瞧白不瞧啊？……"

香花说：又在乱叫乱喊什么哎？不好好干活，这会儿神一出子鬼一出子的，一个副大队长成天带头胡来，正事不足邪事有余！人家大家伙干活干得好好的一会儿乱打西瓜叉……

盼盼说："可不是吗？啥东西呀，休息休息驴年马月这长城啥时候能修好呀？八字还没一撇，这个大队付是没有正经的，人家都急着快干狠干加油干还不够呢？她到好又叫休息，还女英雄呢女大侠，依我看纯粹是一群懒蛋，来磨洋工泡泥巴玩尿泥的娃儿穷开心……"

诗雨说："管她呢？人家都讲要听话，服从命令才能快速高质量的过多完成任务。修好大长城啊？现在摆在我们大家面前的事叫干啥就干啥……"？

香花说："叫干啥叫你吃屎喝尿，你去哎？拍马屁溜须精，叫你睡大觉压大床你去吧鬼妮子？"

诗雨说："哎……你这人，怎么出口伤人，动不动咬住谁不放口，我怎么你了，吃屎喝尿，你想去你就去，又没人拉住拽住你的头毛辫子，要是嫌不够够味，跟咱们姐妹们讲一声，保管你个够过瘾……"

梦圆说："算算算，不要跟她一般见识，嘴上没毛，瞎胡诌乱扯痰洗洗手走．看看去，反正瞧瞧看不要线的，不看白不看，瞧了也不能白瞧……"

香花说："大家都去哟，还能专少那一个人吗，大家干得好好的非要去休息，瞧什么热闹，不知又是玩的什么猴，跑的啥东西马呢？我知道我有时候讲话是话不由己，咱们出来这么长时间，修长城垒长城，到现在连一块整砖好砖还没有能出来，这长城啥时候才能开始修开始垒呀，离家这么久了俺都想俺娘想俺爹了，也不知道他们现在都是个啥样子，还要不要我想不想俺回去呢？这些人又天天不干正经事，该干活时不干活，喊着叫着非要休息停下来，你们看看大队付想个老头子叽叽咕咕，又是指手又是划脚的，简直像个跟屁虫，臭老头也不知道咋怎香怎好，干脆给人家当小算了……"

诗雨说："讲话要注意呢？不能随随便便的瞎讲胡诌乱切哒呀，要管住自己的嘴巴，不想挨打还不知道是咋回事呢？祸从口出张嘴就是仇人，闭嘴就是恨呀……"

香花说："管她呢？我就是这个样子，有种好好干活，踏踏实实的别休息呀……"

诗雨说："别休息，晚上别睡觉，夜里咋不照常来干？"

香花说："夜里看不见呀，有种能个太阳挂起来照个亮，看干不干，不干才是孬种……"

赵高大声大声喊叫道："大家安静了，静一静，都不要讲话了，注意看听，二位大将军的实地表演和讲解，不知道的地方，不懂的地方可以提出问题来问，大家知道了没有听清楚了吗？"

任洁说："请问大学士先生，他们活泥巴还有什么事情吗？非让我们这些女孩子姑娘来看一看，不看不行吗？这么一大群人围在这里理三层外三层闲站着一不耽误事呀，有话快讲，有屁赶快放，让人着急的慌？"

赵高讲："姑娘们不要心急，磨刀不误砍柴工，以后还要大家亲自干呢……"

李斯讲道："女孩子们女大侠们，咱们大家千里遥远的来到这里，都是为修筑长城，垒长城，这长城呢可不是，咱们家里盖房垒大屋泥巴一枸砖头土坯往起一跺房子就起来了，咱们还需要验正证实这墙这砖，这砖泥子结不结实，能有多长的寿命和使用期限，也不是瞎垒胡踩起来的就算完事，第一这墙要结实耐用，不说能上千年的不倒，最起码也要起到五六百年的功夫吧，咱们一世辛辛苦苦的来人大干大动员的修筑长城，就是让几百年上百辈子的儿孙，孙子的孙子们不用再修，再来一次辛苦，我们修的长城能在上面骑马飞跑，还要能过下大马车，这样一旦发现群成结队的坏蛋，洋鬼子骑马做车来干坏事，来抢咱们的东西，如牛羊猪马鸡，来杀烧咱们老百姓的房屋财产物器，如果长城像个羊肠小道，首先它不结实不耐用，容易被敌人坏蛋扒推倒破坏，挖断等等不良现象，长城几丈宽，十几二十几丈高，就是一时咱们的人马赶不到，来不及增援军队军人，敌人看见如此巩固的大城，破坏起来不要也费事耽误功夫，耽误几天十几天的大功夫，他们也就不会来想着怎么样破坏长城，而是烧杀老百姓的财物，该抢的抢跑完事，咱们的人马马上就赶到和他们拼杀战斗，今天表演的是垒金钢墙……"

白玫说："金钢墙，咋没有听说过呢？这不是明明垒的美女好美也善良人心善垒灰泥巴砖头墙吗？不用金子和钢铁垒的墙，能叫'金钢墙吗'，可不是瞎指挥乱发号令吗？"

钱灵说："张着大嘴胡诌乱咧咧，跟几个小孩子睡觉做梦一样，垒墙就是垒墙吧，这瞎屁乱放炮，'金钢墙'，哪来的金子和钢呢？穷光蛋碰见天堂的神仙'穷摆阔''穷摆布'……"

李斯说："姑娘仙女们，不要乱说话了，静一静安静，'金钢墙'只是垒的好墙名称名字，不说是金网墙，就是非是真正的黄金砖，真正儿八经钢铁是不是呀，嗯？懂不懂是墙给结实牢固耐用的墙起的一种名字，打个比方说，举个例子，这个女孩子姑娘叫香花、金花或云花，不能这个女孩子就是香花什么的云花，或云燕什么的，只是名叫金钢墙，要真正是金和钢起来垒的，说句笑话，如果是真正金砖来垒这长城，恐怕这长城永远也修不起来，为什么呢？因为人们都想抢真正的金砖，回家做发财大梦去了……"

香花说："谁抢呀？有部队看着，敢死队的肩上扛着大抢，手里提着大刀片子，腰里插着小攮子，大油锤的谁敢呀？除非他吃了熊心豹子胆，天不怕地不怕的老坏蛋，老乌龟儿子"。

车梅说："你不敢，有敢的，有不怕死的孬种坏种，土匪，金了银子又不能吃不能喝的，拿着咬不动，捧着不能解渴，累了不能解乏，无聊了不能跟你嗯啊哎哟着玩，拿着担心，捧着惊心，睡觉做噩梦，多出几身冷汗……谁想抢谁去想，穷摆阔穷丢命吧？"

香花说："看人家大老师，活泥灰多累，满头大汗的咱们这么一大群穷人瞎闲着，我来去帮帮他的忙，看见人干活就没有人伸手帮忙，都是些大木头橛子树桩子，一点点灵感情义也没有现在的人，都越学越没有人情味，没有一点点的怜惜之魂呀，人情都让狗叨吃了？还是咱来助人为好吗，早早地把金钢墙垒出来归正，该干啥干啥省的看笑话……"

任洁说："看看人家香花跟人家帮忙活泥灰，我也去帮帮她的忙去，忙着快活头着无聊着急的哟，这位大将军大老师傅，我来帮你铲泥灰好不好，闲着也没有事干？白梅急走几步。"

汝兮良抬头看一眼来人说："谢谢你姑娘，马上我来垒金钢墙，你帮我上泥吧哟！你真是一位闲不住的美丽姑娘，向你学习呀……"

钱灵说："千万别向我学习．还是向您大将军学习，这么些女孩子来向你学习参观模仿的，你学怪谦虚啊，我们是猫向老虎拜师学真点子呢……"

白玫说："看你钱灵高兴的屁巅屁急的，人家都是说猫是老虎的师傅，你倒好把猫师傅说成是老虎的徒弟了，猫教老虎只有最后一招上树爬树没有教它，大虎啥时候时间之内也不会上树爬大树的……"

车梅说："钱灵她没有见过男人的，想男人想当官的男人，想的叽叽叫，去吻去拍人家将军的大马屁股显能摆，啥样子的，就不能看见这样的酸臭女人抱住人家男人的大腿咬唷……挨千刀挨水果棍子捣的熊子味……"诗雨说："说话注意点，好说不好听，看不惯你去干呀，口上留点德，酸酸摆摆谁想干谁去干，又没有拿绳子拴住谁，嫉妒吃醋有什么用啊，干事干活是要出力气，不是靠嘴瞎讲胡吹出来的金钢墙的，我来一个谜语大家听一听，谁来猜一猜，癞爸对癞妈压得叽哇哇，团团转圈圈，只把白浆下？"

盼盼说："狗嘴里能吐出象牙来，太阳就从西边出来，啥东西呀？压压压，得劲吗？唉唉叽叽哇哇，纯属粹一个胡诌大八道，咋说出口来，姑娘家家的长那么漂亮美丽，张口胡说乱嚼让人咋你……"

诗雨说："咋来咋来，你懂不懂猜谜语呀？有声有色有味道才更让人去联想去猜测，干吗干巴巴的没有一点艺术美味力，谁来听谁来猜呀，就是要有色有调有趣味，才能调动脑筋去猜吗？有本事你来猜中才算本事，一副假正经穷光棍的样子，看你八辈子也猜不着，告诉你大家要是炎大姐，孟姜女一下子就能猜着了！"

白玫说："是炎大队长能一下子猜着，我记得咱们来的路上她讲过这个谜语，时间长了没搁在心里记住它吧了，你说说到底啥夹实这玩实玩意来着……"

诗雨说："啥告诉你们可要记牢了，不然下次再说出来，又是谁听又不是好玩意了，大磨子，上磨和下扇子磨在一起，不叫癞吧对癞吧吗，压的叽叽哇哇，推着团团转圈圈，豆浆下来不是白浆吗？好好来个容易好猜的，一把刀水上漂，有眼睛没有眉毛？是啥东西猜猜看看谁能猜着噢？"

　　车梅说："刀就刀还水上漂，咋不说一把毛空中飘，没有胡子没眉毛呢，靓艳多姿，小伙子见了只瞪眼，男子汉见着鬼谜心，大老头子见了累弯了腰……真乃绝句也？"

　　诗雨说："除了胡八连，啥东西啊，我讲的是一条鱼，有眼睛没有眉毛，谁见大河大江大海里的鱼有眉毛，你倒好，把个女人来瞎切达，瞎作拜，好听你的东一座山西一座山过下大车过下千军万马过不去一个人，猜猜看，猜不着吧？就是你，两座山肩下担，男人女人都靠边……"

　　车梅说："打一个飞虫，长角小儿郎，吹箫进洞房，喝了黄花酒拍手见阎王，是什么猜猜看？"

　　诗雨说："啥蜜蜂，嗡嗡叫着不吹箫进洞房吗？各种花的花心就是洞房，花蜜就是酒，采蜜采来采去最后累死见了阎王爷没命了，拍着翅膀东飞西飞见阎王爷了……"

　　车梅说："不是蜜蜂，是比蜜蜂还要小还要坏得多得多的小飞虫，可烦人了，要喝酒……"

　　诗雨说："啥东西，蚊子死蚊子咬人喝血黄花酒，我说一个东场里，西场里两小鬼哭娘哩，是啥吧，猜猜看，两仙女唱响哩？这个太好猜了农村人都知道。再说一个：山东边，山西边，两个仙女光着屁股打秋千，女孩子都有，有个别的娇气人家男人也有里？"

　　车梅说："当然知道，女孩子戴的耳坠子，在耳朵下边晃来晃去跟打秋千一样动来动去。我来在说一个疙瘩爹疙瘩娘，疙瘩被子疙瘩床，疙瘩枕着疙瘩睡，疙瘩躺在疙瘩上"。猜巴，全是疙瘩都是疙瘩对疙瘩？是吃的食物。

　　诗雨说："玉米棒子不是？"

　　车梅说："不是，不是，是调料做味道的东西，家家户户都吃，有的人家顿顿都吃它？想想看看，是什么呀？哎呀呀，真笨蛋，傻大屁哟，生姜，生姜疙瘩对疙瘩，全是疙瘩头，就想不起来吗？在说一个从南来个藤啦藤，穿着大衣扁着领！是个物件，不大不小，大肚子不然叫藤啦藤了，猜猜看看，是啥东西？"

　　盼盼说："这个好猜，大坛子大肚子，家家户户都用它放东西装东西，一个大姐没有脸，一个大姐不要脸，不对，不对应该是：一个大男人不要脸，张大嘴巴让人舔，你也舔他也舔就是不去舔，不然都是不要脸？"

　　车梅说："这个不用猜，大人小孩子，男男女女都得去舔他这个不要脸的人？"

　　李欺大声喊着说："静静了，安静了，大家注意看垒金钢墙的不要讲话，垒那么多的话呀，少讲几句不行吗，真是的，女孩子的话真多呀……"

周妹说："他垒他的大家讲话也不误说话说话也不耽误他们大将军垒墙的事情。"

彭芳说："大家讲话能把墙挤歪了，讲邪了吗？再讲话该是金钢墙还是金钢墙，金钢墙也变不成泥巴墙……"

玉婷说："三个女人一台戏，女孩子本身爱说话怎么办呢？站着闲着不是无聊吗？叙叙话这不是人之常情吗？无论咋讲说啥都是为了让金钢墙早点垒好修好不讲了，不说了一天三顿饭有什么好说的好讲的……"

常美说："姑娘们注意看好了，金钢已经垒了三尺高了，在有三尺就结束了，垒完垒好该书归正传老套子，脱坯玩泥巴，看谁会玩，玩的光玩的亮磨的明，要质量要讲数量……"

赵高说："大家不要乱吵，这金钢墙比赛，主要为了让姑娘的晓得知道，这墙到底有多结实，大锤夯不烂，大家推不倒，不然就不叫金钢墙了，看的目的是叫大家知道这马上去山上修长城垒也会很结实，很经久耐用的，不说是能管上千年二三百年是老牌子听钢功夫……"

卓越越说："大家来为万将军和范将军加加油好吗？姑娘们大声喊叫，来当啦啦队队员，我来大声叫，万将军大家都来喊加油，听明白没有啊？来大家拍拍手："啪啪啪，"万将军"大家都在齐声叫道"加油"啪啪啪"范将军加油"！大队付大声高喊道，姑娘们集体唱支歌，助助威风，咳啦啦唱！咳啦啦也，咳啦啦哟，天空金龙翔，地上金钢城墙！万将军范将军是个好榜样，姑娘美女歌声嘹亮，唱的华夏大民族繁荣盛昌！舞的长城胜神龙更靓强。咳啦啦哟哎，咳啦啦也噢，姑娘干劲朝天歌更响，英俊男儿郎使劲跳啊，加劲超越修筑城墙。神龙神龙摇头摆尾豪迈帅舞在高山上……连唱两遍。

赵高说："姑娘们不要唱了，我们的金钢墙已经垒好了，它高五尺，长六尺，它是不是金钢呢，美女大侠们，你们肯定不知道，当然我和李宰相万将军还有范将军不一定知道，或者肯定就自己垒出来的就是金钢墙，怎么办呢？只有现场，现场来证实，来检验验收，人们好说是骡子是马拉出来遛一遛，这个溜一溜是什么意呢？就是让大家让咱们这些姑娘们亲眼瞧一瞧，看一看，耳听为虚眼见为实，我这里有二把大铁锤是三十磅的重量，它大铁锤连把子的总重量是37斤，那位姑娘要是不相信，可以过来试试它的重量，来来哪位女大侠试试看？"

尚丽杰说："走上来，右手抓住大铁锤的把子，左手抓住大铁锤的把子中间猛一下想端起来，我的个娘也？怎么这么重哟？姑娘往手心上吐一口涂星子双手拍一拍，又搓一搓，咱在来端一次啊？看好了，瞧真格的友们！绝不给姑娘美女丢脸。"姑娘说完憋足一口气，双手端起大铁锤头举到与自己的眉毛齐高"乖乖哟"真够重的！姑娘放下锤了说道。人随后走进人群中。

　　卓越越说："重得很吗？你还挺争气的还能举起一会儿？"

　　尚丽杰说："那当然了，不相信你上去试一试呀？看是真重是假重。"

　　李斯又问道："还有姑娘想试试的吗？谁想试，谁来试试看，试试不要钱，不收钱的。

　　有钱的棒个钱场，没有钱的也不收钱不要钱，来捧个人场，凑个人场吗？看来大家美女姑娘们都不想来凑热闹了，看来大家想看看热闹也看不成了，不看也罢了，下边我在给大家姑娘们和两位将军说一说比赛规则，汍兮良将军拿大锤来砸范杞良将军垒的金钢墙，范杞良将军呢？也同样使用一个大铁锤去锤汍兮良将军的金钢墙，但是他们二人只能在各自为金钢墙砸二十锤，如果二十锤还没有砸完，金钢墙倒塌了，谁垒的墙塌了倒了，谁挨一百军棍，谁垒的金钢墙砸了一个大洞或倒塌一半也同样挨一百军棍，如果金金钢墙裂缝了或裂开一个大口子，挨五十军棍，如果上墙邪歪，不直不下不正挨十军棍，大家听清楚了吧？都知道规则了"！

　　玉婷说："我想问一下子李宰相和赵丞相大人，这种规则是不是，谁干活最多最辛苦最累最脏最倒霉谁最该受处罚挨打受气，挨大棍子挨大板子是不是呀？那么宰相和丞相该受什么样的处罚呢？"

　　"好！问得好，还是美女大侠们有胆量，姑娘女孩子们有见识，彼人佩服，美女姑娘们有见迪？"赵高深情的叹息惋惜着说，还竖起了大拇指："提的有见解，更有见地，高高高，一般人就是王公大臣也未必敢直接的提问……"

　　李斯随和着说："哪是，哪是哟，他有几个头几个脑袋，话在世上谁能不犯错呢？俗语说刑不上大夫，古人有训的戒律，谁能不知道啊，小小黄毛丫头片子，给她的好脸色，他也敢上房揭瓦……"

　　玉婷说："赵大人，李大人怎么不说说，解释解释怎么叫刑不上大夫，难道大夫大臣大将军因为他自己的无能愚蠢就可以不追求他的过错责任，让其继续犯错，倒至天下黎民百姓去送死，去当替死鬼冤大头，大傻瓜，大憨蛋，呆头驴，蠢猪吗？"

　　"过分，简直就是无理取闹的强词夺理，没有尊重长幼老少……"李斯自言自语又像是在愤怒地讲道。

　　赵高微微的抬起头来看着大群的姑娘们含笑说道："姑娘们个个都是聪明美丽动人的女孩子，不要一在的打破砂锅问到底，比如我赵高赵丞相在原则上犯了大错误或大罪过，皇上会严格严厉的惩罚我的，就是他放过我赵高不追究，但是敌人坏人坏蛋是和我们对立的敌人，他们也不会放过我们这些大臣王公和国王的，很简单的道理，他们一旦成为敌人，就是你死我活的你杀我砍的真正敌人，敌人放过他的敌人，就等于自己怀里拿着绳子上吊或者端着碗喝毒药自杀，明白吗？为什么修长城呢？第一是为阻挡那些敌人坏蛋过来，第二一旦敌人强盗想来，我们的士兵将军大将居高临下更有力的消灭他们。"

常维美说："在京城焚书杀死那些有些文化学问的人，又是为什么呢？这个问题得去问皇上，皇上让怎么搞就怎么搞，我这些个文武大臣就怎么去搞去执行命令……"

卓越越说："赵丞相，李宰相你们都是聪明人大臣大官，一人之下，亿万人之上的人物，皇上下令去杀去烧这些书，皇上怎么知道这些个人和书不好，该杀该烧呢？还不是什么事情你们两个人直接汇报告皇上，皇上根据你们讲的利害关系去判断去思考去裁定和去下命令，你们这些人如果不告自先觉先有自己的定律定格去引导皇上去认识去知道去下命令，他皇上即使是神仙，是玉皇大帝，也不会掐不会算，更不会先知道什么？先去认识和识别什么是错和对，在怎么干，话说过来，不论是好事情，是坏事情，实事都是你们直接干和下命令最后承担责任的罪名就是皇上，秦朝的大帝秦始皇去给你们这些人担罪名做恶人，还有一事比方说你们这些大臣大宰相们，为了讨好皇上，竟然不知不觉中修好阿房宫，劳民伤财，最后把秦始皇气的逃离京城，不在阿房宫里去享受，你们又想着点子去哄去骗他母亲太黄太后在宫里与八百美女渡日月，你们原来是想用美女计和富贵宫殿来削弱皇上的治理江山社稷为民的主意善行，可是皇上伟大，不是泡在倒在美女群里做美梦，而是作为民的大事修长城，治理江河，叫百姓过好日子，一是安民乐业，二是有吃有穿，过富裕日子，想着咋过太平天堂一样的好日子，可你和李大人宰相随意使用权利，还想巧夺皇上的皇位，有一次你们在围猎射杀一只鹿时前，你大丞相和大宰相为啥指着一大鹿大笑着指给全朝文武大臣大将军们说这是一只马，一匹名马，全场的大将军大臣们都惊呆的被你这位大丞相大宰相给吓住了，明明是一只大鹿，确真真切切，真真假假的变为一只大鹿，一匹大马呢？这是为什么？难道不是结瞪着大眼说瞎话哄骗老百姓，真正哄骗的是你们的相应权力，欺骗的是皇上，利用你们的有用位子看看朝野上上下下有没有多少，有没有对你们的人和权力范围……"

"哈哈哈……"赵高昂天大笑着颤抖着浑身上上下下的衣服，胡须也在不停上下摆动着……

"好好好，问得好，有见识有胆量，更是勇敢的提问者，女大侠大美女你叫什么名字人才？大胆猫屎鬼……"

"本姑娘行不改姓，坐不更名，从来不怕报复，不怕打击，不怕穿小鞋，更不怕死，要是不像大秦王朝的全体文武百官，今天本姑娘就不敢提出这个问题？这个疑问了，三个太阳团团转，一个梦中太阳，一个歌声中太阳，一个灵魂中太阳，知道把赵大人李大人大丞相大宰相先生？"

　　"好！有种，不愧为孟姜女的人，孟姜女的结拜辣姊妹，大家伙美女大侠们听好了，我当时在围猎时的心情，是试一试这些大秦王朝的大臣和将军们有没有对大秦王朝有没有不满意的测试，只有用不同的看法与现实的实物不一样的说法，才能测猜出来，只有背着皇上假装反对实物不一样来鉴定人心，是否是真心实意，一心一意，比如它平时有什么看法，一般不想说出来的人，用一个现实恰恰相反的物证或举例例证来反说，如果他平时在内心反对，在实际言行中又要隐避下来，但在关键时刻猛不丁的就要暴露无异，这些都是为给皇上的安全出行，皇上周围的各种各类型找出异议己的坏人，明白没有？这样的含量测示是一般人都不能隐藏隐蔽下来的……总之都是为皇上好明白美女姑娘们……"

　　玉婷说："狡辩，鬼才相信你的一套瞎说胡诌，骗上欺下压谎言，鹿就是鹿马就是马，马八辈子也变不成鹿，鹿永世永远也成为不了马，这不是明摆着的愚弄人吗？围观者那么多人，不敢吭声，不敢吭声不敢言语，大家怕的是你赵高大丞相，大家怕的是大秦王朝的权力，你手里握着大秦王朝的刀把子，所以你才敢明目张胆的耀武扬威要你变化无常的嘴脸，跳梁小丑的技量，大家在忍无可忍的情况中，大家看清楚了一个专门玩权弄势耍奸坑害好人的一个真正的跳梁小丑的脸色，本能角色……"赵高大声喊说道："无名小辈过分，太过分了，真正是过分了，今天要不是看在二位将军和姑娘美女的面子，非叫你死无葬身之地……大家都还知道一点点常识吧，千里马万里驹，其实上千里马是不存在的，万里驹也是不可跑走一万里之远，大家从古至今只是一个比信比俗而异，那一匹马能一口气不停地跑走一百里地呢？十里八里还马马虎虎，五十里也能走到不停下，这个世上骡子马马驹，都驴叫驴驹，骡子叫骡驹，马叫马驹，真正的二马叫小马驹，大家有没有查查古文字典里面注明："公驴和母马下的叫马驹，公马和骡下的叫驴驹，骡马下叫骡驹，百姓直言叫骡子，骡子没有母的骡子，马和鹿叫鹿驹也叫马鹿，母马的也叫马鹿驹，而且现在还有一种叫作马鹿动物，驹是杂交的一个马类，如四不像，叫驴驹！明白不？在周文王时期姜子牙南征战就是从昆山学艺下山时师傅送给他的三件宝物之一，四不像驴驹，打神鞭，宝葫芦，驴骡、马骡、骡驹子大家明白吧？谁也都听说过的，所以那天在鹿苑见到的就是千百年来从没有见到的马鹿，有十成的六七成像马，三四成的像鹿，所以我感到很奇怪才说是马，但又有些一点点的象鹿，当时没有来得及找个专家专门研究研究，说不定就真是一匹马鹿呢？我现在好好想一想，我当时的态度在满朝文武大臣中太武断，也太专权了，当然以上也讲了这都是为了皇上和大秦王朝的利益出发着想才那么去讲那样去干的。现在经过美女姑娘们的提示提问，我还去专权专横有过之知处啊？我作一个丞相一定注意就是了？谢谢姑娘的善意……"

李斯看看没有大声提问的姑娘后干咳几声说道："千里马，万里驹？这种名句老百姓还是经常提说的，但具体根本的名驹万里驹什么叫驹，大家知道的甚少，而且不知道要不是赵丞相刚才讲了一下，什么叫驹，我这脑袋中才迷迷糊糊有点印象，详细的论点还是不太知道和了解的，是什么？什么？这姑娘说的？"驹马、鹿、驹暂且不提了。

"那么焚烧的那些好书对杀害了那些写书的人，宫殿什么治国之道，请李大人说一说。"

李欺说："姑娘美女你们都太年轻听了恐怕会吓你们一跳的……"

"不会吧？宰相先生姑娘们又不是泥捏面做的稻草扎的……"

赵高说："李宰相给她们讲一讲以后的'飞人术'长寿经等等……"

"好的好的，姑娘们有一本飞人术书中这样讲到，将一个十四岁女子受孕后，在十天婴胎儿刚能分清头、身子、四肢时，将胎儿从胎盘内取出，切除脖子，将头缝在初具鹰雕的蛋卵成型的蛋壳内鹰的脖子下方后再放回蛋壳内，等它破壳出生，在将活的鹰人养治几年后，长大慢慢会飞，而成为飞人，当然了书上讲得详细，我这是大概讲一下，把个头切来切去它也活不了啊，安然飞呢？这是种无聊透顶的瞎说书，但它伤害于人类的胎儿，是祸害书，毒书，还有一个叫'练就长生果'的书，就更是毒书淫秽书，将干红枣放入你们女子九岁自十六岁前的阴道中，浸泡女子来潮的潮淫之液，待月经来时前取出，月经干净还放在放入浸泡一年同，每天三次潮淫，和着女儿男婴百名女婴百名的不满月的奶汁再伴上十四岁第一胎女子第一次精奶百名再取男子的第一次精液百名，每天食不少于三粒人参果能活百五十年经典有五年长寿食用谱，有千年食用谱都是摧残人类自生的绝招精典，还有练金钢大力士书，都是坏书毒书杀人魔王害人利己的傍门佐道，有很多人闲，吃饱穿暖没事净干编著一些奇型怪事，都是吃饱撑的，饿他三天就不会乱写男女之事不用写成书，天生人才必有用，到时候自然会那一套，但他非在书上写来写去化来化去，显他会骂会绝人会说瞎话……叫一个美女和天鹅杂交也能生出飞人来……好好不说了，现在大家都注意，看下边有了万喜良将军拿着大锤砸夯范杞良将军垒出的金钢墙，再有范杞良将军用大锤夯砸万喜良将军垒的金钢墙，姑娘美女们都拍巴掌大声喊叫助威。"

万喜良站在范杞良垒的金钢墙东头砸金钢墙的北面东头，范杞良也站在两堵墙的中间来夯砸万喜良垒的金钢墙东头北面墙，现在他们两个人都站好了，他们砸一下姑娘就大声叫好加油呀？比赛开始了？"一下"加油二下！三下！加油！四下！加油！五下！加油！六下！加油！七下！加油！八下！加油！九下！加油！十下！加油万将军加油！范将军加油！"二人调换位，这回是式汝兮良站在二堵金钢墙的中间，面朝东大锤朝东面上西头砸，范杞良也一样地站在西头朝东面砸的金钢墙！"姑娘们美女们万喜良和二将军第一局平，没有分出胜负，就看第二局的了，美女姑娘们在大声地叫好加油！比赛开始！

"一下加油！二下！三下！加油！四下！加油！五下！加油！六下！加油！七下！加油！八下！加油！九下！加油！"比赛结束胜利圆满，不输不赢，金钢墙没有倒，没有碎胜利结束了，二位将军都是好样的，向将军们致敬！姑娘美女们大叫高喊着欢笑着跳跃着，金钢墙转圈了，向万将军学习，向范将军致敬！将军们万岁，金钢墙万万岁，金钢墙转圈永不倒。姑娘们将万将军范将军抬道抛向空中，落下接住又抛向空中……

如梦令

胡说八道乱诌，唬自己唬人家。一手难遮天，姑娘美女彩霞。K呀！K呀！大秦王朝兴咋。

嫁男

新的一天又开始了，小鸟在树上叽叽喳喳的叫个不停！"孟姜女你又早起来了，你真勤快，哪天都比朕起得早啊？"皇上说。

"快起来吧？姑娘们吃完饭都去窑上出砖去了！我们今天到哪里？皇上大哥？"孟姜女说。

"朕这砖也有了，出窑了，又要上窑装砖，咱们大家不能都看着这大砖头是不是，第一，得把砖头运上山，第二，得把大砖头垒起来，这样才能像样是个城吧！要垒砖头，还不知道山上的基石清理捕平整了没有，朕想上山去一趟瞧瞧看看望望山上的风景怎样，炎先生你看怎么样，去哪里！你帮着想想看看？"皇上说。

"就照你皇上的意思去山上看看，早晚都得把砖头全部运上山去才行，所以去上山才是唯一的一条出路，我孟姜女没有意见，我去马号房安排马匹去，圣上马上起来啊！"孟姜女说。

"千万不要忘了弓箭一事，山上的野兽太多，我们人少，不得不防备点？"皇上说。

"好吧！不过今天咱们去的山上就百分百安全了，万喜良和范杞良他们都在山上，还能有个什么问题吗？不能是二位将军在大高山上专门养些大老虎、豹子豺狼专门对付我们三个人？依我看不用带那么多的利箭，一个人有个十来支是够差不多了，背来背去有什么好呀！累人累马找麻烦！"孟姜女说。

"好吧！随你的便吧！多少总得带几支，碰到好玩的，射它几箭也没有个目标什么的，就是人多，男人、女人、女人男人无聊透了，一个个瞪着眼睛，你想她，她在偷偷地看着你，有时候眼不能放到嘴里嚼嚼咬几口解解恨，所以人看人，咋看咋别扭，上山散散心，换一种环境，心情也会好得多的！"

"皇上你穿衣裳啊，咋不穿衣裳吗？"孟姜女说。

"唉呀呀！两个大姑娘在人家面前晃来晃去的！咋穿衣裳吗？"皇上说。

"对不起！我们上外去，你起来吧，怪模怪样的还怕羞呀！啥样的女人你没看过，玩过，有意思！"二孟姜女自言自语的走向门外，又返回身来说："我去马号房牵马来，你赶快洗洗打扮打扮，吃饱饭咱们好上路啊！"

"好！知道了，马上就好，算了，赶快穿衣裳吧！女人就是慢性子，迟迟地没反映……洗脸漱口！多好的太阳啊！啊！啊！……"秦始皇大叫着使劲伸伸个大懒腰，把两只拳头狠狠地向天空中伸出去，像是要把晴天捅个洞一样！又把两只脚上下踢动几下，回身双手捧水擦擦洗脸，绳子上拽下毛巾擦脸。走了，不吃饭了，一点也不饿，大踏步朝门外走去，嘴里轻声唱着："呼唤着你！呼唤着你的心！呼唤着你的爱！呼唤着你的情，呼唤着你的睿智！呼唤着你的美！呼唤着你的靓丽！呼唤着你！我心中火辣辣的玫瑰……"

"圣上，你又没有吃饭，人家都说，早饭要吃好，中午要吃饱，晚上要吃少！对身体才有好处益处，你老不吃早饭能行吗？皇上先生！吃早饭是关键的一事，明白不？"孟姜女说。

"朕自己的身体不知道吗？饿了不吭声也得吃饭啊！"秦始皇说着拍拍自己的肚子说："不饿能吃下去吗？瞎操心，穷操心，你孟姜女咋不吃早饭，光叫人家吃啊吃的！马上吃得路也走不动了，还吃呢？"

"谁说我孟姜女不吃饭，天天早早就起来吃过饭了，人是铁，饭是钢，一顿不吃心里慌，明白不？"孟姜女说。

"没问题的，骑上马走吧，今天就咱们三个人，二女一男，三匹马跑！"皇上说。

"大家不是都上窑出砖去了，人去多了也没事干，我们两个真假孟姜女陪你一个皇上，还陪不住吗！放心皇上！驾……今天听你的，你叫干什么就干什么，就怕你皇上没兴趣，骑上马潇洒浪漫还不是小菜一碟子吗？怕就怕你皇上消化不了风情的浪漫与温馨别致，到中午又省下饭菜不吃怕胖了肥了？"孟姜女说。

"好，中午咱好好吃一顿，看你孟姜女先生到山上，上山去哪里找饭吃，又不是逛京城大市面，到处都是做生意的人，卖小吃的，在这荒山野岭上，鬼都不下蛋的地方，想吃的好东西比登山还难，你们这里除掉锅巴子还是锅巴子，男男女女个个锅巴子……"

"今天与往日不一样，我孟姜女会给你好吃的，我说到做到办到，决不放空炮好吧！咱们骑马上从这高家堡去双山直插去榆林集，孬好是个集，集上没有大街吗？有街就有卖东西，有人卖就有人去买，人来人往的总归会有饭店、饭馆、餐厅什么的吃饭地方，吃完饭再去水子集河曲什么地方好不好！"孟姜女说。

"好！今天咱们就往榆林集镇吧，要是个县城朕就会知道，不是镇就是个集大概离卞安县和大同县中间的小集乡街以类的小地方，驾驾驾！这双山也不知道有几户人家，不会超过十户人的，房屋东倒西歪的，凑合着住吧，都是因为连年战争，例国争霸造成的荒凉景象，这路不是越来越少一路上连个走路的，来往的人都碰不上，根据这种情况来判断，这榆林小集上人也不是很多，很热闹的，可能要比堡子、店呀、屯寨要大些吧！"皇上说。

"这些地方肯定没有黄河以南的地方人少得多，县衙也好，镇集乡特别是村屯堡，南方一个小小自然村也都是几十户人家，大街上都好多条道，一个镇上的人口也比这里人多的多，这人烟荒芜的小集上还不是为了赚穷老百姓的钱，赚猎人的几个小钱，一张皮货运到京城或大城市，价格老去了，象老虎皮、豹子皮，在这里才是它的零头的零头，能卖掉维持生活就不劣了，这里成家娶媳妇都不容易，生个孩子更不容易了，养个好孩就更难，我估计这里生孩子请接生婆都不好请，猎人在深山老林里，媳妇生孩子千山万水的去哪找接生婆吗？等把接生婆请来不是孩子有事，就是产妇有事，人烟稀少，干什么都不方便，想借个东西也没有地方借，困难重重，这里赶个集不跑百里是上不了街上，看看前面看见房屋了。"孟姜女说。

"还是骑马快，咱们骑马诉话不知不觉地就到了，反正在山沟里钻来钻去的，马上就到了！这里说不定二百年或二千年后就是大城市了，也不用在春天青黄不接的人家在吃榆钱榆树叶子了，比县城还要大的城市……"皇上说。

"好事也，秦大哥，你听听有响也？"孟姜女神秘地说。

"有响！啥响大队长先生！秦大哥我怎么听不到：什么响声动静呢！又糊弄我？"

"哎哟哟也！唢呐声声地叫着，不是响是什么吗？真是皇上，民间对于唢呐、芦笙吹奏是叫响，能使响声传出去好远好远，四邻街坊都能听见，知道谁家有事，办什么事立马传开去了！"孟姜女说。

"噢，原来如此！朕早就听到吹响敲锣鼓声声，唢呐叫了，他们干什么又吹又打的！"

"不是娶媳妇，嫁闺女，就是人老了六十岁以上的男男女女去世，也是白喜事，表示庆贺热闹，一下子以示派势，不同凡夫俗子的贫困人家有事！驾！"孟姜女说完扬手打马屁股，两条腿脚夹紧马肚子，马扬头翘尾巴朝前跑来！二下三下来榆林街上，在南北街上只见人们老老少少围着一家人家门口都在不停地议论纷纷："嫁孙子了，俞明君嫁孙子了！十三岁的小半拉撅子马上要出嫁了，女大三抱金砖，辉辉这一辈子会有富气的，老婆新媳妇大整整三岁，女孩子叫玲玲。""女孩子，姓啥呀？"一个妇女抱着孩子在打听说。

"女孩子听说是姓汪，叫汪玲玲，人高马大的，长的白白净净还可以，穿着神仙一般的托地婚纱裙，刚才看见进男方娘家院子里，上屋里去了！"一个四十多岁的中年妇女絮絮叨叨讲："女方还来了抬嫁妆的一趟子人，总有好几个，男男女女都有，烟、酒、老母鸡，还有食盒六层，六六大顺，顺顺当当喜气洋洋，大花轿，一匹大红马！这叫：男人骑马，女人做轿子，听说女方家还是什么亭长，管多远的地方也不知道，最多不会超过十里路的。"

"谁知道呢！俺一点点也不知道！"一个老汉在说。

"咱们这老山边唉！十里路哪有人家呀！七八十里也难有人家！老山、山沟沟里，要吗就是大沙漠芦苇滩，哪有人家，没有人住管啥吗！管着蝇子不屙尿，管着蚊子小鸡不屙屎，还是管着沙滩上的四脚蛇不洗澡，他想管谁管谁去，只要咱们不犯王法！他想咋管，他咋管，挨着咱们啥事了！真是的。"

"看看呀！嫁新郎子得出来了！"人们喊叫说。

"放鞭炮！"一阵子咚咚咚的鞭炮响。

"小伙子个子还不矮呢！两个人一样高低，大女人背着小男人，看看呀！秦大哥？"孟姜女说。

"俺爷爷，我不去她家，我不想去她家，我不愿意离开你，俺爷爷！你来救救我呀？俺不去她家里去！不想去人家家里去？"男孩子在叫着喊着，感觉好委屈，一个胖老头有点驼背，走出家门挥挥手："铁蛋，去吧！她是你媳妇，她会对你好的，去吧啊……去吧！去吧啊！别闹气，好好过日子，听话啊……铁蛋……"

汪玲玲把男人铁蛋放在马鞍轿上面，下面一个老头牵着马，走在前面，玲玲上轿子喊道："起轿，追上马和他辉辉一块儿走，臭男人还哭鼻子，丢人现眼的，别哭了，在哭给你板在双山里，喂恶狼，喂大老虎吃。"

"孟姜女，这结婚是喜事，应该高高兴兴的，男孩子咋还哭哭啼啼的，他爷爷还在安慰他，哄他呢？"皇上说。

"看不见男孩子不太懂事，还小哩！再加上是嫁男娶新郎，娶老公吗，男到女方是叫倒插门女婿，小男孩不愿意离开他爷爷！他爷爷又吵、又嚷、又哄的。"孟姜女说。

"孟姜女这倒插门女婿，将来生孩子是随女方的姓，还是随男方的姓呢？"皇上问。

"如今，这个时候，肯定是随女方的姓了，倒插门，倒插门，男到女方才叫倒插门，孩子将来一定会随女方的，不然就不叫倒插门了，咱们也走吧！咱们也走吧！新娘、新郎官走远了，咱们找饭店吃饭呀！秦大哥先生！"孟姜女说。

"出门逢喜事，这是个倒插门的女婿，只会哭鼻子、闹气！人家都是女儿哭着上轿，表示不愿意离开父母亲，这位是女婿哭鼻子，不愿意离开爷爷找媳妇，开心吧，有意思吧！"

"世上啥事都有，大千世界千奇百怪，无所不有，无论什么事情都离不开人与人的故事！哎，老板！吃早饭了！"孟姜女说。

"请请！哎，姑娘吃早饭，里边请二位姑娘是外地人吧，长得好漂亮啊！还是个富人的美女呀，高头大马更帅气啊，与二位姑娘的马和这位大老板的马上料，看好了马匹。"

"老板此地有盗贼吗？大白天还安排小二看好马匹！"孟姜女说。

"这是规矩客人来了，就得上料，看好了，吃完饭好骑着它上路啊，大白天哪来的盗贼，我这安排小二用心管好马匹，不说一声怕小二偷懒误事，三位老板吃什么，包子、饺子、油条、煎包、煎饺、馄饨样样都有，稀饭、八宝粥、各种汤菜……"

"肉包子、煎饺、油条都要，只管一样端一大盘子，吃光付钱！算账。"孟姜女说。

"好来！肉包子、煎饺、油条都要，一样一大盘子，老板恁们慢慢吃啊！"

"来来！秦大哥先洗洗手吃饭，老板有开水没，沏上一壶茶水来"孟姜女说。

"大老板！好茶来了，每年的春茶，新茶清香上等好叶子，黄芽，嫩黄嫩黄得极品好茶叶子！"

"谢谢！谢谢大老板啊！"皇上说。

"我是用开水给皇上烫烫筷子，管他好茶叶还是劣茶叶，我们用的是开水，皇上筷子洗干净了，用筷子夹包子，吃煎包，煎饺子，油条，省得把手上拿得油腻腻的！"孟姜女说。

"还是你孟姜女想得周到，谢谢你大队长了！"秦始皇咬了一口说："味道不错，肚子也饿了大队长咱们可要吃饱啊！千万不客气，煎饺吃着也不劣，吃起来挺香的，比那天烤狼肉味好多了，那天也是实在实的饿很了，管他三七二十一先吃个饱，不能饿着肚子说气壮的话，他们做生意的人生意经好说，赚钱不赚钱，先吃个肚子圆，才能赚大钱，侃大价，吹大牛皮吗？"皇上说。

"秦大哥快快吃饭，别忙别说话了，咱们趁热吃，吃饱肚子才得劲，这油条还可以，炸得还像个样子，泡泡长长得粗粗大大的，尝尝挺好吃的！"孟姜女说。

"八宝粥也不错，黏黏糊糊的，好喝着哩！都是为了赚钱，不好吃不赚钱，吃呀，大队长，千万不要客气，等咱们吃完还要上山咧！不吃饱怎么往山上爬呢！吃煎饺，也叫锅贴的，看着样子都好吃，黄黄的真会煎，哦！全是瘦肉的馅子，好吃！"

"好吃就多吃些，吃饱不饿为数，秦大哥加油吃啊！这盘子里全是你的，一定要把它吃完别留下一个，吃了不能浪费，留下别人又要卖一次了，早上我孟姜女都吃过一顿饭了，这陪着你秦大哥又是一顿，半天没过去就吃了二顿饭了。"孟姜女说。

"孟姜女先生，大家不是说吗，能吃能干英雄好汉，你孟姜女比我行，你是个女的，本来是不沾得，让你成立个大队给成立着了，从一个普通姑娘一下子变成大队长，也就是在自己的努力下，睿智激发了天才，才干自己把自己变成一个与众不同的美女姑娘，这是几千年华夏历史上找不到的典型范例，天才美女，真是了不得呀！天下亿万个美女，男人们都是想不到的苦差事，让你一下子通天了，朕原来曾想到，如果天上真有九重天，真有天上天，天上有人存在，我们这么多的人，垒个天梯算什么呀，还不是跟玩着玩一样的就垒到天上去了！"皇上说。

"秦大哥千万别瞎想，天上怎么会有天呢！天上天也架不住山和大地江河啊！江河可以在天上有云彩飞呀飘的！云彩上有雨和水，但是大山和土地是不可能有得，石头和土地多重啊！烧出来的砖又是多么重啊！云彩上能驮的动吗！绝对驮不动的，一个人多重，一个小鸟多重，可以比较一下吗？小鸟儿那么轻都飞不上天上人间，人怎么会垒上天梯去天上的九重天呢？而且这天梯的架子得多长多大多宽哩，是九百万九千九百……还是亿万、亿亿万呢？最起码得有个实际以据，才能瞎想胡想是不是哩！"

"好了，不吃了，吃饱了，要是能把长城竖起来就好了！……"皇上说。

"能竖起来吗？这垒这么高就花了多少人力功夫！费不完的事，参加大干垒的人员，都掉几层子皮！淌多少汗，吃多少苦谁知道！"孟姜女说。

"老板结账，这是银子够不够！"皇上说。

"老板用不了这些银子，连一小半也用不了的！"老板说。

"用了用不了就不用找了，算你今天富气，财气旺，该发财，发点小财，朕走了，孟姜女！"

"啊！大老板，你是皇上？你刚才讲朕，只有皇上、圣上才能这样说话讲话的！"老板说。

孟姜女赶快做了一个手势，右手食指挡住在自己嘴上吹着，表示不让他说下去，"不要胡说，冒充皇上，圣上是要有杀头之罪！千万不要乱讲啊！"

"我知道你叫孟姜女，孟姜女这个名字半年来，在这一带可是大名鼎鼎，大人小孩子都知道？孟姜女带着女孩姑娘们修长城，几乎传遍天下，长城从嘉峪关、贺兰山、杨桥畔、横山到俺们这榆林集上往北河曲，万家寨、老虎山、狼窝沟、狮子沟、马兰岭、炎子岭到万家屯，大老板今天吃饭不收钱！算我俞老板请客，请你们三位客人吃饭？"俞老板手里拿着皇上给的银子，非要让他们拿回去："大老板这顿饭算我来请客，你们为我们这榆林小集修长城，保护老百姓，保护俺们做生意的人，吃一顿饭算什么呀！孟姜女先生你一定收下这银子，这钱我是不能要的，更不能收……"俞老板拽住马缰绳。

"收下吧！做生意，不就为了赚钱吗？我们吃过饭了，哪能不给钱呢？"

"我不收，刚才我不知道，现在我知道了，这钱我不要，在赚钱也不几乎这点银子吗？我俞某人也不缺这点钱花。"说着大街上围过来看热闹的人群，不知是咋回事，有些人认为是吃完饭不给钱不交钱，有人以为是想赖账什么的，俞老板大声吼着说："乡亲们来评评这理，他们是修长城，为保护老百姓利益的，我们老百姓从心眼里感激你们，所以这顿饭我俞某人请客，大家说对不对啊！她就是孟姜女，孟姜女带领人来修长城，这钱我能收吗！乡亲们，我再财迷转向，也不能收这钱啊！是不是呢！"俞老板说。

"俞老板做得对，做得好，见到好人不收钱！仁义道德，就是不能收这点儿钱，难道你们看不起我们这山沟里的小集市人吗！你们能为我们修长城，我们这里人请你们吃一顿饭也不行也不沾吗？你们一定是上天派来的仙女神仙。看看你们多漂亮美丽，心地善良啊！人都爱说米旨出美女，你们比她们米旨人还靓美一百倍，人美、心美，行动更加美，钱银子不拿上，不让他们走，叫他们中午还连着吃，看她们收不收钱，人家说：下雨天留客人，天留人不留，这是人留，天不留啊，真叫绝门了！人世上啥事都有……"。

人们吵吵闹闹的把孟姜女和皇上围起来一时半会走不掉："你们不收钱，我们吃过了，吃饭不给钱，心里也过意不去啊！"孟姜女说。

旁边有个人，像是个秀才的样，长衫礼袍瓜皮帽，说："不收钱哩，人家姑娘吃过了，不好意思白吃白走！我提个建议，这样你孟姜女留个名字在这里，写个字算为俞老板的招牌，这样各有好处，让你孟姜女的名字给他俞老板招揽生意，多赚钱多做生意，是一样的道理，不知道这三位大老板愿意不愿意？"

"好吧！只有按照俞老先生的提议，这个办法好，这可是千载难逢的机遇，好时机，小二赶快去拿笔墨侍候，马上请孟姜女来写字！"

小二慌慌忙忙的把毛笔拿来："俞老板有请，笔墨都拿来了！"

俞老板一招手冲孟姜女说："孟姜女请吧！写几个字又不费什么事！请请请！"

三个人来到桌前，孟姜女笑着说："秦大哥请吧！这么大的毛笔，我还没有写过哩！秦大哥来写吧？请请请！"

"写就写，写个字算什么吗？我天天都在写字，就这几天没有写字？写什么呢？写，大美女，孟姜女饭馆，怎么样俞老板？"皇上说。

"好好好！就这样写，大美女，孟姜女饭馆！好听好玩！一看就知道，忘不掉，榆林集有个孟姜女饭馆！"俞老板说。

秦始皇上不吱声，拿起大毛笔，告告毛笔后，就在一个长方形的桌布上写好了，字体刚劲有力，真是有水有劲又有钢，写绝了，天下第一毛笔大字，像刀刻木雕的一样隶书字体，八个大字在上边，大家都在旁边观看和叫好！

俞老板高兴地说："就是好字，如今没有一个人能撵上此字体的笔法呀！皇上也难写成此字体，好字，好字，好笔，好墨汁啊！给我一百万钱也不会卖的好字呀！谢谢，感谢三位客官，我是吃小亏占了个大便宜啊！发财之道在眼前也……"

"圣上，回去也给我孟姜女提几个字，女子修长城大队，就行了，真是想不到圣上弓箭好，枪法好，这字比箭、枪法更美呀！秦大哥真是文武双全的皇上，怪不得任何人都搞不过你皇上！你是文武全才天下第一大字书写家啊！"

"孟姜女你不用夸我秦某人的特长和绝技了，绝招还多着哩，哪一样都行，都不赖，都比一般人还要好还要棒，我从小自己就在学堂学这些字体，看书练武功，而且都是全朝最出色的老师教出来的好学生，再不行就没有办法在教在学在练了，而且老师好，学生我也是最聪明智慧的，不然光有好老师，学生笨蛋也不行啊！天下的好教师和好学生碰到一块了，这才有今天的成果，这里还有一个谜语哩：一个姑娘细条条，脱了裤子露着毛！是什么谜语，知道不？"皇上说。

"不知道，啥东西呀，瞎胡说一套，走走咱们赶快还要走路哩！"孟姜女说。

"孟姜女先生大队长，你看大街北边一点围几个人是干啥的？该不是卖狗皮膏药的吧，不治病骗老百姓钱的吧！走过去看看去。"皇上说。

三人说走既走，俞老板笑着说，三位有机会在来吃饭，保证分文不收，走好！再见！

三人回头冲俞老板挥挥手就走了！"哎！瞧一瞧，看一看了，瞧一瞧不要钱了，看一看两相好，大家都来瞧，都来望一望，我在这里不是二天三天了，没有看不好的病，没瞧不好的病，望一望了，有事的往前靠一靠，没有事看热闹的来了啊！呀呀呀，先看我给大家表演练练气功，先生们、女士们大家好，这气功可不是闹着玩的，气功练好了能治病，对身体有益无害，你要是练坏了，那就是有害无益了，先生们瞧一瞧，看一看了"。此人围绕着场子一圈，两手抓住腰间的布腰带子，在肚子上扎了又扎，跳起脚乱蹦一通后，我来给大家表演一段长短拳，大家看好了，哎咳瞧着啊！此人轮开两只拳头左通一下，往右又猛通一下，跟着跳起两脚，最后来个金鸡独立起一脚尖翘起，一只手板着脚后跟，右手伸着一指禅在空中乱划一通，甩起脚来猛一蹦一跳，一个场子这头窜到那边两只手空中拧着手腕收回姿势，把大拇指和食指拼拢申直，将两只手胳膊收回胸前猛一推，出两手心，掌心冲外，慢慢地呼出一口气，左手右手上下一拍膝盖，又跳动身子在空中落下来，在地一个大劈叉腿，身子上下动了动又收回前后腿猛一个扫荡脚，左手冲外指，右手单臂支撑着身子倒立在空中团团转圈子，四周观众拍手叫好，最后又用一大拇指支撑着身子在空中转圈子，叫好人大声喊："好，好功夫！"一指禅，双脚蹦翻身站起来，像玩魔术一样从空中一抓一把二尺长的匕首刃上用拇指刮划着锋利的刀刃，两条腿快速绕场一周示意，大家看清楚，刀口吱吱地响着声音，最后走在两个孟姜女面前将刀送在她手上说："这二位姑娘美女你看看是真刀还是假刀，请你看看刀刃快不快。"

孟姜女也用手刮刮刀口，吱吱啦啦地响着，没有说话，只是用头点点示意是真刀真功夫，这位拿起短匕首，右手托着整个刀尖，五指平托着刀把，大张着嘴瞪大眼睛又围绕场子快步走一圈后，站在场子中间，脸冲天眼看着天空，收回右手，五指抓住刀把，张大嘴巴把长长的匕首刀刃向嘴里慢慢地送下喉咙，只见大瞪的眼睛很难的一闪一睁，最后把整刀口全塞到嗓子眼中去了，他头昂着，脖子伸直双手两只胳膊伸直围着场子又一大圈走完，看见的观众都在鼓掌叫好："好汉有种，英雄是也……"

"真是大侠功夫，豪杰英雄不得了，了不得的好汉也……真的是人间奇迹吞刀英豪！"

"真功夫！铁汉子大侠哟……乖乖哟，人间奇迹，真是英雄好汉带大侠呀……"

"谁知道，天底下会有这么高的高人哎……"观众说。

秦始皇不知道在想什么说："这位师傅，你真叫人佩服也，满场子没有一个不赞叹你是英雄大侠的，我想借你的宝刀匕首看一眼，怎么样是真是假，你今天赢得了全俞林集街上的整个观众，大家都在为你叫好，我也想跟你学一手好武艺，好功夫，怎么样，这位老朋友……"

"这位大哥，本人相来不收徒弟，祖传功夫向来不外传的，对不起啊！"

"我只是想看看你的匕首刀，又不要你的什么东西？"皇上说。

"那也不给你瞧，看到眼里拔不出来了，怎么办？"

"这位先生，你看你多小气，看一看能看到眼睛里吗，太小气鬼，吝啬鬼了吧！"皇上说。

"小气鬼，就小气鬼，反正是不给你看，看跑看飞了怎么办？我找谁去要去，找谁去哭去！"

"好汉，怕什么？给他看看，看他也不能咽到肚里去吃刀，人家还能给你咽到肚里吗？真是还小气还吝啬吧！这可不是英雄大丈夫所为啊！"

"这个家伙真不够朋友，一个刀人家真给你嚼嚼咽肚里吗？真是小啬鬼，还当英雄大侠大丈夫吗？我看连狗屁都不是，纯脆是个胆小鬼，怕死鬼脱生的，怕死鬼瞧瞧能给你瞧飞了吗，真是的，没见过这种小气人，八百辈子也上不了大战场，见了敌人非吓得屙裤裆，刚才我还说你是个大英雄豪杰，原来你真是个稀屎鬼，草包软蛋皮哟！"

"谁说的看看就拿去看看吧！我是想激将他一下，怕真给他，他会出人命的，拿去吧，这先生，我是看你拿去能吃到肚里，还是当大白馍管饿管饱咋的了，给给给你瞧瞧望望！"

秦始皇接这匕首这看看那望望，一个手拿着把子，另一只手弹弹刀，这边弹弹，背面反过来又弹弹，刀尖上弹弹，刀把上弹弹，又在刀中间弹弹！

"请你不要再弹了，再看了，再看也看不出花样来，一把真刀刃上吹毛即断，有什么好看好弹的，本人还要做生意的，把刀拿过来吧！这位先生老大哥们！"

正说着看看，无意间刀尖子自己在往刀柄里缩去，一会儿又自己出来了，过了好一阵子又自己缩回去了，"看看这位先生！把我的真刀子搞坏了，搞假了，都怪你这个人，你赔得起吗？真是的，没事找事吗！如今混碗饭就很不容易的，你懂不懂，不懂不要装懂充大头了，去去去！"

"哎哎！你骗人，你哄人就行，大家看见没有，他玩的都是假的，他是个哄人精，是个骗子，大家都别相信他啊，大家该干什么干什么去！"皇上说。

这家伙气的一屁股坐在地上没有动弹，垂头丧气地双手捂住头，两个胳膊肘子抱在大腿上一句话也没有了！"走走！咱们也走了，骗子哄人精千万不能相信他的，相信他的今天就过年了！"

大家哄笑着离开了这个集镇。

如梦令

江湖骗子真多，处处哄骗善良。多有人提防，真假定识较量。无漾！无漾！街头痴皮小样。

哈熊

秦始皇和两个孟姜女骑上大马走了，嘴里唱着歌：呼唤着你我心中火辣辣的红玫瑰……你比那仙女还要美，你比月宫中的嫦娥还要靓丽……

"还得过榆林河那边是沙漠地带，先生们看见没有前面娶男嫁汉的花轿大马，还有唢呐乐队正在前面走呢？也不知道他们这往哪里去噢？"皇上说。

"皇上往哪里去，肯定是往女方的家里去吧！总不会往高山上去吧！"孟姜女说。

"孟姜女先生！这你就讲错了，万一女方家在高山有房屋怎么办呢？不上高山顶上还娶不到家哩？谁家嫁人嫁到半路上呢？除非是要饭逃荒的，有家谁在大路上睡大觉过夜呢？"

"皇上，你这话讲不是有意找叉吗？你我都不知道在胡讲瞎说，只有到跟前问一问，打听打听才知道是不是往哪里抬去哪里吗？"孟姜女说。

"好吧？听你的！驾驾驾！"皇上扬手甩鞭子打马屁股，马尥开蹄子往前跑去，两个孟姜女脚蹬子叩马肚子往前随着跑去！不一会就追上抬花轿的。

"你们好啊！请问你们把新娘子和新郎抬送到那个村那个屯，哪个堡，哪个寨上铺圆，集上镇上去啊！"皇上问。

"我们一不去村，二不去屯，三不去堡，四不去寨，五不去集，六不去镇，七不去街上，八不去坪，九不去沟十去哪里你们三位大老板猜猜看看，这地方与别的地方不一样，猜一猜看吧！"

"十个地方都猜过了还能有什么名称猜不到的吗？京城是不可能的，县城挨不着！猜不着！中国有句古话你们可知道！"皇上笑着说。

"俺们的路远，光想找个讲话的，自然你们几位老板问我们，大家互相聊聊猜猜叙叙话有啥不可呢？你们都是骑高头大马的大英雄，走的地方多，看到的事情多，说新闻更多，聊哈子，俺们希望能和你们一路走走。"轿夫说。

"古言讲，人心不善，阎王爷割蛋！俺们问你们到哪里，你们绕子七八十来圈也不讲，谁知道你们的心地可善良呢？"皇上说。

"俺们不是说了，不去村，不去屯，不上堡，不理寨与大街小巷挨不着，这不好猜吗！非让阎王爷来割蛋，花轿上有新娘，马背上有新郎，非让割蛋，蛋都没有了，谁来抬新娘子哩！岂不是还要新娘子自己走回家吗？我们是天下第一畔，咋样你们是猜不到的！我们与别的地名不一样，东北人叫屯，西北人叫堡，赵国人叫寨，南方黄河以南叫庄、村、乡、镇，我们哪里畔，杨桥畔，张家畔，赵有畔，当然也叫坪的，叫坪都是小山区，山顶上，山下叫湾，也有叫岔……"

"你们是七绕八拐的！去杨桥畔的，你们是直走沙漠地，还是绕开沙漠地带呢！"皇上说。

"我们绕着走小路，归德堡，到鱼河堡穿韩岔直取杨桥畔。当然了沙漠地带近，走直路，但是最近不太太平，有哈熊出没，好多些个人都不敢走这条路，像我们抬着轿子更不方便，哈熊跟个小牛犊样，人多它也不怕比大老虎还有劲，它喜欢走直路，不会绕弯子，所以一般的人都会绕开那里，在波罗园一带最多，椐听讲波罗圆子十来家人家的房屋都让哈熊给捣翻，捣塌了，后来人家也搬走投靠亲戚朋友去了，我们杨桥畔人家，也不多十来户人家！我们在这里分手吧！你们往西南，俺朝南，有机会来我们畔上玩啊！"

"好好的再见！这今天我们去杨桥畔还要闹洞房里，让不让闹啊！"

"尽管来好了，新婚大喜三天不分老少，想怎么都行呀！欢迎你们啊！"

"皇上害怕不害怕呀，他们讲波罗圆有大哈熊呢？个子像个小牛犊一样大，特别有劲，也是天不怕，地不怕地主，一般它是不害怕的，人家波罗圆子的人都搬家走了，都是它闹腾的，住家都不得安生……"孟姜女说。

"孟姜女你害怕不害怕吗？哈熊是很厉害的，比大老虎大灰狼厉害多少倍，这我是知道的，只有西北西岐以西才有哈熊，我还告诉你孟姜女，哈熊就是东北燕国卫国以东的地方，人称它为黑瞎子、黑熊、黑狗熊，从河曲到嘉峪关，人们又习惯称它为哈熊，一是身上颜色不同，为褐灰色，半张嘴容易呼吸，我也讲不太清楚，反正人们就是叫它为啥熊？哈熊……"

"只要你皇上不害怕，我孟姜女怕什么呀，天塌下来有大个的挡住顶住的，我自然是不怕，要是害怕也不来修长城，更不和你在一起东奔西走了，你大皇上啥都不怕我一个小小的孟姜女还怕吗？但是也怕也真怕咱们的马，咱们骑的大马能不能顺利到这个叫波罗圆的地方，皇上看见没有脚下……"孟姜女说。

"脚下什么也没有啊！除掉马肚子，脚下还会有什么呢？大惊小怪的！孟姜女不要吓唬人啊！胆小都被吓出来，胆大是练出来的！人们还好说：撑死胆大的，饿死胆小的！猛一听一个胆大，一个胆小，但都是死，你胆大也得死，胆小还是死，但死的方法不一样，一个是被撑死的，另一个确是饿死的，最后还是死，所以说来说去不一样，两个极端都得死，只有中间人活着？"皇上说。

"人家想咋死咋死！关键是咱们是怎么样的平安走过这一路，顺顺利利到达杨桥畔，我刚才讲你脚下的沙滩地太难走，把你吓得找不到东西南北！说老实是平地大路好走，还是沙滩好走吗！你看见没有呀？"孟姜女说。

"肯定是平地大道好走了，无论是不是马还是有重量的动物，都不愿意在沙滩上行走，一走一滑，走一步退一步，四个马蹄子陷在沙子中好深好深，走路肯定费劲，今天走来走去本来要去上山去的，走来走去咋走到这沙漠地上来了，可有意思了，明明想好了去大青山，还有炎子岭，确跑到这炎家湾来了，真叫鬼使神差……"皇上说。

"来了，就来了吧，反正这里也要修长城，上一次不是来过一回了吗？横山，哪一次在横山上也是遇到了狼群和狈，最后狼狈为奸，点子好几堆大火从山上撤下来，也够惊险的！今天的天气好，太阳红红的，马上把沙子也晒得烫手，驾驾！"孟姜女吆唱着马往前走。

"好了，有门啦，咱秦大哥的买卖来了，孟姜女你千万不要吱声啊？看见没有右边草纵中有一只大老母鸡钻进去了，像是黑的？"皇上说着右手拉着右边的马缰绳往前走。

"不会吧！皇上，你肯定是看花眼了，在这沙漠边边上咋会有老母鸡哩？活见鬼了，一没有人家，除非是野鸡？但是野鸡也不会很大，太大了它就飞不起来了，飞不起来它就生存不了？弱肉强食只有死路一条。"孟姜女说。

皇上翻身下马，手扒着绿草慢慢往前弓着身子走，一只大野兔子一跳多高跑走了。"好家伙你还把人吓了一大跳得好乖乖哟？死烂兔子，兔子的尾巴长不了？"一对老斑鸠从天上飞过，远处的老鹰还在天空上盘旋，四周都是静悄悄的，微风在不断地吹动着青青高高的绿草，又像是弓身拜礼一样摇晃，着身子和草头。

"怪有意思的，朕明明看见往这堆草中钻来，咋就不见了呢，奇了怪了，真是大白天活见鬼了"皇上说。

"我来帮你找找看，一只大老母鸡，黑色的，嗬哟！乖乖的这里皇上看看，来呀！皇上瞧瞧啥！四只小鸡娃，毛茸茸的花小鸡也！"孟姜女一手抓一只的说。

"你不是刚才还说不是老母鸡吗？没有老母鸡哪来的小鸡娃哟？朕刚才看见的绝对是大老母鸡，不然不会有小鸡的，给我一只看看吗？"皇上说。

"送给你一只吧，你一定得把它养大啊！我看正儿八经还不像小鸡，倒是像什么鸟，脊背上还有两道蓝黑色的花纹，也不知道能不能养得大？"孟姜女说。

"要是鸟它该在树上垒窝啊，它为什么会在这一片沙漠的草纵中俘出来呢？也不知道有几天了，真可爱茸茸的小家伙，还不知道它喜欢吃什么东西哩，要是小孩就好了，喂它了，咱们吃东西吃饭，给它喂几口，饿不住就行了，这小鸡咋喂，要是吃虫子，到哪里去逮虫子哩，啥样的虫子它喜欢吃，啥样的小虫它不喜欢吃？"皇上说。

"这草叶子它可吃哟，给它拽一小截子试试看，看那边沙地上有它爹娘在哪里急得来回走呢？还在咯咯叫呢？不是黑老母鸡，是蓝色的看见了吧，一个秃尾巴得一个长尾巴的，一只八九斤重，大个长尾巴有十四五斤重，这一会它们心里肯定恨我们，是我们几个人破坏了它们幸福的家园，两对儿女。"孟姜女说。

"怎么办呢？是把人家的儿子还给它们，还是！看看孟姜女先生，长尾巴的把尾巴愣翘起来像个大扇子，两只翅膀在地上吱拉吱拉的象犁子犁地一样划出两道沟沟来！"皇上说。

"让我想一想，我原来在家乡，梦家镇有一家人家好像也养过这种大尾巴鸟叫什么来着？凤凰不是？他们喂养的是白色的，全身白色，这是蓝色，太阳光一照像是蓝色缎子上闪着五彩的光芒也！噢，嗬，我想起来叫孔雀也，这是蓝孔雀，孔雀开屏了！"孟姜女说。

"这两对小鸡娃就是蓝孔雀的儿女！孔雀开屏代表着吉祥幸福，它们开屏一般人看不见，只有你孟姜女和朕看到了！好！吉祥！美丽，美满！依朕瞎想：你孟姜女长的太漂亮了，孔雀嫉妒你的美，它感觉它在这个世界最美，所以它开屏和你比美，看看到底谁最美谁最漂亮，算了今天咱们就饶它们一命，不然的话，朕取下弓箭，它准玩完，所以还是刚才说话：人心不善，阎王爷割蛋！我秦始皇说什么也不能叫阎王爷割蛋！这可是命根子的命根子啊！"

"皇上你在说什么呀！走不走呀！孔雀儿女也有了，还不走吗？可不又想逮孔雀了吧？算了吧！这孔雀都不是咱们能养活的物．它们野生惯了，真找个特别特别大的笼子也不一定能养活，天生在这大野外生活，你皇上给它搬到黄宫里，还把它憋能坏里，说不定几天就一命呜呼了！走吧，黄大哥！"孟姜女说。

"可没有那样想啊？只是在想，孔雀老是在开屏，它能不累吗？翅膀炸着尾巴张开着，还要不停抖动着，肯定累！"皇上说。

"累很了它就老实了，也不开屏炸翅膀，也不知道这孔雀互相斗架，有些鸟如鹌鹑、老公鸡、牛、狗在一起也咬架，还有秃叉子、蟋蟀都相互斗架，老公鸡头上的毛都叨掉完，满头满脖子血淋淋的还在斗呀叨的，秃叉子能把大腿都拧掉，等闲了饿了在吃掉……"孟姜女说。

"公牛更厉害，双方斗的性起时，都瞪着大眼睛，提起前蹄子昂起头向对方猛砸过去，牛角都砸的咚咚响，个别个的牛角都砸断，牛尾巴也翘着跟发疯一样，马互相不斗架，只是相互啃一啃，往身上扒一扒完事……"孟姜女说。

"先生走吧！再看也没有什么意思了，一不能射箭，二拿枪也刺扎不准，上前更逮不住它会飞，不等你走到跟前它托着长尾巴飞走了，这些动物鸟之类的东西都是公的漂亮，公孔雀、老公鸡、大狮子公的多美，毛头毛长多威武，大老虎公的健壮雄伟，咱们这人就不一样了，女人肌肤细腻柔滑，肌肤白嫩，男人只是粗野威猛，所向无敌，女人漂亮了有人夸，有人赞美，男人就不行，在有本事的男人过去了永远没有人记住他，好汉不提当年勇，黄河水浪打浪后浪推前浪，前浪死在岸边上，还不知道将来朕死什么地方呢？"秦始皇面无表情地说。

"死在黄宫里的大床上，全国万众一心的哀悼，致悼你皇上升天，进天堂回老家去享福，去享快乐，我孟姜女首先第一个陪着皇上进天堂，在天堂里侍候你，还不知道你要不要哩！说不定，你个花心大萝卜到时候又碰到或者相中哪个大美女姑娘哩，我孟姜女就要往一边靠靠，被你皇上打入冷宫去了，人心难测啊！"孟姜女说。

"孟姜女你又在骗人了！孟姜女哄人眼皮子都不眨一下！人世苍凉，谁知道你天天脑子怎么想的？朕是皇上，就因为年龄大了几岁，就跟在你屁股后面转，给马上转迷瞪了，你还在玩朕，人家都讲男人大了好，知道疼人，会从心底发出由衷的爱，女人一辈子无论找谁，最终还不是因为爱吗？让男人知根知底的好好爱一辈子！姜子牙八十几岁了，还去爱一个十六岁的姑娘！当然了还是马小兰首先感动的，姜子牙也是千古奇人，离我们这个朝代也快一千年了吧！光周朝就八百零八年，还有这战国争夺，想想姜子牙也活了一百多年，八十一还在用直钩钓鱼，周文王求贤拜姜子牙，姜子牙跟随周武王，周成王！朕知道你孟姜女不爱听这些古老的故事，但在当时的社会中是不是奇迹！他姜子牙白胡子飘飘，还有个小姜女特别喜欢他，他给她应老太爷都管了，是主要人家女孩是从内心底里发出善良的，姜子牙当时还是老百姓，一没有权力，二没有金钱，是心地善良收留她们姐妹三人，而且人家姐妹三人都能干活，在孟津县是卖小吃的，连个大饭馆都开不起，而且周围的邻居对姜子牙评价不好，都讲这老头成天疯疯癫癫的，脑子不正常，精神有毛病，要不是一个叫宋异人的大财主资助他，早就轮为讨饭的老头子了，想想人家，看看咱们自己，天下第一大男人都被你孟姜女哄迷瞪了。"

"快别乱说了，看看你背后是啥东西？像牛又像狗熊的！"

皇上赶快回转过头来看说："毛乌素沙漠地面斜，讲谁谁就来！乖乖的大哈熊，你们俩注意啦，赶快散开，咱们三个往三个地方跑，不能在一起，散开，快跑！哈熊只会走直路，千万不要出声，它耳朵尖好使的很，它就是天不怕地不怕的大哈熊，老虎都怕它，它有笨劲！千万不要慌张，要沉住气！"皇上说。

"皇上往马跟前去，马跑得快，能斗就斗，斗不过好跑呀！""孟姜女你们不要管朕，你们先去骑马，千万要保护好自己和战马，不然我们想走也走不掉了，好家伙三只哈熊还是一家子呢，两只大的，一只小的。今天看来我们又要大战一场了，先拿下大的再讲，也不知道这次运气如何？不是它死就是人伤呐！想平平安安的已经是梦想了，大战在即，愿上天保佑我！"皇上说着，人已经让开在这堆绿草旁边，哈熊慢慢腾腾的从北面往前走来，最前面一只时不时地站下用前爪子掀动着眼皮上的长毛，又像在寻找什么东西。皇上从绿草边猛站起来，说时迟那时快，举直了大枪就往最前的大哈熊猛刺过来，这一下还真扎在哈熊前腿后面，离心脏没有多远了，真是连吃奶的劲都用上了，只听见哈熊"啊唔"一声怪叫跳起前半身，往旁边一趔，这一趔差点把大枪从皇上手上夺走，枪头被哈熊带跑了，后面跟着大哈熊不知道前面的哈熊如此惨叫是为啥！给它吓得扭回头就跑，一下撞在后面的小哈熊身上。它连滚带抓带爬往回走，小哈熊说大不大，说小也不小。好不容易站起来往前走，才走几步，皇上双手紧握青铜宝剑向它扎来猛刺进去前夹脖子上，小哈熊学它老子"哇唔"也跳起来就跑，为啥要跑因为疼啊！一疼它猛跳起来又叫又跑的，乘乘能不疼吗？这一宝剑下去不扎透也八九不离十了，小的皮肉又嫩，肯定好扎，要是大哈熊的话，不会，它皮厚。这一剑没有力气是扎不进去的，宝剑和长枪不一样，一个得势用力些，一个是双手抓住枪把不得势在用力气，长枪一个手在前，一只手在后，整个身子都能用上劲，而且全身的力气，比宝剑长大出多少倍，刚才第二个大哈熊正走着，突然让小哈熊的叫唤给唤回来了，父子连心，这只大哈熊似有所悟，扭转身子抬起头，前爪往上拨拉着眼皮子上毛，锁定目标，它这才看见有个影子不像它们熊类，前爪放在地上就往这人影方向猛冲过来，朝人影站着的前前后后乱转一气。皇上一看这老小子速度如此之快，哪敢怠慢早早向旁边让二三丈开外，这只老哈熊扭了几圈连个啥也没有碰着，又抬起头来，前爪捂在头上继续观察目标，好不容易看到人影又不顾一切冲过来！

"皇上我孟姜女来了，大枪接住了！"孟姜女说。

"谁叫你人来的，还不敢快躲开，真多事！"皇上气愤地说道。

大哈熊随着声音已经捕到眼前，只见这家伙猛地跃起上身往前扑来，皇上已经是无路可躲，也没有时间躲闪，只要一闭眼就被大哈熊压在身下，哪就小命不保了，就在这十万火急的时刻，孟姜女左手抓住大枪后面，右手端在大枪中间只听'扑哧'一声，大哈可着喉咙大叫一声'哇唔'整个身子往旁边倒去！确原来是孟姜女使尽了凭生力气在这关键生死危难当头把大枪扎进哈熊的脊梁，再使劲一推一挑，大枪杆子折断了一小半，"它娘得，真重！好沉呀！枪杆子也累断了？皇上看"孟姜女说。

"孟姜女大队长，你真有劲，女中大力士，不是哈熊重是太重！而是你在关键时刻力量超人，真乃是女中豪杰，这每一杆大枪杆子也是经过千挑万选才找出来好木杆，不但有硬是钢铁，而且还有柔性弹性，一般正常情况下将军元帅再大的劲，也不可能把枪杆子挑断的，大多数的故障都出枪头和枪杆子的连接外，使用太多太多的次数后容易脱落枪头，就像一开始一样，枪头扎在动物的骨头或骨头上容易把大枪头拽掉！大枪头钉棍上还有一棵铆钉，无论怎么用劲都不会把枪头累掉，除非是特殊情况，一是老化，二是经过千百次磨炼后，枪头会带掉在硬物体上，动物和人也就是骨头就最硬！孟姜女你今天在朕最关键生死存亡里救了朕一命，你真行大美女，不但人长得漂亮美丽，还是皇上的救命大恩人呀！感谢！感谢！慢一步的小命就没有了！还是你孟姜女最厉害！"

"那你皇上这辈子千万不可，忘恩负义哟！过河拆桥的事万万不能做啊！"

"哎哟！炎大队长，看你讲到哪里去了，我这辈子感恩还来不及呢！怎么会忘恩负义呢！朕天天盼着你，想着你，唱着你，就像你孟姜女歌里唱的一样，年年月月地想着你，分分秒秒地盼着你，声声地呼唤着，呼唤着你的心，呼唤着你的爱，你的情，你的人你的睿智，你的美，你的靓丽，你比月亮中的嫦娥还要美，你比天上飞的仙女还要美。"

"你皇上是没有说的，关键就是你手下的几个臭老头子，叫什么赵高，还有一个叫李死，还是李活的，家伙们看人的眼神和他们嘴角的奸笑，都不是啥好人！皇上圣明，你千万要警惕这类的坏人！不然他们随时随地都会起坏心，要不是你皇上聪明，他们早就目空一切的耍弄大秦王朝的权力，这是我孟姜女的直觉，特别是那个叫赵高的，我看他骨子里都冒着坏气！"孟姜女说。

"孟姜女你不要凭感觉看人，揣摸人心，其实上他赵高也帮了我秦始皇很大的忙，他是立过大功的，还有太监他们二人都做过杰出贡献的。"

"皇上，你还在事中迷呢！古人常说：敌人永远不可能成为朋友，朋友能成为敌人，一个人的好坏都在第一印象，无论干什么事，这个人再善良再好心眼，但他决不会和每个人都能显示出他的善良，比方说他感激谁肯定在跟前表现得较为友善，不跟他看在眼里的人，或者他平时看不起的人，他便会狐假虎威不拿正眼瞧别人，或者是以恐吓威胁别人，处处给人穿小鞋等等！"

"炎大队长，你还小，你才十六岁就明白，别人都五六十岁了，人家走的桥比你走的路都多，你是个小女孩，又是个人人称赞的美女，不要跟他们那些老头子一般见识，凭着生命往后活，他们谁也活不过你孟姜女，包括朕也是一样，我今天都三十八了，比你大一半还要多，要活到六七十，你孟姜女才四十多岁，正是朕现在这个年龄，心胸要宽广一点，不要小心眼，年轻人看不惯老家伙，老家伙也看不惯年轻人，其实大家互相都有厌烦心理。"

"皇上，那么指鹿为马又是算怎么一回事呢！是形势上的狐假虎威，还是大秦王朝的利益让他一个人尽显其能，还是怎么回事呢？"孟姜女说。

"孟姜女，朕一直认为你人美，心地善良，又聪明，反映事物睿智有心机，而且还特别地有魄力，但是你现在看，你太让朕失望了，你一个小女子还没有进入宫廷已经想干涉大秦王朝的朝政了，你已经对朕所相信宫廷大臣有所教唆，你说他们不好，他们也在背后讲你孟姜女不好，第一他们讲：你孟姜女心太狠毒；第二，你孟姜女的号召力和组织能力已经超出了任何人；第三点，他们讲你孟姜女的领导能力和实干能力太强，都是你本人的优点。古人语：人心不善，阎王爷割蛋，割什么蛋呀！就是让人死，人死了还有什么？啥东西都没了，一切的一切等于零！"皇上说。

"皇上，怎么样？在我孟姜女的印象中，这个赵高和李死就不好，人品不正，你皇上三句话没有说完，他们的底子就露出来了，你皇上讲他赵高和李斯曾经在你的权力出现过危机，他们对你大力帮助过你，而且他们过去功劳永远在你皇上的心里，你知道不知道一旦你皇上不在跟前时，他们是何等的为虎作伥，已经利用大秦王朝的权势当儿戏。而且你皇上也知道的，指鹿为马，凭他赵高，没有人搭里他在乎他是老几！他利用的是你皇上相信他，拿大秦朝开玩笑，事实上就这么简单的关系，你作为一个明君，圣明在哪里？好了！无论什么事有一次就会有下一次，早晚你皇上会被他们坑害，还在乎别人说三道四吗？大秦王朝能不能长存，也在乎你皇上果断的引导！我孟姜女个人的所作所为，你是无所谓的，关键是你的大秦王朝，你秦始皇的亲身利益！人们好说：以小人之心度君子之腹，那就大错特错了，是不是你皇上在他们心中，还是他们在你皇上领导之下的根本问题！好了，不讲了，人心不善，阎王爷割蛋，孟姜女一个小民女其能撼动一棵大树呢！咱们还是就事论事吧！骑着马儿看长城，早早让普天下的老百姓过上太平的幸福日子。大秦王朝何去何从不是我说了算，而是让一个指鹿为马的有干预！不说了！咱们眼前的哈熊怎么办？不要咱们就走，这时辰也不早了，再慢些，不知道还会有几只哈熊来呢！"

"走，马上，怕什么吗？三只大哈熊都完蛋了，还怕什么呀！胆大是你孟姜女胆小还是你孟姜女！人家都说这熊掌是上好的东西，有钱也是买不到的真东西，咱们还不如把这给它卸掉带着走哩！熊掌、燕窝、人参都是好东西呀！很值钱的，两只大孔雀也不知道飞跑哪里去了！要是逮住带回皇宫里养着多好！没有缘分呐！"皇上说。

"这附近也没有人家，还有几百斤的好肉也能拉走就好了，也够大家吃个一二顿的。皇上，这一会儿他们抬花轿娶女婿的还不知道走到哪个地方离他们的杨桥畔还有多远？"

"孟姜女你放心好了，人家抬轿子离他们家还远得很呢！他们在抄近路不到天黑是到不了家的，现在据估计最多到鱼河叉还差不多，不要想他们，咱们就想咱自己。把十几只熊掌挂在马鞍子前面，回头有锅在熬熬煮煮吃了，是大补品，营养价值很高呢！这一会咱们少走三四十里路，看孔雀，杀哈熊的，骑马走吧！千万别在出事了，晚上别耽误闹洞房！哎！损失还不少呢！两条长枪，坏了一对，如果再有情况，那就是老天爷安排失误，人家连武器都不行，不能赤手空拳的干仗呀！是不是孟姜女，这东面是咋回事！高出一大截什么东西呀！骑过去看看，驾驾驾！"皇上说。

"皇上快看呀！长城之根基，太好了，这么高的城基，总有三尺高吧！再往上就是砖墙了，太棒了，我孟姜女做梦都在修这样宽的大城墙，这并排拉开距离也能过好，几匹大马车太振奋人心了！从南至北多雄伟壮观呀！全是石头的根基，多少万年也坏不了啊！简直是太神奇了，咱们刚才从榆林集出来时怎么一直没有注意到它呢！皇上，你用的是什么妙术变出来的？"孟姜女赞叹不已地说。

"炎大美女，刚才我们一直走在芦河和无定河以东，包括榆林集，双山高家堡子都在东面，这长城是在西面距离南北大路上还有七八里路，远地方十来里路，咱们怎么看见这三尺高的城址呢！明白了吧！比原来靠西四十里路。现在关键就是你孟姜女的女子大队问题，赶快烧制长城大砖，把砖头都赶快运来，长城就站起来了，我们神奇的理想，彻彻底底的实里路现了。当然了任务千辛万苦是要用汗水心血来浇灌培育她苗壮成长呢！走吧！美女！在这上面骑马比沙滩上骑马快得多哦！不过还要注意沙罗园的哈熊哟！他们早上抬花轿的轿夫们不是说沙罗园的哈熊多，把住家户的人都撵走了。今天咱们路过去瞧一瞧看一看，如果还有就想办法去消灭它，长枪没有咱们还有快利箭劲了得，怕什么呀！"皇上说。

"跟着你皇上，圣上谁怕了，既是真怕也不敢吭声啊！刚才你一个人打死两只大小哈熊你听见啊的一声没有，你是皇上，不相信你还相信谁呀！既是赤手空拳你也像拍死蚊子，蚂蚁一样方便厉害的，我孟姜女只是跟着给你助威，加油就是了，还能要美女亲自动手呀！"孟姜女说。

往远处看朦朦胧胧的一片绿洲。

孔蕉哈熊咋样，一喜一惊事长。
惊魂提未然情，喜的小鸟歌唱。

波罗园

走近看时，郁郁葱葱的树林，巍峨的横山怀抱着波罗园。"看看前面到波罗园，要不是孔雀和哈熊早就过了这些地方了，还得过河。万一在河水有大鱼怎么办？刚巧有个简易木板硴，不然还过不去哩！东面到横山了，这波罗园离咱们这里还有二十七八里路！打马快走，这里可不像长城路基上好走哟，天下之大，朕哪里都去看看，不然不放心哩！从波罗园到杨桥也就一百里路，骑马两个时辰，地上走得一整天功夫！所以他们抬花轿的不到天黑是到不了家的！驾驾驾！"皇上说。

"看来你皇上啥事都操心，人家一个平常人结婚你从早上见了，到现在你左一遍右一遍的说来说去，也不嫌烦，好话说三遍鸡狗不耐烦，你自己可知道讨厌不讨厌？说来说去的，比自己结婚还要兴奋！真不愧为一国之君，大事小事一起抓。"孟姜女说。

"那当然啦，大事是事，小事也是事，包括你炎大队长，不是也是朕亲自相亲吗？这么长时间你大队长也该了解朕的心思了吧！无论什么事，都要去看看，而且他们今天的结婚从意义上是与众不同的，人家嫁女，他们是嫁男人。首先把这个叫辉辉的男子汉脾气嫁没了，恋恋不舍地不想离开他爷爷的家乡，肯定还有很多好的玩伴，去一个任何人不认识的地方生活，说不定一想起童年的小伙伴，就是到七老八十也会巧巧抹小泪！唉，这就是人生，人生无奈啊！人的年龄越大越恋旧！"皇上说。

"皇上，这里是不是波罗园，几间泥巴石头房子，门窗都不见，哪里还有人啊！？哈熊的影子也找不着呀！荒凉至极，这些人家真是的，少微有一点风吹草动就都搬走了，自然搬走原来最早就不要往这里来住啊！真是的，搬来搬去的啥意思呀？"孟姜女说。

"是呀！人生不易！这里往东都是山坡，往北都是沙漠，一个地方两层天，一边是老山，连个路都没有，这边是大沙滩，想怎么走就怎么走，河湾可以种地，山上沙漠地可以打打猎，其实是个很不错的地方，这几户人家是咋想的，硬是要搬，把一个好好的地方让给别人，人无论你搬到哪里都要劳累，该种什么种什么，咋样去忙去慌，就是到京城也少不了，起早贪黑的去挣钱去种地，这样一家人才有吃穿。一天到晚不干活，啥事都不想干的，更别想一家人乐乐呵呵的过日子。"皇上说。

"前面像还有人家，看看去！我来敲敲门看是啥样的人家，'咚咚'家里有人吗？谁在家里啊？"门闪开一个缝有年轻女人伸出头来，看着孟姜女"你好，大姐，请问一下，你就是这园子的主人吗？"年轻女人点点头，一手扶着门框，一手拉着木门没有说话："大姐，我们三个人是过路的，想在你家喝口水，你家几口人呀？大姐你人长得很漂亮呢！""请进吧！我看你像个女兵吧！是不是会打仗，还是个女元帅的？满身都是弓箭，手里还拿着枪，还牵着马！而且马身上的鞍轿都是皮子的，这都不像普通老百姓人家能有的武装，姑娘你更漂亮，今年不到十八吧！看你们两个年轻小姑娘，我就让你们给比老了，三十多岁了，还漂亮什么呀！两间不大的房间，不算干净！请进吧！"

"秦大哥屋里请，怪好，还有人家，总比我们找不到人家好！"孟姜女说。

男主人有四十五六岁的样子，大脸盘大眼睛胡须不是很多，个子高大，身材魁梧，头发有睦花白，看面相还算诚实善良，男人一看来者都进了屋里，站起来头面带微笑的说："请，快请坐，来者是客，真是不容易啊！在这鸟不生蛋的地方有时一辈子也没有人来家里坐坐走走的，今天是稀客，大哥你贵姓，快请坐！看你不像是一般人家啊？"男主人热情地说。

"免贵姓秦，做生意的，你就喊我秦老板吧！听你们的口音不像本地人呀！倒是外地人的浓重声音，像是燕卫之地口音，我秦老板走南闯北，去的地方多，今天又来到你们家做客，非常感谢你们两个人的好客精神，这位大哥你贵姓，是以何为生？有没有孩子呀！"皇上说。

"免贵姓柳，柳树的柳，叫青山，河边也种了几亩地，够吃就行，有时闲来没事打打猎，搞点肉吃，生活还算马马虎虎，大哥好眼力，俺们两个都不是本地人，原来逃荒逃到这么偏远的地方，人生地不熟的过日子，我们原来在燕中的大明县城，因为女人，男人，都是因为女人才铤而走险！今天不瞒你们三位贵客说，她在二十年前人长得非常漂亮，因为她娇生惯养，性子比较犟，提前的说媒的人，真是排着队，为什么呢？！因为她父亲是当时的县太爷，那面子，那排场，全国才有多少个县太爷，四十个不到！县老爷的千金小姐，如掌上明珠，捧在手上怕掉了，含在嘴里怕化了，慢慢在十四五岁就出落的亭亭玉立，我当时是县衙的班头，天天看在眼里，恨不能给她生吃活咽了。阿芳赶快给客人倒茶！别光顾着讲话，冷落了秦老板还有大妹子，美女姑娘们，我就想尽一切办法逗她玩，给她钱买好东西，最后我们就偷吃了禁果，偷偷摸摸的逃走了。不然她父亲决不会同意的，这一二十年来也吃尽了苦头，就是为了爱，远走他乡来到这个人烟稀少的地方，最近闹哈熊，该搬的搬走了，就剩下我们两个人无亲无故的，暂时还住在这里，我们也时不时想着回老家，也不知道严老爷还干不干县太爷的官了，还在拿主意呢！也不知道秦大哥可了解情况，因为你做生意，今天跑这，明天去那，见多识广，应该知道一点情况！"柳青山说。

"柳老大，你讲的大明县县长，已经换人了，也是我秦某人的朋友，在那里当县长，年龄三十来岁。这样吧！柳老大，我们带来了熊掌，你们能不能帮着做一做，回头你们想回大明县我给我的朋友写封信推荐一下，你们回去就可以有事干，有饭吃了，还干你的本行，当衙役，这是缘分。"皇上说。

"好的，你们不带东西吃个十天半个月还能没有吃的吗？自然你秦老板说出来了，阿芳，你去收拾干净，放在锅里烹一烹，全是筋和净肉，营养价值非常高，世上的好东西呀！秦老板你真行，走到哪里还有美人陪着开心，玩得好自在。所以你一看就不是普通人，比县太爷还有派头。"柳青山说。

"你柳青山不是也是天天美女吗？县太爷的大千金陪着你！我这是她们女子大队长，今天刚好走到一起，不知道你可听说过什么吗？"皇上说。

"秦老板，孟姜女听说过，最近在横山村，场子上人们还在议论孟姜女何等厉害！榆林集上也有人在讲：具体干什么我一个大男人也没有去详问，真是天有缘分，竟把你秦老板和孟姜女本人都来到我家里了，真是喜从天降，你秦老板神通广大，讲什么事情都知道，你马上也要变成神仙了，大明县离这里千里远，你都有朋友当县官，你是神仙在世，佩服，全国第一人呐！你真比当今皇上还有派头！"柳青山比画着说。

"谁还没有三朋四友的，咱不想认识人家，有些还专门设法的来认识咱们，人要不是人啥事都没有，正因为是个人七事八事一大堆，柳青山你有笔墨没有？有你拿出来我给你写信，把我朋友给你找个善事干，或者让他给帮忙找个住的地方，我想问题是不大的，就喜欢帮人家办好事，真正自己的事情也不会太热心的！"皇上说。

"好的好的！秦大哥我来找笔墨，这都托你秦大哥的洪福，能活一百岁！我真回去了，秦大哥有机会再来我家里来玩，保证跟现在不一样！这偏无人烟的地方想好好请请你们也没有东西好吃的，好吗笔是找到还要砚墨，这一次我柳青山和严梓芳八辈子也忘不掉你秦大哥的好处，你秦大哥真比神仙还伟大还要英明！"柳青山说。

皇上把毛笔拿在手中，左手捻一捻干了的毛笔头，让毛毛都蓬松见墨既能浸透，立刻就写字："这支笔的质量还不劣呢！是狼毫的好毛笔，是写在纸上还写在布上好哩！"皇上说。

"随意你秦大哥，你喜欢写在哪里都行，反正我柳青山啥不要也不能把你秦大哥写的信给丢了，墨汁也好了，秦大哥请写吧！"柳青山说。

"刘文志，此有柳青山去你处，谋个差事，正副班头都行，随去妻子严梓芳住处安置！秦大哥便条务必办。大秦三十八年春末留言。看行不行！柳青山，咱们是朋友帮忙，帮好了哈哈一笑完事，或者有其他变故，可以找到修长城的大队，跟姑娘讲一声我秦大哥就知道了，到时候会想其他办法来帮助，放心好了，朋友的事，就是我秦大哥自己的事，我想不会出其他意外的！因为前几天我们朋友一场还一块儿玩耍呢！柳老大你尽管放心去好了，我要不长还要去青龙山做买卖，马兰峪万家屯哩！哪里都有我秦大哥的买卖的，我还得给你柳老大交代几句，只要刘文志留下你在那效力，无论什么事都要尽心尽力去办，千万不要让我这推荐人丢了面子，无论什么，你一定要出色的去办好，而且还是你的老行当，在县衙里混饭吃，在全县老百姓中还算是有头有脸的好差事，也有身份地位！"皇上说。

"感谢秦大哥，你是我柳青山的再生父母，我柳青山和妻子严梓芳今生今世也忘不掉你秦大哥的大恩大德，我柳青山给你秦大哥磕头拜谢了！"柳青山双膝下跪磕头。

"柳老大看看饭菜好了没有，咱们准备吃饭，下午我们还有事干。"

孟姜女和严梓芳端着大碗的菜上来了。"秦大哥吃饭啦，吃饱肚子为数。"孟姜女说。

"秦老板炕上坐，咱们这北方的规矩，吃饭上炕，睡觉上炕，桌子也在炕上，秦老板菜不太好，千万别客气啊！咱们有情后补，将来等你去了大明县府，我柳青山再好好请请你秦大哥。阿芳，这次有救了，秦大哥的朋友在咱们老家当县太爷，你父母早就不干了，秦大哥给他有朋友写了一封信，安排我柳青山还回去干老本行当大班头。这一次咱们要借秦大哥的洪福好好风光一下子，等咱们回去也不知道他们这些人还认识你这位千金大小姐不，赶快来谢谢秦大哥的大恩大德！"柳青山说。

"感谢秦老板的真诚相助，我严梓芳这辈子都忘不掉你秦大哥的恩情！下辈子做牛做马来报答你的大恩大德，俺给你磕头了。今天饭做得不好，你一定要包容哟！如今在这偏僻的地方，能吃饱饭就谢天谢地了。秦大哥千万别客气啊！今天你秦大哥真是大喜事呀！比我们这些年来的过年还要热闹，大碗的肉，有豹子肉、鹿肉、熊掌……真丰盛呀！"严梓芳说。

"秦大哥，炎大队长，你们来我家，全是肉了，大碗碗都是肉，可要加油吃啊！千万不能客气，满上秦大哥，一人先来一碗酒，喝完再添上。今天可是大喜呀！真是人逢喜事精神爽啊！大队长吃菜，住在这里只要勤快能干什么也不要钱，往北是沙滩，兔子到处都是。鹿到处都能见到。鹿浑身上下都是宝，鹿茸、鹿肉、鹿血样样都是宝，狼也到处能见到。还有哈熊，天上飞的大雁，天鹅，鸽子，山上的猴子，只要你有胆量有好箭法，天天都能吃到这些野味。你秦大老板可不是一般的人物，也不是一般的大老板，从你的面像看，就知道不是一般的人物，我敢说，县太爷也不一定能请动你，刚才你给县太爷写信，我一听就不是一般的信，咱们亲戚朋友写信还要客气一番，你那说的话，就像军队上的军令一样，干净简练开门见山，有啥讲啥，一看就知道是大老板的口气，根本不需要商量，一看你秦大哥就是个大富大贵的人物，而且是特别富贵荣华，高头大马鞍轿，美女侍候着，人一辈子还要什么两个美女比双胞胎还像呢！真是天仙呐！就是玉皇大帝也不一定能轮上如此美人相伴，而且还特别的勤快，她们两个人都主动高兴地找活找事干，真叫人佩服羡慕呀！吃菜呀！秦大哥，炎大美女。"

"素菜上来了，有蘑菇、木耳、黄花菜，来来，秦大哥，炎大队长吃呀！"严梓芳说。

"大姐你也做下吃啊！这熊掌就是不一样，鲜嫩着呢！"孟姜女说。

"秦大哥你不知道，我现在看见孟姜女这么可爱，让我从心里妒忌，两个仙女一样的人跟着你秦大哥，现在我知道自己完蛋了，人比人气死人，确实是老了，都怪这个大混蛋，天天把我折磨得没有女人形了。等我严梓芳早晚跟你算这笔账，好好陪着秦大哥咱拉倒，陪不好贵客我非把你这个笨蛋男人给炒了鱿鱼，气死我了。硬是把我关在这小屋里二十年呀！从十七岁开始，到如今娘家也没有回去过！秦大哥你今天真是神仙下凡来解救我啊！再等等我就要被解放了，这非人的日子谁能过下去呀！成天动不动就跟我大吼大叫，讲我不会侍候人，这天底下还有讲理的地方吗？我才快四十的人，你们看看，跟个老婆子一样，看看你们两个美女，我当年比你们还要漂亮，我父母都不同意我嫁给他这样的人，他硬是软缠硬磨连骗带哄的，把我给哄到这人不见人，鬼不见鬼的地方。到现在我连东南西北都分不清，日子成年的这样过，气死我了，白天出不去，晚上老一套继续控折磨我，如今跟他过的一够百够了，一点新鲜感都没有了，这家伙除了喝酒还是喝酒，简直就是个大酒桶，醉鬼一样，也不去多挣些钱来生儿育女，大家吃菜呀！别客气。秦老板吃菜喝酒，你是死人吗？咋不知道让秦老板多喝些呢！美女大妹子吃菜！死人真给他脸他不要脸，该你应酬你装聋作哑，门缝里夹着的老鼠，让你叫一声你都不叫。你看你这个没有出息的样子，我咋这样倒霉呢！会跟你这个骗子跑到这里来，受窝囊气，秦大哥，你不知道我爹爹二十年前也是大明县响当当的人物，也算是个土皇帝，哪个不怕，天高皇帝远，我是个正儿八经的大小姐，严太爷手上的明珠，大家闺秀，要不是时间的关系，现在还是鲜花一朵，在当初就是皇帝也能看花眼，结果被这个流氓给拐到这个深山大沙漠里，一住不是二十年啊！大明县的大户人家哪个不是伸着头来提亲，都是成马车的金子银子当聘礼！在最后一年的八月十五，他见了我，就一直追着我的行踪，一直到下半夜他像个鬼影子出现在我面前，占据了我的女儿身，像一头野兽一样有劲，老百姓的风俗习惯摸揪，就这样我这个漂漂亮亮的县太爷大小姐被他抓揪抓了二十年，秦大哥我叫严梓芳，我爹叫严嵩山，你一定得替我报仇雪恨呐，我要回大明县，大妹子你们不知道，我夜夜做噩梦，都在大明县大街上玩，街上卖东西的大老板们没有不认识的，热热闹闹的前半生，又过了这监狱一般的后半生！人的命天来定啊！想都不敢想的大变化，看在多年的情分上，只有嫁鸡随鸡，嫁狗随狗啦，谁叫咱的命运不济！谁叫我遇上这个讨债鬼！秦大哥你是个大老板，你有办法拯救天下的不幸美女，下辈子俺给你做牛做马，来报答你的大恩大德，今生今世永不会忘记你秦大哥的，俺给你跪下来敬你老大一碗酒！你要是不答应喝完，俺严梓芳是不会起来的，秦大哥我知道你一定是个大好人，有一颗善良的心。"严梓芳说。

"好，严大小姐，这碗酒我喝了，你先起来吧！好酒啊！你严梓芳在当年也是县城响当当的大美女！不会落到如此地步，不论咋讲，我秦大哥已经出手帮助了你们，我已经给你当家的柳青山写下一封信了，你们一定能回去的，让你们夫妻两人的愿望实现，相信我吧！"皇上说。

"我严梓芳今生做梦都想着有贵人来，今天终于实现了，实在是老天显灵啊！秦大哥吃菜呀，酒还喝不喝？今天不醉不归呀！"严梓芳说。

"饭好了没有，吃啥饭，赶快上饭，吃完咱们好开路，咱们的路还远着呢！"皇上说。

"不知秦大哥喜欢吃啥样的饭，是喜欢吃大米饭，还是喜欢吃面条，大饼？"

"有啥吃啥，要讲朕最喜欢吃的是俺们陕西人最爱吃的，油泼辣子臊臊面，也叫飚飚面，东拽西扯像狂风暴雨一样猛拉到左右使劲拽，甩出来的长长的飚飚面一根大海碗装不完，还有拉条子面，最有风度的就是飚飚面，听名字就特别动人，难以忘记的好吃！但愿全国老百姓都喜欢吃。我们面条像裤带，我们姑娘不对外，我们大饼像锅盖，这就是京城咸阳的三大怪！好玩吧？"

"一大海碗的飚飚面，请秦大哥吃好！"孟姜女说。

"哇，你们怎么会做这种飚飚面来！好，朕来吃上一大碗，有一个多月没吃过啦，严大小姐还真有两下子，不错，好吃！爽劲舒服。"皇上说。

"秦大哥这二十年没有做过啦，地地道道的关中风味，就专门等你秦大老板来尝这碗的飚飚面的！"柳青山说。

"柳老大你不知道，这种面的吃法！在我五六岁的时候有个大师傅会做这种拉条子，我小时候贪玩，又想有本事，啥都学着大人的模样，吃大碗长大个，拉条子太细，米饭太小，馒头、饺子也太小，想有大本事，就要吃大家伙，不做飚飚面不吃，不做大饼不吃饭，连拉条子一碗一根断了也不吃。"皇上说。

"秦老板主要是你家庭条件好，生活富裕，一般人家饭都吃不上，能吃饭就谢天谢地了，二十年前庄稼都年年丰收，风调雨顺，就是战争多，你打他，他打你的。如今天下统一也不打仗了，就是事多，修长城，挖在河，治水利，多长庄稼，多吃饭！"

"就这飚飚面在二十多年前都叫始皇面，始皇饼，始皇拉条子，西到兰州，东到洛阳，南到长江，北到黄河大套河以外的乌兰巴托，呼和浩特等，这都是吹大牛啊！别住心里去啊！吃饱了好走路，孟姜女吃饱了没有？"皇上说。

"好了，吃饱了，秦大哥走吧！严大姐，柳大哥我们吃饱啦，要上路了，再见！"孟姜女说："还有我的小鸟尼！我还带上它，看多好玩，你们也吃饱了吧！小东西真好玩茸乎乎的真可爱，小乖乖听话，跟大姐一路走吧！垒长城去哟！长城修好你会变成大鸟会开花会下蛋为大宝宝了，秦大哥走呀！"孟姜女说。

"柳老大，严大小姐我们后会有期，感谢你们的酒菜！再见哟！"皇上说。

"皇上看见没有几只黄羊和梅花鹿来上几箭，看看你的箭法退步没有？这几天皇上的神箭还没有开张呢？！最好是百发百中，酒喝多了眼花了，你怎么射不住呀？"孟姜女说。

"就你会说，谁见我醉过，要是真醉了第一个猎获对象就是你孟姜女，把你一射穿透，我这辈子也不枉为一个大男人了，这梅花鹿跑也跑不了啦！"只见前面半山坡往上走一只鹿歪倒在那里，皇上随意又插一杆箭去，黄羊们还不知道是咋回事，就倒在地上了！"过去捡回来，给他们夫妻老柳去吧！这顿饭，咱们也没有白吃！熊掌、鹿、羊都有了，让他们带上去大明县城途中吃吧！他们的运气真不小啊！"皇上说。

孟姜女骑着快马，将鹿羊狗送去给他们，皇上和孟姜女一路上骑马来到杨桥畔不在话下。

> 一路骑马一路情，快马加鞭喜事迎。
> 洞房喜笑多言行，男女风光华夏承。

闹洞房

杨桥畔这个小自然村今天是最热闹的，天将黑没黑还能看见人时，孟姜女走在第一名一手拿着青铜长剑，身上背着弓和箭，一手牵着枣红色的大马往前走。第二名是皇上，皇上一手拿着长枪，一手牵着雪里红的高头大马。第三名还是孟姜女，一手拿着没有枪头的长棍，背上背了弓箭，腰上挎了青铜宝剑，三个往村里走来，村内的路边站着一个十二岁左右的男孩叫皮蛋，他大叫："大家快来看呀！村里来了大侠了，一个男侠士，还有两个美女侠士，长枪长剑弓箭大刀全副武装。"

皮蛋这样一喊，又来一群六七个男孩女孩的："大侠客先生，你也是来看新郎新娘的吗？"有个女孩大声问道。

"是啊！小美女，新郎好看吗？"孟姜女笑着问道。

"一点也不好看。"她想了一下说："不太好看，小男人才跟我皮蛋一样高，还哭鼻子呢！当新郎本来就丑死了，是不兴哭鼻子的。连一点的男人味都没有，没出息。要是我皮蛋当了新郎官，本来就当官，当官是管新娘管小娃不闹气的，当着众人哭鼻子，还当什么官呀！人家都是新娘子哭哭啼啼的抱小娃娃来着，大男人不兴哭鼻子，丑死了，大笨蛋，瞧，晚上我皮蛋咋咯吱他，非叫他笑个够！"

"皮蛋，人家可是新郎官呀！可不兴说人家丑或者叫人家大笨蛋，什么不好听的话都不能说，他叫辉辉，大老远地来你们村畔当官的，新郎官懂不懂呀？"

"你才来，你咋知道我叫皮蛋，你们谁是最有本事的人，是远道而来的贵宾。"皮蛋闪动着大眼想着说。

"那你是怎么知道的呀！我也没有吱声你皮蛋咋知道的，我还问你，你们杨桥畔天黑怎么还会放什么五彩灯在天上飞着，挺好看的。"

"告诉你吧！哪不叫五彩灯，它叫平安喜气灯，是用红布、黄布、绿布、蓝布米黄布、粉红布、紫布的绸缎罩在上面，再找个细细的细线拴住下面，升上天空的，那他就跑不了啦！又叫七彩灯，反正就是喜庆平安的意思，特别结婚人家都放的，上面用羊皮碗或者其他什么皮子做成碗，装上羊油，只要点着，放上棉花点着烧一会它就慢慢飞起来了，我都会做，这个不好玩，还没起花好玩呢！用纸或者什么布卷起来，上面一头用一点黄泥巴堵住，用药油塞满，用根柄草棉系在上面一点着，它慢慢地冒烟，最后嗖的一声飞天上去了，人家给起名字，一路烟飞天上去了，就像天上的流星一样划过天空不见了，可好玩了，说给你听，你也听不懂！哎你才来，才进这个小村庄你咋知道，我叫什么名字了，你一定是神仙，会掐会算吧！一没问人，二没来过！三咱们也没有见过面。你是咋知道的呢！"皮蛋说。

皇上笑着说："我当然知道了，皮蛋是怎么知道的！"

"哦！新娘子来迎客人来了，穿的还挺时尚的，连衣纱裙，红布绸子。"孟姜女说。

"尊贵的客人到了，新娘子汪玲玲有礼了！"汪玲玲冲客人们鞠了一躬。

"免礼！免礼，我们早上一早就见过面了，你们从榆林集上坐轿来了，我们在旁边看见的，又在榆林河边分手来着，今天第三次见面了，今生有缘，专门来看你们新人的！我叫孟姜女，他是秦老板，是做生意的！"孟姜女介绍说。

"久仰！久仰！都是天神派来的贵宾！欢迎！大家光临寒舍，谢谢！请……"新娘子和身后家人的亲人让道。

"谢谢大家，乡亲们，我是路人，路过宝地，听说有喜事，专门来看看的。"皇上说。

前面新娘子家的人让道开路说："尊贵的客人，院里请！请上坐！"

院内摆了七张八仙桌，吹唢呐的吹得正有劲！嘀达嘀，哇啊哇的！

孟姜女和皇上被让到正朝堂屋大门的一张桌子坐了下来，其余桌上都又坐下来，本村有头有脸人物也落座了，端菜的端菜，上酒的上酒！忙的晕头转向。

"我们是路人，走到哪里吃到哪里，吃好喝饱闹新房，"此时先上凉菜最后是炒的，汤菜端上大方桌上，盘摞盘，碗压碗，楼上楼下二十八个菜，新娘新郎敬酒，每人二碗，一个人就是四碗酒，拿封子的拿封子，交红包的交红包。皇上把早上没有花的银子给了新娘子，吃吃喝喝二更天了，这叫晚饭晚饭二更半，不到二更不吃饭，好不容易下了酒桌来到新房，新郎吓得躲在新娘子身后边，新娘坐在那里，头顶着红盖头，坐在等新郎挑下红盖头。"大家好！好家伙！新房都坐满了人，新房吸引人啊！新房好漂亮啊！新娘子真漂亮，到处都贴着双喜，人人都是喜欢气洋洋的，都可以拿出来了，献献宝！让大家开开眼界，笑一笑十年少，下边谁来主持现场呢！孟姜女你来吧？"皇上说。

"不，我不行，我还没有结婚，人家都是结过婚的，或者未婚男子做主持，以他们这杨桥畔找一个能说会道的人是很容易的！"孟姜女说。

"看看大家在座的谁愿意主持，和大家一起乐和乐和！你呢！这位男子，你来吧！大方点试试看吧！又不让你赔金子银子，赔老婆，你来！就是你了！"皇上说。

"好吧！我来，搞不好大家不要笑啊！我是祖居本地的，姓杨，叫培君，这位大老板看得起我，找我来主持，希望大家见谅，该提出来的，尽管提，千万不要提无理的要求，今天本君子舍命赔新人，就是让本君和新娘子睡一觉，我也绝对没有意见的，本君还要举双手高呼大家万岁！伟大！好了，说一千道一万，从现在开始咱们是六亲不认，只知道玩新娘子新郎官！咱们可没有老少之分，三天不分老少，注意了，八十岁的老翁老爷爷也可以抱着新娘子亲亲摸摸她身上的大白堆，当然不是平白无故的想摸就摸，而是你出的问题题目，她回答不出来，该做的动作做不出来，都想怎么着就怎么着，这三天是自由世界！老天给的权利和义务！谁叫你脑子不开窍呢？勤劳、智慧，不智慧睿智那不成，就得被罚！六十岁的老太太也可以摸摸亲亲新郎小老公，新女婿！从现在开始大家都别不好意思啊！都是乡里乡亲的低头不见抬头见！第一个节目，新娘子给新郎官过称，也叫过磅，称一称，治一治新郎官有多重，是多重能有多重！这节目很简单！也不简单就看说的准不准，不准再称，三次为数为算结束，不准是要奖罚分明的！"杨培君说。

秦大哥和炎大队长点着头说："新娘子听见没有？称一称！懂不懂啊？听不懂时可以提出来疑问，由出题的人回答，或者重复一遍讲解懂不懂呀？新娘子懂不懂就讲一声，不想讲话点头摇头都是可以的！大家注意看新娘子是点头是摇头？"皇上说。

"玲玲摇头了！她不知道是咋回事也，没听懂？"皮蛋插话说。

杨培君说："好！我来解释一下，过称就是新娘子抱起新郎官，抱起也行，不抱起也行！咋样也行！咋样都行，但是最后要求一定要大差不差一两二两得出重量数字来！这就通过，我主持不管大家和新娘子新郎官的反应好坏，只讲最后的结果！有时在大家一方的真理，有时真理会在少数人手里！听懂了吧？开始新娘子来做第一个节目，给新郎官过过秤！看新郎官到底有多重！不能肉迟呀！肉迟很了，出节目的人有权去亲吻新娘或新郎官的第一个吻，老百姓讲的亲嘴！亲奶头！想亲哪里亲哪里，这样促使两个人不在延误时间，不耽误大家看热闹的心情，新娘听见没有？请你赶快进行第一道关过秤！新娘子还没有听懂吗？小心你的嘴，奶头子！我想亲哪里亲哪里！我可是过来人了，破罐子破摔，提起来一大串，放下一大堆哟！你新娘子可是黄花大闺女，自己丈夫男人老公不让亲，让别人亲着玩，以后这脸面往哪里放！想想以后还是老老实实服从命令听从指挥，让干什么就干什么乖乖听话！新娘子限制你三秒钟抱住新郎官，不然我杨某人可要开洋荤，去亲亲大姑娘的樱桃小嘴了！你玲玲想不到你会有今天吧？赶快抱住新郎官！不然我真要吃大姑娘的奶头子了，再抱高点！好，新郎官问新娘子开始，多重！新娘子回答半斤、二两、三两！"

"娘子多重啊？"新郎官问。

"半斤重！"新娘子说。

杨培君说："不对吧？新郎官还没有发育成熟！连毛还没有长呢！会有半斤瞎说重新回答。"

"娘子有多重啊？"新郎官问。

"有四两多重呀！"新娘子说。

"新娘子千万没有要搞错了，你家灰灰的鸡嘎子有四两重！这可是你灵灵一辈子的宝贝蛋呀！还是说准了，不然拿刀割下来称一称，皮蛋去灶房拿刀来割下来看一看到底有多重，不然心里没有底，这新娘子不能是白当的呀！"重新问道："这是最后一次啊？不然主持白费了那么多的唾沫星，扯着嗓子乱说，没人听了，我来先解解馋吃奶头妈头子！快问道。"

"娘子！到底有多重呀？"新郎官问道。

"一两重吧！"新娘子说。

杨培君说："算了算了，算过第一关，这次饶了你新娘子！第二关是吃饺子，规则是用一根线拴上一只饺子中间，一头拴在一根筷子或一根棍子上，夫妻双方抢吃，但必须一人一半个分吃！它的总主题大意是这样的：新婚洞房吃饺子，来年生个胖小子！要不是想生个胖小子，今晚洞房不吃大饺子！明白不？不生胖小子，将来就没有儿孙后代，就是绝户头！老了生病没人管没人问！所以我杨某人要问一问，新娘子和新郎官，要不要生个胖小子，生不生胖小子，新娘子？不吭声不回答，我要吃你小娘子的樱桃小嘴了！生不生这是最后一遍！说不说？亲你的樱桃小嘴了，看看你的樱桃小口比蜜甜不甜？人家都好说甜言蜜语。我也马上试试甜不甜？""生！"新娘子说。新郎官也说："生！""好！有门了哄着入门上当呀！下边吃饺子！大家瞪着大眼睛看好了！都站好了！"杨培君右手举着筷子上吊的饺子："不沾，新郎官个子矮一点点，新娘子还要抱新郎官，这样平等公开，公平竞争，谁也吃不了亏，占不了便宜！现在直接你们两个人嘴对嘴抢着一个人一半的吃，这样能生个胖小子，明白没有？我宣布节目开始，来吃，咬住！别动新娘子嘴咬住！好！很完美！明年肯定能生个大胖小子，大家都没有意见吧？如果谁要是有意见那就提出来，咱们让她们重新做一遍，都可以的！好！再下一个节目，新娘子认识字不认识字？如果识字让秦大哥出个字谜猜一猜好不好？字谜一个人动脑子哪个不用猜，也算过关！"杨培君说。

"好好！新娘子同意猜字谜了，点头不就是同意了吗？"皮蛋又在抢着说。

"好吧！秦大哥给新娘子出谜语！猜不出来可以亲亲吻吻新娘子！来来秦大哥！"杨培君说。

秦始皇说："说个最简单的字，二人顶三人，是个啥字也？我再来解释启发一下，今年新娘子和新郎官是两个人，明年就顶三个人，因为有个小宝宝，胖小子就是二人顶三人，我来再启发一下啊！两个人顶三个人，顶肯定是用头顶，用头往上攻，两个人在下边，三个人在上面，唉哟！我都说白了，都给你们说出来了还不知道吗？新娘子猜呀！很简单特别简单也！"

"唉哟哟！新娘子摇头了！哎！快来看呀！新娘子让人家亲嘴了！"皮蛋和一群孩子拍着手跳着脚，大叫大喊嚷嚷道。

"秦大哥快去亲呀！亲新娘的嘴呀！秦大哥别不好意思的！风俗习惯就这样，你不亲是白不亲，你就嫌弃人家长的赖长得丑，看不起新娘子也！你不亲她，将来新郎甯理由休了掉她！不值得亲，不值得爱，不是好女人！明白不？秦大哥！将来过不到老就怨你看不起新媳妇！"

秦始皇被说得不好意思，站起身来说："孟姜女代我亲亲新娘子行不行？"皇上说。

"那可不能代替，那是不算数的！你就是老天爷时候也是不能代替的呀！"杨培君说。

皇上没有办法，只有去亲汪玲玲一口："我可是皇帝啊！我一亲你就变成了贵妃美女了！"皇上小声说着给汪玲玲能听见："你这个新娘子狡猾狡猾的有意让朕来亲你是不是呀？"汪玲玲只是微微一笑，别人谁也看不见，因为头上有个红盖头挡住哩！趁势来亲秦始皇一口不放开，秦始皇被咬住下嘴唇，好一会儿才放开！"哎！本来是朕亲你汪玲玲的，反而让新娘子咬住一大口……"旁边的孩子们还在叫着："亲新娘了，亲嘴了！玲玲让人家亲个够了……"

杨培君说："好了！这个节目过去了，下边孟姜女大队长出个节目，猜谜语，做动作都行猜字谜也行。"

孟姜女说："我来出个简单的：东场里，西场里，两个小鬼哭娘哩！你们新郎官新娘子谁来猜猜看看，大家都知道。"

汪玲玲说："我来猜谜语，是石滚，打麦子转动的声音，叽叽扭扭的响声。"

杨培君说："好！这个大石滚也过去了，下边我来说一个谜语，东一座坟，西一座坟，过下大车大马，过不去人！猜猜看看新娘子，新郎官谁来猜猜看？"

汪玲玲说："我来猜！！高山、高山下过大车大马！高山顶上走不过人！"

杨培君说："不对！错透了，新娘子认罚不认罚！还是亲亲嘴？新娘子！"汪玲玲点点头。

"啊！呀呀！哎……新娘子又被人家亲了呀！新郎官救命嗨！新娘子又让人家给亲跑了……"一群孩子又吵又闹，又乱又叫的大喊着凑热闹玩。

杨培君说："下一个谁来猜？再猜不着俺可拿手拨拉奶头子捏捏玩玩了，新娘子新郎官先生！从南飞来一群雁，个个掉到锅里下个蛋！谁来猜猜？这个更容易猜啊！"

新娘子说："我来猜！是地瓜红薯！"汪玲玲笑着说。

"不对！没有猜着，重新猜猜看！逢年过节有吃的？"杨培君说。

"就是土豆马铃薯，你把马铃薯洗干净放到锅里，像下的鸡蛋一样吗？"汪玲玲说。

"好吧！我孟姜女告诉你，是过年吃的饺子，像不像一群大雁排成一行行一队队，飞到锅里下个蛋，饺子一熟一下子全漂浮在开水上面像不像白白胖胖的鸡蛋，鸟蛋蛋？"孟姜女说。

"马铃薯也对！洗一盆子土豆放的锅里像不像？鸟蛋？"汪玲玲说。

杨培君说："好了好了！这个谜语有争议不输不赢算过关，直接绕过去！下一个谜语，秦大哥说吧！"

"铁皮箱，铁皮柜，铁皮奶奶在里面睡！铁皮爷爷使劲往里面捣，铁皮奶奶吓得拄着拐棍往外跑！新娘新郎官谁来猜猜看看？"秦始皇说。

"我来猜吧！他是不会猜的！是铁盒子！对不对？"新娘子说。

"不对！不对！只对了十层的二层！"皇上说。新娘子摇摇头。

"哎哟哟哟哎！新娘子又让人家给亲跑了呀！新娘子跟人家私奔跑了呀……"孩子们叫着。

秦始皇帝这一次有经验了，有准备了，上去用嘴亲住新娘子的嘴，一只手搭在她肩膀上，新娘子玲玲很轻松地让他亲个够！

"下个节目是新娘子新郎官自己动手做来，名称叫作：擀面片，擀面面吧？就是用毛巾盖在新娘子头上至上半身，然后由新郎官用嘴和下巴一点点地把毛巾慢慢卷起来，一直卷到完为止！从哪头卷都可以，由新郎官自己选择，从下至上，或从上至下也可以的！咋样方便咋样去慢慢卷来！好！就这么简单方便！明白了吧？新郎官先生！新娘子躺下，我替新郎官先把毛巾盖上！新郎官开始！"杨培君说："新郎官赶快卷，不要肉吃肉吃的！古人讲：一寸光阴一寸金，寸金难买寸光阴！千万不要耽误时间，时间是宝贵的，白天变黑夜，黑夜又变白天，不大小伙子变成小老头，小姑娘变成老太婆！小半拉撅子变成新女婿新郎官！"孟姜女激将着说："哎好！就是这样用下巴慢慢地攻！""往上攻呀！操着挨紧点，往上卷恼！毛巾自己都会卷起来的，新郎官两条腿跪在新娘子两膝中间，两只胳膊撑在新娘子胳膊里，然后再用嘴巴鼻子卷毛巾，往上攻，再顶住，好玩吧？马上就要成功了，新娘子嘴都露出来了！看看眼睛眉毛都露出来了！好！新郎官擀面片成功！大家鼓掌欢迎奖励！"杨培君说解释着。

"什么呀？这叫擀面片，擀面条呀？俺家擀面条，不在新娘子身上擀，而是在案板上擀！"孩子们说。

"下面谁还出一个节目，谁出谁讲话啊？等几年以后长大了，我就会学会了！"皮蛋认真地说。

"不出不让你们这小孩子看！听了，都是小麻蛋，大龅牙，听的怪上瘾昀！"杨培君说。

"我是皮蛋娘，我来替孩子们说一个叫新娘子猜猜看：三尖子，扭劲子，屁眼子里捣个草棍！新娘子新郎官好好猜一猜。"

杨培君说："这是个好谜语！听着不一样，三尖子，扭劲子，腚眼里插个草棍子，多形象，多有来头，还简单简易易记住。新娘子你不怕皮蛋娘，你们都是女子，皮蛋你可害怕，龅着大门牙！小半拉厥子正想吃新娘子的奶头子奶妈子呢！还是快猜吧！"

"糖包子、粽子，都是三尖子，扭劲子，麻花，屁眼子里插个草棍是啥呢？"新娘子说。

皮蛋娘赶快说："第三个是水果，好好想想哪种水果有屁眼子，还有草棍子！"

"我知道，是梨子，梨子把子就是草棍子。"皮蛋慌忙全说出来了。

"皮蛋！瞎吹！知道了也不能说！不然难不住新娘子和新郎官！我来说一个植物上的！小的时候包包头，年轻的时候露出头，老的时候包皮择到头？

是个啥玩意东西啥家使？该不会是人的小鸡鸡大蛋皮吧？"杨培君说，"快猜啊！别耽误事。哎哎哟哟也？反映真慢也！新郎快猜猜！不然又要亲新娘子了，这次我不亲，叫皮蛋来亲亲看甜不甜也！"

"我才不亲呢！等我长大了再去亲俺的自己的新媳妇娘子！"皮蛋说，"你来亲亲吧！"

"我才不亲哩！俺俺不会亲，光会吃咋办？"毛皮豁着大门牙笑着说。

"光会吃，你就大口咬着吃，给新娘子啊唔一口咬掉，不给她长着了，你看好不好也？"皮蛋说。

"那不沾！咬掉了还疼哩！将来怎么奶小娃呀？俺不干！"毛皮摇着头豁着牙笑。

"玉米棒子！在刚刚长出来的时候包着头，过一个月快成熟不熟的时候露着头！收玉米时包皮叶子翻过来，吊着晾干晒干，就是捋到头了！"新娘子得意地说。

杨碚君说："好！这一关顺利！马会我奖励一个吻给你，好不好美女先生新娘子！"又说："首先声明大家不要犯意！瞎想胡猜啊一个生活用具！癫巴对癫巴，搞得叽叽哇！下边飚白浆，还在拼命压。听听好听，押韵对仗平仄刚好的好诗句，看出来谜底的主人没少动脑筋，这个谜要是猜不出来还得给编主一个忘年飞吻哩！新娘子同意不同意啊先生新郎官？当官有实权，过期作废！三天不用白不用的权力，是新娘子猜还是当官的新郎官来猜？"

新娘子说："我来猜！总的谜底意思，像是男女相好在玩浪漫情调，下边飚白浆，还在拼命压，多形象多动听呀！开头就是开门见山的癫巴对癫巴，好吧！挺风趣的劲哟！其实上是一盘小磨子，磨豆子、豆浆、豆腐等的小磨！这人也太会想象了！好吧！按照杨大官人的意思！我新娘子送她一个朝天飞吻灵，人在天堂也能接受新娘子美女的飞吻，亲昵的情感也！"汪玲玲用右手食指指在嘴上比画着。

秦老板说笑着："好！我再来个脑筋急转弯啊！也是最后一个简单的一个，买的人都知道，卖的人知道，可是用的人不知道~！请问新娘子是什么东西？猜猜看！"

杨培君接过来说："有意思吧？首先得会联想，是人用的东西，两位先生新娘子，新郎官真当官了，光让老婆媳妇来答呀？你难道是死人吗？"

"我猜到了！就是你最后讲的死人，用的不知道，因为他已经死了，所以不知道棺材，要发大横财，对不对呀？"新娘子骄傲地说。

"好了！马马虎虎算过关！主要是我刚才讲的提醒的太直白了！所以你才猜到的！下一个还是急转弯是你的东西，偏偏自己不用，让别人用，你还特别喜欢高兴的！请问你的什么东西让别人用了？新娘子新郎官谁来答？人都是怎么自私自利的，但你的东西给别人，你却还是高兴的！矛盾不？古人讲：人不为己，天诛地灭！但是确确实实的把自己的东西给别人用，你很高兴，很有意思的，大家都想一想，每个人都是一样的情况！新娘子想好了没有？赶快回答，不回答咱就摸一摸新娘子的大白堆大白馒头怎么样？要不然再亲一亲樱桃小嘴！叫毛皮亲亲，他还不敢亲，叫皮蛋亲一亲摸一摸东一座坟，我杨某人摸一摸西一座坟，过下大车过不下人，先生美女们好好想想咋能大车管过下，这人比大车小得多，可偏偏过不去真可惜这女人太坏，非要挡住人，两座大山挡住一个人，不是王屋山，就是太行山！自己的东西给别人用，你还挺高兴！猜着了没有新娘子？还是亲娘子哟！快说话！这新娘的脸蛋真嫩美，白里透红，白的晶莹透亮，哎真想亲上一口过过瘾！新娘子想出来吧？"

"姓名是不是？自己的姓名，自己不叫，而是给家人叫，给人家用？人家叫是很高兴有事干吗？"

"这个新娘子肉吃半天又想出来了，想亲想摸挨不着了，我杨某人的命好苦哟，每次轮上我出的题她都能回答上，只要是秦老板出的题她新娘子向来不回答！知道了她也不说，不知道更不说，有意让外地人的大老板来亲她以后出门遇到她！好照顾她！人这玩意有私心太重工！好！再来讲一个实际的我再出一个脑筋急转弯得题同，新娘子、新郎官听清楚了，新郎官走在一条大河的独木桥上，手里拿着弓箭往前走着，干什么呢？新娘子正在对面河岸上的洞房去成亲，现在正走在独木桥上，突然从对面岸上来了一只大灰狼，大灰狼前面有新娘子，新郎官身后又来了一只大老虎，请问你新娘子和新郎官咋办？是先杀老虎还是先杀大灰狼？两个都可以回答！是杀死大恶狼还是杀死大老虎，快回答呀！新郎官身后有大老虎，新郎官和新娘子中间有大恶狼！"

新郎官说："先杀死大灰狼，不然新娘子就没有命了！"

"用什么杀死大灰狼？你新郎官身后还张牙舞爪的大老虎要吃你哩！"杨培君说。

"用弓箭射死大灰狼！不就行了吗？再射大老虎呀！"辉辉认真地说。

"好！答题正确！这个新郎官是个'色狼'又是个'色虎'！贪色之徒，上当了吧？小当官的！新郎官可是个大大的'色狼''色虎'哟！中计了小伙子！"

孟姜女半天都没有讲话了，这会儿突然开口说道："我来出个字谜：一个太阳平地起！是个什么字？新娘子！"

"一个太阳平地起是个旦字是不是？"新娘子说。

"非常正确，是个元旦的旦字，太阳头上长眼毛，是什么字？"孟姜女说。

"是个白字，白菜！白天！黑白分明的白字"新娘子说。

"一个小牛一尺一是个什么字？这个字难些还讲简单的，太阳右边站着一个小矮人是什么？"孟姜女说。

"太阳跟前站着小矮人是时字，这一搞肯定矮所以是时字！"新娘子说。

"大家快出题，新娘子这会变聪明了！我在说字谜！有一座大山高高在天飞，还有一座大山被深深地埋地下边！不是王屋山，也不是太行山！请问是个什么字？"杨培君说。

"是个出出进进的出字，两座山摞在一起，一个上一个下叫出字。"新娘子说。

秦始皇帝说："太阳长着翘天犇，本是帝王大王娇女。立在天上摇滚长了臂，扯掉靓艳女人上头巾，是两个字，猜猜看看，也很简单的！"

杨培君说："太简单了，两个字，天下只有这一个人，一个官！"

孟姜女说："我都猜出来了，他就坐在我们今天晚上的洞房花烛夜里和新娘子和新郎官在一起正猜字谜呢！新娘在想什么呢？猜字谜，快说说秦大哥的字谜！你猜到没有啊？别低着头盖上红头巾睡着了，在做梦娶新媳妇老公吧？又想让秦大哥亲亲你是不是？"

皮蛋和毛皮拍着手蹦着跳着叫着笑着说："啊……呀……真逗人也！自己是新娘新媳妇，还要做梦娶媳妇噢哟？有意见吧？先生们大人们也！"

杨培君说："新娘子猜着没有？猜不着这次得罚你和秦大哥亲亲怎么样？今天你让秦大哥亲几回了，肯定是秦大哥会亲，亲得得劲！不然你别人出的多难你都能猜出来！只要是秦大哥出的题，你从来都不动脑子猜，秦大哥再亲亲吧！新娘喜欢让你亲亲！要是秦大哥今天闹洞房不走了，说不定新郎官还去洞房外把门放哨站岗呢！让秦大哥好好与新娘子过过新婚第一夜的好事呢？秦大哥过来呀！新娘子等你亲热亲热呢？"

秦大哥笑着弯下腰，新娘子一下子又咬住下嘴唇，好一会想走也走不掉，新娘不松嘴，最后秦大哥捧着新娘子的嫩美脸蛋，表示喜欢新娘子，最后才松开手！

"哇！秦大哥！好悲惨呀！偷鸡不成反赊把米，你去亲人家新娘子反而让人家新娘子咬住嘴唇子了，再使一点点劲，秦大哥你就壮烈流血在情场上了！看看你嘴皮子上被新娘子咬的几个大印子，好让人心疼哟！看看山区的美女厉害不厉害，陕北的美女凶不凶也！逮住男人也能生吃活咽肚里面！千万别再上当了！美女是人美心不美，美人是人美心更美，说明了人家新娘子是看上大美男了！今天晚上要不是闹洞房来的人多呀！今天再过一个时辰，秦大哥就要变成新娘子爱情相思病的药渣子了！恐怕明天天亮连下床走路的劲也没有了！真是人心隔肚皮呀！吃着碗里的还看着锅里的剩药渣也！"杨培君说。

"还不是秦大哥的字谜人家猜出来在心里边，不动声色的降服了擒太狼了！你有你的老主意，他有他的老规矩！猫逮老鼠，一物降一物，女人就是专治男人的风寒病的！你再阳，阳上天也给你治寒了！翘巴！就让你变成落汤……"杨培君说。

孟姜女说："我再出最后四个字谜，也是作者的家乡地名！新娘子听好了！一臣一人一品官，是一个字，你们猜猜看是个什么字？也很简单的很哪！顺字顺趟写写也能写出来也！一臣一品官是一个字，第二个字是滔滔白水往上翻，悬心一去不复返，天上飞着二神仙，总共是四个字。不是这里的人说活写活了我们大家。"

杨培君说："先生们，姑娘美女们今天晚上最后一个节目，也就是闹新房闹洞房！接近尾声了，叫五指登科，大家注意看看呀！我手中有花生米五粒，一个大红枣总共是六个，也叫六六大顺！在场的男女老少，都是证人，玩的规则也很简单通俗，就是把这六个花生粒和枣扳到新娘子衬衫衣服最里边，也就是肉和衣服中间，由新郎伸手再一粒一粒摸出来给大家看，当然了也不能少一粒，更不能多一粒，要刚刚好，不多也不少为算过关通过！明白不明白？新郎官先生！最后要求极其严格，如果摸不出来你和新娘子坐到天亮太阳出来也不能睡觉！明白不？那就是啥时候摸出来啥时候撤场走人，大家也都听明白了吧？其实很容易，也许不容易，这就看你的运气了，新郎官有没有决心早点睡觉！就看你了，我们大家也都希望你早摸出来，咱们都回去早早地去睡觉，啊……唔……哟……你们看我杨培君说睡困瘾就来了，你新郎官再数数呀？怎么你摇摇头不用再数了？还是再数一数不出岔子，新郎官你给大家再保证一下子说：今天晚摸不出来，不睡觉！"

"请大家相信我，张辉辉，这六个东西不摸出来不睡觉？"新郎官很自信地说。

杨培君抬着右手让大家瞧着，左手拉着新娘子的衣领子！将手中花生和红枣一下子放进去说："新郎官现在往后大家都看你的啦！快摸摸吧大新郎官！"

新郎官刚要伸手去摸找花生米时，新娘子双手搂抱着自己的上身站起来不让新郎官来摸："我怕痒痒，你不能摸！"

"你不让摸，大家怎么走回家去睡觉？你这不是找麻烦吗？一晚上都过来了，这是最后一回，你坐下我不咯吱你，我慢慢地把手伸下去，轻轻找着就拿出来了，你怕啥？"新郎官说："摸吧！不让摸总不能叫大家陪着咱们一起在这蹲一夜不睡觉吧先生？老婆子，快快早摸早走路，各回各的家去……啊……"

　　杨培君说："怕啥？新娘子！一晚上大风大浪都讨来了，亲也亲了，抱也抱了，吻也吻了，咬也啃了，就差上床叽叽叽叽玩真的了，老老实实叫你老公，你相公，你男人，你夫君，你的老天爷，你一生的神好好摸一摸怕啥吗？不知道是不是？我再最后教教你新娘子小美女人！他就是你一生的爱，他就是你这一生中的火热心！他就是你后半生中的儿女情！你是他爱中的情魂，他是你美丽绚靓中的王子上帝！懂不懂？火辣辣的红玫瑰为谁绽放！如此情意绵绵潇洒浪漫帅气！你为她，好为你！好了聪明人总在事中迷，你不让他摸让我杨某人摸好不好？再不然让你新房洞中的情人来摸好不好？摸吧摸吧！"杨培君一边劝一边将新娘子按坐下说："放心吧！新娘子，摸不掉一块肉，只以越摸越舒适越得劲越好受，越甜蜜越月月胆大越肚大！大家都看好摸家开始！新郎官最后一战一关旗开得胜！新娘子还痒不痒，再痒叫辉辉手往下半身狠劲揉一揉，搓一搓，用手指头挖一挖！挠一挠百病全消！新郎官摊你了，动作快点，再不快点从现在开始摸找到天亮掀个扯，女人女人除掉两座坟，没人挨没人吻！如果有两个大坟堆，英雄好汉跑断腿！摸呀！新郎官，劝你一晚上一夜，再劝新娘子一夜好了，嘴皮子也磨烂！新郎官你看看新娘予还在使暗劲，听说花生香，红枣甜，女人肚皮上又要长个嘴出来。你辉辉以后连睡觉的地方都没有！只有像只哈巴狗，蹲在大门口，想吃肉骨头，啃完肉骨头，汪汪叫着找媳妇，新郎官你赶快摸，把手伸下去摸一摸大家都回家睡觉，要不然叫皮蛋教教你咋样摸好不好？皮蛋来教教新郎官……"杨培君说。

　　皮蛋说："我不教，我不会教，谁想教谁教，反正我不教他！啥都让人家教他！"

　　杨培君说："皮蛋不教谁来教？英雄出少年，小朋友小英雄们……"

　　"我叫尾巴，我来教他新郎官，把手从衣领子上，往下一插下去，一胡拉不就摸到了吗？真笨蛋，聪明不干，等于笨蛋，是不是呀？"尾巴说。

　　"秦大哥，新郎官不敢摸，你来摸，你实在摸不着我杨某人再来摸，我就不信浆子糊在头上，不洗还能叫一只老公鸡来叨！鸡拔毛了吗？哎哎哎！新郎官你是你媳妇的卫队队长是不是？站在新媳妇身边，专给老婆当保镖，快快动手摸啊！来来我来教教你左手抓住领子，右下去，伸下去摸懂不懂怕什么呀？来我的右手抓住你的右手，左手来抓领子，把右手往下插，再往下，开始胡拉，开始摸！"

　　"哎哟哟也！两只大手往哪里操呀？娘呀！拉死人了！老天你救命啊！看看你们男人咋这样野蛮嘛？野人呀！只往里面搞，只往下边插啥嘛？真是的……"新娘子叫着说。

　　杨培君说："你老公不会，我不教他吗？"

　　"哎呀呀！救命啊！天爷杀人了！哈哈哟，你们欺负人吗？我的个亲娘老子也！一群野人乱摸啥也……"新娘子坐在椅子上面扭拧着脖子，两只脚在地上踩着说。

　　"杨大官人，你徒弟教会了！明天新娘子请你吃整席！让他摸一个吧！教新郎官一个人摸了，人家新郎官还有官差哩，要摸出六样东西来，你还想浑水摸鱼吗？"

　　"新郎官一个人摸，省得摸得不够数是不是？新郎官摸出来几个了？"杨培君说。

　　"摸出来三个了，哎嗨又一个！四个了！"辉辉自言自语地说。

　　杨培君说："不错！不错！战功辉煌！再加把劲，大家准备回去睡觉呀！尾巴困不困？皮蛋睡不睡呀？皮蛋正有精神哩！非看到底不可呀？几个了？张大官人？"

　　"五个啦！还有最后一个！咋会没有了呢？摸不到了，磨一圈也没有碰着呢？是不是？还该有一个呀？奇了怪了，让我再摸一摸，找一找咋会少哩？"新郎官说。

　　"没有了，半个渣子也没有了，有没有我不知道？这明明是没有了，还往哪里摸呢？"

　　"你看看，我手里只有五个！不够数咋办哩？你这人！光说！对不上数咋办哩？让我再摸摸，肯定这东西会跑吗？对不上娄还得找找摸摸，是不是掉在大腿下边了？"新郎官说。

　　"不可能！我坐在这里又没有动一动，连站起来也没有动，咋会少一个？鲜极不鲜极哩！是不是让你拿掉地上了！找找！地上好好找找？怎么没有呀！"新娘子呀！

　　"不可能的！大家都是瞪着眼睛瞧着哩！咋会掉了！肯定还在你身上！要不让你肚皮偷吃了，你肚皮上真长出小嘴来了吗？"新郎官说。

　　"那少一个咋办呀？满屋子人都大眼瞪小眼地看着望，谁哄谁呀，还能飞上天去了不成呀？要不信让大家都出去，我脱光你来找好不好？我还能哄你骗你吗？真是有意思的很呀！自己会长翅膀飞走！也不会这么快呀！活见鬼了！"新娘子说。

　　新娘官在走投无路的情况下，手里一使劲，一个花生变两辫子说："我也是真的笨蛋到家了，大家看清楚了，六个全在这里，我新郎官当家做主，一个不能作废，看着我全吃下去，以后儿孙满堂，热热闹闹的幸福日子！"辉辉说完将花生全部放到嘴里嚼一嚼！皮蛋一跳多高地说："走啊！赶快长大娶媳妇去呀！真好玩，真得劲哟！"尾巴说："找媳妇去了！亲亲女人……"

如梦令

洞房笑声连天，新娘娶嫁新郎，欢声大家贺！古典文明雅靓！情漾！情漾！恭喜不分幼长。

出窑

　　"姑娘美女们，小伙子们，今天是出窑，这一窑窑砖头是我们大家的心血凝成的，我希望大家出每一块砖都要小心谨慎，不要掐坏碰坏捋角磕碰坏了，这每一块砖不但是我们这些人的心血，也是咱们修长城大队每一个成员的心血和汗水，它到目前为止也不知道经历了多少人的手摸拿摔打，滚爬才有今天的好模样，所以我们一定要加倍的爱惜和保护好它，一直让她在长城的墙上百年千年永垂不朽老化，放射出咱们每一位姑娘美女小伙子的靓艳佳话和袭人百年灿烂的好故事，现在我宣布正式出砖开始！"孟姜女简单的话语，使每一个在场的人心潮澎湃，激动不已！

　　"来来！接住往外传，抓好了，千万不要卖眼，拿住！"张清站在窑中的砖上往前走着递着青砖，砖还是热乎乎的，整个窑中热的烤人，脑门上汗泠泠的。

　　"看清楚！烧烤红芋山芋来了！外噻！美女们饿不饿！饿了咬上几口先垫巴，垫巴趁热吃呀！"

　　"我们才不饿呢！想吃你自己吃啊！张班长我可是让过你了，注意了，千万不要把牙齿累坏了！烧鸡、红烧扒鸡、勾帮子宝鸡、大烧烤鸡……你千万不要客气，啃上一口尝尝鲜，看看好吃不好吃？真是的，身在福中不知福，美女烧扒鸡都让你一个人给摊上了，班长先生，你比神仙还快活快乐得劲呀！"灵芝说。

　　"好了！谢谢你美女先生，咱可不能癞蛤蟆想吃天鹅肉，想想已够美味十足的了！哪能真吃真喝的！人家天上传说的神仙是光干事，是不吃饭的，所以我是舍不得用，更不能独吞好朋友见面分一半呢！还是留给你灵芝吃，慢慢享用好了。"张班长说。

"张班长你真是好人堆里挑出来的，真是敬酒不吃吃罚酒，给你抬举，你是狗屎稀饼端不上席面来！吃吧！吃吧别客气！为人生一世有我灵芝时时刻刻想着你，你不兴的屁极的，才怪呢！"

"好好干活，别耍弄贫嘴，小心砖头掉地上碰坏了，真是的好好干活，不要嬉皮笑脸的。"

"说说笑笑不寂寞，干活耍贫嘴，男男女女来搭配，干活不累，说说笑笑不寂寞，假正经啥，还不知道你心里是咋想的！"李文娟说。

"咋想的，我做梦都在想长城马上修好！完事赶快撤伙，省得在一块鸡咕麻咕带脆骨的，人不是好说：眼不见心不烦吗？省的叫你烦让你生气大小姐！"郭文慧说。

"是我生气，还是你在生气啊？真是的说句笑话，你看你就来这一势的！啥架势的？"

"好家伙，这砖真杠劲，又直又板又有楞有角的，平整极了，真乃是开天辟地的难找的优等上乘质量，青春表靓的乌龙青砖头。"韩玉玲说。

"太美太厚实太傻帽了！你要是个人，我文慧就嫁给你当媳妇了，大家都多注意点，千万别失手了，真的掉地上摔坏了，云花接好接住了快点，先生美女们，照这样的质量，长城别说是千年，就是万年也不成问题，更不会出毛病的，美女们说是不是呀？"郭文慧说。

"可不是吗？我韩玲玉昨天晚上夜里做梦，都说是让咱们这些姑娘美女队的人们上哪里去干比这长城还要伟大的建筑明白吗？谁来猜猜，看能有谁猜得着！"

"我李文娟来猜猜你韩玉玲能做什么梦呀！搬着砖头去咱们这大山庄往哪里造宫殿是不是呀？班长先生！"

"只猜对了一半！是有人请我们美女集团队去造宫殿，但不是山神！而是你李文娟来猜猜吧？小姑娘你还挺能挺聪明的！继续吧！"韩玉玲说。

"好！我来想想，不是山神，应该是鬼神，阎王爷的阴曹府，如今这年头打仗死的人多，鬼魂在阴间蹲不下不够站不完的，所以要修一座比天上的玉皇大帝的九重霄宫殿还要大的宫殿，才能写下的名字，这几千年上万的人要死多少，几千万亿亿人。阎王爷准备造一个比姜子牙的封神榜还要大几十亿万亿亿亿的大大大的鬼怪榜把整个世上死去的人，分成上中下三等，好人是好人榜，不好不坏是中等榜，坏人是坏人榜。男男女女老老少少全部记录在案，不修大是难写下的！"李文娟说。

"不对！你李文娟刚才开始时你灵性很大的，现在恰恰让你猜个反正反，天上让你这个美女小姐说成地下了！遗憾不遗憾呢小笨蛋，将来让你相对象找老公千万不要搞错了卯呀，本来想找个瘦子的，但后来现实中你却找个大胖子，心想找个子高的郎君，最后却找了个小矮人似的小丈夫，反正是事不顺心不如意！眼光错光了吗？"韩玉玲甩着头发团团转。

"噢……哎……好了好了！大小姐你在笑我不是？你韩玉玲美女姑娘被玉帝召到天上去当天上彩云中的美妇人去了，最后不情愿做猪无能的妇人小佣，就搬到我们长城的砖头去玉皇大帝那里去献宝，玉皇大帝一高兴就把它的金砖银条、钻石都拿出来让你看看，瞧瞧什么叫宝贝？什么叫值钱？什么叫价值档次？什么才是真正有人生奇迹的惊人力量！"李文娟说。

"哎呀呀！快接住砖头往下传呀！不是这样的小姐姐！看你想的跟做买卖的一个样，钱呀，价值观什么东西都是，中派我们去……"韩玉玲说。

"好好好！知道了！派我们去修比东海龙宫还大的水晶宫殿还要漂亮是不是呀？在天上在云彩上面还要高的高高高的！不过咱们这砖不能也不管耐少呀！这一块砖按十六两秤就四十八斤重，按统一全国后的十两称是三十斤重，一万块砖头就四十万斤，一百三十万亿块砖，天上能托驮住了吗？有一天要塌下来什么也不见了没有了，天塌地陷了……"李文娟说。

"怎么托驮不住吗？在九天之上，第九层砸在第八层上，一层接一层最后才是云彩眼中那一层，你真笨到劲了，没见过猪走没喂过猪难道还没吃过猪肉吗！一连一个月阴雨暴下，发大水遍地几百里漫山遍野都是水，那水多重一望无际，百望无泪！大江大河都是满满的水，这水有多重，你知道傻大姑，就那天上还飘着黑云密布不出太阳阴云，你知道有多重吗？你肯定不知道，我来悄悄告诉你，可比咱们人类尿的尿多出整整这个数的公倍数明白不？看你傻样，这个公倍数正好又是地球一百倍的重量，呆仙姑，瞧你晚上回去好好计算一下吧！我是夜间打雷电的光电梦魇旋转法，每秒亿万次的闪靓速度！你根本听不懂吧！再过一万年人们也不知道是什么意思！他们也找不到长寿的秘诀，这可是我们的长寿之绝方，每人都有，一人治一人，少说能万寿无疆，有时候大家喊喊万万岁！万万岁！万寿无疆！每人都有这种绝方！不过一直没被天下笨蛋采用，食下这样东西，一辈子十辈子也不会伤寒得病，大小病全无，一直是气壮如牛想飞就飞，相走就走！能防癌！大家笨蛋开动脑子，毛发最经久耐用不被腐蚀腐烂腐化，现在只需研究出一种像发面似的菌母就什么都解决了，也不用让徐福带领三千童男三千童女海外找寻什么长生不老药，其实上这长寿长生不老药就在人自己身上，而不被发现，骑着驴想驴，骑着驴找驴，这不是天大的笑话！一个人食用一辈子，下一辈子人就身轻如鸿毛，来无影去无踪！这宇宙上一百亿星球，只是一纵身，人早就走了，明白不小妮子？"

　　"是呀！好好想一想啥都在飞，长江大河，大海不是都在飞，有的在天上飞，再重有多少，都没有问题的还漫天飞舞飞来飞去的！要是这砖也能在天上飞来飞去的就好了，把砖头往上空中这一抛一风吹它就会往来飞行，飞到大山，飞到树梢上，飞进山沟里，飞到人们需要的地方去！"李文娟说。

　　"飞来飞去的还要人干什么嘛？到最后人是没用了！也就相对没有强盗土匪和坏蛋了，咱们这些美女也就没有用了，用不上了，还在这里修什么长城，偏城圆城的了，你我也就不认识不知道了！"

　　"女孩子做梦瞎想，屎橛子变成大老公美男子了，小鸡鸡都在睡梦中能笑醒……"

　　"那你才把大丈夫小老公小看了！这些男人猛着有劲呢？一怪起来比大老虎都厉害，不是吃人也跟吃人的差不多，打人不要命，俺们老家的邻居张嫂的爹，打他老婆给捶摔泥巴一样，杀猪一般的嚎叫，救命！"文慧说。

　　"又不是每个男人都像他那样子没有人性，要是我嫁个这样的野男人，保证三天过后去上吊，投河也不能跟他过挨打受气的过日子！简直是野人一样的熊男子，八辈子找不到男人，也不要这样的熊男人，她愿意挨打受气不然他不长寿……"香花说。

　　"又不是八辈子找不到男人！非受这样的气，人的命天来定，不要也不行，算了，到时候惹不起他，不碰他不挨他，打不过还躲不过吗？人家说啥就是啥咱不逞强不行吗？女人就是女人，喜欢随着男人走，叫怎样就怎样！只要听话还能挨打吗？"屈玉说。

　　"像应声虫一样活着，跟奴隶一样受罪受气，现在的世道不就是这样吗？胳膊拧不过大腿！谁逞强谁吃亏，谁挨打！眼皮子放活点，好汉不吃眼前的亏！小心这块砖头啊！别挨打"

　　"越怕挨打越挨打，不行不过了，两条腿长在自己身上，想上哪里上哪里！不行就在这深山老林中过一辈子，说不定还一样过得得劲哩！"子霞说。

　　"咱们也不想着，光想着去享福，但也不能天天去受气吧！只要能过去也就万事大吉了，想得再好再多再美，但是现世是不饶人的，生活在这个社会阶层中，只有鸭子过河鹅过河，只要不强求别硬犟着来，没有过不去的河！没有不给你好人过的道理……"屈玉说。

　　"注意砖头！美女姑娘们也！你们讲的话不能听下去，全是奴隶思想，奴隶社会往家庭奴隶制度走，但话又说回来了，不往家庭奴隶制度走，往哪里走呢？大家都是女人，早早晚晚都会成家的，有孩子的，母爱太厉害了，想想吧！没有母爱就没有人类，没有女人就更没有男人，天生的母爱！女性就是整个天底下的神！否则就没有社会，也没有人的本身！"子霞说。

"大队长咱们啥时候上山呀？往山上送运砖头啊！"香花说。

"这不是明摆着呢吗？砖头烧出来了，就往山上运，不运到山上怎么垒长城呢？"孟姜女先生。

"我韩玉玲长这么大，还没有上过山呢？也不知道爬山上山可有意思没有啊？看着别人上山，爬着大高山耸入云端，满山长遍了绿树，又是遍地的果子红红大大的，小鸟满坡树枝上飞呀飞，叽叽喳喳地叫个不停，肯定树下还有好多好多想不到的故事和轶事见闻！"

"是啊！野兽、强盗、土匪、猎人看谁得势谁得力！不是大老虎，就是大恶狼野猪野狗成群等着吃肉肉！黑瞎熊不得不找肉吃！在大山中反正谁笨蛋谁就死，死后一堆肉，一会儿就不见了，大山是一堆残酷的大石头，谁软谁死谁完蛋……"梦圆说。

"笨蛋死！聪明人就不死吗？一样跑不掉一个死字！只是早一会晚一会的工夫！"秀莲说。

韩玉玲说："人家说啥你说啥！乱打西瓜叉，大家都在讲野生动物死不是死人懂不懂也！"

"管他啥呢？谁也跑不掉最终的一个死字！有我说死是进天堂，升天、先逝，去世！去西天求真主等等，无论怎样讲都是最终的结局，都是去享清福的。"楠楠说。

"大家注意些，千万不要搞坏摔烂了，摔断了，我到那边窑上看一看去！"孟姜女说。

"放心吧！大队长人、我们从千里遥远来到这里就是为着砖头的，我章某人可是绝对的保护砖头，谁搞我会跟他拼命的，当然我也相信大家的心情和我是一样的赤裸裸的忠心耿耿的！"章文明说。说话就像放鞭炮,嘎嘣响乱生脆的。

"我说窑主先生，赵兴和龙妞该罚你们两个人的金子，看看吧！好好的青砖像铁块子样，搬起来一点点一滴滴一嘎嘎都不温柔和浪漫，更没有情调好谈的风趣，一定是你龙妞小姐抱的柴火，往窑里，你龙妞又放得少，所以才使的钢砖如此傲慢和钢硬，一点点都没有女人美女的风味风采，把个赵兴的男人脾气全都印在砖时帮砖外了，钢强犟蛮和野气的豪迈来，这将来的长城肯定也会像这块砖一样巍峨苍劲挺拔壮观的！大家说说看，评论评论我袁鸣鸣讲的对不对？拿起来像锉刀沙轮子，这半天把本小姐的虎口五指下的老糨子给磨的血系鲜红粉嫩的，我估计明天再连着出二窑砖，恐怕就要鲜红欲滴的女儿红了，这可是人生美女的标记呀！献给长城了，印在了大青钢砖头上了，壮烈的女大侠无畏勇女士，让我永远永远记住这可爱瞬间靓情美吧美女也！"

"唉呀呀哟袁大小姐还在鸣鸣名响！这就对了，我们的美女姑娘大队需要的就是钢铁一样的毅力！手上一点点彩虹算什么吗？如今就是需要我刘美美去用鲜血说注每一块砖头，我都不眨一下眼皮，只要为长城好，能千年百年的永固屹立在华夏大地上，这才是小小的一点祭祀！对天起誓，决不皱眉头，害怕不是炎黄子孙的神龙后裔之人，我刘美美就是要在精神上很美美！为普天下的老百姓黩出去了！怕受罪！怕干活，都不来这里显摆！"

"是不错，人美美，心美美，言语更加美美所以叫刘美美，人不可貌相，海水不可斗量！对每一块砖头，咱们都要加倍小心的爱护和小心地去呵护呢！也是为了爱护我们自己，爱护普天下的老百姓，心不雄不叫汉子，胆不壮不叫侠客，我们就是要让长城昂首挺胸的在我们美女面前高高屹立，飞舞在华夏大地上起高潮，敌人看见心寒，叫坏蛋胆战心惊，让强盗两条腿发抖，赵兴你这会咋不说了！"

"大队长先生，你炎大队长的兵个个如狼似虎，随时随地都想吃人，特别是我们男人，在这里可是正儿八经的少数的民族半拉大啊！怕围攻怕掉进陷阱上不来！听不见还要讨金子老栗子哩！好汉不吃眼前的亏呀！"赵兴说。

"刚才我是听见变相的夸奖你砖烧的质量好！如钢似铁还像锉刀，小钢锯什么的，你真正的女人气，人讲听话听音，锣鼓听声，也不是我孟姜女说的那样个姑娘美女敢说，你赵兴和龙妞这砖烧的不够质格，我首先替你打抱不平，听声音，钢钢叫！多脆多好听的声音，像九霄云空中打的个响雷，咔咔叫！不下雨才怪呢！"

"炎大队长，我提磨着啥时辰能把这砖烧成透亮剔透的能照人那就好了，我赵兴正在加紧地想这个事情，是亮晶晶的东西，三五丈远以外根本看不出来，有东西像月亮似星星，当然比星星月亮大还要很长很长才能行啊！"赵兴说。

"哪你就慢慢做梦想好了，大小伙子做梦，美女姑娘如彩虹，会飞会跑会蹦会跳会舞会笑，还会变成天仙呢！"孟姜女笑着说。

"管她变成什么呢！只要天天能看见，时时处处一在块，干再累再苦的事也不觉得的！"

"那当然了，男女搭配干活不累呢！有种神奇的力量更有魅力吸引力，但也不能忘了干活，光图说话诉语别把大事干坏了就行！这一窑砖好几万，大家好几天的心血辛苦的成绩都在这里！万万不能马虎开玩笑哟！"孟姜女说。

"放心吧！大队长我龙妞也不是面捏泥做的！他不听我可要拽他的耳朵噢！无论干什么都要依砖长城为重要的位子，谁也不能胡作非为，铁的纪律谁敢破坏，除非他吃了熊心豹子胆了，我龙妞比监管敌人还要认真，就是在半夜也不能少，少放一把火，我们的责任就是烧好每一窑，每一块砖头，半根草也不能少放，千年大计谁也不能马虎，对不对炎大队长，就是现在出砖也不能碰坏烂掉角划伤的砖头，全力以赴保质量保数量！像钢像铁比铜还要好，呈色好才行得，我天天注意他赵兴的一举一动跟他学经验，准备第二窑砖烧得更好更美，更加经久耐用，更加经风雨霜雪水侵蚀性，持久性才行呀！大队长你说好不好！"龙妞说。

"好！好得很，我们的姑娘美女都是好样的，要经受得起时辰和日月的长期考验把个人的情愿，感受往后挪一挪，往脑后推一推，这可不能光放在嘴上，应该是在实际中，一定要记住儿女私情是要不得地，越是儿女私情，我们越是要戒备防止才是，因为我们都是最有自尊，最有自强，最有自信，最有自主心的美女，让岁月为我们女子大队光彩叫好，人活脸，树活皮，一个美女姑娘没脸没皮，她就别在活下去了，丢人现眼都是我们女孩子大忌，我们如今是不蒸包子也要争口气，让全天下的老少爷们，瞧一瞧咱们姑娘是怎样在长城上舞出彩虹飞霞靓艳的容色和姿态姿势的美丽人生价值的，大家一定不要辜负上天给我们美女的母性之爱，爱着蓝天，爱着大地，爱着人类，更应该爱着自己的靓丽璀璨！赵兴你说，我们美女修长城的歌你会唱吗？"

赵兴说："我不行，我只会唱军歌。谁说没有衣裳，请你穿上我的战袍！国王兴师去打仗，快擦亮我们的刀枪。大敌当前，你我要统一方向！谁说没有衣裳，请你穿上我的衣衫。国王兴师作战，快磨好我们的戟箭：杀呀！冲呀！我们一道冲向前吧！谁说没有衣裳？请你穿上我的战袍，国王兴师去打仗，快整顿好我们的甲盾！杀呀！冲啊！我们并肩勇往前奔！"

"唱得太好听了，你赵兴还真有两下子，把军歌唱的雄赳赳气昂昂的，在唱一个怎么样？"

"你们不要取笑我呀！真是对不起，我只会这一首，平时我不太爱唱歌的，干活打仗才是我们的强项，唱歌真的不太行，龙妞她知道的，老公鸭嗓子。不过这支歌还能马虎过去的，骑兵都要唱的，军歌当兵的不唱让谁唱呀！不然我来唱首《蒹葭》：一片芦苇苍苍，清晨的白露结成霜，我日夜思念的人儿啊，就在河水那一方。沿着小河弯曲的河水去找她，道路阻隔又漫长。逆着笔直的河水去找她，她好像隔在水中央。一片芦苇连着天，清晨的白露还没干。我日夜思念的人儿啊，就在河水那一边。沿着弯曲的河水去找她，道路坎坷又难攀；逆着笔直的河水去找她，她好像隔在小沙滩。一片芦苇满河流！清晨的白露未全收。我日夜思念的人儿啊，就在河水那一头。沿着弯曲的河水去找她，道路迂回又难走。逆着笔直的河水去找她，她好像隔在一小洲。"

"好，唱得好！一个姑娘的心和爱！都让河水给流走了，永远也找不到在哪里？只有景物所在而无人影！"孟姜女拍手叫好，又赶快接砖递下去，给任倩倩接去又递给李连丽，李连丽传下一个美女。

　　"大队长我任倩倩也会唱民歌小调：榆树栽在东门外，栎树长在宛丘上。子仲家的大姑娘，在树下婆娑舞蹈，挑个晴和的日子，到南方的郊原上，姑娘把债麻搁下，还婆娑在集市上，美景良辰快快前往，多少次我都去游逛，我看姑娘像朵荆蔡花，姑娘赠我一把花椒真芬芳。"

　　"再唱一首，不错任倩倩的民歌唱得不错，独有风味还不耽误干活，递运砖头块，下边的美女们把砖头码整齐，千万不能倒了堆啊！二百块一个码字，到时候好记数字。"孟姜女安排着说道。

　　"谁还来唱，大家唱唱民歌，民歌也好听也好记！""我韩玉玲来唱俺单桥民歌，大家听好了，低洼地里长阳桃，婀娜的枝叶随风摇，密密纵纵多繁茂，真羡慕你无知无觉乐逍遥。低洼地里长阳桃，红花朵朵随风跳。鲜艳无比多可爱，真羡慕你无家无室好自在。低洼地里出阳桃，果实累累满枝赘，茁壮饱满多肥美，真羡慕你无牵无挂不伤悲。"

　　"唱得好，唱得实在漂亮，你韩玉玲也像阳桃，水嫩艳靓皮肤白皙。晶晶我也唱它一首《七月》七月火星向西偏，九月要为官家做冬衫，十一月呼啦啦北风起，腊月星凛冽天地寒。我们棉衣粗衫都没有呵，怎么挨过冷天度年关？来年正月修农具，二月赤脚忙下田。女人娃娃都不闲，田官见了很喜欢。七月火星偏西方，九月要为官家做冬装。春天里来暖洋洋，黄莺枝头叫得慌。姑娘拿深筐，走在小路上，慢慢采嫩桑，春天来了日子长，遍地的白蒿采不光。姑娘边采边悲伤，只怕公子把人抢。七月火星偏西方，八月芦苇晒进场。蚕月一到去剪桑，抢起斧头轻轻砍，杂乱树条削得有理有章，好让新枝嫩芽茁壮成长。七月伯劳叫不停，八月开始纺麻忙。丝麻染得黑又有黄，大红色的丝床最鲜艳，要替公子做衣裳，四月远志结了子，五月知了开始叫。八月忙收获，十月树叶落。十一月份头去打猎，剥下狐狸皮，要给公子们做皮袄，腊月合伙狩猎更热闹，又练武艺是英豪，多余的小兽归私有，贵重的大兽却要献给财主佬。五月里蚂蚱抖腿鸣，六月纺织娘拍翅叫，七月里蟋蟀满地爬，八月躲到墙角落，九月蟋蟀跳进门，十月就钻床下了。填好墙洞熏老鼠，赶紧塞紧北窗户，门缝用泥涂涂牢。唉！老婆孩子一家老小，又要住进这草屋，把我冬日腊月熬。六月能野李子，山葡萄，七月煮点葵菜和豆角，八月里割下葫芦做大瓢，九月拾些火麻子，挖苦菜，砍下臭椿当柴烧，我们的日子真糟糕，八月里的活计是打枣，等到十月收下稻，酿好春酒藏地窖，准备来春祝福那些'寿星老'，七月里吃甜瓜。九月修筑打谷场，十月收粮进官仓，早稻晚稻小米和高粱，芝麻豆麦堆满仓。唉！可叹我们农人们，场上的庄稼刚收好，又要进府修宫房。白天割茅草，晚上搓绳忙，赶紧上房头，修我破草房，明年开春又得忙插秧！腊月凿开冰冲冲响，正月冰窖满满藏，二月举行祭祀礼，献上韭菜和羔羊，九月里天气多爽朗，十月扛清打谷场，杀掉几只羊，抬酒上公房。举起牛角杯，恭贺万寿无疆！"

　　"唱得好，真不错！"孟姜女夸奖着手中不停地传递着砖头说："赵兴再来一段，别不好意思，随便唱，想唱什么唱什么！那个美女还能把你抢走了还行吗？唱一段，刚才不是唱得挺好的吗？来来唱！"孟姜女鼓励着邀请着。

　　"我往东山去远征，久久不能回故乡。如今总算从东方来，细雨蒙蒙茫茫。一说离开东山回家乡，我面向西边心悲伤。缝一件新的家常服，从此不再衔杖把兵当。那一团一团卷曲的野蚕，一直爬田野的桑树上，我们当兵的也缩做一团，在兵车下露宿把身藏。我往东山去打仗，久久不有回故乡。如今要从东方归家了，细雨蒙蒙茫茫。料愁那瓜蒌长的壮。藤蔓怕已爬到屋檐上，屋内一定生满了小潮虫，蜘蛛在门上也织了网。野兽出没屋前后，鬼火四处在游荡。家园荒凉我不怕，它的一切我时时在向往！我往东山去远征，久久不能还家园。如今我总算从东方回到家，细雨蒙蒙连绵。老鹳在土堆上叫得欢，我的妻子一定在房里哀叹。她扫屋子填墙洞，整天盼着征夫要归还。当年婚礼饮酒的大喜瓢，想必一直挂在柴堆边。自从我离家没见她呀！至今已经三五年。我往东山去远征，久久不能还家园。如今我总算从东方归了家。细雨蒙蒙连绵。黄莺儿飞上又飞下，羽毛扑扑亮闪闪，回想当年她出嫁的那天，迎亲的红黄马儿新雕鞍。亲娘给她结佩带，繁多的礼仪说不完。她新婚过门多么好啊！久别重逢她多喜欢呀！"

　　孟姜女说："你们唱得好，砖头也码得好，好好干！我去那边窑上看看，看看牛占雄和代凤他们那四十多人干的怎么样？无论咋样，千万别摔哪咯就行！"

　　早早听见牛占雄在唱："紧紧扎起一捆草，抬头三星挂天上。今夜是什么时光？遇上这个好新娘，多么巧，你呀！你呀！好机会给你碰上了！你能把她怎么样？紧紧扎起一捆柴，抬头三星进屋角。今夜是什么时光？天配的良缘多么巧，你呀！你呀！越看越好看。对着新人怎么办？走出东门去，姑娘多得像彩云，虽然多的像云彩，都不是我中意的人。那素装配着绿围腰，她才使我倾心。走出城门外，姑娘多得像白云，虽然多得像茅菜，都不能使我心里爱。那素装配着红围腰，和他在一起才喜笑颜开。江水河水流得欢，游春的男女手拿着春兰，少女说：'可去看一看？'少男说：'早已玩了玩，再到那边看一看！'泉水岸边又宽又好玩。男伴女，女随男，说说笑笑真烂漫，赠枝玫瑰情意记地间。河水江水清潋潋，游春的男女挤满泉河岸。少女说：'可去看一看？'少男说：'早已玩了玩！'再到那边看一看！泉水岸边又宽又好玩，男拥女，女舞男，说说笑笑真靓艳，赠枝红玫瑰情意爱心间。"

杨纯雨也唱道："你多么敏捷呵！和我相遇在山泉之间呵！我们并马追逐两只大兽呵！你作揖夸我矫健呵！你多么漂亮呵！和我相遇在山泉大道呵！我们并马追逐两只大兽呵！你作揖夸我多美好呵！你多么雄壮呵！和我相遇在山泉南面呵！我们并马追逐两只雄兽呵！你作揖夸我友善呵！"

丹妹唱道："葛布鞋儿扎紧绑，穿上能够踏冰霜。我有一双纤巧手，总给别人缝衣裳。腰身领子都要做好，哼！送给那美人去穿上！那美人大模大样好神气，扭身子把头偏一旁。把象牙发钗戴头上。为教训她这种窄心眼，我要编几句歌儿唱一唱。"

田田也唱道："我登上荒草丛生的丘陵，远望父亲久别的身影。父亲说：'唉，我的孩子在外苦当兵，日日夜夜没安宁，儿呵！千万多保重，及早归来别久停！'我登上荒秃不毛的丘陵，远望母亲久别的身影，母亲说：'唉，儿子在外苦当兵，日日夜夜睡不宁，儿呵！千万多保重，及早归来侍双亲。'我登上高高的山冈，远望长兄久别的身影，哥哥说：'唉，我的弟弟在外苦当兵，日日夜夜都酸辛，弟弟呵！千万多保重，及早归来，别在他乡丢了命！'"

王雪宁唱道："你倘若真心对待我，请提起衣裳渡过淮河，你若不喜欢我，难道就没有别人了。你呀你，你这个傻家伙中的傻家伙！你倘若真情对待我，请提起衣裙渡泉河，你若不喜欢我，难道就没有别人吗？你呀你！你这个傻家伙中的傻家伙！"

李诗雨唱道："东门外有一个水塘，茜草长在斜坡边，你的家虽然近在眼前，人却离得我很远很远，东门外有几棵栗树，在你家四周整整齐齐栽，我难道不想你哟！是你总不肯走拢来。"

汪静怡唱道："风凄凄呀雨冷冷，鸡鸣喈喈烦人心，终究看见爱人来了呵！心情怎么会平静。风萧萧雨凄凄，鸡鸣胶胶恼人心，终究看见情人来了呵！心病怎不消除尽。风雨交加昏沉沉，鸡鸣不断摧人心，终究看见恋人来了呵！怎不叫人笑盈盈！"

静静唱道："你衣领青青的人，我悠悠难言的心，纵然我没有前去找你，为何你不来和我约会我踱来踱去心不定，长城楼上左盼右等，一天不见你的面呵！真像三个月光景！"

冯保妹唱到："落叶呵，飘飘的落叶，风儿把你慢慢地吹落地，哥呀！我的哥哥呀！你唱吧！小妹妹我和着你，落叶呵，飘飘的落叶，风儿又把你轻轻地飘起，哥哥呀！我的哥哥呀！你唱吧！小妹妹我来跳支舞伴着你！"

韩玉玲唱道："那个小调皮的小伙子啊！他不跟我讲话啦！为了你的缘故啊！使我饭也咽不下呀！那个讨厌的小伙子呀！他不与我一道吃饭啦！为了你的缘故啊！使我日日夜夜睡不安。"

徐美妹唱道："关关叫着的雎鸠，徘徊在河中的沙洲。有个温柔漂亮的姑娘哟！叫人整日整夜的失眠，心想她呵难依见面，或睡或醒都在思念，悠悠思恋没个完，翻来覆去受煎熬，长长短短的水中荇菜，左右两边随可采，温柔漂亮的姑娘哟，敲响击鼓和她齐欢爱。"

章怡子唱道："南山有棵下垂的弯弯树，茑唱的藤蔓爬上了树，多快乐啊！这位好青年。祝他富贵有扶助，南山有棵弯弯下垂的树，茑唱的藤蔓树，多快乐啊！这位好青年，祝他有个好前途！"

郭文慧唱道："桃树啊多么茂盛，开着火红的花，哪个女子出嫁了。这时候多适合她有个家。桃树啊多么茂盛，密密的树叶成荫，哪个女子出嫁了，这时候多么适应她一个家。"

晶晶唱道："南方有棵高高的大树，却不可在树下休息，淮水中有位神女，难以向她表达我的情义。淮水宽又广，难以游过去，江水长又远，难以渡过去，横七竖八堆着柴草，是我砍下荆棘，如果那位女郎嫁给我啊，我情愿给她喂铜驹！淮水宽又广，鸡以渡过去，江水长又远，难以游过去。横七竖八堆着柴草，是我割下的蒌蒿野荞，如果那神女嫁给我啊！情愿给她爱给她一生的情！淮水宽又广，难以游过去，江水长又远，难以渡过去！"

晶晶继续唱道："梅子纷纷落地，树上还剩十之七，有心的男儿追求我吧！现在到了良辰吉日。梅子纷纷落地，树上还剩十之三，有心的男子追求我吧！最好是今天。梅子纷纷落地，用筐子把它们装起来！有心的男子追求我吧！不要婚礼，马上跟了你！"

李曼秋唱到："山野中猎人打死一匹獐子，用白茅草把它包走，当少女怀春的时候，好心的猎人把她挑逗。丛林中猎人砍倒一堆小树，又把鹿射死在幽谷里，用茅草把它捆拢时，又想起了那美玉般的少女，她将庄重而温柔地说，慢慢地来吧轻轻地跑！别掀动我的围腰！别惹的狗儿乱叫！"

孟姜女往下一窑走来笑喜子与七彩说话："大队长刚才我听到她们的那些姑娘女孩子都在唱老歌子，老歌能唱出幼年的情意来，当然是怎么样得听别人唱，现在还是在听她们唱，唱的起劲呢！"

"光听唱老歌子，想唱自己也可以自己唱吗？别不好意思，想着唱，歌子都是一边唱一边想的！在好的词，也有忘记的时候，再好的时光，也会有丢失的时辰，意境胜风景！人爱难胜心爱！从心里发出的才是真爱的情义！不信我孟姜女唱一段，你听听！哥哥到野外打猎去了，驾着四匹马的大车。他手把缰绳多整齐，两侧的边马也同举蹄。哥哥到了一片沼泽地，围猎的火把都举起，他赤膊打一头虎，送给国王作献礼，国王说：年轻人呵！切莫大意，当心猛虎伤了你！哥哥在野外打猎，驾着黄马的大车，四匹马扬昂前奔，边马搭配像雁群，不即不离，哥哥呀来在一片沼泽地，围猎的火把高高举，他射箭百发百中，又能同时将车马驾驭，纵马狂奔又突然刹车，一箭儿离了弦便飞禽落地，哥哥在野外打错，驾着四匹马的大车，两匹马齐头并进，左右边马更整齐，哥哥也离开那片沼泽地，烈火还在熊熊燃烧着，他让马儿慢慢走，不再把箭发射出去，他打开箭筒收起舍往令劝，把弓从容放进皮囊里。"

七彩拍着手叫道："唱得好听，炎大队长你唱歌真好听！我也想学你这种唱法。心里憋得怪怪的！"

孟姜女说："想唱就唱，别不好意思，唱一个听听！"

七彩唱道："哥哥也！我求求你，别越过我家门户，别攀折我种的杞树，我哪里吝惜小树，是害怕我的父母，恋人真叫人心牵记，父母的话可叫我心里发怵。哥哥啊！别爬上我家围墙，别攀折我种的嫩桑，是害怕我的几位兄长。恋人真叫人牵记，但兄长的话可叫我心里发慌。哥哥啊！我求求你噢！别跳进我的家园，别攀折我种的紫檀。我哪里吝情紫檀，是怕街坊乱语胡言。恋人真叫人牵记，但流言蜚语可叫我心里打战。"

"唱得真好！七彩你真行！哥哥妹妹就是要大胆相爱，等修好长城去你家里找阿哥哟！"孟姜女说。

"唱唱哥子哪里真有恋啊哥哟！炎大姐我做梦都想哥哥，就是没有。"七彩说。

"表面没有心中有，梦中有魂里笑呢！谁知道呀！鬼妹子精着呢！"孟姜女说。

"好！我也唱一个小调民歌！我的爱人啊！她采葛草去了，一日不见她，像隔了三个月！我的爱人小妹妹呀！她彩潇草去了。一日不见她的面，像隔了几个季节哟！"

"快接住！砖来了，两块一起的，小心啊！站好了，不要动呀！我的丈夫在外地股劳役，不知道他的归期。他什么时候才能回来呢！鸡钻进了窝里，太阳已经偏西，下山的牛羊都回圈聚集。想到丈夫还在服劳役，怎么不勾起我的愁思，我的丈夫在外边服劳役，没完没了难依计算，我们那一天才能重聚呢！鸡栖息到窝里，太阳已经偏西，下山的牛羊都回圈聚集，想到丈夫还在服役！我呀！但愿他不渴不饥，小米栽得一行行，高粱苗儿正生长，我高举迟迟不前，因为我心中彷徨。了解我的人，说我心中忧愁，不了解我的人，以为我有什么期望，悠悠苍天啊！清闲这该怎么讲！小米栽得一行行，高粱抽丝正苗壮，我举步迟迟不前，心头迷迷茫茫，了解我的人，说我心中悠闷，不了解我的人，以为我有什么期望，悠悠苍天啊！请问这该怎么讲：小米栽得一行行，高粱结子唰唰响，我举步迟迟不前，胸中梗塞气不畅。"严梓香唱。

"你投我一个木瓜，我解下琼玖回赠，不是为了报答啊，要的是长存的爱情！你投我一个李子，我解下琼玫回赠，不是为了报答啊，要的是长存的深情！"

严梓芳唱："我的阿哥啊！英武威风，他是邦国的英雄。我的阿哥呀！手执兵杖，他做了君王的先锋！自从阿哥远征东去，我懒得梳妆啊！头发蓬松，并非我没有润发膏哟！他走了我又为难谁整容！希望老天下下雨吧！它偏偏出了太阳红彤彤，我对他念念不能忘怀，想得头晕目眩也心甘情愿！哪里有忘掉的萱草！我想在房北面种上一株，但对他难以忘怀的哟！使我心中总是郁闷难舒。"

郭凯莉唱："长长的竹竿啊！用它在泉河里钓鱼，难道不思念你吗？我的家乡，只因为路远不能归去！泉河在左边，泉水在右边。女子远嫁出去，就远离父母兄弟。泉河在右边，泉水在左边，当年含笑齿露，佩着玉走路有风度。泉水悠悠地流，枱桨配松舟，驾车出外游啊，消我心中的忧愁！"

飞翔妹："要采女萝向哪方呀！采女萝要到淮鄄乡哟！谁惹得你朝思暮想呀！是哪美丽的姜家的大姑娘哟！她等我在桑林中，她约我在高高的阁楼上，她送我到泉水旁！要采麦子到哪方呀？采麦子要淮邑的东方哟！谁惹你朝思暮想呀！是哪美好的韩家大姑娘哟。他等我在桑林中，她约我在万泉的阁楼上，她送我到泉水旁，临泉县城的高楼上。"

杨纯雨唱道："我荡着柏林小舟，在哪泉中泛流，哪个发髻垂垂的少年，他就是我心爱的配偶，我爱他呀我起誓，到死我也不再它求。亲娘呀！我的天呀！你真不体谅人哟！我划着拍木小舟，游荡在泉河两滨，那个发髻垂垂的少年，他就是我倾心的情人，我爱他呀！我起誓：到死我也不谈心！亲娘呀！我的天呀！你真不体谅人哟！"

韦克志唱道："文静的少女啊多么美丽！她等候我在僻静的城墙，藏啊躲呀找不见，我挠头徘徊焦急！文静的少女啊多情又动人，她送给我一支细笛、红笛闪闪发光，叫人爱呀叫人喜。她还从野外给我采来一束嫩草，真是漂亮的出奇。不！并非嫩草有多么美丽，只为它是美人的赠礼！"

俞美霞唱道："天晚了，天晚了，我们为什么不归家呀！要不是老爷的差事多，为什么老在露水中干活！天晚了，天晚了，我们为什么不归家！要不是养活老爷的贵体，为什么老陷在泥泞里！游荡荡的柏木小舟，任它在河里漂流，心中焦虑一直不入眼，因为我有深深的忧愁，并非我没有酒浇愁，也不是四处遨游能解脱烦忧！我的心不能像镜子不能包容什么东西都不在乎，我虽然有兄弟，但他一点靠不住，不得已向他倾诉，反遭他生气发怒，我的决心不像席子，不可以随意卷扰，我的心不像石头，能随意转动，人人都有自尊和威严，我的长处数也数不清。我的心如此深沉，都因为得罪了群小，遇到痛心事已经很多，爱的侮辱实在不少，一桩一桩仔细推量，我抚心捶胸睡梦难熬！太阳啊月亮啊！你们为什么轮流出现阴晦！我心中的忧愁啊，就像衣裳上洗不掉的污秽，一桩一桩仔细推量，恨不能我远走高飞他乡！"

宋安民和宝宝男女声合唱："锋利的犁铧肩上扛，开始下田去干活，及时播下百谷种，粒粒种子生气多，家中有人来看顾，晌午饭装满方筐和圆箩，送上回头吃午饭，戴上草笠又干活，手拿铲头地里戳，铲掉埂草锄木草，杂草水草都烂掉了，庄稼长的多繁茂了，收获时节镰刀哗哗响，稻垛堆满高高场，高得像城墙一般，密得像梳子一样。打开粮仓上百幢，百幢粮仓都装满。老婆子孩子安心又欢畅，杀头大公牛，牛角弯又长，年年这般来祭祀，继承先人设宴席。"

许燕飞、程军跃、倩南、特兰四个人唱道："先除乱草刨树根，开始松土闹春耕，对对行行上千的人，有的耕低地，有的刨田埂，家主也来了，长子后面跟，老二带着一帮之人，强劳力上了阵，狼吞虎咽齐吃饭，还对送饭的妇女诎西说东，子弟个个都壮实，犁头锋利好深耕，田里播种开始了，我们撒下百谷种，种子勃勃有生气，一颗颗跟着破土生，拔尖的苗儿长得旺，齐齐想一陇一陇，仔细间苗耘草忙不停，开镰收割稻谷香，粮食堆积装满仓，万亿万亿数不光，白酒甜酒都酿好，好酒先敬祖上尝，符合百礼进庙堂，进饭进酒香喷喷，给我们邦家添了光，再献上椒浆香喷喷，请赐给我们长寿与安康，没想到今天竟如此，想不到丰收竟然会这样，自古以来都是这模样！"

孟姜女最后也唱到："哦哦！大臣们，已是暮春时节，你们还有什么要求！你们需要什么新田开拓！哦哦！田官们，已是暮春时节，你们还有什么要求！你们需要什么新田开拓？哦哦！多么好的麦子，丰收将要来到眼前。光明昭著上的哟，不断赐给我们大家丰收！现在命令我们众民，预备好锄和铁锹，大王要来一同看大家问苗，除草了！广阔的田里有多种多样农作物，选好种子，修好农具，便着手耕事务，扛上我锐利的犁把，把田里开始了耕锄，播种了百谷，苗儿长得又壮又粗，龙天子的心里一定很舒服！庄稼抽穗了，灌浆的谷粒坚实不错，没有杂草，没有荒芜，还要灭虫子，螟螣蟊，贼都要除掉，不让它危害田里的幼禾，多方田祖神灵相助，把它们全部扔进炎炎大火，只见阴云密布，雨水慢慢地落不住，雨水下在公田里，也把私田里照顾照顾，哪里有没收割的嫩庄稼，这里有没有捆扎好的稻穗，那边漏上几把，这里有穗子掉落，就让寡妇们得点好处，龙天子来到田中观看收获，老婆娃娃忙送饭，说给田里干活的农夫，田官高兴的不亦乐乎，龙天子到来祭四方，我们宰好牛肉和黑猪，再献上稷和秬，宴享神灵祀天地，祈祷华夏大威大福。"

范冰宣唱道："什么草不会枯黄，哪一天没有奔忙，哪个人不在劳碌，为官差奔走四方，什么草儿不会枯萎！哪个人没有病患，可叹我们役夫征卒，偏偏不当人看，我们不是野兽，却奔跑在草野荒郊，可叹我役夫征卒，从早到晚没完没了，那尾巴蓬松狐狸，才在乱草丛中钻撞，我们驾驾是篷箱大车，颠颠簸簸走在大路上。"

孟姜女和晶晶三个人大唱道："姑娘的歌曲一串串，小伙子音韵飞上天，砖头堆的一垛垛啊！新老歌声吼连天，西陲城墙舞到渤海湾，华夏大民族的团结拼搏创新爱。从古至今睿智科学不间断，哎哟哟也！唱啊唱！唱出彩云靓艳自豪多浪漫，舞呀舞！舞出江山壮观豪迈多抒情也！姑娘小伙激情劳动！山河笑开颜。"

十六字令四首

山！城靓长虹富贵赞！神龙子，龙人千万年。

山！姑娘美女砖运恋！淌汗水，湿衣心韵甜。

山！万里长城华夏宣！城墙拒，老少太平安。

山！长城飞翔舞彩练！云天欲，洋贼盗心寒。

信吏

"晶晶大队长，你可是这次的运砖带头人物！准备背几块砖头呀！大家都看着你的，你的行动噢！你可是咱们女子大队第一副大队长的顶尖人物唉！"孟姜女说。

"路长知马力，天长见人心！按照规定的来！尽自己的最大能力吧！才开始这第一天第一趟，还不知道军情怎么样，能不能行，到底有多大的能力，所以还是稳着点来，无论怎么讲：最后完好无缺的背上山顶，才能显得最难能可贵！砖头背在我的身上背上比我的眼睛还要宝贝，更比我的生命还要重要一千倍，我一定要带领大家姑娘美女们安全到大山上！请大队长放心决不食言！"晶晶背对着砖垛垛说话，等大队长给搬砖放好背篓里。"大队长，快呀！"

　　"好！决心就是我们的本钱，本钱才是决定城墙质量好歹的关键！我们全体美女自然走到一起来，就是为了修好长城，让城墙百炼成钢铁一样结实经久耐用，也是为了修好长城，城墙从西到东又是我们普天下老百姓的生命线，太平年！我们女子修城的姑娘们这往山上运砖头也是关键的一招！千万不能让大家过分流大汗，更不能浪费每一块砖头，她来之不易！在我们手中摆置来摆置去的，都是为了一个高质量的希望，决不能有一点点马虎。也是为了千年不变的首位质量第一，今天我再一次的严格要求，为的是让长城在我们炎黄子孙以后百年千年的生活安全中着想！长城的质量好坏直接影响我们的子孙后代，神龙精神巍峨耸立宏伟的生命力！有了她神龙舞动，普天下的老百姓就享受安居乐业，太平安康！有了她神龙就浪漫潇洒方便地挡住烧杀抢掠的劳动果实，一切财宝和生命！所以说我们千遍万遍的只有把好质量关！才能世世代代祖祖辈辈的享受太平安康的安全，所以我说姑娘们，我们现在往上送去的不仅仅是一块砖头，是一颗永远火辣辣的红玫瑰，爱着的红心！一腔沸腾澎湃的热血，每人六块！一块也不能损坏，一块也不能碰坏！保护好砖头，就等于保护好我们的心血！是我们每一位姑娘最大的心愿祈盼呢！当然更重要的是我们自己职责和不能推卸的义务，只有在我们心中重视她！才能更有效力的保护呵护好她的爱，让她安全无误无漾的到山上！我们大队的每个人的心愿才能体现出来，千万不能马马虎虎，更不能无所谓的，那是不行的，只有高度的重视！小心加倍的呵护，才是我们华夏大民族的神龙孕育和诞生靓美的希望，姑娘们不但我们自己做到责任心，还互相督促着，万无一失才行！大家都听到了吧！连我孟姜女在内也决不能损坏一块砖头，韩玉玲你背几块！"孟姜女说。

　　"和大家一样每人六块！一块也不能多，一块也不能少，安全正点无误到达山上，除非自己不能活了为止，大队长你看行吧！"韩玉玲说。

　　"好样的！我希望美女都应该这个样子。咱们的路还很远，一路上要走大半天功夫。一定要坚持！二是要有牺牲精神。三是要有恒心，才没有克服不了的困难。"

　　"放心吧！大队长，我会把全班带好的，绝对不让一个人损坏砖头，安全无事故，早早到达山上！如果遇到特殊情况走不动，就是爬也要爬上去！"韩玉玲说。

　　"你叫：香花是吧！没有问题吧！砖头的重要性知道了吧！"孟姜女说。

　　"大队长请放心吧！无论如何也要把砖运上山，即使是上刀山、下油锅也一定把砖送到，我们来就是要到这里修长城，而不是来享福的！咋样也得把砖头运上山！也不能损坏一块！大家六块我六块，保证完成任务，大队长放心好了！"香花说道。

"郭班组长是越来越美了！"孟姜女说。

"哪里啊！跟着大队长干活沾光了，当然会越来越漂亮啦！以后还会越变越丑哩！那肯定是老了！"郭文慧说。

"你背多少块？"孟姜女说。

"大家一样六块，送到山上绝对不会少，或是多一块的！请大队长放心吧！"郭文慧说到。

"希望大家每个美女姑娘们在思想上高度重视质量不能马虎，更不含糊，说到做到，这是原则也规矩！大家知道了也要说，强调的目的千万不能忘了规矩！不然把砖头送到山上一个个都变成七个角八个拐的，本来是一块砖头，经过我们肩背步行一天，六块变成十块十二块了！美女天仙们想一想，还怎么垒长城呢！垒出的长城能结实耐用吗？天长日久还能经风雨见世面吗？能千秋万代，百年不朽吗？经得住太阳的万道金光、千年不变色吗？我们的事业是前人没有干过的，首先要保质保量，让千年万代的炎黄子孙，都能享受到安全幸福！享受我们女子修长城的美好温馨情意，让他们生活得好，活得美满！就会自然而然地想到我们美女姑娘的辛勤，吃水不忘挖井人吗？安全享受的人们也会永世想道大家的！所以我们不厌其烦的讲质量，都是为了子孙后代和我们自己以后现实生活是不是哩！我们今天才十六岁、十八岁，要到七十六岁、八十六岁，还有几十年的光阴！所以我们要求大家加倍的负责任，增强责任心，随时随地的爱护好每一块砖头，这是我们美女的事业心，姑娘们的美好行动之准则，只有责任尽到了，才能有必要的讲来讲去的好处，不要因为个别人一提到责任就反感，就不愿意听，哪是错误行为，只有天天讲，时时刻刻的提醒，最后才能达到自己最美丽的心愿！才能达到最靓艳长城的千年不朽的面貌！"

"大队长你放心吧！就是你不讲我们也会想到质量是关键的关键，绝对不能有半点一丝的马虎的，砖头这么好！这么整齐，这么硬实，这么漂亮，打死我，我也不会碰坏它的，哪个美女还不是像保护自己的美一样，保护砖头啊！不但我爱护，让全体班组都得爱护好！"徐丽丽说。

"徐丽丽你更要爱护好砖头呀！"孟姜女说。

"好的，炎大队长，坚决做到爱护砖头，一点点也不磨损！上山对待砖头就像我们美女爱护靓发一样，一丝一毫不能坏掉！砖头比我们的容颜还要重要！"徐丽丽说。

"好，大家都知道就好！长城就能牢固千年，子子孙孙千代万代都会起到幸福快乐的作用，我们姑娘又不是白吃苦的，子子孙孙都会想到大家辛苦的好处和神灵功勋，只有我们齐心协力长城才能载歌载舞到春秋万代。张曼班长你们也一样的注意，对每块砖头爱护，这跟长城质量有至关重要的关系，只有砖头保护好，才能垒出一流的万里长城，只有第一流的长城才能阻挡住坏人洋鬼子强盗的侵袭和破坏，老百姓的财产和性命不受伤害，不受损失，咱们男男女女老老少少，才能有一个最平安的太平盛世，所以保护好砖头才是真正第一性质的特大重要首位事情，所以我们的美女姑娘们一定要加强重视质量的关键问，决不能马马虎虎的不放在心上，质量比我们的命还要值钱，还要关键得多得多，所以从思想上、行动上，要特别强调！大家一定要让砖头安全无漾的到高山上才是真正心中大事情，万万不能掉以轻心得过且过，要加倍的保护好处处提防，小心才是真正爱护真心的垒好修长城的使命感！"

"大队长放心吧！我们会把你的质量和爱护砖头的真经圣经记在心里，溶化在脑子中的，绝对不让一点点一毫毫的砖头在我们手中受到一点点的损伤，不是徐丽丽一个人的心声，是全班组美女姑娘的心声！也是张大班组长的是最终心声，周莉你说是不是啊！"

"是是是！大队长尽管放心，我们组是质量的心声和行动的主干队，主力队别动队组，保护好砖头上山敢打虎，下山敢和小鸟飞翔，使砖头完好无损！"

腾飞飞说："炎大队长尽管放心吧！大家美女姑娘们心里特别清楚，不信我再唱首歌你听听：美女姑娘们是何等的劳苦哟！但愿江河可以稍得康宁，赶快修建长城噢！君王你要珍爱大秦朝纲啊！以便四方得到安静，请不要听奸臣诡诈苦难，才能谨防心怀鬼胎的奸佞。请遏制那些强盗暴徒吧！他们狂妄到从不畏惧天命。只要怀柔天下，顺抚近旁，才能使人我们国家获得安定，姑娘美女是何等的辛苦的，但愿可以巧得宁静！齐心修建长城吧！君王要珍惜大秦土地啊！让天下民众可以安居乐业，请不要听从恶臣诡诈欺骗，国家才能谨防那些暴乱事件。请遏制那些贼人暴虐之徒吧！不要使民心涣散，请不要抛弃已有的功绩，那种美德是君王应有的，美女天仙是何等辛劳的哟！但愿可以稍得安静，男女都来修长城！君王珍惜大秦朝纲啊！以便使全国得到太平安康！请不要听取狗奴诡诈欺骗，才能叫虎狼丑恶行径收敛一些。请遏制那些狗豪暴虐之徒吧！不要败坏了咱们百姓的大业，你虽然是一个年轻的君王，但为天下的表率影响极大。美女姑娘是何等辛劳苦做哟，长城修成铜墙铁壁，君王啊！要彩爱有德才的人靠拢。美女姑娘是何等辛苦的！但愿可以使江山整装安宁，快快修筑钢铁长城！谨防结党营私小人纠缠不清。使他们扰乱朝政民生！君王啊！我们爱护你像爱护白玉，才向你们唱谏大胆提示啊！大队长知道了吧！大家心中都装着长城，让长城早点诞生面世，谁能不爱护砖头呢！打比方说：你给我黄金银子，也不会让砖头损坏碰着的，咱们都是一条心眼走到底的人，大队长不讲也会提心记住的！"

"好，你大班组长讲的好，愿你们组里人人都小心爱护每一块砖头，比爱护自己的命还要值钱，做人要有价值，我孟姜女唱一首长城的歌谣大家听：蜿蜒浮高山，腾海上青天。嫦娥永相舞，星星眨眼见。"

"大队长的歌是越唱越好听，真是好长时辰没有听到炎大姐你的歌声了，我们在万家屯那边干活，大队长一走。就很少有人在唱歌了，每天除掉摔泥巴，还是摔泥巴上窑，出窑运砖头，打砖坯子满脑子的砖坯子，砖头和长城，一天天过得也很快，这不是又要送砖头上山了，还是整个大队人马在一起干活亲切热闹。"霍英说。

"就是呀！俺们十队九队八队不是在万家寨那里吗？如今也都来到这大青山，大家伙在一起大干一场，咱们那边的黑老窑早就不烧砖了。主要工作量最后这一个月，运砖运土方石头往长城里填满，夯砸实在平整外观城上的美！杨桥畔那边的也好像都撤过来了，他们六队七队阳阳队长和青青队长，这真叫分久必合，合久还要分呀！是不是大队长？"小曼队长说。

"是呀！小曼队长，如今小曼变成大快快人，名字叫小曼，干起活来可是快得很呐！这叫物极必反呀！当然干活又不是一个人的事，都是全队整小队一体人员的光荣之誉，无论什么事，一个人是不行不沾的，大家的力量才是最厉害的，人心齐大山移吗？人人都要拧成一股劲世上再大的奇迹也会出现。也能创造出来。"孟姜女笑着说。

"咱们闲话少叙还要赶快背上砖头上山去，争取早日把这边的也完成任务就好了！那就像小曼队长说的合久必分，再分就分回老家去了，长城一完工各回各家，八辈子也别想在合在一起来，天天在一起没感觉，一旦再分开恐怕想也能想死了，想想这时辰真快，不不楞楞半年多了，真快呀！快快别瞎扯了，说不定副大队长晶晶这会儿已经离大山没有多远了,给我装上让我来先走好了，早走早到，晚走晚到，反正是少不掉往山上爬，还是赶快走吧！"霍英说。

"走好了，一天运要到六万块以上，那辈子才运够呢！一块砖多小，长城又是那公宽那么高，又是那么长，需要多少块砖，摆在地上数不清，堆在垛在哪里查不明，一窑才能烧出几万块，姑娘们也都很听话肯干……"

有个歌唱得好："美女姑娘们的辛劳，只有咱们心中知道，快快上山砖头！让神龙为咱们叙衷畅报告辉煌，说灿烂！为普天下的老百姓筑造太平安康，过上人类的太平乐业年年月月幸福生活更艳靓！"

"卓善美你打算背多少块呀？"孟姜女说。

"大家一样吧！六块整，比我自身的重量重的多了，三六就是百八十斤，四十八斤离三百斤没多远了，要不是你炎大队长号召大家来修长城，现如今说不定还在家种地喂猪喂鸡呢！能参加修长城，真得感谢你孟姜女大队长哩！"卓善美说。

　　"好了！现如今是需要我们最后一关的冲刺阶段的付出，再做最后一次的努力，再拼上几身汗姑娘们咬咬牙齿往前走！往上爬上山去！我们的最后希望就要成功了，所以美女姑娘再加一把劲往前冲，莫扶坏莫碰坏砖头上走噢！想着你哎盼着你哟……千遍万遍地歌唱着神龙——长城……年年月月地想着你！分分秒秒地唱着你……长城！在哪里哎……长城你在我的歌声里！长城你在我的心中！长城你在我们的梦中！长城神龙你在我们美女姑娘的灵魂里！我们美女姑娘在这个仲春的春风里，声声地呼唤着你长城！呼唤着呼唤着你，长城你的灵气，呼唤着长城的心灵，呼唤着长城你的爱神，呼唤着长城你的情神！呼唤着长城你腾娜的美神！呼唤着长城你的巍峨靓丽！呼唤着长城你壮观帅气！呼唤着长城你酷美雄姿！呼唤着长城你酷舞疯狂！你比我们的美人美女姑娘女子的心燃烧火辣辣红玫瑰还要鲜红袭人！你比玉皇大帝的女儿仙女月宫中的嫦娥还要绚美……"

　　"炎大队长孟姜女，这是你的信函！"一骑兵说。

　　"谢谢你！"孟姜女说。

　　"秦始皇皇上带着大队人马去西陲边境了！那里又遭红毛子大鼻子的洋鬼子贼人侵袭！情况紧急，皇上特捎信告别！大队长你不写信吗？需要什么？有什么交代转告的情况大队长下命令交代或写信件！我一定给你传达到！请你大队长相信！"

　　"请你转告皇上，圣上！我孟姜女会记住承诺！等着那一天的到来吧！"孟姜女说着随手拆开信看：孟姜女亲启！留三万骑兵，由孟姜女、万喜良、范杞良二将军统领修筑长城和防范来敌等事务。秦始皇政旨令，赢政二十六年仲春。

　　另有一张纸上写道：孟姜女感谢你！感谢你带给朕快快乐乐、高高兴兴的每一天！朕会永永远远记住，笑口常开的孟姜女大队长！你是愉快和快乐女神！你是长城的功臣！在朕心中长城美，你比长城还要靓丽！爱着你，想着你盼着你……孟姜女！赢政二十六年仲春。孟姜女心中澎湃万分的心在激动。此刻，激情振荡着火热的一颗爱心，热血在浑身沸腾高涨，随手拽下脖子上的一条淡蓝色汗巾，咬破右手食指，鲜红的血液立马淌出："你好！请帮帮忙！拽着汗巾的一头展开，我来画花以赠之！"孟姜女说完，左手拉汗巾的一头正待画时，六队七班组的龚影快步抢先一步来到孟姜女面前说："大队长我来拽住这一头！炎大姐你好好的画吧！"

　　孟姜女扭头看一眼龚影说："谢谢你！龚影美女！"

　　"别客气，我们都是亲姐妹！别提谢字！赶快画吧，瞧你手指头血淌下来了。"龚影说。

"画什么呢？还是红玫瑰吧！玫瑰好看而清纯，香气袭人……"孟姜女说着，右手食指在汗巾上涂来抹去的血在淌着，花瓣在血流中慢慢长大，鲜红的花朵在不断的显现出来，悄然在淡蓝色的汗巾上开放。

"炎大队长你这朵红玫瑰真是画绝了，跟在这汗巾上才长出来的一模一样，花瓣鲜红诚实可爱至极呀！大队长你不要生气啊？如果有哪位姑娘给俺，王三运送来一幅这样的画！欲滴鲜血的火辣辣红玫瑰，我宁愿给她跪在地上磕头求婚，谁要是有一点点的虚情假意，就让天打五雷轰不得好死！"王三运说。

龚影望了一眼王三运说："是真心话吗？大小伙子可不能骗人呀！"

"千真万确的真心话，有半点一丝丝的假，在战场上叫乱马腿踩死！叫飞来的利箭穿心不得好死！你愿意给我画，也送给我一幅，我立马跪下来起誓：永远永远把你放在我火热的心里，今生今世我王三运只认你是我的最爱！俺知道你叫龚影！你的名字从现在开始就是我王三运的最爱！我白天黑夜把你的名字念叨一万遍，让她在我脑海中开花，请她在我心里扎根，我现在就给你龚影跪下，当着你龚影的面发誓：龚影，我希望你喜欢我王三运，爱我王三运！假如你也像孟姜女炎大队长一样赠送给我一幅红玫瑰花的花，我愿意和你在一起地久天长，海枯石烂不变心！谁先变心谁是小狗狗，我绝对不会变心龚影美女！你在我看来比天仙还要美，你在我王三运的记忆里，无论我走到天涯海角，天南海北我都会念着你龚影美女！"

"我龚影也一定想着你王三运，我发誓永远喜欢你王三运！不过你得好好打胜仗，千万不要让我失望啊！等下一次秦始皇再来，你定要跟着来啊！我龚影等着你王三运胜利归来！等长城一修好我们就结婚好吗？"

"我一千个赞成！我做梦都想娶一个美女媳妇，美女爱人，美女老婆，啊嗨！炎大队长画好了！这玫瑰帅呆了，帅酷帅透了！真是人美画出的花也是香美的，顶风香十里，顺风香千里万里！秦始皇会在百忙之中时时刻刻地想着你孟姜女孟姜女大队长的！我看他皇上这一段时间也经常爱唱：想着你，盼着你……有时手还比画着唱，分分秒秒地盼着你孟姜女，年年月月地想着你孟姜女……有时候还能反反复复地几十遍，唱啊唱的，我都能记住他唱的词了，好听感动人！"王三运说。

"什么呀？这是我们炎大队长最早唱的歌子，经常不断地唱呀唱！好多姑娘都在悄悄地唱这首歌！马上都快成了我们女子大队的队歌了。"龚影说。

"别说了！赶快给我也画一幅玫瑰花呀！我王三运要把你龚影大美女的玫瑰花缠在脖子上贴在心中，心口上！啊呀！炎大姐大队长，你怎么套画了三枝玫瑰呀！一个不就够了吗？浪费那么多的鲜血干什么呀？"王三运说。

"你真笨到家了！三朵红玫瑰是代表三个字我爱你！明白？知道吗？大

笨蛋大丘巴王三运！"龚影笑着解释着说。

"你聪明！我王三运是在考验你姓龚的知道不知道的内涵懂不？"王三运得意地说。

"小聪明！显能！看你将来也混不好个出息来！"龚影说。

"你放心吧！小聪明也好，大聪明也罢！总比个大笨蛋强吧！有本事再找个人能在秦始皇面前伺候才怪呢！将来皇上一高兴还不封个大将军，侯爷什么的大臣干干呀！"

"做梦吧！安安心心得过好日子，平平常常的健康人、大小伙子我龚影就心满意足了！我才不想着你能做什么官，当什么大臣呢！俺只要有你爱就行了……"龚影说。

"龚影你画画呀！只顾讲话，把画画都忘了，赶快画好叫王三运收到你的一颗心！这才是真理呢！光卖弄嘴皮子哄人家当光棍老汉呀？"孟姜女说。

"是呀！哄我这半天了，腿都弯了又弯了！看来是今生欠她的，还得弯一次才能送呀！"

"你看你呀！多美多得劲！平白无故的一个活蹦乱跳的大姑娘，让你三句好话就把心给掏出来了！弯了弯腿还算新鲜呀好玩呀！小气鬼成不了大气候……"龚影说在嘴上喜在心中，满脸都是甜蜜得意的笑容哩！拿出汗巾说："炎大姐帮个忙，看我三下五下画出来……"

"你千万不要画上一年半载的！我们谁也奉陪不起，还要运砖上山呢！先修好长城才能想着爱！"

"那是，那是啦！只一会工夫！咱们会撵上他们的，半步也拉不下，不争先进也要当个女英雄的……"

"快画吧！美女先生也！"孟姜女说。

"马上就好！这就好炎大姐，亲爱的姐姐哟！在这幸福的时刻你千万不要催的太急太狠呀！我爱你，你是我的心，我爱你，你是我的宝贝，我的心肝肺……我爱你，你是我的人，我的爱！我的情啊！……"龚影就这样画着唱着，王三运小声地合唱着。

"再把你的名字写在花下边，龚影我爱你！"王三运说。

"这三个玫瑰真好看，鲜嫩鲜嫩的跟长在枝头上一样美，比我孟姜女画的还要好看啊！真乃是心灵手巧嘴也甜的大美女，一分钟敲定爱情，真是千里有缘来相识，无缘对门不相认，一见钟情！你王三运和龚影还得请我孟姜女的客，要不是我孟姜女你们八辈子也别想再见面！满嘴的爱，满心的情，也急死你们两个人！先记住啊！告诉秦始皇，我们会早早提前完成任务，我希望你们在我们修好长城再来长城上视察，亲临指导安排我们女子大队下一步工作和议程，我希望你王三运早点回来接龚影，和和美美快快乐乐高高兴兴的比现在还要好，还要亲，还要名正言顺的举行结婚仪式！来！现在你们两个人先来帮帮我，把砖头给我搬放在背篓筐里，你们二人再说几句悄悄话，我在路上等候你龚影的到来！"

王三运和龚影搬往炎美女的背篓筐里放："炎大队长你准备背多少块砖呢？"

"最少是十块！无论是谁也不能低于六块！装吧！我是大队长，一定要比别人背得多，还要走得快！晌午以前一定得超过大家，叫大队美女们看看，大队长也不是随便乱当的！哎，王三运我这里有葫芦把，我分一半给你拿着交给秦始皇上，随时让他带在身上，这样他就会永永远远想着我，盼着我们女子长城大队人马的！千万不能搞掉了啊！"孟姜女说。

"放心吧大队长炎大姐，只要是你安排的事，我王三运一定办好办到，绝不放空炮！龚影作证，我办不到办不好，也对不起龚影啊！"

"装多少块了？噢呀！炎大队长，我们只顾讲话装多了？几块了，你能背动吗？"

"放几块！下一趟，我要背二十块以上才行呢！"孟姜女说。

王三运说："大队长，你千万不要累坏了身体，这一路上要爬山还长着呢！你比别人多背了一半多呀！能行吗？"

"放心吧！三运、龚影，我孟姜女可不是泥巴捏的，一定要带头多干事情，严教身带，也是为了让长城早日修好，就是吃点苦算什么呀！"孟姜女说。

"炎大姐真叫人从心眼里佩服呀！女豪杰女英雄美女大侠呀！我一定跟着秦始皇讲你的先进事迹和模范带头苦干实干的精神！"王三运说。

"好了！我孟姜女先往前先行一步，龚影你们不要耽误时间太久！你们诉诉心里话。王三运再见了！"孟姜女说。

"再见！炎大姐走好啊……"王三运说，他看着孟姜女的身影一步步远去！龚影双手搭在王三运的肩膀上，也出神地望着孟姜女远去的背影说："实干家，大美女……"

"你有点傻呀！这样抱……"龚影笑着说。王三运将龚影拦腰抱起！就地转起圈来……龚影咯咯地笑着说："我的人儿我的爱，原来是你这样子的，浓眉大眼高鼻梁大耳朵，大脑门，胡子都冒出来了……"

"长胡子想拴住你的鼻梁子，看看你的鼻子楞高楞高的冒灵气……"

"她想顶你的大鼻子梁！"

"顶呀！白白净净的牙齿好整齐呀！"

"大门牙，跟两个站岗的大傻瓜一样……"

"炎大队长你走得好快呀！才一会儿工夫你就快撵上大家伙了！真能干的大队长也！"

"王三运呀！你还没有走啊？"孟姜女说。

"这就走！骑马快，我把龚影送到你跟前，我是看她一个人在最最后面不放心，山上的路狼多！这就走，大队长再见了！龚影再见！"王三运抬腿跨上战马，扬起鞭子人就不见了。

"炎大队长！我不如你我背了十块砖头，对不起啊！"龚影说。

"人的能力有大有小，只要能出力，完好无损的背上山都是好样的，而且你比她们又先进一大截子，不过总的来讲，美女姑娘一个个都是超可爱的，这么辛苦辛劳都没有怨言，足以说明大家的干劲还是十足的！一个个都是难得的好人天仙啊！咱们加紧追她们，否则咱们这就要掉队了！大家伙儿走的还挺快哟！"孟姜女说。

"是啊！因为我们画画耽误了一下时间，人们说不怕慢就怕站，站着一步没有走，慢一步少一步，总比不走要来的快一点啊！放心把我们会追上她们的！"龚影说。

"是啊！会追上的，王三运怎么样嘛？感觉好？有哪一点点感觉吧？"

"咋说呢？还行吧！比起你们好的，他差一点点，再比起不沾闲的又好一些，还可以吧！人的感情真是一点也猜不透猜不出来哎！有时想想特别失望，连一点点的印象也没有，怪了，孟姜女大姐，这人说出来，马上就站在你面前了！自己还不知道啥时间一个人再来找呢！"龚影说。

"所以聪明人，就要抓住机遇不放过呀！好了不就更好吗？不行再找下一个，总是有缘分的人在一起的，今天兴奋高兴快乐吧？恐怕你龚影连夜里做梦都会笑醒的，心中踏实了吧？"

"现在心里太激动了，才见面又走了，兴奋之后应该是无尽的牵挂思念了，这人真有意思，想来盼去的还是瞎想！万一以后他又遇到别的姑娘美女，还不知道他发的誓言算不算数哩！"

"你感觉你的誓言有效吗？你的誓言是真心，他的誓言就假不了，担心归担心，担心就是爱，就是你喜欢他，怕他以后不喜欢你，更怕他和别的女人好是不是？不用怕的，善有善报，时辰未到，时辰到了花轿来了，花轿来了你坐不坐吗？"

"那还用问吗？肯定是要坐的呀！你没有看见他都跪下磕头了，男人是不愿意下跪下来的，他能跪下真是不是一般的人，首先他的思想比较对女人有进步吧？有些人你打死他,他也不会给你下跪来的,更别说磕头什么的！"龚影说。

"你有福啊！好人让你给挑到了！有福不在忙，没有福的跑断肠！明白不？"

"还是借你炎大队长炎大姐的福气给映照着大队里的每一位姑娘美女！要不是你炎大队长的福气，我龚影也找不到这么好的好儿郎大老公啊！"

"嘴还怪甜的，会讲好听的话，听着也让我心里得劲高兴，是个好美女，我要是个男人今天一定得和这个姓王的拼一拼抢一抢姓龚的美女姑娘也！"

"抢啊！不抢就在你眼前晃来晃去的！你要抢非钻你被窝不行！不到天亮不起床，看你咋办？拽着你，跟着你……"

"你还准备讹人呀！注意脚下有石头块子，别绊倒了呀！"

"哎！知道了，人逢喜事精神爽，再加把劲追上大家伙儿了！今天这会儿一点不知道累，这是和大队长在一起走路快！"

"心里高兴越走越有劲，你再加把劲我孟姜女还撵不上你了呢！王三运个子不是太高，也不知道他有劲没有劲呀！"

"他可有劲了，两手托住我的胳肢窝一下子就把我给举起来了！好家伙也不知道他哪来那么大的劲，还把我抱起来呼呼地转了几圈子，差一点点晕倒在地上，就像跟喝醉了一样天旋地转地倒在他怀里？"

"你倒在他怀里，他不安好心，有意把你转晕，好搂你抱你是不是呀？咋不说话了，你上当了是不是让他亲你了吧？"

龚影脸涨得通红结结巴巴地说："没有……没，谁……谁让他亲呀！"

"没亲你脸咋红了？"

龚影歪头看了一眼孟姜女说："谁说脸红了！走路累的，身上还背几百斤大砖头，能不累得脸红吗？炎大姐你又在蒙我啊！你没有看我，你咋知道我脸红了？你在骗我啊！"

"跟你开玩笑的，你看你当真了，你跟我说老实话，你亲人家了没有？你不吭声！我也知道你先亲人家的！"

"不是的炎大姐，是他先亲我的，坏蛋！"龚影着急的解释道。

"坏蛋！你心里还高兴，这说明你龚影这会儿不说老实话，你骗了人家好人，又来骗我孟姜女呀？你人不大，鬼点子却多得很呀？人小鬼大还骗起我来了！"

"什么呀？炎大姐你误会了，就是他先亲的我嘛！你爱信不信，就是这样子的！现在想想他就是个大坏蛋！完事他跑了，让你大队长审过来审过去的，急得我又辩解不清楚，真像人家说的跳到黄河也洗不清了，炎大姐我一点点都没有骗你，谁要是说瞎话，天打五雷轰，走路磕掉大门牙！哎呀！炎大姐你听见没有嘛？"龚影说。

"好！我相信你！你别急嘛！"孟姜女说。

"我看你不吭声，我还以为你不相信我说的话呢！"龚影说。

"哪能啊！咱们都是好姐妹应该互相信任，相互帮助才是嘛！看看说话间已经追上大家了，白云累不累呀！你们走得不慢呀！"

白云说："是啊！大队长！肯定是累的！要说不累就是说瞎话，反正来就是干活，哪有不累的！"

"大队长背了十二块砖头呢！我背了十块就感觉肩膀头被压的吃不消，大队长比我还多了两块，走得还快还稳当！"龚影说。

"谁叫我是大队长呢！当大队长不能白当啊！当了就要干活，还要领着头大干实干加油拼命干，是不是呢？"孟姜女说。

"我们以后还是要向大队长学习，吃苦大干实干快干！"白云说。

"咱们姐妹们相互学习嘛！能者多劳多背是不是？好好走着，我还得往前快点走呢！叫大家加油干！真的走累的就坐下来歇一会儿，千万别累垮了身体啊！"孟姜女安慰着说着，朝前快步走去。

丁里红说："大队长背了几块啊？走那么快！"

"几块？十二块呀！"龚影说。

"背棉花呀？不累吗？我背了六块砖头就累的腰都弯的直不起来了，早知道也多装几块背上！"

钱丽说："就是的，一块也是压，十块还是压。真要是背上二十块肯定还是被压一趟，下一次我也要多背几块砖头，早晚这些砖头都是咱们姐妹们来背完，多装几块是几块，也显得咱们跟大家不一样……"

凡达丽说："可不是吗？大队长能背咱们也能背，怕累怕压就不来修长城了，反正已经来了就不能怕，只有有病病死人的，没有听说干活能够害死人的！看着下一趟少说也要背上十块，我看我能累死不？大不了累了坐地上休息休息歇一歇脚再走！走一步少一步，人家能行我就能行，都是人怕什么呀？我就不信邪！你能我也能是不是大队长先生！"

"凡小姐说的对！我孟姜女赞成，不蒸包子争口气，别人能行我们就行坚决不落后，让别人瞧一瞧咱们到底行不行？别让人家瞧不起！今天不行还有明天！我相信明天美女姑娘肯定和今天不一样，首先是干劲变了，人睡一夜都会变得越来越坚强，越来越能干，越来越美丽大方的，也会变得越来越潇洒浪漫慷慨！干劲吗也会越来越叫人佩服和赞赏的！人活一口气，更活一张脸，别人管别人的行为，自己为啥不往前闯呢？我相信美女姑娘下一次绝对不在话下，拽也拽不住的要背多干，还要憋足了气地大干一场啊！所以男人们都佩服我们美女姑娘能吃苦耐劳，有智慧有头脑，更有力量，在此我孟姜女首先谢谢大家美女女神们，叫他们另眼相看我们这些天仙似的美女姑娘，让我们加油大干快上快干的出大力流大汗，早日完成修建好靓艳多姿多彩的神龙长城巨龙来！"孟姜女说完大踏步地往前迈进，身背往前躬着，额头上的汗像绿豆般大小！

"炎大队长坐下歇一歇嘛！看你累的汗都出来了！"闫华冲孟姜女招手。

孟姜女只是笑笑说："再往前走一点！走一步少一步，谁累谁就歇一会儿，我还不十分累！我先往前走了，在前面等你啊闫华姑娘。"

"好的！我马上就来！"闫华答应着说。

"还是姑娘们好呀！热情浪漫啊……"孟姜女说着和姑娘招呼着说："不怕慢，就怕站，站下就半天不想动了，慢慢走吧！瞎子磨刀快了，看见山林的影子了，早晚在山上见啊！"孟姜女说着，不停步地往前走着，面带微笑甜甜的吸引人姐妹们看见特别亲切而和渴，又特别的时尚漫游的亲情美味．让人看看这一帮美女的干劲！

"大队长，炎大姐你背的砖头好像比我们背得多噢！我们都是大半篓，你的好像快装满了呀！"紫婷说。

"可不是吗？大队长的背篓装得满满的！其他人的背篓都是才大半篓哎！紫婷你的眼睛真尖真管护，我袁芳芳也是半篓哇！怪不得我们走得快，咱们背的重量分量不够也！老认为炎大姐人高马大的腿长，步子迈得大，速度快些，没有想到炎大姐背的多噢！幸亏咱们这里没有评委，要是有大队长肯定次次都先进和模范人物，能干能吃苦，又不吭声，要不是紫婷看见，咱们谁也没有注意哩！还是大队长不一样啊！下一次我袁芳咋说也得背上十块，多几块能累死人吗！背一趟是一趟，反正都是累都得一步步地往前走！"袁芳说。

"你袁芳也是好样的啊！明天将比今天更上一层楼！今天是第一天，大家又都是女人，又都是美女，得适应适应，贪多嚼不烂，不能一口吃一个大胖子啊！今天看着是六块，那是为明天背的更多更有力量更有志气！我孟姜女在家干活干惯了，不多干点，心里着急，身上难受明白了吗？再加上我孟姜女大队长，本来就应该多干大干特干的，不然我这个大队长也不能白当啊！是不是姑娘们美女，只要今天眼睛闭一闭，眨一眨明天就到了，想背多少都由自己来定！我相信大家都是好姑娘好女孩，好人必定有好报的！心里只想到明白就会做到，还愁没有明天吗？我劝美女们把心都放到肚子里去！英雄会有用武之地的！"

"大家听听大队长多会劝我们，把心放到肚子里，英雄早晚都会是英雄的！让人听着入耳顺心，跟着这样的人在一起干，真是八辈子打着灯笼也找不找的好事，这样的队长更是难找，再不真心实意地好好干，才真叫亏良心呢！我川花累死也必心甘情愿！我在家里无论干什么事情哥嫂都是你呀这呀那呀的怨人吵人！别说干了，气都气够了，哪还有心思多干好干呀！真是想不到出了家门反而好人更多更好了！所以说再不好好干能对得起一天三顿饭吗？凭良心讲，在哪里都是吃饭干活，人还有那个投机投缘的心理动机，遇到好人累死也甘愿，不是那个人别说干，动也不想动一下呢！古人说：愿为知己者而亡！不是那个人连眼都懒的看他一眼，人就是这么个怪脾气！听话听音，锣鼓听声，我就是冲着大队长她本人来干活的！一辈子当个傻女人也心甘情愿！谁叫她大队长长得帅，她就是现在把我哄卖了，我心里也高兴，这就是今生的缘分，今天的情感，高兴明白吗？美女姑娘们！"川花说。

"川花，看你说的，把我好妹妹的意思全让你给说出来讲到家了，大家哪一个人不都是为了大队长和天下的老百姓来的，要是镇乡抓人来，躲还要躲起来呢！杜宜丽经常跟我说起叙起大队长的好处！"

"小狗讲瞎话说假话，看我好妹是那一种人吗？八百辈子咱也没有讲过什么话，也不会说个话，反正我是心甘情愿跟着大队往前走，无论到天涯海角也不能变心的"杜宜丽说。

"好！我孟姜女感谢美女姑娘们一番好意好情义，今生报答不完还有来生来世！让我孟姜女和这些姑娘女孩子永远在一起，有多累多重的活计我一个人拼尽老命也要干到底干出个名堂来！不辜负美女们对我孟姜女的信赖和依托，你们好好的歇一会儿啊！我先走一步了！我背的砖头在叫我往前走，往山上爬！"孟姜女被姑娘们真诚话语和心情打动了，笑着背着砖头往前走去。

"大队长你慌那么急干什么呀？快来坐下歇一歇咱们一路走嘛！"王后丽热情地叫着孟姜女。

"你们歇着！我才歇过，多走几步到前面几个队组，你们这里是第八队组第六组吧王后丽哎！"

王后丽笑着说："大队长的记性真好！不但记住了我的名字，还在几队几班组都记住了，真不得了啊！这万千多人上百个组几十个队！噢呀！看我呀！激动得把话都说反了，是百十组十来个队！我真笨蛋到家了，目前全组的人都叫不上名字哩，我有时还驴唇对马嘴地叫着哩！"

"哎，我这个王小姐怎么学会刃绝人了呀！谁是驴头谁是马嘴的，你形容的也太绝门了吧！是你自个儿是驴头，又是马嘴哩！真是少见！一张嘴就会伤害人家，真是少见多怪的人，绝人骂人倒有一套呀！"

"对不起啊！我王后丽不是有意的，有时好信口开河！请你张铁妹原谅！我就是不会讲话，你们又不是不知道的，不要太认真向你赔罪了！"

"对不起能值几个钱！驴头马嘴多下流呀！纯属有意……"刘铁妹还絮絮叨叨说。

"孟姜女炎大队长你背了多少块呀？看你坐下来休息休息哈！你真是个当大队长的料，拼死拼活的死命干，真叫人打心眼里佩服，敬佩的很！"季敏影说。

"季敏影七队一班长，你也没有少干呀！真心真意的为班组的姐妹们着想！你更能干！"

"哪里话呀！我季敏影比你大队长可差远了！只是你的一个小拇指头，你大队长不用猜，也知道你比我们背得多得多！因为你的脾气性格和倔强不认输的精神，所以大家都喜欢跟你一道出来干，就是你不让姐妹们吃亏把大家往好的方向带领，也是为全天下的千家万户的老百姓好，过好日子，太平安康，享受幸福，谁个不知道，哪个不晓得呀！现在姑娘女孩子为什么累苦都不吭声，都愿意跟你走到底，眼看着长城快要起来了，谁不喜欢不高兴呢！将来回到家中，无论老少爷们说什么，也没有我们美女女孩的功劳大，虽说在家里不能算老大，但比起贡献，比起国家和老百姓的好处，绝不会说我们是懒汉是丑大姐吧！我想他们也得跷起大拇指头来夸奖咱们这些参加修长城仙姑美女才是你真正带领我们干了一件了不起的大事业，为大秦立下了永不磨灭的功绩和功劳，将来还不知道大秦始皇帝会给我们这些人多高的利益和好处呢！"

"啥利和好处啊！我们只要今后在家安安生生地种好地，太太平平地过好日子就行了，不要今天强盗来抢东西，明天洋人来抢女人偷东西就行了！安居乐业年年有余岁岁平安风调雨顺，给儿子养儿子，该生闺女生闺女，该伺候老人伺候老人，亲戚朋友都高兴都幸福，比什么都强百倍胜千倍，人活着就是一辈看一辈，老子英雄儿好汉，我齐静静能找个知冷知热的相爱的人，在家好好种地，就达到目的了……"齐静静感慨万千地说。

孟姜女还在朝前走啊走的，不停地走呀："炎大队长快坐下歇一会儿吧！你瞧后面有一匹马飞来跑去得多快呀！肯定是找你的，不然不会骑那么快的！"姜玲玲说着站起身来走到孟姜女面前："大队长！你看看呀！那后面不是一个骑马的吗？马一会就到了，来来我帮你把背篓取下来，好家伙大队长背这么多，真叫人从心眼里佩服呀！炎大队长这总有千把斤！乖乖好重也，叫我我还背不动呢！你真是个大铁人，比男爷们还要过劲，腾冰来帮帮忙，给架下来叫大队长休息一会儿，汗水直往下淌叫人看着心疼的慌，叫别人背六块！自己一下子背十二块，不压坏人吗？怪不得大家都夸你孟姜女是个实在人哩……"姜玲玲和腾冰帮着架下背篓来。

"你们两个人也是女英雄吗？一口气背了这么远！六块大砖头呀！姜玲玲先生和腾冰美女，你们哪点也不比我孟姜女差呀！说不定明天你们两位比我孟姜女还要过劲，还要加劲！别光夸人家，自己就是一个出类拔萃的好姑娘大美女！"孟姜女说着一只手拍着姜玲玲的肩膀，另一只手拍着腾冰乌黑闪亮的头发说："两位美女，我要是个男子汉，说什么也要把你们抢回去做老婆媳妇也！看看细皮嫩肉的多可爱呀！长长的黑靓头发还闪光呢！打上几盆水洗洗嫩嫩的白皮肤多喜人呀！"

"炎大队长，我叫杨保山。是皇上的贴身护卫，秦始皇上叫我给你捎来书信和一对玉石鸡血红手镯，请您过目收好。"来人翻身下马来，个子高挑有五尺八寸身高，一对会说话的眼睛在轱辘辘的转个不停，满脸微笑，穿一身的铠甲，身上背后一边是一把宝剑，一边是弓箭，身前在腰间匕首短剑，头戴钢盔铁帽，两腿并立等待孟姜女的发落命令。"哇！好威武呀！一个标准的英雄好汉！啧啧啧！难得的大侠武士骑兵，看着就是个得胜将军未来的好元帅的料呀！好男儿真英雄啊！"

"你千万不要夸我啊！我不是英雄，我只是一个贴身护卫小兵卒而已！比起秦始皇来咱们还算不上一滴水半根牛毛呢！皇上是多厉害的大英雄皇帝啊！又有本事能治理天下，哪个大臣都得听他的安排和命令，谁敢不听呀！那才是真正的大英雄，大武侠！前几年有个魏国歹徒想谋害他，拿着地图献给皇上，手里拿着匕首宝剑，准备行刺皇上，圣上是干什么的！一眼看见刺客拿着匕首冲过来！秦始皇他心不慌神不乱，怒喝一声"刺客！有刺客！"刺客手把着宝剑刺，往上刺来，皇上一闪身，一个大摆腿，把左脚踢起人把高，把刺客一脚踢飞，人就地转了好几个圈，还没有等刺客站稳当，又是一脚踢在了刺客的手腕上匕首飞出，我和王三运等几个护卫冲上来挥动宝剑不由分说，就变成了饺子馅！这才是大英雄，大武士大侠豪杰英雄，能文能武三下五除二就把一个手持利刀匕首的刺客给踢的晕头转向！最后想想也可笑得很，一个不学无术，身无缚鸡之力还要吹牛当刺客，纯粹是个酒囊饭袋造粪机器，除掉吹牛皮就没有用处的小人。"

"杨大哥，你当时是怎样冲上去的？我想你当时一定是很勇猛威武的一个箭步冲上前去，右手挥剑，力劈小人之身，左右手合力下劲猛砍狠剁，眨眼之间就将刺客小人剁为肉泥血浆还不解恨是不是呀？"姜玲玲说。

"你咋知道得如此详细？就像是你自己亲身的经历一样，精彩无比之举。小妹妹你真行，有远见也漂亮潇洒大放浪漫精彩！有人家了吗？"

姜玲玲摇摇头说："就一心想找个像你这样威武猛烈有血气的好英雄好男儿大侠呢！"说完脸红红的有点害羞羞涩之状。

"巧了！我杨保山也没家小，跟着秦始皇上当兵六年了，今年二十二岁，我叫杨保山，老家是宝鸡的，从小就是个孤儿，是皇上收养了我，后来就当兵了，做梦都想找个像你玲玲这样的大美女回家，你愿意吗？得好好喜欢你的大胆与美丽，还有过人的想象力，美玲玲你好可爱呀！"杨保山说。

"杨大哥你不是来给大队长送信送手镯的吗？又不是来相亲认媳妇的，你得小心犯军纪呀！年轻人好冲动！"姜玲玲说。

"哎呀呀哟也！这你就不用害怕了，喜欢你爱你，你又没有呼喊求救，更没有遭到迫害和毒手，我犯什么军纪呀？只是说说喜欢和爱慕之情，就犯法犯纪律吗？不挨边的事！皇上喜欢炎大姐孟姜女大队长不也是正常事吗？"杨保山说。

"我们大队的纪律是修好长城就能结婚成家，如果你杨大哥真的喜欢我姜玲玲，就请在长城垒好后来找我！"姜玲玲说。

"真的吗？美女！我做梦都想挑一个自己爱的喜欢的大美女！不让别人来介绍也，更不喜欢媒人来介绍哟！费劲还假的很，今天是老天爷有眼，专门来叫我们相互认识，闪电般的情缘缘分！"

"这镯子不赖！颜色也正好好看，叫什么鸡血石是不是呀？"孟姜女说。

"对！就叫鸡血石！是皇上专门用金子买的，这不又叫我们专门跑来送给你孟姜女炎大队长的！看看，这是上等的镯子，鸡血在镯子里像红霞彩云在飞舞舞动，一圈圈的图案多好看呀！仔细看又像龙腾架云沸腾娜静滚多姿多彩多形状的，反正是看啥想啥它像啥，是真正的好宝贝一样美靓光滑细腻好玩好看也！世上少有极少的根本找不到二件的东西。"杨保山说。

"是啊！这是很美的！大队长好福气啊！杨大哥！你给我什么做纪念啊？只要是你大哥哥给的什么都是好宝贝，我会加倍珍藏的。"姜玲玲说。

杨保山在身上摸来找去的说："玲玲，好了，有门了！这是我的属相小猴子，怎么样好精致的手艺哟！它跟我好多年了，每当没事的时候我就拿它玩呀玩的！"杨保山说。

"哟！就是一个活灵活现的活生生的小猴子！跟个大拇指头大小嘟！真乃是山中无老虎，猴子称大王，看看想蹦想跳还会笑呢！真是好美好玩又好看的东西也！太可爱了！"姜玲玲说着小猴子在她手中翻滚把玩着，又在嘴上亲吻着："好逗人动人噢！杨大哥哥你想要什么啊？我送给你什么呢？你要什么？你说呀！我就给你什么也！你要什么呀？"此时的姜玲玲显得是那么的天真可爱活泼纯洁，又像是富翁的大款女神一样富有多宝情！

"我要什么呀？我想要的你能给我吗？"杨保山望着姜玲玲那么可爱动人，又那么活泼可爱的样子说："我想要你的心！想要你火辣辣的爱！你能行吗？小妖精！"

"好来！想要我玲玲的爱心是不是啊？"杨保山笑着认真点头。

"心昧！玉皇大帝！请你把我姜玲玲的爱变出来，给我杨大哥哥拿去做个纪念吧！"

只见玲玲双脚脚尖翘起，左手右手上上下下的在空中一抓一摞的无数次后，自己原地转身取下脖子上戴的一个小铜心，像指甲大小明晃晃像金的一样闪亮，把细线解开心拿在手中，右手抓住杨大哥的左手手指，左手拍在大哥左手手心中说："看！大哥哥！要心有心，要爱有爱，等长城修好后要人有人！你就慢慢等待吧！绝不能食言，哄人骗人的！我发誓要是骗了我玲玲让老天爷怎么惩罚你自己！大队长炎大姐你听着作证吗？"

姜玲玲又来摇着孟姜女的胳膊说："炎大姐你帮我作证，听他杨大哥怎么说的，他是在骗我还是在哄我嘛！炎大姐你注意听呀！"

"哎哟哟！小姐姑娘也，美女的，我听着哩！杨保山咱们都是顶天立地的大男子汉和美女天仙！自己说的话和办的事，首先应该对得起自己的良心和行为，喜欢就是喜欢！爱在心里可不能说假话，办不到道德的事情，我们大队的都是美女天仙的姑娘，个个都是纯情可爱，人人都是靓艳，既然你们在心里互相爱着，喜欢对方，就一定保证不再爱其他女孩子！更不能欺骗她们，她们也会从心里爱着你的！信物你们自己都交换了！千万不要马马虎虎无所谓的！这都是个人的终身大事，我是大队长又是秦始皇上才封的统领你们骑兵队的将军！如果你杨保山敢欺骗姜玲玲，我孟姜女有权力将你斩首！你明白吗？儿女大事可不是做游戏过家家的，你有权好好考虑思量一下！"

"炎大队长！我杨保山是打心眼里喜欢和爱她姜玲玲的，假如我以后出尔反尔，骗了她姜玲玲，请你炎大队长作证，让老天爷看着我不得好死！我发誓今生今世只爱好姜玲玲一个人，永永远远白头到老！无论是走到天涯海角，或是海枯石烂，我也会和她永相爱！请你们大家给我作证，绝不食言说谎话瞎话，我要把这颗心永远挂在心上，心心相印，永不改变！专等修好长城后，我杨保山再来与姜玲玲在这长城上举行结婚仪式，白头到老不变心！姜玲玲你愿意吗？"

"杨大哥，我当然愿意了！我从今天开始在这里等着你大哥哥的到来，我爱你杨大哥哥哎！"姜玲玲说着过去抓住杨保山的手，两手在玩弄着杨保山的大手掌，这样捏那样拧的！

"这手镯这样美！我们都是干粗活的人能配吗？这样吧，两只在一块的也不好看，干脆送给你玲玲一只戴算了！你喜欢它吗？玲玲？"孟姜女说。

"我当然喜欢了！但是可惜得很，我玲玲再喜欢，它也不是我的东西！你炎大队长都说不配，我玲玲更不能佩戴它了！"姜玲玲说。

"管它配不配呢！大美女，大英雄武士一眼都相中你了，谁说你不配！只是现在是特殊时候，等长城修好了，不搬砖头，不抬石头了，养在家里更美艳，恐怕杨大哥还不知道怎么疼你爱你呢！还不把你当个大宝贝才怪呢！"孟姜女说。

"他会吗？他只会打仗杀敌人斗坏人还可以，哄女人可就是外行了！说不定我玲玲这一生一世还得哄着逗着他玩呢！你看他跟个大头木桩子样子，傻头傻脑笨蛋样！"

"笨人才可爱，也会爱呢！"

"谁知道呀？炎大姐你咋把这只镯子给我戴上了？这么美好的东西真可爱，戴上刚刚好！杨大哥你看漂亮吗？真美呀！啧啧啧！"姜玲玲说。

"好看！不好看皇上能买给她吗？玲玲你真福气！人也漂亮，戴上这鸡血镯子真的好浪漫活泼哟！帅得很哪！皇上真有眼力！"杨保山说。

"炎大姐真给我了？！大队长的心就是好！善良人美，这么美的宝贝东西也舍得送人！我真是太有福气了，肯定值好多钱呢！杨大哥你回去要好好地孝忠皇上！这是炎大姐炎大队长的心愿！是皇上圣上平安无事，你一定要对皇上尽心尽力而为之！千万不要马马虎虎大意粗心，千万不要让皇上再受到坏人的行刺或干什么坏事情！无论干什么都要小心行事！只要对皇上好，忠心在关键的时候舍命救君主这才是大事情！一定对得起炎大姐的一片好心肠！脚踏实地的好好干，护卫好皇上圣上的职责，大秦始皇，就是咱们全天下老百姓的一颗心！绝对不能叫心流泪，叫流血，效忠皇上！效劳皇上万死不辞啊！"姜玲玲说。

"这点请炎大队长放心！无论发生什么事情，我们都会冲向前，宁愿自己去死也不能叫皇上伤害和心里不痛快，不快乐，不高兴的！皇上对我这么好，我是一辈子也报不完的恩情和感激的！我要说半点瞎话，老天爷在天上有灵验，我将不得好死的！"杨保山说。

"杨保山我相信你是个大好人！有一颗善良公正的好心肠！无论怎么讲你天天在皇上身边！无论什么事情都要小心才是，千万不能粗心大意的！好了！我孟姜女愿意早早地看见你和姜玲玲在长城上举行垮时代的前无古人的婚礼！让长城为咱们呼唤幸福，为咱们舞动爱的彩虹舞姿！叫子子孙孙万代都知道咱们炎黄子孙在神龙的感应下是无所畏惧的龙子龙孙传人！像神龙一样把梦想飞翔在天空中的白云彩霞中与大地老天爷，一样祖孙万代地传承下去！让世人更安全更太平！"孟姜女说。

"感谢炎大队长的祝福！我也想这一天早点到来！玲玲我抱着你在长城上举行婚礼！让长城为咱们祝福美满快乐高兴！"杨保山说。

"你们两个人都把东西交换了，心灵更美更有召唤力和亲切思念的情缘！我孟姜女怎么办呢？也没有什么信物再送上，身上除掉穿的衣服是什么也没有了，血书上上回也写也画了，这次用什么来代替我的心我的情和爱呢？噢，只有头上飘飘的青丝黑发作为永世的依托和依赖情感吧！"孟姜女说。

"青丝是请死！如果感情激情最后不能收到最好效果时，我们儿女家只能以死来报父母的养育之恩情了！我相信老天爷给我们安排的命运和情感爱情！自然有我们姑娘们就有最好最美的情爱等着我们哩！杨保山你把身子转过去！可不许再转过来偷看啊！"孟姜女说。

"哎哟！炎大队长你放一百个心吧！我杨保山向来不是那种小人，不是那种说辞不算数的，认打死我我也不会偷看人家哩！更何况姜玲玲还在此监视着哩！借给我一百个胆子，我也不敢如此下作之为啊！"杨保山说。

"炎大姐还有我挡住他！你放心吧！想怎么着就怎么着了好了！一切都有我玲玲为你担着！"

"好了！转过来吧！现在该我写画了，老一大套玫瑰花！血红血红，火红火红的红玫瑰花！一大朵，像映着一朵，再印着一朵，血也要流干了，不好好再淌了，花瓣花朵上色在涂些！淌啊！鲜血欲滴的花朵上要浓浓滚烫的热血！再涂涂再抹抹呀！花儿红花朵艳！情感更花儿艳！情恋更比玫瑰还要靓，人爱心恋总是胜花朵！盼着你，想着你……到死也是为了你！我的爱，我的心，我的情！想着你，盼着你，盼着你的心！盼着你的爱！盼着你的情，一缕青丝寄恋深爱心！爱着你的心的爱呀！但愿长城修好你就来！让长城与我们同舞携彩，让神龙为我们飞翔蓝天上腾娜出靓丽映日的绚美多姿多异的万古神韵典亲来！"

孟姜女敬上，嬴政二十六年长城将军段。

"这画面绝了，我在大秦咸阳宫廷里，也没有见有人画这么好的，炎大队长你真比大画家还要潇洒洒脱浪漫！看着像一只活灵灵的大红蝴蝶在飞，遇到一枝花枝它就停落在上面观察什么噢！原来这只大蝴蝶在等待着她的新娘呢！看这边一朵像只侧飞的雄蝴蝶吧！后面紧跟着一只小蝴蝶，像她们的儿子，想飞欲飞的样子，真是画家高手，这幅画别看是画在衣衫上的，要卖也能卖出个好价钱！没有百两黄金谁也别想买去！首先我杨保山这个摊主暂时画的保管人，也不见大价也不能卖，谁要想从我手里买去，没有个千万两，他看也不能叫他看一眼，大队长说是不是啊？一般的人他别想瞧别想看，想瞧就得是大秦王朝的皇帝，天下人员虽多亿万万人，只有皇上才能慢慢心赏！这可不是马马虎虎的国家机密的军事秘密的大事啊！"

"看你吹的，老天都笑掉大牙。歪歪扭扭邪邪掉胯的，像个花吗？"孟姜女说。

"炎大姐你也太谦虚了，画这么好的花，比杨保山大哥吹得好得多得多，真能卖个好价钱，就是你孟姜女舍不得卖就是了，叫大家评评看，这么好的花朵，还是用血画成的，光这多的血淌出来也不少卖钱，别说画还有艺术色彩的魅力，韦莹娣、卓善美、强娜娜你们说说呀！"

　　胡丽丽说："就是的，确确实实画得好，叫我们还画不来呢？江淑美你来画一个！"

　　"我画给谁呀！送给老天爷，老天爷连吭都不吭一声，送给土地奶奶，地奶奶瞧都不瞧，我江淑美还不知道哪个冤大头啥时候才露馅呢？还是老老实实的和砖头亲密吧！它又不会说话，背上山垒长城才是真的！"江淑美说。

　　"姑娘们不用愁不用伤心，天下只有打光棍的男人，从来没有听说过打光棍的女人。美女们！好好干这次皇上又给留下三万骑兵大哥们，他们在万家屯和马兰峪呢！他们还在那里夜以继日的垒长城呢！要不了好些天都会开过来一起干。古语讲：男女搭配干活不累，到时候一个美女抢一个，还剩下一大批呢！现在关键是咱们把进度加快，早日完成长城早日回家成亲！咱们现在有很多美女不是愿意把婚期定在长城上吗？长城完工的日子，也就是我们有情人在一起的好日子，跟历史的长城同一个日子，那才吉祥、才如意！才有水平素质的浪漫气派和赶潮流精神，长城是我们华夏民族的命根子，也是我们炎黄子孙、神龙翻飞动情的好日子，更是我们天下老百姓太平康生的好日子！"孟姜女说。

　　"这一回你韦莹娣要找个最好的，乖乖三万骑兵，咱们才万千个美女，哪还剩一万八千人呢！怎么办呀！让人家一个个打光棍吗？"姜玲玲说。

　　"姜玲玲你不用愁，到时候再给你发个二三个的，还怕剩下吗？傻妞二百五"钱花花说。

　　"去你的，给你发上二十个，让你一夜不睡觉，信妮子，叫你兴个够……"

　　"不要胡说八道，过日子一男一女刚好！"

　　"炎大队长还有什么事吗？该说想说的我都会记住传达到，一点点也不会贪污受贿的，全部传到为数……"杨保山说。

　　"好吧！感谢你杨保山的好心和辛苦行动，我建议你和姜玲玲在众姐妹的监督和督促下拥抱一个怎么样？也表示你爱她，敢不敢呀？姑娘们，大家说好不好呀？"孟姜女说。

　　大家立马响应着呼叫起来："对啊！快快，杨大哥拥抱一个，姜玲玲先去抱呀！怕什么呀！心中有爱就要表示出来！玲玲首先去抱一个吧！脸红什么呀？脸皮厚吃嫩肉，脸皮薄吃不着哎！还不好意思呢！那将来睡一个床上怎么办呀？活见鬼了，杨大哥上啊！冲上去！"

　　钱多美说："杨大哥哥不去抱玲玲还不是没有看上，看谁，看好姜玲玲呀！不沾来抱我！钱多美好了，我钱也多，人也美！"

　　"杨大哥还怕羞呢！脸都红到脚脖子了，想爱还怕丑呀？大英雄变成胆小鬼了，英雄难过美人关，看着早晚让美女俘虏了去！"

　　"来来！大家鼓鼓掌！再鼓励鼓励！贺一贺杨宝山抱一个！"

"杨保山抱一个，亲一个，亲一亲，扎老虎，姜玲玲先亲吗？"

"哎哟笑死人了，亲也亲过了，抱也抱完了，走呀！姑娘们上山打老虎哟！"

"走啊！背上砖头，向大山进军哟！"

在姑娘美女们的轰动嘻中，大家一起唱起了：想着你，盼着你……歌声震天动地，慢慢地向大山上延伸而去。

"杨保山把你的青铜靓月宝剑给我用一下，我来割下这一撮子青丝黑发来！"孟姜女说。

"大队长接住，当心啊！这口宝剑锋利无比，削铁如泥，剁骨头就像砍个树枝子一样快，所以刺客还没有来得及叫出声，已经被剁成肉泥血浆不复存在了，可要小心哩！"杨保山说。

"好家伙就是挺快的，这一撮子头发还没有用一点劲呢，只要一扫就断下来了，真正锋利无比的宝刀好剑啊！英雄佩宝刀，宝剑随英雄！给你宝剑。"孟姜女说。

孟姜女将长发包在衣衫的画中，叠好成方块大小递给杨保山："千万不能弄丢了！这代表我孟姜女的心，我的爱！来日在帮助把背篓架在我背上，我先往前走了，不怕慢，就怕站，这一会儿少走几里路，你们二人说什么最保密，最知心的话。再说说不要耽误时间，记住等长城修好以后时辰还多哩，到时候下劲说个好说个够！我走了，再见，代问皇上好！"

"再见！大队长，放心我一定安全无误的把东西捎到！"杨保山坚定地说。

孟姜女背着背篓已经向北向上山的道路走去。一会儿的工夫姑娘美女们都背上走远了，天上的小鸟叽叽喳喳的飞鸣着，白云在天上丝丝的向远方飘浮着。

"杨大哥你千万不能食言啊！这么几百姑娘都看着我们成双成对的，你要是变心不要我了，我姜玲玲就完蛋了，到那时候，你就是藏到天涯海角，我也要找到你，请你说个明白，我死也不甘心！"姜玲玲说。

"哎哟也！我的好玲玲，看你想到哪里去了，我不是发过誓了吗？谁要是变了心不得好死！死无葬身之地！天打五雷轰顶！说真心话，我还怕你变心呢！这么三万骑兵都是大秦始皇上亲自过目才同意留下的精锐部队，个个都是英俊潇洒不怕死，不怕受罪的铁小伙子，你们这些姑娘目前还不够分得呢！天下的男人离不开女人，女人呢又必须嫁给好男人！咱们华夏大民族才能后继有人千秋万代，天下统一了，长城也修好了，天下的老百姓尽该享受安居乐业太平安宁的好日子，好生活，享受幸福、享受快乐和儿女高高兴兴愉愉快快的好好享受人间的快活日子！别尽往坏处想，往不好的地方胡思乱想，我跪下发誓：杨保山如果不喜欢你姜玲玲！不得好死，无论是享福是受穷受苦，今生今世我杨保山永远和你姜玲玲在一起，就是死也死起一起，这回你该相信我了吧！"杨保山说。

"我姜玲玲也是一样的爱你喜欢你，等长城修好后，你上哪里，我姜玲玲就跟你上哪里去，无论是天涯海角，海枯石烂永不变心！老天爷作证，老天爷你在天上睁大眼看着呢！我如果变心一点点就天打雷轰！杨大哥我爱你！"姜玲玲说完抱住了杨保山，二人紧紧地拥抱在一起！恨不能变成一个人长在一起沾在一起！亲了又亲，吻了又吻，恨不能咬碎咽到肚里！歌声从远方飘过来：盼着你！想着你……

第二天一大早，天还没亮，启明星还在天上闪着亮，东方晨曦微微发亮时，姑娘美女已经吃过早饭，来到窑厂上的砖垛垛前，吵成一片的笑声，说话声：

"今天我最少，也得背十块！昨天才背六块，也是跑一趟，大队长一下子就背了有二十块，真是走一趟是一趟，我不背上十二块，中午饭也不吃了！总可以了吧！"

"你能和大队长比吗？她人高马大本来就有力气！我们全大队也没有几个人能和她像比美得有劲，有力！就凭你再吃十年的饭也不行的！不信也管试一试吗？今天先背十块，明天再讲！"

她大队长真有劲，可不是一般的有劲，又能吃苦耐劳又有干劲，真能是当大队长的好材料，咱们这辈子是不行了！甘拜下风了，包括我晶晶在内，她田田、阳阳、倩倩、楠楠都不行的！晶晶、君君和洋洋说："这大砖头可是实打实的重量，也不是闹着玩的，多一块在身上就是三十、四十多斤啊！一点点也不折不扣的实在是有分量，少迈一步也不上了大山去得！"

"大家都背了十块以上，我就在怎么着也得上十五块呀！反正半点点也不能少，压死活该，大队长都没有事，我能会有事吗？不管怎么讲，我也是个大队长呀！你们大家都背十块，我也背十块，就显不出我当大队长的优先权了！装吧！赶快装！少说废话！"晶晶说。

"大家都背十块，我也得装十块，昨天为啥都背六块呢？为啥当初都没有想着要背十块呢？怪不怪呢？可大队长最后确背了十五块！要是大队长首先带头背十五块！大家昨天想一想，一下子少背几千块，这个损失应该由谁来承担呢？肯定找不到，算了过去都过去了，再怎么讲还有以后呢？天长日久不但超过还要大大地超过指标数量……"郭君君说。

"你咋知道的那么多呀？我走过为过，从来都不记地方名字，村庄名字的，跟着随大溜，野子过河还怕走迷了路。今天晶晶也背了十二块。昨天她第一个背六块，所以大家都背了六块！炎大队长是最后一个，背了十二块，从最后一个人一下子撵到山上几乎就是第一个到的"白洋洋说。

"听大家讲，炎大队长不但是咱们女子大队上的！还任命为骑兵团队的大指挥官了，比万将军和范将军还要靠前呢！听说是皇上亲自下达的任命书，已经能指挥部队上三万多的大将军了！"

"不过按照炎大队长的能力，别说三万人，照我看十万八万都指挥，你们注意，没有哪两次和敌人硬拼硬的，都是大队长一手拿枪一手挥大刀，杀起敌人真带劲！敌人没有一个不害怕的！咱们这些一次只能杀死一个敌人，大队长就不一样，每次同样都两个坏蛋一块去死！一个死在枪下，一个死在大刀上！敌人害怕，咱们也有害怕的！有两个老头一见大队长杀过来，他们赶快躲到一边，在后面在旁边看，有时候直伸舌头，人咋样的都有。"

"第一天无所谓的，多几块少几块咋的，人都是肉长的！谁不知道累呀苦的，下定决心撑过几天这一阵子就好了，等修长城以后，我想背还不叫你背呢！这也是个锻炼的机会，能吃尽苦中苦，方能为人上人嘛！十年的媳妇熬成婆，谁还能背一辈子的大砖头吗？"

"快别说了，好多人都走了，我张玲玲也得赶快走，你们装着我先头里走了！"张玲玲说着背起背篓子随着大家朝前走去。

"宋子乔在这里装，我帮你装吧！准备背多少块？"车晓美说。

"十块呗！人家咋着咱咋着，不前也不后，不左也不右，几百斤重，百十里的路要走，还绕来绕去一百多里路呢！一步步地往前走。"宋子乔说。

"好了，装齐开路吧！宋先生小姐。"车晓美。

宋子乔说："车晓美我也帮你装上，咱们一路走，转过身来了，这要是金砖银砖多好，背上心情也好受些！说不定跑得才快呢！一天三顿饭也不用吃，也不知道我才有意思哩。"

"算了吧！宋小姐先生，要是金砖才重才贵哩！说不定一砖头也有一千多斤重！寸金寸金这一块砖头能走就不错了！"

"背上都是金子的金光闪闪，价值多高呀，能不高兴吗？"

"哪强盗坏人才来抢东西呢！天下老老少少、男男女女都来守长城保护，也不少洋鬼子来抢来挖偷，来偷长城呢？那才叫没有事，找事呢！抢个大老虎也保不住长城让整个搬走呢！"

"那连天上的玉皇大帝也得来偷偷摸摸地挖长城藏金砖，在派天上的天兵天将、四大天王和各路神仙来疯抢长城，金子多贵呀！见财起贼心，人为财死，鸟为食亡，哪个不抢不偷，除非它不是人，不懂人性！财不贪心，我也走了，不跟你们瞎吹胡侃了！"

孟姜女说："你们在聊什么呢？哪的那么吸引人！"

袁鸣鸣说："大家说着玩的，吹的雾大雾大的，讲长城是金子垒成的，玉皇大帝在天上都被金光闪闪的照花了眼，在九霄宫殿召集老天爷、四大天王、八大金刚和各路神仙汇集开会，讨论怎么样的金长城搬到天上去！下凡百万天兵天将一起来偷长城，惊险不惊险，连玉皇大帝都见金财眼开！"

"噢哦！怪能侃怪能吹的，活牛也能吹成死牛，怪不得世人的活牛越来越少，也没人犁地了，老犍牛也给吹死了，任芳来替我孟姜女先装上，我马上再帮你装！"

"大队长准备装多少块呀？"任芳问。

"给我装十五块！每天增加几块！以哩以哩时辰长了就背得多了！"孟姜女说。

"谢谢你！你动作还挺快的！来我给你装，你要背多少块？"

"大队长我要背十块就行了，我怕路上背不动，路还那么远呢！得一步步地走，啥是多一块少一块的，人多好干活，光靠一个人哪能行啊！日久天长十个长城也能修起来，我不能和大队长比，我怕坚持不下来！我身体又不太好！"任芳说。

"没有问题的，想背多少就背多少，大队长只规定六块，你能背十块，就很了不起了，超四块了，你真是个好姑娘，能吃苦能辛劳不得了，了不得呀！好样的，好好干，大家都看见的，美女们的眼睛都是雪亮的！"孟姜女说。

"炎大队长你真会夸奖人！你们二位大姐不都是十五块吗？这才让姑娘们佩服呢！我任芳这辈子只有佩服最能信任的就是你们两位孟姜女了，我昨天夜里还做了一个梦，梦到你炎大姐一下子背着长城，驾了彩云在天上飞，说是往贺兰山、太行山、燕山、雾灵山上送去！在我梦中你炎大姐挑起着长城，哪一头长城从东天边到西天边的天下，就像一座好长好大的大拱桥一样飞架东西，像宽宽的大面条，又像天上老人们传说的神龙！哎哟！好看得很呐！浑身上下闪闪发光，一会儿变成红色，一会儿变成金黄色，一会儿变成紫色，有九条神龙在天上翻飞腾呐，摇滚着飞舞，到后来咱们全大队的姑娘美女们都来瞧，你猜大队长最后怎么样了？不知道吧！变成一朵在天空中飞翔着的一朵巨型火红火红的红玫瑰，花蕊中花粉射着喷香袭人，一阵大风过来把雄花朵都纷纷地刮落下来，掉在了燕山中的雾灵山和云雾山以西的山峰山峦上，东边到青山岭和半壁山南边，炎黄岭朝朝到万家屯！姑娘们都被这一奇异景观惊喜了，唱歌跳舞，跳跃欢呼，炎大队长你们几个人被玉皇大帝派来的仙女们接到天宫去了，最后玉皇大帝奖赏，又下旨亲召叫我们大队姑娘们去修长江大三峡：都江堰水利工程，还有灵渠和秦渠，这都是上天玉皇大帝亲自下令起诏所示呀！"

"任芳你讲的什么东西，听也听不懂，什么长江都江堰的，秦渠灵渠又是哪里？姑娘做梦，鲜花抱住蝴蝶乱蹦乱跳，还会说你能瞎胡叫！"

"炎大队长你不相信，等着瞧好了，玉皇大帝说的话，修好长城，修好都江堰，能灌溉田地，最少也要三百多万亩到八百万亩，能解决天下人的吃饭问题，要是把灵渠秦渠也修好了，能把人口翻一番，我们华夏人口大民族最大最强的东方第一大民族，这是千真万确的，信不信由你，玉皇大帝谁敢违抗，老天一恼一怒开开玩笑，咱们老百姓什么也没有了！"

"姑娘做梦小伙子的大辫子乱动，全是假的玩着玩的！"承莉说。

"天不刮风，天不下雨，天上有个大太阳你是做哄人的，梦啥东西呀！胡说！"朱丹说。

"现在和我们一样吗？今天、明天、后天，天天如此，再多的砖头也能叫我们姐妹们背光背尽，一块都不会剩下的，别光顾着说话，大家注意脚下的路！千万别摔跤了！疼在自己身上，伤害的是自己，对不对？小心呀！姐妹们！"孟姜女说。

大部队说说笑笑的往前行进着。

　　　　一路背砖一程歌，美女仙女故事俏，
　　　　说说笑笑砖上山，笑笑走走神龙遥。

风筝

"小朋友，你们这里是什么地方啊？"一个十二三岁的姑娘望着她的羊群说。"我们这是马头桥！我们不是放羊，是放马，放牛！你们是垒长城的吧！大姐姐。"

"小妹妹，你们这不是羊吗？"

"这羊群不是我们的，是那小伙子的，他是稻地村的！"小姑娘说。

"他们稻地村都是庄稼种稻子，他们都把羊群赶到这边来放，这桥叫马伸马头桥，桥那边是他们放羊，桥这边是马和牛吃草，所以他们在河东，我们在河西！"

"臭小妞你不讲理，大桥是你们的，可羊是我们的羊，昨晚上回家少了两只小羊羔，一定是你们偷走的，不然小羊怎么不见了，孬种的小丫头片子，偷人家的羊肉吃，好馋嘴，把我们的羊偷杀偷卖了，不要脸……"小伙子放羊嘴里不干不净地骂着。

"你胡说八道，说不定让大灰狼给托跑了，谁偷吃你的羊了，不讲理的坏蛋，小狗偷你的羊羔了，你放的羊不见了，就讹人，不要脸的！"小姑娘说。

"谁不要脸呀！你个臭丫头片子，才不要脸呢！你前天还和老骚胡睡觉，看老骚胡大羊爬羊羔！你不要脸你往老骚胡背上爬，让我的老骚胡大公羊背着你，嘴里还说着，猪八戒背媳妇！你有脸皮子没有啊！坏女孩大骚货没有脸皮……"

"你骂你娘屁的，叫你个驴吊连人绝人骂人，嘴给你撕烂，你这个骗吊烂子，叫你骂人！"小女孩揪住男孩的头发辫子一下子将他拉倒在地上，右腿跨在他身上拧住耳朵："叫你还骂人，撕烂你的臭嘴巴，还骂人不骂？"

"死屁丫头片子你等着，等我驴吊长大了在报仇！娘里蛋！"

小女孩骑在他身上，扬起巴掌猛抽他的耳光，男孩马上哭叫道："我屁你娘你，屁你的臭屁席子……"孟姜女过来拉开小女孩说："大小姐算了，他小他不懂事，放他一马吧！"

"他小他会骂人，骂得死难听，我就打他臭嘴，非叫他绝不成人哩！今天气死我了，他娘的个大腿，叫他骂个够死驴吊，大姐你别拉我，我今天非贴死他！不要脸的东西！"

小男孩冲下桥跑了，孟姜女也背着砖头从桥上走下来往西边去了！

"炎大队快看呀！人打完架，二只大黄牛又斗开了架。"老黄牛和老花牛斗起来了，看看呀！乖乖二头牛撩翘着尾巴，瞪着大牛眼睛猛顶呢！猛然间大花牛往后退几步，扬起头，扭着脖子歪着头，抬起前边二条腿向老黄牛狠狠砸去，老黄牛也不示弱两个头相互猛撞在一起，四角'哐'的一声茉在一起，又猛顶起来，前腿左右支撑着，后面两条腿使劲地蹬着地，尾巴扬起……

"小姑娘叫你的牛拉开！别让它们斗架了，它们斗来斗去的会斗伤的！"

"大姐没有用的，这边才拉开，那边又顶到一起了，它们两个就喜欢斗架，一不斗架了，它们就不喜欢吃草了，不信给它们撑开看看！"小姑娘拿着大棍往大花牛屁股上打去，花牛感觉疼痛'哞'的一声叫着往旁边跑去，大黄牛也跟着大花牛跑去，没一会儿，两只牛又干起来了……

"看见了吧，没有用的，它们就喜欢顶来顶去的，斗呀斗的，要不然它们就闲着没事干，光吃草，一会儿就吃饱了，这花牛和老黄牛干架斗着玩……"

"可不是吗？无事生非，要叫它们拉犁子，它们就不斗架了，现在又该咱们往前走了，走吧！小姑娘再见了，好好放牛啊！"孟姜女招招手往前走去，又唱起歌曲：想着你盼着你……大家都跟着唱起来，来来回回的好几遍后，来到穿芳峪，好些个老头老婆和一大群孩子们在放风筝，天上飞的风筝像小鸟一样在天空中飞着：有红的、黄的、绿的、青的、蓝的、紫的，有的像鸽子，像蜻蜓，六角星，有三角形，有红鲤鱼，老公鸡，他们在空中飞翔着，争奇斗艳。

"大爷，你好！"孟姜女问道说。

"姑娘们好！来喝碗茶，歇歇脚……你们是修长城的吧！真辛苦你们这些女孩子们了！你们为大家的平安，安居乐业出了大力了，也流了大汗啦！你们这年轻姑娘太可亲可敬了！你看了吗？我放的是北斗星的风筝，下面尾巴上还带着条幅，上面写着向修长城的姑娘们学习致敬！"申老头笑着说。

"谢谢你们！不知道你们村庄为什么要放风筝呐？"孟姜女说。

"我们村上有好几个姓，数我们申姓和马姓人最多，年年为了大吉大利富贵有余，都要放风筝，谁放的风筝高，飞的远，还要大，好看有特色，这将是一年的大吉利洪福高照，高度要超过西边的盘山峰，北面的大青山，这样的山神仙圣就会来帮助我们，不然山洪水怪就来扰乱破坏地里的庄稼，畜生还要闹鬼妖怪什么的，风筝放的好也代表着一年的风调雨顺。所以大家在扎风筝时，有这梳妆打扮，那样的才顺应万物，总归都是代表好，代表老老少少的心愿，又是一种可玩的乐趣，享受幸福吧！全村的老老少少、男男女女一到这个时候，各自都把扎好的风筝拿出来放！谁放得高,扎得好，最后都要评出来！听听呀！姑娘们，还有会响会叫的风筝，还有的在太阳光下变色的风筝，谁的特点多，特长好，美观大放肯定会被人们所评上优秀，好、一般、较差的！有意思吧！今年我放的第二个风筝是一朵大红玫瑰花！下面坠着：感谢你们的诚心诚意！"

"谢谢你！老大爷，你的风筝不但会评上第一名，而且还会让我们的姑娘们为之振奋和激动！美女们都会在心里感谢你老人家的！我是孟姜女，是这女子大队的大队长，是大秦始皇上亲自封的修长城的总管、总指挥！我代表男女全体人员向你老侬敬礼！向你致敬！早日修好长城，为大秦朝的普天下的老百姓早早过上好日子，安居乐业太太平平！"

"你真是一个好姑娘，人长得美丽大方，脾气也好，一点点看不出来是个当大官的样子！说话和和气气的，将来哪个好男人娶到你孟姜女这样的姑娘，真是祖上修了千年的好福气！首先是孝敬老人吧！如今世道变了，把老大爷都没有人放在心上了，巴不得早点见阎王爷，他们才能过上好日子，儿女们也都学坏了，直顾一个劲地心疼自己生的儿女都没有一点点的报恩父母的心肠了！古人说：生了儿女才知道父母恩！现在的世道就是生了孙子也不会孝敬父母的恩情呐！变了变了！像孟姜女这样的对待老人和和气气的，说话谦虚的人真是少见了！你们姓炎的祖坟埋的好呀！我老头子嫉妒啊！"申村长说。

　　"炎大姐你真好！你看我的风筝是一朵大红玫瑰花，四周都是大红花，代表着众多女孩子万众一心，保卫华夏大家园的火辣辣的情感！民众的一腔热血真情义，不怕苦，不怕累沸腾热血化作汗珠流成河，衣裳磨烂肉皮都磨老茧子，让人佩服！"小姑娘说着拉着孟姜女的上衣让人看！还有几位四十岁左右的女人，手里端着碗再给背砖头的姑娘倒水喝！"闺女啊！你看你们累的头发都贴在脸上了，都是出汗出的，真辛苦你们了，不过一个个美女长得都好漂亮！真是如花似玉的娇嫩啊！你们父母咋舍得让你们来干这么重的活，真是好人没有好运气好福气噢！要是我的姑娘，打死我，我也舍不得让她修什么长城！天塌下来压大家，又不是那一家的事情，看看哟！把一个个的美女累的，好让人心疼哦！"

　　"大娘，不是家人叫我们来这里的，是我们自觉跟炎大姐来的，与家里人没有一点点关系，还有很多姑娘想来还来不了了呢！是因为她们的地没人种，家里有地有人种的才能跟炎大队长选中挑中的才可以来！知道吧？大娘！"

　　"真是都是好女孩子好闺女，将来的大美女了！都是好人，好心肠的大美女！将来我家的二蛋、三娃、四毛子要是能娶上你们这些美女，我也就是给她磕上十个大响头也愿意啊！看看吧！都这么美丽动人，我的眼睛都给看花了，心也让美女给照乱了，感情真像玉皇大帝把九天上的仙女派下来帮我们修长城来了！说来说去还是老天爷有本事，叫这么多的美女下凡来造人间奇迹的万里长城啊！"

　　"喝茶呀！姑娘们你们不知道吧！这放风筝也是为给你们鼓励，老村长让扎的，等你们的大队人马一到，都放在天上多好看，上面有好多吉庆的话语标语，安居乐业盛世好，太太平平享幸福，向修长城的敬礼，愿姑娘们更美更靓，叫神龙飞舞欢歌，神龙是华夏人的命根子！世龙是华夏人的灵魂！长城是炎黄人的奇迹，长城欢笑舞爱心！美女靓艳孕魂灵！姑娘笑傲舞真龙！神龙东西保太平！"

　　"姑娘美女们坐下歇歇脚，喝喝茶吧！"

　　"你们这个村上的人真好，心地善良待人亲切，让我们这些姑娘们够学上一辈子的！你们才是最可亲可敬的大好人！"孟姜女说。

　　"你不知道姑娘呀！你们都是我们华夏一大家的大好人，前几年也有洋鬼子来抢我们的东西，还抢人，我们对他们才不客气呢！都是拿大刀砍，拿着大枪刺，用弓箭射，挖陷阱，用石头砸，老少、妇女、孩子都身藏在大山老林中，男爷们就像打猎，打野狗一样，叫他们那些强盗有来无回，你们前几月不是在万家屯消灭过二十万坏蛋强盗吗？他们那些的坏蛋不能看见女人和金银财宝，命都不要也要抢人家的财产女人，真可恶！这会有你们这些美女姑娘把长城修好，累死他们也过不来了，从天上飞他们不会，我们大家马上的好日子就来了。要不几年家家户户都会富裕起来，过太平日子，叫谁不高兴呢！你们都是大功臣，所以给你端茶倒水是应该的，过几年你们来这里，不但倒茶，还要杀猪宰羊的慰劳你们！这一下治住他们要来的大路小道，叫他们狗日的永远抢不着夺不成，连叫他们也不叫他们来看，他们敢来，都把他们杀死在长城外头，喂野狼喂野狗！"

"大爷大娘，小朋友们！虽说你们没有直接来修长城，但比我们修长城的功劳还大，你们全村的老老少少、男男女女都是我们学习的榜样！是你们的宣传方式带动我们女子修长城的志气和精神力量，给了我们这些姑娘的骄傲和自信自强的无上光荣。古人讲：愿为知己者死！你们知道我们修长城的好处，修长城是为谁，为了啥修，全在你们身上体现出来了，在干的事情上表现出来的，你们给大家的鼓舞和鼓动姑娘们从心眼里感到振奋和激动，所以我孟姜女代表全体姑娘们感谢觉悟的向你们全庄的人鞠躬敬礼！再一次的谢谢大家！感谢老村长的善意和可敬的情意，如果老村长在这里我会向他老人家敬礼鞠躬！更要邀他成为我们女子修长城大队的编外荣誉大队长！"孟姜女说。

有个小男孩五岁说："大队长，刚开始跟你说话的申老爷爷，他就是村长，也是我们申家家族的族长，他重重孙子都有好几个了，还有一个重重孙子就是我，叫：申哥，我代表我老太爷接受你的敬礼，也给炎大队长鞠一躬！"小男孩昂头说。

"噢！好，好可爱的申哥！"孟姜女弯腰抱起小男孩，用嘴亲着他白嫩嫩的小脸蛋说："你几岁啦？申哥，小小男子汉，你长得好可爱哦！小帅哥，说话还会说，有女朋友了吗？我孟姜女给你做女朋友好不好呀？帅哥！申哥先生！"孟姜女笑着逗他和他开玩笑说。

"不！炎大队长我今年到夏天虚岁六岁，你是大美女，你是老天爷从天上派下来的大仙女，又是当官修长城的！我也有个美女，她叫赵丫旦，长大后给我申哥当媳妇！她是长眼皮，长辫子，高鼻梁，小嘴巴，还有两个酒窝呢！她说她的酒窝给我撑酒喝，一天只喝二盅，不许多喝，喝多了就醉了，对身体不好，醉了就成了醉鬼了，她就不要我了，所以等我长大以后我只能喝二盅，不能多喝，是不是呀？"

旁边真有一个小女孩扎着辫子，孟姜女看见赶快又把丫旦抱在右胳膊上，左胳膊抱着申哥："炎大队长，炎大姐，你刚才为什么要亲申哥呀？申哥是俺的申哥，其他女人是不能亲的！你也看上申哥长得帅气英俊吗？你真的要给他做女朋友吗？大姐姐你千万不要喜欢他呀！他有时候坏得很呢，光拽人家的长辫子，还亲人家的脑门，去年有一次还尿床了呢！不信你问问他家的老太爷子啊！"赵丫旦说。

"你胡说！丫旦我去年没有尿床，那还是前年小花猫偷偷尿了一泡尿跑了！最后他们都说是我申哥尿的，丫旦你等着，你敢再胡说，小心我申哥休了你！炎大姐长的比你还漂亮一百倍，又是天上玉皇大帝身边的天仙，她还能抱着我抱着你，你个小笨蛋抱我都抱不动，我一使劲把你都抱起来了，等你长大了我得抱你一辈子，你说你长大了抱不抱我。如果不抱我，我就不要了，我天天都得抱你，我会吃亏的，也会累坏我的！"

"申哥，你放心吧！等我长大跟炎大姐一样高时，我天天抱着你玩，还给你做好吃的饭，给你洗衣裳，你得哄小宝宝玩就行了！好不好啊，申哥哥？"

"太好了，丫旦你才是我真正的女朋友咧！万岁！万万岁也！我爱小丫旦。"

小申哥在孟姜女怀里举着小手摇着肉嘟嘟的小胖手，最后又一手搂着孟姜女的脖子，一手指着丫旦说："亲爱的女士，现在我有两个女朋友了，一个是当官的大美女，一个是童养的媳妇赵丫旦。"申哥说着在孟姜女脸上亲一下子："我爱仙女，我爱炎大姐哎！"

"下来，下来，快下来，叫炎大队长好好休息休息！你看大队长背多少块大砖头，走一路累得不行还抱着你个小混蛋！你真不懂事，快快跑一边玩去！再胡闹小心我打你屁股！"

"老太爷，要打你打大队长，是她非要当我申哥的女朋友的！我说过我不要她的，她非要在人家脸上亲来亲去的，把口水都弄脏人家的脸蛋上了，炎大队长将来我脸上长了痘痘和黑痣，就找你，你跑到天涯海角我申哥也要找到你，再亲亲我的脸，不然黑雀就下不去了，人就越长越丑了，俺娘说只要找到他，再让她亲上几口就没有痘痘和黑雀了"

"申哥，你爹爹脸上有黑雀子和痘痘没有呀！"

"谁理他呀！满脸胡子乱不楞子，跟一把扫帚一样，窝囊废，是俺娘说的！"

"恁娘还说啥来着，申哥哥！"

"俺娘说他是个大笨蛋，大饭桶，只会吃饭不犁地的猪。"

"申哥哥，你长大当什么干什么呀？"

"等我长大后，我才不当猪呢！我要当牛，去犁地，还要当村长，当大队长，当县长，娶媳妇找老婆，盖大楼修长城，打仗，当将军杀坏蛋！不叫美女背砖头，叫她们住在水晶宫里抱娃娃哄孩子，好不好丫旦？"

"不好，净瞎吹，他天天玩泥巴垒宫殿，到现在连泥巴屋子也没有盖好呢！牛皮大王！"

"好好，明天一定给你先垒一个泥巴屋子，再给炎大姐造一个大大的宫殿，在里面跳舞唱歌，生娃娃，好不好呀？丫旦。"

"炎大姐千万别上当，他是个大骗子，就会哄女孩子开心，满肚子的坏水，全是骗人的鬼把戏，让他这个耳朵进那个耳朵出，谁相信他申哥的鬼话，明天就过年啦！"

"丫旦谁教你的？"孟姜女说。

"谁教她的？老巫婆，丈母娘！"

"你娘才是老巫婆呢！疯婆子，只会打扮，天天不干活吃饱等饿！全村谁不知道啊！早晚变成野鸡婆！等我赵丫旦长大了好好治治她，叫她不勤快不干活，总有一天，叫她哭的比笑的还好看，一个女人不勤快，就不要找男人，怪不得她叫申哥他爹爹是笨蛋呢！原来他管不住她啊！母老虎，母夜叉！"

"你娘才是母老虎！母夜叉呢！丫旦你小心你头上的小长辫，等回来我非给你揪掉不可！"

"你敢，你敢！"

"丫旦，谁教你叫：母老虎，母夜叉的？"

"俺村上的人都在偷偷说呢！"

"你真能，啥都知道，小聪明鬼！小精灵鬼！"

"不是的，都是跟人家学的！"

"申哥，丫旦，一边去玩吧！看把姑姑累的，去看你娘放风筝玩去吧！好乖乖最听话了！"

"老太爷爷，我们没有调皮，你干吗又教训我们，攥我们呀？我喜欢姑姑，姑姑长的美，丫旦你长大后，也要长得和姑姑们一样漂亮，不然我休了你！"

"老村长，孩子们真可爱，真好玩，天真活泼又有个性，真是太可爱了，老村长你真有福气啊！儿孙满堂，人间乐园也！"孟姜女说。

"什么福呀！豆腐也找不到，穷开心瞎快乐！人生就是这样找快乐！老了，老了，比起你们年轻人干的大事，我才真是白活了，你们这些年轻人才是活得有滋有味的，一个个年轻漂亮而且有事业心！全是干大事的！你们才是最有出息，最能贡献最能创新、最不怕苦不怕累的好青年！我要是能再年轻年十岁二十岁的，我也要跟你们一路去大干，现在不行了，八十多岁了！心有余而力不足！力不从心啦！我真好羡慕你们姑娘你们这些个姑娘们！你们才是最快乐最有追求，最能实现自己愿望的时期！你们满脑子的为着华夏民族考虑，你是普天下老百姓的恩人，只有你们这年轻人才是实现安居乐业，太平年华的好孩子！你们如果有什么难处或需要帮助的一定要讲出来，我一个人帮不了你们，但是我们村的人都会帮忙的！你们帮助天下的老老少少过太平日子，我如果能为你们这些姑娘们做点好事，等于也在帮助普天下的老百姓干好事！炎大队长千万不要客气啊！"老村长说。

"谢谢！谢谢了，老村长现在没有什么事要做，如果有一定要告诉你们的，毕竟咱们都是一条心，一根绳子上的蚂蚱，有福同享，有罪同受，强盗坏蛋来了咱们都有责任团结起来共同打击和消灭它们！好了！老村长，我们在这里休息好一阵子了！我们还要往前走路有事干，谢谢你们的热情，等修好长城我们再聊天，再到你们村上来做客、玩耍！你向全村的乡亲们致意和感谢！我们全大队的美女姑娘们会记着你们的！请光阴作证！让我们相互学习，齐心协力修好长城！"孟姜女说。

"你大队长真会说话，有情有义，真让人感动！好姑娘我帮助你背上背篓吧！唉哟！好重啊！总有千把斤吧！来来！娃娘搭个手帮一把！真是好姑娘看不出来啊！能背这么重的东西，真叫人打心眼里佩服，能吃苦有干劲，叫我老头子半步也不能支走啊！真是神力，大女侠！"老村长说。

"老村长，再见了，有机会到山上来玩呀！帮助来指导指导长城的工程修筑呀！"孟姜女说。

"再见！姑娘们再见！闲了来家坐坐呀！"老村长说。

"姑姑再见，等我申哥明年长大替你背呀！"

"姨姨再见，我丫旦也来帮助你呀！"人们在一片说笑声中远去。

　　　　　人小志气高，姑娘汗流潮。
　　　　　江山留美人，情意尽兴谣。

少饭

孟姜女大队的姑娘美女们又唱着歌："想着你，盼着你……"

"爱呀情呀！送到哪里去哎？送到山上修呀修长城，哎咳哎哎咳哟呀！哎咳哎哎咳噢！美女姑娘不呀不怕苦，再累再苦呢！咱呀咱不怕！送到哪里去哎？送给那阿哥呀心呀心欢喜！哎咳哎哎咳哟呀！哎咳哎哎咳哟也！英俊的阿哥能呀能杀敌哎！不怕牺牲呢！爱呀爱啊妹，誓把高山筑长城，神龙臣龙变呀变长城！普天下的老呀老百姓，享受平安庆呀庆丰收！哎咳哎哟也！普天下的老呀老百姓，享受太平庆呀庆丰收哎！"

"炎大队长咱们又到罗庄咯！谢天谢地！好饭的饭菜哟！"

"早上为什么不多吃些呢？这回可要吃饱肚子啊！干这么重的活，吃饭能作假讲客气的，能吃多少是多少！不吃白饿着，饿着你倒霉晦气，又不是不让吃的，仅吃能吃多少是多少，什么还要客气阿韩玉玲，再不好吃也得吃饱！"孟姜女说。

"放心吧！大队长这次比拧着耳朵还有记性呢！除非撑不死很往肚里吃往里装，非叫它不饿才行呢！油馍牛肉马肉烧土豆真馋人也！撑饱肚子叫大砖头自己蹦上山去！"

"就你能！不搬不背它自己会蹦那才有神呢！开玩笑还差不多！"

"可不是吗？炎大姐我帮你抬下来，好家伙比我的重一大半哩！也不知道你哪来的劲，一个劲地往前走！也不嫌累！真是大队长，事事干在前头，真是我们的大队长也，叫人佩服叫人称赞！当官也确实不容易啊！能吃苦耐劳怎么能不高要求，严格遵守纪律，大家夸奖人人敬佩，不得了呀！了不得！大队长你先忙着，我先吃饭啦！"

"去吧！早吃早休息，还有一大截子上山的路呢！我忙着给大家接放下背篓去吃饭！"

"炎大队长你先到了，谢谢你们！你还没有吃饭吧！我李明珠饿坏了，先去吃饭啦！"

"去吧！去吧！人是钢，饭是钢，一顿不吃饿得慌！活可以少干，饭不能不吃啊！去吧！"孟姜女说着劝着叫人去吃饭，又来帮君君架下背篓！"很累了吧！快去吃饭吧！今天的饭菜可香了！"

"谢谢大队长！我去吃饭啦！"

"是程晓曼，很饿了吧！晓曼姑娘？"孟姜女说。

"大队长，我累的都不想说话了，肚子也饿透了，两条腿一点劲也没了，真气人！"捏晓曼说。

"没有关系，快去吃饭吧！油馍和肉都在等着你呢！一到肚里就有劲了，快去吃吧！徐子晴累吧！肚子也饿了，快去吃饭，多吃点不然路还远着呢！又要爬上山、下山的！"

"去吧！去吧！耿勤勤真是好样的，看脸上的汗水，洗洗脸去吃饭！"

"谁知道的！该死的汗都在脸上，马上脸成泥巴浆子了！我去洗脸吃饭！"耿勤勤说。

"去吧！去吧！常莹我来帮你取下背篓，赶快去吃饭！油馍和肉吃饱了就有劲了！"孟姜女说。

"好好！我去吃饭，饿坏了！"常莹说。

"盼盼来，我来帮你把背篓取下来，赶快去吃饭，吃完饭就有劲了！"孟姜女说。

"谢谢大队长，我真的饿坏了！"盼盼说。

"油馍、现成的！吃饭就有劲了，程星这边来，我给你取下背篓，马上吃饭啊！"孟姜女说。

"谢谢！我去吃饭啦！炎大姐！"程星说。

"刘芳，我帮你！饿透了吧！"孟姜女说。

"可不是吗？感觉特别饿，两腿发软！我去吃饭。"刘芳说，

"去吧！去吧！赶快吃饭吧！王倩倩我来了，去吃饭吧！"孟姜女说。

王倩倩说："早上吃那么多，咋又饿了呢！马上成了饭桶了！"

"去吧！去吧！都是走路累的，快吃饭呀！吃饱就好了！"孟姜女说。

"大队长帮我卸下来！饿死我了！"沈丽说。

"沈丽，孙娜娜都去吃饭，吃饱饭就好了！"孟姜女说。

"好的！谢谢大队长！你吃过饭了吗？"孙娜娜说。

"马上就吃！你先吃去，吃饱休息休息啊！"孟姜女说。

"大队长我来了，帮帮我呀！"贾刘说。

"好来！快去吃饭贾刘，吃饭好有劲！"孟姜女说。

"宫女绣这边来！我给你卸下来！很饿了吧！快吃饭去！"孟姜女说。

"把我饿晕了！腿上一点劲也没有了！也不知道这平时的劲都上哪里去了？见鬼了！"宫女绣说。

"肚子饿了！快去吃饭去！"孟姜女说。

"谢谢大队长，我鞠旭丽来了！帮帮忙哦！！"

"好的！去吃饭吧！看着美女饿成仙女了！"孟姜女说。

"谢谢！你大队长出口不俗啊！美女仙女到最后还是要老的！明白不？龚莹悦我帮你，很饿了吧？"

"谢大队长，真够累的！腿上跟灌了铅水一样重一样软！"好人美说。

"好了吃饭去！饭吃饱了腿上就有劲了！好人美吃饭去！吃饱饭好有劲！"孟姜女说。

"谢谢大队长，你吃过了，我去吃饭了！"许玉说。

"许玉去吃饭！千万要吃饱啊！"孟姜女说。

"蒋越越，我来了！很饿了吧！"孟姜女说。

"还可以吧！就是浑身没有劲！谢谢大队长！"胡曼说。

"王星我来了！快去吃饭啊！"孟姜女说。

"吃饱了不饿！去吧！周好好我来了！"孟姜女说。

"大队长你谁都认识！名字也记得！我周好连一半也不认识！"

"去吃饭！吃饱饭了就都认识了！水妹妹我来了！很饿了吧？吃饭去啊！"孟姜女说。

"谢谢大队长！怪我人不好！动不动就没劲了！真烦人透了！"常丽说。

"去吃饭，油馍和肉！贾优美很饿了吧！快去吃饭，吃饭就有劲了！"孟姜女说。

"任亚丽我来了，去吃饭啊！炎长霞一家子的！饿狠了，快去吃饭吃饱就好了！"孟姜女说。

"车萍饿很了，帮帮我卸下来！杜丽也到了！炎大队长帮我抬下来！"杜丽说。

"好来！好来两位姑娘一个一个地来！你们两个快去吃饭去！吃饱好有劲！"孟姜女说。

"坚持就是胜利！郭金花累很了，吃饭去呀！"孟姜女说。

"马上吃！尹青梅！卸下来！去吃饭啊！"孟姜女。

"荷花还这么漂亮有劲一点也看不出来饿来！……"孟姜女说。

"我里个娘哎！肠子早就饿瘪空了，就差睡地上了！总算等到走到吃饭的地方了！"荷花说。

就这样来着说吃饭！卸背箩筐有半个多时辰，姑娘们才陆陆续续全到齐整。

水萍萍最后一个跑到院里，在伙房的窗台上端起一碗肉，站在原地没有动步，就把碗里的肉全扒吃完了，又大口地嚼着油馍！随后又喝了一大口肉汤，只是一眨眼的工夫，连汤稀里也喝完了！另一只手还在大口咬着油馍嚼着。孟姜女从外边大步走来，望望还在找饭吃呢！"大师傅！饭来？怎么没有碗了？油馍也不见了！"孟姜女说。

"大队长！你还没有吃饭吗？哎哟哟坏了！没有饭了！怎么办呀？锅里干干净净一点也没有了！咋办呀？油馍也吃完了，怎么办好呀？啊！大队长先生，真是对不起呀！"

"怎么没有饭了？大队长还没有吃饭哩！咋不多做一些吗？大师傅你们不知道多少人吃饭呀？干这么重的活，背上几百斤一步步地六十多里路不吃饭怎么行啊？没有赶紧做啊？还肉吃什么吗？一个人的饭菜还不好做吗？还愣着干什么呀？吴师傅！"晶晶大队长说。

"大队长！不是我们不做饭，或者是偷懒偷工减料有意不给大家吃！是实在没有办法了呀！今天就这么多的面，一点也没有剩下来！只有这么多咋办呀？本来还想着吃不完的，做梦也想不到现在大家都能吃饭了，而且饭量大增，这不我们六个大师傅谁也没有尝一口呀！仅大家姑娘们干活人先吃饱好上山去，路还有那么长呢！"吴锡山说。

"你们早干什么去了？为什么不早点说呢？说早了可以向周围的乡亲们借上一点面什么的！大队长是第一个到的，为了给全体队员们卸背篓筐，一直到现在没有吃饭怎么往山上爬？谁能饿着肚子不吃饭一走百十里路还背上二十块大砖头千把斤重的东西，这不开玩笑吗？你们想想光叫马儿跑，还想马儿不吃草！难道你们的心不是肉长的吗？闭着眼瞎想你们几位都六十多岁的人了，不吃饭可管，没有东西也不吭一声啊！怪不怪呢！"晶晶说。

"好了！副大队长不要说了！现在关键的关键是明天的吃饭问题解决了没有？吴老师傅你们几位老一辈们也不容易！本来是你们应该在家里舒舒服服地享福、享清闲的！跟我们大家一路辛辛苦苦起早贪黑的忙到晚，你们也很辛苦，也为姑娘们做了大量的工作，早就该表扬鼓励的！我是想着等长城修起来后，好好地为你们庆祝一下，表表姑娘们对你们好，全体姑娘美女个个都尊敬你们！所以大家都非常尊敬和尊重你们，既是长辈又是老人有什么看不惯和有什么问题应该及时地说出来提出来！我们共同想办法解决！好了今天的事情就到这里为止，谁也不能再说再提起它！派出骑兵去问刘文志县长要面要油要肉要菜！叫他务必在今天晚上半夜之前送到！另外再通知万喜良和范杞良将军率三千派二千留一千骑兵在明天起来再来将军岭，大华山以东的山下准备动工垒砖头，砖头都上山了，人也要上山来，让二位将军把女子长城筑在山上的关口把质量问题关，这是皇上上次专门交代的大事情！去吧！吴师傅！刘县长也认识你的！赶快去！快去快回，别耽误明天给姑娘们做饭吃，如果有误那可就是你本人的职责了！有什么问题你现在提出不晚！你说说吧！"

"报告队长，我没有什么问题，感谢你大队长的宽宏大量，都是我不好！自作主张我该死！我有罪……"吴锡山说。

"好了！现在你马上去大明县找刘县长，就说我孟姜女说的！去吧！千万不能耽误！大家不能饿着肚子干活，骑快马一个时辰就到了！"孟姜女说。

"大队长，我怕他刘县长不给办，再回来就来不及了，你还是写个信字条什么的好不好？大队长！"

"好吧！以防万一！有笔墨吧？"孟姜女说。

"房东罗老爷有吧？我去看看问问瞧瞧！"吴师傅几步走到后院堂屋前面说："罗老爷在家吗？罗老爷，你家里有笔墨吗？"吴锡山说："我们大队长要给县长写个字条子，叫他刘县长在天黑前把面肉吃的送来！不然明天这万千把姑娘的吃饭可是个大问题，今天中午就有人没有吃上饭，都是我的错啊！”吴锡山说。

“有几个人没有吃上饭？你怎么不早说呀？大家都是干大事干好事，怎么能饿着肚子干重活呢？快去叫她们来我家拿东西吃点，先吃饱再说话，笔墨都有叫你们大队长来这里写吧！纸笔在那里！桌子也方便！”房东老爷热情地说。

“谢谢罗老爷了！大队长！罗老爷请你到他家后院堂屋里写字！”吴锡山说。

“好吧！走！咱们一路来写好你马上就骑快马去！这会儿可不能马马虎虎的耽误了！”

“大队长放心吧！一定快去快回，马不停蹄！”吴锡山说。

“噢！幸会幸会！炎大队长，久闻大名啊！几位堂屋里请！耳闻不如眼见，炎大队长确实是美女天仙！又是好人善良心肠！一心想着天下的老百姓的太平安康！真是玉皇大帝派来的天仙美女啊！叫老夫我总算知道啥是美女哟！不妄活了一辈子啊！皇上也来了好长时间是吧！真美真漂亮，人间仙女呀！堂屋里请！笔墨都在八仙桌上，纸也在！请写，大队长！”罗老爷好言夸赞着，伸出一只手让着客气着。

孟姜女几步走去屋里眼睛在墙上一溜，低头拿笔蘸蘸墨汁水，左手按住纸张，点笔写道：“救急报告，今有女子大队因面粉、肉食、菜等，告知十万火急！请刘县长见信速派车马前来救急为盼！特此火速送来，面谢！孟姜女手谕！大秦二十六年仲春！”

“哇呀！炎大队长一手好字，钢劲柔和美丽大方，真是人美字更美观大度！佩服，真乃是女中豪杰，女侠劲客也！豪迈帅真情浓字爽哇！人才人才啊！帅座也！老夫七十多岁今天第一次开眼了，真乃是天上的美女星宿呀！有魅力啊！有魂灵……”罗老爷说。

孟姜女双手对折几次，将信交给老吴说：“快去快回，务必在天黑前赶回来！”

“是！大队长！罗老爷我先走了！”老吴头双手接住，一步跨出门一溜烟人就朝前院不见了。

“大队长，请喝茶！小青上茶上点心！咱家来贵客了！炎大队长请坐，彼屋小院，今天是阳光灿烂辉煌一片啊！”房东罗老爷心情特别好，还特别热情款待，小青是个姑娘和孟姜女大小差不多，也许是大两岁吧！看起来也特别热情勤快，衣裳俭朴干净，一头乌发被一条红绸子扎在脑后，大而明亮的眼睛微微带着笑意，一手拿着小瓷壶，一手端着托盘茶碗还有盖，也很讲究的！“大队长请用茶，爷爷也请喝茶！"小青说。

"大队长别客气！小青是我孙女，今年虚岁十八了，一直在家里学习，有时不认识，都是我教她，也还聪明吧！没有干过活，平时喜欢写写字呀，画画画呀什么的！"罗老爷说。

小青又双手托着托盘，托盘上放着点心。"大队长请吃点心垫垫肚子！我娘正在烧饭给你吃呢！"小青说。

"谢谢！谢谢啊小青，我孟姜女就不推辞了，不客气了！跟罗老爷说吧！今天从山下背二十大块砖走到你们罗庄，结果刚才老吴师傅做的饭少，不够吃的了，人有好人帮助，善良人家帮忙！罗老爷你们全家都是大好人善良人家，善有善报放心吧罗老爷，你们有什么事需要帮忙的讲一声，别客气啊！我孟姜女也不会客气，也客气不好，我先吃了啊！"孟姜女一边说着一边拿着点心一手掌托在点心下边大吃起来！六个点心三下五除二就没有了！又端起茶碗喝茶，小青又走过来给孟姜女倒茶水。

"大队长喝茶呀！俺娘等一会把饭做好，你再吃饭啊！你真不容易，你背二十块大砖头啊？真了不起，真是神人神力，叫我搬一块都费劲，一块砖多重啊？大队长！"小青说。

"长城用砖！一块四十八斤，老称是四十八斤，大秦新政统一改制十两称，三十斤一块，老称十六两一斤，人们好说：半斤八两，现在是半斤五两！"孟姜女说。

"我的个亲娘老天爷辈子哎！二十块六百斤压在身上，炎大队长你的身子骨看上去又不硬实，不厚实不魁梧！你咋受得了？叫我四块大砖头就压的站不起来，别说走路了！一百二十斤我连站也站不起来呀！还要走几十里路，非没有命得完蛋也！"小青说。

"各人有各人的长处！像我们女子长城大队的姑娘美女都练成个了，都可以背个一十二块的，你没有干过，越干越有劲，越干越能干！今天走一步，明天走一百步，一个月两个月留也留不住你要背着砖头爬大山！累了就想一想坏蛋是怎样的坏，杀人不眨眼，抢东西不要命，多少姐妹们被他们抓去抢走糟蹋了！越想就越气，越气越有劲，不让你背也留不住你的人了，这就是精神和感情的动力吧！人一动了真感情，就可以干出办出超常的人间奇迹来，也是大家想不到的精神源泉吧！明白不？"孟姜女说。

"听不太懂！迷迷糊糊的！我天天在家里，没有出过门，和姑娘女孩子们接触的也少，只是有时候听爷爷讲你们修长城的美女姑娘神奇活现的，也没有见过你们的面，就像听神话古经一样，说你们比大男人们还要厉害有本事，我就想肯定一个个都是膀大腰圆的有劲有力的大婆娘母夜叉一心狠！人人都是粗胳膊大腿你大树干一样结实有力，真的想不到你孟姜女这样美，这样有风度和潇洒浪漫的靓艳绚丽，你才是真正的美人，比我高出半个头还要高，手指细长而有肉一点点也不像个搞泥巴活搬砖头的粗壮老爷们！真乃是老天爷有眼睛咋让你长的这样匀称而美貌呢？怪不得皇上大老远地跑到咱们这深山老林中来追求你的爱！原来你孟姜女天生的迷人，漂亮靓艳绚丽哎！我不是个男人都让你的美迷醉了！你的美简直是用语言无法形容和比喻的！皇上谁不知道，大小孩子都知道他有三宫六院七十二妃子一大群八百美女，她们都不如你美你漂亮而且还能干能说有能力有魅力更有天赐的帅才，万千号美女姑娘们都喜欢听你炎大队长的摆布而不怕苦不怕累，更不怕自己变丑变劣嫁不出去！而是一直跟着你孟姜女后面就有帅哥、英雄好汉、豪杰来主动求婚求情！来追逐追求人类深情灵感和爱魂的情缘！让将来的科学大师专家都无法解释这其中的奥秘密码的巧妙玄机缘分！更是算命大师姜子牙现世也算不出的绝密函意和人生情调筹码，因为我也看了很多关于自然现象的算术算命的绝论文草书不了你孟姜女的伟大天命的自然缘分的情趣灵动感觉来！我来给你背一段十亩之的'风'十亩之间兮，桑者闲闲兮，行与子还兮。十亩之外兮，桑者泄泄兮，行与子逝兮。"

孟姜女说："宽宽的十亩桑园里面，采桑人歇工了舒舒缓缓。走吧！我和你一起回家转转。宽宽的十亩桑园外头，采桑人收工了散散悠悠。回家吧！我和你一起走。"

小青又背诵着《硕鼠》：硕鼠，硕鼠！无食我黍！三岁贯女，莫我肯顾。逝将去女，适彼乐土，乐土乐土，爱得我所！硕鼠硕鼠！无食我麦，三岁贯女，莫我肯德。逝将去女，适彼乐国。乐国乐国，爱得我直！硕鼠硕鼠，无食我苗！三岁贯女，莫我肯劳。逝将去女，适彼乐郊，乐郊乐郊. 谁知永号！

"大老鼠呀大老鼠！别偷食我的黄黍！多少年来养活你，你却对我不屑一顾，如今决计离开你，去寻找那理想的乐土。乐土呵乐土，那才是我渴望的安居处！大老鼠呀大老鼠别偷食我的小麦！多少年来侍奉你，你一点好处也不肯给我，如今我们决计离开你，去寻找理想的乐园，乐园呵乐园，在哪里才过的快活，大老鼠呀大老鼠，别偷我的秧苗，多少年来惯养你，你却对我毫无酬劳。如今我们决计离开你，去寻找那理想的乐郊，乐郊呵乐郊，在哪里还有谁长叹号嗷？"孟姜女说。

罗老爷最后也唱道："陟彼北山，言采其杞。偕偕士子，朝夕从事。王事靡盬，忧我父母。普天之下，莫非王土。率土之宾，莫非王臣。大夫不均，我以事独贤。四牡彭彭，王事傍傍。嘉我未老，鲜我方将。或栖迟偃仰，或王事鞅掌。或湛乐饮酒，或惨惨畏咎，或出入凤仪，或靡事不为。"罗老爷唱完。

小青又接着爷爷的文言文唱成白话文的周朝人都唱得歌来："登上北边的

山麓，采折山上的杞求对，我身强力壮的汉子，朝朝暮暮为周王事服务。王事繁忙的没有闲，使父母为我们忧虑。请看普天之下，何处不是王室的领土。请看四海之内，哪个不是周王的臣下。当政的大夫公平，我的工作才特别劳苦。四马拉车不停地转，王室差事永没个完。他们夸奖我还没老，赞扬我年轻力壮。利用我这体力刚强，为他们奔走四方，有的人闲居安宁，有的人为国尽瘁；有的人在床上躺上，有的人在路上奔走不停。有的人不知人间疾苦，有的人问题忧愁辛勤。有的人在家懒散睡觉，有的人为国事鞍不停。有的人沉溺于饮酒作乐，有的人谨小慎微。有的人指手画脚、高谈阔论，有的人埋头苦干，不事不为。"小青唱道。

"小青饭好了，端饭来！"小青娘叫说。

"好了！"小青一步跨出门去和另一个孟姜女撞了个满怀。

小青吓一跳地说："大队长你不是在家坐着唱歌喝茶呢吗？怎么你什么时候又跑到外面去了？"

小青忙慌地瞪着一双大眼睛，往堂屋看孟姜女正坐在椅子上。"大队长你们怎么两个孟姜女啊？是双胞胎吧？"才进来的孟姜女向罗老爷点点头，"罗老爷好！麻烦了！姑娘们都背着砖头上山了，咱们赶快吃完饭上山吧！"

"大队长，这位是姐姐还是妹妹呀？"小青端着两个的饭过来。

"罗老爷，怎么说呢？既不是姐姐也不是妹妹，更不是同胞姐妹！说来话长啊！在过黄河时，船在河上正行走着，猛然有一条大鱼蹦上船来，跟着就是船晃来晃去的不稳，我才准备站起来，就感觉有人在拉我下水了，我在掉下河水里几乎被淹死，船家都在慌慌张张下河捞人，好不容易捞来捞去一下子捞上来六个孟姜女都是一模一样的，任何人都分不清真假孟姜女，最后连夜上天找玉皇大帝，各路神仙都不行，分不清，再到阴间阎王爷处也不行，到东海龙王都不能分清，没有办法一直六个人形影不离，在食人沟被狼群吃掉一个，又被恶狼野狗托走一个，皇上和刘县长各扣走一个，如今还剩下我和她两个孟姜女，谁真谁假还是分不清，没办法只能在一起过吧！好在她也能干活，把砖头子背上山都不在话下，要不她假孟姜女现在皇上也会把我早早给领走了，我这样劝那样劝，有害无利，伤着你皇上是关系性命的大事情，才就将就着走到现在！不然还不知道是什么情况发生呢！"

"是灾是福，古人说：是福不是祸，是祸躲不过，是祸不是福，是福躲不过！以老夫而言，是你孟姜女的名声太大，影响力自然大！无论如何都是想利用你孟姜女的声誉来做点有利于自己私心重的人，具体能起到什么作用谁也不知道，到底好和坏，连她们自己也不知道最后怎样，只有让最后的事实来说话判断了，吃饭，吃饭都别客气啊！这饭也不是白吃的，我有一事也要求炎大队长帮帮忙才行！"罗老爷说。

"只要我孟姜女能帮上忙，罗老爷你尽管说好了，这白米饭又是鸡蛋又是肉菜不吃该帮忙也得帮忙是不是呀？我孟姜女也不会拿劲，不会要情什么的，尽管说不客气！"

"大事不大，小事不小！这小青一天天一年年的也不小了！在这深山老林里也找不到更找不着有出息有本事的人家，连个好青年也不好找呢！她又是满肚子文化，高了找不到也没有合适的，你孟姜女是大队长，走南闯北的见识多，接触的人也是多！皇帝都来巴结你，想着你盼着你，你一定认识很多有本事有才干，能文能武的好青年，如果有这方面的人，一定得给我们小青，我孙女说一个，你看如何？"罗老爷说。

"罗老爷，你放心！这在我孟姜女来说，真乃是将军吃豆芽小菜一碟子，我孟姜女虽说是搬砖头摆弄泥巴的小女子，但劣好还是个大队长，皇上让我孟姜女和万喜良将军一起统领三万骑兵，我们大队女子有万千多人，就是按人头分配，一个女子一个男人，还剩下万千好几百的男孩子，再搭上在家有过许配娃娃亲的六百人，还有一大堆人呢！这个事情明白了吧？十个人一组，一百个人一小队，三五千人一个队长相当于一个大镇长还高的职务，还有出息的人就多了去了，当然还要靠天生的缘分，我们的纪律是铁的，但是只要不违反不违犯纪律就可以了，话说白了就是男女双方只要不怀孕大肚子，各干各的事情，男女双方在一起干活笑笑说说话还是可以的，当然只要不违背纪律就可以了！话说回来男女也可以自找对相，看中谁只要他没有结婚娶妻都可以互诉衷肠，我知道的就有很多男女就在一起发誓衷心等到修好长城再成家也都是可行的！对！绝对不能大肚子，如果男兵有是要掉脑袋的，不能轻饶得罪过，部队士兵都有铁的纪律，这纪律皇上也不能违反！不然士兵打仗就没有斗志，没有斗志怎么也不能打胜仗的啊！就是这些！"

"这么说！小青还得参加你们大队了？我怕她受不了累，她身子单薄不是干活的料啊！"罗老爷说。

孟姜女慌着扒几口饭又吃菜说："我举个例子！骑兵队长看上我们的副大队长晶晶，他们互相不认识也没有时间交流语言，无意中李小泉对我说，我记在心中，后来跟晶晶说，她说可以见一见，最后我就命令李小泉去晶晶的班组工作几天，最后二人建立了感情，一不违反纪律，而且对男女双方都有鼓励作用，不是最好不过了！还有这几天皇上的卫士也看上了自己心爱的姑娘美女，罗老爷看见这镯子了吧？为什么只剩一只！另一只让我送给杨保山皇上贴身卫士的朋友姜玲玲！这样杨保山心里非常高兴和感激感动，会以死来效忠皇上，这样皇上无意中就多了一个忠心耿耿随时替死不怕死舍命的贴身卫士兵卒！这个鸡血镯子价值连城，又好看又大方又昂贵！"

"是个宝贝！玉石从古至今都是价值连城，而且又是石井鸡血玉石，风采无限，变化灵动具有生气！是个宝啊！孟姜女你真是个大富大贵的人，天下江河几千万里，好男儿千千万万，但相中你的人确实是天下第一人皇上！这是任何姑娘女孩子美女就是天仙真女神也未必能有如此魅力靓艳的力度能有本事包括现在皇宫里的三宫六院，七十二妃子，八百美女她们都难胜任的美呀！最后的最后大秦始皇上自己还是看中你孟姜女的美和你的魅力！魂灵所吸引，要不是这些假孟姜女的扰乱，皇上早就把你孟姜女给带领回去了，所以你一进这屋，老夫都惊呆了，全家上下都在为你孟姜女服务，侍候你，你孟姜女真给我家，我们整个罗庄带来了生气辉煌，连整个山庄上的树木，花花草草都为你动情，增添无限的灿烂璀璨的景美之色，为你托来美好风景春艳哟！"

"谢谢罗老爷的饭！我吃饱了，茶也喝好了，老爷的意思我孟姜女也领会到了，但愿老天爷有眼早早赐福音于你小青，让你也心满意足过上快活日子！"孟姜女说。

"大队长你不用慌，不急的话再吃些菜嘛！这都是专门为你而做的，你看看！"

"罗老爷情深物厚，我孟姜女从内心深深的感激！华夏大民族有句老话：滴水之恩当涌泉相报！小青的事就跟我自己的事情是一样的，绝对的真心实意，踏踏实实的办好，叫你老人家心满意足欢心无限！尽管放宽心不会太晚的！"孟姜女说。

"报告！炎大队长，我是骑兵大队的队生大校！前来押送女子大队的给养食物，望大队长当面来验收签字！还请大队长过目！"一个小伙子全副武装铠甲，头盔亮闪闪的瞧人五尺八寸的样子，和孟姜女高低不差啥！浓眉大眼高鼻梁，嘴上唇稀稀拉拉的几根胡子，两只大耳朵厚的垂下来，一手扶腰间的剑柄，另一只手敬过礼靠在腿上。

孟姜女赶快招呼说道："队生，你好辛苦你了，全队正在紧急搬运砖头上山，结果是吃的没有了，我刚才有一时辰了吧？叫老吴骑快马去大明县衙找刘文志县长告急！不曾想你队生已经赶到了，真是及时雨啊！你坐！这是罗庄的罗老爷，为人慷慨大方，有远见有见识的老人！这不，非要我孟姜女在这里吃饭，又是做饭又是炒菜，把个小青忙得团团转！小青呢，又能文又会武是难得的才女，人长得也漂亮，聪明勤劳智慧，是个难得的美女好姑娘，又是个活泼可爱的好女孩，还会唱歌又能写字，一手好毛笔字，我孟姜女都佩服的不行，小青来给你队生哥哥端茶！你还没有吃饭吧？马上叫小青给你做饭吃，再炒几个菜吃吃，今天我首先感谢你队长，真的救了我们全大队的急，自己当那么大的官，为什么不派个得力的兵押运就可以了！自己亲自出马辛苦！你真是大大的顶好人啊！"孟姜女说。

"是啊！万将军、范将军都不让我来，我是一方面押运，一方面了解这里的工作进度来的！准备把骑兵抽出一大部分人员先来垒这里的长城，慢慢地由西向东压过来，再由北孟子岭以排山倒海之势，迅雷不及掩耳之势的速度成功接上万家屯，屹立的长城！"

"大哥哥，请喝茶！清香袭人，沁人肺腑纯清影人的黄芽上等正品的好茶叶，我爷爷平时都舍不得喝它的好茶叶！"小青说。

"谢谢！谢谢！"队生眼光落在了小青的脸上，又上眼扫到了脚下，点点头说："好茶！"双手接过茶碗，一手接盖，一边用鼻子闻着说："哇！真正纯香美味的花香茶叶，谢谢小青，谢谢爷爷的盛情美意"，随即喝下了一小口说："香醇爽口，美极了，正好我老大远的口渴难耐，太谢谢小青了！"说着又拿眼盯了一眼小青，刚巧两人对看一眼后电住了！两个人都由衷地笑了一下说："好喝你和孟姜女大姐慢慢地喝着，小青我去做饭烧菜去，队生哥哥一定在这里吃饭啊！"小青说着已经自己走到门口，又扭回身子问："队生哥哥，你们一共来了几个人？我好一起把饭做出来呀！"

"来的人多！他们都在前面，老关也正在做饭吃呢！"队生说。

孟姜女赶快接着说："队生今天一定可要在罗老爷家吃这顿饭啊！让小青给你炒几个最好吃的菜来尝尝，好吃不好吃！也千万不要辜负了罗老爷的一片好心肠啊！罗老可是热情好客！还爱结交年轻人交朋友，闯荡江湖几十年如一日，咱们也好好跟他老人家取取经！学习学习嘛！说不定将来对我们大家都有帮助和促进作用呢！"孟姜女说。

"就是呀！我队生向来都尊敬孝顺老人的！风风雨雨几十年，咱们这些个年轻一辈子也学不完的优点好处和乖巧！咱们华夏人就是要活到老学到老，老爷是咱们年轻人的榜样，也是一面最好最明晃晃的好镜子！"队生说。

孟姜女问道说："队生！你今年多大了？有家小吗？老家哪里人氏？平时看你不但有魄力还有无忧无虑天真烂漫的潇洒劲，你们骑兵小伙子都很佩服尊重你哎！你有很强的领导和指挥才能噢！"

"炎大队长不是你夸的，我也真喜欢这些骑兵小伙子们又单纯又听话又好玩还在关键时刻能冲上去了，去拼命玩命地干！我今年二十二岁，从十六岁就当兵，老家是天水府的，不过父母都过世了，原来他们都当兵一辈子，在一次和周王朝的队伍打仗时牺牲了！我随姐姐生活，姐姐嫁人成家，我就当兵南征北战，随皇上打天下闯江山，大小也混个小官当官的，因为年龄小，一直没有能找到一个有文化的女孩子！所以没有媳妇没有老婆！话说白了，如果能遇上一位有文化有知识的女孩子，我会爱她一辈子的，因为现在我队生现在大小也是个官，大概和队长大小差不多了，不差啥了吧！在骑兵团队也算是第五，第六号人物了，炎大队长你是第一，万将军第二，范杞良第三，还有个军师师爷第四，下来就是我队生了，三万多人，就是二万三万人，更大的三十万人三百万人我也不在乎哦！打仗咱不怕，天生喜欢打大仗，但是官大了没有文化可不行啊！上面来命令我什么机密文件什么的军事大事，都是得保密的，还得另外请个师爷多不方便，而且是人心隔肚皮，万一他给你卖了，你还不知道是怎么回事呢！只要你炎大队长说出来，我队生这辈子是一百个执行命令，一万个服从指挥！绝不挑肥拣瘦的，这样那样的拒绝你大队长的好心美意！我队生这辈子生为你炎大队长所生，死也为你炎大队长去死，在所不辞！只要你炎大姐大队长一声令下，我队生这一百多斤豁出去带领着兄弟们头可断血可流，誓死效忠你炎大队长一辈子……"队生说。

"队生你真是一位难得的将才，帅才！你好好干，总有一天会实现你的愿望的！今天你的语言和声音特别感动我孟姜女，只要我们齐心协力共同努力会有那么一天使华夏大民族为普天下的老百姓争口气，为乡里乡亲们争荣誉夺光彩，誓死为炎黄子孙，为神龙的传人过上太平安康的好日子而奋斗终生！"孟姜女说。

"我队生现在就向上天向你炎大队长跪下起誓发誓！"队生说着就把手中的茶碗往桌上一放回转身子双腿跪在地上朝南门外冲着阳光说："如果我队生有半点虚假，不真心实意地跟定大队长干，就让上天天打五雷轰顶，死无葬身之地！我发誓从现在开始上有老天爷瞧着哩！我队生这一辈子愿意为孟姜女炎大队长去死！只要炎大队长说一声，叫我队生去死，我绝不眨眼皮子，心不跳的去死，绝无怨言，死而后快！"队生说。

"好吧！自然你队生这么相信我孟姜女，我就先让你队生和小青这两天谈谈接触接触！加强感情的建立！首先你队生是大校，是个官要主动，要热情，不要动不动耍大男子主义脾气闹着使性子，女人也是人，要会爱会体贴女人，会爱护女人，女人一辈子也不容易，生儿育女在阎王爷面前走几趟，都是为了男人的心血和爱情，女人才如此辛苦的！"

"大队长，这些我也知道，也懂得一点，我会对她好的，也不知道她可能相中我这我了，万一她眼光高，怎么看我都不顺心不顺眼不合适呢？"

"不可能的！不可能的！队生不要拿挡箭牌来糊弄我！你的外在条件这么好，是好官，有能力会领导，人又英俊机灵灵活还要什么，除非你看不上人家姑娘女孩子！不要跟我孟姜女来哩根啷……"孟姜女说。

"队生哥哥吃饭了！大米饭，青椒炒鸡蛋，辣子鸡，爆炒尖椒猪肝！还有个酸辣鱼汤！先看看你队生哥喜欢不喜欢吃辣的！不喜欢吃我小青再重新给你炒不辣不酸不咸的菜来！……"小青笑着说道。

"好菜！好菜！你真有本事小青妹妹！你把我的品味都全掌握了，我天生就爱吃辣的！你太灵巧太聪明了！"队生说。

孟姜女说："不是一家人，不进一家门！你们两个人真是天生的缘分，不谋而合啊！还是小青的手艺思路高超！好了我也不麻烦罗老爷了！茶也喝好了，饭也吃饱了，要办的事也办好了！也圆满完成任务了！现在队生好生吃饭，和小青叙叙聊聊放假两天，让小青好好关心关心体贴体贴，到时候可别忘了请我孟姜女吃大鲤鱼啊……"

罗老爷忙从里屋出来说："炎大队长，真的麻烦你操心了！我们全家都想留你多住几天！"

"等以后吧！有的是时间！现在我们山上的工作正在紧张地进行，等长城修好以后，请罗老爷给大家去上上历史课程，叫小伙子姑娘美女们怎么为大秦王朝为普天下的老百姓讲怎样多做贡献，为乡里乡亲办好事什么样的！今天感谢你们全家为我忙上忙下的，好了不说了再见！明天见啊！"孟姜女说。

队生，小青，罗老爷……都出来送，孟姜女双手把住门上不让出来往外送："赶快回去吃饭！饭凉了！小青也别送了！小伙子都能吃饭，劝着点多吃点饭，小心别饿瘦了！哎！罗老爷你来一下，你家这花园子里的花好好看，粉嫩粉嫩的！"孟姜女望着这个大花园说。

"是啊！花园子稍微大了一些是吧？"罗老爷自语说。

"不大！不大！这些花好看，颜色更美！我想把这花全要了，不知道罗老爷舍得不舍得？"

"只要你炎大队长喜欢全送给你咋样？"罗老爷说。

"罗老爷当真啊！可别后悔呀！"孟姜女说。

"放心吧！大队长！你为我们家办了一件这么大的大好事，我感谢还来不及呢！花花草草的算什么呢？君无戏言，愿给你炎大队长立军令状！"罗老爷笑着说。

"好吧！既然罗老爷这么大方我孟姜女就代表全部的美女姑娘们全收下！暂时还由你罗老爷保管照顾！如果能再多些更好！罗老爷如果你能在三个月以内再增加一些，能达到一万二千五百朵更好！如果你一个人忙不过来叫小青帮你的忙，学习学习养花什么也不错，清闲不累人正合适女孩子的身份体力，到时候绝对不会白拿白要的！如果不放心我先把鸡血石手镯子押在这里怎么样？"孟姜女说。

"这些都是玫瑰花、牡丹花、君子兰、兰花什么的！"罗老爷说。

"我要的是最多红玫瑰花！牡丹花！君子兰这两样少量的要的！有大用场！修好长城都用花盆摆在长城上来庆祝庆贺庆典长城全部胜利落成贺礼！怎么样？够气派吧？"

"好想法！有花配着更浪漫温馨潇洒漂亮嘛！"罗小青说。

"好！就这样说定了！我先拿手镯押下！以后再拿金银兑换！"孟姜女说。

"大队长不用的！咱谁跟谁？还押东西，你尽管放心来用花就是了！"罗老爷说。

"罗老爷！我们先走了！一言既出，驷马难追啊！再见！"孟姜女说。

"再见！大队长！再见！"罗老爷、小青、队生都在说。

孟姜女大步流星来到前院，前院的老吴几个人才卸完几辆大马车！"老吴！卸完了？"

"卸完了！大队长！"老吴头说。

"够几天吃的吧？"孟姜女又问道。

"大队长放心吧！够吃好多天的！"老吴头头说。

"一定要让姑娘们吃饱！大家干的都是重体力活！尽量多做，千万不能不够吃的！这些你都明白吧！首先要干净卫生，别吃坏了肚子，还要注意安全，别让人给偷跑了！古人讲：害人之心不可有，防人之心不可少！在吃的方面要是有什么问题我找你老吴头！将来长城修好，我也会表扬你们炊事班的！你们后勤是关键！大军未动，粮草先行嘛！让姑娘给你们挂金匾！让千秋万代的子孙记住你们炊事班，在长城的大墙上刻上你们的名字！好好干啊！鼓励鼓励大家！我还要上山，我们两个人还有四十块大砖头在大门外边站着呢！看这天气也不十分争气啊！有点云彩不会下雨吧！反正砖头不怕雨水淋打湿的！再见！吴师傅！"孟姜女说。

"再见！大队长！"吴老头说。

"哎哎哎……大队长不要走！我来了！"人正从大路上一溜烟地往这边快马飞鞭朝这里骑来，离孟姜女好几丈远，就双手勒住马缰绳，战马高昂马头！前蹄在空中趴着大叫'咴嘟嘟嘟！咴嘟嘟嘟'地打着鼻响声！小伙子一蹦一跳下战马，将缰绳搭马背上，双脚并拢举手敬礼："报告大队长，这是皇上专程给你捎来的礼物！请大队长当面验收！我叫刘双喜！是大秦始皇上的贴身卫士班成员！"

"谢谢你刘双喜！辛苦你了！吃饭了吗？"孟姜女问。

"不辛苦！我不饿哩！谢谢大队长关心！"刘双喜说着递过来一个包袱放正的。

　　孟姜女卸下背篓，双手打开包袱，里面是一套绿色绸子紧身外衣裤，上衣四周缀着粉红色穗穗，扣子是用大白珍珠做的，扣鼻子也是绿色绸子面条缝制蝴蝶座盘，还有一套粉红色缎子面料的长旗袍，二双绣花的鸳鸯玫瑰红的布鞋，包袱皮是一个大方巾，淡绿色的底上绣着一只开屏的蓝孔雀和一只雌孔雀，二只孔雀在两个角，头都冲着中间三朵红玫瑰花凝神专注着，旁边的下方还有两只大花蝴蝶翩翩起舞飞翔着。

　　"刘双喜！太谢谢你了！"孟姜女看着方巾激动地说："多美的蓝孔雀呀！像真的一样好看，两只孔雀都在专注红玫瑰花情意！意境意味，恋爱太美好太幸福太伟大了！"孟姜女说。

　　"大队长请你给收据！没有什么要写的吗？皇上对你炎大队长真是一往情深，真乃是分分秒秒都在盼着你哩！有时正在办事还在问王三运和杨保山关于你的情况！问的特别详细！而且是不止一次地询问，问他们说：'孟姜女收到礼物高兴吗？脸上有没有笑容？表情开心不开心？开心不开心，喜欢不喜欢手镯子，当时戴上没有？是两个戴在一只手腕上还是戴两只手腕上！手镯上的空隙大吗？戴上戴不上？'有时无意就问起来！看来皇上特别特别关心你孟姜女，满身心的想的都是你孟姜女对他的表现表情和意境！大秦始皇上也特别的开心的爱唱着歌：爱着你，想着你，盼着你……皇上回到京城，首先遣散八百美女，愿意留下的去伺候太皇太后，不愿意留下的发放生活费走人，七十二妃也不要了！自从见到你孟姜女对皇上的影响变化又大起来！取消了多少奴隶男女，分地开荒种庄稼，新开的荒地三年不收租子，提倡男女先自找对象，谈恋爱！尽量不包办！实在找不到的再想找亲戚朋友介绍或者媒婆子说和！炎大队长我最赞成男女先自找对象，这样我和我爱的人巧巧就能在一起一辈子了！太伟大太英明了，真是跨时代的改革哎！我举双手赞成噢！叫人好高兴呀！大队长你和皇上就是自己看中的吧？皇上现在三十八岁就像个小伙子年轻人一样！动不动就唱歌曲，还起早贪黑的锻炼身体，在这以前多少年也没有见过他唱过歌曲，他现在精神好得很，脸上也能经常见到笑容了！原来一年也难得一笑啊！人变了，心情也变了！要是能和你孟姜女在一起肯定还要变的！我双喜有时心里想，啥时候皇上能变得跟咱老百姓一样，想说就说，想笑就笑就好了！想唱就唱，想蹦就蹦！想跳就蹦蹦跳跳的那才开心哩多快乐多愉快！对咱们天下大秦朝的创新肯定还要有多大的奇迹出现！说真心话刘双喜真羡慕你们在一起恋爱，在一起说说笑笑多潇洒多浪漫多神气，多帅派哟！"

　　"大队长你好！刘双喜在这里更好了！"龚运泉说。

　　"龚运泉你这家伙也来了！是皇上叫来的吧？我来这正在跟孟姜女大队长讲皇上的近况呢！让龚运泉说，皇上现在和原来有什么不一样了？你说给炎大队长来听听，不然她有点不相信我说的！"

孟姜女笑着问龚运泉说："皇上现在和原来有什么不一样了？"

炎大队长皇上现在就是喜欢唱：想着你！盼着你！有时候才吃饭才起床或者洗脚睡觉前还躺在床上唱呢！问王三运、杨保山你孟姜女有什么看法？笑了没有？开心不开心，说的什么话学给他听，他听完笑着还在问，明明没有！可还在自己问自己，反正和原来是不一样了！首先爱唱歌，原来从来没有听他唱过歌！人在变，啥都在变，这不是又让我策马加鞭把这个方盒子给你捎来，回去肯定又像是审犯人一样问了还要问，该问你孟姜女的表情，都说些啥话，咋说的话，笑不笑，喜欢不喜欢，戴上不戴上，大不大了，小不小合适不合适呀？详细的很，生怕人家会忘了那个一样细致！这个给你大队长，你笑了没有啊？可喜欢不？还不喜欢我龚运泉回去好好慢慢详详细细地说清白讲仔细，我可是双手递给你炎大队长的，你孟姜女是咧着嘴笑的！心里是特别特别的高兴和开心的！最后又急着看看里面到底装的是啥东西？看见盒子里面后，还是惊喜高兴地说："快说话呀，大队长先生美女也，我仔仔细细地记在心里去回去后详详细细地讲给皇上听，好叫他开心高兴快乐呢"龚运泉说。

"好吧！我孟姜女非常开心，也非常高兴，知道有人在想着我，打开盒子特别惊奇万分，发现一块上等玉佩奶白色的和田玉，赶快挂在腰上佩戴着它，它很美，也很漂亮精制的龙飞舞腾娜的姿态，另外还有一个项链是珍珠的，上乘精巧制作的小金心锁在项链上作坠子，很可爱，很缘分，特别有含意，千里万里也是同心所想所盼，我孟姜女立马就戴在脖子上了，心里别提有多激动和感激，将永远永远想着你，盼着你，声声地歌唱着你大秦始皇上！好吧！龚运泉先生伙计，这样吧！我先把这二套衣裳放在罗小青罗老爷家里珍藏着，我再去他们花园摘三朵红玫瑰花，你们两个人带上回去交给皇上就行了，也不用写信写字了，而且你们两个人互相作证明我孟姜女在背砖头的大路上，没法写信好吗？两位小哥！"孟姜女说。

"好吧！反正我们这次是两个人，随便他皇上怎么问，都说你特别特别非常非常的高兴和快乐幸福感！"

龚运泉说："将永远永远想着你，盼着你，声声的唱着你皇上！好了吧！"

刘双喜说："我看大队长随便找根草呀、花的，来来来，大队长先生，无论怎么讲，都是为了你们二人的情感缘分，啥叫感情就到院里去，笔墨砚摆上，写上几笔关键的时刻，谁都能会体谅理解和共同拥有的幸福光阴时辰，是不是呢大队长？"

"好！听你们的，人在事中迷，到院里再说吧！"孟姜女几步走到院里，回头望见拉送马车还没走就说道："大车师傅，你们马上就走吗？"

"是啊！炎大队长有事吗？请吩咐！"

"你们到万家屯去吧！如果去顺便转告通知万将军和范将军明天务必赶到靠山集后边的大水潭来，今天好几十万砖头都运到那里去了，前一段时辰皇上让从大华山以东和大青山岭连接起来，最后再从大青山往东到马兰峪途经孟子岭连接万家屯！万家屯那边留一千人骑兵，其余二千骑兵全部调过来，一定要通知到啊？"

"哎好！放心吧大队长，不会有错的。"大车夫说。

孟姜女说完快步来到后院罗老爷堂屋里！队生正在吃饭："大队长再吃点好吗？"

"别客气，一定要吃饱吃好啊！我来写几个字，皇上派的人来，二次送信，小青这衣裳放到你这里，你看着合适就穿吧！"孟姜女说。

"我有衣裳，大队长这二套衣裳都是上上等料子做成的，真美呀！"小青说。

"真叫精工巧作，看这鞋上的绣的鸳鸯多漂亮多精彩、精致啊！"

"小青，你看着好，喜欢就穿吧，时间长了放也放坏了，我来写字？"孟姜女说："万岁皇上圣上您好！您的两次来人，刘双喜和龚运泉带来的东西：玉佩、珍珠项链、衣服、鞋均已收到了，很是喜欢、高兴、快活、愉快的心情，现如今我也没有什么太贵重太值钱的礼物相送！只有火辣辣的红玫瑰三枚，作为我孟姜女的心！我的爱、我的情，真诚实意送给你，尊敬的皇上圣上的爱和一颗火辣辣的心！"

我爱您！孟姜女致相爱的人：皇上万岁！万万岁！大秦二十六年季春。

折好信笺，孟姜女几步走到院中的花园中，看中红玫瑰花，含苞欲放，似开未想开未开得半开的花骨朵，剪上三枝，用方帐包裹好后递与刘双喜、龚运泉。

"谢谢大队长！我们回去就好跟皇上交差了！"

"祝二位将军一路平安，祝皇上早日来长城上游玩！"孟姜女说。

四人一路走出大院门外，刘双喜、龚运泉替孟姜女架上背篓大筐说："大队长注意，身体健康，小心别累坏了自己，我们也走了，大队长！再见了！"

"再见！红玫瑰就是我孟姜女的心！"孟姜女说。

二人一心骑马朝洪水庄、蓟镇、三河镇、石家庄、闯龙门向京城前行，不日到达，把红玫瑰花交到大秦始皇上手中。

话说孟姜女两个人都背砖头向大青山走去，唱着歌《清平乐》：江山一统，神州飞巨龙，长城腾沸东西哎，男力女神献盟，千年伟业奇迹，民族华夏神聪。姑娘美女舞靓，巨龙唱响山峰。

孟姜女唱着歌快步往前走，头上的汗水顺着眉毛头发往下滴着，一直也不敢休息一下，走过下营往西山上又急急地走去，过了山沟河坎刚巧没有水流，又往西前面艰难的走了五六里山路，看见前面大队姑娘们正在朝山下一字排开地往下下着。猴子在树上跳来跳去地叫着，小鸟也在树林里唱着歌子，天上漫漫飘动的白云在增多增厚，两个孟姜女已经上了被砍伐的倒树的城基上顺着山坡往下很陡很陡的山石上没有路连羊肠小道也找不到，只能用手扒着石块石缝或小树往下攀爬，都是横七竖八的大石头相挤靠挤压着，撅在外面的大石头撬也撬不掉，只有它仍然站依在大山旁，下面还悬崖洞穴很是险峻陡峭，身上背的大砖头和本人自身的重量全用在两只手上和胳膊上，两只脚尖在慢慢往下试探着站稳后在挪开另一只脚，这就是大青山的特点巨石争相突出横悬，不给你留下站脚的地方，每个姑娘都在心中暗暗叫着："小心、小心、再小心"有时还滑坐在大石头撅出来块块上，斜靠着身子慢慢往下挤在石头缝中间夹着，还是挂烂上衣，就是磨烂裤子屁股，也只能这样，该露肉时就露肉，有个别姑娘干脆拽一段藤萝扎缠住破烂的裤腿上下，古人讲：上山容易下山难，一点也不假，也不瞎话，更何况身上还背着几百斤重的大砖头，所以处处小心，块快慢慢爬也，腿上胳膊挂彩是小事一桩，不见红能爬山下真比小鸟还聪明一百倍，本来就磨成老茧子的脚板，被石头像刀子一样划成小口子，小口子高兴时还叱着血泡泡，疼得钻心也得忍着，不然会把人和砖头一起挤掉山下去就坏了，人摔一跤身上划一道口子无所谓，万一要把大砖头摔坏，摔断了，掉个角子，对质量影响就太老大了，所以姑娘宁愿把自己的肉划烂划伤，也要用生命来保护好大砖头的完好率！绝对是血可流，肉可烂垒长城的砖头不能烂，更不能坏！姑娘们都下到山下后，山上开始起风了，风一吹正好凉快得劲，没走多远又下起雨来，不大不小的雨下顺着姑娘美女们的头发发梢往下淌，身上头上是雨水是汗水谁也讲不清楚，雨水汗水顺着眉毛往眼睛上淌流着，没有办法只有时不时地用手和手背时不时地擦抹一下，再来一下摇摇头在抹一下子，孟姜女两个人靠在一个大石头墩子上休息一下唱到：《西江月》，天欲浓云暗淡，彩虹天边相伴，彼山滑徙实难行，风吹雨水湿衫。

青山岭上绿浪、树影汗水虹罕，一趾一滑千斤重，安居太平浪漫。

韦格说："该死不死的老天爷？你又寻好，又干祸害人的事！该死赶快去死的老天爷，我抓不住你，等我逮住你，我一定揪住你的大耳朵审问审问你，为啥会这样拿人开玩笑吗？哎！又给我老子滑跪这儿子？要不是这棵小树抓住我，他娘的又叫我变成老姑奶奶了，真是谢天谢地的小丫丫树哟？你真可爱的聪明，早不站在晚不站这刚好！"

"你愿谁也，你的瞎说老天爷，上天不惩罚你吗？小妮子，啥都要怪来怪去，怪只怪你的运气不好，老天爷给了你好福气，好一张美人皮，关键是你的运气差，攀不上时运福星，所以你就应该这样子懂不懂啊……”汪萍说。

“好！我老韦的运气不好，你小妮汪萍的运气该好呀！为啥也和我韦老格的一样差呢！傻大姑，也像个落汤鸡一样，更像泥巴狗子，看看浑身摆示的跟我没有什么两个样哟！一身雨水汗水，一身泥巴浆子……”韦格说。

“少叙摆！谁和你一样啊，你跟钱丽一样还差不多！”

“我钱丽才不跟她一样呢！她怨天怪地的像个疯妮子，我谁也不怪更不怨谁！老天爷下雨，是他看人家庄稼地需要浇水，山上的树林需要雨水，我们的神龙鳞片大砖头也需要喝点水，水是万物生命之源，人干完活还要喝水呢？小麦还在长势上咋会不喝水哩！下雨是好事，这春雨更是锦上添花，春雨贵如油，下一次人间就要起一层大高楼，下雨是福，当然也有好中不足处，给咱们的路下的不好走了，但也照顾咱们的情绪，这老天爷是看咱们这些美女身上太脏，汗水太大味，实在实的过意不去，就来帮姑娘冲冲洗洗涮涮多得劲呢？人家老天爷办了好事，你不领情还张着大粪缸的嘴乱绝乱骂一通！老天爷还有一个好呢，刚才上山又下山又热又喝心里又闷些，给你去去火清凉清凉你就跳着脚的大骂，不叫你罚跪叫谁跪下，小心下半夜叫你跪在小二哥面前，罚你去爱他的侍候人家男爷们——”钱丽说。“就你钱丽嘟嘟嘟的？我白玫没吭声不吱声也不是照样跌跤吗？我怪谁去呀？”

“你白玫怪谁，怪你自己长的太美太俊俏去了，山神和土地老都是光棍汉，大男人，他们合伙来拽你去当新娘子娶新媳妇当老婆……”

“我白玫长的美丑谁知道，还不是她熊娟娟呢？熊娟娟天天动不动就说我长得不如她的长相好，说我是丹凤眼，樱桃嘴，翘眉毛是什么狐狸精托生的女妖精？”

“唉哟也哟啥！看你白玫是啥样，真像个白骨精，好话坏话也听不出来！人爱听话听音，锣鼓家伙听声！你是白骨精的心肠，请你是狐狸精，说你长得漂亮美在商纣王时期，不就叫狐狸精迷住了，天天花天酒地乱杀好人，脱光了的男男女女跳大舞，还嫌不够味，我熊娟娟也倒霉了，看衣服也挂烂了，腿上也能淌血了，我怪谁去呀！大家干活走路开心说说话也不是好玩的，就认真来？山中的青龙魂拽你去拜堂去生儿育女叫：艾好去吧！艾好！艾好！名字好！他好！脾气好！脱光更好……”

“人家脾气好，你们就拿人家来出气，来取笑，来当挡箭牌呀！好事什么不叫人家！不给人家呢！春花我就看不惯你们这些刀子嘴豆腐心，满嘴胡咧咧，想着你们自己快活得劲，就拿人家老实人出气是不是呀！我春花才不干啊，路不平有人踏，理不评有人帮忙吗？你们千万不要拿艾好取笑，我春花是她的好朋友！好姐姐……"

"你春花是她的好朋友，为什么占人艾好便宜呢？你小你是妹妹，为什么要称为是大姐姐，叫人家老是小妹妹？"

"姐姐咋了，妹妹又咋了！不都是女孩子姑娘吗？叫姐姐一声能多长一块肉还是能长高了吗，喊喊妹妹一下子也少不了一块肉，也低不了，就你人小鬼大，瞎喳喳，乱帮腔，胡吱吱！"

"说话嘴里留点德，小心我刘影的哟！快呀，拉我一把哟！和和这里咋会有兔子窝哟！这一下雨兔子窝也给踩塌个屁的，好家伙把我的腿也别断了，毛毛、牛亲、楠楠快来拉我一把哎……"

"先把背篓取掉，自己都上来了，还用大惊小怪的，穷扎呼，跟鬼拿的一样哟！"瑞瑞说。

"你们看看这些姑娘女孩子们一个个都跟饿鬼一样上来了，一句话能引来一群美女狼，土地爷能不生气吗？所以一个个把你们这美女们滚成泥巴猴子一样，还叫你逗能洋火个够也……"

"所以你瑞瑞也变成土地奶奶了，不然你能管这个那个吗？"青青说。

"你青青不也是一个样吗？土地爷爷拉光棍等你去讨饭侍喉他老人家呢……"

"去就去！一去就当土地老奶奶也不用十年的媳妇熬成婆多现逞呢！好事就不想早晚是奶奶辈的，晚当不如早当，早当少受罪，受气，这么便宜的事都不算计，将来还不是个受气桶受气包才怪呢？"

腊花说："那么会算计，连姑娘也不用当了，直接去当奶奶挨咒的脸，小心人家敬你的小香火插到鼻孔里，喘不过来气，还憋死了，好女孩子大姑娘哩……"

"腊花、腊花是腊八，腊八拉米饭，大小人儿都喜欢，长寿面上飘雪花……"

"什么呀！看看差一点点把边撞飞！腿上蹭掉一大块皮，还不倒霉吗？许妹都是你！"

"哎哎又咋了！犁不住也把住两钉笆齿，你们一个个过敏了，神精的大美先生吧！"

"叫我达美咋了，不闲我达美摔跤少，是不是，该死自雨水，搞得一走一滑的，变成泥巴人了，手背上也划烂一大块。"

"哪是给你减肥呢，老天爷说你太肥太胖不好看，流点血擦擦美女的皮，变变样让人抢也，美女先生……"

"就你多嘴多舌的，小心舌头让山神拽住咬一口亲亲呢？赵巧你可别一激动一激动把山神的大舌头当猪肝咬咬嚼嚼咽肚里顶饿，好甜甜是肉甜甜还是心好甜甜吧！"

"管她什么甜甜呢，反正是肉也甜心更甜甜，所以就叫心甜心爱甜甜吧！"

"将来的老公该怎么叫呢？甜甜的花甜甜的爱，香奇才是香的出奇的肉爱，人反正就是个名，有个称呼吧了，不然在众多人海还搞不清是叫谁喊哪个哩！"

"这个孟姜女大队长走的也真是快，摔跤了好几跤，耳朵后面都挂淌血了，还是往前冲往前走，下雨一淋雨水真一千多斤重，也亏是大队长，要是咱们这些五尺半多一点的个子真是不行啊，比咱们这些人高八寸，力量就不一样啊！"

"彭芳你没有看见她胳膊上，身上腿上都碰伤挂烂得一道道的，铁人啊，满脑子都是长城和保护砖头，连疼都忘了……"

田湘说："是啊，她事业心强，心钻在哪里十头牛也拉不回头，连滚带爬的，也就是老天爷成全了她了，下大雨一淋省得出汗太多，口渴了大张嘴巴就能喝雨水，老天爷请大家喝无根清凉水，解渴解饿也解累，还能冲洗澡冲汗水，唯一一点不好就是把美女变成了花大姐，泥里的泥娃娃了，小皮泥了！"

"啥事，有好有坏，看看想还是好处多，蔽少，利大，姑娘得劲了，少出汗多出劲。"

"走路说话要加小心，真的不注意不行啊！唉唉！饶君你干吗呀！伸手用头往石上撞，磕住腿了吧！"

"饶君真够倒霉的，半句没有说，也惹了土地老爷，一个拉一个推硬是要抢我饶君真倒霉啊，好气又好笑？"

"我韦娣才碰头在胳膊你跟着撞腿上，不是冤家不聚会，不是冤家不撞头，你看看王美美、刘婉君多亲热，硬是头碰头二头红呀，包包顶在头上头啊……"

"快走路吧，真能所摆，人家都不会说话，老实告诉姑娘美女们，言多必失，还不知道哪句话得罪了人呢，少说话谁也不认为她是真哑巴？"朱丹说。

"你朱丹吃饺子肚里有数，少一个也吃不饱哦？"

"对呀，那天选议大队长吃顿饭怎么样，有半年没有吃上饺子了吧？"朱丹说。

"你朱丹说的好，等我们晚上走到家，就天黑半夜了，慢一点的吃不上，人就睡着了，谁有时间闲心包饺子呢？是不是朱丹，大小姐哦！"

"你看看你多粗鲁呀，多野蛮吗？我叫朱丹，牡丹花的丹，不是叫朱旦！大老爷们粗你粗不粗吗？好家伙！"朱丹说。

"大老爷们粗，你知道呀，小姑娘你满嘴胡切达，乱喷……好了暂时不说了。"辛洁最后说到。

"姑娘们大家好！都辛苦了，天不太好，下雨路不好走！哎哎！辛洁你慢慢啊！看看差点儿又要滑倒了！"孟姜女伸手将辛洁拽一把，才没有跪在石头上。

"炎大队长，看你浑身都是泥巴，马上变成泥巴人了！泥娃娃，你最后吃上饭吧！这些人一点意思也没有，光顾自己往肚里倒，这几千口人一个省下一口一点点就是一桶，眼看没有不多了，还死命地吃，幸亏大队长吃了，不然还不得饿着往山上背吗？真是的，让人看不下去……"辛洁说。

"我是在后院吃的，房东罗老先生家吃的饭，刚巧他家来客人了，我就大张着海口猛吃个饱，这个山庄上家家户户都是好人多！咱干这么重的活，他们也很过意不去，一旦有事求到人家，大家还是很热情的，真比自己家的亲戚还好呢！还要客气的很，左让右让，生怕咱客气吃不饱，世上真是好人多呀！"孟姜女说。

"是啊，人心都是肉长的，谁能不顾点情面呢，都是大活人，你让她一尺，她敬你一丈，说来说去还是我们华夏大民族的素质好，向孔老的三字经，人之初，性本善，习相近……"

"大队长这下雨天的路真难走，山沟里连个路也没有的，少不注意就麻烦，坎坎碰碰的真是难走极了，原始大森林一个样也！"辛洁说。

"这不是好好的，最起码把大树木都砍倒了，该平的平掉了，山沟里天生石头多，怪石纵横的，要不是他们骑兵队的男爷们来了一下，才难得下脚，连远处有什么大老虎、野狼什么的都看不见，二三个人都走不太远就让野兽给拦下了，一开始六七个拿着家伙都不行的，那黑熊瞎子两个老家伙还是个半不大的，太远够不着打，近了又害怕，它哪爪子跟钢钩一样搂一把肉掉骨头断，大老虎的舌上都有倒刺，随便往你身上一舔，半个身子的肉都给你卷走了，光淌血也能给你淌死，别说疼痛了，你想想看像你这细皮嫩肉的在抓上几爪子，还能活下去呀，早给你撕的稀巴烂了，谁还跟你说着玩呀……"孟姜女说。

"大队长没有脸了，还不如上吊死了呢？谁见了不害怕吗，鬼都能下掉魂……"史雨说。"不过让这些畜牲舔一下吗，人就别想在活了，它不吃掉你，它能干心吗？一个猛扑也得把你给吃掉啊，弱肉强食吗！谁善良谁好心谁就活不成，要不怎么叫野兽呢？咱们先走吧！前面就是大水潭拐过去还有小一截子路……"孟姜女说："任洁、辛洁你们是一个队。"

"大队长我是六组的，任洁、辛洁是八组的！"

"史雨是四组的，都要小心！一不要伤了自己，二不要弄坏了砖头，咱们是专门送砖头来的，又给弄坏了，图什么呢？得不偿失，所以要小心了！这是关系到质量的大事情，还好这一路上没有啥动物了，真是大家的福气！"

"大队长你真行，见多识广，知道得多，也经历得多，更不像姑娘听听都吓得两腿发软走不动路了，你大队长再怎么说首先是不会大惊小怪的，咋咋呼呼，故弄玄虚！我霍英就是从心眼里佩服大队长，无论是办事是干活都会走在大家前面，谁也别想超过大队长的分量，哪怕是起不来也不能少了别人，对自己要求太严太严了，大多数人是承受不起的，可大队长还是咬着牙坚持到最后，宁愿自己吃大亏也不能让人说个不字，难得的长处好人啊！"

"我这都是跟大家学习的结果，依我孟姜女看姑娘们才是真心的英雄豪杰，大家吗上到地方就知道了，往地上卸就是一大堆的大砖头，孟姜女我再怎么说一下子也背不动这一大片呀！只是大家都在默默地做事干活，都是老实人，实干家，美女们才是长城的动力，只有姑娘们忍受着极大的痛苦，不吱声，咬着牙走啊走，背呀背的冲前方，才能取得更大的辉煌成绩的灿烂奇迹，美女只有美女才是世上创新的真正动力！"

"炎大队长你讲话，你说话好有意思也！"莫萍说道："美女才是世上创新的真正动力，这句好有趣味好玩哪？要是孔老二活着鼻子能气歪不行哟！孔老二一心一意的到处游说例国，在战国时代谁不知道呀，他的最大野心和愿望，就是想当个大人物，走来走去，腿都跑断了，嘴唇子磨坏了，涂抹星子满天飞到处蹦，到后来才在齐国找个吹唢呐的差事，谁家死了人，他跑去混碗饭吃，才吃上一顿饱饭就不是他了，一手捋着山羊胡子说：美女女人只会生孩子，鼓着大肚皮怎么会创新人类呢？人类本来就是女人生女人养，还怎么叫创新呢？无稽之谈，之乎者也的大笑话，头发长见识短，锅碗瓢勺，油盐酱醋柴也……"

"我孟姜女跟大家姑娘女孩子们来修长城不是创新吗？美女在家里生孩子，更是为世上创新的人物奉献，创新的生育能力，优良聪明智慧的不平凡的孕育创新人才，孔老二不是美女生的吗？咋以世上多了一个孔老二，首先没有美女创新的辛苦养育，他孔老二从石头缝里蹦出来的，要依他仁者爱人的原则，就没有必要修长城了，世上就不存在强盗坏人，更没有不劳而获的侵略鬼子！他是歪头和尚念不了正经，一提到女人美女的功劳，他的头像拨浪鼓子一样摆来摇去的，穷摆活，他就不想，他是从树洞里钻出来得啥东西，女人都是祸水，有障体面大碍！"

"就不能相信他小老二的，要依他仁者爱人，还修什么长城，强盗坏人土匪洋鬼子都让大老虎、大恶狼、瞎子黑熊吃掉了！几千年就是让他君君臣臣父父子子地给教坏了，人们想飞天的梦都让这小子给破坏掉了，不让想不叫想，不许想的，挨打受气几千年，不创新吗？等于大伙白过了，几千年的光阴，洋鬼子骑着高大马来抢，来打，来烧，来破坏，一个个当缩头乌龟，睁只眼闭只眼没看见，反而更落后，更过时，更挨打受气，装了儿装孙子是创新到家了！……"

　　白静说："要不是相信这个牛皮匠的话，咱们现在说不定在星星上筑长城了，金木水火土刚好，让咱们的大本营安家落户了，也用不着背这死沉死重的破烂家伙当宝贝砖头了？都是死老二害得大家辛苦受累的，满身摆识的不像孩子形，不像女人，还美女呢？一个个就变成泥巴狗子的姑奶奶，姑姥姥了，肉也挂烂了，衣裳也撕破了，美女就差变成残疾人了！"

　　"我宋娇就是把美女，只有美女才是世上的动力，作为人生的座右铭，也是人生灵魂中的金牌剪令，我要把它当作梦想中的最高准则壮语，想想吧，三皇五帝、大禹治水、后羿射日，还有老天爷天帝，请问哪个不是女人生，女人养大的，炎黄子孙还是女娲用黄泥巴捏的，英俊男人、漂亮女人都是女娲精工巧将捏出来的，最后用绳索兜泥甩出来的，老土人下里巴人，找工仔、奴才、奴隶……"

　　任君盼说："反正说来说去，咱们女人的功劳最大，默默地逗受着伟大、伟人、皇帝的君权欺压，受到大男人的鄙视和白眼，女人生了他！养了他！他还横挑鼻子竖挑眼，个子高了，辫子粗了，头发长了，身上肉多了，瘦了靠墙了，弱智了，智障等等，说话不中听了，脑门大了突出了，鼻子太挺，鼻尖尖往上翘了，耳朵垂了重了，脸蛋光滑不艳丽了，没有抬头纹没福了，真天单纯不灵动不雅致了……烦死我了，早知道叫粉君任难侍候的犟种……"

　　"不用瞎想胡怪了，无论是男孩子，还是女孩子到这个年龄段，都会有逆反心理，反对！反想！反着做事，等到吃亏行不通了时，几次后就不得不从心里认识问题，看得事情，善得人生的唯一办法是，不去想，不去为知，大家伙咋办咱咋着，随大溜跟着走，庄稼的活不用学，人家咋着咱咋着，鸭子过鹅过河，不能违抗天时地利人和，不说过头话，不做过极的事情，自然而然和众人成为一条战线上的人物，在出色那么一点点，一嘎嘎，大家就会承认，你行你能干，而且聪明机智勤劳，再加上忍奈该说的说，不该说的不说，这就是任劳任怨的奉献付出的必然结果，所谓的成功成绩，与众不一般的界限规律性，和对事物的对立统一认识结果……"

　　"炎大姐大队长，你如今是成功人士，讲什么是什么？说啥就是啥，谁敢怎么样？"

　　"你会说，啥叫成功，连概义你都不知道，光会随大溜说话不腰疼，成功就是已经一样到二样事情，咱们现在修长城又不是一个人的事情，是众人拾柴火焰高，更加要团结一致的劲往一处使，一处用，绳子拧成一股劲……"

　　"如今你炎大队长是队长谁敢不听，不行动，另外，你还有一个外在的特权权力，是认何谁也代替不了得权威性，实际上咱们走到哪里都有特殊性的待遇和有些人不能为的事情，咱们女子大队的声誉和声望干劲力度，再上天下第一人为性的变相权威就是这样形成的，所以你孟姜女是有意、无意中在这种权威的权力下已经在行使这种微妙的权欲性，这也是老百姓公认的权力权威，而且你大队长还有被人所知道，其实已经在利弊问题上早已显现出来了！一个孟姜女和两个孟姜女一开始六个孟姜女都贯穿在内的特殊性，我们大家哪个人不行，都不沾，比如你现在可以一个人行动，其实上是两个人真与假呀！真也吧假也好！你跌倒了有人捞一把，可其他人就不行，就不能单独行动这也是你的优越性！优越的真真假假都可以给你化成神话的神奇作用！大家可以在茶余饭后津津趣道，大讲特讲你的事情，所谓的故事，别人谁也不可能谁也没有这种吸引人心的本事本领，这本身就意味着与众不同的非凡性和相对的普遍性不一样！"

"真想不到你是个观察家，还是个小演讲家，要是让你讲故事，你肯定不沾不着边际，但故事的构成和思路的特权让你给找出来了，只是大概而不是细节和详细组合的演义性！"

"好了不说了，还是加点劲向前走，要不多长时间就要到了，多还走几步路，少说话威信高，多做事情人勤劳，祸从口出，每个人都有优点特点利用好吧！好乖乖也只顾的讲话又一跤，滑跪在这里了，老天爷总是照顾女孩少，流汗多干活多，多吃饭少睡觉，省的长肥长胖了，不好看，我孟姜女就是怕胖怕肥才拼命干的，不然长一身滚刀肉，谁还看着美，看着好呢？爱情和心情也是老天爷给赏得天赋美的激情，是看你后天缘分发挥如何！光是美，人人都有美好一片面，美的时候，不利用不爱惜，光阴是一把利刃，劈头盖脸朝你仰面扑来，不就是满脸开花，满脸的玫瑰情，玫瑰缘情的爱盼，爱恋的轶盼，去不复回！一生一辈子，谁也留不住青春年华……"

"花开花落总有时，我们现在大家就是利用年华岁月的幸福光阴来做事，来干大事业，贡献美靓的爱情，叫情爱转换成眸管看，触手管摸得着的长城，这是以老百姓的太平日子想到的幸福生活，从一个人至高无上的权利能理解的人心！一会儿这里告急，一会儿那里需要将勇二十万大军！山前打仗，山后用兵都要向皇上请下军令状！不然这一仗就很难打胜！当然打仗是双方都有伤亡胜利是一场伤亡大小多少的关键，失败更不用讲是全军性的灭亡，二十万人对垒，百万人对战，一次性的转危为安！将是十年百年或多长时间，不然喘息修整后不过来吗？生来是什么命运谁也改变不了得，天生是皇帝的命运，你当了老百姓，命薄如纸享不了大福贵，就是在皇帝家中，该受罪他也享不成福，看见了没有前面的已经有人返回来了！"

"大队长！咱们今天辛辛苦苦的一天一身水，一身泥巴总归是快滚到地方了，历史上在时间的光阴上永远永远也找不回来，今天这样的天了！总算大家没有白辛苦白淋雨白摔跤！到底不是把咱们目前的任务，目前眼下的事情干好完满的结束这一天的历史使命了！下一步就是往回走，赶快去吃饭、休息、睡觉，明天再来背下一趟，下一个几万砖头的大任务艰巨使命感吧！我会跟你大队长半步不拉得朝这大华山和大青山岭之间的沟底来无数次，一直到长城从这里慢慢起伸到强盗洋鬼子过不来为止的。"

"这谁都明白，那个姑娘美女都是这样想的，自然已经来了就不要怕，不要闲腥、闲累、闲重、闲脏，就是让姑娘去死，也不眨一眨眼睛的，人生就是这么一回事，该一辈子干什么事情，躲是躲不过去的，既然来了就要往好往光棍往漂亮往美的去干去拼命去争取！这才是我们大华夏民族民众的劲头和敢干敢作为敢标新立异的最起码一点的特殊性格和风度潇洒人生吗！晶晶大队长你们回来了！不简单，你是全大队的带头人往前冲的模范典型人物，不是领导人挑点兵，你们先往前走着，我们马上也要到了，回去见啊？"孟姜女说。

"炎大队长你不是没有吃饭吗？饿着肚子也上山来了吗？不简单啊？"晶晶说。

"什么呀？最后房东罗大爷听说没有饭吃了。又特意叫他孙女小青给做的？身上背着千巴重量，不吃饭才寸步行难行啊。哪能不吃饭饿着肚子呢？真是感谢他们这些乡里乡亲的大好人呀！还是我们华夏大民族有盼头有干头啊。一人有难大家帮忙，好了不说了，说话耽误多远的路途啊？"孟姜女说。

"是啊！不怕慢，就怕站，看看刚才在一起走路的美女们又走了好远了！"

"晶晶大队长咱们回去见！"

如梦令

蓝天星光灿烂，月色更加靓艳，美女姑娘们！长城璀璨永远：斗艳！斗艳！神龙炎黄血汗。

清平乐

男女搭配，干活分不累，手挽手大步走哎！姑娘笑艳督阵：神龙结伴人生，鸳鸯敢恋情思。处处情缘馨爱，阳光神爱开门。

慰问

"炎大队长，今天好像与往天不一样也？是不是好像多了什么！而且还是异性哟？"韩玉玲说。

"韩大组长，今天好像与往天是不一样也！你真灵感也！好姑娘起敏感怪好奇的！是不是有点不习惯还是不适应吗？感觉好新鲜是吧！"孟姜女。

"炎大姐真会说好听的话，听起来声声入耳和过分地夸张，明明多了好多人，为什么说是敏感和灵动呢？这适应不适应只要是大伙都没有啥妨碍，我想我也不会大惊小怪的，大队长这男人和女孩在一起会不会不方便，该不会有什么事情吧？"韩玉玲说。

"会有什么不方便呢？他干他的事情，你干你的事情，想互相帮助就帮！不想男人不帮是吧？能会有什么事情也！咋会有事哩！一个个都累的筋疲力尽，说话都懒的张嘴，恨不能吃饭有人喂才棒呢？谁会有闲心扯瞎操心呢？李队长李小泉你们的人都来了吗？你没有见到晶晶大队长呀？""炎大队长，整个小队人都来了，这是第一班班长刘来安大高个子，人老实得很，优点很会团结班的弟兄们，大队长你好呀？"李小泉介绍说。"我们一队一班组组长是韩玉玲韩姑娘，是个优秀剪发齐耳美女，你们两个班组长认识一下，有什么事情好随时沟通。"孟姜女笑着说到。"我叫韩玉玲，今年十六岁，比大队长小半个月，我们全班组有十一个人员美女美人，这是梦圆、雨露、香花、李文娟、张娜拉、张秀莲、李明珠、李子怡、田月芸！个个都是好姑娘，乖巧活泼大放的女孩子，能吃苦的大美女，希望大家能在一起快乐干活，愉快帮助，笑口常开，高兴在时时刻刻中！"

"我是骑兵团队，一中队一班班长姓刘，叫来安，大家都叫我刘大个子，全班十个大小伙子，十四高头大马，我来给美女姑娘先来介绍一下：王武奎、李朝清、君子熊、齐火冬、袁国民、宋亚泉、代明礼、韦功、辛诚，我感觉到咱们咋讲都是兄弟姐妹们，自然走到一起来，我们应该主动互相帮助，发扬助人为乐精神，只有互相帮助相互爱护，友谊和事业在我们心中，才能早早地完成长城的修筑大业，在这个修造过程中大部分都是眼见的活，更需要咱们大家手快脚快，不停地忙不停地干，才能提前完成任务，才能早早地回家过安生快乐的好日子，我相信姑娘们美女一定比我们这大小伙子有干劲，有拼劲，我们首先向美女姑娘学习，向你们致敬，小伙子们现在开始我们无论男男女女应该手拉手往前走，向前去，向前冲，你们美女们先给我们装砖，最后大小伙子在和姑娘们装上装好装美！来呀！咱们一对一开始装砖，我来背二十块大砖，哪位姑娘来给我刘大个子装上哟？快来呀美女们，别再忧郁上啊！仙女们⋯⋯"

"我来给你装，刘班长！刘大个子，大哥哥！"

"谢谢你小妹！你叫得怪甜的！美女姑娘你叫什么名字呀！"刘来安问。

"就叫我香花好了！刘大个哥⋯⋯"姑娘说着搬起砖头背篓里放去。

"香花！好听！千万不是毒草吧！你真好，声音甜美！还一定美靓，快装咱们好走一路上山啊？"

"慢不了，我一次都搬二块往你篓里放的！大哥哥你老家里哪里人呀？"

"老祖庙！淮阳店人，大河以南东海岸边的淮阳店知道吧？小妹妹你家！"

"和炎大队长一个镇上人，梦家镇，有机会去玩玩⋯⋯"

"来来！谁给俺王武奎装上，来一个美女呀！发什么愣啊！仙女们，不好意思，还是闲俺长得不好看！姑娘你们看看这肌肉大块的全是瘦肉，爆发力都在瘦肉块，小心我双手一使劲把你们女孩子举到空中就变成仙女飞上天去了，和彩云红霞相伴为伍是真正的仙女型美女啊⋯⋯"

"我是班长，我给你装，背多少块？大力士先生！"韩玉玲双手将二块砖放在背篓里说。

"大班长咋着，我咋着，刘大个班长二十块，我也二十块，不少一点也不多一点点，谢谢韩大美女，你与众不同呀！人家美女都长发，你当大班组长确留着短发头呢！美丽靓艳还绚人，标标准准大美人、大美女，我老家鹤壁镇汤阴集上人氏，祖上是蒙人以放牧为生，所以天生的五大三粗大力士！请问你美女，你怎么知道我是大力士了，这可是我王某人的绰号，在整个骑兵团队的我可是众人捧月天生的大力士，打起仗杀敌人，可是老猛男的天下无敌手⋯⋯"

"二十块整了，大力士先生的王大哥哥哟？转过去该给我装了！"

"再加个几块的，不然我这大力士不是白当了吗！有感觉没有大力士哥哥吧！"

"还刚好！俺来给大美女装上，仙女背几块呀！背动背不动呀？大美人哟？"

　　"十五块，装到数就停下来啊？我们姑娘规定背六块，经过这一段时间的磨炼，已经能背十五块了，你们是男爷们，大男子汉肯定要多背的，女孩子天生就比大男子瘦弱矮小些！所以十五就不少了，大队长都二十五六块，我们比他身体素质差一点点，就这早就超标一大半了，九块二百七十斤嘿……"

　　"能者多劳，根据身体状况，不能强求，比在家不干事的女孩强几百倍了，所以你们女子大队的女孩子个个都是女大侠、女豪杰、女英雄似的大人物，我都从心眼里佩服！"

　　"炎大队长，我们先往前走了？"王武奎大力士说随手拉着韩玉玲一只手往前走去。

　　孟姜女大声说："装好就往前走，千万别误事，后面的都赶快来啊！"

　　李朝清和梦圆、君子熊和雨露，李文娟给齐火冬装！这不用点名，一男一女张娜拉和袁国民，宋亚泉和张透莲快装！孟姜女说："我给代明礼和李明珠装，快来呀！阿珠先生！这边来我给你先装上啊……"

　　"大队长，请不要叫我阿珠！我叫李明珠，不许叫啊猪阿羊的，明白不？"李明珠说。

　　"是！一定服从命令，大美人仙女！"孟姜女笑着说。李子怡说："谁给我子怡装上，我来给谁装也！哎！"

　　韦山走过来说："该给我装了，我叫韦山！"

　　"韦大哥装多少块呀！"李子怡说。

　　"一样多，二十块整吧！谢谢啦，大美人，猪美女！"韦山笑着说。

　　"什么呀？韦大哥哥，啥叫猪美女啊！你拿人家开涮呀！多难听呀还猪美女哟？"

　　"好好下不为例大美女先生，好了吧？千万不犯意！犯意就不好听了！"韦山说。

　　辛诚说："来来，来个大美女，给我装，我叫辛诚，姓辛名诚实的诚，你叫？"

　　"我叫晓玉，拂晓的晓！美玉的玉！给我装十五块啊！今天也超标哦！"

　　"从今往后，就是咱们两个人一路走了！啥时候背不动了，咱们就坐下来休息、休息啊！"辛诚说。

　　"我是班长徐子亚专找二班组长郭文慧搭档，我们都班组长，你来给我装上郭小姐。"

　　"徐班长你叫我郭小姐，你咋知道二组长我姓郭的？"

　　"我当然知道！我早早就注意你了，就没有机会走在一起，今天老天有眼呀！"徐子亚说。

　　"为什么不早早跟我讲一声，好让我心里也跟着高兴高兴的美一回呀！"

"现在不晚呀！我是半天就在这专等你的，大美女先生。"

"我叫田月芳，一班的，谁叫我给他装砖呀？"

"我是男二班的叫杜力，我来了，你装吧！你姓田，叫月芳，好听好看，大美人二十块！"

"你想当大哥哥，不当杜老山了！"

"我是大山的山，不是小瘪三的三，懂不！好了！走吧！大美人！"

"我叫冯明强，哪个大美女来装。"

龚云花说："我来了，我姓龚，叫云花，明白不，马二哥哥！"

"不是马二，是冯，本人姓冯，叫明强，明白了吗？"

"马字前面加二点，不是二马吗，跟你开玩笑呢，二马多厉害，大灰狼都干不过二马！什么叫二马，就是公马，也叫雄马，眼看要长成一匹好马前，正准备栓缰绳还没栓时叫二马，二马在马的一生最厉害，最野道时！就初生的牛犊是一样的性质，天不怕，地不怕，跑得快，蹦蹦跳跳的，无论对什么都不知道叫害怕时，就叫二马懂吧！"

"不用问：十五块！跟你马老二少几块吧！"

"我马明礼来了！哪个美女跟俺一路呀？快来装！"

"我彩霞来了，还是二十块吧，能多装吗？"

"不用多装，心急吃不了热豆腐，今天、明天、后天的后天，天天二十块，好了走吧："马明礼说。

"越越来了，我给谁装"

"来来，给我装，咱叫蒋三元，一元二元不要，要就是三元整，二十块啊，不用记数大家一样吗！"

"张俊峰是也，美女是谁，快快报上名来，来装二十块！"

"我叫：君君，君子的君，君臣的君，二十块是吧！"

"三下五除二刘备张大哥，转过来，还是十五块！"

"君君你好，装呀装呀快装吧！"张俊峰说。

"我是刘运来，谁给装呀美女先生哟！"

"我是荣荣，光荣的荣，二十块我来给你装上呀！"

"用不用我刘运来拉你荣荣的手走啊，美女姑娘啊！"

"这会儿才开始走，等到到时再接着走吧！刘大哥！"

"龚田到哎！美女仙女快来呀！"

"咱子霞来了，咋轮也该轮到俺了！"

"赵喜殿是也，二十块足够也！"

我秀兰给你装上装二十块吧！

"白锋来了，美人给装二十块哦！"

"我楠楠来装二十块是吧！"

"我三班长连里堂到了！"

"我是婉玉哟！我给你连高堂装二十块啊！"

"我叫齐庄建，谁来装呀？"

"我韦才慧，齐大哥我韦小妹给你装二十块好吗？"

"好好！韦小妹，大美人哟？谢谢大美女呀？"

"我叫李臣巨，该轮上哪个天仙大美女啊？"

"我叫李曼秋，咱们都姓李，天下是九李，九大家姓李的，臣巨哥哥也！"

"我叫王明府，哪个大美女来呀！男女搭配，永远不累！"

"张美丽的来了，王大哥哥二十块吧！"

"时大毛是俺也！谁来装上二十块哟？"

"王秀霞来也，时大毛二十块吧！"

"我叫李晓明，谁给装天仙女哟！"

"我史赞成来也，李美人快来装吧，大美女哟！二十块。"

"我叫汪新民，美女来装。"

"程莹给你装二十块，汪大哥哥！"

"杜新军的来了，二十块美人美女也！"

"我叫程晓曼给杜大哥二十块吧！"

"刘心雨谁给装仙女们，二十块啊！"

"我徐莉莉给你装上二十块，去吧，刘心雨大哥哥！"

"我徐美人也二十块谁来呀！"

"朱治亚二十块，哟美女先生的天仙"

"徐子晴给谁装二十块呀！"

"我柴飞到也！二十块装吧！"

"柴大哥，我屈玉来了！给你装二十块呀？"

"对呀！屈小妹妹，大美女要多少块？人家女孩子半天都是十五块？"柴飞说。

"我闫举堂装二十块！那位大美人上手来呀？"

"章文娟来了！闫大哥给你装二十块，我章文娟背十五块好吗？"

"我是王俊闲背二十块！哪位天仙来给装上？"

"我叫张曼四组长，来给王大哥装二十块，俺背十五块！"

"我刘三元二十块谁来装？请哪位美女小妹妹来呀？"

"顾朝花我来了，刘大哥给你搬装二十块，我要十五块，谢谢了！"

"我李明也来装二十块，美女们谁来啊？"

"我耿勤勤给你装二十块，给我装十五块好吗？大哥哥！"

"万将军，范将军好啊！好久不见了！"孟姜女说。

"炎大队长好，你还是这么年轻漂亮！对不起，我有时老想着你会变老哩！"

"你万将军也太那个了吧！自己不老，为什么非想着让别人先变老呢？嫉妒和羡慕在你心里闹鬼了吧！也叫爱的想死病的一种吧！想别人盼人家在心里暗暗地爱着人家，在得不到人家的同时，就想咒人家骂人家，让人家早点死去！早早老得不像样子，来安慰你自己，这样想心里就平衡了是不是啊？不过里面还有一个大问题：人家是一咒十年旺呀！越想人家怎么想！人家偏偏是正相反，人家更靓更美了，这就是大自然属于的美丽和动人的最美时代感？"孟姜女说。

范杞良滑稽地说笑着："我希望孟姜女大队长永远年轻，永远袭人绚靓照人，将来会和长城一起被世代传颂，所付于的千年的大美人！"

"算了吧！都是瞎想胡盼就是人间神仙也不会是世代永久不变的美女，光是时代潮流的衣裳也会被遗弃为古代化石颅骨妖雾魔怪的。二三千年后，人们就穿着明光兽亮鲜艳夺目的电光羽衣轻柔绚眼光照人循的衣裳，三分长像七分打扮是不是！姑娘们将来个个在你们男爷们看来都是美女赛天仙，人人都是天仙胜美女，省得叫有官有权有钱的人挑来选去的，更让哪些见异思迁、喜新厌旧的人穷摆布，瞎思胡想盼成疯子！"孟姜女说。

"炎大队长对我们男子汉的意见大得很呐！真想不到一月不见如隔数年啊！要是有三年不见，才真是恍如一世呢！需另眼相看呐！真乃是女中豪杰也！"万喜良说。

"万将军才是骨气侠气呢！又大度又帅气的不平凡哟！是不是在山中蓬莱海上空中楼阁仙境神圣仙姑侠风义骨的美女美人，才是想着盼别人先老早才能大快人心也！"

"笑话！我们也不是什么异类仙风神灵，只有默默无闻的得过且过吃饱任人摆布的人偶雕虫也！又有何德何能去取笑人间第一大美人呢？赞美还来不及呢！哪能赌咒讥笑也！从心里想爱还没有机遇唉！唉能是有非分贪之也！我是心笨嘴咄只会踏踏实实的任劳任怨，干好垒大砖头抹好泥灰，还能怎样！只是好久不见本来想开个玩笑，结果是罗锅上树手拿斧头这砍到自己的脚面上来了，痛在心急在嘴上出别扭哎！人家不知道你炎大队长还不知道吗？"

"古人讲：士别三日当刮目相看！谁知道你万将军如今走南闯北视野变大了，见得多识得广了，他同样是灵气机智得多得多了！啥都在变！泥巴还变成千年不化的大砖头哩！别说一个大活人了！算了算了！我孟姜女相信你万喜良将军是个好人，是个有口无心的好心肠！如今都是将军了还用背这么重的大砖头！"孟姜女又在无意间问说。

"放心吧！炎大队长，别说是将军，就是将来当了国君也是一样的干活，你大队长背多少块，我万喜良也不能少半块！不然还算个什么男人！"

"我可是三十块呀！万将军、范将军！"孟姜女说。

"放心吧！大队长！三十块，我万喜良照就三十块！你能背动三十块，我们也能背动，范将军你呢，你背多少？"

"你万将军三十块，我范某人也不会少！少了也怕大队长笑话呀！都是男人都是将军，为什么我范杞良要少一点呢！吃饭可以少半碗，但干活绝对不能少，不然一个大老爷们的尊严往哪放！站起来快六尺，五尺七寸的汉子少三寸，也不比别人低半头，为啥要不一样呢！就是在你炎大队长面前也无光呀！树活一张皮，人活一张脸，大队长！"范杞良说。

"好吧！既然都和我一样就装娄吧！看着前面的姑娘小伙子也走了两三里远了，咱们是将军的将军，大队长的大队长不能事事靠后，还是要咬紧牙关来撵前头的美女大小伙子唉！"孟姜女说。

"好来！只要你大队长下命令！别说追前面的，就是和天上的鸟儿赛跑，也得下定决心拼上老命干起来，跑起来呀！我老范没有意见往前面赶路去！"说完话就给假孟姜女并排跟在真孟姜女后面往前走去。

"今天运砖的成绩数量第一，男女四万多人，一下子就上山好几十万啊！上百万呀一天等于二三天的工作量，真是不简单啊！人心齐泰山移，人多好干活一点不假！"孟姜女说。

万喜良和孟姜女并排往前走着说："大队长，咱们工作又不是光运砖头，还要在山上结合起垒长城呢！光把砖背上山，垒不起来也不行呐！"

"谁说不垒了，叫你们二位将军过来不就是垒修长城吗？你们从明天起开始垒，我们的姑娘美女抽一些人来背大砖和石头填在垒起的城墙内，随时预防老天爷下暴雨发洪水，山洪暴发，这天是一天天的慢慢想热起来了，快到真正的夏天了！所以咱们的工作应该加紧往前赶，天热天冷都有的，往以后的真是不敢想！只有过着看着了，人多事多也看不出什么突出的成绩来，真急死人了！"孟姜女说。

"不用急不用愁，车到山前必有路，船到桥头自然直！什么事情不是慢慢干的，一口是吃不成胖子，特别是你孟姜女一个十六七岁的女孩子！你问问她们知道什么？不是叫干什么就干什么，无非是累一点，汗水多流一点，也是过一天少一天嘛！谁能哪能把一天当作一年过呢！更不可能把一年的事情在一天来做完做好！不用怕不用急，我们大家也都理解知道你一个女孩子不容易，几千人从吃穿住干活分配事情好，才能不误工不耽误事，也是千年的大工程建设！搁在一般人身上，他谁也不如你孟姜女会安排会分时段的干这干那！又要自己亲身带头大干，出了大力还要想着别的什么事情，该咋办咋办，真的很不容易啊！也就是你孟姜女能行，换个其他女孩子，肯定也笑过多少回，多少眼泪也哭干了哭透淋湿砖坯子，也泡烂成泥巴浆子了。我和范杞良将军有时候为了骑兵团队的事情，特别是犯纪律都磨破嘴皮。谁不知道把部队不好带？处理吧又是平时的好弟兄们，打仗杀敌的大英雄，好伙伴。一仗打胜了不是死在敌人手里，确因为鸡毛蒜皮的小事犯在自由散漫的无组织无纪律里面，想想不处理吧，以后一个个都成了兵痞子，无恶不作的大坏蛋！以后咋还带领队伍为人表率，说话如命令呢！难呀！还要人人不都恨他气她吧！才能提高士兵率帅的斗志和不怕死的精神来，也总思前想后，最后才下大决定，像今天谁能知道，修好长城又能出现什么难题，想象的原则性的纪律事情呢！可如今不这样一男一女的搭配，又不能直接激发年轻人的积极性，只有是舍不掉孩子打不住狼，反正是三翻五令地强调和告诫劝阻相结合，但愿人人都好！都成为个个优秀表率人物吧！可谁知道呢！成事在老天，败事在己吧！我们现在都是杞人忧天，不是想些好事吧！谁叫我们是将军是大队长呢！是不是孟姜女大队长，现在我们眼前看的既要现实又要有眼光，还要快速地把砖背上山来！我们大家的心情也就会随着胜利而喜悦、凯旋在山峰霞光中来了！放开！放开！再放开的往前看往前想吧！"

"有个人说着走着也感觉走的也快了，我最愚蠢的想法是不会有什么问题的，咱们从一开始到现在几乎是天天讲日日说特别着重强调的大问题，而且是男男女女都已经知道明了的事情，谁愿意拿自己当鸡杀呢！死了将永远活不过来了，谁都知道生命只有一次，死了阎王爷也不可能不敢的，不然世世代代死的人，永久就没有一个往回跑！又回到咱们的阳世上来呢！"孟姜女说。

"人一死就完蛋了，包括玉皇大帝，什么老天爷、神仙都是一样的，只要开弓就没有回头的箭，该死的永远回不来了！"范杞良感叹地说。

"请我们相信姑娘们和大小伙子吧！是必式都是有头脑的，大仗小仗都眼见死多少人，还能无缘无故把自己也送给死神吗？地狱的大门啥时候都是开着的，一旦进去就回不来了，所以我们相信大家的自知自觉能力再体现是不会有事的！"万喜良说。

"不过我夜里做了一个梦，梦见皇上正在骑一匹快马急慌慌地向长城上赶来！口里不住的喊叫着：'刀下留人，不许杀我大秦朝的大将军哎！朕来也！'我即刻吓醒来，出一身冷汗，浑身湿透！静下来想一想，原来是一场虚惊，想来想去好长时间没有睡着，人就是这点不好，什么都喜欢乱想，而是意念性的东西太多，挨不着的也能胡乱想半天，真没办法！"范杞良无不忧思的说。

"哎，日有所思夜有所梦嘛！将军快点听快看马伸桥有情况也！人那么多是干什么的？好多人围着都在干啥呀！听听还有唢呐呢！"孟姜女说。

"快点走走去，看看呀！不就探清军事情况了吗？"万喜良说。

"不看不知道，一看准知道！不是玩猴就是玩大马戏的！快快看看吧！万将军、炎大队长加把劲。"

"再好看的东西都是假的，为什么呢？都是人装扮起来哄人开心的！大智若愚！老百姓是讲究这些的，男男女女都是为了开心，笑一笑十年少，十年不少，十年老！好吧！加把劲过了大桥就到了，二位将军我们昨天从这里过，还没有见到什么不同寻常的事呢！"孟姜女说。

"炎大队长，咱们这些人只知道干活，咋样想着把事情早点干好！别人的事情可没有那么多的闲心去管去打听！"万喜良说。

"可不是吗？谁有闲工夫去想别的啥事情呢！光搞砖，砖坯子，砖模子，晾干防雨，烧窑都样样干了，干那样的哪里会有功夫想到啥事啊！古人讲：走自己的路，让别人去说！常思汗流自己过，闲谈莫议他人非，他人事吗？不过咱们也确确实实没有时间去过问人家庄上的事！人生活在世上各有各所向所为！谁愿怎样就怎样，咱们只不过是一名旁观者，路过的过客而已，管他什么呢！"孟姜女说。

"可不是吗？人家天大的事情，人家自己过会管好的，咱们现在满脑子的长城，巨龙的神龙的城墙咋变咋垒，这才是咱们的大事！想让别人来管管，除掉大秦始皇上以外的还真没有操心来过问呢！"

"不过炎大队长别人操不操心过不过问，明着不问，暗地里也会有人问问！对钱、对粮面肉对物资，对人力进度如何，啥时候修好，修完，这也关系到我们大秦王朝的每一位老百姓的头等大事！然后才是他们庄上的大小事情！"万喜良说。

"哎哎，看也！肘哥抬哥，还有踩高跷的，哟哟！看那边还有玩骑马上山的杂耍，舞龙玩狮子的！好怪呀！一个山里山的马伸桥咋会有这些人来玩乐开心的大事情啊！这里该不会是本朝文武大将大员的家乡吧！"范杞良饶有兴趣地说。

"那也难说啊！谁能有个早知道呢！不过在深山老林下，即使有也不会如此铺张这狠呀！值得吗？先生小小的一个村庄人口也没有玩家的人多呢！难道说呀？"孟姜女说。

"青菜萝卜各有所爱，多热爱热闹大方，爱浪漫逍遥的人大有所在噢！有钱不往脸上贴，是绝对不会往屁股上贴金使巧劲的花！"范杞良说。

"你以为世上没有疯子吗？天高黄帝远没有的事情，也能搞出经典笑话明堂的！真是古灵精怪的英明奇妙……"万喜良说。

"哎哟哟也！炎大队长和二位将军辛苦了，你们一路上风风火火情深汗多也该休息休息了，你们再好远好远的我就注意了！卸下来一边走走一边诉一边讲一边说地讨论着工作长城的事宜，你们真的好辛苦！不看不知道，汗淌衣服啊！来来来！坐下来喝口水，看看咱们大明县的特技古典文艺风采艺术，我是专门来给咱们女子修长城大队队员的一个休息愉悦的快活场，所大家咱们看着观望演出和欣赏艺术的美感，就把累应抛到九霄云外了，看看吧，大队长，万将军、范将军！"刘县长说。

"我们三个人从心眼里冒来的金星感的人情，最起码知道我们这些人是辛苦劳作，还有我们的大县长大驾光临，时时刻刻想着我们，叫大家来激励我们！万分的感动和万分的感谢！谢谢！我们衷心的感谢你们！向你们学习！"孟姜女说。

"别客气、别客气！大家互相学习！相互鼓励吗？也是为让华夏炎黄子孙得到好处得到实惠！更是叫大秦王朝受益匪浅！你们这些修长城的姑娘美女们，才是我们大家学习的最最好的可敬人物大英雄！才是我们最尊敬的可爱的功臣！才是普天下的老百姓最称赞最好最美最大公无私的女侠！我在此机会代表全大明县的各界人士，首先向你们女子修长城的全体队员和骑兵队将士们敬礼！向你们感谢！你们正在为华夏大民族宏伟壮观事业，立下千年不朽、万年功绩、巍峨雄壮神龙秦凯靓翅！为此今天我带了大型文艺慰团：肘哥，抬哥，高轿，舞龙玩狮子等等杂技精彩丰富的艺术精品，借姑娘美女劳动勤劳之余来观赏看看瞧瞧热闹！忘掉疲劳，奋发进取的拼搏豪志更加强劲！谢谢大家！同时也可以让你们在运送砖头的路上愉快休息，为你们做精神上的加油以鼓动美女，以辛劳为至高无上的荣誉感来完成我们神龙长城的历史造福建筑的高潮热情！现在请各个艺术团体献艺慰问正式开始！"大明县县长刘文志激昂慷慨的讲道。

"炎大队长、万将军、范将军在砖窑厂今晚还有大型灯火的演出！无上艺术美景烟火晚会！让美女姑娘骑兵小伙子们晚上干完活高兴高兴，过个快乐、开心的夜晚、月色烟火情，浪漫逍遥自得愉快情缘美哟！"刘文志说。

"好吧！随你大县长安排，反正是白天辛苦，晚上开开心心笑一笑，还是十分万分的有必要哟！还有你大县太爷会关心照顾大家的心情激情的勃发真爱来！"孟姜女说。

"我是想着盼着叫美女姑娘们不要寂寞不要不开心！消除疲劳怨愁苦闷的良药！就是热闹穷开心！还有你大美女大队长和将军骑兵将士不快活，我今天跟着来也是怕寂寞孤独独无聊也！不然天天坐在大堂上这个那个求的！一走了之，工作开心两不误！又能看看美女，还能欣赏艺术的魅力！人生就这么回事，比起你们的作为，我们这些人的生活简直是太无了无生趣了！但是不干又不行呢！全天下的男男女女、老老少少不能全来修长城啊！吃什么？穿什么？干什么都得有人去干去辛苦去劳作是不是？！看看我们只顾讲话了，人家表演人跳的蹦的笑的扭的多欢多舒馨快乐哟！赶快瞧瞧！大禹治水、后羿射日的英雄，嫦娥正准备吃下长生不老丹！牛郎织女在天上的银河上喜鹊桥上见面！女娲补天，手拿炼好的七彩石！大秦人的祖先女修吃雁卵，非子喂马，精卫填海，夸父追日，愚公移山，在肘哥抬哥连接队中，会说话的鹦鹉，一个小伙子在肘哥上表演小伙子教鹦鹉说话，惟妙惟肖'我会说话！'小伙子说：'我会飞！'鹦鹉毫不迟疑地说'你会吹牛！'踩高跷的一个美女骑在驴背上扭呀跑呀跳呀的！"

"噢！那边是舞龙玩狮子的！"有四条长龙，相互钻来钻去的！赤龙、黑龙、青龙、黄龙四条长龙都在争抢一只大红绣球，绣球绑在一个棍子上，一女孩拿棍子摆动在空中上上下下身穿淡黄色的衣裤，腰扎一条大红绸子带。

"另外一女子穿绿色衣裤花布绣鞋，脚下滚动踩踏着一个比人还要高的大红皮球正在耍弄着一群大小狮子，八个小狮子在四周六个大狮子一直围绕在大红皮球团团转上转下蹦跳在抢小女孩手上的绣球！张着合动的大嘴追随，跳跃腾翻跟头！"

女子修长城大队的姑娘们，人挨人，人挤人的往里边看着，有的笑，有的评价着！年轻英俊的男骑士也站在一起瞪着眼望着瞧着！有的还用手指指画画的评议着！好不热闹！

"刘县长你真行，想什么就是什么事，你的本事是大大的哟！比我老万了强太多了！"

"哪里！哪里呀！你万将军范将军才是个有本事的人物！千万不要跟我比，我在你们将军大队长面前都是小意思了！雕虫小技！我说句不中听的话，这个县长才是外光里毛的烂差事，得罪人的买卖，问老百姓要粮，要牛羊猪鸡蛋，问商人奸商巨猾的老顽固要金银！都是苦着脸，个个心里还不知道怎么骂祖宗八代呢！想清楚了想当官就得学会挨骂！不然就不要来做官，当官就是要学会受气，气受够了，官也就当大了当稳当了！哪像你们将军们宝剑握在手里，嘴里喊着冲啊！杀呀的！脑袋就变成大西瓜掉落地上一命呜呼！手里没有刀枪，头上鼻子上挂着笑脸还得摇头摆尾的说好听的奉承话呢！"刘文志说。

"你刘县长也太小心眼了，没人跟你抢县长当，你可是一县之长！大秦王朝疆土一二千万平方千米，总共才不到四十个大县长！方圆几百里的土皇帝，你才是真是天高皇帝远！你管住他，他就得乖乖地掏腰包，要啥送啥！这个不给那个给，全县老老少少、男男女女几千万人口，哪个他见了你，不是县长长县长短的奉承你！宠着你，惯着你大县长呀！不然那么多的镇长乡长能干好当好吗？全靠你大县长给他撑腰，给他装光，他不听你的才怪呢！除非你是笨蛋，不如他的脑子好使！"万喜良说。

"那是，那不过都是小把戏，翻腾不了大浪花，我刘文志这辈子就是最佩服你们当兵的将军元帅，身穿铜铠铁甲，头戴大金冠，抢扎不透刀砍不烂，瞪着两只铜铃一样的明亮大眼睛，嘴巴一转胡子一翘再一吹，就是阎王爷也得吓一跳，玉皇大帝心里都在打战，是死是活还不凭你的手一招，战鼓一敲就完蛋！手在一敲鸣金收兵阎王爷才给个笑脸，小鬼小叛放假休息，少死几个人！看看先生们大队长肘哥过来了！不错吧！小孩子身穿上衣服演啥像啥，瞧见没有！"小孩子在上面说话，鹦鹉学舌在下面说话，又过来一个皇后老婆子，她和鹦鹉说："老女人真丑！"皇后一听气得脸发青问太监医，"这是谁养的鹦鹉，敢如此大胆！"大臣冲鹦鹉说："再说杀吃了你！"鹦鹉吓得闭眼睛不吱声，过一会老黄脸太后又过来，鹦鹉不吱声！老黄脸太后高兴地说："怎么样？不敢说话了吧？"鹦鹉马上冲她说："再说，杀吃了你！"皇太后兴高采烈走着笑着扭着身子招手。

"嫦娥奔月也不错吧！小姑娘才八岁演出的多有灵气呀！偷偷吃了长生不老药，就永远也回不来了，这些人也真够心狠的，这么漂亮的一个美女就当寡妇了，真是太可惜了！天下这么多的光棍也没有权利去爱去娶她回来！哎，炎大队长原来跟你的两个孟姜女可能是怀孕了，两个人的肚子一天天大起来了，还不知道将来会生下一个什么怪物呢！"

"能会生下啥怪物呢！她跟谁就会生下谁的罪孽，谁想让她们生下龙种凤蛋是绝对不可能的！"孟姜女说。

"谁跟她好过，跟她玩过呢！"万喜良说。

"谁知道，是人是妖，只有生下来才能论断，说不定是将来社会动乱的渣子，造成天下老百姓的罪魁祸首呢！古人不是好说：龙生龙，凤生凤，老虎生来在山中，老猫天生逮老鼠吗？你刘县长的儿子将来会占山为王还是依江山为帝噢！早晚天下会大乱，管她是真孟姜女还是假孟姜女生的！但她的灵魂仙气早晚会有天下一争的强霸鳌头！天下能人多，老百姓遭殃受罪多啊！"范杞良忧心忡忡地叙说着。

"福随人至，祸随事漾！任谁也别想知道将来的以后是啥样子的！还是快看肘哥上还有个孟姜女修长城呢！这个是现实，最实际的了，用纸剪贴成长城的标题栏，一个小女孩六岁装扮的像的很呐！真鲜靓动人，最有意义了！耐人寻味呐！"刘县长说。

"随你们吧！反正又不是我孟姜女愿意自己抬自己的，孟姜女我也是骑虎难下啊！长城才修好一大半，这艺术形象都出来了！也好叫姑娘都知道！无论什么事情都逃不出艺术大师们的眼睛和思维能力！孟姜女我也不会害羞的，本来就是真的假不了，假的更是真不了，做人光明磊落正大光明的事情是不是呢！天下谁不知不晓呢！只有怕出力，怕干活的文痞子，滥竽充数光想着又得名誉又有利又同时一箭三雕的人才站不住脚，前怕狼后怕虎的！孟姜女我巴不得有人替我叫好！说好话呢！人都是活着争口气，死了争名气，让子孙万代都知道为啥因为啥！"孟姜女豪迈地说。

"一切都是因为我，是我让他们这样编排塑造的，我想只有这样才能有时代感亲切感，有艺术的魂魄，才有号召力度！看看吧！一个个都是远古不着边际的神话故事，在远古的艺术文明是多么的典型精锐！但现实也不能少，也不能没有，素材多老去了，光讲这百年千年的长城将给华夏百姓带来无比丰富的创新时代感！创新的艺术精确之宠尚文明古奇迹的价值观！人和之动力的典型的瑰宝！好了大道理留给后人去评说吧！去点击去品头论足的显示华夏民族之精神的巨大潜力！"刘文志侃侃而谈的说。

"看看大禹治水，手拿肩扛着开山斧钺，真叫豪迈气派，真心的华夏英豪霸主雄魂斗志，全塑在一个传统文化的肘哥上，一个五岁小男孩身上，太让人不可思议了！太神韵传神了！哎，这就是一个时代，一种文化艺术的具体渲染！"范杞良说。

"女娲造人！咱们这些人的祖先最早都是女娲用黄泥捏的，捏好的都是现在最漂亮最英俊的男男女女，稍稍丑点的，都是来不及捏，用栓子抖搂出来的残疾人，这女娲也真是的，来不及捏，就不要那么多的人，要不怎有什么用呀！缺胳膊少腿的！都要吃要穿的浪费粮食！穿衣费布，睡觉占地方，站着碍事，说话烦人的！这个臭女娲不是做好事，想想吧！她净干些没用的事，聋子听不见，哑巴乱呱呱，瘸子闲路不平，手胳膊有毛病拿东西费事，鼻子塌了难看变丑！嘴歪了脸斜脖子拧的，还一本正经的补天，她要能补天修地那才叫好！乖乖当的，这天多么高，多远，九重天啊！看她个屁样能补上吗？以我看是瞎编胡说的神话！真是大白天喝酒胡连八扯的骗小娃娃的！所以说我举双手赞成大秦王朝的皇上英明决策杀，烧，壮举和创新，把这些瞎说瞎编的所谓文人杀的一个不剩！世上就清静了！空气也就新鲜，阳光还会明显的增大！有那么一天我要比现在的官还在大！我坚决效忠秦始皇，赞同他的英明决断！"刘文志说。

范杞良也跟着说："秦始皇上的祖先什么女修吞卵也是胡泌瞎编出来的！即使吞一百个燕卵也生不出人模样啊！人经过勤劳智慧进化而来的！更加符合

创造自然的生产力，才能有效地造福于人类，光靠哄骗是不能够推动历史的！只有大多数人老老实实的勤干吃苦得出现实结晶的体验才是人类前进的不朽创新前进的强劲动力！说一千道一万没有这些人脚踏实地的老百姓你饭也吃不上，衣裳也穿不上！无论怎么样讲现实才是最具真理的！"

"请问几位大哥？这是炎大队长吧？"

"你有事呀？大嫂，我们就是孟姜女，有什么事吗？需要帮忙的话尽管说出来。"

"报告，炎大队长好！我是皇上派来的骑兵卫士叫包发生！"来人一手牵着战马，一手紧抱着一块方巾包裹着的长方形盒子。

"请大队长验收，这是秦始皇特地捎给你炎大队长的！"包发生说。

"谢谢你！一路辛苦了！"孟姜女说。

"大队长不辛苦，只是一直在担心东西别摔了，碰了，这是皇上特意交代的，请大队长仔细验收，最后给我回复字据，我好回去交差！"

"炎大队长你在这里查看不方便，不如到我家中，唉！就在这边一个小院落里！你尽管放心，我家都是女孩子，没有一个男人！绝对不会伤害你的！你们男男女女的都在这里，只要叫一声或者喊一声他们都能听见！我家当家的已经不在了，也是在一次打仗中阵亡的！最早也是你们皇上的小将官，如今只留下我跟三个闺女！我姓马，叫晓宇，孩子叫田青玉、田青甜、田青玫，走吧！炎大队长你叫我田大嫂也行！民女我马晓宁也可以，放心吧！我们都是善良厚道的人家，没有一点的歹心，女孩子眼看着都长大成人了，你们这几天来来往往的运砖，三个孩子看见了非逼着我向你炎大队长求情，要参加你们女子大队，也修建长城！我好劝歹劝的就是歪着脖子在家胡搅蛮缠！所以这会看见你们这几位在这讲话，我不敢打扰你们，趁你们看肘哥，这才来找你炎大队长，你是个大好人，大善人，又是靓艳的美姑娘美，你一定得替我这个寡妇拿拿主意，帮帮忙！走啊！上我家坐坐吧！我家有笔墨，走吧走吧！"田大嫂拉着孟姜女走。

抬歌肘歌飞龙，大禹女娲嫦娥。
千年神话传奇，古文明动力馨。

婚　姻

"青玉、青甜、青玫快来接着炎大队长和包大哥哎！"田大嫂在小院门口就高声叫着孩子们！

"快快姑娘给大队长上茶倒水，包大哥，屋里请！一路上骑马累坏了，还没有吃饭吧！青玫、青甜快做饭给你包大哥吃饭来！"田大嫂说。

"千万不要客气，我不太饿，只要一骑上大马什么都忘了！只顾骑马朝前赶路了，中午饭也忘了吃，这会真有点饿了呢！大队长吃饭了没有，也一块吃吧！我身上带的有钱，皇上就怕路上吃饭不方便，特意给拿的银子，看看炎大队长，这一块银子够咱们吃好长时间了！"包发生说。

"哎！包大哥，自家人，你和炎大队长都是我家的客人，乡里乡亲的绝对不要钱的！把钱收好了，留着路上吃饭，行路人宽备窄用，一路上不可没钱啊！我家又不是开饭店，住上一个月也不能收你们一分钱！尽管放心住吃分文不取！来来！堂屋里坐坐啊！炎大队长请里边坐，包大哥这边坐！"田大嫂张罗着说。

"炎大队长请喝茶？包大哥也喝茶呀！"青玉端着茶走到方桌前，把托盘放在桌上，双手端着茶碗递给孟姜女说。"炎大队长请喝茶！"

"谢谢！好漂亮的姑娘哟！真是不看不知道！家里躲着藏着这么美的小美人儿，田大嫂，你真有福气！"孟姜女说。

"有什么福气啊！女儿大了不能留啊！留来留去都是愁呀！在这山旮旯里，鬼不下蛋的地方，想找个英俊男子也难啊！如今要不是你们女子修长城，想找个合适的女婿真比摘天上的星星还要难上一百倍，小的时候还不感觉什么，这两年眼看着一个个如花似玉的姑娘一天天长大，愁的我是夜夜睡不好觉啊！一个还好些，这三个大闺女呢！青甜、青玫过来让炎大队长看看呀！都是姑娘怕啥呀！"田嫂一口气激动的诉说着。

"炎大队长，我叫青甜，她叫青玫是我妹妹，这位是我姐姐青玉！我们三个是三胞胎，只要我们三个一走一站谁也分不清，谁是姐姐，谁是妹妹，有时连亲娘也搞混了！"

"哇！你们三姐妹真是太像了，高矮胖瘦都一样，我包发生，是最小的弟弟，上面两个哥哥，大哥叫包发金，二哥叫包发家，都在军队中当骑兵，在大秦始皇上的骑兵团队，我是皇上的贴身卫士，这是专门给炎大队长送东西书信来的！田大婶请你相信我，炎大队长可以作证！天下皇上只有一个，我是给华夏大民族的皇帝当保镖的！可不是骗子，也不强盗坏人，做梦都想找美女哩！为保护皇上我们三个都没有娶媳妇呢！三位大美女肯定是上天派来的仙女，不然咋这样凑巧呢！说句真心话，我包发生就要田青玫了，田大婶你就答应了吧！把你三个宝贝闺女都嫁给我们包家，保证皇上喜欢的很噢！前几天皇上没有事还问我找媳妇没有哩！哎，好也！今天可有门子，该着我包发生有人了，我长的又不孬，堂堂的大小伙子，这碗茶我喝定了，俺婶子炎大队长你们咋不吭声呀？"包发生说。

"这半天话让你们一个人抢着说个没完，人家怎么接腔哎？看你兴的跟吃了喜鹊蛋一样滔滔不绝地说，说话跟放鞭炮一样！"

孟姜女说道："还得看看人家姑娘愿意不愿意呢！你光烧火棍子一头热，小心是猫含虚泡瞎喜欢哟！包发生，再说还不知道，你两个哥哥可愿意呢！"

"放心吧！只要我愿意，我两个哥哥都会愿意，他们小时候听我的指挥，我叫干什么，他们就干什么，不然我会跟他们死闹，你们三位小姐尽管放心吧！他们的长相看我的模样了吧！他们和我长得一模一样！外人也是分不出来的！只有我们三兄弟知道，看她们三姐妹一个样子，只要看见一个，三个都是一模一样的！"

"他们兄弟两个人现在人在哪儿呢？能不能叫他们一起看一看？"田大嫂说。

"炎大队长包发金和包发家不是都在万家屯万将军和范将军的部队里当班长吗？"

"噢！是不是叫万将军查一查看看是万家屯，还是在咱们这里，如果是在这就好了！那才是天生的缘分呢！"包发生说。

"炎大队长，你看东西坐一会，我去问问万将军就知道了，田大婶你们先说说话，我马上就回来啊！"包发生说着，人已经走出堂屋了，刚好和田青玫打个照面！

"包大哥，快来吃荷包蛋！先垫一垫，马上饭就做好了，这是你的一碗，炎大队长的一碗也！"

"谢谢你大妹子，我出去叫我那两个哥哥来！他们很可能就在外面看热闹呢！"包发生说。

"快去快回呀！千万别太久，荷包蛋凉了就不好吃了，要不你吃完了再去找吧！"青玫笑着说。脸红红的，不知道是不是害羞了！

"我这就回来啊！"包发生说着一步跨出大门外向万将军范将军走去。

"万将军、范将军你们知道我哥哥，包发金和包发家在哪里吗？"包发生说。

"哎！包发金和包发家不是在肘哥抬哥那里吗？包发生你不是在皇上跟前吗？啥时候回来的？皇上好吗？"万喜良问。

"皇上非常好！就是有时候想念大家，这不是让我来给炎大队长送信来了吗？两位将军站着说话，我去找一下我哥哥有点事情要讲。"包发生笑笑招招手向他哥哥那边急跑去。

"这个小伙子，真好玩，人走路像阵风一样快，办事情干净麻利，是个真正的当兵的好苗子呀，让皇上给挑走了，真可惜了，本来准备提拔一下，让他当下小队长，带头干事最好了。"万喜良说。

"跟皇上早晚会当将军的，皇上更会用人，选拔人才！"范杞良说。

"我们是不行的，这辈子就是这样的！在想干大的是不可能了，离皇上太远了，他想不到咱们了！"万喜良说。

"不要胡说了，只要好好干，早晚都会有用武之地的！怕就怕不是英雄，只要是英雄都是好材料！"范杞良说。

"大哥，二哥，快快，我有事情找你们，你们快跟我来！"包发生拉着包家金、包发家就往田家小院里跑。"军事机密的大事情，快快！先别问，上这家小院再说。"

"好弟弟！啥事吗？火烧了屁股还是咋的？"包发金问道。

"哎呀！这是发生弟弟又咋了吗？"二哥说。

"军事机密！快来上院里来！哥哥呀！天大的机密事，快来看呀！田大婶，看我们三个兄弟像不像啊？"包发生高兴地说着。

"真是太巧了，老天你咋会这样呢？青玉、青甜、青玫你们快出来看呀！人家三人像一个人似的！个个英雄呀！我的个亲娘哎？真是天上掉下来的缘分呐！看看吧！站好了！你们姐妹三个人也站好，比一比，看一看呐，高矮胖瘦还差不多呢！炎大队长，你也看看！"

"真是踏破铁鞋无觅处，得来全不费功夫！天赐的良缘！你们谁是姐妹！谁又是哥弟呢！咋这么有意思呀！看看这六个人大高个子多好玩！"孟姜女笑着说。瞪大眼睛不知道找什么呢？

"田大嫂你真有福气呀！一下子招了三个女婿，将来当外婆也得一下子三大桌子也坐不下了！真是好福气！让人羡慕让人眼馋呀！这三个姑娘比我孟姜女还漂亮呢！你们姓包的姓田的是亲戚，今天我孟姜女给你们六个人做媒，老大对老大，老二对老二，老三对老三！你们愿意不愿意呢？提前说出来，不想愿意的现在还可以退回来，别不好意思，要不然考虑考虑吧！先接触接触可以吧！看看脾气和不和，说不说到一块去！现在咱们谁也不强求，也不包办，男方我做主，女方田大嫂做主。"

"炎大队长你放心好了，我包发生愿意和田青玫过一辈子，我就喜欢她，她笑的美极了，跟我在梦里梦到的人一模一样！我向老天爷发誓和田青玫过一辈子！我就喜欢她，天涯海角，海枯石烂也不变心！我要是变心天打五雷轰，不得好死！你同意吧！好妹妹，我爱你一辈子！让我拉着你的手说好吗？你喜欢我吗？"包发生告白着。

田青玫看着包发生，脸羞得通红通红的！把手递给他，小声说："我也喜欢你！"

包发生听后冲动的将田青玫搂抱着大腿抱起来大吼道："我爱你！"说着她就唱道："小妹妹，我爱你也！你是我的梦魄，你是我的爱情魂啊……"

孟姜女说："看看你们哥俩，咋不吭声也！不喜欢吗？不爱吗？"

"报告，大队长！我喜欢！我爱她！"

孟姜女又说："你们喜欢！你们爱她！不要跟我孟姜女说呀！跟大姑娘二姑娘说才对！"

包发金说："我爱你大妹妹！我喜欢你！我娶你为妻！你愿意吗？"

"我也爱你，你好漂亮呀！"包发家说。

"你爱我为啥不抱住我呢！"田青甜说。

"爱在心里永远想着你呀！"包发家说。

"你骗人的！你爱我叫大家都看到吗？你哄人！"

"好！高不高！我爱你也！田青甜呀！好妹妹哟！"包发家说。

"喂！你真的爱我吗？"田青玉说。

"是的！我从心里爱你哟！"

"谁不爱谁小狗哎！"田青玉说。

"谁不爱！不喜欢是小猪是个狗！"包发金说。

"你就是个猪是个狗也！也不来抱抱我吗？笨蛋！想爱不抱！天生的大笨蛋！"青玉说。

"抱就抱，不抱白不抱！抱了也不能白抱也！我们老家是黄河河南汴梁府！也叫开封！为什么叫开封！黄河发水，水冲到哪里？慢慢地水浸透泥巴没有，遍地都是黄泥巴，一眼望不到边！太阳出来一晒，遍地的黄泥巴就笑开了！

人们就管它叫开封！我们的老家是开封人也！老家还有爹娘爷奶和妹子！也都是种地出身，祖祖辈辈的农民！"包发金说。

"哎呀！更是巧极了，青玉他爹也是开封汴梁人！我马晓宇是咱们这老山当地人，猎人猎户，不过最早听爷奶讲也是大河以南的人家，这一过真是老几辈又变成这大青山人了。你们兄弟三人记住了，我们最早最早也是大河以南的人家，具体在哪一片就不晓得了！因为发大水逃荒逃出来的！咱们原本还都是老乡亲！"田大嫂说。

"今天是田大嫂三喜临门的好日子啊！得好好庆贺庆贺！"孟姜女说。

"都是你炎大队长的福星照着呢！托你的洪福啊！不然我马晓宇不得急疯才怪呢！这回可好了！有盼头了，有依靠了！青玉你光傻笑！快给炎大队长端荷包蛋冲冲喜啊！也给大女婿、二女婿、三姑爷端四红四喜的荷包蛋！这鸡蛋一吃咱们在媒人面前就定下来这门亲事！不得反悔！不得无理退婚啊！姑爷、姑娘们听清楚了吗？永远记住在心里到天涯海角，海枯石烂不变心！"田大嫂说。

"亲娘放心吧！炎大队长作证，等修好长城咱们三姊妹一起结婚，一起举行婚庆大典！让你老人家放心！决不食言！"青玉说。

"好！就这样说好了，皇上捎来的东西我孟姜女也看过了！是一个长把子的玉石，叫玉如意！六寸长短，价值连城！我将它送给你们三对新人作为新婚庆典的镇宝神物！放在田大嫂家保管着，希望你们全家的日子越过越红火、吉祥如意！你包发生从今往后要舍命保护皇上！真心护驾！等有功时，我会让皇上封你个将军当当！"孟姜女说。

包发生当时拉着青玫，一手拉着包发家、包发金跪在院子中面朝南大声说道："请！炎大队长放心！我包发生今生今世效忠皇上！效忠大队长，万死不辞！"包发金、包发家、包发生、青玉、青甜、青玫都跪在地上："愿为皇上效忠，万死不辞！坚决不贪生怕死！"

"好了！你们都是好人，都是华夏大民族的好儿郎，又是大秦王朝的优等铁骑，我孟姜女给你们兄弟三人放假三天。相互建立永久的感情，互相了解心里的情感！注意了你们二人先把砖头送上山后回来放假三天！不过晚上在窑上下有烟火会，是他们大明县衙来的人办的！田大嫂别忘了去看热闹开心！"孟姜女说。

"快去端荷包蛋来给炎大队长吃，你辛苦半天了，也走这几十里的路，早也该饿了，先吃点垫垫，这马上做好饭，吃饱喝足了好走路！上山去也！"田大嫂说。

田大嫂慌着拽孟姜女进屋坐下！青玉赶忙端来荷包蛋！"炎大队长请吃荷

包蛋！咱们这就是这个规矩，千万别客气呀！你大队长可是我们家的上宾，全家人都敬着你。"田大嫂说。

"青玉快给发金端荷包蛋呀！快去！快去！"

孟姜女说："今天我是当仁不让了！"说着大口吃了起来。"不错！很好吃呢！谁的手艺？"

田大嫂说："青玉做的，平时她喜欢做做饭什么的！"

"这一回，俺娘你猜错了，是青玫我自己亲自做的，还是大队长有品位，这几个呆瓜连吭都不吭一声，说不定光自顾高兴喂小猪呢！我以后改行做饲养员了，没有办法，命苦呀！"青玫说着笑着望着包发生的反映。

"没关系的！想喂什么喂什么，只要这一会是火头军师就行了，是不是大队长，你以后哪怕是喂鸡鸭鹅，猪牛马羊我都一百个赞成，一万个支持，过一家人家就得喂！鸡满院，鸭满沟，鹅满塘，猪满山，牛满棚，马满天飞，羊满圈才是持家过日子的好主妇好媳妇！大哥二哥你们说对不对呀！那才是真正的龙马精神，居家过日子得显能手，最佳的好主妇！我的爱哟！"包发生一边说着一边不住地看着三个姑娘，眼里放射着异样的光彩。

"青玉再给大队长盛一碗！"田大嫂说。

"不吃了，吃饱了，在往前走不多长时间就到罗庄吃饭站了，到那里还要吃的，那里的大师傅是提前把饭做好的，大家一到就可以端着吃了，肉菜多，油水大，不然姑娘们走这么远的路，干这么重的活，不吃好不行呐！体力跟不上！影响干活情绪，人不是都说吃饱喝好不想家吗？我们的宗旨是吃好穿好不露肉，破了缝一缝，尽量给大家发衣服，不管好坏，让美女活泼可爱笑好动青年人的朝气蓬勃来！又是人间天仙神话中的靓色女神！只有这样才能吸引各界友好人士的大力赞扬和鼎力相助，华夏大民族普天下老百姓的千年祈盼铿锵才能实现理想！你们兄弟慢慢吃，包发生今天明就不要走了，后天晚半天再走也来得及，信我已经写了！放在桌子上了！包发金、包发家把砖头送上山后，也休三天连今天算就是三天，现在是人少工程量大，大家都要相互体贴理解，等修好长城后，你们有的是时间在一起，不在乎这几天！年轻人应该有作为有理想，能奋斗才是一位英雄好汉，英雄好汉都是在热火朝天社会激流中锻炼出来的，先他人后自己，先国家、先老百姓才被人们称赞和叫好，当年大禹治水，三次路过家门都不回家，才被人们老百姓认定是英雄豪杰的，所以在某些时候，我们要舍掉自己的利益，来成全大家与众不同，大家才为他叫好流芳百年，好了就这样，感谢田大嫂的盛情款待！我先走一步了，你们吃完了马上就走啊！"

"炎大队长，今天不好意思了，因为你还在忙，以后有机会我要摆上几桌酒席，好好地请你大队长，请请将军和大家伙！有情后补不为过，真情实意动人心吗？"田大嫂说。

"好了，田大嫂留步，我们还得干活呢！上山送砖才是真正的大事情，其他的事都是小把戏，再见！"孟姜女说。

"再见！你真是个大好人呐！"田大嫂在大门口自言自语地说。

"大队长你高低总算出来了，皇上下什么命令没有，可有什么指示的建议？"

"没有什么新的方针，只是寻问一些工程进度，问青山岭以西开始垒着没有，从明天开始动土，把这里总共男女人数，砖送到山上有多都讲了一下，大概就这样吧！反正是该讲得都说一说叙一叙，心意到了，只有讲好事，让皇上时时知我们这一工程关心照顾多一些，将军们走吧！上山了！"孟姜女说。

"走走！早走晚走怎么也得走呀！看来看去还是这些东西，不会变个花样，要是能换个花样，能换个角色，还要吸引人哩？"

"可不是吗？扭来扭去还是他，再看个半天也不能变个人！连姿势都不能变！"

万喜良和范杞良对着说道："就是呀，单调死板！没有活泼的朝气……"

"炎大队长走了，万将军范将军也走吗？再看一会就是了，急什么呀？早晚还能上不了山呀！"刘文志说。

"哎，炎大队长、万将军、范将军千万不要忘了晚上早点回来啊！灯笼、烟火、大花很好看的！你们三位晚上我请客啊！早点吃完饭看烟火奥！再见！"刘文志说着说着手在空中不停地摆着。

"刘县长是个好人呀！无论什么事都为我们修长城的着想，不然这一天光是三万多人吃饭就不得了，又是衣服鞋子帽子的，真亏得，是他刘县长，换个人真有点麻烦呢？看看又是肘哥抬哥高跷队，舞龙玩狮子这些人一天吃住哪样也少不了，是个人才！"万喜良说。

"就是不简单呢？有什么事情只要跟他一讲就行，如今眼下地里青黄不接的时候，地里长不出来，家里已经亮底了，这个家是一般人能当好的？要的急催的很！那里都得顾到可不容易，人好说：不当家不知道柴米贵，不生孩子不知道父母恩啊！想想一个当家的人不行，大的哭儿的叫，老婆喊父母吵，哪一家才是乱七八糟，咋也过不好日子，更何况这成千上万人，前一段皇上没有撤走时，二十万人口，往下几十庄镇都住不下，一天还得马车拉运粮食也不够咋吃的，二十万人光是马匹一天吃掉草料也像一座小山包！哪个马一天不吃个几斤草啊！想一想这马也挺有意思的，人吃粮食，又是鸡鱼肉蛋油，也没有马跑得快，天天光吃草，青草黄草只要吃饱，就能跑路，可有意思！真是老天爷送给人的一份好礼物，上哪里去，只要骑着它，就不费事得很快到地方，没有它伸着脖子夯拉着脑袋，吭吭叽叽一步步地往前走啊走，驴年马月也到不了得！还不像我们这些人背砖头，在半下午就能到地方！"范杞良说着，往前走着沉重的脚步。

"更是谁能像马一样的驮人，把砖背上爬山就行了！"万喜良一拉着孟姜女步伐有力的往前迈着步子。

"放心吧！早晚会有能人出这一绝招，上哪里去不用地上走，而是在空中来去自由，快如飞，行如风，快如闪电！"万喜良说。

"那肯定不叫人了！"范杞良说。

"不叫人叫什么呀！总不会是鬼神之功吧！"万喜良说。

"那也差不多，天上的神仙飞着像云彩！地上的鬼魂像烟雾，说话就冒多高多高的升上天，比神仙还要厉害一百倍，烟雾能把东西搬起来走，白云霞光能运水运大鱼大肉，不要车子装车子开，云光一眨眼不见影了！"范杞良说。

"说来说去还是要借住老天爷的力量！云彩的烟雾都在空中飞来飘去的！还非要贿赂老天爷才行，不然做不到也办不到！"万喜良说。

"那就请老土地爷也你啊！石子砖木都在地上挪来搬去垒啊垒的，如今长城在山上，咱们就找山神老爷吧！"范杞良说。

"光说有山神、大地爷、老天爷的，可是谁也没有见过！没有见过就是不存在，如果真有这些人，几百年几千年咋也得出个好几回的！"万喜良说。

"万将军你不懂，人家都讲：真人不露相，露相不真人知道吗？"

"炎大队长他再有真人也好，神仙也是早晚几千年总不能半次也不让人看见呀！照常人再有本事他也得出来个把回吗？包括神龙也是一样的，都是人们遇到什么烦心的事情，看着天上的白云飞飘瞎想出来的，这块云彩像这个，那块云彩像那个什么物体动物人啊！在天上飞着动着变着，可就是不会掉下来真的什么东西，可想而知，幻想是童话，理想是神仙梦，希望呢！又是梦魂的交响曲！都是真真假假乱蹦乱跳的屎撅子！人心做梦，屎撅子乱蹦吗？是吧！范将军先生。"

"那可不一定，有时候做梦还是灵还准得很呢！你不信吗？我好几次夜里做梦说怎么怎么了，最后天一亮，巧巧快过完时结果就是哪个样子！"

"梦准是因为白天想这件事太多，翻来覆去地想啊想，日有所思，夜有所梦！谁不知道吗？偶然性的多少年也不知道，也没有去过的地方或事情，有时候也会偶然在梦中出现，这是灵魂中的意思，就是你永远没有在想去考虑，但是你经过别人家的场面见过的太多，有时偶然出现在你的梦中，这是你的顾虑所在。只是你不愿意去想去问这些不吉祥的事情吧！所以在潜意识入灵魂中早已经定格，是这样的情况，是永远否定不了的意思！知道吧？万将军！"范杞良说。

"是不是饿了，咱们就快点走，早到早吃饭，吃完再上山岭呢！今晚上还要早点回去，看刘县长的灯笼、烟火！"孟姜女说。

"灯笼有什么好看的，无非灯火罩在笼子里再点了灯，看也是那样，不看也是那样，都是想尽点子哄人玩骗人笑的！"范杞良说。

"这就不容易了，谁没有事去哄别人玩呀！耽误时间还费力的！侍候人的买卖不是谁都能会的！有时候哄不住别人，反把自己碰进去了，自己啥时候倒霉小命都玩进去的人多着呢！"万喜良说。

"可不是吗？天下哪一碗饭也不是好吃的，三百六十行，行行出状元，行行都有发大财发洋财的！毕竟是少数人，大多数人都得老老实实、本本分分的靠手艺靠勤劳靠智慧，辛辛苦苦的过日子，奇迹是有，只能在个别人眼前灵验，像我们这些人，才真正是拿脑袋拼出来的，一打仗首先的脑袋别在裤带上，死不了再放在脖子上，该吃吃该喝喝，不要想不开，咱们这些人就是天生的不怕死的料！"范杞良说。

"怕死也不行呀！不往前冲，后面小当官的刀尖子顶着哩，走得慢的说不定死在敌人手里，倒是被当官的砍了脑袋也难说，反正无论干什么事，打多大的仗，大喊大叫往前冲吧！不喊不叫脑子就胡思乱想分了家！"万将军说。

"一大脑袋分家也就不用吃饭了，也省事，一辈子一蹬腿眼看也拉倒了，有些人还是想死的多么壮烈豪迈，又能咋样？阎王爷也不会请你的客！还是叫小鬼小叛来拉你到殿上画押，认明证身才能把生死簿子上来一笔拉倒！算是永久的清账不拖欠不赖账不悔过！"范杞良说。

万喜良说："人生就这么回事了！活着就忠心耿耿，死了就要忠魂升天，冒一道灵气洗净名声，再投胎换骨做英雄好汉。哎！孟姜女跟你打听个事情啊！皇上这次走了，也不知道还来不来的！啥时辰了，走的时候都没有透个信吗？大队长！"

范杞良说："这个事我孟姜女也还不知道哩！皇上是大秦朝的皇帝，一是要处理朝廷大事，说句不在边的话，有时候他皇上自己也不知道自己啥时候要去哪里到哪里去，住多长时辰，大部分是根据事情的需要，特别是打仗哪里打，他人就在哪里，再过上二十年三十年，人随着年龄的增长，体质也开始慢慢下降，力不从心！想上哪都不方便，那就靠下边的文武大臣去督促，又不能解决实际方方面面的具体问题，肯定又不一样了，他数时都匆匆忙忙地说走就走了，光说以后也还会再来，啥时候可没有定下来！只有随时由他自己来决定吧！恐怕在他跟前的左右大臣也干预不了他的行动！他是皇帝说了算，权力在自己身上，无论怎么样到哪里，老百姓也是一本清账，百分百的相信皇上的指令，既没有违抗的意愿，也没有不遵循的想法和力量，所以老百姓永远是老百姓，只有老老实实地种好庄稼，别无他求他想，对于皇帝的命令是百分之一百地听，同时也包括咱们大家每一个都是一样的想法，天命缘分！"孟姜女说。

"反正有一点，皇上在什么事情都好办，皇上不在个别事情就不是很顺利，但是到最后还是要办，只是拖拉找借口的事情要多些，人都是眼皮子活得很，人在与人不在明显不一样，更是不一样的态度！"万喜良说。

"我想皇上不会太时间长不来的，这才走多长时间，就左一封信右一封书信的来询问情况，这长城在他心中可是占有一定的位置的，当然长城也是一项浩大的工程，方方面面的牵动着朝廷和天下每一个老百姓的亲身利益，千家万户的幸福与安康！绝对不能忽视，一个皇帝就日日夜夜如此操心牵挂着，咱们实战奋斗在这里亲自大干的人员，就应该加倍努力早日来完成任务！让普天下的老百姓安心！叫皇帝老子放心，这是我们万千号人的唯一的想法和实干精神，所以我们这些人，将军，大队长的都要好好干，不顾自己的个人利益，也要干好！拼命地大干落实在每个人的心中，做到人与人的实际拼干中去！不过总的来讲大家的情绪比较稳定，不顾个人得失朝前赶忙闯，都是好的趋势和形势，所以我们朝着好的方面突飞猛进，趁热打铁一鼓作气将长城进行到底，来完成全朝上上下下千家万户的心愿，才是我们这万千号人的最大贡献和事业心！"孟姜女说。

"要不要，炎大队长再来一次大干大战的演讲形势的总动员在鼓鼓大家的干劲和精神作用呀！"万喜良急切的建议着好的方法说。

"我看没有这个必要性，为什么呢？大家都在踏踏实实的干好干快着呢！已经是尽力而为了，规定背六块砖，现在至少，都是十块以上，无论男男女女和美女姑娘们！他们确确实实的以干为主，以热火朝天的大干着，还有的个别人说不定还有特殊的情况，都没有一个人吱声吭声的讲一下，比如小毛病了，脚打泡，特别是肩膀上的摩擦，破了皮，肿疼可没有一个人有怨言和发牢骚话的，是以此证明大家在苦干在累也不叫，更不要说出来，都在以最大的决心和志气抗争困难和磨炼自己，很不容易！"

　　　　无巧不成书，美女靓男行。
　　　　古今多少情，都付笑谈中。

没盐

"炎大队长看见罗庄了，马上要吃饭了，今天不知道吃什么饭呢！这会儿我老范也觉得有点饿了，肚里感觉空空的叫唤着！"范杞良说。

"不饿就设个做饭的庄了吗？老范天生吃饭和老猪没有什么两样！"万喜良说。

"老万都别看我老范的笑话，老万是老饭桶，有本事你不吃这一顿饭才算是你有大本事的活英雄哩！"范杞良说。

"干活吃饭理所当然的，为啥不吃饭呢？人们讲能吃能干英雄好汉！能吃不能干是草包带哼哼是猪也！"万喜良说。

"闻闻也好香的牛羊肉味飘过来了！牛肉羊肉加土豆绝对好吃，再卷上大饼油馍才顶饿哩！想着你也！念着你也哎！我的肚子咕咕也盼着你！美味肉缘馋着你噢我的肉我的馍馍老肚爱着你也……"范杞良唱着，朝大食堂走来。

姑娘们都在讲："今天这菜汤里咋不咸也？卖盐水的人打死了吗？"

"这是啥饭一点点味道也没有！咋个吃嘛？"

"不吃咸的能行吗？时间长会没有劲的！大家姑娘美女们，大男人们都没有劲背砖头，这长城怎么修怎么建造咋垒嘛？"

"问一问大师傅，为啥做饭不放盐？是怕大家吃，是啥味吗？又膻又腥还这么辣的！这是咋做饭的嘛？让人咋吃呀？这活还干不干了？肚子不吃饱有劲干活吗？先生们美女们好好想一想呀！都不吱声都不吭声了！不吭声能掩盖老吴饭做得不好吃吗？人心都是肉长的，良心都让狗吃了吗？"

孟姜女放下背篓，又帮助万将军抬下背篓，过来说："你不要大喊大叫的，有问题提出来是对的，大喊大叫能解决啥问题呢？别的姑娘士兵怎么都吃着没吭声，没有人大叫大吼的，请你冷静点说吧？到底是咋回事？"孟姜女说。

"大队长我也没有大喊大叫的说什么呀！只是按情况如实说出来，饭菜有毛病，味道不对头，你大队长来尝尝嘛！"李潮清说。

"噢！知道了，就是淡淡腻腻油油的，羊肉味出来了，不是吗？膻味说明了，羊肉是好新鲜，没有放咸盐是吧！我孟姜女不说你的，李朝潮先生，你忘本了而且是你不太饿，你要是真正又累又饿，保证你没有时间吵吵来吵吵去的，不吃饭先大吵大闹闹嚷嚷地乱叫，你看见别的姑娘，英俊骑兵们英雄们没有，人家也都吃出毛病，胃口不对，但她们比你付出的大，肚子比你饿得很，所以没时间吵吵吵去，先把肚子吃饱不饿才行的，大家付出手就是忍耐，还有一点我是批评你，而且想跟你讲明白，在我们以前的几千前几万年中，我们的祖先先人，在原始部落中，吃什么都不放盐，原始人种族时比现在的人还有劲，还要高大魁梧，明白不？李朝清先生，先吃饭吧！一顿二顿不吃盐是死不了的，就是十天半个月不吃也不会死人的！哎！老吴来了，老师傅是咋回事呀！你讲一讲说一说！"孟姜女说。

"姑娘美女大英雄们，都是我不好！我向大家鞠躬敬礼了，道歉了，我对不住大家人的依赖，我认错我有责任！与大队长和两位将军都没有关系的，盐本来够一段一天三天的，没有办法就让集上街上去买来不急了，没有办法只有将就着吃！咋办哩！人们常说：巧妇难为无米之炊！没有东西做，真是没有办法啊！姑娘美女，大男子汉英雄们，就像炎大队长说的一样，我们的先人在古代，从来也没有吃过盐，也不知道有盐的时候，人家不是照样力大无比吗？当然了这只是借口，在现在的时代盛世中不应该这样强调，但这实在是没有办法的办法！这整个一小村庄，家家户户的盐都拿出来也不到一大瓢还不咸呢！只有将就着吃吧！大家每个人关键是要吃饱饭，一顿不吃问题也不大，当然这话不该我老吴说，但眼下没有也没有办法呀！远水解不了近渴只有将就着，大家捏着鼻子吃棵葱，下一顿就好办了，我安排人骑马去蓟镇买去了，如果没有到化集镇去买？我希望姑娘们美女还是要吃饱饭好干活，这离集上去一下还有好远的路程，不吃饱怎么去背东西走路呢！炎大队长你原谅我们吧！肯定是让贼小偷给偷走了，不然咋会突然就没有咸盐呢！怪不怪呢！大怪的事情像这类的事情尽量的少出或者不出最好，人多手杂谁知道呢！以后我要多加小心就是了好吗？"老吴头说。

"好吧！老吴给大家解释过了，也作了检讨，也给大家道了歉了，这个事情以后不在发生，我相信姑娘、骑兵们有的宽容肚量的，该吃还得吃，实在不想吃也没有办法，但是不要忘记了砖的背到山上去呀！不吃你何来的劲呢？该吃得下劲吃饱，只有吃饱了才能有力气干活走路，好了这件事情就这样了，不想吃饭的姑娘大小伙子来看着我们几个人是怎么吃的？一定会馋的，你也大口吃饭的，人是铁饭是钢，一顿不吃饿得慌！大家伙的都来瞧瞧我孟姜女是怎样狼吞虎咽的，就是要多吃饭才会有劲！"孟姜女说完后左手端大碗，右手拿着筷子大口吃起来，左手的无名指和小拇指夹着三层子厚厚的油酪馍往嘴里嚼着吞咽着，比一个大男人吃饭还在利量下饭还要快些大口小口一大海碗牛肉羊肉的炖土豆的吃完了，又撑了一大海碗，在转眼之间三层子油馍又不见了，眼见的这一碗炖肉肉又要吃完，笑了笑自言自语地说："今天的饭菜特别好吃还香哟！真得劲好解馋啊！"

"就是的，我在好远好远就闻到牛肉和羊肉的香味膻气了，太香太香的真好吃，要不是肚子吃饱了，这嘴还想吃它几大海碗呢！真够味的呀！怪不得古人有劲身材高体壮的，都是往死里撑饱了，才真正长肉长力气呢！不咸正刚好省得喝茶了，光肉汤子就代替开水茶水了，好乖真美呀！神仙的享受水平，神仙的快乐生活！"万喜良兴奋地说吃得津津有味！

"就是的，真比神仙还神仙！神仙也吃不上这么美味的羊肉和牛肉啊！首先神仙们都不吃饭，不吃饭他们永远也享受不上肉的美味！还是肥肉好吃，不用嚼大咬，大嘴一张和'啊唔'就没有了，真的好舒服下喉咙管子，首先死拽还啃不掉，牙齿不好尽等着不消化，灭亡等着别个猛虎恶狼来吃撕自己的肉吃吧！还是今天的饭菜香！能管肚子饱有劲道，哎！"范杞良说。

有《浪淘沙》为证：战胜困难人，天仙阿妹，男男女女并肩背，咬紧牙关往前奔！长城靓美。中华神龙根，阿哥帅妹，长城腾飞华夏人，祖祖辈辈靓艳恩，血汗最媚。

在窑下宽大的大广场上，今天晚上热闹非凡，比一个镇一个县衙还要人多、灯笼多，都围着十来个高大的土堆，四周转圈都挂上了各式花花绿绿的大灯笼，莲花灯、蝴蝶灯、大红鲤鱼灯，还有放牛娃娃骑在牛背上的灯，小姐驴灯，仙桃灯，有一个胖娃娃的小男孩富娃灯等等各式各样的灯！

"炎大队长快来看呀！会转的织女牛郎灯，也不知道是织女追牛郎，还是牛郎挑着担追织女……"

"搞得不错，艺术性特别强，无论是画工还是选材都是围绕着民族气息的神话传说故事，扎的灯笼，具有一定的吸引力和艺术性，不错不错，姜太公钓鱼，文王拉纤，都在活生生地转动着，快来看姜太公的三件法宝：宝葫芦、打神鞭、四不像的坐骑！飞出神刀利剑斩了狐狸精！"孟姜女一边看一边说着。

"炎大队长，这一组灯更精彩，大禹治水，大禹变成熊罴劈山，这里还有嫦娥哩！看看转灯上画着几副图案，嫦娥手摄着仙丹，这边转过来嫦娥慢慢飞走了，又一副嫦娥在月宫中起舞。"

范杞良叫道："大队长快来看呀！哪吒斗龙王，抽筋扒皮，水淹天王府！这是帮助文王姜子牙小将军挥动乾坤圈；女娲造人，女娲补天，这一副是玉皇大帝出行图，天兵天将布阵；雷公雷电风婆的风式，大龙绞水，钟馗打鬼，后羿射日，和氏璧和献玉图，卞和献玉图，两个砍掉脚图，好家伙这个灯更大，比一大水缸还大哩！上面转动十二属相，都是用红纸剪下的图像，这人真能透了，巧夺天工啊！剪下来的属相活灵活现的，比真的还好看呢！还有这美女图，更绝，七仙女还在跳舞，一个人一个姿势，咋该能恁很呢？牛头马面也能扎灯？"

万喜良说："看看这边吧！还有水果灯呢！有苹果、香蕉、柿子，哟哟！还有天鹅、癞蛤蟆呢！还有好多动物呢，有蜈蚣、长蛇、蝎子、蜘蛛，好家伙鲤鱼精里面还能走人呢！也有二丈那么长的红布扎的，肚子里有虾、鱼、珊瑚礁，还有水草呢！这跟龙王的水晶灯没什么分别了！猴子转灯、上有猴钻火圈，猴戴帽子拄拐棍，猴摘仙桃，狐狸灯笼转圈，狐假虎威，狐狸小姐把尾巴变成长头发，扭着屁股跳舞呢！缠着皇帝唱歌跳舞讲故事，国王瞪大眼睛，一手端着酒杯正准备喝酒呢！最后还贴着九尾狐，每个尾巴上都贴着一个美女头像！真有趣！"

最后刘文志大声喊着："姑娘们，英勇的骑兵们，乡亲们，马上烟火会就要开始咯！请各位注意安全，都往大场子上集中些，不要往东再过去了，以免烟火伤了人，得不偿失！请大家注意天宫上，放出的烟花比各式各样的灯笼还要好看十倍百倍！满天金光四射，哇！金菊献花、玫瑰献爱、满天的星光灿烂、银河升腾、月空飞蛾、织女牛郎、金项链、天飞彩虹、大禹治水、三皇五帝、平安星空、渔童钓珠、金龙飞啸、牡丹花朵、青松飞鹤、江山多娇、天马行空、一箭穿心、金鼠闹天宫等等，最后再连放十个大金福字，十个聚宝盆最后是长城翔空！"

浪淘沙

　　烟花放异彩，美妹都来，阿哥阿妹笑艳开，成双成对乐天外，仙丛火海。烟火冲天外，英雄缘来！妹美人人靓著爱，激情阿哥靓妹彩，星闪爱海。

垒砖

又是一个晴朗的天空，树上的小鸟在不停地歌唱着，喜鹊在树上"嘎嘎"的叫个不停，老斑鸠也站在树梢绿叶上"咕咕"的唱着歌上下摇晃着脖子，一群白头翁长尾鸟在树林中"喂咧、喂咧"的喊叫着喂小鸟，雄鹰在天上盘旋飞翔从来也看不见扇动翅膀。几只托着长尾巴的大灰狼从大华山头上朝下朝东慢慢地迂回，不知是准备袭击野羊还是找野兔子洞穴，在八百五十米高盘山的大华山，标准的华北虎在嗅祝着大华山东，青山岭以西的山沟壑中的男男女女的人群，茅山的樱桃树权上爬着两只金钱猎豹半睡半醒，红红大大的樱桃果实累累挂满了枝条，晶莹透亮鲜红鲜红的樱桃在微风中上下晃动迎接它的客人来品尝它的美味和可爱。几只猴子在旁边的杏树上桃树上蹦来跳去，就是不敢往樱桃树上来，急的老猴子摘下青青的杏子往樱桃树上砸来，猎豹连理也不理闭着眼睛，不知道在想什么心事，树下有两只大黑瞎子带着两只小黑瞎在阳光下懒洋洋睡觉晒太阳，长尾巴金鸡在嘎嘎地叫着：在这座南朝北人字形长城正在紧张地施工中："这里的宽度量过了吧！三丈宽千万不能大意，这长城从西北的嘉峪关、金昌、黄羊滩、临和堡、柳杨堡、定边、杨桥畔、横山、神木、河曲、万家寨、老虎山、丰镇张家口、狼狗窝沟、青龙桥都是三丈宽，也是整个长城最窄的宽度啊！"孟姜女说。

"放心吧！炎大队长，别的都可以开玩笑，这长城神龙能开玩笑吗？马马虎虎的吗？是肯定不行的，除非是皮尺有问题！不然是绝对不会有其他毛病的？"万喜良说。

"小心无大差！等真正垒了几百尺高！就不好改了！才开始发现有毛病有问题，及时整改！长城不是什么精密度要求很高的皇宫大殿，要求特别严谨技术精确误差分毫的差处，雕檩画柱层层木搁彩绘细密精准，否则大宫大殿就有倒塌的可能性！早晚不出毛病才怪呢？"孟姜女说。

"这点尽管放心好了，大队长！这长城垒的每一块砖，每一道缝勾都不得马虎的！要求是千里万里的缝对缝，砖对砖，都得平衡一条直线水平，长城本来就建筑设计在地势的高山上的最高处、抗震、抗拉力平衡强度，都有严谨把关要求的，墙垛外南侧墙的支柱支撑作用力，丝毫不能胡来乱垒乱修一通的！无论怎么讲绝对不能使每一块砖出毛病藏引患有问题，上下层砖缝要错开，更不能不压缝，抗拉力不行不到位，就出现开裂断裂走形偏离扭曲倾斜等现象，那是不行的绝对拒绝的，那是不行的，别看是大砖头，粗糙粘上泥灰的粗活累活脏活，但从整体上来说技术含量，精确无误是绝对没有说的话，更是精益求精的小心了再小心的！随时随地都有专家内行明眼人的监督指导！被查出有问题的质量就是犯罪，重者砍头示众，轻者罚当永世祖祖辈辈的奴隶，不是对长城负责，更重要的是对自己的人生更不能马马虎虎得粗细得益买卖！一旦出现问题毛病将军干成干不成不说，脑袋保住都是大问题呀！"范杞良说。

"反正是小心无大差，小错好改正，铸成大错就是拿生命开玩笑的！大家又都不是三两岁的孩子！好话说三遍，鸡狗不耐烦，有些事情就是要反复强调，严格要求，万万不能粗心大意，有差错有偏差的！这不是关系哪一个人的，是大伙万众一心拼搏的，可不是随便乱开玩笑的！在自己良心上，在大家眼皮下交代不过去，还要对得起天下万万的老百姓，更要对得起华夏大民族铿锵的精神灵魂龙！要对的起当今皇帝，是他想方设法下令出钱财！调动众多的人力物力消费，更加关键的要经过千百年儿孙后代的检验合格才是真理！一年两年大风一刮一次大雨再一淋倒了，十年八年自己歪倒塌坊了，哪都因为垒的质量技术不过关：抗强度，抗风力，耐阳化拒腐蚀，更加抗来自己大地高山的动摇晃动的抗震动力！才算是真正的铜墙铁壁久经考验的长城噢！"孟姜女说。

"上灰，递砖了！你们这些个小工也真是的，说话归说话，干活也不能闲着呀！更不能停下手中的活计！都是眼见的话，不是递砖，就是上灰泥！看还看不懂吗？真是还非叫着吗？真是专门活灰的！还把昨晚上的灯笼烟火没有看够呀！烟火大花怪好看，不用动手，只要瞪大两只眼睛享受艺术就行了！在这里就要腿勤快！手快递多干活，而不是享受多得劲的！炎大队长昨晚上的灯笼和烟火都特别精彩！灯笼转得不但好很有吸引力，而且还特别有美术性，虽说是剪纸画贴上去的！无论是人物、山水、花草动物都很有灵性，会动会转，就有点真实感觉，小兔会蹦会跳的连贯立体感，花灯会自己转动，发芽发叶冒花骨朵，在慢慢开花张开很是艺术的快活快乐成长！咋看都有想象力，就差点灯笼明亮处跳下来了。"

"要是真从上面蹦跳下一只小猴子人们还不知道咋害怕咋惊叫呢！"孟姜女说。

"要是真的能蹦下来吗？首先不能叫它跑掉下，抓住它，放在大锅里炖肉吃，不需你孟姜女大队长在吃肉吃菜的操心了，解决了第一大困难！第二吗？是不能养着它闪，哪样会浪费精力，也没有那么多的专业人员饲养它，龙啊、凤凰鸟又是鸽子什么的，无论什么都统统杀吃掉！增强体质来加快修好长城，让大家早点回家,过安乐快活的好日子！该种地的种地！丰收年吃不完吃不尽，来为皇帝多交公粮和税收，大秦王朝富了，家家富裕，大河有水、小河满，多收多存多卖钱花！盖房穿新衣，娶媳妇生儿育女，过上好日子到永远！年年有余、岁岁平安！"汎兮良说。

"你万喜良的追求就这些呀！太单纯太简单了！"

"算了吧！先生们！就这样就是一万个好了，原先才是一个小工，搬搬砖头、和灰泥抬抬石头，这几年从小工升到将军，我已经心满意足了！说句不该说的话啊！皇帝老子又怎么能咋样子呢！不是一天吃三顿饭，用一双筷子，睡地床上吗？晚上抱着女人睡觉，皇上连八百美女长啥样都不知道，都不想去看看！折寿啊！现在不是都解散了吗？连七十二妃也遣返回家改革掉了，也是为让华夏大民族早日富强起来，叫人口增多，好与洋鬼子打输赢，他将把一个几千年的奴隶社会改造成封建的帝王将相的封建社会制度，天下大皇帝都是这样的！像我万喜良一样的小将军成千上万，一个个不都是想过好一家人吗？祖祖辈辈的传承家族姓氏，想让他们过好日子，不要忘了祖宗八代千年的文明孝敬，也就心满意足了，人间在好谁也保不住富三代，光棍六辈子的，怕就怕改朝换代，杀一大批，死掉半个国家的人口，还怕消灭九族，那在有本事也少不掉一死！今年垒长城，十年百年后又不知道是谁来当皇帝，一朝天子一朝臣，更是一代将军一代人，好汉不提当年勇，十年以后败将走，打仗的有多少，有大龄的常胜将军吗？"

"老子英雄儿好汉，老子混蛋儿没脸，龙生龙，凤生凤！老鼠生来会打洞！啥样子的事情都有，儿子有本事得也很多！儿子不沾闲的更多，胆小惯了，听见狗叫小腿肚子都在转筋，就有一大帮子之多，总之你的缘分，看老天爷给你的福气，上天早就在娘肚里给你做皇帝，谁他也争不去夺不走，该着是玉皇大帝也拯救不了你的命运！上天生人干什么的，早早就安排已定了，君命不可违呀！"

"就像你孟姜女一样，还没有出世就注定与众不同，结果是个葫芦美女，不但人漂亮，还有众人不能比的才能，天生的号召力，再加上吃苦能干，无论什么事，没有不胜过别人的，你的歌声，你的爱心，你的故事，你的人缘，这些都是你用勤恳、智慧，还有你那美貌，就连皇上都糊涂了。在黄宫里有一千多美女，没有一个能吸引住他皇上的心，让你孟姜女一下就使他年轻二十岁了，返老还童使他有干劲做出举世无双的宏大壮奇的推动力。本来是三十八岁，如今只有心理年龄跟十八，叫枝搓果的激情岁月！都是因为有了你孟姜女的出现，你不但是美艳激发了，当然还你人为的心地善良有魄力，能吃苦能苦干，都是赢得皇上欢心的原因！如果人再好再美心不好，使皇上圣上净干愚蠢的事，不得民心，也是不行的，商朝的纣王不就是如此吗？妲己叫纣王炮烙人，开膛破肚看是男是女胎，截肢看骨髓等等，都是因为她心地不善良民怨沸腾！如今你孟姜女悄悄相反，当然皇上永远也忘不掉你的好你的美！这就是你孟姜女，你我都不知千年以后，子孙后代怎么来评价我们这些人哩！特别是你孟姜女因为你是女人，又是个美女，大多数人是不会理解和相信一个美女不怕苦不怕累的，在百姓的来号召美女姑娘来修长城，有些别居坏心肠的文痞子坏蛋说不定，尽讲你孟姜女是个破坏毁坏长城的头号女魔头！人坏天生都是一肚子坏水，人好是天生的好人，善良人多得是，怕就怕利用你的名字旗号来攻击诽谤！黑猫白猫能抓到老鼠就是好猫！怕就怕混淆黑白是非的人在胡说八道，后来你也说他也说，假的变成真的，谎话说三遍就是真的写照：妖魔鬼怪就是要利用这谎言胡编乱造，不用看我万喜良，确确实实存在着的千年魔鬼造谣精的！"万喜良说。

"我范杞良也劝你孟姜女，说不定你的敌人就在这八百美女之中，七十二妃、三宫六院，女人都想获得最有本事男人的青睐，男人的权利地位，而这些正好又是皇上最讨厌腻歪的小人！也是圣上最烦最头疼的人，一直多少年不去理的讨厌鬼！突然出现你孟姜女这个有魅力有智慧的美女，多吸引人！人家不嫉妒不妒忌是不可能的！所以你无形之中就多了情敌！另外还有文武百官，他们也不会袖手旁观，这就是你孟姜女要面对的！她们这一大帮子人是不会放过你孟姜女的！因为还有一个特点，就是老百姓越欢迎爱戴的人，也是他们妒忌，就连皇上时间久了也会妒忌，现在眼前没有暴露皇上恨你气你，是因为他还没有把你骗到手。老百姓的古语说：'爱人别人的好！孩子是自己的亲！'常和自己的女人在一起生活，早晚会厌烦，所以说皇上他也不是个傻子，只是一时人在热恋中不好暴露出来，而且据听讲在秦始皇岛建什么大秦行宫，该不会是皇上把京城从咸阳迁到秦皇岛吧！当然这些都是谣传，谣言不可信，但是无风不起浪，一定有他用处！也许皇上喜欢沿海的风景，百年以后不想当皇上了，可以在那里居住，安享晚年！无论怎么讲咱们这都是叙闲话，闲话里面也有真理！三年女人一台戏，不是就是你讲东家她说西家短长攻击，捣毁，中伤毁坏的人就巧合的连成一大片，从而达到指桑骂槐了啊！说不定三宫六院也开始行动起来造什么谣，迷惑皇上！目的很清楚与你抢皇上争夺老公，你把人家老公夺走！人家得千方百计抢回来！所以你孟姜女千万不要胜利冲昏了头脑！认为皇上右一封书信，左一封信的！那就决定圣上爱的兴趣有多长，你孟姜女幸福就有多少，你的一切都在皇上一个人身上，更随时随地利用你聪明赢得他的心，揪住他的爱！"范杞良说。

"管他去呢！谁想怎么讲就怎么讲，儿大不由你！亿万万人谁能管他不叫说不让讲呢！真的就是真的，假的早晚会被人看出来，不鸣则已，一鸣惊人！万将军你这一会儿进度可不慢啊！照你这样的速度，明天就得叫两个队负责专从山下背土背石填上墙内，不然一旦老天爷变脸，可不是闹着玩的！一场大暴雨打下来可就完了，啥事赶早不赶晚！一旦填平你们大老师就不需要脚手架子什么的！放心大胆的往上垒吧！就是垒个百丈千丈的也不妨事！工作都是一环扣一环，一点也不能马虎！"孟姜女说。

"是啊！老天爷可不听咱们的指挥！咱们大家都是看着他的脸色行事的！谁也得罪不起老天爷啊！听他们闲聊天讲，玉皇大帝也是睁只眼闭只眼的，不愿意得罪人，对老天爷格外关照和宽容，有时候还要讨好老天爷，替他说些包屁不转弯的大话！来捧逗趣呢！"万喜良说。

"可不是吗？谁的权威大谁的面子宽！现实的情况处理就是不一样！官官相护，官官相通，还是朝里有人好做官，没人没势累掉蛋也是个替死鬼冤死债，也没有什么好新鲜的，人生就是这个样子能吃通吃，不能吃就讨好吧！"范杞良说。

"昨天晚上的烟花烟火也是很好，人现在真是能到家了，放的什么都好看，天地炮，也叫哥弟炮，姐妹好，哥妹好，起花！日的一声飞上天，早晚为人类做大贡献，仙女散花不好看吗？金光万道，一炮打出去，又在天空中慢慢降落，真有数不清的金光道道！新花鲜奇，从来都是没有的东西都可以创新出来，太吸引人了，就我们现在垒的长城，将来还不知道怎么吸引人呢？从天山脚下到大海边，真好比巨龙戏水哟！人间奇观！"

"就因为是奇观，才能招引来成群成队的观光者、浏览者，人类本身就是一大群不甘寂寞的高级动物！追求是永远的理想希望，创新拼搏智慧超越卓越的成就感，皇上好几次提到了引开渠规划种田种地的规棵与收成的大小，获得才能受益的老百姓和当朝的权力机构，在长江大淮河都有很高的价值利用水资源，水是万物的生命之源，但又离不开太阳的照，有水有阳光就有最大的丰获成就，人就可以吃不愁穿不愁，夜里做梦盖高楼大厦，梦想着长生不老，永远永远不死的秘方绝招，飞天去月亮上星星上安家落户，还想着和玉皇大帝一样飞向九天外去当仙女神仙梦！"

"炎大队长你别说！迟早有一天人们会找到长生不老的法子，永远不会死，也会飞向九重霄去，但是需要时间的研究发明与创新改革，付出大量的人力物力，也许是一千八百年都是现在咱们很难讲的清楚的事情，人类需要长时间的过渡期，就是实用期后，才能追求创新与不同程度的改革改造，光靠着几个人说说吹吹牛皮，侃侃大山是不行的，也是行不通的，只有任劳任怨的不辞辛苦专一的时间专一的场合，专业的知识技术力量，专用特殊钢材，都是现在一大无法想象出来的飞天真实性，万将军你把个角咋垒的这么高呀？要一真情为才对才能有力度的组合是不是呢？"孟姜女说。

"无所谓的，只要灰泥衬平，早一会垒晚一会垒都不会有什么技术上的出入的，关键是每一层的水平线和外线的整齐上下照直就行了，绝对不能前后摇摆，光顾自己一个劲往上垒往前垒，闷头干活是对的，但不能光闷着头的不看大家的一致性，统一大局的整体性，这一块砖头就好比八卦阵里的每一个兵卒，一个方位垒不好，就等于一个兵卒的位子不对头，从整体上破坏了美观和外观的统一性美，还能防止坏人利用这高高低低的不平来做手脚，绝妙技术的人，身怀绝招，手指上有无穷的扒抓力神功，在利用两只脚趾功夫，一万个人上不来，但万一有这样身怀特技绝技的人，就有可能不自觉的悄悄地攻敌破阵的绝技。"万喜良说。

"那当然了，几万人或几百万人中有一个特殊人还是有的，所以我们垒得越高越对付个别人的，只要敌人的云梯靠近搭不到最上面来，他们就上不了城墙，即使几百万几千万人中有一个人上来我们的人，当兵卒帅将的不能全睡着一个人都不知道啊！只要有一个人守持大刀一挥砍掉脑袋，上来也是死尸腐肉有什么用呢？居高临下咋也以一挡百杀千的！一夫当关，万夫莫开嘛！"范杞良说。

"只要我们的人能在城上不怕死守着，怕就怕是些怕死鬼敌人还没见影子，自己就先跑光了，临阵脱逃，给敌人一个可乘之机，再好的工程防御也挡不住敌，将军元帅不怕死，到最后人尽粮绝也要和敌人拼个你死我活，要不就是和敌人同归于尽也要咬紧牙关，那才地真正的英雄好汉不怕死呢？临阵脱逃就是活着也是一个可耻的偷生行为，在面前你是半句话也没脸说，也永远不要吭声吭气，活着还不如死了呢！瞎丢人现眼的死乞白赖的……"万喜良说。

孟姜女说："这些怕死鬼还要好那么一点点的，还有一种最让人可恨可恶的人，那就是两军对阵中的叛徒叛变的大坏蛋，他们不但怕死打仗，让敌人吓破了胆，不打一枪一刀一箭首先向着敌人，还要帮助敌人杀自己人恨，你叛投的一方人也同样恨你，这种人不死在自己人手里，早晚也会叫敌人给杀掉，胜败乃是兵家常事但不一定会是永远的输家，早晚会有一拼一斗一争，搏到最后的赢家还不知道是谁呢？所以叛徒叛军早晚都没有什么好下场的，最终是一死结束自己军事领地，着实可恶可恨人人指责挨骂是常事的，因为他立场斗志意志不坚定嘛！死有余辜也！"

"无论啥样子的人都坚决反对叛徒变节叛军，人们一提起这事，都是恨得牙根痒痒的恨不能生吃活咽了这些不争气不光彩的人与事，可一旦打起仗来，这样的事情还有的事咋样杜绝不了叛徒，只有一个，敌我双方见了这种人这种事毫不客气的杀掉就一了百了了！"

"可在敌我双方对峙，胜负难分时两家都想赢这一仗，就想尽法子收买贿赂对方，让其从内部先动摇军心，再发起攻势里应外合，一举达到最后这一仗的胜利，细心的将军元帅人等到胜利后，马上处理这些唯利是图的怕死鬼，但粗心的首领因为战势的应急能力，会轻易地放过这些人，这些人得到好处大利，他们为一次次将此事做一回又一回的，让元帅将军们痛恨不已！最终还是以死来结束他们最后的买卖，人嘛，只要你感觉摇摆不定的坑害人，最后会得到惩罚的，不然这个军队早就不好带，也就永远不能打决定性大仗和胜仗。"

"这种话题是军人最沉重最不愿启口的买卖，军人就该坚决的抗争到底，以致以死来安慰活和明理大志的国君，否则也是白死瞎死，死的毫无价值毫无意义，不如一只鸡一条狗一个小蚂蚁！"

孟姜女说："算了，算了，不要提到打仗和不打仗的事，这个问题对于你们两位将军来讲太严肃了，打仗不打仗无非就是要死一批人，活着的永远是胜利者！长城呢，本身又是胜利者的牢不可破的工势！还是讲一讲咱在一起上学的事的吧！在上学的冬季时候，天冷防冷的办法就是男生与男生斗鸡了，你们两个人忘了没有？有一次从教室就开始斗鸡蹦啊蹦，跳呀跳，一直斗到院里，又从院里斗到大门外，到大街上还在蹦，棉袄都甩掉了，我一个人穿了你万喜良的棉被，身上还扛着范杞良的大棉袄，一手拿着一个帽子，谁败就将帽子往天上抛，一大群小朋友跟在我屁股后面，喊着叫着快败快败，帽子上天飞噢！最后你范杞良不小心被斗败了，帽子被抛来抛去的，气的鼻子鼓着不说话，你万喜良把帽子最后套在他头上，说你没有被斗败，是因为斗时间长了被脚下小块石子绊倒了！最后你们手拉着手又笑了，又跑着说：'这会重新斗，谁赢了谁娶孟姜女做新娘子，是过家家的，但也特别卖力，斗啊斗，叨啊叨我在一边喊着加油，加油啊加油，谁都不许赢，谁斗赢了谁是猪，谁是小狗狗……'"

万喜良说："咱们那时候在一起踢沙包，你忘了没有，一口气踢到天黑，在回家的路上碰到小狗咬人，你非让我背着你走，你爬在我身上睡着了……"

"时间长了记不清了，我记得咱们在一起踢毽子，谁输刮谁的鼻梁子，输几个刮几个刮几下，你们两个人一下子输了五十多个，刮的鼻涕都抹了一手指头……"孟姜女说。

"范杞良说跳绳呢！更是你的强项，我和万喜良甩荡绳子，老天爷辈子的真要命，一下子你跳了四千八百一十四个，我胳膊都悠来悠去的累疼了，我两个人一下子坐到地上半天没有爬起来，你好对我们两个人咯吱起来，笑的满地打滚，差一嘎嘎气都喘不上来了，真要命，你当时长得像个女孩子，样样事做起来比男孩子还要过劲还要有劲有力，到现在为止往山上靠背砖头，我们两个人各背二十六块，你孟姜女还是照样二十六块，一点也不少，一嘎嘎也不少分毫，你孟姜女真是个女强人，处处都和男孩子比高低！阎王爷让你托生个女孩子美女可是冤枉了你一辈子，不知道你啥时几时才能真正像个美女天仙呢！"

"恐怕这辈子你们是看不见了，人的命天来定，已经早早就规定是这样的脾气和个性，哪能随随便便地说改就能改掉的呢？人们不是说：江山易改，本性难移！要是改了个性，恐怕这人永远就不存在了，优点好处长项是不能改的，要一改就真真正正的完蛋了，在必要时间场合和时候改一改一点小毛病和不对的地方，那倒是完全正确的选择，人生在世吃五谷杂粮哪有不犯错的呢？云彩厚了，该下雨不下雨，该刮风时不刮风能把人闷死，不该下暴雨它一个劲地下个没完没了，非叫发大洪水他才心安理的，其实上任其自由泛滥去检讨，也不去认识自己的错，翻来覆去人还得重找出经验，自己去认识自己下次预防和注意，唉……这叫什么事嘛！讲不清楚道不明为啥要这样……"孟姜女说。

"孟姜女大队长你忘了没有在课堂上一天先生突然问：大地是什么形状的？大多数学生都回答不上来，说是圆的！先生说：你怎么知道它是圆的呢？你说：老天爷都是圆的！太阳、月亮、都是圆的，所以大地肯定也是圆的，假如你先生感觉圆的不好，就算它是方的吧！就把它当方的，你们都习惯说方圆。方圆有规矩，有原规吧！假如你先生感觉圆的不好，我不想为了这个问题引起一场争论！"

"那你万喜良？一天上学你娘给你穿上一条新裤子好吗？就高兴的一蹦三尺高，一蹦一跳来上学，新裤子就让你一下子摔倒弄烂了一个大口子！你娘说：你这个孩子真淘气，不听话不爱惜衣裳！你说得好，我也不想让挂个大洞，可是在我摔倒之前来不及脱下来嘛！这能怪我吗？笑死人了！"

万喜良说："那你范杞良给你爹爹讲！爹爹，你的心脏不好，老先生让你不要生气，对不对啊？你爹爹说对啊！你说：爹爹你现在开始不可以生气了，好吗？你爹爹说好吧！你说：那我告诉你实话吧！说这次考试又没有考好？"

范杞良说："咱们现在是一边干活一边还不如说说笑笑呢！一个人讲一个笑话，又能提高兴致，还能加快速度来修长城，生活干事样样都行，你炎大队长先讲一个。"

孟姜女说："别说是笑话，就是唱歌跳舞咱们样样都行，但是唱歌跳舞会影响咱们的干活，只有说说笑话，一边说一边照样不耽误干活，垒砖递砖和铲灰泥好吧我来：有一个酒鬼一天到晚到酒家喝酒，喝在兴头上，对客人们说：'你们凡路远的，只管先回去好吧，不要再陪着我了！'客人们听他这么说都散去了，只有主人陪着他继续喝酒，这个酒鬼对主人说：'你也路远，先回去吧！别陪我了。'主人说：'我是这里的主人，现在只有我一个人陪你了。'这醉鬼说：'你还要回卧室去睡觉，我今天就在这酒桌上睡了。'"

"好吧！我老万来讲：从前，有一个大官生了病，担心会死掉，就问围在病床旁边的人们说：我要死了，不知道人死了以后日子好不好过！旁边有官员告诉他说道：放心去死吧！人死后日子肯定很好过。大官惊讶地问：你怎么知道的？这不简单吗？还用问呀？要是死了以后日子不好过，为什么那么多的死人们就都不跑回来了，大家死就不回来了，可见的死了以后是很舒适的上天堂享福去了！"

晶晶说我来讲一个："我讲一封信感谢信，一家饭店有一天收到一封信，大红的信封上写着感谢信三个大字，正在闲坐着的男女，店小二们都马上围拢过来，因为这个饭店几年来还是头一回收到感谢信呢！他们争先恐后地拆开这封信读了起来！小二们，你们好，自从开展来办蝇活动以来，我们一直找不到苍蝇集中的地方了，那天来到你们饭馆，一会儿就打死三百多苍蝇，这使我们班荣获学校灭苍蝇竞赛第一名，特来此信表示感谢！"

韩玉玲说："特别特别短的一个：不要撒谎，父母对儿子说：不要撒谎，撒谎是可耻的！儿子回答道：好！爹爹我一定听你的话，这时门外有人敲门，父亲说去看看谁在敲门，如果有人找我就说我不在啊！"

梦圆说："屁股还在，从前有个富翁有两个儿子，大儿子长的福相，他给起个名字叫脸！小儿子又瘦又小，长得难看，就给他起了个名字叫：屁股！他把大儿子养的过于娇嫩，结果反而死了，他非常伤心，痛哭起来，他老婆过来劝到：不要难过了，老爷的脸没了，屁股不还在吗！"

香花说："赠送'令尊'，有些人听过的！今天我还是再讲一讲，从前，有个农夫，听人说令尊二字心中不解，便去请教村里的秀才：请问相公，这令尊二字是什么意思，教书秀才看他一眼心想：这个庄稼汉连令尊是对别人父亲的尊称都不懂！于是，他戏弄地说：这令尊二字，是称呼人家的儿子，农夫信以为真就同秀才客气起来，相公家里有几个令尊？秀才脸气得发白，却又不好发作，只好说：我家没有令尊。农夫看他那副样子，以为他当真是没有儿子而心里难受难过，就诚恳地说：相公没有令尊，千万不要伤心，我家里有四个儿子，你看中哪个我就送给你做令尊吧！"

李诗雨说："干净而伟大的事！状元郎说：肮脏而渺小的事情全不适合我做！我要干一些干净而伟大的事业。他父亲说：那去给大家洗澡！"

杨纯雨说："两个苹果！妈妈！一个男孩子说，我可以吃厨房里的那两个苹果吗？母亲说：行啊！乖乖儿子，如果你想要吃的话，你就吃好了！娘你同意了？多好呀！小孩子却没有去！哎呀我的孩子，如果你要吃的话怎么不去吃呢？噢不……我已经把苹果给吃了，多好呀！"

张娜拉说："苍蝇能吃吗？父亲告诉小哈巴说：吃饭的时候不要讲话，有一次吃饭，小哈巴问父亲：父亲我只说一句话，苍蝇能吃吗？不能吃！你问这个干啥？我看见你刚才把菜盘子里的一只苍蝇吃下去了！"

张秀莲讲："小狗虎子。学校举办作文短篇竞赛，中奖的是一个八岁大的男孩用粗铅笔写的短文。我的小狗虎子从不像母亲那样对我说：快做作业！也不像父亲那样卞：快别动它！更不像哥哥那样说：走开别捣乱！虎子总是安安静静的和我在一起，我爱它，它也爱我！"

李明珠讲："但是是什么？猫见了老鼠就变成了老虎，但是见了老虎又变成了老鼠……有人问他：这个但是是什么？他想了想回答说：这是一种比猫大，而比老鼠小的动物。"

李子怡说："猎熊！三个人一起猎熊，在一间小屋过夜，都说自己是好猎手。第二天清早，其中一个人悄悄溜了出来，想立个头功，不久他果然遇到一只硕大的饿熊，他吓得半晌不能动，扔下弓箭长枪，掉头就跑，熊在后面追，到了小屋门口，他腿一软跌倒了，熊冲上去扑个空冲进了屋里，这个立即把门从外面插上叫道：伙计们，这是我捉的第一只猎熊，你们剥它的皮吧！我去捉第二只去了！"

晓玉说："不用谢！四岁的孩子告诉父亲说：叔叔给我石榴吃了！父亲说：你有没有说，谢谢叔叔！儿子说：忘啦！父亲说：那你赶快去说啊！孩子跑开了一会又回来了！怎么样？说了吗？儿子回来后你父亲问。说了，可是已经没有用了！为什么没有用了？叔叔说：不用谢！"

明芳说："奇特的动物！学校上自然课，老师请马丽说出一头南非的奇特动物的名称，马丽立马站起来回答：一头北极熊！老师皱起眉头，嗔怪地说道：喂！马丽在南非找到北极熊的！我知道呀！所以它才是最奇特奇怪的嘛！"

郭文慧说："二加二等于五。雯雯的语文成绩并不坏，可她的数学总是学不好。二加二等于几叫呢？有一次上课时老师问她！雯雯脸涨得通红，回答不上来！你想想雯雯！老师继续说：比方说，假如我给你两上布娃娃，你爸爸又给你两个布娃娃，那么你总共有几个布娃娃？五个！为什么？因为我已经有了一个再加上四个！"

龚云花说："老师不认识吗？狗蛋放学回家后，对父亲说：爹爹，老师不认识马！父亲说：狗蛋你怎么这样认为呢？你知道吗？我昨天画了一匹马拿给他看，他看了半天，可是老师问我画的是什么？"

彩霞说："最接近正确！有个孩子从学校回家时，腋下夹着一本新书，他跟他娘说：这是奖品俺娘，老师为啥奖给你呀？因为上自然课，老师问鸵鸟有几只腿？我回答说有三条腿！噢！鸵鸟只有两条腿呀！是的！现在我知道了，俺娘！不过，其他同学回答的是四条，我的答案最接近正确！"

越越讲："父亲的座右铭，老师希望全班同学，老师希望全班同学记住这句座右铭，给别人越多得到越少！对，老师，我父亲正是这样做的！啊？你父亲究竟是干什么的？拳击家！"

君君说："苹果与西瓜！苹果为什么一边红，一边青呢？那是一边让太阳晒着了！我懂了西瓜瓤是红的，一定是太阳钻进去了！"

荣荣说："渔网！老师说：田田告诉我，渔网是用什么做起来的？田田高兴地答道：是用绳子把许多洞缚拴在一起做出来的！"

子霞讲道："铜板！一个孩子在路边伤心地哭，孩子你哭什么？我把一个铜板弄丢了！那我给你一个铜板，快别哭了，过路人刚想走开！孩子又大哭起来！怎么了孩子？假如不是弄丢了一个铜板现在该有两个铜板了！"

秀兰说："灵丹妙药！先生，你给我开些药，让我吃了变聪明些吧！中医先生开了药吃了一个星期他又到老先生那里，抱怨说：我把那药吃了并没有聪明起来！中医先生说：你再拿一点吃吃再说，一个星期后，这个人来质问先生说：我还是老样子并没有变聪明，你开给我的一定是假药！你一定变聪明了！首先你知道我是在唬你，你不变的聪明了吗？"

楠楠讲："搬家！在战国时期孔子是个学者很爱安静，可是很不幸，他家的左边是铁桶铺，右边铁铺，每天从早到晚咚咚！铿锵的敲个不停，他发愁的叹道：闹的我简直没有办法钻研学问！要是这两家肯搬家，明天就请客！两家的老板来拜访孔子说：明天搬家你来请客吗？孔老二大圣人大学者大喜说：请！当晚摆下丰盛宴席，三个人聚在一起饮酒谈天，非常热闹，宴席将散时，孔老二大学者问二位老板将搬到何处？他搬到我家，我搬到他家！"

婉玉说："找活！从前在战国时，有个人喜欢学别人的新鲜词语，不管自己懂不懂都要死记硬背！有一次他在集市上听人说：岂有此理！觉得新鲜，就一路走一路背，生怕忘了，坐在船上回家，在船上拌了一下，差点掉水里一害怕，他把那句话忘了，他就在船上低头找，船家问他：客人丢了什么东西？他也不抬头说：找一句话！话也能弄丢吗？岂有此理！他一听瞪着眼说：原来是让你给拾走了，为什么不早点给我！"

韦才慧说："治疗头疼！一个人走进药店，问：有治疗头痛的药吗？药店主人从架子上取一个药罐子，把它放到买药人的鼻子下，然后掀开罐盖！药味太强烈，买药人的眼睛里涌出了泪水，沿着双颊流下来！你这是干什么？买药人刚刚恢复常态，便愤怒地说，药店主人说：不过！这种药治好了你头疼不是吗？你这笨蛋！头疼的不是我，是我老婆！"

孟姜女说："下来！该你们男子汉骑兵们讲了，光听我们女孩子讲，咋着也该轮到你们讲了！"

李小泉队长说："好好我来讲一个！其实上我们早就想讲了！聪明的老先生！一个又嫩又胖的男人来找先生，求先生来治好他的肥胖症，并事先声明不能参加体力锻炼什么的，更不愿意劳动！老先生打量了他一会儿说道：你花钱治疗是白费劲了，你只能再活四十天了！胖子哭着回家，越想越怕，吃不下饭睡不着觉，就这样挨过了四十天，居然没有死！他马上跑去质问老先生，老先生却笑着对他说：请原谅跟你开个玩笑！我认为这是治疗你肥胖症的最好办法！你看看，你比上次来的时候匀称多了！噢！胖子明白了老先生的用意。"

刘来安班长说："喝酒！有个老头爱喝酒，老伴不让喝，两个人总为喝酒嘟嘟嚷嚷的！后来老伴规定好，什么时候来客人什么时候喝酒，平时不准喝酒，一连几天没来客人，老头耐不住了，他来到大街上，看见一个人急匆匆的赶路，就追上去说：客人累了吧？请上我家歇歇喝口茶，来人走路正又累又渴，见有人请，非常高兴，就跟他一路进了屋！老头一进屋就喊说快把酒菜预备好，来客人啦！"

王武奎班长说："阿凡提的笑话。阿凡提讲笑话很早很早就出了名的，一天有一个爱吹牛的人缠住他，要他说上一段。阿凡提就说：从前有两个人，一个叫张三一个叫李斯，一天，张三对李斯说：我们村有个人比谁都高，能脚踏大地头顶蓝天。李斯一听摇摇头：那有什么了不起，我们村有个人，嘴一张，上嘴唇就能挨着天，下嘴唇就能碰着地。阿凡提还没有说完，爱吹牛的人就说，你在我面前还吹什么牛，我问你，那么这个人的脸放到什么地方去？阿凡提笑笑说，爱吹牛的人要什么脸？有一张嘴就行了！"

李朝清说："他们的母亲怎么办？李毛考试成绩不好，他母亲生怕的说：去年我为你感到骄傲，这次你是怎么啦？你曾经是班长考得最好的呀！李毛想了一会，对母亲微笑着说：每个同学的母亲都想为自己的孩子考第一而骄傲，如果我总是考第一，那他们的母亲怎么办呀？"

君子熊说："找声音。一对老夫妻吵架后，彼此不开口了，过了几天，老先生忘记了吵架的不愉快，想和老太太说话，可是老太太就是不理他，后来，老先生在所有的抽屉里衣橱里到处乱找乱翻，气的老太太忍无可忍，她气呼呼地问道：你到底在找什么呀？老先生高兴地说：谢天谢地！我总算找到你的声音了！"

齐火冬讲道："题字！以前，有一个人，他的字写得并不好，却总喜欢替别人题字。一天，有个朋友摇着一把白纸扇到他家坐，那人就连忙把扇子抢过来，抓过毛笔就要在上面题字，朋友挺紧张，竟跪在地上，那人感动地说：快快请起来，在扇子上题几个字费不了我什么事的！何必这样行大礼呢？朋友连忙答道：我不是感动感谢你的题字，而是求你千万别写字啊！"

袁国民说："这是前几天的事了！天啊！我居然忘记参加会议了！你已经参加过了！"

宋亚泉说："马大哈！马大哈的海先生，几天不见你可变多了！你那红润的脸变得如此苍白！你原先是个高个儿，如今却矮多了，亲爱的，这是怎么回事啊？陌生人：我不叫海泉，我叫杜静静……马大哈：哎呀呀！连名字都变了！"

代明礼讲："鸭汤！一天，朱蒙蒙在湖岸不远的地方，看到了一群野鸭，他候捉一只美味的野禽，可是鸭子逃的飞快，他扑了一个空，朱蒙蒙随手带着一块大饼，他坐在湖边蘸着湖水，津津有味地吃起来，有一个人从这里经过，对他说：你胃口真好！你在吃什么？鸭汤逮不住鸭子喝点鸭汤也不错！"

韦山说："打赌！一位骑兵调动连队，报道时带来了原连队上司写给新连队上司的一张纸字条：此人嗜赌如命，如果你能令他戒赌，他会成为一名出色的骑兵！新上司大声问他：你赌什么？新来的骑兵答道：我什么都赌。比如，我敢说你右臂下有颗胎痣！假如没有，我输你一周的新金！新连队上司叫道：把钱拿出来！接着他脱掉上衣，证明并无胎痣，然后把新兵的钱拿走了，事后，他得意扬扬地给新骑兵的原连上司说：你那个骑兵先生被我治了一下！别太自信了，他出发到你那里之前就同我赌三千金钱，说见到你五分钟之内，一定会让你打赤膊！懂吗？"

辛诚说："太阳和月亮！两个小男孩在谈论太阳和月亮它们哪一个更有用？其中一个问另一个回答说：当然是月亮有用，月亮晚上出来，那时候天黑，正好给人们照亮而太阳却是白天出来，这时候天已经亮了，没有人会需要它！"

徐子亚说："救人！妇人说：是你跳下河把我的孩子救上来的吗？青年人道：是的，太太！妇人说：我的孩子还有一只手套在河里呢！"

"炎大队长这老天爷不对头啊？大家抬起头来看看呀！这老天爷咋昏昏沉沉的迷瞪得像是晚上天快黑了一样！是不是想叫大家都抬起头来看看呀？这老天爷想叫大家都回去睡觉啊！"

"神经吗？这是上午！咋会就要天黑睡觉哩？到现在中午饭还没有吃咋会就要睡觉了呢？真是自己过糊涂了吧？"杜山说。

"不是晚上像晚上，我也没有说是晚上啊！不是听话有毛病，好好的不出太阳，偏偏弄个这阴死阳活的天？不是想下雨就是想真正出怪物！"

"该不是想刮风，想叫大白天变成黑夜变成伸手不见五指的怪怪天气！"韩玉玲说："你看你的头发飞起来了，自动飞翔满天飞情丝！"

香花说："那你哩？不是也一样吗？只不过不是情丝，是乌发飞扬，满天是爱，满头的情意。"

郭文慧说："满天的泥灰，满脸的信笑，满身满脚是泥巴！你不会注意点活泥巴，拿个铁锹乱捣乱甩的，少沾点水，你看你浑身全是有意的吗？快点端走呀！要灰要泥？只要不耽误他们大老师们用就行了，搞点蝶恋花不是更美更靓吗？"

香花说挑逗的说："大小伙子一看见你大美女大花脸来了，第一个抢你去享福，去做压寨夫人呢！"

"压你个鬼头夫人呢！看看吧！满身满头满脸像个女人形吗？还压寨呢？压水去吧？洗洗也得个七七四十九天，也洗不净的泥水，注定今生今世是个泥水姑娘泥水仙子，泥水童子……"雨露说。

"不要管是什么仙子童子，只要美就行了，大男人老爷们大英雄就是知道美，一美遮百里！丑也是美的形势组合怕什么家伙……"香花说。

"是啊！只要最终长城美就行了！长城能美千百年的，我们大家也就跟着沾光代福气，不美也最大的人间天仙仙子，花仙子，我们为长城争气，长城为我们这么多美女天仙争光哩！"梦圆说道端起一锹泥倒在布兜里，又把铁锹在水里沾沾水说。

"我现在别的什么都不怕！怕就怕千百年以后子子孙孙都说咱们这群美女垒出的长城美和靓，特别讲：和泥灰沾在砖上扒都扒不掉，质量太好，还想什么办法研究研究怎么合成活成的，那还不是仙子的处女的汗水！这到底是咋？黑沉沉灰蒙蒙的，老天爷爷也要发酒疯了，想把整个天空搞的灰蒙蒙土头土脸……"香花说。

文娟说："看那半山腰上的樱桃红通通的亮晶晶的跟宝石一样美呀！可这一会干着活还不感热，不动弹还感觉浑身凉飕飕的，是不是老天爷想放花花了……"

"人不咋样，从淮河边来到这深山老林中，还拽上洋文了，想说下雪就说下雪吧，还来个放花花！天女散花还是仙女散花嘛？"香花说。

"你会说话？我看你是香花里边闻臭气，鸡蛋里面挑骨头，放花花就是放花花咋了？你不是照样听懂吗？人长得不洋，话里的腔音，还真想洋起洋鸡了？"

"三个女人一台戏，挣吧？穷仙女还摆了臭架子，一副长相不想干活的料，就会叽叽喳喳的胡说瞎吱外。"香花说。

"你厉害有本事，你不叽叽喳喳的撩蛋的鸡？你恁啥乱指责人啊？你想干什么？是想打架还是想抄事！找事……"梦圆说。

"谁怕谁呀？别说话了，好好干活，啥东西呀？看不见老天爷想找事，你们也闲着是咋的呀？说话注意点，要文明点要老老实实地干活，不然中午饭就别吃了让你们显显威风，发发威，看谁最厉害，饿上三天叫你们自然老实，快上灰泥？赶快提上去梦圆小姐，你香花也少说几句，没有把你当哑巴，马上你一句他一句就上火了，要是你一锹灰泥，她一锹泥灰还差不多，多干活不为劣，少说话威信高，明白不？抢个话头有什么用？老天爷能听你们的，还是大风听你们指挥，把西北风变成西南风了！人总是人，不是老天爷，要是老天爷也不在这里干活了，干活本来命就够苦的了，还想抬扛抬嘴值吗？老天爷六月里还飘桃花雪，七月里下冰雹，八月里下雷子轰炸呢！咱们干咱们的活想说就说说笑话，讲讲故事，再高兴唱唱歌都行，只要不耽误干活，咋样又没有王八的屁股搞规定，反正是不能不干活，不干活还不如回去睡大觉的劲来舒坦呢！自然来到这里咱们的心就要拧成一股绳，劲往一块使，心往一起想，人往高处走，水往低处淌，就是天上来了阎王爷我们也还是要坚持垒长城！搬砖头的搬砖头，和泥巴的和泥巴，不然这长城怎么垒起来，怎么向天下的老百姓交代呢？我相信大家都是天生的美女仙女，人美心更美，大小伙子都是英雄汉，咱们都要把活往前赶，老天光找事，看看说下他真的下起了桃花雪，这会倒是很听话的！下吧下吧，等你下够了就不下了！"孟姜女说。

"阎王爷管天管地，他管不住老天爷屙屎放屁！早上还好好的老天爷这会就下起雪花来了，也不知道咋得罪老天爷了？随地大小便，屙起了雪花雨！"蒋三元说。

"老天爷来慰劳我们这些年轻人辛辛苦苦的大男人们和美女们。他一看大家都特别的苦和累又热！好吧！为了天下的老百姓大发慈悲善良心肠发放些鲜花和凉气，这样叫你们干活的就觉不了热来了，也找不到汗臭气了，鲜花给大爱奖励奖励好好干，给大家戴上大红花，谁知道老天爷中午酒喝多了，头脑昏了，把雪花当作鲜花来美化姑娘们女孩子了！再等一会呀！我们小伙子变成白胡子老头翁了老不怕死的，美女天仙们变成老掉牙的老太婆了，还美呢？马上路也走不动了，铁锹也端不起来了，哪还有力气笑话讲了？"马鸣礼笑着将大砖头在空中抛，大砖头自己在空中转了一圈，又伸手接住用嘴亲吻！

"还是大砖头最听话，能耍把戏能垒墙，放在这里千年百年也不要动不要嚷，老天爷给你发酒疯发花发阳光彩带笑彩虹！"

"人间自有真情在，光这愣头愣脑大砖头也能楞上千年万载的不说牢骚话，真伟大坦诚不公地把一天天打发，叫子子孙孙把你来夸，把你来唱，把你来画，你将是华夏大民族的伟大巍峨巨变的大大的大神话！"马鸣礼说。

刘来安说："青龙变白龙，白龙化作金龙飞，金龙想美盼着神龙去天堂去天宫，去男男女女老老少少的灵魂中的梦乡里，青龙，白龙，金龙，神龙爱人间，人间最美是灵魂中崇拜和信奉信仰，龙能伸能屈，能显能藏能大能小能变化多端能神奇百变，所以我炎黄子孙都爱她！都崇拜她，比美女姑娘还要重视一百倍，她有神灵有仙气，有福运有好运有官运有财运，有金有银有钱有神通有发达有新禧，有返老还童神功，反过来正过来还是祖先的遗训驱戒律，永远不可违，只有孝敬传承的份儿，没有违反的规程。只有创新改革的推进加深人的理志的心灵美，华夏的传承美德，乖乖都在这块龙鳞片上放射着金光异彩，焕发着的创新的生命力和创造力，再加上我刘来安的智慧与勤劳，你就好好地待上一千年一万载的闪烁金色的光芒吧！老伙计也……"刘来安说着将一块砖头大砖头在左手上，用右手中的瓦刀沾上泥灰，抹上灰泥巴，微笑着将它按在整整齐齐，互相压叉的砖缝上，又用右手中的瓦刀苟一苟敲一敲，左手又在上面拍一拍，生怕黏合不结实不一样的，又弯腰拿起下一块砖头来，大拇指扣着砖楞子，又在五个指头的反动下往起一甩，又稳稳当当地落在手心中，五个指头扣紧，右手用瓦刀从灰泥罐中撅起灰泥巴，又抹涂在砖的下面和侧面上，横头上后，左手又将它按在刚才的一块砖的旁边，用瓦刀敲敲打打苟苟，眼睛眯着一条线在上上下下，左左右右的瞄了瞄，瞧了又瞧，才弯下腰拿起另一块砖来，此时的雪花在他刘来安的头上落了一层，他高高的身上、肩上、背上都落了厚厚的一层白雪花，空中飞舞的雪花落到砖垛上和地上的一会儿就变化成雪水，每垛砖上潮潮的，只有落在树叶树枝上的雪花没有化掉，而是随着风树叶树枝在空中的风力下，左右上下晃荡着起伏着，满天的雪花朝男男女女的脸上飞来，又从脸上眼前滑过飞走，三千个瓦刀在不停舞动，三千个美女在不停地端着铁锹快速地走来走去添着泥灰，不时地搬砖头往瓦刀跟前堆垛着，让她们随时随地方便拿砖往上垒好的墙上长高往上去。

万喜良说："炎大队，这砖墙起的很快，砖头也很走路，下午我看需要抽出一二百人先到山下背土背石头垫在脚下，这才垫的土行石头又需要砸实夯实再砸紧，不然对墙很不利呀！就怕雨水冲刷，暴雨洪水……"

"万将军！需要怎么搞你就提前讲出来，也是为了咱们的工程的加快和往前赶嘛！在人员调配的问题上也要随时调整调动！千万不要等到有什么事再来讲可就晚了！刚才我也一再考虑这个事情！我心里想等吃完中午饭后再找你和老范商量研究呢！好吧！马上就要吃饭了，我通知二、三队的人员去一千二百人背渣土石块好吗？"

"好！就这样讲，照这个速度每人每天垒出十尺是不成问题的，一边垒砖头，一边再填土石块，我看上午就垒到这吧！这会雪花也下的大了，也不知道这老天爷会不会上冻，今天想方设法也要把土石头填平，以防夜里上冻，对刚垒的泥灰黏合会有很大的障碍的质量问题，现在只要把土块一垫平，就一点问题也没有的，现在毕竟是春季时节，季节不饶人，季节一到再冷再冻的天气也不像腊月正月交九天，天寒地冻，现在无非是冷空气，大地地热也不为会上冻的，即使有一点的冻皮子也是不会造成多大的影响的！中午吃饭是送上山来还是回罗庄去吃呢？"万喜良说。

"原来讲好的，尽量叫大家回去吃个热乎饭，一边走走路还可以悄悄地休息一会儿，现在看来这雪花飘飘的，还不如叫大家赶快回去吃，吃完饭后马上就可以投入填土方工程中了。吹响收工吃饭，让老天爷好好的下个够吧！吃饭了，姑娘们先生们回去吃中午饭了！"孟姜女吹响着一个陶瓷烧的笑乐王爷尊喊着叫吃饭："吃饭了！回去吃饭姑娘们！先回去吃饭！呜…呜…呜吃饭回去……"

"回去吃饭！大家都回去吃饭！活反正早晚都是咱们这些人干，又不请别人来干，要请也请不来的，还是先回去吃饭大家……"范杞良说。

"那可不一定啊！愚公移山，一个老头都能感动上帝神仙，最后叫神仙们都搬走了！"

"算了吧！现在两座大山还不是照旧站在那里吗？再有个十万年百万年太行山和王屋山也不会让谁搬走的，那么多石头往哪里堆往哪里放？请神仙容易送神仙难！说不定这个所谓的神仙永远来狐假虎威的吓唬人，一直到人类自然灭亡，神能走就很不错了！语言加工精神作用，我永远就不相信神仙……"万喜良说。

"咱们这里的美女天仙这么多！又有这么多的壮小伙子就不信不能感动神仙老天爷吗？最起码也得感动感动年轻的天兵天将什么大神仙吧？难道这些大神大仙们就不需要美女漂亮姑娘女孩子吗？哪怕是端端洗脚水，洗洗臭袜子什么的？也比自己亲自干要得劲的多吧？神仙神仙吗？就应该知道享福享清闲，为什么不招个美女姑娘们去呢？我刘来安也想不通也！那肯定就不是神仙仙人什么的！"

"想不通就对了！这个世界上有神仙吗？有老天爷什么鸟玉皇大帝吗？有为什么没有一个人能看见呢？肯定是没有，是人坐在那里没事瞎胡诌梦出的鸟蛋，要是真有早就露馅了，世上除掉两条腿的人，四条腿畜牲外，谁也别想再有其他的鸟！"王武奎说。

"管他有没有哩！现在摆在我们大家面前的头等大事就是先吃饭！先生们，吃饱才能好好干活，夜间安安稳稳地做大梦，千万不要让屎撅子满天飞的乱蹦……"刘来安拍着五武奎的肩膀说。

郭文慧说："这雪花要是白糖多好呀！能吃能飞，能做棉花糖的，可惜呀就是不是！老天爷降的福星也没有光棍眼子之分……"

香花说："别说是白糖棉花糖了，就是面粉也是不错的呀！蒸馍馍烙油馍擀面条做饺子什么的都是好东西，这老天爷一点也不懂人情世故！不讲一点点的道德文明，人家干活它捣乱满天雾蒙蒙，遍山遍野都成了白雪老公公老婆婆了！"

"银树白雪层林尽染霜，还好就是不粘身子，不然咱们这衣裳也该湿透了，这会儿还是老天爷的好处多吗？就是一停下来干活，身上还是有点冷有点凉哟……"韩玉玲说。

"这都啥时候了，夏天到了还这么冷的，在南方在家乡早就该下大河洗澡了，这里却还在大雪纷飞呢！十里不同规，千里不同俗呀！这老山林里离咱们家乡也有一千好几里地，恐怕小麦也早该割完这里的小麦还青青的正拔节呢！没有杨花呢！相错季节也得一两个月之多……"香花说。

"哎！姑娘美女们都来吃饭了！炎大队长我们送饭来了，这该死的老天爷能的路真不好走，这雪掉到地上就化了，走路可费劲了……"老吴头说。

"老吴你辛苦了！这不我叫大家伙正准备回去吃饭呢！你们也来了，送来了就叫大伙吃吧，在哪儿吃都一样，吃饱为数！让你们炊事班又麻烦了！"孟姜女说。

"不麻烦！只要大家吃饱喝足就行了！先想着想清福享清闲就不来做饭了，自然来了就不怕辛苦不怕累，心甜幸福的！人天生就是这命能慌能忙心里得劲，来来吃饭，趁热吃哟……"吴锡山说。

"你们炊事班坛坛罐罐锅碗瓢勺的十八般兵器三十六套路让你们都用上了……"

"我们是应该的，大家更辛苦，都垒这五六尺高了，还是老大师们有本事，手脚麻利干劲大啊！真不容易呀！成绩都是大家干出来的，我们炊事班还得好好的向美女姑娘们骑兵英雄们学习啊……"老吴头乐呵呵地说。

刘来安说："互相学习呀！少了哪一样也干不起来！谁能饿着肚子干活吗？是不是吴老师傅！没有你吴师傅的正确领导和炊事班的干劲，这热饭热汤从哪里来？三天不吃饭，美女美人再笑也是不好看的！大姑娘也吸引不到人了！所以一切美好看法想什么希望全是肚子饱撑的,快油烙馍，羊肉汤真过瘾！辣乎乎香喷喷……"

老吴师傅笑着说："今天天冷，我特意熬了一大锅羊肉吉菜汤，叫大家吃好吃美吃得劲，暖暖身子真格的大干，拼命干啊！放的大椒特别多，好好的叫大家辣一辣痛快美味呀！一辣到十层，不辣出汗来也能辣出心来啊！"

　　刘来安说："吴老大，大师傅，你太伟大了，专叫大家吃下去和老天爷对着干，他冷咱肚子里热，身上热，咱们的干劲大，辣椒吃多了能干大事业能当大家……"

　　香花说："你净放大炮，吹大牛，你天天吃的辣辣的，也没有见你当成家，也没有见你有什么大事业呀！"

　　"这你香花就不懂了吧，就是因为大椒不辣不狠辣！才一直没有敢当成家当大家家的！今天吃了老吴师傅的羊肉辣椒吉菜汤，等不了多长时间，多则一年，少半年三个月，你们等着好了！美女姑娘们你们信不信？不然打个赌，不信的半载后以身相许，保你成双成对，要是信呢？那肯定是傻是呆，三个月见效，不成家当大家才怪呢！你敢跟我刘来安拉钩上吊呢！超出一年我嫁给美女，不出一年美女嫁给我，还要个大胖小子，将来叫儿子来守长城当将军元帅！他爹娘修长城，儿子孙子来保护长城才能到千年万年哩！美女也！这垒长城不是干大事业是干什么呀？香花大姑娘美女也！"

　　"这大事业又不是你刘班长一个人干出来的！是大家伙几千人几十万人一起干出来的！"香花说。

　　"那生孩子，成家也不是我一个人干的大事，也要靠娘她娘一块儿才能加油干啊！不然这闺女儿子一个大爷们也生不出来啊！"刘来安说。

　　"那你绝对是个大大的大笨蛋，不挣钱回来才是个愚蠢的大猪头呢！"香花说。

　　"放心吧！咱来安这辈子就是会挣钱的，也不知道这些钱以后会给哪个美女姑娘给美个够呢！"

　　"只要能会挣钱，哪个美女美人都会喜欢给你生孩子养儿子的！"香花说。

　　"谢谢你香花的安慰，等长城一修好，我首先选定你怎么样？大美女，我无意间就喜欢听你讲话，再加上你又喜欢生儿育女的！"刘来安说。

　　"先吃饭把羊肉汤吃饱了就去干活，好好地把大砖头垒结实了，乖乖这块羊肉真大真腻人也！送给你吃好不好嘛……"香花说。

　　"咱就喜欢吃这肥羊肉，越吃越香，越吃越美味呀！"刘来安说。

　　"张大嘴，我给你喂到嘴里去呀呀！哎哎！"香花逗着他。

　　"啊啊啊啊呀呀也！好家伙你香花骗我老实人呀……"刘来安说。

　　"来呀！咹咹！这回是真的！刚才肥肉太烂火了，夹掉碗里了……"香花左手等着右手。

　　"哎呀！呀！你调戏人玩弄大骑兵大班长，我要去军事法庭控告你香花毒草先生！你竟敢用筷子夹着骨头，说是大肥羊肉来哄骗我大秦骑兵将士！差点把我的牙齿硌下来！美女的心太狡猾，狡猾得可怕！玩弄戏弄大美男人噢！"刘来安说。

"你看你也，一点点也不能吃亏占便宜，没有涵养没有素养的家伙，跟你开个小小的玩笑，就存不住气喳喳呼呼地大喊小叫，人家将军额头能跑马，宰相肚子里能撑船，你就人怎不能憋住个屁的性子，看你将来也干不成个大事业唉！"香花说。

"不见得吧！当队长．小将军的咱照样是可以的，只是机会机遇不到，算了，还是好好地把小兵当好就谢天谢地了！老老实实的把砖垒好，就是立了大功了！"刘来安说。

"哎哟！肥羊肉，没有骗你吧？馋鬼，跟你开个小玩笑，你小心眼就发狠，送人到军事法庭，你的心也太狠太狠太那个了吧！"香花说着拿眼很劲盯着来安说。

"给你开玩笑！我不是也是开玩笑，我说军事法庭，我有权吗？我一个人能说了算数吗？逗你香花毒草玩的，真是小庙的尼姑假道士，两句话就唬住你个大美女人了……"刘来安说。

"孟姜女先生大队长，咱们一边吃老天爷一边的增加营养激素给我们碗里放作料，这雪还能下多久吗？"万喜良问道。

"不用搭他腔随意他好了！再下也是咋不着我们这些姑娘大美女们，更吓不住你们骑兵团队的大男子英雄们将军也！他下他的雪，我们修我们的长城，非叫我们创新一个大白玉神龙也！要不了明天，到晚上天黑恐怕长城就变成从天而降的白玉大神龙了！一天几变变神奇不神奇，神灵不灵魂也！早上正是绿色青色的神龙，上午是阳光映辉的金色的黄龙神！中午是玉白变的玉龙真魂魄体，还不知道明天早晨能变成什么模样的！"

万喜良说："能变成啥样的？不是玉龙就是青龙，不是青龙就是金黄色的金龙！金龙有福，青龙神奇而自然，玉龙呢赤诚保来年丰收，绿色的神龙有灵气，反正是龙就有神灵。"

"大家继续干活，女子一队继续铲泥灰搬砖头，二队三队的全部人员都跟我下山背土块和碎小石头，倒在城墙里填满城墙，不然一下雨或者暴雨，我们才垒起来的砖墙就很难保住，如今回转四周都是新垒的砖墙，很容易在下雨时兜水，水一多墙很有可能会把墙冲倒冲坏的，今天我们这两个队的任务就是无论砖墙垒多高都要填上土石，倒满才行，就是天上下雹子，下天刀天箭也不能阻挡我们美女姑娘的决心和意志！姐妹们背上背篓拿上铁锹下山下啊！"孟姜女讲完话随着姑娘女孩子下山去了。一大队姑娘美女们冒着飞扬的雪花向山下的韩庄方向走来，离韩庄还有六七里路上的地方挖起土来，大家都慌着往背篓里装，先装好的先走，有二三里路就到达了山沟中，西边是大华山山峰，东面青山岭。金绣绣跟钱美美说："金班长咱们一边走路一边能不能说话，讲讲说说什么呀！说说话也感觉过的快，同样也走得快点，不觉得累太累是不是？"

"你想说爱讲，你就先讲一个来听听啊？"金绣绣说。

"好吧！来说一个孩子不爱学习，在班里倒数第二，他父亲说：三毛！听先生老师说你是班上最差的学生，你不觉得害臊吗？三毛说：不！最差的一个已经在昨天转到另一个学堂去了，这能怨我吗？"钱美说。

马鸣说：镇长和秘书！这天镇长叫来秘书没好气地问：你把我的笔搁在哪儿了？秘书说：镇长大人，我哪儿也没有搁啊？笔不是在你耳朵上夹着呢吗？镇长说道：别啰唆你快告诉我在哪一只耳朵上夹着嘛？马鸣说看看这镇长多没有用多无赖吧！

范冰宣说道大家叫好了，把舌头伸出来："有个爱唠叨的女病人对先生说：你让我把舌头伸出来已经过去这半天了，但你却不给我检查，这是为什么？老先生说：我让你把舌头伸出来是为了让人不打扰我，以便我专心致志地给你开药方子明白不？"

宫女绣说："我来讲个阿凡提的故事，阿凡提在家当理发匠时，有个大员庄外每次剃头都不给钱，阿凡提决心治治他，这天大员庄外又来剃头了，阿凡提先给他剃光了头，大员外心里特别不高兴，都留长发！剃光也就算了，憋着一肚子火，刮脸时，阿凡提问要眉毛吗？大员外说：当然要了，这还用问吗？大员外生气地说，阿凡提又是飕飕几刀，把他的眉毛刮下来了！递到他手里，把老员外气得说不出话来！胡子要吗？阿凡担又问道，大员外连忙说：不要！不要！阿凡提又是飕飕几刀，把他的胡子刮下来甩在地上这个大员外的脑袋和脸上光溜溜的，简直像个大鸡蛋了，阿凡提是按吩咐效劳的。"

鞠旭丽说："毛驴的主人！两个小偷，见到前面有人牵一头毛驴，便想偷走卖钱，一个小偷轻手轻脚地走近毛驴，卸下笼头，套在自己脖子上，他的同伙赶着毛驴溜了，毛驴的主人一回头，毛驴不见了，变成一个人了，不禁吓了一跳，他忙问：你！你不是我的毛驴！戴笼头的小偷说：从前我是人，因做了坏事，被上帝罚做毛驴的，现在我悔改了，上帝又让我恢复人形了，毛驴主人叹了一口气说：既然如此，你就把笼头还给我，你走吧！不过，以后得好好做人，几天后，毛驴的主人上街，又见到了自己的那头毛驴，他走近毛驴感叹地说：我对你说过，不要做坏事，现在，你只能怨自己了！"

周学英说："一个孔老二与小姑娘！有一天，齐国的儒家大圣人孔老二孔丘接到一个小姑娘给他的信，信中说：你是一位使我折服的孔圣人，为了表达我对你的信仰，我打算用你的名字来命名我的小狮子狗，它是我过生日时亲戚们减弱达给我的，不知道尊意如何？孔老二回信说：亲爱的孩子，读了你的信，颇觉风趣盎然，我赞同你的打算，但是最主要的有一点，你务必和小狮子狗商量一下！"

绣球儿讲道："同理可证，父亲说：小明，考你一道题，树上有两只鸟，打死一只还有几只？小明：一只！父亲说：笨蛋，那一只不是吓跑了吗？再问你最后一道简单的，如果答不对小心你的屁股！听着，屋里只有你一个人，我又进来了，有几个人？小明说：一个！父亲说：怎么只有一个？小明说：吓跑一个！"

代云霞说："借书！牛犇先生到他朋友家里，想借本书，很遗憾！那位朋友说：我从不借书给别人！为什么？因为借书的人从来不还书！你很肯定么？绝对肯定，这是经验之谈啊！我的全部藏书都是这么弄来的。"

荆丽丽说："说话时间过得真快，不知不觉已经回来了，就是该死的天上还是下着雪花！"

"要是咱们这些姑娘女孩子都变成雪花飞呀飞！飘哎飘哎的去背土，就不用吃饭了，想上哪上哪想去哪去哪！就跟着冷空气，马上飘起来了飞走了，飞回家看看再来，多好！"

"有什么好处？回家也是一样的干活吃饭劳动，也是闲不住的！"周学英说。

"冷闲人冻懒人，饿馋人，光吃的，被窝里睡的才是舒坦人呢！不过舒坦也不能睡一辈子，人一生光睡觉还有什么意思呢？意义呀！吃了睡睡了吃，还不如个猪精的一样吗？今天够倒霉的，鞋底子一踩雪，一化雪也湿透了，要是真的在空中飞来飞去的准会把脚指头给冻掉的！这走着还是有一点冻手冻脸的！"俞美云说。

孟姜女说："姑娘们不要怕，咱们赶快去背土，一背上土就不冷了，咱们就是这命的，闲不住，不管闲闲一下就冷就有点冻！要跳跳蹦蹦什么冷啊冻呀全自己跑消失了……"孟姜女说着笑着往前跑着，姑娘美女围着孟姜女往前猛跑一阵子嘴里喘着白烟气，唱道："雪花，飘啊飘！飞呀飞你是那么的神秘，你是那么的美丽，飞啊飞，飘呀飘，你从月宫中走来，你托着嫦娥的靓美，展示着洁白晶莹无暇的花浚！你是那么的温馨的漫飞，美画江山大地香魂白银镶金的智迪！知音长城潇洒舞起纷纷扬扬飘飘柔柔的情意！"

晶晶唱道："纷纷扬扬好潇洒，晶莹洁白吹雪花，风雅柔情漫飞舞，长城知音蕴涵嘉！"

孟姜女唱道："春风越！年年岁岁女神烈，女神烈。神龙长城，白雪腾泄。华夏长城酷豪迈，靓艳姑娘雪花液，雪花液，江山风流，绚丽雪谢。

《唱秦娥》：岁岁月，美女俊男爱热烈，爱热烈，天孕玉龙，仙女奋略。女神魂恋事豪杰，万里巨龙胜钢铁，胜钢铁！姑娘美女，雪花沸越。"

田田唱道："飘飘雪相异，银山有好景，片片雪情缘，晶莹伴君行。"

晶晶唱道："飞雪幽香天上来，万叶情爱天际白。无奈情缘飘舞唱，神龙伴君谢花爱。"

孟姜女唱道："《十六字令三首》：

雪！高山北风银花泻，漫原洁，天地难分楔。

雪！娇姿丽舞片片泄，感人杰，山河依旧避。

雪！花迎梅开恋祥穴，劲情结，看江山景谐。"

犇犇唱道："雪雨潇潇移君爱，天宫深沉梦添彩。玉帝渐欲影恋缘，雪香飘奇仙鹤来。"

阳阳唱道："白絮飞飘天上来，万根青丝已染白。江山玫瑰喷香吐，扬雪辉煌情是爱。"

楠楠唱道："寻寻常常飞雪魂，山河靓爱乾坤吻。奇人奇雪问奇情，龙舞缘意仙女魂。"

倩倩唱道："玫瑰风情遇雪燕，姑娘美女思魂安。情缘异旋飞舞龙，俊男好汉伴女仙。"

小曼唱道："《如梦令》，飘雪龙梦洁君，盼伊想伊吻君，缘分俏飞雪！舞姿女魂玉立！爱你！爱你！雪飞嫦娥乐毅。"

巧巧唱道："邀请艳姿魂，轻舞缘雪吻。西风柔为情，飘香神龙春。"

晶晶唱道："《如梦令》，男兮女兮情兮，龙兮山兮爱兮，长城修情吻，睹神龙女神美：美女！美女！风狂靓丽雪魂。"

阳阳唱道："飞雪壮竣友，爱愁山清莹。雪戏神龙志，背土朝天行。"

孟姜女唱道："《如梦令》，云兮风兮雪兮，城兮人兮腾兮，天缘靓雪美！雪燕美女影神：仙人！仙人！风飘雪魂城恩。雪扬白雪典雅美，爱魂晶莹靓媚丽。热情飘飞觅神龙，玫瑰雪花舞山姿。飞雪中天舞，雪花窍山媚。飘飘戏龙城，爱情雪魂飘。"

晶晶唱道："雪映神龙爱，吻雪艳靓寒。花腾拜仙女，天花仙灿烂。靓雪恋歌缘，真情神龙显，爱吻彩云遥，玫情润花前。"

"哎哟外也！姑娘美女把土往墙根跟前倒啊！狠往垒好的砖墙根倒，千万不要忘记了，越倒的多越高越好！听明白了没有站得高的势垒些！"刘来安说。

"是呀！往我们脚下狠劲地倒，越堆得高，踩得越结实越实在越好了！"王武奎说。

李朝清说："我个子矮，下次再背都倒我脚下啊！谢谢美女了，姑娘拜托了……姑娘们唱的歌也好听！再唱一段啥啊？"

晶晶唱道："雪花春季银满天，万花绿叶都不见，神龙腾沸幽香来，美女歌声赛百灵。"

田田唱道："《西江月》，情爱神龙帅俏，雪花飞飞情飘，浪漫潇洒情趣傲，神龙艳仙飞潮。美女雄男爱靓，诚爱汗吻致邀。醉魂舞馨洁花韵，诗缘西江月笑。"

孟姜女唱："《采桑子》，雪花情女韵歌舞，白留魂露，飘飘花露，只为花飞丽艳杜。飞扬飘洒春天图，茫茫飞渡，欲途春渡，靓帅风流奇缘顾。

《采桑子》，雪花严香窈袭人，皑皑银花，晶莹浚花，赏悦神龙恋真根。年年月月卉花莹，飞雪花讧，胜似花龙，虔情茫茫赏雪景。

《满江红》，飞雪玉龙，春情花香意银限，邀雪舞飞爱心安，君雪情蛮，浪漫瑞雪恋羞婵，飘飘春吻暗媚朕，沸靓腾爱，满江致憨，问苍天！来人间，飞情缘，花言恋，雪帅变，情心灿烂银山漫，靓美飘谢迷迷茫茫片片，美女修城安居业，花雪魂遣神劲冲天，美人干。"

田田唱道："碧树年年颤白雪，姑娘美女干劲多，银花杏艳朱唇笑，月宫玉龙飞诗阔。《如梦令》，风雪袭戏情恋，梦爱白玫瑰显。花吻情靓看！神山重振清原，雪漫，雪漫！朵朵玫瑰靓艳。飞雪绚靓美，升腾飘河山。一望舞银鸽，绝景吻爱甜。片片白雪哥妹情，飞飘漫露痴神行。爱修玉龙美人承，天地长城腾云灵。"

巧巧唱道："《唱秦娥》雪银花，沸沸扬扬韵典雅，韵典雅！逍遥靓傲，飘飘洒洒。天仙美女俊男娃，瓦刀翻飞砖头达，砖头达！魂爱高山，仙景雪花。"

刘来安手拿瓦刀对孟姜女说道："大队长！今天天也不太早了，这雪花一时半会是停不了了，天冷地冻的，不如叫大家都来背土背石头块好了！只要明天天一放晴，大家加把劲，就把工作量赶过来了，你看大队长行不行啊？这干着活手都冻硬了不随活！还有这泥灰也有点不太粘黏了，这样的垒下去恐怕质量要差些，所以我来建议还是等等，明天垒好不好吗？"

"只要是合理建议，对工程有益处好处，当然是最合理的安排，干这干那又不闲着白吃饭，当然是可以啊！"孟姜女说。

"大队长万岁！说老实话，我刘来安这半天手冻得都不好使了，你看这手发硬发僵发假，这垒砖头又不能乱蹦乱跳的乱跑的乱走的，如果能跑跑路，浑身也得劲点，身心暖和些吧！兄弟们跟我来向土垃沟跑步前进噢……"一大群大小伙子骑兵，呼呼啦啦的跑起步来，向装土的地方蜂拥而至。

"该死的老天爷，这雪下的空气真冷真冻呀，还没有你们这些美女姑娘得劲，想快走想快跑最起码能活动活动身子骨不那么的傻冷傻冻的，真比三九天还过劲！我这半天真叫他冷的头皮发麻，两条腿跟站在冰洞里一样冷的哟！唉这下可好了，自由了，也管伸伸胳膊踢踢腿跑几步了！"王武奎说。

"大队长今天的进度可不简单啊！三千个瓦刀一起下，明天叫两千个瓦刀合起一块上！从大青山往东再上一千人的瓦刀，热火朝天的大干起来！"万喜良说。

"万将军说的对！咱们这边一千人，东面一千人就这样加快步伐上，迟早都是咱们这些人，从这里到万家屯总共是三千个瓦刀，一万一千二百多人的美女总共是一万四千一百多个人，拉开大干一场，要不多时间就要胜利奏凯歌了！真是越快越好，全体美女和将士们早都盼望这一天早早地到来！好好地庆贺一番！燃烧一下这些青年人的心！"

"高兴归高兴，最担心就怕今夜里上冻，所以叫大家赶快加快步伐背土块石块先把墙里的填实在填平，明天更好垒墙，就是上砖头的速度慢了！"范杞良说。

"专门集中几个人往上扔往上搬砖头，反正我墙里面全堆的土层，又砸不坏什么东西！恐怕再过几天一块砖头就更费事了，得两个三个人来回倒来倒去往上甩，往上扔的，往上递的，不怕慢就怕站，只要不闲着速度还是快的，古人说：人心齐泰山移嘛！咱们这些人齐心协力高山变，只要人多干劲大，没有不变的山景！"万喜良说。

"要是皇上这会在这里，心情才会好呢！眼看着长城一天天长高，长高一大截子，天长日久变得模样，看着让人心里欢喜高兴……"孟姜女说。

"天天长大！长高一大截子，时时都在变哪！往起长啊长！高呀高的！这才叫干劲，真是日新月异啊！天天长日日高才叫改天换地又一个模样哎……"范杞良说。

"咱们人还在天天变着呢！小孩子变成青年，变成壮年人，最后无意中又变成老头老太婆，想想也没有几年工夫的，不过你大队长还在青年的时光里，不去想不考虑老不老，对我老万来讲，你真是太年轻太年轻了，比我小好几岁呢？我和老范都二十五岁的百分之百了，没有太大希望和盼头了！你才十六岁啊，大你将近一个整数啊！眼瞧着望着好时光飞流已去也！"万喜良说。

你算了吧！小半拉撅，才二十啷当岁就想充老？干脆说是白胡子老爷爷算了！人家三四十岁的怎么办呀？七老八十干的怎么活呢？结瞪着眼瞎说，跟黑瞎子一样闭上眼往前冒充大！未老先衰我看你们是人不老心倒是先老透了，真是山中无老虎，你小嘎猴子称大王啊！站在皇上面前你说老试一试呀！首先让你开回老家种地去！快别感慨人生了！还是先干活暖和暖和吧！我孟姜女给你们两个人讲段笑话听听：一天五岁的妮妮说：俺娘娘我肚子疼，那是因为还没有吃中午饭，肚子是空的！母亲答道说：要是你吃点东西到肚子里就好了！那天下午，妮妮到她邻居家玩，看到邻居躺在床上不理睬她，原来她的邻居病了，头痛得厉害，那是因为你脑袋是空的，放点东西进去就不痛了，小女孩可爱好玩吧？脑袋里又不能吃东西，好笑吧？孟姜女说。

万喜良笑着说："老子！是谁！儿子今天上课，教古代历史的先生问我儿子：老子是谁？可怎么也想不起来了！父亲说：笨蛋，天天见面还会忘了，老子就是我嘛！"

范杞良说："含蓄！小狗蛋在他生日那天得到一个小手鼓作为生日礼物，过了几日，他父亲赶集回到家，他母亲就说：我想邻居一定是不喜欢听小狗蛋摇小手鼓的声音！父亲问：你怎么知道的？他母亲说：喏！今天下午，他给了小狗蛋一把小刀，并且还问他知不知道手鼓里有什么东西？以致能发出这样动听的声音！"

孟姜女说："关于结婚，一个男生问一个女生说：花妮，你长大以后能和我结婚吗？女孩说：不！为什么呢？因为我们家的人只和亲戚结婚，你知道我爷爷和奶奶，我父亲和母亲，叔叔和婶子都是这样，就连我哥哥和嫂子结婚！你说，我怎么能和你结婚呢？"

万喜良说："无所适从，一个小偷站在法庭的被告席上，他的手插在口袋里，法官大声训斥：你要尊重法庭，快把手从口袋里抽出来！小偷回答：这事很难办……我把手放在自己的口袋里，你们要我把它抽出来，如果我把手放在别人的口袋，你们把我送监狱，唉，我的法官先生，难道你要我把手一直举在空中吗？"

范杞良说："公平合理，丈夫打妻子，妻子跑到他父亲那里诉苦，没想到又被父亲打了一顿，父亲对他说：回到你丈夫那里去，告诉他，他打了我的女儿，我就要打他的妻子，他别想占便宜！又说了一个果然性急：有个慢性子人冬天和别人围着火炉谈天，他发现一个人的衣角被火烤着了，就对他说：有一件事，我发现很长时间了，想对你说吧，又怕你性子急，不和你说吧，又怕我损失太大，我真不知道是说好呢还是不说好？这人忙问他是什么事？慢性子慢腾腾地说：火烧了你的衣裳了，那人一听，急忙脱下衣服把火扑来，生气地说：你早发现了，为什么不早说？慢性子说：我说你性子急果然不错！"

姚建设姚胖子说："懒得喊！有个人很懒，一天早上，妻子买菜回来，喊他开门，他躺在床上不动弹说：我懒得开！等风吹开门你再进来吧！妻子只好破门而入，对丈夫说：我买肉肉回来了，快起来拿案板我来切，丈夫说：我懒得去拿，你就在我背上切吧！妻子想治治他的懒病，就真在人背上切起肉来，切了几下，发现丈夫背上出血了，妻子心疼地问：啊！出血了！痛吗？丈夫拉长了脸回答：肉垫肉来切肉当然痛了，只是我懒得喊就是了！"

候建国说："我讲个草绳子，有个人因为偷牛被官府抓获，在押解他的路上遇到一个熟人问他：你犯了什么罪？偷牛的人说：我运气真不好，前几天在街上闲走，看见地上有根草绳子，心想也许有用，就顺手把它给拾起来了！熟人问他那也不至于犯罪吧？偷牛的人答道：唉，一言难尽！谁知道那草绳子上还有一条小牛呢？"

候文芳说："一边走一边说！咱来讲个谁的头大？某乡镇有一家屠宰场，每年要宰几百头猪，他们常常留下一些猪头便宜卖给些熟人，一天市场内卖完了猪肉，就把留下的猪头分别写上张三李斯等一些熟人的名字，有个姓吴的主任走进场来，看见猪头上没有自己的名字，便大发雷霆：怎么没有我的头？主任，你别发火！屠宰场老板指着院内最大的一只肥猪头说：瞧瞧！就数你的头最大！"

李根阳一边背着土上山一边说："小气父子！父子两个人都是小气鬼，这天一起去赶集，过河时，他们舍不得出钱乘渡船，就抱着脱下的衣服，想蹚水过河，父亲在河中一脚踩滑，跌进水中，眼看就要淹死了，儿子急忙向船夫喊道：船家，快来救我父亲，我出三十文钱，看见船夫不肯过来，儿子又喊：我出四十文钱，怎么样？船夫仍然不肯过来，这时候，已经被淹的半死的父亲挣扎把嘴露出水面，对儿子说：你这个败家子，你要是出到四十文以上，我就沉下去自尽……"

沈清祥说："一个书呆子，一边走着，书呆子买了一块羊肉，并从店老板那里问清楚了煮羊肉的法儿，详细地写在一张纸上，他把纸藏在口袋里，拎着羊肉兴冲冲地往家走，半路上，他感到口渴，就放下羊肉，蹲在溪边喝水，谁知这时候窜来一只狐狸把他的羊肉叼走了，他急忙追赶，可是狐狸转眼就不见了，他感到十分恼火，这时，他突然发现那张写着羊肉煮法的纸条还好好的藏在衣裳袋里，心里又高兴起来，指着狐狸远去的方向，大声说：你抢去吧！你抢去吧！你抢去也不知道怎么煮，怎么吃，吃这羊肉的法儿还在我这儿呢！"

曾令福边走边说："尴尬！有一对朋友去听音乐会，两个人边听边议论，这个人的嗓子太糟糕了？你知道她是谁吗？知道！她是我妻子。啊呀，真对不起，其实她的嗓子不太坏，主要是她唱的那支歌的谱子太差了，也不知道那位谱出来的曲子？这曲子是我谱出来的！"

郑保印说："我来讲一个生日礼物！张龙和赵虎走过镇长家的住宅时，看到厨房的窗子上挂着一只鹅，他们想趁天黑把鹅取下来，正当两个人放好梯子，张龙正往梯子上爬时，不巧走来一个警察说：你们在这里干什么？赵虎回答道：明天镇长生日，我们给他窗口上挂一只鹅，以表祝贺，这可太妙了！警察说：

不过！可以白天送嘛！送这样的礼物不算行贿的，你们为什么要在晚上干呢？赵虎顺从地喊，张龙，快把鹅取下来！"

宋顺昌听完后边走边讲："找凳腿，在乡下凳子腿大都是用现成的树杈做的，有个人家碰了坏了一条凳腿，父亲叫儿子上山去找树杈子来修理，儿子拿柄斧子，上山上去了一天，两手空空的回来了，父亲很生气的骂了他一顿，他很委屈地说：山上的树杈有的是，不过都是朝上长的，没有朝下长的，怎么做凳子腿呢？"

武卫民又慌忙着抢着朝前走道说："有能耐的人。一个吝啬的老板叫仆人去买酒，却没有给他钱，仆人问：先生，没有钱怎么买酒？老板说：用钱去买酒这谁都能办到，但如果不花钱能买到酒，那才是真正有能耐的人！一会儿，仆人提着空酒瓶子回来了，老板十分恼火，责骂道：你让我喝什么？仆人不慌不忙地回答说：从有酒的瓶中喝到酒这是谁都能办得到，但如果从空酒瓶中喝到酒，那才是真正有能耐的人。"

孙进玉说："不再迈进！一个酒徒脚朝上手撑地上'走'进了酒馆，大声嚷道：小二，给我来瓶好酒。酒店掌柜十分惊奇，问道：你为什么这样走路呢？酒徒答道：昨天晚上，我妻子逼着我发誓，这双脚要是再迈进酒馆，就用斧子把它们砍掉，我要守信我的誓言只好这样进了！"

郭军元边走边说道："一个古董商在一个农民家里发现了一只古老而珍贵的小碗，可它被主人盛猫食喂猫用呢！古董商怕农民知道了这只碗的真正价值后会漫天的要价，就故意装着不注意那只碗，对农民说：你这只小猫真漂亮，我想把它买回去给我的孩子，你同意吗？当然可以，农民答应了，并要了一个相当高的价格，古董商装出很随便的样子说：我想把这只碗也带回去，因为这只猫已经习惯了在这里吃东西了！啊！不！这个农民说：从前天起，我已经靠它卖掉几只猫了！"

王厚财说："聪明的毛驴，又到地方了吗？这一会儿咱们大家可跑的不慢啊！都来回五六趟了，马上墙里面就填满了，加油啊！弟兄们呀！就要回去吃晚饭了！上帝万岁！今天最多再二趟就该差不多了。我最后再来讲一个：聪明的毛驴，国王在街上散步，在一个磨坊里，他看见一个毛驴正在拉着磨在转动，脖子上还挂着个叮当叮当作响的铃铛，国王好奇地问磨坊主：你为什么要在毛驴的脖子上挂一个铃铛呀？磨坊主说：万一我瞌睡着了，毛驴也不走了，它脖子上的铃铛就不响了，我听不见铃听就知道毛驴偷懒了，就大声吆喝它一声让它继续干活！要是毛驴站在原地不动，光摇头，既没有干活，又能让听到铃响，那怎么办？磨坊主从未想过这个问题，他说：啊！陛下！上哪儿去找你这么聪明的毛驴啊？都是大伙听过的段子，再听听开心吗……"

　　"大家都赶快再来几趟，王厚财是大家都听几遍了！明白吗王先生……聪明毛驴多背驮几趟，这会儿不太下了，再留下几个姑娘美女们打夯！挨着挨砸夯实在夯平整，张燕，胡锦明，王慧聪，田花香，郭凯丽，黄常美，炎长霞，金鱼美，你们八个班组来打夯，关键是要夯实实在的！"孟姜女说。

　　"是！炎大队长完全听你的指挥全权调遣，要夯实实在的姑娘美女们三队前八个组的仙女们过来了，十个大夯夯起来噢！坚决保证完成任务！"田田说。

　　张燕叫着叫人："美女姐妹们快一点啊！放背篓，轻装上阵一组的姑娘们打夯来啊！快快夯起来呀！哎呀来啊！仙女美女们都摸着来啊！哎哟来哟外，大家齐心干啊！来也来哟！妹妹的抓起来噢！哥哥的狠劲夯也！一夯一夯又一夯呀！夯夯的情激扬哎哟！"

　　田田副大队长小队长喊叫着说："天仙美女夯大干呀！嗨呀来哟！哥哥妹妹夯起来呀呀！嗨呀来哟！哥哥夯的加油外，哎呀来嗨！长城靓又美啊！哎哟嗨来！妹妹的哥哥夯声美哟！神龙长又长呀！哎哟来哟！妹妹的情义爱哎！嗯哎哟也！长城宽又长呀！嗨呀来哟！阿妹的心儿甜啊！外哟美哟！天上的月儿圆哎！噢哎哩嚎！妹妹的梦儿香呀！外呀好咳！天上的星星闪也！哎哟呀哟！情妹妹的眼睛尖哎？嗨哟嗨呀！哥哥的理想远哟！哟来哟呀！妹妹的爱情美嗨！哟呀哟哎！神龙高又长啊！哎呀哎呀好！妹妹的梦飞翔！哎哟外也！妹妹的爱着我啊！依呀好哟！哥哥的乐哈哈哟！喂呀暖么！天上的彩云飞呀！哟呀哟味！玫瑰玫瑰爱妹媚也？噢哩么哎！妹妹的靓魂勾着我呀！哎来哎哟！哥哥英俊恋妹也！哎哟哎笑！哥哥的疯狂好潇洒哎！哟呀哟啊！妹妹爱恋神龙粗腿又壮呀！哎呀哟外！长城情爱妹妹的心哎！哎哟哎也，疯狂帅妹恋漾长城谣啊！味哎味好！长城舞动妹妹的爱呀！哎呀来嗨！妹妹牵着哥哥的梦也！哎啊哎呀！阿哥阿妹梦中乐呀！嗨呀咳来！长城长城我爱你呀！外来外哟！火辣辣的玫瑰是我的心啊！哟呀哎嗨！妹妹妹妹我爱你也！哎好哎来！月亮月亮我亲亲你呀！哎哟嗨来！阳光春光花儿香呀！哟来咳哟！神龙爱媚妹啊！哎哟哎嗨……"

　　宋子辉对孟姜女说："炎大队长，咱们这打大夯明天不能改革改革吗大队长？"

　　"宋子辉你说呀！怎么改？只要大家有干劲有热情改革的有劲头，有大干的劲头，更重要的是，只要对咱们大家修长城有好处，能早日加快修长城的步伐，咋样改都行！大家提出来合理合情，咱们都会照着办的，我们随时随地希望大家为修长城提出合理建议想法，来鼓舞大家的士气和干劲，都是坚决执行照做的，你宋班长有什么？就大胆提出来！"孟姜女笑着看着宋子辉说道。

　　"其实上我也没有什么新的快速快捷的修长城绝招办法，只是小建议！明天再打夯不管男女混合叉开来吗？男女搭配干活不累吗？男男女女在一起干劲大热情高！速度肯定要快的实在！大队长你参考参考啊！"宋子辉说。

"管呀！谁说打夯应该光是美女，光是男子汉的买卖，男子可打夯，姑娘女孩一样夯，男女混合男女双方一块当然要更好了！干劲大夯的快夯的实在，那当然好了，今天我考虑到背土方的差不多了，而且你们男子们大都在拿瓦刀走砖活的体力空间不大！趁下雪天冷让你们山下去跑跑活动活动暖和暖和身子，所以才叫她们美女们去打夯，打夯呢活动量少一些，只是半天才夯砸一下，驱寒量小所以这样暂时分工不一样，如果你宋子辉愿意打夯现在也可以去嘛！找几个弟兄们够一铺一伙，再去姑娘美女那里调开不是各家一半的男女在三齐夯呀砸的！干活关键不要闲着就行，特别是今天是特殊情况天寒空气冷，马上干不了多大一阵子了，天黑收工了，平时背土背石头，铲泥灰，递砖头只要不重要的杂活都有美女姑娘来干！你们这些二万三千名宝贝蛋，从大华山到万家屯三万大工骑兵大师傅工匠，距离是四百八十四里长度。大骑兵们主要以垒砖头为主，大家想想看，万三千人，一人一砖头就是二万三千块，如果每人垒一百块砖，一天下去就下去几十万上百千万块砖头，从咱们这里到万家屯整个战线上，就不少工作量，几百万几千万，上亿万的砖头，咱们的长城要不好长时间就能胜利在望了，明白不？当然我是希望长城越早越好，越美！我们现在的一万四千多美美女女的真正好汉英雄，在万家屯七千大工骑兵们甩开膀子大干一场，敞开胸怀大干吧！无论老天爷是冰雹，下天刀，下利箭，下雷电也别想阻挡我们疯狂的大干一场的精神！今天大干快到结束，明天再见！再讲啊"孟姜女才讲完话。歌声唱起男女大合唱：呼唤着你，呼唤着你，呼唤你！你在风雪中毅立峻伟长城！你是男男女女疯狂大干中的靓美！长城啊长城，长城呀长城哎……呼唤你长城最爱的心！呼唤着长城最靓的爱！呼唤着你长城最美的情！

浪淘沙

蓝天白云飞，高山歌声，随着神龙腾娜巍，美女俊男干劲狠，长城毅伟。白雪红玫瑰，祖祖辈辈，声声号子振人神，帅靓威风承载恩，城伟神沸。

猎豹

　　"许子海你好！队长好！我想问一下炎大队长现在人在哪里呢？我老刘又从大明县号召，召集了一些民工来参加修筑长城的这些人数量还不少呢？"刘文志说。

　　"刘县长你又带来多少民工，叫这些民工只能背土搬石头填长城里，搬砖和泥灰的都有了，要不然叫他们从窑上往这山上运砖头也行啊！活路是多，就是不知道怎么安排，安排哪里更合适更恰当合理！你现在把他们带到哪里去？"许子海说。

　　"总共是一万民工，我在万家屯那边拨去了五千人，由他们女子副大队长巧巧在那里安排背土运砖的工程，这边又带来五千人，吃住我另外专门安排的有伙食，住宿地，都不用你们操心，我在化集乡专门指定的有吃饭的场子，另外化集乡再派些老炊事员大师去马兰峪再建一个吃饭点不就行了吗？只是干活干些杂活，分配好，每个人背多少土多少趟，背多少块砖做好筹码，来一趟给一个码子，最后的凭码子吃饭，他们也有队有班组，组长带队，每个班也要十来个人组成，看给你们放多少个人合适，留下一千还是二千人，现在已经全面开展齐动员令！我想现在就差人运砖，所以才动员来的人员上山来的！"

　　"炎大队长来了！刘县长，大队长？"许子海叫着孟姜女。

　　"炎大队长你好！又是好久不见了，你还没有变样啊！真是越来越美越靓艳漂亮啊！"刘文志说。

　　"哪里！哪里！刘县长也是英俊潇洒靓帅啊！你才到啊！大县长老爷！"孟姜女问。

　　"我是来瞎凑热闹的，这不是又给你炎大队长招兵买马来了，你大队长看，哪里需要人手，我又给你往这高山上带来五千人，五千民工，还有五千让派到万家屯那里去了，反正是干活！"

　　"谢谢你刘县长，我们的长城修筑已经全面展开，急的就差人手和泥灰，递砖的，去掉，就没有几个人往山上运砖和土方的事情，这下可好了，先让四千人运砖，一千人暂时运土方石块，等两天在四千人中抽一千至二千人打夯夯墙内的土方，打实夯牢，也是项最艰巨的任务，这下子刘大县长真是给长城救了驾了！你刘县长真有眼光眼力，看来皇上没有白提升你为县长县太爷啊？"

"还是真真正正的选拔对了呢！太有远见的眼光了！先前让你干个小镇长，真是屈才透了啊！你先有号召能力，也有组织能力的天才，以后我孟姜女还真得好好拜你为师啊！这几天我都愁得睡不着觉，吃饭饭都不香没有味，有了砖头上山，就没有运土方去运石块的上山了，有土方石方就没有打杂和泥灰递砖的人了，一个人劈开做三个人五个人使都不够用的，别想打夯了，好在美女姑娘们都任劳任怨不叫累不喊苦，但我孟姜女的心是肉长的啊！拼命跑拼命背，不是少这样就是少那样的，成天慌的跟失了火似的还忙不过来！真叫人干急也急不出汗，急死人呀！他们五千人的吃住怎么办呀？"孟姜女说。

"先干活，活还没有干出来怎么能一到就要吃饭的，就要睡觉呢？"刘文志笑着说。

"这我懂！但也得提前考虑啊！不能一个个累的走不动路才叫找锅找面找柴呀？"孟姜女说。

"炎大队长，什么都不用大队长美女操心懂吧！再操心操的马上一个漂漂亮亮的大姑娘美女靓艳天仙变成白发苍苍的老太婆了，吃饭不用操心，住地更不用操心，好好地把心操在大家的工程进度上，哪里缺人，哪里的活路没有人做没有人管，你大队长调配一下子，他们这些人吃饭上山下山都有专门设立有吃饭住宿的人管理着呢！哪里都有镇长乡长，村长，谁干着不好，饿着一个人，我县太爷就拿镇长、乡长的头示问，看他们这些镇长、乡长有几个脑袋，本来修长城最得实惠得就是化集乡镇，当然是我们大明县府衙哟！老百姓的安全为第一嘛！老百积极性又大，跟大家一说号召都很明白事理，所以干起事来就好解决！都知道首先是为自己好，然后才是大秦王朝的天下，各个乡镇，村庄屯铺都有一百个好处，所以老百姓出人出力，我们大明县衙也首先响应老百姓的心愿与你炎大队长一起同甘共苦，这也是皇上临走前再三安排强调的大事情，不过你炎大队长不知道而已，皇上走的急切，把任务给我反复来反复去的说好几回，我这个大县长能不上心？不积极调配合吗？无论怎么讲，我这个县长也是炎大队长的恩情和关爱下才当的，人心都是肉长的，有恩的就谢恩，有罪的就得服法是不是？绝对不干那些过河拆桥的买卖，恩将仇报的小人是不是？"刘文志县长说。

"看来皇上的眼力还是百分之百的到位啊！是个能干的君主帝王，没有把你这个刘文志县长白白的提升一回！一个人再有本事，就像姜子牙一样改朝换代，但是没有文王、武王、成王用他，凭你再有天大的本事，还是得老老实实地去打工，做小工、帮工、去种地，去做小饭店的小老板，最后守着寂寞孤独天寒地冻在河边去钓鱼！等待周文王的出现，全国当时上上下下男男女女老老少少，谁个不知谁个不晓，姜太公钓鱼，愿者上钩，最后周文王心甘情愿的把姜子牙用车拉回去！老文王共计走了八百零八步，姜子牙保他周家王朝八百零八年整，刘大县长等皇上来这里，我孟姜女一定得好好地在皇上面前夸夸你刘大县长刘文志的好处，是个能干大事业的好主顾，也是个有远见有才干有谋略的实干家，大秦王朝就需要你这人，才能兴旺发达，老百姓也最需要你这样的人去领导去号召召集起来干大事业，千年不朽的功业功绩……"孟姜女说。

"炎大队长皇上走了这么长时间，该又快回来了！也该有书信过来吧！对咱们的长城修筑皇上还是特别特别关心关注的！"刘文志县长说。

"不瞒你刘大县长说，皇上经常不断的捎来书信，而且还都是用专人送来的，你看刘大县长这块佩玉就是皇上捎来的，还有衣服啊！鞋子呀！这不是同心珍珠项链，玉如意放在罗庄的罗老爷家，让我送给他徐山队生未来婚妻罗小青那里了！还有鸡血石的手镯也给了他们几个人，我估摸今天嘛，最迟明天又该来人了，皇上每次派的人，都是他自己的贴身卫士，从来不找骑兵队的其他人员，反正皇上走到哪里，哪里就是大胜仗，无往而不胜，战无不胜，攻无不克！真乃是一个大大皇帝大胜利者，别的不讲前几次刚才万家屯一仗二十多万人一下就消灭了，赞劲吧！把敌人的锐气一下子全给灭了个一干二净的！"孟姜女说。

"强兵头上无败将嘛！打到哪里胜在哪里！敌人也都不是笨蛋，一听见谁谁谁来了，屎都吓得屙裤裆，还用打吗？真是的！不用打，苦胆都吓烂了……"刘文志说。

"皇上这不是强兵强将手下的问题，应该说是强国国王手下无弱将，打仗全靠将军元帅，将军厉害了，自然老帅骄傲豪爽潇洒，将军都不行，小兵还沾吗？小兵和将军是天敌，就跟猫和老鼠是一样的，将军天生就是管小兵，小卒，小兵敢不向前冲，在将军手下还能得好吗？"孟姜女说。

"报告大队长，大秦始皇帝来的书信！请过目，还有一个小木盒子！"来人说。

"唉……看怎么样？刘大县长，高山地面斜，讲谁谁就来！这不咱们正说着皇上，皇上的书信就到了！你是皇上的卫士叫……"孟姜女说。

"我叫王三运，是皇上的贴身卫士，上一次你孟姜女还画了玫瑰来着……"王三运说。

"哎哟哟！看我这好一段时间都忙糊涂了！你的龚影还在等着你王三运

呢!"孟姜女说。

"皇上让我悄悄告诉你炎大队长，出不了十天他就能回到这将军岭将军关来! 这一次我们在天山上以西连打了三个大胜仗，消灭了一大批坏蛋洋鬼子有四五十万大鼻子红头发绿眼睛的老强盗! 还给你带来了和田美玉，请大队长拆开盒子过目，看看吧!"王三运说。

"好! 我孟姜女来看一看是什么不认识的宝贝，也见识见识! 有值钱的东西没? 这把匕首很精彩很小巧，留在身上防卫装饰都很美，青铜镶边的刀削龙身牛角削。匕首剑刀把是和田玉把孟姜女看看往腰间一插，有一对和田白玉的大白龙坠子，王三运这一对白玉龙耳坠送给你，作为你心爱之宝赠送给龚影吧! 这些东西在现在的市场上，可都是无价之宝，不是倾国倾城也是价格昂贵的好东西，不然皇上也不会让人送来送去的赠给自己心爱的人的! 一个大国皇上不知道主贵，那才是笑话连篇呢!"孟姜女说。

"不用讲，也是最宝贵的好玩意，还不是洋人的坏头头将军不知道在哪里抢人家的宝贝，结果一仗败在咱们皇上手里，这些值钱的玩意宝贝，就无意中落在咱们手里，大家都跟着你炎大队长沾沾光，不然这一辈子也不可能会有这些无价之宝的! 人生就是这么回事，该是你的走到天涯海角也是你的，与你没有缘分的东西，你就是今天是你的，明天也不一定是你的，这是绝对强求不来的! 在我原来多么希望有一件稀世之宝，如今真的有了这一块白玉蟾蜍，它们在没有来到人间时，是在月亮上和嫦娥在一起生活的宝贝蛋，如今却静静地跳在我刘某人手掌上，还不知道明天将会是谁的手上或者箱子里藏着呢!"刘文志动情地说。

"你也太伤感了，有了应该高兴庆贺，没有呢，也不能去奢望去强求的非礼行为! 你也不会去采取其他无理取闹之举的，该是谁的，像刘县长才所说的，自然而然的，最后落在谁的手里，只要在市场上公开露面，那将是身份与地位荣誉的象征! 一般是不能会不会的宝贝玩意! 好了，言归正传! 你王三运现在是回到皇上身边还是会一会龚影姑娘呢? 她现在在大青山上的一段长城上呢! 我看你还是去看一看她吧! 你们这些男人大小伙子，说起来是男子汉、将来的大丈夫，其实上心眼都特别小! 好了不说了，还是你先去找人吧! 叙叙你们这些天的恋意，心心相印的牵挂之情，恩恩爱爱的甜蜜梦境吧! 人总是人，不是你牵肠挂肚，就是她想恋的心盼的死去活来! 去吧! 也代我向她问好……"孟姜女说。

"谢谢炎大队长，我去了! 再见啊!"王三运牵着马往东跑着回头摇摇手说道。

"年轻人的事情，男男女女都是一样的! 恨不能一步跨到跟前，傻笑傻子对傻子，无非说一些废话的废话无聊话，真是一千遍一万遍的不解恨呀！刘县长你的事情有眉目了吗？别天天闷葫芦的不开瓢呀！光是在心里瞎想胡思乱想乱思量是不着边际的！是不是如今当了县长你的大县太爷，一般的姑娘你刘文志就看不上看不起了？一定是已经早就有人在心上了，总得有个打算吧！"

"怎么说呢？一言难尽，找女人也是跟这寻宝找宝是一样的！想找个才貌双全的！有魅力有帅气大方和气！是很难很难！真比这得到这白玉宝贝还要难上加难的事！要随随便便找一个一般的，真比这山上的大石头还要多得多！人生在世，全靠缘分吧！走着瞧吧！有缘千里来相会！"刘文志说。

"你也太挑剔了吧！这一万千多人的美女姑娘，光副大队长就六七个，还有小队长班组长一千一百多名！要啥样的没有，我孟姜女就不相信没有一个能配得上你的！你刘文志是什么吗？想想吧！人不是常说吗？天下的女人都一样，都在脸上分高低，她脸长得如花似玉，能结金子银子，还是能出宝贝，摇出金钱？原来在周朝末期时的西施，西施是东吴美人勾践时，最后不是老了吗？越老越难看，如果她活到现在跟树皮一样难看，谁见谁怕的才是妖怪，理想的天仙是不存在的，是人们平时说话的尺度，但不是理想，化的现身真人，是人们空想的，不存在的东西，还是实际的最实惠最贴心的！随时随地她想着你，你恋着她，你在她的梦中，她在你的心里，在你的脑子里，慢慢地就不知道离开分开，生活能培养出感情恋意，人人眷顾之情意吗？"

"这天气也想出毛病，昨天平白无故的下大雪，一上午才有点暖和，又想变天也不知道又想什么心思呢？这老天爷哟！谁能管得了吗？它想怎么着没有一个人能治得住，能管住它，咱们人来讲：恐怕是一千年一万年谁也别想在老天爷面前逞能显本事，所以人永远是人，不能上天，也不能入地更不能在大海里生存。在水里生活和鱼一样是绝不可能的事情！炎大队长这个万将军和范将军怎么能没有见到他们的人啊？我从东面一直步行过来的！也不知道他们两个要找个什么样的女人生活！"刘文志说。

"他们两个人在西面大华山和大青山中间一段，都在精心的垒长城呢！他们二人的干劲可大了，昨天下那么大的雪还在一个劲地加油干！又是两个真正的军人，宁死都不会拐一点儿弯的性格！叫干什么就干什么，风雨无阻，让他们改变一点点的，大刀架在脖子上也不屈服！"孟姜女说。

"是的！是的，我们几个人坐在一起喝酒吃饭的都好几回了，一个人的脾气在酒桌上就能显露出来！再保密的事情，只要一喝酒，三碗酒一下肚，什么事情都露馅了，人家才是响当当内心一点点私心也没有，该咋样永远就是咋样！丁是丁，卯是卯，老板正的狠，不像我们这些人眼皮子活！看人看事利大效果不一样，无利没好处又是一个样的，不过事情哪有恁好的，也有出入偏差的，绝对的一样也找不到，也叫事在人为吧！谁不愿意听好话呢！就跟在山上垒长城是一样的，有急性慢性子人，有人能端几铣，有人一铣还找不到地方呢！啥都取决于性子和脾气，你炎大队长就是急性子，能吃苦耐劳，吃点亏不吱声！大多数人眼里不管下丁点子的灰星子！"刘文志说。

"姜玲玲你知道龚影她们那个班组在哪儿吗？"孟姜女说。

"大队长龚影七班六队挨着挨，东边一点点的地方，哝！她正在和一个大兵在一起哩！"姜玲说："看见了吧！大队长！"

"看见了，你忙着，我们找她有点事儿！"孟姜女说。

"大队长这鬼天又起风了！看那西北天里昏昏沉沉，黑茫茫的象悦山的黑烟！"

"不是的，是春风的最后一股子劲，雾茫茫的灰尘，这都是老天爷的买卖，有意让人不痛快，大风也刮得人晕头转向的！"孟姜女说。

"天爷哎！要不是这么多的高山山峰和这些树木树枝挡住，这风才厉害才不得了呢！管它！只要刮不倒高山山峰，咱们就得继续大干大修长城！任谁也别想改咱们这些美女姑娘的意志心肠！大家伙可是吃了秤砣铁了心了！刮风又不像下雨下冰雹，更不像天塌地陷站不住人，注意点啊！小心让刮倒啦！"孟姜女说。

刘文志说："乖乖这边的风比东边的风大啊！眼睛都睁不开了！马上连气也喘不上来了！真叫高山大风想把山给吹跑到大海里去啊！"刘文志说着用手揉揉眼。"这风都是从哪里刮来的呀？说刮就真的刮起大黑风来了！风一阵一阵的刮，刮的六亲不认啊！一点也不讲情面！"

"今天第一次听你讲：刮风还要看人情的！大风能认清谁是谁呀？那才奇怪了呢！拉着我的手，千万别把大县长给刮到山下去咯！要真的把县长大人刮飞了，我这些人以后的吃穿都成问题了！"孟姜女说。

"放心吧！大队长，好歹我也是个男子汉要是把我刮飞了，我想大多数姑娘美女都会飞上天吧！从此，也就别再指望她们修长城了！"刘文志说。

"这里下午还要派人来填上土方石块，还要夯结实才行，不然明天上午就不能垒墙了，垒墙头的老师傅们就够不到上面的墙了！哎！龚影你过来一下，王三运也在啊！酒阳子，杨钱钱，你们两个班组长给龚影放半天假，让她和王三运谈谈啊！别的也没有什么事！要不然叫他们二人去背土方也行的，反正还要留点时间，他是皇上的人，很少往这里来的，该照顾一定得照顾，这也是特殊情况吧！明白不！"

"大队长知道了，我马上去通知龚影背土休息，别的没有其他事情吧！大队长先生！"酒阳阳说。话还没说完，一阵大风吹过来，把话又呛回去了。

　　"刘县长,风这么大,你还往前面去吗?"孟姜女说。

　　"前面不是快到了吗?去看看万将军和范将军他们!等修好长城,我还要请他们到我县衙去吃海鲜大菜餐呢!今天来到这里算是预约咯!他们二人毕竟是有功的将军,又是垒长城的功臣,我不请你们请谁请呢!还有你炎大队长啊!好长时间咱们都没有机会在一起坐坐了,人生难得一知己,也算是光明堂皇的老酒友老朋友了,又都是为了一个大目标工程,才让我们走到一起!也算是缘分吧!"刘文志说。

　　"你刘文志到底是县长,张嘴闭嘴就是吃喝的!"孟姜女说。

　　"不吃不喝咋办,吃喝跟不上就办不成大事,好菜好酒不分家吗?人生在世不讲吃不讲喝还讲什么呢?金银再好生不带来,死不带去的,只有吃到肚里才能是自己的,人是国家的,生命健康是自己的,不讲吃不讲喝,人生还有什么盼头呢!在外吃不着喝不着迎着西大风想着老婆!这鬼天刮的乌烟瘴气的,这会说说笑笑吃喝便宜便宜嘴,其实什么也得不到看不到,如果要是在我大明县衙内,孟姜女这会儿,只要你想要吃啥都有,包管你吃个够!"刘文志说。

　　"如今是远水解不了近渴,现在需要你县太爷把平时吃的东西转换成为力量,才是最实际的!"孟姜女说。

　　"我就是这样想的,已经来到这里就是讲这里的干劲!我现在想到老朋友那里手下去干活!这些年轻人和我这个半大老头子也说不到一块去,只有二位将军了解咱老刘!所以往前走往前找啊!跟你炎大队长说什么呢?性别不同,年龄差距大,你才十六岁,但是已名花有主了,说话处处小心别舌头一滑冒出不文明的语言,都玷污了你炎大队长的听觉,只有叙叙吃喝不犯法,大秦始皇上不敢抓,也怪这老天,你想刮慢慢地刮,悄悄地刮,非要这没命的乱刮一气!我看是想找事啊!"刘文志说。

　　"前面不远就要到了,要不是这漫天的尘烟早早就可见到人影了!哎!刘县长原来在横山住的柳青山和妻子严什么的找你了吗?你是怎么安排的?"孟姜女说。

　　"啊!老猎人是吧!人还挺直爽的,办事能力也可以,也在县衙啊!按照皇上的吩咐!班头、衙役们对他还可以吧!人嘛!就要以心换心,尊重别人就等于尊重自己,人心都是肉长的,总得还算可以吧!办事也会办,也肯动脑子,大小事都难不住!炎大队长你看前边是个什么家伙,像是个大野猪,还是大老虎啊?这些家伙咋跑到才垒的长城上来了?"刘文志说。

　　"哎!就是哎!你眼睛怪尖的!赶快找家伙把它们赶走!可不能叫它们伤了咱们的人啊!"孟姜女说。

　　"拿大棍!大铁锨打啊!哎!前面的人注意啦,城墙上有大老虎!快找家伙打啊！"刘文志不知从哪里找了一截木棍在手里往前冲去。

"刘县长你也要小心啊！小心狗急跳墙哇！"孟姜女喊叫着。

刘文志大喊大叫着向前冲，前面两个家伙一看后面有一人来打，又举着大棍子，它们两个也慌忙顺着新垒的土石往前跑去！孟姜女和一些姑娘将士都在后面大喊高叫着往前跑！有的举着铁锨，拿着瓦刀喊声震天动地，它们做梦也想不到这里这么多的人！后面跟来一大群男男女女，这两个家伙往前拼命地跑着，眼看前面有稀稀拉拉的几个人影，它们两畜生也顾不了许多了，只有拉开四蹄弓起脊背往前猛蹿狠跳，使出了看家本领把尾巴高高翘起朝前猛窜一人多高得逃命，横穿直撞过来，眼尖的人赶快躲在两边墙上不敢动弹，等它过去再追赶来！它们更加慌张！只见两个家伙飞身向两位将军撞来，万将军和范不知在讲什么事情，也该他们二人出事，说时迟那时快，两个家伙向他们二人身上飞来撞去！无疑把他们给撞下城去，只听见两个大声惨叫一声！再也没有了动静！

只有听见男男女女在大喊大叫着："万将军！范将军！你们在哪里啊！范将军！万将军请回答啊！快回答啊！快快快！下去看看去！"

孟姜女和刘文志都快步走的跑过去问："咋回事？姑娘们，到底是咋回事呀！？"

"大队长，炎大队长不好了，万将军和范将军让两只猎豹给扑掉到城墙外了！一点声音也没有，不知是死是活？"郭文慧说："赶快找找吧！"

韩玉玲说："大家赶快下去找找看看！刚才我们正在铲泥灰，突然不知从哪里穿出两只金钱豹，冲着人就扑过去！好吓人啊！就听一声大叫再也没有声音了！"

"咋会这样哩！该死的畜生。"孟姜女骂道："赶快下去……"孟姜女也没有别的办法！赶快往回跑了几百丈才有出口，下到城下，又往西快速地跑去！围着城墙跑了好一段路才来到城头头还和大华山连的巨石陡峭林立，大声喊着："万将军！范将军！你们在哪里啊？范将军、万将军听见请回答？"

大家都在半山上找啊叫啊！没有一点点的回应！"万将军哎！范将军啊你们在哪啊？"

"炎大队长，快来看也，万将军爬在这里了，快来看看！范将军也在这呢！乖乖哟，猎豹也摔死在这里了！在万喜良前面的一块大石头上，大猎豹旁边还有一只撞在头上死在石头上，一动也不动！"

孟姜女一下子趴在万喜良的尸体上大哭了起来！假孟姜女也趴在范杞良的身体上哭了起来！"万将军啊！你命真苦啊！眼看着长城就要修好了，你确死在了这里！可怜的人啊！"姑娘美女们都站在四周默默地流泪，有些女孩子借着别人的肩膀大哭着！将士们都在悄悄地抹着眼泪、哽咽着哭泣着！天上的乌云在翻卷浓浓的黑烟！大海里的波涛像在拼了命澎湃卷着巨浪，波涛滚滚的百丈之高。城墙从根基上砖面，一块一排，一排一块往上升腾，与大华山的百年大松树相依相偎着……小鸟猛飞着向天空中飞翔，老鹰在长城和大华山高空盘旋翱翔着！乌鸦在哇哇的嘶叫着，大风夹杂灰尘刮着，漫山遍野中奔腾地吹着，来势更加猛烈强劲！男士骑兵都在默默低头默哀！美女姑娘们的长发在风中飘动着，一片哭泣的声响！抽咽的呜哀……有几个男士骑兵在刘县长的带领下在山下用衣服来挖土，又在旁边挖下一个大沟坑！准备下葬二位将军的尸身……

《浪淘沙》将军神英魂，长城神巍，千年英烈将军关，长空惊吼高山岿，罕遗功恩。雾灵高山恨，功绩城伟，子孙万代炎黄根，世世代代男女神，火红玫瑰。

孟姜女经过一阵子的痛哭，勇敢地站起来说："刘县长，咱们应该在沉痛中回过神来，人死不能复生，又不是谁人有意出的毒招！更不是你我大家想看到的，谁也不愿意发生这样的事，实非偶然的天灾人祸所致，而且这两个畜生也不懂得人性，我孟姜女就是哭死也不会把将军们哭活过来，现在木已成舟，人已定论，还是去附近的集市去买棺材准备后事吧！不能影响大家大干的热潮情绪！使大家明白趁热打铁化悲痛为力量！两个好将军倒下了，千万个英雄跟上来！好了就这样，我这会呢！脑子也不太清醒，人在事中迷，连夜晚上处理好后事！等长城修好后，大家全体的男男女女再来祭拜超度英杰上天堂去最好！还有原来你的结拜兄弟乔镇长和几次战争中殉难的骑兵士卒们，都得给他们这些无名英烈竖碑立墓留给后人悼念的。"

刘文志用手抹去脸上的泪水说："好吧！大队长我去靠山集，如果不好办在去平谷镇上，我想问题不大！一定能办好的，大队长我先走了！"

"再找个人和你一路吧！路上有个伴！万一哪里不合适也好商量商量帮着拿个主意什么的！班长是离不开的，叫韦山去吧！刘班长刘来安你看行吧！"孟姜女说。

"我同意！无论什么事，只要你大队长讲出来，我刘来安保证坚决服从命令，听从指挥！"刘来安班长说。

"好！大家都是好样的，刘县长你们先走吧！从现在开始我孟姜女提升李小泉队长为将军，刘来安为将军，兵卒中不可一日无头！人无头不动，鸟无头不飞！你们两人从现在开始就是二万三千兵卒的将军！有权裁决各队各班的大小事务，有权任免队长，班组长，调动事项等等，我孟姜女先来给在场的全体将士英雄们说：虽然万将军和范将军今天英勇去世了，出了如此大的灾祸，但是我相信全体将士们是打铁的好汉，一个将军倒下去了，千千万万个豪杰顶起来！英雄好汉豪杰都是我们华夏大民族的栋梁之材！也是我们大秦王朝的顶梁柱，天下千千万万个老百姓望着我们大家，大秦始皇帝给了我们无上的期望，皇上亲自勘察长城的地理位置，爬上这高山，水沟，又去看了摔砖坯子的美女将士们！给大家带来了问寒问暖的衣服鞋子和众多的食物，给这高山给长城带来了永久的太平！给大家带来了乐趣和快乐！给全体将士带来了勇气和无畏的乐观胜利精神，给姑娘美女们带来了心灵美人生希望的美感，华夏大民族的老百姓带来千百年的幸福太平自主自尊推翻几千年压在我们每个男男女女身上的奴隶制，从今往后只要我们大家的勤劳智慧，勇敢地战胜大自然的天灾人祸！收获的丰收去掉应交的税租，一切都是属于自己的了，这就是改革，这就是创新！认真从事自然科学，不断总结经验拼搏进取，让奴隶制社会永远见鬼去吧！要不几天我们的皇上还要来！为我们俊男靓女庆祝长城！的胜利！皇上带领我们华夏大民族的快速骑兵团队在天山以西阿尔山口以外又打了几个大胜仗，把好多洋鬼子给赶到大沙漠以西的大海里去了，他们死的死，伤的伤，几十年几百年也别想再回到我们这里来了！只要我们的长城一修好，上千年他们来不了也进不来了！有我们的钢铁长城挡着，他们插了翅膀也别想飞过去了，这就是我们这些人给后代子孙造的最大的功德了！所以我们现在要鼓足最后的一把劲，咬紧牙关，拼着性命也要把长城提前修好，让我们华夏大民族的亿万老百姓心中的神龙早日飞惯东西，飞翔在蓝天白云里，舞动在山山水水的锦绣江河之中！姑娘美女们！英雄的好汉男爷们，让我们大干起来吧！现在大家都各回各处加紧大干吧！皇上要不几天就会带着大部队来了，现在他的贴身侍卫在女子大队第六小队七班组呢！这就是他才带来的最新消息！"

"万岁！皇上万岁！万万岁！兄弟们姐妹们走啊！拿出最大的干劲，垒出高质量的城墙，向天下支持我们的人们献成绩做大事业！"刘来安喊着向山上的长城走去！

"听说皇上喜欢咱们的大队长呢！把宫中的八百美女七十二妃都遣散了！"韦克芳说。

"那是应该的，我杜晴不是男人，我要是男人，我也会喜欢智慧超群、有号召力、大方温柔的炎大队长的！炎大队长本身就是按照他皇上的事业去干的！人生的美丽漂亮心又往一起想，叫神仙也会动心的！更何况皇上还是人生最好的时候壮年时期，三十八到五十岁是男人最英俊显露才华和自强体壮的好年华！"杜晴说。

"万将军和范将军为什么不找姑娘，心也都往她身上想呢，只有一个比一个更聪明更狡猾去了，如果不是皇上想着大队长，恐怕这二位冤死鬼就要真跟她好了"韦克芳说。

"还有几个县令呢！全国有多少个县令啊！不就四十来个吗？要是在十年前五十年前一个大明县比多少个小国家大哪里去！百年前听说百十里就一个小国家，光这高山东西就是三个国家，赵国、燕国、卫国，现在百分之九十才是一个大明县管，你们说这个县长大不大，相当几个国家的领地，胡达莉，尹青梅，韦东萍你们说是不是呀？所以呀！千万别小看这个刘县长，其实上权力大着呢！听说还没有家小，我们姐妹们不论是谁要是能抓住他，也就真能享一辈子清福了，就是没有机会，谁知道他本人是咋想的，反正有一点他经常往大队长跟前凑，想讨好她，就意味着他在想女人，但不知道他会看上谁？就跟皇上的贴身卫士咋看上龚影了，她龚影好在哪里？比起咱们几个，她算什么玩意！既不美也不咋的样！只是他们有缘分罢了！"杜晴说。

"人就是巧合，美不美，只要缘分到了，另一半就会出现的！听天由命吧！反正男人们多得很！看谁能相中我们！我就跟他走，硬贴靠不上的，急更是不行！"钱卫美说。

"谁来打夯！姐妹们说不定一打夯就有人来了！而且也能吸引人的！"尹青梅说。

"是啊！打大夯人多，喊着叫着能吸引男人的注意，更能引人注目，多看几眼也好呀！来来美女们四个角里架起来哟！"胡达莉说。

"女孩子们，四个人站好喊起来！吼起来咯！"齐红霞叫道。

"一夯一夯一夯也！嗨哟来哎！美人不够也要干起来哟！哎哟咳嗨！骑兵哥哥快来夯哎！嗨哟来哎！大哥快来夯哟！哎呀来咳！请哥哥爱上你也！哎嗨哟嗨！膀大腰圆好威武哎！哟也来哎！打夯打夯干劲大也！嗨哎哎好！下劲使劲夯哟！哎噻哟嗨！妹妹的爱哥哥也！哎呀来哎！哥哥的想妹妹也！嗨哟来哎！哥哥的梦中爱也！哟呀哟呀！妹妹心中盼呀！玫瑰变牡丹也！嗨呀来哎！月中嫦娥恋哎！咳哟啊呀！天仙盼人间也！哎哟啊也！美女恋神仙哟！啊的来哎！神仙戏欢蛋也！哼哎哟喂！欢蛋蛋哪个开花也！嗨呀嗨哟！恩恩爱爱笑起来哎！哎呀来哟！长城恋高山也！嗳也盼嗨！妹妹夯长城也！哎呀好也！夯也夯不够呀！吻也吻不烦噢！嗨呀嗨哟！江山舞长城也！嗨呀哎来！一夯一夯猛劲夯呀！哎呀来呀！长城飞舞神龙笑也！嗨哎哎好！妹妹哥哥梦中爱也！哎哟嗳海！"

"刘将军这长城可不矮哎！站在这里往下看，立陡立陡，笔直笔直的，脑子都转圈，头脑发晕了！山沟里的树都看不清哎"香花说。

"你香花该不是有心脏病吧？有心脏病的人不管上高，更不管站在高处往下看，这是城墙，上面几百尺高，几十丈宽，最窄的地方也有二十多尺宽，最宽连房屋五六十尺宽的，不害怕不害怕，一站到垛子墙往下看，就是你这种感觉，一定是身体有毛病！"刘来安说。

"有啥毛病呀！吃饱不饿的病！"

"她香花就是有病，有大病！"韩玉玲说："不治之症……哈哈……"

"傻丫头，有啥病呀？你说说……"刘来安说。

韩玉玲说："我要讲出来吓你们两人一大跳！你别害怕！"

"哎！看看胡说八道来了，没词了吧！"香花说。

"好好！香花得的是'相思病'，夜里有好几回大喊大叫刘来安，我爱你哟！可是真的？"韩玉玲说着拨拉着齐耳短发。

"胡扯！没有的事！谁叫谁喊他了？傻瓜才叫才喊他了呢！"香花的脸一下子从耳朵红至脖子。

"你没有叫喊，你脸红什么呀？叫刘将军看看呀！脸上跟擦了胭脂一样鲜红鲜红的！心虚了吧？人不是好说：新光棍就怕老邻居，夜里睡觉跟大塘摸鱼一样扑通乱蹦乱跳的！有时脚都上！"韩玉玲说。

"美女姑娘们少说废话，快快上灰！上砖了！"刘来安说道。

"还上灰呢！看你脸前面的砖垛上，不都是泥灰吗？你刘将军光想往我们姑娘脸上抹灰！明明自己手里跟前都是砖头还叫着要砖！真是的！"

"哎呀呀！美女大小姐们，我还不是给你们挡话吗？看你们大姑娘说得赤裸裸的怪吓人呢！你想呀！她盼着我的，连人家梦里的隐私也叫你朝天班组的抖搂出来晒太阳了，见了阳光啦！就连我心脏中的血也害羞！急红了眼睛了，算了还是说说其他的东西吧！"刘来安说。

"有啥话好说啊！说啥也是你刘将军向着她香花！谁还不知道是咋的了！平时一说话你就偷偷地给香花递眼色,还偷偷地咬耳朵！面片子的大耳朵，你就将军永远在自己的女人跟前硬不起来！原来有个老将军慷慨地说道：还在队伍中能领导千军万马在家管不住一个老婆媳妇，不说了！"韩玉玲拍拍自己的短发说。

"爱说不说，不说还不是没理了没词啦！死人还能让你说转来，不定心里又想哪个大耳朵，高鼻梁的小伙子呢！"香花报复地说道。

"李将军这长城该打垛子了吧！你过来看看多高了，既是在有本事的坏蛋也难登上这长城上来！像在云彩眼里一样，确确实实的高度差不多了吧！"刘将军说。

"是啊！这一段的长城是不矮，看和大华山基本上高低不差啥了，这里我瞎乱估计也二百五六十尺还要高呢！我想咱们还不如问一问炎大队长，刘将军不知如何？我这个李将军也是个软耳朵面皮子，还是听大队长的吧！"李小泉说。

"炎大队长这会儿，全身心的都在万将军、范将军身上！看她悲痛欲绝的样子！不过这两个说走也真快呀！真是让人想不通啊！"刘将军说。

"人的命天来定，阎王爷叫你三更去，谁也抗不过五更天，天数谁也阻挡不了呀！"李小泉说。

"韩玉玲大班长，你们这个班不是一直在这里干活吗？两只豹子咋会把两个将军同时推下长城呢？怪不怪？"刘来安说。

"谁知道呢？当时事情特别特别突然，开始时万将军和范将军也在一块儿说话，不知道在商量什么事，还是两个人伸长头往处看什么东西，都朝下看着，不知什么有鬼还是有了神道，两只豹子拼着命猛冲过来，大概它们也看见两边都有人拿着铁锨，后面老远又在呼喊着！它们也在惊慌中乱了神，就朝他们二人扑来，也该是这样的！最后听他们大喊一声，再也没有了动静！和以前是一样的静，但是他们二人和豹子都掉下长城了，最后大家跑下去一看，整个情景大家都看到了，豹子和人都摔死了！长城有这么高，谁掉下去还都不是摔死吗？鼻子嘴里都在流血，大队长爬在哪里号啕大哭，手还在不停拍着死去的身子！真是怎么也想不到的事情！"韩玉玲摇着头，用手拍拍短发，又理一理头发叹了一口气。

"真惨呀！"李小泉说。

"李将军你我这里是第一天的将军之路，就让长城给难倒了，我刘来安看是差不多了，大华山在西作证，大青山岭在东西陪伴，以我最蠢的看法，就不要再垒了，如果以后谁有看法或从新垒我刘来安再来垒好了！男子汉大丈夫，该下决断就下好了，在关键的时候别婆婆妈妈的没有主张！该马马虎虎的时候再马虎，现在是在实干大干哩！不能影响斗志，要乘胜加快步伐向前推进！在这里商讨一天半天的时辰可就完了！我将现在决定到此为止，马上垒长城垛子墙，一丈远垒两个垛子，一是监视下边的动静，二是发现敌人好用弓箭射击，三是起防护作用。一防从下边飞上来的利箭，是不是呢？有二尺多点就可以了，不能超过三尺！李将军，吭声呀？发表发表意见！"刘来安说道。

"就这样吧！按既定的方针办，反正垛子墙从西嘉峪关起就是这样的，咱们不另外在规定了，应该从西到东都是一样的，垛子一垒好马上也要把土方石块夯平砸实在，夯好后再铺上一层砖头不就完工了吗？"李小泉说。

"对呀！上面铺上砖头，我们就胜利了。啊！先生美女们我们这一段的长城明天就要胜利完工了！哎嗨！先生美女们，让我们再加一把劲！胜利就在明天了！"韩玉玲、香花、梦圆、雨露、文娟、拉娜、秀莲、明珠、子怡、月芳、晓玉、郭文慧等姑娘们跳着脚、挥着双手，有的拿着砖头在空中一举一挥地叫道："胜利了！哎呀嗨呀胜利！"

"去掉几个铲泥灰的，大家都应该来集中力量打夯！来砸平砸实在，不然一下雨土方往下陷的厉害！姑娘美女们夯起来哎！"李小泉将军兴奋地叫起来！天仙美女姑娘们我爱你哟！哎嗨来哟！

如梦令

玫瑰如梦彩虹！霞云梦令媚宫！高山寻沸情！绚丽春光魂梦：长城！长城！锦绣华夏神龙。

大行宫

大海是无风三尺浪，有风浪涛天，一点不假，海浪拍击着岸边的巨齿一样的大石头，把石头冲洗的一尘不染，就连水草青苔也不能生存，但是海鸟、海燕、海鹰、海龟、海虾、海蟹等等，海产品生物都躲在巨石的背水浪石缝里，照样自由自在的称王称霸，谁也拿它没办法，特别是海蛤蜊，它特有生存能力，潮水巨浪来了，它钻进自己迎造的沙洞里吃吃喝喝，要多得劲就有多舒服多过瘾痛快，真可以说是醉生梦死，海水退去，它带着它全家在海滩上晒晒太阳，吹吹小风中，逛逛情人的小居室，别有一番滋味，将软体身体慢慢拉长拉细，在豉起腮帮子肚皮练练气功，临死又变成了美丽五颜六色的高钙贝壳"怎么样宰相先生，你看我才拾到的一个靓艳贝壳好美好漂亮，好光滑好大呀！给你看咋样"赵高此时心情特别好。"不劣不劣！是个宝贝，它像个初十的新月，又像嫩美姑娘的脸蛋，特别有一副动人情意的思念，里面隐藏着美女嫦娥奔月的影子，可爱动人，崔人情操，情义真是好东西，价值不菲呼！赵大人，真是贵人有富气，伸手拾金，点石成金啊！"李斯奉承有致的说。

"李宰相若要喜欢，就送你吧！"赵高若无其事地笑笑说着，李斯慌忙说："哪里，哪里，岂敢夺人之爱，彼人只是为你高兴，为你叫好，我要它何用，一不恋爱，二无她思，一大把年龄岂能不爱惜自己的身体呀，这全家上上下下千把口人，老老少少一大堆，全依靠本人！唉！慢慢过吧，这日子就像树叶一样稠一样多啊？"李斯动情感触的瞎说着又干笑几声。

赵高有趣地说道："李宰相，你可是一人之下，万人之上的显耀大臣大栋梁啊，你这么大的官职官位，全大秦朝的头面人物，除了皇上，谁敢在你宰相面前说个不字，就我赵高时时刻刻都让你七分，敬重你是个秦始皇上的影子，只要皇上不在，谁个不尊敬你宰相大人我也不愿意啊，这么多年，我们全心全意同朝为官，你还能感觉不出来吗？只要你说的话，谁敢提出异议，我赵高不说赴汤蹈火，也是口口声声赞同啊！我们俩可是一个战壕里的战友，老朋友，除缪毐，斗吕不韦哪一次，不是按你的计策行事，担风险冒着生命流血在所不辞，后来按民意收服六国，修郑国渠，无论大事小事全是我赵某人举双手赞成你李宰相大人的各种措施意见，从来没有顶撞过你李大人是不是，你可以静下心来好好想想，走走走，咱们一边往回走，一边慢慢叙来，李大人不满着你说：我这一生最最敬重，最最最尊重的人，就是你李大人李宰相，秦始皇他除外，因为他天生是皇帝的命，生来就要当皇帝，百姓的话，天命不可违，所以你我咱们这辈子就成全他，让他当好皇上，好皇帝，天命不由人吗？谁叫我们俩的命贱，李宰相大人你怎么不吭声啊，就比方说，建这个大行宫吧？你不是也同意，也赞同的吗？你千万别哑巴吃饺子心里有数啊？"赵高看看李斯一眼说："你光偷着笑，叫我赵某人在前当挡牌呀，心里乐也讲出来听听，叫我赵高也听着乐一乐吗？你这个人就是满肚子的主意不拿出来说说讲讲，自己一个人睡在床上做在梦里偷着高兴真拿你没有办法。"赵高说着漂亮话让李斯脑子麻痹，瞎话说多了，就是真理！十遍二十遍削弱你对他的重视和不在乎，其实上赵高早在心说：李斯、李死，非叫你老小子最后慢慢死在我赵高的手底下，整死你，你还满心的疑意我赵高不会杀死你，叫别人死，也决不会叫你李斯死的！好小子我赵高早早多少年前就想叫你李斯先死，只要你李死一死，这整个大秦王朝就姓赵不姓赢了，给你讲句奉承好听话，你就高兴的屁颠屁颠，也不知你自己还能姓几天李呢？老混蛋，你以为你是大秦朝唯一最大的功臣大大宰相呢？非叫你洋洋得意放个屁能把自己冲天，找不到葬身之地，等着吧，头号的大坏蛋叫你死，你就给我乖乖地去死？我辛辛苦苦营造的阿房宫千万间，他秦始皇怎不去住，他生来就没有哪富气，叫他当个替罪羊冤死鬼还马马虎虎，什么真君王，什么真龙天子，全是放屁，嗥能天下老百姓的，真正的真龙天子才是我赵高，我这一生能高能低，能忍能让，能长能短，能胖能瘦，快了，老天爷，我受够了，这些王八蛋蠢猪的笨蛋的，我一定要做天下第一人，谁敢阻挡拦阻都统统的杀死他……他无意在自己脖子上用左手比式一下，从牙缝中挤出一个"死"

字来。

李斯听见一个死字慌忙问："赵丞相大人，死是什么意思呀？谁死呀！大人！"赵高苦笑了一下说："谁死？哼哼哼！"他用鼻音说："除了孟姜女还有谁！她孟姜女用美人计勾引皇上跟着她的屁股转，这些天也不回来了，咱们一个多月连个人影子也看不见，天天兴的跟泥巴狗子一样，兴呀！有本事能兴到京城，才算有种有本事……"赵高一脸的奸笑，看着盖好的大行宫继续说："这大行宫就是她孟姜女的监狱，也是她的坟墓，慢慢地叫她发疯，发神经病，一天天逼近她的死期，非叫葬送这汪洋大海中，茫茫一片都不见！"赵高说完昂头大笑起来，李斯也随着干笑大声说："还是赵丞相大有绝招有高招，高明，有高见啊！"

"报告，赵丞相大人，大人吩咐的东西我带来了？"来人说着看看李斯李宰相便停下来了。

"但说无妨，李宰相大人是我们一家子的好朋友好长官好宰相，早早就和孟姜女有切齿之恨，恨不得扒光她的衣服让她个黄花大闺女亮亮相，再上去将她强奸捅上一百下，一千下，叫她还死兴兴翘着奶头显屁能，再咬烂嚼粹她的奶头当穴塞才痛快呢？女人呀女人真能男人的大鸡巴，咣咣咣地插死她！即实不能享受她，也不能叫她活着痛快得劲，总共带来多少个狗崽子！"赵高肆无忌惮大声地又说着："当年，我赵高在大庭广众群臣面前指鹿为马！谁敢吭声，谁敢辩解，他秦始皇不是也没吱声吗？不了了之吗！把东西拿来我和李宰相大人看看瞧瞧质量好不好，能用不能用啊！完不成任务小心你的狗头吃饭家伙……"赵高恨狠地说道。

"赵大人放心好了！我狗崽子没有完不成的任务，只要大人讲出来，就是天上的龙蛋，阎王爷的生死本也能拿来叫大人改上两改，永远让赵大人万寿无疆！万万岁！瞧瞧总共是十九个，就是叫她早早死久，永不回生，没有生还再生的余地，看看真假真诚，吻着香喷喷的，八辈子也别想再生个一男半女，非绝了她的后不行，别看一个孟姜女，就是一百个玉皇大帝的亲闺女、亲儿子也别想有后生子，赵大人怎么样，没有辜负大人多年的提携和栽培吧，以后无论什么事只要讲一声，我狗崽子没有完不成干不好的事……"此人斜着三角眼说得满嘴飞吐涂星子。

"快，快快快！趁现在这一会，工匠们去吃晚饭，咱们赶快把它藏在各个屋室里大厅里，大厅放两颗，屋室放一个，走走，李大人参谋着放哪里好，又要安全还要保密，不许泄露出去，狗崽子懂不懂呀？"赵高大声追问到说。

"小人知道，小人保密，刀架在脖子上也不会说出来的……"狗崽子献忠地说着。

"好好好！那就太好了，说出来也是死，因为这是陷害皇上和美女，只要皇上知道一点因信，谁也活不成！知道不知道？"赵高厉声的吓道说。

"是是是！赵大人死也不能再提一个字，只有天知地知阎王爷知道，我们三个人知道。"

"这里爬上梯子放一个？快点，别慢慢腾腾的！"李斯崔说着。

"放在木板上面，千万不能给任何人看见，反正木料木板也有香气，这麝香也有香气，大部分人不会注意到的，也更不会想到！快下来，前面大厅、后厅、左右、寝室都放了，好好你还挺麻利的……"赵高嘴夸奖着随手从袖管里抽出一张十万两的银票递给狗崽子。"这是十万两银票，日后用完在来找我拿，我会重重犒赏你的知道吧？"赵高随手递过去。狗崽子高兴的双腿跪地双手接过说："感谢赵大人的大恩大德，做牛做马也报答不完的大恩情……"狗崽子还要说什么，赵高用手指挥着，意思赶快走，狗崽子才转身迈上第二步，赵高右手抽出腰里的青铜宝剑，右腿跨上一大步，猛地朝狗崽子后背上捅去，狗崽子头扭了一下头，双手扑倒在地上翻上了白眼，赵高抬起右脚将他踢翻过来，从他怀里掏出银票放在自己胸怀里说："此等小人，留他何用，还是天知，地知，你李大人知，我知最保险，多一个活口，多一份罪，来人啊！把小偷贼人托出去抛在大海里喂鱼去，小偷小摸该死，罪有应得……"赵高说着，拿眼望望李斯，李斯此时脊背上冒凉气，可面子上确若无其事地说："贼人竟敢闯到大行宫来偷东西，也太胆大了，死也活该……"又干笑了几声，甩着长袖子，迈着八字步朝前走去……

害人之心不可有，防人之心不可无。

古今华夏多少事，都负人人笑谈中。

飞砖

蝶恋花

神龙拜女神靓美，日日魂醉梦甜念思奔，无影无踪大砖飞，谁知何方神圣为。老兔沟里有神秘，城砖情爱飞蝶恋花笨，阿贵思情缘分员，上帝老天时光酹。

　　天上还剩两个星星在眨着困乏的眼睛发噫怔，傻呆呆地盯着东方天边上淡淡的白云在交换着鲜艳的七彩之霞，早起的小鸟在唱着清脆的歌声，屋内地埔上席地而睡的美丽姑娘都在起来，有的在梳理着蓬乱的长发，有的站起来穿鞋，用手拉扯衣服，此时马云儿慌慌忙忙的从外面进来喊道："炎大队长！大队长大姐姐，我们烧的砖头都不见了！一夜之间满场的大砖头，一垛垛，一排排一大片一大场子，怎么会一下子都没有了呢？怪事不怪呢？要是有贼有盗有土匪有小偷偷盗也该出点声响吧！今天一大早起来满场空空荡荡一块也不见了。炎大姐，这到底是怎么回事，奇怪不奇怪啊！"

　　"马云儿，你们的班长呢？他怎么没有来？还有张清他在哪里？这么大的事情两位大班长也不见人，到底咋回事？"孟姜女问道随急几大步从堂屋的大门走出外来，看见门外边站着李准、张清随口问道："李准，张清来了，咋回事，现在是张大班长了，讲讲看。"

　　"炎大队长，到底是怎么回事？几十万块砖突然不翼而飞了，周围三条大道和堆放场里连一个脚印子也找不到，究竟是怎么回事？我也给能蒙了，一夜连一点声音也没有，如果有一点点声响，值夜班烧窑的姑娘美女们，也会听到的，昨天一下出窑二十五窑砖，还有原来余下来的二十万砖，四五十万砖一夜之间连一块也没有了，就打人搬，一人五块计算，也需要万吧人呀！人在守纪律，也不可能连一点点声音也没有，这万吧人，站着是一大大片，俗语讲人上万无边无沿，看不到头看不到边，怎么不声不响地把砖一块也不留的全部偷搬走啊？让人非常奇怪，是不是人干的偷的买卖，会不会真有神仙，老天爷来助威助战，难道真有神助偷东西的不成，我这么二十七八年的人，身壮体好可从来也不相信神鬼鬼怪妖魔叫什么玩意，可现在偏偏发生这样的事，就出现在自己眼前，不相信又不沾，相信呢，又没有亲眼看见，真是让人真纳闷又怀疑之怀疑不定，真有点让我们搞的迷迷糊糊傻不拉叽的！"张清无头无边的叙说。

孟姜女随意看看李准又说道："李大班长，你看呢？说说看……"

"我怎么说呢？我真比张大班长讲的还要迷瞪的狠！炎大队长您是聪明人，又是大队长，这一下子少这么多砖，真比当初大队长过黄河时一下子变成六个孟姜女还要稀奇古怪，就像张大班长讲的，满场五六十万大砖头，一块三十斤好吗？上万斤的重量，就是神仙也难以承受的重量，又不是鸡毛鹅毛，一阵子大风过来呼啸而过，全部刮跑，更不是一大群牛羊鸡，有啥！一唤都跟着飞跑，就算牛羊跑了也应该有灰尘的飞扬飘过，烧窑的姑娘也不是十个二十个，而是八十个美女连一点点知觉也没有啊！八十座大窑，日日夜夜都得有八十个姑娘美女时刻的往里边抱柴抱草烧火，总共是五排大窑，每排十六座，最早开始是十二座慢慢增加到二十座，四十座，六十二座，最后现在八十座，每天平均最少的砖也得二窑，二窑三万，前天昨天两天就一下子二十五窑，近四十万砖，还有前天剩余没有运上山的二十多万，我想不通这么多砖咋会一夜之间全部一块不剩的都没有了！让人费解，想不通！也许是这偷砖的人更伟大，来无影去无踪，都是神秘大仙大神是无神老子天爷，一甩手一甩长袖子，砖自己会往袖子里钻，等砖自己钻完，双手一扣，驾云飞雾逃之夭夭不见了，但谁也没有见到啊！怪不怪，奇不奇怪呢？大队长咩！"李准说完拿眼睛看着孟姜女两个人，瞧瞧这个，又看看那个，又摇摇头。

"先到砖场看看去，看看到底是怎么回事，马云儿你们一边走一边说，你说说是咋回事，有什么看法，有什么见解？"孟姜女说着往前走着，回头看看马云儿说。

"大队长，大姐姐，我会有什么看法和见解啊！我还不如他们两位大班长知道得多，他们大班长都比我强一百倍，不但会带头大干，还会有自己的物资看法，又会说道，怎么说都不为多怪，今天这事情也出的特别奇怪和惊人啦，满窑上上下下一百多号男男女女，全场六七十万砖不见了，竟然没有一个人知晓不被发现？这不是天方夜谭的大笑话吗？这些盗贼也太胆大包天啦，竟敢大张旗鼓不动声色的来偷搬大秦王朝要垒大长城的砖，这不是没有王法了吗？不敢想想不好，贼胆包天！要是逮住他，我马云儿非上前用刀跺他二刀也不解恨，太气人了！偷到大秦王朝皇帝老子的头上，太无法无天了，罪该万死也不解恨……"马云儿滔滔不绝的叙说着，大步跟随着孟姜女往前快步走着，张清和李准走在马云儿后面嘴内不停地叹着气。

砖场靠大窑边，一群姑娘美女站在一起，一堆不停地说着惊奇的话语："我要是仙女会飞就好了，往上一蹦一跳飞在半空中，拿眼一瞧就知道大砖头都飞在哪里，现在藏在垛在哪里，在谁家的屋山头，房前房后，在把这庄人叫来一审问，真相大白……"倩霞说着。

"就你小样，倩霞姑娘，你当仙女还要飞，不是我小看你，给你长出一对翅膀你也飞不起来，光你脸上的肉也能把翅膀压弯压掉毛，你要会飞，我梦妞就会变作神仙把你给背上燕山住上一辈子，狠劲的亲吻你那又白又嫩又软活的脸蛋，最后再娶你为压山寨夫人，不用动不用抢都享不尽的洪富大贵……"梦妞笑嘻嘻地说。

"梦妞姑娘美女，你省省吧！就你那刀削脸蛋我还看不上呢！跟着你不受穷最后也得受气，本小姐才不要你哩！""不要我，我就生抢生夺生抱也把你背走到高老庄，看看大砖头是不是在你相公家里藏着堆着……"梦妞说着逗着倩霞。

"真是奇了怪了，一夜一个人没有见来，一大堆一大片一大场子的八十万大砖头不见了，怪不怪呢啊""晓妮先生美女也！"闫婷高高的个子顶着一头黑长黑长的长发，满眼的惊奇，满嘴的叹惜。"这有什么惊奇的，贼人做贼，就是专偷东西，他要是不偷不盗不抢，就不叫贼，坏蛋坏人了，有本事他敢在大白天，当着我们美女姑娘的面来搬来抢啊！小人，小毛贼……"晓妮说着评论着。"坏蛋，坏蛋，大坏蛋！不要鼻子不要脸，只会偷人家的东西，人家这么多人累死累活，才烧出来上好大砖头，像钢铁一样就不见了，活见鬼，孬种坏蛋玩意不是人……"文心说着。

"以我看是夜里天河上，牛郎织女星见到我们回家修长城，保卫人民老百姓谋利益，对大秦王朝又有百利而无害，就动了凡心，一股清风下来，飘飘然将长袖子一舞，大砖头全进了老黄牛牛皮内，在来一股风把它吹到大山上一放，几十万大砖头就不用我们这些美女姑娘一步一步地往山上送了，所以我们现在应该感谢牛郎和织女先生，要不是她们神人伸手相助，我们这些姑娘还不得一身汗一身水，一步步累得不想说话，喘粗气呢！所以大家先不要绝这怨那的，不干不净口出恶语，大班长们马上就来了，等大队长查查清楚，才知道真实情况下落如何？目前这一切都是军事秘密严加保密，更不能得罪了各路大仙大神们……"婷君慢慢解释着乱说瞎猜着。

好克姑娘憋不住说："真要是，大神，大仙帮助大家，那她为什么不明打明的来干来帮忙，半夜三更的，本身出发点就不对！明人不做暗事，非要让人家着急瞎眼猜着玩，她才高兴呀，说不定还越帮越忙了呢！我们这大砖头要往山上送，她们倒好，一甩手把大砖头搬到长江里，把江水都堵住，淌不走流不动，还要发大水呢？大水上来房倒屋塌，大人叫小孩哭鸡飞狗叫！这不是越帮越忙干坏事吗？"

"那是谁去帮忙，是三星姑娘，美女三星姑娘人美心善，专来帮助大家的，一甩手把大砖头甩搬到月亮上，这回大水来不了，也不用大人叫孩子哭鸡飞蛋打是一场空，咱们的砖头少了几十万，还得脱坯活泥巴重新来做，晾干再烧好，搞来弄去还是我们这些姑娘美女辛苦劳累带淌汗，老公公背儿媳妇过河不讨好，尽倒霉看看姑娘不要瞎猜胡想了！大队长大姐姐到了，还是请大队长来慢慢找出真正原因。砖去何处，到底是神是仙，是鬼怪妖魔盗贼大偷来！大队长早上好啊！"李嘉慧激动地叫着问好。"大家都好，都早，找出来点蛛丝马迹没有啊！美女姑娘们！"孟姜女大声向这几十个姑娘美女们问好着！"如果没有新情况，没啥发现，大家现在该忙什么忙什么去，一定要坚守岗位，一定要把窑里的砖烧好了！质量第一，千年大计！有情况立马向我报告，大家赶快走吧！丢的砖，我一定替大家找回来，有个交代！"孟姜女说着眼望着美女快步走开。

此时从远方大道上飞奔着一匹快马，骑者挥臂扬鞭朝这里跑来，一转眼就来到了近前！骑马的小伙子穿着骑兵服装，一翻身滚下马来，随手将马缰绳往马鞍桥子上一甩，"报告大队长，我们子长窑厂前天被盗贼盗走三十多万大砖头，才出窑的大砖头，前天一夜就没有踪影，不知道是哪里盗贼，何方妖怪所为！满场的大砖头，突然一夜间就不见踪影了，怪不怪啊……"来人气喘吁吁，马儿扇着鼻孔喘气，浑身汗淌，此时马匹迈着小步摇着尾，跟在来人后面。

"是徐参谋军师呀？来来，你辛苦了一整夜吧？累不累，要不要先睡觉，吃些早饭休息休息？"孟姜女热情招待着，满带着微笑说："真是太辛苦你了，为什么不叫个其他的骑兵来一下呢？"

"炎大队长，我一开始也想叫别人来呢？但想来想去怕讲不清道不明的，别耽误时间太久，案子不好破，那就更麻烦了，辛苦算不上就是责任没有做到位，更怕影响山上山下的长城工地，用料用砖，那责任就无法形容了，都是我平时大意，哪里会想到有人有盗贼来偷抢大砖头，而且一偷都多少多少万块，肯定是上万人的队伍，大集团部队所为，而且方圆几百里都没有踪影，到底也不知道是人是妖是怪还是神仙还是元始天尊、玉皇大帝、老天爷辈子派的天兵天将给运走藏在哪里，我前天一下子派出去三十多骑兵都没有打探出消息和一点点的下落来，这我才亲自来在炎大队长面前汇报军情。"徐山不停地说着，自责着还在不停地摇着头叹息无奈的表情。"大队长你处分我吧，我失职，我领导有误？"孟姜女看着徐山的表情真诚、态度非常虔诚认真，就反过来安慰说："你是将军这与你只能讲有一点责任，也是因为盗匪盗贼太狡猾太神秘问题，都了解你不要怕，你我怕也怕不掉，自责多会对以后下一步侦探工作带来情绪，这不你我们大家面前它又出现了六十万大砖不翼而飞，现场一没脚印，二没马匹拉的粪便或掉下一根半点的毛发痕迹，这个大场子昨天还满满堆放一大场子大砖头，看看我们大家空空如也，什么也没有了，不过徐将军你下一步工作可安排好了，该出窑的砖马上出窑，该往山上运的千万不能耽搁，出现问题不要怕，但千万不要让山上工地人员急着用砖就行，这就是错中找对，找正确路子来弥补损失，争取尽量提前完工，把一切工作往前赶，让长城仰天长啸是任何人也阻挡不了的现实意义，也包括什么：玉皇大帝、元始天尊，还有老天爷都不能阻挡神龙早日诞生完工，这就是你我和大家一道的职责，天职任务！"

"炎大队长，你一百个放心，查找失砖我只能派骑兵队的三十来个骨干分子，找到找不到，其他人该干什么干什么，正常工作继续进行，该出窑的出窑，该往山上送的立即往山上送，杨桥畔以东拐弯直朝横山合围接拢，与榆林集神木河曲相连接在望！"徐山兴奋的叙说着工程进度。

孟姜女对马云儿说："云儿，你马上去马房牵几匹马来，张大班长李班长你们回去该出窑出窑，千万不能耽误山上的用砖工程，你们丢失的大砖头我已经找到了，明天你们大家就会知道了。"

"炎大队长，你成了神仙了，怎么刚到场子跟前，连仔细查看都没有看，就说找到了，请别怪我张清不会说话，你大队长也学会吹大牛皮了……"张清、李准都瞪大眼睛看着孟姜女，不知道孟姜女的美还是孟姜女出语太大吓坏了他们三个大男人，孟姜女此时不慌不忙走到路边的树下拣起五片绿油油的树叶，冲他们三个军人扬扬手说："先生们请看，这就是好心的江洋大盗贼人给我们留下的自白书，他们告诉我们，他们不是什么大仙神人，也不是什么元始天尊，玉皇大帝老天爷派来的天兵天将更不是太上老君和什么升天的牛郎织女和群星所为，一没有走路上，二没有入地诀窍窍门，而是从天空下的树中绿树枝攀缘而走的，信不信由你们，我孟姜女相信，破案就在今明两天，一切都会真相大白！""炎大队长你真的成了福尔摩斯大侠了，比世界破案特技专家还要老冒劲道，佩服、佩服，真是心服口服到极点。我们这满场一百六十七名男男女女都想不到什么点子，你大队长一来闭着半只眼，奇案全有眉目了，真是奇人奇事奇迹啊！"张清双手合十，眼露激情，止不住地点着头笑脸满面。李准也附和着说："真比神仙还灵光，只是搭眼一瞧一溜什么问题都解决了，比神女女神还要够劲，有灵感，有灵动，有魄力，真是无愧与大队长的职位头衔，更叫我李准五体投地地赞叹……"

"炎大队长，我徐山身经数战，也曾参加多少次侦敌攻击，化妆行动，已经感觉够机智的，遇事没有难倒的题，这一会真是让你大队长给镇服征服感化透顶了，你的大脑真好使，反映如此之快，判断如此明确，太让我徐某人感动了，真是天外有天，人外有人，高人不出手，出手振倒一大片啊！厉害厉害真是妙极神算……"徐山叙说。张清和李准两并排往大窑方向快步走去，两人还在一边走一边说着什么话。孟姜女抬起头来往路边的树上张望着，还不住地点头笑笑。

"炎大队长看看前面不远处又来一个骑战马的骑兵，不知是来报喜还是报忧？"徐山望着嘴里说着。

孟姜女说："管他是忧是喜呢！按单照收，肯定还是少不了多少大砖头？看来这支偷大砖头的人员马匹不光我们四个地方的窑厂都受扰挠被抢盗啊！此人功夫了得，不但本事大，而且行动快似闪电，真比神人仙家还要来得快，来的猛，声势大啊！不是个三头六臂的神人也是一个飞腾快如飞的狂风黑云啊！……"孟姜女判断着地自言自语说。

"报告！炎大队长，我叫宋跃龙，是从平安屯窑厂下来！"此人上气不接下气地说着，一下子从马背上跳下来，右手敬个举手礼！继续说道："我们那里窑厂刚刚出窑的砖头，一夜之间少了有二十万砖，查也查不出来，骑着马到处也找不到，特派我宋跃龙前来报告大队长知晓，请大队长亲自去一下平安屯勘查一番，本人听候命令！请炎大队长速速做出行动命令！"

孟姜女说："宋跃龙你骑了一夜马，累不累，要不要睡一觉，休息休息，还是……"孟姜女还没说完，宋跃龙马上接口说："一点点也不累，就是一路上越想越气，那么一大片砖头，几十万的，被人偷走了，大家怎么会一点也不知道呢！这突然的无影无踪，肯定是一股子强大团队人干的坏事，是人为啥没有声音，静悄悄一块不剩的全偷走了，使人费解，实在让人想不通，到底因为啥事！为啥别的什么东西都不要，专偷大砖头呢！是盖房垒屋子，难道不怕皇上砍头杀人吗？真是胆大妄为，罪恶滔天！我要逮住他，非叫他千刀万剐，叫他下辈子再也不敢犯罪胡作非为！气死人啊！比江洋大盗还狠还要过火一百倍，人家都是偷金抢银夺美女！他们这倒好，啥重搬啥！又不管吃不管玩，搬来挪去还累人，真是一群傻瓜笨蛋货……"宋跃龙滔滔不绝地说道着。

"纣王、周文王脾气不一样，一个爱美女美酒，一个爱江山老百姓，人喜爱什么，他就一个心眼的专找什么想什么？我来给你宋跃龙相相面算算命，你将来一定要找个又高又胖的女人做老婆，而且你的女人老婆特别特别喜欢和你挣钱要东西，还会天天跟你吵架，指责你这不对那不好，能把你气个半死不活，信不信由你自己，到时候你就会知道了，女人天天张口钱，闭口钱，三天把你吵迷瞪眼，你吵不过她，讲吃讲穿好要钱！"孟姜女笑着说。

"大队长，你咋知道了，这些都在我脸上刻着吗？你也成了算命老仙女了？前几天有个算卦的老先生非要给我算，我推着叫着不让他算，最后非要算，嘴里讲着一分钱不要，好多人求着讲着找他给算一算，他偏偏不给算，今天你炎大队长也学会算卦先生来了。唉，我宋跃龙这辈子命真苦，越是不想让人算，可你们偏偏都要算还都会算，绝门了。"宋跃龙唉声叹气的叙说着。"大队长，徐将军你们在这里都干什么去？"

"干什么去，什么也不干呀！丢什么找什么，大砖头迷见了，那么多！不找回来呀！你慌慌张张地跑那么远不是也在找吗？我们大家谁也不能歇着，找着才放心！"徐山说。

"大队长我也跟你们一起去找好吗？我那里一下少那么多大砖头，找不到都快气傻了，我也跟你们一路去找，学学找东西找人的经验，以后再碰到类似的事情就不瞎急，乱嚷嚷了！啥经验都得慢慢积累，一点点经验都没有就闭着眼讲瞎话，不着边际的胡侃大山乱切达！瞎显能乱显摆，我宋踩龙这辈子不都坏在嘴上，不稳重，穷显摆……"

"只要你不嫌累不困就一路走吧！不过尽量少讲废话，多动脑子想……"孟姜女说。此时一棵大高树上有两只花喜鹊在高一声低一声"哈啦哈哈"的叫个不停，不远处有几只老斑鸠鸟脖子一朝上伸一伸的"嘎咕咕"叫着，马云儿骑着大枣红马，后边还牵拽，五匹高大的战马飞奔过来。孟姜女说"徐山将军和宋跃龙班长都把原来骑的马交给马云儿带回军马房喂着休息，你们在骑马云儿带来的马匹，你们两个人从这里往准格尔在往东胜集去，我们尽量在东胜汇合，实在实的碰不到时，继续往达拉特前进！最好能在东胜等一等！我们从这里往清水集去，然后快速赶到东胜会师，徐将军、宋班长有什么不同想法吗？依我孟姜女初步的判断，这些丢失的长城大砖头，有可能运往阴山以南，狼山以东地带，不知道是学我们修长城呢？还是给那个国王，君主修什么宫殿黄城，一般老百姓是绝对不可能用或要这些大砖头的，要不咱们一起都在清水集吃早饭如何？"孟姜女用征求的眼光看着徐山。

徐山答道："好吧！军人的天职就是听从命令。"

宋跃龙说："坚决服从领导，叫上哪就上哪！"

孟姜女又冲马云儿说："云儿，把这两匹马也牵回军马房喂上草料！让它们好好休息，都是跑了一夜的路程，个个是功臣。"随后翻身上马朝清水集扬鞭跑马儿去。一路上无话即短，说时迟那时快！四个人已经来到清河集大街上，街道不太宽，一个通子集男男女女南来北往的来来去去的，街道两边有卖菜的，有肉架子，猪肉的，羊肉的，还有牛肉架，卖鸡鸭鹅，门面房内有布匹，日用杂货，小百货，应有尽有，

　　此时身后又追来一骑马的骑兵，大喊着："大队长等一等，俺张卫东来也！"孟姜女她们四个人等了一下，后面来人追上来说："我是万家屯窑厂的人！""你不用说了，张卫东班长，你们哪里也一定被人把大砖头偷走抢跑了，他们两位徐将军你应该认识，都因为被盗被偷找来的，现在什么也不要讲不要说了，我们大家心里都非常清楚，咱们马上在这里吃早饭，吃完饭在研究好吗？"孟姜女向张卫东解释着说道。

　　张卫东激动地点点头，在没有言语刚好旁边一个早点饭店，老板正向他们几位喊道："客官老板，来来，来吃早饭，热腾腾的稀饭、包子、蒸饺、油条、麻花、糖糕、茶鸡蛋，还有花卷、馒头、大米饭、面条、锅贴、煎饺，里面请，楼上请，贵客，小二来快把马匹牵到后院，上好料，吃饱好赶路，快马加鞭，是不是！"老板自说自答好不快活。

　　孟姜女向前又走了二步，声音不太大，但能清清楚楚地听到："大老板，向你打听一件事，好吗？"老板爽快地答应道："只要是我小老儿知道的，我都可以告诉你们，一看你们这些人是来者不凡，一定有大事情，请说说吧！？"老板客气地说道。

　　"你们这里可有人能来无影去无踪，行动都在黑夜里，有一双夜猫子眼睛，还带着一大帮子一样的人？"孟姜女此时两眼看着老板的面部表情在讲。"来无影去无踪，不瞒你们两位美女说，这都是十几年前的事情了，最近有七八年没有听讲了，大家还都认为此人死了呢？那还是战国时期带来的灾难，说起来话可长可长了。不如这样，我叫小二把你需用的早饭送到后院俺娘那里去吃好了，叫她慢慢讲给你们听，挺有意思的一段故事，俺娘今年七十七年了，就喜欢跟人唠叨些记忆中的事情，她会给你们讲得清清楚楚，她可会讲故事了，你看你们这些老板要些什么吃的，小二过来端饭拿筷子！"

　　孟姜女说："我们五个人端五笼包子，再来五碗锅贴，拾上一大碗茶鸡蛋，油条麻花找大托盘端来，稀饭至少五大碗，不够再添上，还有糖糕都端来，我们个个都能吃，一是年轻人，二是干重活的人，吃饱喝好不想家，可着身子干活，而且都是重活搬砖头和泥巴！"老板打圆场地说道："看你这美女姑娘，长的白白嫩嫩的美女仙女，那里像干搬砖头和泥巴的大男人泥路？不像太不像了！哦，噢噢，我想起来了！你们肯定是传说的好像长城的美女仙女姑娘们，像你们这种身体素质，讲给谁他也不会相信的，不过我相信，我今年四十六岁了，听讲你们都快一年了，你们真是铁人，又美丽又能吃苦耐劳，是华夏的炎黄子孙，我打心眼里佩服你们，长城虽说在我们东南面百十里地，我们这里也会受益匪浅的，因为红头发绿眼睛的强盗知道这前面就是长城，它们不会往南墙上撞的，明知道过不去，这样他们也不会来了，这里的老百姓就不遭殃不受罪倒霉的，我姓靖叫玉山，在这里开了一辈子饭店，但听说的东西多，我的眼笨，听我瞎猜一下，你有可能叫孟姜女，三四个月前传得沸沸扬扬的真假孟姜女，看你的个头，面相都像传说孟姜女是民间老百姓中的大美女，胜过嫦娥仙女百倍呢！还把当今皇上迷得跟着屁股团团转，要不然还不知这长城不知道修垒到驴年马月才能完工呢！只有皇帝在，皇上权力大，大秦王朝的全朝大臣王公谁敢违抗皇帝，皇帝是老百姓的皇上，所以都得跟着皇帝圣旨转好好，我不说了，孟姜女先生，快吃饭吧，我叫俺娘给你们讲故事啊！走走，里面请！"靖老板嘴里说着，双脚往内院跑去："俺娘！俺娘！快快，客人到了，美女客人们，你好好瞧瞧，给他们讲那个老兔哥的故事啊！""山儿，山儿，什么事啊？啊唷唷也！老天爷派来的仙女呀！真是靓美无比，就是嫦娥到来也比不上的大美女，让大娘好好瞧瞧！"老婆子满心喜欢的眉开眼笑，拍拍这孟姜女，又看看那个孟姜女，嘴里发出啧啧不断的赞美声："真美！太美了！一定是双胞胎，孪生姐妹……""大娘，您老人家好好瞧瞧看看，看仔细了，我们是真假孟姜女，像不像啊！"

"像像像，太像了，神仙也分不清，我个老婆子咋能分清呢？俊美、靓艳，大方，跟当年阿贵一样嫩美艳丽，不过就是有一点点不太一样，阿贵的头发比你们两个孟姜女长，她的头发超过小腿肚子，真是世上罕见的长发美女神仙靓仙，你们两位美女的头才过肩膀，还不到后腰呢！就这样才更潇洒"老婆子激动地说着赞美着，双手不停地摸着孟姜女的脸蛋，又拍拍肩，拉拉衣服的下摆，满脸笑眯眯的都是皱纹，上嘴唇也有点内憋，掉了牙齿，头上顶着白粗布手巾，腿上穿着薄的棉裤扎着裤腿，黑色粗布鞋，个子才到孟姜女的胸前！"美女姑娘们，饿狠了吧？赶快坐在小板凳上吃饭，看我个老婆子，只顾瞎激动穷乐嗦，把美女先生们都饿瘦了，我可担当不起呀！这三位先生大兵也赶快吃饭，你看看一个个多壮实的大小伙子，气死老牛赛过大洋马，腰圆体壮打起仗肯定比大老虎下山还厉害！"三个大骑兵被夸的不好意思，个个都在左手擦扭着右手，像似回答老婆子的赞叹手语。

徐山说："大娘，你也来吃饭，我们一起吃。""你们吃，你们吃！千万别客气，你们年轻人爱饿，身体棒棒的多吃些，吃饱饱的好有劲打洋鬼子！我老婆子刚才吃过了，人老了，吃不多了，吃多了肚子不好受，你们吃！还望着干什么，千万千万不要客气，我这会儿让你们年轻人冲花了眼！也不知道是咋回事！人就老的动不了了，满手的老松皮，青筋爆多高的，想想就跟一场梦一样，孩子长大了，自己也变成老太婆了！孟姜女，你们多吃些，你看看你们比我高出一大截子，要多吃吃饱，不然几年下来也就累瘦累老了，多可惜呀！吃啊吃呀！"

　　此时靖老板从前面端着稀饭过来了，说："你们大家好吃多好啊，今天这顿饭算我请客，千万别客气，咱们都是千年难逢难见的人缘情分，你们几位都是在为老百姓出大力做大事情，修长城，我今天也算为修长城出一点点不为人知的小力了，你们要是虚心假意可不让你们走，再留你们吃上三天三夜，非叫你们几个人酒足饭饱直打嗝，找不到长城垒的大砖头呀！"靖老板笑着说在一旁站着看着的孟姜女。

　　"靖老板，看来你知道一点长城大砖的秘密了，请你赶快讲一讲，说一说，我们几个人就是为大砖头不翼而飞的事来的？"孟姜女急着说。

　　·　"不用急，先吃饱吃好！心急了吃不了热豆腐！哎哎哎，你看你这位大骑兵先生，我讲过说过不要钱的，你咋把一锭银子放在那了，你马上装好拿走，不然我啥也不知道，别想从这里得到一点点消息，我这人性子直，个性犟，开个小饭店并不是为了赚大钱，你们现在都看见了，我是专门侍候俺娘她老人家的，她今年七十七，还能活几年，多了十年二十的就给老天爷磕头了，我为啥叫你们在这后院吃饭，一是让俺娘高兴高兴，话多心宽，人就活得得劲，多活几年，而且你们又都是特殊人物，美女、俊男的，都是天下第一新闻人物，修筑长城，不见不知道，原来竟都是俊男美女，天下第一美女孟姜女，又是美男子，更是天下第一的神龙神灵魂一块块难找的大砖头！一般的老百姓见也见不到啊！你们是越干越有劲，真是英雄和美丽的化身！有个朋友专在世上行善，样样事情都想着老百姓好！领着他的天兵天将神出鬼没的做好事，行善这事来报答他前半生人们对他的好，对他永远不忘恩情深意！"

　　"老板！老板！又有吃饭的来了，你快来呀！"小二大声地叫喊着。靖老板说："俺娘你别老是东一句西一句的扯闲话，你给她们讲讲老兔哥的事情啊！我前面招呼客人去了，你们大家一定要吃好喝好，不然不叫你们走了，留你们住他个十天半月，这是不可能的笑话！吃吃吃啊！"老板大步向前面走去。

　　老婆子说："你们好好吃饭，因为你们往前还远着哩，不吃饱咋整，我给你们讲讲老兔哥，其实老兔哥和我儿子差不多大，那还是四五十年的事情，一天下午老兔哥的娘腹痛，疼得满头大汗要生孩子，在坑上嗷嗷叫，找接生婆找不到，整个包头寨找不到会接生的人，寨子闹洋鬼子，他们一个个骑着高头大马，今天这里杀人，明天那里抢东西的，不听话的人，一刀下去，头在地上轱辘辘的乱滚，马队一踏，再好的头也该踏碎了，三天两头东躲西藏的，早早晚晚还让洋毛子红头发绿眼睛坏蛋给杀死，躲了初一躲不了十五，真是难啊！吃没饭吃，穿没衣服穿的，光着脚满天跑，再有本事的人也跑不过马队啊，回想起来真是心惊肉跳的，死的要多惨就多惨。女孩子无论多大，逮住了也是强奸、轮奸的，然后拿着刀乱砍，惨不忍睹，光着身子丢在路两旁，给人吓得浑身乱颤，跟筛子一样！老娘要生没有生下来的孩子，她家一下子来了十五六个洋鬼子，个个凶神恶煞，一脚踢门，咣当一声响，他爹刚好从外面进到小院中，还没站稳让一个红头发绿眼睛的洋鬼子一刀捅在肚子上，又一脚给踢倒在门后！这几个洋鬼子不论他娘挺个大肚子，硬是从床上将人拉到院子里，一个家伙举刀就要往下砍，另一个鬼子奸笑着说，看我们先来玩一玩这三个小女孩，小美女！说着把门后边藏躲着三个女孩子拉到院子中一个个剥光衣服，其中大姐姐十二岁，上来又咬又踢，最后有两个坏蛋按着强奸了她们又挨着轮奸了大姐姐，同样又把二姐九岁又强奸了，老三同样跑不掉，最后她们的妈妈又让一个鬼子哈哈大笑着说：帮她生孩子，用刀尖往大肚皮上一挑，胎儿挤出肚皮，这家伙用刀一拨，胎儿滚下来掉在地上，另一个鬼子用刀背将肚脐一绕一缠，使劲将大刀挥起，把胎儿从院中甩到院外，只听咚的一声响，胎儿连一声也没哭，就没有声音了。洋鬼子还感觉不尽兴，又左一刀右一刀把女人劈成几大块，哈哈大笑地走了。他爹一时疼痛昏过去了，还淌了好多血，眼看着难活成，也不知道过了多长时间醒了过来，咬紧牙关，爬出院墙，没有多远昏死几次，最后一次看见孩子没有摔死，也真是命大不该死，有一只大野兔子正在喂他奶吃，他爹因为疼痛失血过多死了，好好的一家人，叫洋鬼子砍的砍，杀的杀，就剩下一个胎儿侥幸活了下来，从此胎儿就吃兔子的奶和野兔子生活在一起，他不知道自己有多大年龄，又在山上和猩猩、狒狒混在一起，学得来无影去无踪，跟野人一个样子，都长成大人一样高了，都不会说话，因为从来不和人接触，见人就跑得远远的，只见腰上围个羊皮裙、白皮子，行动反映极灵敏，人们还没有发现他，早就没影了，又过了好多年，包头寨的大头人云吉成罕都快六十岁了，突然小老婆生了个小女孩，全家人都高高兴兴地生活着，给女孩起名叫云吉成贵，小名叫阿贵，慢慢长大了，长到十三四岁，就不见长了，很像个八九岁的孩子，在一次生病后，发高烧后治好，人就变了模样，头上原来的头发掉去了，而且长了很多疙瘩，像极了癞蛤蟆，脸上又黄又瘦的，也是天该的事情吧！先生请了不下一百个，谁也治不好！也愁坏了大头人云吉成罕，吃不好睡不着，肯定嫁不出去了，而且还有一个秘密听讲：连乳房也没有，将来怎么生儿育女，啥事都是上天安排的，无巧不成书，无事不成文，真跟编故事是一个样，这一年整个一夏天，连一滴雨也没有下下来，颗粒无收，老百姓家家户户都愁死了，但是一点办法也没有。请大仙巫婆跳大神求雨，又找道人，找算卦的，最后经过多次研究后，把大头人的小女孩阿贵达给大河龙王，只有这样才能普救天下老百姓，最后选择七夕节这天把阿贵用八匹拉的大车花轿送往大河套敬老龙王，给他当佣人使唤来使唤去，人们吹吹打打送往大河的河水上，经过跳大神，道士狐仙求雨后把阿贵推下黄河，当天黑时发水，不过也挺灵验的，当天晚上就下暴雨，第二天小河套里就有大水下来了，最后阿贵也没有被水淹死，让老兔哥给救了上来，在大山上住了半年多，老兔哥早起晚归跟阿贵学说话，老兔哥经常给阿贵在大河里洗澡洗头，真是老天爷有灵性，阿贵越长越漂亮了，而且头发越长越黑越长，个子也长高了，两个人在大山里恩恩爱爱，眼看肚子一天天大起来，老兔哥背着阿贵又回到老家包头寨，云吉成罕大头人，看见闺女如此漂亮美丽，又要生孩子，赶快搬出多年存的金银几箱子，叫人在离包头不远的老兔沟盖房修院子，十几年后，他们夫妻二人幸福一生共生了九个孩子，六个男孩，三个女孩，现在大女儿还是叫云吉成贵和他娘一个名字，承运福气灵气在东西山下的一家男孩子结婚过日子，当地为纪念这档子奇迹的事件起名叫阿贵沟。美女姑娘你们吃饭啊，唉，看我老糊涂了，筷子碗都收起来了，我老婆子还劝你们吃饭呢！好在是老兔哥最后现在过上好日子了，父母三个姐姐多惨烈啊！自己又遭了半辈子罪，真是难为了大半生啊！搁在一般人身上，早就死几回了，幸运的是最后也找到一个美女大头人的女人做媳妇！兔哥在大山中练就了一身好武功，还交了一大批来无影去无踪的好哥们儿，福气呀福气，好了没有了，美女先生们！"老太婆讲完笑哈哈的用双手擦擦眼睛，抹抹嘴看着孟姜女乐！

孟姜女站起身来说："今天谢谢大娘的故事，讲的真好听又动人，激动人心！这一切的一切都是洋鬼子给造成的悲剧灾祸，包括我们大家现在在修长城也是因为防洋鬼子的一招，我们华夏大民族世世代代祖祖辈辈过不好日子，都是因为这些坏蛋阻挠干尽缺良心的买卖，靖老板咱们也不用再客气来客气去了！现在是酒足饭饱，银子回来路过你这里还要吃一顿后再给你！故事也听完了，人吃饱了，马匹也喂饱休息好了，我们还得往前赶路找大砖头，完成心里的梦想，人生的梦境，就这样了大娘我们要走了，前面路还远着哩！"

靖老板接着说："包头离这里还有一大段路，有四百多里呢！够你们半天骑马走的，快了半下午，慢了到天黑前到！孟姜女我也不送你们了，更不留你们了，愿你们一路走好！小二牵马匹来！"他们大家说说笑笑来到前面，孟姜女他们五个人一翻上马说："靖老板再见！大娘保重啊！"孟姜女扬手招呼着，马咻咻叫扭着身子向北方跑去。

张卫东骑在马上，用脚后跟叩着马肚子，左手拍着黄骠马的马脖子，追上孟姜女说："大队长，现在不用兵分两路寻找大砖头了吧！" "不用了，没有听靖老板说只要到了包头什么全知道了！就算不是老兔哥的人马搬走的，他也能挺身而出，很容易找到盗砖的主家！所以我们就不必要这一路那一路的瞎摆布穷找了！真想不到世上竟有如此惨状的，父母全死了，一个胎儿才出世，就让强盗坏蛋孬种用刀挑着飞出墙外，差一点就摔死了，真是阎王爷和上帝给的命大造化大，后半生的福气大，当时听了不知心里多伤心难受，老大娘讲到他全家的遭遇时都眼泪汪汪、鼻音沉重，也不知道是泪水还是鼻泣都淌在下巴底下了，听着都让人胸闷伤感情，这几千年也不知道有千千万万个大人孩子遭罪受苦，死的死，活着也是低三下四地给洋人红头发绿眼睛的坏种当奴隶卖苦力，吃不饱、穿不暖，思念家乡想念亲人家人的，在寒冬中丧失了宝贵生命，如今咱们来修这长城真是最正确不过了！最起码可以保护多少人的生命，财产家家户户的小家业，还有这大秦王朝的社稷，万里江山如此多娇！又为大好美妙、如画万里长河画上一只从西往东描绘一页巨幅油画的原始巨龙时代的异龙横卧在亚洲的大陆地架上，从天上好像刚刚下来，尾在玉门关的戈壁大沙漠边，无边大半截子从榆林，横山扭动着从贺兰山下过往黄羊滩穿梭在跑马滩的河西走廊里，上身从神木慢慢翘起抬高总浮摇太行山依靠在燕山的腹部，途径狼窝沟直到在青龙桥八达岭上偏向东南的将军关，青山岭马兰峪昂起巨行脖颈扭到山海关，最后嚎啸震耳欲聋的声音又一头扎进渤海湾的大海牛，她是从西太平洋穿潜印度洋，爬上亚洲的亚细亚海岸。来到黑海后继续前行，爬行路过昆仑山的喜马拉雅山峰北侧在天上山而下来，她神龙的右腿足爪在雁门关，左腿足爪就是咱们现在要去找的包头以西三百里，北依阴山脚下，西至狼山以东的五原集东唉！足跨神龙身外五百多里地，胯下有黄河大河套踩踏在小河套外边的边缘上，在动漫画上正准备扑向东海太平洋环游世界呢？"孟姜女骑在马上兴致昂扬的叙说。

宋跃龙茫然地说道："炎大队长你在说什么呀？你可千万别把丢砖的事情太放在心上，这大砖头，早晚有一天会找到的，你万万不能心急上火啊！"

"看你宋大班长想到哪里去了，我孟姜女是那种人吗？是那种小肚鸡肠子想不开、放不下的人吗？宋大班长！"孟姜女冲宋跃龙笑笑，又看看徐山和张卫东说，"人心不可测啊！有人一样事能想烂脑袋，分分秒秒都是一样事情，我孟姜女可不是那样的人，你们三个人难道看不出它来吗？"

宋跃龙接着说道："咱们相互接触的少，谁知道呢？我刚才认为你在马背上睡着了讲梦话呢？什么大西洋、印度洋，又是黑海红海大陆架咱连听说过也没有！啥是神龙是腿脚一个雁门关，又是小河套大河原爪子，都给我讲的雾里云天地里，一头雾水我想你大队长可能睡着在大白天讲梦话，就差做噩梦大呼小叫了！可能是我宋跃龙太笨太那个了，不懂你大队长的胸怀大志，人心所想吧！"宋跃龙说着在马上摇摇头叹息着。

孟姜女探探身子说："渤海湾就是咱们要修的长城最头咳，渤海是地名，在往南就是黄海东海，什么叫黄海，就是咱们前面马上过的小黄河，河湾叫河套，大河套是黄河的主流，主要河流，小河是每年夏天的两季水大水多，大河套淌不急，水淌不下淌不完的水流向小河道，自然分洪的小河床，它流向一湾，冲前又在前折回来，就叫河套，也叫河湾，懂了吧？大班长先生，整个冲出大海边后，黄河的水是黄色的，需要慢慢沉淀，水就清清没有色彩后就叫东太平洋，洋比海，海比江河大宽，大河小河小溪小坑小沟水塘比水塘大的叫湖，这长城呢一路上从西到东三万多里，在大山上又像青云飞在天上，这黄河也从西往东流淌在山下，而且有黄颜色，像黄龙一条也万里长，中华大民族的人，也是黄皮肤，祖祖辈辈几万年，光文明社会就几千年，有文字，有阶层，有穷有富，男男女女世世代代，生养生息在这万里河山，从古至今都相信神龙有灵是人们的心中崇拜信仰的最高神灵，咱们现在为了炎黄子孙的安全才不惜一切艰难困苦来修长城，也就是铸造青龙来防护洋鬼子来破坏我们祖祖辈辈的快乐家园，让青龙升天，叫高山低头为咱们的和平好家园奉献笑声，就这么简单，怎么会听不懂不知道这个道理呢？"

"大队长先生，我宋跃龙只是一个武夫，粗人，哪里会想那么多呀！我心里的本意，服从命令听指挥，叫干什么干什么！做梦也不想那么多的事情，我笨蛋，叫我想我也想不好！肯定只会服从别人，没有自由没有自主精神！这徐将军肯定比我强一百倍，你总归是军师参谋长是不是呀！徐将军！"宋跃龙絮絮叨叨地说。

"宋大班长，你别犁不着也耙着，这炎大队长讲的是世界地名地图知道，我这个军师只讲打仗，还是大仗小仗，敌人多与少，我军人多人少，是以少胜多，还是以多胜少，是游击战、阻击战，进攻战还是口袋战的围歼战，还是以少胜多的攻坚战，得各个击破，还是打强攻的穿插心脏战多的跟你们很多人骑兵连听说也没有听说的东西，这些都是军师早早布防好的，有好的可能性才能确保万无一失，如果万一失利了，又怎样弥补增援兵力，这都是技巧战略的大事情，无论人多少人，一定要重视，否则骄兵必败，兵败如山倒，谁也挡不住，比洪水猛兽还厉害一百倍，人人都想活，都想保住性命，只有大将军一夫当关万夫莫开的本事才行啊～三十六计时时刻刻铭记在心。"徐山说着。

"好了，徐将军咱们只是走在路上闲叙话，千万别在较真，走路说话时间过得快，路也短得快，看见没有，前面快到大黄河，一个我孟姜女掉下大河里，却一下捞出来六个孟姜女啊！你们三个大骑兵这回一定眼明手快的，可不能再闹出画外画，画外音来，不过你们都是童男子，阳气壮，鬼神都怕阳刚的大男子汉，我想一定会镇住妖魔鬼怪的……"孟姜女不无幽默地笑着开玩笑说。

张卫东和宋跃龙抢着说："炎大队长您放心吧！要是在有妖怪鬼捣乱的话，我们就用大刀大枪刺扎死它们，看它们怕死不怕，能长几个大头脑袋！"宋跃龙斜眼看看张卫东还在继续说："我宋跃龙才不信斜呢！只要它肯来，咱们就白刀子进红刀子出看谁狠，看谁最后最先滚！"

　　"就怕它不来，我这大刀长枪天天急的嚎嚎叫，它们夜里做梦都在大叫着说梦话，喊杀声连天！真急死人找不到坏蛋怎么打仗杀敌人呢？大队长您说是吧？这双手都在痒痒想喝点鲜血得劲得劲！"徐山笑着说。

　　孟姜女喊着说"喂，这船老大上哪去了，怎么光见船不见人呢？喂？船老大，大老板，过大河了！"

　　从船舱里站起来两个中年人，一手揉着眼，一边问道："要河吗？千万不要急，我们这会儿在这里等一个叫孟姜女的大队长，她啥时候来我们啥时候开船！这是云吉思罕大头人安排的差事，就是等到下半夜天亮也得等……"

　　"啊！太好了，我们就是孟姜女，是上包头寨的！"孟姜女介绍说。

　　"啊！太好了，我们在这里恭候多时了！就是专门派我们四个来这等你们来呢！真想不到，算的还真准！说来就来了！请！请！请！上船吧！将军们，大队长先生。"船老大边说边让着。

　　"大头人，一再介绍说，大队长是美女，千万不能无礼，要礼让三先，要客客气气的，这大船别说你们五个人，就是再有五个带马也坐下了，站好坐稳了，牵好马匹"孟姜女她们五个人不慌不忙地上了船，找合适的地方坐好，手牵着马，老鹰在天空上盘旋，水鸟在水上不忙不慌地游着。河岸边的绿树小草在不停地摇晃着，浪头拍打着船舷，船在水上前行，一个舵手，三个人都拿着长杆在水中向船后推进大船轻轻松松往前快速划动跑去。有话就长，无话即短！船航行的像离弦的箭一般没有多少时间已到达对岸。

　　孟姜女一行五人牵着马匹才走向大岸上，已有人向她们跑来，大声说着热情的话："炎大队长，我就想着您一定会来的！今天果不其然您骑着高头大马就来了！欢迎欢迎啊！咱们认识下，我就是老兔哥，在此恭候多时了，真是想着盼着您大队长来指导安排下一步的工程工作，也同样想跟炎大队长学习学习修长城经验和方法啊！炎大队长你们一路上辛苦费心了，几百里路赶来这里，真难为你们几位了！看看都是骑兵大班长，大将军的，着实感动人啊！"老兔哥热情的介绍和赞美着，孟姜女站下看看他说："老大哥，你真是神人神仙呀！真叫神人不露手不出手，一出手，大砖头都跟自己长了腿跑掉了一下子几十万块砖都不见了，还是你神，你厉害，你有真功夫会大干了！还得好好向你学习学习真本领，你千万不要不教不收徒弟啊！"最后大笑着，手拍着老兔哥的胳膊："真是大名鼎鼎，名不虚传！"

　　"哪里！哪里！巧合！碰巧碰巧！那会有什么真本事，真功夫呀！全是巧合而已！"老兔哥爽快地笑着说。孟姜女说："谦虚！谦虚狠了就是骄傲啊！该收徒弟就收徒弟，在三四十年蹦不动走不动，绝技就失传了！那是很可惜的事情啊！"

"炎大队长，一路上辛苦，路远又一路心急火燎的，先喝碗马奶子茶解解渴，马奶子茶，也叫酥油茶，你们不相信是不是，我老兔哥先喝给你们看看，里面可有毒药汁，别的东西！"老兔哥说着，右手端着往嘴里喝，一扬脖子，咕咕咚咚一碗下肚子！"大队长放心了吧，我们都华夏大民族的老百姓，绝不会使坏心眼，我老兔哥也是有儿有女有媳妇的大男人，绝不会使坏按不良不善心眼的！炎大队长你们看一看我的媳妇也是大美女，比一般女子个高，而且头发比你孟姜女大队长还长，阿贵亲爱的，让大队长瞧瞧！"老兔哥高兴激情介绍说。

"哇！真乃是真仙靓女也！比月宫中的嫦娥还要靓艳绚丽多美呀！阿贵大嫂子，你只是比我孟姜女低矮些，看看这身体，这长长如瀑的黑靓闪光的长发多柔顺光滑，孟姜女这辈子第一次见到如发丝如织布的绸缎样长，这光滑嫩俏红润的脸蛋，高高的大鼻梁慢慢上翘着，两边镶着一对黑水晶石样的大眼睛！丹凤眼皮子往上撇着，淡黑色的细眉毛能勾动尖尖的月牙在天宫上航行，看这一双白嫩如笋的手指头圆圆，包头寨天生藏美人啊！我孟姜女要是个爷们汉子，一定用我大队里众多美女换你云吉思贵美人，真想不到天下仙女美人到处都有，怪不得红头发绿眼睛的洋鬼子一动就骑着高头大洋马来抢美女金银财富，原来都是人间嫦娥勾动他们的贼心啊！当然这都是国际玩笑啦，人吗说说笑笑十年少吗？是不是阿贵嫂子，你真有福气运气，找一个来无影去无踪飞将军男子汉大丈夫俊爷们儿……"

"看！你大队长多会说话讲比俗，他个子才那么高夭夭，才到人家下巴跟前，走路都没正经正步稳稳重重地走过，看吧！只要他一动弹，都斜着身子，扭着脚步往前跑！两只胳膊又壮又粗又长的，人不到手臂早就冲出去了！大队长把他夸的你们看看他呀！马上要火烧屁股抬动他那锣圈腿了，一拐一拐跟个老猿人似的，人们都像发疯了一样，天旱不下雨，怨这怨那硬是把我往大黄河的水里送，结果是上天玉皇大帝愿意，早就安排老兔哥在大山深林中练爬山穿树的飞人功夫来救我！所以我感谢上天的恩赐，这辈子一心一意跟着老兔哥好好过日子，其实上，炎大队长你不知道，我和老兔哥去瞧瞧你们美女多少回来了，一开始不知道你们来这里干什么，为什么一下来这么多的美女，后来一天天一月月才知道，你们是为了天下老百姓过好幸福平安日子，才这么一天天一块块的打砖坯子，又烧砖头修活神龙来着，一直也不敢与你大队长讲一声说一下，我们两个人商量着把你们烧的大砖头偷偷地在黑夜一次次悄悄地运过来，也为了包头和狼山阴山下的穷苦百姓着想，就也偷偷地筑起长城来，这里方圆几百里的老百姓也都是洋鬼子抢来硬赶着往北大沙漠走，有生病的，年老体弱，也有壮年人偷逃跑在阴山狼山里躲藏起的内地华夏人，时间一长都不愿意离开这里，就在这悄悄安下家来，但还是有一回没一回的被洋鬼子欺负杀烧抢掠，现在趁你们修长城的大好时机，没有让这里的老百姓知道，一怕走漏风声，二怕有些百姓不愿干，老兔哥召集了他前半生在深林里生存相依的好伙伴，一起动手建起了神龙神爪三百里！给动曼动画增添了动曼栩栩如生的动曼姿态……"

　　老兔哥此时有些不耐烦地说道："赶快让大队长和将军、班长们吃些烧烤牛肉片、火锅吧，等看完现场指导后再上大席面，老虎心，豹子肉，熊掌，黄河里的老龙王胡子上的：龙须大菜！雁窝猴头烹人参烤整羊好不好大队长，现在先凑合着喝奶茶，吃奶酪，糯米条果，油炸发糕，先垫吧垫吧！""千万别客气，太客气了我们五个人也不好意思猛吃狠喝了，徐将军快点吃，卫东宋班长加油吃，过了这个村可没有这个店，大家万万不可太客气，懂吗？咱们走到哪都是好人多，千说万说还是我们华夏大民族好，老兔哥你也吃啊！阿贵大嫂，你们都是好人，好人有好报啊！""我老兔哥是怕你们一路上心急上火的，这马奶茶、酥油茶可是降火的灵丹妙药，又解渴又解乏还能使人心向善，我们这些人都是酒足饭饱，专等你们来这里，就差吹吹打打锣鼓喧天，音韵歌声飘飘了！等晚上回来吃晚饭时让啊贵唱一首：我的牧场赛天堂，天堂是我的家……"

　　"老兔哥，不吃了，吃饱了，好茶也喝足了，谢谢阿贵嫂的盛情款待，有情后补！咱们来日方长，有的是机会和时间，真是太麻烦你夫妻二人了！""不麻烦！麻烦什么呀！人在江湖社会上走，在家靠父母，出门靠朋友兄弟，是应该的炎大队长你看这小伙子今年十八岁，我的大儿子，小名叫：小兔哥！大名叫云吉思雄！个子高高，身体太单薄了，再过几年能吃个虎背熊腰，狮子头就到了！""英俊美男子，未来的大英雄啊！要像你阿爸！心地善良，为天下老百姓对付洋鬼子啊！我看将来一定会像他阿爸一样有本事有派头为百姓谋幸福！人才！"孟姜女赞美夸奖着。小伙子只是脸红红的笑笑。"炎大队长走吧！这天已经不太早了，说不定又是一整夜战不过总的形势很好！无论怎么讲总算把您美女大队长给请来了！这还是阿贵出的主意，只要地上放几片绿树叶了，你就会静悄悄地跟着来吗？果然不出所料啊！放在一般人身上就不行，因为每个人的灵性是有限的，容易疏忽大意，把不言的东西放弃，就心中一片茫然，大队长您真够聪明的天性啊！"老兔哥从心眼里赞佩孟姜女！"我是碰巧了，百姓讲的：瞎猫碰上大肥兔偶然巧合了，还是你妇人阿贵睿智聪慧，不然也来不到这五六百里地以外啊！真是叫作：千里有缘来相会，对门无缘不相逢呀！"孟姜女兴冲冲骑上大马的讲着。"从这里一直往前去，让阿贵给你们当向导护卫大兵！我也走了，瞧见没有大队长，只要山上，平地有树，我老兔哥比你们骑马的还要快唉！"只见老兔哥往树下一站，二下三抓二爬穿上树，在一眨眼，他左手右手前晃后挪，脚在一蹬早就冲向前面好远了，几蹦几跳就不见了人影，突然在好远好远的地方嗷嗷叫着，"大队长快些骑马啊！不然会迷失方向的，快快啊！亲爱的美人仙女媳妇好老婆！你要是在不快小心点你的豆腐脑吃啊，孩他娘，老娘子快马加鞭带加油啊！"老兔哥大声叫着喊着开心玩笑着。"我的个亲娘啊！真乃是人不可貌相，海水不可斗量哎！这位老兔哥貌不出众，人不到一米六五，咋跑起来比神仙还要快啊！真是奇人特殊的飞仙大侠，要不是我宋跃龙亲眼所见，打死我我也不会相信的特技绝技飞人兔大哥……"宋跃龙声色俱厉地滔滔叙说着。"这算什么呀！大班长先生，因为你们不了解不懂不知道，他还在慢悠悠的不在意的飞行着，不然呀！早早就不见了人影，他日行千里夜飞八千里跟玩的一样，这都是试验证明过的。有一次我阿爸和他打赌，这杯酒热气腾腾的正好，酒不凉，还有一点冒气时，人已经把太原府的大扁牌已经摘来了！清清楚楚四个大字《太原府衙》最后赢的全屋的老老少少热烈掌声，一连喝了我阿爸敬的三大杯美酒，老人家高兴的胡子都翘起来了！"

"神人飞仙，全国几千年才有一个老兔哥的飞行神术，真叫人不太相信，不太理解啊！一咋翅膀就飞跑了，也就是飞一会儿就落下来了！这飞神大仙一口气能来回几千里，真比电打闪还要快呀！这包头也是好地方，瞧地里的小麦苗，向日葵的花开的多鲜艳、美好，都是成大块地大片的玉米棒子小米谷子！真是个有山有水的好地方，绿茵茵小土包大片的草原，牛羊肥又壮，人美又漂亮！炎大队长您看见了没有，我们又回到长城啦！张卫东，宋大班长看啊长城，这就怪了，咱们的人马大部队美女都在黄河以南以东！这在黄河以北怎么会有长城站在这里？怪不是怪事吗大队长先生！炎大姐哎？"徐山一天都没有讲什么话，这会儿真让长城惊呆了，也想不出是怎么回事，只是冲孟姜女叫大姐，这还不是他生平第一次，因为孟姜女比他小十几岁，平时叫个炎大队长已经感觉到够尊重敬佩的了！哪敢叫个炎大姐，真是惊奇之余脱口而出的真情话。

"阿贵嫂子！看看呀！老兔哥早早在长城上站着向我们招手呢？这里什么都奇奇怪怪的，人飞，长城不烧砖自己会长出地面上来，比高山还要高，能在天上挂住白云彩霞，大家快看啊！长城往西北天边跑去了，瞧瞧都钻进晚霞彩虹夕阳红里去了！这地方的风景真美啊！北面是大山，西面也是大山，山头上还挂着半个圆圆的大太阳！阿贵嫂你们真是太幸福太福气了，多好山城美画呀！上哪里去找人间仙境啊！要是我孟姜女将来七老八十的也来到这里住就好了！真可惜呀！咱不是这里的人家没有福气享受此美景如画的仙地神境啊……"孟姜女滔滔不绝地说着自己的感受和爱美之心。

　　"只要炎大队长喜欢这个地方，啥时候来我们都热烈欢迎和帮助，就怕你一走就忘了这里啊！大妹子你们几位初来乍到，不知道这里的地形，我来给你们介绍介绍，北面大山叫：阴山，山上头有老虎豹子，蟒蛇，更是牛羊马群的家园，西面大山就是太阳要落下去的大山，山上有很多的狼群，都会吃人的，叫狼山，够劲吧！名字就以狼为名！听着很瘆人，一到夜间无论多少人在山里过夜必定让狼吃掉，除非有上千上万人，不然都难以保住性命，所以叫狼山，人们没有事情是不上狼山的，太危险太可怕了！"

　　"哎！炎大队长继续往西去！阿贵美女媳妇亲爱的往西去啊？到最头头的长城那里去！还要往前骑啊！"兔大哥站在长城叫喊着，用左右手打着手势叫往前骑！孟姜女问阿贵说："阿贵嫂这些修好的长城，是这当地方的老百姓修好吗？"阿贵摇摇头说："我也不太清楚，没有听这里老百姓说修长城呢？可这里偏偏站着长城！我也不是十分清楚，到底谁修好的老兔哥一定知道，这方圆几百里有什么大事他都知道，前一段时间他天天晚上出来，一夜都不归家，问他干什么事，他总是说有大事，说黄河以南修长城，怎么怎么的有多少美女，怎么能干活能吃苦不怕累，我不相信，他就背着我去看过两三回，最后再也不吭声了，天一亮人就倒在大坑上睡觉，天天如此我也没有搁在意上！总是感觉他每天累得很，不太爱讲说话，心里想他慢慢年龄大了，他要慢慢地老，随意他吧！反正儿子一个个眼看也要长大了，该叫他多休息休息是不是！前几天晚上他突然心血来潮非叫我上来这里看看，我才知道他天天夜晚出来，原来是带着他的同伙们在这里也学着你们的样修长城来着，周围男男女女的老百姓没有一个参加来修过，但长城还是如愿以偿的向前向高的长着。"

　　"我孟姜女这个大队长也没有当好！人多事多，千头万绪的这个事，那个事情，对于部下也没有具体着实怎么安排的负责任，这长城在这里一百多里地远近，光这些砖头需要多少块，也不是一天两天一月两月的搬来运去的，在南边丢失这么多块砖，都没有人知道，也没有人注意到，要不是前两天夜里一下子把整个窑下场上的砖一个子全搬走，还一直被蒙在鼓里！这首先也难为了老兔哥！不怕累不叫苦也不埋怨的为老百姓干好事，我孟姜女这回是塞翁失马，毅然得福也！没有费一兵一卒一个工匠，更没有搬一块砖，六百里外的长城自然而然的自己立起来了。真乃是天助我们华夏大民族的炎黄子孙的宏伟大业哎！国家有兴，民族有兴！老百姓该兴旺发达财源滚滚来哎！"

　　"这里地方真乃是神仙出没，神仙多鬼魂自然也不会少！最起码洋鬼子红头发绿眼睛的老毛子是从这边北面往南面来的！我们的敌人就在这北面的北面，在这里修一座长城更刚好，首先能挡住拦截在这里，洋鬼子它们待绕道撤过长城，不然它过不去抢不成，咱们南面修的大长城彻底把它们挡住一点缝一个也不让它们这些个畜生过去，叫他们彻底的死了坏心眼！我们才能过好日子！老百姓才能安居乐业。"徐山说到。

"快马加鞭吧！大队长前面远着哩，骑马跑好好跑得一个多时辰，看看太阳落到山那边山低下了，说着说就要天黑了！月牙又冒出来了，今天不是十五就是十四了，时间一天天过得好快啊！这个月马上又过去一半了，不知不觉地把这些年轻人都撵老了，年轻人变成老太婆，老太太个个都升天享清福去了，就该轮到我们这四十五十岁的人当老太婆了，炎大队长星星都露出脸来了！三星跟着那颗大明星下边，往上正着急忙慌的往正天空中行呢！织女星还看不太清楚，已经上了头顶正中来了！大北斗被一层雾挡住了，这着急忙慌的又一天走远透了！还不知道这一夜又是什么样子呢？大队长不知道怎么回事，一到夜晚我就没有主张，远处什么也看不清看不着更是看不见，心里总是不踏实，感觉空落落的，如果遇上大老虎大狮子怎么办呀！还有豹子大黑熊可就完了！"阿贵说。

"阿贵大嫂，你千万什么也不要害怕，怕什么呢？咱们这么多人，还有你相公大丈夫，行走如飞，穿树木跨大山都不怕！你怕什么呢？有我孟姜女在，还有我们的骑兵大将军大班长，好好地放宽心把心放在肚子里藏好！千万别让它蹦出来了啊！要不然我孟姜女在后面给大嫂断后，保证没有事的！"孟姜女劝慰着云吉思贵。

"大队长，徐将军大班长，咱们大家都到地方了，大家上长城上来看一看，瞧一瞧这样垒得像不像长城啊！快快上来！"老兔哥此时在长城上面喊叫着。

"像，太像了，完全合格，天下一流的大长城，太好太美了！真乃天降神工，比专家能人垒的还要好上一百倍呢！阿贵大嫂走上长城上望望，玩玩！"孟姜女冲阿贵说着。两个孟姜女拉着阿贵往长城梯阶上往上走去，徐山、张卫东、宋跃龙三个跟在后面说："真不简单啊！一个人不吭不哈的垒这么高，这么宽大，太不可思议了！奇人神仙大仙！太伟大了，太有本事功夫了！真比神仙神人还要强百倍啊？""可不是吗？简直比做梦还要伟大！做梦不费劲，只要一闭上眼眼睛睡觉，就什么梦都解决了！"宋跃龙说到。"老兔哥，你太伟大了！让我孟姜女拥抱你一回吧！我心里现在翻江倒海的激动地说不出什么样的最好词汇来表达此刻的心情来！"孟姜女边说边笑着扑向老兔哥！将老兔哥的腰用两条胳膊一扣，把老兔哥抱在胸前上下晃动着又随着激动心向右面转了三圈，不过又往左转三圈，口中喊着："老兔哥万岁！"两个孟姜女同时说叫着："我爱老兔哥的伟大行动！就差一点用嘴往老兔哥脸上亲吻上去了！""炎大队长，孟姜女你疯了！还是信就差一点用嘴往老兔哥脸上亲吻上去了！""炎大队长！孟姜女你疯了，还是信呆了，老兔哥是我阿贵的男人，你凭什么又抱又亲的瞎激动！赶快把我的老兔哥放开放下来，再不放开，我阿贵大嫂跟你拼命了，你竟敢在月光嫦娥面前调戏良家好丈夫！"阿贵嘴里说着叫着，用手来拉手孟姜女的胳膊和衣裳手指。此时宋跃龙张卫东还有徐山五个将老兔哥架胳膊的架胳膊扳腿的扳腿，几个人喊着一二三咳唷呀！把老兔哥往空中抛去，才落下来，五个人又赶快接住又向上面抛去！"大神人，大伟人！大神仙，老兔哥万岁！向老兔哥学习，向老兔哥致敬！"阿贵急得在一旁央求着："炎大队长，炎大姐你开开恩，行行好！千万可别摔坏了我家亲爱的丈夫啊！我给你们跪下磕头了！大队长先生，你们不是疯了中邪了吧？你们一个个咋都不讲理了呢！"阿贵几乎哭着在求她们了。

　　"俏媳妇，你这是咋啦？孟姜女大队长是在赞美颂扬我们为修长城做的好事情，你咋磕头大跪在地上哭泣起来了，咋回事啊？亲爱的，你咋不说话？你这个笨女人，一到天黑就跟什么事情都吓迷了，是不是？"此时老兔哥紧紧地抱着阿贵在怀里晃着问道。"我不是被她们两美女吓迷了吗？我老认为她们是来抢你的！亲爱的你还不知道吗？一到天黑我就怕她们把你老兔哥给抢跑了，万一抢跑了，我阿贵这辈子怎么办哎？越想越害怕，又看着她们把你抱着团团转，又亲又笑又叫的，差一点把我给吓死了！都快灵魂出窍了！我爱你老兔哥，你千万不要离开我！我怕呀？"阿贵嘴里说着浑身乱颤着！"亲爱的你不要怕！怕啥呢？我又不跑，千万不要怕啊！我的好老婆……"老兔哥边抱着阿贵边用手拍着她的后背！又看看天上的星星月亮，无奈地叹了口气！"真是女人，啥都害怕！这三大堆比山高三大垛子大砖头怎么垒上墙呢？炎大队长，徐将军你们千万别急啊！过一会它们垒墙的就来了！今天晚上我一定让你们几位开开眼界！知道这长城到底是谁垒的？"只见老兔哥说完话后，将右手食指弯曲着放在嘴里吹起了刺耳的口哨声，叽叽叽的长短声，又用大拇指和食指捏在一起又放在嘴里的舌头尖上面下劲狠吹几声后，又用小手指一弯放在嘴里的舌头尖上又起啾啾啾的声响后，没有多长时间，一群在月亮光下又蹦又跳的大猩猩跑在大砖头堆上这个砖头搬搬，那个砖头挪挪！另一个前爪子拿着像瓦刀一样的竹板子，有一尺多点长，一头尖一头像铲子一样，管用它铲泥挑泥灰，另一群像猩猩不是猩猩的大狒狒们，拿着铁锹和水盆，水盆是泥巴烧成的瓦罐盆端水和泥灰，又有一群猴子一蹦一跳的不知在忙什么，不到一个时辰大猩猩就开始垒砖挑泥？一块块的大砖头被一层层的粘起来，猴子们兜背土拉往垒好的墙里面倒土、填平！

　　他们这六个人在一起静悄悄地观望这一切，也不知道过了有多长时间，老兔哥悄悄地跟他们几个人说着："看见没有我老兔哥的百万雄师，今晚上垒长城的只有几千'人'，偷您大队长大砖头只去了八十万'人'知道了先生们。

看看那边边上远远的有对晃动的亮光,那就是大老虎在夜里观察动静在找什么,旁边有好多小点的亮光是大恶狼,那群好多也!在往右看看又是跟大老虎的眼睛一亮的是金钱豹子,还有大黑熊瞎子也来凑热闹了,那边是野猪、野牛群、野马群、野驴子、大狮子的大眼睛……看见没有啊!"老兔哥观察着问着在望望这男男女女六个人连阿贵在一起都已经睡着觉了,宋跃龙还轻轻地扯起了呼噜声,老兔哥无奈地摇摇头一夜帮着垒长城的墙向西面行进着!"啊呀呀!这是怎么回事哎?老天爷辈子的吓得我出一头汗!快快快!大孟姜女大队长你们两个人怎么把我阿贵抱这么死紧的,搂得我连气也喘不过来了!醒醒呀!吓死我了,刚才我做了一个噩梦,说是有一条巨蟒张着血盆大口一下子把我的脑袋吞进肚里,结果睁开眼一看原来是圆圆的太阳照在我眼睛上了!虚惊一场,真吓人啊!"阿贵絮絮叨叨地说着。

"怪不得你睁眼就大呼小叫的,平时老兔哥也没有被吓出神经来,阿贵大嫂你怎么一到晚上就变了一个人!"孟姜女说着。

"唉,别提了,美女胆小,总想着有坏蛋,都是让黄头发、红胡子绿眼睛的洋鬼子闹怕了,炎大队长可别见笑啊!"阿贵大嫂不好意思地用手理理头发,拽拽衣服。孟姜女也用手拨拉拨拉头发,又揉揉脸。"哎!大班长,大将军的太阳晒到屁股了,快起来吧!这都是昨天骑马累的,六百多里路他们三个人连骑了一天一夜,真够辛苦的。"孟姜女过去用胳膊腿脚踢踢他们的腿!只见他们翻个身又睡了。"阿妈下来回家吃饭了,老阿爸在家把整羊都烤好了,等着等炎大队长你们回家吃早饭吧!还有好多好多的好吃饭……"阿贵的大儿子骑着一匹大马在城墙下高声喊叫着。如今在包头市境内往西三百里长城城墙上是云吉思贵画的一百零七幅画为证。

浪淘沙

阿贵美情深,日月星辉煌。老兔哥爱,人人献爱。静静月光长城来,坏人强盗贼心在。万物灵性出虹彩,悲惨遭难恨化铁。千年歌载,神龙仇外。

男女垒砖

画外歌《念奴娇》长城万里，故事帅，美女姑娘汗颜，万里神龙豪迈，舞动砖头最爱。仙女拼烈，雄魂风采。大队靓妹乖，男女互攀，千古乘龙心快。

火辣辣红玫瑰，月新映暖，美舞靓妹赞，横贯千年龙神载！神女梦醉魂在。蜿蜒如画，美女靓赛，女仙神气概，龙驹犇吼，长城遗爽中外。

"炎大队长，你看看瞧瞧这长城飞岭腾山横贯大河南北东西，眼看着在干几个月就要大功告成，久战报捷天下家家户户男男女女老老少少都要安心过平安幸福太平美日子了，这长时间我们大队的小队班组都不打砖坯场子上窑烧了，我总在心里憋怒的急的狠，就是如今这修长城的大工老师傅还嫌少，总感觉垒砖的三万骑兵工匠们不够用，想想看看我们女子大队的人员能不能也边干边学着垒砖拿起瓦刀来，多一个人一天就城墙多长高几丈高，多十来个人就多长高百丈高，眼看着心撩火烧的难熬，不如让我挑上一些美女姑娘，有天分愿意拿瓦刀的和他们现在现有的大工匠们穿插一起，又能学习，大工老师们还可在现场指导现学现用早日完工，大队长感觉怎么样……"晶晶一口气说讲了一大串。

"晶晶大队长，你不用在说了，我都听明白了主要意思是想让我们的姑娘美女们来亲自拿瓦刀挑泥来垒大砖头，不会垒呢？多听听骑兵大班长老师的教导指导来虚心学习，只要虚心诚实的学，没有学不会的技巧绝招是吧？这种号召做法我作为大队长非常同意赞成，当然同意特别有利于长城的工程进度，我举双手支持你的合理化建议，我还有点别的重要事情去处理一下，这个事情你晶晶大队长有权组织号召姑娘们去干好干圆满，去实现你们的梦想成真吧？好吗？"孟姜女笑着挥挥手说。"是，大队长先生，一定完成任务，叫姑娘们虚心小心全心全意的把好功夫用在刀刃上，使神龙更完美更加灵俏，更有风度潇洒浪漫的温柔温馨的美丽靓艳的情趣，因为她参与搅混着美女仙姑女神最灵动的完美神女的少年风趣与风情意味磁力幽默侃情睿智智慧魂魄风味大全吗？是不是呀！大队长？""晶晶大队长祝你成功！梦想连连，美梦成真！真会说呀！再见！"孟姜女笑逐颜开的往前急走而去。

"海！再见拜拜！请好吧？大队长先生！"晶晶兴奋高兴的招呼到，看着孟姜女往前走去，一转身子看见几个小队长，其实上小队长不小，有百个大班组，每班有十到十一人组成，小队人也一千几十号呢？晶晶大队长笑容满面地大声说道："你们这几位队长来得太是时候了，我心里还想着你们几位大小队长队长呢？真是长城神龙斜，想谁谁就来！犇犇、田田、阳阳、倩倩、小曼你们五个人来的还真刚好，我还准备去找你们几位哩，还差莹莹、巧巧、楠楠他们四位呢？怎么办！只有等一会找到她们在讲了？"晶晶不无耶罕地说道。

"大队长是什么事情这么重要，要不然我小曼先去找找她们如何？"小曼扬脸望着晶晶等回答呢？"小曼不用了！其实上也没有什么大不了的事情，我一心一意想让神龙长城早点大功告捷，刚才请示了炎大队长，和她大队长商量研究一下，大队长举双手赞成，让我来选择挑选各个队里班组愿意干的姑娘美女们谁想拿瓦刀亲自垒长城大砖头，自动报名，跟随骑兵大班长垒砖学垒砖有讲究有技术。一边学一边动手垒砖头，自己心里在慢慢琢磨找理性开拓悟性，悟性快的人，学用都快，反正是有学问，一边学一边问边学边问，边找到灵性的悟性，干起来就快就顺手，砖和砖就能垒结实耐用，能抗拒任何自然形式的灾祸压力和被破坏的可能性，等等很多问题，一时咱们这些女孩子姑娘们还都是门外汉，对技术要领是一窍不通，只有学中干，再反回来，在干中学，时间出真知，用干劲时间来摸索着往前走，只有参与创新、亲手在大干才能获得宝贵的经验，丰富的知识基础，我这都是瞎说，说不到点子上，只有亲自在干这一行，统计一下，能找个百十个人就可以，这全大队一万多人，百来个人还能不好找吗……"晶晶叙说着情况。

犇犇说："人人都赞成这个想方和做法，总的来说是为了早日完成长城工程做行动想点子，我本人一百个赞成和加倍支持，我用自己的行动行为，首先拿起瓦刀向大班长们学习，脚踏实地的干好这一行，我们开始来的时候，谁打过砖坯子，谁成天的又没有的时时刻刻的玩弄泥巴，捧打模子造好砖，最美的长城结结实实的大砖头呢？可是到后来美女姑娘们个个都是老手，巧手熟练的竞争竞赛大员，大队长说一千道一万，只要是男人们能干的事，我想我们整个女子大队就一定可以，也能按照要求来做好做美这项工程的进度，我相信大家，大家美女姑娘们也依靠大队长队长和班组们相互协调，互助互利各尽其心其职的！"

"我同意犇犇讲的道理，咱们女子修长城大队，到目前来，只要敢领导，敢指派任何任务姑娘美女们都会尽可能来完成好，不谦虚的话说：真可谓是好上加好，求质量美了还要美，硬中还要硬，大家你我她都是质量的老手新学员的徒弟，我也早就憋着一肚子气，争强的气，争荣誉的志气，决不辜负老老少少千百万人的愿望，本人是一百个拥护建议和提议的铁杆捍卫队，只要大队人马想到哪里，我们就坚决的干到哪里，千方百计地干好干漂亮干美观，马上去召集队上愿意垒砖的美女姑娘们，坚决用实际动作，稳、准、狠、快的把长城神龙在我们手中诞生修好，这就是我阳阳的实际行动，坚决往上冲，决不后退半道，当胆小鬼，让人看不起瞧不起的所谓的纯美女，大家闺秀，小女人大小姐，他们男人能办到能干的事业，我决不含糊，躲清闲，享清福，来在这大山上就是豁出命来干，俗话说：来者不善，善了就不来，为了神龙的信养，神灵我阳阳可以讲：命可以不要，但饭一定要吃，吃饭的目的就是来完成拼命的最终使命，听着不太好听，但理是这个道理，人一生怎么都是死，老死，病死，千奇百怪地死，真的想拼死不要命，是不可能的，最终得到是一种精神不怕的愿望而已！大家不要笑啊！我只是逗大家美女开个玩笑少微认真点！姑娘们想想是不是这个理呢？"阳阳一时认真一时放松的说。

"我说，阳阳队长你讲的有些话可不对啊？什么死呀死的，怎么想的，咋会和死牵涉到一起呢？我真有点搞不懂弄不明白的，多不吉利啊？真是的！"倩倩瞪着大眼说。

"哎哟也？队长大美女先生，我提到的死是形容，意思是连死都不怕，还怕什么累呀难啊！所谓的技术高深莫测的要命问题呢？真是大惊小怪小题大做的吹毛求疵的瞎想乱猜胡连扯！真要命这简单的事情还不明白吗？"阳阳有点气愤的讲着。

小曼赶快说着"美女先生，队长大美女人姑娘们不要争，不要胡想，说过为过，都是表白一腔热血衷心和赤诚？千万不要搞误会了！要往大里想，往远处看啊？大家这会都队长级别的，可没有人挑拨找叉子我又学什么的……"

"我可是一片赤诚的衷心，没有一一点点虚假人为装行为，咱们大家在一起又不是一天二天三天的时间，都快大半年了，有假没有吗？真是的乱打西瓜又，差一点点跳到黄河也洗不清的皂白！哎真叫言多必失，祸从口出啊？不讲了不说啦！"阳阳直摇头。

晶晶说："大家都少说两句，没人把咱们大家当哑巴的！哎！刘丹梦来一下，还有林梦凡，还有你张菲菲，我想问你们三个人一个事，如果大队里决定叫你们三个人去拿瓦刀，去跟骑兵大班长学垒砖垒墙，你们去不去，干不干啊？"

"大队长，不满你们几位队长大队长说，一块砖好重啊？三十斤，一只手拿着端着一块大砖头，另一只手拿着瓦刀要砍又要挑灰泥，往砖头上抹泥灰，抹的泥灰刚好，恰到好处外，不能太多，又不能太少，多了容易挤压出来把大砖头搞的泥里八糊不好看不好瞧，还浪费泥灰，少了呢，粘不牢粘不紧质量不过关，更何况咱们这双小手，肉嘟嘟手指头又短，说不定一块大砖头还拿不起来！双手搬一块吧还马马虎虎，可这瓦刀怎么拿呢？我看我刘丹梦不具备当大工学大工的材料，一是手小，二是力气不足，林梦凡的手指长，手背上没有肉能不能学当大工大师傅吗？"刘丹梦叙说着。

"我的手掌手指头也长也大，就是手背，手腕上没有多大劲道，双手搬砖还是可以的，让一只手拿一块砖恐怕举拿不起来，这个活我想干就想学学，恐怕力不从心啊！先天条件不足，不具备！怕也难学成也，大队长，队长大姐姐们看看吗……"林梦凡说。

"好吧！不行我们在找别的姑娘美女们，千里挑一，万里找一，能找不着找不到吗！你们几位该干什么干什么去吧！我会挨着挨去找，去问得还得自己愿意干才行是不是，各位队长美女姑娘们，女孩子的缺点就是多？能找个向个样是几个好不好找各位队长先生们，决不能强求，要自觉自愿地来干，才能干好干出色来？"晶晶讲到。

"看来，我们大家目前最大的困难是姑娘们不是不愿干，而都是先天条件不具备，手上手腕上没有大力气，找不出有大劲的美女，唉！也怪这长城墙用的大砖头太大，三十斤，如果是十斤，或者是十五斤，减少一半的重量要好得多，那么多的早知道呢？一切的一切还都为着牢固结实耐用久经考验的长远利益来着想哦……"小曼说着。

"以我的个人自己意见讲，无论怎么样咱们这几个队长副大队长一定得走在大家的前面，领头干，光咱们这队长就十来个人了，还怕我不出十个二十个人吗？行不行号召一下看看姜太公钓鱼愿者自动上钩，我去问一问六队的美女姑娘们有没有力气大的大美人鱼自动出马上钩者也，我走了，回头见各位队长先生们？"阳阳说完大步转身走了。

"大家都回自己的队上问一问情况把人名单人领来安排跟那位大班长来学习，依我最愚蠢的想法，一只手不行，就不能用双手搬砖往泥灰抹好的地方放同时按压挤紧吗？看我满脑子都是怎样把砖垒好，垒结实，唉！这人走上这份，恐怕就是大家说的快神精要得精神病的牛角尖里出不来了？"晶晶笑笑望望这个那个人的随口说："老顽固！脑子生虫了？"又用右手食指敲敲耳朵上的脑壳笑着迈步走了。几个人无言地笑笑扭身走去。

画外的歌曲又唱起：《干干美》快快干干，干干快快，使使劲劲干干，砖头真重哎呀，手难拿，双手来搬挪动，照直垒，使劲按紧，有歪歪，敲敲斜，沾住它永不动。

砖挨砖压住缝，挤紧它，如今有谁比我？更坚强也，上压横挤扭拽、排成排、块顶块，到千年，风风雨雨，管它谁，硬字确如此了得。

《块块美》方方正正，硬硬坚坚、规规矩矩美美，个挨个垒长城，压压正正，排好队肩挨肩，砖挨砖砖靠砖、压挤逢不乱，敲敲斜扭扭正。

正正规规怕啥？瓦刀狠，刀砍欲断咋疼，要学老实，在压在挤不怕，挺直身憋足气。看美女，姑娘神女一脸笑，放过我大砖叫砰。

"各位骑兵大班长大老师老先生们！你们好啊？我们今天又见面又在一起啦，首先代表来的美女姑娘们向你们虚心学习！向你们各位鞠躬敬礼问好！我们大家都好！"小曼笑眯眯大声说同时真的鞠躬敬了一礼。

"美女们姑娘大队长各位队长不必客气，天天见面还这吗鞠大躬，敬大礼！大家心里也怪不好意思的，今天肯定是仙女无事不登三宝殿，有事无事也不可能随便乱敬的大礼，自然已经鞠大躬，行过大礼，我也代表各位骑士大班长偷偷地收下，不然浪费美女的一片大情爱意，请问不知因何原因，突然的这么热情这么的礼让朝前，真的好不得劲舒坦的，请队长讲清言明呀。"王屋奎张着大嘴等下文道。

"大班长们大师傅，我们今天这些美女姑娘小妹妹们是专门来向各位大骑士大哥哥们来投师授教的，我们这百十名大侠美女想学自愿自觉的和各位老师以师徒相称，学学垒大砖头的绝招绝技，多一个人来垒就早增加一块砖，早一天垒，这一天就有可能快速长高 N 尺 N 丈长短高矮，希望和理想都在里面，早早完工，大家早早回家团圆，早早过上平安太平的好日子，就这么简单直白露骨露天无阻无挡！"晶晶特别轻松热情地说道。

"哇！军事秘密全在如此当中啊！感谢美女感谢上帝我这辈子没有白活白在世上混了二十三四年，连这次加上都第二次当美女仙姑的大师傅了，今生一定和美女有缘分当一次又一次教练监督大官了，谢谢老天爷元始天尊的差遣！美女万岁！"邓双龙笑着明亮大眼睛说笑。小曼赶紧接着说："不错！邓大教官，当初学打砖坯子你是我们队上的大教官，现在要垒长城的大墙砖，看来我们师徒关系要发展到一次二次还有没有第三次第四次呢？你千万不要像猫和大老虎的师徒关系，到关键的关键留一手绝招啊？"

"我怎么没有听说过什么猫和大老虎什么的东西！不知道呀……"邓双龙歪着脖子吸着嘴说。孙进余说："你双龙真是的，连这个小故事都没有听说过，猫是老虎的技术武艺老师……"

"他怎么不知道，醉翁心意不在酒啊？肯定是想听美女讲故事，找感觉风趣懂不懂年轻人老弟兄……"曾今书想说不停摆摆手，眨眨眼笑笑。

晶晶说："想听故事是不是啊？大班长大老师大骑士们，我来讲给你们听听啊？从前很早很早，大老虎在世道遥自在，不愁吃，不愁穿，世界上富裕有肉吃有厚厚的皮袄穿，冬暖夏凉，这一天突然天昏地暗伸手不见五指，抬腿找不到路，吃喝也没有了，大老虎一天没吃东西，这一天突然天昏地暗伸手不见五指，抬腿找不到路，吃喝也没有了，大老虎一天没有吃东西，二天饿的肚子偏偏塌塌，想吃东西找不到，想抓抓不住，抓来抓去抓不住，迷迷糊糊饿得睡着了，才睡就梦到一个神仙老爷爷给指点说：很饿了吧！一个人没有本领会饿死的？大老虎赶快跪在地上磕头说：老神仙爷爷，你给指点一条生路吧？不然我马上就要饿死活不成了！老神仙爷爷说：你的师傅就在你上头睡午觉呢？等它醒来，你好好求求它，它会好好教你生存活逮的本领……老神仙说完话长袖子甩一甩就不见人了，大老虎记住了，睁开眼抬头一看是一只猫睡在歪脖子树上扯呼噜念经哩，大老虎心里想一只小猫还没有我的脑袋大头大，还不够给我塞牙缝子，能有多大本领，敢当我师傅，看我先捂住你才讲哩！大老虎饿的一步三摇晃，才抬爪子，猫早就醒了，弓起腰背翘起尾巴跳起来，窜在大老虎背上了说：乖乖的虎儿子，看你笨头笨腿笨脑子样，还想来害我吗？大老虎赶快说道：师傅，我哪里是害你大老师傅大侠也！我看见一只蚊子正准备喝吸你的血，我是好心好意地给师傅赶蚊子打坏蛋呢？你听大师傅是不是坏蛋还唱着蚊谣曲围着你转？曲调好听迷惑你上当哩，要不是大徒弟来得及时，你一定会吃亏上当的。好吧，看着你一片衷心的为我，我也是人心肉长的，就教你三招：一扑、二剪、三扫荡！看好啊徒儿！我做给你看一遍，这前腿直立，后腿向前靠拢，脊背弓起，猛地跳起来向前对准猎物，狠命直扑，一扑没有扑到，紧跟着蹦跳四爪四腿向前向后都行猛一剪，万一剪不住，在用尾巴大木棍棒一样扫过来，什么动物和人也经不起这横空一扫，这都没有用上，猫吓得一下子跳到树上三下二下爬上去，心里吓得扑通扑通的，乖乖儿的差一点被吃掉，就咪咪地叫着跑走了，再也没有教大老虎最后一绝招上树爬树上高。你们各大班长可能像猫一样留一手绝招啊？"晶晶笑着说道。

"队长先生美女姑娘老虎和小猫是人们根据它们的特性瞎编逗着玩哄孩子笑的，让孩子拜有本事的人为老师，学好了本事千万不能加害师傅。咱们干这精重笨脏活，哪里会有绝招留一手呢？是不是哩？"

"没有更好！美女们自找师傅对象，好好加劲垒砖墙，早日修好神龙长城！"小曼高兴地说。

"我可有言在前，美女队长哎！师傅领进门，修行在个人在自己，我把要领讲给你们听，要记住记牢，千万不可大意，因为这垒的是千年的城墙，不是十年八年百年就不要了？"邓双龙强调说。

"放心吧，大班长老先生，咱们这万巴姑娘美女个个晓的，已经成了顺口溜了！现在就仔细讲讲注意，技术绝招要美的项目好吧？"阳阳说着强调重点问题。

"姑娘们注意听着，如果从平地开始起，首先要打好打牢跟基，高楼万丈平地起，根角根基是关键，要用水平尺挨着挨看平不平，都一样齐，一样平，开始往根基坑中码石头，放稳，站牢互相挤压稳后上泥灰，抹平开始垒第一层砖，人们从古至今为什么都要拉一根细细的长白线叫线呢？一是墙外的墙垒成一条直线，二是，也是控制砖与砖缝的泥灰多少高低平整更是使整个一个墙上上下下更像一刀切的一样齐整，大家注意听，集中精力记，如果不太清楚的地方，欢迎随时随地提疑难复杂不懂的要点和地方，大部分人都用右手拿瓦刀，左手五指扣住砖两个面，底面和上面，也叫正面和反面，在用瓦刀撅泥灰抹灰泥时，一定要先认清认准上面，也就是打砖坯子时的上面，朝上朝天的一面叫正面上面，拿在手上朝上，看看呀美女姑娘都伸长脖子往这里看看清楚，这里有天然形成的抗压力，如果反过来它像原来一样正朝上，这样就等于放弃了它的抗压力抗强度能力。最后使整个高墙，高楼大墙延长不了它使用的真正寿命年数，说不定还会减少寿命，一旦有个天灾地祸，如地震啦！大自然形成的特大风，或者台风，暴雨的冲刷敲击，水的腐蚀等等自然灾害，都会无形无影肉眼不见的伤害，天长日久寿命即短了多少年，还有自然平衡的作用力和无意的倾斜角度，好多好多都是咱一般的人肉眼不能见的参数，俗话也叫灵魂吧！灵魂不正，不牢靠！自然感觉心力不支，不胜其事，微妙的东西留给后人去解释吧！这就是关键的关键技术问题与技巧，还有这瓦刀挑泥灰沾在哪一面呢？不是不百分百的懂，是内行也不一定全懂全理解的事情就左手拿一块大砖，有劲人和没劲也不完全一样，砖的正面大半个面子全抹上，第二块同正面上面要上泥灰，刚才不是两头抹吧？这第二块一头抹，也可两头都不用抹，第三块砖正面朝上，靠四指的正面抹泥灰浆，大拇指这个窄面不用抹，前面的一头横面抹上，拿上来看准茬口前面横面对准第二块砖，用力往下挤压紧，靠牢平躺着的第二块砖头一样高一样平，一样的角面轻轻用瓦刀背敲一敲，震一震，再看看望一望外墙的平面齐不齐，不齐用瓦刀把子轻轻敲敲震震在横线内侧就行了，在来拿第四块砖头！同样抹好泥灰按在第三块后面就行了，这样依此类推下去，百块千块，万块砖不离其宗旨就是了，美女姑娘们队长，你们都是聪明人，一讲及知，一说就透，看一看全知道了，响鼓不用重锤敲，垒起砖来，手拿瓦刀咚咚响，都是眼见的活路，劲到手到心到，别人垒一块砖不定你们两块砖三块砖都按在墙上了，这叫心灵手巧，越干越顺，越干越熟，熟能生巧，巧中生金，省时间讲效益，重视质量，仙姑美女们还有什么问题，听不懂的都可以提出来，我们大家讨论研究，找出省力，省劲快捷方便的新方法，新问题，新论断，新论美点来好吗？"邓双龙不无谦虚的讲。

　　"报告！教导官先生，如果我们有一些人，左手拿不起来一块砖头能怎么办，能有更好的办法垒吗？"青青举着右手报告说到。

　　"对不起！这个问题我暂时还没有想过，考虑过，作过周密的计划布置，该怎么样我一下子还不能回答你，美女队长先生，很抱歉！让我随便想一想好吧？"邓双龙回答。

　　"这砖头的重量问题，是个很头疼很棘手的很敏感的大问题，因为我们大家都是姑娘女孩子，身架骨小，体轻，天生没有多大的劲，人们俗话说：力大身不亏，就是说有劲的人，身体一定个大力大，体健！女孩子姑娘大部分都没有男人，大小伙子的身材魁梧体壮，自然劲要小多啦？每个女孩子美女都整来干这一角这一行，但是力道劲都不行，可不是吹吹大牛，说说大话能说明问题，今天这百十姑娘女孩心中都在谛诂能不能胜任，坚持住坚持到底了吗？所以我现然先讲讲自己想的方法垒，不知道行还是不行，首先先把泥灰浆用瓦刀挑在想垒砖的缺口处滩均匀，把横头都抹上，在用双手搬起大砖头，上面正面吧朝下双手往下按压紧挤实在后，看看瞧瞧端详端详哪不对，用瓦刀背轻轻敲敲在震震，看着好了就停下来，上面不平处在轻轻敲敲震一震，好了就行啦，这样垒砖，不是快又轻巧吗？不然一个手怎么也端不起来三十斤，再加上泥灰浆就更重了，用双手轻而易举成功地垒好一块十块，百块千块吗？大家想想是省事省力，还要快捷些呢？我提出的回答到此结束！愿姑娘美女孩子高高兴兴的来接受好吗！"楠楠说完瞧瞧看看姑娘女孩子的态度，脸上挂着笑容，用手理理头发。

　　邓双龙举手说：这位美女队长敢想肯动脑子很有研究心理是我学习的样板，大家不妨试试看，在边干边垒中找适合自己的一面，就能做到力所能急，又不失去技术要求的大问题，一定能行，师傅带进门，修行靠个人吗？事事处处动脑筋想问题，总得还是瓦刀手早日成长锻炼成老大老师傅，这就和猫教大老虎故事成反比，大老虎想害师傅猫，说不定赶超我这位所谓的大师傅了，从现在开始我也要学习美女女孩子们的卓越的上劲心！时时刻刻加劲垒修每一块大砖头，不然就落后了在倒退，就更加落后故步自封的个人英雄主义了！向姑娘们美女学习！一会不学习，撵不上大侠美女的大干劲，"邓双龙开着玩笑讲。"

　　晶晶大队长此时大声喊首："姑娘美女们各就各位，叫神龙长城动起来，舞起来，跳起来，仙女女孩们，快快来伴舞啊！挥动瓦刀阳光现，彩霞悠悠映满天"。

　　　　云雾山上虹神翔，神龙圣灵智睿炫。
　　　　大侠美女女神唱，姑娘美女搬垒砖。
　　　　抹泥灰浆朝天靓，砖挤砖压砖缝断。

横沟变成鱼鳞般，砖砖相连魄翱旋。

灵圣神养信心扬，万年千岁炎黄传。

靓艳神龙故事长，世世代代人圣惯。

三万里巨龙吼响，三六百万千米管。

神女赞靓男昶漳，灵心劲滚腾飞憨。

长城长城不动弹，能挡鬼怪贼盗顽。

全国百姓庆平安，幸福日子胜火焰。

男女老少迎太平，江河欢唱山月颜。

万紫千花春风蛮，阳光钜惠岁岁年。

莹莹又唱《念奴娇》春光遥美，雄鹰毅，爱情曲韵谁知，我爱美女姑娘你，母改英雄意气。爱兮梦妹，追逐睿智，诗歌交响曲，美媚艳颜，情争怎乃龙意。

飞鸣心弦灵慧，盼君时时，讲血龙神闻，钜龙长城梦入去，飞舞妒忌。

年年月月，岁岁爱你，波澜致文理，织牛天仙，盼爱酽今敬立。

"姑娘美女们，我是近几天发现一个最新军事秘密，一个新大陆吧？"王屋奎神秘地笑着讲。

"我也有同样感觉，好些东西都在人们想干不干，还没有干时，总是有忧郁，有些神神经经的神秘感，真是要想不去想时，闷着头大干起来了，就什么事情也不存在了，比如刚从老家正准备组织人，想来修长城时，这个讲不行，那个说不照，他不讲不沾，女孩子姑娘不要命了，什么活见阎王爷，脱坯搭墙能脱几成子皮，人们总是神神道道说这讲那的阻拦，设不完障碍，吓不完的人，总是使人前怕狼后怕虎，结果是妹妹的大胆往前走，只有成功绝对没有失败或不成的事……"青青诉说着往事笑笑，顺手理着头发，右手挥动瓦刀与左手摆弄着泥灰浆摊开来。

王屋奎说："咱们讲的不是一回事，我想说的讲是你们现在眼前的事情，这两三天你们好像都换了一群人一样，开始的头几天你们不太会不熟这种垒砖的技巧技术绝招，垒的时候很仔细，很讲究也很卖力气，就是很少说笑，美女个个很严肃很谨慎，生怕不对垒不结实不踏实，感觉神女姑娘们个个憋着一股气，想一鸣惊人，一路大干有人连头发上、脸上整的都是泥水灰土，有人像花猫更小花狗狗，所以骑兵们都不敢讲话说笑，生怕那唏不恰当不合适乱成一气。"

"长城朝天，各垒半边，你们垒城墙北，美女们垒长城南，看一看瞧一瞧，望一望质量过关不过关。有什么好怕的，不敢说的话呢？俗话讲：男女搭配干活不累，汗流浃背不躲不退！美女唱歌唱戏，靓男紧跟着舞不弃！诗人先生是男士，歌仙美女姑娘们悠扬动听女神吸引人，摇滚街舞后随老公，天下干大事业的男人女人，女人历史称为历史美女人……""咱们现在应该称你们这万巴人为什么美人姑娘们呢？我想有可能被人称为是现代阳光实干美女人！我们这些大骑兵们应该是：现代时空阳光实干家的靓男人！怎么样？对不对吗？好听不好听吗？队长美女们姑娘评评咋样！"王屋奎讲着说到。

"不怎么样，词汇不典型，不特别更不新奇！有点俗？有一点点厌……"青青评说。

"我也是这么感觉的！老套，太老套了！更没有让人艳目一新的靓义……"楠楠道。

"你刚才不是讲，发现了新的军事秘密吗？说说到底是什么新的军事保密的秘密好吧？敢不敢讲出来！叫大家都知道……"阳阳说。

"其实上也不是什么秘密的事情，也不需要什么保密性，就感觉你们这些个美女姑娘们挺奇怪的，为什么一块砖头要三个干！我们这些个男小伙子骑兵们都是埋着头自己干自己的活，你们像是永远都是几个人在一起说说笑笑，总是不闲着，所以在我老班长眼睛里就是军事秘密，本来想保密的，如今也被大白于美女姑娘们腰下嘴中了！唉！真没出息透顶了，找着没有趣味性……"王屋奎说道着。

"你是不是嫉妒我们这些美女女孩子啦？先生骑兵班长，羡慕可以但是嫉妒不行，你这辈子因为不是美人姑娘，所以绝对不能嫉妒，只有羡慕的份，这是忠告，否则你将不可自拔，不然这样吧！知道你们大男人大老师傅大骑兵先生没有把这些个女孩靓艳姑娘在垒砖墙上，你们不服气的，认为你们自己什么都行，又是老行道，更是老把式，老技术在握，咱们现在男人女人赛赛试试看看谁快谁好谁第一怎么样！敢吗大班长先生！"小曼叫板道。

"唉！赛就赛，比就比，瓦刀还没拿一个月就摆显起来了，不让你们瞧这手段，这技术，这绝招，你们洋活起来了，老绵和老山羊都不吃青草，光吃麦苗子啦！你们选条件，需要多少人比赛，十个还一百个同时来，到时候可别累得腰酸腿疼胳膊肿啊？跟真美美拉出溜一溜试一试，大家来评评看看！"刘新楼说："老虎不发威，看成病猫了！真是，天大的笑话呀……"

"我刘丹梦算一个！""我顾前妹也算一个！""李嘉慧算一个！""魏凤一名！""吴梦莉一个！""计飞一个！""吴丹一个！""我小曼也算一个，我们女子要九个人就行了，咱们来个三三制，三个人一组，一个人用瓦刀抹泥灰浆，一个人搬砖头往牢紧压，一个人用瓦刀背敲敲刀刀震一震歪斜就行了！大家同意吧？美女们。""坚决同意支持！大赛在即坚决服从命令听指挥，坚持走团体道路，维护小团体的荣誉声誉标榜姑娘美女的先进形象而努力争取第一名！大骑兵班长师傅们告诉你们一声，我们只要九人参加比赛你们也得选派九人应战，不然多了也不算数，少了等于自己认输！听懂了吗？邓班长王班长你马上找人啊？马上比赛的擂台打响了！"小曼说。

晶晶说："现在男女二队赛手听着一边参赛九人，一人一丈远的距离，以两个时表为准确时间，比赛规则是垒齐、快垒、谁争第一名，这是团队赛，比方说第一是男选手，但最后一名还是男的，只能是不输不赢，如果第一名和整个团是一致的，才能算赢方第一名，总共是拉开十丈的长度，在两个时辰长会有分晓的。"

"现在我宣布比赛开始！希望美女加倍加油，不可轻视对手，因为你们的对手不但是老手，有技术更有技巧，对有熟练垒砖经验者，所以他们是你们美女团队的强劲对手，他们稳操胜券的可能性是百分之百！决定的常胜对手，你们万万不可大意放松精神，应该是集中绝对优势背水一战，不战测已，战者必胜！敢胜的信心和勇气，预祝：你们美女团队团结一心！战无不胜！不达目的决不罢休的能力万岁！"晶晶用鼓励敢于胜战的比赛心情……"美女们加油啊！姑娘女孩子们加油呀！大骑兵班长加油啊！加油哟！"

"加油班长加油，我拿着砖头睡觉做个美梦她们也别想比过我们大男人，这垒砖可是我们决定胜利的最大强项！质量数量稳拿十稳的跑不掉！真是的画蛇添足，瞎子点灯白费腊闹着玩还差不多！瞎胡闹玩贾贾，幼儿园的智力竞赛开国际大玩笑呀！我王某人不相信邪！大白天太阳光下见鬼跳，骗谁呀！嘴上没有毛，说笑话都不靠谱，乌龟和兔子赛跑静等着输吧？"王屋奎开口说"千万不要大意啊？各位班长们，加油垒呀！不慌不忙别扭住碰着骨头累的左手指头可拿不住大馍吃了？"武卫兵开玩笑说。

"可能吗？我原来可是瓦刀头头尖兵手，竞争竞赛得过第一名的老皇历，请问美女，谁敢与之争雄！这边请来？我顾朝英可绝对不是等闲之辈，可是老汉穿马夹，随时露两手看看真正虚实，猫不上树，鸡不尿尿各有绝招……"顾朝英强人高了，看看咱们才垒几层子砖！抹泥灰的抹泥灰，按砖的按砖，敲砖的敲砖，多齐心啊！看她三人一组，抹泥灰的抹泥灰，按砖的按砖，敲砖的敲砖多齐心啊！完蛋了，脱了光脚巴子也撑不上了，还吹大牛呢？骑兵必败一点不敢，今天算没轧了，输的老婆孩子找不到在哪里呀！冤不冤屈虎老弟呢……

卜算子

长城美女爱，神龙铁骑叱，魂牵梦绕越千年，姑娘赛垒嘉。
男女齐奋志，尽在长城崖，君靓女仙变彩霞，赛事魂梦罣。

长城集体婚礼

　　"炎大队长，这炎子岭是按照你的名字起的山岭吗？我这一上午满脑子都在想这个事！"刘文志说。

　　"你不要想太多了，人家这是孟子岭，硬往炎黄岭上拉，你真是犟牛钉十个老牛也难把你拉回头，孟都一个孟字，非要读炎字看不见一样知道吧！"

　　"什么呀！首先是人有意搞错的错误，我咋看这长城是孟姜女带着美女姑娘们给修起来的，而不是一个年过古夕的老早修的，所以他错误地把一个历史美女画为一个老神仙了，只要衣裳服饰式样是女式的，她就是炎黄岭，岭上的绿叶红花都是服饰，包括天空中飘的白云彩霞不都是美女姑娘们的衣着打扮吗？而且山岭上的石头块立在那里，也像仙女一样，怎么能会是个老头呢！但凡是起名字的都是眼睛给美女照花了！炎黄岭就是炎黄岭，别这呀那呀地找毛病了！"刘文志说。

　　"你这个人真是的，拽着灯草跳大神，小心烧着脚丫啊！叫你硬犟硬咬文嚼字，念错字，这是地名而不是人名，知道吗？"

　　"管他是地名，山名，是不是都是给人叫的，只要是人起的名，你不相信，假如你问一问女子大队的全体女孩子们，只要大家都同意，都说是炎黄岭，那么你现在的立场观点不是错的，还有如果三千骑兵团队的男士骑兵也都说是炎黄岭，好还有这一万多名新来不久的民工们同样说是炎黄岭，你还有什么可说的！地名肯定都是人起的名字，咱们就有据可查的，可对照这也是古典参照书！叫精典合成吧！有持反对意见的，你炎大队长就是正确连这一代的老百姓和常住多少代人辈辈代代都是记忆错误的，那么为了适应大秦王朝的创新机制，为了财源滚滚来，我想他们孟家屯的人们不傻不呆的，败出财路，为钱为票子的财源，说不定还会塑造你历史最早的天下第一个大美女塑像在雕刻在山上五指山上的长城，才是最大美女名人，比战国时的西施还要在华夏江山民族中家喻户晓，男男女女老老少少还要闻名天下哩！孟姜女这三个大字将要震撼着全民办上百亿人的心！"刘文志说。

"照你刘县长这一说，整个高山深林中的大老虎，大老牛，大灰狼等等黑瞎子，什么都没有，犁地不用老黄牛了，非要机械化不行！为什么呢？刘文志先生，都让你给吹死了，侃大山侃死了！不彻彻底底的改革创新是不行了，要不是这万里长城呀！恐怕高山峻岭也叫你县太爷给吹到北极洲了！冬天又飞回南海去了！马上变成季候鸟了，夏天去冷带，冬天飞热带大海边了！你真有意思！啥事都会联想，都能扯到一块儿来！一起飞翔，连四大美女都让你给吹的冬天一个在海南，夏天一个在加拿大不冷不热，秋天一个在云雾山中的雾灵山，春天一个在长江上的黄山峰！真乃是江山如画！诸女多娇吗？"孟姜女说。

"孟姜女大队长，你先别急！这都是真实的事情，一点也不日空，也不侃空，更不是聊空！要不是你失去信心！悲观失望，皇上可以多存在十年二十年，不是才七十岁吗？赵高就没有时机专权耍寻权术，逼迫老百姓造反！推翻大秦王朝！大秦始皇帝千错万错没有错，只是错万分之一的一点点就是心慈手软！早早应该把这个指鹿为马祸害除掉，就什么事都没有了，我刘文志在大明县志中：肯定的从写，首先写我刘文志县长积极拥护修长城垒长城！日日夜夜为想方设法为长城奔走谋划，组织物力：吃、穿、住组织人力，号召征集民工多少万人次，倾囊家私捐助长城事业！我一个大县长，一没有家小，二没有私房钱，三没有私人住宅！光棍打光棍，光棍对光棍，永远是光棍！两根筷子敲着碗，一床被子还是别人的，从古至今，谁见过这样的县长，如此可怜，如此寒酸，我大明县不太大，南超过赵国都西到太行山，北到大草原，东到葫芦岛！可我刘文志两手空空，有事张口协商！大事情都能办到我说是炎黄岭，这就是炎黄岭，不相信我来问问美女姑娘们！还有骑兵团队的骑兵英雄勇士们！女子修长城姑娘，大家说一说这是不是炎黄岭啊！请大家回答：是是是！"刘文志又大声说道："敬爱的姑娘们和骑兵们请一致大声回答看着我手势，从空中往下猛一劈，请回答是或不是！好！是炎黄岭吗？"刘文志用右手从上往下猛一劈："是！"男男女女齐声吼道！

"好了！县长先生，请不要打扰大家干活的注意力，你这不是鼓励大家好好干活，而是在捣乱，明白不刘县长？"孟姜女说。

"也不是你大队长讲的那么玄乎的，古人早早讲过：磨刀不误砍柴工，大家心里明白目的与效果时，干活就十分的加力大干，如果知道了是为天下老百姓自己，而是使人们整上大民族的利益为上策，人们为幸福生活的生存，太太平平的安居乐业，居家过日子，更是为了子孙万代的好处与实惠，不要命地大干加油干！才是真正进入了尾声！你们的大队人马不是全部的从横山，杨桥畔、榆林、神木、河曲、万家寨、丰镇、狼窝沟、狮子沟搬到这炎黄岭和万家屯一线来了吗？三万三千人的瓦刀手和女子大队都排在这边！"刘文志说。

"要不几天了，你的民工们可起到大作用了，每天运送几十万的砖头，又要往山上运土方，你这个大县长很给力啊！不然光将军关还得一段时辰才能完成！现在在原计划上提前一个多月，真是你这个刘大县长在关键时刻也起到决定性作用！"

"人多好干活，人多力量大吗？咱们炎黄子孙华夏大民族几千年来！就是人口众多！该走的走了，该来的又出世了！人才是创新改造大自然的力量源泉吗？现在何况又是群策文明和谐精典锐气的主力军！世上无难事！只要有男男女女就可以了，别说是万里长城，就是百万里，千万里长城都不在话下！人才是世上最最宝贵的主力军！将来连老天爷、土地爷、山神爷、水王爷都是人造的克星！又都是人为的假象代言人！还有一是为了大明县的安全保险！最关键的是对秦皇岛大行宫的太平起到决定性作用！我建议：应该在雾灵山西南岭以南到墙子路，古北口至涝洼西南角，杏树台至墓田峪，八达岭至长峪，青龙桥都应该在各修一段，也费不了好大事情，来回运砖头，都有我的一万民工跑路了，只是把你炎大队长的三万三千瓦刀工匠分开来，也把女子大队分开来以小队为主和泥灰！往墙里边填土方石方的人员，我刘文志在当地算召集，叫密云镇下属的乡村每天都多派多少人，怀柔镇对镇乡村庄屯一半往西一半往东，昌平镇和延庆集的杏树台至慕田峪的土方。通集，大兴，顺义这三个就近集乡不愿出人力的掏腰包拿金银来都行，霸集、固安集、涿集、定兴集、保定集、石家庄、仓集、邯郸都要拿钱出来捐赠钱物……"刘文志说。

"好吧！反正都是修长城！啥是长点短的，无非最后在延长半月一月的事情！这长时间人都累不坏男男女女，不能一个月就撑不住了，我想这事跟皇上讲！皇上圣上也会同意的，好吧！就照你刘县长这东道主讲的办！你是县长，你说了算，收钱不叫收钱与我们这些人无关！老百姓一年到头来也很不容易，辛辛苦苦也挣不了几个钱，你刘县长越往各乡镇要钱，老百姓的日子越苦，乡镇从哪里来钱，还不是一分不剩是问老百姓摊派钱，成天慌累的不闲着，一亩地也打不了多少粮食！还要省吃俭用，关键的关键一滴子汗水摔十八瓣子，地里长不出庄稼来，好年能够马马虎虎吃顿饭，就谢天谢地了，天灾人祸到头来连种子也收不回来！三年两头不是淹就是旱的！老百姓过日子比黄连还要苦啊！家家户户大人小孩能平平安安的过好日子，也很不容易的，得脱几层子皮，掉下几斤肉！头发都愁白，男男女女的满脸皱纹也别享上什么福呀！活个人真不容易啊！"孟姜女说。

"大队长你心情是好的，心地是善良的，处处为别人着想，当然也是个美人，有些事情不是我你两个人说了算的，天道当人受穷，我说收钱收银子是问做生意人要的，都是本大利大的大奸商，好啦不说这个了！咱们换个话题讲讲，这个问题太沉重了！还不如换个话题讲吧！讲猜字谜怎么样？敏墩上坐个胖子，王家有女，头戴二枝花是个大美女，二人顶三人，月亮上面长耳朵，月亮窜心上，月亮长尾巴，半个月亮，月亮抱太阳！"

孟姜女说："盒，姜，秦，阳，用，电，胖，明！我说啦！印金做兵器，列刀杀人，要文不要武士兵有心地。北字两边紧慢走，口在中间泣四滴，草长春天头上飞。一个狗四个口，一箭穿心，一点一横长，一撇到南洋，南洋有几个人，站在大树旁。一边是水，一边是山。一边是红，一边是绿。一边喜风，一边喜雨。七人八只眼，七人头上长了草。九辆车九只鸟，九号九点，二八佳人，二小姐，一只牛，一家有七口，种田种一亩，还养一条狗，一个礼拜，一个人搬两个去，一夜又一夜，一百减一，千半儿，一加一，一肚日，一斗米，一大二小，一口咬定，一咬牛尾巴！"

"你这一口气讲这么多，好难记住呀！还是讲点别的有趣的事吧！疙瘩爹啊疙瘩娘，疙瘩被子疙瘩床，疙瘩枕着疙瘩睡，疙瘩摞在疙瘩上。谜语全是疙瘩！吃的东西。"刘文志说。

"哎！呀呀，大家都好呀！在商讨什么重大事情？大队长，县长，将军呢？姑娘们，二位将军怎么还没来到？"秦始皇说。

"皇……"孟姜女激动得把话又咽了回去。

皇上赶紧用右手食指伸直挡在嘴唇上，眼睛看着刘文志，嘴角含笑摇晃着脑袋不让出声！

"应该喊秦大哥，你个大县长忘了吗？"秦始皇上摇着手指头点着说："贵人多忘事，情有可原！下不为例啊！"

"噢！秦大哥回来了，你啥时候回来的？也不提前打声招呼！叫人家想的！"孟姜女显然是真心牵挂着皇上。

"朕！哦！我不是叫人来通知你们了吗？你们没有接到东西吗？一个精制的檀香木盒子……"皇上一边说一边用手比画着。

"收到了，信也收到了，讲还得几天才能到呢！咋一下子就在眼前了？你真坏，净哄人家……"孟姜女含笑嗔怪道，由于太激动情绪有点失控。

刘文志插话说："什么都收到了，就是红玫瑰花的心没有收到！"

皇上哈哈大笑着说："大活人都到了，什么心能敢不到呢！牡丹百合想念的心，早早就收到在肚里了！还有火辣辣红玫瑰的汗巾！哎！看看是不是呀！美女的心！"皇上说着将浅蓝色的汗巾从脖子上拽出来！"鲜红的心！鲜红鲜红火辣辣的红玫瑰花！是她让朕想着盼着这个伟大长城的工程！唱到：年年月月的华夏老百姓在我的梦中，分分秒秒的江山如画多娇在我灵魂里！时时刻刻的千万平方千米，大地在我的心中！日日夜夜的大秦王朝政权在我的歌声！火辣辣的红玫瑰，我想着你，盼着你，想着你一千遍！盼着你一万遍！千遍万遍的爱着你！万遍千遍地盼着你！你在哪里？在哪里哟？在哪里哎？在哪里呀？在这胜利腾飞的时刻，我声声的呼唤着你！呼唤着你！呼唤着你呀！呼唤着你啊！呼唤着你哎！呼唤着你那智慧无私的心！呼唤着你那勤劳潇洒的爱！呼唤着你那高尚浪漫的情义！呼唤着你那温馨爱的疯狂情义！呼唤着你那温柔绚丽的美！呼唤着你那大方鲜艳的表现人，呼唤着你比天上飞的仙女还要有天意！你比月宫中的嫦娥还要靓丽一百倍！我的歌声震撼着长空震撼着大地！你比天上飞的仙女还要美！你比月宫中的嫦娥还要靓丽，天下的美女嫉妒你的爱！仙女妒忌你的情义！男男女女、老老少少、羡慕你靓艳浪漫的美的人……我的歌声拥抱着你！我的音韵亲吻着你！火辣辣的红玫瑰我爱你！"

"皇上万岁、万万岁！你太伟大太天才了，唱得太好了，大家鼓掌欢迎，歌声动人而优美耐听，具有一颗比金子还亮还美还要火辣辣的红玫瑰绚丽璀璨鲜红欲滴的心！"孟姜女激动鼓掌大叫着："秦大哥！你的脑子太好用了，特别的聪明睿智记忆力创新力真强啊！我今天你秦大哥唱的叫：孟姜女感动万分，而且真是万分的激动感激，你是一个大国家的至高无上的君王皇帝，是万万人之上的君主，天下有千头万绪的国家大事情要处理要你操心！要你做主一切，不会有闲情逸致来管来唱这老百姓的小事！而且你不但听到想到，而且还做到唱道：实在是难能可贵得伟大之举！"孟姜女说。

"秦大哥是秦大哥！肯定与众不同！不然能当改革创新的伟大帝王吗？不是秦大哥准能将这大好河山统一起来！谁又能将华夏几千年以东至西的把文字统一起来，统一度量衡，砸烂旧的不合理的奴隶制，谁又能使这巍峨的万里长城纵横东西，穿行在高高的山冈密林中，变成这神奇活灵活现的神龙呢！要不是皇上我这个无名小镇长，咋能一下子提升到大明县的县长呢！从黄河里开发出郑国渠来！皇上确确实实伟大，功绩讲不完，灵渠、都江堰，在长江三峡激流湍啸的地方截流永断灌溉多少田地，使西蜀成千年的变为天富之宝地！让整个华夏大民族的老老少少、男男女女所佩服、自豪呢！为伟大的成绩成功而感到自豪和骄傲！让我们在这统一的大好河山里！江山如此多娇的豪迈气概而欢呼雀跃！"刘文志兴奋激情地述说着。

"咱们还是书归正传的讲一讲：这长城目前还需要什么样的投入！现在以朕看，垒砖的倒很快！现实情况需要打夯，这城墙内才倒上新填满的土方和石头块，不然整个工作就要脱节跟不上趟了！大工程关键的关键是一环扣一环的！一步跟不上，步步跟不上，不能马马虎虎呀！美女俊男们、大队长、县令大人！你们讲讲对不对呢？哎呀！这半天怎么没有见到一位将军呢？万喜良和范杞良呢？"皇上冲孟姜女问道。

"很不幸也很意外，二位将军在大华山下、大青山以西，有一天刮大风，灰尘弥漫的原野山林中，谁能知道两个畜牲金钱钓蹿上了未修好的长城上，它们带着惊恐的向西窜行，后来人们发现它们，在呼喊中，两只猎豹失去理智向长城尽头猛冲狂逃中过去！万将军和范将军正在城墙边缘商讨该不该起垛子墙时，被它们给扑倒冲出了城墙，一声惊叫后离开了人世！"孟姜女说。

"啊哈！苍天在上，老天爷你是怎么支配着人类的幸福的，气死我也！老天爷你有眼无珠！是你，不保护好我大秦王朝的二位将军！我恨你们这脚下的山神和土地爷，你们平白无故地让朕失去了二位好将军！"皇上痛心捶胸跺着脚说道："万喜良将军！范杞良将军你们为大秦王朝修筑长城，功不可没，你们的去世让朕失去了二位上马能打硬仗，下马能文俱道的大将军！痛死朕心也！长城的大功臣啊！"皇上眼中的泪珠转动，脸面昂视天空，双手伸开举向天穹！"本来朕此次来要大宴臣君，诸将军们庆贺长城神龙的胜利而载歌载舞的！千千万万个想不到，让我们君臣早早在长城上分离别去！啊呀！苍天啊你太残烈忍恨无道了！痛哉！疼哉！哀哉……"皇上说叙着扑向城墙上的砖墙，举双拳捶打着墙面！

刘文志和两个孟姜女都慌忙来挽着皇上说："算了，人死不能复生，更不能回头来！我们活着的人化悲痛为力量！好好的修好长城以示悼念英雄的二位将军的灵魂在九泉之下，也会保护好长城的！"

"万将军和范将军皇上好的将军，也是有功之臣，但是人死如灯灭，人死不能复活，只要咱们活着的人心到了，他们也会含笑九泉，幸福向天堂……"孟姜女说。

"我大秦王朝的每一寸功劳。业绩都是与将军和万万千亿的老百姓分不开的，没有勤劳勇敢智慧和不怕死的亿万炎黄子孙！那能得赢政王朝呢！哪有千里万里的大好河山呢！朕下令，把这些死去的和活着的功臣，有贡献的人都用秦俑烧制下来！为后人纪念！为华夏大民族的神龙精神后续有人继承崇拜信养！使以后的祖祖辈辈、世世代代的拓展改革开放的创新古典文明的动力，尊重孝敬遗传为精髓！好了，咱们什么都不要说了！继承先烈们的辉煌遗志！好好把长城修好筑完！来大队长、刘县令、姑娘美女们！英雄豪杰骑士们让我们活着的人加倍努力的大干起来，争取最后夺取长城的完工而积极的大干哎！"秦始皇大帝最后挥动着大手，抬起夯杆叫道："活着的英雄们干起来哟！哎呀来哎！美丽的姑娘们干起来哎！嗨呀哎也！向死去的英雄敬礼哎！哇呀来嗨！骑兵英雄们夯起来呀！喂哟哎哟！美女姑娘们帅小伙夯起来也！喂哎喂哟！先生们使劲夯哟！嗨呀嗨呀！太太平平为百姓也！哼咳来噢……"

《浪淘沙》将军逝痛王！震撼心上，兵卒美女齐奋响！神龙山河城翱翔，遗篇鲜靓！

秦皇劲打夯，号子响亮！大秦始皇上汗流淌，只有赢政长城漾，凯歌在望。

"万岁！万岁！长城万岁！长城万万岁！长城修好了！胜利完工了哎！姑娘们、大小伙子们骑兵勇士豪杰大侠们，长城胜利全部修好完成了！万万岁！"姑娘们、骑兵勇士们和老百姓们，都站在长城上面尽情地欢呼雀跃着！把背篓高高地举在头顶上晃动着！骑兵小伙子们一手举着瓦刀，一手举着打仗时的钢刀宝剑顶铜盔亮亮闪闪的头盔！嘴内不断地呼喊着兴奋的吼叫着，打着口哨长一声短一声地叫着！预告准备好的大炮竹有碗口那么大！一百二十八响，在咚咚地放着！一百四十八个长角号向上天长伸出在垛子墙上：呜呜！吹响奏乐！一百二十八支唢呐，一百二十八支芦笙！在吆哩哇啦的吹奏着！伴奏板胡二胡一百二十八对姑娘们欢快地拉着手摇摆着天仙似的舞姿！笛子长啸小号大笛黑管弹奏琴各一百二十八！四个美女合敲的大鼓四十八个，大铜锣有二尺高，美女们敲的四十八个，铜钗四十八对，还有一千二十八十八个放大炮的骑兵在长城上，二百八十八个炮手在长城两端放礼花大炮，不有一千个骑兵在长城下离开城墙六丈远三尺一个炮位！准备在婚礼最后开放，长城墙垛下用大红绸子布挽成的大红花有三个丈大！三尺远一个同时挂在城墙垛子口上，一万一千八百八十八个大红花！又用红、黄、蓝、粉红、桃红、金黄、米黄、天蓝、淡蓝相互搭配在城墙大幅彩色条幅飘荡着！横标在红金字每字四尺八十方块！恭喜幸福百年！两幅上下对联从：千古长城喝彩歌舞靓典情！春秋万载绘华夏神龙凤爱！第二幅大红金字对朕《人间情爱致万古长青江山，天地缘分结长城喜事行》司仪官：刘文志县长大声宣布："集体婚礼现在开始，明炮奏乐！"一百二十八响碗口大的雷子，一声接着一声的炸响着！各种乐器在吹奏中，一百二十八对腰鼓在敲打着，大秧歌队一百二十八对也跳着！第二项：新郎新娘骑大马披红戴花上场！万对集体婚礼，新娘新郎如下：

秦始皇和孟姜女牵手走第一！徐山和罗小青、李小泉和晶晶、刘来安和香花、王武奎和韩玉玲、李潮清和梦圆、君子能和雨露、李小泉和齐秋冬、袁国民和张娜拉、刘运来和张秀莲、龚田和李明珠、赵克殿和李子怡、白峰和晓玉、宋亚泉和小曼、化明礼和水莲、徐子亚和郭文慧、杜山和龚云花、冯玥强和彩霞、马鸣礼和越越、蒋三元和君君、张传峰和果果、刘远和子霞、韦山和秀兰、辛城和楠楠、连礼堂和李曼秋、齐廷庆和张美丽、李臣巨和王秀霞、王明府和李晓明、时毛和程莹、史赞成和程晓曼、任彩民和徐丽丽、杜新军和徐子晴、刘心雨和屈玉、牛治亚和章文娟、柴飞前和张曼琪、闫举堂和顾朝花、王俊闲和耿勤勤、刘三元和袁圆、李明和宋浩、姜维和李娜、韦巍和许燕燕、魏生春和周莉、张二仁和任青、文静业和卫香香、李勇强和腾飞飞、孙进宝和陈香明、包发明和张玫花、郭军元和刘明聪、王腾腾和刘晓聪、刘起巨和齐香香、常发金和尹莉莉、来好臣和王花香、白明启和常莹、赵龙前和魏明、车占遥和秦香花、姚养臣和李明星、范武雄和张东梅、郭天云和蒋勤勤、李昌盛和程星、杜五天和蒋明花、刘老方和盼盼、田山和李倩倩、张大水和张君燕、韦兵庄和王梅花、宋子辉和严梓芳、刘照星和贾玉、任启龙和春梅、朝冰和魏子芳、杜伟和婷婷、王大力和颖芳萍、徐习武和鲁梅、齐晓山和刘芳、马力和任东东、单长官和常秀花、许发伍和闫霞云、鞠光旭和李星香、周根生和张明卫、张晓伟和王冬冬、闫立强和李燕萍、杜立山和王灵满、马鸣云和张卫星、徐水栈和发财香、任均和宋晓月、严肃和盼阳阳、韦克寨和黎君美、张千山和单玉静、李水冰和汪霞、达龙和韦美玲、刘宝玉和许贞芳、李明山和刘美花、许克平和程卫卫、水家典和张维维、杨翔和徐红、王明天和班玲、王洪林和任钱花、周大仓和王楠楠、常明泉和飞翔美、范洪武和田丽、任来客和真优秀、常维利和贾盼盼、赵进举和王倩倩、牛宝山和刘婷飞、耿直和顾玉、龚峰泉和郎美凤、刘海彬和汪晶晶、辛利远和马鸣、韦高和金绣绣、李明军和冯香美、冯仁句和刘妹妹、钱三路和王红花、赵殿明和张荣绣、刘去行和齐好美、许钢和任建阳、前进和沈丽、水路长和孙娜、田老虎和钱美、牛奔粮和冯伊莉、赵福和吴忻、魏明亮和戴月月、梁行和刘大香、卯发金和张晓娟、伟阳和王程程、任山云和辛婷婷、李智和张盼娜、刘广才和李冬冬、智克和范冰宣、田理政和张保美、韦宝山和魏明莉、常运来和李思师、龚泉金和夏莉、耿江山和春花花、闫斌诚和冯娟娟、李晓云和莉莉花、牛占标和晓娜、辛严心和贾刘、杜发现和宫女绣、韦宝钱和陈贞、汪水余和钱旺旺、韩占山和宋慧乔、泉阳天和乔娜美、许九明和张惠妹、齐进金和李晓红、徐达力和刘宋钱、任维山和玉鱼、前进闯和沈阳阳、张颜起和鞠旭丽、李占冰和程晓、常文臣和魏春花、齐发星和任芳、程星军和李英、吴田地和刘娣、刘克金和钟鸣鸣、宋立昊和海明星、莫三元和李嫦美、张洪财和章丽君、刘宝福和林智巧、水止久和刘明光、刘心武和龚莹悦、李明君和杨纯诗、吴占天和刘诗雨、田元天和任雨晴、齐田礼和齐鸣盼、韦和和马德明、阎王明和陈智星、袁世维和周学英、齐发明和炎晓晓、徐立堂和袁芳芳、张治中和鹏越越、李仁强和好人美、牛心雄和马前花、韦山宝和张草香、周子力和卫东、杜快和闫明明、高唐行和孙美鸣、董心堂和秀球儿、周子善和任常丽、本事好和李娟娟、刘人力和张君君、杜龙和何莹、胡飞标赵秋妹、许军和李营营、龚玉祥和许玉、好在来和贾妹妹、常湾湾和张珊珊、莫大地和代云霞、任子启和魏朋、律庆林和陈美凤、包事好和宋丽慧、张山占和张聪聪、牛元林和班莉莉、赵伟和闫冬冬、刘凯云和将越越、赵世海和李秀秀、宋子仁和朱晓珠、辛鑫福和俞美霞、张地麦和荆丽丽、刘占天和余凤梓、李兰庆和严明明、韩冰武和贾维维、董伟立和徐子燕、姜大山和高丽书、柴玉米和胡曼、闫雄业和王星、许一鸣和程霞、牛立山和田田、王泉林和张燕、李大宝和李梅花、任好龙和宋萍、许恺和吴丽丽、赵明和程前前、牛克顿和徐美妹、阎王庄和许莉莉、杜立冰和王明光、董韦寒和周好好、丁雄立和王三妹、吴锡山和胡锦明、钱理明和章香妹、许强林和顾晶晶、周世人和齐好好、毛明山和任飞飞、许快福和李曼丽、辛心强和袁大萍、杨金明和段美娟、刘凤田和代珊珊、好朋友和水妹妹、常鸣来和王慧聪、龚运儿和冯惠惠、田经书和连妹、耿胜钱和任晓晓、牛虎和耿鑫、吴吴越和吴连凤、范冰冰和均益益、李朝阳和常丽、刘为山和孙美娜、许九达和张晓慧、任新龙和田花香、齐峰进和白云云、好快喜和马腾凤、许玲宝和吴绣丽、闫朝峰和张君慧、董明事和李曼馨、常堂和王慧萍、刘国宝和贾优美、许强人和许晴、李唐和汪静怡、李俊明和郭凯莉、刘君利和任亚莉、王经典和程前前、许明远和魏明明、姜尚君和田永明、蒋大石和辛梓花、吴学彬和王淑美、韩氏君和张维萍、杜君京和白美美、田山虎和丁情情、黄常美和韦利国、魏明生和常来丽、前山林和钱倩倩、牛林运和袁卫婷、周学军和张凤丽、华生广和任鸣鸣、申生林和蒋倩倩、沈保国和顾法、柳暗生和任君君、表大山和李明莉、白静山和炎长霞、马泉城和张广鸣、王洪山和程慧乔、冯立云和赵巧巧、方事理和李倩倩、许华明和常维美、徐三强和马鸣、韦国立和冯保妹、刘来云和吴霞、徐文彬和贾宝宝、卓三彩和余多美、卓四林和梦怡、莫军和徐霞萍、郭晓山和吴达莉、任啟华和周慧敏、郭晓海和香香花、张俊昌和任萍、李峰和白洋洋、杜国和屈丽娟、牛长君和李白妹、宋微玉和韦克芳、方子君和章美云、袁鸣伟和闫莉莉、赵臣君和董情情、李强军和郭君君、刘子国和张三妹、张也达和聂卫丽、许进和任媚媚、韦宝金和车萍、水均利和倪颖、程发明和杜晴、房子庄和染尚尚、钱行和君维维、魏生军和单码丽、沈大立和张丽、许卫堂和张美美、任建城和任嫦嫦、柳生华和蒋芳、郑保才和李明明、邓军和张越明、尹国强和莹莹、徐达容和杨艳玫、房明君和周鸣鸣、李华生和郭金花、周子善和李鹏飞、炎明君和史诗诗、尹国栋和许莉妹、柴子高和牛晓慧、艾惜臣和王辛萍、唐克山和韦芳、高力克和郭文雯、杜立明和胡达莉、沈华和刘晓明、夏三军和钱贞贞、牛善宝和任君盼、李天元和韦韦、刘华清和代倩倩、田元山和齐东莉、袁方和张玲玲、张安生和许慧慧、计伟和冯君明、刘天虎和尹青梅、齐海天和董诚诚、李云天和郭娟娟、君分山和苏青红、许晓军和冯保妹、刘新安和张韦韦、田硬和王珊鸣、任立伟和章发发、柳生广和钱智聪、张治和李萍萍、辛卫士和韦东萍、许君国和魏晓娟、牛山行和徐美妹、方桥大和周子倩、郑国牛和李子慧、魏生辉和张诚娟、刘满江和梅花花、宋乔和杨莉萍、张修国和齐飞鸣、李力山和任君美、洪运来和沈维维、柳泉长和白凤妹、杜山常和常萍萍、郑尹县和任凤英、刘常运和刘英、李山峰和张珊珊、洪鸣廷和许莉娟、阵子清和汪达莉、孔礼和刘鸣鸣、华堂宴和李盼盼、周本山和钱卫美、钱三英和周妹妹、胡锦明和许子盼、江山新和袁芳明、史诗常和宋子乔、石头峰和张嫦月、郑保国和任卫妹、邓新州和李霞光、韦克明和车晓美、单大山和任群丽、卓文武和李冬莉、越月高和周慧妹、冯辛军和刘广妹、任国昌和张倩倩、姜俊繁和白静静、李飞伟和吴凤丽、刘水天和汪萍、韦明江和韦克曼、江水心和顾朝英、毛新国和汪山平、袁方大齐红霞、孙钱多和李连丽、聊雪俊和韦冬雪、尹上天和程星莉、董地田和任萍、刘必武和卓越越、李英高和辛鑫、钱三宝和方明凤、杜月年和姜珊丽、史新年和宫娜娜、炎国山和张沙沙、何山美和董田久、夏天来和任倩倩、柳上君和李晓卫、钱国立和真美美、邓小山和刘芳清、郑来灿和王洪花、刘三国和辛卫洪、何唱歌和程好、袁舞曲和梁萍、饶君宜和莫萍萍、泉方田和田青阳、腾云马和郭美君、单靠水和董盼美、钱建林和任君丽、洪运福和方远远、马学彬和袁鸣鸣、任家伟和宋达美、石山大和任芳、方才运和刘美美、汪精贵和巧巧、祝洪生和霍英、史前明和车梅、刘洪卫和钱花花、李立山和炎兆君、杜史克和玲曼、司马业和韦莹娣、洪明利和卓善美、单金和施娜娜、张传明和许沙沙、方业千和腾冰、于明峰和李明明、石卫宝和王玲玲、张立雄和张宝妹、方世雄和王冰冰、俞金贵和范三妹、柳暗明和程冰影、邓中山和章丽丽、刘生伟和杨丝诗、牛犇和韦琴、尹前理和吕晓盟、何金明和化美丽、泉热爱和谢娜、杜玫红和高娟娟、刘前友和张慧行、李专政和胡丽丽、方友善和江淑英、于水鱼和温城霞、前利山和牛敏敏、董国士刘敏慧、艾山江和李霞、班卫军和袁娟妹、泉水甜和炎晓晓、干洪妹和齐蕾蕾、何游余和史雨、申士宝和韦晓保、李乾卫和任英花、洪生财和周凤凤、宝宝山和刘宜宜、夏至和张维娜、彭军天和辛冰丽、曾令福和朱勤、班晓东和潘海洋、柴千里和吴霞彩、任洁建和刘雯雯、王大河和胡亚美、江生源和韦四妹、刘生喜和刘田田、方庆洪和朱洋洋、韦宝贵和范严贞、君迷天和魏玫、水常金和秦楠楠、班组高和许珊珊、柳林峰和顾阳艳、于广龙和柳西娟、赵宝田和张雪、任洪田和严慧智、于玉辑和程英妹、石传经和钱多美、何向伟和任洁、夏秋军和牛明娟李斯贵和韦露露、田玉胜和炎馨馨、周才卫和刘美丽、许国卫和李沙妹、何洁鸿和王培丽、水溢香和周慧敏、尚永峰和任凤洁、黄秋堂和马达丽、杨廷常和牛莹玲、卫叔君和钱灵、方胜彬和杜好杰、丁曼国和董钱美、龚利泉和王英、宋子煌和单妹、柳辉银和刘江丽、花正天程万鹏、单保金和梁晓娜、章玛峰和蒋鹏丽、文天鸣和辛洁、钱生金和宏莉、杜南天和沈万慧、班马行和宫洪英、尹学钱和杜丽丽、祝才茂和刘婷媛、朱子俊和李明珊、周善子和许晴雅、张习惯和朱丹、费子街和刘心、莫天伟和周诚美、申军和丁洁、常运军和牛丽犇、黄卫士和奔莉莹、蒋三石和任聪聪、姜学辣和宋子君、史学民和王临临、田地大和祝婉婉、饶民宝和彭美、卫前峰和魏楠妹、沈海涛和班红君、靖卫门和唐娜、段常宝李玫、胡东流和阳阳、杨雄和郭凤彩、柳胜君和刘婉君、丁学军和韦娣、张友世和王美美、韦占寨和杨丽洁、单桥长和饶君、华峰前和杜鹃鹃、史书和洪玲玲、段理明和单莉、范晓钢和徐娅文、韦痒痒军和郭红红、何华国和尹莉莉、腾越仇和周妹、任新卫和张善媛、何九贵和祝海、吴关心和王洋洋、许山高和常好妹、马腾远和张玲姐、朱明新和韦敏、姚建利和、张牡丹、胡马强和刘婷红、炎明世和炎沙明、夏卫彬和韦保洁、李志堂和任二娜、刘马快和汪妮妮、任好金和柳雪、许克江和白絮絮、段河地和雪丹、田大宝和赵好、宫子俊和夏雨雨、潘占峰和范喜儿、丁伟雄和董情爱、范君夫和史明妪、霍子侠和胡臣妪、任前贵和姚辛莉、伟向宜和魏敏慧、张金生和任丽花、李申利和石花、杨子江和杜鹃、黄天翔和丁曼、温成长和李丹、谢晓天和韦好妹、任君迪和程沙灵、霍客侠和马君雅、顾雄飞和吴美玲、章诗庭和金银花、温阳胜和花善艳、好再来和石灵丽、班人达和陈洁、祝天俞和何丽、宫少君和余美妹、谢发财和周群、龚大力和许洋、石天宝和李玲丹、丁雄和腾雯、班禅师和杜聪聪、李行达和季晓玲、张学海和王影、周洪理和李静怡、祖天运和尚丽、季晓岚和酒雨雨、祝明生和杨钱钱、夏生利和黄君丽、史话达和蒋丽江、谢发月和泉媛媛、杨翔和程美、唐君国和计飞丽、辛卫国和韦羊羊、朱丹治和张妹、腾马和任勤美、单天书和张娜维、马超和卓田圆、金泉腾和尚辛莲、丁好金和班鸣娜、班超美和祖红芳、任贵远和曼秋红、李学习和洪发美、董地金和张宏、杜才高和飞婷、许宏强和杜赵妹、彭冲涛和王淑女、何里金和许晴晴、王灵真和何梅、杨立军和徐升丽、温庆生和王盼美、汪宝贵和李春洋、史善心和张娅娅、姚辛雨和刘心、杨克林和梅亭、霍占伟和赵君宜、任群利和张冰丽、刘胜军和周学妹、李水才和四湘、尚堆山和任洁已、姜中胜和张维丽、夏中成和王灵莉、季晓伟和范晓莹、杨占郎和韦玫、炎利虎和章怡、韦宝金和李敏影、丁胜财和章珊洁、洪天奎和彭芳、谢晓天和许芳慧、史金胜和常来玲、罗书群和曾令灵、石头峰和齐静、袁达海和侯芳丽、金洪贵和鞠光妹、柴福超和程花、朱世锦和飞翔、洪峰涛和玲琳、丁才和思斯、余庆峰和静雨、于美雄和娜娜、胡适正和沙丝、严山海和梦怡、史矾馨和晶灵灵、李群智和韩飞妹、张明慧和前莫、董友会和临梦、黎卫众和花香香、迪万进和商妹媚、麦劳义和绣红、辛智胜和嫉鸣、袁新榜和美丽、纪为国和文娟、祝家伟和慧美、梁善良和聪美、万发行和慧智、彭志丹和妹英、白达熊和绣丽、熊利华和敏敏、善才天和晓姐、巩城庆和美雯、易晓善和梦雨、闫长从和纯静、李达明和才女、财进发和英慧、祝洪众和卓媚媚、严梓新和韦克群、辛利贵和燕子、章子书和晓梅、鞠才茂和花花、朱晓群和香奇、炎史君和娟文、常相识和荷莲、汪聪田和灵绣、许偓明和贞清、达利快和白妹、班学海和任晓玲、韦群利和张贞如、谢达辛和李小雨、韦长克和韦娜、竹青蒿和奇维娜、山上超和许娟、海占仓和静晓花、赵善良和娜美、任均和柴娟、班超金和李好、汪俊山和魏勤勤、田伟和许美玲、周冲海和尚莹莹、曾令好和柴珊、齐飞和慕小妹、花香山和梅芳、胡飞天和智沙沙、吴锡海和钱丽丽、姜聪和宋梅子、宋宜虎和炎华、陈东生和辛大妹、程子利和宏莉红、余仙生和花婧、贾庆南和甜花花、俞上海和飞鸿丽、荆山贵和胡美清、高书金和钱贞、程臣力和贺雨晴、胡东和晓晓、顾玉长和英花、王善才和兰小红、黎德君和杜莉、范晓大和张花花、乔明军和汤甜梅、苗辛贵和李妹丽、胡连松和徐女娟、荆卫前和周小晴、史耿家和常侠、石苗松和妹红、顾六生和晓辛、腾晓夫和黎星亮、柳凤勤和姜花妹、蒋月光和任洁、闫六享和班美凤、严书棉和八妹、魏兵宜和石凤、高墙肥和魏泉妹、贾美善和梦凤、马前君和史丽丽、张治平和汪前、代云高和大妹、宫还臣和王珊珊、耿友忙和桂花、任群帮和何妹、林慧国和周莉莉、钱学治和冬梅、魏敏和腊雪、何光辉和鲍美善、冯缘君和任群媛、赵婉山和齐飞、奔祥林和天鹅姐、周天宜和韦玲玲、炎尝山和齐智美、钱大江和大冬、班水天和闫花、夏思军和牛香香、周海林和娇慧、吴山晓和令妹、许海洋和灵田田、宋子飞和齐梅、马天行和圳红、林智海和州尧、陈明东和宋慧、代云飞和任莹莹、范冰冰和张飞妹、水昌鱼和刘华美、俞惠山和柳花飞、闫明世和杨婧、冯建昌和王丽、海水涛和张英、秦雄立和靓靓、金银财和冰美、贾辛书和香花、汪才主和雯草、鲁大业和阳阳、卫侍峰和辉雯、陆海空和张沙娜、颖州君和玉花、庆生地和格格、辛勤超和水灵灵、屈江静和田丽达、牛小犇和韦群美、冯上君和周龙妹、魏主超和丁平花、赵秋金和徐珊凤、马大伟和纪晓文、飞奔和任丽、任伟业和何美、许生强和张姐、李十八和李敏、高盛峰和嫦美、严玉华和杜露露、胡江河和刘花、习大卫和张铁妹、麦前金和王秀丽、李庆典和钱辛、刘好国和汴绣、化明省和周芳、胡理和营营、张网迪和宠红、班虎和庄好好、俞海敬和悦悦、鞠世堂和田卓妹、范海冰和好甜甜、秦朝臣和程方方、李清早和王圆圆、荆刺侠和许志丽、常青山和静美、来艾青和凤翔、毛三元和智君、元明达和饶花娟、于侠海和庞营营、韩明义和龚丽、何明德和承莉、放业生和香香、田月生和赵巧、丁元头和黄清花、何群君和汪水丽、姜尚子和胡梅、陈子明和花娇、赵晓夫和张飞飞、陈业天和王罗罗、张维金和李凤、何天虎和任明慧、贾长林和徐慧妹、冯德志和张美凤、沈灵丘和李晓田、宋才君和灵妹、刘达智和莉思、张达千和钱好美、徐子聪和男男、常为金和丁艳、张天卫和耿玲、李民众和宫子妹、耿飚和紫玲翔、彭年丰和达美、钟长友和闫敏敏、海宽水和明星、黎宏君和顾晓娟、秦大朝和风丽飞、高尚书和李晓飞、代长斌和柴越越、胡曼水和香美美、贾玉宝和许妹、常金寨和腊月美、史明书和年莉莉、连金才和周宅妹、魏封官和张水英、钱深和莲花、马飞天和柴梅、班晓伍和腊花、任群胜和青青、代胜强和英灵灵、常来山和好妹、金山迪和川花、杨纯阳和赞荷、万物超和杜宜丽、刘守安和柴婷、许野和袁芳、莫大山宋英妹、赵秋果和赵灵、伍胜山和歌妹、韦群海和越美、杜构业和媚雯、石为媒和花绣、严金玉和荣立、辛留海和丁亦、安保胜和辛越越、范大金和彩虹、万良玉和娥美、钟山鸣和李斯晴、常来喜和王需瑞、赵自金和李悦燕、海天阔和王洪灵、江大伟和刘婷芳、范全金和王前英、史学砚和慧妹、连心贵和刘娟、张学才和尚美凤、秦朝弟和柳倩、刘海银和靓倩、李泉胜和盼盼、任天长和斯诗、范仲奎和维思、前丽聪和妃妃、姜事业和旦晓、石化神和刘辛荣、宋玉和王灵智、赵举臣和张娇娇、李虎吼和赵俏娜、何静山和丁莹灵、腾沸海和周荣、夏中军和张燕、侯建才和柳絮、姚宝玉和白荣荣、海世奇和马晓莉、李君建和刘美、高大金和华子怡、钱海和高荣、鲁晓林和郭晓妹、冯君业和柴宜灵、齐雨雷和滕月月、马上尚和张瑶、许美达和吴媛媛、代玉山和闫华、周聪智和牛辛、李俊林和柳飞香、韦保德和临黎、陈智理和巧姿、高子球和好荣、严行玉和唐妹、徐子青和宋越辛、胡美迪和刘维萍、连大城和邓楠、尹东山和毛毛、顾西水和屈美妹、辛劳金和华丽、闫志文和丁辛勤、贾山大和卓姬妹、朱为群和刘绣、单大桥和任尚英、莫民富和宋妹影、魏夫达和丁娜、韦心山和严芳芳、马达城和韦萍妹、计红斌和徐国丽、尹尚莉和达美花、张群爱和柳荣辉、刘华智和魏娟、杜斌诚和任群、许子海和姜美人、严明会和时凤、韦山岭和丽莉、高高贵和施妹、杨大福和钱学英、李达明和王洁杰、单行贵和刘影、张红军和张学香、苗长地和王飞灵、代天行和顾敏月、袁方富和柳梓英、俞善山和秦淮女、荆花海和颖珊、孔繁星和石英花、班才君和徐海妹、史明德和王飞香、钱大海和张治美、韦力群和刘英莉、陶山和丁好好、花香书和杜美美、程强和韦山妹、蒋伟民和刘花花、许山琛和王越丽、贾金诚和张婷圆、何叶敏和艾好、韦林诚和春花、魏臣君和田香野、宋子珍和任洁花、陈明和许华清、史远和莫宜萍、赵理晓和蒋勤盼、丁相贵和杨泉丽、范宝山和丁花香、石达凯和桂花、宋明东和杜荷靓、韦丁国和李梅、钱为重和刘倩、许国盼和智青青、连山根和任明、刘宝银和张湘、陈寻惠和韦辛华、宫大开和化嫉妹、冯君利和吕蒙蒙、野晓明和土丽香、白伟善和常妹亮、杜静海和任辛维、任天鸣和飞达丽、张治国和古丽新、辛保民和熊娟娟、丁善强和张小晓、屈明理和莫莉、胡仁致和韦姐娜、鞠敬宝和孙晓丽、温庆翔和董冬雨、齐深海和聂小绢、任穷智和耿飞宏、宋立达和齐敏花、李尚仁和楠楠、田敬文和婷飞明、韦飞群和柳盟、班利胜和任绢绢、林树松和张洁丽、李晓山和刘香梅、马飞鹏和王飞妹、伍尚源和任达维、韦群鸟和白玫、夏春胜和马维丽、田地和麻吉萍、张胜男和季倩宜、刘美山和蒋丽、魏鹏和程英、梅友善和贺小盟、钱多财和叶晓慧、李卫东和卢俊丽、谢达夫和任城红、彭穷群和计飞妃、张顶山和江清清、韦大克和黄明、王子夫和李湘花、蒋山琼和张聪、顾龙飞和宫莹花、徐侠林和赵巧娟、卉飞琼和韦妹好、连胜宝和钱丽、纪东明和于凤媛、种山贵和李明娣、姜群鲜和刘鸣瑶、丁宜宝和卓萍、范长江和许珊、潘美松和蒋瑞、贾为政和君诚青、于水艾和杜远英、严梓林和水尚花、高书山和于美莉、闫大冬和刘洪之、程一群和汪萍、班堂责和尚莉直、马征和张妹、海山宝和周好香、秦岐山和其美、王山运和龚影、杨山保和姜玲玲、包发金和田青玉、包发家和田青甜、包发生和田青攻、郭洗和季晓宏、齐勇和钱辛娜、宋临和柴飞、代泉仁和丁里红、李照劲和刘明、汪大海和张杰、王生泉和李清珊、管君和韦格、高照生和马侠飞、韦在明和白云、张浩和田月芳、王善河和韦才慧、李大生和任均妹、张生海和刘心娣、赵明友和周子美、袁方和雯雯、许智平和凤翔、柴胡和单婷婷、尹青堂和姜丽聪、刘海山和李侠、炎浩和卓君、蒋快乐和李芳婷、史新民和张明月、马前卫和柳花飞、代夫燕和丁尚妹、江有龙和钱清妹、李响声和李江丽、程集中和于智青、王民宝和尤辛、田力和诚明、袁浩和藏克丽、韦胜天和刘心美、刘龙虎和许凤洁、王泉水和谷小侠、张世海和王清香、代尚字和黄明珠、庄子国和柴美、尚山明和张君君、齐管和蒋娜盼、任树高和卓越、顾光和姚明英、孙宝山和柳毅花、曾庆龙和荷花、许大智和水萍萍、柯进取和杜丽丽、严明堂和孙莹莹、魏杰坪和龚鱼、戴天地和泉美、屈中和杨丽华、韦劲山和许君丽、辛伟和彭丹、张修书和李玫敢、李为前和秦月明、钱香理和耿情、史前话和任杰、蒋胜男和艾倩、攀伟和孔丹、秦华和曾莉、王培中和吴群、石山和柴燕、张财和李表美、连枝玫和钱同、徐青山和琼华、韦穷天和俏美、宋嘉云和范宏、海天空和翁云、许兵和王莹、申学云和燕燕、智理强和汪怡、耿泉波和飞雪、范占山和茉莉、周泉海和君娅、汪洋和兰兰、崔远山和惠惠、韦力生和晓妮、田大柴和丫雅、柳巷云和沙沙、杜飞熊和丹丹、张大川和俏丽、王实山和彩虹、张清和灵芝、李准和马云儿、刘表和朵朵、胡马和景明、许燕飞和特兰、程军跃和倩南、宋安民和宝宝、韦克志和、阿妞、韩诚光和雾梦、王仁量和七彩、牛占雄和代凤、赵兴和龙妞，全部的新郎和新娘骑马来到长城下，新娘穿的托地连衣裙长出三尺，再由新郎抱着新娘上长城，全部来到长城上两个一对，互相拉开距离，刘文志大声宣布："婚礼开始！第一项：手拿红玫瑰，新娘一束百合、牡丹、茉莉、海棠、月季之花束交换；第二项：拜天地；第三项：拜山神、拜神龙长城；第四项……"

　　远处传来了断断续续的哭声，镜头寻声找到假孟姜女正在狮子沟号啕大哭："我的个亲娘啊！老天爷！我的命为什么这样苦啊！人家都找到如意郎君，我确孤孤单单、爹呀娘呀上帝呀！"只要是她眼泪淌到的地方，立马是水响倾盆倾沟河的洪水翻滚着浪潮向长城冲来！眼看淌不急了，晴天的上空不知从何处滚来一个跟大如盆的一个大火球：向假孟姜女头上砸来！一个炸雷炸响：轰隆隆一声巨响！一道闪电一声霹雷！把假孟姜女炸个粉身碎骨，立马露出蝎子的尾巴，一个大蝎子有丈把长在长城上翻滚跳跃！又一声响雷闪电般翻滚的臣毒蝎精化为一道青烟向青天白云飘去！刘文志又大声讲道："第四项、新郎新娘对拜！"

　　歌声起："蜿蜒浮高山，腾海上青天。嫦娥永相舞，星星眨眼见……"

　　一千二百八十八个礼炮轰响，向长城四周的天空飞舞。

　　镜头上闪现着：山海关、义院口、马兰关、将军关、青龙八达岭、张家口、丰镇关、杀虎关、河曲关、神木、榆林关、横山、杨桥畔、定边关、临和堡、金昌、永昌、嘉峪关。

　　长城神龙东西横跨五省！镜头回转：高高的从天空上往下扫示着集体婚礼彩旗飞扬！烟花爆竹还在放响：字幕：孟姜女一直居住在秦始皇岛大行宫！日久孟姜女感到人生太乏味太孤独！就投海自尽了！秦始皇还蒙在鼓里，在他五十岁春天时，往秦始皇岛寻游，在霸州和廊坊附近赵高和李斯感觉纸包不住火了，随即向秦始皇禀报说爱妃孟姜女投海自尽！皇上一世英雄，说一不二在心里感觉竟然保护不了自己心爱的女人，悔恨交加，气血功心，一路上车马劳顿，奋恨过度大叫一声：一命呜呼了！

　　两个假孟姜女：一个生了秦王的儿子：项羽，主要是和田白玉小龙蛇的灵魂缠住了，镇住了魔气，孟姜女原来就是天上的云雨……

　　刘文志县长的假孟姜女生了个儿子：叫刘邦！十三年后大秦王朝在赵高的专权下覆灭！刘文志将两个孩子带往如今沛县和淮安市！项羽带淮安农民造反，两个孩子正当年轻气盛，后来演义斩白蛇起义……

编后记

　　《火辣辣红玫瑰》一书中，对于秦始皇应该一分为二的分析，矛盾是对立的统一来看问题，暴君是在丞相宰相赵高李斯的教唆下形成的残暴，赵子婴是赵高的儿子，最后是替代皇帝。秦始皇他也有软弱与懦俗的一面，一是贪生怕死，二是怜悯女人，怕死大人儿童皆知，被徐福骗去多少金钱财宝，三千童男三千童女去蓬莱仙岛求长生不老药。怜悯女人美女，三宫六院七十二妃八百美女养起来，并包括他的生母也养在地下宫殿里，受苦受难者不计其数，修筑长城号称百万劳工，其实只有不到虚头八十万人，为什么要筑长城呢？人人皆知，保护江山社稷，保卫秦王朝的河山，老百姓生生不息的居住地。江山也好，社稷也罢，但总的来讲，一是为老百姓，二是民族兴旺地盘平安太平，没有万万千千的炎黄子孙的男男女女何有大秦何有今日中华！有些所谓的名人大腕作家也在大肆叫嚷，说长城作用不大了，徒有其名，甚至没有一点点的价值，都江堰比它大有作为大有用处。请问诸君：世界人口六十亿，每年一亿人来我中华参观旅游，能为国家赚多少钱，总比那一片地长的庄稼赚钱吧？它的历史功绩意义价值很大吧。更何况精神呢，不讲过去与前人的功绩、智慧、勤劳、拼搏、勇敢，就不能真正达到创新的新高度、新局面、新方针的新起点。如今还有人设想把江河海洋云雾漂浮的水速冻成冰岛冰球和长城毫发无损的搬运到月亮水星土星上去呢！请问天下明君这又是什么价值观呢！

　　中国梦的新科技新起点的新尖端、新策略、新方针、新召唤……人类未来有一个大迁移……仙景神天！敬告大导演拍电视剧前，须和作者本人联系！不然法律追究！罚款五个亿！

　　最后：感谢天下读者明君。聪明睿智！小心受骗上当，何闻女人修长城耶！天大骗子混球臭蛋之言语……梦侃大山。

作者敬拜